Neal Stephenson
Cryptonomicon

NEAL STEPHENSON
CRYPTONOMICON

Roman

Aus dem Amerikanischen
von Juliane Gräbener-Müller
und Nikolaus Stingl

MANHATTAN

Die Originalausgabe erschien 1999
unter dem Titel »Cryptonomicon«
bei Avon Books, New York

Die Übersetzung wurde durch ein Stipendium
des Deutschen Übersetzerfonds e. V. gefördert.

Umwelthinweis:
Dieses Buch und der Schutzumschlag
wurden auf chlorfrei gebleichtem Papier gedruckt.
Die Einschrumpffolie (zum Schutz vor Verschmutzung)
ist aus umweltschonender und recyclingfähiger PE-Folie.

Manhattan Bücher erscheinen im Goldmann Verlag,
einem Unternehmen der Verlagsgruppe Random House GmbH.

2. Auflage
Copyright © 1999 by Neal Stephenson
Copyright © der deutschsprachigen Ausgabe 2001
by Wilhelm Goldmann Verlag, München,
in der Verlagsgruppe Random House GmbH
Die Nutzung des Labels Manhattan
erfolgt mit freundlicher Genehmigung
des Hans-im-Glück-Verlags, München
Satz: Uhl + Massopust, Aalen
Druck und Bindung: GGP Media, Pößneck
Printed in Germany
ISBN 3-442-54529-3
www.manhattan-verlag.de

Für S. Town Stephenson,
der auf Kriegsschiffen Drachen steigen ließ

Danksagung

Bruce Schneier hat Solitaire erfunden, mir liebenswürdigerweise gestattet, es in meinem Roman zu verwenden, und einen Anhang geschrieben. Ian Goldberg hat das Perl Script verfasst, das in Enoch Roots E-Mail an Randy auftaucht.

Von dem einen oder anderen Zitat abgesehen ist der Rest des Buches, wie immer man es finden mag, von mir geschrieben worden. Trotzdem schulde ich noch vielen anderen Leuten Dank. Da eine solche Auflistung sich aber leicht bis zu Adam und Eva zurückführen lässt, habe ich beschlossen, beim Zweiten Weltkrieg Halt zu machen und alle, denen ich zu Dank verpflichtet bin, in drei allgemeine Gruppen einzuteilen.

Erstens: herausragende Gestalten der Titanomachie von 1937–45. Nahezu jede Familie hat ihr eigenes kleines Pantheon von Kriegshelden – wie etwa meinen Onkel Keith Wells, der auf den Inseln Florida und Guadalcanal diente und womöglich der erste amerikanische Marine war, der während dieses Krieges in einer Offensive den Fuß an Land setzte. In diesem Roman geht es jedoch mehr um jene technisch veranlagten Menschen, die während der Kriegsjahre aufgefordert wurden, unglaublich merkwürdige Dinge zu tun. Unter all diesen großen Hackern der Kriegszeit gebührt William Friedman, der seine Gesundheit opferte, um, noch bevor der Krieg überhaupt begonnen hatte, den japanischen Maschinencode namens Purple zu knacken, besondere Anerkennung.

Gewidmet habe ich diesen Roman allerdings meinem verstorbenen Großvater S. Town Stephenson. Damit laufe ich Gefahr, dass Leser alle möglichen falschen Schlüsse über Ähnlichkeiten zwischen seiner – das heißt *meiner* – Familie und Figuren in diesem Buch ziehen. Deshalb möchte ich nur der Ordnung halber festhalten, dass ich all das – tatsächlich! – erfunden habe und dass es kein Schlüsselroman ist; dieses Buch ist nur ein Roman und nicht eine raffinierte Art, dunkle Familiengeheimnisse auf arglose Leser abzuladen.

Zweitens: Bekannte und Freunde, die (zumeist unwissentlich) großen Einfluss auf die Richtung dieses Projekts gehabt haben. Das sind in alphabetischer Reihenfolge Douglas Barnes, Geoff Bishop, George Dyson, Marc und Krist Geriene von Nova Marine Exploration, Jim Gibbons, Bob Grant, David Handley, Kevin Kelly, Bruce Sterling und Walter Wriston, der während des Krieges mit einer Krypto-Maschine auf den Philippinen unterwegs war und überlebte, um mir fünfzig Jahre später die abenteuerlichsten Geschichten über das Vorkriegsbankwesen in Schanghai zu erzählen.

Drittens: Menschen, deren Anstrengungen es mir möglich oder doch viel einfacher gemacht haben, dieses Buch zu schreiben. Ihre Beiträge bestanden manchmal, wie im Fall meiner Frau, meiner Kinder und der Großeltern meiner Kinder, darin, dass sie mir ihre ganze Liebe und vielfältige Unterstützung schenkten. Andere, wie meine Lektorin Jennifer Hershey und meine Agenten Liz Darhansoff und Tal Gregory, haben mir auf die überraschend simple Art geholfen, dass sie ihre Arbeit zuverlässig und gut erledigten. Und viele Leute haben unbewusst einen Beitrag zu diesem Buch geleistet, indem sie interessante Gespräche mit mir führten, die sie sicher längst vergessen haben: Wayne Barker, Christian Borgs, Jeremy Bornstein, Al Butler, Jennifer Chayes, Evelyn Corbett, Hugh Davis, Dune, John Gilmore, Ben und Zenaida Gonda, Mike Hawley, Eric Hughes, Cooper Moo, Dan Simon und Linda Stone.

Neal Town Stephenson

»Es gibt eine bemerkenswert enge Parallele zwischen den Problemen des Physikers und denen des Kryptographen. Das System, mit dessen Hilfe eine Nachricht verschlüsselt wird, entspricht den Gesetzen des Universums, die abgefangenen Nachrichten entsprechen dem vorhandenen Beweismaterial, die Schlüssel für einen Tag oder eine Nachricht entsprechen wichtigen Konstanten, die festgelegt werden müssen. Die Übereinstimmung ist sehr groß, nur ist dem Gegenstand der Kryptographie mit einzelnen Apparaten sehr leicht beizukommen, dem der Physik jedoch nicht.«
Alan Turing

Heute Morgen lieferte [Imelda Marcos] die neueste ihrer diversen Erklärungen für die Milliarden von Dollar, die sie und ihr 1989 verstorbener Mann während seiner Präsidentschaft gestohlen haben sollen.

»Es ergab sich zufällig, dass Marcos Geld hatte«, sagte sie. »Nach dem Abkommen von Bretton Woods fing er an, Gold aus Fort Knox zu kaufen. Erst dreitausend Tonnen, dann viertausend. Das steht in meinen Unterlagen: siebentausend Tonnen. Marcos war so klug. Er wusste Bescheid. Es ist komisch, Amerika hat ihn nicht verstanden.«
The New York Times, Montag, 4. März 1996

Prolog

Reifen fliegen, schrei'n.
Ein Bambushain, flach gemäht
Von dort Kriegsgesang.

...mehr bringt Corporal Bobby Shaftoe auf die Schnelle nicht zustande – er steht auf dem Trittbrett und umklammert mit einer Hand seine Springfield und mit der anderen den Rückspiegel, sodass es ihm unmöglich ist, die Silben an den Fingern abzuzählen. Hat »schrei'n« eine Silbe oder zwei? Der Lkw entschließt sich endlich, nicht umzukippen, und landet mit dumpfem Laut wieder auf allen vier Rädern. Der Schrei – und der Moment – sind verloren. Die Kulis allerdings kann Bobby weiter singen hören, und nun kommt auch noch das an ein Gewehr erinnernde Ratschen der Kupplung hinzu, als Private Wiley herunterschaltet. Kann es sein, dass Wiley die Nerven verliert? Und hinten, unter den Planen, anderthalb Tonnen scheppernde Aktenschränke, hin und her schlackernde Codebücher, der in den Tanks des Generators von Station Alpha schwappende Treibstoff. Für den Haiku-Dichter ist die moderne Welt die reinste Hölle: »Wechselstrom-Generator« hat wie viel, sieben Silben? Das passte gerade mal in die *zweite* Zeile!

»Dürfen wir Leute überfahren?«, will Private Wiley wissen und malträtiert dann, noch ehe Bobby Shaftoe antworten kann, den Knopf der Hupe. Ein Sikh-Polizist überspringt einen Fäkalien-Karren. Spontan denkt Shaftoe: *Na sicher, was wollen sie machen, uns den Krieg erklären?*, aber von ihm als dem ranghöchsten Mann auf dem Lkw wird vermutlich erwartet, dass er seinen Kopf benutzt, also platzt er nicht gleich damit heraus. Er macht sich die Situation klar:

Schanghai, 16:45 Uhr, Freitag, 28. November 1941. Bobby Shaftoe und das halbe Dutzend anderer Marines auf seinem Lkw starren die Kiukiang Road entlang, in die sie gerade mit Vollgas auf zwei Rädern eingebogen sind. Rechts zieht soeben die Kathedrale vorbei, das heißt also, sie sind noch wie viel?, zwei Häuserblocks vom Bund entfernt. Dort hat ein Kanonenboot der Yangtze River Patrol festgemacht und wartet auf das Zeug, das sie hinten auf dem Lkw haben. Das einzige wirkliche Problem besteht darin, dass diese beiden Häuserblocks von zirka fünf Millionen Chinesen bewohnt werden.

Nun handelt es sich bei diesen Chinesen um gewiefte Städter, nicht um sonnengebräunte Bauerntrampel, die noch nie ein Auto gesehen haben – normalerweise gehen sie einem aus dem Weg, wenn man schnell fährt und hupt. So flüchten denn auch viele auf die eine oder andere Straßenseite, wodurch die Illusion erzeugt wird, dass der Lkw schneller als die dreiundvierzig Meilen fährt, die der Tachometer anzeigt.

Aber der Bambushain in Bobby Shaftoes Haiku ist nicht bloß eine Beigabe, die dem Gedicht ein bisschen asiatisches Flair verleihen und die Leute zu Hause in Oconomowoc beeindrucken soll. Vor dem Lkw erstreckt sich ein Gewirr von dickem Bambus, Dutzende improvisierter Schranken, die ihnen den Weg zum Fluss versperren, denn die Offiziere der Asiatic Fleet und der Fourth Marines, die sich dieses kleine Unternehmen ausgedacht haben, haben vergessen, den Freitagnachmittag-Faktor zu berücksichtigen. Wie Bobby Shaftoe ihnen hätte erklären können – wenn sie sich nur die Mühe gemacht hätten, einen armen dummen Stiftkopf zu fragen –, führt ihre Route sie durch das Herz des Bankenviertels. Hier gibt es natürlich die Hongkong and Shanghai Bank, City Bank, Chase Manhattan, die Bank of Amerika, dazu BBME und die Chinesische Landwirtschaftsbank sowie jede Menge popeliger kleiner Provinzbanken, und mehrere dieser Banken haben mit dem, was vom chinesischen Staat noch übrig ist, Verträge geschlossen, die ihnen erlauben, Geld zu drucken. Es muss ein mörderisches Geschäft sein, denn sie sparen Kosten, indem sie es auf altes Zeitungspapier drucken, und wenn man Chinesisch lesen kann, sieht man die Artikel und Poloergebnisse des vergangenen Jahrs unter den bunten Zahlen und Bildern hervorlugen, die diese Papierstücke in ein gesetzliches Zahlungsmittel verwandeln.

Wie jeder Geflügelhändler und Rikschafahrer in Schanghai weiß, sehen die Gelddruckkonzessionen vor, dass sämtliche Noten, die diese Banken ausgeben, durch eine so und so hohe Silbermenge gedeckt sein müssen; d.h. jeder, der in eine dieser Banken am Ende der Kiukiang Road geht und ein Bündel Banknoten auf den Schalter klatscht, sollte (vorausgesetzt, die betreffenden Noten sind von ebendieser Bank gedruckt worden) richtiges metallisches Silber dafür erhalten.

Wenn nun China nicht gerade mitten dabei wäre, vom japanischen Kaiserreich systematisch ausgeweidet und geviertelt zu werden, würde der Staat wahrscheinlich offizielle Erbsenzähler herumschicken, um den Überblick darüber zu behalten, wie viel Silber tatsächlich in den Banktresoren vorhanden ist, und alles würde ruhig und geordnet vonstatten gehen. Doch wie die Dinge liegen, sorgt bei diesen Banken nur eines für Ehrlichkeit, nämlich die anderen Banken.

Und das funktioniert folgendermaßen: Während des normalen Geschäftsablaufs gehen große Mengen Papiergeld über die Schalter (beispielsweise) der Chase Manhattan Bank. Von dort werden sie in ein Hinterzimmer gebracht, sortiert und in Geldkisten (zirka sechzig Zentimeter im Quadrat und knapp einen Meter tief, mit Seilschlaufen an den vier Ecken) geworfen, wobei sämtliche Noten (beispielsweise) der Bank of America in eine und sämtliche Noten der City Bank in eine andere Kiste kommen. Am Freitagnachmittag holt man dann Kulis. Jeder Kuli oder jedes Kulipaar hat natürlich seine riesenlange Bambusstange dabei – ein Kuli ohne seine Stange ist wie ein China-Marine ohne sein vernickeltes Bajonett – und steckt diese Stange durch die Seilschlaufen an den Kistenecken. Dann schultert jeder Kuli ein Stangenende, sodass die Kiste hochgehoben wird. Die beiden müssen sich koordiniert bewegen, sonst fängt die Kiste an herumzuschlingern, und alles gerät aus dem Gleichgewicht. Während sie nun ihrem Ziel – der jeweiligen Bank, deren Name auf die Noten in ihrer Kiste gedruckt ist – entgegensteuern, singen sie miteinander und setzen im Takt der Musik die Füße aufs Pflaster. Die Stange ist ziemlich lang, sodass sie in großem Abstand zueinander gehen und laut singen müssen, um einander zu hören, und natürlich singt jedes Kulipaar auf der Straße sein eigenes Lied und versucht, alle anderen zu übertönen, um nicht aus dem Tritt zu geraten.

So springen also zehn Minuten vor Geschäftsschluss am Freitagnachmittag die Türen vieler Banken auf und es kommen wie beim Vorspiel zu einem blöden Broadway-Musical singend zahlreiche Kulipaare hereinmarschiert, setzen krachend ihre Kisten mit zerfledderter Währung ab und verlangen Silber dafür. Alle Banken treiben dieses Spielchen miteinander – manchmal sogar am selben Freitag, besonders zu Zeiten wie dem 28. November 1941, wo selbst einem Stoppelhopser wie Bobby Shaftoe einleuchtet, dass es besser ist, Silber anstatt altes zerschnittenes Zeitungspapier zu besitzen. So kommt es, dass Bobby Shaftoe und die anderen Marines auf dem Lkw, obwohl die üblichen Fußgänger, Essenskarrenbesitzer und wütenden Sikh-Polizisten bereits aus dem Weg gehastet sind und sich platt an die Wände der Clubs, Läden und Bordelle an der Kiukiang Road drücken, das Kanonenboot, das ihr Ziel ist, wegen dieses Waldes aus mächtigen, waagrechten Bambusstangen nach wie vor nicht einmal sehen können. Und wegen der wilden, pulsierenden pentatonischen Kakophonie des Kuligesangs können sie ihre eigene Hupe nicht hören. Hier handelt es sich nicht einfach um den *regulären* Freitagnachmittags-Geldverkehr im Bankenviertel von Schanghai. Hier geht es um eine endgültige Abrechnung, ehe die ganze östliche Hemisphäre in Brand gerät. In den nächsten zehn Minuten werden die Millionen von Versprechen, die auf diese Scheißhauspapierstücke gedruckt sind, *allesamt* gehalten oder gebrochen werden; richtige Silber- und Goldstücke werden den Besitzer wechseln oder nicht. Es handelt sich um eine Art monetäres Jüngstes Gericht.

»Herrgott, ich kann doch nicht –« brüllt Private Wiley.

»Der Captain hat gesagt, wir sollen nicht anhalten, scheißegal warum«, erinnert ihn Shaftoe. Er befiehlt Wiley *nicht*, die Kulis zu überfahren, sondern erinnert ihn lediglich daran, dass sie einiges werden erklären müssen, falls Wiley es unterlässt, die Kulis zu überfahren – kompliziert wird das Ganze noch durch die Tatsache, dass der Captain sich unmittelbar hinter ihnen befindet, in einem Wagen voller China-Marines mit Maschinenpistolen. Und so wie der Captain sich wegen dieser Station-Alpha-Geschichte aufgeführt hat, ist ziemlich klar, dass bereits erste Striemen seinen Hintern zieren, verabreicht von irgendeinem Admiral in Pearl Harbor oder sogar (Trommelwirbel) den Marine Barracks, Eight and Eye Streets Southeast, Washington, D.C.

Shaftoe und die anderen Marines haben Station Alpha immer als geheimnisvolle Clique von Schreibstuben-Matrosen gekannt, die auf dem Dach eines Gebäudes in der Internationalen Siedlung hausten, in einer Bude aus astigen Palettenbrettern, aus der in alle Richtungen Antennen ragten. Wenn man lange genug dastand, konnte man sehen, wie sich einige dieser Antennen bewegten, sich auf irgendetwas auf dem Meer richteten. Shaftoe hat sogar ein Haiku darüber geschrieben:

Antennen suchen
Retrievernasen im Wind
Fernes Geheimnis

Das war überhaupt erst sein zweites Haiku – das eindeutig nicht den Maßstäben von November 1941 genügte – und ihn schaudert bei der Erinnerung daran.

Doch erst heute begreifen die Marines so richtig, was für eine große Geschichte Station Alpha war. Wie sich herausstellte, hatte ihr Job darin bestanden, eine Tonne Ausrüstung und mehrere Tonnen Papier in Planen zu verpacken und zur Tür hinauszuschaffen. Den Donnerstag hatten sie dann damit verbracht, die Bretterbude zu zerlegen, ein Feuer damit zu machen und bestimmte Bücher und Papiere zu verbrennen.

»Scheiße!«, brüllt Private Wiley. Nur ein paar Kulis sind aus dem Weg gegangen oder haben die Marines überhaupt gesehen. Doch dann gibt es vom Fluss her einen fantastischen Knall, als zerbräche Gott eine anderthalb Kilometer dicke Bambusstange über dem Knie. Eine halbe Sekunde später sind keine Kulis mehr auf der Straße – bloß eine Menge Kisten mit unbemannten, wippenden Bambusstangen daran, die mit dem Geräusch eines gigantischen Klangspiels auf die Straße klappern. Darüber erhebt sich ein ausgefranster grauer Rauchpilz von dem Kanonenboot. Wiley schaltet hoch und tritt auf den Pinn. Shaftoe drückt sich gegen die Lkw-Tür, senkt den Kopf und hofft, dass sein tuntiger Landserhelm aus dem Ersten Weltkrieg etwas taugt. Dann fangen Geldkisten an zu zerbrechen und zu zerplatzen, während der Lkw sich durch sie hindurchpflügt. Shaftoe schielt durch ein Gestöber von Banknoten nach oben und sieht riesige Bambusstangen hochfliegen und dem Flussufer entgegenschnellen und – wirbeln.

Blätter von Schanghai:
Fahle Türen am Himmel.
Der Winter beginnt.

Barrens

Behalten wir das Problem der Existenz Gottes einem späteren Band vor und stipulieren einfach, dass auf diesem Planeten *irgendwie* sich selbst replizierende Organismen entstanden sind, die sofort versucht haben, einander loszuwerden, und zwar entweder, indem sie ihre Umwelt mit Rohkopien ihrer selbst überschwemmten, oder durch direktere Methoden, auf die hier wohl nicht weiter eingegangen werden muss. Die meisten von ihnen scheiterten und ihr genetisches Erbe wurde für immer aus dem Universum gelöscht, aber ein paar fanden eine Möglichkeit, zu überleben und sich fortzupflanzen. Nach ungefähr drei Milliarden Jahren dieser manchmal verrückten, häufig aber langweiligen Fuge von Sinnenlust und Schlächterei wurde in Murdo, South Dakota, Godfrey Waterhouse IV als Sohn von Blanche, Ehefrau eines kongregationalistischen Predigers namens Bunyan Waterhouse, geboren. Wie jedes andere Geschöpf auf Erden war Godfrey kraft Geburtsrecht ein gewaltiger Fiesling, wenn auch nur in dem etwas eingeschränkten formalen Sinne, dass er seine Herkunft über eine lange Reihe geringfügig weniger hoch entwickelter gewaltiger Fieslinge auf jenes erste, sich selbst replizierende Ding zurückverfolgen konnte – das angesichts der Zahl und der Vielfalt seiner Abkömmlinge mit Fug und Recht als der gewaltigste Fiesling aller Zeiten bezeichnet werden könnte. Alles und jeder, der kein gewaltiger Fiesling war, lebte nicht mehr.

Was albtraumhaft gefährliche, mnemetisch programmierte Todesmaschinen angeht, hätte man keine netteren kennen lernen können. In der Tradition seines Namensvetters (des puritanischen Schriftstellers John Bunyan, der einen Großteil seines Lebens im Gefängnis oder mit dem Versuch, ihm zu entgehen, verbracht hatte) predigte der Reverend Waterhouse niemals lange an einem Ort. Die Kirche versetzte ihn alle ein, zwei Jahre von einem Kaff in den Dakotas ins nächste. Möglich, dass Godfrey diesen Lebensstil als einigermaßen entfremdend empfand, denn irgendwann im Laufe seines Studiums am Fargo Congregational College büxte er der Herde aus, verfiel, zum fortwährenden Kummer seiner Eltern, weltlichen Zwecken und bekam schließlich irgendwie seinen Doktor in Altphilologie an einer kleinen Privatuniversität in Ohio. Da Akademiker nicht weniger nomadenhaft sind als kongregationalistische Prediger, nahm er Arbeit an, wo er welche finden konnte. Er wurde Professor für Griechisch und Latein am Bolger Christian College (Gesamtzahl der Studenten 322) in West Point, Virginia, wo der Mattaponi und der Pamunkey zum York River zusammenfließen und die widerlichen Dämpfe der Papierfabrik jede Schublade, jeden Schrank, ja sogar die inneren Seiten von Büchern durchdrangen. Godfreys junge Braut, eine geborene Alice Pritchard, die ihrerseits in ihrer Kindheit ihrem Wanderprediger-Vater durch die Weiten Ost-Montanas gefolgt war – wo die Luft nach Schnee und Salbei roch –, übergab sich drei Monate lang. Sechs Monate später gebar sie Lawrence Pritchard Waterhouse.

Der Junge hatte eine eigenartige Beziehung zu Lauten. Ihn störte, wenn ein Feuerwehrauto vorbeikam, weder das Sirenengeheul noch das Gebimmel der Glocke. Wenn aber eine Hornisse ins Haus geriet und in einer breiten Lissajous-Figur mit fast unhörbarem Summen unter der Decke entlangflog, schrie er vor Schmerz über das Geräusch auf. Und wenn er etwas sah oder roch, was ihm Angst machte, hielt er sich die Ohren zu.

Was ihn überhaupt nicht störte, war der Klang der Orgel in der Kapelle des Bolger Christian College. Die Kapelle war nicht weiter erwähnenswert, aber die Orgel war von der Familie, der die Papierfabrik gehörte, gestiftet worden und hätte für eine viermal so große Kirche ausgereicht. Sie entsprach aufs Schönste dem Organisten, einem Mathematiklehrer im Ruhestand, der der Meinung war, dass sich bestimmte Eigenschaften des Herrn (Gewalttätigkeit und Launenhaftigkeit im Alten Testament, Majestät und Glorie im Neuen) durch eine Art frontale klangliche Durchdringung unmittelbar den Seelen der in den Bänken zusammengepferchten Sünder nahe bringen ließen. Dass er dabei das Risiko einging, die Buntglasfenster herauszupusten, war ohne Belang, weil sowieso niemand sie mochte und die Dämpfe der Papierfabrik die Bleifassungen zerfraßen. Doch nachdem zum wiederholten Mal eine kleine alte Dame nach dem Gottesdienst vom Tinnitus befallen den Mittelgang entlang wankte und dem Geistlichen gegenüber eine bissige Bemerkung über die ungemein *dramatische* Musik machte, wurde der Organist ersetzt.

Er gab allerdings weiterhin Unterricht auf dem Instrument. Die Schüler durften erst an die Orgel, wenn sie das Klavierspielen beherrschten, und als man das Lawrence Pritchard Waterhouse erklärte, brachte er sich binnen drei Wochen selbst bei, eine Bachfuge zu spielen, und meldete sich für Orgelstunden an. Da er zu diesem Zeitpunkt erst fünf Jahre alt war, konnte er nicht zugleich die Manuale und die Pedaltasten erreichen und musste deshalb im Stehen – oder vielmehr von Pedal zu Pedal spazierend – spielen.

Als Lawrence zwölf war, ging die Orgel kaputt. Die Stifterfamilie hatte keinerlei Mittel für Instandhaltung und Reparatur hinterlassen, und so beschloss der Mathematiklehrer, sich selbst daran zu versuchen. Er war bei schlechter Gesundheit und brauchte einen geschickten Assistenten: Lawrence, der ihm half, das Gehäuse des Instruments zu öffnen. Zum ersten Mal in all den Jahren sah der Junge, was eigentlich passierte, wenn er die Tasten drückte.

Für jedes Register – jede Klangart oder Klangfarbe, die die Orgel erzeugen konnte (also Blockflöte, Trompete, Pikkolo etc.) – gab es eine gesonderte Anzahl von Pfeifen, die in einer Reihe von lang bis kurz angeordnet waren. Lange Pfeifen erzeugten tiefe Töne, kurze hohe. Die Spitzen der Pfeifen beschrieben einen Graphen: keine gerade Linie, sondern eine aufwärts geschwungene Kurve. Der Orgel spielende Mathematiklehrer setzte sich mit ein paar losen Pfeifen, einem Stift und einem Blatt Papier hin und half Lawrence, dahinter zu kommen, warum. Als Lawrence es begriff, war es, als hätte der Mathematiklehrer plötzlich auf einer Orgel von der Größe des Spiralnebels im Sternbild Andromeda den guten Teil von Bachs Fantasie und Fuge in g-Moll gespielt – den Teil, in dem Onkel Johann in einem einzigen erbarmungslos absteigenden und immerzu mutierenden Akkord den Bau des Universums zergliedert, als stieße sein Fuß durch schlingernde Schichten von Müll, bis er schließlich auf soliden Fels trifft. Besonders die letzten Schritte der Erklärung des Organisten glichen dem Herabstoßen eines Falken durch Schichten von Vorspiegelung und Illusion – aufregend, erschütternd oder verwirrend, je nach dem, was man war. Die Himmel rissen auf. Lawrence erblickte bis in geometrische Unendlichkeit reichende Engelschöre.

Die Pfeifen entsprossen in parallelen Reihen einem breiten flachen Kasten mit komprimierter Luft. Sämtliche Pfeifen eines bestimmten Tons – jedoch unterschiedlicher Registerzugehörigkeit – waren entlang einer Achse aufgereiht. Sämtliche Pfeifen eines bestimmten Registers – jedoch unterschiedlicher Tonhöhe – waren entlang der anderen, senkrecht dazu stehenden Achse aufgereiht. Unten in dem flachen Kasten mit Luft befand sich also ein Mechanismus, der zum richtigen Zeitpunkt Luft zu den richtigen Pfeifen beförderte. Wenn eine Taste oder ein Pedal gedrückt wurde, erklangen sämtliche Pfeifen, die den entsprechenden Ton erzeugen konnten, sofern ihre Registerzüge herausgezogen waren.

Technisch gesehen funktionierte das Ganze auf eine Weise, die vollkommen klar, einfach und logisch war. Lawrence hatte immer angenommen, dass die Maschine mindestens so kompliziert sein müsse wie die intrikateste Fuge, die sich darauf spielen ließ. Nun hatte er erfahren, dass eine einfach konstruierte Maschine Ergebnisse von unendlicher Komplexität liefern konnte.

Registerzüge wurden selten einzeln verwendet. Meist wurden sie zu Kombinationen zusammengefügt, die darauf angelegt waren, sich die verfügbaren Obertöne zunutze zu machen (noch mehr spannende Mathematik!). Bestimmte Kombinationen wurden immer wieder verwendet – für das stille Offertorium beispielsweise viele Blockflöten unterschiedlicher Länge. Die Orgel verfügte über eine raffinierte Vorrichtung, die Koppel hieß und es dem Organisten ermöglichte, eine bestimmte Kombination von Registern – Register, die er selbst ausgewählt hatte – zum Erklingen zu bringen. Er drückte eine Taste, und von Luftdruck angetrieben schossen mehrere Registerzüge gleichzeitig aus dem Spieltisch, und in diesem Augenblick wurde die Orgel zu einem ganz anderen Instrument mit völlig neuen Klangfarben.

Im nächsten Sommer wurden sowohl Lawrence als auch Alice, seine Mutter, von einem entfernten Verwandten kolonisiert – einem gewaltigen Fiesling von einem Virus. Lawrence kam mit einer kaum wahrnehmbaren Tendenz davon, einen seiner Füße nachzuziehen. Alice endete in einer eisernen Lunge. Später, außerstande, richtig zu husten, bekam sie Lungenentzündung und starb.

Lawrences Vater Godfrey gab unumwunden zu, dass er sich der nun auf seinen Schultern ruhenden Last nicht gewachsen fühlte. Er trat von seinem Posten an dem kleinen College in Virginia zurück und zog mit seinem Sohn in ein kleines Haus in Moorhead, Minnesota, Tür an Tür mit Bunyan und Blanche, die sich dort ebenfalls niedergelassen hatten. Später bekam er eine Stelle als Lehrer an einer normalen Schule in der Nähe.

An dieser Stelle schienen sämtliche verantwortungsvollen Erwachsenen in Lawrences Leben stillschweigend zu der Übereinkunft zu gelangen, dass die beste – oder jedenfalls die einfachste – Methode, ihn zu erziehen, darin bestand, ihn in Frieden zu lassen. Bei den seltenen Gelegenheiten, bei denen Lawrence um das Eingreifen eines Erwachsenen in sein Leben bat, stellte er normalerweise Fragen, die kein

Mensch beantworten konnte. Mit sechzehn, als er dem örtlichen Schulsystem nichts Herausforderndes mehr abgewinnen konnte, ging Lawrence Pritchard Waterhouse aufs College. Er schrieb sich am Iowa State College ein, das unter anderem Standort eines ROTC war, eines Ausbildungskorps für Reserveoffiziere der Marine, in das er zwangsweise aufgenommen wurde.

Das Ausbildungskorps des IOWA State College hatte eine Musikkapelle und freute sich zu hören, dass Lawrence sich für Musik interessierte. Da es schwierig war, an Deck eines Kriegsschiffes zu exerzieren und dabei Orgel zu spielen, gab man ihm ein Glockenspiel und zwei Schlegel.

Wenn er nicht gerade mit lautem Dingdong auf dem Schwemmland des Skunk River hin und her marschierte, studierte er im Hauptfach Maschinenbau. Auf diesem Gebiet schnitt er am Ende schlecht ab, weil er sich einem bulgarischen Professor namens John Vincent Atanasoff und dessen Doktoranden Clifford Berry angeschlossen hatte, die sich mit dem Bau einer Maschine beschäftigten, welche die Lösung einiger besonders öder Differentialgleichungen automatisieren sollte.

Lawrences Grundproblem bestand darin, dass er faul war. Er war dahinter gekommen, dass sich alles stark vereinfachte, wenn man wie Superman mit seinem Röntgenblick einfach durch das kosmetische Drumherum hindurchstarrte und das zugrunde liegende mathematische Gerüst sah. Sobald man die mathematische Grundlage eines Phänomens gefunden hatte, wusste man alles darüber und konnte es mit nichts als einem Stift und einer Papierserviette nach Herzenslust manipulieren. Er sah es an der Kurve der Silberplatten an seinem Glockenspiel, am Kettenbogen einer Brücke und an der mit Kondensatoren gespickten Trommel der Rechenmaschine von Atanasoff und Berry. Tatsächlich auf das Glockenspiel einzuhämmern, die Brücke zusammenzunieten oder auseinander zu klamüsern, warum die Rechenmaschine nicht funktionierte, war weniger interessant für ihn.

Infolgedessen bekam er schlechte Noten. Von Zeit zu Zeit allerdings vollführte er an der Tafel irgendein Kunststück, von dem sein Professor weiche Knie bekam und den anderen Studenten, die ihn nicht sonderlich mochten, die Luft wegblieb. Das sprach sich herum.

Gleichzeitig ließ seine Großmutter Blanche ihre ausgedehnten kongregationalistischen Beziehungen spielen und setzte sämtliche Hebel für Lawrence in Bewegung, ohne dass er das Geringste davon ahnte.

Ihre Bemühungen waren von Erfolg gekrönt und Lawrence bekam ein obskures Stipendium, das der Erbe einer Hafer verarbeitenden Fabrik in St. Paul gestiftet hatte und dessen Zweck darin bestand, Kongregationalisten des Mittleren Westens für ein Jahr auf eine Ivy-League-Hochschule zu schicken, eine Frist, so dachte man (offensichtlich), die ausreichte, ihren IQ um ein paar entscheidende Punkte anzuheben, aber nicht lange genug war, um sie sittlich zu verderben. So wurde Lawrence Student in Princeton.

Nun war Princeton eine illustre Hochschule und dorthin zu gehen war eine große Ehre, doch niemand kam dazu, Lawrence, der das nicht wissen konnte, davon in Kenntnis zu setzen. Das hatte positive und negative Folgen. Er akzeptierte das Stipendium mit einer minimalen Andeutung von Dankbarkeit, was den Haferflocken-Mogul erboste. Andererseits passte er sich mühelos an Princeton an, denn *es war einfach nur ein anderer Ort.* Es erinnerte ihn an die schöneren Ecken von Virginia und außerdem gab es ein paar schöne Orgeln in der Stadt; mit seinen Hausaufgaben allerdings – Problemen der Brückenkonstruktion und der Flankenkrümmung von Zahnrädern – war er weniger glücklich. Wie immer liefen sie irgendwann auf Mathematik hinaus, womit er meistens mühelos fertig wurde. Von Zeit zu Zeit jedoch kam er nicht weiter und das führte ihn zur Fine Hall, dem Sitz der mathematischen Fakultät.

In der Fine Hall lief ein bunt gemischtes Völkchen, vielfach mit englischem oder europäischem Akzent, herum. Verwaltungstechnisch gesehen gehörten viele dieser Leute gar nicht der mathematischen Fakultät, sondern einer eigenen Einrichtung mit Namen IAS an, was so viel wie Institut für Fortgeschrittene Soundso bedeutete. Aber sie waren alle im selben Gebäude und sie kannten sich alle mit Mathematik aus, sodass die Unterscheidung für Lawrence nicht existierte.

Nicht wenige dieser Männer gaben sich scheu, wenn Lawrence ihren Rat suchte, andere aber waren zumindest bereit, ihn anzuhören. So war er zum Beispiel auf eine Methode gekommen, wie sich ein schwieriges Zahnformproblem lösen ließ, das nach der konventionellen Lösungsmethode jede Menge absolut vernünftiger, jedoch ästhetisch unbefriedigender Annäherungen erforderte. Lawrences Lösung würde exakte Ergebnisse liefern. Ihr einziger Nachteil bestand darin, dass eine Trillion Menschen mit Rechenschiebern eine Trillion Jahre brauchen würden, um sie zu ermitteln. Lawrence arbeitete an einem radikal anderen Ansatz, der, wenn er funktionierte, diese Zahlen auf jeweils eine Billion senken würde. Leider war Lawrence außerstande, irgendjemanden in der Fine Hall für etwas so Prosaisches wie Zahnradgetriebe zu interessieren, bis er sich plötzlich mit einem energischen Briten anfreundete, dessen Namen er prompt vergaß, der sich jedoch in letzter Zeit selbst viel mit algebraischer Zahnradentwicklung beschäftigt hatte. Dieser Mensch versuchte, ausgerechnet, eine mechanische Rechenmaschine zu bauen – speziell eine Maschine, mit der sich bestimmte Werte der Riemannschen Zeta-Funktion

$$\zeta(s) = \sum_{n=1}^{\infty} \frac{1}{n^s} = 1 + \frac{1}{2^s} + \frac{1}{3^s} + \ldots$$

berechnen ließen, wobei s eine komplexe Zahl ist.

Lawrence fand diese Zeta-Funktion nicht mehr und nicht weniger interessant als jedes andere mathematische Problem, bis sein neuer Freund ihm versicherte, dass sie schrecklich wichtig sei und dass einige der besten Mathematiker der Welt schon seit Jahrzehnten daran knabberten. Die beiden blieben schließlich bis drei Uhr morgens wach und fanden die Lösung von Lawrences Zahnproblem. Die Ergebnisse präsentierte Lawrence stolz seinem Maschinenbauprofessor, der sie aus praktischen Gründen mit abfälligen Bemerkungen verwarf und ihm für seine Mühe eine schlechte Note gab.

Nach mehreren Begegnungen fiel Lawrence schließlich wieder ein, dass der freundliche Brite Al Sowieso hieß. Weil Al ein leidenschaftlicher Radfahrer war, unternahmen die beiden ziemlich viele Radtouren durch die Landschaft des Garden State. Während sie in New Jersey herumfuhren, unterhielten sie sich über Mathematik und besonders über Maschinen, die ihnen das, was an der Mathematik langweilig war, vom Hals schaffen würden.

Aber Al dachte schon länger über dieses Thema nach als Lawrence und war darauf gekommen, dass Rechenmaschinen viel mehr als bloß Arbeit sparende Geräte waren. Er arbeitete an einer radikal anderen Art von Rechenmechanismus, mit dem sich absolut jedes arithmetische Problem würde lösen lassen, vorausgesetzt, man wusste, wie das Problem zu formulieren war. Von einem rein logischen Standpunkt aus hatte er bereits alles auseinander klamüsert, was es über diese (bislang noch hypothetische) Maschine zu wissen gab, musste allerdings erst noch eine bauen. Lawrence entnahm seinen Worten, dass konkretes Maschinenbauen in Cambridge (und zwar Cambridge, England, wo dieser Al herkam) und eigentlich auch in der Fine Hall als würdelos galt. Al freute sich riesig, dass er in Lawrence jemanden gefunden hatte, der diese Ansicht nicht teilte.

Eines Tages fragte Al ihn taktvoll, ob es ihm furchtbar viel ausmachen würde, ihn bei seinem richtigen, vollen Namen zu nennen, der Alan und nicht Al lautete. Lawrence entschuldigte sich und sagte, er werde sich bemühen, daran zu denken.

Ein paar Wochen später, während die beiden gerade an einem rauschenden Bach in den Wäldern oberhalb der Delaware Water Gap saßen, machte Alan Lawrence einen absonderlichen Vorschlag, der mit Penissen zu tun hatte. Der Vorschlag erforderte eine ausführliche methodische Erklärung, die Al unter starkem Erröten und großem Gestotter gab. Er war dabei ungemein höflich und betonte mehrfach, ihm sei durchaus bewusst, dass nicht jeder auf der Welt an dergleichen interessiert sei.

Lawrence kam zu dem Schluss, dass er wahrscheinlich zu diesen Leuten gehörte.

Alan war offenbar tief beeindruckt davon, dass Lawrence überhaupt darüber nachgedacht hatte, und entschuldigte sich dafür, ihm Ungelegenheiten gemacht zu haben. Sie kamen unmittelbar wieder auf ein Gespräch über Rechenmaschinen zurück und ihre Freundschaft blieb unbeeinträchtigt. Aber auf ihrer nächsten Fahrradtour – einem zweitägigen Camping-Ausflug in die Pine Barrens – schloss sich ihnen ein Neuer an, ein Deutscher namens Rudi von Soundso.

Die Beziehung zwischen Alan und Rudi schien enger oder zumindest vielschichtiger zu sein als die zwischen Alan und Lawrence. Lawrence kam zu dem Schluss, dass Alan schließlich wohl doch einen Interessenten für seinen Penis-Plan gefunden hatte.

Das gab Lawrence zu denken. Was hatte es vom evolutionären Standpunkt aus für einen Sinn, dass es Menschen gab, die nicht geneigt waren, Nachwuchs zu zeugen? Dafür musste es irgendeinen plausiblen und ziemlich subtilen Grund geben.

Er konnte sich lediglich denken, dass es mittlerweile eher Menschengruppen – Gesellschaften – als Individuen waren, die sich gegenseitig in punkto Vermehrung zu übertreffen und/oder zu töten suchten, und dass es in einer Gesellschaft für jemanden, der keine Kinder hatte, viel Raum gab, sofern er sich nur irgendwie nützlich machte.

Alan, Rudi und Lawrence jedenfalls radelten Richtung Süden und hielten nach den Pine Barrens Ausschau. Nach einer Weile wurden die

Entfernungen zwischen den Ortschaften sehr groß und die Pferdefarmen machten einem niedrigen Gestoppel schwächlicher, dürrer Bäume Platz, das sich bis nach Florida zu erstrecken schien – und ihnen die Aussicht versperrte, nicht aber den Gegenwind abhielt. »Wo sind denn nun die Pine Barrens?«, fragte Lawrence ein paar Mal. Er hielt sogar an einer Tankstelle an, um jemandem diese Frage zu stellen. Seine Begleiter begannen sich über ihn lustig zu machen.

»Wo sind die Pine Barrens?«, erkundigte sich Rudi und sah sich mit fragendem Gesicht um.

»Ich würde nach etwas ziemlich karg Aussehendem mit vielen Kiefern Ausschau halten«, sinnierte Alan.

Es herrschte kein Verkehr, deshalb hatten sie sich quer über die Straße verteilt und strampelten mit Alan in der Mitte zu dritt nebeneinander her.

»Ein Wald, wie Kafka ihn sich ausdenken würde«, murmelte Rudi.

Mittlerweile war Lawrence dahinter gekommen, dass sie sich in der Tat bereits in den Pine Barrens befanden. Wer Kafka war, wusste er allerdings nicht. »Ein Mathematiker?«, riet er.

»Das ist ein beängstigender Gedanke«, sagte Rudi.

»Das ist ein Schriftsteller«, sagte Alan. »Nimm es mir bitte nicht übel, dass ich dich das frage, Lawrence, aber erkennst du eigentlich überhaupt Namen von anderen Leuten? Von anderen als Verwandten und engen Freunden, meine ich.«

Lawrence machte wohl ein ziemlich verdutztes Gesicht. »Ich versuche, herauszufinden, ob das alles von da drin kommt«, sagte Alan, streckte die Hand aus und klopfte Lawrence mit den Knöcheln seitlich gegen den Kopf, »oder ob du manchmal auch neue Ideen von anderen Menschen aufnimmst.«

»Als kleiner Junge habe ich in einer Kirche in Virginia Engel gesehen«, sagte Lawrence, »aber ich glaube, die kamen aus meinem Kopf.«

»Na schön«, sagte Alan.

Aber später versuchte Alan es erneut. Sie hatten den Feuerausguck erreicht und er hatte sich als gewaltige Enttäuschung erwiesen: bloß eine gesichtslose Treppe, die nirgendwohin führte, und darunter ein kleines, gerodetes Areal, das von Flaschenscherben glitzerte. Sie schlugen ihr Zelt an einem Teich auf, der, wie sich herausstellte, voller rostfarbener Algen war, die sich in ihren Körperhaaren verfingen. Man konnte nichts tun als Schnaps trinken und über Mathematik reden.

Alan sagte: »Pass auf, es ist so: Bertrand Russell und ein anderer

Knabe namens Whitehead haben die *Principia Mathematica* geschrieben...«

»Jetzt nimmst du mich aber auf den Arm«, sagte Waterhouse. »Sogar ich weiß, dass *das* Sir Isaac Newton geschrieben hat.«

»Newton hat ein anderes Buch geschrieben, das auch *Principia Mathematica* heißt, aber eigentlich gar nicht von Mathematik handelt, sondern von dem, was wir heute Physik nennen.«

»Warum hat er es dann *Principia Mathematica* genannt?«

»Weil der Unterschied zwischen Mathematik und Physik zu Newtons Zeit nicht besonders klar war –«

»Vielleicht ist er das bis heute nicht«, sagte Rudi.

» – was unmittelbar mit dem zu tun hat, wovon ich hier rede«, fuhr Alan fort. »Ich rede von Russells *P. M.*, worin er und Whitehead ganz von vorn anfangen, buchstäblich mit *nichts*, und alles – die ganze Mathematik – auf einer kleinen Zahl von Grundprinzipien aufbauen. Und der Grund, warum ich dir das erzähle, Lawrence, ist – Lawrence! Pass gefälligst auf!«

»Hmmm?«

»Rudi – nimm den Stock da – ja, genau – und behalte Lawrence fest im Auge, und wenn er wieder diesen weggetretenen Gesichtsausdruck kriegt, stößt du ihn damit an!«

»Das ist hier keine englische Schule, so etwas kannst du nicht machen.«

»Ich höre zu«, sagte Lawrence.

»Aus *P. M.*, einem schrecklich radikalen Werk, ergab sich, dass man sagen konnte, die ganze Mathematik lasse sich im Grunde als eine bestimmte Anordnung von Symbolen ausdrücken.«

»Das hat Leibniz schon lange vorher gesagt!« protestierte Rudi.

»Äh, Leibniz hat das Zeichensystem erfunden, das wir für die *Infinitesimalrechnung* verwenden, aber –«

»Davon rede ich nicht!«

»Und er hat Matrizen erfunden, aber –«

»Davon rede ich auch nicht!«

»Und er hat einiges mit binärer Arithmetik gemacht, aber –«

»Das ist etwas ganz anderes!«

»Ja wovon redest du dann eigentlich, Rudi?«

»Leibniz hat das Grundalphabet erfunden – hat eine Reihe von Symbolen niedergeschrieben, mit denen sich logische Aussagen ausdrücken lassen.«

»Also, mir war nicht klar, dass Herr Leibniz auch die formale Logik zu seinen Interessen zählte, aber –«

»Natürlich! Er wollte genau das tun, was Russell und Whitehead getan haben, allerdings nicht nur mit der Mathematik, sondern mit allem, was es gibt!«

»Dürfen wir dann aufgrund der Tatsache, dass du der einzige Mensch auf dem Planeten bist, der über diese Unternehmung von Leibniz Bescheid weiß, annehmen, dass er gescheitert ist?«

»Du kannst meinetwegen annehmen, wozu du Lust hast, Alan«, antwortete Rudi, »aber ich bin Mathematiker und nehme überhaupt nichts an.«

Alan seufzte gekränkt und warf Rudi einen angelegentlichen Blick zu, den Waterhouse dahingehend interpretierte, dass es später Ärger geben würde. »Wenn ich jetzt vielleicht weitermachen dürfte«, sagte er, »ich versuche doch nur, euch davon zu überzeugen, dass die Mathematik sich als eine Reihe von Symbolen ausdrücken lässt« (er schnappte sich den Piekstock und begann Dinge wie + = 3) $\sqrt{-1}\,\pi$ in den Staub zu zeichnen), »und es ist mir offen gestanden völlig egal, ob das Leibniz' oder Russells Symbole oder die Hexagramme des I Ging sind....«

»Leibniz war fasziniert vom I Ging!«, begann Rudi.

»Jetzt halt mal einen Moment die Klappe von Leibniz, Rudi, und pass auf: Du – Rudi – und ich, wir befinden uns sozusagen in einem Zug, sitzen im Speisewagen und unterhalten uns nett, und dieser Zug wird mit einem *Affenzahn* von bestimmten Lokomotiven mit Namen *Bertrand Russell, Euler, Riemann* und anderen gezogen. Und unser Freund Lawrence rennt neben dem Zug her und versucht, mit uns Schritt zu halten – nicht, dass wir unbedingt schlauer wären als er, aber er ist gewissermaßen ein *Bauer*, der keinen Fahrschein bekommen hat. Und ich, Rudi, greife nun einfach zum offenen Fenster hinaus und versuche, ihn zu uns in den Scheißzug zu ziehen, damit wir drei uns schön über Mathematik unterhalten können, ohne uns die ganze Zeit sein Keuchen und Nach-Luft-Schnappen anhören zu müssen.«

»Na schön, Alan.«

»Geht ganz schnell, du musst nur aufhören, mich ständig zu unterbrechen.«

»Aber es gibt auch eine Lokomotive namens Leibniz.«

»Ach so, du meinst, ich würdige die Deutschen nicht genügend? Dabei wollte ich gerade jemanden mit einem Umlaut erwähnen.«

»Ach, doch nicht etwa Herrn Türing?«, sagte Rudi verschmitzt.

»Herr Türing kommt später. Ich habe eigentlich an Gödel gedacht.«
»Aber das ist kein Deutscher! Der ist Österreicher!«
»Mittlerweile ist das leider alles eins, oder?«
»Der Anschluss war nicht meine Idee, du brauchst mich gar nicht so anzuschauen, ich finde Hitler entsetzlich.«
»Von Gödel habe ich schon gehört«, warf Waterhouse hilfsbereit ein. »Aber könnten wir eben noch mal zurückgehen?«
»Natürlich, Lawrence.«
»Wozu das Ganze? Warum hat Russell das gemacht? Hat irgendwas mit der Mathematik nicht gestimmt? Ich meine, zwei plus zwei ist gleich vier, oder nicht?«

Alan hob zwei Kronenkorken auf und legte sie auf den Boden. »Zwei. Eins, zwei. Plus« – er legte zwei weitere daneben – »noch mal zwei. Eins, zwei. Ist gleich vier. Eins, zwei, drei, vier.«

»Was ist daran auszusetzen?« fragte Lawrence.

»Aber Lawrence – wenn du wirklich, d. h. auf abstrakte Weise, *Mathematik betreibst*, zählst du doch keine Kronenkorken, oder?«

»Ich zähle überhaupt nichts.«

»Da vertrittst du aber eine sehr moderne Position«, eröffnete ihm Rudi.

»So?«

Alan sagte: »Lange Zeit herrschte die implizite Überzeugung, die Mathematik wäre so etwas wie eine Physik der Kronenkorken. Und jede noch so komplizierte mathematische Operation, die man auf Papier durchführen kann, ließe sich – zumindest theoretisch – auf ein Herumhantieren mit konkreten physischen Zählern, wie beispielsweise Kronenkorken, in der wirklichen Welt zurückführen.«

»Aber zwei Komma eins Kronenkorken gibt es nicht.«

»Gut, gut, verwenden wir also Kronenkorken als ganze Zahlen, und als reale Zahlen wie zwei Komma eins verwenden wir physikalische Maße wie zum Beispiel die Länge dieses Stocks.«

»Aber was ist dann mit pi? Es gibt keinen Stock, der genau pi Zentimeter lang ist.«

»Pi stammt aus der Geometrie – die gleiche Geschichte«, warf Rudi ein.

»Ja, man war der Überzeugung, dass die Euklidische Geometrie im Grunde eine Art Physik ist und dass ihre Geraden und so weiter Eigenschaften der physischen Welt darstellten. Aber – kennst du Einstein?«

»Ich kann mir Namen nicht besonders gut merken.«

»Dieser weißhaarige Knabe mit dem großen Schnurrbart.«

»Ach so, ja«, sagte Lawrence, sich undeutlich erinnernd, »ich wollte ihm meine Zahnrad-Frage stellen. Er hat behauptet, er hätte eine Verabredung oder so was und wäre schon spät dran.«

»Der Bursche hat eine allgemeine Relativitätstheorie entwickelt, die so etwas wie eine praktische Anwendung nicht von Euklids, sondern von *Riemanns* Geometrie darstellt –«

»Der Riemann mit deiner Zeta-Funktion?«

»Derselbe Riemann, aber ein anderes Thema. Wir wollen uns jetzt nicht verzetteln, Lawrence –«

»Riemann hat gezeigt, dass es viele, viele verschiedene Geometrien geben kann, die nichts mit der Euklidischen Geometrie zu tun haben, in sich aber trotzdem sinnvoll sind«, erklärte Rudi.

»Na schön, also zurück zu *P. M.*«, sagte Lawrence.

»Ja. Russell und Whitehead. Es ist so: Als die Mathematiker anfingen, mit Sachen wie der Quadratwurzel von minus eins und Quaternionen herumzuhantieren, hatten sie es nicht mehr mit Dingen zu tun, die man in Stöcke und Kronenkorken übersetzen konnte. Und trotzdem bekamen sie vernünftige Ergebnisse.«

»Oder jedenfalls in sich konsistente Ergebnisse.«

»Okay. Und das hieß, die Mathematik war mehr als eine Physik der Kronenkorken.«

»Es schien jedenfalls so, Lawrence, aber damit stellte sich die Frage, war die Mathematik wirklich *wahr* oder war sie nur ein mit Symbolen gespieltes Spiel? Mit anderen Worten – geht es uns um die Entdeckung von Wahrheit oder bloß um Wichserei?«

»Sie muss wahr sein, denn wenn man Physik damit betreibt, funktioniert alles. Ich habe von dieser allgemeinen Relativitätsgeschichte gehört, und ich weiß, dass man Experimente gemacht hat und festgestellt hat, dass sie stimmt.«

»Die Mathematik lässt sich größtenteils nicht experimentell überprüfen«, sagte Rudi.

»Das Projekt zielt ja gerade darauf ab, die Verbindungen zur Physik zu kappen«, sagte Alan.

»Und trotzdem nicht herumzuwichsen.«

»Das war das Ziel von *P. M.*?«

»Russell und Whitehead haben sämtliche mathematischen Begriffe in einfache Dinge wie Reihen zerlegt. Von dort aus gelangten sie zu ganzen Zahlen und so weiter.«

»Und Ziffern sind ganze Zahlen«, sagte Rudi.
»Moment mal! Pi selbst ist keine ganze Zahl!«
»Aber die *Ziffern* von pi kann man mit Hilfe bestimmter Formeln eine nach der anderen berechnen. Und die Formeln lassen sich so niederschreiben!« Alan kratzte Folgendes in den Staub:

$$\pi = 4 \sum_{n=0}^{\infty} \frac{(-1)^n}{2n+1}$$

»Die Leibniz-Reihe habe ich verwendet, um unseren Freund zu besänftigen. Siehst du, Lawrence? Es ist eine Folge von Symbolen.«
»Okay. Ich sehe die Folge von Symbolen«, sagte Lawrence widerstrebend.
»Können wir dann weitergehen? Vor ein paar Jahren hat Gödel gesagt: ›He! Ratet mal, was passiert, wenn man diese Geschichte von wegen Mathematik als bloße Folgen von Symbolen akzeptiert.‹ Und er hat darauf hingewiesen, dass jede Folge von Symbolen – wie zum Beispiel genau diese Formel hier – sich in ganze Zahlen übersetzen lässt.«
»Wie denn?«
»Nichts Ausgefallenes, Lawrence – bloß simple Verschlüsselung. Willkürlich. Anstelle dieses großen hässlichen Σ könnte man die Zahl ›538‹ hinschreiben, und so weiter.«
»Das hört sich jetzt aber sehr nach Wichserei an.«
»Nein, nein. Denn dann hat Gödel die Falle zuschnappen lassen! Formeln können auf Zahlen wirken, stimmt's?«
»Klar. 2x zum Beispiel.«
»Genau. Für x kann man jede Zahl einsetzen und die Formel 2x verdoppelt sie. Wenn sich aber *eine andere mathematische Formel*, wie zum Beispiel diese hier zur Berechnung von pi, *als Zahl verschlüsseln lässt*, dann kann man eine andere Formel darauf wirken lassen. Formeln wirken auf Formeln!«
»Ist das alles?«
»Nein. Dann hat er, im Grunde mit einem ganz einfachen Argument, gezeigt, dass es, wenn Formeln sich wirklich auf sich selbst beziehen können, möglich ist, eine hinzuschreiben und zu sagen: ›Diese Aussage lässt sich nicht beweisen.‹ Was für Hilbert und alle anderen ungeheuer verblüffend war, denn sie hatten das gegenteilige Ergebnis erwartet.«
»Hast du diesen Hilbert schon mal erwähnt?«

»Nein, der ist neu in dieser Diskussion, Lawrence.«

»Wer ist das?«

»Ein Mann, der schwierige Fragen stellt. Einmal hat er eine ganze Liste davon gestellt. Gödel hat eine davon beantwortet.«

»Und Türing eine andere«, sagte Rudi.

»Wer ist das?«

»Das bin ich«, sagte Alan. »Aber Rudi scherzt. In Wirklichkeit hat ›Turing‹ keinen Umlaut.«

»Aber heute Nacht kriegt er einen Umlaut verpasst«, sagte Rudi und bedachte Alan dabei mit einem Blick, der, wie Lawrence Jahre später im Rückblick begriff, glühend war.

»Nun mach es nicht so spannend. Welche von seinen Fragen hast du beantwortet?«

»Das *Entscheidungsproblem*«, sagte Rudi.

»Und das heißt?«

»Hilbert wollte wissen«, erklärte Alan, »ob sich prinzipiell von jeder Aussage feststellen lässt, ob sie wahr oder falsch ist.«

»Aber als Gödel fertig war, hatte sich die Fragestellung verändert«, sagte Rudi.

»Stimmt – nach Gödel hieß es ›Können wir feststellen, ob eine bestimmte Aussage beweisbar oder nicht beweisbar ist?‹ Mit anderen Worten, gibt es eine Art mechanischen Prozess, mit dessen Hilfe wir die beweisbaren von den nicht beweisbaren Aussagen trennen könnten?«

»›Mechanischer Prozess‹ ist als *Metapher* gedacht, Alan …«

»Ach, hör auf, Rudi! Lawrence und ich haben keinerlei Probleme mit Maschinen.«

»Ich hab's kapiert«, sagte Lawrence.

»Was heißt das, du hast es kapiert?«, fragte Alan.

»Deine Maschine – nicht der Zeta-Funktion-Berechner, sondern die andere. Die, von deren Bau wir geredet haben –«

»Sie heißt Universale Turing-Maschine«, sagte Rudi.

»Das Ding soll schlicht und einfach beweisbare von nicht beweisbaren Aussagen trennen, stimmt's?«

»So bin ich auf den Grundgedanken dafür gekommen«, sagte Alan. »Und damit ist Hilberts Frage beantwortet worden. Jetzt will ich eigentlich bloß noch eine bauen, damit ich Rudi beim Schach schlagen kann.«

»Du hast dem armen Lawrence noch gar nicht die Antwort verraten!«, protestierte Rudi.

»Da soll er selbst dahinter kommen«, sagte Alan. »So hat er wenigstens was zu tun.«

Es wurde bald klar, dass Alan in Wirklichkeit meinte: *So hat er wenigstens was zu tun, während wir ficken.* Lawrence schob sich einen Notizblock in den Hosenbund, fuhr mit dem Fahrrad die paar hundert Meter bis zum Feuerausguck, stieg die Treppe zur Plattform hinauf und setzte sich, den Notizblock auf die Knie gestützt, mit dem Rücken zur untergehenden Sonne, um Licht zu haben.

Er konnte seine Gedanken nicht sammeln, und etwas später wurde er von einem falschen Sonnenaufgang abgelenkt, der die Wolken im Nordosten beleuchtete. Zunächst glaubte er, ein paar tief liegende Wolken würfen einen Teil des Sonnenlichts zu ihm zurück, doch dafür war es zu konzentriert und zu flackernd. Dann hielt er es für Blitze. Aber die Farbe des Lichts war nicht blau genug. Sie fluktuierte heftig, moduliert (so musste man annehmen) von großen, aufregenden Ereignissen, die der Horizont verbarg. Während die Sonne auf der anderen Seite der Welt unterging, verdichtete sich das Licht am Horizont von New Jersey zu einem festen, sanft strahlenden Kern von der Farbe einer Taschenlampe, mit der man sich unter den Bettlaken durch die Handfläche leuchtet.

Lawrence kletterte die Treppe hinunter, stieg auf sein Fahrrad und fuhr durch die Pine Barrens. Nicht lange und er stieß auf eine Straße, die in die ungefähre Richtung des Lichts führte. Die meiste Zeit konnte er überhaupt nichts sehen, nicht einmal die Straße, doch nach ein paar Stunden erleuchtete das von der niedrigen Wolkenschicht reflektierte Glühen flache Steine auf dem Fahrweg und verwandelte die gewundenen Bäche der Barrens in glimmende Spalten.

Die Straße schwenkte nun in die falsche Richtung ab und Lawrence bog direkt in den Wald ein, weil er schon sehr nahe und das Licht am Himmel so kräftig war, dass er es durch den spärlichen Bewuchs von struppigen Kiefern – schwarzen Stecken, die wie verbrannt wirkten, obwohl sie es nicht waren – sehen konnte. Der Boden war in Sand übergegangen, doch der war feucht und stark verdichtet, und Lawrences Fahrrad hatte dicke Reifen, mit denen sich gut darauf fahren ließ. An einer Stelle musste er anhalten und das Fahrrad über einen Stacheldrahtzaun heben. Dann brach er zwischen den Stecken hervor auf eine vollkommen flache Weite aus weißem Sand, die mit Strandhaferbüscheln besetzt war, und wurde im selben Moment von einer niedrigen Mauer aus ziemlich ruhigen Flammen geblendet, die über einen Teil des Horizonts verlief, der etwa so breit war wie der Erntemond, wenn er im Meer versinkt. Ihre Helligkeit machte es schwierig, irgendetwas anderes zu erkennen – Lawrence fuhr immer wieder in kleine Gräben und Bäche, die sich über die Ebene schlängelten. Er lernte, nicht direkt in die Flammen zu starren. Nach beiden Seiten zu schauen war ohnehin interessanter: Auf dem Tafelland erhoben sich in weitem Abstand die größten Gebäude, die er je gesehen hatte, schachtelförmige, von Pharaonen errichtete Konstruktionen, und auf den kilometerbreiten Plätzen dazwischen waren in großflächiger Anordnung Gnomone aus Stahldreiecken, die Innenskelette von Pyramiden, aufgestellt. Die größte davon durchstieß die Mitte eines vollkommenen Kreises aus Eisenbahnschienen von mehreren hundert Metern Durchmesser: zwei auf dem stumpfen Boden gezogene, silberfarbige Kurven, unterbrochen an einer Stelle, wo der Schatten des Turms, eine stehen gebliebene Sonnenuhr, die Zeit anzeigte. Er fuhr an einem Gebäude vorbei, das kleiner war als die anderen und neben dem ovale Tanks standen. Aus Ventilen oben auf den Tanks murmelte Dampf, doch anstatt sich in die Luft zu erheben, rieselte er an den Seiten herunter, traf auf den Boden, breitete sich aus und überzog dabei das Gras mit einem Silbermantel.

Tausend Matrosen in Weiß umstanden in einem Ring die Flammenwand. Einer davon bedeutete Lawrence mit erhobener Hand anzuhalten. Lawrence kam neben ihm zum Stehen und stellte einen Fuß auf den Boden, um nicht das Gleichgewicht zu verlieren. Er und der Matrose starrten einander einen Moment lang an, dann sagte Lawrence, dem nichts anderes einfiel:»Ich bin auch bei der Navy.« Der Matrose schien sich über irgendetwas schlüssig zu werden. Er grüßte, winkte Lawrence durch und deutete auf ein kleines Gebäude neben dem Feuer.

Das Gebäude sah nur wie eine im Feuerschein glühende Mauer aus, doch zuweilen ließ eine Salve von magnesiumblauem Licht die Fensterrahmen aus der Dunkelheit hervorspringen, ein rechteckiger Blitzschlag, der viele Male durch die Nacht zuckte. Lawrence fing wieder an, in die Pedale zu treten und fuhr an dem Gebäude vorbei: ein durcheinander quirlender Schwarm alerter Filzhutträger, die mit dicken Bleistiften in kleine, schmale Notizbücher kritzelten, Fotografen im Krebsgang, die ihre riesigen Chromgänseblümchen hierhin und dahin drehten, verkohlte Reihen von Menschen, die mit Decken auf dem Gesicht schliefen, ein schwitzender Mann mit Brillantine im Haar, der Namen mit Umlauten an eine Wandtafel schrieb. Als Lawrence schließlich um dieses Gebäude herum war, roch er heißes Dieselöl, spürte die Hitze der Flammen im Gesicht und sah zu ihnen hingekräuselten, vertrockneten Strandhafer.

Er starrte auf die Weltkugel hinab, nicht die mit Kontinenten und Ozeanen überzogene Weltkugel, sondern nur ihr Skelett: ein Gewirr von Meridianen, nach hinten gebogen, um eine orangefarbene Flammenkuppel im Innern einzusperren. Vor dem Licht des brennenden Öls waren die Längengrade so dünn und klar wie die Tintenstriche eines Zeichners. Doch im Näherkommen sah Lawrence, dass sie sich in ein raffiniertes Gerüst aus Ringen und Streben, hohl wie Vogelknochen, auflösten. Während sie sich vom Pol wegwölbten, entfernten sie sich früher oder später von der Richtung, spalteten sich in gebogene Teile auf oder brachen einfach ab und hingen, wie trockene Strünke schillernd, im Feuer. Hier und da wurde die vollkommene Geometrie auch von einem Seilgewirr oder Kabelbäumen gestört. Lawrence fuhr beinahe über eine zerbrochene Weinflasche und beschloss, zu Fuß weiterzugehen, um seine Reifen zu schonen; er legte das Fahrrad hin und das Vorderrad kam auf eine Aluminiumvase zu liegen, die offenbar auf einer Drehbank gefertigt war und aus der ein paar verkohlte Rosen hingen. Ein paar Matrosen hatten sich an den Händen gefasst, sodass eine Art Thron entstand, auf dem sie ein menschenförmiges Stück Kohle dahintrugen, das einen Overall aus makellosem Asbest anhatte. Im Gehen verfingen sich ihre Schuhspitzen immer wieder in einem weitläufig verästelten Gewirr aus Seilen und Klavierdrähten, Tauen und Kabeln, verstohlene, ständig neue Formen schaffende Bewegungen in Gras und Sand über Dutzende von Metern in alle Richtungen. Lawrence begann, sehr bedächtig einen Fuß vor den anderen zu setzen, und versuchte dabei, die Größe dessen zu ermessen, was er hier gesehen hatte. Eine raketenförmige Hülse ragte schräg aus dem Sand, gekrönt von einem Schirm aus verbogenen Propellern. Über ihm rankten sich die Duralumin-Streben und -Stege noch kilometerweit. Er traf auf einen aufgeplatzten Koffer mit einem Paar Frauenschuhe, ausgestellt wie im Schaufenster eines mondänen Geschäfts, eine Speisekarte, die zu einem ovalen Glimmen verkohlt war, und dann auf ein paar zerfranste Wandplatten, als wäre ein ganzes Zimmer vom Himmel gefallen – sie waren verziert, eine mit einer riesigen Weltkarte, auf der große, von Berlin ausgehende Bögen sich auf Städte nah und fern stürzten, eine andere mit dem Foto eines berühmten dicken Deutschen in Uniform, der grinsend auf einem blumengeschmückten Podest stand, hinter sich den riesigen Horizont eines neuen Zeppelins.

Nach einer Weile sah Lawrence nichts Neues mehr. Da stieg er auf sein Fahrrad und machte sich auf den Rückweg durch die Pine Barrens. Er verfuhr sich im Dunkeln und fand deshalb erst im Morgengrauen zum Feuerausguck zurück. Aber dass er sich verfuhr, machte ihm nichts aus, denn während er im Dunkeln herumradelte, dachte er über die Turing-Maschine nach. Schließlich gelangte er wieder zu dem Teich, an dem sie ihr Lager aufgeschlagen hatten. Das Morgenlicht warf einen rötlichen Schimmer auf das stille, flache Wasser, sodass es wie ein Teich von Blut aussah. Alan Mathison Turing und Rudolf von Hacklheber lagen wie Löffel aneinander geschmiegt am Ufer, vom Schwimmen am Vortag noch immer ein wenig beschmutzt. Lawrence entfachte ein kleines Feuer und machte Tee, und irgendwann wachten die beiden auf.

»Hast du das Problem gelöst?« fragte ihn Alan.

»Tja, du kannst deine Universale Turing-Maschine in jede beliebige Maschine verwandeln, indem du die Koppel verstellst –«

»Die Koppel?«

»Entschuldige, Alan, aber ich stelle mir deine U.T.M. als eine Art Orgel vor.«

»Aha.«

»Jedenfalls, sobald du das getan hast, kannst du jede beliebige Berechnung durchführen, falls das Band lang genug ist. Aber Mensch, Alan, ein Band herzustellen, das lang genug ist und auf das du Symbole schreiben und sie löschen kannst, das wird ganz schön kitzelig – Atanasoffs Kondensator-Trommel hat nur bis zu einer bestimmten Größe funktioniert – man müsste –«

»Das ist eine Abschweifung«, sagte Alan sanft.

»Ja, okay, gut – wenn du so eine Maschine hättest, dann ließe sich jede Koppel durch eine Zahl darstellen – eine Folge von Symbolen. Und das Band, das du in sie einführen würdest, würde eine andere Folge von Symbolen enthalten. Damit hätten wir wieder Gödels Beweis – wenn jede mögliche Kombination von Maschine und Daten sich durch eine Folge von Zahlen darstellen lässt, dann kannst du sämtliche möglichen Zahlenfolgen zu einer großen Tabelle anordnen und dann läuft es auf das Cantorsche Diagonalverfahren hinaus, und die Antwort lautet, dass es einige Zahlen geben muss, die sich nicht berechnen lassen.«

»Und das *Entscheidungsproblem?*« erinnerte ihn Rudi.

»Eine Formel zu beweisen oder zu widerlegen ist – sobald man die Formel in Zahlen verschlüsselt hat, heißt das – bloß eine Berechnung auf der Grundlage dieser Zahl. Das heißt also, die Antwort auf die Frage lautet nein! Manche Formeln lassen sich durch einen mechanischen Prozess weder beweisen noch widerlegen! Ein Mensch zu sein hat somit wohl doch einen gewissen Sinn!«

Bevor Lawrence den letzten Satz sagte, sah Alan zufrieden aus, dann machte er ein langes Gesicht. »Jetzt ergehst du dich in ungerechtfertigten Annahmen.«

»Hör nicht auf ihn, Lawrence«, sagte Rudi. »Gleich wird er dir erzählen, dass unsere Gehirne Turing-Maschinen sind.«

»Danke, Rudi«, sagte Alan geduldig. »Lawrence, ich behaupte, dass unsere Gehirne Turing-Maschinen sind.«

»Aber du hast doch bewiesen, dass es eine ganze Menge Formeln gibt, die eine Turing-Maschine nicht verarbeiten kann!«

»Und du hast es auch bewiesen, Lawrence.«

»Meinst du denn nicht, dass wir einiges können, was eine Turing-Maschine nicht könnte?«

»Gödel ist deiner Meinung, Lawrence«, warf Rudi ein, »und Hardy auch.«

»Gib mir ein Beispiel«, sagte Alan.

»Von einer nicht berechenbaren Funktion, die ein Mensch verarbeiten kann und eine Turing-Maschine nicht?«

»Ja. Und komm mir ja nicht mit irgendwelchem sentimentalem Quatsch von wegen Kreativität. Ich glaube, eine Universale Turing-Maschine könnte Verhaltensweisen zeigen, die wir als kreativ bezeichnen würden.«

»Tja, dann weiß ich auch nicht… Ich werde versuchen, künftig auf dergleichen zu achten.«

Später jedoch, während sie nach Princeton zurückradelten, sagte er: »Und was ist mit Träumen?«

»Wie diese Engel in Virginia?«

»Ja.«

»Bloß Geräusch in den Neuronen, Lawrence.«

»Außerdem habe ich gestern Nacht von einem brennenden Zeppelin geträumt.«

Alan bekam bald seinen Doktor und kehrte nach England zurück. Er schrieb Lawrence ein paar Briefe. Im letzten stellte er schlicht fest, er könne ihm keine »gehaltvollen« Briefe mehr schreiben und er, Lawrence, solle es nicht persönlich nehmen. Lawrence erkannte sofort, dass Alans Gesellschaft ihm eine Aufgabe übertragen hatte, mit der er sich nützlich machen konnte – wahrscheinlich sollte er herausfinden, wie sich verhindern ließ, dass sie von bestimmten Nachbarn bei lebendigem Leibe gefressen wurde. Lawrence fragte sich, was für eine Verwendung Amerika wohl für *ihn* haben würde.

Er kehrte an die Iowa State zurück, erwog, sein Hauptfach zu wechseln und Mathematik zu studieren, und tat es dann doch nicht. Alle, die er deswegen befragte, stimmten darin überein, dass die Mathematik, wie die Orgelrestaurierung, etwas Schönes sei, dass jedoch von irgendetwas der Schornstein rauchen müsse. Er blieb bei den Ingenieurswissenschaften und schnitt darin immer schlechter ab, sodass die Universität ihm in seinem letzten Studienjahr schließlich nahe legte, er möge einen nützlichen Beruf wie zum Beispiel die Dachdeckerei ergreifen. Er ging umgehend vom College ab, geradewegs in die ausgebreiteten Arme der Navy.

Man unterzog ihn einem Intelligenztest. Die erste Frage im mathematischen Teil hatte mit Booten auf einem Fluss zu tun: Port Smith liegt 100 Meilen stromaufwärts von Port Jones. Der Fluss fließt mit 5 Meilen pro Stunde dahin. Das Boot fährt mit 10 Meilen pro Stunde durchs Wasser. Wie lange braucht man von Port Smith bis Port Jones? Und wie lange für den Rückweg?

Lawrence erkannte sofort, dass es sich um eine Fangfrage handelte. Man müsste praktisch schwachsinnig sein, um von der oberflächlichen Annahme auszugehen, dass die Strömung die Geschwindigkeit des Bootes um 5 Meilen pro Stunde erhöhen bzw. vermindern würde. 5 Meilen pro Stunde war eindeutig nichts weiter als die *Durchschnitts*geschwindigkeit. In der Mitte des Flusses wäre die Strömung schneller, an den Ufern langsamer. An Biegungen des Flusses waren noch komplizierter Abweichungen zu erwarten. Im Grunde handelte es sich um eine Frage der Hydrodynamik, die sich unter Verwendung bestimmter wohl bekannter Differentialgleichungen angehen ließ. Lawrence vertiefte sich in das Problem und füllte dabei rasch (jedenfalls in seinen Augen) zehn Blatt Papier beidseitig mit Berechnungen. Zwischendurch ging ihm auf, dass ihn eine seiner Annahmen in Verbindung mit den vereinfachten Navier-Stokes-Gleichungen mitten in eine Untersuchung einer besonders interessanten Familie partieller Differentialgleichungen geführt hatte. Ehe er sich's versah, hatte er ein neues Theorem bewiesen. Wenn das nicht seine Intelligenz bewies, was dann?

Dann ertönte die Klingel und die Papiere wurden eingesammelt. Lawrence schaffte es, sein Schmierpapier zu behalten. Er nahm es mit ins Studentenwohnheim, schrieb es auf der Maschine zusammen und schickte es einem der zugänglicheren Mathematikprofessoren von Princeton, der prompt dafür sorgte, dass es in einer Pariser Mathematikzeitschrift veröffentlicht wurde.

Ein paar Monate später erhielt Lawrence in San Diego, Kalifornien, zwei frisch gedruckte Belegexemplare der Zeitschrift, und zwar beim Postappell an Bord eines großen Schiffes mit Namen U.S.S. *Nevada*. Das Schiff hatte eine Musikkapelle und die Navy hatte Lawrence den Job gegeben, darin das Glockenspiel zu spielen, weil ihre Testverfahren bewiesen hatten, dass er für alles andere nicht intelligent genug war.

Der Postsack, der Lawrences Beitrag zur mathematischen Literatur enthielt, kam gerade noch rechtzeitig an. Lawrences Schiff und ziemlich viele seiner Schwesterschiffe waren bis dato in Kalifornien stationiert gewesen. Doch in ebendiesem Moment wurden sie alle an einen Ort namens Pearl Harbor auf Hawaii verlegt, um den Nips zu zeigen, wer Chef im Ring war.

Lawrence hatte im Grunde nie gewusst, was er mit seinem Leben anfangen wollte, aber er kam rasch zu dem Schluss, dass zu Friedenszeiten Glockenspiel-Spieler auf einem Schlachtschiff in Hawaii zu sein ein ganzes Stück weit vom schlimmstmöglichen Leben entfernt war, das man führen konnte. Der unangenehmste Teil des Jobs bestand darin, dass man manchmal bei sehr warmem Wetter herumsitzen oder marschieren und gelegentlich verkorkste Töne von anderen Musikern ertragen musste. Er hatte reichlich Freizeit, die er damit zubrachte, an einer Reihe neuer Theoreme auf dem Gebiet der Informationstheorie zu arbeiten. Das Gebiet war von seinem Freund Alan erfunden und weitgehend abgehandelt worden, aber es gab noch reichlich Detailarbeit zu tun. Er, Alan und Rudi hatten einen allgemeinen Plan dessen skizziert, was noch bewiesen oder widerlegt werden musste. Lawrence raste förmlich durch diese Liste. Er fragte sich, was Alan und Rudi in England bzw. Deutschland so trieben, aber er konnte ihnen nicht schreiben und es herausfinden, und so behielt er seine Arbeit für sich. Wenn er nicht gerade Glockenspiel spielte oder

Theoreme ausarbeitete, gab es Bars und Tanzveranstaltungen zu besuchen. Waterhouse betätigte sich selbst mit seinem Penis, bekam den Tripper, wurde geheilt*, kaufte Kondome. Alle Matrosen taten das. Sie glichen Dreijährigen, die sich Bleistifte in die Ohren stecken, feststellen, dass das wehtut, und damit aufhören. Lawrences erstes Jahr war im Nu vorüber. Die Zeit sauste nur so vorbei. Nirgendwo konnte es sonniger und entspannender sein als auf Hawaii.

Novus Ordo Seclorum

»Filipinos sind warmherzige, freundliche, fürsorgliche, großzügige Menschen«, sagt Avi, »und das ist gut so, denn eine ganze Menge von ihnen tragen versteckt Waffen mit sich herum.«

Randy befindet sich am Flughafen von Tokio, wo er mit einer Langsamkeit, die seine Mitreisenden zum Wahnsinn treibt, einen Gang entlangschlendert. Den letzten halben Tag haben sie alle, auf schlechten Sitzen festgezurrt, auf engstem Raum in einer mit Flugbenzin angetriebenen Aluminiumröhre verbracht. Auf dem mit Sicherheitsnoppen versehenen Fußboden des Gangs dröhnen ihre rollenden Koffer wie Kampfflugzeuge. Beim Umschiffen seines untersetzten, stämmigen Körpers berühren sie ihn an den Kniekehlen. Randy hält sich sein neues GSM-Handy seitlich an den Kopf. Angeblich funktioniert es überall auf der Welt, nur in den Vereinigten Staaten nicht. Dies ist die erste Gelegenheit für ihn, es auszuprobieren.

»Du klingst glockenrein«, sagt Avi. »Wie war der Flug?«

»Ganz in Ordnung«, antwortet Randy. »Oben auf dem Videobildschirm hatten sie eine von diesen bewegten Landkarten.«

Avi seufzt. »Die gibt's jetzt bei allen Fluggesellschaften«, erklärt er mit monotoner Stimme.

»Das Einzige, was man zwischen San Francisco und Tokio zu sehen bekam, war Midway Island.«

»Und?«

»Stundenlang nichts anderes. MIDWAY. Verlegene Stille um mich herum.«

---

* 1940 war insofern ein gutes Jahr, um mit Geschlechtskrankheiten zu experimentieren, als gerade das neue injizierbare Penicillin verfügbar wurde.

Randy erreicht den Flugsteig für Manila und bleibt bewundernd vor einem einen Meter fünfzig breiten High-Definition-Fernseher stehen, der das Logo einer bedeutenden japanischen Firma für Unterhaltungselektronik trägt. Gerade läuft ein Videofilm, in dem ein verschrobener Zeichentrickprofessor, assistiert von seinem entzückenden Hündchen, frohgemut die drei Übertragungswege des AIDS-Virus abhakt.

»Ich habe einen Fingerabdruck für dich«, sagt Randy.

»Schieß los.«

Randy betrachtet seine Handfläche, auf die er mit Kugelschreiber eine Ziffern- und Buchstabenfolge geschrieben hat. »AF 10 06 E9 99 BA 11 07 64 C1 89 E3 40 8C 72 55.«

»Registriert«, sagt Avi. »Kommt von Ordo, stimmt's?«

»Stimmt. Ich habe dir per E-Mail den Schlüssel von SFO geschickt.«

»Die Wohnungsfrage ist noch nicht endgültig geklärt«, sagt Avi.« Deshalb habe ich dir erst einmal eine Suite im Manila Hotel reservieren lassen.«

»Was heißt, noch nicht endgültig geklärt?«

»Die Philippinen sind eines dieser post-spanischen Länder, wo die Grenzen zwischen geschäftlichen und privaten Beziehungen fließend sind«, erklärt Avi. »Und an eine Wohnung kommst du, glaube ich, nur, wenn du in eine Familie einheiratest, nach der eine größere Straße benannt ist.«

Randy lässt sich im Warteraum nieder. Selbstbewusste Kontrolleure mit flotten, ausgefallenen Mützen picken sich Filipinos mit zu viel Bordgepäck heraus und lassen sie in einer Art öffentlichem Ritual kleine Schildchen ausfüllen und ihre Besitztümer abliefern. Die Filipinos verdrehen die Augen und starren sehnsüchtig aus den Fenstern. Die meisten der wartenden Passagiere sind jedoch Japaner – ein paar Geschäftsleute, hauptsächlich aber Urlauber. Sie schauen sich ein lehrreiches Video darüber an, wie man im Ausland überfallen und ausgeraubt wird.

»Was?«, sagt Randy mit einem Blick aus dem Fenster, »nach Manila runter fliege ich wieder mit 'ner 747.«

»In Asien gibt sich keine anständige Fluggesellschaft mit was Kleinerem als einer 747 ab«, lästert Avi. »Sollte jemand versuchen, dich in eine 737 oder, Gott bewahre, einen Airbus zu stecken, verschwinde, so schnell du kannst, aus der Abflughalle und piep mich auf meinem Sky Pager an, damit ich dir einen Hubschrauber schicke, um dich zu evakuieren.«

Randy lacht.
Avi fährt fort. »Jetzt pass auf. Dieses Hotel, in das du gehst, ist sehr alt, sehr groß, steht aber mitten in der Pampa.«

»Warum haben sie mitten in der Pampa ein großes Hotel gebaut?«

»Früher war es der Renner – direkt am Meer und gleich neben Intramuros.«

Randy hat in der High School genug Spanisch gelernt, um das zu übersetzen: Innerhalb der Mauern.

»Aber 1945 wurde Intramuros von den Japanern dem Erdboden gleichgemacht«, fährt Avi fort. »Systematisch. Sämtliche Bürogebäude und Hotels für Geschäftsreisende liegen jetzt viel näher beim Flughafen, in einem neuen Viertel namens Makati.«

»Du willst unser Büro also in Intramuros einrichten?«

»Wie hast du das erraten?«, erwidert Avi, einen Hauch von Verblüffung in der Stimme. Er ist stolz darauf, unkalkulierbar zu sein.

»Normalerweise bin ich kein intuitiver Mensch«, antwortet Randy, »aber ich habe fünfzehn Stunden in einem Flugzeug gesessen und mein Gehirn ist auf den Kopf gestellt und zum Trocknen aufgehängt worden.«

Avi rasselt nicht besonders originelle Begründungen herunter: Bürofläche sei in Intramuros viel billiger zu haben. Die Ministerien der Regierung lägen näher. Makati, das strahlende neue Geschäftsviertel, sei zu sehr von den echten Philippinen isoliert. Randy hört gar nicht richtig zu.

»Du willst von Intramuros aus arbeiten, weil es systematisch zerstört worden ist und du vom Holocaust besessen bist«, sagt Randy schließlich, ruhig und ohne Groll.

»Stimmt. Und?«, erwidert Avi.

Randy schaut aus dem Fenster der 747 mit Kurs auf Manila, nippt an einem fluoreszierenden, grünen, alkoholfreien japanischen Getränk aus Bienenextrakten (jedenfalls sind Bilder von Bienen darauf) und mampft einen so genannten japanischen Snack, den eine Stewardess ihm gegeben hat. Himmel und Ozean haben dieselbe Farbe, einen Blauton, bei dem es einen graust. Das Flugzeug hat eine solche Höhe erreicht, dass er nach oben wie nach unten einen perspektivisch verkürzten Blick auf brodelnde Massen von Kumulonimbus hat. Die Wolken brechen aus dem heißen Pazifik hervor, als flögen überall riesige Kriegsschiffe in die Luft. Geschwindigkeit und Ausmaß ihres Wachstums sind beunruhigend, mit ihren seltsamen und vielfältigen Formen erinnern sie an Tiefseeorganismen, und sie alle, so vermutet er, sind für ein Flugzeug so gefährlich wie Punjipflöcke für einen barfüßigen Spaziergänger. Der auf die Flügelspitze gemalte rot-orangefarbene Fleischklops erschreckt ihn, als er ihn bemerkt. Er kommt sich vor wie mitten in einem alten Kriegsfilm.

Er schaltet seinen Laptop ein. In seinem Eingangsordner hat sich perfekt verschlüsselte elektronische Post von Avi angesammelt. Es sind nach und nach eingetroffene winzige Dateien, die Avi ihm, wann immer ihm in den vergangenen drei Tagen etwas durch den Kopf ging, hingeworfen hat; selbst wenn Randy es nicht wüsste, wäre klar, dass Avi ein tragbares E-Mail-Gerät besitzt, das über Funk ans Internet angeschlossen ist. Randy startet ein Stück Software, das eigentlich Novus Ordo Seclorum heißt, allgemein aber nur kurz Ordo genannt wird. Dieses ziemlich bemühte Wortspiel basiert auf der Tatsache, dass Ordos Aufgabe als kryptographische Software darin besteht, die Bits einer Nachricht in eine neue Ordnung zu bringen, und zwar so, dass neugierige Staaten Jahrhunderte brauchen, um sie zu entschlüsseln. In der Mitte seines Monitors erscheint das eingescannte Bild einer Großen Pyramide, in deren Spitze ein einzelnes Auge Gestalt annimmt.

Ordo kann das auf zweierlei Weise tun. Der offensichtliche Weg ist der, alle Nachrichten zu entschlüsseln und in Klartextdateien auf seiner Festplatte umzuwandeln, die er anschließend jederzeit lesen kann. Das Problem dabei (falls man zur Paranoia neigt) ist, dass jeder, der Randys Festplatte in die Finger kriegt, die Dateien lesen kann. Nach allem, was er weiß, werden die Zollbeamten in Manila beschließen, seinen Computer nach Kinderpornographie zu durchkämmen. Oder er wird, vom Jetlag benebelt, seinen Laptop in einem Taxi liegen lassen. Stattdessen versetzt er Ordo in einen Fließmodus, in dem das Programm die Dateien gerade so lange entschlüsselt, dass er sie lesen kann, um dann, wenn er die Fenster schließt, den Klartext aus dem Speicher des Computers und von seiner Festplatte zu löschen.

Avis erste Nachricht trägt die Überschrift »Richtlinie 1«.

```
Wir suchen nach Orten, an denen die Zahlen
stimmen. Und das bedeutet? Dass die Bevöl-
kerung kurz davor ist, zu explodieren -
```

> was wir durch einen Blick auf das Alters-
> histogramm voraussagen können - und das
> Pro-Kopf-Einkommen bald genauso in die
> Höhe gehen wird wie zuvor in Japan, Tai-
> wan, Singapur. Multipliziere beides und du
> bekommst genau das exponentielle Wachstum,
> das uns allen noch vor unserem vierzigsten
> Lebensjahr ein Schweinegeld bescheren
> wird.

Das ist eine Anspielung auf eine zwei Jahre zurückliegende Unterhaltung zwischen Randy und Avi, in deren Verlauf Avi tatsächlich einen spezifischen numerischen Wert für »ein Schweinegeld« errechnete. Allerdings war es keine Konstante, sondern eine Zelle innerhalb eines Tabellenkalkulationsprogramms, das mit den Zahlen ständig schwankender Wirtschaftsindikatoren verknüpft war. Manchmal lässt Avi, wenn er an seinem Computer arbeitet, das Tabellenkalkulationsprogramm in einem kleinen Fenster in der Ecke laufen, sodass er den jeweils aktuellen Wert von »Schweinegeld« immer im Auge hat.

Die zweite, ein paar Stunden später verschickte Nachricht trägt die Überschrift »Richtlinie 2«.

> Zwei: Suche eine Technologie, in der nie-
> mand mit uns konkurrieren kann. Im Augen-
> blick = Vernetzung. Auf dem Gebiet stecken
> wir jeden auf der Welt in den Sack. Fast
> schon wieder langweilig.

Am nächsten Tag schickte Avi eine Nachricht unter der schlichten Überschrift »Mehr«. Vielleicht hatte er die Übersicht über die Zahl der Richtlinien, die er bis dahin ausgegeben hatte, verloren.

> Ein weiteres Prinzip: Diesmal behalten wir
> die Kontrolle über die Firma. Das bedeu-
> tet, wir halten mindestens fünfzig Prozent
> der Anteile - was wenig bis gar kein
> Fremdkapital bedeutet, bis wir einen ge-
> wissen Kurswert aufgebaut haben.

»Mich musst du nicht überzeugen«, murmelt Randy beim Lesen vor sich hin.

So ergeben sich die Branchen, in die wir einsteigen können. Vergiss alles, was ein großes Anfangskapital erfordert.

Was man von Luzon zuerst sieht, sind mit grünschwarzem tropischem Regenwald überzogene Berge, in die sich wie Schlicklawinen anmutende Flüsse eingegraben haben. Wo der marineblaue Ozean an seine khakifarbenen Strände schwappt, nimmt das Wasser den grell schillernden Farbton vorstädtischer Swimmingpools an. Weiter südlich sind die Berge durch Rodung vernarbt – die Erde unter ihnen ist hellrot, sodass diese Gebiete aussehen wie frische Schnittwunden. Doch der größte Teil der Insel ist mit Laubwerk bedeckt, das aussieht wie das knotige grüne Zeug, das Modelleisenbahner auf ihre Pappmachéhügel kleben, und in den Bergen sieht man über weite Flächen keinerlei Anzeichen dafür, dass je Menschen existiert haben. Näher an Manila sind manche Hänge entwaldet, mit Gebäuden gesprenkelt, mit Schneisen für Hochspannungsleitungen bebändert. Reisfelder säumen die Becken. Die Städte sind wuchernde Ansammlungen von Hütten, die sich um große kreuzförmige Kirchen mit soliden Dächern scharen.

Die Aussicht wird verschwommen, als das Flugzeug bäuchlings in die feuchtwarme Dunstglocke über der Stadt eintaucht. Wie ein riesiges Glas Eistee fängt die Maschine an zu schwitzen. Das Wasser läuft in Strömen an ihr hinunter, sammelt sich in Spalten, spritzt von den Hinterkanten der Landeklappen.

Plötzlich schwenken sie auf die Manila Bay ein, die von endlosen, glänzend roten Streifen – einer Art Algenflor – durchzogen ist. Öltanker ziehen lange Regenbögen hinter sich her, die mit Zeitverzögerung in ihrem Kielwasser entstehen. Jede kleine Bucht ist voll gestopft mit langen, schmalen Booten mit doppelten Auslegern, die aussehen wie leuchtend angemalte Wasserläufer.

Und dann sind sie unten auf der Landebahn des NAIA, Ninoy Aquino International Airport. Wachmänner und Polizisten unterschiedlichen Ranges schlendern umher, bewaffnet mit einer M16 oder einer Pumpgun mit Pistolengriff, auf dem Kopf einen Burnus, genauer gesagt, ein Taschentuch, das mithilfe einer amerikanischen

Baseballkappe am Kopf festgehalten wird. Ein Mann in einer leuchtend weißen Uniform steht, die Hände mit fluoreszierenden orangefarbenen Stäben nach unten gerichtet, unter dem schartigen Schlund der Fluggastbrücke, wie Christus, der einer Welt voller Sünder die Absolution erteilt. Schweflige, beklemmende Tropenluft strömt allmählich durch die Belüftungsschlitze des Jumbos ein. Alles wird feucht und schlaff.

Er ist in Manila. Er zieht seinen Reisepass aus der Brusttasche seines Hemdes. RANDAL LAWRENCE WATERHOUSE steht darauf.

Und so entstand Epiphyte Corporation:
»Ich bin dabei, die Probleme zu kanalisieren!«, sagte Avi.

Die Nummer kam auf Randys Pager durch, als er mit der Clique seiner Freundin in einem Lokal irgendwo an der Küste saß. Einem Laden, in dem der Laserdrucker täglich neue Speisekarten auf hundert Prozent recyclingfähigem Pergamentimitat ausspuckte, wo neonfarbene Saucen sich wie das Gekritzel eines Oszillographen über die Teller zogen und die Vorspeisen aus hochragenden, systematisch angeordneten Stapeln erlesener Zutaten bestanden, die zu edelsteinartigen Prismen geschnitten waren. Randy hatte während des Essens die ganze Zeit der Versuchung widerstehen müssen, einen von Charlenes Freunden (egal welchen) zu einem Boxkampf draußen auf der Straße herauszufordern.

Er warf einen raschen Blick auf seinen Pager, überzeugt, dort die Nummer des Three Siblings Computer Center vorzufinden, für das er arbeitete (und eigentlich immer noch arbeitet). Die Achtung gebietenden Ziffern von Avis Telefonnummer durchdrangen sein Innerstes wie die 666 das eines Fundamentalisten.

Fünfzehn Sekunden später war Randy draußen auf dem Bürgersteig und zog seine Telefonkarte durch den Schlitz eines öffentlichen Fernsprechers wie ein Mörder eine einschneidige Rasierklinge durch die Kehle eines beleibten Politikers.

»Die Macht wird von oben herab gegeben«, fuhr Avi fort. »Und heute Abend zufällig von mir – du armes Schwein.«

»Was soll ich tun?« fragte Randy in einem kalten, fast feindseligen Ton, um seine makabre Erregung zu verbergen.

»Besorg dir ein Ticket nach Manila«, sagte Avi.

»Das muss ich erst mit Charlene besprechen«, erwiderte Randy.

»Das glaubst du doch selbst nicht«, sagte Avi.
»Charlene und ich sind schon lange zus–«
»Seit zehn Jahren. Du hast sie nicht geheiratet. Füll endlich die Formulare aus.«

(Und zweiundsiebzig Stunden später würde er in Manila vor der Einton-Flöte stehen.)

»In Asien fragt sich jeder, wann die Philippinen endlich ihren Kram auf die Reihe kriegen«, sagte Avi, »das ist die Frage der Neunziger.«

(Die Einton-Flöte ist das Erste, was man sieht, wenn man die Passkontrolle hinter sich hat.)

»Das ist mir ganz plötzlich gekommen, als ich in der Schlange vor der Passkontrolle am Ninoy Aquino International Airport stand«, sagte Avi, wobei er den ganzen Namen in einer einzigen, scharf artikulierten Salve abfeuerte. »Du weißt, dass es da verschiedene Spuren gibt?«

»Vermutlich«, antwortete Randy. Ein Parallelepipedon aus verbranntem Thunfisch schlug in seiner Kehle Purzelbaum. Er verspürte eine perverse Lust auf eine Rieseneistüte. Er reiste nicht so viel wie Avi und hatte nur eine vage Vorstellung von dem, was dieser mit *Spuren* meinte.

»Du weißt schon. Eine Spur für Einheimische. Eine für Ausländer. Vielleicht eine für Diplomaten.«

(Jetzt, wo er ansteht, um sich seinen Pass abstempeln zu lassen, kann Randy es deutlich sehen. Ausnahmsweise macht ihm das Warten einmal nichts aus. Er stellt sich neben der Spur für die OCWs an und betrachtet sie eingehend. Sie sind der Markt für Epiphyte Corp. Zumeist junge Frauen, viele von ihnen modisch gekleidet, aber dennoch mit der Sittsamkeit katholischer Internatsschülerinnen. Erschöpft von langen Flügen und müde vom Warten sinken sie in sich zusammen, um sich plötzlich wieder zu strecken und ihre feinen Kinne hochzurecken, als ginge eine unsichtbare Nonne an der Schlange entlang und schlüge ihnen mit einem Lineal auf die manikürten Finger.)

Vor zweiundsiebzig Stunden hatte er aber im Grunde nicht verstanden, was Avi mit Spuren meinte, und deshalb nur geantwortet: »Ja, das mit den Spuren habe ich mal gesehen.«

»In Manila haben sie eine Extra-Spur für zurückkehrende OCWs!«
»OCWs?«
»Overseas Contract Workers. Filipinos, die im Ausland arbeiten – weil die philippinische Wirtschaft so lahm ist. Als Haus- und Kindermädchen in Saudi-Arabien. Als Krankenschwestern und Anästhesisten in den Staaten. Sängerinnen in Hongkong, Huren in Bangkok.«

»Huren in Bangkok?« Wenigstens dort war Randy gewesen und ihm wurde schwindelig bei der Vorstellung, Prostituierte nach Thailand zu importieren.

»Die Filipino-Frauen sind hübscher«, fuhr Avi ganz ruhig fort, »und besitzen eine Wildheit, die sie für den von Natur aus masochistischen Geschäftsreisenden interessanter machen als all diese grinsenden Thai-Bräute.« Beide wussten sie, dass das völliger Blödsinn war; Avi war ein Familienmensch und kannte das, wovon er sprach, nicht aus eigener Erfahrung. Dennoch verkniff Randy sich eine Bemerkung. Solange Avi die Fähigkeit behielt, aus dem Stegreif Blödsinn zu produzieren, standen die Chancen für sie alle nicht schlecht, ein Schweinegeld zu verdienen.

(Jetzt wo er hier ist, gerät er schwer in Versuchung, darüber zu spekulieren, welche der Mädchen in der OCW-Spur Nutten sind. Ihm wird jedoch schnell klar, dass das zu nichts führen würde, und so strafft er die Schultern und marschiert auf die gelbe Linie zu.

In dem Gang zwischen der Passkontrolle und der Sicherheitsabsperrung hat die Regierung Glasvitrinen aufgestellt. Sie enthalten Gebrauchsgegenstände, die die Herrlichkeit der vor-magellanschen philippinischen Kultur demonstrieren. In der ersten liegt das Prachtstück: ein einfaches, handgeschnitztes Musikinstrument, das mit einem langen, unmöglich zu lesenden Namen in Tagalog versehen ist. Darunter steht in kleineren Buchstaben die Übersetzung: EINTONFLÖTE.)

»Siehst du? Die Philippinen sind ein Land, wo du überhaupt nichts verkehrt machen kannst«, sagte Avi. »Weißt du, wie selten das ist? Wenn du auf so was stößt, Randy, stürzt du dich hinein wie ein wild gewordenes Frettchen in ein Rohr voll rohem Fleisch.«

Ein Wort zu Avi: Die Familie seines Vaters hatte sich mit knapper Not aus Prag gerettet. Für mitteleuropäische Juden waren sie ziemlich typisch. Das einzige wirklich Anomale an ihnen war, dass sie noch lebten. Die Familie seiner Mutter dagegen bestand aus unglaublich merkwürdigen verkappten Juden aus New Mexico, die dreihundert Jahre lang auf Tafelbergen gelebt, sich vor Jesuiten in Acht genommen, Klapperschlangen gejagt und sich vom Gemeinen Stechapfel ernährt hatten; sie sahen aus wie Indianer und sprachen wie Cowboys. Deshalb schwankte Avi in seinen zwischenmenschlichen Beziehungen. Meistens war er höflich und korrekt auf eine Art, die Geschäftsleute – besonders japanische – tief beeindruckte, aber von Zeit zu Zeit gab es auch diese Ausbrüche, als hätte er von einer psychedelischen Droge probiert. Randy hatte gelernt, damit umzugehen, weshalb er es auch war, den Avi in solchen Augenblicken anrief.

»Beruhige dich erst mal!« sagte Randy. Er schaute einem sonnengebräunten Mädchen zu, wie es auf dem Weg vom Strand auf seinen Rollerblades an ihm vorbeifuhr. »Wieso kann man bei den Philippinen nichts verkehrt machen?«

»Solange die Philippinen ihren Kram nicht auf die Reihe kriegen, wird es jede Menge OCWs geben. Sie werden mit ihren Familien kommunizieren wollen – die Filipinos sind unglaublich familienorientiert. Neben ihnen wirken Juden wie ein Haufen entfremdeter Einzelgänger.«

»Gut. Du weißt über beide Gruppen besser Bescheid als ich.«

»Sie sind dermaßen sentimental und liebevoll, dass man sich leicht über sie lustig machen kann.«

»Du brauchst sie gar nicht zu verteidigen«, erwiderte Randy, »ich mache mich nicht über sie lustig.«

»Wenn du ihre Widmungen in den Radiowunschsendungen hörst, wirst du dich über sie lustig machen«, sagte Avi. »Aber ganz im Ernst, in dieser Beziehung könnten wir uns durchaus eine Scheibe von den Pinos abschneiden.«

»Jetzt fängst du aber langsam an zu frömmeln –«

»Entschuldige bitte«, sagte Avi in aller Aufrichtigkeit. In den vier Jahren seit ihrer Hochzeit war Avis Frau fast ununterbrochen schwanger gewesen. Er wurde immer frommer und konnte kein Gespräch mehr führen, ohne den Holocaust zu erwähnen. Randy war Junggeselle und kurz davor, sich von der Biene zu trennen, mit der er zusammenlebte.

»Ich glaube dir, Avi«, sagte Randy. »Macht es dir was aus, wenn ich mir ein Business-Class-Ticket kaufe?«

Avi hörte ihn nicht, was Randy als ein Ja interpretierte. »Solange das der Fall ist, wird es einen großen Markt für Pinoygramme geben.«

»Pinoygramme?«

»Herrgottnochmal, brüll doch nicht so! Ich bin gerade dabei, die Antragsformulare für das Warenzeichen auszufüllen«, erklärte Avi. Im Hintergrund hörte Randy ein Klappern, Computertasten, die so schnell anschlugen, dass es klang, als hielte Avi einfach die Tastatur zwischen seinen blassen, spindeldürren Händen und schüttelte sie heftig auf und ab. »Sollten die Filipinos ihren Kram aber doch auf die

Reihe kriegen, werden wir ein explosives Wachstum im Telekommunikationsbereich erleben, wie in jeder anderen Agads.«
»Agads?«
»A-G-A-D-S. Asiatische-Gesellschaft-auf-dem-Sprung. So oder so sind wir dabei.«
»Ich nehme an, du willst irgendwas mit Telekommunikation machen?«
»Bingo.« Im Hintergrund fing ein Baby an zu husten und zu schreien. »Muss Schluss machen«, sagte Avi, »Shlomos Asthma wird wieder schlimmer. Schreib dir diesen Fingerabdruck auf.«
»Fingerabdruck?«
»Für meinen Geheimschlüssel. Für E-Mails.«
»Ordo?«
»Klar.«
Randy zog einen Kugelschreiber hervor und hielt ihn, da er in seiner Tasche kein Papier fand, über seine ausgestreckte Handfläche. »Schieß los.«
»67 81 A4 AE FF 40 25 9B 43 0E 29 8D 56 60 E3 2F.« Dann legte Avi auf.
Randy ging wieder in das Restaurant. Auf dem Rückweg bat er den Kellner, ihm eine halbe Flasche guten Rotwein zu bringen. Charlene bekam es mit und machte ein finsteres Gesicht. Randy dachte immer noch über angeborene Wildheit nach und konnte sie in ihrem Gesicht nicht finden; nur eine Oberlehrerhaftigkeit, die all ihren Freunden gemeinsam war. Mannomann! Ich muss aus Kalifornien raus, erkannte er.

Seegras

Frau mit Kind im Arm
Augen wie Mündungsfeuer
Klang von Eistränen

Zu den Klängen von John Philip Sousa, die einem Marine eigentlich in Fleisch und Blut übergegangen sein müssten, marschieren die Fourth Marines hügelabwärts. Aber die Fourth Marines sind zu lange in Schanghai gewesen (und dabei handelt es sich weder um Montezumas Hallen noch um die Gestade von Tripolis), länger, als Marines je an einem Ort bleiben sollten, und Bobby hat seinen Sergeant, einen gewissen Frick, bereits vom Opiumentzug kotzen sehen.

Mehrere Straßen vor ihnen marschiert eine Musikkapelle der Marines. Bobbys Zug kann das Rumsen der Pauken und das durchdringende Gellen von Piccoloflöten und Glockenspielen hören, aber er kann der Melodie nicht folgen. Corporal Shaftoe ist effektiv Zugführer, weil Sergeant Frick nicht zu gebrauchen ist.

Shaftoe marschiert neben der Formation her, angeblich um ein Auge auf seine Männer zu haben; in Wirklichkeit aber glotzt er im Wesentlichen Schanghai an.

Schanghai glotzt zurück und verabschiedet sie im Wesentlichen mit stehenden Ovationen. Natürlich gibt es einen bestimmten Typ von jungem Straßen-Rowdy, für den es Ehrensache ist, die Marines wissen zu lassen, dass er keine Angst vor ihnen hat, und diese Rowdys verhöhnen die Marines aus sicherer Entfernung und entzünden Knallfrösche an Schnüren, was nicht gerade zur allgemeinen Nervenberuhigung beiträgt. Die Europäer applaudieren – eine ganze Revue russischer Tänzerinnen aus dem Delmonte zeigt Bein und verteilt Kusshände. Doch die meisten Chinesen machen ziemlich steinerne Gesichter, was – wie Bobby vermutet – bedeutet, dass sie einen Heidenschiss haben.

Das Schlimmste sind die Frauen mit den halb weißen Babys im Arm. Einige dieser Frauen sind hysterisch, wie von Sinnen, und werfen sich zwischen dichte Formationen von Marines, ohne sich von Gewehrkolben abschrecken zu lassen. Die meisten aber zeigen sich stoisch: Mit ihren helläugigen Babys stehen sie zornigen Blickes da und suchen die Reihen und Glieder nach dem Schuldigen ab. Sie haben alle gehört, was flussaufwärts in Nanking passiert ist, als die Nips dorthin kamen, und sie wissen, wenn alles vorüber ist, wird die einzige Spur, die von ihnen und ihren Kindern bleibt, vielleicht nur eine wirklich schlimme Erinnerung im Gedächtnis irgendeines amerikanischen Marine sein.

Bei Shaftoe funktioniert es: Er hat in Wisconsin Rotwild gejagt und die Tiere über den Schnee humpeln und verbluten sehen. Auf Parris Island hat er einen Mann in der Grundausbildung sterben sehen. Er hat im Jangtse regelrechte Leichenknäuel gesehen, stromabwärts von dem Gebiet, wo die Japaner den Zwischenfall an der Marco-Polo-Brücke ahndeten, und er hat Flüchtlinge aus Städten wie Nanking in den Gossen von Schanghai verhungern sehen. Er selbst hat Menschen getötet, die versuchten, die Flussboote zu stürmen, die zu beschützen seine Pflicht war. Doch etwas so Schreckliches wie diese Chinesinnen mit den steinernen Gesichtern und den weißen Babys im Arm, die auch angesichts der um sie herum explodierenden Knallfrösche mit keiner Wimper zucken, hat er, wie er meint, noch nie gesehen und wird er auch nie mehr sehen.

Bis er in die Gesichter bestimmter Marines schaut, die in jene Menge starren und ihre Blicke von ihren eigenen Gesichtern erwidert sehen, pummelig von Babyspeck und tränenverschmiert. Manche halten das Ganze offenbar für einen Jux. Aber viele Marines, die an diesem Vormittag als geistig gesunde, unverwüstliche Männer aus ihrer leeren Kaserne abrücken, sind, bis sie die Kanonenboote erreichen, die am Bund auf sie warten, wahnsinnig geworden. Sie zeigen es nicht. Aber an ihren Augen kann Shaftoe erkennen, dass irgendetwas in ihrem Innern zerbrochen ist.

Selbst die allerbesten Männer des Regiments sind mieser Laune. Auch wer sich, wie Shaftoe, nicht mit den Chinesinnen eingelassen hat, muss vieles aufgeben: Häuser mit Dienstmädchen, Schuhputzern und Kulis, mit Frauen und Opium, und das alles praktisch umsonst. Sie wissen nicht, wohin man sie verfrachtet, aber es steht so gut wie fest, dass ihre einundzwanzig Dollar im Monat nicht so weit reichen werden. Sie werden in einer Kaserne wohnen und wieder lernen müssen, ihre Stiefel selbst zu putzen. Als man die Laufplanken vom steinernen Rand des Bund zurückzieht, werden die Marines von einer ganzen Welt abgeschnitten, die sie nie wieder sehen werden, einer Welt, in der sie Könige waren. Jetzt sind sie wieder Marines. Für Shaftoe, der ein Marine sein will, ist das in Ordnung. Aber viele von den Männern sind hier in die Jahre gekommen und wollen es nicht mehr sein.

Die Schuldigen verschwinden unter Deck. Shaftoe bleibt an Deck des Kanonenbootes, das vom Bund ablegt und Kurs auf den Kreuzer *Augusta* nimmt, der mitten in der Fahrrinne wartet.

Auf dem Bund drängen sich Zuschauer in einem Gewühl unterschiedlich bunter Kleidung, sodass ihm ein Fleck tristes Uniformtuch ins Auge fällt: eine Gruppe japanischer Soldaten, die gekommen sind, um ihren amerikanischen Pendants sarkastisch Lebewohl zu sagen. Shaftoe sucht die Gruppe nach jemand Großem, Massigem ab und macht ihn mühelos ausfindig. Goto Dengo winkt ihm zu.

Shaftoe nimmt seinen Helm ab und winkt zurück. Dann, aus einer Laune heraus, holt er nur so zum Spaß Schwung und schleudert den Helm direkt nach Goto Dengos Kopf. Der Wurf misslingt und Goto Dengo muss ungefähr ein Dutzend seiner Kameraden über den Haufen rennen, um den Helm aufzufangen. Sie scheinen es allesamt nicht nur für eine hohe Ehre, sondern auch für ungeheuer lustig zu halten, von Goto Dengo über den Haufen gerannt zu werden.

Zwanzig Sekunden später saust aus dem Kosmos von Leibern auf dem Bund ein Komet in die Luft und prallt auf das Holzdeck des Kanonenboots – ein Mordswurf. Goto Dengo gibt mit seinem Durchschwung an. Das Wurfgeschoss ist ein Stein mit einem drumherum geschlungenen flatternden Band. Shaftoe läuft zu der Stelle hinüber und schnappt es sich. Das Band ist eines jener mit tausend Stichen genähten Stirnbänder (angeblich sind es so viele; er hat ein paar bewusstlosen Nips das Stirnband abgenommen, sich aber nie die Mühe gemacht, die Stiche zu zählen), die sie sich als Glücksbringer um den Kopf schlingen; es hat einen Fleischklops in der Mitte und ein paar japanische Schriftzeichen auf beiden Seiten. Er löst es von dem Stein. Dabei merkt er plötzlich, dass es überhaupt kein Stein ist, sondern eine Handgranate! Doch der gute alte Goto Dengo hat nur einen Scherz gemacht – er hat den Stift nicht gezogen. Ein hübsches Souvenir für Bobby Shaftoe.

Shaftoes erster Haiku (Dezember 1940) war eine rasche, schmutzige Adaptation des Glaubensbekenntnisses der Marines:

> Das ist mein Gewehr
> Es gibt viele davon doch
> Dieses gehört mir

Er schrieb ihn unter folgenden Umständen: Shaftoe und der Rest der Fourth Marines waren in Schanghai stationiert, damit sie die Internationale Konzession bewachen und als Kerle fürs Grobe auf den Kanonenbooten der Yangtze River Patrol arbeiten konnten. Sein Zug war gerade von der Letzten Patrouille zurückgekommen: einem gewaltsamen Aufklärungsunternehmen über tausend Meilen, vorbei an dem, was von Nangking übrig war, bis hinauf nach Hankow und wieder zurück. Marines hatten das seit dem Boxeraufstand getan, durch Bürgerkriege und alles andere hindurch. Doch gegen Ende 1940, da die Nips* praktisch den ganzen Nordosten Chinas regierten, hatten die Politiker in D.C. schließlich das Handtuch geworfen und die China-Marines angewiesen, nicht mehr den Jangtse hinaufzudampfen.

Nun behaupteten die Marines der alten Schule wie zum Beispiel Frick, sie könnten einen Unterschied erkennen zwischen organisierten Briganten, bewaffneten Haufen hungernder Bauern, marodierenden Nationalisten, kommunistischen Partisanen und den irregulären Streitkräften im Sold diverser Kriegsherren. Für Shaftoe waren sie alle bloß verrückte, bewaffnete Schlitzaugen, die der Yangtze River Patrol ans Leder wollten. Die Letzte Patrouille war ein hirnverbranntes Unternehmen gewesen. Doch sie war vorbei und nun waren sie wieder in Schanghai, dem sichersten Ort, an dem man in China sein konnte, und ungefähr hundertmal gefährlicher als der gefährlichste Ort Amerikas. Sie waren vor sechs Stunden vom Kanonenboot gestiegen und in eine Bar gegangen, die sie eben erst verlassen hatten, weil sie zu dem Schluss gekommen waren, es sei höchste Zeit, in ein Bordell zu gehen. Auf dem Weg dorthin kamen sie zufällig an diesem japanischen Restaurant vorbei.

Bobby Shaftoe hatte schon einmal zum Fenster des Lokals hineingeschaut und dem Mann mit dem Messer zugesehen, weil er dahinter kommen wollte, was zum Teufel er eigentlich machte. Es sah ganz danach aus, als würde er ungekochten Fisch zerschneiden, die rohen Fleischstücke auf Reisbällchen legen und sie den Nips auf der anderen Seite des Tresens reichen, die sie verputzten.

Es musste so etwas wie eine optische Täuschung sein. Bestimmt wurde der Fisch im Hinterzimmer vorgekocht.

Die Sache ließ Shaftoe seit ungefähr einem Jahr keine Ruhe. Während er und die anderen geilen, betrunkenen Marines an dem Lokal vorbeigingen, verlangsamte er seinen Schritt, um durchs Fenster zu spähen und nach Möglickeit mehr Beweismaterial zu sammeln. Er hätte schwören können, dass der Fisch teilweise rubinrot aussah, was nicht der Fall wäre, wenn man ihn gekocht hätte.

Einer seiner Kumpel, Rhodes aus Shreveport, bemerkte seinen Blick und sagte, er wette, dass Shaftoe sich nicht trauen würde, hineinzugehen und sich an den Tresen zu setzen. Ein weiterer Private, Gowicki aus Pittsburgh, schloss sich der Wette an!

---

* Wie die Japaner unweigerlich von den Marines genannt wurden, die niemals ein dreisilbiges Wort benutzten, wenn es auch eines mit drei Buchstaben tat.

Shaftoe schürzte die Lippen und bedachte die Geschichte. Er hatte sich bereits entschlossen, es zu tun. Er war Einzelkämpfer und es lag in seiner Natur, solchen verrückten Scheiß zu machen; er war allerdings auch dazu ausgebildet, sorgfältig das Terrain zu sondieren, ehe er sich hineinwagte.

Das Restaurant war zu drei Vierteln gefüllt, und sämtliche Gäste waren japanische Militärs in Uniform. Am Tresen, wo der Mann den augenscheinlich rohen Fisch zerschnitt, war eine deutliche Konzentration von Offizieren zu beobachten; wenn man nur eine einzige Granate hätte, würde man sie dorthin werfen. Den größten Teil des Raums nahmen lange Tische ein, an denen gemeine Soldaten saßen und aus dampfenden Schalen Nudelsuppe tranken. Auf diese Männer achtete Shaftoe besonders, denn sie waren diejenigen, die ihn in ungefähr sechzig Sekunden windelweich prügeln würden. Einige waren allein da und hatten sich etwas zum Lesen mitgebracht. Ein Grüppchen in einer Ecke hörte einem zu, der offensichtlich gerade einen Witz oder eine Geschichte erzählte.

Je mehr Zeit sich Shaftoe dafür nahm, das Lokal auszukundschaften, desto mehr kamen Rhodes und Gowicki zu der Überzeugung, dass er es tatsächlich tun würde. Sie wurden aufgeregt und riefen nach den anderen Marines, die schon vorausgegangen waren und Kurs auf das Bordell nahmen.

Shaftoe sah die anderen zurückkommen – seine taktische Reserve. »Was soll's«, sagte er und ging in das Restaurant. Hinter sich konnte er die anderen aufgeregt rufen hören; sie konnten es nicht fassen, dass er es tatsächlich tat. Als Shaftoe die Schwelle des japanischen Restaurants überschritt, trat er ins Reich der Legende ein.

Sämtliche Nips schauten ihn an, als er zur Tür hereinkam. Falls sie überrascht waren, zeigten sie es nicht. Der Koch hinterm Tresen begann irgendeinen rituellen Gruß zu brüllen, der ins Stocken geriet und verstummte, als er sah, was da gerade hereingeschneit war. Der Mann hinten im Raum – ein stämmiger Nip mit rosigen Wangen – erzählte weiter seinen Witz oder seine Geschichte oder was immer es war.

Shaftoe nickte niemand im Besonderen zu, steuerte dann den nächsten freien Stuhl am Tresen an und setzte sich.

Andere Marines hätten gewartet, bis der ganze Trupp versammelt gewesen wäre. Dann wären sie geschlossen in das Restaurant einmarschiert, hätten ein paar Stühle umgeworfen und einiges von der Suppe verschüttet. Aber Shaftoe hatte die Initiative ergriffen, ehe die anderen etwas Derartiges tun konnten, und war allein hineingegangen, wie man es von einem Einzelkämpfer erwartete. Es lag allerdings nicht nur daran, dass er Einzelkämpfer war. Es lag auch daran, dass er Bobby Shaftoe und ernsthaft neugierig auf das Lokal war, und er wollte wenn möglich ein paar ruhige Minuten hier drin verbringen und einiges darüber erfahren, ehe der Spaß losging.

Es half natürlich, dass Shaftoe ein stiller, besinnlicher Betrunkener war, kein gefährlicher und leicht aufbrausender. Er musste nach Bier gestunken haben (diese Krauts in Tsingtao produzierten ein Gebräu, das ihn geradewegs nach Wisconsin zurückversetzte, und er hatte Heimweh). Aber er krakeelte nicht und schmiss auch nichts um.

Der Koch war damit beschäftigt, eines seiner kleinen Häppchen herzustellen, und tat so, als wäre Shaftoe gar nicht vorhanden. Die anderen Männer am Tresen starrten ihn eine Zeit lang kalt an und wandten sich dann wieder ihrem Essen zu. Shaftoe betrachtete das Angebot an rohem Fisch, das hinter dem Tresen auf zerkleinertem Eis ausgelegt war, und ließ dann den Blick in die Runde gehen. Der Kerl in der Ecke gab kurze Wortsalven von sich, die er aus einem Notizbuch ablas. Er sagte jeweils zehn bis zwanzig Worte, worauf die wenigen Zuhörer sich einander zuwandten, grinsten, ein Gesicht zogen oder manchmal auch Beifall klatschten. Er trug seinen Kram nicht wie einen schmutzigen Witz vor. Er sprach präzise und mit Ausdruck.

Ach du Scheiße! Er las Gedichte vor! Shaftoe hatte keine Ahnung, was der Mann sagte, aber er konnte am Klang erkennen, dass es Gedichte sein mussten. Reimen tat sich's allerdings nicht. Aber die Nips machten ja alles auf komische Art.

Er bemerkte, dass der Koch ihn anfunkelte. Er räusperte sich, was sinnlos war, weil er überhaupt kein Japanisch sprach. Er betrachtete etwas von dem rubinroten Fisch hinterm Tresen, deutete darauf, hielt zwei Finger hoch.

Alles war verblüfft darüber, dass der Amerikaner tatsächlich etwas bestellt hatte. Die Spannung ließ nach, allerdings nur ein wenig. Der Koch machte sich an die Arbeit und produzierte zwei Häppchen, die er auf einem dicken Holzbrettchen servierte.

Shaftoe war dazu ausgebildet worden, Insekten zu essen und Hühnern den Kopf abzubeißen, und so ging er davon aus, dass er damit fertigwerden konnte. Er nahm die Häppchen mit den Fingern auf, genau wie die Nips es taten, und aß sie. Sie schmeckten gut. Er bestellte zwei weitere von anderer Art. Der Kerl in der Ecke las weiter Gedichte vor. Shaftoe aß seine Häppchen und bestellte noch mehr. Etwa zehn Sekunden lang fühlte er sich hier zwischen dem Geschmack des Fisches und dem Klang der Gedichte tatsächlich wohl und vergaß, dass er lediglich dabei war, einen brutalen Rassenkonflikt anzuzetteln.

Die dritte Portion sah anders aus: Auf den rohen Fisch waren dünne, durchscheinende Scheiben irgendeines feuchten, glänzenden Materials gelegt. Das Zeug erinnerte an in Öl getränktes Fleischeinwickelpapier. Shaftoe glotzte es eine Zeit lang an und versuchte, es zu identifizieren, aber es ähnelte keinem Nahrungsmittel, das er kannte. Er schaute rasch nach links und rechts, in der Hoffnung, dass einer der Nips das Gleiche bestellt hatte, sodass er zusehen und lernen konnte, wie man es richtig aß. Kein Glück.

Verdammt, immerhin waren das Offiziere. Vielleicht sprach einer davon ein bisschen Englisch.

»'zeihung. Was ist das?«, fragte Shaftoe und hob die unheimliche Membran an einer Ecke an.

Der Koch blickte nervös zu ihm auf, ließ dann den Blick am Tresen entlangwandern und befragte die Gäste. Es folgte eine Diskussion. Schließlich erhob sich am Ende des Tresens ein Nip-Offizier, ein Lieutenant zur See, und sprach Bobby Shaftoe an.

»Seegras.«

Der Ton des Lieutenants – feindselig und mürrisch – passte Shaftoe nicht. In Verbindung mit dem Gesichtsausdruck schien er zu besagen: *Das kapierst du sowieso nicht, du Bauer, also stell dir einfach vor, es wäre Seegras.*

Shaftoe faltete züchtig die Hände im Schoß, betrachtete ein paar Augenblicke lang das Seegras und blickte dann zu dem Lieutenant auf, der ihn immer noch ausdruckslos ansah. »Was für eine Art von Seegras, Sir?«, fragte er.

Angelegentliche Blicke begannen durch das Lokal zu huschen wie optische Signale vor einem Seegefecht. Die Dichterlesung war offenbar zu Ende, und hinten im Raum hatte eine Wanderbewegung gemeiner Soldaten eingesetzt. Unterdessen übersetzte der Lieutenant Shaftoes Nachfrage für die anderen, die sie ausführlich diskutierten, als handele es sich um eine wichtige politische Initiative von Franklin Delano Roosevelt.

Der Lieutenant und der Koch wechselten Worte. Dann sah der Lieutenant erneut Shaftoe an. »Er sagt, Sie jetzt zahlen.« Der Koch hielt eine Hand hoch und rieb Daumen und Zeigefinger aneinander.

Ein Jahr Dienst bei der Yangtze River Patrol hatte Bobby Shaftoe Nerven aus Titan und unbegrenztes Vertrauen in seine Kameraden verschafft, und so widerstand er dem Drang, den Kopf zu drehen und zum Fenster hinauszuschauen. Er wusste bereits genau, was er sehen würde. Marines, Schulter an Schulter, bereit, für ihn zu sterben. Er kratzte sich die neue Tätowierung auf seinem Unterarm: ein Drache. Seine über den frischen Schorf schrappenden, schmutzigen Fingernägel machten ein schabendes Geräusch in dem vollkommen stillen Restaurant.

»Sie haben meine Frage nicht beantwortet«, sagte Shaftoe und er sprach die Worte mit der typischen Präzision des Betrunkenen aus.

Der Lieutenant übersetzte das ins Japanische. Erneut Diskussionen, diesmal allerdings knapp und entschieden. Shaftoe merkte, dass sie kurz davor waren, ihn rauszuschmeißen. Er straffte die Schultern.

Die Nips waren gut; sie starteten einen organisierten Angriff zur Tür hinaus, auf den Bürgersteig, und attackierten die Marines, ehe irgendwer Hand an Shaftoe gelegt hatte. Dieser vernichtende Angriff hinderte die Marines daran, überhaupt in das Restaurant einzudringen, was die Offiziere beim Essen gestört und mit etwas Glück gewaltigen Sachschaden angerichtet hätte. Dann spürte Shaftoe, wie ihn mindestens drei Leute von hinten packten und hoch hoben. Während dies geschah, kam er in Blickkontakt mit dem Lieutenant und brüllte: »Verscheißern Sie mich mit dem Seegras?«

Wie Schlägereien so sind, war das einzig Bemerkenswerte an dieser die Art und Weise, wie man ihn auf die Straße hinaustrug, ehe er überhaupt loslegen konnte. Danach war sie genau wie alle anderen Keilereien mit Nip-Soldaten in Schanghai, an denen er beteiligt gewesen war. Sie liefen allesamt auf amerikanische Muskelkraft (man wurde nicht für das Vierte Regiment ausgesucht, wenn man kein eindrucksvoll aussehender Einsachtziger war) gegen dieses japanische Chop-Wummi hinaus.

Shaftoe war kein Boxer. Er war Ringer. Das war zu seinem Vorteil. Die anderen Marines würden die Fäuste hochnehmen und es – nach den Boxregeln – ausfechten: keine Chance gegen Chop-Wummi. Shaftoe machte sich keine Illusionen über seine Boxkünste, deshalb senkte er normalerweise den Kopf und griff wie ein Stier an, musste unterwegs ein paar Schläge ins Gesicht einstecken, bekam seinen

Gegner normalerweise aber richtig zu fassen und knallte ihn aufs Pflaster. Normalerweise schüttelte das den Nip so durch, dass Shaftoe einen Doppelnelson oder einen Hammerlock ansetzen und den anderen zum Aufgeben bringen konnte.

Die Jungs, die ihn aus dem Restaurant trugen, wurden von Marines angegriffen, sowie sie ins Freie kamen. Shaftoe geriet an einen Gegner, der mindestens so groß war wie er selbst, was ungewöhnlich war. Außerdem war der andere kräftig gebaut – nicht wie ein Sumo-Ringer, sondern eher wie ein Football-Spieler, ein Lineman mit Bauchansatz. Der Scheißkerl war stark und Shaftoe wusste sofort, dass ihm eine richtige Abreibung bevorstand. Der Bursche rang in einem anderen Stil als der Amerikaner, was (wie Shaftoe auf die harte Art lernte) auch ein paar unerlaubte Manöver einschloss: Würgegriffe und kurze, heftige Schläge gegen wichtige Nervenzentren. Die schon vom Alkohol aufgebrochene Kluft zwischen Shaftoes Geist und Körper geriet durch diese Techniken zum unüberwindlichen Abgrund. Am Ende lag er hilflos und gelähmt auf dem Bürgersteig und starrte zu dem pausbäckigen Gesicht seines Gegners auf. Es war (so ging ihm auf) der Bursche, der in der Ecke des Restaurants gesessen und Gedichte vorgelesen hatte. Für einen Dichter war er ein guter Ringer. Oder vielleicht auch umgekehrt.

»Es ist *kein Seegras*«, sagte der große Nip. Er hatte einen Ausdruck im Gesicht wie ein ungezogenes Schulkind, das ungestraft davonkommt. »Heißt das richtige Wort vielleicht *Kalebasse?*« Und damit drehte er sich um und ging ins Restaurant zurück.

So viel zur Legende. Allerdings weiß keiner der anderen Marines, dass das nicht die letzte Begegnung zwischen Bobby Shaftoe und Goto Dengo war. Der Vorfall warf für Shaftoe jede Menge drängender Fragen zu so verschiedenen Themen wie Seegras, Dichtkunst und Chop-Wummi auf. Später machte er Goto Dengo ausfindig, was nicht besonders schwierig war – er bezahlte einfach ein paar chinesische Jungen dafür, dass sie dem auffälligen Nip durch die Stadt folgten und täglich Bericht erstatteten. Auf diese Weise erfuhr er, dass Goto Dengo und einige seiner Kameraden sich jeden Morgen in einem bestimmten Park einfanden, um ihr Chop-Wummi zu praktizieren. Nachdem er einen letzten Brief an seine Eltern und Geschwister in Oconomowoc geschrieben und sich vergewissert hatte, dass sein Testament in Ordnung war, ging Shaftoe eines Morgens in den Park, stellte sich abermals dem überraschten Goto Dengo vor und erbot sich, als menschlicher Punchingball zu dienen. Sie fanden seine Selbstverteidigungsfähigkeiten zum Schreien primitiv, bewunderten jedoch seine Unverwüstlichkeit, und so bekam Bobby Shaftoe um den geringen Preis einiger gebrochener Rippen und Finger einen Grundkurs in der von Goto Dengo favorisierten speziellen Variante von Chop-Wummi, die Judo hieß. Mit der Zeit führte das sogar zu ein paar gesellschaftlichen Verpflichtungen in Bars und Restaurants, wo Shaftoe lernte, vier Arten von Seegras, drei Arten von Fischrogen und mehrere Geschmacksrichtungen von japanischer Dichtkunst zu unterscheiden. Natürlich hatte er nicht den leisesten Schimmer, wovon darin die Rede war, aber er konnte Silben zählen, und soviel er mitkriegte, war das eigentlich schon alles, was es zum Verständnis von Nip-Gedichten brauchte.

Nicht dass diese – oder irgendwelche anderen – Kenntnisse von ihrer Kultur ihm nun, da es bald seine Aufgabe sein wird, sie zu töten, irgendetwas nützen werden.

Im Gegenzug brachte Shaftoe Goto Dengo bei, nicht wie ein Mädchen zu werfen. Viele Nips sind gute Baseballspieler und so fanden selbst sie es zum Schießen, wie ineffektiv ihr kräftiger Freund sich mit einem Baseball abmühte. Aber es war Shaftoe, der Goto Dengo beibrachte, sich seitlich zur Wurfrichtung zu stellen, die Schultern kreisen zu lassen und durchzuschwingen. Er hat der Wurftechnik des massigen Nips im vergangenen Jahr viel Aufmerksamkeit geschenkt und vielleicht ist das der Grund, warum das Bild von Goto Dengo, wie er auf den Quadersteinen des Bund die Füße setzt, ausholt, die in das flatternde Band gewickelte Granate wirft und auf einem im Kampfstiefel steckenden Fuß fast geziert durchschwingt, Shaftoe bis nach Manila und darüber hinaus im Gedächtnis haften bleibt.

Ein paar Tage nach Fahrtantritt wird deutlich, dass Sergeant Frick verlernt hat, wie man seine Schuhe putzt. Jeden Abend stellt er sie neben seiner Koje aufs Deck, als erwarte er, dass in der Nacht ein Kuli vorbeikommt und sie auf Hochglanz wienert. Jeden Morgen wacht er auf und findet sie in noch jämmerlicherem Zustand vor. Nach ein paar Tagen beginnt er sich Verweise von oben einzuhandeln und wird alle naselang zum Kartoffelschälen eingeteilt.

Nun ist dieses Unvermögen an und für sich verzeihlich. Immerhin hat Frick seine Karriere damit begonnen, dass er auf dem High Chaparral Desperados mit Schulterpatronengurten von Postzügen wegjagte. Im Jahre 27 wurde er dann ganz kurzfristig nach Schanghai verfrachtet und musste zweifellos eine gewisse Anpassungsfähigkeit an den Tag legen. Schön. Und nun befindet er sich auf diesem elenden Pott aus der Zeit vor dem Ersten Weltkrieg und das ist ein bisschen hart für ihn. Schön. Aber er nimmt das alles nicht mit der Würde hin, die Marines von anderen Marines verlangen. Er jammert darüber. Er lässt sich davon unterkriegen. Er wird wütend. Eine Menge anderer alter China-Marines sehen die Dinge genau so wie er.

Als Bobby Shaftoe eines Tages mit ein paar von den anderen jungen Marines an Deck des Zerstörers einen Baseball herumwirft, sieht er, wie sich auf dem Achterdeck ein paar von den älteren Kerlen zu einer Art Menschenklumpen zusammenscharen. Ihrem Gesichtsausdruck und ihren Gesten sieht er an, dass sie lamentieren.

Shaftoe hört, wie sich nahebei zwei Leute von der Schiffsbesatzung unterhalten. »Was ist denn den Marines da über die Leber gelaufen?«, fragt der eine. Der andere schüttelt traurig den Kopf, wie ein Arzt, der gerade gesehen hat, wie ein Patient die Augen auf Null stellt. »Die armen Schweine haben zu viel Asien abgekriegt«, sagt er.

Und dann drehen sie sich um und sehen Shaftoe an.

An diesem Abend in der Messe schlingt Shaftoe sein Essen mit doppelter Geschwindigkeit hinunter, steht dann auf und nähert sich dem Tisch, an dem die Marines der alten Schule missmutig zusammensitzen. »Verzeihung, Sergeant!«, brüllt er. »Bitte um Erlaubnis, Ihre Schuhe putzen zu dürfen, Sarge!«

Fricks Mund klappt auf, sodass ein halb gekautes Stück gekochtes Rindfleisch zum Vorschein kommt. »Wie war das, Corporal?«

In der Messe ist es still geworden. »Bitte ergebenst um Erlaubnis, Ihre Schuhe putzen zu dürfen, Sarge!«

Frick ist nicht einmal in nüchternem Zustand der aufgewecktteste Bursche der Welt und schon ein Blick auf seine Pupillen macht ziemlich deutlich, dass er und seine Kameraden Opium mit an Bord gebracht haben. »Tja, äh, also gut«, sagt er. Er sieht sich nach seiner Mannschaft von Nörglern um, die ein bisschen verwirrt und ein bisschen amüsiert sind. Er schnürt seine Schuhe auf. Bobby Shaftoe nimmt die schändlichen Dinger mit und bringt sie etwas später auf Hochglanz poliert zurück. Frick hat inzwischen Oberwasser gekriegt. »Also, die Stiefel sehen wirklich prima aus, Corporal Shaftoe«, sagt er mit unangenehm lauter Stimme. »Als Schuhputzer bist du mindestens genau so gut wie mein Kuli-Boy.«

Beim Lichtausmachen sehen sich Frick und Konsorten hoffnungslos verknäueltem Bettzeug gegenüber. Während der Nacht folgen weitere, noch rüdere Scherze. Einer wird in seiner Koje überfallen und von nicht näher spezifizierten Angreifern verprügelt. Am nächsten Morgen veranstalten die hohen Tiere einen Überraschungsappell und es gibt einen Anschiss. Die »Asiaten« verbringen den größten Teil des Tages damit, dass sie, zu einem Grüppchen zusammengedrängt, aufeinander aufpassen.

Gegen Mittag kommt es Frick endlich in den Sinn, dass das alles von Shaftoes Geste ausgelöst worden ist und dass Shaftoe die ganze Zeit gewusst hat, was passieren würde. Deshalb stürzt er sich an Deck auf Shaftoe und versucht ihn über die Reling zu werfen.

Shaftoe wird in letzter Sekunde von einem seiner Kumpel gewarnt und lässt Fricks Angriff mit einer kurzen Drehung ins Leere gehen. Frick prallt von der Reling ab, fährt herum und versucht, Shaftoe an den Eiern zu packen. Shaftoe versetzt ihm einen Stoß ins Auge, der ihn prompt wieder hochkommen lässt. Sie weichen voneinander zurück. Die Eröffnungsformalitäten sind erledigt; sie nehmen die Fäuste hoch.

Frick und Shaftoe boxen ein paar Runden. Ein großes Publikum von Marines sammelt sich an. Die meisten rechnen damit, dass Frick den Kampf gewinnt. Frick war schon immer schwachsinnig und nun ist er auch noch durchgedreht, aber in einem Boxring kennt er sich aus und er hat gegenüber Shaftoe einen Gewichtsvorteil von vierzig Pfund.

Shaftoe lässt sich alles gefallen, bis Frick ihn ziemlich kräftig auf den Mund schlägt, sodass seine Lippe zu bluten anfängt.

»Wie weit ist es noch bis Manila?«, brüllt Shaftoe. Die Frage verwirrt und verblüfft Sergeant Frick wie üblich und er richtet sich einen Moment lang auf.

»Zwei Tage«, antwortet einer der Schiffsoffiziere.

»Verflucht noch mal«, sagt Bobby Shaftoe, »wie soll ich denn mit der dicken Lippe meine Kleine küssen?«

»Such dir doch einfach 'ne billigere«, antwortet Frick.

Mehr braucht Shaftoe nicht. Er senkt den Kopf und stürmt, wie ein Nip brüllend, auf Frick zu. Ehe Frick schalten kann, hat Shaftoe ihn mit einem jener Chop-Wummi-Griffe gefesselt, die Goto Dengo ihm in Schanghai beigebracht hat. Er arbeitet sich an Fricks Körper entlang zu einem Würgegriff vor und drückt dann zu, bis Sergeant Fricks

Lippen die Farbe des Inneren einer Auster annehmen. Dann hängt er Frick verkehrt herum über die Reling, indem er ihn an den Knöcheln festhält, bis Frick sich so weit erholt, dass er »Ich geb auf!« schreien kann.

Hastig wird ein Disziplinarverfahren eingeleitet. Shaftoe wird für schuldig befunden, höflich gewesen zu sein (indem er Fricks Stiefel geputzt hat) und das Leben eines Marine (seiner selbst) gegen einen wahnsinnigen Angreifer verteidigt zu haben. Der wahnsinnige Angreifer wandert umgehend in den Bau. Binnen weniger Stunden vermitteln die Laute, die Frick von sich gibt, den Marines einen Eindruck vom Opiumentzug.

Sergeant Frick bekommt somit nichts von ihrer Einfahrt in die Manila Bay zu sehen. Das arme Schwein tut Shaftoe beinahe leid.

Den ganzen Tag liegt die Insel Luzon an Backbord, ein schwarzer, im Dunst kaum sichtbarer Klotz, an dessen unterem Rand gelegentlich Palmen und Strände zu erkennen sind. Sämtliche Marines sind schon einmal hier gewesen und können deshalb die Cordillera Central im Norden und später die Zambales Mountains ausmachen, die schließlich in der Nähe der Subic Bay steil zum Meer abfallen. Die Subic Bay löst eine Salve deftiger Anekdoten aus. Das Schiff legt nicht dort an, sondern fährt weiter nach Süden im Bogen um Bataan herum und wendet sich dann landeinwärts dem Eingang der Manila Bay zu. Das Schiff stinkt nach Schuhwichse, Talkumpuder und Rasierwasser; mag sein, dass die Fourth Marines sich auf Herumhuren und Opiummissbrauch spezialisiert haben, aber sie sind seit jeher als die bestaussehenden Marines im ganzen Corps bekannt.

Sie kommen an Corregidor vorbei. Geformt wie ein Wassertropfen auf einem gewachsten Stiefel, ist die Insel in der Mitte sanft gerundet, fällt jedoch zum Wasser hin steil ab. Sie hat einen langen, knochigen, trockenen Schwanz, der zum Ende hin immer dünner wird. Die Marines wissen, dass die Insel von Tunneln durchlöchert ist und von Furcht erregenden Geschützen starrt, doch auf diese Befestigungen deuten einzig die Gruppen von Betonbaracken hin, die oben in den Hügeln stehen und die Männer beherbergen, die diese Waffen bedienen. Über Topside erhebt sich ein Gewirr von Antennen. Ihre Formen sind Shaftoe vertraut, weil sich auch über Station Alpha in Schanghai viele solcher Antennen erhoben, die er hat auseinander nehmen und auf den Lkw laden müssen.

Am Fuß eines gewaltigen Kalksteinkliffs, das fast bis ins Meer hinein abfällt, liegt der Eingang zu dem Tunnel, in dem sämtliche Nachrichtendienstler und Funker ihr Versteck haben. Nahebei befindet sich eine Pier, an der es im Moment recht lebhaft zugeht: von zivilen Transportschiffen werden Versorgungsgüter gelöscht und direkt auf dem Strand aufgestapelt. Dieses Detail wird von allen Marines als eindeutiges Zeichen dafür gewertet, dass der Krieg näher rückt. Die *Augusta* wirft in der kleinen Bucht Anker und das ganze in Planen gewickelte Funkzubehör wird auf Barkassen umgeladen und zusammen mit den komischen Bleistifthälsen von der Navy, die dieses Gerät in Schanghai bedient haben, zu der Pier gebracht.

Die Dünung legt sich, als sie an Corregidor vorbei in die Bucht einfahren. Grünlich-braune Algen treiben in Kringeln und Schnörkeln nahe der Wasseroberfläche. Kriegsschiffe legen braune Rauchstränge über das ruhige Meer. Vom Wind ungestört, entfalten sie sich zu zerklüfteten Formen, die durchscheinenden Gebirgszügen ähneln. Sie passieren den großen Militärstützpunkt auf Cavite – ein derart niedriges und flaches Landstück, dass die Begrenzungslinie zum Wasser ohne die Postenkette der Palmen nicht zu sehen wäre. Darauf erheben sich ein paar Hangars und Wassertürme, und weiter landeinwärts niedrige, dunkle Kasernengebäude. Manila liegt genau vor ihnen, noch immer in Dunst gehüllt. Es wird langsam Abend.

Dann löst sich der Dunst auf, die Luft wird so klar wie die Augen eines Kindes, und eine Stunde lang können sie unendlich weit sehen. Sie dampfen in eine Arena voller gewaltiger Gewitterwolken, durch die sich ringsum Blitze herabschlängeln. Zwischen Ambossen lugen wie abgebrochene Schieferstücke flache graue Wolken hervor. Hinter ihnen wölben sich höhere Wolken, die im Licht der untergehenden Sonne rosa und lachsfarben schimmern, bis halb zum Mond empor. Dahinter weitere Wolken, wie in Seidenpapier eingewickelter Christbaumschmuck in feuchte Luftmassen geschmiegt, Flächen blauen Himmels, weitere Gewitterwolken, die dreißig Kilometer lange Blitze austauschen. Himmel, eingebettet in in Himmeln eingebettete Himmel.

In Schanghai oben war es kalt und seither ist es jeden Tag wärmer geworden. An manchen Tagen war es sogar heiß und schwül. Aber etwa zu der Zeit, wo Manila in Sicht kommt, streicht eine warme Brise übers Deck und sämtliche Marines seufzen, als hätten sie alle gleichzeitig einen Erguss gehabt.

Manilas Düfte
Von den Palmen gefächelt
Schenkel von Glory

Manilas weitläufige Ziegeldächer haben von ihrer Form her etwas Mischlinghaftes, halb Spanisches, halb Chinesisches. Die Stadt verfügt über einen konkaven Hafendamm mit einer flachen Promenade. Spaziergänger drehen sich um und winken den Marines zu; einige von ihnen werfen Kusshände. Eine Hochzeitsgesellschaft quillt die Stufen einer Kirche hinunter und über den Boulevard auf den Uferdamm, wo sie sich im schmeichelhaften, pfirsichfarbenen Licht des Sonnenuntergangs fotografieren lässt. Die Männer tragen ihre ausgefallenen, hauchdünnen Filipino-Hemden oder amerikanische Uniformen, die Frauen spektakuläre Roben und Kleider. Die Marines johlen und pfeifen, und die Frauen wenden sich ihnen zu, schürzen leicht ihre Röcke, um nicht zu stolpern, und winken begeistert. Den Marines wird schwummrig und sie fallen praktisch über Bord.

Während ihr Schiff sich an die Pier heranschiebt, durchstößt ein halbmondförmiger Schwarm fliegender Fische die Wasseroberfläche. Er entfernt sich wie eine über die Wüste gewehte Düne. Die Fische sind silbern und wie Blätter geformt. Jeder trifft mit einem metallischen Klicken aufs Wasser, und die Geräusche verschmelzen zu einem scharfen Reißen. Der Halbmond gleitet unter einen Anleger, umfließt dessen Pfahlwerk und verschwindet in den Schatten darunter.

Manila, die Perle des Orients, am frühen Sonntagabend, den 7. Dezember 1941. In Hawaii, auf der anderen Seite der Datumsgrenze, ist es kurz nach Mitternacht. Bobby Shaftoe und seine Kameraden haben ein paar Stunden Freiheit. Die Stadt ist modern, wohlhabend, englischsprachig und christlich, bei weitem die reichste und höchstentwickelte Stadt in Asien, sodass man sich praktisch wie zu Hause in den Staaten fühlt. Bei aller Katholizität gibt es darin Bezirke, die den Eindruck erwecken, als seien sie von den Grundsteinen aufwärts nach den Angaben geiler Seeleute entworfen worden. In diese Stadtteile gelangt man, wenn man sich nach rechts wendet, sobald man die Füße auf trockenes Land setzt.

Bobby Shaftoe wendet sich nach links, marschiert unter höflichen Entschuldigungen an einer Legion aufgekratzter Prostituierter vorbei und nimmt Kurs auf die hoch aufragenden Mauern von Intramuros. Er macht nur Halt, um bei einem Verkäufer im Park, der ein Bombengeschäft macht, einen Strauß Rosen zu kaufen. Der Park und die Mauern darüber werden von herumbummelnden Liebespaaren bevölkert, die Männer zumeist in Uniform, die Frauen in züchtigen, aber umwerfenden Kleidern, mit kleinen Sonnenschirmen, die sie auf den Schultern herumwirbeln lassen.

Ein paar Burschen, die von Pferden gezogene Taxis fahren, wollen mit Bobby Shaftoe ins Geschäft kommen, aber er weist sie ab. Ein Taxi wird ihn nur schneller dorthin bringen, und er ist zu nervös, um schnell dorthin kommen zu wollen. Durch ein Tor in der Mauer gelangt er in die Altstadt.

Intramuros ist ein Labyrinth gelbbrauner Steinmauern, die sich jäh von schmalen Straßen erheben. Die Fenster im Erdgeschoss, entlang den Bürgersteigen, sind mit schwarzen, schmiedeeisernen Käfigen gesichert. Die Eisenstangen bauchen und schnörkeln sich und treiben fein gehämmerte Blätter. Die Obergeschosse springen vor und sind mit Gaslaternen ausgestattet, die soeben von Dienern mit langen, rauchenden Stangen angezündet werden. Aus den oberen Fenstern wehen Gelächter und Musik, und wenn er an den Torbögen vorbeikommt, die in die Innenhöfe führen, riecht er die Blumen in den Hintergärten.

Er kann die Häuser ums Verrecken nicht auseinander halten. Er erinnert sich an den Straßennamen Magallanes, weil Glory ihm einmal gesagt hat, es sei das Gleiche wie »Magellan«. Und er erinnert sich an den Blick auf die Kathedrale aus dem Fenster der Pascuals. In der Gewissheit, ganz in der Nähe zu sein, wandert er ein paar Mal um einen Häuserblock. Dann hört er aus einem Fenster im ersten Stock überschwängliches Mädchenlachen und bewegt sich darauf zu wie eine von einem Einlassrohr angesogene Qualle. Es kommt alles zusammen. Hier ist es. Die Mädchen tratschen auf Englisch über einen ihrer Lehrer. Glorys Stimme hört er nicht, aber er meint, ihr Lachen zu hören.

»Glory!«, sagt er. Dann sagt er es lauter. Falls sie ihn hören, beachten sie ihn nicht. Schließlich holt er aus und schleudert den Rosenstrauß über das Holzgeländer durch eine schmale Lücke zwischen den Perlmuttläden ins Zimmer.

Wundersames Schweigen aus dem Zimmer, dann stürmisches Gelächter. Die Perlmuttläden öffnen sich mit langsamer, qualvoller Verschämtheit. Ein neunzehnjähriges Mädchen tritt auf den Balkon hinaus. Sie trägt die Kluft einer Schwesternschülerin. Das Kleid ist so weiß wie Sternenlicht am Nordpol. Sie hat ihr langes schwarzes Haar gelöst, um es zu bürsten, und es regt sich träge in der Abendbrise. Das letzte rötliche Licht des Sonnenuntergangs lässt ihr Gesicht wie eine Kohle glühen. Sie versteckt sich einen Moment lang hinter dem Strauß, vergräbt das Gesicht darin, atmet tief ein, wirft Shaftoe mit ihren schwarzen Augen über die Blüten hinweg einen verstohlenen Blick zu. Dann senkt sie den Strauß allmählich, sodass ihre hohen Wangen zum Vorschein kommen, ihre vollkommene kleine Nase, die fantastische Skulptur ihrer Lippen, hinter denen die Zähne – weiß, doch entzückend unregelmäßig – nur eben sichtbar sind. Sie lächelt.

»Herr des Himmels«, sagt Bobby Shaftoe, »deine Jochbeine sind der reinste Schneepflug.«

Sie legt den Finger an die Lippen. Die Geste, mit der etwas Glorys Lippen berührt, fährt Shaftoe wie ein unsichtbarer Speer durch die Brust. Glory beäugt ihn eine Zeit lang, überzeugt sich, dass sie seine volle Aufmerksamkeit hat und dass er dableiben wird. Dann wendet sie ihm den Rücken zu. Das Licht streift ihren Hintern, *zeigt* nichts, sondern lässt die Spalte nur *erahnen*. Sie geht ins Zimmer zurück und die Läden gleiten hinter ihr zu.

Plötzlich wird es in dem Zimmer voller Mädchen still bis auf gelegentliche Ausbrüche von unterdrücktem Gelächter. Shaftoe beißt sich auf die Zunge. Sie vermasseln ihm alles. Mr. und Mrs. Pascual werden das Schweigen bemerken und Verdacht schöpfen.

Eisen scheppert und ein großes Tor geht auf. Der Pförtner winkt ihn herein. Shaftoe folgt dem Alten durch den schwarzen, gewölbten Tunnel der Wagenauffahrt. Die harten Sohlen seiner glänzenden schwarzen Schuhe finden auf den Pflastersteinen keinen Halt. Hinten im Stall wiehert ein Pferd beim Geruch seines Rasierwassers. Aus einem Radio im Kabuff des Pförtners quillt blechern schläfrige amerikanische Musik, Zeug zum Langsamtanzen vom Armed-Forces-Sender.

An den Steinwänden des Hofes ranken sich Weinreben empor. Es ist eine ordentliche, stille, abgeschlossene Welt, fast als befände man sich im Haus. Der Pförtner winkt ihn zu einer der Treppen hin, die in den ersten Stock führen. Glory nennt ihn *entresuelo* und sagt, es sei in Wirklichkeit ein Stockwerk zwischen den Stockwerken, aber für Bobby Shaftoe sieht es wie ein normales, richtiggehendes Stockwerk aus. Er steigt die Stufen hinauf und sieht im Aufblicken Mr. Pascual dastehen, einen winzigen kahlköpfigen Mann mit einer Brille und einem gepflegten kleinen Schnurrbart. Er trägt ein kurzärmeliges Hemd von amerikanischer Machart, Kakihosen und Slipper, und er hält ein Glas San Miguel in der einen und eine Zigarette in der anderen Hand. »Private Shaftoe! Willkommen«, sagt er.

Aha. Glory hat also beschlossen, sich diesmal an die Regeln zu halten. Die Pascuals sind alarmiert worden. Nun stehen ein paar Stunden höfliche Konversation zwischen Shaftoe und seinem Mädchen. Aber von solchen Rückschlägen lässt sich ein Marine niemals entmutigen.

»Verzeihung, Mr. Pascual, aber ich bin mittlerweile Corporal.«

Mr. Pascual steckt sich die Zigarette in den Mund und schüttelt Corporal Shaftoe die Hand. »Na, so was, Glückwünsche! Ich habe erst letzte Woche Ihren Onkel Jack gesehen. Ich glaube, er hatte keine Ahnung, dass Sie auf dem Rückweg sind.«

»Das war für jeden eine Überraschung, Sir«, sagt Bobby Shaftoe.

Mittlerweile befinden sie sich auf einem erhöhten Laufgang, der um den Hof herum geführt ist. Nur Vieh und Dienstboten wohnen auf Bodenhöhe. Mr. Pascual geht den Gang entlang voran bis zu einer Tür, durch die sie in den *entresuelo* gelangen. Die Wände hier bestehen aus grobem Stein, die Decken aus schlichten, gestrichenen Brettern. Sie kommen durch ein düsteres Büro, in dem Mr. Pascuals Vater und Großvater die Verwalter der familieneigenen Haciendas und Plantagen zu empfangen pflegten. Einen Moment lang macht sich Bobby Shaftoe Hoffnungen. In diesem Geschoss gibt es ein paar Zimmer, die in den alten Zeiten Wohnungen für hochrangige Dienstboten, allein stehende Onkel und ledige Tanten abgaben. Doch nun, da das Hacienda-Geschäft nicht mehr das ist, was es einmal war, vermieten die Pascuals sie an Studentinnen. Vielleicht führt ihn Mr. Pascual ja geradewegs zu Glory.

Doch diese Hoffnungen gehen den Weg aller törichten, geilen Illusionen, als Shaftoe sich am Fuß einer riesigen Treppe aus poliertem Nara-Holz wiederfindet. Er kann die Pressblechdecke dort oben sehen, Kronleuchter und die eindrucksvollen Aufbauten von Mrs. Pascual, gebändigt von einem mächtigen Mieder, das aussieht wie von Schiffsbauingenieuren erträumt. Die beiden ersteigen die Treppe in die *antesala*, die laut Glory ausschließlich für unangemeldete Gelegenheitsbesucher dient, jedoch das schickste Zimmer ist, das Bobby Shaftoe jemals gesehen hat. Überall stehen große Vasen und Töpfe herum, angeblich alt und angeblich aus Japan und China. Eine frische

Brise streicht hindurch; er schaut zum Fenster hinaus und sieht, hübsch darin gerahmt, die große Kuppel der Kathedrale mit dem keltischen Kreuz darauf, genau wie er sie in Erinnerung hat. Mrs. Pascual streckt die Hand aus und er ergreift sie. »Mrs. Pascual«, sagt er, »danke, dass Sie mich in Ihrem Haus willkommen heißen.«

»Bitte setzen Sie sich«, sagt sie, »wir wollen alles hören.«

Shaftoe setzt sich in einen schicken Sessel neben dem Klavier, rückt sich die Hose ein bisschen zurecht, damit sie ihm nicht den erigierten Penis einklemmt, und überprüft seine Rasur. Ein paar Stunden wird sie es noch tun. Am Himmel dröhnt ein Geschwader Flugzeuge. Mrs. Pascual gibt dem Dienstmädchen Anweisungen auf Tagalog. Shaftoe mustert die verkrusteten Aufschürfungen an seinen Knöcheln und fragt sich, ob Mrs. Pascual die leiseste Ahnung hat, was sie zu hören bekäme, wenn er ihr wirklich alles erzählte. Vielleicht würde eine kleine Anekdote über einen Nahkampf mit chinesischen Flusspiraten an den Ufern des Jangtse das Eis brechen. Durch eine Tür kann er am Ende des Flurs eine Ecke der Familienkapelle sehen, nichts als gotische Bögen, ein vergoldeter Altar und davor eine Kniebank, deren besticktes Polster von Mrs. Pascuals Kniescheiben abgewetzt ist.

Zigaretten, in einer großen lackierten Schatulle gestapelt wie Artilleriegranaten in einer Kiste, werden herumgereicht. Man trinkt Tee und tauscht, so kommt es ihm vor, ungefähr sechsunddreißig Stunden lang Oberflächlichkeiten aus. Mrs. Pascual möchte immer wieder versichert bekommen, dass alles in bester Ordnung ist und es keinen Krieg geben wird. Mr. Pascual ist offensichtlich davon überzeugt, dass der Krieg unmittelbar bevorsteht, und brütet im Wesentlichen vor sich hin. Die Geschäfte gehen in letzter Zeit gut. Er und Jack Shaftoe, Bobbys Onkel, haben eine Menge Güter zwischen hier und Singapur hin und her verfrachtet. Aber die Geschäfte werden bald sehr viel schlechter gehen, glaubt er.

Glory erscheint. Sie hat ihre Schwesternschülerinnenkluft abgelegt und trägt ein Kleid. Bobby Shaftoe kippt beinahe rückwärts aus dem Fenster. Erneut stellt Mrs. Pascual die beiden einander förmlich vor. Bobby Shaftoe küsst Glory die Hand, eine in seinen Augen höchstwahrscheinlich galante Geste. Er ist froh, dass er es tut, denn Glory hält ein eng zusammengefaltetes Zettelchen in der hohlen Hand, das in seiner Hand landet.

Glory nimmt Platz und bekommt ihrerseits eine Tasse Tee. Eine weitere Ewigkeit von Belanglosigkeiten. Mr. Pascual fragt ihn zum siebenundachtzigsten Mal, ob er sich schon bei seinem Onkel Jack gemeldet hat, und Shaftoe wiederholt, er sei buchstäblich gerade vom Schiff gekommen und werde Onkel Jack ganz gewiss morgen früh besuchen. Er entschuldigt sich und geht auf die Toilette, einen altmodischen Zweisitzer, errichtet über zwei tiefen Schächten, die bestimmt bis in die Hölle hinabreichen. Er entfaltet und liest Glorys Zettel, prägt sich die Anweisungen ein, zerreißt ihn dann und spült ihn das Loch hinunter.

Mrs. Pascual gesteht den beiden jungen Liebenden eine volle halbe Stunde gemeinsamer »Ungestörtheit« zu, was bedeutet, dass die Pascuals das Zimmer verlassen und nur ungefähr alle fünf Minuten zurückkehren, um sie zu kontrollieren. Es kommt zu einer schrecklich komplizierten und ausführlichen Abschiedszeremonie, die damit endet, dass Shaftoe auf die Straße zurückkehrt und Glory ihm vom Balkon aus nachwinkt.

Eine halbe Stunde später machen sie Zungenjudo in einem von Pferden gezogenen Taxi, das über die Pflastersteine auf die Nachtklubs von Malate zurattert. Für einen hoch motivierten China-Marine und einen Zug kesser Schwesternschülerinnen war es ein Klacks, Glory aus dem Hause der Pascuals herauszuschmuggeln.

Aber Glory küsst ihn offenbar mit offenen Augen, denn plötzlich windet sie sich los und sagt zu dem Taxifahrer: »Stopp! Bitte halten Sie an, Sir!«

»Was ist denn?«, sagt Shaftoe mit undeutlicher Stimme. Er blickt sich um und sieht nichts als eine riesengroße alte Steinkirche über ihnen aufragen. Das löst einen kurzen Anflug von Angst aus. Doch die Kirche ist dunkel, es sind keine Filipinas in langen Kleidern und keine Marines in Ausgehuniform da, es kann also nicht seine Hochzeit sein.

»Ich will dir etwas zeigen«, sagt Glory und steigt aus dem Taxi. Shaftoe muss ihr in das Gebäude – die Kirche San Augustin – folgen. Er ist schon oft an dem Klotz vorbeigekommen, aber er hätte nie gedacht, dass er einmal hineingehen würde – und das noch bei einem Rendezvous.

Sie steht am Fuß einer riesigen Treppe und sagt: »Siehst du?«

Shaftoe blickt in Dunkelheit hinauf und denkt, es gibt dort oben womöglich ein, zwei Buntglasfenster, vielleicht eine Zerfleischung Christi oder eine Aufspießung des Heiligen Leibes, aber –

»Schau nach unten«, sagt Glory und tippt mit dem Fuß gegen die erste Stufe der Treppe. Es handelt sich um einen einzelnen riesengroßen Granitquader.

»Sieht nach zehn bis zwanzig Tonnen Stein aus, würde ich schätzen«, sagt er mit Entschiedenheit.

»Er stammt aus Mexiko.«

»Nun hör aber auf!«

Glory lächelt ihn an. »Trag mich die Treppe hoch.« Und für den Fall, dass Shaftoe daran denkt abzulehnen, lässt sie sich gegen ihn fallen, sodass ihm keine Wahl bleibt, als sie aufzufangen. Sie klemmt seinen Nacken in ihrer Armbeuge fest, um ihr Gesicht besser an seines heranziehen zu können, doch im Gedächtnis bleibt ihm, wie die Seide ihres Ärmels sich an der frisch rasierten Haut seines Halses anfühlt. Er beginnt den Aufstieg. Glory wiegt nicht viel, aber schon nach vier Stufen schwitzt er leicht. Aus zehn Zentimetern Entfernung beobachtet sie ihn auf Anzeichen von Ermüdung und er spürt, wie er errötet. Bloß gut, dass die ganze Treppe von ungefähr zwei Kerzen erleuchtet wird. Es gibt eine herrliche Büste des dornengekrönten Jesus, dem lange, parallele Blutstropfen über das Gesicht laufen, und zur Rechten –

»Diese riesigen Steine, auf denen du gehst, sind vor Jahrhunderten und Aberjahrhunderten, als Amerika überhaupt noch kein Land war, in Mexiko gebrochen worden. Sie sind in den Manila-Galleonen hierher gebracht worden, als Ballast.« Sie spricht es *bayast* aus.

»Donnerwetter.«

»Bei der Ankunft der Galleonen hat man die Steine einen nach dem anderen aus den Schiffsrümpfen geholt, sie hierher zur Kirche San Augustin gebracht und aufeinander gestapelt. Jeden Stein auf den vom letzten Jahr. Bis die Treppe schließlich nach vielen, vielen Jahren fertig war.«

Nach einer Weile kommt es Shaftoe so vor, als würde es mindestens ebenso viele Jahre dauern, das Ende des verdammten Dings zu erreichen. Den oberen Absatz ziert ein lebensgroßer Jesus, der ein Kreuz trägt, das den Eindruck macht, als wäre es mindestens ebenso schwer wie eine dieser Stufen. Worüber hat er sich also zu beklagen? Dann sagt Glory: »Und jetzt trag mich hinunter, damit du die Geschichte nicht vergisst.«

»Hältst du mich etwa für irgend so einen geilen Marine, der sich eine Geschichte nur dann merken kann, wenn ein hübsches Mädchen drin vorkommt?«

»Ja«, sagt Glory und lacht ihm ins Gesicht. Er trägt sie wieder hinunter. Und ehe sie sich etwas anderes einfallen lassen kann, trägt er sie geradewegs zur Tür hinaus und in das Taxi.

Bobby Shaftoe ist keiner, der in der Hitze des Gefechts so leicht die Nerven verliert, aber der Rest des Abends ist für ihn wie ein verschwommener Fiebertraum. Nur ein paar Eindrücke durchdringen den Nebel: wie sie vor einem Hotel an der Promenade aussteigen; wie alle anderen Jungs Glory anglotzen; wie er die anderen anfunkelt und damit droht, ihnen Manieren beizubringen. Das Langsamtanzen mit Glory im Ballsaal, und wie Glorys in Seide gehüllter Oberschenkel sich ganz allmählich zwischen seine Beine schiebt und ihr fester Körper sich immer enger an ihn drückt. Wie sie Hand in Hand unterm Sternenlicht den Hafendamm entlang bummeln. Bemerken, dass Ebbe herrscht. Einen Blick wechseln. Und wie er sie vom Hafendamm auf den schmalen Streifen Kiestrand darunter trägt.

Als er sie dann tatsächlich vögelt, hat er mehr oder weniger das Bewusstsein verloren und ist in irgendeinen fantastischen, libidinösen Traum abgedriftet. Er und Glory vögeln ohne das geringste Zögern, ohne die leisesten Zweifel, ja überhaupt ohne irgendwelche störenden Gedanken. Ihre Körper sind spontan miteinander verschmolzen, wie zwei Wassertropfen, die auf einer Fensterscheibe ineinander laufen. Wenn er überhaupt irgendetwas denkt, dann, dass sein ganzes Leben in diesem Moment kulminiert. Seine Kindheit in Oconomowoc, der High-School-Abschlussball, die Rotwildjagd auf der Upper Peninsula, die Grundausbildung auf Parris Island, sämtliche Keilereien und Kämpfe in China, sein Zweikampf mit Sergeant Frick, das alles ist der Schaft hinter einer Speerspitze.

Irgendwo dröhnen Sirenen. Mit einem Ruck gewinnt er das Bewusstsein wieder. Ist er etwa die ganze Nacht hier gewesen und hat Glory gehalten, ihren Rücken an den Hafendamm gedrückt, ihre Oberschenkel um seine Taille geschlungen? Das ist unmöglich. Die Flut ist überhaupt nicht gekommen.

»Was ist denn?«, fragt sie. Sie hat die Hände in seinem Nacken verschränkt. Jetzt löst sie ihren Griff und streicht ihm über die Brust.

Ohne sie loszulassen, seine Hände als Räuberleiter unter ihrem warmen, makellosen Hintern, weicht Shaftoe vom Hafendamm zurück, dreht sich auf dem Strand um und blickt zum Himmel auf. Er sieht Suchscheinwerfer angehen. Und es ist keine Hollywoodpremiere.

»Es ist Krieg, Baby«, sagt er.

VORSTÖSSE

Die Eingangshalle des Manila Hotels ist ungefähr so groß wie ein Footballplatz. Sie riecht nach dem Parfüm vom letzten Jahr, seltenen tropischen Orchideen und Insektenspray. Neben dem Eingang ist ein Metalldetektor angebracht, denn der Premierminister von Zimbabwe hält sich zufällig für ein paar Tage hier auf. Dicke Afrikaner in guten Anzügen stehen in Grüppchen zu zweit oder zu dritt herum. Kleinere Mengen japanischer Touristen in ihren Bermuda-Shorts, Sandalen und weißen Socken haben sich auf den tiefen, üppigen, breiten Sofas niedergelassen und sitzen in Erwartung eines vorher vereinbarten Zeichens still da. Wie Stammeshäuptlinge ihre rituellen Keulen, so schwingen Kinder aus der philippinischen Oberschicht runde Kartoffelchips-Dosen. Ein würdevoller alter Hoteldiener, der einen Behälter mit Handpumpe trägt, geht an dem Verteidigungsring entlang und besprüht geräuschlos die Fußleiste mit einem Insektenspray. Da erscheint Randall Lawrence Waterhouse in einem türkisfarbenen Polohemd mit dem aufgestickten Logo einer der bankrott gegangenen High-Tech-Firmen, die er und Avi gegründet haben, einer locker sitzenden, von Hosenträgern gehaltenen Jeans und wuchtigen, ehemals weißen Turnschuhen.

Kaum hatte er die Zollformalitäten am Flughafen hinter sich, fiel ihm auf, dass die Philippinen wie Mexiko zu den Ländern gehören, in denen es auf Schuhe ankommt. Rasch geht er auf die Rezeption zu, damit die reizende junge Frau in der marineblauen Kluft seine Füße nicht sieht. Ein paar bemitleidenswerte Hotelpagen rackern sich vergeblich mit seiner Tasche ab, die ungefähr so groß und schwer wie ein Aktenschrank mit zwei Schubladen ist. »Du wirst dort keine technischen Fachbücher finden«, hat Avi ihm erklärt, »nimm alles mit, was du auch nur im Entferntesten brauchen könntest.«

Randys Suite besteht aus einem Schlaf- und einem Wohnzimmer, beide mit über vier Meter hohen Decken, und einem Flur an einer Seite, der mehrere begehbare Wandschränke und verschiedene durch Rohrleitungen verbundene Vorrichtungen aufweist. Das Ganze ist ausgekleidet mit irgendeinem tropischen Hartholz, gestrichen in einem hübschen, leuchtenden Kastanienbraun, das in nördlichen Breiten düster wirkte, hier aber den Eindruck von Gemütlichkeit und Kühle erweckt. Die beiden Haupträume haben riesige Fenster mit winzigen

Zeichen an den Schnäppergriffen, die vor tropischen Insekten warnen. Jedes Zimmer ist von den Fenstern her durch ein mehrschichtiges System hintereinander angeordneter Barrieren geschützt: unglaublich massive hölzerne Rollläden, die wie Güterzüge beim Rangieren auf dem Verschiebebahnhof in Schienen vor und zurück rattern; eine zweite Jalousie, die aus fünf Zentimeter breiten Perlmuttquadraten in einem Gitter aus poliertem Holz besteht, das in eigenen Schienen geführt wird; Stores und schließlich dicht gewebte Vorhänge, die jeweils von einem eigenen klirrenden Gestänge herabhängen.

Er lässt sich eine große Portion Kaffee bringen, die ihn gerade so lange wach hält, bis er ausgepackt hat. Es ist später Nachmittag. Purpurrote Wolken purzeln mit der geradezu greifbaren Wucht vulkanischer Schlammmassen aus den umliegenden Bergen und verwandeln den halben Himmel in eine kahle, von Blitzstrahlen waagerecht gestreifte Wand; die Wände des Hotelzimmers blitzen mit auf, so als wären draußen vor den Fenstern Paparazzi am Werk. Unten im Rizal Park rennen Essensverkäufer die Bürgersteige auf und ab, um dem Regen zu entgehen, der, wie er es ein halbes Jahrtausend getan hat, auf die schrägen schwarzen Mauern von Intramuros fällt. Würden diese Mauern nicht kerzengerade verlaufen, könnte man sie für eine geologische Laune der Natur halten: Grate aus blankem, dunklem Vulkangestein, die aus dem Gras hervorbrechen wie Zähne aus dem Zahnfleisch. Die Mauern haben schwalbenschwanzförmige Einschnitte, die zu alten Geschützstellungen zusammenlaufen, sodass jenseits eines trockenen Grabens einander überschneidende Schussfelder entstehen.

Wenn man in den Staaten lebt, sieht man nichts, was älter als zweieinhalb Jahrhunderte ist, und um das zu sehen, muss man sich in den östlichen Zipfel des Landes begeben. Die Welt der Geschäftsreisenden mit ihren Flughäfen und Taxis sieht überall gleich aus. Dass er in einem anderen Land ist, glaubt Randy erst, wenn er so etwas wie Intramuros sieht, und dann muss er wie ein Trottel lange vor sich hin grübelnd dastehen.

Zur selben Zeit hängen sich auf der anderen Seite des Pazifiks in einer kleinen, geschmackvollen viktorianischen Stadt, die auf einem Drittel des Weges von San Francisco nach Los Angeles liegt, die Computer auf, entscheidend wichtige Akten verschwinden und die E-Mail torkelt in den intergalaktischen Raum hinaus, weil Randy Waterhouse nicht da ist, um ein Auge auf alles zu haben. Die fragliche Stadt rühmt sich dreier kleiner Colleges: eines, das vom Staat Kalifornien gegründet wurde, und zweier weiterer, deren Gründer, protestantische Sekten, von den meisten Mitgliedern ihres Lehrkörpers heute öffentlich geschmäht werden. Zusammengenommen bilden diese drei Colleges – die Three Siblings oder »Drei Geschwister« – ein akademisches Zentrum mittlerer Bedeutung. Ihre Computersysteme sind zu einem vernetzt. Sie tauschen Lehrkräfte und Studenten aus. Gelegentlich sind sie Gastgeber wissenschaftlicher Tagungen. Dieser Teil Kaliforniens hat Strände, Berge, Rotholzwälder, Weinberge, Golfplätze und massenhaft riesige Strafvollzugsanstalten. Es gibt jede Menge Drei- und Vier-Sterne-Hotelzimmer und zusammengenommen verfügen die Three Siblings über genügend Hörsäle und Seminarräume, um eine Konferenz mit mehreren tausend Teilnehmern zu beherbergen.

Avis Anruf vor ungefähr achtzig Stunden kam mitten in einer wichtigen interdisziplinären Konferenz mit dem Titel »Die Zwischenphase (1939-45) im globalen Hegemoniestreit des zwanzigsten Jahrhunderts (christlicher Zeitrechnung)«. Das ist ein ziemlicher Bandwurm, weshalb man kurz und bündig von »Krieg als Text« spricht.

Die Leute kommen aus Städten wie Amsterdam und Mailand. Das Organisationskomitee der Konferenz – darunter Randys Freundin Charlene, die jetzt allerdings eher den Eindruck erweckt, seine *Ex*-Freundin zu sein – hat einen Künstler aus San Francisco damit beauftragt, ein Plakat zu entwerfen. Als Grundlage nahm dieser das schwarzweiße Halbtonfoto eines abgezehrten Infanteristen aus dem Zweiten Weltkrieg, dem eine Zigarette von der Unterlippe hing. Dieses Bild überarbeitete er mithilfe eines Fotokopierers, indem er die Halbtonpunkte zu unförmigen Flecken aufblähte, wie von einem Hund zerkaute Gummibälle, und es allen möglichen anderen Verformungen unterzog, bis es verblüffend nackt, eindrucksvoll und zerklüftet wirkte; die blassen Augen des Soldaten wurden unheimlich weiß. Dann fügte er ein paar Farbelemente hinzu: roten Lippenstift, blauen Lidschatten und die Andeutung eines roten Büstenhalterträgers, der unter dem aufgeknöpften Uniformhemd des Soldaten hervorlugte.

Kaum herausgekommen, gewann das Plakat irgendeinen Preis. Die entsprechende Pressemitteilung hatte zur Folge, dass es von den Medien zum offiziellen Gegenstand der Kontroverse erkoren wurde. Einem rührigen Journalisten gelang es, den Soldaten, der auf dem Originalfoto abgebildet war, ausfindig zu machen – einen dekorierten ehemaligen Frontkämpfer und pensionierten Werkzeug- und Formenmacher, der zufällig nicht nur noch lebte, sondern sich bester Gesundheit erfreute und, seit seine Frau an Brustkrebs gestorben war, seinen Ruhestand damit zubrachte, in seinem Lieferwagen den tiefen Süden zu durchstreifen und beim Wiederaufbau schwarzer Kirchen zu helfen, die von betrunkenen Barbaren in Brand gesteckt worden waren.

Darauf gestand der Künstler, der das Plakat entworfen hatte, dass er das Foto einfach aus einem Buch kopiert und sich erst gar nicht um die Genehmigung dazu bemüht habe – die Vorstellung, man müsse um Erlaubnis fragen, bevor man die Arbeit anderer Leute verwende, sei ohnehin falsch, da jegliche Kunst sich von anderer Kunst herleite. Hochkarätige Prozessanwälte fielen wie Sturzkampfbomber in die kleine Stadt in Kentucky ein, wo der geschädigte Veteran, ein Bündel Nägel im Mund, oben auf dem Dach einer schwarzen Kirche saß, Sperrholzplatten für den Außenbereich festhämmerte und, an eine Horde von Reportern unten auf dem Rasen gewandt, »Kein Kommentar« murmelte. Nach längeren Verhandlungen in einem Raum im Holiday Inn der Stadt erschien der Kriegsveteran in Begleitung eines der fünf berühmtesten Anwälte auf Gottes Erde und verkündete, er werde einen Zivilprozess gegen die Three Siblings anstrengen, der sie und ihre ganze Blase, sollte er Recht bekommen, in eine flache, qualmende Schramme auf der Erdkruste verwandeln würde. Die Einnahmen, versprach er, werde er zwischen den schwarzen Kirchen und verschiedenen Kriegsversehrten- und Brustkrebsforschungsgruppen aufteilen.

Das Organisationskomitee zog das Plakat aus dem Verkehr, was dazu führte, dass Tausende von Raubkopien ins World Wide Web gingen und Millionen von Menschen, die das Plakat sonst nie gesehen hätten, darauf aufmerksam wurden. Außerdem strengte es einen Prozess gegen den Künstler an, dessen finanzielle Verhältnisse sich auf der Rückseite eines Fahrkartenkontrollabschnitts berechnen ließen: Seine Vermögenswerte beliefen sich auf ungefähr tausend Dollar, seine Schulden (zum größten Teil Studentendarlehen) auf fünfundsechzigtausend.

All das passierte, bevor die Konferenz überhaupt begonnen hatte. Randy bekam es nur mit, weil Charlene ihn dazu rumgekriegt hatte, die Konferenz mit Computerunterstützung auszustatten, das heißt, eine Website einzurichten und einen E-Mail-Zugang für die Teilnehmer zu schaffen. Als die Medien von alledem Wind bekamen, strömten die E-Mails nur so herein, verstopften bald alle Leitungen und füllten die ganze Plattenkapazität, die Randy im Laufe des vergangenen Monats geschaffen hatte.

Allmählich trudelten die Konferenzteilnehmer ein. Eine ganze Reihe von ihnen schienen in dem Haus zu wohnen, in dem Randy und Charlene die letzten sieben Jahre zusammengelebt hatten. Es war ein großes, altes viktorianisches Haus mit reichlich Platz. Sie kamen aus Heidelberg und Paris und Berkeley und Boston, saßen um Randys und Charlenes Küchentisch herum, tranken Kaffee und unterhielten sich ausführlich über Das Spektakel. Randy nahm zunächst an, mit Spektakel sei der Plakat-Skandal gemeint, aber je länger sie darüber diskutierten, desto klarer wurde ihm, dass sie den Begriff nicht im herkömmlichen Sinn, sondern als Teil eines akademischen Jargons benutzten, der für sie eine Unmenge von Nuancen und Konnotationen barg, von denen Randy keine einzige verstehen würde, solange er nicht einer von ihnen war.

Für Charlene und alle, die an »Krieg als Text« teilnahmen, war selbstverständlich, dass der Kriegsveteran, der Klage eingereicht hatte, zur allerübelsten Sorte von Menschen gehörte – genau zu denen, die zu entlarven, symbolisch zu verbrennen und in die Mülltonne des posthistorischen Diskurses zu werfen sie sich versammelt hatten. Randy hatte viel Zeit in der Nähe dieser Leute verbracht und geglaubt, er hätte sich an sie gewöhnt, aber in diesen Tagen hatte er vom Zähnezusammenbeißen dauernd Kopfschmerzen und sprang immer wieder mitten in einer Mahlzeit oder einem Gespräch auf, um einsame Spaziergänge zu machen. Das tat er zum einen, um sich vor undiplomatischen Äußerungen zu hüten, und zum anderen war es eine kindische, aber fruchtlose Taktik, um Charlenes ersehnte Aufmerksamkeit zu erlangen.

Er wusste von Anfang an, dass diese ganze Plakatgeschichte ein Desaster werden würde. Immer wieder warnte er Charlene und die anderen. Die hörten ihm ungerührt und mit klinischem Interesse zu, als wäre Randy eine Versuchsperson auf der falschen Seite eines Einwegspiegels.

Randy zwingt sich, so lange wach zu bleiben, bis es dunkel wird. Dann liegt er ein paar Stunden im Bett und versucht zu schlafen. Der Containerhafen liegt unmittelbar nördlich des Hotels und der Rizal Boulevard, der am Fuß der alten spanischen Mauer entlangführt, ist die ganze Nacht über von einem Ende bis zum anderen mit containerbeladenen Sattelschleppern verstopft. Die ganze Stadt gleicht einem einzigen großen Verbrennungsmotor. Manila scheint mehr Kolben und Auspuffrohre zu haben als der Rest der Welt zusammengenommen. Sogar um zwei Uhr morgens brummt und klirrt die scheinbar unerschütterliche Masse des Hotels von der seismischen Energie, die von all den Motoren ausgeht. Der Lärm löst Autoalarmanlagen auf dem Hotelparkplatz aus. Die Sirene einer Alarmanlage löst andere aus und so weiter. Es ist weniger das Getöse, das Randy wach hält, als vielmehr der unglaubliche Stumpfsinn dieser Kettenreaktion. Sie ist ein Paradebeispiel für die Art von technologischen Schnitzern mit Schneeballeffekt, die Hacker nachts wach halten, selbst wenn sie die Ergebnisse *nicht* hören können.

Er reißt ein Heineken aus seiner Minibar auf, steht am Fenster und schaut hinaus. Auf vielen Lastwagen prangen leuchtende Displays mit bunten Lichtern – allerdings nicht so auffällig wie die der wenigen Jeepneys, die zwischen ihnen umherhuschen und drängen. Beim Anblick so vieler Menschen, die wach sind und arbeiten, kommt Schlaf nicht mehr infrage.

Er steht zu sehr unter der Wirkung des Jetlags, um irgendetwas tun zu können, was richtiges Denken erfordert – aber eine wichtige Aufgabe, bei der man überhaupt nicht denken muss, kann er erledigen. Er startet erneut seinen Laptop. Scheinbar mitten in seinem dunklen Zimmer schwebend, ist der Bildschirm ein vollkommenes Lichtviereck von der Farbe wässeriger Milch, ähnlich der nordischen Dämmerung. Dieses Licht hat seinen Ursprung in kleinen fluoreszierenden Röhren, die im Polykarbonatsarg seines Computerdisplays eingeschlossen sind. Daraus entweichen kann es nur durch eine Randy zugewandte Glasscheibe, die ganz mit kleinen gitterartig angeordneten Transistoren bedeckt ist. Diese lassen Photonen durch oder nicht, oder sie lassen nur Photonen einer bestimmten Wellenlänge durch, wobei sie das fahle Licht in Farben brechen. Durch An- und Ausschalten dieser Transistoren nach irgendeinem systematischen Plan wird Randy Waterhouse Bedeutung übermittelt. Ein guter Filmemacher könnte ihm eine ganze Geschichte liefern, indem er sich für ein paar Stunden dieser Transistoren bemächtigte.

Leider schwirren sehr viel mehr Laptops herum, als es beachtenswerte Filmemacher gibt. Die Transistoren werden fast nie Menschen anvertraut. Stattdessen werden sie von Software kontrolliert. Früher war Randy von Software fasziniert, jetzt ist er es nicht mehr. Es ist schwer genug, interessante Menschen zu finden.

Heute hat der Laptop für Randy nur noch eine Funktion: Er benutzt ihn, um mit anderen per E-Mail zu kommunizieren. Wenn er mit Avi kommuniziert, muss er Ordo verwenden, ein Werkzeug, mit dem er seine Gedanken in Bitströme umwandeln kann, die sich fast nicht von weißem Rauschen unterscheiden, sodass er sie Avi ganz privat schicken kann. Dafür empfängt das Programm Rauschen von Avi, das es in Avis Gedanken umwandelt. Im Augenblick hat Epiphyte keinerlei Aktiva außer Information – es ist nichts weiter als eine Idee, untermauert von ein paar Fakten und Daten. Und die ist furchtbar leicht zu stehlen. Deshalb ist Verschlüsselung durchaus sinnvoll. Die Frage ist nur: Welcher Grad an Paranoia ist wirklich angebracht?

Avi schickte ihm per verschlüsselter E-Mail:

> Ich möchte, dass du, wenn du nach Manila kommst, ein 4096-Bit-Schlüsselpaar generierst und es auf einer Floppydisk speicherst, die du immer bei dir trägst. Lass es nicht auf deiner Festplatte. Jeder könnte in dein Hotelzimmer einbrechen, während du weg bist, und diesen Schlüssel klauen.

Jetzt zieht Randy ein Menü herunter und klickt auf ein Feld mit der Bezeichnung: »Neuer Schlüssel...«

Darauf erscheint ein Kasten, der ihm verschiedene Schlüssellängen zur Auswahl anbietet: 768 Bit, 1024, 1536, 2048, 3072, oder Andere Länge. Randy wählt die letzte Möglichkeit und tippt lustlos 4096 ein.

Schon um einen 768-Bit-Schlüssel zu knacken, braucht man ungeheure Ressourcen. Fügt man ein Bit hinzu, um ihn 769 Bit lang zu machen, wird es zweimal so schwierig. Ein 770-Bit-Schlüssel ist wiederum doppelt so schwierig und so weiter. Bei Verwendung von 768-Bit-Schlüsseln könnten Randy und Avi ihre Kommunikation wenigstens die nächsten paar Jahre vor fast jedem möglichen Angriff schützen. Ein 1024-Bit-Schlüssel wäre um ein astronomisch Vielfaches schwieriger zu knacken.

Manche Leute gehen so weit, 2048 oder sogar 3072 Bit lange Schlüssel zu verwenden. Damit blockieren sie die allerbesten Code-

Knacker der Welt für eine astronomisch lange Zeit, wenn nicht jenseitsmäßige Technologien wie Quanten-Computer erfunden werden. Ein Großteil der Verschlüsselungssoftware – sogar Sachen, die von extrem sicherheitsbewussten Kryptographie-Experten geschrieben wurden – kann mit Schlüsseln, die noch länger sind, gar nichts anfangen. Avi besteht jedoch auf der Verwendung von Ordo, das allgemein als die beste Verschlüsselungssoftware der Welt gilt, da es mit Schlüsseln von unbegrenzter Länge fertig wird – solange es einem nichts ausmacht, zu warten, bis es sämtliche Zahlen verarbeitet hat.

Randy fängt an zu tippen. Dabei schaut er gar nicht auf den Bildschirm, sondern zum Fenster hinaus auf die Lichter der Lastwagen und Jeepneys. Er tippt nur mit einer Hand, die er locker auf die Tastatur klopfen lässt.

Im Inneren von Randys Computer befindet sich eine Uhr. Immer wenn er eine Taste drückt, zeichnet Ordo mithilfe dieser Uhr bis auf die Mikrosekunde genau die aktuelle Zeit auf. Er drückt eine Taste um 03:05:56,935788 Uhr und die nächste um 03:05:57,290664 Uhr, das heißt 0,354876 Sekunden später. Nach weiteren 0,372307 Sekunden drückt er wieder eine. Ordo hält all diese Intervalle fest und lässt die signifikanteren Ziffern (in diesem Beispiel die 35 und die 37) fallen, denn diese Teile werden sich von einem Ereignis zum nächsten eher ähneln.

Ordo will Zufälligkeit. Es will nur die am wenigsten signifikanten Ziffern – etwa die 76 und die 07 ganz am Ende dieser Zahlen. Es will eine ganze Menge Zufallszahlen, und die müssen sehr, sehr zufällig sein. Es nimmt also einigermaßen zufällige Zahlen und gibt sie in Hash-Funktionen ein, die sie wesentlich zufälliger machen. Über die Ergebnisse lässt es Statistikroutinen laufen, um sicherzustellen, dass sie keine versteckten Muster enthalten. Es besitzt atemberaubend hohe Normen für Zufälligkeit und wird Randy so lange auffordern, in die Tastatur zu hämmern, bis diese Normen erfüllt sind.

Je länger der Schlüssel ist, den man generieren will, umso länger dauert es. Randy versucht, einen zu generieren, der lächerlich lang ist. In einer verschlüsselten E-Mail-Nachricht hat er Avi darauf aufmerksam gemacht, dass, wenn jedes Materieteilchen des Universums dazu verwendet werden könnte, einen einzigen kosmischen Supercomputer zu bauen, und dieser Computer einen 4096-Bit-Geheimschlüssel knacken sollte, mehr als die Lebensdauer des Universums dazu nötig wäre.

»Mit heutiger Technologie«, schoss Avi zurück, »das stimmt. Aber was ist mit Quanten-Computern? Und was, wenn neue mathematische Techniken entwickelt werden, die das Faktorisieren von großen Primzahlen erleichtern?«

»Wie lange möchtest du denn, dass diese Nachrichten geheim bleiben?«, fragte Randy in seiner letzten Botschaft, bevor er San Francisco verließ. »Fünf Jahre? Zehn Jahre? Fünfundzwanzig Jahre?«

Gleich nachdem er an diesem Nachmittag im Hotel angekommen war, hat Randy Avis Antwort entschlüsselt und gelesen. Wie das Nachbild eines Stroboskopblitzes hängt sie immer noch vor seinen Augen:

```
Ich möchte, dass sie so lange geheim blei-
ben, wie Menschen fähig sind, Böses zu tun.
```

Endlich piept der Computer. Randy lässt seine müde Hand ruhen. Ordo teilt ihm höflich mit, es werde jetzt vermutlich eine Weile beschäftigt sein, und macht sich dann ans Werk. Es durchsucht den Kosmos der reinen Zahlen auf zwei große Primzahlen hin, die miteinander multipliziert eine 4096 Bit lange Zahl produzieren.

Wenn man Geheimnisse über seine eigene Lebenserwartung hinaus geheim halten will, muss man, um die richtige Schlüssellänge zu wählen, Futurist sein. Man muss voraussehen, um wie viel schneller Computer in dieser Zeit werden. Außerdem muss man Politikwissenschaft studiert haben. Sollte nämlich die ganze Welt ein Polizeistaat werden, der auf Biegen und Brechen alte Geheimnisse aufdecken will, müssten erhebliche Ressourcen auf das Problem der Faktorisierung von Primzahlen verwendet werden.

Die Länge des Schlüssels, den man benützt, ist also an sich schon eine Art Code. Ein kluger Lauscher in Staatsdiensten, dem auffällt, dass Randy und Avi einen 4096-Bit-Schlüssel verwenden, wird sich einen der folgenden Reime darauf machen:
- Avi weiß nicht, wovon er redet. Das kann mit einem kurzen Blick auf seine bisherigen Leistungen ausgeschlossen werden. Oder
- Avi ist klinisch paranoid. Auch das kann aufgrund geringer Nachforschungen ausgeschlossen werden. Oder
- Avi ist ausgesprochen optimistisch, was die zukünftige Entwicklung der Computertechnologie angeht, oder pessimistisch in Bezug auf das politische Klima, oder beides. Oder
- Avi besitzt einen Planungshorizont, der sich über eine Zeitspanne von mindestens einem Jahrhundert erstreckt.

Randy läuft in seinem Zimmer hin und her, während sein Computer durch das All der Zahlen rast. Die Schiffscontainer hinten auf den Sattelschleppern tragen genau dieselben Logos wie die, die immer die Straßen von South Seattle verstopften, wenn ein Schiff gelöscht wurde. Das erfüllt Randy mit einer eigenartigen Zufriedenheit, so als hätte er mit diesem verrückten Satz über den Pazifik eine Art antipodale Symmetrie in sein Leben gebracht. Von da, wo die Dinge konsumiert werden, ist er an den Ort ihrer Produktion gegangen, von einem Land, in dem die Selbstbefriedigung auf den höchsten Ebenen der Gesellschaft zum Heiligtum erklärt wurde, in eins, wo Autofenster Aufkleber mit »NEIN zur Empfängnisverhütung!« tragen. Das erscheint ihm auf seltsame Weise stimmig. Dieses Gefühl hat er nicht mehr gehabt, seit Avi und er vor zwölf Jahren ihre erste zum Scheitern verurteilte Firma gründeten.

Randy wuchs in einer Collegestadt im Osten des Staates Washington auf, machte an der University of Washington in Seattle Examen und ergatterte einen Job als Schreibkraft Nummer zwei in der dortigen Bibliothek – genauer gesagt in der Fernleihe –, wo seine Aufgabe darin bestand, eingehende Ausleihanfragen von kleineren Bibliotheken aus der ganzen Region zu bearbeiten und umgekehrt Anfragen an andere Bibliotheken zu verschicken. Hätte der neunjährige Randy Waterhouse in die Zukunft blicken und sich in dieser Position sehen können, wäre er halb verrückt geworden vor Freude: Das wichtigste Instrument in der Fernleihe war nämlich der Enthefter. Klein-Randy hatte in der vierten Klasse eine solche Vorrichtung in der Hand seines Lehrers gesehen und war begeistert gewesen von ihrem klug durchdachten, tödlichen Aussehen, das an die Kiefer irgendeines futuristischen Drachenroboters erinnerte. Tatsächlich hatte er sich nach Kräften bemüht, Blätter falsch zusammenzuheften, damit er seinen Lehrer dazu bewegen konnte, sie zu entheften und ihm dabei wieder einen Blick auf die Grauen erregenden Beißwerkzeuge in Aktion zu gewähren. Er war sogar so weit gegangen, von einer unbesetzten Bank in der Kirche einen Enthefter zu klauen und in einen Kampfroboter-Bausatz einzubauen, mit dem er einen Großteil der Nachbarschaft terrorisierte; mit seinem Klapperschlangengähnen zerlegte er so manches billige Plastikspielzeug in seine Einzelteile, bevor der Diebstahl entdeckt und vor Gott und den Menschen ein Exempel an Randy statuiert wurde. Später in der Fernleihe hatte Randy nicht nur einen, sondern mehrere Enthefter in seiner Schreibtischschublade und war sogar gezwungen, sie täglich ein oder zwei Stunden lang zu benutzen.

Da die Bibliothek der University of Washington gut ausgestattet war, fragten ihre Chefs nur dann Bücher von anderen Bibliotheken an, wenn die Titel bei ihnen gestohlen oder besonders ausgefallen waren. Die FL (wie Randy und seine Kollegen sie liebevoll nannten) hatte ihre Stammkunden – Leute, die eine Menge ausgefallener Bücher auf ihrer Wunschliste hatten. Diese Leute waren in der Regel entweder langweilig, unheimlich oder beides. Bei Randy landeten irgendwie immer die aus der »Beides«-Kategorie, denn Randy war als einziger Sachbearbeiter im Büro kein Lebenslänglicher. Es schien klar, dass Randy mit seinem Abschluss in Astronomie und seinem profunden Wissen im Computerwesen eines Tages aufsteigen würde, während seine Kollegen keine höheren Ambitionen hegten. Sein breiterer Interessenshorizont und seine etwas weiter gefasste Vorstellung von Normalität waren nützlich, wenn gewisse Vorgesetzte das Büro betraten.

Viele Leute fanden, dass Randy selbst ein langweiliger, unheimlicher, besessener Typ war. Er war nicht nur von der Naturwissenschaft, sondern auch von Fantasy-Rollenspielen besessen. Einen so stumpfsinnigen Job konnte er nur deshalb ein paar Jahre lang machen, weil seine Freizeit vollkommen damit ausgefüllt war, Fantasy-Szenarien von einer Tiefe und Komplexität zu inszenieren, die seine gesamten, in der Fernleihe so offensichtlich verkümmernden Hirnschaltkreise trainierten. Er gehörte zu einer Gruppe, die sich jeden Freitagabend traf und bis irgendwann am Sonntag spielte. Seine Mitstreiter waren ein Student namens Chester mit der Hauptfächerkombination Computerwissenschaft und Musik und einer namens Avi, der in einem höheren Semester Geschichte studierte.

Als eines Tages ein neuer Magisteranwärter namens Andrew Loeb mit einem gewissen Leuchten im Auge das Büro der Fernleihe betrat und aus seinem schmuddeligen alten Rucksack einen sechs Zentimeter dicken Stapel exakt getippter Bestellformulare herauszog, wurde er sofort einem bestimmten Typ zugeordnet und in Randy Waterhouses Richtung geschoben. Zwischen ihnen herrschte auf Anhieb völlige Übereinstimmung, was Randy jedoch erst richtig bewusst wurde, als die Titel, die Loeb bestellt hatte, nach und nach auf dem Bücherwagen aus dem Postraum eintrafen.

Andy Loebs Projekt bestand darin, den Energiehaushalt der einheimischen Indianerstämme zu berechnen. Um zu atmen und die Körpertemperatur aufrecht zu erhalten, muss ein menschlicher Körper eine bestimmte Menge Energie aufwenden. Diese Menge nimmt zu, wenn es kalt wird oder der betreffende Körper Arbeit verrichtet. Die einzige Möglichkeit, ihm die nötige Energie zuzuführen, besteht darin, Nahrung aufzunehmen. Allerdings haben manche Nahrungsmittel einen höheren Energiegehalt als andere. So ist etwa Forelle außerordentlich nahrhaft, aber so arm an Fett und Kohlehydraten, dass man verhungern kann, auch wenn man dreimal täglich davon isst. Andere Nahrungsmittel sind zwar energiereich, aber so aufwendig zu beschaffen und zuzubereiten, dass ihre Aufnahme kalorienmäßig keinen Gewinn bedeutet. Andy Loeb versuchte zu berechnen, welche Nahrungsmittel bestimmte Indianerstämme im Nordwesten von alters her gegessen hatten, wie viel Energie sie aufwandten, um sie zu beschaffen, und wie viel sie sich durch deren Aufnahme zuführten. Diese Berechnung wollte er für Küstenstämme wie die Salish (die leichten Zugang zu Meerestieren hatten) und für Binnenstämme wie die Cayuse (die ihn nicht hatten) durchführen, und zwar im Rahmen eines hochkomplizierten Vorhabens, mit dem er eine bestimmte These über die jeweiligen Lebensstandards dieser Stämme und deren Einfluss auf die kulturelle Entwicklung (Küstenstämme brachten unwahrscheinlich ausgefeilte Kunst hervor, während Binnenstämme hin und wieder Strichmännchen auf die Felsen kratzten) untermauern wollte.

Für Andrew Loeb war das eine Übung in meta-historischer Forschung. Für Randy Waterhouse klang es wie der Anfang eines ziemlich coolen Spiels. Erwürge eine Bisamratte und du bekommst hundertsechsunddreißig Energie-Punkte. Verlierst du die Bisamratte, sinkt deine Körperkerntemperatur um einen weiteren Grad.

Andy dachte sehr systematisch und so hatte er schlicht und einfach nicht nur sämtliche Titel nachgeschlagen, die je über solche Themen geschrieben worden waren, sondern auch alle, die in den Bibliographien dieser Bücher erwähnt wurden, und das bis ins vierte oder fünfte Glied; er hatte alle überprüft, die an Ort und Stelle verfügbar waren, und den Rest über die Fernleihe bestellt. Und die gingen über Randys Schreibtisch. Randy las ein paar und blätterte alle durch. Dabei lernte er, wie viel Speck die Arktis-Forscher essen mussten, um nicht Hungers zu sterben. Sorgfältig studierte er die Angaben zu den Feldrationen der Armee. Nach einer Weile fing er sogar an, sich in den Kopierraum zu schleichen und Schlüsseldaten zu kopieren.

Bei einem realistischen Fantasy-Rollenspiel musste man darauf achten, wie viel Nahrung die imaginären Personen bekamen und welche Mühen sie dafür auf sich nehmen mussten. Für Menschen, die im November des Jahres 5000 v.Chr. die Wüste Gobi durchquerten, wäre die Nahrungssuche zeitaufwendiger als beispielsweise für solche, die 1950 durch Mittel-Illinois reisten.

Randy war wohl kaum der erste Spieldesigner, dem das auffiel. Es gab ein paar unglaublich blöde Spiele, bei denen man gar nicht an Essen denken musste, doch dafür hatten Randy und seine Freunde nur Verachtung übrig. Bei allen Spielen, an denen er teilnahm oder die er selbst entwarf, musste man ein realistisches Maß an Anstrengungen unternehmen, um Nahrung für seine Figur aufzutreiben. Schwierig war nur die Festlegung des Begriffs realistisch. Wie die meisten Designer löste Randy dieses Problem, indem er ein paar zum Großteil frei erfundene elementare Gleichungen aneinander klatschte. In den Büchern, Artikeln und Dissertationen, die Andy Loeb über die Fernleihe bestellte, fand er jedoch die genauen Ausgangsdaten, die ein mathematisch veranlagter Mensch brauchte, um ein auf wissenschaftlichen Fakten beruhendes, ausgeklügeltes Regelwerk zu entwickeln.

Sämtliche physikalischen Prozesse zu simulieren, die im Körper jeder Figur abliefen, kam nicht in Frage, erst recht nicht in einem Spiel, bei dem man es womöglich mit hunderttausend Mann starken Armeen zu tun hatte. Selbst eine grobe Simulation mit einfachen Gleichungen und nur wenigen Variablen hätte bereits einen enormen Schreibaufwand erfordert, wenn man alles von Hand erledigen musste. All dies ereignete sich jedoch Mitte der Achtziger, als Personal-Computer billig und allgegenwärtig geworden waren. Ein Computer konnte einen umfangreichen Datenbestand automatisch abarbeiten und einem sagen, ob die einzelnen Figuren wohlgenährt oder kurz vor dem Verhungern waren. Es gab keinen Grund, es nicht auf einem Computer zu machen.

Außer man hatte, wie Randy Waterhouse, einen so beschissenen Job, dass man sich keinen Computer leisten konnte.

Aber es gibt ja immer einen Weg, ein Problem zu umschiffen. Die Universität hatte jede Menge Computer. Wenn Randy eine Benutzerkarte für einen davon bekommen würde, könnte er sein Programm darauf schreiben und umsonst laufen lassen.

Leider wurden solche Benutzerkarten nur an Studenten oder Mitglieder des Lehrkörpers vergeben und Randy war nichts von beidem.

Glücklicherweise hatte er gerade zu dieser Zeit eine Beziehung mit einer Doktorandin namens Charlene angefangen.

Wie zum Teufel aber geriet ein mehr oder minder fässchenförmiger Typ, ein nüchterner Wissenschaftler mit einem Angestelltenjob ohne Aufstiegschancen, der seine gesamte Freizeit mit dem ganz und gar schwachsinnigen Hobby der Fantasy-Rollenspiele verbrachte, in eine Beziehung zu einer schlanken, nicht unattraktiven jungen Studentin der Geisteswissenschaften, die ihre Freizeit darauf verwandte, auf dem Meer Kajak zu fahren und sich im Kino ausländische Filme anzuschauen? Es musste wohl ein typischer Fall von Anziehung der Gegensätze gewesen sein, eine Beziehung zwischen sich ergänzenden Partnern. Kennen lernten sie sich – natürlich – im Büro der Fernleihe, wo der hochintelligente, aber ruhige und sanftmütige Randy der hochintelligenten, aber zerstreuten und flatterhaften Charlene half, einen chaotischen Haufen Bestellzettel zu ordnen. Er hätte sich auf der Stelle mit ihr verabreden sollen, aber er war schüchtern. Eine zweite und dritte Gelegenheit ergab sich, als die von ihr bestellten Bücher nach und nach aus dem Postraum eintrudelten, und schließlich verabredete er sich mit ihr und sie gingen zusammen ins Kino. Wie sich herausstellte, waren beide nicht nur bereit, sondern regelrecht darauf aus und möglicherweise sogar wild entschlossen. Bevor es ihnen so recht bewusst wurde, hatte Randy Charlene seinen Wohnungsschlüssel und Charlene Randy ihr Passwort für freien Computerzugang an der Universität gegeben und alles war einfach nur herrlich.

Das Computersystem der Universität war besser als gar kein Computer. Wie jedes andere Hochleistungscomputernetz im akademischen Bereich basierte auch dieses auf einem industrietauglichen Betriebssystem namens UNIX, dessen Lernkurve Ähnlichkeit mit dem Matterhorn hatte und das nicht die knuddeligen und modischen Eigenschaften der Personalcomputer besaß, die damals in Mode kamen. Als Student hatte Randy hin und wieder daran gearbeitet und kannte sich damit aus. Dennoch brauchte es seine Zeit, auf dem Ding gute Programme zu schreiben. Schon als Charlene auf der Bildfläche erschienen war, hatte sein Leben sich verändert, und jetzt veränderte es sich noch mehr: Er stieg ganz aus dem Fantasy-Rollenspiel-Zirkel aus, ging nicht mehr zu den Treffen der Gesellschaft für kreativen Anachronismus und fing an, seine gesamte freie Zeit entweder mit Charlene oder vor einem Computerterminal zu verbringen. Alles in allem war es wahrscheinlich eine Veränderung zum Positiven. Mit Charlene machte er Sachen, die er sonst nicht gemacht hätte, wie etwa Sport treiben oder Live-Konzerte besuchen. Und am Computer eignete er sich neue Fähigkeiten an und ließ etwas entstehen. Vielleicht war es ja etwas völlig Nutzloses, aber immerhin ließ er es entstehen.

Er unterhielt sich auch viel mit Andrew Loeb, der wirklich rausging und das Zeug machte, für das er Programme schrieb; er verschwand für ein paar Tage und kam mit Fischschuppen im Bart oder getrocknetem Tierblut unter den Fingernägeln ganz zitterig und abgezehrt zurück. Dann verschlang er ein paar Big Macs, schlief vierundzwanzig Stunden lang und traf sich mit Randy in einer Bar (Charlene fühlte sich nicht wohl, wenn er bei ihnen im Haus war), um gelehrte Gespräche über die Schwierigkeiten des alltäglichen Lebens im Stil der amerikanischen Ureinwohner zu führen. Sie diskutierten darüber, ob die Indianer die ekligeren Teile von bestimmten Tieren wohl essen oder fortwerfen würden. Andrew plädierte für Ersteres. Randy war anderer Meinung – dass sie Primitive waren, bedeutete nicht, dass sie keinen Geschmack hatten. Andrew warf ihm vor, ein Romantiker zu sein. Schließlich gingen sie, um die Frage zu klären, gemeinsam in die Berge, bewaffnet mit nichts als Messern und Andrews Sammlung von hervorragend gefertigten Raubwildfallen. Am dritten Abend ertappte sich Randy bei dem Gedanken, ein paar Insekten zu essen. »Quod erat demonstrandum«, kommentierte Andrew.

Jedenfalls vollendete Randy seine Software nach anderthalb Jahren. Sie war ein Erfolg; Chester und Avi fanden sie gut. Randy freute sich durchaus darüber, etwas so Kompliziertes, was auch noch funktionierte, gebaut zu haben, gab sich aber keinen Illusionen darüber hin, dass es zu irgendetwas gut sein könnte. Irgendwie störte es ihn, dass er so viel Zeit und geistige Energie in das Projekt gesteckt hatte. Andererseits wusste er, dass er, wenn er nicht programmiert hätte, dieselbe Zeit damit zugebracht hätte, sich an Rollenspielen zu beteiligen oder im mittelalterlichen Gewand zu den Treffen der Gesellschaft für kreativen Anachronismus zu gehen, was letztlich auf dasselbe herausgekommen wäre. Die Zeit am Computer zu verbringen, dürfte wohl noch vorteilhafter gewesen sein, denn so hatte er seine zuvor schon recht passablen Fertigkeiten im Programmieren weiter ausfeilen können. Allerdings hatte er das alles in UNIX, einem Betriebssystem für Wissenschaftler und Ingenieure, geschrieben – zu einem Zeitpunkt, wo alles Geld in Personalcomputer ging, kein besonders kluger Schachzug.

Chester und Randy hatten Avi den Spitznamen Avidus, der Gierige, gegeben, denn die Fantasy-Spiele hatten es ihm richtig angetan. Avi hatte immer behauptet, er spiele sie, um zu verstehen, wie die Menschen damals wirklich gelebt hätten; außerdem war er übergenau in Sachen historischer Authentizität. Das war okay; schließlich hatten sie alle ziemlich läppische Rechtfertigungen und Avis profunde Kenntnisse in Geschichte erwiesen sich immer wieder als nützlich.

Bald darauf machte Avi seinen Abschluss und verschwand, um ein paar Monate später in Minneapolis wieder aufzutauchen, wo er eine Stelle bei einem großen Fantasy-Rollenspiel-Verleger bekommen hatte. Er bot an, Randys Spielsoftware für den erstaunlich hohen Betrag von eintausend Dollar zuzüglich einer kleinen Beteiligung an den künftigen Gewinnen zu kaufen. Randy akzeptierte das Angebot im Großen und Ganzen, bat Avi, ihm einen Vertrag zuzuschicken, ging hinaus und fand Andrew auf dem Dach des Mietshauses, in dem er wohnte, wie er gerade dabei war, in einem Birkenrindenkessel auf einem Weber-Grill ein paar Fischinnereien zu kochen. Was nun da oben, inmitten von Windböen und Platzregen, folgte, war eine ausgesprochen unerfreuliche Unterhaltung.

Erstens nahm Andrew dieses Geschäft viel ernster als Randy. Für Randy war es ein unverhoffter Glücksfall, ein Jux. Andrew, Sohn eines Rechtsanwalts, tat, als ginge es um eine Firmenfusion und stellte viele ermüdende und bohrende Fragen über den Vertrag, den es noch gar nicht gab und der, wenn es ihn dann geben würde, vermutlich auf eine einzige Seite passte. Randy merkte es damals nicht, aber Andrew nahm, indem er so viele Fragen stellte, auf die Randy keine Antworten hatte, praktisch die Rolle des Managers für sich in Anspruch. Stillschweigend gründete er eine Geschäftspartnerschaft mit Randy, die es in Wirklichkeit gar nicht gab.

Außerdem hatte Andrew nicht die geringste Ahnung davon, wie viel Zeit und Mühe Randy auf das Schreiben des Programms verwendet hatte. Oder vielleicht doch, wie Randy später feststellen musste. Jedenfalls ging Andrew von Anfang an davon aus, dass er den gleichen Anteil bekommen würde wie Randy, was in keinem Verhältnis zu seinem tatsächlichen Beitrag zu dem Projekt stand. Im Grunde tat Andrew, als wäre alles, was er je zum Thema Essgewohnheiten der Ureinwohner erarbeitet hatte, Teil dieses Unternehmens und er folglich berechtigt, den halben Anteil zu fordern.

Als Randy sich aus dieser Unterhaltung herausgewunden hatte, drehte sich ihm alles. Er war mit einer bestimmten Sicht der Realität in das Gespräch gegangen und gnadenlos mit einer anderen konfrontiert worden, die offensichtlich verdreht war; nachdem Andrew ihn jedoch eine Stunde lang unter Druck gesetzt hatte, kamen ihm selbst Zweifel. Nach zwei oder drei schlaflosen Nächten beschloss er jedoch, das Ganze abzublasen. Für ein paar lumpige Hundertdollarscheine wollte er sich diese Qual nicht antun.

Doch Andrew (der mittlerweile von einem Anwalt aus der Kanzlei seines Vaters in Santa Barbara vertreten wurde) erhob heftige Einwände. Seinem Anwalt zufolge hatten er und Randy gemeinsam etwas geschaffen, das ökonomischen Wert besaß, und Randys Ablehnung, es zu einem marktüblichen Preis zu verkaufen, lief darauf hinaus, Andrew Geld aus der Tasche zu ziehen. Es war zu einem unglaublichen, kafkaesken Albtraum geworden, und Randy konnte sich nur noch in eine Ecke seines Lieblingspubs zurückziehen, ein Stout nach dem anderen hinunterkippen (häufig in Gesellschaft von Chester) und zusehen, wie dieses fantastische Psychodrama seinen Lauf nahm. Wie ihm jetzt klar wurde, war er in schwerwiegende häusliche Verstrickungen innerhalb von Andrews Familie hineingestolpert. Es stellte sich heraus, dass Andrews Eltern geschieden waren und sich vor langer Zeit heftig um das Sorgerecht für ihn, ihr einziges Kind, gestritten hatten. Mom war unter die Hippies gegangen und hatte sich einer Sekte in Oregon angeschlossen und Andrew mitgenommen. Es hieß, diese Sekte betreibe sexuellen Missbrauch von Kindern. Dad hatte Privatdetektive engagiert, um Andrew kidnappen zu lassen, und überhäufte ihn dann mit materiellen Besitztümern, um seine größere Liebe zu demonstrieren. Darauf war ein endloser Rechtsstreit entbrannt, in dem Dad ein paar ziemlich windige Psychotherapeuten angeheuert hatte, die Andrew hypnotisieren und dazu bringen sollten, verdrängte Erinnerungen an unaussprechliche, unvorstellbare Horrorerlebnisse auszugraben.

Das war nur die grobe Zusammenfassung eines merkwürdigen Lebens, von dem Randy im Laufe der Jahre immer nur häppchenweise erfuhr. Später sollte er dann zu dem Schluss kommen, dass Andrews Leben bis in die kleinsten Verästelungen hinein merkwürdig gewesen war. Das heißt, man konnte jedes einzelne Teil davon genau unter die Lupe nehmen und würde feststellen, dass es genau so kompliziert und merkwürdig war wie das Ding insgesamt.

Jedenfalls war Randy in dieses Leben hineingestolpert und wurde in dessen Merkwürdigkeit verwickelt. Einer der übereifrigen jungen Anwälte aus der Kanzlei von Andrews Vater beschloss als Präventivmaßnahme, Kopien von Randys sämtlichen Dateien zu verlangen, die noch auf dem Computersystem der University of Washington gespeichert waren. Selbstredend stellte er sich dabei ziemlich ungeschickt an, und als die Rechtsabteilung der Universität seine patzigen Briefe bekam, setzte sie ihrerseits sowohl Andrews Anwalt als auch Randy davon in Kenntnis, dass jeder, der das Computersystem der Universität benutzte, um ein kommerzielles Produkt herzustellen, die Einnahmen daraus mit der Universität teilen musste. So bekam Randy jetzt nicht nur von einer, sondern von zwei Gruppen grässlicher Anwälte unheilvolle Briefe. Darauf drohte Andrew, ihn für diesen groben Schnitzer gerichtlich zu belangen, denn dadurch sei sein, Andrews, Anteil auf die Hälfte reduziert worden!

Schließlich musste Randy, nur um seine Verluste zu begrenzen und sauber aus der Sache herauszukommen, selbst einen Anwalt bemühen. Am Ende beliefen sich die Kosten auf etwas über fünftausend Dollar. Das Programm wurde nie an irgendjemanden verkauft, hätte auch gar nicht verkauft werden können; zu dem Zeitpunkt war es juristisch so belastet, dass man ebenso gut hätte versuchen können, jemandem einen rostigen Volkswagen zu verkaufen, der auseinander genommen worden war und dessen Einzelteile man in Kampfhundezwingern rund um die Welt versteckt hatte.

Es war die einzige Zeit in seinem Leben, in der er je über Selbstmord nachgedacht hatte. Er dachte nicht angestrengt oder sehr ernsthaft darüber nach, aber immerhin dachte er darüber nach.

Als alles vorbei war, schickte Avi ihm einen handgeschriebenen Brief, in dem es hieß: »Ich habe gerne Geschäfte mit Dir gemacht und freue mich auf die Fortsetzung unserer Beziehung sowohl als Freunde wie auch, sollten sich Gelegenheiten dazu ergeben, als Kreativpartner.«

Indigo

Lawrence Pritchard Waterhouse und der Rest der Kapelle stehen eines Morgens an Deck der *Nevada*, spielen die Nationalhymne und sehen zu, wie das Sternenbanner am Mast emporknattert, als sie sich plötzlich zu ihrer Verblüffung inmitten eines Schwarms von hundertneunzig Flugzeugen unbekannter Bauart wiederfinden. Einige fliegen tief und in horizontaler Bahn, andere stürzen sich aus großer Höhe fast senkrecht nach unten. Letztere sind so schnell, dass man den Eindruck hat, sie fielen auseinander; kleine Stücke lösen sich von ihnen. Es ist ein schrecklicher Anblick – irgendeine heillos schief gegangene Übung. Aber sie fangen sich rechtzeitig aus ihrer selbstmörderischen Flugbahn ab. Die Stücke, die sich von ihnen gelöst haben, fallen glatt und zielgerichtet, ohne zu trudeln und zu flattern, wie es Trümmer täten. Sie regnen überall herab. Eigenartigerweise scheinen sie alle auf die vor Anker liegenden Schiffe zu zielen. Es ist unglaublich gefährlich – jemand könnte getroffen werden! Lawrence ist empört.

An einem der Schiffe weiter hinten ist ein kurzlebiges Phänomen zu beobachten. Lawrence wendet sich ihm zu, um es sich anzusehen. Es ist die erste Explosion, die er je zu Gesicht bekommt, deshalb braucht er eine ganze Weile, um sie als solche zu erkennen. Er kann auch die schwierigsten Glockenspiel-Partien mit geschlossenen Augen spielen und »The Star Spangled Banner« ist viel leichter zu pingen als zu singen. Sein suchender Blick heftet sich nicht an den Ausgangspunkt der Explosion, sondern an zwei Flugzeuge, die knapp über der Wasseroberfläche genau auf die *Nevada* zuhalten. Jedes wirft ein langes, schlankes Ei ab, dann bewegen sich deutlich erkennbar ihre Leitwerke und sie ziehen hoch und fliegen über das Schiff hinweg. Die aufgehende Sonne scheint direkt durch das Glas ihrer Kanzeln. Lawrence kann dem Piloten des einen Flugzeuges in die Augen sehen. Er bemerkt, dass es sich offenbar um einen Herrn asiatischer Herkunft handelt.

Das Ganze ist eine unglaublich realistische Übung – bis hin zu dem Umstand, dass ethnisch passende Piloten eingesetzt und auf den Schiffen Manöver-Sprengkörper zur Explosion gebracht werden. Lawrence billigt das voll und ganz. Es ist hier einfach zu lax zugegangen.

Ein ungeheurer Stoß durchfährt das Deck des Schiffes, sodass Lawrences Füße und Beine sich anfühlen, als wäre er von einem drei Meter hohen Vorsprung auf soliden Beton gesprungen. Dabei steht er einfach nur plattfüßig da. Er kann sich das Ganze nicht erklären.

Die Kapelle ist mit der Nationalhymne fertig und betrachtet das Spektakel um sie herum. Überall, auf der *Nevada,* auf der nebenan liegenden *Arizona* und auf Gebäuden an Land heulen Sirenen und Signalhörner los. Lawrence sieht keinerlei Flugabwehrfeuer, keinerlei vertraute Flugzeuge in der Luft. Die Explosionen setzen sich einfach fort. Lawrence schlendert zur Reling hinüber und starrt über ein paar Meter offenes Wasser hinweg zur *Arizona* hinüber.

Wieder wirft eines der sich herabstürzenden Flugzeuge ein Projektil ab, das geradewegs auf das Deck der *Arizona* heruntersaust, dann jedoch seltsamerweise verschwindet. Lawrence blinzelt und sieht, dass es ein sauberes, bombenförmiges Loch in das Deck gestanzt hat, genau wie eine Figur in einem hektischen Warner-Brothers-Cartoon, die mit Höchstgeschwindigkeit durch eine ebene Fläche wie etwa eine Wand oder eine Decke bricht. Ungefähr eine Mikrosekunde lang schießt Feuer aus dem Loch, ehe das ganze Deck sich aufwölbt, zerbirst und sich in eine schwellende Kugel aus Feuer und Schwärze verwandelt. Verschwommen nimmt Waterhouse wahr, dass eine Menge Zeug rasend schnell auf ihn zukommt. Die Masse ist so groß, dass er sich eher so vorkommt, als fiele er hinein. Er erstarrt. Sie fliegt an ihm vorbei, über ihn hinweg, durch ihn hindurch. Ein schrecklicher Lärm durchbohrt seinen Schädel, ein aufs Geratewohl angeschlagener Akkord, misstönend, aber nicht ohne so etwas wie eine verrückte Harmonie. Von den musikalischen Qualitäten abgesehen, ist das Geräusch so verflucht laut, dass es ihn fast umbringt. Er schlägt sich die Hände über die Ohren.

Der Lärm bleibt, wie glühend heiße Stricknadeln durch die Trommelfelle. Er taumelt davon weg, doch der Lärm folgt ihm. Lawrence trägt einen dicken, breiten Gurt um den Hals, der auf Unterleibshöhe zusammengenäht ist und einen Becher hält. In diesem Becher steckt die Mittelstange seines Glockenspiels, das wie ein leierförmiger Brustharnisch mit flauschigen, lustig baumelnden Troddeln an den oberen Ecken vor ihm steht. Eigenartigerweise brennt eine der Troddeln. Mit dem Glockenspiel stimmt allerdings so einiges nicht, doch was genau, kann er nicht recht ausmachen, weil ihm ständig etwas die Sicht verdeckt, das er alle paar Augenblicke wegwischen muss. Er weiß nur, dass das Glockenspiel ein riesiges Quantum Energie aufgenommen hat und in einen unglaublichen Extremzustand versetzt worden ist, wie er mit einem solchen Instrument noch nie erreicht wurde; es ist ein brennendes, glühendes, gellendes, dröhnendes, strahlendes Monstrum, ein Komet, ein Erzengel, ein an seinen Körper geschnallter Baum aus brennendem Magnesium, der auf seinem Unterleib steht. Diese Energie wird über die summende, brummende Mittelachse und durch den Becher in seine Genitalien übertragen, die unter anderen Umständen anschwellen würden.

Lawrence streift einige Zeit ziellos über das Deck. Irgendwann muss er helfen, für ein paar Männer eine Luke zu öffnen, und dabei wird ihm bewusst, dass er sich immer noch die Ohren zuhält, und das schon seit geraumer Zeit, außer wenn er sich die Augen auswischt. Als er die Hände herunternimmt, ist das Dröhnen verstummt und er hört keine Flugzeuge mehr. Eigentlich will er sich unter Deck flüchten, weil die üblen Dinger vom Himmel regnen und er gern ein Stück dickes, schweres, haltbar erscheinendes Material zwischen sie und sich brächte, aber eine Menge Seeleute vertreten die gegenteilige Ansicht. Er hört, dass sie von einem, vielleicht auch zwei Dingern getroffen worden sind, deren Name sich auf »Torpedo« reimt, und dass sie versuchen, Dampf aufzumachen. Offiziere und Unteroffiziere, schwarz und rot von Rauch und Blut, ordnen ihn in einem fort zu verschiedenen, extrem dringenden Aufgaben ab, die er nicht recht versteht, und dies nicht zuletzt deshalb, weil er sich immer wieder die Ohren zuhält.

Es vergeht vielleicht eine halbe Stunde, ehe ihm der Gedanke kommt, sein Glockenspiel loszuwerden, das ihn letztlich nur noch behindert. Die Navy hat es mit jeder Menge eindringlicher Warnungen vor den Konsequenzen eines Missbrauchs an ihn ausgegeben. Lawrence ist in solchen Dingen durchaus gewissenhaft, was auf seine Orgelspielprivilegien in West Point, Virginia, zurückgeht. Aber in diesem Augenblick, während er da steht und die *Arizona* brennen und untergehen sieht, sagt er sich zum ersten Mal in seinem Leben schlicht: Ach, was soll's. Er nimmt das Glockenspiel aus der Halterung und wirft einen letzten Blick darauf, denn es ist das letzte Mal in seinem Leben, dass er ein Glockenspiel anfassen wird. Es hat ohnehin keinen Sinn mehr, es noch aufzuheben, wie ihm nun klar wird; mehrere Platten sind verbogen. Er dreht es herum und stellt fest, dass sich geschwärzte, verbogene Metallbrocken in mehrere Platten eingeschweißt haben. Nun lässt er jede Vorsicht außer Acht und wirft das Instrument in der ungefähren Richtung der *Arizona* über Bord, eine Militärleier aus brüniertem Stahl, die tausend Männer auf dem Grund des Hafens zur ewigen Ruhe singt.

Während das Glockenspiel in einem Flecken brennendem Öl verschwindet, trifft die zweite Welle angreifender Flugzeuge ein. Die Fliegerabwehr der Navy eröffnet endlich das Feuer, lässt Granaten auf die umliegende Gebäudeansammlung regnen und jagt bewohnte Häuser in die Luft. Er sieht menschenförmige Flammen, verfolgt von Leuten mit Decken, durch die Straßen laufen.

Den Rest des Tages schlagen sich Lawrence Pritchard Waterhouse und der Rest der Navy mit der Tatsache herum, dass viele zweidimensionale Strukturen auf diesem und anderen Schiffen, die verhindern sollen, dass verschiedene Fluide (z.B. Treibstoff und Luft) sich vermischen, Löcher haben, dass darüber hinaus eine Menge Zeug brennt und reichlich verqualmte Verhältnisse herrschen. Bestimmte Gegenstände, die (a) in horizontaler Lage verbleiben und (b) schwere Dinge abstützen sollen, haben aufgehört, das eine wie das andere zu tun.

Es gelingt den Leuten im Maschinenraum der *Nevada*, in ein paar Kesseln Dampf aufzumachen, und der Kapitän versucht, das Schiff aus dem Hafen zu bringen. Sobald es sich in Bewegung setzt, wird es Ziel eines konzertierten Angriffs, vorwiegend durch Sturzkampfbomber, die darauf aus sind, es in der Einfahrt zu versenken und so den gesamten Hafen zu blockieren. Um dies nicht geschehen zu lassen, setzt der Kapitän das Schiff schließlich auf Grund. Leider hat die *Nevada* mit den meisten anderen Schiffen gemeinsam, dass sie eigentlich nicht darauf ausgelegt ist, von einer stationären Position aus zu operieren, und erhält infolgedessen drei weitere Treffer von Sturzkampfbombern. Alles in allem ist es somit ein recht aufregender Vormittag. Als Angehöriger der Kapelle, der nicht einmal mehr ein Instrument besitzt, hat Lawrence recht vage umrissene Aufgaben und er verbringt mehr Zeit, als er sollte, damit, die Flugzeuge und die Explosionen zu betrachten. Er ist auf seinen früheren Gedankengang betreffend Gesellschaften und ihre Bemühungen, sich gegenseitig auszustechen, zurückgekommen. Während sich Welle auf Welle japanischer Sturzkampfbomber mit kalligraphischer Präzision auf das Schiff wirft, auf dem er steht, und die Crème der Kriegsmarine seines Landes, praktisch ohne Widerstand zu leisten, verbrennt, explodiert und versinkt, wird ihm ganz klar, dass seine Gesellschaft ein, zwei Dinge wird überdenken müssen.

Irgendwann verbrennt er sich an etwas die Hand, und zwar die rechte, was weniger schlimm ist – er ist Linkshänder. Außerdem wird ihm deutlicher bewusst, dass ein Teil der Arizona versucht hat, ihn zu skalpieren. Nach Pearl-Harbor-Maßstäben sind das geringfügige Verletzungen und er bleibt nicht lange im Lazarett. Der Arzt weist ihn darauf hin, dass die Haut an seiner Hand sich möglicherweise zusammenziehen und die Beweglichkeit seiner Finger einschränken wird.

Sobald er imstande ist, die Schmerzen auszuhalten, beginnt Lawrence, auf seinem Schoß Bachs Kunst der Fuge zu spielen, wann immer er nicht anderweitig beschäftigt ist. Die meisten dieser Stücke beginnen einfach; man kann sich leicht vorstellen, wie der alte Johann Sebastian an einem kalten Morgen in Leipzig auf der Bank sitzt – ein, zwei Blockflöten-Register herausgezogen, drüben in der Ecke ein, zwei pummelige Chorknaben, die sich an den Blasebälgen ins Zeug legen, dazu ein leises Ächzen aus sämtlichen Lecks in der Mechanik – und wie seine rechte Hand ziellos über die abschreckende Schlichtheit des Manuals für das Hauptwerk gleitet und auf der Suche nach irgendeiner Melodie, die er nicht schon erfunden hat, die rissigen, vergilbten Elefantenstoßzähne streichelt. Im Augenblick tut Lawrence das gut und so lässt er seine rechte Hand die gleichen Bewegungen durchlaufen wie die Hand Johanns, obwohl die Hand bandagiert ist und er ein umgedrehtes Tablett als Ersatz für die Tastatur verwendet und die Musik leise summen muss. Wenn er sich richtig hineinsteigert, gleiten und stampfen seine Füße auf imaginären Pedaltasten unter den Laken hin und her und seine Zimmernachbarn beschweren sich.

Er wird binnen weniger Tage aus dem Lazarett entlassen, gerade rechtzeitig, um zusammen mit dem Rest der Kapelle der *Nevada* einer neuen kriegsmäßigen Verwendung zugeführt werden zu können. Für die Personalexperten der Navy war das ersichtlich eine ziemlich harte Nuss. Diese Musiker sind (unter dem Gesichtspunkt des Japaner-Kaltmachens) zunächst einmal völlig nutzlos. Vom 7. Dezember an haben sie nicht einmal mehr ein funktionierendes Schiff und die meisten haben ihre Klarinetten verloren.

Trotzdem geht es nicht nur darum, Granaten zu befüllen und Abzüge zu betätigen. Keine große Organisation kann auf systematische Weise Nips töten, ohne eine fast unglaubliche Menge von Schreib- und Ablagearbeit zu bewältigen. Es ist logisch, davon auszugehen, dass sich Männer, die Klarinette spielen können, bei dieser Art von Arbeit auch nicht dämlicher anstellen als andere. Und so werden Waterhouse und seine Musikerkollegen zu einer Einheit abkommandiert, bei der es sich um eine der Schreib- und Ablageabteilungen der Navy zu handeln scheint.

Sie ist in einem Gebäude, nicht auf einem Schiff untergebracht. Es gibt nicht wenige Navy-Angehörige, die für den Gedanken, in einem Gebäude zu arbeiten, nur Hohn übrig haben, und Lawrence und einige andere Frischlinge haben sich in ihrem Anpassungseifer angewöhnt, die gleiche Haltung an den Tag zu legen. Doch nun, da sie gesehen haben, was mit einem Schiff passiert, wenn man darauf, darin und darum herum hunderte von Pfund hochexplosiven Sprengstoff zur Detonation bringt, revidieren Waterhouse und viele andere ihre Ansichten zur Arbeit in Gebäuden. Sie melden sich mit hoher Moral an ihrem neuen Einsatzort.

Ihr neuer befehlshabender Offizier ist weniger erheitert, und jedermann in der gesamten Abteilung scheint seine Gefühle zu teilen. Man empfängt die Musiker, ohne sie willkommen zu heißen, und man grüßt sie, ohne ihnen Ehre zu bezeigen. Die Leute, die bereits in dem Gebäude arbeiten – alles andere als übermäßig beeindruckt davon, dass die Neuankömmlinge bis vor kurzem nicht nur auf einem richtigen Schiff gearbeitet, sondern sich auch in umittelbarer Nähe von Dingen befunden haben, die brannten, explodierten etc., und zwar nicht aufgrund routinemäßiger Beurteilungsfehler, sondern weil böse Menschen bewusst dafür gesorgt haben – scheinen nicht der Ansicht zu sein, dass Lawrence und seine Kollegen *es verdienen*, mit dieser neuen Arbeit betraut zu werden, worin sie auch bestehen mag.

Niedergeschlagen, ja fast verzweifelt bringen der befehlshabende Offizier und seine Untergebenen die Musiker irgendwie unter. Obwohl man nicht genug Schreibtische für alle hat, bekommt jeder zumindest einen Stuhl an einem Tisch oder einer Arbeitsplatte. Bei der Suche nach einem Plätzchen für jeden Neuankömmling legt man eine ziemliche Findigkeit an den Tag. Es wird deutlich, dass diese Leute sich alle Mühe geben, obwohl sie die Aufgabe von vornherein für hoffnungslos halten.

Dann ist die Rede von Geheimhaltung. Es ist *sehr viel* davon die Rede. Sie absolvieren Übungen, mit denen ihre Fähigkeit, *Dinge richtig wegzuwerfen*, geprüft werden soll. Das geht *lange Zeit* so, und je länger es sich fortsetzt, ohne dass ihnen der Grund dafür erklärt würde, desto rätselhafter kommt es ihnen vor. Die Musiker, die sich zunächst ein wenig über den frostigen Empfang geärgert haben, fangen an, untereinander darüber zu spekulieren, in was für einen Laden sie hier geraten sind.

Eines Morgens schließlich versammelt man sie in einem Klassenzimmer vor der saubersten Tafel, die Waterhouse je gesehen hat. Die letzten paar Tage haben ihm gerade so viel Paranoia eingeflößt, dass er den Verdacht hat, sie ist aus einem ganz bestimmten Grund so sauber – das Sauberwischen von Tafeln ist in Kriegszeiten nicht auf die leichte Schulter zu nehmen.

Sie sitzen auf kleinen Stühlen mit daran befestigten Schreibplatten, und zwar solchen, die für Rechtshänder gedacht sind. Lawrence legt sich seinen Schreibblock auf den Schoß, lagert sodann seine bandagierte Rechte auf der Schreibplatte und beginnt, eine Melodie aus der *Kunst der Fuge* zu spielen und dabei vor Schmerzen Grimassen zu schneiden und zu ächzen, als seine verbrannte Haut sich dehnt und über die Knöchel gleitet.

Irgendwer stupst ihn an der Schulter. Er schlägt die Augen auf und sieht, dass er der einzige Mensch im Raum ist, der sitzt; auf dem Podium steht ein Offizier. Lawrence erhebt sich und sein schwaches Bein gibt beinahe nach. Als er sich vollends aufgerappelt hat, sieht er, dass der Offizier (wenn es sich überhaupt um einen Offizier handelt) nicht in Uniform ist. Weit davon entfernt. Er trägt einen Bademantel und raucht Pfeife. Der Bademantel ist außerordentlich abgetragen, und zwar nicht wie beispielsweise ein Krankenhaus- oder Hotelbademantel, der häufig gewaschen wird. Das Ding hier ist schon lange nicht mehr gewaschen, aber dafür intensiv *benutzt* worden. Die Ellbogen sind durchgewetzt und die Unterseite des rechten Ärmels ist aschgrau und schmierig von Graphit, weil sie Zehntausende von Malen auf dicht mit Bleistiftschrift, Härte 2, bedeckten Blättern hin und her gefahren ist. Der Frotteestoff sieht nach Schuppen aus, aber das hat nichts mit Abblätterungen der Kopfhaut zu tun; die Flöckchen sind viel zu groß, und außerdem zu geometrisch: rechteckige und runde Pünktchen, herausgestanzt aus Karten bzw. Bändern. Die Pfeife ist längst ausgegangen und der Offizier (oder was immer er ist) tut nicht einmal so, als mache er sich Gedanken darum, sie wieder anzuzünden. Sie ist einfach nur dazu da, dass er etwas zum Draufbeißen hat, was er so heftig tut wie ein Infanterist aus dem Bürgerkrieg, dem gerade ein Bein abgesägt wird.

Irgendein anderer Kerl – einer, der sich tatsächlich die Mühe gemacht hat, sich zu rasieren, zu duschen und eine Uniform anzuziehen – stellt den Bademantelträger als Commander Shane, geschrieben S-C-H-O-E-N, vor, doch Schoen will nichts davon wissen; er kehrt ihnen den Rücken zu und zeigt so die Rückseite seines Bademantels, die um den Hintern herum bis zur Durchsichtigkeit eines Negligées abgewetzt ist. Aus einem Notizbuch ablesend, schreibt er in deutlicher Schrift Folgendes an die Tafel:

```
19 17 17 19 14   20 23 18 19  8   12 16 19  8  3
21  8 25 18 14   18  6  3 18  8   15 18 22 18 11
```

Ungefähr zu dem Zeitpunkt, wo die vierte oder fünfte Zahl an der Tafel erscheint, spürt Waterhouse, wie sich ihm die Nackenhaare sträuben. Bis die dritte Fünfergruppe dasteht, ist ihm aufgefallen, dass keine Zahl größer als 26 ist – das entspricht der Anzahl der Buchstaben des Alphabets. Sein Herz klopft wilder als in den Momenten, da japanische Bomben in parabelförmiger Fallkurve auf das Deck der auf Grund gesetzten *Nevada* zuflogen. Er zieht einen Bleistift aus der Tasche. Da er kein Papier zur Hand hat, schreibt er die Zahlen von 1 bis 26 auf die Oberfläche der Schreibplatte.

Als der Mann im Bademantel die letzte Zahlengruppe hingeschrieben hat, befindet sich Waterhouse schon mitten in der Häufigkeitszählung. Er schließt sie ab, als der Bademantel gerade ungefähr so etwas sagt wie »für Sie sieht das vielleicht nach einer sinnlosen Zahlenreihe aus, aber für einen Marineoffizier der Nips bedeutet sie vielleicht etwas ganz anderes«. Dann lacht der Mann nervös, schüttelt traurig den Kopf, reckt entschlossen das Kinn und durchläuft eine ganze Skala emotionsgeladener Äußerungen, von denen keine einzige hier angemessen ist.

Waterhouses Häufigkeitszählung ist schlicht eine Strichliste, die angibt, wie oft jede Zahl auf der Tafel vorkommt. Sie sieht folgendermaßen aus:

```
1         2        3 | |      4          5
6 |       7        8 | | | |  9          10
11 |      12 |     13         14 | |     15 |
16 |      17 | |   18 | | | | | | 19 | | | | 20 |
21 |      22 |     23 |        24         25 |
26
```

Das Interessanteste daran ist, daß zehn der möglichen Symbole (nämlich 1, 2, 4, 5, 7, 9, 10, 13, 24 und 26) überhaupt nicht vorkommen. Die Mitteilung weist nur sechzehn verschiedene Zahlen auf. Angenommen, jede dieser Zahlen steht für einen, und nur einen, Buchstaben des Alphabets, so hat die Mitteilung (wie Lawrence im Kopf ausrechnet) 111136315345735680000 mögliche Bedeutungen. Das ist eine komische Zahl, denn sie beginnt mit vier Einsen und endet mit vier Nullen; Lawrence kichert, wischt sich die Nase und macht weiter.

Die häufigste Zahl ist 18. Sie steht wahrscheinlich für den Buchstaben E. Wenn er überall, wo er eine 18 sieht, ein E in die Mitteilung einsetzt, dann –

Nun ja, um ehrlich zu sein, müsste er die ganze Mitteilung noch einmal schreiben und dabei E für 18 setzen, und das würde lange dauern und wäre womöglich vergeudete Zeit, weil er ja falsch geraten haben könnte. Wenn er dagegen seine Wahrnehmung einfach derart *modifiziert*, dass sie 18 als E *auffasst* – ein Vorgang, der ihm in etwa der Betätigung der Koppeltaste an einer Orgel gleichzukommen scheint –, so sieht er, wenn er zur Tafel schaut, vor seinem geistigen Auge Folgendes:

19 17 17 19 14   20 23 E 19   8   12 16 19 8   3
21   8 25 E 14   E   6 3 E   8   15 E 22 E 11

was nur noch 10103301995066880000 mögliche Bedeutungen hat. Auch das ist wegen all der Einsen und Nullen eine komische Zahl – aber das ist ein vollkommen bedeutungsloser Zufall.

»Die Wissenschaft der Herstellung von Geheimcodes heißt Kryptographie«, sagt Commander Schoen, »und die Wissenschaft ihrer Entschlüsselung heißt Kryptoanalyse.« Dann seufzt er, hat sichtlich mit einigen stark entgegengesetzten Gemütszuständen zu kämpfen und schleppt sich resigniert durch die Pflichtübung, diese Begriffe auf ihre Wurzeln zurückzuführen, die entweder im Lateinischen oder im Griechischen liegen (Lawrence passt nicht auf, es ist ihm egal, er sieht nur flüchtig das schlichte Wort KRYPTO in handgroßen Druckbuchstaben).

Die Eröffnungssequenz »19 17 17 19« ist eigenartig. 19 ist, zusammen mit 8, die zweithäufigste Zahl auf der Liste. 17 ist nur halb so häufig. Vier Vokale oder vier Konsonanten hintereinander kommen nicht vor (es sei denn, es handelt sich um deutsche Wörter), also ist entweder 17 ein Vokal und 19 ein Konsonant oder umgekehrt. Da 19 in der Mitteilung häufiger (nämlich viermal) vorkommt, ist es eher der Vokal als 17 (das nur zweimal vorkommt). A ist der häufigste Vokal nach E, wenn er also davon ausgeht, dass 19 A ist, erhält er

A 17 17 A 14   20 23 E A 8   12 16 A 8   3
21   8 25 E 14   E   6 3 E 8   15 E 22 E 11

Das engt die Zahl der möglichen Antworten ziemlich ein, nämlich auf bloße 841941782922240000. Er hat den Lösungsbereich bereits um einige Größenordnungen verkleinert!

Schoen hat sich mittlerweile in beunruhigend heftigen Schweiß geredet und stürzt sich fast körperlich in einen historischen Überblick über die Wissenschaft der KRYPTOLOGIE, wie man die Verschmelzung von Kryptographie und Kryptoanalyse nennt. Es ist die Rede von einem Engländer namens Wilkins und einem Buch mit dem Titel *Cryptonomicon,* das dieser vor Hunderten von Jahren geschrieben hat, aber Schoen streift (vielleicht weil er die Intelligenz seiner Zuhörer nicht allzu hoch einschätzt) den historischen Hintergrund nur sehr flüchtig und springt von Wilkins direkt zu Paul Revere und dessen »Eine für den Landweg, zwei für den Seeweg«-Code. Er macht sogar einen nur Kennern begreiflichen mathematischen Scherz darüber, dass dies eine der frühesten praktischen Anwendungen der binären Notation sei. Lawrence wiehert und schnaubt pflichtschuldig und erntet dafür einen angewiderten Blick des Saxophonisten, der vor ihm sitzt.

Zu Beginn seiner Ansprache hat Schoen erwähnt, dass die Mitteilung (im Rahmen eines offenbar fiktiven Szenarios, das man sich ausgedacht hat, um diese mathematische Übung für einen Haufen Musiker, von denen man annimmt, dass ihnen Mathe scheißegal ist, interessanter zu gestalten) an einen japanischen Marineoffizier gerichtet sei. Angesichts dieses Kontextes kann Lawrence nur vermuten, dass das erste Wort ATTACK, also Angriff, lautet. Das würde bedeuten, dass 17 für T steht, 14 für C und 20 für K. Als er diese Buchstaben einsetzt, erhält er

```
A T T A C  K 23 E A 8   12 16 A 8  3
21 8 25 E C  E  6 3 E 8    15 E 22 E 11
```

und der Rest ist so offensichtlich, dass er sich nicht die Mühe macht, es auszuschreiben. Unwillkürlich springt er auf. Er ist so aufgeregt, dass er sein schwaches Bein vergisst und über ein paar benachbarte Stühle stürzt. Das macht einen Heidenkrach.

»Haben Sie ein Problem, Seemann?«, fragt einer der Offiziere in der Ecke, einer, der sich tatsächlich die Mühe gemacht hat, eine Uniform anzuziehen.

»Sir! Die Mitteilung lautet ›Attack Pearl Harbor December Seven!‹

Sir!«, brüllt Lawrence und setzt sich wieder. Vor Aufregung zittert er am ganzen Leib. Adrenalin hat die Herrschaft über seinen Körper und seinen Geist angetreten. Er könnte auf der Stelle zwanzig Sumoringer erdrosseln.

Commander Schoen bleibt vollkommen ungerührt, außer dass er ein einziges Mal ganz langsam blinzelt. Er wendet sich an einen seiner Untergebenen, der, die Hände hinter dem Rücken verschränkt, an der Wand steht, und sagt:»»Besorgen Sie dem da eine Kopie des *Cryptonomicon*. Und einen Schreibtisch – so nahe bei der Kaffeemaschine wie möglich. Und wo Sie gerade dabei sind, befördern Sie den Kerl doch auch gleich.«

Die Bemerkung über die Beförderung ist, wie sich herausstellt, entweder militärischer Humor oder ein weiterer Beleg für Commander Schoens geistige Labilität. Von dieser kleinen komischen Einlage abgesehen, ist die Geschichte von Waterhouse in den zehn Monaten ab diesem Zeitpunkt nicht sehr viel komplizierter als die Geschichte einer Bombe, die soeben aus dem Bauch eines sich herabstürzenden Flugzeugs ausgeklinkt worden ist. Was ihm an Hindernissen im Weg steht (das Durchackern des *Cryptonomicon*, das Knacken des Meteorologischen Codes der japanischen Luftwaffe, das Knacken der Maschinenchiffre für den Angriff im Korallenmeer, das Knacken des Unbenannten Japanischen Schiffstransport-Codes 3A, das Knacken des Codes des Ministeriums für die Großostasiatische Wohlstandssphäre) bietet etwa so viel Widerstand wie die aufeinander folgenden Decks einer wurmzerfressenen Holzfregatte. Binnen weniger Monate schreibt er sogar *neue* Kapitel des *Cryptonomicon*. Die Leute reden davon, als handele es sich um ein Buch, aber es ist keines. Es handelt sich im Wesentlichen um eine Zusammenstellung sämtlicher Papiere und Notizen, die sich in dem Zeitraum von etwa zwei Jahren, die Commander Schoen nun schon in Station Hypo, so die offizielle Bezeichnung*, stationiert ist, in einer bestimmten Ecke seines Schreibtisches angesammelt haben. Es ist alles, was Commander Schoen über das Knacken von Codes weiß, und das bedeutet, alles, was die Vereinigten Staaten

---

* »Hypo« ist die militärische Ausdrucksweise für den Buchstaben H. Waterhouse, der helle Junge, folgert daraus, dass es mindestens sieben weitere geben muss: Alpha, Bravo, Charlie etc.

von Amerika wissen. Dieses Wissen könnte jederzeit vernichtet werden, wenn ein Hausmeister für ein paar Minuten ins Zimmer käme und einmal gründlich aufräumte. Aus dieser Einsicht heraus haben Commander Schoens Kollegen im Offiziersrang energische Maßnahmen ergriffen, um jegliche Reinigung oder hygienische Operation jeder Art und Beschreibung im gesamten Flügel des Gebäudes, der Commander Schoens Büro enthält, zu verhindern. Mit anderen Worten, sie wissen genug, um zu begreifen, dass das *Cryptonomicon* furchtbar wichtig ist, und sie sind so schlau, die Maßnahmen zu ergreifen, die nötig sind, um es nicht zu gefährden. Manche konsultieren es sogar von Zeit zu Zeit und dechiffrieren mit seiner Hilfe japanische Funksprüche oder knacken sogar ganze Kryptosysteme. Aber Waterhouse ist der Erste, der daherkommt und gut genug ist, (zunächst) auf Irrtümer in Schoens Aufzeichnungen hinzuweisen, (bald darauf) den Inhalt des Stapels zu so etwas wie einem geordneten Werk zusammenzustellen und ihm (schließlich) eigenes Material beizufügen.

Irgendwann nimmt ihn Schoen mit nach unten, führt ihn bis ans Ende eines langen, fensterlosen Korridors, zu einer wuchtigen, von bulligen Myrmidonen bewachten Tür, und zeigt ihm das zweittollste Ding, das es in Pearl Harbor gibt, nämlich einen Raum voller Geräte der Electrical Till Corporation, die man hauptsächlich dazu benutzt, Häufigkeitszählungen bei abgefangenen japanischen Funksprüchen vorzunehmen.

Die bemerkenswerteste Maschine* auf Station Hypo jedoch – und das allertollste Ding in Pearl Harbor – befindet sich noch tiefer im Bauch des Gebäudes. Sie ist in einem Raum untergebracht, der einem Tresorraum vergleichbar wäre, wenn er nicht komplett mit Sprengladungen verdrahtet wäre, damit sein Inhalt im Fall einer japanischen Großinvasion pulverisiert werden kann.

Das ist die Maschine, die Commander Schoen vor über einem Jahr gebaut hat, um den japanischen Code mit Namen Indigo zu knacken. Augenscheinlich war Schoen noch Anfang 1940 ein gut angepasster, geistig gesunder junger Mann, dem ein paar riesenlange Listen mit Zahlen in den Schoß fielen, zusammengestellt von Abhörstationen im gesamten pazifischen Raum (vielleicht, denkt Waterhouse, Alpha, Bravo etc.). Bei diesen Zahlen handelte es sich um japanische Funk-

---

* Wir wollen vorläufig annehmen, dass Alan Unrecht hat und menschliche Gehirne keine Maschinen sind.

sprüche, die irgendwie verschlüsselt worden waren – Indizien deuteten darauf hin, dass man sich dabei irgendeiner Art von Maschine bedient hatte. Von dieser Maschine war allerdings absolut nichts bekannt: ob sie mit Zahnrädern, Drehwählern, Stecktafeln, einer Kombination aus allen dreien oder einem Mechanismus arbeitete, auf den die Weißen noch gar nicht gekommen waren; mit wie vielen solcher Mechanismen sie arbeitete oder nicht arbeitete; genaue Einzelheiten darüber, *wie* sie damit arbeitete. Man konnte lediglich sagen, dass die betreffenden Zahlen, die völlig beliebig wirkten, gesendet worden waren, vielleicht sogar fehlerhaft. Abgesehen davon hatte Schoen nichts – buchstäblich nichts –, wovon er ausgehen konnte.

Dann, ab Mitte 1941, gab es, hier auf Station Hypo, in diesem Tresorraum diese Maschine. Es gab sie, weil Schoen sie gebaut hatte. Die Maschine entschlüsselte problemlos jeden Indigo-Funkspruch, den die Abhörstationen auffingen, und war daher zwangsläufig ein genaues funktionales Doppel der japanischen Indigo-Code-Maschine, obwohl weder Schoen noch irgendein anderer Amerikaner eine solche je zu Gesicht bekommen hatte. Schoen hatte sie schlicht dadurch zustande gebracht, dass er sich die riesenlangen Listen im Wesentlichen beliebiger Zahlen angesehen hatte und mithilfe irgendeines Induktionsverfahrens dahinter gestiegen war. Dabei hatte er irgendwo eine massive psychische Störung davongetragen und begonnen, an Nervenzusammenbrüchen zu leiden, die ihn ungefähr alle ein bis zwei Wochen heimsuchten.

Beim eigentlichen Ausbruch des Krieges mit Japan ist Schoen dienstuntauglich und nimmt massenhaft Medikamente. Waterhouse verbringt so viel Zeit mit Schoen, wie er darf, denn er ist sich ziemlich sicher, dass das, was ab dem Moment, wo Schoen die Listen mit vermeintlich beliebigen Zahlen in den Schoß fielen, bis zu dem Zeitpunkt, wo er seine Maschine fertig gebaut hatte, im Kopf des Commanders passierte, ein Beispiel für einen nicht berechenbaren Vorgang darstellt.

Waterhouse bekommt ungefähr im Vierwochenrhythmus die Freigabe für die nächsthöhere Sicherheitsstufe, bis er schließlich den höchsten denkbaren Status (jedenfalls glaubt er das), nämlich Ultra/Magic erreicht. Ultra nennen die Briten die Informationen, die sie aufgrund der Tatsache gewinnen, dass sie den deutschen Enigma-Code geknackt haben. Magic nennen die Yankees die Informationen, die sie von Indigo gewinnen. Lawrence jedenfalls bekommt nun die

Ultra/Magic-Zusammenfassungen zu sehen, gebundene Dokumente mit dramatischen, abwechselnd rot und schwarz gedruckten Textabsätzen auf dem vorderen Deckel. Absatz Nummer 3 lautet:

AUFGRUND DER HIERIN ENTHALTENEN INFORMATIONEN DÜRFEN UNGEACHTET ZEITWEILIGER VORTEILE KEINERLEI MASSNAHMEN GETROFFEN WERDEN, WENN SOLCHE MASSNAHMEN ZUR FOLGE HABEN KÖNNTEN, DASS DER FEIND VON DER EXISTENZ DER QUELLE ERFÄHRT.

Eigentlich ganz eindeutig, oder? Aber Lawrence Pritchard Waterhouse ist sich da nicht so sicher.

...WENN SOLCHE MASSNAHMEN ZUR FOLGE HABEN KÖNNTEN...

Ungefähr zur gleichen Zeit hat Waterhouse eine Erkenntnis über sich selbst gewonnen. Er hat festgestellt, dass er am besten arbeitet, wenn er nicht geil ist, d.h. am Tag oder so nach erfolgter Ejakulation. Und so hat er in Erfüllung seiner Pflicht gegenüber den Vereinigten Staaten begonnen, viel Zeit in Bordellen zu verbringen. Aber da er nach wie vor nur Glockenspielspieler-Sold bekommt, kann er sich nicht so viel richtigen Sex leisten und beschränkt sich deshalb auf das, was euphemistisch Massage genannt wird.

... Massnahmen ... Folge ... Erfährt ...

Die Worte sind so hartnäckig wie ein Tripper. Die Arme vor den Augen verschränkt, liegt er während dieser Massagen auf dem Rücken und murmelt sie vor sich hin. Irgendetwas stört ihn. Wenn ihn etwas auf diese spezielle Weise stört, dann, so hat er gelernt, führt das normalerweise dazu, dass er ein neues Papier schreibt. Aber zuerst hat er eine Menge geistige Kärrnerarbeit zu leisten.

Die Erkenntnis kommt ihm schlagartig während der Schlacht bei den Midway-Inseln, als er und seine Kameraden vierundzwanzig Stunden am Tag zwischen den ETC-Maschinen zubringen, Yamamotos Funksprüche entschlüsseln und Nimitz genau sagen, wo die japanische Flotte zu finden ist.

Welche Chancen hat Nimitz, diese Flotte zufällig zu finden? Das ist genau die Frage, die sich Yamamoto stellen muss.

Es ist (eigenartigerweise) alles eine Frage der Informationstheorie.

... MASSNAHMEN ...

Was ist eine Maßnahme? Eine Maßnahme könnte alles Mögliche sein. Sie könnte etwas Naheliegendes wie die Bombardierung einer militärischen Einrichtung der Japaner sein. Jedermann würde zustimmen, dass dies eine Maßnahme darstellen würde. Sie könnte aber auch so etwas wie die Kursänderung eines Flugzeugträgers um fünf Grad sein – oder die Beibehaltung des bisherigen Kurses. Sie könnte darin bestehen, Truppen in genau der richtigen Stärke und Zusammensetzung vor den Midway-Inseln zusammenzuziehen, um der japanischen Invasionsflotte eine Schlappe beizubringen. Sie könnte aber auch etwas viel weniger Dramatisches, wie etwa die Aufgabe einer geplanten Maßnahme, bedeuten. In gewissem Sinne könnte es sich sogar bei der völligen Unterlassung jeglicher Maßnahme um eine Maßnahme handeln. Alle geschilderten Beispiele könnten rationale Reaktionen irgendeines Kommandeurs auf die HIERIN ENTHALTENE INFORMATION sein. Diese aber wären von den Japanern wahrzunehmen – daher würde jede von ihnen den Japanern Informationen liefern. Wie gut mögen die Japaner wohl darin sein, einem verrauschten Kanal Informationen zu entnehmen? Haben sie irgendwelche Schoens?

... FOLGE ...

Was also, wenn die Nips sie wahrnähmen? Was genau wäre *die Folge?* Und unter welchen Umständen wäre die Folge womöglich die, DASS DER FEIND VON DER EXISTENZ DER QUELLE ERFÄHRT?

Wenn die Maßnahme niemals hätte erfolgen können, sofern die Amerikaner Indigo nicht geknackt haben, dann bildet sie für die Japaner den Beweis, dass Indigo geknackt worden ist. Damit erfährt der Feind von der Existenz der Quelle – nämlich der Maschine, die Commander Schoen gebaut hat.

Waterhouse verlässt sich darauf, dass kein Amerikaner so dumm sein wird. Aber was, wenn sich die Sache nicht so eindeutig darstellt? Was, wenn die Maßnahme lediglich *höchst unwahrscheinlich* wäre, sofern die Amerikaner den Code nicht geknackt haben? Was, wenn die Amerikaner auf lange Sicht einfach zu viel Schwein haben?

Und wie hart am Limit kann man dieses Spiel spielen? Ein Paar präparierte Würfel, die jedes Mal sieben ergeben, wird nach wenigen Würfen entdeckt. Ein Paar, das nur ein Prozent häufiger sieben ergibt als ein unpräpariertes Paar, ist schon schwerer zu entdecken – man muss die Würfel noch viele Male werfen, damit der Gegner etwas beweisen kann.

Wenn die Nips ständig in Hinterhalte geraten – wenn sie ihre eigenen Hinterhalte ständig vereitelt sehen – wenn ihre Handelsschiffe häufiger den Weg amerikanischer Unterseeboote kreuzen, als es die reine Wahrscheinlichkeit nahe legen würde – wie lange brauchen sie dann, bis sie dahinter kommen?

Waterhouse verfasst Papiere zu dem Thema, belästigt ständig Leute damit. Dann erhält er eines Tages neue Befehle.

Die Befehle sind in Gruppen von fünf beliebig aussehenden Buchstaben verschlüsselt und stehen auf dem blauen Seidenpapier, das für hochgeheime Telegramme verwendet wird. Die Mitteilung ist in Washington unter Verwendung eines Einmalblocks verschlüsselt worden, ein langsames und umständliches, theoretisch jedoch absolut nicht zu knackendes Verfahren, das nur für die wichtigsten Mitteilungen benutzt wird. Waterhouse weiß das, weil er einer von den lediglich zwei Menschen in Pearl Harbor ist, welche die Freigabe besitzen, sie zu entschlüsseln. Der andere ist Commander Schoen, der an dem betreffenden Tag unter Beruhigungsmitteln steht. Der Dienst habende Offizier öffnet den entsprechenden Safe und gibt ihm den Einmalblock für den Tag, im Wesentlichen ein Blatt Millimeterpapier, das mit Zahlen in Fünfergruppen beschrieben ist. Die Zahlen sind dadurch ermittelt worden, dass Sekretärinnen in einem Kellergeschoss in Washington Karten gemischt oder Zettelchen aus einem Hut gezogen haben. Sie sind reines Rauschen. Eine Kopie des reinen Rauschens hat Waterhouse in Händen, die andere wird von demjenigen benutzt, der in Washington die Mitteilung verschlüsselt hat.

Waterhouse setzt sich hin und macht sich an die Arbeit, Rauschen von Schlüsseltext zu subtrahieren, um Klartext zu erzeugen.

Als Erstes sieht er, dass die Mitteilung nicht bloß als streng geheim oder gar Ultra, sondern als etwas völlig Neues klassifiziert ist: ULTRA MEGA.

Die Mitteilung besagt, dass er – Lawrence Pritchard Waterhouse – sich nach gründlicher Vernichtung dieser Mitteilung auf dem schnellsten Wege nach London, England, zu begeben hat. Sämtliche Schiffe, Züge, Flugzeuge, ja sogar Unterseeboote, werden ihm zur Verfügung gestellt. Obwohl er Angehöriger der U.S. Navy ist, soll er sogar eine zusätzliche Uniform – eine Uniform der Army – bekommen, falls das die Dinge für ihn vereinfacht.

Das Einzige, was er niemals, unter keinen Umständen, tun darf, ist, sich in eine Situation zu bringen, in der er vom Feind gefangen genommen werden könnte. In diesem Sinne ist der Krieg für Lawrence Pritchard Waterhouse ganz plötzlich vorbei.

DER SAME DES ONAN

Ein System von eurotunnelgroßen Luftschächten, ebenso ausgedehnt und unergründlich wie das globale Internet, verästelt sich durch die dicken Wände und Decken des Hotels und gibt schwache, gedämpfte Geräusche von sich, die den Eindruck erwecken, tief im Innern dieses Systems befänden sich ein Testgelände für Düsentriebwerke, eine Schmiede aus der Eisenzeit, erbarmungswürdige Gefangene in klirrenden Ketten und ein Klumpen sich windender Schlangen. Randy weiß, dass das System keine geschlossene Schleife ist – dass es irgendwo mit der Erdatmosphäre verbunden sein muss –, denn von außen ziehen schwache Straßengerüche herein. Seine Erfahrung sagt ihm, dass es eine Stunde dauern kann, bis sie in sein Zimmer durchgedrungen sind. Im Laufe der Wochen, die er nun schon hier wohnt, haben die Gerüche die Funktion eines olfaktorischen Weckers übernommen. Er schläft beim Gestank von Dieselauspuffgasen, denn die verkehrstechnischen Bedingungen in Manila machen es erforderlich, dass die Containerschiffe nachts be- und entladen werden. Manila breitet sich entlang einer warmen, ruhigen Bucht aus, die einen unerschöpflichen Vorrat an Schwüle besitzt, und da die Atmosphäre so dick und undurchsichtig und heiß wie ein Glas euterfrische Milch ist, beginnt sie zu glühen, sobald die Sonne aufgeht. Daraufhin fangen Manilas Regimenter und Divisionen von Kampfhähnen, eingesperrt in behelfsmäßigen Käfigen auf jedem Dach, Balkon und Hof, zu krähen an. Davon erwachen die Menschen und beginnen, Kohle zu verbrennen. Der Geruch von Kohlenfeuer ist es, der Randy aufweckt.

Randy Waterhouse befindet sich in einem gerade noch annehmbaren Gesundheitszustand. Sein Arzt sagt ihm zwar gebetsmühlenartig, er könnte zwanzig Pfund weniger wiegen, aber es ist nicht ohne weiteres zu sehen, wo diese zwanzig Pfund eigentlich herkommen sollen – er hat keinen Bierbauch, keine ins Auge fallenden Rettungsringe. Die fraglichen Pfunde scheinen gleichmäßig über seinen fassförmigen Körper verteilt zu sein. Jedenfalls sagt er sich das jeden Morgen, wenn er vor dem reklametafelgroßen Spiegel in seiner Suite steht. Im Haus von Randy und Charlene in Kalifornien gibt es praktisch keine Spiegel, weshalb ihm gar nicht so recht klar war, wie er aussieht. Jetzt erst wird ihm bewusst, dass sein Haarwuchs atavistische Züge hat und sein Bart von schimmerden, grauen Haaren durchsetzt ist.

Jeden Tag ist er aufs Neue versucht, diesen Bart abzunehmen. In den Tropen möchte man möglichst viel von seiner Haut, an der der Schweiß hinunter rinnt, der Luft aussetzen.

Eines Abends, als Avi und seine Familie zum Abendessen gekommen waren, hatte Randy zur Veranschaulichung ihrer geschäftlichen Beziehung gesagt: »Ich bin der Bart und Avi ist der Anzug«, womit er Charlene ihr Stichwort lieferte. Charlene hatte kurz zuvor einen wissenschaftlichen Artikel verfasst, in dem sie Bärte dekonstruierte. Dabei ging es ihr vor allem um die Bartkultur in der nordkalifornischen High-Tech-Gemeinschaft – Randys Verein. Ihre Abhandlung begann damit, dass sie irgendwie die Annahme widerlegte, Bärte seien »natürlicher« oder leichter zu pflegen als glatt rasierte Gesichter – dazu veröffentlichte sie Statistiken, die die Gillette-Forschungsabteilung erstellt und in denen sie verglichen hatte, wie viel Zeit bärtige und bartlose Männer täglich im Bad verbrachten; es zeigte sich, dass der Unterschied statistisch nicht relevant war. Randy hatte eine Menge Einwände gegen die Art, wie diese Statistiken zustande gekommen waren, aber Charlene akzeptierte keinen einzigen davon. »Es ist einfach kontraintuitiv«, sagte sie.

Sie hatte es eilig, zum Kern ihrer Argumentation zu kommen. Sie fuhr rauf nach San Francisco und kaufte in einem Laden, der sich auf die Bedürfnisse von Rasier-Fetischisten spezialisiert hatte, für einige hundert Dollar Pornofilme. Immer wenn Randy in den darauffolgenden Wochen nach Hause kam, fläzte sich Charlene mit einer Schüssel Popcorn und einem Diktaphon vor dem Fernseher und schaute sich Videos von einem geraden Rasiermesser an, das über nasses, eingeseiftes Fleisch fuhr. Sie tippte langatmige Interviews mit ein paar richtigen Rasierfetischisten, die in allen Einzelheiten das Gefühl von Nacktheit und Verwundbarkeit schilderten, das sie beim Rasieren befiel, und wie erotisch das sei, vor allem wenn sie Schläge oder Klapse auf frisch rasierte Hautpartien bekämen. Sie erarbeitete einen detaillierten Vergleich zwischen der bildlichen Darstellung in Rasierfetischistenpornos und der in Werbefilmen für Rasierprodukte, die während der Footballübertragungen landesweit im Fernsehen gezeigt wurden, und wies nach, dass es im Grunde keinen Unterschied gab (tatsächlich konnte man dort, wo man richtige Pornofilme bekam, auch Videobänder von mitgeschnittenen Werbespots für Rasiercreme und Rasierapparate kaufen).

Sie lud sich Statistiken über rassebedingte Unterschiede im Bartwuchs herunter. Amerikanische Indianer ließen sich keine Bärte wachsen, Asiaten kaum, Afrikaner waren ein besonderer Fall, da das tägliche Rasieren ihre Haut reizte. »Die Fähigkeit, sich aus freien Stücken einen üppigen, dichten Bart wachsen zu lassen, scheint ein Privileg zu sein, das die Natur ausschließlich weißen Männern zugesteht«, schrieb sie.

Als er auf diesen Satz stieß, gingen in Randys Kopf Alarmglocken, rote Lichter und kreischende Hupen an.

»Diese Behauptung fußt jedoch auf einer trügerischen Subsumtion. ›Natur‹ ist ein gesellschaftlich konstruierter Diskurs, keine objektive Realität. Das gilt in doppelter Hinsicht für die ›Natur‹, die der spezifischen Bevölkerungsminderheit der nordeuropäischen Männer Vollbärte zugesteht. Der *homo sapiens* entwickelte sich in Klimazonen, in denen Gesichtsbehaarung kaum von praktischem Nutzen war. Die Ausbildung einer durch vollbärtige Männer gekennzeichneten Nebenlinie dieser Spezies ist eine Anpassungsreaktion auf kältere Klimabedingungen. Diese Klimabedingungen drangen jedoch nicht ›natürlicherweise‹ in den Lebensraum der frühen Menschen ein, sondern die Menschen drangen in geographische Regionen vor, in denen solche Klimabedingungen herrschten. Diese Grenzüberschreitung war ein rein soziokultureller Vorgang und deshalb müssen sämtliche physikalische Anpassungen in dieselbe Kategorie eingeordnet werden – einschließlich der Ausbildung dichter Gesichtsbehaarung.«

Charlene veröffentlichte die Ergebnisse einer von ihr organisierten Umfrage unter einigen hundert Frauen. Im Wesentlichen sagten alle, sie zögen glatt rasierte Männer stoppelbärtigen oder vollbärtigen vor. Im Handumdrehen bewies Charlene, dass das Tragen eines Bartes nur ein Element eines Syndroms war, das eng mit rassistischen und sexistischen Einstellungen verbunden war, aber auch mit dem Muster emotionaler Unzugänglichkeit, über das sich die Partnerinnen weißer Männer, insbesondere solcher mit technologischer Orientierung, so oft beklagten.

»Die Grenze zwischen dem Selbst und der Umwelt ist ein gesellschaftliches Konstrukt. In westlichen Kulturen gilt sie als scharf umrissen. Der Bart ist ein äußeres Symbol dieser Grenze, ein Distanzierungsmechanismus. Den Bart (oder sonstige Körperbehaarung) abzurasieren heißt, die (in hohem Maße trügerische) Grenze zwischen dem Selbst und dem anderen symbolisch aufzuheben...«

Und so weiter. Das Papier wurde von der Fachwelt begeistert aufgenommen und sofort zur Veröffentlichung in einer bedeutenden internationalen Zeitschrift akzeptiert. Bei der »Krieg als Text«-Tagung stellt Charlene nun eine weitere Arbeit zum Thema vor: »Unrasiertheit als Bedeutungsträger in Spielfilmen über den Zweiten Weltkrieg.« Auf Grund ihrer Bartabhandlung reißen sich nun drei der Eliteuniversitäten im Osten um sie.

Randy hat keine Lust, an die Ostküste zu ziehen. Zu allem Überfluss hat er einen Vollbart, was ihm jedes Mal, wenn er sich mit ihr zu zeigen wagt, ein Gefühl schrecklicher Unkorrektheit gibt. Er machte Charlene den Vorschlag, eine Presseerklärung zu veröffentlichen, aus der hervorging, dass er sich täglich seinen restlichen Körper rasierte. Das fand sie nicht sonderlich lustig. Als er schon auf halbem Weg über dem Pazifik war, wurde ihm bewusst, dass ihre ganze Arbeit im Grunde eine ausgefeilte Prophezeiung des Endes ihrer Beziehung war.

Jetzt spielt er mit dem Gedanken, sich den Bart abzunehmen. Bei der Gelegenheit könnte er sich auch gleich der Behaarung von Kopf und Oberkörper annehmen.

Er hat die Angewohnheit, lange Fußmärsche zu machen. Aus Sicht der Körperfaschisten, von denen es in Kalifornien und Seattle nur so wimmelt, ist das kaum besser, als wenn jemand (sagen wir) vor dem Fernseher hockt, dabei eine Filterlose nach der anderen qualmt und kübelweise fettiges Zeug frisst. Trotzdem hat er hartnäckig an seinen Fußmärschen festgehalten, während seine Freunde alle möglichen Fitnessmoden mitgemacht und wieder fallen gelassen haben. Darauf ist er mittlerweile richtig stolz und er hat keineswegs die Absicht, damit aufzuhören, nur weil er in Manila lebt.

Aber es ist verdammt heiß. Haarlosigkeit wäre hier nicht schlecht.

Nur zwei gute Dinge sind Randy von seinem verunglückten Vorstoß in die Welt des Business geblieben. Erstens hielt er ihn davon ab, sich irgendwie geschäftlich zu betätigen, solange er nicht wenigstens eine Ahnung hatte, auf was er sich einließ. Zweitens entwickelte er eine dauerhafte Freundschaft mit Avi, seinem alten Spiele-Kumpel, der mittlerweile in Minneapolis lebte und Integrität und Sinn für Humor besaß.

Auf Anraten seines Anwalts (zu diesem Zeitpunkt einer seiner Hauptgläubiger) meldete Randy persönlichen Konkurs an und zog dann mit Charlene nach Mittelkalifornien. Sie hatte ihren Doktor in Philosophie gemacht und bekam eine Assistentenstelle an einer der Three-Siblings-Universitäten. Randy immatrikulierte sich an einer anderen Sibling mit dem Ziel, den Magister in Astronomie zu machen. So wurde er zum Diplomanden, und deren Aufgabe bestand nicht darin, Dinge zu lernen, sondern die fest angestellten Mitglieder des Lehrkörpers von lästigen Verpflichtungen wie Lehre und Forschung zu befreien.

Im ersten Monat nach seiner Ankunft löste Randy für einen der anderen Diplomanden ein paar banale Computerprobleme. Eine Woche später ließ der Leiter des Fachbereichs Astronomie ihn kommen und sagte: »Sie sind also der UNIX-Guru.« Damals war Randy noch so dumm, diese Bemerkungen schmeichelhaft zu finden, obwohl sie ihn eigentlich bis ins Mark hätten treffen müssen.

Drei Jahre später verließ er den Fachbereich Astronomie ohne Abschluss und mit nichts anderem zum Beweis seiner Mühen als sechshundert Dollar auf seinem Bankkonto und erstaunlich umfassenden Kenntnissen in UNIX. Später sollte er dahinter kommen, dass der Fachbereich – wenn man die gängigen Stundensätze für Programmierer zugrunde legte – Arbeit im Wert von etwa einer Viertelmillion Dollar aus ihm herausgezogen hatte, und das bei Ausgaben von weniger als zwanzigtausend. Der einzige Trost bestand darin, dass sein Wissen jetzt nicht mehr so nutzlos zu sein schien. Die Astronomie war zu einer stark vernetzten Disziplin geworden und man konnte mittlerweile ein Teleskop auf einem anderen Kontinent oder in der Erdumlaufbahn steuern, indem man über die Tastatur seines Computers Befehle eingab und sich die Bilder anschaute, die es auf dem Monitor produzierte.

In Sachen Netzwerke war Randy jetzt ungeheuer beschlagen. Jahre zuvor hätte ihm das wenig genützt. Aber nun war das Zeitalter der vernetzten Anwendungen angebrochen, die Morgendämmerung des World Wide Web, und das Timing hätte nicht besser sein können.

In der Zwischenzeit war Avi nach San Francisco gezogen und hatte eine neue Firma gegründet, mit der er die Rollenspiele aus dem Ghetto der *Nerds* – der genialischen, auf Computer und Technik fixierten Sonderlinge – herausholen und einem breiten Publikum zugänglich machen wollte. Randy unterschrieb einen Vertrag als Cheftechnologe. Er versuchte, Chester anzuwerben, aber der hatte bereits eine Stelle bei einer Softwarefirma oben in Seattle angenommen. Also holten sie sich jemanden, der für verschiedene Videospielfirmen gearbeitet hatte, und später noch ein paar andere Leute für die Hardware und die Datenübertragung, und sie brachten genug Anfangskapital zusammen, um einen spielbaren Prototyp herzustellen. Mit ihm als Vorzeigenummer fuhren sie runter nach Hollywood und fanden jemanden, der sie mit einem Betrag in der Größenordnung von zehn Millionen Dollar unterstützte. Sie mieteten Gewerberäume in Gilroy an, stopften sie mit Workstations für Grafikanwendungen voll, heuerten einen Haufen findiger Programmierer und ein paar Künstler an und machten sich an die Arbeit.

Nach sechs Monaten zählte man sie schon zu den künftigen Stars des Silicon Valley, und Randy bekam ein kleines Foto in einem *Time*-Artikel über Siliwood – die zunehmende Kooperation zwischen Silicon Valley und Hollywood. Ein weiteres Jahr später war das ganze Unternehmen pleite.

Das war eine endlose Geschichte, die zu erzählen nicht lohnt. Um die frühen Neunziger herum war man allgemein der Ansicht, die Technikzampanos Nordkaliforniens würden sich auf halbem Weg mit den kreativen Köpfen Südkaliforniens treffen und das wäre dann der Anfang einer großartigen Zusammenarbeit. Diese Ansicht basierte allerdings auf einer naiven Vorstellung dessen, worum sich in Hollywood alles drehte. Hollywood war nichts als eine Spezialbank – ein Konsortium großer Finanzunternehmen, die – fast immer zu einem Pauschalsatz – talentierte Leute anheuerten, sie mit der Schaffung neuer Produkte beauftragten und diese Produkte dann auf der ganzen Welt in allen nur möglichen Medien zu Tode vermarkteten. Das Ziel bestand darin, Produkte zu finden, mit denen sich immer weiter Geld verdienen ließ, auch nachdem die Urheber längst ausbezahlt und vor die Tür gesetzt worden waren. An *Casablanca* zum Beispiel verdienten sich noch Jahrzehnte, nachdem Bogart sein Geld bekommen und sich früh ins Grab gequalmt hatte, manche Leute eine goldene Nase.

Für Hollywood waren die Computer- und Elektronikfreaks aus dem Silicon Valley nur eine besonders naive Art von begabten Menschen. So landeten die Geldgeber von Avis Unternehmen, als dessen Technologie einen bestimmten Punkt erreicht hatte – den Punkt, an dem sie mit sattem Profit an eine große japanische Elektronikfirma verkauft werden konnte –, einen Blitzcoup, der offensichtlich liebevoll vorbereitet worden war. Randy und die anderen wurden vor die Wahl gestellt: Sie konnten entweder sofort aus der Firma ausscheiden und einen gewissen Teil ihrer Aktien, die immer noch einiges Geld wert waren, behalten, oder sie konnten bleiben – in welchem Fall sie von Mitgliedern einer fünften Kolonne, die in Schlüsselpositionen gehievt worden waren, unterwandert würden. Gleichzeitig würden sie von Anwälten belagert werden, die für alles, was plötzlich schief lief, ihre Köpfe forderten.

Manche der Mitbegründer blieben als Hofeunuchen. Die meisten verließen die Firma und von diesen wiederum verkauften die meisten unverzüglich ihre Aktien, denn es war abzusehen, dass sie nur in den Keller gehen konnten. Durch den Transfer ihrer Technologie nach Japan wurde die Firma ausgeweidet und die leere Hülle trocknete schließlich ein und wehte von dannen.

Noch heute tauchen an den seltsamsten Orten wie etwa in Werbespots für neue Videospiel-Plattformen immer wieder einzelne Teile der Technologie auf. Bei dem Anblick bekommt Randy jedes Mal eine Gänsehaut. Als das Ganze langsam schief zu laufen begann, versuchten die Japaner, ihn direkt anzuheuern, und tatsächlich verdiente er ein bisschen Geld, indem er jeweils für eine Woche oder einen Monat als Berater hinflog. Mit den Programmierern, die sie dort hatten, konnten sie die Technologie jedoch nicht am Laufen halten, und so konnte sie niemals ihr gesamtes Potential entfalten.

So endete Randys zweiter Vorstoß in die Welt des Business. Was ihm blieb, waren ein paar hunderttausend Dollar, die er in das viktorianische Haus steckte, das ihm und Charlene gehört. Angesichts von so viel liquiden Mitteln hatte er sich selbst nicht über den Weg getraut, und sie in das Haus zu investieren gab ihm dasselbe Gefühl von Sicherheit, wie wenn man nach einem hektischen Baseballspiel mit knapper Not die Homebase erreichte.

Die seither vergangenen Jahre hat er damit zugebracht, das Computersystem der Three Siblings zu verwalten. Viel Geld hat er damit nicht verdient, aber besonders viel Stress hat er auch nicht gehabt.

Randy sagte den Leuten immer ohne jeden Groll, dass sie Scheiße redeten. Nur so brachte man beim Hacken etwas zustande. Keiner nahm es persönlich.

Charlenes Clique nahm es ganz offensichtlich *sehr* persönlich. Allerdings war es weniger die Tatsache, dass man ihnen sagte, sie hätten Unrecht, als vielmehr die der Äußerung zugrunde liegende Annahme, jemand könne *überhaupt* mit irgendeiner Aussage Recht oder Unrecht haben. Also hatte Randy in der fraglichen Nacht – der Nacht von Avis schicksalhaftem Anruf – getan, was er meistens tat, nämlich sich aus dem Gespräch zurückgezogen. Im tolkienschen, nicht im endokrinologischen oder Schneewittchen-Sinn, ist Randy ein Zwerg. Tolkiens Zwerge sind stämmige, wortkarge, irgendwie magische Wesen, die viel Zeit damit zubringen, im Dunkeln wunderschöne Dinge wie zum Beispiel Machtringe zu schmieden. Die Vorstellung von sich selbst als einem Zwerg, der vorübergehend seine Kriegsaxt an den Nagel gehängt hatte, um im Auenland Urlaub zu machen, wo er von sich zankenden Hobbits (Charlenes Freunden) umgeben war, hatte tatsächlich im Laufe der Jahre sehr zu Randys Seelenfrieden beigetragen. Ihm war völlig klar, dass diese Leute und das, was sie sagten, ihm durchaus bedeutsam erscheinen würden, wenn er der akademischen Welt verhaftet wäre. Doch dort, wo er herkam, hatte jahrelang niemand solche Leute für voll genommen. Also entzog er sich einfach dem Gespräch, trank seinen Wein, schaute hinaus auf die Brandung des Pazifiks und versuchte, jede allzu auffällige Regung wie Kopfschütteln oder Augenrollen zu vermeiden.

Dann wurde das Thema der Superdatenautobahn aufgeworfen und Randy spürte, wie Gesichter sich Suchscheinwerfern gleich in seine Richtung drehten und dabei eine fast spürbare Wärme auf seiner Haut erzeugten.

Dr. G. E. B. Kivistik hatte einiges über die Superdatenautobahn zu sagen. Er war ein Yale-Professor um die fünfzig und gerade von einem Ort eingeflogen, der wirklich trendig und eindrucksvoll geklungen hatte, als er sich nach Kräften bemüht hatte, ihn mehrfach zu erwähnen. Sein Name war finnisch, aber er war so britisch, wie es nur ein nichtbritischer Anglophiler sein konnte. Angeblich war er hier, um an »Krieg als Text« teilzunehmen. Eigentlich war er hier, um Charlene abzuwerben, und *ganz eigentlich* (argwöhnte Randy), um sie zu vögeln. Das stimmte vermutlich alles nicht, sondern war nur ein Zeichen dafür, wie beduselt Randy zu diesem Zeitpunkt schon war. Dr. G. E. B. Kivistik trat ziemlich häufig im Fernsehen auf. Dr. G. E. B. Kivistik hatte mehrere Bücher veröffentlicht. Kurzum, Dr. G. E. B. Kivistik bekam, um seine höchst konträre Auffassung über die Superdatenautobahn auszuschlachten, mehr Sendezeit zur Verfügung gestellt, als jemand, der nicht wenigstens eines Attentats auf einen Kinderhort beschuldigt wurde, kriegen sollte.

Ein Zwerg auf Urlaub im Auenland würde vermutlich zu einer Menge Dinnerpartys gehen, auf denen aufgeblasene, langweilige Hobbits auf diese Weise Hof hielten. Dieser Zwerg würde das Ganze als Unterhaltung betrachten. Er würde wissen, dass er jederzeit in die reale Welt draußen, deren Größe und Vielfalt die Vorstellungskraft dieser Hobbits sprengte, zurückkehren, ein paar Trolle erschlagen und sich auf das besinnen konnte, was wirklich zählte.

Das sagte sich Randy jedenfalls immer. Aber in der fraglichen Nacht funktionierte es nicht. Zum Teil, weil Kivistik zu groß und zu real für einen Hobbit war – und in der realen Welt vermutlich einflussreicher, als Randy es je sein würde. Zum Teil, weil ein anderer Partner eines Lehrkörpermitglieds am Tisch – ein liebenswerter, harmloser Computermensch namens Jon – beschlossen hatte, sich mit Kivistik auf eine Auseinandersetzung über einige von dessen Äußerungen einzulassen, und dafür mit einem Blattschuss niedergestreckt wurde. Das Wasser färbte sich blutrot.

Randy hatte die Beziehung zu Charlene mit seinem Kinderwunsch zerstört. Kinder werfen Probleme auf. Damit konnte Charlene wie alle ihre Freunde nicht umgehen. Probleme bedeuteten Widerspruch. Widerspruch zu äußern war eine Form des Streits. Und Streit, der unverhohlen in aller Öffentlichkeit ausgetragen wurde, war eine männliche Form sozialer Interaktion – das Fundament der patriarchalischen Gesellschaft, die die übliche Litanei schrecklicher Dinge mit sich gebracht hatte. Dennoch beschloss Randy, Dr. G. E. B. Kivistik gegenüber patriarchalisch aufzutreten.

»Wie viele Slums werden wir für den Bau der Superdatenautobahn dem Erdboden gleichmachen?«, fragte Kivistik. Diese Tiefsinnigkeit wurde von der Tischrunde mit nachdenklichem Nicken bedacht.

Jon rutschte auf seinem Stuhl hin und her, als hätte Kivistik ihm gerade einen Eiswürfel in den Kragen gesteckt. »Was heißt das?«, fragte er. Dabei lächelte Jon, bemüht, nicht als konfliktorientierter Vertreter patriarchaler Vorherrschaft aufzufallen. Als Reaktion darauf schaute Kivistik mit hochgezogenen Augenbrauen in die Runde, als wollte er sagen: *Wer hat denn dieses arme Bürschchen eingeladen?* Jon versuchte, seinen taktischen Fehler wieder wettzumachen, während Randy die Augen schloss und sich bemühte, nicht allzu offensichtlich zusammenzuzucken. Schon bevor Jon zur Welt kam, hatte Kivistik an den Professorentischen in Oxford begonnen, sich mit wirklich hochkarätigen Leuten Wortgefechte zu liefern. »Sie müssen gar nichts dem Erdboden gleichmachen. Es gibt da gar nichts, was dem Erdboden gleichzumachen wäre«, wandte Jon ein.

»Gut, dann lassen Sie es mich so formulieren«, entgegnete Kivistik großmütig – er scheute sich nicht, seine Thesen für Leute wie Jon vereinfacht darzustellen. »Wie viele Zufahrten werden wohl die Ghettos der Welt mit der Superdatenautobahn verbinden?«

Ja, das ist viel klarer, schienen alle zu denken. Gut gekontert, Geb! Niemand beachtete Jon, diesen streitsüchtigen Paria. Der warf Randy einen hilfesuchenden Blick zu.

Jon war ein Hobbit, der erst vor kurzem das Auenland verlassen hatte und deshalb wusste, dass Randy ein Zwerg war. Jetzt war er dabei, Randys Leben zu versauen, indem er ihn aufforderte, auf den Tisch zu springen, seinen selbst gesponnenen Umhang von sich zu werfen und seine zweihändige Axt zu schwingen.

Die Worte kamen aus Randys Mund, noch bevor er sich eines Besseren besinnen konnte. »Die Superdatenautobahn ist doch nur eine Scheißmetapher, mein Gott!«, sagte er.

Während die ganze Tischrunde wie ein Mann zusammenzuckte, trat völlige Stille ein. Jetzt war der harmonische Abend endgültig und offiziell im Eimer. Es blieb ihnen nichts anderes übrig, als sich zusammenzukauern, den Kopf zwischen die Knie zu klemmen und darauf zu warten, dass das Wrack zum Stillstand käme.

»Das sagt mir nicht viel«, erwiderte Kivistik. »Alles ist eine Metapher. Das Wort ›Gabel‹ ist eine Metapher für diesen Gegenstand.« Dabei hielt er eine Gabel hoch. »Jeder Diskurs besteht aus Metaphern.«

»Das ist aber kein Grund, schlechte Metaphern zu verwenden«, gab Randy zurück.

»Schlecht? Schlecht? Wer entscheidet denn, was schlecht ist?«, sagte Kivistik, wobei er den urkomischen Ausdruck eines durch den Mund atmenden Studenten mit Schlafzimmerblick aufsetzte. Hier und da kicherten einige, verzweifelt bemüht, die Spannung zu lösen.

Randy war klar, wohin das führte. Kivistik hatte den üblichen Trumpf der Akademiker aus dem Ärmel gezogen: Alles ist relativ, es kommt nur auf die Perspektive an. In der Annahme, der Streit sei beendet, hatten manche ihre kleinen Privatgespräche schon wieder aufgenommen, als Randy sie alle aufschreckte: »Wer entscheidet, was schlecht ist? *Ich.*«

Das brachte sogar Dr. G. E. B. Kivistik durcheinander. Er war sich nicht sicher, ob Randy scherzte. »Wie bitte?«

Randy ließ sich viel Zeit mit der Antwort. Er nutzte die Gelegenheit, um sich bequem zurückzulehnen, sich zu rekeln und an seinem Wein zu nippen. Das gefiel ihm. »Es ist so«, begann er. »Ich habe Ihr Buch gelesen. Ich habe Sie im Fernsehen gesehen. Ich habe Sie heute Abend gehört. Bei der Zusammenstellung der Presseunterlagen habe ich höchstpersönlich eine Liste Ihrer Referenzen getippt. Ich weiß also, dass Sie nicht qualifiziert sind, sich zu technischen Themen zu äußern.«

»Oh«, entgegnete Kivistik mit gespielter Bestürzung, »mir war nicht klar, dass man dazu Qualifikationen braucht.«

»Es ist doch klar«, sagte Randy, »dass meine Meinung, wenn ich von einem bestimmten Fachgebiet keine Ahnung habe, völlig irrelevant ist. Wenn ich krank bin, frage ich nicht einen Klempner um Rat. Ich gehe zu einem Arzt. Genauso werde ich mich, wenn ich Fragen zum Internet habe, an Leute wenden, die sich damit auskennen.«

»Komisch, alle Technokraten scheinen sich fürs Internet stark zu machen«, sagte Kivistik belustigt und rang der Gruppe damit ein paar weitere Lacher ab.

»Sie haben gerade eine Behauptung aufgestellt, die nachweisbar falsch ist«, erwiderte Randy einigermaßen freundlich. »Eine Reihe von Internet-Experten haben wohlfundierte Bücher geschrieben, in denen sie es scharf kritisieren.«

Kivistik platzte langsam der Kragen. Die ganze Leichtigkeit war dahin.

»Um nun an meinen Ausgangspunkt zurückzukehren«, fuhr Randy fort, »die Superdatenautobahn ist eine schlechte Metapher für das Internet, weil ich das sage. Es gibt vielleicht tausend Menschen auf dem Planeten, die mit dem Internet ebenso vertraut sind wie ich. Die meisten dieser Leute kenne ich. Keiner von ihnen nimmt diese Metapher ernst, quod erat demonstrandum.«

»Aha. Verstehe«, entgegnete Kivistik ein wenig heftig. Er hatte einen Anknüpfungspunkt entdeckt. »Wir sollen uns also von den Technokraten sagen lassen, was wir von dieser Technologie zu halten und wie wir darüber nachzudenken haben.«

In den Mienen der anderen war zu lesen, dass dieser großartig ausgeführte Schlag gesessen hatte.

»Ich weiß nicht genau, was ein Technokrat ist«, sagte Randy. »Bin ich ein Technokrat? Ich bin einfach einer, der runter in die Buchhandlung gegangen ist, sich einen Stapel Lehrbücher über TCP/IP, das Standard-Kommunikationsprotokoll des Internet, gekauft und sie gelesen hat. Dann habe ich mir einen Computer besorgt, was heutzutage jeder tun kann, habe einige Jahre damit herumgespielt und jetzt weiß ich alles darüber. Macht mich das zum Technokraten?«

»Schon lange, bevor Sie diese Bücher zur Hand nahmen, haben Sie zu einer technokratischen Elite gehört«, sagte Kivistik. »Die Fähigkeit, sich durch einen technischen Text hindurchzukämpfen und ihn zu verstehen, ist ein Privileg. Und dieses Privileg beruht auf einer Art von Bildung, die nur den Angehörigen einer Eliteklasse zugänglich ist. Das meine ich mit Technokrat.«

»Ich bin auf eine öffentliche Schule gegangen«, sagte Randy. »Und dann auf eine staatliche Universität. Den Rest habe ich mir selbst beigebracht.«

Charlene schaltete sich ein. Sie hatte Randy die ganze Zeit böse Blicke zugeworfen, die er einfach ignoriert hatte. Das würde er jetzt büßen. »Und deine Familie?«, fragte sie mit eisiger Stimme.

Randy holte tief Luft, verkniff sich aber einen Seufzer. »Mein Vater ist Ingenieur. Er unterrichtet an einem staatlichen College.«

»Und sein Vater?«

»Mathematiker.«

Charlene zog die Augenbrauen hoch. Und mit ihr fast die ganze Tischrunde. Fall erledigt.

»Ich wehre mich energisch dagegen, als Technokrat abgestempelt, in die Technokratenschublade gesteckt oder ins Technokratenklischee gepresst zu werden«, sagte Randy, wobei er ganz bewusst die Sprache eines Unterdrückten benutzte, vielleicht als Versuch, sie mit ihren eigenen Waffen zu schlagen, aber wohl eher (denkt er morgens um drei in seinem Bett im Manila Hotel) aus dem unkontrollierbaren Drang heraus, sich als Arschloch zu gebärden. Manche von ihnen bedachten ihn aus reiner Gewohnheit mit einem sachlich-nüchternen Blick; die Etikette gebot, dass man den Unterdrückten seine ganze Sympathie schenkte. Andere keuchten vor Empörung darüber, dass diese Worte aus dem Mund eines bekannten und überzeugten weißen männlichen Technokraten kamen. »In meiner Familie hat nie jemand viel Geld oder Macht besessen«, fügte Randy hinzu.

»Ich glaube, worauf Charlene hinaus will, ist Folgendes«, sagte Tomas, einer ihrer Hausgäste, der mit seiner Frau Nina aus Prag hergeflogen war. Er hatte sich selbst zum Vermittler ernannt. Und hielt lange genug inne, um einen tiefen Blick mit Charlene zu wechseln. »Aufgrund der bloßen Tatsache, dass Sie aus einer Wissenschaftlerfamilie stammen, gehören Sie zu einer privilegierten Oberschicht.

Dessen sind Sie sich nicht bewusst – aber Angehörige privilegierter Klassen sind sich ihrer Privilegien selten bewusst.«

Randy vollendete den Gedankengang. »Bis Leute wie ihr daherkommen, um uns zu erklären, wie dumm, um nicht zu sagen moralisch bankrott wir sind.«

»Das falsche Bewusstsein, von dem Tomas spricht, ist genau das, wodurch etablierte Machteliten so etabliert sind«, erklärte Charlene.

»Also, ich fühle mich nicht besonders etabliert«, sagte Randy. »Ich habe mir den Arsch aufgerissen, um dahin zu kommen, wo ich heute bin.«

»Eine Menge Leute arbeiten ihr ganzes Leben hart und kommen nirgendwohin«, sagte jemand in anklagendem Ton. Schau an! Jetzt kamen die Schüsse aus dem Hinterhalt!

»Tut mir wirklich leid, dass ich nicht so anständig war, es zu nichts zu bringen«, erwiderte Randy und fühlte sich dabei zum ersten Mal ein bisschen angesäuert, »aber ich habe festgestellt, dass man, wenn man hart arbeitet, sich weiterbildet und einen klaren Kopf behält, seinen Weg in der Gesellschaft gehen kann.«

»Klingt wie die Geschichte vom fleißigen Lehrling, der sich zum Generaldirektor hocharbeitet«, blaffte Tomas.

»Ja? Nur weil der Gedanke alt ist, muss er ja nicht falsch sein«, konterte Randy.

Um den Tisch herum hatte sich eine kleine Eingreiftruppe aus Kellnern formiert; die Arme mit Tellern beladen, standen sie in ständigem Blickkontakt miteinander, während sie versuchten zu entscheiden, wann es angebracht wäre, den Kampf zu unterbrechen und das Abendessen zu servieren. Einer von ihnen belohnte Randy mit einer Platte, auf der dicke Scheiben nahezu rohen Thunfischs zu einem Wigwam drapiert waren. Die Pro-Konsens-Anti-Konfrontationselemente rissen die Unterhaltung an sich und bildeten kleine Gesprächsgruppen aus Leuten, die sich jeweils völlig einig waren. Jon warf Randy einen leicht getrübten Blick zu, so als wollte er sagen, war es für dich auch gut? Charlene ignorierte ihn vollkommen; sie bildete eine Konsensgruppe mit Tomas. Tomas' Frau Nina versuchte ständig, Randys Blick zu erhaschen, doch er vermied es sorgsam, dem ihren zu begegnen, denn er befürchtete, sie wollte ihn mit einem schmachtenden Komm-herüber-Blick bedenken, während Randy am liebsten die entgegengesetzte Richtung eingeschlagen hätte. Zehn Minuten später ging sein Piepser los und er erblickte Avis Nummer darauf.

Brand

Der amerikanische Stützpunkt bei Cavite, am Ufer der Manila Bay, brennt richtig gut, sobald ihn die Nips einmal angesteckt haben. Bobby Shaftoe und der Rest der Fourth Marines können im Vorbeifahren einen ausgiebigen Blick darauf werfen, als sie sich wie Diebe in der Nacht aus Manila davonstehlen. Er hat sich noch nie im Leben derart gedemütigt gefühlt, und das Gleiche gilt auch für die anderen Marines. Die Nips sind bereits in Malaya gelandet und im D-Zug-Tempo nach Singapur unterwegs, sie belagern Guam, Wake, Hongkong und wer weiß was noch alles, und es müsste eigentlich jedem einleuchten, dass sie als Nächstes die Philippinen angreifen. Demnach müsste sich ein Regiment kampferprobter China-Marines hier eigentlich als recht nützlich erweisen.

Aber MacArthur scheint zu glauben, er könne Luzon ganz allein verteidigen, indem er sich mit seiner 45er Colt-Pistole auf die Mauern von Intramuros stellt. Also werden sie abgezogen. Sie haben keine Ahnung wohin. Die meisten würden lieber die Strände des japanischen Mutterlandes stürmen als hier in Army-Gebiet zu bleiben.

In der Nacht, in der der Krieg ausbrach, hatte Bobby Shaftoe zunächst Glory in den Schoß ihrer Familie zurückgebracht.

Die Altamiras wohnen in der Gegend von Malate, ein paar Kilometer südlich von Intramuros und nicht allzu weit von der Stelle an der Hafenmauer entfernt, wo Shaftoe vor kurzem seine halbe Stunde Glory genossen hat. Die Stadt ist verrückt geworden und es ist unmöglich, ein Auto zu bekommen. Aus Bars, Nachtklubs und Tanzsälen quellen Seeleute, Marines und Soldaten und requirieren in Gruppen von vier bis sechs Mann Taxis – ein Wahnsinn wie in Schanghai am Samstagabend –, als wäre der Krieg bereits hier. Shaftoe trägt Glory schließlich halb nach Hause, weil ihre Schuhe sich nicht zum Gehen eignen.

Die Familie Altamira ist so ausgedehnt, dass sie eine eigene ethnische Gruppe bildet, und sämtliche Familienmitglieder wohnen im selben Gebäude – praktisch im selben Zimmer. Ein-, zweimal hat Glory Bobby Shaftoe in Ansätzen erklärt, wie sie alle miteinander verwandt sind. Nun gibt es zwar viele Shaftoes – vorwiegend in Tennessee –, aber der Stammbaum der Familie Shaftoe passt trotzdem auf ein Sticktuch. Die Familie Shaftoe verhält sich zum Altamira-Clan wie ein einziger, vereinsamter Schößling zu einem Dschungel. Philippinische

Familien sind nicht nur riesig und katholisch, sondern außerdem über Paten/Patenkind-Beziehungen – wie Lianen, die sich von Ast zu Ast und von Baum zu Baum spannen – innigst miteinander vernetzt. Wenn man sie dazu auffordert, kann Glory mit Vergnügen, ja Eifer, sechs Stunden lang ohne Punkt und Komma darüber reden, wie die Altamiras miteinander verwandt sind, und sie gibt damit lediglich einen allgemeinen Überblick. Nach den ersten dreißig Sekunden schaltet Shaftoes Gehirn jedes Mal ab.

Er bringt sie zu der Wohnung, die sich normalerweise auch dann in einem Zustand hysterischen Aufruhrs befindet, wenn die Nation sich nicht einem militärischen Angriff durch das Reich Nippons ausgesetzt sieht. Trotzdem reagieren die Altamiras auf das Erscheinen von Glory – kurz nach Kriegsausbruch und in den Armen eines Marine der Vereinigten Staaten – ganz so, als würde mitten in ihrem Wohnzimmer Christus erscheinen, die Jungfrau Maria über die Schulter geworfen. Überall um ihn herum sacken Frauen mittleren Alters auf die Knie, als wäre das Zimmer mit Senfgas angegriffen worden. Aber sie tun das nur, um Hallelujah zu rufen! Geschmeidig landet Glory, die außergewöhnliche Geometrie ihrer Wangen von Tränen benetzt, auf ihren hohen Absätzen und küsst den gesamten Clan. Sämtliche Kinder sind hellwach, obwohl es drei Uhr morgens ist. Zufällig wird Shaftoe auf einen Trupp Jungen im Alter von etwa drei bis zehn aufmerksam, die allesamt mit Holzgewehren und Holzschwertern bewaffnet sind. Alle starren sie Bobby Shaftoe im Glanz seiner Uniform an und sind wie vom Donner gerührt; er könnte jedem vom anderen Ende des Zimmers aus einen Baseball in den Mund werfen. Aus dem Augenwinkel sieht er eine Frau mittleren Alters, die über irgendeine unmöglich komplexe Beziehungskette mit Glory verwandt ist und bereits deren Lippenstiftspuren auf der Wange trägt, mit Kollisionskurs auf ihn zuhalten, wild entschlossen, ihn zu küssen. Er weiß, dass er sich schleunigst verdrücken muss, oder er wird nie wieder hier wegkommen. Und so ignoriert er die Frau, hält den Blick der völlig überwältigten Jungen fest, nimmt Habachtstellung ein und grüßt zackig.

Die Jungen erwidern den Gruß, zwar stümperhaft, aber mit ungeheurem Draufgängertum. Bobby Shaftoe macht auf dem Absatz kehrt und marschiert so gerade wie ein Bajonettstoß zum Zimmer hinaus. Er hat vor, am nächsten Tag, wenn sich alles etwas beruhigt hat, wieder nach Malate zu kommen und nach Glory und den anderen Altamiras zu sehen.

Er sieht sie nicht wieder.

Er meldet sich auf seinem Schiff zurück und bekommt keinen Landurlaub mehr. Er schafft es allerdings noch, ein Gespräch mit Onkel Jack zu führen, der in einem kleinen Motorboot längsseits kommt, sodass sie sich gegenseitig ein paar Sätze zubrüllen können. Onkel Jack ist der Letzte der Manila-Shaftoes, eines Familienzweigs, den Nimrod Shaftoe von den Tennessee Volunteers begründet hat. Nimrod kriegte dank einiger aufständischer philippinischer Schützen irgendwo in der Gegend von Quingua eine Kugel in den rechten Arm. Während seiner Genesung in einem Krankenhaus in Manila kam der alte Nimrod oder »Lefty«, wie er zu diesem Zeitpunkt getauft wurde, zu dem Schluss, dass ihm der Schneid dieser Filipinos gefiel, die zu töten eine ganz neue Kategorie von lächerlich großkalibriger Handfeuerwaffe (die 45er Colt-Pistole) erfunden werden musste. Außerdem gefiel ihm das Aussehen ihrer Frauen. Umgehend aus der Armee entlassen, stellte er fest, dass die volle Invalidenrente in der einheimischen Ökomonie sehr lange reichen würde. Er gründete am Ufer des Pasig ein Exportgeschäft, heiratete eine Halbspanierin und zeugte einen Sohn (Jack) und zwei Töchter. Die Töchter landeten in den Staaten, in den Bergen von Tennessee, dem Urquell aller Shaftoes, seit sie Anfang des achtzehnten Jahrhunderts aus der Knechtschaft der Kontraktarbeit ausgebrochen waren. Jack blieb in Manila und erbte Nimrods Geschäft, heiratete jedoch nie. Nach den hier geltenden Maßstäben verdient er anständig Geld. Er ist seit jeher eine merkwürdige Kombination aus zünftigem Hafenhändler und parfümiertem Dandy. Er und Mr. Pascual machen schon ewig Geschäfte miteinander: Über ihn kennt Bobby Mr. Pascual und über ihn hat er auch Glory kennen gelernt.

Als Bobby Shaftoe die neuesten Gerüchte wiedergibt, macht Onkel Jack ein entgeistertes Gesicht. Niemand hier ist bereit, der Tatsache ins Auge zu sehen, dass dem Land eine Belagerung durch die Nips bevorsteht. Eigentlich müssten Onkel Jacks nächste Worte lauten: »Scheiße, dann mache ich, dass ich hier wegkomme, ich schicke dir eine Postkarte aus Australien.« Stattdessen sagt er so etwas wie: »Ich komme in ein paar Tagen noch mal vorbei, um nach dir zu sehen.«

Bobby Shaftoe beißt sich auf die Zunge und sagt nicht, was er denkt, nämlich dass er ein Marine ist, dass er sich auf einem Schiff befindet, dass Krieg herrscht und dass Marines auf Schiffen in Kriegen nicht dafür bekannt sind, dass sie lange an Ort und Stelle bleiben. Er steht einfach da und sieht zu, wie Onkel Jack auf seinem kleinen Boot davontuckert und sich dabei immer wieder umdreht, um ihm mit seinem schönen Panamahut zuzuwinken. Die Seeleute um Bobby Shaftoe verfolgen das Ganze belustigt und ein wenig bewundernd. Im Hafen herrscht ein Wahnsinnsbetrieb, da jedes Stück militärischer Ausrüstung, das nicht in Beton eingelassen ist, auf Schiffe verladen und nach Bataan oder Corregidor geschickt wird, und Onkel Jack, der in seinem guten, cremefarbenen Anzug und Panamahut aufrecht in seinem Boot steht, fädelt sich mit Aplomb durch den Verkehr. Bobby Shaftoe sieht ihm nach, bis er um die Biegung in den Pasig hinein verschwindet, und er weiß, dass er vermutlich der letzte Angehörige seiner Familie ist, der Onkel Jack lebendig zu Gesicht bekommen hat.

Trotz all dieser Vorahnungen ist er überrascht, als sie schon nach wenigen Kriegstagen mitten in der Nacht und ohne die traditionellen Abschiedszeremonien ihren Liegeplatz verlassen und in See gehen. Manila wimmelt angeblich von Nip-Spionen, und die Nips täten nichts lieber, als ein mit erfahrenen Marines voll gestopftes Transportschiff zu versenken.

Hinter ihnen verschwindet Manila in der Dunkelheit. Das Bewusstsein, dass er Glory seit jener Nacht nicht mehr gesehen hat, gleicht einem langsam drehenden, heiß gelaufenen Zahnarztbohrer. Er fragt sich, wie es ihr geht. Vielleicht kriegt er es, sobald sich der Krieg ein wenig beruhigt und die Frontlinien sich verfestigen, irgendwie hin, sich in diese Ecke der Welt versetzen zu lassen. MacArthur ist ein zäher alter Knochen, der sich nach Kräften zur Wehr setzen wird, wenn die Nips kommen. Und selbst wenn die Philippinen fallen, wird FDR sie nicht lange in Feindeshand lassen. Mit etwas Glück wird Bobby Shaftoe, vielleicht mit der einen oder anderen unbedeutenden Kriegsverletzung, binnen sechs Monaten in voller Ausgehuniform hinter einer Musikkapelle die Taft Street von Manila entlangmarschieren. Die Parade wird einen Abschnitt erreichen, in dem die Straße auf etwa anderthalb Kilometern Länge von Altamiras gesäumt ist. Ungefähr in der Mitte dieses Abschnitts wird sich die Menge teilen, und Glory wird hervorstürzen, sich ihm in die Arme werfen und ihn abküssen. Er wird das Mädchen geradewegs die Treppe einer hübschen kleinen Kirche hinauftragen, wo schon mit breitem Lächeln ein Priester in weißer Soutane wartet –

Das Traumbild löst sich in einem orangefarbenen Feuerpilz auf, der von dem amerikanischen Stützpunkt bei Cavite aufsteigt. Es brennt dort schon die ganze Nacht und soeben ist ein weiteres Treibstofflager hochgegangen. Er kann aus mehreren Kilometern Enfernung die Hitze auf seinem Gesicht spüren. Bobby Shaftoe befindet sich an Deck des Schiffes, in eine Rettungsweste geschnürt, falls sie torpediert werden. Er nutzt das aufflammende Licht, um an einer langen Reihe anderer Marines in Rettungswesten entlangzuschauen, die mit einem Ausdruck der Fassungslosigkeit in den müden, verschwitzten Gesichtern auf die Flammen starren.

Manila liegt erst eine halbe Stunde hinter ihnen, aber es könnte ebenso gut eine Million Kilometer entfernt sein.

Er erinnert sich an Nanking und was die Nips dort getan haben. Was mit den Frauen passiert ist.

Es war einmal vor langer Zeit, da gab es eine Stadt namens Manila. Dort lebte eine junge Frau. Ihr Gesicht und ihren Namen vergisst man am besten. Bobby Shaftoe fängt mit dem Vergessen an, so schnell er kann.

FUSSGÄNGER

ACHTE DEN FUSSGÄNGER, steht auf den Straßenschildern von Metro Manila. Kaum hatte Randy sie gesehen, wusste er, dass er in Schwierigkeiten war.

Die ersten paar Wochen, die er in Manila verbrachte, bestand seine Arbeit aus Fußmärschen. Er ging kreuz und quer durch die Stadt, in der Hand einen GPS-Empfänger, der Längen- und Breitengrade aufzeichnete. In seinem Hotelzimmer chiffrierte er das Datenmaterial und schickte es Avi per E-Mail. Es wurde zu einem Teil von Epiphytes geistigem Eigentum. Einer Art Eigenkapital.

Mittlerweile hatten sie richtige Büroräume angemietet. Die Randy hartnäckig zu Fuß aufsucht. Er weiß, dass er, wenn er dort einmal ein Taxi genommen hat, nie wieder zu Fuß gehen wird.

ACHTE DEN FUSSGÄNGER, steht auf den Schildern, aber die Autofahrer, die geographischen Voraussetzungen, die hiesigen Baugewohnheiten und schon der Grundriss der Stadt wirken so zusammen, dass dem Fußgänger die Verachtung entgegenschlägt, die er mehr als verdient hat. Randy würde mehr Respekt entgegengebracht, wenn er auf einem Springstock mit einem Propellerhütchen auf dem Kopf zur

Arbeit hüpfte. Jeden Morgen fragen ihn die Hotelpagen, ob er ein Taxi wolle, und fallen nahezu in Ohnmacht, wenn er nein sagt. Jeden Morgen rufen ihm die Taxifahrer, die rauchend an ihren vor dem Hotel aufgereihten Autos lehnen, »Taxi? Taxi?« zu. Wenn er ablehnt, reißen sie untereinander Witze in Tagalog und brüllen vor Lachen.

Nur für den Fall, dass Randy es noch immer nicht kapiert hat, schwenkt ein neuer rot-weißer Hubschrauber knapp über dem Rizal Park ein, dreht sich ein- oder zweimal wie ein Hund, der sich hinlegen will, und landet nicht weit von ein paar Palmen entfernt direkt vor dem Hotel.

Randy hat sich angewöhnt, auf dem Weg nach Intramuros eine Abkürzung durch den Rizal Park zu nehmen. Der direkte Weg ist es allerdings nicht. Der führt durch ein Niemandsland, über eine riesige, gefährliche Straßenkreuzung, die von den Hütten illegaler Siedler gesäumt wird (und wegen der Autos gefährlich ist, nicht wegen der illegalen Siedler). Geht man dagegen durch den Park, muss man nur jede Menge Huren abwimmeln. Aber darin ist Randy mittlerweile gut. Die Nutten können sich nicht vorstellen, dass ein Mann, der reich genug ist, um im Manila Hotel zu wohnen, freiwillig Tag für Tag zu Fuß durch die Stadt geht, und haben ihn als Verrückten aufgegeben. Er ist übergegangen ins Reich der irrationalen Dinge, die man einfach hinnehmen muss, und das ist auf den Philippinen nahezu unbegrenzt.

Randy hatte nie verstehen können, warum alles so übel roch, bis er auf ein großes, scharf umrissenes rechteckiges Loch im Bürgersteig stieß und sein Blick direkt in einen Kanal mit fließendem ungeklärtem Abwasser fiel. Die Bürgersteige sind lediglich Deckel auf den Abwasserkanälen. Zugang zu den Tiefen gewähren dicke Betonplatten mit eingelassenen Hebeschlaufen aus Armiereisen. Illegale Siedler basteln Drahtgeschirre an diese Schlaufen, sodass sie die Platten hochziehen und im Handumdrehen öffentliche Latrinen daraus machen können. Diese dicken Betonplatten sind häufig mit den eingravierten Initialen, dem Namen der Gruppe oder der Graffiti-Unterschrift der Männer versehen, die sie hergestellt haben, wobei ihre Fertigkeit und ihre Liebe zum Detail variieren, während ihr Korpsgeist durchgängig auf einem sehr hohen Niveau angesiedelt ist.

Es gibt nur eine begrenzte Anzahl von Toren, die nach Intramuros führen. Jeden Tag muss Randy einen Spießrutenlauf zwischen Pferdetaxis hindurch vollführen, deren Fahrer manchmal nichts Besseres zu tun haben als ihm eine Viertelstunde lang die Straße hinunter zu folgen und dabei »Sir? Sir? Taxi? Taxi?« zu murmeln. Vor allem einer von ihnen ist der hartnäckigste Kapitalist, den Randy je gesehen hat. Immer wenn er auf Randys Höhe kommt, entrollt sich aus dem Bauch seines Pferdes eine Urinschnur, die aufs Pflaster knallt und zischt und schäumt. Winzige Pissekometen schlagen gegen Randys Hosenbeine. Egal, wie heiß es ist, Randy trägt immer lange Hosen.

Intramuros ist eine sonderbar stille und träge Gegend. Das liegt hauptsächlich daran, dass es während des Krieges zerstört, bisher jedoch noch nicht wieder aufgebaut wurde. Weite Flächen sind von Unkraut überwuchert, was mitten in einer großen, übervölkerten Metropole sehr merkwürdig ist.

Einige Kilometer südlich, Richtung Flughafen, liegt inmitten hübscher Vorortsiedlungen Makati. Das wäre eigentlich der richtige Standort für Epiphyte Corp. In jeder Straße gibt es ein paar riesige Fünf-Sterne-Luxushotels, dazu Bürotürme, die kühl und sauber aussehen, und moderne Eigentumswohnungen. Aber Avi mit seinem wunderlichen Verständnis von Immobilien hat beschlossen, auf all das zu verzichten, zugunsten von etwas, was er am Telefon als Struktur bezeichnete. »Ich kaufe oder miete Immobilien nicht gerne zu Höchstpreisen«, sagte er.

Avis Motive verstehen zu wollen gleicht dem Schälen einer Zwiebel mit einem einzigen Essstäbchen. Randy weiß, dass viel mehr dahinter steckt: Vielleicht erlangt er damit die Gunst eines Grundbesitzers oder zahlt einen erwiesenen Gefallen zurück. Vielleicht hat er auch bei irgendeinem Management-Guru gelesen, junge Unternehmer sollten sich ganz auf die Kultur eines Landes einlassen. Obwohl Avi nie etwas für Gurus übrig hatte. Nach Randys neuester Theorie geht es nur um Blickrichtungen – Längen- und Breitengrade.

Manchmal geht Randy oben auf der Spanischen Mauer entlang. Um die Calle Victoria herum, wo MacArthur vor dem Krieg sein Hauptquartier hatte, erstreckt sie sich so breit wie eine vierspurige Straße. Liebespaare schmiegen sich in die trapezförmigen Schießscharten und spannen Schirme auf, um ungestört zu sein. Zu seiner Linken öffnet sich unten der Stadtgraben, so breit wie ein Straßengeviert oder zwei und großenteils ausgetrocknet. Illegale Siedler haben Hütten darauf gebaut. Wo noch Wasser steht, graben sie im Schlamm nach Krebsen oder spannen zwischen den purpur- und magentafarbenen Lotusblüten improvisierte Netze auf.

Rechts von ihm liegt Intramuros. Aus einem wilden Durcheinander verstreuter Steine ragen einige wenige Gebäude heraus. Überall stehen halb verdeckt alte spanische Kanonen herum. Auf den Trümmerfeldern haben sich tropische Pflanzen und illegale Siedler niedergelassen. Die Pfosten ihrer Wäscheleinen und ihre Fernsehantennen verschwinden unter Urwaldkletterpflanzen und provisorischen elektrischen Leitungen. Hier und da ragen, wie angeknackste Bäume aus einem Windbruch, schiefe Strommasten empor, manche von ihnen fast völlig verdeckt von den Glasaufsätzen der Stromzähler. Im Abstand von zehn oder zwölf Metern schwelen aus unerfindlichen Gründen Schutthaufen vor sich hin.

Als er an der Kathedrale vorbeigeht, folgen ihm Kinder, die erbärmlich jammern und betteln, bis er ihnen ein paar Pesos in die Hand drückt. Sofort strahlen sie und schenken ihm manchmal in perfektem, amerikanisch angehauchtem Werbeenglisch ein »Danke schön!« Die Bettler in Manila scheinen ihre Arbeit nie richtig ernst zu nehmen, denn sogar sie sind vom Zuchtpilz der Ironie befallen und scheinen ständig ein Grinsen zu unterdrücken, als könnten sie gar nicht glauben, dass sie etwas so Blödes tun.

Sie verstehen nicht, dass er arbeitet. Das ist gut so.

Ideen sind Randy schon immer schneller zugeflogen, als er sie verarbeiten kann. Die ersten dreißig Jahre seines Lebens verbrachte er damit, jede Idee, die ihm gerade in den Sinn kam, zu verfolgen, um sie wieder zu verwerfen, wenn ihm etwas Besseres einfiel.

Jetzt arbeitet er wieder für eine Firma und hat eine gewisse Verpflichtung, seine Zeit produktiv zu nutzen. Gute Ideen kommen ihm genauso schnell und zahlreich wie immer, aber er muss den Ball im Auge behalten. Wenn die Idee für Epiphyte nicht relevant ist, muss er sie rasch schriftlich festhalten und dann erst einmal vergessen. Ist sie aber relevant, muss er seinen Drang, sich in sie zu vertiefen, zügeln und sich fragen: Hat irgendjemand vor ihm bereits diesen Gedanken gehabt? Ist es möglich, einfach loszugehen und diese Technologie zu kaufen? Kann er die Arbeit vielleicht an einen Vertragscodierer in den Staaten delegieren?

Er geht langsam, zum einen, weil er sonst einen Hitzschlag bekommen und tot in die Gosse fallen würde. Schlimmer noch, er könnte durch eine offene Luke in einen Abwassersturzbach fallen oder eins von den Stromkabeln der illegalen Siedler streifen, die wie geduldige Giftschlangen von oben herabbaumeln. Die ständige Gefahr, unversehens durch einen Stromschlag von oben oder durch Ertrinken in flüssiger Scheiße unten umzukommen, lässt seinen Blick fortwährend nach oben und unten sowie zur Seite schweifen. Noch nie hat Randy sich so in der Falle gefühlt zwischen einem launenhaften und gefährlichen Himmel und einer höllischen Unterwelt. Dieses Land ist ebenso von Religion durchdrungen wie Indien, aber ganz und gar katholisch.

Am nördlichen Ende von Intramuros liegt ein kleines Geschäftsviertel, eingekeilt zwischen der Kathedrale von Manila und Fort Santiago, das die Spanier gebaut haben, um den Ausfluss des Pasig zu kontrollieren. Dass es sich um ein Geschäftsviertel handelt, sieht man an den Telefonleitungen.

Allerdings ist wie in anderen Asiatischen-Gesellschaften-auf-dem-Sprung schwer zu entscheiden, ob es illegal verlegte oder unglaublich schlampig installierte offizielle Leitungen sind. An ihnen lässt sich demonstrieren, warum eine Politik des fröhlichen Herumwurstelns schlecht ist. An manchen Stellen sind die Bündel so dick, dass Randy sie mit den Armen vermutlich nicht umfassen könnte. Mit ihrem Gewicht und ihrer Spannung ziehen sie allmählich die Telefonmasten zu Boden, vor allem in Kurven, wo die Leitungen um die Ecke führen und dadurch Seitenkräfte auf die Masten wirken.

Alle diese Gebäude sind auf die billigste Art gebaut, die man sich nur vorstellen kann: Beton, der an Ort und Stelle über von Hand verbundene Armierungsgitter in Holzschalungen gegossen wurde. Sie sind klotzig und grau und gleichen sich wie ein Ei dem anderen. Von einer nahe gelegenen großen Straßenkreuzung her ragen ein paar wesentlich höhere Gebäude mit zwanzig oder dreißig Stockwerken, durch deren zerbrochene Fenster Wind und Vögel zirkulieren, über das Viertel hinaus. Sie sind bei einem Erdbeben in den Achtzigerjahren zerborsten und wurden seitdem nicht wieder instand gesetzt.

Er kommt an einem Restaurant vorbei, vor dem ein gedrungener Betonbunker steht, dessen Öffnungen mit geschwärzten Stahlgittern verdeckt sind und aus dem oben Auspuffrohre zum Entlüften des darin eingeschlossenen Dieselgenerators herausführen. IMMER LICHT!, hat man stolz mit Schablone überall draufgeschrieben. Dahinter steht ein Bürogebäude aus der Nachkriegszeit, vier Stockwerke hoch, in das ein besonders dickes Bündel Telefonleitungen führt. Ganz unten an der Frontseite ist das Logo einer Bank festgeschraubt. Davor können Autos schräg parken. Die zwei Plätze vor dem Haupteingang sind von handgemalten Schildern versperrt: RESERVIERT FÜR GELDTRANSPORTER und RESERVIERT FÜR BANKDIREKTOR. Ein paar Wachen stehen vor dem Eingang und umklammern die dicken hölzernen Pistolengriffe ihrer kurzkalibrigen Schrotflinten, Waffen, die in ihrer cartoonhaften Klotzigkeit an das Zubehör von Action-Figuren erinnern. Eine der Wachen bleibt hinter einem kugelsicheren Podest mit der Aufschrift WAFFEN/SCHUSSWAFFEN BITTE BEI DER WACHE ABGEBEN stehen.

Randy nickt den bewaffneten Männern zu und betritt die Eingangshalle des Gebäudes, in der es genauso heiß ist wie draußen. Nachdem er die Bank umgangen und den unzuverlässigen Aufzug ignoriert hat, tritt er durch eine Stahltür in ein schmales Treppenhaus. Heute ist es hier dunkel. Das elektrische Versorgungsnetz des Gebäudes ist ein buntes Allerlei – mehrere verschiedene Stromnetze, die auf gleichem Raum nebeneinander existieren und über verschiedene Schaltanlagen gesteuert werden, manche davon über Generatoren, manche nicht. Deshalb beginnen und enden Stromausfälle in Phasen. Irgendwo am oberen Ende des Treppenhauses zirpen kleine Vögel um die Wette mit den Sirenen von Autoalarmanlagen, die draußen ausgelöst werden.

Epiphyte Corp. hat den obersten Stock gemietet, obwohl Randy bisher der Einzige ist, der hier arbeitet. Er betätigt das Tastenschloss. Gott sei Dank läuft die Klimaanlage. Das Geld, das sie für ihren eigenen Generator bezahlt haben, war gut angelegt. Er schaltet die Alarmsysteme aus, geht zum Kühlschrank und holt zwei Einliterflaschen Wasser heraus.

Er hat es sich zur Regel gemacht, nach einem Fußmarsch Wasser zu trinken, bis er wieder urinieren kann. Danach kann er sich mit anderen Aktivitäten befassen.

Er ist zu verschwitzt, um sich hinzusetzen, und muss sich weiter bewegen, damit die kalte, trockene Luft seinen Körper umweht. Er schnippst Schweißperlen aus seinem Bart und dreht eine Runde durch die Etage, wobei er seinen Blick durch die Fenster hinaus in die verschiedenen Himmelsrichtungen schweifen lässt. Aus seiner Hose zieht er eine Kevlar-Reisebrieftasche und lässt sie an seiner Gürtelschlaufe baumeln, damit die Haut darunter atmen kann. Die Brieftasche enthält seinen Pass, eine noch nicht benutzte Kreditkarte, zehn funkelnagelneue Hundertdollarscheine und eine Floppydisk mit seinem 4069-Bit-Geheimschlüssel drauf.

Nach Norden hin kann er die Grünflächen und Festungswälle von Fort Santiago überblicken, wo ganze Fronten japanischer Touristen sich vorarbeiten und mit forensischer Gründlichkeit ihr Vergnügen dokumentieren. Dahinter fließt der mit schwimmendem Abfall überzogene Pasig. Jenseits des Flusses liegt Quiapo, ein bebautes Gebiet: Wohn- und Bürohochhäuser mit weithin sichtbaren Firmennamen an den obersten Stockwerken und Satellitenschüsseln auf den Dächern.

Da Randy sich immer noch nicht setzen will, schlendert er im Uhrzeigersinn durchs Büro. Intramuros ist von einem Grüngürtel, dem ehemaligen Festungsgraben, umgeben. Über dessen westlichen Teil ist er gerade hergekommen. Der östliche ist dicht mit wuchtigen klassizistischen Gebäuden bebaut, in denen verschiedene Ministerien untergebracht sind. Die Post- und Telekommunikationsbehörde hat ihren Sitz am Pasigufer, an einem Scheitelpunkt im Fluss, von dem aus drei nah beieinander gebaute Brücken strahlenförmig nach Quiapo hineinragen. Jenseits der großen neuen Bauwerke oberhalb des Flusses bilden Quiapo und das angrenzende Viertel San Miguel eine bunte Mischung aus riesigen offiziellen Bauten: einem Bahnhof, einem alten Gefängnis, vielen Universitäten und, den Pasig flussaufwärts, dem Malacanang-Palast.

Wieder diesseits des Flusses, sieht Randy im Vordergrund Intramuros (von Brachland umgebene Kathedralen und Kirchen), in der Mitte Regierungsgebäude, Colleges und Universitäten und dahinter in scheinbar endloser Ausdehnung die tief gelegene, rauchige Stadt. Einige Kilometer südlich davon liegt die umtriebige Geschäfts- und Industriestadt Makati, die um einen Platz gebaut ist, auf dem zwei große Straßen sich in spitzem Winkel kreuzen, ein Abbild der sich kreuzenden Start- und Landebahnen des Ninoy Aquino International Airport etwas weiter im Süden. Ein smaragdgrünes Viertel mit großen Häusern auf großen Rasenflächen erstreckt sich von Makati weg: Dort wohnen die Botschafter und Unternehmensbosse. Während Randy seinen Spaziergang im Uhrzeigersinn fortsetzt, kann er verfolgen, wie der Roxas Boulevard, von einer Reihe großer Palmen wie von einer Streikpostenkette markiert, am Ufer entlang zu ihm herführt. Manila Bay ist voll gestopft mit schweren Schiffen, großen Frachtern, die das Wasser füllen wie Floßholz ein Staubecken. Der Containerhafen liegt direkt unterhalb von ihm im Westen: ein Gitter aus Lagerhäusern auf dem Meer abgerungenem Land, das so flach und so natürlich ist wie eine Holzspanplatte.

Wenn er über die Kräne und Container hinweg direkt in westliche Richtung über die Bucht schaut, erkennt er mit Mühe die sechzig bis siebzig Kilometer entfernte gebirgige Silhouette der Halbinsel Bataan. Folgt er ihrer schwarzen Skyline nach Süden – entlang der Route, die die Japaner 42 nahmen –, kann er ganz undeutlich einen Brocken ausmachen, der unmittelbar vor ihrer südlichen Spitze liegt. Das dürfte die Insel Corregidor sein. Dies ist das allererste Mal, dass er sie überhaupt sehen kann; heute ist die Luft ungewöhnlich klar.

Bruchstückweise gelangt historische Halbbildung an die Oberfläche seines geschmolzenen Gehirns. Die Galeone von Acapulco. Das Leuchtsignal auf Corregidor.

Er tippt Avis GSM-Nummer ein. Irgendwo auf der Welt antwortet Avi. Er klingt, als säße er in einem Taxi, und zwar in einem jener Länder, in denen lautes Hupen immer noch ein unveräußerliches Recht ist. »Was geht dir durch den Kopf, Randy?«

»Visierlinien«, antwortet Randy.

»Ha!«, entfährt es Avi, als hätte er soeben einen Medizinball in den Bauch bekommen. »Du hast es also rausgekriegt.«

Guadalcanal

Die Leichen der Marine Raiders werden nicht mehr von Blut und Atemluft auf Normaldruck gehalten. Das Gewicht ihrer Ausrüstung drückt sie platt in den Sand. Die sich beschleunigende Brandung hat schon begonnen, sie zuzuschaufeln; Kometenschweife aus Blut verschwimmen im Ozean, rote Teppiche für Haie, die die Küstenlinie absuchen. Unter ihnen ist auch eine riesige Echse, doch alle haben sie in etwa die gleiche Form: dick in der Mitte und sich zu den Enden hin verjüngend, von den Wellen stromlinienförmig gemacht.

Ein kleiner Konvoi japanischer Boote bewegt sich den Meeresarm entlang, im Schlepptau Kähne, die mit Nachschubgütern in Stahlfässern beladen sind. Eigentlich müssten Shaftoe und sein Zug sie im Augenblick mit Mörsergranaten eindecken. Wenn die amerikanischen Flugzeuge auftauchen und die Nips fertig machen, werden sie die Fässer über Bord werfen, weglaufen und hoffen, dass ein paar davon bei Guadalcanal angetrieben werden.

Für Bobby Shaftoe ist der Krieg vorbei, und das wohl kaum zum ersten oder letzten Mal. Er schleppt sich zwischen dem Zug hindurch. Wellen schlagen ihm in die Kniekehlen und zerlaufen dann zu Zauberteppichen aus Schaum und pflanzlichen Substanzen, die über den Strand hingleiten, sodass es Shaftoe ständig die Beine wegzuziehen scheint. Ohne jeden Grund dreht es ihn ständig herum und er fällt auf den Hintern.

Schließlich erreicht er die Leiche des Sanitäters und nimmt ihr alles ab, was ein rotes Kreuz ziert. Er kehrt dem Nip-Konvoi den Rücken und blickt über ein langes Glacis hinweg zur Hochwasserlinie hin. Es könnte ebenso gut der Mount Everest sein, von einem tief liegenden Basislager aus gesehen. Shaftoe beschließt, die Herausforderung auf allen vieren anzugehen. Hin und wieder klatscht ihm eine Welle auf den Hintern, rauscht ihm orgasmisch zwischen den Beinen hoch und wäscht ihm das Gesicht. Das fühlt sich gut an und verhindert außerdem, dass er nach vorn kippt und unterhalb der Hochwassermarke einschläft.

Die nächsten paar Tage sind eine Hand voll schmutziger, verblichener Schwarzweiß-Schnappschüsse, immer wieder neu gemischt und ausgeteilt: der Strand unter Wasser, von stehenden Wellen markierte Positionen von Leichen. Der Strand leer. Der Strand erneut unter Wasser. Der Strand übersät mit schwarzen Klumpen, wie eine Scheibe von Großmutter Shaftoes Rosinenbrot. Ein halb im Sand vergrabenes Morphiumfläschchen. Kleine dunkelhäutige Menschen, größtenteils nackt, die bei Ebbe am Strand entlanggehen und die Leichen fleddern.

He, Moment! Irgendwie hat sich Shaftoe hochgerappelt, hält krampfhaft seine Springfield fest. Der Dschungel will ihn nicht loslassen; in der Zeit, die er dort gelegen hat, haben Kriechpflanzen seine Gliedmaßen überwuchert. Als er, mit einer Schleppe aus Laubwerk wie ein mit Telexstreifen verzierter Umzugswagen, ins Freie tritt, überflutet ihn die Sonne wie warmer Brechwurzsirup. Er kann den Boden auf sich zukommen sehen. Im Fallen dreht er sich um die eigene Achse – und erblickt flüchtig einen kräftigen Mann mit einem Gewehr –, dann drückt es ihm das Gesicht in den Sand. Die Brandung rauscht in seinem Schädel: eine anständige stehende Ovation von einem Studiopublikum von Engeln, die, da sie alle selbst gestorben sind, wissen, was ein schöner Tod ist.

Kleine Hände wälzen ihn auf den Rücken. Sein eines Auge ist mit Sand verklebt. Mit dem anderen sieht er einen großen Kerl vor sich stehen, der ein Gewehr umgehängt hat. Der Kerl hat einen roten

Bart, wodurch die Wahrscheinlichkeit, dass es sich um einen japanischen Soldaten handelt, ein klein wenig geringer wird. Aber was ist er dann?

Er tastet ihn ab wie ein Arzt und betet wie ein Priester – sogar auf Lateinisch. Kurz geschorenes Silberhaar auf einem gebräunten Schädel. Shaftoe mustert die Kleidung des Kerls auf irgendwelche Abzeichen. Er hofft, ein *Semper Fidelis* zu entdecken, liest jedoch stattdessen: *Societas Eruditorum* und *Ignoti et quasi occulti*.

»Ignoti et... was zum Teufel heißt das?«, fragt er.

»Verborgen und unbekannt – so ungefähr jedenfalls«, sagt der Mann. Er hat einen seltsamen Akzent, irgendetwas zwischen Australisch und Deutsch. Nun betrachtet er seinerseits Shaftoes Abzeichen. »Was ist ein Marine Raider? Irgendeine neue Einheit?«

»Das Gleiche wie ein Marine, bloß härter«, sagt Shaftoe. Das hört sich vielleicht nach Aufschneiderei an. Zum Teil ist es das sogar. Aber im Augenblick ist die Bemerkung so voller Ironie wie Shaftoes Kleidung voller Sand, denn zu diesem Zeitpunkt der Geschichte ist ein Marine nicht nur ein zäher Scheißkerl. Er ist ein zäher Scheißkerl, der ohne Essen oder Waffen irgendwo am Ende der Welt (Guadalcanal) festsitzt (was, wie jeder Marine einem sagen kann, an einer finsteren Verschwörung zwischen General MacArthur und den Nips liegt), der sich nach und nach ausnahmslos alles selbst zusammenbastelt, aus gefundenen Gegenständen Waffen improvisiert und die halbe Zeit von Krankheiten und den Medikamenten, die sie in Schach halten sollen, benebelt ist. Und unter jedem dieser Aspekte ist ein Marine Raider (wie Shaftoe sagt) das gleiche wie ein Marine, bloß härter.

»Gehören Sie vielleicht zu irgendeinem Kommandotrupp oder so was?«, fragt Shaftoe und unterbricht damit das Gemurmel des Rotbärtigen.

»Nein. Ich wohne auf dem Berg.«

»Ach ja? Und was machen Sie da oben, Red?«

»Beobachten. Und mich über Funk unterhalten, verschlüsselt.« Dann nimmt er sein Gemurmel wieder auf.

»Mit wem reden Sie denn da, Red?«

»Meinen Sie, jetzt gerade, auf Lateinisch, oder verschlüsselt über Funk?«

»Sowohl als auch, denke ich.«

»Verschlüsselt über Funk rede ich mit den Guten.«

»Wer sind die Guten?«

»Eine lange Geschichte. Wenn Sie überleben, stelle ich Ihnen vielleicht einen davon vor.«

»Und jetzt gerade, auf Lateinisch?«

»Mit Gott«, sagt Red. »Die letzte Ölung, falls Sie nicht überleben.«

Dabei fallen Shaftoe die anderen ein. Er entsinnt sich wieder, warum er überhaupt die unsinnige Entscheidung getroffen hat, aufzustehen. »He! He!« Er versucht, sich aufzusetzen, stellt fest, dass es nicht geht, und dreht sich herum. »Die Scheißkerle plündern die Leichen aus!«

Er kann nicht scharf sehen und muss sich den Sand aus dem einen Auge wischen.

In Wirklichkeit kann er wunderbar sehen. Was wie über den Strand verstreute Stahlfässer aussieht, entpuppt sich als – über den Strand verstreute Stahlfässer. Die Eingeborenen wühlen sie aus dem Mahlsand, buddeln wie Hunde mit den Händen und rollen sie den Strand hinauf in den Dschungel.

Shaftoe verliert das Bewusstsein.

Als er wieder zu sich kommt, ziert den Strand eine Reihe von Kreuzen – mit Ranken zusammengebundene und mit Dschungelblumen geschmückte Stöcke. Red hämmert sie gerade mit dem Kolben seines Gewehrs fest. Sämtliche Stahlfässer und die meisten Eingeborenen sind verschwunden. Shaftoe braucht Morphium. Er sagt es Red.

»Wenn Sie glauben, dass Sie jetzt welches brauchen«, sagt Red, »dann warten Sie noch.« Er wirft sein Gewehr einem Eingeborenen zu, tritt an Shaftoe heran und hievt ihn sich im Feuerwehrgriff auf die Schultern. Shaftoe brüllt. Am Himmel fliegen zwei Zeros vorbei, als sie in den Dschungel hineinmarschieren. »Ich heiße Enoch Root«, sagt Red, »aber Sie können Bruder zu mir sagen.«

GALEONE

Eines Morgens steht Randy Waterhouse früh auf, tritt nach einer langen warmen Dusche vor den Spiegel seiner Manila-Hotel-Suite und rasiert sich das Gesicht blutig. Er hat in Erwägung gezogen, diese Aufgabe einem Spezialisten anzuvertrauen: dem Friseur in der Hotellobby. Da es aber das erste Mal seit zehn Jahren ist, dass Randys Gesicht unbedeckt sein wird, möchte er es selbst als Erster sehen. Er hat regelrecht Herzklopfen, teils aus einer höllischen Urangst vor dem

Messer heraus, teils vor gespannter Erwartung. Die Situation erinnert ihn an die Szene in kitschigen alten Filmen, wo die Binden endlich vom Gesicht des Patienten genommen werden und man ihm einen Spiegel reicht.

Die Wirkung entspricht erst einmal einem starken Déjà-vue-Erlebnis, als hätte er die letzten zehn Jahre seines Lebens nur geträumt und müsste sie jetzt noch einmal durchleben.

Dann fallen ihm nach und nach Kleinigkeiten auf, die sich in seinem Gesicht verändert haben, seit es das letzte Mal Luft und Licht ausgesetzt war. Mit leichtem Erstaunen nimmt er zur Kenntnis, dass diese Veränderungen gar nicht mal nur schlecht sind. Randy hat sich nie für besonders gut aussehend gehalten, was ihm aber auch nichts ausgemacht hat. Doch das rot getüpfelte Antlitz im Spiegel sieht ohne Frage besser aus als das, das vor einem Jahrzehnt im immer tiefer werdenden Schatten der Bartstoppeln verschwand.

Eine Woche ist es jetzt her, seit er und Avi ihr gesamtes Konzept den hohen Beamten der PTA, der Post- und Telekommunikationsbehörde, dargelegt haben. PTA (Post and Telecoms Authority) ist ein Oberbegriff, den Telekommanager in allen Ländern, die sie zufällig in dieser Woche besuchen, wie eine gelbe Haftnotiz auf jede Regierungsstelle aufkleben, die für diese Dinge zuständig ist. Auf den Philippinen nennt man sie übrigens anders.

Die Amerikaner haben die Philippinen ins zwanzigste Jahrhundert geführt oder zumindest begleitet und den Verwaltungsapparat ihrer Zentralregierung aufgebaut. Intramuros, das tote Herz von Manila, ist von einem lockeren Ring gewaltiger klassizistischer Gebäude ganz nach Art des District of Columbia umgeben, die verschiedene Teile dieses Apparates beherbergen. Die PTA hat ihre Hauptstelle in einem dieser Gebäude, unmittelbar südlich des Pasig.

Randy und Avi kommen zeitig dort an, weil Randy, an den Verkehr in Manila gewöhnt, darauf besteht, dass sie für die zwei bis drei Kilometer lange Taxifahrt vom Hotel eine ganze Stunde veranschlagen. Paradoxerweise herrscht jedoch wenig Verkehr und am Ende haben sie noch volle zwanzig Minuten totzuschlagen. Sie schlendern seitlich um das Gebäude herum auf den grünen Damm hinauf. Avi sucht mit dem Blick das Gebäude der Epiphyte Corp., nur um sich zu vergewissern, dass ihre Visierlinie frei ist. Davon ist Randy bereits überzeugt;

mit verschränkten Armen steht er einfach da und schaut auf den Fluss. Der ist von Ufer zu Ufer mit schwimmendem Abfall verstopft: mit pflanzlichem Material, hauptsächlich aber mit alten Matratzen, Kissen, weggeworfenen Teilen aus Plastik oder Kunststoff und vor allem mit Plastiktüten in verschiedenen leuchtenden Farben. Der Fluss hat die Konsistenz von Erbrochenem.

Avi rümpft die Nase. »Was ist das?«

Randy schnuppert in die Luft und riecht aus allem anderen verbranntes Plastik heraus. Er deutet flussabwärts. »Eine illegale Siedlung auf der anderen Seite von Fort Santiago«, erklärt er. »Sie fischen Plastik aus dem Fluss und nutzen es als Brennstoff.«

»Vor ein paar Wochen war ich in Mexiko«, sagt Avi. »Da gibt es Plastikwälder!«

»Wie das?«

»In dem von der Stadt her wehenden Wind pflücken die Bäume die Plastikeinkaufstüten aus der Luft, bis sie völlig damit zugedeckt sind. Die Bäume sterben, weil Licht und Luft nicht mehr zu den Blättern hindurchdringen. Sie bleiben aber stehen, vollständig mit flatterndem, zerfetztem Plastik in den verschiedensten Farben überzogen.«

Randy schüttelt seinen Blazer ab und krempelt die Ärmel hoch; Avi scheint die Hitze gar nicht aufzufallen. »Das ist also Fort Santiago«, sagt er und lenkt seine Schritte darauf zu.

»Du hast davon gehört?«, fragt Randy und folgt ihm mit einem tiefen Seufzer. Die Luft ist so heiß, dass sie sich, wenn sie aus der Lunge kommt, um mehrere Grad abgekühlt hat.

»Es wird auf dem Video erwähnt«, antwortet Avi, während er eine Videokassette hochhält und damit wackelt.

»Ach ja.«

Bald stehen sie vor dem Eingang zum Fort, der von den Gestalten zweier in das poröse vulkanische Gestein gemeißelter Wachen flankiert wird: Hellebarden schwingende Spanier mit Pluderhosen und dem typischen Helm der Conquistadores. Seit nahezu einem halben Jahrtausend stehen sie hier, wo hunderttausend tropische Gewitterregen an ihren Körpern hinuntergeflossen sind und sie glatt poliert haben.

Avi befasst sich mit einem viel kürzeren Zeithorizont – seine ganze Aufmerksamkeit gilt den Einschusslöchern, die diese Soldaten weit mehr entstellt haben als Zeit und Wasser. Wie der ungläubige Thomas legt er seine Finger hinein. Dann tritt er einen Schritt zurück und fängt an, auf Hebräisch vor sich hin zu murmeln. Zwei deutsche Touristen mit Pferdeschwänzen spazieren in rustikalen Sandalen durchs Tor.

»Uns bleiben noch fünf Minuten«, mahnt Randy.

»Okay, lass uns aber später noch mal hierher kommen.«

Charlene hatte nicht ganz Unrecht gehabt. Zehn oder fünfzehn Minuten, nachdem er sich rasiert hat, sickert noch Blut aus winzigen, unsichtbaren, schmerzlosen Schnittwunden in Randys Gesicht und an seinem Hals. Wenige Augenblicke zuvor schoss dieses Blut noch durch seine Ventrikel oder durchdrang die Teile seines Gehirns, die ihn zu einem bewussten Wesen machen. Jetzt ist genau dieses Zeug der Luft ausgesetzt; er kann hinfassen und es wegwischen. Die Grenze zwischen Randy und der ihn umgebenden Welt ist zerstört.

Er nimmt eine große Tube wasserfeste Sonnencreme mit hohem Lichtschutzfaktor und reibt sich Gesicht, Hals, Arme und das kleine Fleckchen Haut oben auf dem Kopf ein, wo sein Haar schütter wird. Dann zieht er Kakihosen, Bootsschuhe und ein weites Baumwollhemd an, dazu eine Gürteltasche mit seinem GPS-Empfänger und dem Allernötigsten wie einem Bündel Toilettenpapier und einer Wegwerfkamera. Als er seinen Schlüssel an der Rezeption abgibt, müssen die Angestellten alle zweimal hinschauen und grinsen. Die Hotelpagen scheinen über seine Verwandlung besonders entzückt. Vielleicht aber auch nur, weil er diesmal Lederschuhe anhat: Topsider, die er immer als Markenzeichen kraftloser Schnösel betrachtet, für die er sich heute aber aus guten Gründen entschieden hat. Hotelpagen halten ihm eilfertig die Eingangstür auf, doch Randy geht durch die Halle zur Rückseite des Hotels, um den Swimmingpool herum und durch eine Reihe von Palmen zu einem steinernen Geländer oben auf der Ufermauer. Unterhalb von ihm ragt der Bootssteg des Hotels in eine kleine Bucht hinein, die sich zur Manila Bay hin öffnet.

Das Boot, das ihn abholen soll, ist noch nicht da, und so steht er einen Augenblick am Geländer. Eine Seite der Bucht ist vom Rizal Park her zugänglich. Ein paar griesgrämige Illegale hängen auf den Bänken herum, starren ihn an. Unterhalb des Wellenbrechers steht ein nur mit Boxershorts bekleideter Mann mittleren Alters mit einem spitzen Stock in der Hand bis zu den Knien im Wasser und stiert mit katzenhafter Anspannung ins plätschernde Wasser. Ein schwarzer Helikopter zieht an einem zuckerweißen Himmel in Schräglage langsame

Kreise. Es ist ein Huey aus Vietnamkriegszeiten, ein knatternder Hubschrauber, der zudem noch ein wildes, reptilienartiges Zischen von sich gibt, als er über ihn hinweg gleitet.

In dem Dunst, der aus der Manila Bay aufsteigt, wird ein Boot sichtbar; mit abgestelltem Motor gleitet es in die kleine Bucht hinein, wobei es eine Bugwelle vor sich herschiebt, die wie eine Falte in einem schweren Teppich aussieht. Eine große schlanke Frau steht, in der Hand ein aufgerolltes Tau, wie eine lebendige Galionsfigur regungslos am Bug.

―――

Weil Manila so nah am Äquator liegt, sind die großen Satellitenschüsseln auf dem Dach des PTA-Gebäudes, Vogeltränken gleich, fast gerade nach oben ausgerichtet. Aus den Kugel- und Schrapnelllöchern in seinen Steinmauern löst sich die Füllmasse, mit der sie nach dem Krieg verspachtelt wurden. Von den Fensterlüftern in der Mitte der romanischen Bögen tropft das Wasser auf die Kalksteinbalustrade darunter und löst sie allmählich auf. Der Kalkstein ist von irgendeinem organischen Schleim schwarz geworden und übersät mit den Wurzelgeflechten kleiner Pflanzen, die sich darin festgesetzt haben – vermutlich aus Samen, den die Vögel, die illegalen Siedler der Lüfte, die sich hier zum Baden und Trinken versammeln, in ihrem Kot mitgebracht haben.

In einem getäfelten Konferenzraum warten ein Dutzend Leute, zur Hälfte große Tiere, die am Tisch sitzen, und zur Hälfte deren Trabanten, die sich dahinter an die Wand drücken. Als Randy und Avi eintreten, hebt ein aufgeregtes Händeschütteln und Visitenkartentauschen an, wobei die meisten Namen durch Randys Kurzzeitgedächtnis düsen wie ein Überschall-Jagdflugzeug durch die lausigen Luftverteidigungssysteme von Ländern der Dritten Welt. Was ihm bleibt, ist ein Stapel Visitenkarten. Den verteilt er auf seinem Stückchen Tischplatte wie ein komischer alter Kauz, der auf seinem Essenstablett Goldrausch am Klondike River spielt. Avi kennt alle diese Leute natürlich schon – scheint die meisten mit Vornamen anzureden, kennt Namen und Alter ihrer Kinder, ihre Hobbys, Blutgruppen, chronischen Beschwerden, weiß, welche Bücher sie gerade lesen und auf welchen Partys sie waren. Alle sind offensichtlich darüber entzückt und lassen Randy – Gott sei Dank – völlig links liegen.

Von dem halben Dutzend wichtiger Leute im Raum sind drei Filipinos mittleren Alters. Einer davon ist ein hochrangiger Beamter in der Post- und Telekommunikationsbehörde. Der zweite ist der Chef einer aufstrebenden Telekommunikationsfirma namens FiliTel, die versucht, mit dem traditionellen Monopolisten zu konkurrieren. Der dritte ist der Vize-Chef einer Kette namens 24 Jam, der ungefähr die Hälfte der kleineren durchgehend geöffneten Supermärkte auf den Philippinen und noch ein paar in Malaysia gehören. Randy kann diese Männer zunächst nur mit Mühe auseinander halten; nachdem er sie aber im Gespräch mit Avi beobachtet und sich der induktiven Logik bedient hat, ist er in der Lage, Visitenkarten und Gesichter zusammenzubringen.

Die anderen drei sind einfach: zwei Amerikaner und ein Japaner, wobei die Amerikaner ein Mann und eine Frau sind. Sie trägt lavendelfarbene Pumps, die farblich auf ein adrettes Kostüm und passende Fingernägel abgestimmt sind. Sie sieht aus, als käme sie direkt von den Dreharbeiten zu einem Infomercial für falsche Fingernägel oder Heimdauerwellen. Laut ihrer Karte heißt sie Mary Ann Carson und ist die Vize-Chefin von AVCLA, Asia Venture Capital Los Angeles, einer Firma, von der Randy vage in Erinnerung hat, dass sie in Los Angeles ansässig ist und in Asiatischen-Gesellschaften-auf-dem-Sprung investiert. Der Amerikaner ist blond und macht einen kantigen, nahezu militärischen Eindruck. Er wirkt gescheit, diszipliniert, gelassen, was Charlenes Clique als Feindseligkeit infolge von Repression infolge einer zugrunde liegenden schweren Geisteskrankheit interpretieren würde. Er vertritt den Freihafen der Subic Bay. Der Japaner ist der stellvertretende Vorstandsvorsitzende einer Firma, die zu einem lächerlich aufgeblähten Unterhaltungselektronikkonzern gehört. Er ist ungefähr einsachtzig groß, hat einen kleinen Körper und einen großen Kopf von der Form einer umgedrehten Beurre-Bosc-Birne, dichtes, grau meliertes Haar und eine Brille mit Drahtgestell. Er lächelt oft und verströmt das ruhige Selbstvertrauen eines Mannes, der sich eine Zweitausendseitenenzyklopädie über Etikette im Geschäftsleben eingeprägt hat.

Ohne Zeit zu verlieren, legt Avi das Videoband ein, das im Augenblick etwa fünfundsiebzig Prozent des Betriebsvermögens der Epiphyte Corp. ausmacht. Avi hat es von einer neu gegründeten Multimediafirma in San Francisco herstellen lassen, deren Einkommen in diesem Jahr zu hundert Prozent aus den Einnahmen für diese Produktion bestand. »Wenn man Kuchen in zu dünne Scheiben schneidet, krümeln sie«, ist einer von Avis Lieblingsaussprüchen.

Es beginnt mit einigen – aus einer vergessenen Fernsehproduktion geklauten – Filmmetern mit einer spanischen Galeone, die sich durch schwere See vorwärts kämpft. Eingeblendeter Titel: SÜDCHINESISCHES MEER, 1699 n. Chr. Der Soundtrack wurde aufgemotzt und von seiner ursprünglich monophonen Version ins Dolby-Stereo-System übertragen. Das ist ziemlich eindrucksvoll.

(»Die Hälfte der AVCLA-Investoren sind begeisterte Segler«, erklärte Avi.)

Schnitt zu einer (von der Multimediafirma produzierten und nahtlos angeklebten) Einstellung von einem heruntergekommenen, erschöpften Beobachtungsposten in einem Krähennest, der durch ein Messingfernrohr späht und die spanische Entsprechung für »Land in Sicht!« brüllt.

Schnitt zum Kapitän der Galeone, einem markigen, bärtigen Typen, der aus seiner Kabine kommt, um mit wild rätselndem keatsschem Blick den Horizont abzusuchen. »Corregidor!«, entfährt es ihm.

Schnitt zu einem steinernen Turm auf dem höchsten Punkt einer tropischen Insel, wo ein Beobachtungsposten die (digital eingefügte) Galeone am Horizont entdeckt. Der Mann hält die gewölbten Hände an den Mund und brüllt auf Spanisch: »Es ist die Galeone! Zündet das Signalfeuer!«

(»Die Familie des Post- und Telekommunikationsmenschen hat es mit der Lokalgeschichte«, sagte Avi, »sie betreiben das Museum of the Philippines.«)

Unter Freudengeschrei tauchen Spanier (in Wirklichkeit mexikanisch-amerikanische Schauspieler) mit Conquistadores-Helmen ihre Fackeln in einen riesigen Haufen trockenes Holz, der sich zu einer heulenden Flammenpyramide entwickelt, deren Kraft zum Blitzrösten eines Ochsen ausreichen würde.

Schnitt zu den Zinnen von Manilas Fort Santiago (Vordergrund: geschnitzter Schaumstoff; Hintergrund: eine digital erzeugte Landschaft), wo ein anderer Conquistador ein am Horizont aufflackerndes Licht erspäht. »Mira! El galleon!«, ruft er.

Schnitt zu einer Folge von Einstellungen, in denen die Einwohner Manilas zur Hafenmauer strömen, um sich in ehrfürchtiger Bewunderung vor dem Signalfeuer zu ergehen, darunter ein Augustinermönch, der in seine rosenkranzumwundenen Hände klatscht und sofort in einen Schwall von Kirchenlatein ausbricht (»Die Familie, der FiliTel gehört, hat in der Kathedrale von Manila eine Kapelle gestiftet«), sowie eine ordentlich aussehende chinesische Händlerfamilie, die Seidenballen aus einer Dschunke auslädt (»24 Jam, die Kette der kleinen Supermärkte, wird von chinesischen Mischlingen betrieben«). Mit sonorer, Respekt einflößender Stimme beginnt ein Off-Kommentar in Englisch mit philippinischem Akzent (»Der Schauspieler ist der Bruder vom Paten des Enkelsohnes des Mannes, dem die PTA untersteht«). Am unteren Rand des Bildschirms erscheinen Untertitel in Tagalog (»Die PTA-Leute engagieren sich politisch sehr für ihre Muttersprache«).

»In der Blütezeit des Spanischen Königreichs war das wichtigste Ereignis des Jahres die Ankunft der Galeone von Acapulco, die Silber aus den reichen Minen Amerikas geladen hatte – Silber, um die Seidenstoffe und Gewürze Asiens zu kaufen, Silber, das die Philippinen zum ökonomischen Urquell Asiens machte. Das Herannahen der Galeone wurde von der Insel Corregidor am Eingang zur Manila Bay durch ein Signalfeuer angekündigt.«

Schnitt (endlich!) von den freudestrahlenden, vor Gier leuchtenden Gesichtern der Einwohner von Manila zu einer 3-D-Grafik, auf der die Manila Bay, die Halbinsel Bataan und die kleinen Bataan vorgelagerten Inseln, darunter Corregidor, dargestellt sind. Dann macht die Kamera einen Schwenk und zoomt auf Corregidor, wo ein unecht aussehendes, schlecht wiedergegebenes Feuer auflodert. Ein gelbes Licht schießt wie ein Phaserstrahl in *Raumschiff Enterprise* quer über die Bucht. Das Auge des Betrachters folgt ihm. Das Licht prallt an die Mauern von Fort Santiago.

»Das Signalfeuer war eine alte, einfache Technologie. In der Sprache der modernen Wissenschaft ausgedrückt, war sein Licht eine Art *elektromagnetische Strahlung,* die sich in gerader Linie über die Manila Bay fortpflanzte und ein einziges Informationsbit enthielt. Doch in einem Zeitalter, das nach Information lechzte, bedeutete dieses eine Bit den Menschen von Manila alles.«

Und wie auf Stichwort wieder diese abgefahrene Musik. Schnitt zu Bildern des wimmelnden modernen Manila. Einkaufszentren und Luxushotels in Makati. Elektronikfirmen, Schulkinder, die vor Computermonitoren sitzen. Satellitenschüsseln. Schiffe, die im großen Freihafen von Subic Bay gelöscht werden. Jede Menge grinsende Gesichter und nach oben gerichtete Daumen.

»Die Philippinen von heute stecken voller wirtschaftlicher Dynamik. Und so wie ihre Wirtschaft wächst, wächst auch ihr Hunger nach Information – aber nicht nach einzelnen Bits, sondern nach mehreren hundert Milliarden. Die Technologie zur Übertragung dieser Informationen hat sich allerdings gar nicht so sehr verändert, wie man vielleicht vermuten könnte.«

Zurück zu der 3-D-Wiedergabe der Manila Bay. Diesmal ist statt des Leuchtfeuers auf Corregidor am höchsten Punkt der Insel oben auf einem Turm ein Mikrowellenhornstrahler zu sehen, der stahlblaue Sinuswellen auf Metro Manila abschießt.

»Elektromagnetische Strahlen – in diesem Fall Mikrowellen –, die sich über Visierlinien kerzengerade fortpflanzen, können in kurzer Zeit unglaubliche Mengen von Information übertragen. Und eine moderne Verschlüsselungstechnologie schützt das Signal vor Möchtegern-Lauschern.«

Und wieder Schnitt zu der Einstellung mit der Galeone und den Beobachtungsposten. »In alten Zeiten war Corregidor aufgrund seiner Lage am Eingang zur Manila Bay ein natürlicher Beobachtungspunkt – ein Ort, an dem Informationen über nahende Schiffe gesammelt werden konnten.«

Schnitt zur Aufnahme eines Lastkahns irgendwo in einer kleinen Bucht, von dem dicke teerige Kabel über Bord gehievt werden, und Tauchern, die mit Schlangen aus runden orangefarbenen Bojen arbeiten. »Heute ist Corregidor aufgrund seiner Lage ein idealer Ort, um faseroptische Tiefseekabel zu verlegen. Die Informationsdaten, die – aus Taiwan, Hongkong, Malaysia, Japan und den Vereinigten Staaten – durch diese Kabel ankommen, können von dort direkt ins Herz von Manila übertragen werden. Und das in *Lichtgeschwindigkeit!*«

Und wieder 3-D. Diesmal ist es eine detaillierte Wiedergabe der Großstadtlandschaft von Manila. Randy kennt sie in- und auswendig, denn er hat die Daten für das verdammte Ding zusammengesucht, während er mit seinem GPS-Empfänger durch die Stadt lief. Der Bit-Strahl von Corregidor kommt direkt aus der Bucht und trifft genau auf die Flächenantenne auf einem nichts sagenden vierstöckigen Bürogebäude zwischen Fort Santiago und der Kathedrale von Manila. Es ist der Sitz von Epiphyte, und die Antenne ist ganz dezent mit Name und Logo von Epiphyte Corp. versehen. Weitere Antennen übertragen die Information dann weiter zum PTA-Gebäude und anderen nahe gelegenen Stellen: Wolkenkratzern in Makati, Regierungsgebäuden in Quezon City und einer Luftwaffenbasis südlich von Manila.

Hotelangestellte schieben eine mit einem Teppich ausgelegte Gangway über die Kluft zwischen Mauer und Boot. Als Randy darüber läuft, streckt die Frau ihm die Hand entgegen. Er greift danach, um sie zu schütteln. »Randy Waterhouse«, sagt er.

Sie packt seine Hand und zieht ihn aufs Boot – weniger, indem sie ihn grüßt, als vielmehr indem sie aufpasst, dass er nicht über Bord fällt. »Hi. Amy Shaftoe«, erwidert sie. »*Glory* heißt Sie willkommen!«

»Wie bitte?«

»*Glory*. Diese Dschunke heißt *Glory*«, erklärt sie. Sie spricht offen und sehr deutlich, als verständigten sie sich durch ein gestörtes Funksprechgerät. »Genau genommen ist es die *Glory IV*«, fährt sie fort. Ihr Akzent ist eigentlich der des Mittelwestens, dazu kommt aber ein leichtes Südstaatennäseln und noch ein bisschen Philippinisch. Sähe man sie auf den Straßen irgendeiner Stadt im mittleren Westen, würden einem die Spuren asiatischer Abstammung um ihre Augen nicht auffallen. Ihr dunkelbraunes, von goldenen Strähnen durchzogenes Haar ist gerade so lang, dass sie es zu einem festen Pferdeschwanz binden kann, nicht länger.

»'tschuldigen Sie mich 'ne Minute«, sagt sie, steckt den Kopf ins Ruderhaus und spricht in einer Mischung aus Tagalog und Englisch mit dem Steuermann. Der nickt, schaut sich um und fängt an, die Steuerung zu bedienen. Die Hotelangestellten ziehen die Gangway zurück. »He«, sagt Amy ruhig und wirft jedem von ihnen per Unterhandwurf über die Kluft hinweg eine Packung Marlboro zu. Sie fangen sie aus der Luft auf, grinsen und danken ihr. Die *Glory IV* entfernt sich langsam vom Kai.

Die nächsten paar Minuten geht Amy, während sie auf Deck umherläuft, im Kopf eine Art Checkliste durch. Randy zählt außer Amy und dem Steuermann noch vier Männer – zwei Weiße und zwei Filipinos. Alle machen sich auf eine Weise an Maschinen oder Tauchausrüstungen zu schaffen, die Randy über viele kulturelle und technologische Barrieren hinweg als Fehlersuche erkennt. Amy geht mehrmals an Randy vorbei, vermeidet es jedoch, ihm in die Augen zu sehen. Obwohl sie nicht schüchtern und ihre Körpersprache beredt genug ist: »Mir ist bewusst, dass Männer die Angewohnheit haben, Frauen, die sich zufällig in ihrer Nähe befinden, in der Hoffnung anzuschauen, dass ihre physische Schönheit, ihr Haar, ihr Duft, ihre Kleidung sie anmachen. Ich werde das höflich und geduldig ignorieren, bis du darüber hinweg bist.« Amy ist eine langbeinige Frau in farbbekleckerten

Jeans, einem ärmellosen T-Shirt und Hightech-Sandalen, und sie bewegt sich mit federnden Schritten über das Boot. Schließlich geht sie auf ihn zu, erwidert eine Sekunde lang seinen Blick und schaut dann wie gelangweilt weg.

»Danke, dass Sie mich fahren«, sagt Randy.

»Keine Ursache«, entgegnet sie.

»Es ist mir unangenehm, dass ich den Jungs am Kai kein Trinkgeld gegeben habe. Kann ich Sie dafür entschädigen?«

»Sie können mich mit Information entschädigen«, antwortet sie, ohne zu zögern. Amy hebt die Hand, um sich hinten am Hals zu kratzen. Ihr Ellbogen ragt in die Luft. Ihm fällt auf, dass sie die Haare unter ihrer Achsel bestimmt einen Monat nicht rasiert hat, und dann bemerkt er die Spitze einer Tätowierung, die unter ihrem T-Shirt hervorlugt. »Sie sind doch im Informationsgeschäft, oder?« Sie beobachtet sein Gesicht in der Hoffnung, er möge den Wink verstehen und lachen oder zumindest grinsen. Aber er ist zu sehr in Gedanken, um ihn zu begreifen. Sie schaut weg, jetzt allerdings mit wissender, süffisanter Miene – du verstehst mich nicht, Randy, was absolut typisch ist, aber es macht mir nichts aus. Sie erinnert Randy an mit beiden Beinen auf dem Boden stehende lesbische Arbeiterinnen, die er einmal kannte, Fasergipsplatten montierende Großstadtlesben mit Katzen und Gepäckträgern für Langlaufskier.

Sie führt ihn in eine klimatisierte Kabine mit vielen Fenstern und einer Kaffeemaschine. Die Täfelung aus unechtem Furnier erinnert an ein spießiges Kellergeschoss, und an den Wänden hängen eingerahmte offizielle Dokumente wie Lizenzen und Zulassungen und vergrößerte Schwarzweißfotos von Menschen und Booten. Es riecht nach Kaffee, Seife und Öl. Neben einem mit Expanderschnüren festgezurrten tragbaren Radio-CD-Player steht ein Schuhkarton mit einigen Dutzend CDs drin, hauptsächlich Alben von amerikanischen Sängerinnen und Songschreiberinnen der unkonventionellen, missverstandenen, hochintelligenten, aber äußerst emotionalen Schule, die reich werden, indem sie ihre Musik Leuten verkaufen, die verstehen, was es heißt, nicht verstanden zu werden.* Amy gießt Kaffee in zwei Tassen und stellt sie auf den festgeschraubten Tisch der Kabine, dann kramt sie in den engen Taschen ihrer Jeans, zieht eine wasser-

---

* Ein offensichtliches Paradoxon, aber nichts Besonderes – seit Randy nicht mehr in Amerika ist, hat er einen Blick für solche Dinge entwickelt.

dichte Nylonbrieftasche heraus und entnimmt ihr zwei Visitenkarten, die sie, eine nach der anderen, über den Tisch zu Randy hinüberschnippt. Das scheint ihr Spaß zu machen – ein kleines privates Lächeln spielt auf ihren Lippen und verschwindet, kaum dass Randy es entdeckt. Die Karten tragen das Logo der Semper Marine Services und den Namen America Shaftoe. »Heißen Sie America?« fragt Randy.

Amy fürchtet, er wird eine große Geschichte daraus machen, und schaut gelangweilt aus dem Fenster. »Ja«, antwortet sie.

»Wo sind Sie aufgewachsen?«

Der Blick durchs Fenster scheint sie zu faszinieren: so weit das Auge reicht, große Frachter überall in der Manila Bay, Schiffe, die aus Athen, Schanghai, Wladiwostok, Kapstadt, Monrovia kommen. Randy schließt daraus, dass rostige Schiffe anzuschauen interessanter ist als mit Randy zu reden.

»Würde es Ihnen was ausmachen, mir zu sagen, was eigentlich los ist?«, fragt sie. Sie dreht sich zu ihm um, hebt die Tasse an die Lippen und schaut ihm schließlich direkt in die Augen.

Randy ist ein bisschen verdutzt. Diese Frage zu stellen ist eigentlich unverfroren von America Shaftoe. Ihre Firma, die Semper Marine Services, ist ein Auftragnehmer auf der untersten Ebene von Avis virtueller Körperschaft – nur eine von einem ganzen Dutzend Boot- und Tauchermietfirmen, die sie hätten anheuern können –, und es ist ungefähr so, als würde man von seinem Hausmeister oder Taxifahrer verhört.

Andererseits ist sie gewitzt, ungewöhnlich und gerade wegen ihrer Bemühungen, es nicht zu sein, richtig süß. Als interessante Frau und amerikanische Landsmännin spielt sie ihre Trümpfe aus und fordert einen höheren Status. Randy versucht, sich in Acht zu nehmen.

»Beunruhigt Sie irgendetwas?«, fragt er.

Sie wendet den Blick ab, fürchtet, ihm einen falschen Eindruck vermittelt zu haben. »Eigentlich nicht«, erwidert sie. »Ich bin einfach neugierig. Ich höre gerne Geschichten. Taucher sitzen immer herum und erzählen einander Geschichten.«

Randy nippt an seinem Kaffee. »In diesem Geschäft weiß man nie, aus welcher Ecke der nächste Auftrag kommen wird«, fährt America fort. »Manche Leute wollen aus den verrücktesten Gründen etwas unter Wasser erledigt haben, und das erfahre ich eben gern.« Schließlich sagt sie: »Es macht einfach Spaß!«, und das scheint auch die ganze Motivation zu sein, die sie braucht.

Alles oben Gesagte betrachtet Randy als ziemlich professionellen Schmu. Er beschließt, Amy nicht mehr als den Inhalt der Pressemitteilungen zu verraten. »Alle Filipinos sind in Manila. Dahin muss die Information fließen. Allerdings ist es ein bisschen schwierig, Informationen nach Manila zu bekommen, da die Stadt im Rücken Berge und vorne die Manila Bay hat. Dort Unterseekabel zu verlegen, ist der reinste Albtraum...«

Sie nickt. Das dürfte ihr nicht neu sein. Randy drückt die Vorspultaste. »Corregidor ist ein ziemlich guter Platz. Von dort aus kann man eine Mikrowelle auf einer Visierlinie quer über die Bucht in die Innenstadt von Manila übertragen.«

»Sie verlängern also den Küstenteilabschnitt Nordluzon von der Subic Bay bis runter nach Corregidor«, sagt sie.

»Hm – zwei Anmerkungen zu dem, was Sie gerade gesagt haben«, antwortet Randy und hält kurz inne, um die Antwort in die Warteschlange seines Ausgabepuffers einzureihen. »Punkt eins: Sie müssen mit Ihren Pronomen vorsichtig sein – was meinen Sie mit ›Sie‹? Ich arbeite für Epiphyte Corporation, eine Firma, die von Grund auf so konzipiert ist, dass sie nicht unabhängig arbeitet, sondern als Teil eines virtuellen Unternehmens, so ungefähr wie –«

»Ich weiß, was ein Epiphyt ist«, unterbricht sie ihn. »Und Punkt zwei?«

»Okay, gut«, sagt Randy, ein wenig aus der Fassung gebracht. »Punkt zwei ist, dass die Verlängerung des Teilabschnitts Nordluzon nur die erste von hoffentlich mehreren neuen Verbindungen darstellt. Am Ende wollen wir eine Menge Kabel nach Corregidor hineinlegen.«

Hinter Amys Augen beginnt irgendein Räderwerk zu surren. Die Botschaft ist sonnenklar. Falls sie diesen ersten Job gut erledigen, wird es für Semper Marine einen Haufen Arbeit geben.

»Dieses Projekt wird von einem Joint Venture durchgeführt, zu dem außer uns noch FiliTel, 24 Jam, eine große japanische Elektronikfirma und andere gehören.«

»Was hat denn 24 Jam damit zu tun? Das ist doch eine Supermarktkette.«

»Sie besorgen den Verkauf im Einzelhandel – das Vertriebssystem – für das Produkt von Epiphyte.«

»Nämlich?«

»Pinoygramme.« Randy unterdrückt das Verlangen, ihr zu sagen, dass der Name gesetzlich geschützt ist.

»Pinoygramme?«

»Sie funktionieren folgendermaßen: Nehmen wir an, Sie sind ein Overseas Contract Worker. Bevor Sie nach Saudi Arabien, Singapur, Seattle oder Gott weiß wohin fliegen, kaufen oder leihen Sie ein kleines Kästchen von uns. Es ist ungefähr so groß wie ein Taschenbuch und enthält eine fingerhutgroße Videokamera, einen winzigen Bildschirm und eine Menge Speicherchips. Die Einzelteile kommen von überallher – sie werden zum Freihafen von Subic geliefert und dort in einer japanischen Fabrik zusammengebaut. Auf diese Weise kosten sie so gut wie nichts. Dieses Gerät nehmen Sie also jetzt mit ins Ausland. Immer wenn Sie Lust haben, mit Ihren Leuten zu Hause Kontakt aufzunehmen, schalten Sie es ein, richten die Kamera auf sich und nehmen eine kleine Video-Grußkarte auf. Das alles geht – in stark komprimierter Form – auf die Speicherchips. Dann schließen Sie das Gerät an eine Telefonleitung an und lassen es seine Zauberkunst entfalten.«

»Was für eine Zauberkunst? Schickt es das Video durch die Telefonleitung?«

»Genau.«

»Machen die Leute nicht schon seit Urzeiten mit Videophonen rum?«

»Der Unterschied besteht in unserer Software. Wir versuchen nicht, das Video in Echtzeit zu verschicken – das ist zu teuer. Wir speichern das Datenmaterial auf zentralen Servern und nutzen Ruhephasen, in denen die Tiefseekabel weniger belastet sind, um die Daten dann, wenn die Übertragungszeit billig zu haben ist, durch diese Kabel zu schicken. Schließlich kommen sie bei Epiphyte in Intramuros an. Von dort aus können wir die Daten über Funk an 24-Jam-Märkte überall in Metro Manila verschicken. Der Laden braucht nur eine kuchenplattengroße Satellitenschüssel auf dem Dach und unten hinter der Theke eine Dekodiereinrichtung und einen normalen Videorekorder. Das Pinoygramm wird auf ein normales Videoband überspielt. Wenn dann Mom Eier oder Dad Zigaretten kaufen kommt, sagt der Verkäufer: ›He, ihr habt heute ein Pinoygramm gekriegt‹, und gibt ihnen das Videoband. Sie können es mit nach Hause nehmen und die neuesten Neuigkeiten von ihrem Kind im Ausland erfahren. Danach bringen sie das Band zur Wiederverwendung zu 24 Jam zurück.«

Etwa auf halbem Weg hat Amy das Grundkonzept verstanden, schaut wieder aus dem Fenster und macht sich an den Versuch, mit der Zungenspitze einen Frühstückskrümel aus einem Zahnzwischenraum zu pulen. Dabei hält sie den Mund zwar dezent geschlossen, aber es scheint ihr Denken mehr zu beschäftigen als die Erklärung über die Pinoygramme.

Randy wird von einem verrückten, unerklärlichen Drang gepackt, Amy nicht zu langweilen. Nicht dass er dabei wäre, sich in sie zu verknallen, denn er wettet fünfzig zu fünfzig, dass sie lesbisch ist, und so blöd ist er nicht. Aber sie ist so freimütig, so arglos, dass er das Gefühl hat, er könnte ihr alles anvertrauen, von gleich zu gleich.

Aus genau diesem Grund hasst er das Geschäftsleben. Er möchte jedem alles erzählen. Er möchte mit den Leuten Freundschaft schließen.

»Jetzt lassen Sie mich raten«, sagt Amy. »Sie sind der Mann, der die Software macht.«

»Stimmt«, gibt er, leicht in die Defensive gedrängt, zu, »aber die Software ist das einzig Interessante an dem ganzen Projekt. Alles Übrige ist Nummernschilder machen.«

Das lässt sie ein wenig aufhorchen. »Nummernschilder machen?«

»Das ist ein Ausdruck, den mein Geschäftspartner und ich benutzen«, antwortet Randy. »Bei jedem Job gibt es etwas Kreatives zu tun – eine neue Technologie zu entwickeln oder was weiß ich. Alles andere – neunundneunzig Prozent – besteht darin, Verträge abzuschließen, Kapital zu beschaffen, Gespräche zu führen, das Marketing und den Verkauf zu organisieren. All das nennen wir Nummernschilder machen.«

Sie nickt, sieht zum Fenster hinaus. Randy ist drauf und dran, ihr zu erzählen, dass Pinoygramme nichts anderes sind als eine Möglichkeit, Geld locker zu machen, damit sie zu Teil zwei ihres Geschäftsvorhabens übergehen können. Er ist sich sicher, dass sein Format dadurch weit über das eines schlichten Softwareknaben hinauswachsen würde. Doch Amy bläst einmal kurz über ihren Kaffee, als würde sie eine Kerze auspusten, und sagt: »Okay. Danke. Ich glaube, das war die drei Packungen Zigaretten wert.«

Albtraum

Bobby Shaftoe ist zum Kenner von Albträumen geworden. Wie ein Kampfpilot, der sich mit dem Schleudersitz aus einem brennenden Flugzeug rettet, ist er soeben aus einem alten Albtraum in einen nagelneuen, noch besseren katapultiert worden. Der Traum ist gruselig und subtil; es kommen keine Riesenechsen darin vor.

Er beginnt mit Hitze in seinem Gesicht. Wenn man genügend Treibstoff nimmt, um ein Fünfzigtausend-Tonnen-Schiff mit fünfundzwanzig Knoten über den Pazifischen Ozean zu befördern, und alles in einen einzigen Tank füllt, und wenn dann die Nips drüberwegfliegen und das Ganze in wenigen Sekunden abfackeln, während man selbst so nahe dabei steht, dass man das triumphierende Grinsen auf den Gesichtern der Piloten erkennt, dann kann man die Hitze im Gesicht spüren.

Bobby Shaftoe schlägt in der Erwartung die Augen auf, dass er damit den Vorhang vor einem Albtraum von einsamer Klasse hebt, wahrscheinlich den letzten Momenten von *Torpedobomber um zwei!* (seit eh und je sein Lieblingsstreifen) oder dem überraschenden Beginn von *Das Bombardement der gelben Männer XVII*.

Aber der Ton zu diesem Albtraum scheint nicht zu laufen. Es ist so still wie vor einem Hinterhalt. Er sitzt in einem Krankenhausbett, umringt von einem Peloton von Aufhellern, sodass es schwer fällt, irgendetwas anderes zu sehen. Shaftoe blinzelt und konzentriert sich auf einen Wirbel von Zigarettenrauch, der wie ausgelaufenes Dieselöl in einer tropischen Bucht in der Luft hängt. Es riecht richtig gut.

Ein junger Mann sitzt an seinem Bett. Alles, was Shaftoe von diesem Mann sehen kann, ist ein unregelmäßiger Heiligenschein, wo sich das Licht im Petroleumglanz seiner Pompadourfrisur fängt. Und das rote Glimmen seiner Zigarette. Bei genauerem Hinsehen kann er die Silhouette einer Militäruniform ausmachen. Keiner Marine-Uniform. Auf den Schultern schimmern Lieutenantsstreifen, Licht, das durch Türflügel scheint.

»Möchten Sie noch eine Zigarette?«, fragt der Lieutenant. Seine Stimme ist heiser, aber merkwürdig sanft.

Shaftoe senkt den Blick auf seine Hand und sieht die letzten anderthalb Zentimeter einer Lucky Strike zwischen seine Finger geklemmt.

»Fragen Sie mich mal was Schwieriges«, bringt er heraus. Seine Stimme ist tief und undeutlich, wie von einem fast abgelaufenen Grammophon.

Die Kippe wird gegen eine neue ausgetauscht. Shaftoe führt sie zum Mund. Sein Arm ist bandagiert und unter den Bandagen kann er schwere Verletzungen spüren, die ihm eigentlich Schmerzen zufügen müssten. Aber irgendetwas blockiert die entsprechenden Signale.

Ah, das Morphium. So schlimm kann der Albtraum nicht sein, wenn es Morphium dazu gibt, oder?

»Sind Sie bereit?«, fragt die Stimme. Verdammt noch mal, die Stimme klingt vertraut.

»Sir, fragen Sie mich was Schwieriges, Sir!« sagt Shaftoe.

»Das haben Sie schon mal gesagt.«

»Sir, wenn Sie einen Marine fragen, ob er noch eine Zigarette will oder ob er bereit ist, dann ist die Antwort beide Male die gleiche, Sir!«

»So ist's recht«, sagt die Stimme. »Film ab.«

In der äußeren Dunkelheit, jenseits des Firmaments aus Aufhellern, setzt ein klickendes Geräusch ein. »Läuft«, sagt eine Stimme.

Etwas Großes senkt sich auf Shaftoe herab. Er drückt sich ganz flach ins Bett, weil es genau wie die unheimlichen Eier aussieht, die die Sturzkampfbomber der Nips in die Luft legen. Doch dann bleibt es stehen und schwebt einfach über ihm.

»Ton«, sagt eine andere Stimme.

Shaftoe schaut genauer hin und sieht, dass es keine Bombe, sondern ein großes geschossförmiges Mikrophon am Ende eines Galgens ist.

Der Lieutenant mit der Pompadourfrisur beugt sich nun vor, sucht wie ein Reisender in einer kalten Winternacht instinktiv das Licht.

Es ist dieser Kerl vom Film. Wie heißt er gleich noch? Ja, genau!

Ronald Reagan hat einen Stapel kleiner Karten auf dem Schoß. Er zieht eine neue: »Welchen Rat würden Sie, als der jüngste amerikanische Soldat, der jemals sowohl das Navy Cross als auch den Silver Star verliehen bekam, jungen Marines auf dem Weg nach Guadalcanal geben?«

Shaftoe muss nicht sehr lange überlegen. Die Erinnerungen sind noch so frisch wie der elfte Albtraum der vergangenen Nacht: zehn schneidige Nips in *Selbstmordangriff!*

»Bring den mit dem Schwert zuerst um.«

»Aha«, sagt Reagan, hebt die gewachsten und nachgezogenen Augenbrauen und neigt seine Pompadourfrisur zu Shaftoe hin. »Sehr schlau – man nimmt sie aufs Korn, weil es die Offiziere sind, stimmt's?«

»Nein, du Arschloch!«, brüllt Shaftoe. »Man bringt sie um, weil sie Schwerter haben, verfluchte Scheiße! Hast du schon mal einen auf dich zurennen sehen, der mit einem verfluchten Schwert rumfuchtelt?«

Reagan gibt klein bei. Er hat Angst und schwitzt etwas von seinem Make-up ab, obwohl von der Bucht her eine kühle Brise zum Fenster hereinweht.

Am liebsten würde Reagan schleunigst die Flucht ergreifen, nach Hollywood zurückkehren und irgendein Starlet nageln. Aber er hängt hier in Oakland fest und muss den Kriegshelden interviewen. Er durchblättert seinen Kartenstapel, verwirft zirka zwanzig Fragen hintereinander. Shaftoe hat es nicht eilig, er wird so ungefähr für den Rest seines Lebens in diesem Krankenhausbett platt auf dem Rücken liegen. Mit einem einzigen langen Zug setzt er die Hälfte der Zigarette in Brand, hält den Atem an, bläst einen Rauchring.

Bei nächtlichen Gefechten haben die großen Geschütze auf den Kriegsschiffen weißglühende Gasringe produziert. Keine fetten Kringel, sondern längliche, dünne, die sich wie Lassoschlingen verdrehen. Shaftoes Körper ist mit Morphium gesättigt. Seine Augenlider stürzen über die Augen herab, eine Wohltat für die von den Filmlampen und dem Zigarettenrauch brennenden und geschwollenen Augäpfel. Er und sein Zug versuchen, im Wettlauf mit der Flut um eine Landzunge herumzukommen. Sie sind Marine Raiders, jagen seit zwei Wochen eine bestimmte Einheit der Nips über Guadalcanal und reiben sie langsam auf. Wo sie gerade in der Gegend sind, sollen sie sich laut Befehl bis zu einem bestimmten Punkt auf der Landzunge durchkämpfen, von wo aus sie in der Lage sein müssten, den ankommenden Tokio-Express mit Mörsergranaten einzudecken. Das ist eine ziemlich schwachsinnige und verwegene Taktik, aber das Unternehmen heißt nicht umsonst Operation Schnürsenkel; es ist von Anfang an nichts als aberwitzige Improvisation. Sie liegen hinter dem Zeitplan, weil diese armselige Hand voll Nips wirklich zäh ist, sich hinter jedem umgestürzten Baumstamm in den Hinterhalt legt und jedes Mal auf sie schießt, wenn sie um eine dieser Landzungen herumkommen...

Irgendetwas Klammes trifft ihn an der Stirn: Es ist der Make-up-Künstler, der ihm einen wischt. Shaftoe findet sich in dem Albtraum wieder, in den der Echsen-Albtraum eingebettet war.

»Hab ich Ihnen von der Echse erzählt?«, fragt Shaftoe.

»Mehrmals«, sagt sein Interviewer. »Wir haben es gleich überstanden.« Ronald Reagan klemmt sich ein frisches Kärtchen zwischen Daumen und Zeigefinger und wendet sich einem etwas weniger heiklen Thema zu: »Was haben Sie und Ihre Kameraden abends gemacht, wenn die Kämpfe des Tages vorbei waren?«

»Mit einem Bulldozer tote Nips zusammengeschoben«, antwortet Shaftoe, »und sie angezündet. Dann sind wir mit einem Glas Hochprozentigen an den Strand runter und haben zugeguckt, wie unsere Schiffe torpediert werden.«

Reagan verzieht das Gesicht. »Schnitt!«, sagt er ruhig, aber bestimmt. Das Klicken der Filmkamera verstummt.

»Wie war ich?«, fragt Shaftoe, während man ihm die Schminke vom Gesicht rubbelt und die Männer ihre Ausrüstung zusammenpacken. Die Aufheller sind ausgeschaltet worden und durch die Fenster strömt klares, nordkalifornisches Licht herein. Die ganze Szene wirkt beinahe real, als wäre sie überhaupt kein Albtraum.

»Sie waren prima«, sagt Lieutenant Reagan, ohne ihm in die Augen zu sehen. »Ein echter Mutmacher.« Er zündet sich eine Zigarette an. »Sie können jetzt wieder schlafen.«

»Ha!« sagt Shaftoe. »Ich hab die ganze Zeit geschlafen. Oder etwa nicht?«

Sobald er aus dem Lazarett entlassen wird, geht es ihm viel besser. Er bekommt ein paar Wochen Urlaub, begibt sich geradewegs zum Bahnhof Oakland und steigt in den nächsten Zug nach Chicago. Mitreisende erkennen ihn aufgrund der Zeitungsfotos, spendieren ihm Drinks, lassen sich mit ihm zusammen fotografieren. Er starrt stundenlang zum Fenster hinaus, schaut zu, wie Amerika vorüberzieht, und sieht, dass alles schön und sauber ist. Es mag Wildnis geben, es mag tiefen Wald, ja sogar Grizzlybären und Berglöwen geben, aber das Ganze ist säuberlich geordnet und die Regeln (spiel nicht mit Bärenjungen, hänge dein Essen nachts an einen Ast) sind allseits bekannt und stehen im Pfadfinderhandbuch. Auf diesen Inseln im Pazifik dagegen kreucht und fleucht zu vieles, das ständig dabei ist, zu fressen oder von etwas anderem gefressen zu werden, und sobald man einen Fuß dorthin setzt, hat man diesen Sachverhalt zu schlucken. Dass er, die Füße in sauberen weißen Baumwollsocken, einfach nur zwei Tage in diesem Zug sitzt, ohne bei lebendigem Leibe von etwas gefressen zu werden, verhilft ihm zu einem sehr viel klareren Kopf. Nur einmal, möglicherweise auch zwei- oder dreimal, verspürt er wirklich das Bedürfnis, sich auf dem Klo einzuschließen und sich Morphium in den Arm zu spritzen.

Aber wenn er die Augen schließt, findet er sich auf Guadalcanal wieder, wie er im Wettlauf mit der Flut um die letzte Landzunge platscht. Jetzt wälzen sich die großen Wellen heran, heben die Männer hoch und schmettern sie gegen die Felsen.

Schließlich biegen sie um die Ecke und sehen die Bucht: bloß ein winziger Einschnitt in der Küste. Hundert Meter Schlammzone, hinten von einer Felswand begrenzt. Sie müssen über die Schlammzone gelangen und im unteren Teil der Felswand festen Fuß fassen, wenn sie nicht von der Flut ins Meer hinausgespült werden wollen ...

Die Shaftoes sind Bergbewohner aus Tennessee – unter anderem auch Bergleute. Ungefähr zu der Zeit, als Nimrod Shaftoe auf die Philippinen ging, zogen zwei seiner Brüder nach West-Wisconsin, um in einer Bleimine zu arbeiten. Einer davon – Bobbys Großvater – wurde Vorarbeiter. Manchmal ging er nach Oconomowoc, um dem Besitzer der Mine, der an einem der Seen ein Sommerhaus hatte, einen Besuch abzustatten. Dann fuhren sie in einem Boot hinaus, um Hechte zu angeln. Häufig kamen auch die Nachbarn des Minenbesitzers – Bank- und Brauereibesitzer – mit. So verschlug es die Shaftoes nach Oconomowoc und sie kamen vom Bergbau weg und wurden Angel- und Jagdführer. Die Familie hat gewissenhaft am näselnden Tonfall ihrer Ahnen und an bestimmten anderen Traditionen wie dem Militärdienst festgehalten. Eine seiner Schwestern und zwei seiner Brüder leben immer noch bei Mom und Dad und seine beiden älteren Brüder sind bei der Army. Bobby ist nicht der Erste, der einen Silver Star errungen hat, aber er ist der Erste, dem das Navy Cross verliehen worden ist.

Bobby spricht vor dem Pfadfinderstamm von Oconomowoc. Man macht ihn zum Großmarschall des städtischen Umzugs. Ansonsten rührt er sich zwei Wochen lang kaum aus dem Haus. Manchmal geht er in den Garten und spielt mit seinen kleinen Brüdern Fangen. Er hilft Dad, einen kaputten Bootssteg zu reparieren. Ständig kommen Jungs und Mädels aus seiner High School zu Besuch, und Bobby hat bald den Kniff heraus, den schon sein Vater, seine Onkel und Großonkel kannten: dass man niemals über die Einzelheiten dessen redet, was dort drüben passiert ist. Kein Mensch will etwas davon wissen, wie man sich mit der Bajonettspitze die Hälfte der Backenzähne seines Kumpels aus dem Bein gestochert hat. Mittlerweile kommen ihm diese jungen Leute wie Idioten und Leichtgewichte vor. Der einzige Mensch, dessen Nähe er ertragen kann, ist sein Urgroßvater Shaftoe, vierundneunzig Jahre alt und schwer auf Zack, der in Petersburg dabei war, als Burnside mit vergrabenem Sprengstoff ein riesiges Loch in die Linien der Konföderierten sprengte und seine Männer in den Krater stürmen ließ, wo sie geschlachtet wurden. Natürlich redet er nie darüber, so wie Bobby Shaftoe niemals von der Echse redet.

Bald genug ist seine Zeit vorüber, und dann bekommt er in Milwaukee einen Riesenbahnhof, umarmt Mom, umarmt seine Schwester, drückt Dad und den Brüdern die Hand, umarmt noch einmal Mom und fährt ab.

Bobby Shaftoe weiß nichts von seiner Zukunft. Er weiß nur, man hat ihn zum Sergeant befördert, von seiner früheren Einheit abkommandiert (keine große Veränderung, da er der einzige Überlebende seines Zuges ist) und irgendeiner neuen Truppengattung des Corps in Washington, D.C., zugeteilt, von der kein Mensch je gehört hat.

In D.C. ist viel los, aber als Bobby das letzte Mal in der Zeitung nachgesehen hat, fanden dort noch keine Kämpfe statt, deshalb liegt es auf der Hand, dass er nicht zur Kampftruppe kommt. Er hat das Seine ohnehin getan, viel mehr als seinen Anteil Nips getötet, seine Orden errungen, an seinen Wunden gelitten. Da es ihm an einer verwaltungstechnischen Ausbildung fehlt, rechnet er damit, dass seine neue Aufgabe darin bestehen wird, als Kriegsheld durchs Land zu reisen, die Moral zu heben und junge Männer dazu zu überreden, in das Corps einzutreten.

Er meldet sich gemäß Befehl bei den Marine Barracks, Washington, D.C. Es ist der älteste Standort des Corps, ein Häuserblock auf halbem Weg zwischen dem Kapitol und dem Navy Yard, ein von grünen Gebäuden umschlossenes Viereck, in dem die Marine Band marschiert und die Ausbilder ausbilden. Er rechnet halb damit, ganz in der Nähe riesige Tanks mit strategischen Reserven von Spucke und Schuhwichse zu sehen.

Auf der Schreibstube erwarten ihn zwei Marines: ein Major, der nominell sein neuer befehlshabender Offizier ist, und ein Colonel, der aussieht und sich verhält, als wäre er hier geboren. Es ist über alle Maßen entsetzlich, dass sich zwei solche Persönlichkeiten hier eingefunden haben, um einen bloßen Sergeant zu begrüßen. Muss das Navy Cross sein, das ihre Aufmerksamkeit erregt hat. Aber diesen Orden haben sie selbst – und zwar jeder zwei oder drei.

Der Major stellt den Colonel auf eine Weise vor, die Shaftoe im Grunde überhaupt nichts erklärt. Der Colonel sagt so gut wie gar nichts; er ist zum Beobachten da. Der Major befingert eine Zeit lang ein paar getippte Unterlagen.

»Hier steht, Sie sind gung-ho.«

»Sir, jawohl, Sir!«

»Was zum Teufel heißt denn das?«

»Sir, das ist ein chinesisches Wort! Es gibt dort einen Kommunisten namens Mao, und der hat eine Armee. Wir sind mehr als einmal mit ihr aneinander geraten, Sir. Gung-ho ist ihr Schlachtruf, er bedeutet ›alle zusammen‹ oder so etwas, und wie wir damit fertig waren, ihnen die Hucke voll zu hauen, Sir, haben wir ihn ihnen geklaut, Sir!«

»Wollen Sie damit sagen, Sie haben zu viel Asien abgekriegt, wie diese anderen China-Marines, Shaftoe?«

»Sir! Im Gegenteil, Sir, ich glaube, das geht auch aus meiner Akte hervor!«

»Glauben Sie das wirklich?« fragt der Major ungläubig. »Wir haben hier einen interessanten Bericht über ein Filminterview, das Sie mit irgendeinem Soldaten* namens Lieutenant Reagan gemacht haben.«

»Sir! Sergeant Shaftoe entschuldigt sich in aller Form für sein schändliches Verhalten während dieses Interviews, Sir! Sergeant Shaftoe hat sich selbst und seine Kameraden enttäuscht, Sir!«

»Wollen Sie sich nicht rechtfertigen? Sie waren verwundet. Standen unter Beschießungsschock. Unter Medikamenten. Haben an Malaria gelitten.«

»Sir! Es gibt keine Rechtfertigung, Sir!«

Der Major und der Colonel nicken einander beifällig zu.

Dieses »Sir, jawohl, Sir«-Getue, das wahrscheinlich jedem geistig gesunden Zivilisten vollkommen blödsinnig vorkäme, ist für Shaftoe und die Offiziere auf eine tiefgründige, wichtige Weise sinnvoll. Wie viele andere hatte auch Shaftoe zunächst Probleme mit der militärischen Etikette. Aufgrund seiner Kindheit in einer militärorientierten Familie hat er eine ganze Menge davon in sich aufgenommen, aber danach zu leben war etwas ganz anderes. Mittlerweile hat er sämtliche Phasen der militärischen Existenz bis auf die letzten (gewaltsamer Tod, Kriegsgericht, Pensionierung) durchgemacht und die Militärkultur als das zu verstehen gelernt, was sie ist: ein System von Etikette, innerhalb dessen es möglich wird, dass Gruppen von Männern jahrelang zusammenleben, bis ans Ende der Welt reisen und allen möglichen, unglaublich abseitigen Scheiß machen, ohne einander dabei umzubringen oder völlig den Verstand zu verlieren. Die extreme Förmlichkeit, mit der Shaftoe die Offiziere anredet, enthält einen wichtigen Subtext: Ihr Problem, Sir, besteht darin zu entscheiden, was ich machen soll, und mein Problem

---

* Ein abwertender Ausdruck für einen Militärangehörigen, der nicht gut genug ist, um im Corps zu sein.

darin, es zu machen. Meine Gung-ho-Haltung besagt, dass ich Sie, sobald Sie den Befehl geben, nicht mehr mit irgendwelchen Einzelheiten belästigen werde – und Ihr Teil der Abmachung besteht darin, dass Sie besser auf Ihrer Seite der Linie bleiben, Sir, und mich nicht mit Ihrer popeligen Politik belästigen, mit der Sie sich beschäftigen müssen, um Ihren Lebensunterhalt zu verdienen. Die implizite Verantwortung, welche die bedenkenlose Bereitschaft des Untergebenen, Befehle zu befolgen, dem Offizier auferlegt, ist für jeden halbwegs intelligenten Offizier eine erdrückende Last, und Shaftoe hat mehrmals erlebt, wie ein fronterfahrener Unteroffizier einen grünen Lieutenant schlicht dadurch in ein Häuflein Elend verwandelte, dass er vor ihm stand und sich fröhlich bereit erklärte, dessen Befehle zu befolgen.

»Dieser Lieutenant Reagan beschwert sich darüber, dass Sie ständig versucht hätten, ihm eine Geschichte von einer Echse zu erzählen«, sagt der Major.

»Sir! Jawohl, Sir! Eine Riesenechse, Sir! Eine interessante Geschichte, Sir!«, sagt Shaftoe.

»Mir egal«, sagt der Major. »Die Frage ist, ob es unter den gegebenen Umständen angemessen war, so eine Geschichte zu erzählen.«

»Sir! Wir haben uns die Küste der Insel entlang bewegt und versucht, zwischen diese Nips und einen Landeplatz des Tokio-Express zu kommen, Sir! ...«, beginnt Shaftoe.

»Klappe halten!«

»Sir! Jawohl, Sir!«

Es tritt ein schweißtreibendes Schweigen ein, das der Colonel schließlich bricht. »Wir haben Ihre Darstellung von den Gehirnklempnern durchgehen lassen, Sergeant Shaftoe.«

»Sir! Jawohl, Sir!«

»Die sind der Meinung, dass diese ganze Echsengeschichte ein klassischer Fall von Projektion ist.«

»Sir! Könnten Sie mir bitte sagen, was zum Teufel das ist, Sir!«

Der Colonel errötet, kehrt ihm den Rücken zu und betrachtet durch Lamellen den spärlichen Verkehr auf der Eye Street. »Na ja, im Grunde sagen sie, dass es in Wirklichkeit gar keine Riesenechse gegeben hat. Dass Sie diesen Japsen* im Nahkampf getötet haben. Und

---

* Männer mit Asienerfahrung benutzen das Wort »Nip«. Dass der Colonel »Japse« sagt, lässt vermuten, dass er seine Karriere im atlantischen Raum und/oder in der Karibik verbracht hat.

dass in der Erinnerung an die Riesenechse im Wesentlichen Ihr Es zum Vorschein kommt.«

»Es, Sir!«

»Dass es da dieses Es-Dings in Ihrem Kopf gibt und dass es sich eingeschaltet und Sie so aufgeputscht hat, dass Sie diesen Japsen mit bloßen Händen umgebracht haben. Und hinterher haben Sie sich dann diesen ganzen Mist von wegen Riesenechse zusammenfantasiert, um es irgendwie zu erklären.«

»Sir! Sie sagen also, die Echse war nur eine Metapher, Sir!«

»Ja.«

»Sir! Dann würde ich mit allem Respekt gern wissen, wieso der Nip mittendurch gekaut war, Sir!«

Der Colonel verzieht ablehnend das Gesicht. »Tja, bis Sie von diesem Küstenbeobachter gerettet worden sind, Sergeant, hatten Sie drei Tage lang mit all den Leichen in der Bucht gelegen. Und angesichts der tropischen Hitze und der ganzen Insekten und Aasfresser hat man's dem Japsen nun wirklich nicht mehr ansehen können, ob er von einer Riesenechse zerkaut oder durch einen Häcksler gejagt worden ist, wenn Sie verstehen, was ich meine.«

»Sir! Jawohl, Sir!«

Der Major wendet sich wieder dem Bericht zu. »Außerdem sagt dieser Reagan, Sie hätten wiederholt herabsetzende Bemerkungen über General MacArthur gemacht.«

»Sir, jawohl, Sir! Das ist ein Schweinehund, der das Corps hasst, Sir! Er versucht, uns alle umzubringen, Sir!«

Der Major und der Colonel wechseln einen Blick. Es wird deutlich, dass sie soeben, stumm, zu einem Entschluss gekommen sind.

»Da Sie darauf bestehen, sich weiter zu verpflichten, wäre es eigentlich nahe liegend, dass Sie durchs Land reisen, Ihre Orden herumzeigen und junge Männer für das Corps gewinnen. Aber diese Echsengeschichte schließt das irgendwie aus.«

»Sir! Das verstehe ich nicht, Sir!«

»Die Rekrutierungsstelle hat Ihre Akte überprüft. Die haben dort Reagans Bericht gesehen. Die befürchten, dass Sie irgendwo am Arsch der Welt in Ihrer schicken Ausgehuniform in der Heldengedenktags-Parade mitfahren und ganz plötzlich irgendwelchen Quatsch über Echsen verzapfen, allen einen Heidenschiss einjagen und damit die Kriegsleistungen beinträchtigen.«

»Sir! Mit allem Respekt —«

»Redeerlaubnis verweigert«, sagt der Major. »Auf Ihre Zwangsvorstellungen hinsichtlich General MacArthur möchte ich gar nicht näher eingehen.«

»Sir! Der General ist ein mörderischer —«

»Klappe halten!«

»Sir! Jawohl, Sir!«

»Wir haben einen anderen Job für Sie, Marine.«

»Sir! Jawohl, Sir!«

»Sie werden an etwas ganz Besonderem teilnehmen.«

»Sir! Die Marine Raiders sind bereits ein ganz besonderer Teil eines ganz besonderen Corps, Sir!«

»Das meine ich nicht. Ich meine, dass dieser Auftrag... ungewöhnlich ist.« Der Major blickt zum Colonel hinüber. Er weiß nicht recht, wie er fortfahren soll.

Der Colonel steckt die Hand in die Tasche, klimpert mit Münzen, langt dann nach oben und überprüft seine Rasur.

»Es ist nicht direkt ein Auftrag des Marine Corps«, sagt er schließlich. »Sie werden Teil eines internationalen Sonderkommandos. Ein Zug amerikanische Marine Raiders und ein Zug des British Special Air Service, die gemeinsam unter einem Befehl operieren. Ein Haufen harter Burschen, die gezeigt haben, dass Sie jeden Auftrag ausführen können, egal unter welchen Bedingungen. Trifft diese Beschreibung auf Sie zu, Marine?«

»Sir! Jawohl, Sir!«

»Das Ganze ist ein sehr ungewöhnliches Vorhaben«, sinniert der Colonel, »kein *Militär* würde sich je so etwas ausdenken. Verstehen Sie, was ich meine, Shaftoe?«

»Sir, nein, Sir! Allerdings nehme ich im Moment einen starken Geruch nach Politik im Zimmer wahr, Sir!«

Der Colonel wird von einem leichten Augenzwinkern befallen und wirft einen flüchtigen Blick zum Fenster hinaus auf die Kuppel des Kapitols. »Diese Politiker können ganz schön heikel sein, wenn es darum geht, wie etwas zu erledigen ist. Alles muss hundertprozentig klappen. Die mögen keine Ausreden. Können Sie mir folgen, Shaftoe?«

»Sir! Jawohl, Sir!«

»Das Corps hat sich ins Zeug legen müssen, um die Sache zu kriegen. Ursprünglich sollte das eine Army-Geschichte werden. Wir haben bei ein paar ehemaligen Navy-Angehörigen an hoher Stelle ein paar Strippen gezogen. Jetzt haben wir den Auftrag gekriegt. Manche würden sagen, wir haben ihn gekriegt, damit wir ihn vermasseln.«

»Sir! Der Auftrag wird nicht vermasselt werden, Sir!«

»Dass dieser Schweinehund MacArthur unten im Südpazifik Marines verheizt, liegt daran, dass wir uns im politischen Spiel manchmal nicht so geschickt anstellen. Wenn Sie und Ihre neue Einheit nicht hervorragend abschneiden, wird sich diese Situation noch verschlimmern.«

»Sir! Sie können sich auf mich verlassen, Sir!«

»Ihr befehlshabender Offizier wird Lieutenant Ethridge sein. Ein Annapolis-Mann. Nicht viel Kampferfahrung, aber er weiß, wie man sich in den richtigen Kreisen bewegt. Er kann Ihnen auf der politischen Ebene den Rücken freihalten. Die Verantwortung dafür, dass die Dinge am Boden erledigt werden, liegt ganz allein bei Ihnen, Sergeant Shaftoe.«

»Sir! Jawohl, Sir!«

»Sie werden eng mit dem British Special Air Service zusammenarbeiten. Sehr gute Leute. Aber ich will, dass Sie und Ihre Leute sie in den Schatten stellen.«

»Sir! Sie können sich darauf verlassen, Sir!«

»Schön, dann machen Sie sich marschfertig«, sagt der Major. »Sie sind auf dem Weg nach Nordafrika, Sergeant Shaftoe.«

Londinium

Die wuchtigen britischen Münzen klirren in seiner Hosentasche wie Zinnteller. Lawrence Pritchard Waterhouse geht in der Uniform eines Commanders der United States Navy eine Straße entlang. Daraus ist nicht unbedingt zu schließen, dass er tatsächlich Commander oder auch nur in der Navy ist, obwohl beides zutrifft. Der Amerikaner ist ihm allerdings sofort anzusehen, weil er jedes Mal, wenn er an einem Bordstein anlangt, entweder beinahe von einem Kombiwagen überfahren wird oder im Gehen innehält, seine Gedanken, zur großen Beunruhigung von Fahrgästen, Fahrer und Beifahrer, auf ein Nebengleis lenkt und einen Großteil seiner geistigen Schaltkreise dafür einsetzt, seine Umgebung durch einen großen Spiegel zu reflektieren. Hier fährt man auf der linken Straßenseite.

Das hat er schon vorher gewusst. Er hatte Bilder gesehen. Und Alan hatte sich in Princeton darüber beklagt, denn er war jedes Mal um ein Haar überfahren worden, wenn er, in Gedanken versunken, auf die Straße trat und dabei in die falsche Richtung blickte.

Die Bordsteine sind scharfkantig und rechtwinklig, anders als die amerikanischen, die einen halbmondförmigen Querschnitt aufweisen. Den Übergang zwischen Bürgersteig und Straße bildet eine klare Vertikale. Wenn man Waterhouse eine grüne Glühbirne auf den Kopf setzte und ihn während der Verdunkelung von der Seite beobachtete, so würde seine Kurve wie eine von einem Einstrahloszilloskop aufgezeichnete Rechteckwelle aussehen: rauf, runter, rauf, runter. Täte er dies zu Hause, so träten die Bordsteine in gleichen Abständen, ungefähr zwölf pro Meile, auf, weil seine Heimatstadt nach einem regelmäßigen Gittermuster angelegt ist.

Hier in London ist das Straßenmuster unregelmäßig und so treten die Übergänge in der Rechteckwelle in scheinbar willkürlichen Abständen auf, manchmal sehr dicht beieinander, manchmal sehr weit auseinander.

Ein Wissenschaftler, der die Welle beobachtete, würde wahrscheinlich alle Hoffnung aufgeben, irgendein Muster darin zu entdecken; für ihn würde es nach einer beliebigen Bewegung aussehen, erregt von bloßem Störgeräusch, ausgelöst womöglich durch das Auftreffen kosmischer Strahlung aus dem All oder den Zerfall radioaktiver Isotope.

Wenn er jedoch gründlich wäre und Genialität besäße, sähe die Sache anders aus.

Gründlichkeit hieße, sämtlichen Einwohnern Londons eine grüne Glühbirne auf den Kopf zu setzen und dann ein paar Nächte lang ihre jeweiligen Kurven aufzuzeichnen. Das Ergebnis wäre ein dicker Stapel Millimeterpapier mit Kurven, jede davon so scheinbar beliebig wie die andere. Je dicker der Stapel, desto größer die Gründlichkeit.

Genialität ist etwas ganz anderes. Es gibt keine systematische Methode, sie zu erreichen. Der eine könnte sich den Stapel aufgezeichneter Rechteckwellen anschauen und sähe darin nichts als Rauschen. Beim anderen löste sie vielleicht Faszination aus, ein irrationales Gefühl, das jemandem, der es nicht teilt, unmöglich zu erklären ist. Irgendein tief verborgener Teil des Verstandes, der Muster (oder die Existenz eines Musters) erkennen kann, würde sich rühren und den schwerfälligen, gewöhnlichen Teilen des Gehirns signalisieren, sie sollten sich den Stapel Millimeterpapier *genauer ansehen*. Das Signal ist schwach und wird nicht immer beachtet, aber es würde den Empfänger anweisen, sich, wenn nötig, tagelang dahinter zu klemmen, den Kurvenstapel wie ein Autist zu durchblättern, die Blätter auf einem großen Boden auszubreiten, sie nach einem undurchschaubaren Sys-

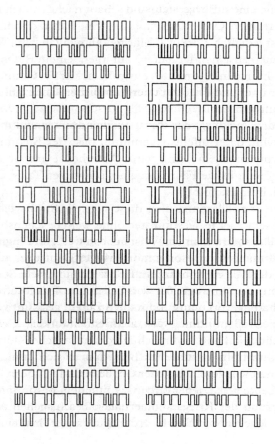

tem zu getrennten Stapeln zu ordnen, Zahlen und Buchstaben aus toten Alphabeten in die Ecken zu schreiben, Querverbindungen herzustellen, Muster zu finden, fortwährend die Gegenprobe zu machen.

Eines Tages würde ein solcher Mensch aus dem Zimmer herauskommen, in der Hand eine höchst genaue Straßenkarte von London, die er aus den in sämtlichen Rechteckwellen enthaltenen Informationen rekonstruiert hat.

Lawrence Pritchard Waterhouse ist ein solcher Mensch.

Demzufolge hat die Regierung seines Landes, der Vereinigten Staaten von Amerika, ihn einen ausführlichen Geheimhaltungseid schwören lassen, versorgt ihn ständig mit neuen Uniformen unterschiedlicher Waffengattungen und Ränge und hat ihn nun nach London geschickt.

Er tritt von einem Bürgersteig und schaut nachdenklich nach links. In seinem rechten Ohr ertönt ein Klingeln, Fahrradbremsen quietschen. Es ist lediglich ein Royal Marine (allmählich kann Waterhouse die Uniformen auseinander halten) auf irgendeinem Botengang, aber er hat Verstärkung in Form eines olivgrün lackierten Omnibusses hinter sich, der über und über mit unergründlichen Codezahlen in Schablonenschrift verziert ist.

»Verzeihung, Sir«, sagt der Royal Marine munter und macht einen Bogen um ihn, da er offenbar annimmt, dass der Bus mit etwaigen Aufwischarbeiten allein fertig wird. Waterhouse macht einen Satz nach vorn, direkt in die Fahrbahn eines schwarzen Taxis, das aus der anderen Richtung kommt.

Nachdem er es allerdings über diese spezielle Straße geschafft hat, erreicht er sein Ziel in Westminster ohne weitere lebensbedrohliche Zwischenfälle, sofern man eine Distanz von wenigen Flugminuten zu einer straff organisierten Horde mordlustiger Deutscher mit den besten Waffen der Welt nicht mitzählt. Er hat sich in einem Stadtteil wiedergefunden, der ihm beinahe wie bestimmte lichtlose, eingeengte Teile Manhattans vorkommt: schmale Straßen, gesäumt von Gebäuden in der Größenordnung von zehn Stockwerken. Gelegentliche flüchtige Blicke auf alte und mächtig vorsintflutliche Klötze an Straßenenden setzen ihn darüber ins Bild, dass er sich in unmittelbarer Nachbarschaft von geschichtlicher Größe befindet. Wie in Manhattan gehen die Leute rasch, jeder offenbar mit einem bestimmten Ziel.

Die aufgrund der Kriegsrationierungen beschlagenen Absätze der Fußgänger klacken metallisch. Jeder Fußgänger hat eine ziemlich gleichmäßige Schrittlänge und klickt mit nahezu metronomhafter Präzision. Ein Mikrophon im Bürgersteig würde einem Lauscher eine Kakophonie vermeintlich beliebiger Klicklaute wie das Geräusch eines Geigerzählers liefern. Aber ein entsprechend aufgeweckter Mensch könnte Signal von Geräusch abstrahieren und die Fußgänger zählen, eine Aufschlüsselung nach Männern und Frauen und ein Beinlängenhistogramm liefern...

Er muss damit aufhören. Er würde sich gern auf die bevorstehende Aufgabe konzentrieren, aber die ist nach wie vor ein Rätsel.

Über dem Eingang der U-Bahnstation St. James's Park hockt eine massive, wuchtige moderne Skulptur und überwacht rund um die Uhr die Broadway Buildings, die eigentlich nur ein einzelnes Gebäude sind. Wie jedes andere Hauptquartier eines Geheimdienstes, das Waterhouse gesehen hat, ist es eine große Enttäuschung.

Es ist letzten Endes bloß ein Gebäude – rötlicher Stein, ungefähr zehn Stockwerke, ein unsinnig hohes Mansardendach, in dem die obersten drei untergebracht sind, ein bisschen klassizistische Ornamentik über den Fenstern, die wie alle Fenster in London von Kreppbandstreifen in acht rechtwinklige Dreiecke unterteilt werden. Waterhouse findet, dass dies besser zum klassizistischen als etwa zum gotischen Stil passt.

Er besitzt gewisse Grundkenntnisse in Physik und es erscheint ihm unplausibel, dass die Leute hinter einer großen Glasscheibe, durch die sich die Schockwelle der Explosion von ein paar hundert Pfund Trinitrotoluol in unmittelbarer Nachbarschaft fortpflanzt, großen Nutzen aus einem Stern aus Papierband ziehen. Es ist eine abergläubische Geste, wie die runden Zauberzeichen an den Farmhäusern der Pennsylvania-Deutschen. Wahrscheinlich trägt der Anblick dazu bei, dass die Leute den Krieg nicht aus dem Auge verlieren.

Was bei Waterhouse jedoch nicht zu funktionieren scheint. Er überquert vorsichtig die Straße und denkt dabei sehr intensiv über die Richtung des Verkehrs nach, da er annimmt, dass irgendwer im Haus ihn beobachten wird. Beim Hineingehen hält er zwei Leuten die Tür auf: einer schrecklich energischen jungen Frau in quasimilitärischer Kluft – die deutlich macht, dass Waterhouse ja nicht damit rechnen soll, er könne bei ihr landen, bloß weil er ihr die Tür aufhält – und einem müde wirkenden Siebziger mit weißem Schnurrbart.

Die Eingangshalle ist gut bewacht und es gibt ein Gesums um Waterhouses Referenzen und seine Befehle. Dann macht er den obligatorischen Fehler, sich ins falsche Stockwerk zu begeben, weil sie hier anders nummeriert sind. Das wäre sehr viel komischer, wenn es sich nicht um das Hauptquartier eines militärischen Nachrichtendienstes inmitten des größten Krieges der Weltgeschichte handelte.

Als er dann allerdings das richtige Stockwerk findet, erweist es sich als etwas gediegener als das falsche. Natürlich ist in England letzten Endes alles gediegen. Diese Leute kennen kein Mittelding. Man muss anderthalb Kilometer gehen, um eine Telefonzelle zu finden, aber wenn man sie dann findet, ist sie gebaut, als wäre das sinnlose In-die-Luft-Sprengen öffentlicher Telefonzellen irgendwann einmal ein schwerwiegendes Problem gewesen. Und ein britischer Briefkasten kann vermutlich einen deutschen Panzer aufhalten. Kein Mensch hat hier ein Auto, aber wenn doch, dann handelt es sich um ein drei Tonnen schweres, handgefertigtes Monstrum. Die Vorstellung, größere Mengen von Autos am Fließband zu produzieren, ist undenkbar – es gibt gewisse Verfahrensweisen, die einzuhalten sind, Mr. Ford, wie zum Beispiel das manuelle Hartlöten von Kühlern und das Herausschnitzen der Reifen aus massiven Kautschukblocks.

Konferenzen verlaufen immer gleich. Waterhouse ist stets der Gast; er war tatsächlich noch nie Gastgeber einer Konferenz. Der Gast trifft in einem fremden Gebäude ein, sitzt in einem Wartebereich, lehnt die von einer sympathischen, aber züchtigen Person weiblichen Geschlechts angebotenen koffeinhaltigen Getränke ab und wird zu gegebener Zeit in Das Zimmer geführt, wo Der Obermotz und Die Anderen ihn erwarten. Sie werden nach einem bestimmten System vorgestellt, für das Der Gast sich nicht zu interessieren braucht, weil er im passiven Modus operiert und nur auf Außenreize reagieren, d.h. sämtliche ihm hingehaltenen Hände schütteln, sämtliche weiteren, ihm angebotenen koffeinhaltigen und (mittlerweile auch) alkoholischen Getränke ablehnen und sich, wenn und wo dazu aufgefordert, hinsetzen muss. In diesem Falle sind Der Obermotz und alle Anderen bis auf einen zufällig Briten, die Getränkeauswahl ist etwas anders, das Zimmer ist, weil britisch, aus Steinklötzen wie von der Grabkammer eines Pharaos zusammengefügt und die Fenster weisen die üblichen, wenig überzeugenden Klebebandstreifen auf. Die Phase der abgedroschenen Scherze ist viel kürzer als in Amerika, die Phase oberflächlichen Geplauders länger.

Waterhouse hat die Namen sämtlicher Anwesender vergessen. Die Namen vergisst er jedes Mal gleich wieder. Selbst wenn er sie sich merken könnte, würde er ihre Bedeutung nicht kennen, da er kein Organigramm des Außenministeriums (das für den Nachrichtendienst zuständig ist) und des Militärs vor sich liegen hat. Sie sagen in einem fort »Wou-ta-heiß«, doch als er sich gerade zu fragen beginnt, was das wohl bedeuten mag, kommt er dahinter, dass dies ihre Aussprache von »Waterhouse« ist. Abgesehen davon dringt ihm nur eine Bemerkung wirklich unter die Großhirnrinde, als nämlich einer der Anderen etwas über den Premierminister sagt, das auf eine erhebliche Vertrautheit schließen lässt. Dabei ist der Sprecher nicht einmal der Obermotz. Der Obermotz ist viel älter und distinguierter. So gewinnt Waterhouse den Eindruck (obwohl er längst aufgehört hat, allen diesen Leuten zuzuhören), dass gut die Hälfte der Anwesenden kürzlich eine Unterredung mit Winston Churchill hatte.

Dann plötzlich finden bestimmte Worte Eingang in das Gespräch. Waterhouse hat nicht aufgepasst, aber er ist sich ziemlich sicher, dass innerhalb der letzten zehn Sekunden das Wort Ultra gefallen ist. Er blinzelt und setzt sich aufrechter hin.

Der Obermotz wirkt verwirrt. Die Anderen wirken verblüfft.

»War vor ein paar Minuten nicht die Rede davon, dass es Kaffee gibt?«, fragt Waterhouse.

»Miss Stanhope, Kaffee für Captain Wou-ta-heiß«, sagt der Obermotz in eine elektrische Gegensprechanlage. Es ist eine von nur einem halben Dutzend Büro-Gegensprechanlagen im britischen Empire. Sie ist jedoch in einen soliden Block aus hundert Pfund Eisen eingegossen und wird von 420-Volt-Kabeln gespeist, die so dick sind wie Waterhouses Zeigefinger. »Und wenn Sie bitte so freundlich wären, Tee zu bringen.«

Damit weiß Waterhouse immerhin schon, wie die Sekretärin des Obermotz heißt. Das ist ein Anfang. Davon ausgehend müsste er mit ein bisschen Forschungsaufwand imstande sein, die Erinnerung an den Namen des Obermotz wiederzugewinnen.

Das Ganze scheint die Konferenz in die Phase oberflächlichen Geplauders zurückgeworfen zu haben, worüber amerikanische hohe Tiere erbost und frustriert wären, die Briten offenbar jedoch enorm erleichtert sind. Es werden sogar weitere Getränke bei Miss Stanhope bestellt.

»Haben Sie in letzter Zeit einmal Dr. Shehrrrn gesehen?«, will der Obermotz von Waterhouse wissen. In seiner Stimme liegt ein Anflug von Besorgnis.

»Wen?« Dann geht Waterhouse auf, dass die fragliche Person Commander Schoen ist und dass der Name hier in London wahrscheinlich korrekt, nämlich *Shehrrn* anstatt *Shane* ausgesprochen wird.

»Commander Waterhouse?«, sagt der Obermotz mehrere Minuten später. Waterhouse hat auf die Schnelle versucht, ein neues Kryptosystem zu erfinden, das auf alternativen Systemen der Aussprache von Wörtern basiert, und schon seit einer ganzen Weile nichts mehr gesagt.

»Ach so, ja! Also, ich habe vor meiner Einschiffung kurz bei Schoen vorbeigeschaut und ihm guten Tag gesagt. Wenn er, äh, nicht ganz auf der Höhe ist, hat natürlich jeder strengen Befehl, mit ihm nicht über Kryptologie zu reden.«

»Natürlich.«

»Das Problem ist, wenn sich die ganze Beziehung mit diesem Menschen um die Kryptologie herum aufbaut, kann man im Grunde nicht mal den Kopf zur Tür hereinstecken, ohne gegen diesen Befehl zu verstoßen.«

»Ja, das ist höchst unangenehm.«

»Ich denke, es geht ihm ganz gut.« Waterhouse sagt das nicht sehr überzeugend, und so tritt angemessenes Schweigen in der Runde ein.

»Als er besserer Stimmung war, hat er Ihre Arbeit am *Cryptonomicon* in den höchsten Tönen gelobt«, sagt einer von den Anderen, der bis jetzt noch nicht groß den Mund aufgemacht hat. Waterhouse klassifiziert ihn als eine Art nicht genau spezifizierten großen Zampano in der Welt der Maschinenkryptologie.

»Er ist ein Mordskerl«, sagt Waterhouse.

Der Obermotz benutzt dies als Anknüpfungspunkt. »Aufgrund Ihrer Arbeit mit Dr. Schoens Indigo-Maschine stehen Sie per definitionem auf der Magic-Liste. Und nun, da sich unser Land und Ihres – zumindest prinzipiell – darauf geeinigt haben, auf dem Gebiet der Kryptoanalyse zusammenzuarbeiten, werden Sie automatisch auf die Ultra-Liste gesetzt.«

»Ich verstehe, Sir«, sagt Waterhouse.

»Ultra und Magic sind weitgehend vergleichbar. In beiden Fällen hat eine Krieg führende Macht einen Maschinencode entwickelt, den sie für absolut sicher hält. In beiden Fällen allerdings hat eine alliierte Macht diesen Code geknackt. Dr. Schoen und seine Mannschaft haben Indigo geknackt und die Magic-Maschine konstruiert. Und hier war es Dr. Knox' Mannschaft, die Enigma geknackt und die so genannte Bombe konstruiert hat. Der maßgebende Mann hier scheint

Dr. Turing gewesen zu sein. Der maßgebende Mann bei Ihnen drüben war Dr. Schoen, der, wie Sie schon sagten, nicht ganz auf der Höhe ist. Aber seiner Einschätzung nach sind Sie durchaus mit Dr. Turing vergleichbar.«

»Das ist verdammt großzügig von ihm«, sagt Waterhouse.

»Sie haben doch mit Turing in Princeton studiert, nicht wahr?«

»Wir waren zur gleichen Zeit dort, wenn Sie das meinen. Wir sind zusammen Fahrrad gefahren. Seine Arbeit war sehr viel fortgeschrittener.«

»Aber Turing war doch schon im Hauptstudium. Und Sie waren bloß ein Erstsemester.«

»Richtig. Aber er ist trotzdem immer noch viel schlauer als ich.«

»Sie sind zu bescheiden, Captain Waterhouse. Wie viele Erstsemester haben denn schon Papiere in internationalen Zeitschriften veröffentlicht?«

»Wir sind bloß zusammen Fahrrad gefahren«, beharrt Waterhouse. »Einstein hat mir nicht mal guten Tag gesagt.«

»Dr. Turing hat sich mit der Informationstheorie als ziemlich nützlich erwiesen«, sagt ein vorzeitig abgezehrter Bursche mit langem, schlaffem grauem Haar, den Waterhouse als Oxbridge-Lehrer oder etwas in der Art klassifiziert. »Sie müssen mit ihm darüber gesprochen haben.«

Der Universitätslehrer wendet sich an die anderen und sagt universitätslehrerhaft: »Die Informationstheorie würde sich auf einen mechanischen Rechner ganz ähnlich auswirken wie, sagen wir, die Dynamik der flüssigen Körper auf einen Schiffsrumpf.« Dann wendet er sich wieder an Waterhouse und sagt etwas weniger förmlich: »Dr. Turing hat seine Arbeit zu dem Thema weiterentwickelt, seit er, aus Ihrer Sicht, ins Reich der Verschlusssachen entschwunden ist. Von besonderem Interesse war dabei das Thema, wie viele Informationen sich eigentlich aus vermeintlich beliebigen Daten gewinnen lassen.«

Plötzlich wechseln alle anderen Anwesenden wieder diese amüsierten Blicke. »Ihrer Reaktion entnehme ich«, sagt der Obermotz, »dass das auch für Sie weiterhin von Interesse gewesen ist.«

Waterhouse fragt sich, worin seine Reaktion bestanden hat. Sind ihm Fangzähne gewachsen? Hat er in seinen Kaffee gesabbert?

»Das ist gut«, sagt der Obermotz, ehe Waterhouse antworten kann, »für uns ist es nämlich auch von höchstem Interesse. Sehen Sie, nun, da wir Anstrengungen unternehmen – und ich muss den derzeit noch vorläufigen und unbefriedigenden Charakter dieser Anstrengungen betonen –, die Nachrichtenbeschaffung zwischen Amerika und Großbritannien zu koordinieren, befinden wir uns in der merkwürdigsten Situation, der sich jemals zwei Alliierte in einem Krieg gegenübersahen. Wir wissen alles, Commander Waterhouse. Wir empfangen Hitlers persönliche Mitteilungen an seine Oberbefehlshaber, und das häufig, ehe die Oberbefehlshaber sie bekommen! Es ist klar, dass dieses Wissen ein mächtiges Werkzeug ist. Aber es ist ebenso klar, dass es uns nicht helfen kann, den Krieg zu gewinnen, sofern wir nicht zulassen, dass es unsere Maßnahmen beeinflusst. Das heißt, wenn wir dank Ultra von einem Geleitzug Kenntnis erhalten, der von Tarent aus in See geht, um Rommel mit Nachschub zu versorgen, dann nützt uns dieses Wissen gar nichts, sofern wir nicht losziehen und diesen Geleitzug versenken.«

»Klar«, sagt Waterhouse.

»Wenn nun zehn Geleitzüge in Marsch gesetzt und alle zehn versenkt werden, auch diejenigen, die im Schutz von Wolken und Dunkelheit fahren, dann werden die Deutschen sich fragen, woher wir wissen, wo diese Geleitzüge zu finden sind. Sie werden erkennen, dass wir den Enigma-Code geknackt haben, und ihn ändern, und dann wird dieses Werkzeug für uns verloren sein. Man kann ruhig sagen, dass Mr. Churchill über ein solches Ergebnis ungehalten wäre.« Der Obermotz läßt einen Blick in die Runde gehen und die anderen nicken wissend. Waterhouse gewinnt den Eindruck, dass Mr. Churchill ziemlich ausgiebig auf diesem Punkt herumgeritten ist.

»Wir wollen das einmal in Begriffe der Informationstheorie übersetzen«, sagt der Universitätslehrer. »Über das Ultra-System in Bletchley Park fließen Informationen aus Deutschland zu uns. Diese Informationen erreichen uns als scheinbar beliebige Funkmeldungen in Morsecode. Aber weil wir sehr aufgeweckte Leute haben, die Ordnung im scheinbar Beliebigen entdecken können, gewinnen wir Informationen, die für unsere Bemühungen von entscheidender Bedeutung sind. Die Deutschen nun haben unsere wichtigen Codes nicht geknackt. Aber sie können unsere Maßnahmen beobachten – über welche Routen unsere Geleitzüge geführt und wie unsere Luftstreitkräfte eingesetzt werden. Wenn die Geleitzüge jedes Mal den Unterseebooten ausweichen, wenn die Luftstreitkräfte jedes Mal geradewegs zu den deutschen Geleitzügen fliegen, dann wird den Deutschen klar – und ich spreche hier von einem sehr aufgeweckten Deutschen, einem Deutschen vom Typ Professor –, dass hier keine Zufälligkeit vorliegt. Dieser Deutsche kann Zusammenhänge feststellen. Er kann erkennen, dass wir mehr wissen, als wir eigentlich wissen dürften. Mit anderen Worten, es gibt einen bestimmten Punkt, an dem Informationen von uns zu den Deutschen zurückfließen.«

»Wir müssen wissen, wo dieser Punkt liegt«, schaltet sich der Obermotz ein. »Und zwar genau. Und dann müssen wir zusehen, dass wir ihm nicht zu nahe kommen. Um den Anschein der Zufälligkeit zu erwecken.«

»Ja«, sagt Waterhouse, »und es muss eine Art von Zufälligkeit sein, die jemanden wie Rudolf von Hackheber überzeugen würde.«

»Genau der Bursche, an den wir gedacht haben«, sagt der Universitätslehrer. »Seit letztem Jahr übrigens Dr. von Hackheber.«

»Ach!«, sagt Waterhouse. »Rudi hat seinen Doktor gemacht?« Seit Rudi in die Arme des Tausendjährigen Reiches zurückgerufen worden ist, hat Waterhouse das Schlimmste vermutet: ihn sich in einem Mantel vorgestellt, wie er in Schneewächten schläft und Leningrad belagert oder etwas dergleichen. Aber die Nazis mit ihrem scharfen Blick für Begabungen (sofern es sich nicht um jüdische Begabungen handelt) haben ihm offenbar einen Schreibtischjob gegeben.

Trotzdem steht es eine Zeit lang auf der Kippe, nachdem Waterhouse Freude über Rudis Wohlergehen hat erkennen lassen. Einer der Anderen versucht die Spannung zu mildern, indem er scherzt, dass es keinen Bedarf für die neue Geheimhaltungskategorie mit Namen Ultra Mega gäbe, wenn irgendwer die Weitsicht besessen hätte, Rudi bis zum Ende des Krieges in New Jersey einzusperren. Niemand scheint das für komisch zu halten, weshalb Waterhouse vermutet, dass es stimmt.

Man zeigt ihm das Organigramm der RAF-Spezialabteilung Nr. 2701, das die Namen der weltweit vierundzwanzig Menschen enthält, die über Ultra Mega Bescheid wissen. An der Spitze stehen Namen wie Winston Churchill und Franklin Delano Roosevelt. Dann folgen einige Namen, die Waterhouse merkwürdig vertraut vorkommen – vielleicht die Namen der hier Anwesenden. Dahinter ein gewisser Chattan, ein ziemlich junger Colonel der Royal Air Force, der (wie man Waterhouse versichert) während der Luftschlacht um England höchst Bedeutendes geleistet hat.

Auf der nächsten Stufe des Organigramms findet sich der Name Lawrence Pritchard Waterhouse. Es folgen zwei weitere Namen: der eine ein Captain der RAF, der andere ein Captain des United States Marine Corps. Ferner eine gepunktete Linie, die nach einer Seite abschwenkt und zu dem Namen Dr. Alan Mathison Turing führt. Insgesamt dürfte es sich bei dieser Zusammenstellung um die irregulärste und bizarrste Ad-hoc-kratie handeln, die jemals einer militärischen Organisation aufgepfropft wurde.

In der untersten Reihe des Organigramms finden sich, unter die Namen des RAF- bzw. des Marine-Captains gequetscht, zwei Gruppen von jeweils einem halben Dutzend Namen. Das sind die Trupps, die die Exekutive der Organisation darstellen: »die Männer im Streb«, wie es einer der Burschen im Broadway Building formuliert, oder, so die Übersetzung des Amerikaners für Waterhouse, »die Jungs, die die Knochen hinhalten«.

»Haben Sie irgendwelche Fragen?« will der Obermotz wissen.

»Hat Alan diese Zahl ausgesucht?«

»Meinen Sie Dr. Turing?«

»Ja. Hat er die Zahl 2701 ausgesucht?«

Derlei mindere Details sind offenbar mehrere Rangstufen unter der Würde der Leute in den Broadway Buildings. Sie machen verblüffte, ja beinahe beleidigte Gesichter, als hätte Waterhouse Sie plötzlich zum Diktat gebeten.

»Möglicherweise«, sagt der Obermotz. »Warum fragen Sie?«

»Weil«, sagt Waterhouse, »die Zahl 2701 das Produkt zweier Primzahlen ist, und wenn man diese beiden Zahlen, nämlich 37 und 73, in dezimaler Notierung ausdrückt, dann ist die eine, wie Sie deutlich sehen können, die Umkehrung der anderen.«

Sämtliche Köpfe drehen sich zu dem Universitätslehrer hin, der verärgert aussieht. »Das ändern wir besser«, sagt er, »das sind genau die Sachen, die Dr. von Hackleber auffallen würden.« Er steht auf, zieht einen Mont-Blanc-Füller aus der Tasche und ändert das Organigramm dahingehend, dass nun 2702 anstatt 2701 dasteht. Während er das tut, wirft Lawrence einen Blick in die Runde der anderen Anwesenden und findet, dass sie zufrieden aussehen. Offenbar ist das genau die Sorte von Zauberkunststückchen, für die sie Waterhouse angeheuert haben.

CORREGIDOR

Es gibt keine klare Grenze zwischen dem Wasser der Manila Bay und dem feuchten Himmel darüber, nur einen nichts sagenden blaugrauen Schleier, der in einigen Kilometern Entfernung herabhängt.

Die *Glory IV* laviert ungefähr eine halbe Stunde lang vorsichtig durch eine riesige Ansammlung von vor Anker liegenden Frachtern hindurch, nimmt dann Geschwindigkeit auf und hält Kurs auf die Mitte der Bucht. Der Nebel lichtet sich ein bisschen und erlaubt Randy steuerbords einen guten Blick auf Bataan: schwarze, großenteils nebelverhangene und von den pilzhutförmigen Wolken der aufsteigenden Thermik übersäte Berge. Es gibt kaum Strände, nur rote Kliffs, die auf den letzten paar Metern steil ins Meer abfallen. Zum Ende der Halbinsel hin wird die Landschaft lieblicher und es gibt sogar einige blassgrüne Felder. An der äußersten Spitze von Bataan ragen ein paar scharfkantige Kalksteinfelsen auf, die Randy von Avis Video wiedererkennt. Doch an diesem Punkt hat er eigentlich nur noch Augen für Corregidor selbst, das ein paar Kilometer vom Ende der Halbinsel entfernt liegt.

America Shaftoe oder Amy, wie sie lieber genannt werden möchte, verbringt einen Großteil der Fahrt damit, auf Deck herumzumachen, die philippinischen und amerikanischen Taucher urplötzlich in ernste Gespräche zu verwickeln oder im Schneidersitz auf den Planken zu sitzen und Papiere oder Seekarten durchzusehen. Um ihren Kopf vor der Sonne zu schützen, hat sie sich einen ausgefransten Cowboystrohhut aufgesetzt. Randy drängt es nicht danach, sich den UV-Strahlen auszusetzen. Er schlendert in der klimatisierten Kabine umher, schlürft seinen Kaffee und schaut sich die Fotos an der Wand an.

Er hat die naive Erwartung, Bilder von Tauchern zu sehen, die mit Tiefseekabeln an Stränden anlanden. Semper Marine Services macht ziemlich häufig Kabelverlegungsarbeiten – und zwar gut; bevor er sie anheuerte, hat er nämlich ihre Referenzen geprüft –, aber diese Art von Arbeit finden sie offensichtlich nicht interessant genug für ein Foto. Auf den meisten Bildern sind Bergungsarbeiten zu sehen: Taucher, die, ein breites Grinsen in ihrem lederartigen Gesicht, triumphierend mit Rankenfußkrebsen überkrustete Vasen hochhalten, so wie Eishockeyspieler den Stanley Cup.

Aus der Entfernung ist Corregidor eine dschungelbewachsene Linse, die sich aus dem Wasser herauswölbt und auf einer Seite in einem flachen Riff ausläuft. Aufgrund der Karten weiß er, dass sie die Form eines Spermiums hat. Was aus diesem Blickwinkel wie ein Riff aussieht, ist sein Schwanz, der sich nach Osten hin schlängelt, als versuchte das Spermium, aus der Manila Bay hinauszuschwimmen, um Asien zu schwängern.

Amy stürmt vorbei und reißt die Kabinentür auf. »Kommen Sie auf die Brücke«, sagt sie, »das sollten Sie sehen.«

Randy folgt ihr. »Wer ist der Typ auf den meisten dieser Bilder?«, fragt er.

»Beängstigend, Bürstenschnitt?«

»Genau.«

»Das ist mein Vater«, antwortet sie. »Doug.«

»Etwa Douglas MacArthur Shaftoe?«, fragt Randy. Er hat den Namen auf einigen der Papiere gesehen, die er mit Semper Marine ausgetauscht hat.

»Eben der.«

»Der bei SEAL war?«

»Ja. Aber das hört er nicht so gern. Es ist ein solches Klischee!«

»Warum kommt er mir so bekannt vor?«

Amy seufzt. »Weil er 1975 mal fünfzehn Minuten lang berühmt war.«

»Ich kann mich nicht so recht erinnern.«

»Kennen Sie Comstock?«

»Attorney General Paul Comstock? Hasst Kryptographie?«

»Ich meine seinen Vater. Earl Comstock.«

»Ein Kalter Krieger – der Kopf hinter dem Vietnamkrieg – stimmt's?«

»So habe ich ihn noch nie beschrieben gehört, aber es stimmt, wir sprechen vom selben Typ. Sie erinnern sich vielleicht, dass Earl Comstock damals 1975 in Colorado aus einem Skilift fiel, oder gestoßen wurde, und sich den Arm brach.«

»Richtig. So langsam kommt's mir wieder.«

»Mein Pop –«, Amy deutet mit dem Kopf auf eins der Fotos, »saß damals zufällig direkt neben ihm.«

»Durch Zufall oder –«

»Reiner Zufall. Nicht geplant.«

»So kann man das auch sehen«, sagt Randy. »Wenn Earl Comstock aber häufig Ski fahren ging, war die Wahrscheinlichkeit, dass er sich *früher oder später* in fünfzehn Meter Höhe neben einem Vietnamkriegsveteranen wiederfinden würde, doch recht hoch.«

»Wie auch immer. Ich sage nur – aber eigentlich möchte ich gar nicht darüber reden.«

»Werde ich diesen Herrn denn zu sehen bekommen?«, fragt Randy, den Blick auf das Foto gerichtet.

Amy beißt sich auf die Lippe und blinzelt zum Horizont hin. »In neunzig Prozent der Fälle ist seine Anwesenheit ein Zeichen dafür, dass etwas wirklich Unheimliches im Gange ist.« Sie öffnet die Luke zur Brücke und hält sie ihm auf, während sie auf die hohe Stufe zeigt.

»Und die anderen zehn Prozent?«

»Ist er gelangweilt oder hat Streit mit seiner Freundin.«

Der Steuermann der *Glory* ist so konzentriert, dass er sie gar nicht beachtet, was Randy als Zeichen von Professionalität wertet. Die Brücke verfügt über viele Schaltpulte, die aus Türen oder dickem Sperrholz gemacht sind und der ganze zur Verfügung stehende Platz wird von elektronischen Geräten eingenommen: einem Fax, einem kleineren Apparat, der Wetterberichte ausspuckt, drei Computern, einem Satellitenfunktelefon, ein paar GSM-Handys in ihren Ladestationen, Echoloten. Amy führt ihn hinüber an ein Gerät mit einem großen Bildschirm, auf dem etwas zu sehen ist, was wie ein Schwarzweißfoto von einem felsigen Gelände aussieht. »Flächenecholot«, erklärt sie, »eins unserer besten Instrumente für diese Art von Arbeit. Zeigt uns, wie der Boden aussieht.« Von einem der Computermonitore liest sie ihre augenblicklichen Koordinaten ab und führt im Kopf eine schnelle Rechnung durch. »Ernesto, bitte ändern Sie den Kurs um fünf Grad Steuerbord.«

»Ja, Ma'am«, entgegnet Ernesto und macht sich ans Werk.

»Wonach suchen Sie?«

»Das hier ist gratis – wie die Zigaretten am Hotel«, erklärt Amy. »Einfach ein Extra-Bonus dafür, dass Sie mit uns arbeiten. Manchmal spielen wir gern Fremdenführer. Sie verstehen? Schauen Sie sich das mal an.« Mit ihrem kleinen Finger zeigt sie auf etwas, was gerade auf dem Bildschirm sichtbar wird. Randy beugt sich darüber und starrt es an. Es ist eindeutig eine von Menschenhand geschaffene Form: ein Durcheinander gerader Linien und rechter Winkel.

»Sieht aus wie ein Trümmerhaufen«, sagt er.

»Ist es jetzt auch«, erwidert Amy, »aber früher war es ein großer Teil der philippinischen Staatskasse.«

»Was?«

»Während des Krieges«, sagt Amy, »nach Pearl Harbor, aber bevor die Japaner Manila einnahmen, leerte die Regierung die Staatskasse. Sie verstauten das ganze Gold und Silber in Kisten und brachten es zur sicheren Verwahrung nach Corregidor – angeblich.«

»Was meinen Sie mit angeblich?«

Sie zuckt die Achseln. »Wir sind hier auf den Philippinen«, antwortet sie. »Ich habe das Gefühl, dass eine Menge davon woanders hingekommen ist. Aber von dem Silber ist viel dort gelandet.« Sie richtet sich auf und weist mit dem Kopf auf Corregidor. »Damals, als sie noch dachten, Corregidor wäre uneinnehmbar.«

»Wann war das ungefähr?«

»Dezember 41 oder Januar 42. Es wurde jedenfalls klar, dass Corregidor fallen würde. Anfang Februar kam ein Unterseeboot und brachte das Gold fort. Dann kam noch ein Unterseeboot und brachte Männer wie zum Beispiel Codeknacker fort, die unter keinen Umständen in Gefangenschaft geraten durften. Sie hatten aber nicht genug Unterseeboote, um das ganze Silber fortzuschaffen. MacArthur ging im März. Sie fingen an, mitten in der Nacht das in Kisten gepackte Silber abzuholen und ins Wasser zu werfen.«

»Sie wollen mich wohl verarschen?«

»Sie konnten ja später jederzeit zurückkommen und versuchen, es wieder raufzuholen«, entgegnet Amy. »Lieber alles verlieren als es den Japanern zu überlassen, oder?«

»Vermutlich schon.«

»Die Japaner holten eine Menge von diesem Silber wieder rauf – auf Bataan und Corregidor nahmen sie etliche amerikanische Taucher gefangen und ließen sie genau hier, wo wir gerade sind, runtergehen und es raufholen. Diesen Tauchern gelang es jedoch, viel von dem Silber vor ihren Bewachern zu verstecken und es Filipinos zukommen zu lassen, die es nach Manila hineinschmuggelten, wo es so in Umlauf kam, dass es die japanische Besatzungswährung völlig entwertete.«

»Und was sehen wir jetzt hier?«

»Die Überreste alter Kisten, die beim Aufprall auf dem Meeresboden auseinander gebrochen sind«, antwortet Amy.

»War bei Kriegsende von diesem Silber noch irgendetwas übrig?«

»Ja sicher«, sagt Amy forsch. »Das meiste wurde hier versenkt und diese Taucher haben es raufgeholt, aber manches wurde auch an anderen Stellen versenkt. Mein Vater hat noch in den Siebzigern einen Teil davon geborgen.«

»Wow! Aber das ergibt doch keinen Sinn!«

»Warum nicht?«

»Ich kann einfach nicht glauben, dass dreißig Jahre lang haufenweise Silber zur freien Verfügung auf dem Grund des Ozeans lag.«

»Sie kennen die Philippinen nicht«, sagt Amy.

»Ich weiß, dass sie ein armes Land sind. Warum kommt nicht jemand her und holt das Silber rauf?«

»Die meisten Schatzsucher in diesem Teil der Welt halten nach viel größerer Beute Ausschau«, erklärt Amy, »oder nach leichterer.«

Randy ist baff. »Ein Haufen Silber auf dem Grund der Bucht erscheint mir groß und leicht.«

»Ist er aber nicht. Silber ist nicht so viel wert. Eine gründlich gesäuberte Vase aus der Sung-Dynastie kann mehr einbringen als ihr Gewicht in Gold. Gold. Und es ist einfacher, die Vase zu finden – man braucht nur den Meeresboden nach etwas Dschunkenförmigem abzusuchen. Eine gesunkene Dschunke erzeugt auf dem Echolot ein deutliches Bild. Dagegen sieht eine alte zerbrochene Kiste, die mit Korallen und Krebsen überzogen ist, eher wie ein Felsen aus.«

Als sie sich Corregidor nähern, erkennt Randy, dass der Schwanz der Insel höckrig ist und hier und da große Steinhaufen aus ihm hervortreten. Vom fruchtbaren Zentrum der Insel bis zur Schwanzspitze, wo der Boden trockener wird, geht die Farbe der Landschaft allmählich von dunklem Dschungelgrün über Hellgrün zu einem verdorrten Rotbraun über. Randy starrt gebannt auf eine dieser Felsspitzen, die von einem neuen Stahlturm gekrönt ist. Ganz oben auf dem Turm erkennt er eine Mikrowellentrichterantenne, die nach Osten ausgerichtet ist, zum Epiphytegebäude in Intramuros.

»Sehen Sie diese Höhlen entlang der Wasserlinie?«, fragt Amy. Anscheinend bedauert sie, den versunkenen Schatz überhaupt erwähnt zu haben, und möchte jetzt das Thema wechseln.

Randy reißt sich vom Anblick der Mikrowellenantenne, deren Mitbesitzer er ist, los und schaut in die Richtung, in die Amy zeigt. Die Kalksteinflanke der Insel, die auf den letzten Metern senkrecht ins Wasser abfällt, ist völlig durchlöchert.

»Ja.«

»Von den Amerikanern gebohrt, um Geschütze zur Küstenverteidigung aufzunehmen. Von den Japanern erweitert, um als Liegeplätze für deren Selbstmordboote zu dienen.«

»Wow.«

Randy bemerkt ein tiefes gurgelndes Geräusch, und als er den Blick zu ihm hinwendet, sieht er, dass ein Boot sich ihnen angeschlossen hat. Es ist ein kanuförmiges, vielleicht zwölf Meter langes Ding mit langen Auslegern auf beiden Seiten. Von einem kurzen Mast wehen ein paar zerlumpte Flaggen, und an verschiedenen, hier und da gespannten Leinen flattert fröhlich helle Wäsche. Ein großer Dieselmotor steht ohne Abdeckung in der Mitte des Bootsrumpfes und stößt schwarzen Rauch in die Atmosphäre. Vorne sitzen einige Filipinos, darunter auch Frauen und Kinder, im Schatten einer hellblauen Plane beim Essen zusammen. Achtern fummeln ein paar Männer an Taucherausrüstungen herum. Einer von ihnen hält sich etwas an den Mund: ein Mikrophon. Aus dem Funkempfänger der *Glory* schallt eine Stimme in Tagalog. Ernesto unterdrückt ein Lachen, nimmt das Mikro und antwortet knapp. Randy weiß nicht, was sie sagen, hat aber den Verdacht, dass es so etwas ist wie: »Lass uns später rumalbern, unser Kunde steht gerade auf der Brücke.«

»Geschäftspartner«, erklärt Amy trocken. Ihre Körpersprache sagt, dass sie sich von Randy zurückziehen und wieder an die Arbeit gehen möchte.

»Danke für die Tour«, sagt Randy. »Eine Frage noch.«

Amy zieht die Augenbrauen hoch, versucht geduldig auszusehen.

»Wie viel von Semper Marines Einkünften stammen aus der Schatzsuche?«

»Diesen Monat? Dieses Jahr? Die letzten zehn Jahre? Seit Bestehen der Firma?«, fragt Amy zurück.

»Wie auch immer.«

»Diese Art von Einkünften tritt sporadisch auf«, sagt Amy. »Die *Glory* und noch vieles mehr wurde finanziert durch Keramik, die wir aus einer Dschunke geborgen haben. In anderen Jahren dagegen stammen unsere gesamten Einkünfte aus Aufträgen wie diesem.«

»Das heißt, langweiligen ätzenden Jobs?«, sagt Randy. Er platzt einfach damit heraus. Normalerweise hält er seine Zunge besser im Zaum. Aber mit dem Abrasieren seines Bartes haben sich anscheinend die Grenzen seines Ichs verwischt.

Er erwartet, dass sie lacht oder ihm zumindest zublinzelt, aber sie nimmt das sehr ernst. Sie hat ein ziemlich ausgeprägtes Pokerface. »Betrachten Sie es einfach als Nummernschilder machen«, entgegnet sie.

»Im Grunde seid ihr also ein Haufen Schatzsucher«, sagt Randy. »Und Nummernschilder macht ihr, um euren Kapitalfluss zu stabilisieren.«

»Nennen Sie uns Schatzsucher, wenn Sie wollen«, sagt Amy. »Warum sind Sie Geschäftsmann, Randy?« Sie dreht sich um und stolziert davon.

Randy schaut ihr immer noch nach, als er Ernesto leise fluchen hört, weniger verärgert als erstaunt. Die *Glory* fährt jetzt in weitem Bogen um die Spitze von Corregidors Schwanz und zum ersten Mal wird die ganze südliche Seite der Insel sichtbar. Ungefähr auf den letzten anderthalb Kilometern biegt sich der Schwanz und bildet eine halbkreisförmige Bucht. In der Mitte dieser Bucht liegt ein weißes Schiff vor Anker, das Randy zuerst für einen kleinen Ozeandampfer mit flotten, schnittigen Konturen hält. Dann sieht er den Namen, der auf seinen Bug gemalt ist: RUI FALEIRO – SANTA MONICA, CALIFORNIA.

Randy stellt sich neben Ernesto, und eine Zeit lang starren sie das weiße Schiff an. Randy hat von ihm gehört und Ernesto weiß, wie jedermann auf den Philippinen, darüber Bescheid. Es zu sehen, ist aber etwas völlig anderes. Auf dem Achterdeck steht wie ein Spielzeug ein Helikopter. Ein dolchförmiges Sportboot hängt, zur Verwendung als Beiboot, von einem Davit herab. Ein dunkelhäutiger Mann in leuchtend weißer Uniform ist dabei, eine Messingreling zu wienern.

»Rui Faleiro war Magellans Kosmograph«, sagt Randy.

»Kosmograph?«

»Das Gehirn des Unternehmens«, erklärt Randy und tippt sich an den Kopf.

»Ist er mit Magellan hierher gekommen?«, will Ernesto wissen.

Fast überall auf der Welt hält man Magellan für den ersten Weltumsegler. Hier weiß jeder, dass er es nur bis zur Insel Mactan schaffte, wo er von Filipinos ermordet wurde.

»Als Magellan an Bord seines Schiffes ging, blieb Faleiro in Sevilla«, sagt Randy. »Er wurde verrückt.«

»Sie wissen eine Menge über Magellan, wie?«, fragt Ernesto.

»Nein«, antwortet Randy, »ich weiß eine Menge über den Dentisten.«

»Sprich nie mit dem Dentisten. Nie. Über nichts. Nicht mal über technische Sachen. Jede technische Frage, die er dir stellt, ist ein trojanisches Pferd für irgendeinen geschäftstaktischen Zug, der so weit über dein Begriffsvermögen geht wie der gödelsche Satz über das von Daffy Duck.«

Das erzählte Avi Randy ganz spontan eines Abends, als sie sich in einem Restaurant in der Innenstadt von Makati das Essen schmecken ließen. Avi weigert sich, im Umkreis von anderthalb Kilometern um das Manila Hotel irgendetwas Wichtiges zu besprechen, denn er meint, jedes Zimmer und jeder Tisch würden beobachtet.

»Danke für das Vertrauensvotum«, sagte Randy.

»He«, sagte Avi, »ich versuche hier gerade, meinen Bereich abzustecken – meine Existenz in diesem Projekt zu rechtfertigen. Ich werde mich um das Geschäftliche kümmern.«

»Bist du jetzt nicht ein bisschen paranoid?«

»Pass auf. Der Dentist besitzt selbst mindestens eine Milliarde Dollar und verwaltet noch mal zehn Milliarden – die Hälfte aller Kieferorthopäden in Südkalifornien haben sich mit vierzig zur Ruhe gesetzt, weil er die Summe auf ihren Privatrentenkonten innerhalb von zwei oder drei Jahren verzehnfacht hat. Solche Erfolge erzielst du nicht, indem du ein netter Kerl bist.«

»Vielleicht hat er einfach eine Glückssträhne gehabt.«

»Die hat er tatsächlich gehabt. Das bedeutet aber nicht, dass er ein netter Kerl ist. Ich will damit sagen, dass er dieses Geld in äußerst riskante Geschäfte gesteckt hat. Er hat mit den gesamten Ersparnissen seiner Investoren russisches Roulette gespielt, ohne sie darüber aufzuklären. Wenn es ihm eine gute Rendite einbrächte, würde dieser Typ sogar in eine Kidnapperbande in Mindanao investieren.«

»Ob ihm wohl klar ist, dass er eine Glückssträhne hatte?«

»Das frage ich mich auch. Vermutlich nicht. Ich glaube, er hält sich für ein Werkzeug der göttlichen Vorsehung, wie Douglas MacArthur.«

Die *Rui Faleiro* ist der ganze Stolz der Hochseeyacht-Industrie von Seattle, die in letzter Zeit ganz im Verborgenen aufgeblüht ist. Einer Marketingbroschüre, die herauskam, bevor der Dentist das Schiff tatsächlich kaufte, entnahm Randy ein paar Fakten darüber. Deshalb weiß er, dass der Helikopter und das Schnellboot im Kaufpreis, der nie geheim gehalten wurde, eingeschlossen waren. Das Schiff enthält unter anderem zehn Tonnen Marmor. Die Kapitänskajüte verfügt über zwei komplett eingerichtete, mit schwarzem respektive pinkfarbenem Marmor ausgekleidete Badezimmer für sie und ihn, so dass der Dentist und die Diva sich nie um den Platz am Waschbecken streiten müssen, wenn sie sich für einen Galaabend im großen Ballsaal der Yacht zurechtmachen.

»Der Dentist?«, sagt Ernesto.

»Kepler. Doktor Kepler«, erklärt Randy. »In den Staaten nennen ihn manche Leute den Dentisten.« Leute in der Hightech-Industrie.

Ernesto nickt vielsagend. »Ein solcher Mann hätte jede Frau der

Welt haben können«, sagt er. »Aber er hat sich eine Filipina ausgesucht.«
»Ja«, erwidert Randy vorsichtig.
»Kennen die Leute in den Staaten die Geschichte von Victoria Vigo?«
»Ich muss Ihnen sagen, dass sie in den Staaten nicht so berühmt ist wie hier.«
»Natürlich.«
»Einige ihrer Songs waren aber sehr populär. Viele Leute wissen, dass sie aus ärmsten Verhältnissen kommt.«
»Kennen die Leute in den Staaten Smoky Mountain? Die Müllhalde in Tondo, wo die Kinder nach Essen suchen?«
»Manche ja. Sie wird sehr berühmt werden, wenn der Film über Victoria Vigos Leben im Fernsehen läuft.«

Ernesto nickt, sichtlich befriedigt. Hier weiß jeder, dass ein Film über das Leben der Diva mit ihr selbst in der Hauptrolle gedreht wird. Die wenigsten wissen allerdings, dass es ein vom Dentisten finanziertes reines Prestigeobjekt ist und nur mitten in der Nacht im Kabelfernsehen zu sehen sein wird.

Vermutlich ist aber allen klar, dass die wirklich interessanten Sachen darin nicht vorkommen werden.

»Was den Dentisten betrifft«, sagt Avi, »besteht unser Vorteil darin, dass er, wenn es um die Philippinen geht, kalkulierbar sein wird. Zahm. Sogar fügsam.« Er lächelt hintergründig.
»Wie das?«
»Victoria Vigo hat sich vom Smoky Mountain aus nach oben gehurt, stimmt's?«
»Na ja, anscheinend wird viel in dieser Richtung angedeutet, aber ich habe noch nie erlebt, dass jemand sich hinstellt und es offen ausspricht«, sagt Randy, während er sich nervös umschaut.
»Glaub mir, nur so hat sie dort rauskommen können. Und ihre Freier wurden ihr von den Bolobolos zugeführt. Das ist eine Gruppe aus Nordluzon, die unter Marcos zu Einfluss gelangte. Sie kontrolliert diesen Teil der Stadt – Polizei, organisiertes Verbrechen, die Lokalpolitik, einfach alles. Folglich haben die Bolobolos sie in der Hand – sie haben Fotos, Videos aus der Zeit, als sie noch eine minderjährige Prostituierte und ein Pornofilmsternchen war.«

Randy schüttelt angewidert und erstaunt den Kopf. »Woher kriegst du nur solche Informationen?«

»Das lass meine Sorge sein. Glaub mir, in manchen Kreisen ist das genauso bekannt wie die Zahl Pi.«

»Nicht in meinen.«

»Egal, jedenfalls sind ihre Interessen dieselben wie die der Bolobolos und das wird sich auch nicht ändern. Und der Dentist wird immer folgsam alles tun, was seine Frau ihm sagt.«

»Kannst du davon wirklich ausgehen?«, fragt Randy. »Er ist ein knallharter Bursche. Vermutlich hat er viel mehr Geld und Macht als die Bolobolos. Er kann tun und lassen, was er will.«

»Tut er aber nicht«, entgegnet Avi, wieder dieses Lächeln auf den Lippen. »Er wird tun, was seine Frau ihm sagt.«

»Woher weißt du das?«

»Schau mal«, beginnt Avi, »Kepler ist ein totaler Kontrollfreak – wie die meisten mächtigen, reichen Männer. Stimmt's?«

»Stimmt.«

»Wenn du nun ein solcher Kontrollfreak bist, wie drückt sich das in deinen sexuellen Präferenzen aus?«

»Das erfahre ich hoffentlich nie. Ich nehme an, ich würde eine Frau beherrschen wollen.«

»Falsch!«, gibt Avi zurück. »Sex ist viel komplizierter, Randy. Beim Sex kommen die unterdrückten Wünsche der Menschen zum Vorschein. Am meisten turnt es sie an, wenn ihre innersten Geheimnisse enthüllt werden...«

»Ach du Scheiße! Kepler ist Masochist?«

»Er ist ein so ausgeprägter Masochist, dass er schon dafür berühmt war. Zumindest in der südostasiatischen Sexindustrie. Zuhälter und Puffmütter in Hongkong, Bangkok, Shenzhen, Manila, sie alle haben eine Akte über ihn geführt – sie wussten genau, was er wollte. Und so hat er Victoria Vigo kennen gelernt. Er war nämlich in Manila und arbeitete an dem FiliTel-Geschäft. Hielt sich lange hier auf, wohnte in einem Hotel, das den Bolobolos gehörte und von ihnen mit Wanzen gespickt worden war. Sie studierten seine Paarungsgewohnheiten wie Entomologen das Fortpflanzungsverhalten von Ameisen. Sie bauten Victoria Vigo – ihr Ass, ihre Bombe, ihren sexuellen Terminator – auf, um Kepler haargenau das zu geben, was er haben wollte. Dann haben sie sie wie eine Lenkrakete in sein Leben geschossen und wumm! Wahre Liebe!«

»Eigentlich hätte er doch misstrauisch sein müssen. Es wundert mich, dass er sich dermaßen mit einer Hure eingelassen hat.«

»Er wusste doch nicht, dass sie eine Hure ist! Das ist ja gerade das Schöne an dem Plan! Die Bolobolos hatten ihr eine falsche Identität als Concierge von Keplers Hotel verschafft! Als sittsames katholisches Schulmädchen! Zuerst besorgt sie ihm Karten für ein Theaterstück, und nach nicht einmal einem Jahr ist er auf seiner eigenen Supermegayacht mit Peitschenstriemen am Hintern an sein Bett gekettet und sie steht als hundertachtunddreißigstreichste Frau der Welt mit einem scheinwerfergroßen Ehering über ihm.«

»Hundertfünfundzwanzigstreichste«, korrigiert ihn Randy, »die FiliTel-Aktie ist nämlich kürzlich hochgegangen.«

An den darauf folgenden Tagen versucht Randy, nicht zufällig dem Dentisten über den Weg zu laufen. Er wohnt in einer kleinen Privatpension am höchsten Punkt der Insel, wo er jeden Morgen bei einem kontinentalen Frühstück auf eine Gruppe von amerikanischen und japanischen Kriegsveteranen trifft, die mit ihren Frauen hierher gekommen sind, um sich (so nimmt Randy an) mit millionenfach schwerer wiegenden seelischen Problemen auseinander zu setzen, als er selbst sie je zu verarbeiten hatte. Die *Rui Faleiro* ist ausgesprochen auffällig und Randy kann sich, indem er jede Bewegung des Helikopters und des Schnellboots beobachtet, ziemlich genau vorstellen, ob der Dentist an Bord ist oder nicht.

Wenn die Luft rein zu sein scheint, geht er hinunter an den Strand unterhalb der Mikrowellenantenne und schaut Amys Tauchern beim Kabelverlegen zu. Manche von ihnen arbeiten draußen in der Brandungszone, wo sie gusseiserne Rohrstücke um das Kabel herum verschrauben. Manche arbeiten einige Kilometer vom Strand entfernt in Abstimmung mit einem Lastkahn, der das Kabel mithilfe eines riesigen hackbeilähnlichen Anhängsels direkt in den schlammigen Meeresboden einschießt.

Das strandseitige Kabelende führt in ein neues Stahlbetongebäude, das ungefähr hundert Meter hinter der Flutmarke errichtet wurde. Es besteht hauptsächlich aus einem großen Raum, der mit Batterien, Generatoren, Klimaschränken und Regalen voller elektronischer Geräte gefüllt ist. Für die Software, die auf diesen Geräten läuft, ist Randy zuständig, und deshalb verbringt er die meiste Zeit in diesem

Gebäude, starrt auf einen Monitor und tippt. Von dort führen Fernmeldeleitungen den Berg hinauf zu dem Mikrowellenturm.

Das andere Ende wird in Richtung einer Boje verlängert, die ein paar Kilometer entfernt im südchinesischen Meer tanzt. An dieser Boje ist das Ende des Küstenteilabschnitts Nordluzon befestigt, eines Kabels im Besitz von FiliTel, das an der Inselküste entlang hoch führt. Folgt man ihm weit genug, gelangt man an ein Gebäude an der Nordspitze der Insel, in das ein dickes, von Taiwan kommendes Kabel hineinführt. Taiwan wiederum ist eng in das weltweite Tiefseekabelnetz eingebunden; es ist leicht und billig, Daten nach Taiwan hinein- oder von dort herauszubekommen.

In der privaten Übertragungskette, die Epiphyte und FiliTel gerade von Taiwan bis in die Innenstadt von Manila zu installieren versuchen, klafft nur noch eine Lücke und sie wird mit jedem Tag, den der Kabellastkahn sich weiter zu der Boje vorarbeitet, schmaler.

Als er schließlich dort ankommt, lichtet die *Rui Faleiro* die Anker und gleitet ihm entgegen. Der Hubschrauber, das Schnellboot und eine ganze Flottille gemieteter Boote holen Würdenträger und Presseleute aus Manila herbei. Avi taucht mit zwei funkelnagelneuen Smokings aus einer Schneiderei in Schanghai auf (»Sämtliche berühmten Schneider in Hongkong waren Flüchtlinge aus Schanghai«). Er und Randy reißen das Seidenpapier ab, ziehen sie an und fahren dann in einem unklimatisierten Jeepney den Berg hinunter zur Anlegestelle, wo die *Glory* sie erwartet.

Zwei Stunden später bekommt Randy zum allerersten Mal den Dentisten und die Diva zu Gesicht – im großen Ballsaal der *Rui Faleiro*. Für Randy ist es eine Party wie jede andere: Er schüttelt ein paar Leuten die Hand, vergisst ihre Namen, findet ein einsames Plätzchen, um sich hinzusetzen, und genießt in seliger Abgeschiedenheit den Wein und das Essen.

Das einzig Besondere an dieser Party ist, dass zwei mit Teer überzogene Kabel etwa von der Dicke eines Baseballschlägers oben auf das Achterdeck führen. Von der Reling aus kann man sehen, wie sie unten im Meer verschwinden. Die Kabelenden treffen auf einer Tischplatte mitten auf dem Deck zusammen, wo ein eigens aus Hongkong eingeflogener, mit einem Smoking ausstaffierter Techniker mit einer Werkzeugkiste sitzt und an der Verbindungsstelle arbeitet. Er arbeitet außerdem an einem üblen Kater, aber das ist Randy egal, denn er weiß, dass sowieso alles nur Schau ist – die Kabel sind lediglich Reststücke, deren lose Enden neben der Yacht im Wasser baumeln. Die echte Verbindung wurde am Vortag hergestellt und liegt bereits von Bits durchströmt auf dem Meeresgrund.

Auf dem Achterdeck steht noch ein anderer Mann, den Blick meistens nach Bataan und Corregidor, aber immer wieder auch auf Randy gerichtet. Als Randy ihn bemerkt, nickt der Mann, als hakte er auf einer Liste in seinem Kopf etwas ab, steht auf, kommt herüber und gesellt sich zu ihm. Er trägt eine prunkvolle Uniform, die US-Navy-Entsprechung zum Smoking. Er ist fast kahl und die paar Haare, die er noch hat, sind schlachtschiffgrau und auf eine Länge von vielleicht fünf Millimetern abrasiert. Als er auf Randy zugeht, beobachten einzelne Filipinos ihn mit unverhohlener Neugier.

»Randy«, sagt er. Als er Randys rechte Hand ergreift, um sie zu schütteln, stoßen klimpernd Orden zusammen. Dem Aussehen nach dürfte er etwa fünfzig sein, aber er hat die Haut eines achtzigjährigen Beduinen. Seine Brust schmücken eine Menge Bänder, und viele davon sind rot und gelb, Farben, die Randy vage mit Vietnam verbindet. Auf einem kleinen Namensschild über der Brusttasche steht SHAFTOE. »Lassen Sie sich nicht täuschen, Randy«, sagt Douglas MacArthur Shaftoe, »ich bin nicht mehr im aktiven Dienst. Seit einer Ewigkeit im Ruhestand. Habe aber immer noch das Recht, diese Uniform zu tragen. Und das ist hundertmal einfacher als loszuziehen und einen Smoking zu suchen, der mir passt.«

»Angenehm.«

»Das Vergnügen ist ganz auf meiner Seits. Da wir gerade dabei sind, wo haben Sie Ihren herbekommen?«

»Meinen Smoking?«

»Ja.«

»Mein Partner hat ihn machen lassen.«

»Ihr Geschäftspartner oder Ihr Sexualpartner?«

»Mein Geschäftspartner. Eine Sexualpartnerin habe ich im Augenblick nicht.«

Doug Shaftoe nickt gelassen. »Es spricht für sich, dass Sie in Manila keine gefunden haben. Wie zum Beispiel unser Gastgeber.«

Randy lenkt seinen Blick in den Ballsaal auf Victoria Vigo, die, wenn sie nur noch ein bisschen mehr strahlte, die Farbe von der Wand blättern und die Fensterscheiben wie Karamell zerlaufen ließe.

»Vermutlich bin ich einfach schüchtern oder so«, sagt Randy.

»Sind Sie zu schüchtern, um sich ein Geschäftsangebot anzuhören?«

»Keineswegs.«

»Meine Tochter behauptet, Sie und unser Gastgeber würden hier in der Gegend in den kommenden Jahren womöglich noch mehr Kabel verlegen.«

»Im Geschäftsleben planen die Leute selten, eine Sache nur einmal zu machen«, sagt Randy. »Das bringt die Tabellenkalkulation durcheinander.«

»Ihnen ist inzwischen klar, dass das Wasser hier flach ist.«

»Allerdings.«

»Sie wissen, dass Kabel in flachem Wasser nur verlegt werden können, wenn vorher mithilfe eines hochauflösenden Flächenecholots äußerst detaillierte Gutachten erstellt wurden.«

»Ja.«

»Ich würde diese Gutachten gerne für Sie durchführen, Randy.«

»Ich verstehe.«

»Nein, ich glaube nicht, dass Sie verstehen. Ich möchte aber, dass Sie es tun, und deshalb werde ich es Ihnen erklären.«

»Also gut«, sagt Randy. »Soll ich meinen Partner herholen?«

»Das Konzept, das ich Ihnen gleich darlegen werde, ist sehr einfach und erfordert, um verarbeitet zu werden, keine zwei hochkarätigen Köpfe«, antwortet Doug Shaftoe.

»Gut. Wie sieht das Konzept aus?«

»Das detaillierte Gutachten wird randvoll sein mit neuen Erkenntnissen darüber, was in diesem Teil der Welt auf dem Meeresgrund liegt. Manche dieser Erkenntnisse könnten wertvoll sein. Wertvoller, als Sie es sich vorstellen können.«

»Ah«, sagt Randy. »Sie meinen, es könnte das sein, woraus Ihre Firma Kapital zu schlagen versteht.«

»Richtig«, erwidert Doug Shaftoe. »Wenn Sie nun einen meiner Konkurrenten mit Ihrem Gutachten beauftragen und er stolpert zufällig über diese Erkenntnisse, wird er sie für sich behalten. Er wird nur für sich selbst Nutzen daraus ziehen. Sie werden nicht erfahren, dass er irgendetwas gefunden hat, und nicht davon profitieren. Beauftragen Sie aber Semper Marine Services, werde ich Ihnen von allem, was ich finde, berichten und Sie und Ihre Firma an sämtlichen Einnahmen daraus beteiligen.«

»Hmmmm«, brummt Randy. Er versucht krampfhaft, ein Pokerface aufzusetzen, weiß aber, dass Shaftoe ihn durchschaut.

»Unter einer Bedingung«, sagt Doug Shaftoe.

»Das habe ich befürchtet.«

»Jeder vernünftige Angelhaken hat einen Widerhaken. Dieser auch.«

»Und der wäre?«, fragt Randy.

»Wir halten es vor diesem Scheißkerl da geheim«, sagt Doug, wobei er mit einer ruckartigen Daumenbewegung auf Hubert Kepler deutet. »Wenn der Dentist es nämlich herausfindet, werden er und die Bolobolos sich das ganze Zeug unter den Nagel reißen und wir werden leer ausgehen. Am Ende könnten wir sogar tot sein.«

»Tja, über die Sache mit dem Totsein müssen wir sicher nachdenken«, sagt Randy, »auf jeden Fall werde ich mit meinem Partner über Ihr Angebot sprechen.«

Röhre

Waterhouse und ein paar Dutzend Fremde stehen und sitzen in einem außerordentlich langen, schmalen Raum, der hin und her schaukelt. In den Längswänden des Raums befinden sich Fenster, doch es dringt kein Licht durch sie herein, nur Geräusch: ein großes Gerumpel, Gerassel und Gequietsche. Alle Anwesenden sind in sich gekehrt und stumm, als säßen sie in der Kirche und warteten darauf, dass der Gottesdienst beginnt.

Waterhouse steht und hält sich an etwas Vorspringendem fest, das an die Decke montiert ist und verhindert, dass er auf den Hintern knallt. Seit ein paar Minuten starrt er ein Plakat in seiner Nähe an, das eine Anleitung zum Gebrauch einer Gasmaske enthält. Wie alle anderen führt Waterhouse in einer kleinen, graubraunen Umhängetasche aus Leinwand ein solches Gerät mit sich. Das von Waterhouse unterscheidet sich von dem aller anderen, weil es die amerikanische Militärausführung ist. Es hat ein, zwei neugierige Blicke auf sich gezogen.

Das Plakat zeigt eine wunderschöne, modisch elegante Frau mit weißer Haut und kastanienbraunem Haar, das aussieht, als wäre es bei einem erstklassigen Friseur mit chemischen Mitteln in seine jetzige Form umgeschmolzen worden. Sie steht aufrecht, ihr Rückgrat wie ein Flaggenmast, das Kinn in der Luft, die Ellbogen angewinkelt, die Hände in ritueller Haltung: die Finger gespreizt, die Daumen knapp vor dem Gesicht in die Luft gereckt. Zwischen ihren Händen baumelt ein unheimlicher Klumpen, gehalten von einem Gewirk kakifarbener Riemen. Aufgehängt ist dieses ordentliche Netz an den nach oben gereckten Daumen.

Waterhouse ist nun schon ein paar Tage in London und weiß daher, wie die Geschichte weitergeht. Er würde diese Haltung überall erkennen. Die Frau schickt sich zum Kinnstoß an. Falls jemals Gas auf die Hauptstadt herabregnet, werden die Gasrasseln ertönen, und die Oberseiten der wuchtigen Briefkästen, die allesamt mit Spezialfarbe behandelt worden sind, werden sich schwarz verfärben. Zwanzig Millionen Daumen werden sich in den grünlichen Gifthimmel recken, zehn Millionen Gasmasken werden daran baumeln, zehn Millionen Kinne werden in sie hineinstoßen. Er kann sich das klare, sinnliche Geräusch, mit dem sich die glatte weiße Haut der Frau in den beengenden schwarzen Gummi zwängt, gut vorstellen.

Sobald der Kinnstoß vollzogen ist, wird alles gut. Man muss sich die Riemen ordentlich über die kastanienbraune Dauerwelle ziehen und sich ins Haus begeben, doch die schlimmste Gefahr ist vorüber. Die britischen Gasmasken haben vorn einen flachen, runden Aufsatz, der einem das Ausatmen ermöglicht und genau wie eine Schweineschnauze aussieht, und wären die Modelle auf den Gasmaskenplakaten nicht solche Muster überirdischer Schönheit, würde sich keine Frau jemals mit einem solchen Ding im Gesicht blicken lassen.

Draußen in der Dunkelheit vor dem Fenster fällt ihm etwas ins Auge. Die Bahn hat eine jener Stellen im Untergrund erreicht, wo trübes, gewehrlauffarbenes Licht herabsickert und die stygischen Geheimnisse der Röhre preisgibt. Jeder im Wagen blinzelt, blickt hinaus, holt Atem. Einen Moment lang hat sich die Welt um sie herum rematerialisiert. Mauerfragmente, überkrustete Träger, Kabelbündel hängen dort draußen im Raum und drehen sich langsam, wie Himmelskörper, während der Zug vorüberfährt.

Die Kabel fallen Waterhouse auf: in parallelen Zügen ordentlich an die Steinwände geklammert. Sie gleichen den Ranken irgendeines plutonischen Efeus, der sich durch die Dunkelheit der U-Bahn-Schächte ausbreitet, wenn das Wartungspersonal nicht aufpasst, und eine Stelle sucht, an der er nach oben ins Licht durchbrechen kann.

Wenn man dort oben, über der Erde, eine Straße entlanggeht, kann man die ersten Ableger an den alten Wänden der Gebäude emporkriechen sehen. Neoprenummantelte Stränge, die in geraden Linien an blanken Steinwänden emporwachsen, sich durch Löcher in Fensterrahmen einbohren, sich besonders auf Büros ausrichten. Manchmal sind sie von Metallröhren umschlossen. Manchmal haben die Hausbesitzer sie überstrichen. Aber sie alle haben ein gemeinsames System von Wurzeln, die in den unbenutzten Rinnen und Ritzen der U-Bahn wuchern und in gewaltigen Schaltstationen in tiefen, bombensicheren Gewölben zusammenlaufen.

Der Zug fährt in eine Kathedrale von schmutzigem, gelbem Licht ein und kommt ächzend zum Stehen, wobei er den ganzen Mittelgang mit Beschlag belegt. In Nischen und Grotten schimmern gespenstische Ikonen der nationalen Paranoia. Das eine Ende des moralischen Kontinuums macht sich an der engelsgleichen Frau mit dem Kinnstoß fest. Am gegenüberliegenden Ende finden wir einen Sukkubus in einem eng anliegenden Rock, der sich auf einem Sofa räkelt und mit seinen falschen Augenwimpern klimpert, während er die naiven jungen Soldaten belauscht, die hinter ihm drauflos plappern.

Schilder an der Wand kennzeichnen die Station in einer geschmackvollen Groteske, die vor offizieller Glaubwürdigkeit nur so strotzt, als Euston. Waterhouse und die meisten anderen Leute steigen aus. Nachdem er ungefähr fünfzehn Minuten auf dem Bahnhofsgelände herumgeirrt ist, sich nach dem Weg erkundigt und Fahrpläne enträtselt hat, findet sich Waterhouse schließlich in einem Zug nach Birmingham wieder. Dieser Zug, so wird versprochen, hält unterwegs in einem Ort namens Bletchley.

Mit ein Grund für die Verwirrung ist, dass auf dem Gleis nebenan ein weiterer Zug abfahrbereit steht, der direkt und ohne Zwischenstopps nach Bletchley, seinem Endziel, fährt. Sämtliche Fahrgäste dieses Zuges, so scheint es, sind weibliche Wesen in quasimilitärischen Uniformen.

Die RAF-Leute mit den Maschinenpistolen, die an sämtlichen Türen dieses Zuges Wache stehen und Papiere und Pässe prüfen, lassen ihn nicht einsteigen. Waterhouse blickt durch den Gelbfilter der Fenster auf die Bletchley-Mädchen im Zug, die einander in Grüppchen zu vieren oder fünfen gegenübersitzen, ihr Strickzeug aus ihren Taschen holen, Knäuel schottischer Wolle in Kopfschützer und Handschuhe für Konvoi-Mannschaften im Nordatlantik verwandeln und Briefe an ihre Brüder beim Militär und ihre Mütter und Väter zu

Hause schreiben. Die RAF-Wachen bleiben an den Türen, bis sie allesamt geschlossen sind und der Zug begonnen hat, sich aus dem Bahnhof zu schieben. Während er an Tempo gewinnt, verwischen sich die Reihen und Reihen strickender, schreibender und plaudernder Mädchen zu etwas, das wahrscheinlich große Ähnlichkeit mit dem hat, was Matrosen und Soldaten in der ganzen Welt gemeinhin in ihren Träumen sehen. Waterhouse wird nie einer dieser Soldaten draußen an der Front, mit Feindkontakt, sein. Er hat vom Baum der verbotenen Erkenntnis gekostet. Er darf nirgendwo in der Welt hingehen, wo er vom Feind gefangen genommen werden könnte.

Der Zug hebt sich aus der Nacht in eine Rinne aus rotem Ziegelstein, die in nördlicher Richtung aus der Stadt hinausführt. Es ist etwa drei Uhr nachmittags; der Sonderzug nach Bletchley Park hat wohl die Mädchen der Spätschicht befördert.

Waterhouse hat das Gefühl, dass er alles andere als regelmäßige Schichtarbeit leisten wird. Sein praller Seesack – den man für ihn gepackt hat – verheißt vielerlei Möglichkeiten: dicke Pullover aus geölter Wolle, Tropenuniformen von Navy und Army, schwarze Skimaske, Kondome.

Der Zug lässt die Stadt langsam hinter sich und gelangt in eine von kleinen Wohnstädten durchsetzte Gegend. Waterhouse kommt sich auf seinem Platz schwer vor und vermutet eine leicht ansteigende Tendenz. Sie durchfahren einen Einschnitt in einer niedrigen Hügelkette, wie eine Kerbe in einem Baumstamm, und treten in eine herrliche Landschaft aus sanft gewellten grünen Feldern ein, die aufs Geratewohl mit kleinen weißen Punkten, vermutlich Schafen, übersät ist.

Natürlich ist kaum zu vermuten, dass ihre Verteilung zufällig ist – wahrscheinlich spiegeln sich darin örtliche Unterschiede in der Bodenchemie, die das Gras hervorbringt, welches die Schafe mehr oder weniger begehrenswert finden. Mittels Luftaufklärung könnten die Deutschen eine Karte der britischen Bodenchemie erstellen, die auf einer Analyse der Schafverteilung basiert.

Die Felder sind von alten Hecken, Trockenmauern oder, besonders im höher gelegenen Gelände, langen Waldstreifen umschlossen. Nach ungefähr einer Stunde tritt der Wald auf einer Böschung, die am Nebengleis sanft emporsteigt, bis unmittelbar an die linke Seite des Zuges heran. Der Zug bremst zischend und kommt an einem winzigen Bahnhof grollend zum Stehen. Die Strecke allerdings hat sich stärker verzweigt und verästelt, als es angesichts der Größe des Bahnhofs gerechtfertigt erscheint. Waterhouse steht auf, pflanzt die Füße fest auf den Boden, geht wie ein Sumoringer in die Knie und attackiert seinen Seesack. Es sieht so aus, als behielte der Seesack die Oberhand, da er Waterhouse scheinbar zur Wagentür hinaus auf den Bahnsteig schubst.

Es riecht stärker als sonst nach Kohle und von nicht weit her ist ziemlicher Lärm zu hören. Waterhouse blickt am Gleis entlang und sieht ein über die vielen Nebengleise gespreiztes, schwerindustrielles Werk. Während sein Zug Richtung Norden losfährt, starrt er ein paar Minuten lang hin und sieht, dass man hier im Depot von Bletchley Dampflokomotiven repariert. Waterhouse mag Züge.

Aber das ist nicht der Grund, warum man ihm einen Satz neue Kleider und eine Fahrkarte nach Bletchley spendiert hat, und so attackiert Waterhouse erneut seinen Seesack und wuchtet ihn die Treppe der überdachten Brücke hoch, die sämtliche parallelen Gleise überspannt. Bei einem Blick zum Bahnhof hin sieht er weitere Bletchley-Mädchen, Angehörige der Womens's Auxiliary Air Force und des Women's Royal Navy Service, auf sich zukommen; die Tagschicht ist mit ihrer Arbeit fertig, die darin besteht, vorgeblich beliebige Buchstaben und Ziffern in industriellem Maßstab weiterzuverarbeiten. Da er vor ihnen keine lächerliche Figur abgeben will, schafft er es schließlich, sich den Seesack auf den Rücken zu hieven, steckt die Arme durch die Schulterriemen und lässt sich vom Gewicht nach vorn über die Brücke schieben.

Die WAAFs und WRENs interessieren sich nur mäßig für den Anblick eines neu ankommenden amerikanischen Offiziers. Vielleicht sind sie aber auch einfach nur spröde. In jedem Falle weiß Waterhouse, dass er einer der wenigen, nicht aber der Erste ist. Der Seesack schubst ihn durch den aus nur einem Raum bestehenden Bahnhof, wie ein fetter Polizist, der einen Betrunkenen im Hammerlock durch die Eingangshalle eines Zwei-Sterne-Hotels abführt. Waterhouse wird auf einen Streifen offenen Geländes geschleudert, der entlang der in Nord-Süd-Richtung führenden Straße verläuft. Ihm direkt gegenüber erhebt sich der Wald. Jede Vorstellung, es könnte sich um einen Wald von der einladenden Sorte handeln, wird sogleich durch ein vom Waldsaum herüberschimmerndes, dichtes Geflitter eisigen Lichts zunichte gemacht, mit dem die sinkende Sonne verrät, dass der Ort mit geschärftem Metall durchsetzt ist. Im Wald gibt es eine Öffnung, die wie der schmale Ausgang eines riesigen Wespennestes WAAFs und WRENs ausspeit.

Waterhouse muss sich entweder vorwärts bewegen, oder er wird von dem Seesack hintenüber gezerrt und bleibt wie ein auf den Rücken gedrehter Käfer hilflos zappelnd auf dem Parkplatz liegen, also wankt er vorwärts, über die Straße und auf den breiten Pfad in den Wald. Er ist von Bletchley-Mädchen umringt. Sie haben das Ende ihrer Schicht dadurch gefeiert, dass sie Lippenstift aufgetragen haben. Kriegslippenstift ist zwangsläufig aus dem zusammengepfuscht, was an Knorpelmasse und sonstigen Abfällen übrig bleibt, nachdem man die guten Sachen dazu verwendet hat, Schraubenwellen zu beschichten. Um seine unsäglichen animalischen und mineralischen Ursprünge zu überdecken, ist ein ziemlich aufdringlicher, widerlicher Duft erforderlich.

Es ist der Geruch des Krieges.

Waterhouse hat noch keine komplette Führung durch Bletchley Park mitgemacht, aber hat eine ungefähre Vorstellung davon. Er weiß, dass diese spröden Mädchen, die Schicht für Schicht, Tag für Tag, fuderweise Kauderwelsch durch ihre Maschinen jagen, mehr Menschen umgebracht haben als Napoleon.

Langsam und unter Entschuldigungen schiebt er sich gegen die Welle der von der Schicht Kommenden vorwärts. Irgendwann gibt er es schlicht auf, tritt zur Seite, knallt den Seesack in den Efeu, zündet sich eine Zigarette an und lässt einen Schwarm von ungefähr hundert Mädchen vorbei. Irgendetwas stupst ihn am Knöchel: eine Himbeerranke, von Dornen starrend. Sie trägt ein unheimlich kleines und ordentliches Spinnennetz, dessen geodätische Fäden in einem Strahl des tiefen Nachmittagslichts aufschimmern. Die Spinne in der Mitte ist von der unerschütterlichen britischen Sorte und lässt sich von Waterhouses Yankee-Gekasper nicht im mindesten stören.

Waterhouse greift nach einem gelbbraunen Ulmenblatt, das zufällig vor ihm durch die Luft gesegelt kommt, und fängt es auf. Er hockt sich nieder, pflanzt sich die Zigarette in den Mund und zieht mit beiden Händen, um nicht zu wackeln, den gezackten Rand des Ulmenblattes über einen der radialen Fäden des Netzes, der, wie er weiß, nicht mit klebriger Substanz überzogen sein wird. Wie ein Geigenbogen auf der Saite erzeugt das Blatt eine ziemliche regelmäßige Schwingung in dem Spinnennetz. Mit einer augenblicklich vollendeten Drehung, wie eine Figur in einem schlecht geschnittenen Film, wendet sich die Spinne ihm zu. Waterhouse ist von der Schnelligkeit der Bewegung so verblüfft, dass er leicht zurückfährt, dann zieht er das Blatt erneut über das Netz. Die Spinne spürt die Schwingung und reagiert.

Schließlich kehrt sie in ihre Ausgangsposition zurück und macht weiter wie vorher, d.h. sie ignoriert Waterhouse völlig.

Spinnen erkennen anhand der Vibrationen, welche Art von Insekt sie gefangen haben und steuern darauf zu. Die Netze sind nicht ohne Grund radial aufgebaut und die Spinne platziert sich an dem Punkt, in dem die Radien zusammenlaufen. Die Fäden sind eine Verlängerung ihres Nervensystems. Über den hauchzarten Stoff gelangen Informationen in die Spinne, wo sie von so etwas wie einer inneren Turing-Maschine weiterverarbeitet werden. Waterhouse hat schon viele Tricks ausprobiert, aber eine Spinne hat er noch nie hereinlegen können. Kein gutes Omen.

Während Waterhouses wissenschaftlichem Experiment scheint die Stoßzeit zu Ende gegangen zu sein. Wieder attackiert er den Seesack. Das Gerangel befördert die beiden weitere hundert Meter den Pfad entlang, der schließlich in eine Straße einmündet, und zwar genau an der Stelle, wo sie von einem eisernen Tor versperrt wird, das zwischen zwei blöden Obelisken aus rotem Ziegelstein eingehängt ist. Die Wachen sind auch hier RAF-Leute mit Maschinenpistolen und im Augenblick überprüfen sie gerade die Papiere eines Mannes in Segeltuchmantel und Schutzbrille, der soeben auf einem grünen Army-Motorrad mit überm Hinterrad festgeschnallter Satteltasche eingetroffen ist. Die Satteltasche ist nicht besonders voll, aber sorgfältig gesichert; sie enthält die Munition, die die Mädchen ihren gefräßigen Waffen zwischen die klappernden Zähne schieben.

Der Motorradfahrer wird durchgewunken und biegt sofort nach links in eine schmale Gasse ein. Die Aufmerksamkeit wendet sich Lawrence Pritchard Waterhouse zu, der nach angemessenem Wechsel militärischer Grüße seine Referenzen präsentiert.

Er hat die Auswahl zwischen mehreren Dokumentensätzen und es gelingt ihm nicht, das vor den Wachen zu verbergen. Die aber scheinen deswegen weder beunruhigt noch auch nur neugierig, was sie deutlich von den meisten Wachen unterscheidet, mit denen Waterhouse bisher zu tun gehabt hat. Natürlich stehen diese Männer nicht auf der Ultra-Mega-Liste und deshalb wäre es ein schwerer Verstoß gegen die Sicherheitsvorschriften, ihnen zu sagen, dass er in Sachen

Ultra Mega hier ist. Offenbar haben sie jedoch schon viele andere Leute begrüßt, die nicht sagen können, weshalb sie wirklich hier sind, und zucken deshalb nicht mit der Wimper, als Lawrence vorgibt, zu den Marineaufklärern in Baracke 4 oder Baracke 8 zu gehören.

In Baracke 8 werden Enigma-Funksprüche für Marineeinheiten entschlüsselt. Baracke 4 nimmt die entschlüsselten Funksprüche von Baracke 8 entgegen und analysiert sie. Wenn Waterhouse vorgibt, zu Baracke 4 zu gehören, so wird diese Tarnung nicht lange Bestand haben, denn die Leute dort müssen tatsächlich Ahnung von der Marine haben. Er dagegen entspricht hundertprozentig dem Profil eines Mannes aus Baracke 8, der von nichts eine Ahnung haben muss, außer von reiner Mathematik.

Einer der RAF-Leute liest sorgfältig seine Papiere durch, tritt dann in ein kleines Wachhaus und dreht die Kurbel eines Telefons. Waterhouse steht verlegen herum und wundert sich über die Waffen, die die RAF-Leute umgehängt haben. Soweit er es beurteilen kann, sind sie nichts weiter als Stahlrohre, an denen zum einen Ende hin ein Abzug angebracht ist. Ein in das Rohr eingeschnittenes Fenster gibt den Blick auf eine darin untergebrachte Sprungfeder frei. Ein paar da und dort befestigte Griffe und Beschläge ändern nichts daran, dass die Maschinenpistole wie ein missglücktes Projekt aus dem Werkkundeunterricht einer High School aussieht.

»Captain Waterhouse? Sie sollen sich ins Herrenhaus begeben«, sagt der Wachposten, der telefoniert hat. »Sie können es gar nicht verfehlen.«

Waterhouse geht etwa fünfzehn Meter weiter und stellt fest, dass das Herrenhaus in der Tat auf tragische Weise unverfehlbar ist. Eine Minute lang steht er da, starrt es an und versucht zu ergründen, was sich der Architekt wohl dabei gedacht hat. Es ist ein unruhiges Bauwerk mit einer ungeheuren Vielzahl von Giebeln. Waterhouse kann nur annnehmen, dass der Architekt ein wirklich großes Einzelgebäude bauen wollte, es jedoch als eine Zeile von mindestens einem halben Dutzend extrem schlecht zusammenpassender städtischer Reihenhäuser zu tarnen suchte, die aus unerfindlichen Gründen inmitten von sechshundert Morgen Ackerland in Buckinghamshire aneinander gequetscht wurden.

Das Haus ist gut in Schuss, doch im Näherkommen kann Waterhouse schwarze Lianen erkennen, die am Mauerwerk emporwuchern. Das Wurzelsystem, das er in der Untergrundbahn flüchtig zu sehen bekam, hat sich unter Wald und Weide bis hierher ausgebreitet und begonnen, seine Neoprenranken nach oben zu treiben. Aber dieser Organismus ist nicht phototrop – er wächst nicht dem Licht entgegen, strebt nicht der Sonne zu. Er ist infotrop. Und er hat sich aus dem gleichen Grund bis hierher ausgebreitet, aus dem infotrope Menschen wie Lawrence Pritchard Waterhouse und Dr. Alan Mathison Turing hierher gekommen sind – weil nämlich Bletchley Park in der Info-Welt in etwa die gleiche Stellung einnimmt wie die Sonne im Sonnensystem. Armeen, Nationen, Premierminister, Präsidenten und Genies ordnen sich um es herum an, nicht in gleichmäßiger Planetenbahn, sondern in den verrückten, schlingernden Ellipsen und Hyperbeln von Kometen und irregehenden Asteroiden.

Dr. Rudolf von Hacklheber kann Bletchley Park nicht sehen, weil es, nach Ultra Mega, das bestgehütete Geheimnis der Welt ist. Aber von seinem Büro in Berlin aus kann er, indem er Berichte des Beobachtungsdienstes durchgeht, flüchtig Fragmente jener Flugbahnen sehen und sich Hypothesen ausdenken, die erklären, warum sie so und nicht anders beschaffen sind. Wenn die einzig logische Hypothese die ist, dass die Alliierten Enigma geknackt haben, dann hat Abteilung 2702 versagt.

Lawrence zeigt weitere Referenzen vor und tritt zwischen einem verwitterten Greifenpaar ein. Das Herrenhaus gewinnt, sobald man es nicht mehr von außen sieht. Die täuschende Reihenhaus-Bauweise bietet vielerlei Gelegenheiten für Erkerfenster, die dringend benötigtes Licht liefern. Die Eingangshalle wird von gotischen Bögen und Pfeilern aus einem auffällig minderwertigen braunen Marmor getragen, der wie in Glas gegossenes Abwasser aussieht.

Es ist erstaunlich laut; man hört ein brausendes, klapperndes Geräusch wie von rasendem Applaus, das Wände und Türen durchdringt und von einem heißen Luftzug mit einem stechenden, öligen Geruch getragen wird. Es ist der ganz eigene Geruch von Fernschreibern. Der Geräuschpegel und die Hitze lassen vermuten, dass es in einem der unteren Räume des Herrenhauses Dutzende davon gibt.

Waterhouse steigt einen vertäfelten Treppenaufgang in den ersten Stock hinauf und stellt fest, dass es dort ruhiger und kühler ist. Hier haben die hohen Tiere von Bletchley ihre Büros. Wenn die Organisation gemäß den bürokratischen Gepflogenheiten arbeitet, wird Waterhouse dieses Gebäude nie wiedersehen, sobald sein Antrittsgespräch vorbei ist. Er findet zum Büro von Colonel Chattan, dem Burschen (das Namensschildchen an der Tür hilft Waterhouses Gedächtnis auf die Sprünge), der an der Spitze des Organigramms von Abteilung 2702 steht.

Chattan steht auf und gibt ihm die Hand. Er ist rotblond und blauäugig und hätte vermutlich rosige Wangen, wenn seine Haut im Augenblick nicht so eine tiefe Wüstenbräune aufwiese. Er trägt Ausgehuniform; britische Offiziere lassen ihre Uniformen maßschneidern, man bekommt sie nicht anders. Waterhouse ist nicht gerade ein Modenarr, aber er sieht auf einen Blick, dass Chattans Uniform nicht an ein paar Abenden vor einem flackernden Kohlenfeuer von Mummy zusammmengepfuscht wurde. Nein, Chattan hat selbst irgendwo einen richtigen Schneider. Doch wenn er Waterhouses Namen ausspricht, sagt er nicht »Wou-ta-heiß« wie die Leute in den Broadway Buildings. Das R kommt kräftig und krachend heraus und das »house« wird zu so etwas wie »huus« gelängt. Er hat einen ziemlich verrückten Akzent, dieser Chattan.

Bei Chattan ist ein kleinerer Mann in britischem Arbeitsanzug – an Handgelenken und Knöcheln eng, ansonsten geplustert, aus einem dicken, kakifarbenen Flanell, in dem diesen Leuten unerträglich heiß wäre, wenn sie sich nicht darauf verlassen könnten, dass inner- wie außerhäusig eine gleichmäßige Umgebungstemperatur von zirka zwölfeinhalb Grad Celsius herrscht. Der Gesamteffekt erinnert Waterhouse jedes Mal an Dr. Dentons. Der Bursche wird als Lieutenant Robson vorgestellt und ist einer der beiden Zugführer von 2702 – der des RAF-Zuges. Er hat einen sehr kurz geschnittenen, borstigen Schnurrbart aus silbernem und kastanienbraunem Haar. Er ist ein fröhlicher Mensch, zumindest in Gegenwart höherrangiger Offiziere, und lächelt häufig. Seine Zähne spreizen sich vom Zahnfleisch aus radial nach außen, sodass jeder Kiefer das Aussehen einer Kaffeedose hat, in der eine kleine Granate zur Explosion gebracht wurde.

»Das ist der Bursche, auf den wir gewartet haben«, sagt Chattan zu Robson. »Der, den wir in Algier hätten gebrauchen können.«

»Ja!«, sagt Robson. »Willkommen bei Abteilung 2701, Captain Waterhouse.«

»2702«, sagt Waterhouse.

Chattan und Robson schauen gelinde verblüfft drein.

»2701 können wir nicht nehmen, weil es das Produkt zweier Primzahlen ist.«

»Wie bitte?«, sagt Robson.

Eines mag Waterhouse an den Briten: Wenn sie nicht wissen, wovon zum Teufel man eigentlich redet, sind sie zumindest für die Möglichkeit offen, dass das auch an ihnen liegen könnte. Robson sieht aus wie einer, der von der Pike auf gedient hat. Ein Yankee dieses Typs würde bereits verächtlich losblaffen.

»Welche?«, fragt Chatten. Das ist ermutigend; er weiß immerhin, was eine Primzahl ist.

»73 und 37«, sagt Waterhouse.

Das macht tiefen Eindruck auf Chattan. »Ah ja, ich verstehe.« Er schüttelt den Kopf. »Dafür werde ich den Prof kräftig auf die Schippe nehmen müssen.«

Robson hat den Kopf so schräg gelegt, dass er beinahe auf der dicken Felduniformmütze ruht, die unter seiner Schulterklappe steckt. Er blinzelt und sieht entsetzt aus. Sein hypothetisches Yankee-Pendant würde an dieser Stelle vermutlich eine vollständige Erklärung der Primzahlen-Theorie verlangen und sie sodann als Scheiß bezeichnen. Doch Robson geht nicht weiter darauf ein. »Darf ich das so verstehen, dass wir die Nummer unserer Abteilung ändern?«

Waterhouse schluckt. Aus Robsons Reaktion geht hervor, dass dies für ihn und seine Leute eine Heidenarbeit bedeutet: Wochenlanges Streichen, Beschriften und Verbreiten der neuen Nummer in der Militärbürokratie. Eine elend lästige Geschichte.

»Richtig, in 2702«, sagt Chattan heiter. Im Gegensatz zu Waterhouse hat er keinerlei Probleme damit, schwierige und unpopuläre Befehle zu erteilen.

»Schön, dann muss ich mich um einiges kümmern. War mir ein Vergnügen, Ihre Bekanntschaft zu machen, Captain Waterhouse.«

»Ganz meinerseits.«

Robson gibt Waterhouse erneut die Hand und entschuldigt sich.

»In einer der Baracken südlich der Kantine haben wir Quartier für Sie«, sagt Chattan. »Bletchley Park ist nominell unser Hauptquartier, aber wir rechnen damit, dass wir die meiste Zeit auf den Kriegsschauplätzen verbringen werden, wo am ausgiebigsten von Ultra Gebrauch gemacht wird.«

»Ich nehme an, Sie sind in Nordafrika gewesen«, sagt Waterhouse.

»Ja.« Chattan hebt die Augenbrauen oder vielmehr die Hauterhebungen, auf denen sich vermutlich seine Augenbrauen befinden; die Haare sind farblos und durchsichtig wie Nylonfäden. »Sind gerade noch mal mit knapper Not davongekommen.«

»Wären um ein Haar draufgegangen, wie?«

»Nein, so habe ich das nicht gemeint«, sagt Chattan. »Ich rede von der Wahrung des Ultra-Geheimnisses. Wir sind immer noch nicht ganz sicher, ob wir es überstanden haben. Aber der Prof hat ein paar Berechnungen vorgenommen, die nahe legen, dass wir aus dem Schneider sind.«

»Mit Prof meinen Sie Dr. Turing?«

»Ja. Er hat Sie persönlich empfohlen, wissen Sie.«

»Ich habe mir schon so was gedacht, als der Befehl kam.«

»Turing ist derzeit noch an mindesten zwei anderen Fronten des Informationskrieges engagiert und konnte sich unserer kleinen Schar leider nicht anschließen.«

»Was ist in Nordafrika passiert, Colonel Chattan?«

»Es passiert immer noch«, sagt Chattan gedankenverloren. »Unser Marine-Zug ist immer noch am Schauplatz und verbreitet die Glockenkurve.«

»Verbreitert die Glockenkurve?«

»Nun ja, Sie wissen besser als ich, dass Zufallsphänomene typischerweise eine glockenförmige Verteilung aufweisen. Die Körpergröße, zum Beispiel. Kommen Sie mal an das Fenster da, Captain Waterhouse.«

Waterhouse tritt zu Chattan an das Erkerfenster, das eine Aussicht auf zig Morgen einstigen sanft gewellten Ackerlandes bietet. Ein Blick über den Waldgürtel hinweg auf das kilometerweit enfernte, höher gelegene Gelände zeigt ihm, wie Bletchley Park wahrscheinlich früher einmal ausgesehen hat: grüne Felder, mit Grüppchen von kleinen Häusern getüpfelt.

Doch nun sieht es nicht mehr so aus. Es gibt im Umkreis von knapp einem Kilometer kaum mehr ein Stück Land, das nicht kürzlich asphaltiert oder bebaut worden ist. Sobald man über das Herrenhaus und seine wunderlichen kleinen Nebengebäude hinaus gelangt, besteht der Park aus einstöckigen Ziegelsteinbauten, nichts weiter als lange Gänge mit zahlreichen Querschiffen: +++++++, wobei immer neue + hinzukommen, so rasch die Maurer Ziegelsteine auf Mörtel klatschen können (Waterhouse fragt sich müßig, ob Rudi Luftaufklärungsfotos von der Anlage gesehen und aus all den + auf die mathematische Natur des Unternehmens geschlossen hat). Die abknickenden Zufahrtswege zwischen den Gebäuden sind schmal und werden durch zwei Meter fünfzig hohe Schutzmauern entlang ihrer Mitte noch einmal halbiert, sodass die Deutschen für jedes Gebäude mindestens eine Bombe brauchen.

»In diesem Gebäude dort«, sagt Chattan und deutet auf ein kleines Gebäude nicht weit entfernt – eine wahrhaft erbärmlich aussehende Backsteinhütte – »sind die Turing-Bomben untergebracht. Keine Bomben im gewöhnlichen Sinne. Es sind Rechenmaschinen, die Ihr Freund, der Prof, erfunden hat.«

»Sind es richtige universale Turing-Maschinen?«, platzt Waterhouse heraus. Er steht im Banne einer überwältigenden Vorstellung dessen, was Bletchley Park in Wirklichkeit sein könnte: ein geheimes Königreich, in dem Alan irgendwie die Ressourcen gefunden hat, die erforderlich waren, um seine große Vision zu verwirklichen. Ein Königreich, das nicht von Menschen, sondern von Informationen regiert wird, in dem ärmliche, von vielen + gebildete Gebäude Universalmaschinen beherbergen, die so eingestellt werden können, dass sie jede berechenbare Operation zustande bringen.

»Nein«, sagt Chattan mit einem sanften, traurigen Lächeln.

Waterhouse stößt in einem langen Atemzug Luft aus. »Ah.«

»Das kommt vielleicht nächstes Jahr, oder übernächstes.«

»Vielleicht.«

»Ausgehend von einer Konstruktion, die sich polnische Kryptoanalytiker ausgedacht haben, wurden die Bomben von Turing, Welchman und anderen entsprechend modifiziert. Sie bestehen aus rotierenden Trommeln, die mit großer Geschwindigkeit viele mögliche Enigma-Schlüssel prüfen. Bestimmt wird Ihnen der Prof das alles erklären. Worauf es hier ankommt, ist, dass es hinten diese großen Stecktafeln gibt, wie bei einer Telefonzentrale, und einige unserer Mädchen haben den Job, jeden Tag die richtigen Stöpsel in die richtigen Löcher zu stecken und die Dinger zu verdrahten. Erfordert ein gutes Auge, hohe Aufmerksamkeit und Körpergröße.«

»Körpergröße?«

»Sie werden feststellen, dass die Mädchen, die für diese spezielle Aufgabe eingeteilt werden, ungewöhnlich groß sind. Wenn die Deutschen irgendwie die Personalakten sämtlicher Leute, die in Bletchley Park arbeiten, in die Finger bekämen und ein Histogramm ihrer Körpergröße erstellten, ergäbe sich als Darstellung der meisten hier Beschäftigten eine normale, glockenförmige Kurve mit einem anormalen Höcker an einem Ende – er stellt die ungewöhnliche Häufung hoch gewachsener Mädchen dar, die wir an den Stecktafeln beschäftigen.«

»Ja, ich verstehe«, sagt Waterhouse, »und jemand wie Rudi – Dr. von Hacklheber – würde diese Anomalie bemerken und sich Gedanken darüber machen.«

»Genau«, sagt Chattan. »Und dann wäre es Aufgabe von Abteilung 2702 – der Ultra-Mega-Gruppe –, Ihrem Freund Rudi falsche Informationen zuzuspielen, um ihn von der Fährte abzubringen.« Chattan wendet sich vom Fenster ab, spaziert zu seinem Schreibtisch und klappt eine große Zigarettendose auf, die ordentlich mit frischer Munition bestückt ist. Er bietet Waterhouse mit gewandter Geste daraus an, und dieser akzeptiert aus Höflichkeit. Während Chattan ihm Feuer gibt, schaut er Waterhouse durch die Flamme hindurch in die Augen und sagt: »Und jetzt frage ich Sie: Wie würden Sie es anstellen, vor Ihrem Freund Rudi zu verbergen, dass wir hier viele hoch gewachsene Mädchen haben?«

»Unterstellt, er hätte die Personalakten schon?«

»Ja.«

»Dann wäre es zu spät, irgendetwas verbergen zu wollen.«

»Zugegeben. Nehmen wir stattdessen an, er hat irgendeinen Informationskanal, über den er diese Akten erhält, und zwar jeweils einige wenige. Dieser Kanal ist nach wie vor offen und funktioniert. Wir können ihn nicht schließen. Vielleicht wollen wir ihn auch gar nicht schließen, weil schon der Wegfall des Kanals Rudi etwas Wichtiges mitteilen würde.«

»Na, das ist nicht weiter schwierig«, sagt Waterhouse. »Wir doktern ein paar falsche Personalakten zusammen und spielen sie ihm über diesen Kanal zu.«

An der Wand von Chattans Büro befindet sich eine kleine Tafel. Sie ist ein Palimpsest, nicht besonders gründlich abgewischt; der für die Hausarbeit zuständige Trupp hat offenbar stehenden Befehl, sie niemals zu säubern, damit nichts Wichtiges verloren geht. Im Nähertreten kann Waterhouse ältere, einander überlagernde Berechnungen erkennen, die sich in der Schwärze verlieren wie Ausstrahlungen von weißem Licht, das sich in den Weltraum hinein fortpflanzt.

Er erkennt überall Alans Handschrift. Es kostet ihn physische Anstrengung, nicht zu versuchen, anhand der auf dem Schiefer noch zu erkennenden Schemen Alans Berechnungen zu rekonstruieren. Er überschreibt sie nur mit großem Widerwillen.

Waterhouse wirft rasch eine Abszisse und eine Ordinate auf die Tafel, dann zeichnet er eine glockenförmige Kurve. Rechts vom Scheitelpunkt fügt er der Kurve einen kleinen Höcker an.

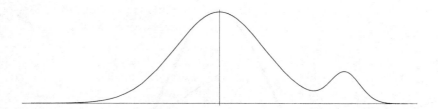

»Die hoch gewachsenen Mädchen«, erklärt er. »Das Problem ist diese Einbuchtung.« Er deutet auf das Tal zwischen Scheitel und Höcker. Dann zeichnet er einen neuen Scheitel, der hoch und breit genug ist, um beide zu überdecken.

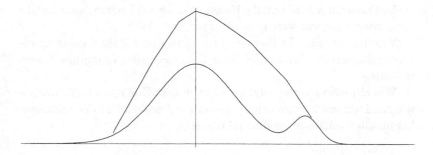

»Das erreichen wir, indem wir falsche Personalakten in Rudis Kanal platzieren, in denen Körpergrößen genannt werden, die über dem Gesamtdurchschnitt, aber unter dem der Stecktafel-Mädchen liegen.«

»Aber damit haben Sie sich ein neues Problem geschaffen«, sagt Chattan. Er sitzt zurückgelehnt in seinem Drehstuhl, hält sich die Zigarre vors Gesicht und betrachtet Waterhouse durch eine reglose Rauchwolke hindurch.

Waterhouse sagt: »Die neue Kurve sieht ein bisschen besser aus, weil ich die Lücke da gefüllt habe, aber sie ist nicht richtig glockenförmig. Sie flacht sich an den Rändern nicht richtig ab. Dr. von Hacklheber würde das auffallen. Er würde merken, dass jemand an seinem Kanal herumgepfuscht hat. Um das zu verhindern, würde ich weitere falsche Akten platzieren müssen, in denen ungewöhnlich große und kleine Werte genannt werden.«

»Ein paar Mädchen erfinden, die außergewöhnlich klein oder groß sind«, sagt Chattan.

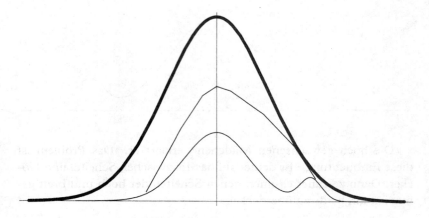

»Ja. Dadurch würde sich die Kurve genau so abflachen, wie sie soll.« Chattan sieht ihn weiterhin erwartungsvoll an.

Waterhouse sagt: »D. h. wenn man eine kleine Zahl ansonsten bizarr erscheinender Anomalien hinzufügt, sieht alles vollkommen normal aus.«

»Wie ich schon sagte«, sagt Chattan, »unser Zug ist in Nordafrika – während wir uns hier unterhalten – und verbreitert die Glockenkurve. Damit alles vollkommen normal aussieht.«

Fleisch

Na schön, Private First Class Gerald Hott, ehemals Chicago, Illinois, ist in seinen fünfzehn Jahren bei der United States Army nicht gerade wie ein Komet aufgestiegen. Aber ein Lendenstück zerlegen, das beherrschte er aus dem Effeff. Mit einem Ausbeinmesser konnte er ebenso geschickt umgehen wie Bobby Shaftoe mit einem Bajonett. Und wer weiß, vielleicht rettet ja ein Militärmetzger, indem er mit der begrenzten Fleischmenge eines Ochsenrumpfes haushält und peinlich genau auf die Einhaltung der Hygienevorschriften achtet, genau so viele Menschenleben wie ein stahläugiger Krieger. Beim Militär geht es nicht nur darum, Nips, Krauts und Spaghettifresser zu töten. Es geht auch darum, Vieh zu töten – und aufzuessen. Gerald Hott war ein Frontkämpfer, der sein Kühlhaus so sauber hielt wie einen Operationssaal, und so ist es nur angemessen, dass er auch dort geendet hat.

Bobby Shaftoe improvisiert diese kleine Elegie, während er in der subarktischen Kälte eines ehedem französischen und nun der US Army gehörenden Kühlhauses von der Größe und Temperatur Grönlands vor sich hin bibbert, umgeben von den irdischen Überresten mehrerer Viehherden und eines Metzgers. Er hat in seiner kurzen Dienstzeit nicht wenigen Militärbegräbnissen beigewohnt und war jedes Mal schwer beeindruckt von der Fähigkeit des Kaplans, mit einer bewegenden Grabrede für den Dahingegangenen aufzuwarten. Er hat Gerüchte gehört, dass das Militär eingeschränkt Tauglichen, die bei der Einberufung durch Grips auffallen, das Tippen beibringt, sie an einen Schreibtisch setzt und sie diese Dinger tippen lässt, Tag für Tag. Schöner Posten, wenn man ihn kriegen kann.

Die gefrorenen Rümpfe baumeln in langen Reihen an Fleischerhaken. Während sich Bobby Shaftoe die Gänge hinauf- und hinunterarbeitet, wird er immer angespannter und wappnet sich gegen den üblen Anblick, der ihm bevorsteht. Da ist es fast angenehmer, wenn es einem Kumpel plötzlich den Kopf zerreißt, während er gerade eine Zigarette anpafft – eine solche Spannung kann einen wahnsinnig machen.

Schließlich biegt er um das Ende einer Reihe und stößt auf einen Mann, der auf dem Boden schlummert, in inniger Umarmung mit einem Schweinerumpf, den er zum Zeitpunkt seines Todes offenbar gerade hat zerlegen wollen. Er liegt nun schon seit ungefähr zwölf Stunden da und seine Körpertemperatur bewegt sich um minus vierundzwanzig Grad Celsius.

Bobby Shaftoe strafft sich, um die Leiche genauer zu betrachten, und nimmt einen tiefen Atemzug von der frostigen, nach Fleisch riechenden Luft. Er faltet auf eine zugleich gebetshafte und dem Aufwärmen dienende Weise die zyanotischen Hände vor der Brust. »Lieber Gott«, sagt er laut. Seine Stimme hallt nicht; die Tierrümpfe verschlucken sie. »Vergib Sergeant Shaftoe diese seine Pflichten, die er gleich erfüllen wird, und wo Du gerade dabei bist, vergib unbedingt auch seinen Vorgesetzten, mit denen Du ihn in Deiner unendlichen Weisheit gesegnet hast, und vergib deren Vorgesetzten, auf deren Mist die ganze Chose gewachsen ist.«

Er erwägt, sich ausführlicher zu verbreiten, kommt dann jedoch zu dem Schluss, dass das hier auch nicht schlimmer ist, als Nips abzustechen, also macht man am besten einfach weiter. Er tritt neben die aneinander geklammerten Rümpfe von PFC Gerald Hott und Frosty, dem Schwein, und versucht erfolglos, sie zu trennen. Er hockt sich daneben und mustert Ersteren genauer. Hott ist blond. Seine Augen sind halb geschlossen, und als Shaftoe mit einer Taschenlampe in einen Schlitz leuchtet, nimmt er einen blauen Schimmer wahr. Hott ist ein großer, schwerer Kerl, der in körperlicher Bestverfassung gut und gerne zweihundertfünfundzwanzig Pfund auf die Waage brächte und jetzt gut und gerne zweihundertfünfzig wiegt. Das Leben in einer Militärküche macht es einem nicht leicht, sein Gewicht unten oder (Pech für Hott) sein kardiovaskuläres System in halbwegs verlässlichem, betriebsfähigem Zustand zu halten.

Hott und seine Uniform waren beide trocken, als es zu dem Herzanfall kam, sodass der Stoff Gott sei Dank nicht an der Haut festgefroren ist. Shaftoe kann ihn mit mehreren langen Schnitten seines äußerst scharf geschliffenen V-44-»Gung Ho«-Messers größtenteils abschneiden. Für den Nahkampf jedoch – d.h. zum Entblößen von Achselhöhlen und Unterleib – ist die fünfundzwanzig Zentimeter lange, macheteähnliche Klinge des V-44 vollkommen ungeeignet, und da man ihm außerdem eingeschärft hat, ja keine Kratzer zu verursachen, muss er nun auf das USMC-Marine-Raider-Stilett zurückgreifen, dessen schlanke, zweischneidige, achtzehn Zentimeter lange Klinge genau für eine solche Prozedur hätte konstruiert worden sein können, obwohl der fischförmige Knauf, der aus solidem Metall besteht, nach einer Weile an Shaftoes verschwitzter Handfläche festzufrieren beginnt.

Lieutenant Ethridge drückt sich vor der grabmalhaften Tür des Kühlraums herum. Shaftoe stürmt an ihm vorbei, strebt geradewegs dem Ausgang des Gebäudes zu und ignoriert Ethridges drängendes »Shaftoe? Was ist denn nun?«

Er bleibt erst stehen, als er aus dem Schatten des Gebäudes herausgetreten ist. Der nordafrikanische Sonnenschein ergießt sich über seinen Körper wie ein Waschzuber voll Morphium. Er schließt die Augen und wendet ihm das Gesicht zu, hält die erfrorenen Hände hoch, um die Wärme aufzufangen, sie sich über die Unterarme rieseln und von den Ellenbogen tropfen zu lassen.

»Was ist denn nun?«, wiederholt Ethridge.

Shaftoe macht die Augen auf und sieht sich um.

Der Hafen ist ein blauer Halbmond, auf dem sich, wie Diagramme von Tanzschritten, sonnengedörrte Landestege umeinander schlängeln. Einer davon trägt die verwitterten Stümpfe einer alten Befestigung und daneben liegt halb versunken ein französisches Schlachtschiff, das immer noch Rauch und Dampf in die Luft bläst. Überall in der Runde löschen die Schiffe von Operation Torch rascher Ladung, als man es für möglich hält. Aus den Luken der Transporter heben sich Ladenetze und platschen auf die Kais wie riesige Rotzklumpen. Schauerleute schleppen, Lastwagen transportieren, Truppen marschieren, junge Französinnen rauchen Yankee-Zigaretten, Algerier schlagen gemeinsame Unternehmen vor.

Zwischen den Schiffen und der Großfleischerei der Army hier oben auf dem Felsen liegt, was Bobby Shaftoe für die Stadt Algier hält. Seinem kritischen Auge kommt es so vor, als wäre die Stadt weniger erbaut als vielmehr von einer Flutwelle den Hang hinaufgespült worden. Eine Menge Fläche ist dafür draufgegangen, die Scheißsonne abzuhalten, sodass die Stadt von oben wie dichtgemacht wirkt – viel rote Ziegel, verziert mit Blumen und Arabern. Sieht aus, als hätten die Franzosen im Gefolge einer energischen Slumbeseitigungs-Offensive ein paar moderne Betonbauten (z.B. dieses Kühlhaus) hochgezogen. Trotzdem bleiben noch eine Menge Slums zu beseitigen – Ziel Nummer eins ist der menschliche Bienenstock oder Ameisenhaufen gleich links von Shaftoe: die Kasbah nennen sie's. Vielleicht ist es ein Stadtviertel. Vielleicht auch nur ein einziges, ungeschickt aufgeteiltes Gebäude. Nicht zu glauben, wenn man es nicht selbst gesehen hat. Mit Arabern voll gestopft wie eine Telefonzelle bei einer Juxwette unter Studenten.

Shaftoe dreht sich um und betrachtet erneut das Kühlhaus, das hier ungeschützt einem feindlichen Luftangriff ausgesetzt wäre, aber das kümmert kein Schwein, denn wen interessiert es schon, ob die Krauts einen Haufen Fleisch in die Luft jagen?

Lieutenant Ethridge, der einen fast ebenso fürchterlichen Sonnenbrand hat wie Shaftoe, blinzelt.

»Blond«, sagt Shaftoe.
»Okay.«
»Blauäugig.«
»Gut.«
»Ameisenbär – nicht Pilz.«
»Was?«
»Er ist nicht beschnitten, Sir.«
»Ausgezeichnet! Und wie sieht's mit der anderen Sache aus?«
»Eine Tätowierung, Sir!«
Shaftoe genießt die langsame Steigerung der Spannung in Ethridges Stimme: »Beschreiben Sie die Tätowierung, Sergeant!«

»Sir! Es handelt sich um ein sehr verbreitetes militärisches Motiv, Sir! Bestehend aus einem Herzen mit einem Frauennamen darin.«

»Wie lautet der Name, Sergeant?« Ethridge ist kurz davor, sich in die Hose zu machen.

»Sir! Der in der Tätowierung stehende Name ist der Folgende: Griselda. Sir!«

»Aaaah!« Lieutenant Ethridge lässt den Laut tief aus dem Zwerchfell heraufkommen. Verschleierte Frauen drehen sich danach um. Drüben in der Kasbah lehnen sich verhungert wirkende, unrasierte Lumpenköpfe aus zierlichen Türmen und jodeln misstönend.

Ethridge verstummt und begnügt sich damit, die Fäuste zu ballen, bis sie weiß werden. Als er wieder spricht, ist seine Stimme vor Erregung belegt. »Es sind schon Schlachten durch unbedeutendere Glücksfälle entschieden worden, Sergeant!«

»Wem sagen Sie das?«, sagt Shaftoe. »Als ich auf Guadalcanal war, Sir, wurden wir in dieser kleinen Bucht eingeschlossen und festgenagelt – »

»Ich will die Echsengeschichte nicht hören, Sergeant!«

»Sir! Jawohl, Sir!«

Einmal, als Bobby Shaftoe noch in Oconomowoc wohnte, musste er seinem Bruder helfen, eine Matratze eine Treppe hochzuschaffen und das flößte ihm neuen Respekt vor der Schwierigkeit ein, schwere, aber schlaffe Gegenstände zu handhaben. Hott, und Gott sei seiner Seele gnädig, hat ein Mordsgewicht, und deshalb ist es ein Riesenglück, dass er steif gefroren ist. Wenn die Mittelmeersonne ihn sich erst mal vorgenommen hat, wird er garantiert schlaff sein. Und auch sonst noch einiges.

Shaftoes Männer sind allesamt unten im Bereitstellungsraum. Dabei handelt es sich um eine Höhle in einem steilen, künstlichen Kliff, das sich unmittelbar über den Hafenanlagen aus dem Mittelmeer erhebt. Diese Höhlen setzen sich meilenweit fort und über ihnen verläuft eine breite Straße. Im Falle dieser speziellen Höhle jedoch sind selbst die Zufahrten mit Zeltbahnen und Planen verhängt worden, damit niemand, nicht einmal alliierte Truppen, sehen kann, womit sie sich beschäftigen: nämlich nach irgendwelchen Ausrüstungsgegenständen suchen, die mit 2701 beschriftet sind, die letzte Ziffer übermalen und durch eine 2 ersetzen. Die erste Operation wird von Männern mit grüner, die zweite von Männern mit weißer oder schwarzer Farbe durchgeführt.

Shaftoe sucht sich aus jeder Farbgruppe einen Mann aus, damit die Operation insgesamt nicht gestört wird. Die Sonne ist hier überwältigend stark, doch in der Höhle, durch die sich eine kühle Mittelmeerbrise stiehlt, ist es eigentlich gar nicht so schlecht. Von all den warmen, übermalten Flächen geht der scharfe Geruch von Petroleumdestillaten aus. Für Bobby Shaftoe ist das ein tröstlicher Geruch, denn man streicht niemals etwas, wenn man sich im Gefecht befindet. Der Geruch macht ihn andererseits aber auch ein bisschen fickrig, weil man häufig etwas streicht, kurz *bevor* man sich ins Gefecht begibt.

Shaftoe will seine drei handverlesenen Marines gerade darüber informieren, was ihnen bevorsteht, als Daniels, der Private mit der schwarzen Farbe an den Händen, an ihm vorbei schaut und grinst. »Wonach sucht'n der Lieutenant jetzt schon wieder, was meinen Sie, Sarge?«, fragt er.

Shaftoe und die Privates Nathan (grüne Farbe) und Branph (Weiß) schauen zu Ethridge hinüber und sehen, dass er sich hat ablenken lassen. Er durchwühlt erneut die Abfalleimer.

»Wir haben alle bemerkt, dass Lieutenant Ethridge offenbar meint, es sei seine Lebensaufgabe, Abfalleimer zu durchwühlen«, sagt Sergeant Shaftoe mit leiser, gebieterischer Stimme. »Er ist Absolvent von Annapolis.«

Ethridge richtet sich auf und hält auf die denkbar vorwurfsvollste Weise ein gelochtes und perforiertes Stück Pappe hoch. »Sergeant! Würden Sie mir bitte sagen, worum es sich bei diesem Material handelt.«

»Sir! Das ist das Standardmodell einer Militärschablone, Sir!«

»Sergeant! Wie viele Buchstaben hat das Alphabet?«

»Sechsundzwanzig, Sir!«, erwidert Shaftoe schneidig.

Die Privates Daniels, Nathan und Branph pfeifen einander anerkennend zu – dieser Sergeant Shaftoe ist schwer auf Zack.

»Und wie viele Ziffern?«

»Zehn, Sir!«

»Und von den sechsunddreißig Buchstaben und Ziffern sind wie viele durch unbenutzte Schablonen in diesem Abfalleimer vertreten?«

»Fünfunddreißig, Sir! Alle bis auf die Ziffer 2, die einzige, die wir brauchen, um Ihre Befehle auszuführen, Sir!«

»Haben Sie den zweiten Teil meines Befehls vergessen, Sergeant?«

»Sir, jawohl, Sir!« Sinnlos, in diesem Punkt zu lügen. Eigentlich mögen es Offiziere sogar, wenn man ihre Befehle vergisst, weil es sie daran erinnert, wie viel schlauer als man selbst sie sind. So haben sie das Gefühl, gebraucht zu werden.

»Der zweite Teil meines Befehls lautete, strenge Maßnahmen zu ergreifen, damit keine Spur von der Veränderung zurückbleibt!«

»Sir, jawohl, jetzt erinnere ich mich wieder, Sir!«

Lieutenant Ethridge, der zunächst ein wenig eingeschnappt war, hat sich mittlerweile ziemlich beruhigt, was für ihn spricht und von sämtlichen Männern, die ihn erst seit weniger als sechs Stunden kennen, gebührend, wenn auch stumm, zur Kenntnis genommen wird. Mittlerweile spricht er in ruhigem Gesprächston, wie ein freundlicher High-School-Lehrer. Er trägt die Militärbrille mit dem dicken, schwarzen Gestell, die im Gewerbe als NVB oder Notzuchtverhinderungsbrille bekannt ist. Sie ist mit einem dicken schwarzen Gummiband an seinem Kopf festgeschnallt. Er sieht damit aus wie ein geistig Zurückgebliebener. »Wenn ein feindlicher Agent den Inhalt dieses Abfalleimers durchsuchen würde, was man von feindlichen Agenten durchaus schon erlebt hat, was würde er dann finden?«

»Schablonen, Sir!«

»Und wenn er die Ziffern und Buchstaben zählen würde, würde ihm dann irgendetwas Ungewöhnliches auffallen?«

»Sir! Sie wären alle sauber, bis auf die Zweier, die entweder fehlen würden oder voller Farbe wären, Sir!«

Lieutenant Ethridge sagt ein paar Minuten lang gar nichts und lässt seine Worte wirken. In Wirklichkeit weiß kein Aas, wovon er eigentlich redet. Die Atmosphäre lädt sich auf, bis Sergeant Shaftoe schließlich einen verzweifelten Versuch macht. »Marines, ich will, dass ihr auf alle diese verfluchten Schablonen Farbe drauf macht!«, bellt er.

Die Marines attackieren die Abfalleimer, als wären es japanische Bunker, und Lieutenant Ethridge scheint besänftigt. Nachdem Bobby Shaftoe auf diese Weise kräftig gepunktet hat, führt er die Privates Daniels, Nathan und Branph hinaus auf die Straße, ehe Lieutenant Ethridge dahinter steigt, dass Shaftoe bloß geraten hat. Sie steuern zügig das Kühlhaus oben auf dem Kamm an.

Diese Marines sind allesamt schlachterprobte Veteranen, sonst wären sie nie in einen derart üblen Schlamassel geraten – auf einem unnötig gefährlichen Kontinent (Afrika) festsitzend und umringt vom Feind (Truppen der United States Army). Dennoch, als sie das Kühlhaus betreten und ihren ersten Blick auf PFC Hott werfen, werden sie still.

Private Banph faltet die Hände und reibt sie dabei verstohlen aneinander. »Lieber Gott – «

»Klappe halten, Private!«, sagt Shaftoe, »das hab ich schon gemacht.«

»Okay, Sarge.«

»Besorgen Sie eine Fleischsäge!«, sagt Shaftoe zu Private Nathan.

Den Privates verschlägt es den Atem.

»Für das verfluchte Schwein!«, verdeutlicht Shaftoe. Dann wendet er sich an Private Daniels, der ein unauffälliges Bündel trägt, und sagt: »Aufmachen!«

Das Bündel (das Ethridge an Shaftoe ausgehändigt hat) enthält, wie sich herausstellt, einen Taucheranzug. Nicht die GI-Ausführung; irgendein europäisches Modell. Shaftoe faltet ihn auseinander und überprüft die verschiedenen Teile, während die Privates Nathan und Branph mit kräftigen Zügen einer riesigen Spannsäge Frosty das Schwein zerstückeln.

Alles arbeitet stumm vor sich hin, da plötzlich unterbricht eine neue Stimme. »Lieber Gott«, beginnt die Stimme und alle blicken auf und sehen einen Mann in ihrer Nähe stehen, der die Hände zum Gebet gefaltet hat. Seine Worte sind feierlich zu einer deutlich sichtbaren, ausströmenden Dampfwolke kondensiert und verschleiern sein Gesicht. Uniform und Rang werden von einer um seine Schultern geworfenen Army-Decke verborgen. Er würde wie ein Kamel reitender Prophet aus dem Heiligen Land aussehen, wenn er nicht sauber rasiert wäre und eine Notzuchtverhinderungsbrille trüge.

»Verdammt noch mal!«, sagt Shaftoe. »Ich hab schon ein Gebet gesprochen, verfluchte Scheiße.«

»Beten wir denn für Private Hott oder für uns selbst?«, fragt der andere.

Das ist eine harte Nuss. Es wird ganz still, da sogar die Fleischsäge aufhört, sich zu bewegen. Shaftoe lässt den Taucheranzug los und steht auf. Der Mann mit der Decke hat sehr kurzes, graues Haar, vielleicht bildet sich aber auch nur Frost auf seiner Kopfhaut. Durch die kilometerdicken Gläser seiner NVB begegnet der Blick seiner eisfarbenen Augen dem von Shaftoe, als erwarte er eine Antwort. Shaftoe tritt einen Schritt näher und bemerkt, dass der Mann einen Priesterkragen trägt.

»Sagen Sie's mir, Rev«, sagt Shaftoe.

Dann erkennt er den Mann mit der Decke. Schon will er ein kerniges *Scheiße noch eins, was treiben Sie denn hier?* loslassen, da hält ihn irgendetwas zurück. Die Augen des Militärgeistlichen zucken in einer so winzigen und raschen Bewegung zur Seite, dass nur Shaftoe, der praktisch die Nasenspitze an ihm reibt, es sehen kann. Die Bewegung besagt: *Halt die Klappe, Bobby, wir unterhalten uns später.*

»Private Hott ist jetzt bei Gott – oder wo immer die Leute hinkommen, wenn sie sterben«, sagt Enoch – »Sie können Bruder zu mir sagen« – Root.

»Was ist denn das für eine Einstellung? Natürlich ist er bei Gott. Herr des Himmels! ›Wo immer die Leute hinkommen, wenn sie sterben.‹ Was sind Sie denn für ein Priester?«

»Ein Priester vom Typ Abteilung 2702, denke ich«, sagt der Militärgeistliche. Lieutenant Enoch Root bricht den Blickkontakt mit Shaftoe schließlich ab und wendet sich der Stelle zu, wo sich alles abspielt. »Weitermachen, Männer«, sagt er. »Sieht so aus, als gibt's heut Abend Schinken, was?«

Die Männer kichern nervös und sägen weiter.

Sobald sie den Rumpf des Schweins von dem Hotts gelöst haben, packt jeder der Marines eine Extremität. Sie tragen Hott in die Metzgerei, die für diese Operation vorübergehend geräumt worden ist, damit Hotts ehemalige Filier-Kameraden keine Gerüchte in die Welt setzen.

Die hastige Räumung einer Metzgerei, nachdem einer der dort Beschäftigten tot auf dem Boden gefunden worden ist, könnte an sich schon Gerüchte aufkommen lassen. Deshalb lautet die Tarngeschichte des Tages, frisch von Leutnant Ethridge ausgekocht, dass es sich bei Abteilung 2702 (entgegen allem äußeren Anschein) um ein Eliteteam medizinischer Spezialisten handelt, die sich darum Sorgen machen, dass Hott von einer seltenen neuen Form von nordafrikanischer Lebensmittelvergiftung dahingerafft worden ist. Vielleicht sogar etwas, was die Franzosen absichtlich zurückgelassen haben, die, was man so hört, leicht angesäuert darüber sind, dass man ihnen ihr Schlachtschiff versenkt hat. Jedenfalls (so die Geschichte) muss die ganze Metzgerei für einen Tag geschlossen und mit dem Lauskamm durchgekämmt werden. Hotts Leichnam wird eingeäschert und dann erst an seine Angehörigen zurückgeschickt, um sicherzustellen, dass der gefürchtete Erreger sich nicht nach Chicago – der Schlachthof-Hauptstadt des Planeten – ausbreitet, wo die unabsehbaren Folgen den Ausgang des Krieges beeinflussen könnten.

Nur um die Fiktion zu wahren, liegt ein GI-Sarg auf dem Boden. Shaftoe und seine Männer ignorieren ihn völlig und beginnen, die Leiche zu bekleiden, zunächst mit einer entsetzlichen Badehose, dann mit den diversen Bestandteilen des Taucheranzugs.

»He!«, sagt Ethridge. »Ich dachte, die Handschuhe kommen zum Schluss dran.«

»Sir, wir ziehen sie ihm zuerst an, mit Ihrer Erlaubnis, Sir!«, sagt Bobby Shaftoe. »Seine Finger werden nämlich als Erstes tauen, und sobald das passiert, sind wir angeschissen, Sir!«

»Gut, dann ziehen Sie ihm zuerst die da an«, sagt Ethridge und gibt ihm eine Armbanduhr. Shaftoe wiegt sie in der Hand und pfeift anerkennend. Sie ist wunderschön: ein Schweizer Chronometer aus massivem Uranium, dessen edelsteinüberladenes Gangwerk wie der Herzschlag eines kleinen Säugetiers vor sich hin pocht. Er lässt sie am Ende des Armbandes baumeln, das aus raffiniert miteinander verzahnten Panzerstahlplättchen besteht. Das Ding ist so schwer, dass man eine Muskalunge damit betäuben könnte.

»Schön«, sagt Shaftoe, »aber sie geht nicht besonders genau.«

»In der Zeitzone, in die wir gehen, schon«, sagt Ethridge.

Der gemaßregelte Shaftoe begibt sich an die Arbeit. Die Lieutenants Ethridge und Root machen sich unterdessen anderweitig nützlich. Sie schaffen die grob zersägten Überreste von Frosty, dem Schwein, in die Metzgerei und werfen sie auf eine riesige Waage. Das Fleisch wiegt ungefähr dreißig Kilogramm, was immer das heißt. Enoch Root, der eine von den Männern stumm gewürdigte Lust auf körperliche Arbeit an den Tag legt, schleppt einen weiteren Schweinerumpf, unhandlich wie ein Bollerwagen, herbei und wuchtet ihn auf die Waage, wodurch das Gesamtgewicht auf siebzig steigt. Ethridge bewegt sich wie ein Brustschwimmer durch Wolken von Fliegen, um sämtliche Stücke einzusammeln, die sich bei Räumung der Metzgerei auf den Hackklötzen befanden. Er wirft sie auf die Waage und die Nadel schlägt beinahe bis zur Hunderter-Marke aus. Nun sind sie mithilfe von Schinken und Braten, die sie nacheinander aus dem Gefrierschrank holen, imstande, das Gewicht auf hundertdreißig zu steigern. Enoch Root – der sich mit exotischen Messsystemen auszukennen scheint – hat eine Berechung vorgenommen und zweimal überprüft, derzufolge das Gewicht von Gerald Hott, ausgedrückt in Kilogramm, bei einhundertdreißig liegt.

Sämtliches Fleisch wandert in den Sarg. Ethridge knallt den Deckel zu und schließt damit auch ein paar Fliegen ein, die keine Ahnung haben, was ihnen bevorsteht. Root geht mit einem Klauenhammer drumherum und schlägt mit sicheren, kräftigen, Zimmermann-von-Nazareth-haften Schlägen Sechzehn-Penny-Nägel ein. Ethridge hat inzwischen ein GI-Handbuch aus seiner Aktentasche gezogen. Shaftoe steht so nahe, dass er den Titel lesen kann, der in Blockbuchstaben auf den olivgrünen Einband gedruckt ist:

VORSCHRIFTEN ZUM VERSCHLIESSEN VON SÄRGEN
TEIL III: TROPISCHE BEDINGUNGEN
BD. II: SITUATIONEN MIT HOHEM ANSTECKUNGSRISIKO (BEULENPEST ETC.)

Die beiden Lieutenants wenden eine gute Stunde daran, die Anweisungen des Handbuchs zu befolgen. Die Anweisungen sind nicht sonderlich kompliziert, doch Enoch Root fallen fortwährend syntaktische Zweideutigkeiten auf, deren Weiterungen er nachgehen will. Das macht Ethridge zunächst nervös, dann tendiert sein Gemütszustand zu Ungeduld und schließlich zu äußerstem Pragmatismus. Damit der Priester die Klappe hält, nimmt Ethridge das Handbuch an sich und veranlasst Root, mit Schablone Hotts Namen auf den Sarg zu schreiben und diesen mit roten Aufklebern zu versehen, die mit derart Furcht erregenden medizinischen Warnungen bedruckt sind, dass allein schon die Überschriften leichte Übelkeit hervorrufen. Als Root fertig ist, darf von Rechts wegen nur noch General George C. Marshall persönlich diesen Sarg öffnen und selbst er bräuchte zunächst eine Sondererlaubnis des Generalstabsarztes und müsste zuvor sämtliche Lebewesen im Umkreis von einhundert Meilen evakuieren.

»Der Priester redet irgendwie komisch«, sagt Private Nathan irgendwann, nachdem er mit heruntergeklapptem Kiefer eine der Root/Ethridge-Debatten verfolgt hat.

»Stimmt!«, ruft Private Branph aus, als müsste man sehr genau hinhören, um den Akzent zu bemerken. »Was ist das eigentlich für ein Akzent?«

Aller Augen richten sich auf Bobby Shaftoe, der so tut, als höre er ein Weilchen zu, und dann sagt: »Tja, Leute, ich würde sagen, dieser Enoch Root ist der Nachkomme einer langen Reihe holländischer, möglicherweise auch deutscher Missionare auf den Südseeinseln, mit australischen Einsprengseln. Und außerdem würde ich sagen, dass er – weil er in Gebieten groß geworden ist, die von den Briten beherrscht werden – einen britischen Pass hat, bei Kriegsbeginn von deren Militär eingezogen wurde und jetzt zum ANZAC gehört.«

»Ha!«, röhrt Private Daniels, »wenn das alles stimmt, geb ich Ihnen *fünf Dollar.*«

»Abgemacht«, sagt Shaftoe.

Ethridge und Root werden ungefähr zur gleichen Zeit mit dem Verschließen des Sarges fertig, zu der Shaftoe und seine Marines die letzten Teile des Taucheranzugs an Ort und Stelle fummeln. Es braucht eine Riesenladung Talkumpuder, aber sie schaffen es. Ethridge versorgt sie mit dem Talkumpuder, das kein GI-Puder ist; es kommt von irgendwoher in Europa. Über einigen der Buchstaben auf dem Etikett stehen zwei Punkte, was, wie Shaftoe weiß, ein Charakteristikum der deutschen Sprache ist.

Ein Lkw, der nach Farbe riecht (es ist ein Lkw von Abteilung 2702), fährt rückwärts an die Laderampe. Hinein wandern der verschlossene Sarg und der mittlerweile vulkanisierte tote Metzger.

»Ich bleibe noch da und überprüfe die Abfalleimer«, sagt Lieutenant Ethridge zu Shaftoe. »Ich treffe Sie dann in einer Stunde auf dem Flugplatz.«

Shaftoe stellt sich eine Stunde mit dieser Ladung auf der Ladefläche eines heißen Lkw vor. »Soll ich ihn auf Eis legen, Sir?«

Darüber muss Ethridge eine Weile nachdenken. Er nuckelt an seinen Zähnen, sieht auf seine Uhr, gibt unbestimmte Laute von sich. Doch als er schließlich antwortet, klingt seine Stimme entschlossen. »Nein. Zur Erfüllung unseres Auftrags ist es zwingend erforderlich, dass wir ihn jetzt in aufgetautem Zustand bringen.«

PFC Gerald Hott und sein mit Fleisch beladener Sarg nehmen die Mitte der Ladefläche ein. Die Marines sitzen seitlich davon, aufgereiht wie Sargträger. Shaftoe ertappt sich dabei, dass er über das Gemetzel hinweg in Enoch Roots Gesicht starrt, das einen Ausdruck bemühter Nonchalance trägt.

Er weiß, dass er eigentlich warten müsste, aber er hält es einfach nicht aus. »Was machen Sie eigentlich hier?«, fragt er schließlich.

»Die Abteilung wird verlegt«, sagt der Rev. »Näher an die Front.«

»Wir sind gerade von dem Scheißboot runtergekommen«, sagt Shaftoe. »Natürlich gehen wir näher an die Front, verflucht – weiter weg geht schließlich nicht, außer wir schwimmen.«

»Während wir unsere Zelte abbrechen«, sagt Root gelassen, »bin ich mit von der Partie.«

»Das meine ich nicht«, sagt Bobby Shaftoe. »Ich meine, wozu braucht die Abteilung einen Militärgeistlichen?«

»Sie kennen doch das Militär«, sagt Root. »Jede Einheit braucht einen.«

»Es bringt Unglück.«

»Es *bringt Unglück*, wenn man einen Militärgeistlichen hat? Warum?«

»Es bedeutet, dass die Sesselfurzer mit einem Haufen Beerdigungen rechnen, darum.«

»Sie sind also der Ansicht, das Einzige, was ein Geistlicher tun kann, ist, Beerdigungen zu leiten? Interessant.«

»Und Hochzeiten und Taufen«, sagt Shaftoe. Alle anderen Marines glucksen.

»Könnte es sein, dass Ihnen angesichts der Ungewöhnlichkeit des ersten Einsatzes von Abteilung 2702 ein wenig bang ist?«, will Root wissen, wirft einen angelegentlichen Blick auf den verblichenen Hott und starrt Shaftoe dann direkt in die Augen.

»Bang? Jetzt hören Sie mal zu, Rev, ich habe auf Guadalcanal Sachen gemacht, dagegen ist das hier das reinste Kaffeekränzchen.«

Alle anderen Marines halten das für einen tollen Spruch, aber Root ist unbeeindruckt.

»Wissen Sie, warum Sie das auf Guadalcanal gemacht haben?«

»Klar! Um am Leben zu bleiben.«

»Wissen Sie auch, warum Sie das hier tun?«

»Scheiße, woher denn.«

»Irritiert Sie das nicht ein bisschen? Oder sind Sie einfach nur ein dummer Stiftkopf, den das nicht interessiert?«

»Tja, da haben Sie mich sozusagen in die Ecke gedrängt, Rev«, sagt Shaftoe. Nach kurzem Schweigem fährt er fort: »Ein bisschen neugierig bin ich schon, das geb ich zu.«

»Wenn es in Abteilung 2702 jemanden gäbe, der dazu beitragen könnte, Ihre Fragen nach dem Warum zu beantworten, würde Ihnen das etwas nützen?«

»Ich denke schon«, brummelt Shaftoe. »Es kommt mir halt nur seltsam vor, dass wir einen Geistlichen kriegen.«

»Warum kommt Ihnen das seltsam vor?«

»Weil das hier eine bestimmte Art von Einheit ist.«

»Was für eine Einheit denn?«, fragt Root. Er fragt es mit einem gewissen sadistischen Vergnügen.

»Darüber dürfen wir nicht reden«, sagt Shaftoe. »Und außerdem wissen wir's nicht.«

Den Hügel hinab schwingen sich in aufwändigem Zickzack gewaltige Rampen über Reihen von Bögen mit Tarnanstrich zu dem Strang sich verzweigender Eisenbahngleise, die den Hafen von Süden her versorgen. »Man kommt sich vor, als steht man im Ablauf von so'm Scheißflipper«, sagt Shaftoe, während er den Weg hinaufblickt, den sie gerade gekommen sind, und daran denkt, was womöglich gleich aus der Kasbah herausgerollt kommt. Sie fahren die Eisenbahngleise entlang nach Süden und kommen in eine Zone von Abraumhalden, Kohlenhaufen und Schloten, die dem Great Lakes Eagle Scout Shaftoe sehr bekannt vorkommt, hier jedoch mittels einer Art kulturüberschreitendem Getriebezug funktioniert, der ungefähr eine Million Zahneingriffe breit ist. Sie halten vor der *Société Algérienne d'Éclairage et de Force*, einem Behemoth mit Doppelschornstein und dem größten Kohlenhaufen von allen. Sie sind irgendwo im Niemandsland, doch es wird deutlich, dass man sie erwartet. Hier – wie überall sonst, wo Abteilung 2702 hingeht – stellt sich ein merkwürdiger Ranginflationseffekt ein. Der Sarg wird von zwei Lieutenants, einem Captain und einem Major unter Aufsicht eines Colonels in die *SAEF* getragen! Weit und breit ist kein Mannschaftsdienstgrad zu sehen und Bobby Shaftoe, als bloßer Sergeant, macht sich Sorgen darum, was für eine Arbeit sie wohl für *ihn* finden werden. Außerdem ist ein Schreibkram-Negierungseffekt zu beobachten; jedes Mal, wenn Shaftoe damit rechnet, von der üblichen halben Stunde Papierkrieg aufgehalten zu werden, kommt ein besorgter Offizier angelaufen, fuchtelt wütend mit den Händen und er wird durchgelassen.

Ein Araber mit einer Kopfbedeckung, die wie eine rote Kaffeedose aussieht, zerrt eine Eisentür auf; Flammen lecken nach ihm und er schlägt sie mit einem geschwärzten Eisenstab zurück. Die Sargträger richten das vordere Ende des Sarges auf das Feuerloch aus und stoßen ihn dann hinein, als rammten sie eine große Granate in ein 40cm-Geschütz, und der Mann mit der Dose auf dem Kopf knallt unter wildem Herumwirbeln der Quaste auf der Dose die Tür zu. Noch ehe er sie verriegelt hat, fängt er schon an zu jodeln wie die Burschen oben in der Kasbah. Die Offiziere stehen allesamt in bestem Einvernehmen herum und setzen ihre Unterschrift auf Klemmbretter.

Und so lässt der Lkw die *Société Algérienne d'Éclairage et de Force* mit einem Minimum an Komplikationen, das nur ein Veteran wie Bobby Shaftoe als unheimlich empfinden kann, hinter sich und fährt wieder die verdammten Rampen nach Algier hinauf. Der Anstieg ist steil –

die ganze Strecke eine Sache für den ersten Gang. Straßenhändler mit kochendem Öl auf ihren Handkarren halten nicht nur Schritt mit ihnen, sondern bereiten unterwegs auch noch Frittiertes zu. Unter der Antriebswelle des Lkw wuseln und raufen dreibeinige Hunde. Außerdem wird Abteilung 2702 von Eingeborenen mit Kaffeedosen auf dem Kopf verfolgt, die damit drohen, aus Nachttöpfen verfertigte Gitarren zu spielen, ferner von Orangenverkäufern, Schlangenbeschwörern und ein paar blauäugigen Burnusträgern, die Klumpen von irgendeinem unverpackten, unetikettierten Zeug hochhalten. Hagelkörnern gleich lassen sich diese Klumpen in Analogie zu Früchten und Sportgeräten klassifizieren. Im Durchschnitt rangieren sie zwischen Traube und Baseball. Irgendwann tauscht der Kaplan spontan einen Schokoladenriegel gegen einen Golfball von dem Zeug ein.

»Was ist das? Schokolade?«, fragt Bobby Shaftoe.

»Wenn es Schokolade wäre«, sagt Root, »hätte der Kerl keinen Schokoladenriegel dafür genommen.«

Shaftoe zuckt die Achseln. »Außer es ist beschissene Schokolade.«

»Oder Scheiße!«, platzt Private Nathan heraus und ruft damit ungeheure Heiterkeit hervor.

»Haben Sie schon mal von Mary Jane gehört?«, fragt Root.

Shaftoe – Vorbild und Anführer – unterdrückt den Impuls zu sagen, *Von ihr gehört? Gevögelt hab ich sie!*

»Das da ist die konzentrierte Essenz«, sagt Enoch Root.

»Woher wollen Sie das wissen, Rev?«, fragt Private Daniels.

Der Rev lässt sich nicht aus der Fassung bringen. »Ich bin hier der Gottesmann, stimmt's? Ich kenne den religiösen Aspekt.«

»Ja, Sir!«

»Also, irgendwann gab es mal eine Gruppe Moslems namens *hashishin*, die haben das Zeug gegessen und dann sind sie losgezogen und haben Leute umgebracht. Sie waren so gut darin, dass sie berühmt oder vielmehr berüchtigt wurden. Mit der Zeit hat sich die Aussprache des Namens verändert – wir kennen sie als Assassinen, d. h. Mörder.«

Es tritt angemessen respektvolles Schweigen ein. Schließlich sagt Sergeant Shaftoe: »Worauf warten wir eigentlich noch?«

Sie essen etwas davon. Shaftoe als der ranghöchste anwesende Unteroffizier isst mehr als die anderen. Nichts tut sich. »Der Einzige, den ich Lust hätte umzubringen, ist der Kerl, der uns das Zeug verkauft hat«, sagt er.

Auf dem Flugplatz, elf Meilen außerhalb der Stadt, herrscht mehr Betrieb, als dort je vorgesehen war. Die Gegend eignet sich gut für den Wein- und Olivenanbau, doch weiter landeinwärts sind steinige Berge zu sehen und dahinter liegt ein Flecken Sand, so groß wie die Vereinigten Staaten – der sich größtenteils in der Luft zu befinden und auf sie zuzubewegen scheint. Zahllose Flugzeuge – vorwiegend Dakota-Transporter, auch bekannt unter dem Namen Gooney Birds – wirbeln gewaltige, die Zunge belegende und den Rotz verdickende Staubwolken auf. Erst nach einiger Zeit kommt es Shaftoe in den Sinn, dass seine trockenen Augen und sein trockener Mund vielleicht nicht nur auf den Staub in der Luft zurückzuführen sind. Sein Speichel hat die Konsistenz von Fliesenkleber.

Die Abteilung ist so verdammt geheim, dass kein Aas auf dem Flugplatz weiß, dass es sie überhaupt gibt. Es sind eine Menge Briten da und in der Wüste tragen die Briten kurze Hosen, was bei Shaftoe das Bedürfnis weckt, ihnen eins auf die Nase zu geben. Er beherrscht sich. Aber seine offenkundige Feindseligkeit gegenüber Männern in kurzen Hosen, gepaart mit der Tatsache, dass er verlangt, den Weg zu einer Einheit beschrieben zu bekommen, die so geheim ist, dass er sie nicht namentlich nennen oder auch nur vage beschreiben kann, hat viel Verwirrung und viel Ungläubigkeit zur Folge und verschafft der anglo-amerikanischen Allianz einen im Großen und Ganzen schlechten Start.

Sergeant Shaftoe allerdings begreift jetzt, dass sich alles, was mit seiner Abteilung zu tun hat, in aller Regel weit abseits befindet und in schwarze Planen und Zeltbahnen gehüllt ist. Wie jede andere militärische Einheit ist Abteilung 2702 reich an manchen Nachschubgütern und arm an anderen, aber sie verfügt allem Anschein nach über fünfzig Prozent der letztjährigen Gesamtproduktion der Vereinigten Staaten an Segeltuch. Als Shaftoe diese Tatsache erwähnt und sich gegenüber seinen Kameraden ausführlich darüber verbreitet, sehen einige der Männer ihn ein bisschen seltsam an. Es bleibt Enoch Root überlassen zu sagen: »Angesichts von Riesenechsen und schwarzen Planen könnte mancher vielleicht meinen, Sie führen sich ein bisschen paranoid auf.«

»Ihnen erzähl ich gleich was von paranoid«, sagt Shaftoe und das tut er denn auch, ohne dabei Lieutenant Ethridge und die Abfalleimer zu vergessen. Bis er damit fertig ist, hat sich die gesamte Abteilung auf der anderen Seite der Planen versammelt und alle sind schön angespannt, ausgenommen ihr neuester Rekrut, der sich, wie Shaftoe beifällig vermerkt, zu entspannen beginnt. In seinem Taucheranzug auf der Ladefläche des Lkws liegend, *passt er sich an,* anstatt bei jeder Unebenheit hochzuhüpfen.

Trotzdem ist er noch so steif, dass sich das Problem vereinfacht, ihn aus dem Lastwagen in den ihnen zugewiesenen Gooney Bird zu schaffen: einer abgespeckten Version der DC-3, militärischen Bedürfnissen angepasst und (für Shaftoes skeptisches Auge) in ihrer Flugtüchtigkeit nicht wenig beeinträchtigt durch zwei riesige, in eine Seite eingeschnittene Ladetüren, die den Rumpf beinahe in zwei Teile teilen. Diese Dakota fliegt schon so lange in der Wüste herum, dass der Sand die gesamte Farbe von Propellerblättern, Motorhaube und vorderen Flügelkanten abgeschmirgelt und blankes Metall zurückgelassen hat, das für sämtliche Piloten der deutschen Luftwaffe im Umkreis von fünfhundert Kilometern einen einladenden Silberschimmer erzeugt. Schlimmer noch: Der Verkleidung des Rumpfes entsprießen zahlreiche Antennen, die meisten davon um das Cockpit herum. Nicht bloß Peitschenantennen, sondern riesengroße Bratroste, angesichts derer Shaftoe sich wünscht, er hätte eine Metallsäge. Auf unheimliche Weise ähneln sie denen, die Shaftoe die Treppe von Station Alpha in Schanghai hinuntergeschafft hat – eine Erinnerung, die sich mittlerweile irgendwie mit den anderen Bildern in seinem Kopf vermischt hat. Als er sie zurückzuholen sucht, sieht er lediglich einen blutüberströmten Jesus, der einen Hochfrequenz-Zweikanal-Dipol eine Steintreppe in Manila hinunterträgt, und dass das nicht stimmen kann, ist ihm klar.

Obwohl sie sich auf einem Flugplatzgelände unter Hochbetrieb befinden, weigert sich Ethridge, die Operation weitergehen zu lassen, solange auch nur ein einziges Flugzeug am Himmel ist. Schließlich sagt er: »Okay, JETZT!« Kaum haben sie die Leiche auf dem Lkw hochgehoben, hören sie Ethridge »Nein, STOPP!« brüllen und setzen sie wieder ab. Als es längst nicht mehr grausig amüsant ist, werfen sie schließlich eine Plane über Gerald Hott, schaffen ihn an Bord und heben kurz darauf ab. Abteilung 2702 ist unterwegs zu einem Rendezvous mit Rommel.

Zyklen

Es ist Anfang November 1942 und auf einen Schlag passiert überall schlicht unglaublich viel Scheiße. Nicht einmal Zeus persönlich bekäme das alles auseinander klamüsert, selbst wenn er die Karyatiden mobilisierte – ihnen sagte, egal, was wir euch erzählt haben, lasst den Kram einfach fallen. Überall würden Tempel zusammenklappen wie kaputte Liegestühle, wenn er die Karyatiden – und was er an Naiaden und Dryaden aufscheuchen könnte – auf die Bibliothekarsschule schickte, ihnen grüne Augenschirme gäbe, sie in die züchtige, asexuelle Kluft des AVDOW, des Archivverwaltungsdienstes Olympische Warte, steckte und sie rund um die Uhr Karteikarten ausfüllen ließe. Sie dazu brächte, ein bisschen was von ihrer viel gerühmten Karyatiden-Standfestigkeit für die Bedienung von Hollerith-Maschinen und ETC-Kartenlesern einzusetzen. Selbst dann bekäme Zeus die Situation wahrscheinlich noch nicht in den Griff. Er hätte so die Schnauze voll, dass er kaum mehr wüsste, auf welche hybriden Sterblichen er seine Donnerkeile schleudern oder welchen Pinup-Mädchen und knackigen Privates er an die Wäsche gehen sollte.

Lawrence Pritchard Waterhouse hat im Moment so viel olympischen Überblick, wie man überhaupt nur haben kann. Roosevelt, Churchill und die paar anderen auf der Ultra-Mega-Liste verfügen zwar über den gleichen Zugang, haben jedoch andere Sorgen und Obliegenheiten. Sie können nicht in der Datenfluss-Kapitale des Planeten herumspazieren, Übersetzern über die Schulter schauen und die entschlüsselten Nachrichten lesen, noch während sie, *klickedi-klickedi-klack*, aus den Typex-Maschinen kommen. Sie können nicht nach Lust und Laune einzelne Fäden des globalen Textes verfolgen, von Baracke zu Baracke laufen und Verbindungen herstellen, während die WRENS in Baracke 11 Steckerleitungen von einer Bomben-Buchse zur anderen legen und so ein Netz wirken, mit dem Hitlers durch den Äther sausende Botschaften eingefangen werden.

Hier einiges, was Waterhouse weiß: Die Schlacht von El Alamein ist gewonnen, Montgomery jagt Rommel mit offenbar halsbrecherischer Geschwindigkeit nach Westen über die Cyrenaika und treibt ihn auf Tunis, den fernen Stützpunkt der Achsenmächte, zu. Das Ganze ist allerdings nicht die Schlappe für Rommel, nach der es aussieht. Wenn Monty nur die Bedeutung der Nachrichten kapierte, die über den

Ultra-Kanal eingehen, könnte er entscheidend manövrieren und größere deutsche und italienische Truppenkontingente einschließen und gefangen nehmen. Aber das ist nicht der Fall und so inszeniert Rommel einen geordneten Rückzug und schickt sich an, einen weiteren Tag zu kämpfen, und in den Beobachtungsräumen von Bletchley Park wird Monty mit seiner Schwerfälligkeit kräftig verflucht, weil er nicht imstande ist, die unschätzbaren, aber verderblichen Nachrichtenjuwelen richtig auszunutzen.

Nordwestafrika war soeben Ziel der größten Landeoperation der Geschichte. Sie heißt Operation Torch: Die Landungskräfte sollen Rommel von hinten angreifen, als Amboss für Montgomerys Hammer dienen oder, wenn Monty nicht ein bisschen Tempo zulegt, vielleicht auch umgekehrt. Die Sache sieht hervorragend organisiert aus, ist es in Wirklichkeit aber nicht; Amerika stößt zum ersten Mal ernsthaft über den Atlantik vor und so wird auf den Schiffen ein ganzer Grabbelsack voll Zeug mitgenommen – darunter auch jede Menge Fernmelde-Nachrichtendienstler, die theatralisch auf die Strände stürmen, als wären sie Marines. An der Landeoperation nimmt auch das amerikanische Kontingent von Abteilung 2702 teil – eine handverlesene Bergungsmannschaft von schlachterprobten Ledernacken.

Einige dieser Marines haben das, was sie wissen, auf Guadalcanal gelernt, einer im Grunde nutzlosen Insel im Südwest-Pazifik, wo sich das Japanische Kaiserreich und die Vereinigten Staaten gegenseitig – mit Gewehren – das Recht streitig machen, einen Luftwaffenstützpunkt zu bauen. Erste Berichte lassen darauf schließen, dass die japanische Armee im Laufe ihrer ausgedehnten Tour durch Ostasien ihren Biss verloren hat. Wie es scheint, lässt sich die Vergewaltigung der gesamten weiblichen Bevölkerung von Nanking und das Abstechen hilfloser philippinischer Dorfbewohner nicht unbedingt in militärische Kompetenz umsetzen. Die japanische Armee versucht immer noch, dahinter zu kommen, wie sie, sagen wir hundert amerikanische Marines töten kann, ohne dabei fünfhundert eigene Soldaten zu verlieren.

Die japanische Marine ist ein ganz anderer Fall – dort kennt man sich aus. Man hat Yamamoto. Man verfügt über Torpedos, die tatsächlich explodieren, wenn sie ihr Ziel treffen, in deutlichem Gegensatz zu den amerikanischen Modellen, die nichts anderes tun, als den Anstrich der japanischen Schiffe anzukratzen und dann mit Bedauern unterzugehen. Yamamoto hat soeben einen weiteren Versuch unternommen, die amerikanische Flotte vor den Santa-Cruz-Inseln zu vernichten, und dabei die *Hornet* versenkt und ein schönes Loch in die *Enterprise* gemacht. Aber er hat ein Drittel seiner Flugzeuge verloren. Angesichts der Verluste, die die Japaner einstecken müssen, fragt sich Waterhouse, ob sich irgendwer in Tokio einmal die Mühe gemacht hat, den Abakus herauszuholen und sich die Zahlen für dieses Zweiter-Weltkrieg-Ding vorzunehmen.

Die Alliierten stellen ihrerseits Berechnungen an und machen sich vor Angst in die Hosen. Mittlerweile befinden sich im Atlantik 100 deutsche Unterseeboote, die größtenteils von Lorient und Bordeaux aus operieren, und sie machen den Geleitzügen mit einer derartigen Effizienz den Garaus, dass man gar nicht mehr von *Gefecht*, sondern nur noch von einer Schlachtorgie lusitanischen Ausmaßes sprechen kann. Bei dem Tempo, das sie vorlegen, werden sie diesen Monat ungefähr eine Million Bruttoregistertonnen versenken, ein Wert, der Waterhouses Begriffsvermögen übersteigt. Er versucht, sich eine Tonne als das ungefähre Äquivalent eines Autos zu denken und sich dann vorzustellen, Amerika und Kanada würden mitten auf dem Atlantik einfach eine Million Autos ins Wasser werfen – und das allein im November. Mein lieber Mann!

Das Problem ist Shark.

Die Deutschen nennen es Triton. Es ist ein neues Kryptosystem, das ausschließlich von ihrer Marine verwendet wird. Dabei handelt es sich um eine Enigma, aber nicht das übliche Modell mit drei Walzen. Dieses alte Ding haben die Polen schon vor ein paar Jahren geknackt und Bletchley Park hat den Vorgang industrialisiert. Doch vor etwas über einem Jahr ist an der Südküste von Island ein intaktes deutsches Unterseeboot gestrandet, das von Leuten aus Bletchley ziemlich gründlich durchsucht wurde. Dabei sind sie auf einen Enigma-Koffer mit Vertiefungen für *vier* – nicht drei – Walzen gestoßen.

Als die vierwalzige Enigma am 1. Februar in Dienst gestellt wurde, ist der gesamte Atlantik schwarz geworden. Seither beschäftigen sich Alan und die anderen sehr eingehend mit dem Problem. Das Dumme ist, dass sie nicht wissen, wie die vierte Walze verdrahtet ist.

Vor ein paar Tagen allerdings ist im östlichen Mittelmeer ein weiteres Unterseeboot mehr oder weniger intakt aufgebracht worden. Colonel Chattan, der zufällig gerade in der Gegend war, hat sich zusammen mit ein paar anderen Bletchleyanern umgehend dorthin begeben. Sie haben eine vierwalzige Enigma sichergestellt, die zwar den

Code nicht knackt, ihnen jedoch die Daten liefert, die sie brauchen, um ihn zu knacken.

Hitler jedenfalls hat wohl Oberwasser, denn er befindet sich im Augenblick auf Reisen, um einen Arbeitsurlaub in seinem Alpenrefugium vorzubereiten. Das hat ihn nicht davon abgehalten, sich den Rest von Frankreich unter den Nagel zu reißen – offenbar hat ihn irgendetwas an Operation Torch richtig auf die Palme gebracht, und so hat er Vichy-Frankreich vollständig besetzt und dann über hunderttausend Mann frische Truppen und eine entsprechend gewaltige Menge Nachschub über das Mittelmeer nach Tunesien geschickt. Waterhouse stellt sich vor, dass man dieser Tage schlicht dadurch von Sizilien nach Tunesien kommt, dass man vom Deck eines deutschen Transportschiffes zum anderen hüpft.

Natürlich wäre Waterhouses Job erheblich einfacher, wenn das stimmte. Die Alliierten könnten so viele von diesen Schiffen versenken, wie sie wollten, ohne dass sich an der informationstheoretischen Front auch nur eine einzige blonde teutonische Augenbraue höbe. Tatsache ist jedoch, dass diese Geleitzüge dünn gesät sind. Wie dünn genau, das sind Parameter, die in die Gleichungen eingehen, welche er und Alan Mathison Turing die ganze Nacht auf Wandtafeln kritzeln.

Wenn man das acht bis zwölf Stunden gemacht hat und die Sonne schließlich wieder aufgegangen ist, gibt es nichts Schöneres als eine flotte Radtour durch die Landschaft von Buckinghamshire.

Während sie über den Kamm der Erhebung strampeln, breitet sich vor ihnen ein Wald aus, der sämtliche Flammenfarben angenommen hat. Die halbkugelförmigen Kronen der Ahorne tragen überdies zu einem realistischen Wabereffekt bei. Lawrence verspürt den eigenartigen Drang, die Lenkstange loszulassen und sich die Hände über die Ohren zu schlagen. Als sie jedoch zwischen die Bäume rollen, bleibt die Luft herrlich kühl und der Himmel über ihnen frei von schwarzen Rauchwolken, und die hier herrschende Ruhe und Stille könnte von dem, woran sich Lawrence erinnert, gar nicht verschiedener sein.

»Quatschen, quatschen, quatschen!«, sagt Alan Turing und imitiert dabei das Gegacker wütender Hühner. Der seltsame Laut wird noch dadurch zusätzlich verfremdet, dass Alan eine Gasmaske trägt, die er sich schließlich ungeduldig auf die Stirn schiebt. »Die hören sich selbst wahnsinnig gern quatschen.« Er meint Winston Churchill und

Franklin Roosevelt. »Und sich gegenseitig quatschen zu hören, dagegen haben sie auch nichts – jedenfalls bis zu einem bestimmten Punkt. Aber verglichen mit gedrucktem Text ist die Stimme ein schrecklich redundanter Informationskanal. Wenn man Text nimmt und ihn durch eine Enigma laufen lässt – was im Grunde gar nicht so kompliziert ist –, dann führt das dazu, dass die vertrauten Muster im Text, wie zum Beispiel das Überwiegen des Buchstabens E, praktisch nicht mehr festzustellen sind.« Dann zieht er sich die Gasmaske wieder übers Gesicht, um den folgenden Punkt hervorzuheben: »Die Stimme dagegen kann man auf die denkbar verzwickteste Weise verzerren und permutieren, und sie wird einem Zuhörer trotzdem vollkommen verständlich sein.« Worauf Alan von einem Niesanfall gepackt wird, der die Kakibänder um seinen Kopf zu sprengen droht.

»Unser Gehör ist darauf ausgelegt, die vertrauten Muster zu erkennen«, gibt Lawrence zu bedenken. Er trägt keine Gasmaske, weil (a) kein Gasangriff der Nazis im Gange ist und er (b) im Gegensatz zu Alan nicht an Heuschnupfen leidet.

»Entschuldige bitte.« Alan bremst unvermittelt und steigt vom Rad. Er hebt das Hinterrad vom Asphalt ab, versetzt es mit der freien Hand in schnelle Drehung, greift dann nach unten und zieht mit einem kurzen seitlichen Ruck an der Kette. Von ein paar Nachniesern unterbrochen, betrachtet er eingehend den Mechanismus.

Die Kette von Turings Fahrrad hat ein schwaches Glied. Das Hinterrad hat eine verbogene Speiche. Wenn Kettenglied und Speiche miteinander in Kontakt kommen, geht die Kette auseinander und fällt auf die Straße. Das geschieht nicht bei jeder Umdrehung des Rades – ansonsten wäre das Fahrrad vollkommen unbrauchbar. Es passiert nur, wenn Kette und Rad in eine bestimmte Position zueinander gelangen.

Bei Zugrundelegung plausibler Annahmen über die Geschwindigkeit, die Dr. Turing, ein tüchtiger Radfahrer, aufrechterhalten kann (sagen wir 25 km/h), und den Radius seines Hinterrades (ein Drittel Meter) würde die Kette, wenn ihr schwaches Glied die verbogene Speiche bei jeder Umdrehung träfe, jede Drittelsekunde abfallen.

Tatsächlich fällt die Kette aber nur ab, wenn die verbogene Speiche und das schwache Kettenglied zusammentreffen. Angenommen, man kennzeichnet die Position des Hinterrades durch das traditionelle Θ. Der Einfachheit halber wollen wir davon ausgehen, dass $\Theta = 0$, wenn das Rad sich in der Position zu drehen beginnt, in der die verbogene Speiche imstande ist, das schwache Kettenglied zu treffen (allerdings nur, wenn das schwache Glied auch zur Stelle ist und getroffen werden kann). Wenn man Grade als Maßeinheit benutzt, dann steigt Θ bei einer einzigen Umdrehung des Rades auf 359 Grad, ehe es wieder auf 0 zurückfällt, die Stelle, an der die verbogene Speiche sich erneut in der Position befindet, die Kette herunterzuschlagen. Nehmen wir weiter an, dass wir die Position der Kette auf folgende, sehr einfache Weise mit der Variablen K kennzeichnen: Man ordnet jedem Kettenglied eine Zahl zu. Das schwache Kettenglied trägt die Zahl 0, das nächste 1 usw. bis $g - 1$, wobei g die Gesamtzahl der Glieder in der Kette ist. Der Einfachheit halber wollen wir ferner davon ausgehen, dass $K = 0$, wenn sich die Kette in der Position befindet, in der ihr schwaches Glied von der verbogenen Speiche getroffen werden kann (allerdings nur, wenn die verbogene Speiche auch zur Stelle ist, um es zu treffen).

Die jeweiligen Werte von Θ und K enthalten somit alles, was wir über Dr. Turings Fahrrad wissen müssen, um zu berechnen, wann die Kette davon abfällt. Dieses Zahlenpaar definiert den Zustand des Fahrrades. Das Fahrrad hat so viele mögliche Zustände, wie es Werte von (Θ, K) geben kann, aber nur einer dieser Zustände, nämlich (0, 0) ist derjenige, der dazu führt, dass die Kette auf die Straße fällt.

Angenommen, wir beginnen in diesem Zustand, d. h. bei ($\Theta = 0$, $K = 0$), aber die Kette ist nicht abgefallen, weil Dr. Turing (der den Zustand seines Fahrrades zu jedem gegebenen Zeitpunkt genau kennt) mitten auf der Straße angehalten (und, weil die Gasmaske seine periphere Sicht beeinträchtigt, beinahe einen Zusammenstoß mit seinem Freund und Kollegen Lawrence Pritchard Waterhouse herbeigeführt) hat. Dr. Turing hat die Kette zur Seite gezogen, sie dabei leicht vorwärts bewegt und so verhindert, dass sie von der verbogenen Speiche getroffen wird. Nun steigt er wieder aufs Fahrrad und tritt in die Pedale. Der Umfang seines Hinterrades beträgt ungefähr zwei Meter, sodass das Rad, wenn er eine Entfernung von zwei Metern auf der Straße zurückgelegt hat, eine volle Umdrehung gemacht und erneut die Position $\Theta = 0$ erreicht hat – die Position also, in der die verbogene Speiche das schwache Kettenglied treffen kann.

Und die Kette? Ihre durch K definierte Position beginnt bei 0, erreicht 1, wenn das nächste Glied sich in die fatale Position bewegt, dann 2 usw. Die Kette muss sich synchron mit den Zähnen des Zahnrades in der Mitte des Hinterrades bewegen, und dieses Zahnrad hat n Zähne, deshalb gilt nach einer vollständigen Umdrehung des Hinterrades, wenn erneut $\Theta = 0$, dass $K = n$. Nach einer zweiten vollständigen Umdrehung des Hinterrades gilt erneut $\Theta = 0$, nun aber $K = 2n$. Beim nächsten Mal gilt $K = 3n$ usw. Man darf jedoch nicht vergessen, dass die Kette nichts unendlich Lineares, sondern eine Schleife ist, die nur g Positionen hat; bei $K = g$ geht sie auf $K = 0$ zurück und wiederholt den Zyklus. Bei der Berechnung des Wertes von K kommt man also nicht ohne modulare Arithmetik aus – d. h., wenn die Kette hundert Glieder hat ($g = 100$) und die Gesamtzahl der Glieder, die sich vorbeibewegt haben, 135 beträgt, dann ist der Wert von K nicht 135, sondern 35. Wann immer man eine Zahl erhält, die größer als oder gleich g ist, subtrahiert man so lange g, bis man eine Zahl erhält, die kleiner als g ist. Diese Operation wird von Mathematikern als mod g dargestellt. Die aufeinander folgenden Werte von K betragen somit für jedes Mal, wo sich das Hinterrad wieder auf $\Theta = 0$ dreht,

$$K_i = n \bmod g,\ 2n \bmod g,\ 3n \bmod g,\ \ldots,\ in \bmod g$$
wobei $i = (1,2,3\ldots\infty)$,

jedenfalls mehr oder weniger, je nachdem wie nahe an unendlich lang Turing sein Fahrrad zu fahren gedenkt. Nach einer Weile kommt es Waterhouse unendlich lang vor.

Turings Kette wird abfallen, wenn sein Fahrrad den Zustand ($\Theta = 0$, $K = 0$) erreicht, und im Lichte des oben Stehenden wird das dann geschehen, wenn i (das nichts als ein Zähler ist, der angibt, wie oft das Hinterrad sich gedreht hat) irgendeinen hypothetischen Wert erreicht, bei dem $in \bmod g = 0$ gilt, oder, schlicht ausgedrückt, es wird dann geschehen, wenn es irgendein Vielfaches von n (wie zum Beispiel $2n$, $3n$, $395n$ oder $109\,948\,368\,443n$) gibt, das zufällig auch ein genaues Vielfaches von g ist. Übrigens kann es von diesen so genannten gemeinsamen Vielfachen mehrere geben, doch praktisch gesehen kommt es nur auf das Erste – das kleinste gemeinsame Vielfache oder KGV – an, denn das wird zuerst erreicht werden und dazu führen, dass die Kette abfällt.

Wenn das Zahnrad beispielsweise zwanzig Zähne ($n = 20$) und die Kette hundert Glieder ($g = 100$) hat, dann ergibt sich nach einer Umdrehung des Rades $K = 20$, nach zwei Umdrehungen $K = 40$, dann 60, dann 80, dann 100. Aber da wir modulo 100 rechnen, muss dieser Wert auf 0 geändert werden. Somit haben wir nach fünf Umdrehungen des Hinterrades den Zustand ($\Theta = 0$, $K = 0$) erreicht und Turings Kette fällt ab. Fünf Umdrehungen des Hinterrades bringen ihn aber nur zehn Meter weit, sodass das Fahrrad bei diesen Werten von

g und n so gut wie unbrauchbar ist. Das gilt allerdings nur, wenn Turing so dumm ist, im Kettenabfall-Zustand loszufahren. Wenn zu dem Zeitpunkt, zu dem er in die Pedale zu treten beginnt, stattdessen der Zustand ($\Theta = 0$, $K = 1$) vorliegt, dann ergeben sich als Folgewerte $K = 21, 41, 61, 81, 1, 21\ldots$ und so weiter bis in alle Ewigkeit – die Kette wird niemals abfallen. Aber das ist ein degenerierter Fall, wobei »degeneriert« für einen Mathematiker »quälend langweilig« heißt. Sofern Turing sein Fahrrad, wenn er es vor einem Gebäude abstellte, in den richtigen Zustand brächte, wäre theoretisch niemand in der Lage, es zu stehlen – die Kette würde abfallen, nachdem der Dieb nicht mehr als zehn Meter zurückgelegt hat.

Wenn Turings Kette jedoch hunderteins Glieder ($g = 101$) hat, dann haben wir nach fünf Umdrehungen $K = 100$, nach sechs $K = 19$, dann

$K = 39, 59, 79, 99, 18, 38, 58, 78, 98, 17, 37, 57, 77, 97, 16, 36, 56, 76, 96, 15,$
$35, 55, 75, 95, 14, 34, 54, 74, 94, 13, 33, 53, 73, 93, 12, 32, 52, 72, 92, 11,$
$31, 51, 72, 91, 10, 30, 50, 70, 90, 9, 29, 49, 69, 89, 8, 28, 48, 68, 88, 7, 27,$
$47, 67, 87, 6, 26, 46, 66, 86, 5, 25, 45, 65, 85, 4, 24, 44, 64, 84, 3, 23, 43,$
$63, 83, 2, 22, 42, 62, 82, 1, 21, 41, 61, 81, 0$

Das Fahrrad kehrt also erst bei der hundertundersten Umdrehung in den Zustand ($\Theta = 0$, $K = 0$) zurück, in dem die Kette abfällt. Während dieser hundertundeins Umdrehungen hat Turings Fahrrad eine Entfernung von 200 Metern zurückgelegt, was gar nicht so schlecht ist. Das Fahrrad ist also brauchbar. Anders als in dem degenerierten Fall ist es jedoch nicht möglich, dieses Fahrrad in einen Zustand zu bringen, in dem die Kette überhaupt nie abfällt. Das lässt sich beweisen, indem man die obige Liste von Werten für K durchgeht: Dabei wird man feststellen, dass die Liste jeden möglichen Wert von K – jede Zahl von 0 bis 100 – enthält. Das bedeutet, dass K, ganz gleich welchen Wert es hat, wenn Turing in die Pedale zu treten beginnt, früher oder später den fatalen Wert $K = 0$ erreichen und die Kette abfallen wird. Turing kann sein Fahrrad also überall stehen lassen und darauf vertrauen, dass es im Falle eines Diebstahls nicht mehr als zweihundert Meter zurücklegen wird, ehe die Kette abfällt.

Der Unterschied zwischen dem degenerierten Fall und den nicht degenerierten Fällen hat mit den Eigenschaften der jeweils beteiligten Zahlen zu tun. Die Kombination ($n = 20$, $g = 100$) hat ganz andere

Eigenschaften als ($n = 20$, $g = 101$). Der entscheidende Unterschied ist der, dass 20 und 101 »teilerfremd« sind, d. h. keinen gemeinsamen Faktor haben. Das bedeutet, ihr kleinstes gemeinsames Vielfaches, ihr KGV, ist eine große Zahl – in diesem Falle nämlich $g \times n = 20 \times 101 = 2020$. Das KGV von 20 und 100 dagegen ist nur 200. Das Fahrrad mit $g = 101$ hat eine lange *Periode* – es durchläuft viele verschiedene Zustände, bevor es zum Anfang zurückkehrt –, während das Fahrrad mit $g = 100$ eine Periode von nur wenigen Zuständen hat.

Angenommen, Turings Fahrrad wäre eine Verschlüsselungsmaschine, die mit alphabetischer Substitution arbeitete, d. h. jeden der 26 Buchstaben des Alphabets durch einen anderen Buchstaben ersetzte. Ein A im Klartext würde beispielsweise zu einem T im Schlüsseltext, B zu F, C zu M usw. bis Z. An und für sich wäre das ein grotesk einfach zu knackender Schlüssel – Kinderkram. Angenommen jedoch, das Substitutionsschema *änderte sich* von einem Buchstaben zum nächsten. Angenommen also, der erste Buchstabe des Klartextes würde mithilfe eines bestimmten Substitutionsalphabets verschlüsselt, der zweite mithilfe eines völlig anderen Substitutionsalphabets, der dritte mithilfe eines wiederum anderen usw. Man nennt das einen polyalphabetischen Schlüssel.

Angenommen, Turings Fahrrad wäre imstande, für jeden seiner verschiedenen Zustände ein eigenes Alphabet zu generieren. Der Zustand ($\Theta = 0$, $K = 0$) entspräche also beispielsweise folgendem Substitutionsalphabet:

A B C D E F G H I J K L M N O P Q R S T U V W X Y Z
Q G U W B I Y T F K V N D O H E P X L Z R C A S J M

der Zustand ($\Theta = 180$, $K = 15$) dagegen folgendem (ganz anderen):

A B C D E F G H I J K L M N O P Q R S T U V W X Y Z
B O R I X V G Y P F J M T C Q N H A Z U K L D S E W

Es würden also keine zwei Buchstaben nach demselben Substitutionsalphabet verschlüsselt – *solange*, wohlgemerkt, das Fahrrad nicht wieder in den Ausgangszustand ($\Theta = 0$, $K = 0$) zurückkehrte und den Zyklus zu wiederholen begänne. Das heißt, es handelt sich um ein *periodisches* polyalphabetisches System. Wenn nun die Maschine eine kurze Periode hätte, würde sie sich häufig wiederholen und wäre als Verschlüsselungssystem allenfalls für Kinderspiele zu gebrauchen. Je länger ihre Periode (je mehr Teilerfremdheit in sie eingebaut ist), desto weniger häufig kehrt sie zu demselben Substitutionsalphabet zurück und desto sicherer ist sie.

Die dreiwalzige Enigma ist ein solches (d. h. periodisches polyalphabetisches) System. Wie der Getriebezug von Turings Fahrrad verkörpern ihre Räder Zyklen innerhalb von Zyklen. Ihre Periode beträgt 17 576, das heißt, das Substitutionsalphabet, das den ersten Buchstaben einer Nachricht verschlüsselt, wird erst wieder mit Erreichen des 17 577ten Buchstabens benutzt. Bei Shark jedoch haben die Deutschen eine vierte Walze hinzugefügt und die Periode damit auf 456 976 erhöht. Die Walzen werden zu Beginn jeder Nachricht auf eine neue, willkürlich festgelegte Startposition gesetzt. Da die deutschen Nachrichten niemals 450 000 Zeichen lang sind, benutzt die Enigma in einer einzelnen Nachricht nie zweimal dasselbe Substitutionsalphabet, weshalb die Deutschen sie auch für so gut halten.

Ein Schwarm Transportflugzeuge, vermutlich mit Kurs auf das Aerodrom von Bedford, fliegen über sie hinweg. Die Flugzeuge geben ein sonderbar melodisches, diatonisches Brummen von sich, wie Dudelsäcke, auf denen zwei Töne zugleich geblasen werden. Das erinnert Lawrence an ein weiteres Problem, das mit dem Fahrrad und der Enigma zu tun hat. »Weißt du, warum Flugzeuge so klingen, wie sie klingen?«, fragt er.

»Nein, wenn ich's mir recht überlege, nicht.« Turing nimmt erneut die Gasmaske ab. Sein Kinn ist ein wenig erschlafft und seine Augen flitzen hin und her. Lawrence hat ihn ertappt.

»Ist mir schon in Pearl aufgefallen. Flugzeugmotoren sind Sternmotoren«, sagt Lawrence. »Infolgedessen müssen sie eine ungerade Anzahl von Zylindern haben.«

»Wieso folgt das daraus?«

»Wenn die Zahl gerade wäre, befänden sich die Zylinder einander genau gegenüber, hundertachtzig Grad auseinander, und das würde technisch nicht funktionieren.«

»Wieso nicht?«

»Hab ich vergessen. Es würde einfach nicht funktionieren.«

Alan hebt, sichtlich nicht überzeugt, die Augenbrauen.

»Hat irgendwas mit Wellen zu tun«, behauptet Waterhouse, der sich ein wenig in der Defensive fühlt.

»Ich weiß nicht, ob ich dir da zustimme«, sagt Alan.

»Stipuliere es einfach – stell es dir als Grenzbedingung vor«, sagt Waterhouse. Aber Alan, vermutet er, ist bereits eifrig damit beschäftigt, im Geiste einen Flugzeug-Sternmotor mit einer geraden Anzahl von Zylindern zu konstruieren.

»Jedenfalls, wenn du sie dir ansiehst, haben sie alle eine ungerade Anzahl von Zylindern«, fährt Lawrence fort. »Also verbindet sich das Auspuff-Geräusch mit dem Propellergeräusch zu diesem Doppelton.«

Alan steigt wieder auf sein Fahrrad und sie fahren ein Stück weit in den Wald hinein, ohne sich noch weiter zu unterhalten. Eigentlich haben sie sich auch weniger unterhalten als vielmehr bestimmte Ideen erwähnt und es dann dem anderen überlassen, die Implikationen zu durchdenken. Das ist eine höchst effiziente Kommunikationsmethode; sie vermeidet einen Großteil der Redundanz, über die sich Alan im Falle von FDR und Churchill beklagt hat.

Waterhouse denkt über Zyklen innerhalb von Zyklen nach. Er ist bereits zu dem Schluss gelangt, dass es sich bei der menschlichen Gesellschaft um eines dieser Phänomene handelt, bei denen Zyklen innerhalb von Zyklen wirksam sind*, und nun versucht er dahinter zu kommen, ob sie Turings Fahrrad gleicht (funktioniert eine Zeit lang prima, dann fällt plötzlich die Kette ab; daher hin und wieder ein Weltkrieg) oder einer Enigma-Maschine (eiert lange Zeit auf unbegreifliche Weise vor sich hin, dann plötzlich richten sich die Räder wie bei einem Spielautomaten aus und in einer Art globaler Epiphanie oder, wenn einem das lieber ist, Apokalypse wird schlagartig alles deutlich) oder einfach einem Flugzeug-Sternmotor (läuft und läuft und läuft; es passiert nichts Besonderes; es macht nur einen Heidenlärm).

»Es ist irgendwo ... hier!« sagt Alan und macht eine Vollbremsung, bloß um Lawrence zu ärgern, der wenden und zurückfahren muss, ein schwieriges Manöver auf dem schmalen Waldweg.

Sie lehnen ihre Fahrräder an Bäume und nehmen diverse Ausrüstungsgegenstände aus den Körben: Trockenzellen, Lochrasterplatten, Stangen, ein Grabwerkzeug, Kabelrollen. Alan blickt sich etwas unsicher um und marschiert dann in den Wald hinein.

»Ich gehe bald nach Amerika, um in den Bell Labs an diesem Stimmenverschlüsselungsproblem zu arbeiten«, sagt er.

Lawrence lacht wehmütig. »Wir sind durch die Nacht fahrende Schiffe, du und ich.«

---

* Er hat dafür keine Belege; er findet bloß die Idee toll.

»Wir sind *Passagiere* auf durch die Nacht fahrenden Schiffen«, verbessert ihn Alan. »Das ist kein Zufall. Sie brauchen dich, eben weil ich weg gehe. Bis jetzt habe ich die ganze Arbeit von 2701 gemacht.«
»Das heißt jetzt Abteilung 2702«, sagt Lawrence.
»Ach«, sagt Alan geknickt. »Du hast es gemerkt.«
»Das war leichtsinnig von dir, Alan.«
»Ganz im Gegenteil!« sagt Alan. »Was wird Rudi denken, wenn ihm auffällt, dass es unter sämtlichen Einheiten, Divisionen und Abteilungen der alliierten Schlachtordnung keine einzige gibt, deren Nummer zufällig das Produkt zweier Primzahlen ist?«
»Na ja, das hängt davon ab, wie häufig solche Nummern im Vergleich mit allen anderen Nummern sind, und wie viele andere Nummern in dem Bereich unbenutzt bleiben...«, sagt Lawrence und beginnt, die erste Hälfte des Problems auseinander zu klamüsern. »Schon wieder eine Riemannsche Zetafunktion. Das Ding kommt einem ständig unter.«
»Recht so!«, sagt Alan. »Man muss die Dinge einfach rational und mit gesundem Menschenverstand anpacken. *Die* sind nämlich ziemlich unfähig.«
»Wer?«
»Hier«, sagt Alan, bleibt stehen und betrachtet die umstehenden Bäume, die für Lawrence wie alle anderen Bäume aussehen. »Das kommt mir bekannt vor.« Er setzt sich auf einen vom Wind umgestürzten Baum und beginnt, elektrische Bauteile aus seiner Tasche auszupacken. Lawrence hockt sich daneben und tut das Gleiche. Er weiß nicht, wie das Gerät funktioniert – es ist Alans Erfindung –, und agiert deshalb in der Rolle eines chirurgischen Assistenten, der dem Doktor, während dieser das Gerät zusammenbaut, Werkzeuge und Kleinteile reicht. Da der Doktor die ganze Zeit redet, fordert er Werkzeuge dergestalt an, dass er sie unverwandt anstarrt und dazu die Stirn runzelt.
»*Die* sind – na, was meinst du wohl? Die Schwachköpfe, die sämtliche Informationen verwenden, die aus Bletchley Park kommen!«
»Alan!«
»Na, es ist doch schwachsinnig! Nehmen wir diese Midway-Geschichte. Das ist ein perfektes Beispiel, oder nicht?«
»Ich war jedenfalls froh, dass wir die Schlacht gewonnen haben«, sagt Lawrence vorsichtig.
»Findest du es nicht ein bisschen *merkwürdig*, ein bisschen *befremd-*

lich, ein bisschen *auffällig*, dass dieser Nimitz nach all den brillanten Finten, Täuschungsmanövern und Listen Yamamotos *genau* gewusst hat, wo er nach ihm suchen muss? Wo im *gesamten* Pazifischen Ozean?«

»Na gut«, sagt Lawrence, »ich war entsetzt. Ich habe ein Papier darüber geschrieben. Wahrscheinlich hat mich das in diesen Schlamassel mit dir gebracht.«

»Bei uns Briten ist es auch nicht anders«, sagt Alan.

»Wirklich?«

»Du wärst entsetzt darüber, was wir uns im Mittelmeer geleistet haben. Es ist ein Skandal. Ein Verbrechen.«

»Was haben wir uns denn geleistet?«, fragt Lawrence. »Ich sage ›wir‹ anstelle von ›ihr‹, weil wir ja jetzt Alliierte sind.«

»Ja, ja«, sagt Alan gereizt. »Das behaupten die.« Er hält einen Moment inne, fährt mit dem Finger einem Schaltkreis nach, berechnet im Kopf Widerstände. »Na ja, wir haben Geleitzüge versenkt, das haben wir uns geleistet. Deutsche Geleitzüge. Wir haben sie versenkt wie nicht gescheit.«

»Die für Rommel?«

»Ja, genau. Die Deutschen verladen in Neapel Treibstoff, Panzer und Munition auf Schiffe und schicken sie nach Süden. Wir ziehen los und versenken sie. Wir versenken fast alle, weil wir den italienischen C38m-Code geknackt haben und wissen, wann sie in Neapel abgehen. Und in letzter Zeit versenken wir auch noch genau die, die für Rommels Bemühungen am wichtigsten sind, weil wir nämlich auch seinen Chaffinch-Code geknackt haben und wissen, über welche fehlenden Nachschubgüter er sich am lautesten beklagt.«

Turing legt einen Kippschalter an seiner Erfindung um und aus einem staubigen, schwarzen Papierkegel, der mit Draht an der Lochrasterplatte befestigt ist, dringt ein unheimliches, an- und abschwellendes Quieken. Bei dem Kegel handelt es sich um einen Lautsprecher, der offenbar aus einem ausgeschlachteten Radio stammt. Am Ende eines Besenstiels baumelt eine Schlinge aus steifem Draht, von der aus ein Kabel am Stiel entlang zu der Lochrasterplatte verläuft. Alan schwingt den Besenstiel herum, bis die Schlinge wie ein Lasso vor Lawrences Bauch baumelt. Der Lautsprecher jault auf.

»Gut. Er spricht auf deine Gürtelschnalle an«, sagt Alan.

Er legt das Gerät ins Laub, wühlt in mehreren Taschen und zieht schließlich einen Zettel hervor, der mit einigen Zeilen Text in Blockbuchstaben beschrieben ist. Lawrence würde derlei überall erkennen:

Es handelt sich um ein Arbeitsblatt zur Entschlüsselung. »Was ist denn das, Alan?«

»Ich habe komplette Anweisungen niedergeschrieben, sie dann verschlüsselt und in einem Benzedrinröhrchen unter einer Brücke versteckt«, sagt Alan. »Letzte Woche habe ich mir den Behälter wieder geholt und die Anweisungen entschlüsselt.« Er schwenkt den Zettel in der Luft.

»Was für ein Verschlüsselungsverfahren hast du benutzt?«

»Eines, das ich selbst erfunden habe. Du kannst dich gern daran versuchen, wenn du möchtest.«

»Und wieso hast du dich jetzt entschlossen, das Zeug wieder auszugraben?«

»Das war nichts weiter als eine Vorsichtsmaßnahme für den Fall einer Invasion«, sagt Alan. »Aber jetzt, wo ihr in den Krieg eingetreten seid, werden wir bestimmt nicht mehr besetzt.«

»Wie viel hast du vergraben?«

»Zwei Silberbarren, Lawrence, jeder mit einem Wert von ungefähr hundertfünfundzwanzig Pfund. Einer davon müsste hier ganz in der Nähe sein.« Alan steht auf, zieht einen Kompass aus der Tasche, stellt sich mit dem Gesicht in Richtung magnetischer Norden und strafft die Schultern. Er dreht sich um ein paar Grad. »Weiß nicht mehr, ob ich die Abweichung berücksichtig habe«, murmelt er. »Na gut! Egal. Einhundert Schritte nach Norden.« Und er marschiert in den Wald hinein, gefolgt von Lawrence, dem die Aufgabe zufällt, den Metalldetektor zu tragen.

So wie Dr. Alan Turing Fahrrad fahren, dabei ein Gespräch führen und im Geiste die Pedalumdrehungen mitzählen kann, so kann er auch Schritte zählen und gleichzeitig reden. Es sei denn, er hat sich völlig verzählt, was ebenso denkbar erscheint.

»Wenn das, was du sagst, stimmt«, sagt Lawrence, »dann ist die Sache bestimmt schon aufgeflogen. Rudi muss dahinter gekommen sein, dass wir ihre Codes geknackt haben.«

»Es ist schon seit einiger Zeit ein informelles System wirksam, das man sich als Vorläufer von Abteilung 2701 oder 2702, oder wie immer wir es nun nennen, denken kann«, sagt Alan. »Wenn wir einen Geleitzug versenken wollen, schicken wir zuerst ein Beobachtungsflugzeug. Es ist nur scheinbar ein Beobachtungsflugzeug. Seine eigentliche Aufgabe ist natürlich nicht das Beobachten – wir wissen ja schon genau, wo sich der Geleitzug befindet. Seine eigentliche Aufgabe ist das *Be-*

obachtetwerden – das heißt, es muss so nahe an den Geleitzug heranfliegen, dass es von den Ausgucken auf den Schiffen bemerkt wird. Die Schiffe werden daraufhin eine Funkmeldung des Inhalts absetzen, dass sie von einem alliierten Beobachtungsflugzeug gesichtet worden sind. Wenn wir dann kommen und sie versenken, wird es den Deutschen nicht verdächtig vorkommen – jedenfalls nicht so ungeheuer verdächtig –, dass wir genau gewusst haben, wo wir hinmüssen.«

Alan bleibt stehen, sieht auf seinen Kompass, dreht sich um neunzig Grad und setzt sich Richtung Westen in Marsch.

»Das ist in meinen Augen aber eine sehr kurzsichtige Betrachtungsweise«, sagt Lawrence. »Wie hoch ist denn die Wahrscheinlichkeit, dass angeblich aufs Geratewohl losgeschickte, alliierte Beobachungsflugzeuge zufällig jeden einzelnen Geleitzug der Achsenmächte ausfindig machen?«

»Diese Wahrscheinlichkeit habe ich bereits berechnet und ich wette einen meiner Silberbarren mit dir, dass Rudi das auch getan hat«, sagt Turing. »Die Wahrscheinlichkeit ist äußerst gering.«

»Also hatte ich Recht«, sagt Lawrence, »wir müssen davon ausgehen, dass die Sache aufgeflogen ist.«

»Vielleicht noch nicht«, sagt Alan. »Es war äußerst knapp. Letzte Woche haben wir einen Geleitzug im Nebel versenkt.«

»Im Nebel?«

»Es war die ganze Strecke über neblig. Der Geleitzug konnte unmöglich beobachtet worden sein. Die Schwachköpfe haben ihn trotzdem versenkt. Kesselring hat, wie nicht anders zu erwarten, Verdacht geschöpft. Also haben wir – in einem Code, von dem wir wissen, dass die Nazis ihn geknackt haben – eine falsche Nachricht an einen fiktiven Agenten in Neapel zusammengedoktert. Er wurde dazu beglückwünscht, dass er uns diesen Geleitzug verraten hat. Seither rennt die Gestapo wie wild im Hafenviertel von Neapel herum und sucht nach dem Kerl.«

»Da sind wir noch mal knapp davongekommen, würde ich sagen.«

»Allerdings.« Alan bleibt abrupt stehen, nimmt Lawrence den Metalldetektor aus den Händen und schaltet ihn ein. Er geht langsam über eine Lichtung und schwenkt dabei die Drahtschlinge knapp über dem Boden hin und her. Sie bleibt immer wieder an Zweigen hängen, verbiegt sich und macht häufige Reparaturen erforderlich, bleibt jedoch die ganze Zeit hartnäckig stumm, außer als Alan – weil er füchtet, dass sie nicht mehr funktioniert – sie an Lawrences Gürtelschnalle ausprobiert.

»Die ganze Sache ist sehr heikel«, sinniert Alan. »Einige unserer SVOs in Nordafrika – «
»SVOs?«
»Spezialverbindungsoffiziere. Die Nachrichtendienstoffiziere, die die Ultra-Informationen von uns bekommen, sie an die Stabsoffiziere weitergeben und dann sicherstellen, dass sie vernichtet werden. Einige davon haben über Ultra erfahren, dass während des Mittagessens ein deutscher Luftangriff erfolgen würde, und deshalb ihre Helme in die Messe mitgebracht. Als es dann wie geplant zu dem Luftangriff kam, wollte natürlich jeder wissen, woher die SVOs gewusst haben, dass sie ihren Helm mitbringen müssen.«

»Die ganze Geschichte ist hoffnungslos«, sagt Lawrence. »Die Deutschen müssen es doch einfach merken.«

»Das erscheint uns so, weil wir alles wissen und unsere Informationskanäle frei von Rauschen sind«, sagt Alan. »Die Deutschen haben weniger und viel verrauschtere Kanäle. Sofern wir nicht weiterhin vollkommen idiotische Dinge tun, wie zum Beispiel Geleitzüge im Nebel versenken, werden sie nie irgendwelche klaren und unmissverständlichen Hinweise darauf erhalten, dass wir Enigma geknackt haben.«

»Komisch, dass du von Enigma sprichst«, sagt Lawrence, »denn das ist ein äußerst verrauschter Kanal, aus dem wir aber riesige Mengen nützlicher Informationen gewinnen.«

»Eben. Eben deshalb mache ich mir ja Sorgen.«

»Tja, ich werde mir alle Mühe geben, Rudi reinzulegen«, sagt Waterhouse.

»Du kriegst das schon hin. Ich mache mir wegen der Leute Sorgen, die die Operationen durchführen.«

»Colonel Chattan macht einen ziemlich verlässlichen Eindruck«, sagt Waterhouse, obwohl es wahrscheinlich sinnlos ist, Alan weiter beruhigen zu wollen. Er ist einfach in gereizter Stimmung. Alle zwei, drei Jahre tut Waterhouse etwas gesellschaftlich Gewandtes und nun ist der Zeitpunkt dafür gekommen: Er wechselt das Thema: »Und in der Zwischenzeit sorgst du dafür, dass Churchill und Roosevelt geheime Telefonate führen können?«

»Theoretisch. Ich bezweifle eher, dass es machbar ist. Die Bell Labs haben ein System, das so funktioniert, dass es die Wellenform in mehrere Kanäle zerlegt...«, und schon hat sich Alan in das Thema Telefongesellschaften gestürzt. Er liefert eine komplette Abhandlung zum Thema Informationstheorie und ihre Anwendung auf die menschliche Stimme, und wie sich das auf die Funktionsweise von Telefonsystemen auswirkt. Es ist nur gut, dass Turing sich über ein so weitläufiges Thema verbreiten kann, denn auch der Wald ist weitläufig, und für Lawrence ist immer offensichtlicher geworden, dass sein Freund keine Ahnung hat, wo die Silberbarren vergraben sind.

Von jedwedem Silber unbelastet, fahren die beiden Freunde in der Dunkelheit, die so weit im Norden überraschend früh hereinbricht, nach Hause. Sie reden nicht sehr viel, denn Lawrence ist immer noch damit beschäftigt, alles aufzunehmen und zu verdauen, was ihm Alan über Abteilung 2702, die Geleitzüge, die Bell Labs und die Stimmensignal-Redundanz erzählt hat. Alle paar Minuten saust ein Motorrad an ihnen vorbei, die Satteltaschen prall gefüllt mit verschlüsselten Nachrichten.

In den Lüften

Wie immer man Vieh befördern kann, so ist auch Bobby Shaftoe schon befördert worden: geschlossene Güterwaggons, offene Lkws, Querfeldein-Gewaltmärsche. Nun hat das Militär das fliegende Äquivalent dieser Methoden erfunden, und zwar in Gestalt der Maschine mit den tausend Namen: DC-3, Skytrain, C-47, Dakota Transport, Gooney Bird. Er wird es überleben. Die frei liegenden Aluminiumrippen des Rumpfes versuchen ihn totzuprügeln, doch solange er wach bleibt, kann er sie abwehren.

Die Mannschaften sind in das andere Flugzeug gequetscht. Die Lieutenants Ethridge und Root befinden sich in diesem, zusammen mit PFC Gerald Hott und Sergeant Bobby Shaftoe. Sämtliche weichen Gegenstände im Flugzeug stehen Lieutenant Ethridge zu, der sich vorn, in der Nähe des Cockpits, ein Nest daraus gebaut und sich angeschnallt hat. Eine Zeit lang hat er so getan, als erledige er Schreibkram. Dann hat er es mit Aus-dem-Fenster-Gucken probiert. Mittlerweile ist er eingeschlafen und schnarcht so laut, dass er, ungelogen, sogar die Motoren übertönt.

Enoch Root hat sich in den hinteren Teil des Rumpfes gezwängt, wo es eng wird, und liest zwei Bücher gleichzeitig. Shaftoe findet das typisch – er nimmt an, dass in den Büchern vollkommen unterschiedliche Dinge stehen und dass es dem Priester großes Vergnügen macht, sie gegeneinander ins Feld zu führen, wie diese Leute, die ein Schachbrett auf einem drehbaren Tisch stehen haben, damit sie gegen sich selbst spielen können. Aber wenn man in einer Hütte auf einem Berg wohnt, mit einem Haufen Eingeborener, die keine der sechs Sprachen sprechen, die man beherrscht, dann muss man vermutlich lernen, mit sich selbst zu streiten.

An jeder Seite des Flugzeuges befindet sich eine Reihe kleiner, quadratischer Fenster. Shaftoe blickt nach rechts hinaus, sieht *schneebedeckte* Berge und macht sich einen Moment lang vor Angst fast in die Hosen, weil er meint, sie hätten sich womöglich in die Alpen verirrt. Aber links sieht es immer noch wie das Mittelmeer aus, das irgendwann Felsformationen vom Typ Devil's Tower Platz macht, die sich aus steinigem Buschland erheben, und danach kommen nur noch Steine und Sand oder bloß noch Sand ohne die Steine. Sand, der hier und da, ohne ersichtlichen Grund, von Dünengruppen durchkräuselt wird. Verdammt, sie sind immer noch in Afrika! Eigentlich müsste man Löwen, Giraffen und Rhinozerosse sehen! Shaftoe geht nach vorn, um sich bei Pilot und Kopilot zu beschweren. Vielleicht kann er sie ja zu einem Kartenspielchen überreden. Vielleicht ist die Aussicht nach vorne raus spektakulärer.

Er erlebt in jeder Hinsicht eine bittere Enttäuschung. Dass das Vorhaben, eine bessere Aussicht zu finden, zum Scheitern verurteilt ist, sieht er sofort. Es gibt im ganzen Universum nur dreierlei: Sand, Meer und Himmel. Als Marine weiß er, wie langweilig das Meer ist. Die anderen beiden sind auch nicht viel besser. Weit vor ihnen ist eine Wolkenformation zu sehen – irgendeine Front. Mehr gibt es nicht.

Er bekommt einen allgemeinen Eindruck von ihrem Flugplan, ehe man ihm das Blatt aus der Hand reißt und so verstaut, dass er es nicht mehr einsehen kann. Offenbar versuchen sie, Tunesien zu überfliegen, was irgendwie seltsam ist, weil das Land, als Shaftoe das letzte Mal nachgesehen hat, Nazigebiet war – genauer gesagt, der Anker für die Anwesenheit der Achsenmächte auf dem afrikanischen Kontinent. Der allgemeine Flugplan von heute sieht offenbar vor, dass sie die Straße zwischen Biserta und Sizilien überfliegen und dann Südostkurs auf Malta nehmen.

Über ebendiese Straße kommen sämtliche Verstärkungen und Nachschubgüter Rommels aus Italien und werden in Tunis oder Biserta angelandet. Von dort aus kann Rommel ostwärts in Richtung Ägypten oder westwärts in Richtung Marokko vorstoßen. Seit die britische achte Armee ihn vor mehreren Wochen bei El Alamein (weit, weit drüben in Ägytpten) so fürchterlich verprügelt hat, befindet er sich auf dem Rückzug Richtung Tunis. Und seit die Amerikaner vor wenigen Wochen in Nordwestafrika gelandet sind, kämpft er auch noch an einer zweiten, westlich von ihm gelegenen Front. Und das macht er verdammt geschickt, soweit es Shaftoe beurteilen kann, wenn er zwischen den Zeilen der mit überlauter, makabrer Fröhlichkeit verlesenen Movietone-Wochenschaumeldungen liest, denen er diese Fakten entnommen hat.

Das alles bedeutet, dass unter ihnen eigentlich riesige, kampfbereite Truppenverbände über die Sahara verteilt sein müssten. Vielleicht findet im Augenblick sogar eine Schlacht statt. Aber Shaftoe sieht nichts. Nur dann und wann eine gelbe, von einem Konvoi aufgewirbelte Staublinie, wie das Sprühen einer über die Wüste gelegten Zündschnur.

Also redet er mit den Fliegern. Erst als ihm auffällt, dass sie einander Blicke zuwerfen, wird ihm klar, dass er sich ziemlich ausführlich verbreitet. Die Assassinen müssen ihre Opfer dadurch umgebracht haben, dass sie sie totquatschten.

Ein Kartenspielchen, geht ihm auf, kommt schon gar nicht in Frage. Diese Flieger wollen sich nicht unterhalten. Um ihnen überhaupt ein Wort zu entlocken, müsste er praktisch in die Kanzel hechten und den Steuerknüppel packen. Als sie dann doch irgendwann den Mund aufmachen, hören sie sich komisch an, und ihm wird klar, dass es keine Landsleute sind. Sondern Briten.

Ansonsten fällt ihm, ehe er es aufgibt und wieder in den Laderaum zurückschleicht, an den beiden nur noch auf, dass sie bis an die Zähne bewaffnet sind. Als rechneten sie damit, auf dem Weg vom Flugzeug zur Latrine und zurück zwanzig bis dreißig Leute umbringen zu müssen. Bobby Shaftoe hat während seiner Dienstzeit ein paar dieser paranoiden Typen kennen gelernt, und er mag sie nicht sonderlich. Die ganze Geisteshaltung erinnert ihn zu sehr an Guadalcanal.

Er findet neben der Leiche von PFC Gerald Hott ein Plätzchen auf dem Boden und streckt sich aus. Der winzige Revolver in seinem Hosenbund macht es ihm unmöglich, sich auf den Rücken zu legen, deshalb zieht er ihn heraus und steckt ihn in die Tasche. Das allerdings verlagert das Zentrum der Unbequemlichkeit nur auf das Marine-Raider-Stilett, das er in einer Scheide zwischen seinen Schulterblättern verdeckt am Körper trägt. Ihm wird klar, dass er sich seitlich zusammenrollen muss, was nicht geht, weil er auf einer Seite die gängige halbautomatische Colt-Pistole stecken hat, der er nicht traut, und auf der anderen seinen Sechsschüsser von zu Hause, dem er traut. Er muss die beiden also irgendwo anders unterbringen, zusammen mit den diversen Magazinen, Schnellladern und Wartungsmaterialien, die dazu gehören. Auch das außen an seinen Unterschenkel geschnallte, Dschungel rodende, Kokosnuss spaltende, Nips enthauptende V-44- »Gung Ho«-Messer muss er ablegen, desgleichen den Derringer, den er zum Ausgleich am anderen Bein trägt. Das Einzige, was er bei sich behält, sind die Granaten in seinen vorderen Taschen, da er nicht vorhat, sich auf den Bauch zu legen.

Sie schaffen es gerade noch so zeitig um die Landzunge, dass sie von der unnachgiebigen Flut nicht aufs Meer hinausgespült werden. Vor ihnen liegt ein schlammiger Streifen Watt, der den Boden einer schachtelförmigen kleinen Bucht bildet. Die Wände der Schachtel bestehen aus der Landzunge, um die sie gerade gebogen sind, einer zweiten, deprimierend ähnlichen Landzunge ein paar hundert Meter weiter und einer senkrecht aus dem Schlamm aufsteigenden Felswand. Selbst wenn diese Felswand nicht von unbarmherzig feindseligem, tropischem Dschungel überwuchert wäre, würde sie den Zugang zum Innern von Guadalcanal schon ihrer Steilheit wegen versperren. Bis die Ebbe eintritt, sitzen die Marines in dieser kleinen Bucht fest.

Was dem japanischen Maschinengewehrschützen mehr als genug Zeit gibt, sie alle umzubringen.

Mittlerweile kennen sie alle das Geräusch der Waffe und werfen sich deshalb sofort in den Schlamm. Shaftoe blickt sich rasch um. Marines, die auf dem Rücken oder auf der Seite liegen, sind wahrscheinlich tot, die auf dem Bauch wahrscheinlich noch am Leben. Die meisten liegen auf dem Bauch. Der Sergeant ist deutlich erkennbar tot; der Schütze hat zuerst auf ihn gezielt.

Der Nip oder die Nips haben nur ein Gewehr, dafür aber anscheinend alle Munition der Welt – dank des Tokio Express, der ungestraft den Slot entlangkommt, seit Shaftoe und die anderen Marines Anfang August gelandet sind. Der Schütze beharkt nach Lust und Laune den Schlammstreifen und nimmt umgehend jeden Marine aufs Korn, der sich zu rühren wagt.

Shaftoe springt auf und läuft auf den Fuß der Felswand zu.

Endlich kann er die Mündungsblitze des japanischen Maschinengewehrs sehen. Das verrät ihm, in welche Richtung es zielt. Wenn die

Mündungsblitze länglich sind, zielt es auf jemand anderen und man kann gefahrlos aufspringen und losrennen. Wenn sie sich verkürzen, schwingt es herum, um Bobby Shaftoe unter Feuer zu nehmen –
Er verschätzt sich. Er verspürt einen scharfen Schmerz rechts im Unterleib. Sein Aufschrei wird von Schlamm und Sand erstickt, als das Gewicht von Gurttaschen und Helm ihn mit dem Gesicht nach vorn in den Boden rammt.

Er verliert vielleicht eine Weile das Bewusstsein. Aber sehr lange kann es nicht gewesen sein. Der Beschuss geht weiter, was bedeutet, dass noch nicht alle Marines tot sind. Gegen das Gewicht des Helms ankämpfend, hebt Shaftoe mit Mühe den Kopf und sieht zwischen sich und dem Maschinengewehr einen Baumstamm – ein Stück von den Wellen poliertes Treibholz, das ein Sturm weit den Strand hinaufgeschleudert hat.

Er kann darauf zurennen oder er kann es lassen. Er beschließt, darauf zu zu rennen. Es sind nur ein paar Schritte. Auf halber Strecke geht ihm auf, dass er es schaffen wird. Endlich fließt das Adrenalin; er macht einen mächtigen Satz nach vorn und klappt im Schutz des großen Stammes zusammen. Von der anderen Seite schlagen ein halbes Dutzend Kugeln darin ein und feuchte, faserige Splitter regnen auf ihn herab. Der Stamm ist faulig.

Shaftoe ist in ein kleines Loch geraten und kann nicht vorwärts- oder zurückschauen, ohne sich eine Blöße zu geben. Er kann seine Kameraden nicht sehen, nur einige davon schreien hören.

Er riskiert einen vorsichtigen Blick auf das Maschinengewehrnest. Es wird von Dschungelvegetation kaschiert, ist offenbar jedoch in einer Höhle untergebracht, die gut sieben Meter über dem Schlammstreifen liegt. Shaftoe ist nicht sehr weit vom Fuß der Felswand entfernt – mit einem weiteren Sprint könnte er sie gerade erreichen. Aber dort hinaufzuklettern wäre mörderisch. Das Maschinengewehr kann wahrscheinlich nicht weit genug abwärts schwenken, um auf ihn zu schießen, aber die Nips können bis in alle Ewigkeit Granaten auf ihn herunterkullern lassen oder ihn einfach mit Faustfeuerwaffen abknipsen, während er Halt sucht.

Es ist, mit anderen Worten, Granatwerferzeit. Shaftoe wälzt sich auf den Rücken, zieht ein geflanschtes Metallrohr aus einer Gurttasche, setzt es auf die Mündung seiner Nulldrei. Er versucht, es anzuklemmen, aber seine Finger gleiten an der blutigen Flügelmutter ab. Welcher Sesselfurzer hat entschieden, an dieser Stelle eine Scheißflügelmutter zu verwenden? Sinnlos, sich hier und jetzt darüber zu ärgern. Außerdem ist überall Blut, aber er hat keine Schmerzen. Er fährt mit den Fingern durch den Sand, der daran kleben bleibt, und zieht die Flügelmütter fest.

Seiner praktischen Umhängetasche entnimmt er eine Mark-II-Splittergranate, auch bekannt unter dem Namen Ananas, und findet nach kurzem Gewühle auch den Granatwerferaufsatz M1. Er führt Erstere in Letzteren ein, zieht den Sicherungsstift, lässt ihn fallen und schiebt dann den geladenen und scharf gemachten Granatwerferaufsatz M1 mit seiner tödlichen Frucht auf den Schießbecher. Und schließlich öffnet er eine eigens gekennzeichnete Patronenschachtel, fummelt zwischen geknickten und aufgerissenen Lucky Strikes herum, findet einen Messingzylinder, einen Treibsatz, an einem Ende gebördelt, aber ohne Geschoss. Den führt er in das Patronenlager der Springfield ein.

Er robbt an dem Baumstamm entlang, damit er aus einer überraschenden Position aufspringen und feuern kann und das Maschinengewehr ihm vielleicht nicht den Kopf zerkleinert. Hebt endlich das Rube-Goldberg-Gerät, zu dem seine Springfield geworden ist, stemmt den Schaft in den Sand (bei Verwendung als Granatwerfer würde der Rückstoß einem das Schlüsselbein brechen), zielt damit in Richtung Feind, betätigt den Abzug. Mit einem schrecklichen *Wumm* und einem Kometenschweif mittlerweile überflüssiger Eisenteile verschwindet der Granatwerferaufsatz M1 wie eine aus ihrem Körper fahrende Seele. Die Ananas steigt, nun ohne Stift und Sicherungshebel, himmelwärts, mit brennender chemischer Zündschnur, sodass sie sogar ein, wieheißtdasdochgleich?, ein inneres Licht besitzt. Shaftoe hat gut gezielt und die Granate fliegt, wohin sie soll. Er hält sich für verdammt gewieft – bis die Granate abprallt, die Felswand hinunterkullert und einen anderen verrotteten Baumstamm in die Luft jagt. Die Nips haben Bobby Shaftoes kleinen Plan vorausgesehen und Netze oder Maschendraht oder irgendwas in der Art gespannt.

Er liegt auf dem Rücken im Schlamm, blickt zum Himmel auf und sagt immer wieder das Wort »Scheiße«. Der ganze Baumstamm bebt und etwas Torfähnliches regnet auf sein Gesicht herab, während die Kugeln das verrottete Holz zerkleinern. Bobby Shaftoe richtet ein Gebet an den Allmächtigen und schickt sich an, einen Banzai-Angriff zu starten.

Dann verstummt das rasend machende Geräusch des Maschinengewehrs und wird vom Geschrei eines Mannes abgelöst. Die Stimme klingt fremd. Shaftoe stützt sich auf einen Ellenbogen und erkennt, dass das Geschrei von der Höhle her kommt.

Er blickt auf, in die großen, himmelblauen Augen von Enoch Root. Der Priester ist aus seiner Nische im Heck des Flugzeugs hervorgekrochen und hockt Halt suchend an einem der kleinen Fenster. Bobby Shaftoe, der sich unbequem auf den Bauch gewälzt hat, schaut zu einem Fenster auf der gegenüberliegenden Seite des Flugzeugs hinaus. Eigentlich müsste er den Himmel sehen, sieht stattdessen jedoch eine vorbeisausende Sanddüne. Von dem Anblick wird ihm augenblicklich übel. Er erwägt nicht einmal, sich aufzusetzen.

Strahlende Lichtpunkte durchschwirren das Flugzeuginnere wie Kugelblitze, doch in Wirklichkeit – und das ist zunächst alles andere als offensichtlich – sind sie wie Taschenlampenstrahlen gegen die Wand des Flugzeuges gerichtet. Unter Ausnutzung eines leichten Nebels aus zerstäubter hydraulischer Flüssigkeit, der sich in der Luft gebildet hat, verfolgt Bobby Shaftoe die Strahlen zurück und stellt fest, dass sie von einer Reihe kleiner, runder Löcher herrühren, die irgendein Arschloch während seines Nickerchens in die Außenhaut des Flugzeugs gestanzt hat. Durch diese Löcher scheint die Sonne, und das natürlich immer in dieselbe Richtung; das Flugzeug allerdings wechselt die Richtung ständig.

Ihm wird klar, dass er seit dem Aufwachen an der Decke des Flugzeugs liegt, was auch seine Bauchlage erklärt. Als ihm das dämmert, übergibt er sich.

Die hellen Flecken verschwinden allesamt. Sehr, sehr widerwillig riskiert Shaftoe einen Blick zum Fenster hinaus und sieht nur Grau.

Er meint, dass er jetzt wieder auf dem Boden liegt. Jedenfalls liegt er neben der Leiche und die Leiche war festgeschnallt.

Er bleibt mehrere Minuten da liegen, atmet und überlegt einfach nur. Durch die Löcher im Rumpf pfeift so laut Luft, dass es ihm fast den Schädel spaltet.

Irgendwer – irgendein Verrückter – ist auf den Beinen und bewegt sich durch das Flugzeug. Nicht Root, der hinten in seiner kleinen Nische sitzt und sich mit einer Reihe von Gesichtsverletzungen befasst, die er während der Kunstfliegerei abgekriegt hat. Bobby Shaftoe blickt auf und sieht, dass der Herumgehende einer der britischen Flieger ist.

Der Brite hat Pilotenmütze und -brille abgenommen, sodass man sein schwarzes Haar und seine grünen Augen sieht. Er ist Mitte dreißig, ein alter Mann. Er hat ein knorriges Gebrauchsgesicht, dessen diverse Knorren, Knubbel und Öffnungen allesamt einem bestimmten Zweck zu dienen scheinen, ein Gesicht, das die gleichen Kerle entworfen haben, die auch Granatwerfer konstruieren. Es ist ein einfaches und verlässliches Gesicht, alles andere als gut aussehend. Er kniet neben der Leiche von Gerald Hott und untersucht sie eingehend mit einer Taschenlampe. Er ist der Inbegriff der Fürsorge; sein Umgang mit seinem Patienten ist vorbildlich.

Schließlich lässt er sich gegen die gerippte Wand des Rumpfes sacken. »Gott sei Dank«, sagt er, »er hat nichts abgekriegt.«

»Wer?«, fragt Shaftoe.

»Der Knabe hier«, sagt der Flieger mit einem leichten Klaps auf die Leiche.

»Und mich wollen Sie nicht untersuchen?«

»Nicht nötig.«

»Wieso nicht? Ich lebe immerhin noch.«

»Sie haben nichts abgekriegt«, sagt der Flieger voller Überzeugung. »Wenn Sie was abgekriegt hätten, würden Sie aussehen wie Lieutenant Ethridge.«

Zum ersten Mal wagt Shaftoe eine Bewegung. Er stützt sich auf einen Ellbogen und stellt fest, dass der Boden des Flugzeugs von einer roten Flüssigkeit nass und glitschig ist.

Er hatte einen rosa Sprühnebel in der Kabine bemerkt und angenommen, dass er von einem Leck in einer hydraulischen Leitung herrührte. Aber das hydraulische System scheint nun völlig in Ordnung zu sein und das Zeug auf dem Flugzeugboden ist kein Ölprodukt. Es ist dieselbe rote Flüssigkeit, die in Shaftoes Albtraum eine so herausragende Rolle spielt. Sie strömt von Lieutenant Ethridges gemütlichem Nest herab und der Lieutenant schnarcht nicht mehr.

Shaftoe sieht sich an, was von Ethridge übrig ist – es hat verblüffende Ähnlichkeit mit dem, was früher am Tag in der Metzgerei herumgelegen hat. Er möchte in Gegenwart des britischen Piloten nicht die Fassung verlieren und tatsächlich fühlt er sich seltsam ruhig. Vielleicht sind es die Wolken; Wolkentage haben schon immer eine beruhigende Wirkung auf ihn gehabt.

»Mein lieber Schwan«, sagt er schließlich, »die deutsche Zwanzigmillimeter ist schon ein Ding.«

»Richtig«, sagt der Flieger, »jetzt müssen wir uns von einem Geleitzug sichten lassen und dann werden wir die Ablieferung vornehmen.«

So rätselhaft die Äußerung auch ist, sie ist das Informativste, was

Bobby je über die Aufgaben von Abteilung 2702 gehört hat. Er steht auf und folgt dem Piloten ins Cockpit, wobei sie feinfühlig diversen bebenden Innereien ausweichen, die es vermutlich aus Ethridge herausgeschleudert hat.

»Sie meinen, von einem *alliierten* Geleitzug, stimmt's?«, fragt Shaftoe.

»Einem *alliierten* Geleitzug?«, fragt der Pilot spöttisch. »Wo sollen wir denn hier einen *alliierten* Geleitzug hernehmen? Wir sind hier in Tunesien.«

»Was soll das dann heißen, wir müssen uns von einem Geleitzug sichten lassen? Sie meinen, wir müssen einen Geleitzug sichten, oder?«

»Tut mir Leid«, sagt der Flieger, »ich habe zu tun.«

Als Shaftoe sich umdreht, sieht er Lieutenant Enoch Root neben einem relativ großen Stück von Ethridge knien und dessen Attachékoffer durchsuchen. Shaftoe setzt eine Miene übertriebener moralischer Empörung auf, und sein Gebaren ist ein einziger Vorwurf.

»Hören Sie, Shaftoe«, blafft Root, »ich befolge nur Befehle. Übernehme an seiner Stelle das Kommando.«

Er zieht ein kleines, in dicke gelbliche Plastikfolie eingeschlagenes Bündel aus dem Attachékoffer. Er überprüft es und blickt dann abermals tadelnd zu Shaftoe auf.

»Scheiße, das war doch bloß ein Scherz!«, sagt Shaftoe. »Wissen Sie noch? Wie ich gedacht habe, die Kerle fleddern die Leichen? Damals am Strand?«

Root lacht nicht. Entweder ist er sauer darüber, dass Shaftoe ihn erfolgreich verarscht hat, oder er findet Leichenfledderer-Humor nicht komisch. Root nimmt das eingeschlagene Bündel mit zu der anderen Leiche, der im Taucheranzug. Er stopft das Bündel unter den Taucheranzug.

Dann hockt er sich neben die Leiche und grübelt. Er grübelt lange Zeit. Irgendwie macht es Shaftoe einen Riesenspaß, Enoch beim Grübeln zuzugucken: Es ist so, wie wenn man einer exotischen Tänzerin dabei zuguckt, wie sie mit den Titten wackelt.

Wieder ändert sich das Licht, während sie die Wolken verlassen und tiefer gehen. Die Sonne versinkt gerade und durchdringt den Dunst der Sahara mit einem rötlichen Schimmer. Shaftoe blickt zum Fenster hinaus und sieht zu seiner Verblüffung, dass sie sich mittlerweile über dem Meer befinden. Unter ihnen fährt ein Geleitzug und jedes Schiff pflügt, von der roten Sonne seitlich angeleuchtet, ein sauberes weißes V in das dunkle Wasser.

Das Flugzeug legt sich in die Kurve und umfliegt den Geleitzug in langsamem Bogen. Shaftoe hört ein fernes Pochen. Am Himmel um sie herum erblühen und verblassen schwarze Blumen. Ihm geht auf, dass die Fliegerabwehr auf den Schiffen sie zu treffen versucht. Dann steigt das Flugzeug wieder in den Schutz der Wolken und es wird nahezu dunkel.

Zum ersten Mal seit einer ganzen Weile sieht er sich wieder nach Enoch Root um. Der hat sich in seine kleine Nische zurückgezogen und liest beim Licht einer Taschenlampe. Auf seinem Schoß liegt ein aufgeschlagenes Bündel Papiere. Es handelt sich um das Bündel, das Root aus Ethridges Attachékoffer genommen und in Gerald Hotts Taucheranzug gesteckt hat. Shaftoe nimmt an, dass die Begegnung mit Geleitzug und Fliegerabwehr Enoch Root den Rest gegeben und dass er das Bündel gleich wieder herausgezerrt hat, um es sich anzusehen.

Root schaut auf und erwidert Shaftoes Blick. Er wirkt weder nervös noch schuldbewusst. Sein Blick ist auffallend ruhig und gelassen.

Shaftoe hält dem Blick eine ganze Weile stand. Wenn auch nur die kleinste Spur von Schuldbewusstsein oder Nervosität darin läge, würde er den Kaplan als deutschen Spion anzeigen. Aber das ist nicht der Fall – Enoch Root arbeitet nicht für die Deutschen. Er arbeitet auch nicht für die Alliierten. Er arbeitet für eine Höhere Macht. Shaftoe nickt unmerklich und Roots Blick wird weicher.

»Sie sind alle tot, Bobby«, ruft er.

»Wer?«

»Die Inselbewohner. Die Sie am Strand von Guadalcanal gesehen haben.«

Deshalb also ist Root, was Leichenfledderer-Scherze angeht, so empfindlich. »Tut mir Leid«, sagt Shaftoe und geht weiter nach hinten, damit sie sich nicht brüllend unterhalten müssen. »Wie ist das passiert?«

»Nachdem wir Sie in meine Hütte geschafft hatten, habe ich eine Nachricht an meine Oberen in Brisbane gefunkt«, sagt Root. »In einem speziellen Code verschlüsselt. Ihnen gesagt, ich hätte einen Marine Raider aufgelesen, der allem Anschein nach vielleicht sogar überleben würde, und ob bitte jemand vorbeikommen und ihn abholen könnte.«

Shaftoe nickt. Er erinnert sich, dass er eine Menge Morsezeichen gehört hatte, jedoch von Fieberanfällen, Morphium und dem, was Root an Hausmittelchen aus seiner Zigarrenkiste zog, völlig erledigt gewesen war.

»Tja, sie haben geantwortet«, fährt Root fort, »und gesagt: ›Wir können nicht kommen, aber würden Sie ihn bitte da- und dahin bringen und sich mit ein paar anderen Marines treffen.‹ Was wir dann ja auch getan haben, wie Sie sich erinnern werden.«

»Ja«, sagt Shaftoe.

»So weit, so gut. Aber als ich Sie übergeben hatte und zur Hütte zurückkam, waren die Japaner schon dagewesen. Hatten jeden Inselbewohner umgebracht, den sie finden konnten. Die Hütte niedergebrannt. Überhaupt alles verbrannt. Drum herum Minen gelegt, die mich beinahe erwischt hätten. Ich bin mit knapper Not lebendig dort rausgekommen.«

Shaftoe nickt, wie nur einer nicken kann, der die Nips in Aktion erlebt hat.

»Tja, man hat mich nach Brisbane evakuiert, und dort habe ich angefangen, wegen der Codes Stunk zu machen. Denn nur darüber konnten sie mich gefunden haben – offensichtlich waren unsere Codes geknackt worden. Und nachdem ich genug Stunk gemacht hatte, hat offenbar jemand gesagt: ›Sie sind Brite, Sie sind Priester, Sie sind Arzt, Sie können mit einem Gewehr umgehen, Sie können morsen, und vor allem, Sie sind eine fürchterliche Nervensäge – also ab mit Ihnen!‹ Und ehe ich mich's versehe, stehe ich in Algier in diesem Kühlhaus.«

Shaftoe wendet den Blick ab und nickt. Root scheint zu kapieren, was damit gemeint ist, nämlich dass Shaftoe auch nicht mehr weiß als er.

Schließlich schlägt Enoch Root das Bündel wieder genauso ein, wie es vorher war. Aber er legt es nicht in den Attachékoffer zurück. Er stopft es in Gerald Hotts Taucheranzug.

Später kommen sie in der Nähe eines von Mondlicht erleuchteten Hafens wieder aus den Wolken heraus und gehen bis knapp über die Wasseroberfläche herunter, wo sie so langsam fliegen, dass selbst Shaftoe, der nichts von Flugzeugen versteht, spürt, dass sie kurz davor sind zu überziehen. Sie öffnen die Seitentür der Dakota und werfen die Leiche von PFC Gerald Hott mit eins-zwei-drei-jetzt ins Meer. Er fällt mit einem Platsch hinein, der im Stadtteich von Oconomowoc gewaltig wäre, im Ozean jedoch nicht viel hermacht.

Ungefähr eine Stunde später landen sie denselben Gooney Bird auf einer Piste inmitten eines gewaltigen Luftangriffs. Sie lassen den Skytrain am Ende der Piste neben der anderen C-47 stehen und laufen durch die Dunkelheit, immer den britischen Piloten hinterher. Dann steigen sie eine Treppe hinunter und sind unter der Erde – genauer gesagt, in einem Luftschutzbunker. Jetzt können sie die Bomben noch spüren, aber nicht mehr hören.

»Willkommen auf Malta«, sagt jemand. Shaftoe blickt sich um und sieht, dass er von Männern in britischen und amerikanischen Uniformen umgeben ist. Die Amerikaner kennt er – es handelt sich um den Marine-Raider-Zug aus Algier, der mit der anderen Dakota hergeflogen ist. Die Briten sind ihm unbekannt, und Shaftoe vermutet in ihnen die SAS-Leute, von denen die Burschen in Washington ihm erzählt haben. Das Einzige, was sie alle gemeinsam haben, ist, dass jeder irgendwo an seiner Uniform die Zahl 2702 trägt.

VERTRAULICHKEITSVEREINBARUNG

Avi taucht pünktlich auf, zuckelt in seinem recht guten, aber nicht so widerlich protzigen japanischen Sportwagen behutsam die steile Straße hinauf, die zu einem Mosaik aus Asphaltplatten zersprungen ist. Randy sieht vom ersten Stock aus zu, wobei sein Blick durch die Verglasung des Sonnendachs gut fünfzehn Meter senkrecht in die Tiefe geht. Avi trägt die Hose eines guten Straßenanzugs von tropischer Leichtigkeit, ein maßgeschneidertes Hemd aus Sea-Island-Baumwolle, eine dunkle Skibrille und einen breitkrempigen Hut aus Segeltuch.

Das Haus ist ein großes, isoliert stehendes Gebäude, das sich einige Kilometer vom Pazifik entfernt mitten in von dort her ansteigendem kalifornischem Weideland erhebt. Eiskalte Luft kommt den Hang herauf, wie die Brandung an einem Strand in langsamen Wogen steigend und fallend. Nachdem Avi ausgestiegen ist, zieht er sich als Erstes sein Jackett an.

Aus dem kleinen Kofferraum in der Schnauze seines Autos hievt er zwei überdimensionale Laptopkoffer, geht ohne anzuklopfen ins Haus (in diesem speziellen Haus war er noch nicht, wohl aber in anderen, in denen es so ähnlich zuging), trifft auf Randy und Eb, die ihn in einem der vielen Zimmer erwarten und hievt tragbares Computergerät im Wert von fünfzehntausend Dollar aus den Taschen. Er baut es auf einem Tisch auf. An zwei Laptops drückt Avi den Startknopf, und während sie langsam hochfahren, schließt er sie ans Stromnetz an, damit ihre Batterien sich nicht verbrauchen. Ein Rohrkabel mit geerdeten dreiadrigen Steckanschlüssen etwa alle fünfundvierzig Zentimeter ist gnadenlos entlang der ganzen Wand verschraubt worden und überbrückt so Gipsplatten, Löcher in den Gipsplatten, Op-art-Klebefolie aus grauer Vorzeit, imitierte Holzvertäfelungen, verblasste Grateful-Dead-Poster und ab und zu sogar eine Türöffnung.

Einer der Laptops ist mit einem kleinen tragbaren Drucker verbunden, den Avi mit ein paar Blättern füttert. Der andere Laptop lädt einige Textzeilen, die über seinen Bildschirm laufen, piept und hält an. Randy schlendert hinüber und wirft einen neugierigen Blick darauf. Der Monitor zeigt eine Eingabeaufforderung:

FILO.

Was, wie Randy weiß, die Abkürzung für Finux Loader ist, ein Programm, das es einem erlaubt, zu entscheiden, welches Betriebssystem geladen werden soll.

»Finux«, murmelt Avi und beantwortet damit Randys unausgesprochene Frage.

Randy tippt »Finux« und drückt die Eingabetaste. »Wie viele Betriebssysteme hast du auf diesem Ding?«

»Windows 95 für Spiele und wenn ich einmal irgendeinem Hinterwäldler vorübergehend meinen Computer leihen muss«, antwortet Avi. »Windows NT für Geschäftskram. BEOS zum Hacken und um mit verschiedenen Medien herumzuspielen. Finux für industriefähige Satztechnik.«

»Welches willst du jetzt?«

»BEOS. Will ein paar JPEGs zeigen. Ich nehme an, dass es hier einen Overheadprojektor gibt?«

Randys Blick wandert hinüber zu Eb, dem einzigen Menschen in diesem Raum, der auch hier wohnt. Eb erscheint größer, als er ist, und das liegt vielleicht an seinem förmlich explodierenden Haar: über einen halben Meter lang, blond mit einem leichten rötlichen Schimmer, dicht, wellig und mit einer Tendenz zum Strähnigen. Keine Haarspange ist groß genug dafür, so dass er, wenn er es überhaupt nach hinten bindet, ein Stück Schnur verwendet. Eb kritzelt auf einem kleinen Computer herum, einem dieser Grafiktabletts, die man mit Hilfe eines Stifts direkt beschreiben kann. Normalerweise benutzen Hacker sie nicht, aber Eb (oder besser eine von Ebs nicht mehr existierenden Firmen) hat die Software für dieses Modell geschrieben, weshalb jetzt eine Menge davon bei ihm herumliegen. Er scheint in allem, was er tut, voll aufzugehen, aber nachdem Randy zwei Sekunden lang in seine Richtung geschaut hat, merkt er es und hebt den Kopf. Er hat blassgrüne Augen und trägt einen üppigen roten Bart, außer wenn er sich in einer seiner Rasierphasen befindet, die normalerweise mit ernsthaften romantischen Verwicklungen zusammenfallen. Jetzt ist sein Bart gerade etwa anderthalb Zentimeter lang, was auf eine unlängst vollzogene Trennung hindeutet und die Bereitschaft impliziert, neue Risiken einzugehen.

»Overheadprojektor?«, sagt Randy.

Eb schließt die Augen, was er während des Speicherzugriffs immer tut, dann steht er auf und geht aus dem Zimmer.

Der kleine Drucker fängt an, Papier auszuwerfen. Die erste, oben auf der Seite zentrierte Textzeile lautet: VERTRAULICHKEITSVEREINBARUNG. Darauf folgen noch weitere Zeilen. Randy hat diese oder ähnliche schon so oft gesehen, dass sein Blick glasig wird und er sich abwendet. Das Einzige, was sich jedes Mal verändert, ist der Name der Firma: in diesem Fall EPIPHYTE(2) CORP.

»Nette Sonnenbrille.«

»Wenn du die hier komisch findest, musst du erst mal sehen, was ich aufsetze, wenn die Sonne untergeht«, sagt Avi. Er wühlt in einer Tasche und zieht einen kompliziert aussehenden Apparat hervor, der aussieht wie eine Brille ohne Gläser, an der über jedem Auge eine puppenhausgroße Lampenfassung montiert ist. Von dort führt ein Draht hinunter zu einem Batteriepack mit Gürtelschlaufen. Er betätigt einen kleinen Schalter an dem Batteriepack und die Lichter gehen an: teuer aussehendes blauweißes Halogenlicht.

Randy zieht die Augenbrauen hoch.

»Alles, um den Jetlag zu vermeiden«, erklärt Avi. »Ich bin an die asiatische Zeit gewöhnt. In zwei Tagen fliege ich dorthin zurück. Ich will nicht, dass mein Körper sich wieder auf die Westküstenzeit einstellt, solange ich hier bin.«

»Aha. Der Hut und die Sonnenbrille...«

»Täuschen Nacht vor. Und dieses Ding simuliert Tageslicht. Weißt du, dein Körper richtet sich nach dem Licht und stellt seine Uhr entsprechend ein. Apropos, würdest du bitte die Rollläden herunterlassen?«

Der Raum hat Fenster, die nach Westen gehen und einen Ausblick über den grasigen Hang bis hinunter zur Half Moon Bay gewähren. Es ist später Nachmittag und das Sonnenlicht strömt herein. Randy genießt für einen Augenblick die Aussicht, dann lässt er die Rollläden herunter.

Als Eb steifbeinig in den Raum zurückkommt, hängt an seiner Hand ein Overheadprojektor, sodass er einen Moment lang aussieht wie Beowulf mit dem abgetrennten Arm eines Ungeheuers in der Hand. Er stellt ihn auf den Tisch und richtet ihn auf die Wand. Eine Leinwand ist überflüssig, denn oberhalb der allgegenwärtigen Stromkabel ist jede Wand im Haus mit weißen Tafeln bedeckt. Von denen wiederum viele mit in Grundfarben geschriebenen, geheimnisvollen Zauberformeln bedeckt sind. Manche von ihnen sind von unregelmäßigen Linien eingerahmt und mit der Bemerkung NICHT WEGWISCHEN! oder einfach NWW oder NEIN! versehen. An der Stelle, auf die Eb den Overheadprojektor gerichtet hat, steht eine Liste mit Lebensmitteln, das nur noch halb vorhandene Fragment eines Flussdiagramms, eine Faxnummer in Russland, ein paar gepunktete Vierecke – Internet-Adressen – und ein paar Worte in Deutsch, die Eb vermutlich selbst geschrieben hat. Dr. Eberhard Föhr überfliegt das alles, kommt zu dem Schluss, dass nichts davon sich innerhalb einer NWW-Umrandung befindet, und wischt es mit einem Schwamm weg.

Zwei weitere Männer betreten, in ein Gespräch über irgendeine enervierende Firma in Burlingame vertieft, den Raum. Der eine ist dunkel und schlank und sieht aus wie ein Revolverheld; er trägt sogar einen schwarzen Cowboyhut. Der andere ist rundlich und blond und sieht aus, als käme er geradewegs aus einem Rotary Club Meeting. Eins haben sie allerdings gemeinsam: Beide tragen sie ein glänzendes Silberarmband am Handgelenk.

Randy nimmt die VVs aus den Druckern und verteilt sie jeweils in doppelter Ausfertigung, wobei auf jedem Exemplar ein Name vorgedruckt ist: Randy Waterhouse, Eberhard Föhr, John Cantrell (der Typ mit dem schwarzen Cowboyhut) und Tom Howard (der Blonde aus der amerikanischen Mittelschicht). Als John und Tom nach den Blättern greifen, fangen sich in den Silberarmbändern vereinzelte Lichtstrahlen, die sich durch die Rollläden stehlen. Jedes ist mit einem roten Äskulapstab und mehreren Textzeilen bedruckt.

»Die sehen neu aus«, bemerkt Randy. »Haben sie schon wieder den Wortlaut geändert?«

»Allerdings!«, antwortet John Cantrell. »Das hier ist Version 6.0 – erst letzte Woche rausgekommen.«

Überall sonst würden die Armbänder bedeuten, dass John und Tom an irgendeiner lebensbedrohenden Krankheit wie etwa einer Allergie auf gängige Antibiotika leiden. Ein Sanitäter, der sie aus einem verunglückten Auto zöge, würde das Armband sehen und die Anweisungen darauf befolgen. Doch dies ist Silicon Valley und hier gelten andere Regeln. Die Armbänder tragen auf einer Seite die Aufschrift:

IM FALLE DES TODES BIOSTASIS-PROTOKOLL
AUF DER RÜCKSEITE BEACHTEN
ANWEISUNGEN BEFOLGEN
BELOHNUNG ÜBER 100 000 $ AUSZAHLEN LASSEN

und auf der anderen:

FORDERN SIE JETZT INSTRUKTIONEN AN UNTER
1-800-NNN-NNNN
VERABREICHEN SIE 50 000 EINHEITEN HEPARIN IV
UND MACHEN SIE EINE KPR, WÄHREND SIE MIT EIS
AUF 10° C HERUNTERKÜHLEN. HALTEN SIE PH 7,5.
KEINE AUTOPSIE; KEINE EINBALSAMIERUNG.

Es handelt sich um ein Rezept zum Einfrieren eines toten oder so gut wie toten Menschen. Leute, die dieses Armband tragen, glauben, dass, wenn dieses Rezept befolgt wird, das Gehirn und andere empfindliche Gewebe tiefgefroren werden können, ohne dass man sie dabei zerstört. Wenn dann in ein paar Jahrzehnten die Nanotechnologie Unsterblichkeit ermöglicht, hoffen sie, wieder aus dem Eis geholt zu werden. John Cantrell und Tom Howard hegen die, wie sie finden, berechtigte Hoffnung, dass sie noch in einer Million Jahren Gespräche miteinander führen werden.

Im Raum wird es still, als alle Männer die Formulare überfliegen und dabei an bestimmten vertrauten Klauseln hängen bleiben. Zusammen haben sie vermutlich an die hundert VV-Formulare unterschrieben. In diesem Umfeld ist es dasselbe, als würde man jemandem eine Tasse Kaffee anbieten.

Eine Frau betritt mit Einkaufstaschen beladen den Raum und strahlt wegen ihrer Verspätung reumütig in die Runde. Beryl Hagen sieht aus wie eine Figur von Norman Rockwell, eine Tante mit Schürze vor dem Bauch und Apfelkuchen im Arm. Im Laufe von zwanzig Jahren war sie Finanzchefin von zwölf verschiedenen kleinen Hightech-Firmen. Zehn davon existieren nicht mehr. Außer bei der zweiten trifft Beryl jedoch keinerlei Schuld daran. Die sechste war Randys zweiter

Vorstoß in die Geschäftswelt. Eine wurde von Microsoft geschluckt, eine andere wurde selbst eine erfolgreiche, unabhängige Firma. Die letzten beiden brachten Beryl so viel Geld ein, dass sie in den Ruhestand treten konnte. Sie übt eine Beratertätigkeit aus und schreibt, während sie nach etwas Ausschau hält, das interessant genug wäre, sie wieder ins Geschäftsleben zurückzuholen, und ihre Anwesenheit in diesem Raum legt die Vermutung nahe, dass Epiphyte(2) Corp. nicht völlig daneben sein kann. Oder sie ist einfach höflich gegenüber Avi. In einer stürmischen Umarmung hebt Randy sie vom Boden hoch und reicht ihr dann zwei Exemplare der VV mit ihrem Namen drauf.

Avi hat den Bildschirm von seinem großen Laptop abgenommen und flach auf die Oberfläche des Overheadprojektors gelegt, der Licht durch das LCD schickt und ein farbiges Bild an die weiße Tafel wirft. Es ist ein typisches Desktop: mehrere Bildschirmfenster und ein paar Symbole. Avi geht herum und sammelt die unterschriebenen VV-Formulare ein, überfliegt sie kurz, gibt jedem ein Exemplar zurück und steckt die übrigen ins Außenfach einer Laptoptasche. Er fängt an, auf der Laptoptastatur zu tippen, und schon breiten sich in einem der Fenster Buchstaben aus. »Nur damit ihr Bescheid wisst«, murmelt Avi, »Epiphyte Corp., die ich um der Klarheit willen Epiphyte(1) nennen werde, ist eine anderthalb Jahre alte Firma mit Sitz in Delaware. Anteilseigner sind ich selbst, Randy und Springboard Capital. Wir sind im Telekommunikationsgeschäft auf den Philippinen. Einzelheiten darüber kann ich euch, wenn ihr möchtet, später geben. Unsere Arbeit dort hat uns ein Gespür für neue Möglichkeiten in diesem Teil der Welt vermittelt. Epiphyte(2) ist eine drei Wochen alte Firma mit Sitz in Kalifornien. Wenn die Dinge so laufen, wie wir es uns erhoffen, wird Epiphyte(1) nach einem bestimmten Aktientransferplan, über dessen langweilige Details ich hier nicht sprechen möchte, in ihr aufgehen.«

Avi drückt die Returntaste. Auf dem Desktop öffnet sich ein neues Fenster. Es ist eine aus einem Atlas eingescannte, hohe, schmale Farblandkarte. Der größte Teil ist Meeresblau. Von der Oberkante her ragt eine zackige Küstenlinie mit ein paar Städten, darunter Nagasaki und Tokio, herein. Schanghai liegt in der linken oberen Ecke. Der philippinische Archipel ist genau die Mitte. Taiwan liegt unmittelbar nördlich davon und im Süden bildet eine Inselkette eine durchlässige Barriere zwischen Asien und einer großen Landmasse, die mit englischen Wörtern wie Darwin und Great Sandy Desert beschriftet ist.

»Den meisten von euch kommt das sicher seltsam vor«, sagt Avi.

»Normalerweise steht am Anfang einer solchen Präsentation das Diagramm eines Computernetzwerks oder ein Flussdiagramm oder so etwas. In der Regel arbeiten wir nicht mit Landkarten. Wir sind alle so daran gewöhnt, uns in rein abstrakten Gefilden zu bewegen, dass es uns fast merkwürdig vorkommt, in die reale Welt rauszugehen und richtig körperlich etwas zu tun.

Aber ich liebe Landkarten. Mein ganzes Haus ist voll davon. Und ich möchte euch darauf hinweisen, dass das Wissen und die Fertigkeiten, die wir alle in unserer Arbeit – speziell in Bezug auf das Internet – entwickelt haben, Anwendungsbereiche hier draußen finden.« Er klopft auf die Tafel. »In der realen Welt. Ihr wisst schon, auf dem großen, runden, feuchten Ball, auf dem Milliarden von Menschen leben.«

Hier und da ist ein höfliches Kichern zu hören, während Avi mit der Hand über den Trackball seines Computers fährt und mit dem Daumen eine Taste drückt. Ein neues Bild erscheint: dieselbe Landkarte mit hellen farbigen Linien, die quer über den Ozean verlaufen und, grob den Küstenlinien folgend, in Schleifen von einer Stadt zur nächsten führen.

»Bereits existierende Tiefseekabel. Je dicker die Linie, desto größer die Leitung«, sagt Avi. »Und, was stimmt an diesem Bild nicht?«

Mehrere dicke Linien führen, vermutlich als Verbindung zu den Vereinigten Staaten, von Punkten wie Tokio, Hongkong und Australien ostwärts. Über das Südchinesische Meer, das zwischen den Philippinen und Vietnam liegt, verläuft eine andere Linie grob von Süden nach Norden, ohne jedoch eins dieser beiden Länder zu berühren: Sie führt direkt nach Hongkong, dann weiter die chinesische Küste entlang nach Schanghai, Korea und Tokio.

»Da die Philippinen sich in der Mitte der Landkarte befinden«, sagt John Cantrell, »wirst du uns vermutlich darauf hinweisen, dass so gut wie keine dicke Linie zu den Philippinen führt.«

»So gut wie keine dicke Linie führt zu den Philippinen!«, wiederholt Avi forsch. Er deutet auf die einzige Ausnahme, die von Taiwan in südliche Richtung nach Nordluzon und von dort in Sprüngen die Küste hinunter nach Corregidor verläuft. »Außer dieser einen, mit der Epiphyte(1) zu tun hat. Das ist es aber nicht allein. Es gibt einen generellen Mangel an dicken Linien in Nord-Süd-Richtung, an Verbindungen zwischen Australien und Asien. Eine Menge Datenpakete, die von Sydney nach Tokio gehen, müssen über Kalifornien geschickt werden. Da liegen Marktchancen.«

Beryl unterbricht ihn. »Bevor du hier richtig einsteigst, Avi«, sagt sie in vorsichtigem, bedauerndem Ton, »muss ich sagen, dass die Verlegung von Tiefseefernkabeln ein Geschäft ist, in dem man nur schwer Fuß fassen kann.«

»Beryl hat Recht!«, sagt Avi. »Die Einzigen, die das nötige Kleingeld haben, um diese Kabel zu verlegen, sind AT&T, Cable & Wireless und Kokusai Denshin Denwa. Es ist eine heikle Angelegenheit. Es ist teuer. Und es setzt die Bereitschaft zu hohen VA voraus.«

Die Abkürzung steht für »verlorene Ausgaben«; gemeint sind die Ausgaben für die Erstellung eines Machbarkeitsgutachtens die, falls das Ergebnis negativ ausfällt, für die Katz wären.

»Wie denkst du denn nun darüber?«, möchte Beryl wissen.

Avi klickt eine andere Landkarte an. Es ist dieselbe wie vorher, nur sind hier neue Linien eingezeichnet: eine ganze Reihe kurzer Verbindungen von Insel zu Insel. Eine Kette aus verblüffend zahlreichen kurzen Hüpfern über die ganze Länge des philippinischen Archipels.

»Du willst die Philippinen verkabeln und über eure bereits existierende Verbindung nach Taiwan ins Netz einbauen«, sagt Tom Howard in dem heroischen Versuch, einen, wie er vermutet, langatmigen Teil von Avis Präsentation zu umschiffen.

»Informationstechnisch gesehen werden die Philippinen demnächst ganz groß rauskommen«, sagt Avi. »Der Staat hat seine Schwachstellen, aber im Grunde ist es eine Demokratie nach westlichem Muster. Im Gegensatz zu den meisten Asiaten arbeiten sie mit ASCII. Sie sprechen großenteils Englisch. Schon lange bestehende Verbindungen zu den Vereinigten Staaten. Diese Leute werden früher oder später in der Informationswirtschaft eine wichtige Rolle spielen.«

Randy schaltet sich ein. »Wir haben dort bereits Fuß gefasst. Wir kennen das örtliche Geschäftsumfeld. Und wir haben Cashflow.«

Avi klickt eine andere Landkarte an. Die ist schon schwieriger zu identifizieren. Sie sieht aus wie die Reliefkarte einer ausgedehnten, durch einzelne Plateaus unterbrochenen Hochgebirgsregion. Dass sie ohne jegliche Beschriftung oder Erklärung von Avi mitten in dieser Präsentation erscheint, macht sie zu einer impliziten Herausforderung an den Scharfsinn der im Raum Anwesenden. Keiner von ihnen wird so bald um einen Hinweis bitten. Randy beobachtet, wie sie blinzeln und die Köpfe von einer Seite zur anderen neigen. Eberhard Föhr, der sich mit merkwürdigen Puzzles auskennt, begreift es als Erster.

»Südostasien mit trockengelegten Meeren«, sagt er. »Der hohe Gebirgskamm da rechts ist Neuguinea. Und diese Höcker sind die Vulkane von Borneo.«

»Echt stark, was?«, sagt Avi. »Das ist eine Radarkarte. Amerikanische Militärsatelliten haben die ganzen Daten gesammelt. Man kriegt sie fast umsonst.«

Auf dieser Karte sind die Philippinen nicht als Kette einzelner Inseln zu verstehen, sondern als die höchsten Regionen eines riesigen länglichen Plateaus, das von tiefen Spalten in der Erdkruste umgeben ist. Um auf dem Meeresboden von Luzon hinauf nach Taiwan zu kommen, müsste man in einen tiefen, von parallel verlaufenden Bergketten gesäumten Graben springen und darin ungefähr fünfhundert Kilometer nordwärts gehen. Südlich von Luzon jedoch, in der Gegend, in der Avi ein Netz von inselverbindenden Kabeln verlegen will, ist alles flach und seicht.

Mit einem erneuten Klicken legt Avi transparentes Blau über die Teile, die sich unter dem Meeresspiegel befinden, und Grün auf die Inseln. Dann holt er ein Gebiet in der Mitte der Karte näher heran, wo das philippinische Plateau zwei Arme in südwestliche Richtung auf Nord-Borneo zu ausstreckt und ein rautenförmiges, dreihundertfünfzig Meilen breites Gewässer umfasst, ja nahezu einschließt. Die Sulusee«, verkündet er. »Hat aber nichts mit dem Quotenasiaten in *Raumschiff Enterprise* zu tun.«

Niemand lacht. Eigentlich sind sie ja nicht zu ihrer Unterhaltung hier – sie konzentrieren sich auf die Landkarte. All diese verschiedenen Archipele und Meere sind verwirrend, selbst für kluge Leute mit einer guten Raumvorstellung. Die Philippinen bilden die rechte obere Begrenzung der Sulusee, Nord-Borneo (ein Teil von Malaysia) die linke untere, der Sulu-Archipel (ein Teil der Philippinen) die rechte untere, und die linke obere Begrenzung ist eine ausgesprochen lange, dünne philippinische Insel namens Palawan.

»Das ist wieder ein Beweis dafür, dass nationale Grenzen künstlich und dumm sind«, sagt Avi. »Die Sulusee ist ein Becken in der Mitte eines größeren Plateaus, das gleichermaßen zu den Philippinen und zu Borneo gehört. Verkabelt man nun die Philippinen, kann man bei der Gelegenheit genauso gut Borneo mit in das Netz aufnehmen, indem man einfach die Umrisse der Sulusee mit Kurzstreckenküstenkabeln nachfährt. So wie hier.«

Avi klickt erneut, und der Computer zeichnet weitere farbige Linien ein.

»Avi, warum sind wir hier?«, fragt Eberhard.

»Das ist eine sehr tiefschürfende Frage«, entgegnet Avi.

»Wir kennen die wirtschaftliche Seite dieser Neugründungen«, sagt Eb. »Am Anfang steht nichts als die Idee. Dazu ist die VV da – um deine Idee zu schützen. Wir arbeiten zusammen an der Idee, stecken unsere Intelligenz hinein und bekommen im Gegenzug Anteile. Das Ergebnis dieser Arbeit ist Software. Die Software ist urheberrechtlich und warenzeichenrechtlich schützbar, womöglich patentierbar. Sie ist geistiges Eigentum. Und einiges Geld wert. Aufgrund unserer Beteiligungen besitzen wir sie alle gemeinsam. Dann verkaufen wir ein paar weitere Anteile an einen Investor. Das Geld verwenden wir, um mehr Leute anzustellen und die Idee zu einem Produkt zu machen, sie zu vermarkten und so weiter. So funktioniert das System, aber mir kommen langsam Zweifel, ob du das auch verstehst.«

»Warum sagst du das?«

Eb wirkt verlegen. »Wie soll unser Beitrag zu diesem Projekt aussehen? Wie können wir unseren Grips in Eigenkapital verwandeln, von dem ein Investor gerne einen Teil besäße?«

Alle Blicke richten sich auf Beryl. Beryl nickt zustimmend. Tom Howard sagt: »Schau mal, Avi. Ich kann große Computeranlagen installieren. John hat Ordo geschrieben – er kennt sich in Kryptographie aus. Randy macht das Internet, Eb macht seltsames Zeug, Beryl macht Geld. Soweit ich weiß, kennt sich aber keiner von uns auch nur ansatzweise im Verlegen von Tiefseekabeln aus. Was nützen dir unsere Lebensläufe, wenn du vor ein paar Risikokapitalgebern stehst?«

Avi nickt. »Alles, was du sagst, ist richtig«, räumt er gelassen ein. »Wir müssten verrückt sein, wenn wir uns daran machen wollten, Kabel durch die Philippinen zu verlegen. Das ist ein Job für FiliTel, mit denen Epiphyte(1) ein Joint Venture gegründet hat.«

»Selbst wenn wir verrückt wären«, sagt Beryl, »hätten wir gar nicht die Möglichkeit, denn niemand würde uns das Geld geben.«

»Zum Glück brauchen wir uns darüber keine Gedanken zu machen«, sagt Avi, »denn das wird für uns erledigt.« Er dreht sich zu der Tafel um, nimmt einen roten Markierstift und zieht einen dicken Strich zwischen Taiwan und Luzon, wobei seine Hände von dem dunkel getönten Relief des Meeresbodens, das auf seine Haut projiziert ist, ein lepröses, geflecktes Aussehen bekommen. »KDD, die von einem bedeutenden Wachstum auf den Philippinen ausgehen, verlegen hier bereits ein anderes dickes Kabel.« Er bewegt seine Hand nach unten und fängt an, kleinere, kürzere Verbindungen zwischen Inseln im Archipel zu ziehen. »Und FiliTel ist dabei, finanziert von AVCLA – Asia Venture Capital Los Angeles –, die Philippinen zu verkabeln.«

»Und was hat Epiphyte(1) damit zu tun?« fragt Tom Howard.

»Je mehr sie dieses Netzwerk für den Internet-Protokoll-Verkehr nutzen wollen, umso mehr Router und Netzwerk-Know-how brauchen sie«, erklärt Randy.

»Um nun meine Frage zu wiederholen: Warum sind wir hier?«, sagt Eberhard geduldig, aber bestimmt.

Avi ist noch eine Weile mit seinem Stift beschäftigt. Er umkringelt eine Insel an einer Ecke der Sulusee, genau in der Mitte der Lücke zwischen Nord-Borneo und der langen, schmalen philippinischen Insel namens Palawan. Er beschriftet sie in Blockbuchstaben: SULTANAT KINAKUTA.

»Kinakuta wurde eine Zeit lang von weißen Sultanen regiert. Das ist eine lange Geschichte. Dann wurde es eine deutsche Kolonie«, sagt Avi. »Borneo gehörte damals zu den niederländischen Kolonien in Ostindien, und Palawan war – wie der Rest der Philippinen – erst spanisch und dann amerikanisch. Damit hatten die Deutschen einen Fuß in der Region.«

»Die Deutschen hatten am Ende immer die beschissensten Kolonien«, sagt Eb in kläglichem Ton.

»Nach dem Ersten Weltkrieg übergaben sie sie zusammen mit einer Menge anderer Inseln, die viel weiter im Osten liegen, den Japanern. Alle diese Inseln fasste man unter der Bezeichnung ›Mandatsgebiete‹ zusammen, da Japan sie unter einem Völkerbundmandat verwaltete. Während des Zweiten Weltkriegs benutzten die Japaner Kinakuta als Basis für Angriffe auf Niederländisch-Ostindien und die Philippinen. Sie hatten dort einen Flottenstützpunkt und einen Flugplatz. Nach dem Krieg wurde Kinakuta unabhängig, wie vor der Übernahme durch die Deutschen. An den Rändern ist die Bevölkerung muslimisch oder der chinesischen Volksgruppe zugehörig, im Zentrum animistisch, und sie wurde immer von einem Sultan regiert – sogar während der Besetzung durch die Deutschen und die Japaner, die beide die Sultane kooptierten, aber immerhin als Aushängeschilder in ihrem Amt beließen. Kinakuta verfügte über Ölreserven, die allerdings unerreichbar waren, bis die Technologie sich verbessert hatte und, etwa zur Zeit des arabischen Ölembargos, die Preise stiegen; damals kam auch der jetzige Sultan an die Macht. Dieser Sultan ist jetzt ein sehr reicher Mann – nicht so reich wie der Sultan von Brunei, der zufällig sein Cousin zweiten Grades ist, aber reich.«

»Unterstützt der Sultan deine Firma?«, fragt Beryl.

»Nicht so, wie du meinst«, antwortet Avi.

»Wie sonst?«, fragt Tom Howard ungeduldig.

»Ich will es mal so ausdrücken«, sagt Avi. »Kinakuta ist Mitglied der Vereinten Nationen. Es ist ein ebenso unabhängiges Land und vollwertiges Mitglied der Staatengemeinschaft wie Frankreich oder England. Aufgrund seines Ölreichtums ist es sogar außergewöhnlich unabhängig. Genau genommen ist es eine Monarchie – der Sultan erlässt die Gesetze, aber erst nach eingehender Beratung mit seinen Ministern, die die Politik bestimmen und die Gesetze entwerfen. Und ich habe kürzlich viel Zeit mit dem Post- und Telekommunikationsminister verbracht. Ich habe dem Minister geholfen, ein neues Gesetz zu entwerfen, das jeglichen Telekommunikationsverkehr durch das Hoheitsgebiet von Kinakuta regeln wird.«

»Ich glaub's nicht!«, entfährt es John Cantrell, der von Ehrfurcht ergriffen ist.

»Eine Gratisaktie für den Mann im schwarzen Hut!«, ruft Avi aus. »John hat Avis Geheimplan durchschaut. John, würdest du ihn deinen Mitbewerbern bitte erklären?«

John nimmt seinen Hut ab und fährt sich mit der Hand durch sein langes Haar. Dann setzt er den Hut wieder auf und stößt einen Seufzer aus. »Avi schlägt vor, einen Datenhafen zu errichten«, sagt er.

Ein leises Murmeln der Bewunderung geht durch den Raum. Avi wartet, bis es sich gelegt hat, und fügt hinzu: »Kleine Korrektur: Der Sultan errichtet den Datenhafen. Ich schlage vor, ihn zu Geld zu machen.«

Ultra

In die Schlacht zieht Lawrence Pritchard Waterhouse bewaffnet mit einem Drittelbogen britischem Schreibmaschinenpapier, auf den ein paar Worte getippt sind, die den Wisch als Passierschein für Bletchley Park kennzeichnen. Mit blauschwarzer Upperclass-Offizierstinte sind sein Name und noch anderes darauf gekritzelt, die Worte ALLE ABTEILUNGEN umkringelt und ein zu einem roten Hurenkuss verwischter Stempel draufgeknallt worden, der dank seiner schieren Achtlosigkeit mehr Autorität und Macht vermittelt als die vordergründige Akkuratesse des Fälschers.

Er gelangt um das Herrenhaus herum in die schmale Gasse, die zwischen diesem und der Reihe roter Ziegelsteingaragen (oder, wie seine Großeltern vermuten würden, Stallungen) verläuft. Er findet das einen sehr angenehmen Ort zum Rauchen. Die Gasse wird von Bäumen gesäumt, die als dichte Hecke gepflanzt sind. Die Sonne geht gerade unter. Sie steht noch immer so hoch, dass sie durch jede kleine Bresche im Verteidigungsring des Horizonts angreifen kann, und so treffen Lawrence immer wieder unversehens dünne rote Strahlen ins Auge, während er hin und her spaziert. Einer, das weiß er, leuchtet unsichtbar durch die klare Luft mehrere Meter über ihm, denn er verrät eine Antenne: einen Kupferdraht, der von der Wand des Herrenhauses zu einer nahebei stehenden Zypresse gespannt ist. Das Licht fängt sich auf genau die gleiche Weise darin wie in dem Strang des Spinnenetzes, mit dem Waterhouse seinerzeit gespielt hat.

Die Sonne wird bald untergegangen sein; in Berlin, wie im größten Teil des Höllenreiches, das Hitler von Calais bis an die Wolga errichtet hat, ist sie schon untergegangen. Zeit für die Funker, mit ihrer Arbeit zu beginnen. Radiowellen gehen im Allgemeinen nicht um Ecken herum. Das kann wirklich lästig sein, wenn man vorhat, die Welt zu erobern, die dummerweise rund ist, sodass die aktivsten militärischen Einheiten allesamt jenseits des Horizonts operieren. Wenn man allerdings Kurzwellen verwendet, kann man die Meldungen von der Ionosphäre reflektieren lassen. Das funktioniert sehr viel besser, wenn die Sonne nicht am Himmel steht und die Atmosphäre mit Breitbandrauschen überschwemmt. Deshalb sind Funker und die Leute, die sie belauschen (von den Briten Y Service genannt), nachtaktive Geschöpfe.

Wie Waterhouse gerade beobachtet hat, verfügt das Herrenhaus über ein, zwei Antennen. Aber Bletchley Park ist eine riesige, gefräßige Spinne, die, um sich zu ernähren, ein Netz von der Größe eines ganzes Landes braucht. Die schwarzen Kabel, die sich an den Wänden emporranken, und der Geruch und das Zischen der zahlreichen Fernschreiber haben ihm genügend Beweise dafür geliefert, dass das Netz wenigstens zum Teil aus Kupferdrähten besteht. Ein anderer Teil des Netzes ist aus gröberen Materialien wie Beton und Asphalt gemacht.

Das Tor schwingt auf und ein Mann auf einem grünen Motorrad, dessen zwei Zylinder laut kollern, biegt schwungvoll in die Gasse ein und der Lärm sticht Waterhouse in die Nase, als er vorbeifährt. Waterhouse folgt ihm ein Stück, verliert jedoch nach ungefähr hundert Metern seine Spur. Das macht nichts; es werden bald noch mehr kommen, während das Nervensystem der Wehrmacht erwacht und seine Signale vom Y Service aufgefangen werden.

Der Motorradfahrer ist durch ein malerisches kleines Tor gefahren, das zwei alte Gebäude miteinander verbindet. Es wird von einer winzigen Kuppel mit einer Wetterfahne und einer Uhr gekrönt. Waterhouse geht hindurch und findet sich auf einem kleinen Hof wieder, der offenbar auf die Zeit zurückgeht, in der Bletchley Park ein wertvolles Gehöft war. Links setzt sich die Reihe der Stallungen fort. Das mit Vogelkot befleckte Dach wird von kleinen Giebeln durchbrochen. Das Gebäude zittert förmlich von Tauben. Direkt vor Lawrence steht ein aus der ersten Hälfte des sechzehnten Jahrhunderts stammendes, hübsches kleines Bauernhaus aus roten Ziegeln, das einzige nicht scheußliche Bauwerk, das er bisher gesehen hat. Rechts von ihm befindet sich ein einstöckiges Gebäude. Aus diesem Gebäude dringen seltsame Informationen: der Fernschreiber-Geruch nach heißem Öl, aber keine Tippgeräusche, bloß ein hohes, mechanisches Winseln.

Am Stallgebäude geht eine Tür auf und heraus kommt ein Mann, der eine sperrige, aber offenbar leichte Kiste mit einem Griff an der Oberseite trägt. Aus der Kiste dringen gurrende Geräusche und Waterhouse geht auf, dass sie Tauben enthält. Die in den Giebeln hausenden Tauben sind keine Wild- sondern Haustauben. Beförderer von Informationen, Stränge des Netzes von Bletchley Park.

Er steuert das Gebäude an, das nach heißem Öl riecht, und schaut zu einem Fenster hinein. Mit Anbruch der Nacht beginnt Licht daraus hervorzusickern, das schwarzen deutschen Aufklärungsflugzeugen Informationen liefern würde, und so marschiert ein Hausmeister im Hof herum und knallt die schwarzen Läden zu.

Ein paar Informationen bekommt Waterhouse aber doch zu Gesicht: Auf der anderen Seite des Fensters haben sich Männer um eine Maschine geschart. Die meisten tragen Zivilkleidung und sind schon zu lange zu beschäftigt, um sich groß mit Kämmen, Rasierern und Schuhwichse abzugeben. Die Männer sind ganz und gar auf ihre Arbeit konzentriert, die ausschließlich mit dieser Maschine zu tun hat. Die Maschine besteht aus einem großen Rahmen aus vierkantigem Stahlrohr, wie ein auf der Schmalseite stehendes Bettgestell. An verschiedenen Punkten dieses Rahmens sind knapp drei Zentimeter dicke Metalltrommeln mit dem Durchmesser von Tellern befestigt. Von Trommel zu Trommel hat man in verwirrend verschlungener Bahn Papierband gefädelt. Es sieht so aus, als müsste man mehrere Meter Band durch die Maschine fädeln.

Einer der Männer hat an einem Keilriemen hantiert, der um eine der Trommeln herumläuft. Er tritt zurück und macht eine Handbewegung. Ein anderer Mann legt einen Schalter um, und die Trommeln beginnen sich alle gleichzeitig zu drehen. Das Band fängt an, durch das System zu sausen. In das Band gestanzte Löcher tragen Daten; nun verschwimmt alles zu einem grauen Strich und die Geschwindigkeit erzeugt die Illusion, das Band löse sich in einen Rauchfaden auf.

Nein, es ist keine Illusion. Von den Trommeln kräuselt sich echter Rauch empor. Das Band läuft so rasch durch die Maschine, dass es vor den Augen von Waterhouse und den Männern im Raum Feuer fängt. Die jedoch betrachten es ruhig, als rauchte es auf eine ganz neue und interessante Weise.

Wenn es auf der Welt eine Maschine gibt, die von einem derart schnell laufenden Band Informationen ablesen kann, so hat Waterhouse noch nie davon gehört.

Der schwarze Fensterladen knallt zu. Gerade als er das tut, erhascht Waterhouse einen flüchtigen Blick von einem weiteren Gegenstand, der in einer Ecke des Raums steht: ein Stahlgestell, in dem in ordentlichen Reihen eine große Anzahl zylindrischer Objekte untergebracht sind.

Zwei Motorradfahrer, die trotz der Dunkelheit mit ausgeschalteten Scheinwerfern fahren, kommen gleichzeitig durch den Hof. Waterhouse trabt eine Zeit lang hinter ihnen her, lässt den pittoresken alten Hof hinter sich und gelangt in die Welt der Baracken, der neuen, in den letzten ein, zwei Jahren hochgezogenen Bauten. Bei dem Wort »Baracke« denkt er an etwas Winziges, doch diese Baracken ähneln, zusammengenommen, eher dem neuen Pentagon, das das Kriegsministerium gegenüber von D.C. auf der anderen Seite des Flusses gebaut hat. Sie verkörpern ein schlichtes, von keinerlei ästhetischen oder gar menschlichen Erwägungen abgemildertes Platzbedürfnis.

Waterhouse geht zu einer Kreuzung, an der die Motorradfahrer, wie er gehört zu haben glaubt, abgebogen sind, und bleibt, von Schutzmauern eingeschlossen, stehen. Einem Impuls folgend, erklettert er eine der Mauern und setzt sich auf die Krone. Die Aussicht von hier ist auch nicht besser. Er weiß, dass um ihn herum in diesen Baracken Tausende von Menschen bei der Arbeit sind, aber er sieht keinen davon und es gibt keine Wegweiser.

Er versucht immer noch, hinter die Geschichte zu kommen, die er durch das Fenster beobachtet hat.

Das Band ist so schnell gelaufen, dass es *rauchte*. Es so schnell laufen zu lassen ist nur dann sinnvoll, wenn die Maschine auch die Informationen so schnell lesen, d. h. das Lochmuster in dem Band in elektrische Impulse umwandeln kann.

Aber was soll das Ganze, wenn die Impulse nirgendwohin können? Kein menschlicher Verstand könnte einen Zeichenstrom erfassen, der mit solcher Geschwindigkeit daherkommt. Und es gibt, soviel Waterhouse weiß, schon gar keinen Fernschreiber, der ihn drucken könnte.

Das Ganze ist nur sinnvoll, wenn sie eine Maschine konstruieren. Irgendeinen mechanischen Rechner, der die Daten aufnehmen und dann etwas damit tun – irgendwelche Berechnungen damit anstellen – kann, vermutlich Berechnungen, wie sie beim Codeknacken erforderlich werden.

Dann fällt ihm das Gestell wieder ein, das er in der Ecke gesehen hat, die vielen Reihen genau gleicher grauer Zylinder. Von vorn betrachtet, haben sie wie eine Art Munition ausgesehen. Aber dafür sind sie zu glatt und glänzend. Die Zylinder, so geht Waterhouse auf, bestehen aus geblasenem Glas.

Es sind Vakuumröhren. Hunderte davon. Mehr Röhren, als Waterhouse je auf einem Fleck gesehen hat.

Die Männer in dem Raum bauen eine Turing-Maschine!

Kein Wunder also, dass die Männer in dem Raum es so gelassen hinnehmen, dass das Band verbrennt. Der Papierstreifen, eine Technologie so alt wie die Pyramiden, ist lediglich ein Vehikel für einen Informationsstrom. Wenn er durch die Maschine läuft, werden die Informationen daraus entnommen und in ein Muster aus rein binären Daten umgewandelt. Dass das bloße Vehikel verbrennt, ist ohne jede Bedeutung. Asche zu Asche, Staub zu Staub – die Daten sind aus der physischen auf die mathematische Ebene gelangt, in ein höheres und reineres Universum, in dem andere Gesetze gelten. Gesetze, die Dr. Alan Mathison Turing, Dr. John von Neumann, Dr. Rudolf von Hacklheber und ein paar anderen Leuten, mit denen sich Waterhouse in Princeton herumgetrieben hat, zu einem geringen Teil verschwommen und unvollständig bekannt sind. Gesetze, von denen auch Waterhouse das eine oder andere weiß.

Sobald man die Daten in das Reich der reinen Information überführt hat, braucht man nur noch ein Werkzeug. Zimmerleute arbeiten mit Holz und haben eine Kiste mit Geräten, um es zu messen, zu schneiden, zu glätten, zusammenzufügen. Mathematiker arbeiten mit Informationen und brauchen ihr eigenes Werkzeug.

Seit Jahren schon bauen sie diese Werkzeuge, eins nach dem anderen. So gibt es, um nur ein Beispiel zu nennen, einen Registrierkassen- und Schreibmaschinenhersteller mit Namen Electrical Till Corporation, der ein prima Lochkartengerät zur Tabellarisierung großer Datenmengen baut. Waterhouses Professor in Iowa hatte es satt, eine Differentialgleichung nach der anderen zu lösen, und erfand eine Maschine, die deren Lösung automatisierte, indem er die Informationen auf einer mit Kondensatoren bestückten Trommel speicherte und einen bestimmten Algorithmus durchkurbelte. Genügend Zeit und Vakuumröhren vorausgesetzt, ließe sich ein Werkzeug erfinden, mit dem man eine Zahlenreihe addieren, ein anderes, mit dem man Inventare verwalten, und ein drittes, mit dem man Wortlisten alphabetisch ordnen könnte. Ein gut ausgestattetes Unternehmen hätte von jedem eines: schimmernde, gusseiserne Monstren mit aus dem Kühlergrill wabernden Hitzewellen, geziert von Firmenemblemen wie ETC, Siemens und Hollerith, würde jedes seine hochspezielle Aufgabe erfüllen. So wie ein Zimmermann eine Gehrlade, einen Grathobel und einen Klauenhammer in seiner Kiste hat.

Turing hat etwas ganz anderes, etwas unbeschreiblich Seltsames und Radikales herausgefunden.

Er hat herausgefunden, dass Mathematiker im Gegensatz zu Zimmerleuten nur ein einziges Werkzeug in ihrer Kiste haben müssen, wenn es denn das richtige Werkzeug ist. Turing hat erkannt, dass es möglich sein müsste, eine Metamaschine zu bauen, die sich dergestalt rekonfigurieren lässt, dass sie alles nur Denkbare leistet, was man mit Informationen leisten kann. Es wäre ein proteisches Gerät, das sich in jedes Werkzeug verwandeln könnte, für das man je Bedarf hätte. Vergleichbar einer Orgelpfeife, die sich jedes Mal, wenn man die Koppeltaste betätigt, in ein anderes Instrument verwandelt.

Die Einzelheiten lagen noch ein wenig im Dunkeln. Es handelte sich hier nicht um eine Bauanleitung für eine konkrete Maschine, sondern vielmehr um ein Gedankenexperiment, das Turing angestellt hatte, um ein abstraktes Rätsel aus der völlig praxisfernen Welt der reinen Logik zu lösen. Waterhouse weiß das sehr wohl. Doch während er hier auf der Krone der Schutzmauer an der dunklen Kreuzung in Bletchley Park sitzt, will ihm eines nicht aus dem Kopf: Die Turing-Maschine, wenn es denn eine gäbe, wäre auf ein Band angewiesen. Das Band liefe durch die Maschine. Es trüge die Informationen, die die Maschine bräuchte, um ihre Arbeit zu tun.

Während Waterhouse da sitzt und in die Dunkelheit starrt, rekonstruiert er im Geist Turings Maschine. Immer mehr Details fallen ihm ein. Das Band, so erinnert er sich nun, würde sich nicht in einer Richtung durch die Turing-Maschine bewegen; es würde häufig die Richtung wechseln. Und die Turing-Maschine würde das Band nicht bloß lesen; sie wäre auch imstande, Markierungen zu löschen und neue hinzuzufügen.

Nun kann man Löcher in einem Papierband eindeutig nicht löschen. Und ebenso eindeutig bewegt sich das Band in der Bletchley-Park-Maschine nur in eine Richtung. Es handelt sich daher, so ungern sich Waterhouse dies auch eingesteht, bei dem Röhrengestell, das er vorhin erspäht hat, nicht um eine Turing-Maschine. Es ist ein unbedeutenderes Gerät – ein Spezialwerkzeug wie etwa ein Lochkartenleser oder Atanasoffs Gerät zum Lösen von Differentialgleichungen.

Dabei ist es immer noch größer und ungleich phantastischer als alles, was Waterhouse je gesehen hat.

Ein Nachtzug aus Birmingham, der Munition ans Meer befördert, saust vorbei. Während sein Rauschen im Süden erstirbt, nähert sich ein Motorrad dem Haupttor des Parks. Sein Motor tuckert im Leerlauf, während die Papiere des Fahrers überprüft werden, dann hört Waterhouse das laute Knattern, mit dem es anfährt und um den scharfen Knick in die Gasse einbiegt. Waterhouse stellt sich auf den Schnittpunkt der Mauern und sieht aufmerksam zu, wie das Motorrad an ihm vorbeiknattert und auf eine »Baracke« mehrere Blocks weiter zuhält. Plötzlich strömt Licht aus einer offenen Tür, als die Ladung den Besitzer wechselt. Dann wird das Licht gelöscht, und das Motorrad legt eine lange Lärmranke über die Straße zum Parktor.

Waterhouse lässt sich auf den Boden herab und tastet sich durch die mondlose Nacht die Straße entlang. Er bleibt vor dem Eingang zu der Baracke stehen und lauscht eine Zeit lang dem Gesumme darin. Dann nimmt er seinen Mut zusammen, tritt vor und stößt die Holztür auf.

Es ist unangenehm heiß hier drin, und die Atmosphäre ist ein Übelkeit erregendes Destillat menschlicher und maschineller Gerüche, im Raum gehalten und verdichtet von den über sämtliche Fenster geklappten Sargdeckeln. Viele Leute sind hier, größtenteils Frauen, die an gargantuanischen, elektrisch betriebenen Schreibmaschinen arbeiten. Obwohl er die Augen zusammengekniffen hat, kann er sehen, dass der Raum als Auffangbecken für kleine, etwa zehn mal fünfzehn Zentimeter messende Zettel dient, die offensichtlich von den Motorradfahrern gebracht werden. In der Nähe der Tür sind sie sortiert und in Drahtkörben gestapelt worden. Von hier aus gehen sie zu den Frauen an den riesigen Schreibmaschinen.

Einer der wenigen Männer hier ist aufgestanden und kommt auf Waterhouse zu. Er ist ungefähr in Waterhouses Alter, d. h. Anfang zwanzig. Er trägt eine britische Armeeuniform und zeigt das Gebaren eines Gastgebers bei einem Hochzeitsempfang, der sicherstellen will, dass auch die am längsten vermissten, entferntesten Familienmitglieder angemessen begrüßt werden. Offensichtlich ist er ebenso wenig ein echter Militär wie Waterhouse selbst. Kein Wunder, dass der ganze Ort von so viel Stacheldraht und RAF-Leuten mit Maschinenpistolen umgeben ist.

»Guten Abend, Sir. Kann ich Ihnen helfen?«

»Abend. Lawrence Waterhouse.«

»Harry Packard. Angenehm.« Aber er hat keine Ahnung, wer Waterhouse ist; in Ultra ist er eingeweiht, nicht aber in Ultra Mega.

»Ganz meinerseits. Ich denke, Sie werden sich das hier ansehen wollen.« Waterhouse reicht ihm den magischen Passierschein. Packards fahler Blick gleitet aufmerksam darüber, dann huscht er hierhin und dorthin und konzentriert sich auf ein paar Stellen von besonderem Interesse: die Unterschrift, den verwischten Stempel. Der Krieg hat Harry Packard in eine Maschine zur Prüfung und Weiterverarbeitung von Papierzetteln verwandelt und in diesem Falle geht er seiner Arbeit ruhig und ohne Getue nach. Er entschuldigt sich, betätigt die Kurbel eines Telefons und spricht mit jemandem; seine Haltung und sein Gesichtsausdruck deuten darauf hin, dass es jemand Wichtiges ist. Bei dem Klicken und Klappern der zahlreichen Schreibmaschinen kann Waterhouse nicht hören, was gesprochen wird, aber er sieht Interesse und Verwirrung auf Packards jungem, offenem, rosigem Gesicht. Packard wirft Waterhouse ein, zwei schräge Blicke zu, während er seinem Gesprächspartner lauscht. Dann sagt er etwas Respektvolles und Beruhigendes in den Hörer und legt auf.

»Schön. Tja, was möchten Sie gern sehen?«
»Ich versuche, einen Überblick über den Informationsfluss zu gewinnen.«
»Tja, hier sind wir ganz nahe am Anfang – das hier ist sozusagen der Oberlauf. Unsere Quelle ist der Y Service – Militär- und Amateurfunker, die die deutschen Funksendungen abhören und uns das hier liefern.« Packard nimmt einen Zettel aus einer Satteltasche und reicht ihn Waterhouse.

Es handelt sich um ein Formular mit verschiedenen Kästchen am oberen Rand, in die irgendwer das Datum (heute), die Zeit (vor ein paar Stunden) und noch ein paar andere Daten wie etwa die Frequenz eingetragen hat. Darunter ist im wesentlichen freier Raum, in den in hastigen Blockbuchstaben Folgendes gekritzelt wurde:

A Y W B P R O J H K D H A O B Q T M D L T U S H I
Y P I J S L L E N J O P S K Y V Z P D L E M A O U
T A M O G T M O A H E C W G

Eingeleitet wird das Ganze durch zwei Gruppen von jeweils drei Buchstaben:

YUH ABG

»Das da ist von einer unserer Stationen in Kent hereingekommen«, sagt Packard. »Das ist eine Chaffinch-Nachricht.«
»Also – eine von Rommel?«
»Ja. Diese Meldung ist aus Kairo hereingekommen. Chaffinch hat oberste Priorität, deshalb liegt der Zettel ganz oben auf dem Stapel.«
Packard führt Waterhouse den Mittelgang der Baracke zwischen den Reihen der Typistinnen entlang. Er tritt zu einer der jungen Frauen, die gerade mit einer Meldung fertig wird, und reicht ihr den Zettel. Sie legt ihn sich neben ihrer Maschine zurecht und beginnt, ihn einzutippen.
Auf den ersten Blick hatte Waterhouse geglaubt, die Maschinen entsprächen einfach der britischen Vorstellung davon, wie eine elektrische Schreibmaschine zu bauen sei – so groß wie ein Esstisch, eingepackt in zweihundert Pfund Gusseisen, unter der Haube ein 10-PS-Motor, das Ganze umgeben von hohen Zäunen und bewaffneten Wachen. Nun aber, aus der Nähe, sieht er, dass es sich um etwas viel Komplizierteres handelt. Anstelle einer Walze befindet sich auf dem

Gerät eine große flache Spule mit einer Rolle schmalem Papierband. Es ist nicht die gleiche Art von Band, die er vorhin durch die große Maschine hat rauchen sehen. Das Band hier ist schmaler, und wenn es aus der Maschine herauskommt, sind keine Löcher hineingestanzt, die eine Maschine lesen könnte. Vielmehr wird jedes Mal, wenn die junge Frau beim Abschreiben des Textes auf dem Zettel eine Taste auf der Tastatur anschlägt, ein Buchstabe auf das Band gedruckt. Aber nicht der Buchstabe, den sie getippt hat.

Sie braucht nicht lange, um alle Buchstaben einzutippen. Dann reißt sie das Band von der Maschine ab. Es hat eine Klebeschicht auf der Rückseite, mit der sie es auf den Originalzettel mit der abgefangenen Nachricht klebt. Sie reicht ihn Packard und schenkt ihm dabei ein sprödes Lächeln. Er reagiert mit einem Mittelding zwischen Nicken und zackiger kleiner Verbeugung, etwas, womit kein amerikanischer Mann je davonkäme. Er wirft einen Blick auf den Zettel und reicht ihn Waterhouse.

Die Buchstaben auf dem Zettel lauten

EINUNDZWANZIGSTEPANZERDIVISIONBERICHTET
KEINEBESONDERENEREIGNISSE

»Um diese Einstellungen zu erzielen, müssen Sie den Code knacken – und der wechselt jeden Tag?«

Packard lächelt zustimmend. »Um Mitternacht. Wenn Sie noch« – er blickt auf seine Uhr – »vier Stunden hier bleiben, sehen Sie frische Meldungen vom Y Service hereinkommen, die reines Kauderwelsch produzieren, wenn wir sie in die Typex eingeben, weil die Deutschen Schlag Mitternacht sämtliche Codes ändern. Wie bei Cinderella Zauberkutsche, die sich in einen Kürbis zurückverwandelt. Dann müssen wir die neuen Meldungen mit Hilfe der Bomben analysieren und die neuen Tagescodes ermitteln.«

»Wie lange dauert das?«

»Manchmal haben wir Glück und haben die Tagescodes bis zwei oder drei Uhr morgens geknackt. Im Normalfall dauert es bis nachmittags oder abends. Und manchmal gelingt es uns überhaupt nicht.«

»Okay, das ist eine dumme Frage, aber ich möchte das ganz genau verstehen. Diese Typex-Maschinen – die lediglich eine mechanische Entschlüsselungs-Operation durchführen – sind etwas ganz anderes als die Bomben, die die Codes tatsächlich knacken.«

»Verglichen damit repräsentieren die Bomben eine ganz andere, viel höhere Stufe von technischem Raffinement«, pflichtet Packard bei. »Sie gleichen beinahe mechanischen Denkmaschinen.«

»Wo sind sie untergebracht?«

»Baracke 11. Aber im Moment werden sie nicht laufen.«

»Stimmt«, sagt Waterhouse, »erst nach Mitternacht, wenn die Kutsche sich wieder in den Kürbis verwandelt und Sie die Enigma-Einstellungen von morgen knacken müssen.«

»Genau.«

Packard geht zu einer kleinen Holzluke hinüber, die auf niedriger Höhe in eine Außenwand der Baracke eingelassen ist. Daneben steht ein Ablagekorb, an dessen Schmalseiten jeweils ein Haushaltshaken mit einer daran befestigten Schnur angeschraubt ist. Eine der Schnüre liegt als lockeres Knäuel auf dem Boden. Die andere verschwindet hinter dem geschlossenen Lukendeckel. Packard legt den Zettel auf einen Stapel ähnlicher, der sich in dem Ablagekorb angesammelt hat, dann schiebt er den Deckel zurück, hinter dem ein enger, von der Baracke weg führender Tunnel sichtbar wird.

»Okay, ziehen!«, ruft er.

»Okay, ich ziehe!«, tönt es gleich darauf zurück. Die Schnur spannt sich, der Ablagekorb gleitet in den Tunnel und verschwindet.

»Unterwegs zu Baracke 3«, erklärt Packard.

»Dann gehe ich da auch hin«, sagt Waterhouse.

Baracke 3 liegt nur ein paar Meter weiter, auf der anderen Seite der unvermeidlichen Schutzmauer. ABTEILUNG DEUTSCHES MILITÄR steht in Kursivschrift an der Tür; er vermutet, dass das als Gegensatz zu »MARINE« zu verstehen ist, die sich in Baracke 4 befindet. Das Verhältnis Männer zu Frauen scheint hier höher zu sein. In Kriegszeiten überrascht es einen, so viele gesunde junge Männer in einem Raum beieinander zu sehen. Manche tragen Army- oder RAF-Uniform, manche Zivilkleidung und es ist sogar ein Marineoffizier anwesend.

Ein großer, hufeisenförmiger Tisch mit einem daran geschobenen rechteckigen Tisch beherrscht die Mitte des Raums. Sämtliche Stühle an beiden Tischen sind von eifrig beschäftigten Leuten besetzt. Die Zettel mit den Funkmeldungen werden auf dem hölzernen Ablagekorb in die Baracke gezogen und bewegen sich dann nach einem ausgeklügelten System, das Waterhouse zu diesem Zeitpunkt nur ungefähr begreift, von Stuhl zu Stuhl. Jemand erklärt ihm, dass die Bomben gegen Abend die Tagescodes geknackt haben und in den letzten zwei Stunden sämtliche abgehörten Funksprüche des Tages durch den Tunnel aus Baracke 6 gekommen sind.

Er beschließt, sich die Baracke vorderhand als mathematische Black Box vorzustellen – d. h., er wird sich auf den Informationseingang und –ausgang konzentrieren und die inneren Details ignorieren. Als Ganzes genommen, ist Bletchley Park eine Art Black Box: Beliebige Buchstaben strömen herein, strategisch wichtige Informationen strömen hinaus und die internen Einzelheiten sind für die meisten Leute auf dem Ultra-Verteiler ohne Interesse. Die Frage, der Waterhouse hier auf den Grund gehen will, ist folgende: Gibt es noch einen anderen Informationsvektor, der, gewissermaßen unterschwellig in den Fernschreiber-Signalen und dem Verhalten der alliierten Befehlshaber verborgen, aus diesem Ort hinausweist? Und zeigt er auf Dr. Rudolf von Hacklheber?

KINAKUTA

Wer immer die Flugrouten zu dem neuen Flughafen des Sultans entworfen hat, muss mit der Handelskammer von Kinakuta unter einer Decke gesteckt haben. Wenn man wie Randy Waterhouse das Glück hat, einen Fensterplatz auf der linken Seite zu ergattern, erscheint einem der Ausblick beim Landeanflug wie ein aus dem Flugzeug gedrehter Werbefilm.

Kinakutas wie mit grünen Matten ausgelegte Hänge tauchen aus einer zumeist ruhigen blauen See auf und erheben sich schließlich so hoch, dass sie auf den Gipfeln mit Schnee bestäubt sind, obwohl die Insel nur sieben Grad nördlich des Äquators liegt. Randy wird sofort klar, was Avi damit meinte, als er sagte, der Ort sei an den Rändern muslimisch und in der Mitte animistisch. Die einzigen Stellen, wo man hoffen konnte, so etwas wie eine moderne Stadt zu erbauen, befinden sich entlang der Küste, die mit Unterbrechungen von einem Streifen nahezu flachen Landes gesäumt wird – einer beigefarbenen Rinde, die an einem riesigen Smaragd haftet. Die größte und flachste Stelle befindet sich an der nordöstlichen Ecke der Insel, wo der Hauptfluss mehrere Kilometer landeinwärts die Talsohle überwindet und in eine Schwemmebene fließt, die sich zu einem Delta erweitert, das wiederum zwei bis drei Kilometer weit in die Sulusee hinausragt.

Zehn Minuten bevor Kinakuta City überhaupt sichtbar wird, gibt Randy den Versuch auf, die Ölbohrinseln zu zählen. Von ganz weit oben sehen sie aus wie brennende Panzerfallen, die in der Brandung verteilt sind, um angreifende Marines abzuschrecken. Während das Flugzeug langsam an Höhe verliert, sehen sie mehr und mehr aus wie Fabriken auf Stelzen, aus deren hohen Schornsteinen störendes Erdgas abgefackelt wird. Je näher das Flugzeug dem Wasser kommt, um so bedrohlicher sehen sie aus, und schließlich scheint es, als würde der Pilot sich durch Feuersäulen hindurchschlängeln, die die 777 wie eine Taube im Flug rösten könnten.

Kinakuta City sieht moderner aus als alles, was man aus den Vereinigten Staaten kennt. Randy hat versucht, etwas über die Stadt in Erfahrung zu bringen, jedoch nur herzlich wenig gefunden: ein paar Einträge in Enzyklopädien, hier und da eine kurze Erwähnung in Werken über den Zweiten Weltkrieg, ein paar boshafte, im Wesentlichen aber überschwängliche Artikel im *Economist*. Er kramte seine eingerosteten Erfahrungen in der Fernleihe hervor und bezahlte die Library of Congress für eine Fotokopie des einzigen Buches, das er speziell über Kinakuta auftreiben konnte: einer von ungefähr einer Million vergriffenen Memoirenbänden über den Zweiten Weltkrieg, die von GIs in den späten Vierzigern und den Fünfzigern verfasst worden sein müssen. Bisher ist er noch nicht dazu gekommen, ihn zu lesen, und so stellt der fünf Zentimeter dicke Papierstapel nur totes Gewicht in seinem Gepäck dar.

Jedenfalls stimmt keine der Landkarten, die er gesehen hat, mit den tatsächlichen Gegebenheiten des modernen Kinakuta City überein. Alles, was während des Krieges dort stand, ist abgerissen und durch etwas Neues ersetzt worden. Der Fluss ist in ein neu ausgebaggertes Flussbett verlegt worden. Ein störender Berg namens Eliza Peak ist gesprengt und der Schotter in den Ozean geschoben worden, um einige weitere Quadratkilometer Bauland zu erschließen, von dem der neue Flughafen das meiste verschlungen hat. Die Sprengungen waren so laut, dass die Regierungen der Philippinen und Borneos, Hunderte von Kilometern entfernt, Beschwerde einlegten. Sie riefen auch Greenpeace auf den Plan, denn die Organisation befürchtete, der Sultan würde Wale im Zentralpazifik in Panik versetzen. Randy geht also davon aus, dass halb Kinakuta City ein rauchender Krater ist, was natürlich nicht stimmt. Der Stumpf des Eliza Peak ist ordentlich zubetoniert worden und dient als Fundament für die neue Technology City des Sultans. Alle mit Glaswänden versehenen Wolkenkratzer hier und in der übrigen Stadt laufen oben spitz zu und erinnern damit an eine traditionelle Architektur, die längst niedergewalzt und zum Auffüllen des Hafenbeckens benutzt worden ist. Von allen Gebäuden, die Randy überschauen kann, sieht nur der Palast des Sultans älter als zehn Jahre aus und der ist uralt. Umgeben von unzähligen blau verglasten Wolkenkratzern liegt er da wie ein rötlich-beigefarbenes Staubkörnchen, das in einer Eisschale eingefroren ist.

Als Randy sich darauf konzentriert, nimmt alles seinen richtigen Platz ein. Er beugt sich vor, läuft Gefahr, von den Stewardessen dafür getadelt zu werden, dass er unter dem Sitz seines Vordermanns seine Tasche hervorzieht und daraus seine fotokopierten GI-Memoiren holt. Eine der ersten Seiten enthält eine Karte von Kinakuta City aus dem Jahr 1945, und mittendrin liegt der Palast des Sultans. Randy lässt sie vor seiner Nase rotieren wie ein übernervöser Fahrer sein Steuerrad und richtet sie so aus, dass sie mit seinem Ausblick zusammenfällt. Da ist der Fluss. Da Eliza Peak, wo die Japaner eine Fernmeldeabteilung und eine Radarstation unterhielten, beides mit Sklavenarbeit erbaut. Da ist das ehemalige Flugfeld der japanischen Marineflieger, das zum Flughafen von Kinakuta wurde, bis der neue fertig war. Jetzt ist es ein Gewirr gelber Kräne über einem blauen Nebel aus Rippenstahl, der von innen her durch eine Konstellation flackernder weißer Sterne erleuchtet wird – Elektroschweißer bei der Arbeit.

Daneben liegt etwas, was nicht hierher gehört: ein smaragdgrünes Stück Land, vielleicht ein paar Häuserblocks groß, umgeben von einer Steinmauer. Innerhalb der Mauer entdeckt Randy zum einen Ende hin einen beschaulichen Teich – die 777 fliegt jetzt so tief, dass er die Seerosen zählen kann –, einen winzigen, aus schwarzem Stein gehauenen Shinto-Tempel und ein kleines Teehaus aus Bambus. Randy drückt die Nase ans Fenster und dreht den Kopf immer weiter, um das ummauerte Gelände im Auge zu behalten, bis ein Wohnhochhaus unmittelbar an der Tragflächenspitze ihm plötzlich die Sicht versperrt. Durch ein offenes Küchenfenster erhascht er für Sekundenbruchteile einen Blick auf eine schlanke Frau, die über einer Kokosnuss ein Beil schwingt.

Dieser Garten sah aus, als gehörte er tausendfünfhundert Kilometer weiter nach Norden – nach Japan. Als Randy schließlich klar wird, worum es sich handelt, sträuben sich ihm die Nackenhaare.

Dieses Flugzeug hat Randy ein paar Stunden zuvor am Ninoy Aquino International Airport in Manila bestiegen. Der Flug war verschoben worden, sodass er jede Menge Zeit hatte, sich die anderen Passagiere anzusehen: drei Weststaatler einschließlich seiner selbst, einige Dutzend Malaien (entweder Kinakutaner oder Filipinos) und ansonsten nur Japaner. Von Letzteren sahen manche aus wie Geschäftsleute, die allein oder zu zweit und zu dritt unterwegs waren, die meisten gehörten jedoch zu einer Art organisierter Reisegruppe, die exakt fünfundvierzig Minuten vor dem geplanten Abflug die Wartehalle betrat, im Gänsemarsch hinter einer jungen Frau im marineblauen Kostüm, die an einem Stock ein hübsches kleines Erkennungsschild hochhielt. Rentner.

Ihr Reiseziel ist nicht Technology City oder einer der sonderbaren, spitz zulaufenden Wolkenkratzer im Finanzviertel. Sie gehen zu dem ummauerten japanischen Garten, der über einem Massengrab mit den Leichen von dreieinhalbtausend japanischen Soldaten angelegt ist, die alle am 23. August 1945 gestorben sind.

Qwghlm House

Waterhouse schnürt die ruhige Nebenstraße auf und ab und wirft dabei kurze Blicke auf Messingschilder an stabilen weißen Reihenhäusern:

```
GESELLSCHAFT ZUR VEREINIGUNG VON
HINDUISMUS UND ISLAM
ANGLO-LAPPISCHE SOLIDARITÄTSGESELLSCHAFT
LÄSTERERVERBAND
TSCHIANG-TSE WOHLTÄTIGKEITSVEREIN AUF
GEGENSEITIGKEIT
KÖNIGLICHES KOMITEE ZUR MINDERUNG DER
ABNUTZUNG VON SCHIFFSKURBELWELLEN
BOLGER STIFTUNG ZUR VERMEHRUNG DER
SEEJUNGFRAUEN
ANTIWALISISCHE LIGA
KOMITE FÜR DI REFORM DER ÄNGLISCHN RECHTSCHRAIBUNG
GESELLSCHAFT ZUR VERHÜTUNG VON GRAUSAMKEIT
GEGEN UNGEZIEFER
```

KIRCHE DES VEDANTISCH-ETHISCHEN QUANTEN-
BEWUSSTSEINS
GOLDGLIMMER-BEHÖRDE

Zunächst hält er Qwghlm House für der Welt winzigstes und am ungünstigsten gelegenes Kaufhaus. Es hat ein Erkerfenster, das über dem Bürgersteig dräut wie der Rammsporn einer Triere, überkrustet von viktorianischem Schnickschnack und mit bescheidener Auslage: eine kopflose Schaufensterpuppe, gekleidet in ein Etwas, das aus Stahlwolle gesponnen zu sein scheint (vielleicht ein Tribut an die Entbehrungen der Kriegsjahre?); ein Haufen blässlicher Dreck, in dem eine Schaufel steckt; und eine zweite (erst kürzlich hinzugekommene und in eine Ecke gequetschte) Schaufensterpuppe, die eine Uniform der Royal Navy trägt und ein Holzgewehr in der Hand hat.

Eine Woche zuvor hat Waterhouse in einem Buchladen in der Nähe des British Museum eine wurmzerfressene Ausgabe der *Encyclopedia Qwghlmiana* gefunden, die er seither mit sich herumträgt und in Dosen von jeweils ein bis zwei Seiten wie eine starke Arznei in sich aufnimmt. Die Enzyklopädie behandelt vorrangig drei Themen und sie beherrschen jeden Artikel so total, wie die Drei Sgrhs die Landschaft von Outer Qwghlm beherrschen. Zwei dieser Themen sind Wolle und Guano, wenngleich die Qwghlmianer in ihrer alten, eigenständigen Sprache andere Bezeichnungen dafür haben. Es liegt hier nämlich die gleiche sprachliche Hyperspezialisierung vor, wie sie bei den Eskimos im Falle von Schnee oder den Arabern im Falle von Sand unterstellt wird, und die *Encyclopedia Qwghlmiana* benutzt niemals die Worte »Wolle« oder »Guano«, es sei denn, um die minderwertigen Versionen dieser Produkte zu geißeln, die von Ländern wie Schottland in der perfiden Absicht exportiert werden, die naiven Käufer zu verwirren, die offenbar die Warenmärkte der Welt dominieren. Waterhouse hat die Enzyklopädie fast vollständig lesen und seine gesamten kryptoanalytischen Fähigkeiten einsetzen müssen, um logisch zu erschließen, worum es sich bei diesen Produkten überhaupt handelt.

Nachdem er so viel über die beiden Produkte gelernt hat, findet er es faszinierend, sie im Herzen der kosmopolitischen Stadt so stolz zur Schau gestellt zu sehen: einen Haufen Guano und eine in Wolle* ge-

---

* Er hat sich entschlossen, lieber die englischen Begriffe zu benutzen, als sich zum Gespött zu machen, indem er versucht, die qwghlmianischen auszusprechen.

kleidete Frau. Die Kleidung der Frau ist durchgängig grau, gemäß der qwghlmianischen Tradition, die jede Färbung als abscheuliche, unzüchtige Erfindung der Schotten ablehnt. Das Oberteil des Ensembles besteht aus einem Pullover, der auf den ersten Blick aus Filz zu bestehen scheint. Ein genauerer Blick ergibt, dass er wie jeder andere Pullover gestrickt ist. Qwghlmianische Schafe sind das evolutionäre Produkt eines Jahrtausende langen, massenhaften, wetterbedingten Wegsterbens. Ihre Wolle ist berühmt für ihre Dichte, ihre korkenzieherförmigen Fasern und ihre Unempfindlichkeit gegen sämtliche bekannten chemischen Streckverfahren. Sie erzeugt einen Effekt von Verfilztheit, den die *Encyclopedia* als überaus wünschenswert bezeichnet und für den es ein ausgedehntes beschreibendes Vokabular gibt.

Auf das dritte Thema der *Encyclopedia Qwghlmiana* spielt die Schaufensterpuppe mit dem Gewehr an.

An das Mauerwerk neben dem Eingang des Gebäudes gelehnt, steht die Figur eines Alten, der eine antike Version der Home Guard-Uniform mit Kniebundhosen trägt. Seine Unterschenkel sind in gewaltige Strümpfe aus einer der diversen qwghlmianischen Wollsorten gehüllt und werden knapp unter dem Knie von so etwas wie Aderpressen aus dicken Kordeln festgehalten, die zu einem unbestimmt keltischen Muster geflochten sind (auf fast jeder Seite bekräftigt die *Encyclopedia* von neuem, dass die Qwghlmianer keine Kelten seien, dass jedoch die besten Merkmale der keltischen Kultur auf sie zurückgingen). Diese Strumpfbänder sind der traditionelle Schmuck des wahren Qwghlmianers; der Herr trägt sie unter der Anzughose verborgen. Ursprünglich wurden sie aus den langen, schlanken Schwänzen der Skrrgh verfertigt, die das bedeutendste einheimische Säugetier sind, ein laut *Encyclopedia* »auf den Inseln verbreitetes kleines Säugetier der Ordnung Rodentiae und der Ordnung Muridae, das sich vorwiegend von Seevogeleiern ernährt, zu rascher Vermehrung imstande ist, wenn ihm dieses oder ein anderes Nahrungsmittel zur Verfügung steht, und von den Qwghlmianern wegen seiner Zähigkeit und Anpassungsfähigkeit bewundert, ja idealisiert wird.«

Nachdem Waterhouse einige Zeit da gestanden, eine Zigarette genossen und die Strumpfbänder betrachtet hat, bewegt sich die Schaufensterpuppe leicht. Waterhouse meint zunächst, sie würde von einem Windstoß umgeworfen, doch dann geht ihm auf, dass sie lebendig ist und auch nicht direkt umfällt, sondern bloß ihr Gewicht von einem Fuß auf den anderen verlagert.

Der Alte nimmt ihn zur Kenntnis, lächelt finster und äußert irgendein Wort der Begrüßung in seiner Sprache, die sich, wie bereits deutlich geworden ist, noch weniger für die Transkription in das lateinische Alphabet eignet als das Englische.

»Tag auch«, sagt Waterhouse.

Der Alte gibt etwas Längeres und Komplizierteres von sich. Nach einer Weile bemerkt Waterhouse (nun in seiner Funktion als Kryptoanalytiker, der inmitten scheinbarer Beliebigkeit nach Bedeutung sucht und dessen neurale Schaltkreise sich die Redundanzen des Signals zunutze machen), dass der Mann englisch mit starkem Akzent spricht. Er kommt zu dem Schluss, dass sein Gesprächspartner gefragt hat: »Aus welcher Gegend der Staaten kommen Sie denn?«

»Meine Familie ist viel herumgekommen«, antwortet Waterhouse. »Sagen wir South Dakota.«

»Ahh«, macht der Alte vieldeutig und wirft sich zugleich gegen die wuchtige Tür. Nach einer Weile beginnt sie sich zum ominösen Geknirsche handgeschmiedeter Angeln nach innen zu bewegen. Schließlich prallt sie gegen irgendeinen gewaltigen Stopper. Der Alte bleibt daran gelehnt, sein ganzer Körper bildet einen Winkel von fünfundvierzig Grad zur Tür, damit diese nicht zurückschwingt und Waterhouse zermalmt, der vorbeihastet. Er gelangt in ein winziges Vorzimmer, das von einer Skulptur beherrscht wird: zwei Nymphen in durchsichtigen Schleiern, die eine flüchtende alte Hexe verdreschen, mit dem Titel *Seelenstärke und Anpassungsfähigkeit vertreiben die Not*.

Der eben beschriebene Vorgang wiederholt sich mehrfach, wobei die Türen sukzessive an Gewicht verlieren und an Zierrat gewinnen. Der erste Raum, so wird deutlich, war eigentlich nur ein Präantevorzimmer, weshalb es eine Weile dauert, ehe davon die Rede sein kann, dass sie wirklich in Qwghlm House sind. Dann aber hat es den Anschein, als wären sie tief im Zentrum des Häuserblocks, und Waterhouse rechnet fast damit, einen U-Bahnzug vorbeiquietschen zu hören. Stattdessen findet er sich in einem fensterlosen, getäfelten Raum mit einem Kristallüster wieder, der qualvoll hell ist, aber eigentlich nichts zu beleuchten scheint. Waterhouses Füße sinken so tief in den knalligen Teppich ein, dass er beinahe einen Bänderriss davon trägt. Das andere Ende des Zimmers wird von einem wuchtigen Schreibtisch beherrscht, an dem eine wuchtige Dame sitzt. Hier und da stehen große Windsor-Stühle aus Ebenholz mit dem zierlichen, aber gefährlichen Aussehen einheimischer Wildfallen.

An den Wänden diverse Ölgemälde. Auf den ersten Blick unterscheidet Waterhouse solche, die höher als breit sind, und andere. Erstere Kategorie bilden Porträts von Herren, die offenbar durchweg einen schweren genetischen Defekt gemeinsam haben, der sich auf den Bau des Schädels auswirkt. Die zweite Kategorie bilden Landschaften oder, ebenso oft, Seestücke, alle von der Sorte öde und schroff. Die qwghlmianischen Maler lieben die vor Ort hergestellte blau-grüngraue Farbe* so sehr, dass sie sie wie mit der Rückseite eines Schaufelblatts auftragen.

Waterhouse kämpft sich durch den bodenlosen Flor des Teppichs, bis er sich dem Schreibtisch nähert, wo ihn die Dame begrüßt, ihm die Hand gibt und das Gesicht zu so etwas wie der Anspielung auf ein Lächeln verzieht. Es folgt ein langer Austausch höflicher, oberflächlicher Phrasen, von denen sich Waterhouse nur an »Lord Woadmire hat gleich Zeit für Sie« und »Tee?« erinnert.

Zu dem Tee sagt Waterhouse ja, weil er den Verdacht hat, dass die Dame (ihren Namen hat er vergessen) im Grunde nicht genug tut für ihr Geld. Eindeutig verstimmt, wuchtet sie sich aus ihrem Sessel und verschwindet in tieferen und schmaleren Teilen des Gebäudes. Der Alte hat sich bereits wieder auf seinen Posten vor dem Haus verfügt.

An der Wand hinter dem Schreibtisch hängt eine Fotografie des Königs. Bis Colonel Chattan ihn diskret daran erinnerte, hatte Waterhouse nicht gewusst, dass der Titel Seiner Majestät nicht einfach Von Gottes Gnaden König von England lautet, sondern Von Gottes Gnaden König des Vereinigten Königreiches von Großbritannien und Nordirland, der Isle of Man, Guernsey, Jersey, Outer Qwghlm und Inner Qwghlm.

Daneben hängt ein kleineres Foto des Mannes, den er gleich kennen lernen wird. Dieser Mensch und seine Familie werden von der *Encyclopedia*, die Jahrzehnte alt ist, recht skizzenhaft behandelt, sodass Waterhouse ergänzende Nachforschungen zu seiner Herkunft anstellen musste. Der Mann ist auf derart komplizierte Weise mit den Windsors verwandt, dass sich die Beziehung nur mit Hilfe eines fortgeschrittenen genealogischen Vokabulars ausdrücken lässt.

Geboren wurde er als Graf Heinrich Karl Wilhelm Otto Friedrich von Übersetzenseehafenstadt, änderte jedoch 1914 seinen Namen in Nigel St. John Gloamthorpby alias Lord Woadmire. Auf dem Foto

---

* Laut E.Q. wird sie aus Flechten gewonnen.

sieht er ganz wie ein Übersetzenseehafenstadt aus, und er ist völlig frei von der Schädelbauanomalie, die auf den älteren Porträts so hervorsticht. Lord Woadmire ist nicht verwandt mit der eigentlichen herzoglichen Linie von Qwghlm, der Familie Moore (anglisiert aus dem qwghlmianischen Clansnamen Mnyhrrgh), die im Jahre 1888 durch eine sensationell unwahrscheinliche Kombination von Bilharziose, Selbstmord, lange schwärenden Wunden aus dem Krim-Krieg, Kugelblitzen, defekter Kanone, Stürzen vom Pferd, unsachgemäß konservierten Austern und Flutwellen ausstarb.

Der Tee lässt auf sich warten und Lord Woadmire scheint es auch nicht sonderlich eilig zu haben, den Krieg zu gewinnen, deshalb macht Waterhouse einen Rundgang durchs Zimmer und schützt dabei ein Interesse an den Bildern vor. Das größte stellt eine Reihe zerbeulter und zerschrammter Römer dar, die sich auf dem Zahnfleisch einen felsigen, unwirtlichen Strand hinaufschleppen, während um sie herum Bruchstücke ihrer Invasionsflotte angeschwemmt werden. Der mittlere Vordergrund zeigt einen Römer, der bei aller Ramponiertheit vornehm aussieht. Ein abgebrochenes Schwert schlaff in der entkräfteten Hand, sitzt er erschöpft auf einem hohen Felsen und schaut über mehrere Meilen aufgewühlten Wassers hinweg sehnsüchtig auf ein leuchtendes, paradiesisches Eiland. Die Insel ist reich gesegnet mit hohen Bäumen, blühenden Wiesen und grünen Weiden, lässt sich jedoch anhand der Drei Sghrs, die sich darauf erheben, ohne weiteres als Outer Qwghlm identifizieren. Sie wird von ein, zwei Furcht erregenden Burgen bewacht; ihre blassen, beinahe karibischen Strände werden von den farbigen Bannern eines Verteidigungsheeres gesäumt, das (so kann man nur annehmen) den römischen Invasoren soeben eine Abreibung verpasst hat, die sie so bald nicht vergessen werden. Waterhouse bückt sich erst gar nicht, um das Schildchen zu lesen; er weiß, Thema des Bildes ist Julius Cäsars fehlgeschlagener und wahrscheinlich apokrypher Versuch, den qwghlmianischen Archipel dem Römischen Reich einzuverleiben, das Unternehmen, das ihn am weitesten von Rom wegführte, und die schlechteste Idee, die er jemals hatte. Zu behaupten, die Qwghlmianer hätten das Ereignis nicht vergessen, ist genauso, als würde man sagen, die Deutschen könnten manchmal ein wenig bissig werden.

»Welche Hoffnung hat Hitler, wo Cäsar gescheitert ist?«

Waterhouse wendet sich der Stimme zu und entdeckt Nigel St. John Gloamthorpby alias Lord Woadmire alias Duke of Qwghlm. Er ist kein hoch gewachsener Mann. Waterhouse marschiert durch den Teppich, um ihm die Hand zu geben. Zwar hat ihn Colonel Chattan über korrekte Anredeformen beim Zusammentreffen mit einem Duke unterrichtet, doch Waterhouse kann sich daran ebenso wenig erinnern, wie er den Stammbaum des Duke zeichnen kann, und beschließt daher, alle seine Äußerungen derart zu strukturieren, dass er sich weder namentlich noch durch Pronomen auf den Duke bezieht. Das wird Spaß machen und die Zeit rascher verstreichen lassen.

»Wirklich ein tolles Gemälde«, sagt Waterhouse, »Mordssache.«

»Sie werden die Inseln selbst nicht weniger ungewöhnlich finden, und das aus den gleichen Gründen«, sagt der Duke vieldeutig.

Als sich Waterhouse das nächste Mal wirklich bewusst wird, was vor sich geht, sitzt er im Arbeitszimmer des Duke. Er meint, dass in der Zwischenzeit ein routinemäßig höfliches Gespräch stattgefunden hat, doch dergleichen wirklich mitzuverfolgen hat überhaupt keinen Sinn. Zum zweiten oder dritten Mal wird ihm Tee angeboten, den er dankend akzeptiert, ohne dass er welchen zu sehen bekäme.

»Colonel Chattan hält sich im Mittelmeerraum auf und man hat mich an seiner Stelle geschickt«, erklärt Waterhouse, »und zwar nicht, um mit der Besprechung logistischer Details Zeit zu verschwenden, sondern um unsere tief empfundene Dankbarkeit für das überaus großzügige Angebot im Hinblick auf das Schloss zu übermitteln.« Na bitte! Keine Pronomen, kein Fauxpas.

»Keine Ursache!« Der Duke fasst das Ganze als Affront gegen seine Großzügigkeit auf. Er spricht in dem gemessenen, würdevollen Tonfall eines Menschen, der im Geiste ein deutsch-englisches Wörterbuch durchgeht. »Von meinen eigenen... selbstverständlich gern getragenen... patriotischen Verpflichtungen... einmal abgesehen... ist es ja schon fast... in Mode gekommen... dass man eine ganze... Mannschaft... Uniformierter und was weiß ich in der... Speisekammer herumlaufen hat.«

»Viele bedeutende Häuser Großbritanniens leisten ihren Beitrag zum Krieg«, stimmt Waterhouse zu.

»Tja, dann... benutzen Sie's... unbedingt!«, sagt der Duke. »Nur keine... Scheu! Benutzen Sie's... richtig! Nehmen Sie keine... Rücksicht! Es hat... tausend Inselwinter... überstanden und wird... auch Sie überstehen.«

»Wir hoffen, bald eine kleine Abteilung vor Ort zu haben«, sagt Waterhouse liebenswürdig.

»Darf ich... nur um meine eigene Neugier... zu befriedigen... erfahren... welche Art von...?«, fragt der Duke und verstummt.

Darauf ist Waterhouse vorbereitet. Er ist so gut darauf vorbereitet, dass er einen Moment innehalten muss, um sich einen Anschein von Diskretion zu geben. »Huffduff.«

»Huffduff?«

»HFDF. High-Frequencey Direction Finding. Kurzwellen-Funkpeilung. Eine Technik zur Lokalisierung weit entfernter Sender mittels Triangulation von verschiedenen Punkten aus.«

»Ich hätte... gedacht... Sie wüssten, wo alle... deutschen... Sender sind.«

»Tun wir auch, außer bei denen, die sich bewegen.«

»Bewegen?« Der Duke furcht gewaltig die Stirn, da er sich einen riesigen Sender – samt Gebäude und Turm – vorstellt, der, wie die Dicke Bertha auf vier parallele Eisenbahngleise gestellt und von angeschirrten Ukrainern gezogen, über eine Steppe kriecht.

»Denken Sie an Unterseeboote«, sagt Waterhouse feinfühlig.

»Ah!«, entfährt es dem Duke. »Ah!« Er lehnt sich in seinem knarzenden Ledersessel zurück und lässt vor seinem geistigen Auge ein ganz neues Bild erstehen. »Sie... tauchen auf, nicht wahr, und senden... Funksprüche?«

»Richtig.«

»Und Sie... lauschen.«

»Wenn wir nur könnten!«, sagt Waterhouse. »Nein, die Deutschen haben ihren ganzen weltberühmten mathematischen Scharfsinn darauf verwendet, Geheimcodes zu erfinden, die absolut nicht zu knacken sind. Wir haben nicht die leiseste Ahnung, was sie funken. Aber mit Hilfe von Huffduff können wir herauskriegen, *von wo* sie es funken, und unsere Geleitzüge entsprechend führen.«

»Ah.«

»Deshalb haben wir vor, große drehbare Antennen auf dem Schloss anzubringen und es dann mit Huffduff-Leuten zu besetzen.«

Der Duke runzelt die Stirn. »Es werden doch wohl angemessene... Vorkehrungen gegen Blitzschlag getroffen?«

»Natürlich.«

»Und Sie sind sich darüber im Klaren, dass Sie... auch noch im August... mit Eisstürmen... rechnen müssen?«

»Die Berichte der Königlichen Wetterwarte auf Qwghlm überlassen insgesamt nicht viel der eigenen Fantasie.«

»Dann ist es ja gut!«, dröhnt der Duke, der sich sichtlich für die Vorstellung erwärmt. »Dann benutzen Sie das Schloss! Und geben Sie ihnen... geben Sie ihnen Saures!«

Electrical Till Corporation

Als Beweis für den sich langsam herausschälenden Plan der Alliierten, die Achsenmächte unter einem Berg von Fabrikgütern zu begraben und sie so zu zermalmen, kann eine Pier im Hafen von Sydney herhalten, auf der sich Holzkisten und Stahlfässer stapeln: Zeug, das aus den Laderäumen von Schiffen aus Amerika, England und Indien ausgespieen wurde und einfach hier stehen geblieben ist, weil Australien noch nicht weiß, wie es die Sachen verdauen soll. Es ist nicht die einzige völlig verstopfte Pier in Sydney. Aber weil sie sich nicht für viel anderes eignet, türmt sich der Kram hier höher und ist älter, rostiger, rattenverseuchter, salzverkrusteter, dicker und auffälliger von Möwenscheiße getüpfelt und gestreift.

Ein Mann sucht sich einen Weg über den Stapel und versucht dabei, keine Möwenscheiße mehr an seine Khakihosen zu kriegen. Er trägt die Uniform eines Majors der Armee der Vereinigten Staaten und wird stark von einer Aktentasche behindert. Sein Name ist Comstock.

In der Tasche befinden sich diverse Ausweispapiere, Referenzen und ein eindrucksvoller Brief aus dem Büro des Generals in Brisbane. Comstock hat Gelegenheit gehabt, dies alles den taperigen und dennoch seltsam Furcht erregenden australischen Wachtposten mit ihren altmodischen Helmen und Gewehren zu zeigen, von denen es im Hafen wimmelt. Die Männer sprechen keinen Dialekt der englischen Sprache, den der Major erkennt, und umgekehrt, aber sie können alle lesen, was in den Papieren steht.

Die Sonne geht gerade unter und die Ratten werden wach. Der Major ist den ganzen Tag über Kaianlagen gekraxelt. Er kennt den Krieg und das Militär zur Genüge und weiß daher, dass sich das, worum es ihm geht, auf der letzten Pier befinden wird, die er absucht, und um die handelt es sich hier. Wenn er mit der Suche am näher gelegenen Ende dieser Pier beginnt, wird sich das Gesuchte am anderen Ende befinden, und umgekehrt. Nachdem er sich mit einem prüfenden Blick in die Runde vergewissert hat, dass in der Nähe keine leckenden Fässer mit Flugzeugtreibstoff gestapelt sind, zündet er sich eine Zigarette an. Der Krieg ist die Hölle, aber das Rauchen macht ihn erträglich.

Bei Sonnenuntergang ist der Hafen von Sydney wunderschön, aber Comstock hat ihn den ganzen Tag anschauen müssen und kann ihn wirklich nicht mehr sehen. In Ermangelung einer besseren Beschäftigung öffnet er seine Aktentasche. Sie enthält ein Taschenbuch, das er bereits gelesen hat. Und sie enthält ein Klemmbrett mit den vergilbten, knisternden, sedimentären Schichten eines fossilen Berichts, den nur ein Archäologe entziffern könnte. Er erzählt, wie der General, kurz nachdem er im April Corregidor geräumt hatte und in Australien eingetroffen war, bestimmte Sachen angefordert hat. Wie diese Anforderung nach Amerika weitergeleitet wurde und, der Kugel eines Flipperautomaten vergleichbar, in unstetem Zickzackurs durch die Unendlichkeit der amerikanischen Militär- und Zivilbürokratie irrte; wie das fragliche Zeug dann irgendwann hergestellt, beschafft, hin und her gekarrt und auf ein Schiff verladen wurde; und schließlich gibt es einen Beleg des Sinnes, dass besagtes Schiff vor mehreren Monaten im Hafen von Sydney angelegt hatte. Es gibt keinen Beleg dafür, dass das Schiff das fragliche Zeug auch entladen hat, aber da Schiffe immer Zeug entladen, wenn sie einen Hafen erreichen, geht Comstock einstweilen von dieser Annahme aus.

Nachdem Major Comstock fertig geraucht hat, setzt er seine Suche fort. Einige der Papiere auf seinem Klemmbrett nennen bestimmte magische Zahlen, die in Schablonenschrift auf den fraglichen Kisten stehen müssten; zumindest ist er davon ausgegangen, seit er bei Tagesanbruch mit seiner Suche begonnen hat, und falls er sich irrt, darf er von vorn anfangen und jede Kiste im Hafen von Sydney noch einmal absuchen.

Um tatsächlich einen Blick auf die Zahlen sämtlicher Kisten werfen zu können, muss er sich durch schmale Gänge zwischen Kistenstapeln hindurchquetschen und die Schmiere und den Schmutz abrubbeln, der die wichtigen Daten verdeckt. Mittlerweile ist der Major genauso dreckig wie irgendein Frontschwein.

Als er sich dem Ende der Pier nähert, fällt sein Blick auf einen Stapel Kisten, die insofern alle vom selben Jahrgang zu sein scheinen, als ihre Salzverkrustungen von ähnlicher Dicke sind. Ganz unten, wo sich das Regenwasser sammelt, ist das grob gesägte Holz verfault. Oben, wo es von der Sonne gebraten wird, ist es verzogen und gesprungen. Irgendwo müssen Nummern auf diesen Kisten stehen, doch Comstock ist etwas anderes ins Auge gestochen, etwas, das sein Herz bewegt, wie etwa der Anblick des in der Morgensonne flatternden Sternenbanners das Herz eines belagerten Infanteristen. Die Kisten tragen die stolzen Initialen der Firma, für die Major Comstock und die meisten seiner Waffenkameraden in Brisbane gearbeitet haben, ehe man sie en masse in den Signal Intelligence Service der Army gesteckt hat. Die Buchstaben sind verblichen und schmutzig, aber er würde sie überall auf der Welt erkennen: Sie bilden das Firmenemblem, die Firmenidentität, die Flagge der ETC – der Elecrical Till Corporation.

KRYPTA

Das Terminal soll an die Umrisse einer Reihe malaiischer Langhäuser erinnern, die zusammengedrängt nebeneinander stehen. Eine frisch gestrichene Fluggastbrücke tastet sich vor wie ein riesiges Neunauge und klatscht ihre Lippen aus Neopren seitlich an den Flugzeugrumpf. Die zu der Reisegruppe gehörenden älteren Japaner machen keine Anstalten auszusteigen, sondern halten die Gänge respektvoll für die Geschäftsleute frei: *Gehen Sie nur vor, denen, die wir besuchen wollen, macht es nichts aus zu warten.*

Auf dem Weg durch die Fluggastbrücke kondensieren Feuchtigkeit und Treibstoff zu gleichen Teilen auf Randys Haut und er fängt an zu schwitzen. Dann ist er im Terminal, das ungeachtet der Anspielung auf malaiische Langhäuser ausdrücklich so gebaut wurde, dass es aussieht wie jedes andere funkelnagelneue Flughafenterminal auf der Welt. Die Klimatisierung trifft ihn wie ein Nagel durch den Kopf. Er stellt seine Taschen auf den Boden und bleibt, um seine fünf Sinne wieder zusammenzunehmen, einen Moment lang unter einem Leroy-Neiman-Gemälde von den Ausmaßen eines Volleyballfeldes stehen, das den Sultan in Aktion auf einem Polopony zeigt. Während eines kurzen, unruhigen Fluges auf einem Fensterplatz eingezwängt, hatte er es nicht geschafft, zur Toilette zu gehen; deshalb sucht er jetzt eine auf und pinkelt einen so kräftigen Strahl, dass das Urinal eine Art Jodeln von sich gibt.

Als er, gründlich erleichtert, einen Schritt nach hinten macht, bemerkt er einen Mann, der von einem benachbarten Urinal zurücktritt – einer der japanischen Geschäftsleute, die gerade aus dem Flugzeug gestiegen sind. Noch vor wenigen Monaten hätte die Anwesenheit dieses Mannes Randy ganz und gar am Pinkeln gehindert. Heute hat er nicht einmal bemerkt, dass der andere da war. Als jemand, der lange unter einer schüchternen Blase gelitten hat, ist Randy entzückt darüber, zufällig auf das Wundermittel gestoßen zu sein: Man muss sich nicht einreden, ein dominantes männliches Alphatier zu sein, sondern sich so in seinen Gedanken verlieren, dass man die Leute um einen herum gar nicht bemerkt. Mit der schüchternen Blase sagt einem der Körper, dass man zu viel nachdenkt und dass es höchste Zeit ist, von der Uni abzugehen und sich einen vernünftigen Job zu besorgen.

»Sie haben sich den Sitz des Informationsministeriums angesehen?«, fragt der Geschäftsmann. Er steckt in einem perfekt sitzenden schwarz-grauen Nadelstreifenanzug, den er ebenso locker und leger trägt wie Randy sein Souvenir-T-Shirt von der Fünften Hacker-Konferenz, die Surfer-Bermudas und die Teva-Sandalen.

»Oh!«, stößt Randy verlegen hervor. »Ich habe völlig vergessen, nach ihm Ausschau zu halten.« Beide Männer lachen. Mit einiger Fingerfertigkeit holt der Japaner eine Visitenkarte hervor. Randy muss die Brieftasche mit Klettverschluss aufreißen und nach seiner graben. Sie tauschen die Karten im traditionellen asiatischen Zwei-Hand-Stil aus, den Avi Randy hat üben lassen, bis er ihn annähernd beherrschte. Sie verbeugen sich voreinander, womit sie ein Aufheulen bei den nächstgelegenen computergesteuerten Pissoirs mit automatischer Spülung hervorrufen. Die Toilettentür fliegt auf und ein älterer Nip schlendert herein, ein Vorbote der silbergrauen Horde.

Nip ist das Wort, das Sergeant Sean Daniel McGee, US Army, im Ruhestand, in seinem Kriegstagebuch über Kinakuta, von dem Randy eine fotokopierte Fassung in seiner Reisetasche hat, benutzt, wenn er von Japanern spricht. Es ist eine schreckliche rassistische Verunglimpfung. Auf der anderen Seite nennt man in Amerika Briten ständig Brits und Yankees Yanks. Einen Mann aus dem Reich Nippon Nip zu nennen ist doch genau das Gleiche, oder etwa nicht? Oder ist es eher so, wie wenn man einen Chinesen Schlitzauge nennt? Während der aberhundert Meetingstunden und in den Megabytes verschlüsselter E-Mails, die in der Anfangsphase von Epiphyte(2) zwischen Randy, Avi, John Cantrell, Tom Howard, Eberhard Föhr und Beryl hin- und hergingen, hat jeder von ihnen immer wieder mal ohne Absicht das Wort Japse als Kurzform für Japaner benutzt – genau wie RAM als Kürzel für Random Access Memory. Aber Japse ist natürlich auch ein schrecklich verunglimpfender, rassistischer Ausdruck. Nach Randys Meinung kommt es ganz auf die Geisteshaltung an, mit der man das Wort ausspricht. Versucht man einfach nur abzukürzen, ist es keine Diffamierung. Schürt man jedoch rassistische Hassgefühle, wie Sean Daniel McGee es sich offenbar gelegentlich nicht verkneifen kann, sieht es anders aus.

Dieser spezielle Japaner wird durch seine Karte als GOTO Furudenendu (»Ferdinand Goto«) ausgewiesen. Randy, der in letzter Zeit viel über Organigramme bedeutender japanischer Firmen gebrütet hat, weiß bereits, dass er Direktor für besondere Projekte (was immer das bedeuten mag) bei Goto Engineering ist. Er weiß auch, dass Organigramme japanischer Gesellschaften für die Katz sind und ihre hierarchischen Bezeichnungen absolut nichts bedeuten. Dass er denselben Nachnamen trägt wie der Typ, der die Firma gegründet hat, sollte man vermutlich zur Kenntnis nehmen.

Auf Randys Karte steht, dass er Randall L. WATERHOUSE (»Randy«) heißt und Direktor für die Entwicklung der Netzwerktechnologie in der Epiphyte Corporation ist.

Goto und Waterhouse schlendern aus der Toilette und folgen den Piktogrammen für die Gepäckausgabe, die wie Brotkrumen über das ganze Terminal verteilt sind. »Haben Sie jetzt Jetlag?«, fragt Goto fröhlich – womit er sich (wie Randy vermutet) an den Text eines Englischlehrbuchs hält. Er ist ein gut aussehender Mann mit einem gewinnenden Lächeln. Dürfte in den Vierzigern sein, obwohl das Altern bei den Japanern nach einem ganz anderen Algorithmus zu funktionieren scheint, sodass diese Schätzung vielleicht völlig daneben liegt.

»Nein«, erwidert Randy. Als typischer *Nerd* beantwortet er solche Fragen unbeholfen, knapp und wahrheitsgetreu. Er weiß, dass es Goto im Grunde gleichgültig ist, ob er unter Jetlag leidet oder nicht. Er hat die vage Vorstellung, dass Avi, wenn er hier wäre, Gotos Frage so aufnehmen würde, wie sie gemeint war – als Auftakt zu einem munteren Geplauder. Bis zu seinem dreißigsten Geburtstag hatte Randy darunter gelitten, dass er im gesellschaftlichen Umgang so ungeschickt war. Jetzt ist ihm das völlig egal. Nicht mehr lange, dann wird er vermutlich stolz darauf sein. Bis dahin versucht er zum Wohl des gemeinsamen Unternehmens sein Bestes. »Ich bin für ein paar Tage in Manila gewesen, sodass ich genügend Zeit hatte, mich umzustellen.«

»Ah ja. Waren Sie in Manila erfolgreich?«, gibt Goto zurück.

»Ja, sehr, danke«, lügt Randy, jetzt, wo seine bescheidenen gesellschaftlichen Fähigkeiten kurz durchscheinen durften. »Sind Sie direkt aus Tokio gekommen?«

Gotos Lächeln erstarrt für einen Augenblick und er zögert, bevor er antwortet: »Ja.«

Das ist im Prinzip eine herablassende Antwort. Goto Engineering hat seinen Sitz in Kobe und er würde nie vom Tokioter Flughafen aus fliegen. Dennoch hat Goto die Frage bejaht, weil ihm in diesem Augenblick des Zögerns aufgegangen ist, dass er es hier mit einem Yank zu tun hat, der, wenn er »Tokio« sagt, eigentlich »die japanischen Hauptinseln« oder »wo immer zum Teufel Sie auch herkommen« meint.

»Entschuldigen Sie, ich wollte Osaka sagen«, verbessert sich Randy.

Goto strahlt und scheint die winzige Andeutung einer Verbeugung zu vollführen. »Ja, ich bin heute aus Osaka gekommen.«

An der Gepäckabfertigung werden Goto und Waterhouse getrennt, tauschen, während sie durch die Passkontrolle gehen, grinsend Blicke und treffen sich zufällig am Fuhrpark der Hotels. Männer aus Kinakuta in leuchtend weißen, marineähnlichen Uniformen mit goldenen Tressen und weißen Handschuhen fangen Passagiere ab und bieten ihnen eine Fahrt zu den örtlichen Hotels an.

»Wohnen Sie auch im Foote Mansion?«, fragt Goto. Das ist *das* Luxushotel von Kinakuta. Aber die Antwort kennt er bereits – die Sitzung am nächsten Tag ist so minutiös vorbereitet worden wie der Start einer Raumfähre.

Randy zögert. Der größte Mercedes-Benz, den er je gesehen hat, ist gerade an der Bordsteinkante vorgefahren, mit Fenstern, die von kondensierter Feuchtigkeit nicht nur beschlagen, sondern triefnass sind. Ein Fahrer in der Livree des Foote Mansion ist ihm entstiegen, um Mr. Goto sein Gepäck abzunehmen. Randy weiß, dass er nur eine kaum merkliche Bewegung auf das Auto zuzumachen braucht und schon wird er zu einem Luxushotel gebracht, wo er duschen, unbekleidet fernsehen und dabei eine Hundert-Dollar-Flasche französischen Wein trinken, schwimmen oder sich massieren lassen kann.

Aber genau hier liegt gerade das Problem. Er merkt bereits, wie er in der Hitze des Äquators schlapp wird. Es ist noch zu früh, um sich hängen zu lassen. Er ist erst seit sechs oder sieben Stunden wach. Es gibt einiges zu tun. Er zwingt sich, aufrecht dazustehen, und allein diese Anstrengung lässt ihn so spürbar schwitzen, dass er fast erwartet, alles in einem Radius von mehreren Metern um ihn herum an-

zufeuchten. »Ich würde gerne mit Ihnen zum Hotel fahren«, sagt er, »aber ich habe vorher noch ein, zwei Dinge zu erledigen.«
Das versteht Goto. »Dann vielleicht zum Drink heute Abend.«
»Hinterlassen Sie mir eine Nachricht«, entgegnet Randy. Goto winkt ihm durch das Rauchglas des Mercedes zu, als der mit Vollgas von der Bordsteinkante losfährt. Randy macht auf dem Absatz kehrt, geht zurück in das *halal* Dunkin' Donuts, wo acht verschiedene Währungen akzeptiert werden, und stillt seinen Hunger. Dann taucht er wieder auf und wendet sich kaum wahrnehmbar einer Reihe von Taxis zu. Ein Fahrer stürzt sich regelrecht auf Randy und reißt ihm die Reisetasche von der Schulter. »Informationsministerium«, sagt Randy.

Ob es für das Sultanat Kinakuta auf Dauer gesehen eine gute Sache ist, ein gigantisches, gegen Erdbeben, Vulkanausbrüche, Flutwellen und Atomwaffen geschütztes Informationsministerium mit einem höhlenartigen Unter-Untergeschoss zu besitzen, das mit Hochleistungscomputern und Datenschaltern voll gestopft ist, sei dahingestellt. Aber der Sultan hat beschlossen, dass es irgendwie cool wäre. Er hat ein paar dubiose Deutsche engagiert, um es zu entwerfen, und Goto Engineering, um es zu bauen. Mit überwältigenden Naturkatastrophen kennt sich natürlich niemand so gut aus wie die Japaner, abgesehen vielleicht von einigen Völkern, die mittlerweile untergegangen und deshalb nicht mehr in der Lage sind, sich um solche Jobs zu bewerben. Außerdem wissen sie, ebenso wie die Deutschen, was es heißt, total ausgebombt zu sein.

Subunternehmer gibt es selbstverständlich auch, und eine Unmenge an Beratern. Unter Aufbietung seiner ganzen Überredungskünste hat Avi es geschafft, einen der dicksten Beraterverträge an Land zu ziehen: Epiphyte(2) Corporation ist zuständig für die »Systemintegration«, das heißt dafür, einen Haufen Schrott, den andere Leute fabriziert haben, zusammenzustöpseln und die Installation aller Computer, Schalter und Datenleitungen zu überwachen.

Die Fahrt zu der Baustelle ist überraschend kurz. Dank seiner Lage inmitten steiler Gebirgszüge ist Kinakuta City nicht besonders groß, und der Sultan hat die Stadt mit zahllosen achtspurigen Autobahnen ausgestattet. Das Taxi schießt über die dem Meer abgerungene Ebene, auf der der Flughafen gebaut worden ist, macht einen weiten Bogen um die Überreste des Eliza Peak, fährt an zwei Ausfahrten nach Technology City vorbei und biegt an einer unbeschilderten Ausfahrt ab. Plötzlich stecken sie in einer Schlange von Kippern fest – japanische

Ungetüme, auf denen in fetten Macho-Blockbuchstaben der Schriftzug GOTO prangt. Ihnen entgegen kommt ein Strom weiterer Laster, die genauso aussehen, mit dem einzigen Unterschied, dass sie bis oben hin mit Steinschutt beladen sind. Der Taxifahrer fährt auf die rechte Bankette und saust ungefähr achthundert Meter weit an Lastwagen vorbei. Sie fahren bergauf – in Randys Ohren knackt es einmal. Die Straße ist in die Sohle einer Schlucht gebaut, die sich in eine der Gebirgsketten hinaufzieht. Schon bald sind sie umgeben von Schwindel erregenden grünen Wänden, die wie Schwämme wirken, indem sie eine unauflösliche Dunstwolke festhalten, durch die zuweilen leuchtende Farbtupfer sichtbar werden. Randy kann nicht erkennen, ob es Vögel oder Blumen gibt. Der Kontrast zwischen der üppigen Vegetation dieses Wolkenwaldes und der von den haushohen Reifen der schweren Laster ramponierten, unbefestigten Straße ist verwirrend.

Das Taxi hält an. Der Fahrer dreht sich um und wirft ihm einen erwartungsvollen Blick zu. Einen Moment lang glaubt Randy, er hätte sich verfahren und wartete nun auf weitere Instruktionen von ihm. Die Straße endet hier, auf einem Parkplatz, der ganz geheimnisvoll inmitten des Wolkenwaldes liegt. Randy sieht ein halbes Dutzend großer klimatisierter Wohnwagen mit den Logos verschiedener japanischer, deutscher und amerikanischer Firmen; einige Dutzend Autos; ebenso viele Busse. Die gesamte Ausstattung einer größeren Baustelle ist vorhanden, dazu noch einige Extras wie zwei Affen mit riesigen steifen Penissen, die sich um irgendeine Beute aus einem Müllcontainer streiten, aber weit und breit ist keine Baustelle zu sehen. Nur eine Wand aus Grün am Ende der Straße, ein so dunkles Grün, dass es schon fast schwarz ist.

In dieser Dunkelheit verschwinden die leeren Lastwagen. Voll beladene kommen heraus, wobei zuerst ihre Scheinwerfer aus dem düsteren Nebel auftauchen, gefolgt von den bunten Displays, die die Fahrer an ihre Kühlergrills montiert haben, den Glanzlichtern auf Chrom und Glas, und schließlich den Lastwagen selbst. Randys Augen passen sich an und er erkennt, dass er in eine von Quecksilberdampflampen erhellte Höhle starrt.

»Soll ich warten?«, fragt der Fahrer.

Randy wirft einen flüchtigen Blick auf den Taxameter, rechnet schnell um und kommt zu dem Ergebnis, dass die Fahrt bis hierher ihn so gut wie nichts gekostet hat. »Ja«, antwortet er und steigt aus. Zufrieden lehnt der Fahrer sich zurück und zündet sich eine Zigarette an.

Randy steht da und starrt eine Weile mit offenem Mund in die Höhle, zum Teil, weil sie einen wahnsinnigen Anblick bietet, zum Teil, weil ein kühler Luftstrom aus ihr herauszieht, was ihm gut tut. Dann stapft er über den Platz zu dem Wohnwagen mit der Aufschrift »Epiphyte«.

Er ist mit drei kleinen kinakutanischen Frauen besetzt, die genau wissen, wer er ist, obwohl sie ihm nie zuvor begegnet sind, und allem Anschein nach hocherfreut sind, ihn zu sehen. Über ihren Eddie-Bauer-Rollkragenpullovern tragen sie lange, locker fallende Schals aus einem leuchtend bunten Stoff, um sich vor der nordischen Kälte der Klimaanlagen zu schützen. Sie sind allesamt schrecklich tüchtig und selbstsicher. Wo Randy in Südostasien auch hingeht, überall trifft er auf Frauen, die eigentlich General Motors oder so was leiten müssten. Innerhalb kürzester Zeit haben sie über Walkie-Talkie und Handy die Nachricht von seiner Ankunft weitergegeben und ihn mit einem Paar dicker kniehoher Stiefel, einem Schutzhelm und einem Handy ausgestattet. Ein paar Minuten später öffnet ein junger Kinakutaner mit Schutzhelm und dreckigen Stiefeln die Wohnwagentür, stellt sich als »Steve« vor und führt Randy in die Höhle. Dabei benutzen sie einen Fußgängersteg, der von einer Reihe Glühbirnen hinter Gitterkörben erleuchtet wird.

Auf den ersten hundert Metern ist die Höhle nur ein gerader Stollen, gerade breit genug, um zwei Goto-Lastern und dem Fußweg Platz zu bieten. Randy fährt mit der Hand an der Wand entlang. Der Stein ist uneben und staubig, nicht glatt wie die Oberfläche einer natürlichen Höhle, und er kann frische Furchen sehen, die von Presslufthämmern und Bohrern stammen.

Am Echo erkennt er, dass eine Veränderung bevorsteht. Steve führt ihn in die eigentliche Höhle hinein. Sie ist, tja, *höhlenartig*. So groß, dass ein Dutzend der riesigen Laster im Kreis hintereinander herfahren und mit Felsbrocken und Dreck beladen werden können. Randy sucht über sich die Decke, sieht aber in einer Höhe von vielleicht zehn Metern nichts als ein Muster aus bläulich-weißen Neonlichtern wie in Turnhallen. Dahinter ist es dunkel und dunstig.

Steve geht auf die Suche nach irgendetwas und lässt Randy für ein paar Minuten allein, was ganz gut ist, weil er einige Zeit braucht, um sich zu orientieren.

An manchen Stellen ist die Höhlenwand glatt und unbearbeitet; überall sonst ist sie rau, Kennzeichen der von den Ingenieuren geplanten und dem Bauunternehmer durchgeführten Erweiterungen. Auch der Boden ist stellenweise glatt und nicht immer ganz eben. An manchen Stellen hat man ihn durch Bohrungen und anschließende Sprengung tiefer, an anderen durch Auffüllen höher gelegt.

Dieser Hauptraum sieht so gut wie fertig aus. Hier werden sich die Büros des Informationsministeriums befinden. Zwei andere, kleinere Räume tiefer im Berg werden noch vergrößert. In dem einen soll die technische Ausstattung (Generatoren und so weiter), im anderen die Systemeinheit untergebracht werden.

Durch ein Loch in der Wand taucht ein stämmiger blonder Mann mit einem weißen Schutzhelm auf: Tom Howard, der stellvertretende Direktor der Epiphyte Corporation für Systemtechnologie. Er nimmt seinen Schutzhelm ab und winkt Randy zu sich.

Der Durchgang zum Systemraum ist zwar so groß, dass man mit einem Lieferwagen hindurchfahren könnte, aber nicht so gerade oder eben wie der Haupteingang. Den meisten Platz nimmt eine Förderanlage von unglaublicher Kraft und Schnelligkeit ein, die tonnenweise triefenden grauen Abraum hinaus in die Hauptkammer befördert, wo er auf die Goto-Laster gekippt wird. Was die offensichtlichen Kosten und die technische Vollendung angeht, verhält sie sich zu einem normalen Förderband wie ein F-15-Düsenjäger zu einer Sopwith Camel aus dem Ersten Weltkrieg. Wenn man sich in seiner Nähe aufhält, kann man zwar sprechen, sich aber nicht verständlich machen, weshalb Tom, Randy und der Kinakutaner, der sich als Steve vorgestellt hat, schweigend noch einmal ungefähr hundert Meter den Gang hinunter trotten, bis sie im nächsten Raum ankommen.

Der bietet nur Platz für ein bescheidenes einstöckiges Haus. Das Förderband geht mitten durch und verschwindet unten in einem anderen Loch; der Schutt kommt noch tiefer aus dem Berg heraus. Hier ist es immer noch zu laut zum Reden. Aus dem durch eine Betonschicht egalisierten Boden ragen alle paar Meter Isolierrohre heraus, aus deren oberem, offenem Ende orangefarbene Kabel baumeln: Lichtleitfasern.

Tom geht auf eine andere Öffnung in der Wand zu. Wie es scheint, zweigen von diesem Raum verschiedene andere ab. Tom führt Randy durch die Öffnung, dreht sich dann um und legt ihm die Hand auf den Arm, um ihn zu stützen: Sie befinden sich am oberen Ende einer steilen Holztreppe, die in einen fast senkrechten, gut fünf Meter tiefen Schacht hineingebaut worden ist.

»Was du gerade gesehen hast, ist der Hauptschaltraum«, sagt Tom.

»Das wird, wenn er erst einmal fertig ist, der größte Router der Welt sein. Ein paar von den anderen Räumen nutzen wir, um Computer und Massenspeichersysteme zu installieren. Vor allem die größte RAID der Welt, abgepuffert durch einen überdimensionalen RAM-Hintergrundspeicher.«

RAID bedeutet Redundant Array of Inexpensive Disks, redundante Reihe billiger Festplatten; sie bietet die Möglichkeit, riesige Informationsmengen preiswert und zuverlässig zu speichern, und ist genau das, was man sich in einem Datenhafen wünschen würde.

»Wir sind immer noch dabei, einige von den anderen Kammern auszuräumen«, fährt Tom fort. »Hier unten haben wir etwas entdeckt, was dich, glaube ich, interessieren wird.« Er dreht sich um und fängt an, die Treppe hinunterzusteigen. »Wusstest du, dass diese Höhlen während des Kriegs von den Japanern als Luftschutzbunker benutzt wurden?«

Randy hat die ganze Zeit die Seite mit der Landkarte aus seinem fotokopierten Buch in der Tasche gehabt. Jetzt entfaltet er sie und hält sie dicht an eine Glühbirne. Und tatsächlich zeigt sie eine Stelle in den Bergen mit der Bezeichnung EINGANG ZU LUFTSCHUTZBUNKER & KOMMANDOPOSTEN.

»Auch als Kommandoposten?«, fragt Randy.

»Genau. Woher weißt du das?«

»Fernleihe«, erwidert Randy.

»Wir haben es nicht gewusst, bis wir hier ankamen und diese ganzen alten Kabel und den Elektroschrott, der hier überall verlegt ist, entdeckten. Wir mussten alles rausreißen, damit wir unsere eigenen verlegen konnten.«

Randy fängt an, die Stufen hinabzusteigen.

»Dieser Schacht war voller Felsblöcke«, erklärt Tom, »aber wir konnten sehen, dass Kabel hinunterführten, also musste hier unten irgendetwas sein.«

Nervös blickt Randy zur Decke. »Warum war er voller Felsblöcke? Wegen eines Einsturzes?«

»Nein«, entgegnet Tom, »das waren die japanischen Soldaten. Sie haben Felsblöcke in den Schacht hinuntergeworfen, bis er voll war. Ein Dutzend unserer Arbeiter hat zwei Wochen gebraucht, um sie alle ohne technische Hilfsmittel herauszuholen.«

»Und wohin führten die Kabel?«

»Zu Glühbirnen«, sagt Tom, »es waren nur elektrische Leitungen, keine zur Nachrichtenübermittlung.«

»Was haben sie denn hier unten zu verstecken versucht?«, fragt Randy. Er ist fast am Fuß der Treppe angelangt und kann einen etwa zimmergroßen Hohlraum erkennen.

»Schau es dir an«, sagt Tom und drückt einen Lichtschalter.

Der Hohlraum ist ungefähr so groß wie eine Einfachgarage und hat einen schön geraden Boden. Es gibt einen hölzernen Schreibtisch, einen Stuhl und einen Aktenschrank, alles von dem grau-grünen Flaum von über fünfzig Jahren Pilzwachstum überzogen. Und dann steht da noch eine olivgrün gestrichene Metalltruhe, auf die mit Schablone japanische Schriftzeichen aufgemalt sind.

»Ich habe das Schloss von dem Ding aufgebrochen«, sagt Tom. Er geht zu der Truhe hinüber und klappt den Deckel auf. Sie ist voller Bücher.

»Hattest du Goldbarren erwartet?«, sagt Tom und lacht über Randys Gesichtsausdruck.

Randy setzt sich auf den Boden und umfasst seine Knöchel. Mit offenem Mund starrt er die Bücher in der Truhe an.

»Alles in Ordnung?«, fragt Tom.

»Ein ganz starkes Déjà-vu-Erlebnis«, erklärt Randy.

»Davon?«

»Ja«, sagt Randy, »ich hab das schon mal gesehen.«

»Wo?«

»Auf dem Dachboden meiner Großmutter.«

Randy findet allein den Weg nach oben, aus dem Labyrinth von Höhlen und auf den Parkplatz hinaus. Die warme Luft auf seiner Haut fühlt sich gut an, aber bis er den Wohnwagen der Epiphyte Corp. gefunden hat, um seinen Schutzhelm und die Stiefel zurückzugeben, hat er schon wieder angefangen zu schwitzen. Er verabschiedet sich von den drei Frauen, die hier arbeiten, und ist erneut beeindruckt von ihrer Aufmerksamkeit und ihrem Eifer. Dann fällt ihm wieder ein, dass er ja kein bloßer Eindringling ist. Er ist Aktionär und ein wichtiges Vorstandsmitglied in der Firma, die sie beschäftigt – er bezahlt oder tyrannisiert sie, das kann man sich aussuchen.

In dem Bemühen, seinen Stoffwechselofen nicht anzuheizen, trottet er langsam über den Parkplatz. Neben dem Taxi, mit dem er gekommen ist, steht jetzt ein zweites, und die Fahrer lehnen in ihren Fenstern und halten ein Schwätzchen.

Als Randy auf sein Taxi zugeht, blickt er zufällig zurück zum Eingang der Höhle. Umrahmt von ihrem dunklen Rachen und ganz klein zwischen den riesenhaften Silhouetten der Goto-Kipper sieht er einen einzelnen Mann mit silbergrauem Haar, gebückt, aber gepflegt und in seinem Trainingsanzug und seinen Turnschuhen fast athletisch wirkend. In der Hand einen langen Blumenstrauß, steht er mit dem Rücken zu Randy vor der Höhle. Er scheint im Schlamm verwurzelt, vollkommen reglos.

Die Vordertür des Goto-Engineering-Wohnwagens fliegt auf. Ein junger Japaner in weißem Hemd, gestreifter Krawatte und einem orangefarbenen Schutzhelm steigt die Stufen hinunter und geht energischen Schrittes auf den alten Mann mit den Blumen zu. Als er immer noch ein Stück von ihm entfernt ist, bleibt er stehen, stellt die Füße zusammen und vollführt eine Verbeugung. Mit einem breiten Lächeln nähert er sich dem alten Mann und deutet mit einer Hand einladend auf den Goto-Wohnwagen. Der alte Mann scheint verwirrt – vielleicht sieht die Höhle nicht mehr so aus wie früher –, doch nach ein paar Augenblicken erwidert er den Gruß mit einer knappen Verbeugung und erlaubt dem jungen Ingenieur, ihn aus dem Verkehrsstrom hinauszuführen.

Randy steigt in sein Taxi und sagt »Foote Mansion« zu dem Fahrer. Er hat die Illusion gehegt, er würde Sean Daniel McGees Kriegstagebuch langsam und gründlich, von Anfang bis Ende, durchlesen, aber diese Vorstellung ist mittlerweile den Weg aller Illusionen gegangen. Während der Rückfahrt zum Hotel zieht er den Packen Fotokopien hervor und beginnt schonungslos auszusortieren. Das meiste davon hat gar nichts mit Kinakuta zu tun – es handelt von McGees Erfahrungen während der Kämpfe in Neuguinea und auf den Philippinen. McGee ist kein Churchill, hat aber doch ein gewisses an Schmus grenzendes Erzähltalent, das sogar banale Anekdoten lesbar macht. Seine diesbezüglichen Fähigkeiten müssen ihn zum großen Knüller an der Bar des Unteroffiziersklubs gemacht haben; hundert beschwipste Sergeants müssen ihn gedrängt haben, etwas von diesem Zeug aufzuschreiben, falls er je lebend nach Südboston zurückkäme.

Er kam zurück, aber im Gegensatz zu den meisten anderen GIs, die am V-J Day auf den Philippinen waren, kehrte er nicht auf direktem Weg nach Hause zurück. Er machte einen kleinen Umweg über das Sultanat Kinakuta, wo sich immer noch fast viertausend japanische Soldaten aufhielten. Das erklärt eine Kuriosität dieses Buches. In den meisten Kriegserinnerungen steht der V-E Day oder V-J Day auf der letzten Seite oder zumindest im letzten Kapitel, und dann geht unser Erzähler nach Hause und kauft sich einen Buick. In Sean Daniel McGees Buch dagegen wird der V-J Day nach etwa zwei Dritteln abgehandelt. Nachdem Randy den Teil beiseite gelegt hat, der die Ereignisse vor August 1945 behandelt, bleibt immer noch ein verdächtig dicker Packen übrig. Sergeant McGee muss sich offensichtlich etwas von der Seele reden.

Die japanische Garnison von Kinakuta hatte der Krieg schon lange übergangen, und wie die anderen übergangenen Garnisonen hatte sie ihre noch vorhandene Energie in den Gemüseanbau gesteckt, und in das Warten auf die extrem selten eintreffenden Unterseeboote, die die Japaner gegen Ende des Krieges dazu benutzten, lebenswichtige Güter zu transportieren und bestimmte dringend benötigte Spezialisten wie z. B. Flugzeugmechaniker von einem Ort zum anderen zu befördern. Als sie über Rundfunk Hirohitos Befehl aus Tokio erhielten, die Waffen niederzulegen, befolgten sie ihn gehorsam, aber (so muss man annehmen) durchaus gern.

Das einzige Problem bestand darin, jemanden zu finden, dem man sich ergeben konnte. Die Alliierten hatten sich darauf konzentriert, die Landung auf den japanischen Hauptinseln zu planen, und es dauerte eine Weile, bis sie Truppen zu den ausgesparten Garnisonen wie Kinakuta schicken konnten. In sarkastischem Ton berichtet McGee über das Durcheinander in Manila – an dieser Stelle im Buch verliert McGee langsam die Geduld und seinen Charme. Er fängt an zu schimpfen. Zwanzig Seiten weiter geht er in Kinakuta City an Land. Er steht stramm, während sein Kompaniechef die Kapitulation der japanischen Garnison entgegennimmt. Er postiert Wachen am Eingang der Höhle, in der ein paar hartnäckige Japaner sich weigern aufzugeben. Er organisiert die systematische Entwaffnung der japanischen Soldaten, die fürchterlich abgemagert sind, und kümmert sich darum, dass ihre Gewehre und ihre Munition ins Meer geworfen werden, während bereits Lebensmittel und medizinisches Versorgungsmaterial an Land gebracht werden. Er hilft einem kleinen Ingenieurstrupp, Stacheldraht um den Flugplatz zu spannen und ihn so in ein Gefangenenlager zu verwandeln.

Das alles überfliegt Randy auf der Fahrt zum Hotel. Nachdem aber sein Blick an Worten wie »durchbohrt« und »Schreie« und »grauenhaft« hängen geblieben ist, blättert er einige Seiten zurück und fängt an, aufmerksamer zu lesen.

Er erfährt, dass die Japaner von 1940 an Tausende von Eingeborenen aus dem Inneren der Insel mit seiner kühlen, sauberen Luft in langen Märschen an die Küste mit ihrem schwülwarmen, krankheitsträchtigen Klima verfrachtet und für sich hatten arbeiten lassen. Diese Sklaven hatten die große Höhle, in der die Japaner ihren Luftschutzbunker und den Kommandoposten installiert hatten, erweitert, die Straße zum Gipfel des Eliza Peak, wo die Radar- und Funkpeilstationen saßen, ausgebaut, auf dem Landefeld eine weitere Rollbahn angelegt, den Hafen weiter aufgefüllt, und waren zu Tausenden an Malaria, Japanischem Flussfieber, Ruhr, Hunger und Erschöpfung gestorben. Genau diese Eingeborenen oder ihre verwaisten Brüder hatten dann von ihren Redouten hoch oben in den Bergen aus beobachtet, wie Sean Daniel McGee und seine Kameraden ankamen, die Japaner entwaffneten und sie, von ein paar Dutzend erschöpften, oft betrunkenen oder schlafenden GIs bewacht, auf dem Flugplatz zusammenpferchten. Tag und Nacht arbeiteten diese Eingeborenen dort oben im Dschungel an der Herstellung von Speeren, bis der nächste Vollmond wie ein Suchscheinwerfer die schlafenden Japaner in helles Licht tauchte. Dann strömten sie aus dem Wald, »eine Horde«, wie Sean Daniel McGee sie beschreibt, »eine Wespenplage«, »ein grölendes Heer«, »eine schwarze aus der Hölle losgelassene Meute« und andere Bezeichnungen, die er sich heute nicht mehr erlauben könnte. Sie überwältigten und entwaffneten die GIs, ohne ihnen ein Haar zu krümmen. Nachdem sie den Stacheldraht an einer Stelle so lange mit dicken Ästen niedergedrückt hatten, bis der Zaun überwindbar wurde, fielen sie mit gezückten Speeren in das Lager ein. McGees Bericht darüber erstreckt sich noch über weitere zwanzig Seiten und ist neben allem anderen die Geschichte jener Nacht, in der ein freundlicher Sergeant aus Südboston für den Rest seines Lebens aus der Bahn geworfen wurde.

»Sir?«

Völlig verdutzt bemerkt Randy, dass die Taxitür offen steht. Er schaut sich um und stellt fest, dass er sich unter der Markise des Foote Mansion Hotels befindet. Die Tür wird ihm von einem drahtigen jungen Hotelpagen aufgehalten, der anders aussieht als die meisten Kinakutaner, die Randy bis dahin gesehen hat. Dieser Junge entspricht ganz genau Sean Daniel McGees Beschreibung der Eingeborenen aus dem Inselinneren.

»Danke«, sagt Randy und besteht darauf, dem Burschen ein ordentliches Trinkgeld zu geben.

Sein Zimmer ist mit Möbeln ausgestattet, die in Skandinavien entworfen, aber am Ort aus verschiedenen gefährdeten Harthölzern zusammengebaut worden sind. Der Blick geht auf die Berge im Inneren, aber wenn er auf seinen kleinen Balkon tritt, kann er ein bisschen Wasser sehen, ein Containerschiff, das gerade gelöscht wird, und den größten Teil des Gartens, den die Japaner zu Ehren der Toten am Ort des Massakers angelegt haben.

Mehrere Nachrichten und Faxe erwarten ihn: die meisten von den Kollegen der Epiphyte Corp., die ihm mitteilen, dass sie angekommen und in welchen Zimmern sie zu finden sind. Randy packt seine Taschen aus, geht unter die Dusche und schickt seine Hemden für den nächsten Tag hinunter in die Wäscherei. Dann macht er es sich an seinem kleinen Tisch bequem, startet seinen Laptop und ruft den Unternehmensplan der Epiphyte(2) Corporation auf.

Echse

Bobby Shaftoe und seine Kumpel sind gerade zu einer hübschen kleinen Morgenfahrt über Land aufgebrochen.

In Italien.

Italien! Scheiße, er kann es nicht fassen! Was soll das eigentlich werden?

Nicht seine Aufgabe, das zu wissen. Seine Aufgabe ist ihm sehr genau beschrieben worden. Sie muss genau beschrieben werden, weil sie keinen Sinn ergibt.

Damals, in der guten alten Zeit auf Guadalcanal, pflegte sein befehlshabender Offizier so etwas wie »Shaftoe, radieren Sie diesen Bunker aus!« zu sagen, und von diesem Moment an war Bobby Shaftoe in seinem Handeln frei. Er konnte gehen, laufen, schwimmen oder robben. Er konnte sich anschleichen und eine Sprenggranate hineinwerfen oder er konnte das Objekt aus einiger Distanz mit einem Flammenwerfer abspritzen. Spielte keine Rolle, solange er nur das Ziel erreichte.

Das Ziel dieses kleinen Unternehmens übersteigt bei weitem Shaftoes Begriffsvermögen. Man weckt ihn, Lieutenant Enoch Root, drei der anderen Marines, darunter auch den Funker, und mehrere von den SAS-Leuten mitten in der Nacht und scheucht sie zu einer der wenigen Piers auf Malta hinunter, die noch nicht von der Luftwaffe weggeblasen worden sind. Ein Unterseeboot wartet. Sie gehen an Bord und spielen ungefähr vierundzwanzig Stunden lang Karten. Die meiste Zeit sind sie über Wasser, wo Unterseeboote erheblich schneller fahren können, doch von Zeit zu Zeit tauchen sie, und das offensichtlich aus triftigem Grund.

Als man sie das nächste Mal auf das flache Deck des Unterseeboots lässt, ist es erneut mitten in der Nacht. Sie befinden sich in einer kleinen Bucht an einer ausgedorrten, zerklüfteten Küste. So viel kann Shaftoe im Mondlicht erkennen. Zwei Lkws warten auf sie. Sie öffnen Luken im Deck des Unterseeboots und beginnen, Zeug herauszuholen: Auf einen der Lkws laden die Marines einen Haufen Stoffsäcke, die anscheinend mit allem möglichen Müll voll gestopft sind. Unterdessen betätigen sich die Leute vom British Special Air Service mit Schraubenschlüsseln, Lumpen, Schmierfett und viel Gefluche auf der Ladefläche des anderen Lkw, wo sie etwas zusammenbauen, das sie in Kisten aus einem anderen Teil des Unterseeboots heraufgeholt haben. Es wird mit einer Plane abgedeckt, ehe Shaftoe es genauer anschauen kann, aber er erkennt es als etwas, das man nur ungern auf sich gerichtet sieht.

Auf der Pier lungern ein paar dunkelhäutige Männer mit Schnurrbärten herum, die rauchen und mit dem Kapitän des Unterseeboots diskutieren. Nachdem alles entladen ist, scheint der Kapitän sie mit weiteren Kisten aus dem Unterseeboot zu bezahlen. Die Männer stemmen zwei davon zwecks Inspektion auf und scheinen zufrieden zu sein.

Zu diesem Zeitpunkt weiß Shaftoe noch nicht einmal, auf welchem Kontinent sie sich befinden. Beim ersten Blick auf die Landschaft hat er auf Nordafrika getippt. Beim Anblick der Männer auf die Türkei oder etwas in der Art.

Erst als die Sonne über ihrem kleinen Konvoi aufgeht und er (während er auf den Müllsäcken auf der Ladefläche des Lkw liegt und dabei unter der Plane hervorguckt) Straßenschilder und christliche Kirchen sehen kann, wird ihm klar, dass es Italien oder Spanien sein muss. Schließlich sieht er ein Schild, das den Weg nach ROMA weist, und vermutet, dass es sich um Italien handelt. Das Schild zeigt von der späten Vormittagssonne weg, d. h. sie müssen irgendwo südlich oder südöstlich von Rom sein. Außerdem befinden sie sich südlich einer Stadt namens Napoli.

Aber er guckt nicht viel. Man wird nicht gerade dazu ermuntert. Der Lkw wird von einem Kerl gefahren, der die Sprache kann und von Zeit zu Zeit anhält, um sich mit Einheimischen zu unterreden.

Manchmal hört es sich nach freundlichem Geplauder an. Manchmal wie eine Auseinandersetzung über richtiges Verhalten im Straßenverkehr. Manchmal ist es auch leiser, vorsichtiger. Nach geraumer Zeit kommt Shaftoe dahinter, daß der Fahrer bei diesen Wortwechseln irgendwen besticht, damit er sie durchlässt.

Er findet es ungeheuerlich, dass in einem Land, das aktiv in den größten Krieg der Geschichte verwickelt ist – einem Land, das von kriegslüsternen Faschisten regiert wird, Herrgott noch mal –, zwei Lkws voller schwer bewaffneter Soldaten, von nichts anderem als ein paar Fünf-Dollar-Planen geschützt, einfach ungehindert herumfahren können. Kriminell! Was ist das eigentlich für ein Saustall hier? Er hat große Lust aufzuspringen, die Plane zur Seite zu reißen und diese Makkaronis nach Strich und Faden zusammenzustauchen. Der ganze Laden hier gehört sowieso mal mit der Zahnbürste auf Vordermann gebracht. Man hat den Eindruck, die Leute geben sich überhaupt keine Mühe. Die Nips dagegen, von denen kann man halten, was man will, aber wenn die einem den Krieg erklären, dann meinen sie's auch ernst.

Er widersteht der Versuchung, die Italiener zur Schnecke zu machen. Er meint, dass es den Befehlen zuwiderläuft, die er sich gründlich eingeprägt hat, ehe die entsetzliche Erkenntnis, dass er in einem zur Achse gehörenden Land herumfährt, sein Denkvermögen lahm legte. Und wenn diese Befehle nicht aus dem Munde von Colonel Chattan persönlich – dem Kerl, der der befehlshabende Offizier von Abteilung 2702 ist – gekommen wären, hätte er sie sowieso nicht geglaubt.

Sie werden einige Zeit biwakieren. Sie werden eine ganze Weile viel Karten spielen. In dieser Zeit wird der Funker sehr beschäftigt sein. Diese Phase der Operation könnte bis zu einer Woche dauern. Wahrscheinlich werden irgendwann eine Vielzahl von Deutschen und, wenn ihnen an diesem Tag gerade ungestüm zumute ist, Italienern heftige gemeinsame Anstrengungen unternehmen, sie umzubringen. Wenn das passiert, sollen sie einen Funkspruch absetzen, die Bude abfackeln, zu einem bestimmten Acker fahren, der gerade noch als Landepiste durchgeht, und sich dort von den flotten SAS-Fliegern abholen lassen.

Zuerst hat Shaftoe kein Wort davon geglaubt. Er hat es unter britischer Humor abgeheftet, eine Art Scherz bzw. Vernebelungsritual darin vermutet. Überhaupt wird er aus den Briten nicht recht schlau, weil sie (nach seiner Beobachtung) neben den Amerikanern das einzige Volk auf Erden zu sein scheinen, das einen Sinn für Humor besitzt. Er hat Gerüchte gehört, dass das auch für manche Osteuropäer gilt, aber ihm sind noch keine untergekommen, und im Moment haben sie auch nicht viel Anlass zum Frohsinn. Er jedenfalls weiß nie so recht, wann die Briten einen Witz machen.

Jeder Gedanke, dies sei bloß ein Witz, hat sich verflüchtigt, sobald er die Unmenge von Waffen gesehen hat, die man an sie ausgab. Für eine Organisation, die sich in großem Maßstab dem Töten und Indie-Luft-Jagen von Menschen widmet, ist das Militär zum Verzweifeln knauserig, was die Ausgabe von Waffen angeht. Und die meisten, die es ausgibt, sind einen Scheißdreck wert. Deshalb halten es die Marines schon lange für nötig, sich von zu Hause ihre eigenen Maschinenpistolen mitzubringen: Das Corps will, dass sie Leute umbringen, aber es gibt ihnen einfach nicht den Kram, den sie dazu brauchen!

Abteilung 2702 allerdings ist ein ganz anderer Haufen. Hier tragen ja sogar die Stoppelhopser Feuerspritzen! Und wenn das sie nicht hellhörig gemacht hat, dann die Blausäure-Kapseln. Und der Vortrag von Chattan über die korrekte Art, sich selbst den Kopf wegzublasen (»Sie wären überrascht, wie viele ansonsten kompetente Burschen diesen augenscheinlich simplen Vorgang vermasseln«).

Nun wird Shaftoe klar, dass es ein unausgesprochenes Kodizill zu Chattans Befehlen gibt: Ach ja, richtig, und wenn irgendwelche Italiener, die tatsächlich in Italien *leben* und das Land *regieren* und *Faschisten* sind und mit uns im Krieg liegen – wenn die euch bemerken und aus irgendeinem Grund *Einwände* gegen euer nettes Plänchen haben, worin es auch bestehen mag, dann bringt sie unbedingt um. Und wenn das nicht klappt, dann bringt euch bitte unbedingt selbst um, weil ihr das wahrscheinlich besser hinkriegt als die Faschisten. Und vergesst die Sonnenschutzcreme nicht!

Eigentlich hat Shaftoe nichts gegen dieses Unternehmen. Es ist bestimmt nicht schlimmer als Guadalcanal. Was ihn stört (beschließt er, während er es sich auf den geheimnisvollen Müllsäcken bequem macht und zu einem Riss in der Plane aufschaut) ist, dass er nicht versteht, welchen Zweck es verfolgt.

Vielleicht ist der Rest des Zuges tot, vielleicht auch nicht; er meint, noch einige schreien zu hören, aber beim Donnern der Brandung und dem unaufhörlichen Knattern des Maschinengewehrs ist das schwer zu sagen. Dann wird ihm klar, dass noch einige leben müssen, denn sonst würden die Nips nicht weiterschießen.

Shaftoe weiß, dass er näher an dem Maschinengewehr dran ist als jeder seiner Kumpel. Er ist der Einzige, der eine Chance hat.

Zu diesem Zeitpunkt trifft Bobby Shaftoe seine große Entscheidung. Das ist erstaunlich einfach – andererseits sind wirklich dumme Entscheidungen immer die einfachsten.

Er robbt an dem Baumstamm entlang zu der Stelle, die dem Maschinengewehr am nächsten ist. Dann holt er mehrmals hintereinander tief Luft, geht in die Hocke und flankt über den Baumstamm. Jetzt sieht er den Höhleneingang deutlich vor sich, den kometenförmigen Mündungsblitz des Maschinengewehrs im schwarzen Gittermuster des Netzes, das sie gespannt haben, um heranfliegende Granaten abzuwehren. Es ist alles ganz deutlich sichtbar. Er blickt zurück über den Strand und sieht reglose Körper.

Plötzlich geht ihm auf, dass sie immer noch schießen, nicht weil noch irgendeiner seiner Kumpel lebt, sondern um ihre überzählige Munition zu verbrauchen, damit sie nicht so viel schleppen müssen. Shaftoe ist ein Frontschwein und kann das verstehen.

Dann schwingt die Mündung jäh auf ihn zu – man hat ihn ausgemacht. Er steht vollkommen ungedeckt im Freien. Er kann in das Laubwerk des Dschungels hechten, doch sie werden es mit Feuer bestreichen, bis er tot ist. Bobby Shaftoe setzt die Füße fest auf, zielt mit seiner 45er auf die Höhle und beginnt den Abzug zu betätigen. Der Lauf des Maschinengewehrs zeigt jetzt auf ihn.

Aber es schießt nicht.

Seine 45er klickt. Sie ist leer. Bis auf die Brandung und das Geschrei ist alles still. Shaftoe steckt seine 45er ins Halfter und zieht seinen Revolver.

Die Stimme, die schreit, ist ihm unbekannt. Es ist keiner von Shaftoes Kumpels.

Aus der Mündung der Höhle, weit über Shaftoes Kopfhöhe, kommt ein japanischer Marineinfanterist hervorgestürzt. Shaftoes rechte Pupille, das Visier seines Revolvers und dieser Nip bilden einen kurzen Moment lang eine Linie, Shaftoe drückt zweimal den Abzug und erzielt so gut wie sicher einen Treffer.

Der Marineinfanterist verfängt sich in dem Netz und stürzt vor Shaftoe zu Boden.

Gleich darauf springt unter abgerissenem Keuchen, vor Grauen offenbar sprachlos, ein zweiter Nip aus der Höhle. Er kommt falsch auf und bricht sich das Bein. Shaftoe kann den Knochen knacken hören. Trotz des kaputten Beins läuft der Soldat unter groteskem Humpeln Richtung Brandung los. Er ignoriert Shaftoe völlig. Er blutet schrecklich an Hals und Schultern und im Laufen schlackern lose Fleischfetzen an ihm herum.

Bobby Shaftoe steckt seinen Revolver ins Holster. Eigentlich müsste er sein Gewehr in Anschlag bringen und den Kerl abknipsen, aber im Augenblick ist er zu verwirrt, um irgendetwas zu tun.

In der Höhlenöffnung zuckt etwas Rotes auf. Er schaut hin und kann nichts erkennen, was sich vor dem betäubenden visuellen Spektakel des Dschungels deutlich genug abzeichnete.

Dann sieht er erneut das rote Zucken und es verschwindet wieder. Es war geformt wie ein zugespitztes Y. Es war geformt wie die gespaltene Zunge eines Reptils.

Dann schießt ein sich bewegender Brocken lebendiger Dschungel aus der Höhlenöffnung und kracht in das Laubwerk darunter. Die Spitzen der Pflanzen beben und knicken unter seinem Gewicht.

Das Ding ist draußen, im Freien, auf dem Strand. Es bewegt sich auf allen Vieren flach über den Boden. Es verhält einen Moment lang und züngelt in Richtung des japanischen Marineinfanteristen, der nun, knapp zwanzig Meter entfernt, in den Pazifischen Ozean hineinhumpelt.

Sand stiebt auf wie Qualm von den schmorenden Reifen eines Dragsters und die Echse zischt über den Strand. Sie legt die Entfernung zu dem Marineinfanteristen in ein, zwei, drei Sekunden zurück, erwischt ihn in den Kniekehlen, reißt ihn in der Brandung um. Dann zerrt die Echse den toten Nip an Land zurück. Dort legt sie ihn zwischen den toten Amerikanern ab, geht ein paarmal züngelnd um ihn herum und fängt schließlich an, ihn zu fressen.

»Sarge! Wir sind da!«, sagt Private Flanagan. Noch bevor Shaftoe aufwacht, registriert er, dass Flanagan mit normaler Stimme spricht und weder verängstigt noch aufgeregt klingt. Wo immer »da« auch sein mag, es ist kein gefährlicher Ort. Sie werden nicht angegriffen.

Shaftoe macht in dem Moment die Augen auf, in dem die Plane über der Ladefläche des Lkw zurückgeschlagen wird. Er starrt geradewegs in einen blauen italienischen Himmel, dessen Ränder vom Zweiggekrakel dürftiger Bäume zerfranst werden. »Scheiße!«, sagt er.

»Was ist denn los, Sarge?«

»Das sag ich immer, wenn ich aufwache«, sagt Shaftoe.

Ihr neues Heim, so stellt sich heraus, ist ein altes landwirtschaftliches Gebäude auf einer Olivenfarm, -pflanzung, -plantage, oder wie immer man einen Ort nennt, wo Oliven angebaut werden. Läge das Gebäude in Wisconsin, würde jeder vorbeikommende Trottel es für verlassen halten. Hier aber ist sich Shaftoe in diesem Punkt nicht so sicher. Unter dem mörderischen Gewicht der roten Tonziegel ist das Dach teilweise in das Gebäude gestürzt und die Fenster und Türen klaffen weit auf und stehen den Elementen offen. Es ist ein großes Gebäude, so groß, dass sie nach mehrstündiger Arbeit mit dem Vorschlaghammer einen der Lkws hineinfahren und vor Luftaufklärern verstecken können. Sie laden die Müllsäcke von dem anderen Lkw ab. Dann fährt der Italiener ihn weg und kommt nicht wieder.

Corporal Benjamin, der Funker, beschäftigt sich damit, auf Olivenbäume zu klettern und überall Kupferdrähte zu spannen. Die Burschen vom SAS gehen auf Erkundung, während die Jungs vom Marine Corps die Müllsäcke öffnen und damit beginnen, das Zeug zu verteilen. Es gibt italienische Zeitungen aus mehreren zurückliegenden Monaten. Sie sind allesamt aufgeschlagen, zerfleddert, aufs Geratewohl gefaltet worden. Man hat einzelne Artikel herausgerissen, andere umkringelt oder mit Bleistift-Anmerkungen versehen. Chattans Befehle beginnen wieder in Shaftoes Gehirn einzusickern; er häuft die Zeitungen in den Ecken der Scheune aufeinander, die ältesten zuunterst, die neueren oben drauf.

Es gibt einen ganzen Sack voller Zigarettenstummel, die sorgfältig heruntergeraucht worden sind. Sie sind von einer europäischen Marke, die Shaftoe unbekannt ist. Wie ein breitwürfig säender Bauer trägt er diesen Sack durch das Gebäude und wirft die Stummel händeweise auf den Boden, wobei er sich vorwiegend auf Stellen konzentriert, wo tatsächlich Leute arbeiten werden: Corporal Benjamins Tisch und ein zweiter Behelfstisch, den sie zum Essen und Pokerspielen aufgestellt haben. Ebenso verfährt er mit einem Gemisch aus Wein- und Kronenkorken. Die gleiche Anzahl Wein- und Bierflaschen werden eine nach der anderen in eine dunkle, unbenutzte Ecke der Scheune geschleudert. Shaftoe begreift, dass dies die zufriedenstellendste Arbeit ist, die er je kriegen wird, also übernimmt er sie und wirft die Flaschen wie ein Quaterback der Green Bay Packers, der seinen mutigen Tight ends Pässe mit Drall in die sicheren Hände schleudert.

Die SAS-Leute kommen von ihrem Erkundungsgang zurück und es findet ein Rollentausch statt; nun ziehen die Marines los, um sich mit dem Gelände vertraut zu machen, während die SAS-Leute weiter Abfall ausladen. Durch einstündiges Herumwandern stellen Sergeant Shaftoe und die Privates Flanagan und Kuehl fest, dass die Olivenranch auf einem langen, schmalen Landstreifen liegt, der ungefähr in Nord-Süd-Richtung verläuft. Im Westen steigt das Gelände steil zu einem kegelförmigen Gipfel an, der verdächtig nach Vulkan aussieht. Im Osten fällt es nach ein paar Kilometern zum Meer hin ab. Im Norden endet das Plateau in unangenehmem, undurchdringlichem Gestrüpp und im Süden öffnet es sich auf weiteres landwirtschaftlich genutztes Gebiet.

Laut Chattan soll er einen Aussichtspunkt zur Beobachtung der Bucht finden, der so günstig wie möglich zur Scheune liegt. Kurz vor Sonnenuntergang findet ihn Shaftoe: eine Felsnase auf dem Hang des Vulkans, eine halbe Stunde Fußmarsch in nordöstlicher Richtung von der Scheune entfernt und knapp zweihundert Meter höher gelegen.

Beinahe finden er und seine Marines den Rückweg zur Scheune nicht mehr, so gut ist sie mittlerweile getarnt worden. Die SAS-Leute haben jede Öffnung, sogar die kleinen Ritzen in dem eingestürzten Dach, mit Verdunkelungsplanen zugehängt. Drinnen haben sie sich in den Nischen bewohnbaren Raums eingerichtet. Bei all dem Abfall (der mittlerweile um Hühnerfedern und -knochen, abgeschnittene Haare und Orangenschalen ergänzt ist) sieht es so aus, als wohnten sie schon ein Jahr hier, und genau darauf, vermutet Shaftoe, kommt es an.

Corporal Benjamin hat ungefähr ein Drittel des verfügbaren Platzes für sich. Die SAS-Leute nennen ihn fortwährend einen Glückspilz. Er hat inzwischen sein Funkgerät aufgebaut, die Röhren glühen warm und er verfügt über eine schier unglaubliche Masse von Papierkram. Das meiste davon ist alt und fingiert, wie die Zigarettenstummel. Doch nach dem Essen, als nicht nur hier, sondern auch in London die Sonne untergegangen ist, beginnt er in Morsecode zu funken.

Shaftoe versteht Morsecode, so wie die anderen Anwesenden auch. Während Briten und Amerikaner um den Tisch sitzen und ihre Einsätze für den in Aussicht stehenden Hearts-Marathon bis zum Morgengrauen machen, hören sie mit einem Ohr auf Corporal Benjamins Eingabe. Was sie hören, ist Kauderwelsch. Irgendwann geht Shaftoe, bloß um sich zu bestätigen, dass er nicht spinnt, zu Benjamin hinüber, blickt ihm über die Schulter und sieht, dass er Recht hat:

XYHEL ANAOG GFQPL TWPKI AOEUT

Und so weiter und so fort, und das seitenweise.

Am nächsten Morgen graben sie eine Latrine und machen sich anschließend daran, sie zur Hälfte mit ein paar Fässern echter, hundertprozentig reiner, geprüfter, militärischen Anforderungen genügender Standard-Scheiße zu füllen. Gemäß Chattans Anweisungen kippen sie immer nur eine Kelle Scheiße auf einmal hinein und werfen jeder Kelle ein paar Handvoll zerknülltes italienisches Zeitungspapier hinterher, damit es so aussieht, als wäre das Ganze auf natürlichem Weg dorthin gelangt. Von dem Interview mit Lieutenant Reagan vielleicht einmal abgesehen, ist das die schlimmste gewaltfreie Aufgabe, die Shaftoe im Dienste seines Landes jemals hat erfüllen müssen. Er gibt allen den Rest des Tages frei, außer Corporal Benjamin, der bis zwei Uhr morgens aufbleibt und beliebiges Kauderwelsch herunterhämmert.

Am nächsten Tag sorgen sie dafür, dass der Beobachtungsposten überzeugend aussieht. Sie marschieren abwechselnd hin und zurück, hin und zurück, hin und zurück, um einen Pfad im Boden auszutreten, und verteilen dort oben, neben etwas Standardscheiße und -pisse, auch ein paar Zigarettenstummel und Getränkebehälter. Flanagan und Kuehl schleppen einen Spind hinauf und verstecken ihn im Windschatten eines vulkanischen Felsens. Der Spind enthält Bücher mit Silhouetten verschiedener italienischer und deutscher Kriegs- und Handelsschiffe und die entsprechenden Handbücher für Flugzeugerkennung, außerdem ein paar Feldstecher, Fernrohre, eine Fotoausrüstung, leere Notizblöcke und Bleistifte.

Auch wenn Sergeant Bobby Shaftoe die meiste Zeit den Laden schmeißt, findet er es geradezu unheimlich, wie schwierig es ist, Lieutenant Enoch Root einmal unter vier Augen zu erwischen. Seit ihrem ereignisreichen Flug mit der Dakota geht Root ihm aus dem Weg. Am fünften Tag schließlich überlistet ihn Shaftoe; er und ein kleiner Trupp lassen Root allein am Beobachtungspunkt zurück, dann kehrt Shaftoe um und treibt ihn dort in die Enge.

Root ist verblüfft über Shaftoes Rückkehr, regt sich aber nicht sonderlich auf. Er entzündet eine italienische Zigarette und bietet Shaftoe eine an. Ärgerlicherweise stellt Shaftoe fest, dass er der Nervöse ist. Root ist so gelassen wie immer.

»Okay«, sagt Shaftoe, »was haben Sie gesehen? Als Sie die Papiere durchgegangen sind, die wir dem toten Metzger mitgegeben haben – was haben Sie da gesehen?«

»Sie waren alle auf Deutsch geschrieben«, sagt Root.

»Scheiße!«

»Glücklicherweise«, fährt Root fort, »bin ich einigermaßen mit der Sprache vertraut.«

»Ach ja, richtig – Ihre Mutter war eine Kraut, stimmt's?«

»Ja, eine Ärztin im Missionsdienst«, sagt Root, »falls das hilft, irgendeine Ihrer vorgefassten Meinungen über die Deutschen zu zerstreuen.«

»Und Ihr Dad war Holländer?«

»Richtig.«

»Und wie hat's die beiden auf Guadalcanal verschlagen?«

»Sie wollten den Bedürftigen helfen.«

»Ah ja.«

»Außerdem habe ich nebenher ein bisschen Italienisch gelernt. In der Kirche ist das ziemlich verbreitet.«

»Ach du Scheiße«, ruft Shaftoe aus.

»Aber mein Italienisch ist stark von dem Latein beeinflusst, das ich auf Druck meines Vaters lernen musste. Deshalb würde ich für die Einheimischen hier wahrscheinlich ziemlich altmodisch klingen. Genau genommen würde ich wahrscheinlich wie ein Alchimist aus dem siebzehnten Jahrhundert oder so was in der Art klingen.«

»Könnten Sie auch wie ein Priester klingen? Das würden die fressen.«

»Wenn es zum Schlimmsten kommt«, räumt Root ein, »werde ich versuchen, sie ein bisschen zu bepredigen, mal sehen, was dann passiert.«

Beide paffen an ihrer Zigarette und blicken auf die große Wasserfläche vor ihnen hinaus, die, wie Shaftoe erfahren hat, Bucht von Neapel heißt. »Na, egal«, sagt Shaftoe, »was stand denn in den Papieren?«

»Eine Menge detaillierter Informationen über militärische Geleitzüge zwischen Palermo und Tunis. Offensichtlich aus geheimen deutschen Quellen gestohlen.«

»Alte Geleitzüge oder ...«

»Geleitzüge, die erst noch fahren«, sagt Root gelassen.

Shaftoe raucht seine Zigarette fertig und bleibt eine Weile stumm. Schließlich sagt er: »Ganz schön komisch.« Er steht auf und marschiert in Richtung Scheune zurück.

Das Schloss

Gerade als Lawrence Pritchard Waterhouse aussteigt, trifft ihn irgendein Wüstling mit einem brackigen Schwall Eiswasser voll ins Gesicht. Weitere Güsse folgen, während er zwischen zwei Reihen Eimer schwingender Tunichtgute Spießruten läuft. Doch dann geht ihm auf, dass überhaupt niemand da ist. Es handelt sich lediglich um eine der hiesigen Atmosphäre innewohnende Eigenschaft, wie Nebel in London.

Die Treppe der Fußgängerbrücke, die über die Gleise zum Utter Maurby Terminal führt, ist von Dach und Wänden umschlossen und bildet so eine riesige Orgelpfeife, die von einem Infraschall-Pochen erdröhnt, während Wind und Wasser auf sie eintrommeln. Als er das untere Ende der Treppe betritt, wird ihm der Sturm plötzlich aus dem Gesicht gerissen und er kann einen Moment lang innehalten und dem Phänomen die volle Anerkennung zollen, die es verdient.

Wind und Wasser sind vom Sturm zu einem mehr oder weniger beliebigen Schaum geschlagen worden. Ein in die Luft gehaltenes Mikrophon würde bloß weißes Rauschen – ein völliges Fehlen von Informationen – registrieren. Doch wenn dieses Geräusch auf die lange Röhre der Treppe trifft, ruft es eine physikalische Resonanz hervor, die sich in Waterhouses Gehirn als tiefes Summen manifestiert. Die physikalische Beschaffenheit der Röhre entlockt sinnlosem Lärm ein kohärentes Muster! Wenn nur Alan hier wäre!

Waterhouse experimentiert, indem er die Obertöne zu diesem tiefen Grundton singt: Oktave, Quinte, Quarte, große Terz und so weiter. Jeder klingt in stärkerem oder schwächerem Maße in dem Treppenhaus mit. Es ist die gleiche Notenreihe, wie sie ein Blechblasinstrument hervorbringt. Von einem Ton zum anderen springend, bringt Waterhouse ein paar passable Hornsignale zustande. Sein Wecksignal klingt ziemlich anständig.

»Wie schön!«

Er fährt herum. Hinter ihm steht eine Frau, die einen Handkoffer von der Größe eines Heuballens schleppt. Sie ist vielleicht fünfzig Jahre alt, von der Statur eines Ofens, und sie hat, bis sie vor ein paar Sekunden aus dem Zug stieg, eine hübsche neue Großstadt-Dauerwelle gehabt. Salzwasser läuft ihr über Gesicht und Hals und verschwindet unter ihrem robusten Kleid aus grauer Qwghlm-Wolle.

»Ma'am«, sagt Waterhouse. Dann beschäftigt er sich damit, ihren

Handkoffer die Treppe hinaufzuwuchten. So gelangen sie beide samt ihrem Gepäck auf eine schmale, überdachte Brücke, die über die Gleise in den Terminal führt. Die Brücke hat Fenster und Waterhouse erleidet einen mit Übelkeit verbundenen Schwindelanfall, als er durch sie und die anderthalb Zentimer Regen- und Salzwasser, die unentwegt daran herunterströmen, zum Nordatlantik hinschaut. Das große Gewässer ist nur einen Steinwurf weit entfernt und bemüht sich offenbar heftig, noch viel näher zu kommen. Es muss sich um eine optische Täuschung handeln, aber die Wellenkämme scheinen auf einer Höhe mit ihnen zu sein, obwohl doch die Ebene, auf der sie sich gerade befinden, gut sieben Meter über dem Boden liegt. Bestimmt wiegt jede dieser Wellen so viel wie sämtliche Güterzüge Großbritanniens zusammengenommen, und sie wälzen sich unaufhörlich heran und dreschen mit aller Kraft auf die Felsen ein. Waterhouse hat große Lust, einen Anfall zu kriegen, sich auf den Boden zu werfen und zu kotzen. Er hält sich die Ohren zu.

»Sie spielen wohl in einem Musikkorps, nicht?«, fragt die Dame.

Waterhouse dreht sich um und sieht sie an. Ihr Blick huscht über die Vorderseite seiner Uniform, mustert die Abzeichen. Dann blickt sie zu seinem Gesicht auf und schenkt ihm ein großmütterliches Lächeln.

In diesem Augenblick wird Waterhouse klar, dass diese Frau eine deutsche Spionin ist. Heiliger Strohsack!

»Nur in Friedenszeiten, Ma'am«, sagt er. »Im Augenblick hat die Navy eine andere Verwendung für Männer mit guten Ohren.«

»Ach!«, ruft sie aus, »dann sind Sie ein Horcher, richtig?«

Waterhouse lächelt. »Ping! Ping!«, sagt er, in Nachahmung eines Sonar-Geräts.

»Ah«, sagt sie. »Ich bin Harriett Qrrt.« Sie streckt die Hand aus.

»Hugh Hughes«, sagt Waterhouse und ergreift die Hand.

»Angenehm.«

»Ganz meinerseits.«

»Sie werden eine Unterkunft brauchen, nehme ich an.« Sie errötet demonstrativ. »Verzeihung. Ich vermute einfach, dass Sie nach Outer wollen.« Mit Outer meint sie Outer Qwghlm. Im Moment befinden sie sich auf Inner Qwghlm.

»Ganz recht«, sagt Waterhouse.

Wie alle anderen Ortsnamen auf den Britischen Inseln, so stellen auch Inner und Outer Qwghlm grob irreführende Bezeichnungen alten und wahrscheinlich komischen Ursprungs dar. Inner Qwghlm ist eigentlich gar keine Insel; sie ist mit dem Festland durch eine Sandbank verbunden, die mit den Gezeiten zu kommen und zu gehen pflegte, inzwischen aber durch einen Damm verstärkt wurde, auf dem eine Straße und die Eisenbahnlinie verlaufen. Outer Qwghlm liegt zwanzig Meilen entfernt.

»Mein Mann und ich betreiben ein kleines Bed and Breakfast«, sagt Mrs. Qrrt. »Es wäre uns eine Ehre, einen Asdic-Mann bei uns wohnen zu haben.« Asdic ist einfach das britische Akronym für das, was die Yankees Sonar nennen, aber jedes Mal, wenn das Wort in Alans Gegenwart fällt, setzt er ein anzügliches Grinsen auf und bricht in einen nicht zu stoppenden Schwall von Wortspielen aus.

So landet er also im Hause Qrrt. Waterhouse und Mr. und Mrs. Qrrt verbringen den Abend um die einzige Wärmequelle gekauert: einen kohlebeheizten Toaster, der in den Sockel eines alten Kamins eingemauert wurde. Ab und zu öffnet Mr. Qrrt die Klappe und lässt mit einem Kohlestückchen die Asche aufstieben. Mrs. Qrrt bringt das Essen und spioniert Waterhouse aus. Sein leicht asymmetrischer Gang fällt ihr auf und sie zieht ihm aus der Nase, dass er einmal Kinderlähmung gehabt hat. Er spielt die Orgel – sie haben ein pedalbetriebenes Harmonium im Wohnzimmer – und sie macht eine Bemerkung darüber.

Waterhouse sieht Outer Qwghlm das erste Mal durch ein Speigatt. Er weiß nicht einmal, was ein Speigatt ist, außer dass es sich um eine Modalität des Kotzens handelt. Die Mannschaft der Fähre hat ihm und dem anderen halben Dutzend Passagiere detaillierte Kotzanleitungen gegeben, ehe sie sich am Wellenbrecher von Utter Maurby vorbeikämpften: Der springende Punkt ist, dass man so gut wie sicher über Bord geschwemmt wird, wenn man sich über die Reling beugt. Viel besser, sich auf alle viere niederzulassen und auf ein Speigatt zu zielen. Doch wenn Waterhouse durch eines guckt, dann sieht er die Hälfte der Zeit nicht Wasser, sondern irgendeinen fernen Punkt am Horizont oder Möwen, die der Fähre nachjagen, oder die charakteristische, dreizackige Silhouette von Outer Qwghlm.

Die drei Zacken, genannt Sghrs, sind Basaltsäulen. Da man sich mitten im Zweiten Weltkrieg befindet und Outer Qwghlm der Teil der Britischen Inseln ist, der den Kämpfen der Schlacht im Atlantik am nächsten liegt, sind die Sghrs nun mit kleinen weißen Funkerhütten gesprenkelt und starren von Antennen. Es gibt einen vierten Sghr, der sich, viel niedriger als die anderen und leicht mit einem bloßen Hügel zu verwechseln, über dem einzigen Hafen von Outer Qwghlm erhebt (der zugleich die einzige Siedlung darstellt, wenn man die Flottenbasis auf der anderen Seite nicht mitzählt). Auf diesem vierten Sghr liegt das Schloss, welches das nominelle Zuhause von Nigel St. John Gloamthorpby-Woadmire ist und das neue Hauptquartier von Abteilung 2702 werden soll.

Ein fünfminütiger Spaziergang erschließt die ganze Stadt. Ein wütender Hahn jagt ein hinfälliges Schaf die Hauptstraße entlang. Auf den höheren Erhebungen liegt Schnee, hier unten jedoch nur grauer Matsch, der nicht von den grauen Pflastersteinen zu unterscheiden ist, bis man darauf ausrutscht und sich auf den Hintern setzt. Die *Encyclopedia Qwghlmiana* macht ausgiebig Gebrauch vom bestimmten Artikel – *die* Stadt, *das* Schloss, *das* Hotel, *der* Pub, *die* Pier. Waterhouse legt einen Zwischenstopp bei *dem* Scheißhaus ein, um sich mit einigen Nachwirkungen der Seereise auseinander zu setzen, dann geht er *die* Straße hinauf. *Das* Automobil hält am Straßenrand und *der* Fahrer bietet an, ihn mitzunehmen; wie sich herausstellt, ist es zugleich *das* Taxi. Es befördert ihn an *dem* Park entlang, wo ihm *die* Skulptur (Qwghlianer aus grauer Vorzeit verdreschen glücklose Wikinger) auffällt; das bleibt *dem* Taxifahrer nicht verborgen und er biegt in den Park ein, damit Waterhouse sie sich genauer ansehen kann.

Die Skulptur gehört zu der Sorte, die viel zu sagen hat und eine entsprechend große Grundstücksfläche einnimmt. Ihr Sockel ist ein Brocken einheimischer Basalt, der mindestens auf einer Seite mit Krakeln bedeckt ist, die Waterhouse dank seiner Lektüre der *Encyclopedia* als qwghlmianische Runen erkennt. Für einen ignoranten Philister sähen sie aus wie eine endlose, beliebige Abfolge von X, Is, Vs, Bindestrichen, Asterisken und auf dem Kopf stehenden Vs. Sie sind jedoch nach wie vor ein Quell des Stolzes für –

»Diese Römer und dieser Julius Cäsar hatten uns gerade noch gefehlt«, bemerkt der Taxifahrer, »und von ihrem Alphabet waren wir auch nicht allzu angetan.«

Tatsächlich enthält die *Encyclopedia Qwghlmiana* einen ausführlichen Artikel über das hiesige Runensystem. Der Verfasser des Artikels hat einen solchen Komplex, dass es fast körperliche Schmerzen bereitet, das Ding zu lesen. *Die qwghlmianische Praxis, den Gebrauch von Bögen und Schleifen zu vermeiden und sämtliche Glyphen aus geraden Linien zu bilden, ist alles andere als primitiv – wie von manchen englischen*

Gelehrten behauptet – und verleiht der Schrift eine durchsichtige Strenge. Es handelt sich um einen bewundernswert funktionalen Schreibstil an einem Ort, wo (nachdem die Engländer sämtliche Bäume gefällt hatten) der größte Teil der literarisch gebildeten Intelligenz an chronischen beidseitigen Frostbeulen litt.

Waterhouse hat das Fenster heruntergekurbelt, um besser sehen zu können; anscheinend hat irgendwer *den* Gummiwischer verschlampt. Die über sein Gesicht streichende, eisige Brise vertreibt seine Seekrankheit schließlich so weit, dass er sich zu fragen beginnt, wie er es anstellen soll, sich mit *der* Hure in Verbindung zu setzen.

Dann wird ihm mit einiger Enttäuschung klar, dass sich die Hure, wenn sie auch nur ein bisschen Grips hat, bei dem Flottenstützpunkt auf der anderen Seite der Insel aufhält.

»Wer ist der arme Teufel da?«, fragt Waterhouse. Er deutet auf eine Ecke der Skulptur, wo ein dürrer, in den Staub getretener Jämmerling mit einem um den Hals geschmiedeten Eisenband und daran baumelnder Kette angesichts des Blutbades, das die strammen qwghlmianischen Machos veranstalten, vor sich hin zittert und schlottert. Waterhouse kennt die Antwort bereits, aber er kann der Versuchung zu fragen nicht widerstehen.

»Hakh!«, bricht es aus dem Taxifahrer hervor, als würge er einen Schleimklumpen hoch. »Der ist von Inner Qwghlm, kann ich nur annehmen.«

»Natürlich.«

Der kurze Wortwechsel scheint den Fahrer in eine üble, unversöhnliche Stimmung versetzt zu haben, die sich nur durch schnelles Fahren besänftigen lässt. Die Straße zum Schloss hinauf besteht aus mehr als einem Dutzend Serpentinen, jede mit schwarzem Eis überzogen und voll tödlicher Gefahr. Waterhouse ist froh, dass er sie nicht zu Fuß begehen muss, doch die Serpentinen und die schlitternde Bewegung des Taxis lassen seine Seekrankheit wieder aufflackern.

»Hakh!«, sagt der Fahrer, nachdem sie etwa drei Viertel der Strecke zurückgelegt haben und mehrere Minuten lang kein Wort gefallen ist. »Die haben praktisch den roten Teppich für die Römer ausgerollt. Die haben für die Wikinger die Beine breit gemacht. Wahrscheinlich sind da drüben inzwischen Deutsche!«

»Wo wir gerade von Gift und Galle reden«, sagt Waterhouse, »Sie müssen anhalten. Von hier aus gehe ich zu Fuß.«

Der Fahrer ist verblüfft und vergrätzt, gibt jedoch nach, als Waterhouse ihm erklärt, dass die Alternative eine Großreinigung des Autos ist. Er fährt sogar den Seesack auf den Sghr und liefert ihn dort ab.

Abteilung 2702 trifft ungefähr fünfzehn Minuten später in Gestalt von Lawrence Pritchard Waterhouse, USN, der als Vorauskommando dient, auf dem Schloss ein. Der Fußmarsch gibt ihm Zeit, sich seine Geschichte zurechtzulegen, sich auf seine Rolle einzustellen. Chattan hat ihn darauf aufmerksam gemacht, dass es Dienstboten geben wird, dass sie dies und jenes bemerken und dass sie klatschen werden. Es wäre sehr viel praktischer, wenn man die Dienstboten für die Dauer der Operation aufs Festland verfrachten könnte, aber das wäre dem Duke gegenüber unhöflich. »Sie werden«, hat Chattan gesagt, »einen *modus vivendi* finden müssen.« Sobald Waterhouse diesen Begriff nachgeschlagen hatte, hat er von Herzen zugestimmt.

Das Schloss ist ein Schuttberg, ungefähr so groß wie das Pentagon. Die im Windschatten liegende Ecke ist mit einem funktionellen Dach, elektrischen Leitungen und ein paar anderen Extras wie etwa Türen und Fenstern ausgestattet worden. In diesem Bereich – und mehr bekommt Waterhouse an diesem ersten Nachmittag und Abend nicht zu sehen – kann man vergessen, dass man sich auf Outer Qwghlm befindet, und sich einreden, man wäre an einem grüneren, lieblicheren Ort wie etwa dem schottischen Hochland.

Am nächsten Morgen unternimmt er, begleitet von Ghnxh, dem Butler, Vorstöße in andere Teile des Gebäudes und stellt zu seiner Freude fest, dass man sie gar nicht erreichen kann, ohne sich nach draußen zu begeben; die inneren Verbindungsgänge sind zugemauert worden, um den saisonalen Wanderbewegungen der Skrrghs (ausgesprochen in etwa wie »skerries«) Einhalt zu gebieten, jener possierlichen, helläugigen, langschwänzigen Säugetiere, die das Inselmaskottchen sind. Diese Abschottung ist zwar unpraktisch, wird der Sicherheit aber nur zuträglich sein.

Sowohl Waterhouse als auch Ghnxh sind in brettartige Umhänge aus echter qwghlmianischer Wolle gehüllt und Letzterer trägt den GALVANISCHEN LUCIPHER. Der Galvanische Lucipher ist von altertümlicher Bauart. Ghnxh, der ungefähr hundert Jahre alt ist, kann über Waterhouses US-Navy-Taschenlampe nur herablassend lächeln. In dem gedämpften Ton, den man etwa anschlägt, um einen gewaltigen Fauxpas zu korrigieren, erklärt er, der Galvanische Lucipher sei so hervorragend konstruiert, dass jede weitere Erwähnung der Navy-Lampe für alle Beteiligten zur furchtbaren Peinlichkeit gerate. Er führt Waterhouse in einen speziellen Raum hinter dem Raum hinter dem Raum hinter dem Raum hinter der Speisekammer, einen Raum, der einzig und allein der Wartung des Galvanischen Lucipher und der Aufbewahrung seiner Teile und Betriebstoffe dient. Herzstück des Geräts ist ein handgeblasenes, sphärisches Glasgefäß, das von seinem Fassungsvermögen her einem Vierliter-Krug vergleichbar ist. Ghnxh, der entweder unter Hypothermie oder Parkinson in einem ziemlich fortgeschrittenen Stadium leidet, manövriert einen Glastrichter in den Hals des Gefäßes. Dann hievt er eine Korbflasche von einem Bord. Sie trägt die Aufschrift AQUA REGIA und ist mit einer orangefarbenen Flüssigkeit gefüllt. Er zieht den Glasstöpsel heraus, umarmt die Flasche und kippt sie, sodass die orangefarbene Flüssigkeit in den Trichter und von da in das Glas zu gluckern beginnt. Wo sie auf die Tischplatte kleckert, kräuselt sich etwas ungemein Rauchähnliches empor, während sie zugleich Löcher wie die mehreren tausend anderen, bereits vorhandenen Löcher in das Holz frisst. Waterhouse bekommt die Dämpfe in die Lunge; sie sind erstaunlich ätzend. Er wankt aus dem Zimmer und bleibt eine Weile draußen.

Als er sich wieder hineinwagt, schnippelt Ghnxh gerade eine Elektrode aus einem Block reinen Kohlenstoffs. Mittlerweile ist das Glas mit Aqua regia verschlossen und es hängen eine Anzahl von Anoden, Kathoden und anderen Gerätschaften darin, die von Klemmen aus gehämmertem Gold festgehalten werden. Dicke Kabel mit Isolierungen aus handgewebtem Asbest winden sich aus dem Gefäß in den Reflektor des Galvanischen Lucipher: eine Salatschüssel aus Kupfer, abgedeckt von einer Fresnellinse, wie man sie bei Leuchttürmen sieht. Als Ghnxh seinen Kohlenstoff genau auf die richtige Form und Größe zurechtgeschnippelt hat, passt er ihn in eine kleine Klappe in der Schüsselwand ein und legt beiläufig einen frankensteinmäßigen Schalter um. Wie ein Knallfrosch überspringt ein Funke die Kontakte.

Einen Moment lang meint Waterhouse, eine Wand des Gebäudes sei eingestürzt und sie seien direktem Sonnenlicht ausgesetzt. Aber Ghnxh hat lediglich den Galvanischen Lucipher eingeschaltet, der bald noch ungefähr zehnmal heller wird, als Ghnxh an einer Flügelschraube aus Messing dreht. Von Scham überwältigt, steckt Waterhouse seine Navy-Taschenlampe in die zickige kleine Gürteltasche zurück und geht vor Ghnxh aus dem Raum, wobei er die Wärme des Galvanischen Lucipher im Nacken spürt. »Wir haben ungefähr zwei Stunden, bis er uns ausgeht«, sagt Ghnxh angelegentlich.

Sie finden tatsächlich einen *modus vivendi:* Waterhouse tritt eine alte Tür auf, dann marschiert Ghnxh in den Raum dahinter, schwenkt den Laternenstrahl herum, als wäre er ein Flammenwerfer, und treibt so Dutzende oder Hunderte quietschender Skerries zurück. Waterhouse stakst vorsichtig in den Raum und muss dabei normalerweise über die eingestürzten Überreste des Dachs oder des ehedem darüberliegenden Geschosses kraxeln. Er unterzieht den Raum einer raschen Inspektion und versucht abzuschätzen, wie viel Arbeit erforderlich wäre, um ihn für einen höheren Organismus bewohnbar zu machen.

Die Hälfte des Schlosses ist dank einer Kombination aus Korsaren der Barbareskenstaaten, Kugelblitzen, Napoleon und Rauchen im Bett peu à peu niedergebrannt. Die Korsaren leisteten dabei die gründlichste Arbeit (wahrscheinlich versuchten sie einfach nur, sich warm zu halten), vielleicht hatten die Elemente aber auch einfach nur mehr Zeit, das bisschen, was die Flammen übrig gelassen haben, zu zersetzen. Jedenfalls findet Waterhouse in dem betreffenden Teil des Schlosses eine Stelle, wo nicht allzu viel Schutt hinauszuschaufeln ist und wo sie sich mithilfe einer Kombination aus Planen und Brettern rasch einen passenden Raum abteilen können. Sie liegt dem noch bewohnten Teil des Schlosses diametral gegenüber, sodass sie zwar den Winterstürmen ausgesetzt, jedoch vor den neugierigen Blicken der Dienstboten geschützt ist. Waterhouse schreitet grob ein paar Entfernungen ab, geht dann auf sein Zimmer und überlässt es Ghnxh, sich um die Außerbetriebsetzung des Galvanischen Lucifer zu kümmern.

Waterhouse skizziert ein paar Pläne für die bevorstehende Arbeit und findet so endlich auch eine Verwendung für seine bislang brach liegenden Ingenieursfertigkeiten. Er erstellt eine Liste der benötigten Materialien, was natürlich einiges an Zahlen mit sich bringt: 100 8' 2 x 4er lautet ein typischer Eintrag. Er schreibt die Liste ein zweites Mal, und zwar in Worten, nicht in Zahlen: EINHUNDERT ACHT FUSS ZWEI AUF VIERER. Diese Formulierung erscheint ihm missverständlich und so ändert er sie in ZWEI AUF VIER BRETTER EINHUNDERT STUECK LAENGE ACHT FUSS.

Als Nächstes holt er ein Blatt hervor, das nach Buchführungspapier aussieht und senkrecht in Gruppen von fünf Spalten unterteilt ist. In diese Spalten trägt er die Mitteilung ein, wobei er Wortzwischenräume ignoriert:

```
ZWEIA    UFVIE    RBRET    TEREI    NHUND
ERTST    UECKL    AENGE    ACHTF    USS
```

Und so weiter. Wann immer er auf den Buchstaben J trifft, ersetzt er ihn durch ein I, sodass JEWEILS zu IEWEILS wird. Er beschreibt nur jede dritte Zeile des Blattes.

Seit seinem Weggang aus Bletchley Park führt er mehrere Blatt Durchschlagpapier in seiner Brusttasche mit sich; wenn er schlafen geht, legt er sie unter sein Kopfkissen. Nun nimmt er sie heraus und wählt ein Blatt aus, das oben eine getippte Seriennummer trägt und ansonsten mit Buchstaben in ordentlicher Maschinenschrift bedeckt ist:

```
ATHOP    COGNQ    DLTUI    CAPRH    MULEP
```

und so weiter, bis hinunter ans Ende der Seite.

Diese Blätter sind von einer Mrs. Tenney getippt worden, einer betagten Vikarswitwe, die in Bletchley Park arbeitet. Mrs. Tenney übt eine eigenartige Tätigkeit aus, die in Folgendem besteht: Sie nimmt zwei Blatt Durchschlagpapier, legt ein Blatt Kohlepapier dazwischen und spannt das Ganze in eine Schreibmaschine ein. Sie tippt oben eine Seriennummer. Dann dreht sie die Kurbel eines Geräts, wie man es in Bingohallen benutzt; es besteht aus einem sphärischen Käfig mit fünfundzwanzig Holzkugeln, auf die jeweils ein Buchstabe aufgedruckt ist (der Buchstabe J wird nicht verwendet). Nachdem sie den Käfig genau so oft gedreht hat wie im Verfahrenshandbuch vorgeschrieben, schließt sie die Augen, greift durch eine Klappe in die Trommel und nimmt aufs Geratewohl eine Kugel heraus. Sie liest den Buchstaben von der Kugel ab und tippt ihn, legt die Kugel dann zurück, schließt die Klappe und wiederholt den Vorgang. Von Zeit zu Zeit kommen ernst dreinschauende Männer ins Zimmer, tauschen Höflichkeiten mit ihr aus und nehmen die Blätter mit, die sie produziert hat. Diese Blätter gelangen in den Besitz von Leuten wie Waterhouse und Leuten in ungleich verzweifelteren und gefährlicheren Umständen überall auf der Welt. Man nennt sie Einmalblöcke.

Waterhouse schreibt die Buchstaben des Einmalblocks in die freien Zeilen unter seiner Mitteilung:

```
ZWEIA    UFVIE    RBRET    TEREI    NHUND
ATHOP    COGNQ    DLTUI    CAPRH    MULEP
```

Als er damit fertig ist, sind jeweils zwei von drei Zeilen beschrieben. Schließlich kehrt er an den Anfang der Seite zurück und nimmt sich jeweils zwei Buchstaben auf einmal vor. Der erste Buchstabe der Mitteilung ist Z. Der erste Buchstabe des Einmalblocks, der in derselben Spalte unmittelbar darunter steht, ist A.

A ist der erste Buchstabe des Alphabets, und so stellt ihn sich Waterhouse, der diese Verschlüsselei schon viel zu lange betreibt, als gleichbedeutend mit der Zahl 1 vor. Ebenso entspricht Z der Zahl 25, wenn man mit einem Alphabet ohne J arbeitet. Addiert man 1 und 25, erhält man nach herkömmlicher Arithmetik 26, was keine Buchstabenentsprechung hat; es ist zu groß. Doch es ist schon viele Jahre her, dass Waterhouse nach herkömmlicher Arithmetik gerechnet hat. Er hat seinen Verstand auf modulare Arithmetik umgeschult – und zwar auf Modulo 25, was bedeutet, dass man alles durch 25 teilt und nur den Rest berücksichtigt. 26 geteilt durch 25 ergibt 1 Rest 1. Die 1 entspricht dem Buchstaben A. Somit trägt Waterhouse in der ersten Spalte unter Z und A ein A ein.

Das nächste vertikale Paar ist W und T bzw. 22 und 19. 41 geteilt durch 25 ergibt 1 Rest 16. Man lässt die 1 außer Acht und die 16 entspricht dem Buchstaben Q, den Waterhouse in die zweite Spalte einträgt. In der dritten Spalte ergeben E und H 5 + 8 = 13, was N entspricht. In der vierten ergeben I und O 9 + 14 = 23, was X entspricht. Und in der fünften ergeben A und P 1 + 15, was 16 bzw. Q ergibt. Dementsprechend sieht die erste Codegruppe folgendermaßen aus:

    Z W E I A
    A T H O P
    A Q N X Q

Indem er der Sinn tragenden Sequenz ZWEIA die Zufallssequenz ATHOP hinzuaddiert, erzeugt Waterhouse ein nicht entschlüsselbares Kauderwelsch. Nachdem er die gesamte Mitteilung auf diese Weise verschlüsselt hat, nimmt er ein neues Blatt, auf das er lediglich den Schlüsseltext – AQNXQ usw. – abschreibt.

Der Duke besitzt ein gusseisernes Telefon, das er Waterhouse zur Verfügung gestellt hat. Waterhouse hievt den Hörer von der Gabel, wählt die Vermittlung, meldet ein Gespräch mit dem Flottenstützpunkt auf der anderen Seite der Insel an und wird mit einem Funker verbunden. Diesem liest er den Schlüsseltext Buchstabe für Buchstabe vor. Der Funker notiert ihn und teilt Waterhouse mit, dass er umgehend gesendet wird.

Sehr bald wird Colonel Chattan in Bletchley Park einen Funkspruch erhalten, der mit AQNXQ beginnt und in dieser Art weitergeht. Chattan besitzt das andere Exemplar von Mrs. Tenneys Einmalblock. Er wird zunächst den Schlüsseltext niederschreiben und dabei nur jede dritte Zeile verwenden. Unter den Schlüsseltext wird er den Text des Einmalblocks eintragen:

AQNXQ
ATHOP

Dann wird er subtrahieren, wo Waterhouse addiert hat. A minus A entspricht 1 minus 1, was gleich 0 – oder 25 – ist, was den Buchstaben Z ergibt. Q minus T entspricht 16 minus 19, was gleich –3 ist, was uns 22 liefert, was W entspricht. Und so weiter. Wenn er die Mitteilung entschlüsselt hat, wird er sich an die Arbeit machen und irgendwann werden auf der Pier hundert 2x4-Bretter auftauchen.

WARUM

Der Unternehmensplan der Epiphyte Corp. ist ungefähr zweieinhalb Zentimeter dick, gerade der richtige Umfang für so ein Ding. Die inneren Seiten hat Avi mit ausgebuffter Professionalität im Desktop-publishing auf seinem Laptop gestaltet. Der Einband besteht aus einem groben Papier aus Reisspreu, Bambusabfällen, wild wachsendem Hanf und kristallklarem eisigen Schmelzwasser, handgeschöpft von verhutzelten Künstlern in ihrem nebelverhangenen, in lebendiges Vulkangestein gehauenen Tempel auf irgendeiner Insel, die nur aerobicgestählten Westküsten-Reisefuzzis in knalligen Spandexklamotten bekannt ist. Auf diesem Einband prangt eine impressionistische Landkarte des Südchinesischen Meers, genialisch hingeworfen von Kalligraphen, die den Schönschreibern der Ming Dynastie haarklein nachempfunden waren und ihre Pinsel aus gekämmter Einhornmähne in Tinte aus dem abgeschliffenen Staub von Holzkohleplatten tauchten, die von blinden Säulenheiligen aus einzeln verkohlten Fragmenten des Hl. Kreuzes gewonnen worden waren.

Der eigentliche Inhalt des Unternehmensplans folgt einer direkt aus den *Principia Mathematica* abgeleiteten logischen Struktur. Weniger bedeutende Unternehmer kaufen Geschäftsgrafikprogramme: Pakete aus Textbausteinen und Tabellenkalkulationen, so clever miteinander verbunden, dass man sie nur noch durchzugehen und ein paar Lücken auszufüllen braucht. Avi und Beryl haben zusammen so viele Unternehmenspläne geschrieben, dass sie sie aus dem Kopf hinzaubern können. Avis Präsentationen sehen etwa so aus:

AUFTRAG: Wir von [Name der Firma] sind der Überzeugung, dass [unsere vorgesehene Geschäftstätigkeit] und die Steigerung des Shareholder-Value sich nicht nur gegenseitig ergänzen, sondern unauflöslich miteinander verbunden sind.

ZWECK: Durch [unsere Geschäftstätigkeit] den Shareholder-Value steigern.

AUSGESPROCHEN ERNST GEMEINTE WARNUNG (auf einer Extraseite in roter Schrift auf gelbem Hintergrund): Wenn Sie nicht wenigstens so klug sind wie Carl Friedrich Gauß, so clever wie ein halbblinder Schuhputzer in Kalkutta, so hartnäckig wie General William Tecumseh Sherman, so reich wie die Königin von England, so unerschütterlich wie ein Red-Sox-Fan und so umfassend imstande, für sich selbst zu sorgen, wie der durchschnittliche Kommandant eines mit Atomraketen bestückten Unterseeboots, hätte man Sie gar nicht in die Nähe dieses Dokuments lassen dürfen. Bitte entsorgen Sie es, als wäre es hochradioaktiver Abfall, und bitten dann einen qualifizierten Chirurgen, Ihnen die Arme an den Ellbogen zu amputieren und die Augen auszustechen. Diese Warnung ist notwendig, weil eines Tages, vor hundert Jahren, eine kleine alte Lady in Kentucky hundert Dollar in eine Textilfirma steckte, die Pleite machte und ihr nur neunundneunzig zurückzahlte. Seitdem sitzt uns der Staat im Nacken. Falls Sie diese Warnung in den Wind schlagen, lesen Sie auf eigene Gefahr weiter – und Sie können sicher sein, dass Sie Ihr gesamtes Hab und Gut verlieren und Ihre letzten Jahrzehnte damit zubringen werden, in einer Leprösensiedlung im Mississippi-Delta die in Wellen angreifenden Termiten zurückzudrängen.

Sie lesen immer noch? Fein. Nachdem wir die Leichtgewichte abgeschreckt haben, können wir nun zum Geschäft kommen.

ZUSAMMENFASSUNG: Wir werden zunächst [etwas Geld] beschaffen, dann [etwas tun] und den Shareholder-Value steigern. Sie wollen Näheres wissen? Lesen Sie weiter.

EINLEITUNG: [Diese Entwicklung], die allgemein bekannt ist, und [jene], die so unglaublich geheim ist, dass Sie vermutlich bis jetzt nichts davon wussten, und [diese andere], die auf den ersten Blick gar nichts mit den anderen zu tun zu haben scheint, führen uns zusammengenommen zu der (gesetzlich geschützten, geheimen, mehrfach patentierten, mit einem Markenzeichen versehenen und durch Vertraulichkeitsvereinbarungen geschützten) Erkenntnis, dass wir den Shareholder-Value durch [eine bestimmte Geschäftstätigkeit] steigern könnten. Dazu brauchen wir [eine große Zahl] Dollar und nach [nicht allzu langer Zeit] werden wir eine Steigerung auf [eine noch viel größere Zahl] Dollar feststellen können, außer [die Hölle überfriert mitten im Sommer].

EINZELHEITEN:

Stufe 1: Nachdem wir Ehelosigkeit und Abstinenz gelobt und für grob gewirkte Gewänder auf unseren ganzen materiellen Besitz verzichtet haben, werden wir (siehe Lebensläufe im Anhang) in einen bescheidenen Komplex aus geplünderten Kühlcontainern mitten in der Wüste Gobi ziehen, wo die Grundstückspreise so niedrig sind, dass wir sogar dafür bezahlt werden, dass wir uns dort ansiedeln, und auf diese Weise den Shareholder-Value bereits steigern, bevor wir irgendetwas gemacht haben. Mit einer täglichen Ration bestehend aus einer Hand voll ungekochtem Reis und einer Schöpfkelle Wasser werden wir [uns an die Arbeit machen].

Stufen 2, 3, 4, …, n-1: Wir werden [mehr arbeiten und im Lauf der Zeit den Shareholder-Value weiter steigern], es sei denn [die Erde wird von einem Asteroiden von tausend Meter Durchmesser getroffen, was die Korrektur bestimmter Annahmen erforderlich machen würde; siehe dazu Tabellenkalkulationen 397-413].

Stufe n: Noch bevor die Tinte auf unseren Nobelpreis-Urkunden getrocknet ist, werden wir das Eigentum unserer Konkurrenten einschließlich jener, die so dumm waren, in deren erbärmliche Firmen zu investieren, beschlagnahmen. All diese Leute werden wir in die Sklaverei verkaufen. Den Erlös daraus werden wir unter unseren Aktionären verteilen, die es aber kaum bemerken werden, da die Firma, wie Tabellenkalkulation 265 zeigt, zu diesem Zeitpunkt bereits reicher sein wird als das Britische Empire auf dem Höhepunkt seiner Macht.

KALKULATIONEN: [Seitenweise klein gedruckte Zahlen, betrachterfreundlich in Grafiken zusammengefasst, die allesamt gen Himmel schießende Exponentialkurven zu sein scheinen, allerdings immer noch mit so viel Pseudozufallsrauschen, dass sie glaubhaft wirken].

LEBENSLÄUFE: Erinnern Sie sich nur an die Eingangssequenz von *Die glorreichen Sieben* und Sie brauchen sich um diesen Teil keine Gedanken mehr zu machen; Sie sollten auf Knien angerutscht kommen und uns um das Privileg bitten, unsere Gehälter zahlen zu dürfen.

Für Randy und die anderen ist der Unternehmensplan Tora Terminkalender, Motivationsgrundlage und philosophische Abhandlung in einem. Er ist ein dynamisches, lebendiges Dokument. Seine Tabellenkalkulationen sind mit den Bankkonten und Bilanzen verbundene Palimpseste, die sich automatisch anpassen, sobald Geld herein- oder hinausfließt. Um dieses Zeug kümmert sich Beryl. Avi ist für die Worte – den zugrunde liegenden abstrakten Plan und die konkreten Einzelheiten, die das Futter für diese Tabellenkalkulationen bilden –, die Interpretation der Zahlen zuständig. Auch sein Teil des Unternehmensplans verändert sich von Woche zu Woche entsprechend dem Input, den er aus Artikeln im *Asian Wall Street Journal*, Gesprächen mit Regierungsbeamten in schmuddeligen Karaokebars in Shenzhen, Erdbeobachtungsdaten, die über Satellit hereinströmen, und unbekannten Technikzeitschriften bezieht, die die neuesten Fortschritte in der Glasfasertechnik analysieren. Avis Gehirn verdaut auch die Ideen von Randy und den anderen Mitgliedern der Gruppe und nimmt sie in die Präsentation auf. Jedes Vierteljahr machen sie eine Momentaufnahme von dem Unternehmensplan in seinem jeweiligen Zustand, peppen ihn ein bisschen auf und schicken ihn an Investoren.

Zeitgleich mit dem ersten Geburtstag der Firma ist Plan Nummer fünf versandfertig. Vor ein paar Wochen war jedem von ihnen in einer verschlüsselten E-Mail ein erster Entwurf geschickt worden, den Randy in der Annahme, seinen Inhalt zu kennen, erst gar nicht gelesen hatte. Kleine Hinweise, die er in den letzten Tagen aufgeschnappt hat, sagen ihm jedoch, dass er lieber mal nachschauen sollte, was in dem verdammten Ding tatsächlich drinsteht.

Er wirft seinen Laptop an, verbindet ihn mit einer Telefonbuchse, öffnet sein Kommunikationsprogramm und wählt eine Nummer in Kalifornien. Letzteres erweist sich als einfach, da dies ein modernes Hotel ist und Kinakuta ein modernes Telefonnetz besitzt. Wäre es nicht einfach gewesen, hätte es vermutlich überhaupt nicht funktioniert.

In einem kleinen, muffigen, immer dunklen, nach heißem Plastik riechenden Installationsschrank in einem winzig kleinen, von Novus

Ordo Seclorum Systems Incorporated angemieteten Büro, das sich, eingeklemmt zwischen einer Treuhandfirma und einem Last-Minute-Reisebüro in einem ausgesprochen farblosen Bürogebäude aus den siebziger Jahren in Los Altos, Kalifornien, befindet, wacht ein Modem auf und spuckt ein Rauschen in eine Leitung. Das Rauschen wandert dann als Schwingungsmuster auf dem Grund des Pazifiks durch eine Glasfaser, die so transparent ist, dass man, bestünde der Ozean aus demselben Zeug, von Kalifornien aus bis nach Hawaii sehen könnte. Am Ende erreicht die Information Randys Computer, der ein Rauschen zurückschickt. Das Modem in Los Altos ist eins von einem halben Dutzend, die alle mit der Rückwand ein und desselben Computers verbunden sind, eines ganz normalen Tower-PCs einer gängigen Marke, der seit ungefähr acht Monaten ununterbrochen läuft. Vor etwa sieben Monaten haben sie seinen Monitor abgestellt, weil er einfach nur Strom verbrauchte. Dann borgte John Cantrell (der im Vorstand der Novus Ordo Seclorum Systems Inc. ist und dafür gesorgt hat, dass das Gerät in den Installationsschrank der Firma kam) sich den Monitor aus, weil einer der Kodierer, der am neuesten Ordo-Update arbeitete, einen zweiten Bildschirm brauchte. Später stöpselte Randy die Tastatur und die Maus ab, denn ohne Monitor konnte nur schlechte Information ins System eingegeben werden. Jetzt ist der Computer nur noch ein leise zischender, gebrochen weißer Obelisk, dessen einzige Verbindungsstelle zum Menschen in einer zyklopenhaften grünen Leuchtdiode besteht, die auf ein dunkles Panorama aus leeren Pizzakartons starrt.

Allerdings ist er durch ein dickes Koaxialkabel mit dem Internet verbunden. Randys Computer spricht ein Weilchen mit ihm und verhandelt über die Bedingungen für eine PPP-Verbindung, das heißt ein Punkt-zu-Punkt-Protokoll, und dann ist auch Randys kleiner Laptop ein Teil des Internets; er kann Daten nach Los Altos schicken, und der dort befindliche, einsame Computer mit Namen Tombstone wird sie so weiterleiten, dass jede Einzelne von mehreren Zehnmillionen weiterer Internetmaschinen sie empfangen kann.

Tombstone oder tombstone.epiphyte.com, wie er im Internet heißt, fristet ein ruhmloses Dasein als Briefschlitz und geheimes Versteck für Dateien. Er tut nichts, was tausend Online-Services nicht auch für sie tun könnten, noch dazu einfacher und billiger. Doch Avi mit seiner Gabe, sich die allerschlimmsten anzunehmenden Unfälle auszumalen, hatte auf einer eigenen Maschine bestanden und verlangt, dass Randy und die anderen deren Kernel-Code Zeile für Zeile nach Sicherheitslücken durchforsten. In den Schaufenstern sämtlicher Buchhandlungen in der Bay Area stapelten sich zu Tausenden drei verschiedene Bücher über einen berühmten Cracker, dem es gelungen war, eine Reihe bekannter Online-Services ganz und gar unter seine Kontrolle zu bringen. Folglich könne die Epiphyte Corp. einen solchen Online-Service schlecht für ihre Geheimdateien benutzen und gleichzeitig, ohne mit der Wimper zu zucken, behaupten, sie übe zugunsten ihrer Aktionäre die erforderliche Sorgfalt aus. Daher tombstone.epiphyte.com.

Randy loggt ein und schaut in seine Mail: siebenundvierzig Nachrichten, einschließlich einer zwei Tage alten von Avi (avi@epiphyte.com) mit dem Titel EpiphyteUnplan.5.4.ordo, Epiphyte Unternehmensplan, fünfte Ausgabe, vierter Entwurf; das Dateiformat dieses Unternehmensplans kann nur von [Novus] Ordo [Seclorum] gelesen werden, einem Programm, das zwar vollständig der gleichnamigen Firma gehört, dessen unveränderliche Teile aber, wie es der Zufall will, von John Cantrell geschrieben wurden.

Er befiehlt seinem Computer, mit dem Herunterladen dieser Datei zu beginnen – das wird eine Weile dauern. In der Zwischenzeit scrollt er die Liste der anderen Nachrichten durch und schaut sich die Namen der Absender, ihre Betreffs und ihren Umfang an, um zunächst einmal festzustellen, wie viele davon ungelesen in den Papierkorb wandern können.

Zwei Nachrichten springen ins Auge, weil ihre Absenderadresse mit aol.com endet, der Gegend im virtuellen Raum, in der Eltern und Kinder, aber niemals Studenten, Hacker oder Leute, die im High-Tech-Bereich arbeiten, zu finden sind. Sie stammen beide von Randys Rechtsanwalt, der versucht, die finanziellen Angelegenheiten seines Mandanten so emotionslos wie möglich von Charlenes zu trennen. Randy merkt, wie sein Blutdruck in die Höhe schießt, wie Millionen von Kapillargefäßen in seinem Gehirn anschwellen. Da die Dateien aber sehr kurz sind und die Betreffs harmlos aussehen, beruhigt er sich wieder und beschließt, sich darüber jetzt keine Gedanken zu machen.

Drei Nachrichten stammen von Computern mit höchst vertrauten Namen – Systemen, die zu dem Universitätscomputernetz gehören, für das er früher zuständig war. Die Nachrichten kommen von Systemadministratoren, die Randys Job übernahmen, als er ging, Leuten, die ihm die einfachen Fragen wie *Wo gibt es die beste Pizza?* und *Wo hast du die leeren Kartons gestapelt?* längst gestellt haben und jetzt so weit sind, ihm per E-Mail Brocken geheimnisvoller Codes zu schicken und dazu die Frage: *War das ein Irrtum oder etwas unglaublich Schlaues, was ich bis jetzt noch nicht rausgekriegt habe?* Auf solche Nachrichten möchte Randy im Augenblick nicht antworten.

Ungefähr ein Dutzend E-Mails kommt von Freunden, von denen manche nur Internet-Witze weiterleiten, die er schon hundertmal gesehen hat. Ein weiteres Dutzend kommt von Mitgliedern der Epiphyte Corp. und enthält vor allem Einzelheiten über die Reiserouten, die sie auf dem Weg nach Kinakuta zu dem morgigen Meeting zurücklegen.

Bleiben noch etwa zehn oder zwölf Nachrichten, die in eine besondere, erst seit einer Woche existierende Kategorie gehören; zu diesem Zeitpunkt erschien im *TURING Magazine* ein Artikel über das Datenhafenprojekt und das Titelbild zeigte Randy auf einem Boot vor der Küste der Philippinen. Avi hatte sich mächtig ins Zeug gelegt, um diesen Artikel unterzubringen, denn er wollte etwas haben, womit er den anderen Teilnehmern des morgigen Meetings vor der Nase herumfuchteln konnte. Da *TURING* eine so sehr aufs Optische getrimmte Zeitschrift ist, dass man sie nur mit Schweißbrille anschauen kann, bestanden sie auf einem Bild. Ein Fotograf wurde zur Krypta geschickt, die man jedoch für optisch reizlos hielt. Es gab einen ziemlichen Aufstand. Der Fotograf wurde zur Manila Bay weiterbefördert, wo er Randy vor dem Hintergrund eines aus dem Nebel aufragenden Vulkans auf einem Bootsdeck neben einer großen Spule mit orangefarbenem Kabel festhielt. An den Zeitungskiosken wird die Zeitschrift erst in einem Monat zu haben sein, aber der Artikel selbst steht bereits seit einer Woche im Internet, wo er augenblicklich zum Diskussionsthema in der Mailingliste der Heimlichen Bewunderer wurde, dem Forum, in dem sich all die coolen Typen wie John Cantrell herumtreiben, um über die allerneuesten Hashfunktionen und Pseudozufallszahlengeneratoren zu diskutieren. Da Randy zufällig auf dem Bild war, haben sie sich in der irrigen Annahme, er sei der Obermacher, auf ihn gestürzt. Das hat dazu geführt, dass sich in Randys Mailbox eine ganz neue Kategorie von Nachrichten ausbreitet: ungebetene Ratschläge und kritische Anmerkungen von Kryptofreaks in aller Welt. Im Augenblick befinden sich vierzehn solche E-Mails in seinem Posteingang, darunter acht von einer oder mehreren Personen mit dem Absendernamen Admiral Isoroku Yamamoto.

Die Versuchung ist groß, diese Nachrichten einfach zu ignorieren, das Dumme ist nur, dass ein Großteil der Leute in der Mailingliste der Heimlichen Bewunderer zehnmal klüger sind als Randy. Man kann die Liste durchgehen, wann man will, immer stößt man auf einen Mathematikprofessor in Russland, der sich gerade mit einem Mathematikprofessor in Indien Kilobyte um Kilobyte über irgendein verblüffend obskures Detail in der Primzahlentheorie streitet, während ein achtzehnjähriges, zwangsernährtes mathematisches Wunderkind in Cambridge sich alle paar Tage mit einer noch verblüffenderen Erklärung darüber, warum beide Unrecht haben, einschaltet.

Deshalb versucht Randy die E-Mails, die er von solchen Leuten bekommt, wenigstens zu überfliegen. Mit einem gewissen Misstrauen betrachtet er diejenigen darunter, die sich hinter dem Namen Admiral Isoroku Yamamoto oder der Zahl 56 (was ein Code für Yamamoto ist) verbergen. Aber auch wenn sie politisch gesehen einen an der Waffel haben, heißt das nicht, dass sie ihre Mathematik nicht gelernt hätten.

```
An: randy@tombstone.epiphyte.com
Von: 56@laundry.org
Betreff: Datenhafen
Hast du irgendwo einen öffentlichen
Schlüssel hinterlegt? Ich würde gern per
E-Mail mit dir verkehren, möchte aber
nicht, dass Paul Comstock es liest:)
Mein öffentlicher Schlüssel, falls du mir
antworten möchtest, lautet
- ANFANG ORDO ÖFFENTLICHER SCHLÜSSEL-
BLOCK-
(zeilenweise Kauderwelsch)
- ENDE ORDO ÖFFENTLICHER SCHLÜSSEL-BLOCK-
Dein Datenhafenkonzept ist gut, weist aber
noch erhebliche Mängel auf. Was ist, wenn
der philippinische Staat dein Kabel still-
legt? Oder der gute Sultan es sich anders
überlegt und beschließt, deine Computer
zu nationalisieren und sämtliche Disketten
zu lesen? Was wir brauchen, ist nicht ein
einziger Datenhafen sondern ein ganzes
NETZ von Datenhäfen - unempfindlicher, so
```

        wie das Internet unempfindlicher ist als
        eine einzige Maschine.
        Unterzeichnet:
        Der Admiral Isoroku Yamamoto, der seine
        Nachrichten so unterzeichnet:
        - ANFANG ORDO SIGNATURBLOCK -
        (zeilenweise Kauderwelsch)
        - ENDE ORDO SIGNATURBLOCK -

Randy schließt diese E-Mail, ohne zu antworten. Avi möchte nicht, dass sie sich mit Heimlichen Bewunderern unterhalten, aus Angst, man könnte sie später bezichtigen, irgendjemandes Ideen geklaut zu haben; deshalb besteht die Antwort auf all diese E-Mails aus einem Formbrief, für dessen Erstellung Avi einem intelligenten Anwalt, einem Spezialisten für Fragen geistigen Eigentums, ungefähr zehntausend Dollar gezahlt hat.

Eine andere E-Mail liest er nur wegen der Rücksprungadresse:

        Von: root@pallas.eruditorum.org

Auf einer UNIX-Maschine ist »root« der Name jenes geradezu gottähnlichen Benutzers, der jede beliebige Datei lesen, löschen oder editieren, jedes Programm laufen lassen, neue Benutzer anmelden und bisherige rausschmeißen kann. Der Eingang einer E-Mail von jemandem, der die Benutzerkennung »root« hat, ist so, als bekäme man einen Brief von jemandem, der den Titel »Präsident« oder »General« im Briefkopf führt. Randy ist auf verschiedenen Systemen, von denen manche mehrere Zehnmillionen Dollar wert waren, »root« gewesen, und die Höflichkeit unter Kollegen gebietet, diese Nachricht wenigstens zu lesen.

        Ich habe von Ihrem Projekt gelesen.
        Warum machen Sie das?

gefolgt von einem Ordo-Signatur-Block.

Es ist anzunehmen, dass das ein Versuch ist, eine Art philosophische Debatte anzustoßen. Wenn man mit anonymen Fremden im Internet diskutiert, muss man auf alles gefasst sein, denn fast immer entpuppen sie sich als von ihrer Unfehlbarkeit überzeugte Sechzehnjährige mit unendlich viel freier Zeit – oder kommen einem jedenfalls

so vor. Aber diese »root«-Adresse bedeutet entweder, dass der Betreffende eine größere Computeranlage unter sich oder, was viel wahrscheinlicher ist, eine Finux-Kiste zu Hause auf seinem Schreibtisch hat. Selbst ein privater Finux-Benutzer muss dem normalen amateurhaften Internetsurfer um Längen voraus sein.
Randy öffnet ein Fenster und tippt:

```
Wer ist eruditorum.org
```

und bekommt eine Sekunde später einen Textblock vom InterNIC zurück:

```
eruditorum.org (Societas Eruditorum)
```

gefolgt von einer Postadresse, einem Postfach in Leipzig, Deutschland.
Im Anschluss daran sind ein paar Kontaktnummern aufgelistet. Sie haben alle die Vorwahl von Seattle. Aber die dreistelligen Vermittlungsnummern hinter der Vorwahl kommen Randy bekannt vor, und ihm fällt ein, dass es Eingangsnummern zu einem unter sehr mobilen Leuten beliebten Weiterleitungsdienst ist, der Voice-Mails, Faxe usw. zu jedem Ort, an dem man sich gerade befindet, nachsendet. Avi zum Beispiel benutzt ihn ständig.

Beim Herunterscrollen stößt Randy auf:
```
Datensatz zuletzt aktualisiert am
18. Nov. 98
Datensatz erstellt am 1. März 90
```

Das »90« fällt ins Auge. Nach Internetnormen ein geradezu prähistorisches Datum. Das bedeutet, dass die Societas Eruditorum ihrer Zeit weit voraus war. Vor allem für eine Gruppe in Leipzig, das bis ungefähr dahin zu Ostdeutschland gehört hatte.

```
Verzeichnis der Domain Server:
NS.SF.LAUNDRY.ORG
```

... gefolgt von dem punktierten Viereck für laundry.org, einen Paketanonymisierer, den viele heimliche Bewunderer benutzen, um zu verhindern, dass ihre Kommunikation nachvollzogen werden kann.

Das ergibt alles keinen Sinn, und dennoch kann Randy nicht einfach davon ausgehen, dass diese Nachricht von einem gelangweilten Sechzehnjährigen gekommen ist. Wahrscheinlich sollte er eine symbolische Antwort zurückschicken, befürchtet aber, dass sie sich als Einladung zu einem wie auch immer gearteten geschäftlichen Angebot erweisen könnte: vermutlich von einer heruntergekommenen Hightech-Firma, die nach Kapital Ausschau hält.

In der letzten Fassung der Unternehmenspräsentation findet sich wahrscheinlich eine Erklärung dafür, warum Epiphyte(2) die Krypta baut. Randy kann sie einfach ausschneiden und in eine E-Mail-Antwort an root@pallas.eruditorum.org einfügen. Es dürfte etwas Nebelhaftes, die Aktionäre Ansprechendes und daher eher wenig Aussagekräftiges sein. Mit etwas Glück wird es diese Person davon abhalten, ihn weiterhin zu belästigen. Randy doppelklickt auf das Ordo-Piktogramm mit dem Augapfel und der Pyramide, woraufhin sich ein kleines Textfenster auf dem Bildschirm öffnet, in das er Befehle eingeben soll. Ordo hat auch eine hübsche grafische Benutzeroberfläche, die Randy aber verschmäht. Menüs oder Schaltflächen sind nichts für ihn. Er tippt

```
>entschlüssele epiphyteUnPlan.5.4.ordo
```

Der Computer antwortet:

```
Weisen Sie sich aus: Geben Sie die Pass-
phrase oder, falls Sie den biometrischen
Nachweis wählen, »Bio« ein.
```

Bevor Ordo die Datei entschlüsselt, braucht es den privaten Schlüssel: sämtliche 4096 Bit. Der Schlüssel ist auf Randys Festplatte gespeichert. Da aber böse Buben in Hotelzimmer einbrechen und den Inhalt von Festplatten lesen können, wurde der Schlüssel selbst verschlüsselt. Um ihn wieder zu entschlüsseln, braucht Ordo den Schlüssel zum Schlüssel, der (als Cantrells einziges Zugeständnis an die Benutzerfreundlichkeit) eine Passphrase ist: eine Aneinanderreihung von Wörtern, leichter zu behalten als 4096 Binärziffern. Allerdings muss es eine lange Phrase sein, sonst ist sie zu leicht zu knacken.

Als Randy seine Passphrase das letzte Mal veränderte, las er gerade ein anderes Buch mit Erinnerungen aus dem Zweiten Weltkrieg. Er tippt:

>unter heiserem »banzai!«-Geschrei
stürmten die Nips mit Schwertern und
Bajonetten, die im Lichtstrahl unserer
Suchscheinwerfer blitzten, aus ihren
Schützengräben

und drückt die Return-Taste. Ordo antwortet:

Falsche Passphrase.
Geben Sie noch einmal die Passphrase oder
»Bio« für den biometrischen Nachweis ein.

Randy flucht und probiert es noch ein paar Mal, immer mit leicht veränderter Zeichensetzung. Nichts funktioniert.

Verzweifelt, aber auch aus Neugier versucht er es mit:

Bio

und das Programm antwortet:

Konfigurationsdatei nicht gefunden.
Sprechen Sie mit Cantrell:-/

Was natürlich kein normaler Bestandteil des Programms ist. Ordo schlägt keinen biometrischen Nachweis vor, noch beziehen sich seine Fehlermeldungen namentlich auf John Cantrell oder irgendjemand anderen. Cantrell hat offensichtlich ein Plug-In-Modul, einen kleinen Zusatz, geschrieben und an seine Freunde bei Epiphyte(2) verteilt.

»Gut«, murmelt Randy, nimmt sein Telefon und wählt John Cantrells Zimmernummer. Da es sich um ein brandneues, modernes Hotel handelt, antwortet ihm eine Voice Mailbox, auf die John sogar einen informativen Gruß aufgesprochen hat.

»Hier ist John Cantrell von Novus Ordo Seclorum und Epiphyte Corporation. Für diejenigen unter Ihnen, die meine Universalnummer gewählt und folglich keine Ahnung haben, wo ich bin: Ich bin im Foote Mansion Hotel im Sultanat Kinakuta – dazu konsultieren Sie bitte einen guten Atlas. Es ist Donnerstag, der einundzwanzigste März, sechzehn Uhr. Ich bin wahrscheinlich unten im ›Bomb and Grapnel‹.«

Das »Bomb and Grapnel« ist die thematisch auf Seeräuber getrimmte Hotelbar, die aber gar nicht so schäbig ist, wie der Name vermuten lässt. Ihre Dekoration besteht (neben anderen museumsreifen Stücken) aus mehreren Messingkanonen, die echt zu sein scheinen. John Cantrell sitzt an einem Ecktisch und wirkt hier so heimisch, wie das einem Mann mit schwarzem Cowboyhut nur möglich ist. Sein Laptop steht offen auf dem Tisch neben einem Rumcocktail, den man ihm in einer Suppenterrine serviert hat. Ein sechzig Zentimeter langer Strohhalm verbindet ihn mit Cantrells Mund. Er saugt und tippt. Mit ungläubiger Miene wird er von einer Gruppe knallhart aussehender chinesischer Geschäftsleute angestarrt, die an der Bar sitzen; als sie Randy mit seinem eigenen Laptop hereinkommen sehen, geht ein allgemeines Gemurmel los. *Jetzt sind sie auch noch zu zweit!*

Cantrell hebt den Kopf und grinst – etwas, was ihm automatisch einen teuflischen Zug verleiht. Er und Randy schütteln sich triumphierend die Hand. Obwohl sie nur in 747ern durch die Gegend gedüst sind, kommen sie sich vor wie Stanley und Livingstone.

»Hübsche Bräune«, sagt Cantrell verschmitzt und zwirbelt sich fast den Bart. Randy verschlägt es buchstäblich die Sprache, zweimal macht er den Mund auf und zu, um schließlich resigniert den Kopf zu schütteln. Beide Männer lachen.

»Die Bräune habe ich auf den Booten bekommen«, sagt Randy, »nicht am Hotelpool. Die letzten paar Wochen habe ich überall in der Umgebung Feuer gelöscht.«

»Hoffentlich nichts, was den Shareholder Value beeinträchtigen könnte«, erwidert Cantrell trocken.

Randy sagt: »Du siehst ermutigend blass aus.«

»Bei mir ist alles in Ordnung«, sagt Cantrell. »Es ist genau, wie ich es vorausgesagt habe: Jede Menge Heimliche Bewunderer wollen an einem echten Datenhafen mitarbeiten.«

Randy bestellt ein Guinness und sagt: »Du hast auch vorausgesagt, dass viele dieser Leute sich als abgedreht und undiszipliniert erweisen würden.«

»Die hab ich außen vor gelassen«, erwidert Cantrell. »Und zusammen mit Eb, der sich um die schrägen Sachen gekümmert hat, konnten wir über die wenigen Bodenschwellen, auf die wir gestoßen sind, einfach hinwegrollen.«

»Hast du die Krypta schon gesehen?«

Cantrell zieht eine Augenbraue hoch und wirft ihm einen perfekt nachgeahmten paranoiden Blick zu. »Sie sieht aus wie der NORAD-Kommandobunker in Colorado Springs«, antwortet er.

»Genau!« Randy lacht. »Cheyenne Mountain.«

»Sie ist zu groß«, verkündet Cantrell. Er weiß, dass Randy genau dasselbe denkt.

Also beschließt Randy, den Advocatus Diaboli zu spielen. »Der Sultan hat eben gern alles groß. In dem großen Flughafengebäude hängen große Gemälde von ihm.«

Cantrell schüttelt den Kopf. »Das Informationsministerium ist ein seriöses Projekt. Das hat der Sultan sich nicht einfach ausgedacht. Das haben seine Technokraten entworfen.«

»Wie ich gehört habe, hat Avi ganz schön aufs Blech gehauen...«

»Wie auch immer. Aber die Leute im Hintergrund, wie Mohammed Pragasu, sind alle auf der Stanford B-School gewesen. Oder haben ihren Abschluss in Oxford oder an der Sorbonne gemacht. Die Krypta ist bis hin zur Türschwelle von Deutschen entworfen. Diese Höhle ist kein Denkmal für den Sultan.«

»Nein, es ist kein reines Prestigeobjekt«, pflichtet Randy ihm bei, während er an den kühlen Maschinenraum denkt, den Tom Howard dreihundert Meter unter dem Nebelwald baut.

»Dann muss es aber eine *rationale* Erklärung dafür geben, dass sie so groß ist.«

»Vielleicht steht es im Unternehmensplan?«, äußert Randy.

Cantrell zuckt die Schultern; er hat ihn auch nicht gelesen. »Der letzte, den ich von Anfang bis Ende gelesen habe, war Plan Nummer eins. Vor einem Jahr«, gibt Randy zu.

»Das war ein guter Unternehmensplan«, sagt Cantrell.*

Randy wechselt das Thema. »Ich habe meine Passphrase vergessen. Muss jetzt dieses biometrische Ding mit dir machen.«

»Dazu ist es hier zu laut«, erwidert Cantrell, »es basiert darauf, dass es deine Stimme hört, während du diesen Fourier-Scheiß machst und ein paar Schlüsselnummern aufsagst. Wir machen es später in meinem Zimmer.«

Da Randy sich irgendwie verpflichtet fühlt zu erklären, warum er seine E-Mail vernachlässigt hat, sagt er: »Ich hatte wahnsinnig viel um

---

* Cantrell spielt auf die Tatsache an, dass Plan eins ihnen mehrere Millionen Dollar als Startkapital von einer Risikokapital-Beteiligungsgesellschaft namens Springboard Group aus San Mateo eingebracht hat.

die Ohren, hatte die ganze Zeit mit diesen Leuten von AVCLA in Manila zu tun.«

»Klar. Wie läuft's da?«

»Pass auf. Mein Job ist nicht weiter schwierig«, erwidert Randy. »Da ist erst mal das dicke Kabel der Japaner, das von Taiwan runter nach Luzon führt. Mit einem Router an jedem Ende. Dann kommt das Netz aus kurzen Kabeln, das die Leute von AVCLA auf den Philippinen von Insel zu Insel verlegen. Jedes Kabelsegment beginnt und endet, wie du weißt, an einem Router. Und mein Job besteht darin, die Router zu programmieren, dafür zu sorgen, dass die Daten von Taiwan nach Kinakuta immer freie Bahn haben.«

Besorgt, man könnte ihm die aufsteigende Langeweile anmerken, wendet Cantrell den Blick ab. Doch Randy wirft sich praktisch über den Tisch, denn er weiß, dass es nicht langweilig ist. »John! Du bist jetzt eine große Kreditkartenfirma!«

»Gut.« Leicht genervt schaut Cantrell ihn an.

»Deine Daten sind im Datenhafen von Kinakuta gespeichert. Jetzt musst du ein Terabyte kritischer Daten herunterladen. Du startest den Vorgang – deine verschlüsselten Bytes sausen mit einem Gigabyte pro Sekunde durch die Philippinen nach Taiwan und von dort quer durch die Staaten.« Um die Spannung zu erhöhen, hält Randy inne, nimmt einen kräftigen Schluck Guinness. »Dann kentert vor Cebu eine Fähre.«

»Und?«

»Und innerhalb der nächsten zehn Minuten greifen hunderttausend Filipinos gleichzeitig zum Telefon.«

Cantrell schlägt sich an die Stirn. »O Gott!«

»Verstehst du jetzt? Ich habe dieses Netz so konfiguriert, dass der Datenstrom, egal was passiert, weiterhin zu diesem Kreditkartenunternehmen fließt. Etwas langsamer vielleicht – aber er fließt.«

»Jetzt ist mir klar, warum dich das so in Beschlag genommen hat.«

»Deswegen bin ich eigentlich auch nur scharf darauf, diese Router zu beschleunigen. Nebenbei bemerkt, sind es gute Router, aber sie haben einfach nicht genug Kapazität, um eine Krypta von diesem Umfang zu bedienen oder sie ökonomisch zu rechtfertigen.«

»Avis und Beryls Erklärung lautet im Wesentlichen«, sagt Cantrell, »dass Epiphyte nicht mehr das einzige Unternehmen ist, das Daten in die Krypta überträgt.«

»Aber wir legen doch das Kabel von Palawan hierher...«

»Die Lakaien des Sultans sind ausgeschwärmt, um Aufträge einzuholen«, sagt Cantrell. »Avi und Beryl halten sich eher bedeckt, aber wenn ich Toms und meine Notizen vergleiche und den Kaffeesatz lese, dünkt mir, dass noch ein, vielleicht sogar zwei weitere Kabel nach Kinakuta hereinkommen.«

»Wow!«, sagt Randy. Mehr fällt ihm nicht ein. »Wow!« Er trinkt sein Guinness fast zur Hälfte leer. »Das leuchtet ein. Wenn sie es einmal mit uns machen, können sie es auch noch mit anderen Datenüberträgern machen.«

»Sie haben uns dazu benutzt, noch andere ins Boot zu holen«, sagt Cantrell.

»Tja ... jetzt ist die Frage, ob das Kabel durch die Philippinen überhaupt noch benötigt wird. Oder gewünscht.«

»Ja«, erwidert Cantrell.

»Tatsächlich?«

»Nein. Ich meine, ja, genau das ist die Frage.«

Randy denkt darüber nach. »Das könnte sich positiv auf *deine* Phase der Operation auswirken. Wenn mehr Leitungen in die Krypta führen, bedeutet das langfristig mehr Arbeit.«

Cantrell zieht, von Randys Ansicht leicht befremdet, die Augenbrauen hoch. Randy lehnt sich zurück und sagt: »Wir haben schon vorher darüber diskutiert, ob es sinnvoll ist, dass Epiphyte mit Kabeln und Routern auf den Philippinen herummacht.«

Cantrell sagt: »Im Unternehmensplan wurde immer behauptet, es sei durchaus ökonomisch sinnvoll, ein Kabel durch die Philippinen zu verlegen, selbst wenn es am Ende davon keine Krypta gäbe.«

»Im Unternehmensplan muss stehen, dass das Netz innerhalb der Philippinen als unabhängiges Paket abgekoppelt werden und dennoch überleben kann«, sagt Randy, »um zu rechtfertigen, dass wir es anlegen.«

Dem hat keiner von beiden mehr etwas hinzuzufügen. Eine ganze Weile haben sie sich ziemlich intensiv aufeinander konzentriert und durch ihre Körperhaltung vom Rest der Bar abgesondert, aber jetzt lehnen sie sich beide zurück, strecken sich und schauen sich langsam um. Der Zeitpunkt ist günstig, denn gerade ist Goto Furudenendu mit einer Gruppe Bauingenieure, so Randys Vermutung, hereingekommen: gesund aussehende, gepflegte Japaner zwischen dreißig und vierzig. Randy lächelt ihm einladend zu, winkt dann dem Kellner und bestellt ein paar von diesen gigantischen Flaschen mit eiskaltem japanischem Bier.

»Dabei fällt mir ein – die Heimlichen Bewunderer setzen mir ganz schön zu«, sagt Randy.

Cantrell grinst, er macht kein Hehl aus seiner Sympathie für diese verrückte Bande. »Kluge, hochgradig paranoide Leute sind das Rückgrat der Kryptologie«, sagt er, »aber vom Geschäft verstehen sie oft sehr wenig.«

»Vielleicht verstehen sie zu viel davon«, sagt Randy. Es wurmt ihn ein bisschen, dass er ins »Bomb and Grapnel« heruntergekommen ist, um eine Antwort auf die von root@eruditorum.org gestellte Frage (»Warum macht ihr das?«) zu bekommen, aber immer noch nicht schlauer ist. Genau genommen weiß er jetzt noch weniger als zuvor.

Dann gesellen sich die Männer von Goto zu ihnen, und zufällig tauchen im selben Augenblick auch Eberhard Föhr und Tom Howard auf. Explosionsartig werden wie nach einem bestimmten System Visitenkarten und Namen ausgetauscht. Es hat den Anschein, als verlange das Protokoll, dass in einem solchen gesellschaftlichen Rahmen besonders viel getrunken wird – nachdem Randy aus Versehen die Höflichkeit dieser Burschen herausgefordert hat, indem er Bier für sie bestellte, müssen sie jetzt beweisen, dass sie in dieser Art von Wettstreit nicht zu übertreffen sind. Tische werden zusammengeschoben und alles wird unglaublich fröhlich. Auch Eb muss eine Runde Bier bestellen. Nach kurzer Zeit sind sie bis zum Karaoke herabgesunken. Randy steht auf und singt »Me and You and a Dog Named Boo«. Das ist eine gute Wahl, denn es ist ein weiches, cooles Lied, das keine allzu großen Gefühlsausbrüche erfordert. Und besondere Sangeskünste eigentlich auch nicht.

Irgendwann legt Tom Howard seinen fleischigen Arm auf die Rückenlehne von Cantrells Stuhl, um ihm besser ins Ohr brüllen zu können. Ihre identischen Eutropia-Armbänder mit der eingravierten Botschaft »Hallo Doktor, bitte frieren Sie mich folgendermaßen ein:...« glitzern auffällig und Randy befürchtet, die Japaner könnten sie bemerken und überaus schwer zu beantwortende Fragen stellen. Tom erinnert Cantrell an etwas (aus irgendeinem Grund sprechen sie von Cantrell immer so; manche Leute sind eben dazu gemacht, bei ihrem Nachnamen gerufen zu werden). Cantrell nickt und wirft Randy einen raschen, leicht verstohlenen Blick zu. Als Randy ihn erwidert, senkt Cantrell entschuldigend den Kopf und fängt an, seine Bierflasche nervös zwischen den Händen zu drehen. Tom schaut Randy weiterhin interessiert an. Dieses ganze wohl bedachte Hin- und Herschicken von Blicken führt Randy, Tom und Cantrell schließlich in der Ecke der Bar, die von den Karaoke-Boxen am weitesten entfernt ist, zusammen.

»Du kennst also Andrew Loeb«, sagt Cantrell. Es wird deutlich, dass er vor allem entsetzt, irgendwie aber auch beeindruckt ist, als hätte er soeben erfahren, dass Randy mit bloßen Händen einen Mann erschlagen, diese Tatsache aber nie sonderlich erwähnenswert gefunden habe.

»Das stimmt«, antwortet Randy. »So gut, wie man einen solchen Typen eben kennen kann.«

Cantrell widmet sich mit übertriebenem Eifer dem Versuch, das Etikett von seiner Bierflasche abzuzupfen, sodass Tom den Faden aufnimmt. »Wart ihr Geschäftspartner?«

»Eigentlich nicht. Dürfte ich erfahren, wie ihr darauf kommt? Woher wisst ihr überhaupt, dass es Andrew Loeb gibt? Wegen dem Digibomber-Ding?«

»Nein, nein, das war erst später. In manchen Kreisen, in denen Tom und ich verkehren, ist Andy zu einiger Bedeutung gelangt«, sagt Cantrell.

»Die einzigen Kreise, in denen ich mir Andy vorstellen kann, sind die von primitiven Überlebenskünstlern und von Leuten, die glauben, sie seien in Schwarzen Messen missbraucht worden.«

Das sagt Randy, ohne zu überlegen, als sei sein Mund ein Fernschreiber, der eine Wettervorhersage herunterhämmert. Jetzt hängt es irgendwie in der Luft.

»Das beantwortet einige offene Fragen«, sagt Tom schließlich.

»Was dachtest du, als das FBI seine Hütte durchsuchte?«, fragt Cantrell, dessen Grinsen zurückgekehrt ist.

»Ich wusste nicht, was ich denken sollte«, antwortet Randy. »Ich erinnere mich, wie ich das Video in den Nachrichten angeschaut habe – die Beamten, die mit Kisten voller Beweismaterial aus diesem Schuppen kamen, und dass ich dachte, mein Name müsste auf irgendwelchen Papieren darin stehen. Und dass ich als Folge davon irgendwie in den Fall verwickelt würde.«

»Hat das FBI dich je kontaktiert?«, fragt Tom.

»Nein. Ich glaube, dass sie, nachdem sie sein ganzes Zeug erst mal durchsucht hatten, ziemlich schnell darauf kamen, dass er nicht der Digibomber war, und ihn von der Liste strichen.«

»Nicht lange nach diesem Vorfall tauchte Andy Loeb dann im Netz auf«, sagt Cantrell.

»Das kann ich nicht glauben.«

»Wir damals auch nicht. Schließlich hatten wir alle doch seine verschiedenen Manifeste bekommen – auf diesem grauen Recyclingpapier, das aussah wie die Faserschicht, die man vom Fusselsieb eines Wäschetrockners abzieht.«

»Er benutzte eine Art organische Tinte auf Wasserbasis, die abblätterte wie schwarze Haarschuppen«, sagt Tom.

»Damals witzelten wir immer, wir hätten überall auf unseren Schreibtischen Andy-Staub«, sagt Cantrell. »Als dann dieser Mensch namens Andy Loeb in der Mailingliste der Heimlichen Bewunderer und der Eutropia-Newsgroup auftauchte und dieses ganze irre Zeug losließ, konnten wir einfach nicht glauben, dass er das war.«

»Wir dachten, irgendjemand hätte einfach ausgesprochen brillante Parodien auf seinen Prosastil verfasst«, sagt Tom.

»Als sie dann aber weiterhin Tag für Tag kamen und er anfing, in diese langen Dialoge einzusteigen, wurde klar, dass es tatsächlich er selbst war«, murmelt Cantrell.

»Und wie hat er das mit seiner Maschinenstürmerei in Einklang gebracht?«

Cantrell: »Er sagte, er habe Computer immer als eine Kraft betrachtet, die zur Entfremdung und Auflösung der Gesellschaft führte.«

Tom: »Die Tatsache, dass er eine Zeit lang der Digibomber-Verdächtige Nummer eins gewesen war, hatte ihn zwangsläufig aufs Internet gebracht, das Computer veränderte, indem es sie miteinander verband.«

»Ach du liebe Zeit!«, entfährt es Randy.

»Und er dachte über das Internet nach, während er tat, was immer Andrew Loeb tut«, fährt Tom fort.

Randy: »Nackt in eisigen Bergbächen sitzen und mit bloßen Händen Bisamratten erwürgen.«

Tom: »Und ihm war klar geworden, dass Computer als Werkzeug zur Einigung der Gesellschaft dienen könnten.«

Randy: »Und ich wette, er war derjenige, der sie einigt.«

Cantrell: »Das ist tatsächlich nicht weit von dem entfernt, was er sagte.«

Randy: »Du willst mir doch nicht erzählen, dass er Eutropianer geworden ist?«

Cantrell: »Nicht ganz. Es ist eher so, dass er in der Eutropia-Bewegung ein Schisma entdeckt hat, von dem wir nichts wussten, und seine eigene Splittergruppe gegründet hat.«

Randy: »Ich dachte, die Eutropianer wären die totalen Hard-Core-Individualisten, die reinen Befürworter individueller Gedanken- und Handlungsfreiheit.«

»Ja, schon!« sagt Cantrell. »Aber die Grundprämisse des Eutropianismus besagt, dass die Technologie uns post-human gemacht hat. Dass Homo sapiens plus Technologie effektiv eine ganz neue Spezies bilden: unsterblich, dank Internet allgegenwärtig und auf dem besten Weg zur Allmacht. Die Ersten, die solche Gedanken formulierten, waren Liberalisten.«

Tom sagt: »Aber die Idee fanden alle möglichen Leute anziehend – einschließlich Andy Loeb. Er tauchte eines Tages auf und fing an, vom Schwarmbewusstsein zu quasseln.«

»Und natürlich wurde er von den meisten Eutropianern geteert und gefedert, denn dieses Konzept war ihnen verhasst«, sagt Cantrell.

Tom: »Aber er hielt daran fest und nach einer Weile schlossen sich ein paar Leute seiner Meinung an. Letztlich gab es unter den Eutropianern sogar eine recht starke Fraktion, die sich *nicht* besonders um Gedanken- und Handlungsfreiheit scherte und die Idee eines Schwarmbewusstseins attraktiv fand.«

»Und Andy ist jetzt der Anführer dieser Fraktion?«, fragt Randy.

»Nehme ich mal an«, erwidert Cantrell. »Sie haben sich abgespalten und ihre eigene Newsgroup gebildet. In den letzten sechs Monaten haben wir nicht viel von ihnen gehört.«

»Und wie seid ihr auf die Verbindung zwischen Andy und mir gekommen?«

»Er platzt immer mal wieder in die Heimliche-Bewunderer-Newsgroup rein«, antwortet Tom. »Und dort hat es in letzter Zeit viele Diskussionen über die Krypta gegeben.«

Cantrell sagt: »Nachdem er rausgekriegt hatte, dass du und Avi damit zu tun haben, hat er diesen ungeheuren Schwulst verschickt – zwanzig oder dreißig Kilobyte Bandwurmsätze. Nicht sehr schmeichelhaft.«

»Mannomann. Was will der Kerl denn noch? Er hat den Fall gewonnen. Mich völlig ruiniert. Was muss er da noch seine Zeit mit mir verschwenden?«, sagt Randy und pocht sich an die Brust. »Hat er keinen normalen Job?«

»Er ist jetzt Anwalt oder so was«, erklärt Cantrell.

»Ha! Passt genau.«

»Er hat uns denunziert«, sagt Tom. »Als Handlanger des Kapitalismus. Die die Gesellschaft atomisieren. Und die Welt sicher machen für Dealer und Kleptokraten aus der Dritten Welt.«

»Na, wenigstens hat er einmal was kapiert«, sagt Randy. Er ist hocherfreut, endlich eine Antwort auf die Frage zu haben, warum sie die Krypta bauen.

Rückzugsmanöver

Sio ist ein Schlammfriedhof. Diejenigen, die ihr Leben schon für den Kaiser hingegeben haben, konkurrieren mit denen, die fest dazu entschlossen sind, um einen Platz im Morast. Bizarre gabelschwänzige amerikanische Flugzeuge stürzen sich jeden Tag aus der Sonne herab, um sie mit schrecklichen, glühenden Schauern von Kanonenfeuer und den Verstand zermalmenden Bombeneinschlägen zu ermorden, deshalb schlafen sie in offenen Gräbern und kommen nur nachts heraus. Aber in ihren Gruben steht stinkendes Wasser, das von feindlichem Leben wimmelt, und wenn die Sonne untergeht, trommelt Regen auf sie ein, sodass ihnen die Kälte großer Höhen bis in die Knochen dringt. Jeder Einzelne in der 20. Division weiß, dass er Neuguinea nicht lebendig verlassen wird, und so bleibt ihnen nur noch die Wahl der Todesart: sich ergeben, um von den Australiern gefoltert und dann massakriert zu werden? Sich eine Granate an den Kopf halten? Bleiben, wo sie sind, um tagsüber von den Flugzeugen und nachts von Malaria, Durchfall, Japanischem Flussfieber, Hunger und Hypothermie umgebracht zu werden? Oder mehr als dreihundert Kilometer über Berge und Hochwasser führende Flüsse nach Mandang marschieren, was schon zu Friedenszeiten und mit Nahrungs- und Arzneimitteln im Gepäck reiner Selbstmord ist...?

Doch genau das befiehlt man ihnen. General Adachi fliegt nach Sio – es ist seit Wochen das erste nicht feindliche Flugzeug, das sie zu Gesicht bekommen –, landet auf dem zerfurchten, fauligen Acker, den sie als Piste bezeichnen, und befiehlt die Evakuierung. Sie sollen sich in vier Abteilungen landeinwärts bewegen. Regiment um Regiment begraben sie ihre Toten, packen zusammen, was von ihrer Ausrüstung noch übrig ist, horten das bisschen Essen, das sie noch haben, warten auf die Dunkelheit und schleppen sich Richtung Berge. Die späteren

Echelons finden den Weg anhand des Geruchs, indem sie dem Gestank des Durchfalls und der Leichen folgen, die wie Brotkrumen hinter den Pfadfindertrupps liegen bleiben.

Die hohen Offiziere bleiben bis zum Schluss, und mit ihnen die Fernmeldezüge; ohne leistungsfähigen Sender samt kryptographischem Zubehör ist ein General kein General, eine Division keine Division. Schließlich stellen sie den Sendebetrieb ein und beginnen, den Sender in möglichst kleine Teile zu zerlegen, die leider gar nicht so klein sind; ein Divisionssender ist ein ziemliches Monstrum, dazu gedacht, die Ionosphäre zu erleuchten. Dazu gehören ein Generator, Transformatoren und andere Bestandteile, deren Gewicht sich nicht verringern lässt. Die Männer des Fernmeldezugs, denen es schon schwer fiele, das Gewicht ihrer eigenen Skelette über die Berge und die angeschwollenen Flüsse zu befördern, werden zusätzlich noch die Last der Motorblöcke, Treibstofftanks und Transformatoren tragen.

Und die große Stahltruhe mit sämtlichen Codebüchern des Heeres. Diese Bücher waren schon in staubtrockenem Zustand teuflisch schwer; mittlerweile sind sie durchweicht. Sie fortzutragen übersteigt jede Vorstellungskraft. Deshalb müssen sie, so will es die Vorschrift, verbrannt werden.

Die Männer des Fernmeldezugs der 20. Division neigen im Augenblick nicht zu irgendeiner Art von Humor, nicht einmal zu dem grimmigen, zynischen Humor, wie er unter Soldaten allgemein verbreitet ist. Wenn in diesem Augenblick überhaupt irgendetwas auf der Welt imstande ist, sie zum Lachen zu bringen, dann die Vorstellung, bei heftigem Regen in einem Sumpf ein Freudenfeuer aus durchweichten Codebüchern anzufachen. Sie könnten sie vielleicht verbrennen, wenn sie eine Menge Flugzeugtreibstoff – mehr, als sie tatsächlich haben – verwendeten. Dann würde das Feuer eine mächtige Rauchsäule erzeugen, die P-38-Maschinen anzöge, wie der Geruch von Menschenfleisch Moskitos anzieht.

Sie zu verbrennen ist bestimmt nicht nötig. Neuguinea ist ein gewaltiger Mahlstrom von Verwesung und Vernichtung; das Einzige, was darin überdauern kann, sind Steine und Wespen. Die Männer reißen die Buchdeckel ab, um sie später als Beweis dafür vorlegen zu können, dass die Bücher vernichtet worden sind, dann packen sie die Bücher in die Truhe und vergraben diese am Ufer eines besonders tückischen Flusses.

Das ist keine sehr gute Idee. Aber sie sind viel bombardiert worden.

Selbst wenn die Splitter einen verfehlen, gleicht die Schockwelle der Bombe einer Steinmauer, die sich mit über tausend Stundenkilometern fortbewegt. Im Gegensatz zu einer Steinmauer fährt sie einem durch den Körper hindurch wie ein Lichtblitz durch eine Glasfigurine. Auf ihrem Weg durch das Fleisch krempelt sie bis hinunter auf die mitochondrische Ebene jeden Teil des Körpers um und stört sämtliche Vorgänge in sämtlichen Zellen, darunter auch das, was das Gehirn befähigt, das Zeitgefühl zu bewahren und die Welt wahrzunehmen. Schon wenige solcher Detonationen reichen aus, den Bewusstseinsfaden in ein Knäuel wirrer, abgerissener Fasern zu verwandeln. Diese Männer sind nicht mehr die Menschen, die sie waren, als sie von zu Hause fortgingen; man kann nicht von ihnen erwarten, dass sie klar denken oder Dinge aus wohlerwogenen Gründen tun. Sie werfen Schlamm auf die Truhe, nicht weil das eine sinnvolle Vorgehensweise ist, um sie loszuwerden, sondern als eine Art Ritual, bloß um dem Schatz seltsamer Informationen die gebührende Achtung zu erweisen.

Dann schultern sie ihre Lasten aus Eisen und Reis und beginnen sich in die Berge hinaufzuquälen. Ihre Kameraden haben einen Trampelpfad hinterlassen, der bereits wieder von Dschungel überwuchert wird. Die Meilensteine sind Leichen – mittlerweile bloß noch stinkende Schlachtfelder –, umkämpft von rasenden Scharen von Mikroben, Insekten, Tieren und Vögeln, die kein Wissenschaftler je katalogisiert hat.

Huffduff

Der Huffduff-Mast wird aufgestellt, noch ehe sie ein Dach auf dem neuen Hauptquartier von Abteilung 2702 haben, und die Huffduff-Antenne wird angebracht, ehe es Strom gibt, mit dem sie sich betreiben ließe. Waterhouse gibt sich alle Mühe, so zu tun, als läge ihm daran. Er lässt die Arbeiter wissen: riesige Panzerverbände, die in der afrikanischen Wüste aufeinander prallen, mögen schneidig und romantisch sein, aber die eigentliche Schlacht dieses Krieges (die Ostfront lässt er wie immer unbeachtet) ist die Schlacht im Atlantik. Wir können die Schlacht im Atlantik nicht gewinnen, ohne ein paar Unterseeboote zu versenken, und versenken können wir sie erst, wenn wir sie finden, und dafür brauchen wir eine andere als die bewährte Methode, unsere Geleitzüge zwischen ihnen hindurchdampfen und in die Luft jagen zu lassen. Und diese Methode, Männer, besteht darin, die Antenne hier so rasch wie menschenmöglich in Betrieb zu nehmen.

Waterhouse ist kein Schauspieler, doch als der zweite Eissturm der Woche über die Insel fegt und der Antenne schweren Schaden zufügt, sodass er die ganze Nacht aufbleiben und sie beim Licht des Galvanischen Lucipher reparieren muss, ist er sich ziemlich sicher, dass sie ihm auf den Leim gegangen sind. Das Schlosspersonal legt Spätschichten ein, um ihn mit heißem Tee und Brandy zu versorgen, und die Bauarbeiter bringen ein schwungvolles Hipp, hipp, hurra auf ihn aus, als die geflickte Antenne am nächsten Morgen wieder auf die Mastspitze gewinscht wird. Sie sind alle dermaßen davon überzeugt, dass sie im Nordatlantik Leben retten, dass sie ihn wahrscheinlich lynchen würden, wenn sie die Wahrheit erführen.

Die Huffduff-Geschichte ist geradezu lachhaft plausibel. Sie ist so plausibel, dass Waterhouse, wenn er für die Deutschen arbeitete, Verdacht schöpfen würde. Die Antenne ist ein stark gebündelter Richtempfänger. Sie empfängt ein starkes Signal, wenn sie auf die Quelle ausgerichtet wird, ansonsten ein schwaches. Der Bediener wartet, bis ein Unterseeboot zu senden beginnt, dann dreht er die Antenne so lange hin und her, bis er das Signal in maximaler Stärke empfängt; die Antennenrichtung liefert dann den Azimut zu der Quelle. Mithilfe von zwei oder mehr solcher Peilungen, die von verschiedenen Huffduff-Stationen angestellt werden, lässt sich der Ursprung des Signals triangulieren.

Um den Schein zu wahren, muss die Station 24 Stunden am Tag bemannt sein, was Waterhouse in den ersten Wochen des Jahres 1943 beinahe umbringt. Der Rest von Abteilung 2702 ist nicht plangemäß eingetroffen, sodass es vorderhand Waterhouse überlassen bleibt, die Illusion aufrechtzuerhalten.

Jedermann im Umkreis von zehn Meilen – im Grunde also die gesamte Zivilbevölkerung von Qwghlm oder, anders ausgedrückt, das gesamt qwghlmianische Volk – kann die neue Huffduff-Antenne von dem Mast auf dem Schloss aufragen sehen. Die Leute sind nicht dumm und zumindest einige kapieren mit Sicherheit, dass das verdammte Ding überhaupt nichts nützt, wenn es ständig in dieselbe Richtung zeigt. Wenn es sich nicht bewegt, arbeitet es nicht. Und wenn es nicht arbeitet, was zum Teufel geht dann eigentlich da oben im Schloss vor?

Also muss Waterhouse die Antenne bewegen. Er wohnt in der Kapelle und schläft – wenn er schläft – in einer Hängematte, die in gefährlicher Höhe über dem Boden ausgespannt ist (»Skerries«, hat er festgestellt, sind ausgezeichnete Springer).

Wenn er tagsüber schläft, wird selbst beiläufigen Beobachtern in der Stadt auffallen, dass die Antenne sich nicht bewegt. Das wäre nicht gut. Nachts allerdings, wenn die Deutschen mithilfe der Ionosphäre ihren Funkverkehr zwischen den Unterseebooten im Nordatlantik und deren Basen in Bordeaux und Lorient abwickeln, kann er auch nicht schlafen, denn ein wirklich genauer Beobachter – zum Beispiel ein unter Schlaflosigkeit leidender Schlossarbeiter oder ein deutscher Spion mit einem Fernglas oben in den Felsen – wird vermuten, dass die bewegungslose Huffduff-Antenne bloß Tarnung ist. Also versucht Waterhouse es mit einem Kompromiss, indem er jeweils gegen Morgen und gegen Abend ein paar Stunden schläft – ein Vorgehen, das ihm körperlich nicht gut bekommt. Und wenn er aufsteht, hat er absolut nichts, worauf er sich freuen kann, außer acht bis zwölf Stunden am Stück an der Huffduff-Bedienungskonsole zu hocken, zuzusehen, wie ihm der Atem aus dem Mund kommt, an der Antenne zu drehen und – absoluter Stille zu lauschen!

Er gesteht ohne weiteres zu, dass es verdammt egoistisch von ihm ist, sich Leid zu tun, während andere Männer in die Luft gejagt werden.

Was soll er, nachdem er dieses Problem aus dem Weg geräumt hat, tun, um nicht den Verstand zu verlieren? Er beherrscht seine Routine wie am Schnürchen: die Antenne eine Zeit lang in ungefähre Westrichtung zeigen lassen, sie dann in immer kleiner werdenden Bögen hin und her schwenken, um den Eindruck zu erwecken, er orte ein Unterseeboot, sie dann eine Weile stehen lassen und Freiübungen machen, um sich wieder aufzuwärmen. Er hat seine Uniform gegen Kleidungsstücke aus warmer qwghlmianischer Wolle eingetauscht. Von Zeit zu Zeit, in völlig unvorhersagbaren Abständen, überfallen ihn Angehörige des Schlosspersonals mit einer Schüssel Suppe, einem Teeservice, oder einfach nur um festzustellen, wie es ihm geht, und ihm zu sagen, was für ein prächtiger Bursche er ist. Einmal am Tag schreibt er einen Haufen Kauderwelsch nieder – seine angeblichen Resultate – und übermittelt ihn an den Flottenstützpunkt.

Er teilt seine Zeit zwischen dem Nachdenken über Sex und dem Nachdenken über Mathematik auf. Ersteres greift ständig auf Letzteres über. Es wird schlimmer, als die stämmige, um die fünfzig Jahre alte Köchin namens Blanche, die ihm die Mahlzeiten bringt, an Wassersucht, Wechselfieber, Gicht, Kolik oder sonst irgendeinem shakespeareschen Leiden erkrankt und von Margaret abgelöst wird, die um die zwanzig und ziemlich einnehmend ist.

Margaret bringt ihn völlig durcheinander. Als das Ganze wirklich unerträglich wird, geht er auf die Latrine (damit das Personal ihn nicht im unrechten Moment überrascht) und nimmt eine manuelle Übersteuerung vor. Eines freilich hat er auf Hawaii gelernt, nämlich dass eine manuelle Übersteuerung leider nicht das Gleiche ist, wie wenn man es richtig macht. Der Effekt lässt zu rasch nach.

Während er darauf wartet, dass der Effekt nachlässt, erledigt er eine Menge solide Mathematik. Alan hat ihm ein paar Aufzeichnungen über Redundanz und Entropie zukommen lassen, die mit der Arbeit an der Stimmenverschlüsselung zusammenhängen, mit der er sich derzeit in New York beschäftigt. Waterhouse arbeitet den Kram durch und kommt auf ein paar hübsche Lemmata, die er Alan bedauerlicherweise nicht schicken kann, ohne sowohl gegen den gesunden Menschenverstand als auch gegen jede Menge Sicherheitsvorschriften zu verstoßen. Dies getan, wendet er seine Aufmerksamkeit der Kryptologie in ihrer Rein- und Rohform zu. Er hat genügend Zeit in Bletchley Park zugebracht, um sich darüber im Klaren zu sein, wie wenig er eigentlich von dieser Kunst versteht.

Die Unterseeboote funken viel zu viel und jedermann bei der deutschen Marine weiß das. Die Sicherheitsexperten haben ihre Vorgesetzten schon seit längerer Zeit gedrängt, die Sicherheitsmaßnahmen zu verschärfen, und das ist schließlich durch Einführung der vierwalzigen Enigma-Maschine geschehen, von der Bletchley Park ungefähr ein Jahr lang völlig geplättet war...

Margaret muss im Freien um das Schloss herum gehen, um Waterhouse seine Mahlzeiten zu bringen, und bis sie da ist, sind ihre Wangen rosig angehaucht. Die aus ihrem Mund kommenden Atemwölkchen umschweben ihr Gesicht wie ein Seidenschleier –

Schluss jetzt, Lawrence! Thema der heutigen Vorlesung ist die vierwalzige Enigma der deutschen Kriegsmarine, die bei den Deutschen unter Triton und bei den Alliierten unter Shark firmiert. Sie wurde am 2. Februar vergangenen Jahres (1942) eingeführt, und erst die Bergung des gestrandeten deutschen Unterseebootes U-559 am 30. Oktober hat Bletchley Park das Material verschafft, das man dort brauchte, um den Code zu knacken. Vor ein paar Wochen, am 13. Dezember, hat Bletchley Park schließlich Shark entschlüsselt, sodass der interne Funkverkehr der deutschen Kriegsmarine für die Alliierten abermals zum offenen Buch wurde.

Als Erstes hat man so erfahren, dass die Deutschen die Codes der alliierten Handelsmarinen geknackt und das ganze Jahr über genau gewusst haben, wo die Geleitzüge zu finden waren.

Alle diese Informationen sind Lawrence Pritchard Waterhouse in den letzten Tagen über den vollkommen sicheren Einmalblock-Kanal zugegangen. Bletchley erzählt ihm das alles, weil es eine Frage der Informationstheorie aufwirft, die sein Zuständigkeitsbereich und sein Problem ist. Die Frage lautet: Wie rasch können wir unsere geknackten Handelsmarine-Codes ersetzen, ohne die Deutschen mit der Nase darauf zu stoßen, dass wir Shark geknackt haben?

Waterhouse muss nicht sehr lange darüber nachdenken, um zu dem Schluss zu kommen, dass die Sache viel zu heikel ist, um irgendwelche Spielchen zu spielen. Die einzige Methode, mit der Situation fertig zu werden, besteht darin, irgendeinen Vorfall zu inszenieren, der den Deutschen erklärt, warum die Alliierten jegliches Vertrauen in ihre Handelsmarine-Codes verloren haben und sie ändern. Er verfasst eine Mitteilung dieses Sinnes und beginnt sie mit Hilfe des Einmalblocks zu verschlüsseln, den er mit Chattan teilt.

»Alles in Ordnung?«

Waterhouse fährt hoch und wirbelt mit hämmerndem Herzen herum.

Es ist Margaret, eingehüllt in den Dampf ihres eigenen Atems, einen grauen Wollmantel über ihre Dienstmädchenkluft geworfen, in den Händen, die in grauen Wollfäustlingen stecken, ein Tablett mit Tee und Buttergebäck. Die einzigen nicht in Wolle gehüllten Körperteile sind ihre Knöchel und ihr Gesicht. Erstere sind wohlgeformt; Margaret scheut sich nicht, hohe Absätze zu tragen. Letzteres war niemals direkter Sonneneinstrahlung ausgesetzt und lässt an mit Rosenblättern bestreute Dickmilch aus Devonshire denken.

»Oh! Darf ich Ihnen das abnehmen?«, sprudelt Waterhouse hervor und stürzt mit einer Fahrigkeit vorwärts, die sich einer Mischung aus Leidenschaft und Unterkühlung verdankt. Als er ihr das Tablett abnimmt, zieht er ihr versehentlich einen Fäustling aus, der auf den Boden fällt. »Verzeihung!«, sagt Waterhouse, während ihm aufgeht, dass er noch nie ihre Hände gesehen hat. Sie hat roten Lack auf den Nägeln der entwürdigten Hand, die sie nun über ihren Mund wölbt, um darauf zu blasen. Ihre großen grünen Augen sehen ihn voll gelassener Erwartungsfreude an.

»Wie meinten Sie eben?«, fragt Waterhouse.

»Ist alles in Ordnung?«, wiederholt Margaret.

»Ja! Warum denn nicht?«

»Die Antenne«, sagt Margaret. »Sie hat sich seit über einer Stunde nicht bewegt.«

Waterhouse ist dermaßen durcheinander, dass er sich kaum auf den Beinen halten kann.

Margaret atmet nach wie vor zwischen ihren lackierten Fingerspitzen hindurch, sodass Waterhouse nur ihre grünen Augen sehen kann, die nun boshaft luchsen und zwinkern. Sie wirft einen kurzen Blick zu seiner Hängematte hin. »Wir haben wohl ein bisschen im Dienst geschlafen, wie?«

Waterhouses erste Regung ist, es abzustreiten und die Wahrheit zu erklären, nämlich dass er an Sex und Krypto gedacht und vergessen hat, die Antenne zu bewegen. Doch dann geht ihm auf, dass Margaret ihm eine bessere Ausrede geliefert hat. »Ich bekenne mich schuldig«, sagt er. »War gestern Nacht noch spät auf.«

»Der Tee wird Sie munter halten«, sagt Margaret. Dann kehrt ihr Blick zu der Hängematte zurück. Sie zieht ihren Fäustling wieder an. »Wie ist das eigentlich?«

»Wie ist was?«

»In so was zu schlafen. Ist das bequem?«

»Sehr.«

»Darf ich mal sehen, wie das ist?«

»Äh. Na ja, es ist ziemlich schwierig hineinzuklettern – bei der Höhe.«

»Sie schaffen es doch auch, oder?«, sagt sie tadelnd. Waterhouse spürt, wie er errötet. Margaret geht zu der Hängematte hinüber und schleudert ihre Pumps von sich. Waterhouse zuckt zusammen, als er ihre bloßen Füße auf dem Steinboden sieht, der nicht mehr warm war, seit die Korsaren das Schloss niedergebrannt haben. Auch ihre Zehennägel sind rot lackiert. »Das macht mir nichts aus«, sagt Margaret, »ich bin eine Bauerntochter. Na los, helfen Sie mir mal hoch!«

Waterhouse hat vollständig eingebüßt, was er je an Kontrolle über die Situation und sich selbst gehabt haben mag. Seine Zunge scheint aus erektilem Gewebe zu bestehen. Und so tapst er zu ihr hinüber, bückt sich und macht mit den Händen eine Räuberleiter. Sie stellt den

Fuß darauf, schnellt sich in die Hängematte und verschwindet mit einem Juchzer und einem Kichern in dem unförmigen Nest aus grauen Wolldecken. Die Hängematte schwingt über der Mitte der Kapelle hin und her wie ein Rauchfass, das einen leisen Lavendelduft verströmt. Es schwingt einmal, zweimal. Es schwingt fünfmal, zehnmal, zwanzigmal. Margaret bleibt stumm und rührt sich nicht. Waterhouse steht da, als steckten seine Füße in Mörtel. Zum ersten Mal seit Wochen weiß er nicht genau, was als Nächstes passieren wird, und der Kontrollverlust macht ihn fassungs- und hilflos.

»Es ist traumhaft«, sagt sie. Träumerisch. Dann endlich rührt sie sich. Waterhouse sieht ihr kleines Gesicht, umrahmt von der grauen Kapuze einer Decke, über den Rand lugen. »Ooh!«, kreischt sie und lässt sich wieder platt auf den Rücken fallen. Die plötzliche Bewegung fügt dem rythmischen Schwingen der Hängematte ein exzentrisches Wackeln hinzu.

»Was ist los?«, fragt Waterhouse verzweifelt.

»Ich habe Höhenangst!«, ruft sie aus. »Es tut mir so Leid, Lawrence, ich hätte Ihnen das sagen sollen. Ich darf Sie doch Lawrence nennen?« Sie hört sich an, als wäre sie schrecklich gekränkt, wenn er nein sagte. Und wie kann Lawrence die Gefühle eines hübschen, barfüßigen, akrophobischen Mädchens verletzen, das hilflos in einer Hängematte liegt?

»Aber ja. Gewiss doch«, sagt er. Aber er weiß ganz genau, dass er immer noch den Schwarzen Peter hat. »Kann ich Ihnen helfen?«

»Ich wäre Ihnen sehr verbunden«, sagt Margaret.

»Tja, möchten Sie auf meine Schultern klettern oder so etwas?«, versucht es Waterhouse.

»Dazu habe ich viel zu viel Angst«, sagt sie.

Es gibt nur einen Ausweg. »Tja. Würden Sie es falsch auffassen, wenn ich hinaufkäme, um Ihnen zu helfen?«

»Es wäre ungemein mutig von Ihnen!«, sagt sie. »Ich wäre Ihnen unendlich dankbar.«

»Tja, dann...«

»Aber ich bestehe darauf, dass Sie zuerst mit Ihren Pflichten weitermachen!«

»Wie bitte?«

»Lawrence«, sagt Margaret, »wenn ich von dieser Hängematte herunter komme, gehe ich in die Küche und putze den Boden – der eigentlich schon ganz sauber ist. Sie dagegen haben wichtige Arbeit zu leisten – eine Arbeit, die das Leben Hunderter von Männern auf irgendeinem Geleitzug im Atlantik retten könnte. Und ich weiß, dass Sie so ungezogen waren, im Dienst zu schlafen. Ich weigere mich, Sie hier heraufzulassen, ehe Sie das wieder gutgemacht haben.«

»Na schön«, sagt Waterhouse, »Sie lassen mir keine Alternative.« Er reckt die Schultern, wirbelt auf dem Absatz herum und marschiert zu seinem Schreibtisch zurück. Die Skerries haben Margarets Buttergebäck bereits vollständig geklaut, aber er gießt sich etwas Tee ein. Dann fährt er damit fort, seine Anweisungen an Chattan zu verschlüsseln: NUR NACKTE GEWALT SICHERE METHODE CODEBUCH AUF SCHIFF BRINGEN SCHIFF IN GELEITZUG MURMANSK EINBAUEN NEBEL ABWARTEN NORWEGEN RAMMEN.

Die Verschlüsselung mit dem Einmalblock braucht eine Weile. Lawrence beherrscht das Rechnen modulo 25 im Schlaf, aber es mit einer Erektion zu machen ist eine ganz andere Sache. »Lawrence? Was machen Sie da?«, fragt Margaret aus ihrem Nest in der Hängematte, in der es, stellt Lawrence sich vor, mit jeder Minute wärmer und gemütlicher wird. Er wirft einen verstohlenen Blick auf ihre abgelegten Pumps.

»Schreibe meinen Bericht«, sagt Lawrence. »Hat wenig Sinn, wenn ich Beobachtungen mache und sie dann nicht weitermelde.«

»Ganz recht«, sagt Margaret gedankenvoll.

Das ist ein ausgezeichneter Zeitpunkt, um den jämmerlichen Eisenofen der Kapelle zu beschicken. Waterhouse gibt ein paar Schaufeln kostbare Kohle hinein, außerdem sein Arbeitsblatt und die Seite aus dem Einmalblock, die er gerade zur Verschlüsselung benutzt hat. »Müsste gleich warm werden«, sagt er.

»Ach, herrlich«, sagt Margaret. »Ich bin ganz erfroren.«

Lawrence erkennt dies als sein Stichwort, eine Rettungsoperation in Gang zu setzen. Ungefähr fünfzehn Sekunden später ist er oben bei Margaret in der Hängematte. Zur großen Überraschung weder des einen noch der anderen geht es dort drangvoll und eng zu. Nach einigem Herumgezappel liegt Lawrence auf dem Rücken und Margaret auf ihm, ihren Oberschenkel zwischen seinen Beinen.

Sie ist bestürzt, als sie feststellt, dass er eine Erektion hat. Offenbar beschämt darüber, dass sie sein Bedürfnis nicht vorhergesehen hat. »Sie Ärmster!«, ruft sie. »Natürlich! Wie konnte ich nur so vernagelt sein! Sie müssen hier so einsam gewesen sein.« Sie küsst ihn auf die Wange, was hübsch ist, da er sich vor Verblüffung nicht rühren kann. »Ein tapferer Krieger verdient alle Unterstützung, die wir Zivilisten ihm nur leisten können«, sagt sie und greift mit einer Hand nach unten, um seinen Hosenschlitz zu öffnen.

Dann zieht sie sich die graue Wolle über den Kopf und wühlt sich in eine neue Stellung. Lawrence Pritchard Waterhouse ist verblüfft darüber, was als nächstes passiert. Er schaut mit halb geschlossenen Augen zur Kapellendecke auf und dankt Gott dafür, dass Er ihm dieses Geschöpf gesandt hat, bei dem es sich offensichtlich um eine anbetungswürdige Synthese aus deutscher Spionin und barmherzigem Engel handelt.

Als es vorbei ist, macht er die Augen wieder auf und nimmt einen tiefen Zug kalter Atlantikluft. Er sieht alles um sich herum mit neu gefundener Klarheit. Klar, dass Margaret für seine Produktivität an der kryptologischen Front Wunder wirken wird – wenn er sie nur dazu bringen kann, dass sie immer wieder kommt.

Seiten

Es ist lange her, dass auf der Rennbahn von Ascot in Brisbane Pferde gelaufen sind. Das Innenfeld ist ein Tumult von strapaziertem Kaki. Aus Mangel an Sonne und vom Getrampel gemeiner Soldaten ist das Gras eingegangen. Man hat das Feld mit Latrinen durchlöchert und Messezelte aufgeschlagen. In drei Schichten pro Tag trotten die Bewohner über die Bahn und hinten um die stillen und leeren Ställe herum. Auf dem Feld, wo früher die Pferde warm gemacht wurden, sind wie Pilze zwei Dutzend Nissenhütten aus dem Boden geschossen. Die Männer, die in diesen Hütten arbeiten, sitzen den ganzen Tag lang, in der Januarhitze ohne Hemd, vor Funkgeräten, Schreibmaschinen oder Kartotheken.

Ebenso lange ist es her, dass sich auf der langen Veranda des Hauses in der Henry Street Huren sonnten und vorbeikommende Gentlemen auf dem Weg zur Rennbahn oder von dort nach Hause durch das weiße Geländer hindurch deren Reize beguckten, zögerten, den Inhalt ihrer Brieftaschen überprüften, ihre Skrupel vergaßen, auf dem Absatz kehrtmachten und die Vordertreppe des Hauses hinaufstiegen. Mittlerweile ist das Haus voller männlicher Offiziere und Tüftler: im Erdgeschoss hauptsächlich Australier, im ersten Stock hauptsächlich Amerikaner, dazu ein Grüppchen britischer Glückspilze, die man aus

Singapur weggezaubert hat, ehe General Yamashita, der Tiger von Malaya und Eroberer der Stadt, imstande war, sie gefangen zu nehmen und in ihren Gehirnen nach wichtigen Daten zu schürfen.

Heute hat man das alte Bordell auf den Kopf gestellt; jedermann mit Sicherheitsstufe Ultra ist draußen in der Garage, die vom Geräusch von Ventilatoren summt und dröhnt und von der darin gefangenen Hitze buchstäblich glüht. In der Garage befindet sich eine verrostete Stahltruhe, immer noch mit Flussschlamm bespritzt, der die japanischen Schriftzeichen auf den Seitenwänden teilweise verdeckt. Hätte ein japanischer Spion die Truhe während ihrer hastigen Überführung vom Hafen in die Garage des Freudenhauses erspäht, hätte er sie als Ausrüstungsgegenstand des Fernmeldezuges der 20. Division erkannt, die derzeit im Dschungel von Neuguinea herumirrt.

Das Gerücht, das man einander über den Lärm der Ventilatoren hinweg zuruft, lautet, ein »Digger« – ein australischer Soldat – habe sie gefunden. Seine Einheit habe das verlassene Hauptquartier der 20. Division nach Minen abgesucht, als plötzlich sein Metalldetektor am Ufer eines Flusses verrückt spielte.

Die Codebücher sind so ordentlich wie Goldbarren darin gestapelt. Sie sind feucht und schimmelig und es fehlen sämtliche vorderen Deckel, doch nach Kriegsmaßstäben ist das ein tadelloser Zustand. Mit nacktem Oberkörper und schweißüberströmt nehmen die Männer die Bücher eins nach dem anderen heraus, wie Kindermädchen Neugeborene aus dem Babykorb heben, tragen sie zu Tischen, wo sie die verrotteten Bindungen wegschneiden, die durchweichten Seiten eine nach der anderen von den Blöcken schälen und sie an improvisierten Wäscheleinen aufhängen, die sie unter der Decke gespannt haben. Gestank und Feuchtigkeit von Neuguinea durchsetzen die Luft, während das in den Blättern gebundene Flusswasser von den Ventilatoren herausgeblasen wird; es gelangt schließlich alles nach draußen, und noch einen Kilometer weiter in Windrichtung rümpfen Fußgänger die Nase. Die Schränke des Bordells – die immer noch nach französischem Parfüm, Puder, Haarspray und Sperma duften, nun aber auch bis zur Decke mit Büromaterial voll gestopft sind – werden nach mehr Schnur durchstöbert. Das Netz aus Wäscheleinen wächst, neue Leinen kreuzen sich über und unter den alten, und jeder Zoll wird, kaum dass man ihn ausspannt, von einem feuchten Blatt in Anspruch genommen. Jedes Blatt zeigt ein Gitter, eine Tabelle mit Hiragana, Katakana oder Kanji in einem und einer Zifferngruppe oder Roma-ji in einem anderen Kästchen, wobei die Seiten allesamt auf andere Seiten verweisen, und das nach einem System, wie es nur ein Kryptograph lieben kann.

Der Fotograf kommt herein, gefolgt von Assistenten, die mit Meilen von Film beladen sind. Er weiß nur, dass jede Seite perfekt fotografiert werden muss. Der Malariagestank haut ihn praktisch um, kaum dass er zur Tür hereinkommt, doch er fängt sich rasch und sein Blick geht durch die Garage. Alles, was er sehen kann, sind, wie in die Unendlichkeit fortgesetzt, tropfende und sich einrollende Seiten, die beim Trocknen weiß werden, sodass ihre Informationsgitter scharf hervortreten wie die Zielmarken von Bombenvisieren, die eingeätzten Fadenkreuze von Periskopen, die Wolken und Nebel durchdringen, um sich auf die Bäuche von japanischen Truppentransportern zu richten, die mit Treibstoff aus Nordborneo schwanger sind und unter glühend heißem Dampf stehen.

Rammen

»Sir! Würde es Ihnen etwas ausmachen, mir zu sagen, wo wir hinfahren, Sir!«

Lieutenant Monkberg stößt einen tiefen, zitternden Seufzer aus und sein Brustkasten bebt wie eine Blechhütte in einem Wirbelsturm. Er vollführt einen nicht allzu zackigen Liegestütz. Da seine Hände auf dem Rand liegen, befördert die Übung seinen Kopf aus der Schüssel einer Toilette – oder »Pütz«, wie das in diesem Ambiente, einem beunruhigend heruntergekommenen Frachter, heißt. Monkberg reißt einen Streifen scheuerndes europäisches Klopapier ab und wischt sich den Mund, ehe er zu Sergeant Robert Shaftoe aufblickt, der sich in der Luke abstützt.

Und Shaftoe muss sich kräftig abstützen, denn er trägt fast sein Körpergewicht an Ausrüstung mit sich. Aufmerksamerweise hat man das Ganze vorgepackt an ihn ausgegeben.

Er hätte es so lassen können. Aber so verhält sich ein Eagle Scout nicht. Bobby Shaftoe ist alles durchgegangen und hat es ausgepackt, auf Deck ausgebreitet, überprüft und neu gepackt.

Das hat ihn in die Lage versetzt, ein paar weiter reichende Schlussfolgerungen zu ziehen. Insbesondere hat er den Schluss gezogen, dass die Männer von Abteilung 2702 sich in den nächsten drei Wochen nach Kräften bemühen sollen, nicht zu erfrieren. Zwischendurch sollen sie versuchen, eine Menge schwer bewaffneter Scheißkerle umzubringen. Deutsche, höchstwahrscheinlich.

»N-N-N-Norwegen«, sagt Lieutenant Monkberg. Er sieht so elend aus, dass Shaftoe erwägt, ihm M-M-M-Morphium anzubieten, das zwar auch leichte Übelkeit hervorruft, aber die größere Übelkeit der Seekrankheit in Schach hält. Dann kommt er zur Besinnung, macht sich klar, dass Lieutenant Monkberg ein Offizier ist, dessen Pflicht darin besteht, ihn in den Tod zu schicken, und beschließt, dass der andere ihn kreuzweise am Arsch lecken kann.

»Sir! Welcher Art ist unser Einsatz in Norwegen, Sir?«

Monkberg entführt ein rasselnder Rülpser. »Rammen und abhauen«, sagt er.

»Sir! Was rammen, Sir?«

»Norwegen.«

»Sir! Wohin abhauen, Sir?«

»Schweden.«

Das gefällt Shaftoe. Die gefährliche Seefahrt durch von Unterseebooten wimmelnde Gewässer, der Schiffbruch in Norwegen, die verzweifelte Flucht durch eisiges, von den Nazis besetztes Gebiet, das alles erscheint ihm belanglos, verglichen mit dem leuchtenden Ziel, einen Blick in der Welt größtes und reinstes Reservoir authentischer schwedischer Mösen zu tun.

»Shaftoe! Aufwachen!«

»Sir! Jawohl, Sir!«

»Sie haben sicher bemerkt, wie wir angezogen sind.« Monkberg spricht davon, dass sie ihre Hundemarken abgelegt haben und allesamt Zivil- oder Handelsmarinekleidung tragen.

»Sir! Jawohl, Sir!«

»Wir wollen nicht, dass die Hunnen oder sonstwer mitkriegen, wer wir wirklich sind.«

»Sir! Jawohl, Sir!«

»Nun fragen Sie sich vielleicht, wieso wir, wo wir doch wie Zivilisten aussehen sollen, Maschinenpistolen, Granaten, Sprengkörper und so weiter tragen.«

»Sir! Das wäre meine nächste Frage gewesen, Sir!«

»Tja, dafür haben wir uns eine Tarngeschichte ausgedacht. Kommen Sie mit.«

Monkberg sieht ganz plötzlich begeistert aus. Er rappelt sich auf und führt Shaftoe über diverse Gänge und Treppen zum Laderaum des Frachters. »Kennen Sie die anderen Schiffe?«

Shaftoe macht ein verständnisloses Gesicht.

»Die anderen Schiffe um uns herum? Wir sind mitten in einem Geleitzug, wissen Sie.«

»Sir, jawohl, Sir!«, sagt Shaftoe, nicht mehr ganz so sicher. Keiner der Männer war viel an Deck, seit sie vor Stunden via Unterseeboot auf diesem rollenden Wrack abgeliefert worden sind. Und selbst wenn sie hinaufgegangen wären und sich umgeschaut hätten, hätten sie nichts als Dunkelheit und Nebel gesehen.

»In einem Geleitzug nach Murmansk«, fährt Monkberg fort. »Alle diese Schiffe liefern Waffen und Nachschub an die Sowjetunion. Verstehen Sie?«

Sie haben den Laderaum erreicht. Monkberg schaltet eine Deckenlampe an und man sieht – Kisten. Unmengen von Kisten.

»Voller Waffen«, sagt Monkberg, »darunter Machinenpistolen, Granaten, Sprengladungen und so weiter. Sie verstehen, worauf ich hinauswill?«

»Sir, nein, Sir! Ich verstehe nicht, worauf der Lieutenant hinauswill!«

Monkberg kommt einen Schritt näher auf ihn zu. Beunruhigend nahe. Er schlägt einen verschwörerischen Ton an. »Sehen Sie, wir alle gehören einfach zur Crew dieses Handelsschiffes auf der Fahrt nach Murmansk. Es wird neblig. Wir werden von unserem Geleitzug getrennt. Dann plötzlich, wumm! Wir knallen gegen Scheißnorwegen. Wir sitzen auf nazibesetztem Gebiet fest. Wir müssen uns nach Schweden durchschlagen! Aber Moment mal, sagen wir uns. Was ist mit all den Deutschen zwischen uns und der schwedischen Grenze? Tja, wir bewaffnen uns mal lieber bis an die Zähne. Und wer ist besser imstande, sich bis an die Zähne zu bewaffnen als die Crew dieses Handelsschiffes, das proppenvoll mit Waffen ist? Also laufen wir in den Laderaum runter, stemmen hastig ein paar Kisten auf und bewaffnen uns.«

Shaftoe betrachtet die Kisten. Bis jetzt ist keine davon aufgestemmt.

»Dann«, fährt Monkberg fort, »gehen wir von Bord und machen uns auf den Weg nach Schweden.«

Es tritt ein langes Schweigen ein. Shaftoe rafft sich schließlich auf, »Sir! Jawohl, Sir«, zu sagen.

»Also fangen Sie an, aufzustemmen.«

»Sir! Jawohl, Sir!«
»Und dass es ja hastig aussieht! Hastig! Auf geht's! Bewegung!«
»Sir! Jawohl, Sir!«
Shaftoe versucht, sich in die Sache hineinzuversetzen. Womit soll er eine Kiste aufstemmen? Kein Stemmeisen in Sicht. Er verlässt den Laderaum und spaziert einen Gang entlang. Monkberg folgt ihm dichtauf, geht ihm nicht von der Pelle, drängt ihn zu mehr Hast: »Sie haben es eilig! Die Nazis sind im Anmarsch! Sie müssen sich bewaffnen! Denken Sie an Frau und Kinder in Glasgow oder Lubbock oder aus welchem Scheißkaff Sie sonst kommen!«

»Oconomowoc, Wisconsin, Sir!«, sagt Shaftoe indigniert.

»Nein, nein! Nicht im wirklichen Leben! In Ihrer angenommenen Rolle als armes Schwein von der Handelsmarine, das hier gestrandet ist! Da, Shaftoe! Schauen Sie! Die Rettung ist nah!«

Shaftoe dreht sich zu Monkberg um, der auf einen Spind mit der Aufschrift FEUER zeigt.

Shaftoe zieht die Tür auf und findet neben anderen Geräten eine jener riesigen Äxte, wie sie Feuerwehrleute ständig in brennende Gebäude und aus ihnen heraus schleppen.

Dreißig Sekunden später ist er wieder im Laderaum und schlägt wie ein Holzfäller auf eine Kiste mit 45er-Munition ein. »Schneller! Nicht so sauber!« brüllt Monkberg. »Das ist keine präzise Operation, Shaftoe! Sie sind in blinder Panik!« Dann sagt er, »Verdammt noch mal!«, stürzt vorwärts und nimmt Shaftoe die Axt aus den Händen.

Monkberg holt wild aus und verfehlt die Kiste komplett, da er sich noch auf das ungeheure Gewicht und die Länge des Werkzeugs einstellen muss. Shaftoe wirft sich zu Boden und rollt sich in Sicherheit. Monkberg bekommt schließlich Reichweite und Azimut hin und trifft die Kiste tatsächlich. Splitter und Späne fliegen über das Deck.

»Sehen Sie!«, sagt Monkberg und blickt über die Schulter auf Shaftoe, »ich will Splittrigkeit! Ich will Chaos!« Im Reden holt er mit der Axt aus, blickt Shaftoe an und bewegt, weil das Schiff schaukelt, außerdem noch die Füße; infolgedessen verfehlt das Blatt der Waffe die Kiste komplett, schießt über das Ziel hinaus und fährt genau in Monkbergs Fußgelenk.

»Himmel, Arsch und Zwirn!«, sagt Lieutenant Monkberg in ruhigem Konversationston. Er blickt fasziniert auf sein Fußgelenk hinab. Shaftoe kommt herüber, um festzustellen, was daran so interessant ist.

Ein großes Stück von Monkbergs Unterschenkel ist sauber quer durchschnitten. Im Strahl von Shaftoes Taschenlampe kann man durchtrennte Blutgefäße und Bänder erkennen, die aus gegenüberliegenden Rändern der Fleischwunde hervorstehen wie gesprengte Brücken und Rohrleitungen, die an den Wänden einer Schlucht herabbaumeln.

»Sir! Sie sind verwundet, Sir!«, sagt Shaftoe. »Ich hole Lieutenant Root!«

»Nein! Sie bleiben hier und arbeiten!«, sagt Monkberg. »Root kann ich selber finden.« Er greift mit beiden Händen nach unten und drückt das Fleisch über der Wunde zusammen, sodass Blut hervorquillt und aufs Deck läuft. »Das ist perfekt!«, sagt er sinnend. »Das gibt gleich viel mehr Realismus.«

Nach mehreren Wiederholungen des Befehls kehrt Shaftoe widerwillig zum Kisten-Zerhacken zurück. Monkberg humpelt und wankt ein paar Minuten im Laderaum herum, blutet alles voll und schleppt sich dann auf der Suche nach Lieutenant Root von dannen. Als Letztes sagt er noch: »Denken Sie dran! Das Ganze soll nach Plünderung aussehen!«

Aber der Zwischenfall mit der Beinverletzung macht Shaftoe die Idee verständlicher, als es Monkbergs Worte je vermocht hätten. Der Anblick des Blutes ruft Erinnerungen an Guadalcanal und Abenteuer aus jüngerer Zeit wach. Die Wirkung seiner letzten Dosis Morphium lässt nach und das macht ihn aufnahmefähiger. Und er wird allmählich richtig seekrank, ein Zustand, der das Bedürfnis in ihm weckt, ihm durch harte Arbeit entgegenzuwirken.

Und so läuft er mit der Axt praktisch Amok. Er verliert den Überblick darüber, was vor sich geht.

Er wünscht, Abteilung 2702 hätte auf trockenem Land bleiben können – vorzugsweise trockenes, warmes Land wie der Ort in Italien, an dem sie zwei sonnige Wochen verbracht haben.

Der erste Teil des Einsatzes war anstrengend gewesen – immerhin hatten sie die Fässer mit Scheiße durch die Gegend schleppen müssen. Aber der Rest (mit Ausnahme der letzten paar Stunden) war wie Landurlaub, außer dass es keine Weiber gab. Sie hatten sich jeden Tag auf dem Beobachtungsposten abgewechselt und mit ihren Fernrohren und Feldstechern über die Bucht von Neapel geblickt. Jeden Abend hatte sich Corporal Benjamin hingesetzt und weiteres Kauderwelsch in Morsecode gefunkt.

Eines Abends empfing Benjamin einen Funkspruch und verbrachte einige Zeit damit, ihn zu entschlüsseln. Dann verkündete er Shaftoe die Neuigkeit: »Die Deutschen wissen, dass wir hier sind.«

»Was soll das heißen, sie wissen, dass wir hier sind?«

»Sie wissen, dass wir seit mindestens sechs Monaten einen Beobachtungsposten mit Blick auf die Bucht von Neapel haben«, sagte Benjamin.

»Wir sind noch keine zwei Wochen hier.«

»Sie werden morgen anfangen, das Gebiet hier abzusuchen.«

»Tja, dann machen wir, dass wir hier wegkommen«, sagte Shaftoe.

»Colonel Chattan befiehlt Ihnen, so lange zu warten«, sagte Benjamin, »bis Sie wissen, dass die Deutschen wissen, dass wir hier sind.«

»Aber ich weiß doch schon, dass die Deutschen wissen, dass wir hier sind«, sagte Shaftoe, »das haben Sie mir doch gerade gesagt.«

»Nein, nein, nein, nein, nein«, sagte Benjamin, »Sie sollen warten, bis Sie wissen *würden*, dass die Deutschen es wissen, wenn Sie es nicht von Colonel Chattan über Funk erfahren hätten.«

»Wollen Sie mich verscheißern?«

»Befehle«, sagte Benjamin und gab Shaftoe zum Beweis die entschlüsselte Nachricht.

Sobald die Sonne aufging, konnten sie die Beobachtungsflugzeuge kreuz und quer über den Himmel fliegen hören. Shaftoe war bereit, den Fluchtplan durchzuführen, und vergewisserte sich, dass die Männer es auch waren. Er schickte ein paar von den SAS-Jungs los, um die Engpässe auf ihrer Rückzugsroute auszukundschaften. Er selbst legte sich einfach auf den Rücken, starrte zum Himmel auf und sah den Flugzeugen zu.

Wusste er jetzt, dass die Deutschen Bescheid wussten?

Seit dem Aufwachen stiefelten ihm unentwegt ein paar SAS-Jungs nach und ließen die Augen nicht von ihm. Shaftoe blickte schließlich in ihre Richtung und nickte. Sie rannten los. Kurz darauf hörte er Schraubenschlüssel gegen die Wände von Werkzeugkästen scheppern.

Die Deutschen hatten ihre Scheißbeobachtungsflugzeuge überall am Himmel. Das war ein ziemlich überzeugender Indizienbeweis dafür, dass sie Bescheid wussten. Außerdem waren die Flugzeuge für Shaftoe deutlich sichtbar, sodass er wohl wissen könnte, dass sie Bescheid wussten. Aber Colonel Chattan hatte ihm befohlen, sich so lange nicht vom Fleck zu rühren, bis er »eindeutig von Deutschen gesichtet« worden sei, was immer das hieß.

Speziell eines dieser Flugzeuge kam immer näher. Es hielt sich sehr nahe am Boden, sodass es bei jedem Überflug nur einen schmalen Streifen absuchte. Shaftoe hätte schreien können, während er darauf wartete, dass es ihren Standort überflog. Das Ganze war zu blöd, um wahr zu sein. Er hatte große Lust, eine Leuchtkugel hochzuschießen, um es hinter sich zu bringen.

Am Nachmittag schließlich lag Shaftoe im Schatten eines Baums auf dem Rücken und zählte die Nieten am Bauch dieses deutschen Flugzeuges: einer Henschel Hs 126* mit einem durchgehenden, über dem Rumpf angebrachten Flügel, um die Sicht nach unten nicht zu versperren, gespickt mit Leitern und Streben und einem riesigen, sperrigen, spreizfüßigen Fahrwerk. Ein Deutscher unter einer Glashaube, der die Maschine flog, ein zweiter im Freien, der durch eine Schutzbrille nach unten spähte und an einem drehbaren Maschinengewehr herumfummelte. Er blickte Shaftoe praktisch in die Augen, dann tippte er dem Piloten auf die Schulter und deutete nach unten.

Die Henschel änderte ihr gewohntes Suchmuster und brach den Überflug ab, um zu wenden und erneut den Standort von Abteilung 2702 zu passieren.

»Das war's«, sagte sich Shaftoe. Er stand auf und ging auf die verfallene Scheune zu. »Das war's!«, brüllte er. »Ausführung!«

Die SAS-Jungs waren auf der Ladefläche des Lkw, unter einer Plane, mit ihren Schraubenschlüsseln zugange. Bei einem flüchtigen Blick in ihre Richtung sah Shaftoe schimmernde Teile der Vickers, ausgelegt auf sauberem weißem Tuch. Wo zum Teufel hatten die Kerle sauberes weißes Tuch her? Wahrscheinlich hatten sie's für heute aufgespart. Warum hatten sie die Vickers nicht schon vorher in betriebsfähigen Zustand versetzen können? Weil sie Befehl hatten, sie hastig zusammenzusetzen, in allerletzter Minute.

Corporal Benjamin zögerte, eine Hand tippbereit über der Taste seines Funkgeräts. »Sarge, sind Sie sicher, dass die wissen, dass wir hier sind?«

Alles drehte sich zu Shaftoe hin, um mitzukriegen, wie er auf diese kleine Herausforderung reagieren würde. Er hatte sich ganz allmählich den Ruf eines Mannes erworben, auf den man ein Auge haben musste.

Shaftoe machte auf dem Absatz kehrt und spazierte mitten auf eine Lichtung, die ein paar Meter entfernt lag. Hinter sich konnte er hö-

---

* Shaftoe hatte in den letzten zwei Wochen nichts anderes zu tun gehabt, als mit KENNE DEINEN FEIND-Karten Hearts zu spielen, sodass er mittlerweile sogar die Seriennummern obskurer Beobachtungsflugzeuge der Krauts kannte.

ren, wie die anderen Männer von Abteilung 2702 um die Plätze in der Tür rangelten, um ihn besser im Blick zu haben.

Die Henschel kam gerade zu einem erneuten Überflug zurück und befand sich mittlerweile so dicht über dem Boden, dass man ihr wahrscheinlich einen Stein durch die Windschutzscheibe hätte werfen können.

Shaftoe nahm seine MP von der Schulter, zog den Spannknopf zurück, klemmte sich die Waffe an den Körper, schwang sie hoch und herum und eröffnete das Feuer.

Nun könnte man sich darüber beschweren, dass es der Bleispritze an Durchschlagskraft fehlte, aber Shaftoe war sich absolut sicher, dass er Stücke aus dem Motor der Henschel fliegen sah. Die Henschel geriet fast sofort außer Kontrolle. Sie ging in Querlage, bis ihre Flügel senkrecht standen, drehte ab, kippte noch weiter über, bis sie verkehrt herum flog, verlor das bisschen Höhe, das sie gehabt hatte, und landete keine hundert Meter weiter in den Olivenbäumen platt auf dem Rücken. Sie ging nicht sofort in Flammen auf: Das war eine kleine Enttäuschung.

Die anderen Männer blieben vollkommen stumm. Das einzige andere Geräusch war das bip-bip-bip-biep von Corporal Benjamin, der nun, da seine Frage beantwortet war, seine kleine Meldung losschickte. Shaftoe war ausnahmsweise einmal imstande, dem Morsecode zu folgen – die Nachricht ging im Klartext hinaus. »WIR SIND ENTDECKT STOP AUSFUEHRUNG PLAN TORUS.«

Der erste Beitrag der anderen Männer zu Plan Torus bestand darin, dass sie auf den Lkw kletterten, der aus seinem Versteck in der Scheune herausstieß und im Leerlauf unter den Bäumen wartete. Als Benjamin fertig war, ließ er sein Funkgerät stehen und schloss sich ihnen an.

Shaftoes erste Aufgabe im Rahmen von Plan Torus dagegen bestand darin, dass er in einem ordentlichen Zickzackmuster, das dem der Aufklärungsflugzeuge nachempfunden war, durch das Gebäude ging. Dabei hielt er einen Benzinkanister ohne Deckel verkehrt herum in der Hand.

Als der Kanister noch ungefähr ein Drittel voll war, stellte er ihn mitten in der Scheune ab. Er zog den Stift einer Granate, ließ sie in das Benzin fallen und rannte aus dem Gebäude. Der Lkw fuhr bereits an, als er ihn erreichte und in die wartenden Arme seiner Einheit hechtete, die ihn an Bord zog. Er schaffte es gerade noch rechtzeitig, sich auf der Ladefläche des Lkw einzurichten, um das Gebäude in einem zufrieden stellenden Feuerball hochgehen zu sehen.

»Okay«, sagte Shaftoe zu seinen Leuten. »Wir haben ein paar Stunden totzuschlagen.«

Sämtliche Männer auf dem Lkw – außer den SAS-Jungs, die an der Vickers arbeiteten – sahen einander an, als trauten sie ihren Ohren nicht.

»Äh, Sarge«, sagte schließlich einer von ihnen, »könnten Sie das mit dem Zeittotschlagen noch mal erklären?«

»Das Flugzeug kommt erst später. Befehle.«

»Hat's ein Problem gegeben oder –«

»Nein. Alles läuft wie am Schnürchen. Befehle.«

Weiter wollten die Männer nicht herummeckern, aber es wurden auf der Ladefläche des Lkw noch viel mehr Blicke gewechselt. Schließlich meldete sich Enoch Root zu Wort. »Ihr fragt euch wahrscheinlich, wieso wir nicht ein paar Stunden Zeit totschlagen konnten, *bevor* wir die Deutschen auf unsere Anwesenheit aufmerksam gemacht haben, und uns dann genau rechtzeitig mit dem Flugzeug treffen.«

»Ja!«, sagte ein ganzer Haufen Engländer und Amerikaner unter heftigem Nicken.

»Das ist eine gute Frage«, sagte Enoch Root. Er sagte es so, als wüsste er bereits die Antwort, sodass jeder auf dem Lkw Lust bekam, ihm eine zu knallen.

Die Deutschen hatten ein paar Bodeneinheiten eingesetzt, um die Straßenkreuzungen in dem Gebiet zu sichern. Als Abteilung 2702 zu der ersten Kreuzung kam, waren sämtliche Deutschen dort frisch verstorben und der Lkw musste lediglich kurz abbremsen, damit ein paar Marine Raiders aus ihrem Versteck stürzen und aufspringen konnten.

Die Deutschen an der zweiten Kreuzung hatten keine Ahnung, was eigentlich los war. Das lag offenbar an irgendeinem internen Chaos im Funkverkehr der Wehrmacht, das auch über Kultur- und Sprachgrenzen hinweg deutlich als solches erkennbar war. Abteilung 2702 konnte einfach unter der Plane hervor das Feuer eröffnen und sie zusammenschießen oder zumindest in Deckung scheuchen.

Die nächsten Deutschen, denen sie über den Weg liefen, machten da nicht mit; sie hatten aus einem Lkw und zwei Personenwagen eine Straßensperre errichtet, standen dahinter und richteten Waffen auf die Entgegenkommenden. Wie es aussah, hatten sie nur Handfeuerwaffen. Inzwischen aber war die Vickers zusammengesetzt, kalibriert, feinabgestimmt, inspiziert und geladen worden. Die Plane flog zur Seite. Private Mikulski, ein verdrießlicher, vergrübelter, 250 Pfund schwerer polnisch-britischer SAS-Mann brachte die Vickers ungefähr zur gleichen Zeit zum Einsatz wie die Deutschen ihre Gewehre.

Nun hatte Shaftoe auf der High School den berufsbildenden Zweig absolviert und von daher viel Werkunterricht gehabt. Deshalb verwendete er naturgemäß einen gewissen Teil seiner Zeit darauf, größere Holz- oder Metallstücke in kleinere zu zersägen. Im Werkraum standen für diesen Zweck zahlreiche Sägen unterschiedlicher Qualität zur Verfügung. Was mit einer Handsäge eine geradezu lachhaft schwere und Zeit raubende Arbeit wäre, ließ sich mit einer Motorsäge erledigen. Ebenso liefen kleinere Motorsägen bei bestimmten Schnitten und Materialien heiß und verklemmten sich, sodass man zu größeren Motorsägen greifen musste. Aber auch bei der größten Motorsäge im Werkraum hatte Shaftoe immer das Gefühl, er setze die Maschine einer Art Belastung aus. Sie wurde langsamer, wenn das Blatt mit dem Material in Kontakt kam, sie vibrierte, sie lief heiß, und wenn man das Material zu rasch hindurchschob, drohte sie zu verklemmen. Dann arbeitete Shaftoe eines Sommers in einer Sägemühle, wo es eine Bandsäge gab. Die Bandsäge, der Vorrat an Sägeblättern, die Ersatzteile, das Wartungszubehör, Spezialwerkzeuge und Bedienungsanleitungen nahmen einen ganzen Raum ein. Es war das einzige Werkzeug mit *Infrastruktur*, das er je gesehen hatte. Die Säge war so groß wie ein Auto. Die beiden Räder, die das Blatt antrieben, waren riesige, achtspeichige Monstren, die so aussahen, als stammten sie von ausgeschlachteten Dampflokomotiven. Die Sägeblätter mussten eigens hergestellt werden, indem man von einer dicken Rolle ungefähr eine Meile gezacktes Stahlband abrollte, abschnitt und die Enden sorgfältig zusammenschweißte, sodass eine Schleife entstand. Wenn man den Einschaltknopf betätigte, passierte zunächst einmal gar nichts, außer dass aus der Erde langsam eine Unterschallschwingung aufstieg, als näherte sich von weither ein Güterzug, und schließlich begann sich das Blatt zu bewegen und wurde langsam, aber unaufhaltsam schneller, bis die Zähne verschwammen und es zu einem Blitz aus reiner Höllenenergie wurde, der sich straff zwischen dem Tisch und der Maschinerie darüber spannte. Anekdoten über Unfälle mit der Bandsäge wurden mit gedämpfter Stimme erzählt und normalerweise nicht mit Anekdoten über andere Arbeitsunfälle vermischt. Das Bemerkenswerteste an der Bandsäge jedenfalls war, dass man alles mit ihr sägen konnte, und sie erledigte die Arbeit nicht nur leicht und locker, sondern ihr war überhaupt nicht anzumerken, dass sie etwas tat. Sie registrierte gar nicht, dass ein Mensch einen Riesenbrocken Zeug hindurchlaufen ließ. Sie wurde nie langsamer. Lief nie heiß.

Shaftoes nachschulische Erfahrung hatte ihn gelehrt, dass Schusswaffen viel mit Sägen gemeinsam hatten. Schusswaffen feuerten Kugeln ab, aber sie hatten einen Rückstoß, wurden heiß und schmutzig, bekamen irgendwann Ladehemmung. Mit anderen Worten, sie feuerten zwar Kugeln ab, aber das war für sie kein Pappenstiel, es setzte sie einer gewissen Belastung aus und dieser Belastung hielten sie nicht ewig stand. Die Vickers auf der Ladefläche des Lkw dagegen verhielt sich zu anderen Schusswaffen wie die Bandsäge zu anderen Sägen. Die Vickers war *wassergekühlt*. Das Scheißding hatte tatsächlich einen *Kühler*. Es hatte eine *Infrastruktur*, genau wie die Bandsäge, und eine ganze Mannschaft von Technikern, die daran herumbosselten. Doch sobald das verdammte Ding einmal in Gang war, konnte es *tagelang* ununterbrochen feuern, solange nur unentwegt Leute mit frischen Munitionsgurten angesaust kamen. Nachdem Private Mikulski mit der Vickers das Feuer eröffnet hatte, schossen auch einige andere Männer von Abteilung 2702, die unbedingt mitmischen und ihren Beitrag leisten wollten, mit ihren Gewehren aufs Geratewohl auf die Deutschen, aber sie kamen sich dabei so klein und kümmerlich vor, dass sie es bald sein ließen, einfach im Graben Deckung nahmen, sich eine Zigarette anzündeten und zusahen, wie der Kugelstrom der Vickers sich langsam durch die Straßensperre vorwärts fraß. Mikulski bestrich eine Zeit lang sämtliche deutschen Fahrzeuge, wobei er die Vickers hin und her schwenkte wie ein Mann, der mit einem Feuerlöscher gegen einen Brand vorgeht. Dann griff er einzelne Teile heraus, hinter denen er Leute vermutete, und konzentrierte sich ein Weilchen auf sie, bohrte Tunnel durch die Autowracks, bis er sehen konnte, was dahinter war, sägte die Fahrgestelle durch und zerlegte sie in zwei Teile. Er fällte ein gutes halbes Dutzend Bäume am Straßenrand, hinter denen er versteckte Deutsche vermutete, und mähte dann ungefähr einen halben Morgen Gras.

Bis dahin war deutlich geworden, dass sich einige Deutsche hinter eine sanfte Bodenwelle etwas abseits der Straße zurückgezogen hatten und von dort aus zurückschossen, und so schwenkte Mikulski die Mündung der Vickers in steilem Winkel nach oben und schoss den Kugelstrom himmelwärts, sodass die Geschosse wie Mörsergranaten auf der anderen Seite der Erhebung herabregneten. Er brauchte eine Weile, um den richtigen Winkel zu finden, doch dann verteilte er geduldig Kugeln über das ganze Feld, wie ein Mann, der seinen Rasen sprengt. Einer der SAS-Jungs führte sogar auf seinem Knie ein paar überschlägige Berechnungen durch und ermittelte, wie lange Mikulski damit fortfahren müsste, um sicherzustellen, dass Kugeln in der richtigen Dichte – sagen wir, zehn pro Quadratmeter – über das fragliche Gelände verteilt wurden. Als der Boden gründlich mit Bleikugeln eingesät war, wandte sich Mikulski wieder der Straßensperre zu und sorgte dafür, dass der quer gestellte Lkw in so kleine Stücke zerlegt wurde, dass man ihn von Hand zur Seite schieben konnte.

Dann endlich stellte er das Feuer ein. Shaftoe hatte das Gefühl, er müsste eine Eintragung in ein Logbuch vornehmen, wie es Kapitäne tun, wenn sie ein Kriegsschiff in den Hafen schleppen. Als sie an den Trümmern vorbeifuhren, bremsten sie kurz ab, um zu gaffen. Das spröde graue Eisen der Motorblocks der deutschen Fahrzeuge war wie Glas zersprungen und man konnte in die Motoren, die allesamt säuberlich quer durchschnitten waren, hineinschauen und die der Sonne ausgesetzten, schimmernden Kolben und Kurbelwellen sehen, wie sie Öl und Kühlmittel bluteten.

Sie fuhren durch die Reste der Straßensperre und weiter landeinwärts in ein dünn bevölkertes Gebiet, das ein ausgezeichnetes Übungsgelände für die deutsche Luftwaffe abgab. Die beiden ersten Kampfflugzeuge, die des Weges kamen, wurden von Mikulski und seiner Vickers in der Luft zerfetzt. Das nächste Paar schaffte es in einem einzigen Überflug, den Lkw, die Maschinenkanone und Private Mikulski zu vernichten. Niemand anders wurde verwundet; sie lagen alle im Graben und sahen zu, wie Mikulski gelassen hinter den Bedienungshebeln seiner Waffe saß, es auf eine Mutprobe mit zwei Messerschmitts ankommen ließ und schließlich den Kürzeren zog.

Mittlerweile wurde es dunkel. Die Abteilung marschierte zu Fuß querfeldein weiter, wobei man Mikulskis sterbliche Überreste auf einer Trage mitnahm. Sie stießen auf eine deutsche Patrouille und fochten es mit ihr aus; zwei von den SAS-Leuten wurden verwundet, einer davon musste den Rest des Weges getragen werden. Schließlich erreichten sie ihren Treffpunkt, ein Weizenfeld, wo sie mit auf den Boden gelegten Leuchtkörpern eine Piste für eine DC-3 der US Army markierten, die eine saubere Landung baute, sie alle an Bord nahm und ohne weiteren Zwischenfall nach Malta brachte.

Und dort wurden sie mit Lieutenant Monkberg bekannt gemacht.

Die Einsatzbesprechung war kaum vorüber, als sie sich auch schon auf einem anderen Unterseeboot mit Kurs in unbekannte oder zumindest nicht näher genannte Gegenden befanden. Doch als sie ihre Warmwetter-Ausrüstung gegen zehn Pfund schwere Pullover aus geölter Wolle eintauschten, kriegten sie allmählich so eine Ahnung. Ein paar klaustrophobische Tage später waren sie auf diesen Frachter verlegt worden.

Der Kahn selbst ist so erbärmlich, dass sie sich damit amüsieren, das Wort »Schiff« in verschiedenen nautischen Begriffen durch »Schiss« zu ersetzen, wie etwa: Jetzt wollen wir aber mal klar Schiss machen! Wo bringt uns der Schisskapitän eigentlich hin? Und so weiter.

Nun, im Schissladeraum, bemüht sich ein leidenschaftlicher Bobby Shaftoe nach Kräften, einen Effekt von Plünderung zu erzielen. Er verstreut Gewehre und Maschinenpistolen auf dem Deck. Er öffnet Schachteln mit 45er Patronen und schleudert sie überallhin. Er findet auch mehrere Paar Skier – Skier brauchen sie doch, oder? Er legt da und dort Minen, bloß um demjenigen Deutschen, der zufällig als Erster daherkommt, um dieses Schisswrack zu untersuchen, einen Schrecken einzujagen. Er öffnet Kisten mit Granaten. Sie sehen nicht sonderlich geplündert aus, wie sie so wohl gefüllt dastehen, also nimmt er Dutzende davon heraus, trägt sie an Deck und wirft sie über Bord. Ein paar Skier wirft er auch hinterher – vielleicht werden sie ja irgendwo angeschwemmt und tragen so zu dem Gesamteindruck von Chaos bei, an dem Lieutenant Monkberg so viel liegt.

Er ist gerade mit einem Arm voll Skier auf dem Weg über das Oberdeck, als ihm draußen im Nebel etwas ins Auge sticht. Er zuckt natürlich zusammen. Viele Luftangriffe haben Bobby Shaftoe zu einem großen Zusammenzucker gemacht. Er zuckt so heftig zusammen, dass er sämtliche Skier auf das Deck fallen lässt und sich um ein Haar selbst zwischen sie wirft. Aber er hält immerhin so lange die Stellung, dass er das Ding im Nebel genauer betrachten kann. Es liegt direkt vor ihnen, ist etwas höher als die Brücke des Frachters und bewegt sich (im Gegensatz zu herabstürzenden Zeros oder Messerschmitts) nicht besonders schnell – es schwebt einfach da. Wie eine Wolke am Himmel. Als wäre der Nebel zu einem dichten Klumpen geronnen, wie der Kartoffelbrei von Shaftoes Mutter. Das Ding wird immer heller, während er da steht und es betrachtet, die Ränder treten immer schärfer hervor, und nun sieht er drumherum noch anderes.

Dieses andere ist grün.

He, Moment mal! Was er da sieht, ist ein grüner Berghang mit einem großen weißen Schneefeld mittendrauf.

»Vorsicht!«, schreit er und wirft sich aufs Deck.

Er hofft, von der Allmählichkeit, der Sanftheit ihrer Kollision mit der Erdkruste überrascht zu werden. Er denkt dabei an die Art von Ereignis, bei dem man ein kleines Motorboot an einen Sandstrand heranfährt, in der letzten Minute den Außenborder abstellt und aus dem Wasser kippt und dann sanft auf den stoßdämpfenden Sand gleitet.

Wie sich herausstellt, ist das eine äußerst schwache Analogie für das, was als Nächstes passiert. Der Frachter nämlich macht erheblich mehr Fahrt als das typische Tuck-tuck-Fischerboot. Und anstatt auf einen Sandstrand zu gleiten, erleben sie eine nahezu frontale Kollision mit einer senkrechten Granitwand. Es gibt ein wirklich eindrucksvolles Geräusch, der Bug des Schiffes biegt sich tatsächlich nach oben, und Bobby Shaftoe stellt plötzlich fest, dass er mit hoher Geschwindigkeit auf dem Bauch über das vereiste Deck schlittert.

Einen Moment lang hat er fürchterliche Angst, dass er geradewegs vom Deck herunterrutschen und in den Bach sausen wird, aber er schafft es, sich gegen eine Ankerkette zu steuern, die sich als wirkungsvoller Stopper erweist. Weiter unten, so hört er, finden annähernd zehntausend andere kleine und große Gegenstände ihrerseits Hindernisse zum Dagegenknallen.

Es folgt eine kurze und beinahe friedvolle Phase fast völliger Stille. Dann erhebt sich von Seiten der äußerst dünn besetzten Mannschaft des Frachters ein Riesengeschrei: »ALLE MANN VON BORD! RUNTER VOM SCHISS!«

Die Männer von Abteilung 2702 steuern auf die Rettungsboote zu. Shaftoe weiß, dass sie selbst auf sich aufpassen können, also steuert er auf die Brücke zu, denn er sucht nach den paar Spinnern, die immer eine Möglichkeit finden, das Leben interessant zu gestalten: Die Lieutenants Root und Monkberg sowie Corporal Benjamin.

Der Erste, den er zu Gesicht bekommt, ist der Skipper, der sich, auf einem Stuhl zusammengesackt, einen genehmigt und aussieht wie jemand, der gerade verblutet ist. Das arme Schwein ist ein Berufssoldat der Navy, der einzig und allein zu dem Zweck von seiner regulären Einheit abkommandiert wurde, das zu tun, was er soeben getan hat. Es liegt ihm sichtlich schwer im Magen.

»Saubere Arbeit, Sir!«, sagt Shaftoe, der nicht weiß, was er sonst sagen soll. Dann folgt er den Geräuschen einer Auseinandersetzung in die Funkkabine.

Die Personen der Handlung sind Corporal Benjamin, der ein großes Buch hochhält, und das in einer Pose, die an einen verärgerten Priester erinnert, der seine ungeratenen Schäflein sarkastisch mit dem unvertrauten Anblick der Bibel bekannt macht; Lieutenant Monkberg halb liegend auf einem Stuhl, das verletzte Bein auf einem Tisch; und Lieutenant Root, der sich mit Nadel und Faden über dasselbe hermacht.

»Meine Pflicht als Soldat – «, beginnt Benjamin.

Monkberg unterbricht ihn. »Ihre Pflicht als Soldat, Corporal, besteht darin, meine Befehle zu befolgen!«

Roots medizinische Ausrüstung ist aufgrund der Kollision über das ganze Deck verstreut. Shaftoe beginnt, die Sachen aufzuheben und zu sortieren, wobei er besonders scharf nach etwaigen kleinen Fläschchen Ausschau hält, die vielleicht verloren gegangen sind.

Benjamin ist äußerst erregt. Er dringt eindeutig nicht zu Monkberg durch, deshalb schlägt er das dicke Buch aufs Geratewohl auf und hält es hoch über seinen Kopf. Es enthält zeilen- und spaltenweise beliebige Buchstaben. »Das hier«, sagt Benjamin, »ist der alliierte HANDELSSCHIFFCODE! Eine Ausgabe DIESES BUCHES befindet sich auf JEDEM SCHIFF JEDES GELEITZUGES im Nordatlantik! Es wird von diesen Schiffen dazu verwendet, IHRE POSITIONEN ZU FUNKEN! BEGREIFEN SIE, was PASSIEREN wird, wenn DIESES BUCH DEN DEUTSCHEN in die Hände fällt?!«

»Ich habe Ihnen meinen Befehl gegeben«, sagt Lieutenant Monkberg.

In diesem Stil machen sie ein paar Minuten lang weiter, während Shaftoe das Deck nach medizinischem Schutt absucht. Schließlich sieht er, wonach er sucht: Es ist unter einen Lagerschrank gekullert und scheint wie durch ein Wunder unversehrt zu sein.

»Sergeant Shaftoe!«, sagt Root gebieterisch. Niemals ist er dem Tonfall eines Offiziers näher gekommen. Shaftoe nimmt reflexartig Haltung an.

»Sir! Jawohl, Sir!«

»Die Wirkung von Lieutenant Monkbergs Morphiumdosis dürfte sehr bald nachlassen. Sie müssen umgehend meine Morphiumflasche finden und sie mir bringen.«

»Sir! Jawohl, Sir!« Shaftoe ist ein Marine, d. h. er ist wirklich gut darin, Befehle zu befolgen, auch wenn sein Körper sich dagegen ausspricht. Dennoch wollen seine Finger ihren Griff um das Fläschchen nicht lösen und Root muss es ihm praktisch entwinden.

Benjamin und Monkberg sind so in ihren Streit vertieft, dass sie den kleinen Wortwechsel gar nicht mitbekommen haben. »Lieutenant Root!«, sagt Benjamin, und nun ist seine Stimme hoch und zittrig.

»Ja, Corporal«, sagt Root geistesabwesend.

»Ich habe Grund zu der Annahme, dass Lieutenant Monkberg ein deutscher Spion ist und dass er des Kommandos über diesen Einsatz enthoben und unter Arrest gestellt werden sollte!«

»Sie Scheißkerl!«, brüllt Monkberg. Wozu er auch allen Grund hat, denn Benjamin hat ihn soeben des Verrats beschuldigt, und dafür könnte er vor einem Erschießungskommando landen. Aber Root hat Monkbergs Bein auf dem Tisch fixiert, sodass er sich nicht rühren kann.

Root bleibt vollkommen ungerührt. Er scheint diese unglaublich schwerwiegende Beschuldigung sogar zu begrüßen. Sie bietet Gelegenheit, über etwas Gehaltvolleres zu reden als beispielsweise darüber, wie man das Wort »Schiff« in nautischen Ausdrücken durch »Schiss« ersetzen kann.

»Dafür bringe ich Sie vors Kriegsgericht, Sie Drecksack!«, orgelt Monkberg.

»Corporal Benjamin, welche Gründe haben Sie für diese Beschuldigung?«, fragt Enoch Root mit einschläfernder Stimme.

»Der Lieutenant hat sich geweigert, mir zu erlauben, die Codebücher zu vernichten, wie es meiner Pflicht als Soldat entspricht!«, brüllt Benjamin. Er hat vollkommen die Beherrschung verloren.

»Ich habe sehr genaue und eindeutige Befehle von Colonel Chattan!«, sagt Monkberg, an Root gewandt. Das verblüfft Shaftoe. Monkberg scheint Roots Autorität in dieser Sache anzuerkennen. Vielleicht hat er aber auch nur Angst und sucht sich einen Verbündeten. Die Offiziere tun sich gegen die einfachen Soldaten zusammen. Wie üblich.

»Haben Sie eine schriftliche Ausfertigung dieser Befehle, die ich einsehen könnte?«, fragt Root.

»Ich halte es nicht für angemessen, dass wir hier und jetzt diese Diskussion führen«, sagt Monkberg, immer noch in flehendem, defensivem Ton.

»Was schlagen Sie vor, wie wir die Sache handhaben?«, fragt Root und zieht einen Seidenfaden durch Monkbergs betäubtes Fleisch.

»Wir liegen fest. Die Deutschen werden bald hier sein. Entweder wir lassen die Codebücher da oder wir tun es nicht. Wir müssen uns jetzt entscheiden.«

Auf seinem Stuhl verfällt Monkberg in Schlaffheit und Apathie.

»Können Sie mir schriftliche Befehle zeigen?«, fragt Root.

»Nein. Sie sind mündlich erteilt worden«, antwortet Monkberg.

»Und war in diesen Befehlen ausdrücklich von den Codebüchern die Rede?«, fragt Monkberg.

»Ja«, antwortet Monkberg, als wäre er Zeuge in einem Gerichtssaal.

»Und hieß es in diesen Befehlen, dass die Codebücher den Deutschen in die Hände fallen sollen?«

»Ja.«

Kurzes Schweigen tritt ein, während Root eine Naht verknotet und eine neue beginnt. Dann sagt er: »Ein Skeptiker wie Corporal Benjamin könnte meinen, dass Sie diese Geschichte mit den Codebüchern erfunden haben.«

»Wenn ich meine Befehle verfälschen würde«, sagt Monkberg, »könnte man mich erschießen.«

»Aber nur, falls Sie und ein paar Zeugen für dieses Ereignis allesamt wieder in Freundesland zurückgelangten und es zu einem Meinungsaustausch mit Colonel Chattan käme«, sagt Enoch Root gelassen und geduldig.

»Scheiße, was ist denn los?«, blafft einer der SAS-Jungs, der durch eine Luke weiter unten hereingeplatzt kommt und die Gangway hinaufstürmt. »Wir warten alle in den Scheißrettungsbooten!« Das Gesicht rot vor Kälte und Sorge, kommt er in die Kabine gestürzt und schießt wilde Blicke in die Runde.

»Verpiss dich«, sagt Shaftoe.

Der SAS-Mann bleibt jäh stehen. »Okay, Sarge!«

»Geh runter und sag den Männern in den Booten, sie sollen sich auch verpissen«, sagt Shaftoe.

»Sofort, Sarge!«, sagt der SAS-Mann und macht sich rar.

»Wie diese besorgten Männer in den Rettungsbooten bestätigen können«, fährt Enoch Root fort, »wird die Wahrscheinlichkeit, dass Sie und mehrere Zeugen in Freundesland zurückgelangen, mit jeder Minute geringer. Und dass Sie sich erst vor ein paar Minuten *rein zufällig* selbst eine schwere Beinverletzung beigebracht haben, erschwert unsere Flucht gewaltig. Entweder werden wir alle miteinander gefangen genommen oder Sie bleiben freiwillig zurück und lassen sich gefangen nehmen. In beiden Fällen bleiben Ihnen – gesetzt, Sie sind ein deutscher Spion – das Kriegsgericht und das Erschießungskommando erspart.«

Monkberg traut seinen Ohren nicht. »Aber – aber das war ein Unfall, Lieutenant Root! Ich habe mich mit einer Scheißaxt am Bein getroffen – Sie glauben doch nicht, das hätte ich absichtlich getan!?«

»Das herauszukriegen ist sehr schwer für uns«, sagt Root bedauernd.

»Warum vernichten wir nicht einfach die Codebücher? Das ist am sichersten«, sagt Benjamin. »Damit würde ich nur einen stehenden Befehl befolgen – dagegen ist ja wohl nichts einzuwenden. Dafür kommt man nicht vors Kriegsgericht.«

»Aber damit wäre unser Einsatz gescheitert!«, sagt Monkberg.

Root denkt einen Moment lang darüber nach. »Ist jemals irgendwer gestorben«, fragt er, »weil der Feind einen unserer Geheimcodes gestohlen und unsere Funksprüche entschlüsselt hat?«

»Und ob«, sagt Shaftoe.

»Ist jemals irgendwer auf unserer Seite gestorben«, fährt Root fort, »weil der Feind *keinen* unserer Geheimcodes kannte?«

Das ist eine ziemlich harte Nuss. Corporal Benjamin legt sich am schnellsten fest, aber selbst er muss zuerst darüber nachdenken. »Natürlich nicht!«, sagt er.

»Sergeant Shaftoe? Haben Sie dazu auch eine Meinung?«, fragt Root und fixiert Shaftoe mit nüchternem, ernstem Blick.

Shaftoe sagt: »Dieser Codekram ist eine ziemlich kitzlige Scheiße.«

Nun ist Monkberg an der Reihe. »Ich... ich denke... ich glaube, ich könnte mir eine Situation denken, in der jemand sterben könnte, ja.«

»Und Sie, Lieutenant Root?«, fragt Shaftoe.

Nun sagt Root eine ganze Weile nichts mehr. Er arbeitet bloß mit Nadel und Faden. Es scheint, als vergingen mehrere Minuten. Vielleicht ist es auch nicht so lang. Wegen der Deutschen ist jeder nervös.

»Lieutenant Monkberg verlangt von mir zu glauben, dass es den Tod alliierter Soldaten verhindert, wenn wir die Codebücher der alliierten Handelsschifffahrt heute den Deutschen überlassen«, sagt Root schließlich. Alles fährt beim Klang seiner Stimme nervös zusammen. »Aber da wir bei derlei Situationen eine Art Todeskalkül anstellen müssen, lautet die eigentliche Frage: Rettet das irgendwie *mehr* Leben, als es kostet?«

»Da komme ich nicht mehr mit, Padre«, sagt Shaftoe. »Ich bin schon in Algebra durchgefallen.«

»Dann fangen wir doch mit dem an, was wir wissen: Die Codes den

Deutschen zu überlassen wird Leben kosten, weil die Deutschen auf diese Weise herausbekommen, wo unsere Geleitzüge sind, und sie versenken können. Stimmt's?«

»Stimmt!«, sagt Corporal Benjamin. Root scheint zu seiner Ansicht zu tendieren.

»Das gilt aber nur bis zu dem Zeitpunkt«, fährt Root fort, »an dem die Alliierten die Codesysteme ändern – was sie wahrscheinlich so bald wie möglich tun werden. Auf der negativen Seite des Todeskalküls haben wir also kurzfristig ein paar versenkte Geleitzüge. Wie aber sieht es mit der positiven Seite aus?«, fragt Root und hebt nachdenklich die Brauen, während er zugleich auf Monkbergs Wunde hinabstarrt. »Inwiefern könnte die Überlassung der Codes Leben retten? Tja, das ist eine Imponderabilie.«

»Eine was?«, fragt Shaftoe.

»Angenommen, es gäbe einen geheimen Geleitzug, der demnächst von New York abgeht, und er befördert Tausende von Soldaten und irgendeine neue Waffe, die dem Krieg eine Wende geben und Tausende von Leben retten wird. Und angenommen, er benutzt ein anderes Codesystem, sodass die Deutschen auch dann nicht davon erfahren, wenn sie heute unsere Codebücher in die Hand bekommen. Die Deutschen werden ihre Energien darauf konzentrieren, die Geleitzüge zu versenken, von denen sie wissen – und dabei vielleicht ein paar hundert Seeleute töten. Aber während sie ihre Aufmerksamkeit auf diese Geleitzüge richten, wird der geheime Geleitzug durchschlüpfen, seine kostbare Ladung abliefern und Tausende von Leben retten.«

Erneut längeres Schweigen. Nun können sie den Rest von Abteilung 2702 unten in den Rettungsbooten herumbrüllen hören, wo vermutlich ebenfalls eine eingehende Diskussion im Gange ist: Wenn wir sämtliche Scheißoffiziere auf einem aufgelaufenen Schiff zurücklassen, zählt das dann als Meuterei?

»Das ist eine reine Hypothese«, sagt Root. »Aber sie beweist, dass das Todeskalkül zumindest theoretisch auch eine positive Seite haben könnte. Und wenn ich so darüber nachdenke, gibt es womöglich gar keine negative Seite.«

»Was soll das heißen?«, sagt Benjamin. »Natürlich gibt es eine negative Seite!«

»Sie gehen davon aus, dass die Deutschen diesen Code noch nicht geknackt haben«, sagt Root und deutet mit blutigem Finger anklagend auf Benjamins großen Band Kauderwelsch. »Aber vielleicht haben sie das ja. Sie haben unsere Geleitzüge nämlich wie nicht gescheit versenkt. Wenn das der Fall ist, dann hat es nichts Negatives, den Code in ihre Hände fallen zu lassen.«

»Aber das widerspricht Ihrer Theorie von dem geheimen Geleitzug!«, sagt Benjamin.

»Der geheime Geleitzug war bloß ein *Gedankenexperiment*«, sagt Root.

Corporal Benjamin verdreht die Augen; offenbar weiß er tatsächlich, was das heißt. »Wenn sie ihn schon geknackt haben, warum machen wir uns dann so viele Umstände und riskieren unser Leben, damit SIE IHN IN DIE FINGER KRIEGEN?«

Root grübelt eine Weile darüber nach. »Das weiß ich nicht.«

»Tja, was meinen Sie denn nun, Lieutenant Root?«, fragt Bobby Shaftoe ein paar entsetzlich stille Minuten später.

»Ich meine, dass Corporal Benjamins Erklärung – d. h. dass Lieutenant Monkberg ein deutscher Spion ist – ungeachtet meines Gedankenexperiments mehr Plausibilität hat.«

Benjamin stößt einen Seufzer der Erleichterung aus. Vor Entsetzen gelähmt, starrt Monkberg Root ins Gesicht.

»Aber es passieren ständig unplausible Dinge«, fährt Root fort.

»Herr des Himmels!«, ruft Benjamin und knallt die Hand auf das Buch.

»Lieutenant Root?«, sagt Shaftoe.

»Ja, Sergeant Shaftoe?«

»Lieutenant Monkbergs Verletzung war ein Unfall. Ich war dabei.«

Root schaut Shaftoe in die Augen. Er findet das interessant. »Ach ja?«

»Ja, Sir. Das war hundertprozentig ein Unfall.«

Root reißt ein Päckchen mit einer sterilen Binde auf und beginnt sie um Monkbergs Bein zu wickeln; sofort sickert das Blut durch, und zwar schneller, als er neue Schichten um das Bein wickeln kann. Allmählich aber gewinnt er die Oberhand und die Binde bleibt weiß und sauber. »Ich schätze, es ist an der Zeit, eine strategische Entscheidung zu treffen«, sagt er. »Ich sage, wir lassen die Codebücher zurück, genau wie Lieutenant Monkberg sagt.«

»Aber wenn er ein deutscher Spion ist – «, beginnt Benjamin.

»Dann ist er fällig, sobald wir Freundesland erreichen«, sagt Root.

»Aber Sie haben doch selbst gesagt, dass da nur sehr geringe Aussichten bestehen.«

»Das hätte ich nicht sagen dürfen«, sagt Enoch Root entschuldigend. »Das war eine unkluge und unbedachte Bemerkung. Sie hat den wahren Geist von Abteilung 2702 außer Acht gelassen. Ich bin überzeugt, dass wir uns trotz unseres kleinen Problems hier behaupten werden. Ich bin überzeugt, dass wir es bis Schweden schaffen und dass wir Lieutenant Monkberg mitnehmen werden.«

»Recht so!«, sagt Monkberg.

»Falls es irgendwann so aussieht, als simuliert Lieutenant Monkberg, oder falls er freiwillig zurückbleiben will oder sich auf irgendeine Weise so verhält, dass sich unser Risiko, von den Deutschen gefangen genommen zu werden, erhöht, dann können wir alle getrost davon ausgehen, dass er ein deutscher Spion ist.«

Monkberg scheint das völlig kalt zu lassen. »Na, dann nichts wie weg hier!«, platzt er heraus und kommt, vom Blutverlust etwas unsicher, auf die Beine.

»Halt!«, sagt Sergeant Shaftoe.

»Was ist denn nun noch, Shaftoe?«, blafft Monkberg, der wieder das Kommando übernommen hat.

»Woher sollen wir wissen, ob er das Risiko, dass wir gefangen genommen werden, erhöht?«

»Wie meinen Sie das, Sergeant Shaftoe?«, fragt Root.

»Vielleicht merken wir gar nichts«, sagt Shaftoe. »Vielleicht lauert uns ja an einem bestimmten Ort in den Wäldern eine deutsche Abteilung auf. Und vielleicht führt uns Lieutenant Monkberg direkt in die Falle.«

»Bravo, Sarge!«, sagt Corporal Benjamin.

»Lieutenant Monkberg«, sagt Enoch Root, »als derjenige, der einem Schiffsarzt hier am nächsten kommt, enthebe ich Sie aus medizinischen Gründen Ihres Kommandos.«

»Was für medinzinische Gründe?«, schreit Monkberg entsetzt.

»Ihnen fehlt Blut und das bisschen, was Sie haben, ist mit Morphium versetzt«, sagt Lieutenant Enoch Root. »Deshalb muss Ihr Stellvertreter das Kommando übernehmen und sämtliche Entscheidungen über unser weiteres Vorgehen treffen.«

»Aber Sie sind der einzige andere Offizier!«, sagt Shaftoe. »Außer dem Skipper, und der kann ohne Boot kein Skipper sein.«

»Sergeant Shaftoe!«, bellt Root in einer so gekonnten Imitation eines Marine, dass Shaftoe und Benjamin beide Haltung annnehmen.

»Sir! Jawohl, Sir!«, gibt Shaftoe zurück.

»Das ist der erste und letzte Befehl, den ich Ihnen erteilen werde, also hören Sie genau zu!«, sagt Root mit Nachdruck.

»Sir! Jawohl, Sir!«

»Sergeant Shaftoe, bringen Sie mich und den Rest dieser Einheit nach Schweden!«

»Sir! Jawohl, Sir!«, brüllt Shaftoe und marschiert aus der Kabine, wobei er Monkberg praktisch zur Seite rammt. Die anderen lassen die Codebücher liegen und folgen rasch.

Nach zirka halbstündigem Herumgemurkse mit Rettungsbooten findet sich Abteilung 2702 auf festem Land, in Norwegen, wieder. Die Schneegrenze liegt gut fünfzehn Meter über Meereshöhe; zum Glück kann Bobby Shaftoe mit einem Paar Skiern umgehen. Die SAS-Jungs kennen sich ebenfalls damit aus und sind sogar in der Lage, eine schlittenartige Vorrichtung zusammenzubasteln, mit deren Hilfe sie Lieutenant Monkberg ziehen können. Binnen weniger Stunden sind sie, Richtung Osten marschierend, tief in den Wäldern und haben, seit sie auf Grund gelaufen sind, kein menschliches Wesen, sei es Deutscher oder Norweger, gesehen. Es beginnt zu schneien, und der Schnee verwischt ihre Spuren. Monkberg benimmt sich – er verlangt nicht, dass man ihn zurücklässt, und er schießt auch keine Leuchtkugeln ab. Shaftoe glaubt allmählich, dass es möglicherweise eine der leichteren Übungen von Abteilung 2702 sein wird, sich nach Schweden durchzuschlagen. Das einzig Schwierige ist, wie üblich, zu kapieren, was die Scheiße eigentlich soll.

SORGFALT

Landkarten von Südostasien hängen an den Wänden und bedecken sogar die Fenster, wodurch sie Avis Hotelzimmer ein bunkerartiges Ambiente verleihen. Epiphyte Corp. ist zu ihrer ersten ordnungsgemäßen Aktionärsversammlung seit zwei Monaten zusammengekommen. Avi Halaby, Randy Waterhouse, Tom Howard, Eberhard Föhr, John Cantrell und Beryl Hagen drängen in den Raum und plündern, was es an Snacks und alkoholfreien Getränken in der Minibar gibt. Manche lassen sich auf dem Bett nieder. Eberhard setzt sich barfuß und im Schneidersitz, den Laptop vor sich auf einem Schemel, auf den Boden. Avi bleibt stehen. Er verschränkt die Arme und lehnt sich mit geschlossenen Augen an die aus Tropenholz gezimmerten Mahagonitüren seines Radio- und Fernsehcenters. Er trägt ein blitzsauber gewaschenes und gebügeltes weißes Hemd, das so frisch und fest gestärkt ist, dass es immer noch bei jeder Bewegung raschelt. Bis vor fünfzehn Minuten hatte er noch ein T-Shirt am Leib, das er achtundvierzig Stunden lang nicht ausgezogen hatte.

Für einen Moment denkt Randy, Avi sei vielleicht in der unorthodoxen stehenden Haltung eingeschlafen. Doch plötzlich sagt Avi mit ruhiger Stimme: »Schaut euch einmal die Karte da an.« Er öffnet die Augen und richtet sie darauf, ohne mit einer Drehung des Kopfes wertvolle Energie zu verschwenden. »Singapur, der südliche Zipfel von Taiwan und der nördlichste Punkt von Australien bilden ein Dreieck.«

»Avi«, unterbricht Eb ernst, »drei Punkte bilden immer ein Dreieck.« Normalerweise ist Eberhard nicht dafür bekannt, dass er ihre Meetings mit Humor würzt, aber jetzt geht ein Kichern durch den Raum und Avi grinst – weniger, weil es witzig ist, als weil es von guter Stimmung zeugt.

»Was befindet sich in der Mitte des Dreiecks?«

Alle schauen erneut hin. Die korrekte Antwort lautet *ein Punkt mitten in der Sulusee*, doch es ist klar, worauf Avi hinauswill. »Wir«, sagt Randy.

»So ist es«, sagt Avi. »Kinakuta besitzt die ideale Lage, um als elektronische Kreuzung zu fungieren. Der perfekte Ort, um große Router zu installieren.«

»Hört sich an, als wolltest du Aktionäre bequatschen«, sagt Randy.

Avi überhört ihn. »So ist es wirklich viel sinnvoller.«

»Wie?«, fragt Eb scharf.

»Ich habe gemerkt, dass noch andere Kabelleute hier sind, eine Gruppe aus Singapur und ein Konsortium aus Australien und Neuseeland. Mit anderen Worten: Früher waren wir der einzige Datenüberträger in die Krypta. Am Ende dieses Tages werden wir vermutlich einer von dreien sein.«

Tom Howard grinst triumphierend: Er arbeitet in der Krypta und wusste es wahrscheinlich vor allen anderen. Randy und John Cantrell wechseln einen Blick.

Eb setzt sich steif auf. »Wie lange habt ihr schon davon gewusst?«, fragt er.

Randy bemerkt, wie ein Ausdruck des Ärgers über Beryls Gesicht huscht. Sie mag es nicht, wenn man zu genau nachfragt.

»Würdet ihr anderen Eb und mich für eine Minute entschuldigen?«, sagt Randy und steht auf.

Dr. Eberhard Föhr wirkt verblüfft, rappelt sich dann aber hoch und folgt Randy aus dem Zimmer. »Wohin gehen wir?«

»Lass deinen Laptop hier«, sagt Randy und führt ihn auf den Flur hinaus. »Wir gehen nur hier raus.«

»Warum?«

»Es ist so«, beginnt Randy, während er die Tür zuzieht, aber nicht ins Schloss fallen lässt. »Erfahrene Geschäftsleute wie Avi und Beryl haben eine bemerkenswerte Vorliebe für Gespräche unter vier Augen – so wie du und ich gerade eins führen. Nicht nur das, sie schreiben nur sehr selten etwas auf.«

»Erklär mir das.«

»Es hat irgendwie mit der Informationstheorie zu tun. Nehmen wir an, der schlimmste Fall tritt ein und es kommt zu juristischen Verwicklungen...«

»Juristische Verwicklungen? Wovon sprichst du überhaupt?«

Eb stammt aus einer kleiner Stadt nahe der dänischen Grenze. Sein Vater war Mathematiklehrer am Gymnasium, seine Mutter Englischlehrerin. Aufgrund seines Aussehens wäre er in seiner Heimatstadt wahrscheinlich ein Außenseiter, aber wie viele der Leute, die noch dort leben, ist er davon überzeugt, dass man klar, offen und logisch an die Dinge herangehen sollte.

»Ich will dich nicht beunruhigen«, sagt Randy, »oder andeuten, dass so etwas gerade im Gange ist oder sich zusammenbraut. Aber so wie Amerika nun einmal ist, würdest du dich wundern, wie oft geschäftliche Operationen zu Prozessen führen. Und dann müssen sämtliche Dokumente offen gelegt werden. Deshalb halten Leute wie Avi und Beryl nie etwas schriftlich fest, was sie nicht auch in öffentlicher Verhandlung vorlegen könnten. Außerdem kann jeder dazu aufgefordert werden, unter Eid auszusagen, was vorgefallen ist. Aus diesem Grund sind Gespräche unter vier Augen wie dieses am besten.«

»Dann steht Aussage gegen Aussage, das verstehe ich.«

»Ich weiß.«

»Trotzdem hätte man es uns auf diskrete Weise sagen sollen.«

»Avi und Beryl haben uns bisher nichts davon gesagt, weil sie das Problem erst in Gesprächen unter vier Augen klären wollten. Mit anderen Worten: Sie haben es getan, um uns zu schützen, nicht, um uns etwas zu verheimlichen. Jetzt informieren sie uns ganz offiziell.«

Jetzt ist Eberhard nicht mehr misstrauisch. Jetzt ist er verärgert, was noch schlimmer ist. Wie viele Computerfreaks kann er aufmüpfig werden, wenn er zu dem Schluss kommt, dass andere sich unlogisch verhalten. Randy hebt resignierend die Hände.

»Ich gebe zu, dass das nicht ohne weiteres einleuchtet«, sagt Randy. Keineswegs beruhigt, starrt Eb wütend in die Ferne.

»Würdest du mir zustimmen, dass die Welt voller irrationaler Menschen und verrückter Situationen ist?«

»*Jaaa*...«, antwortet Eb vorsichtig.

»Wenn du und ich hacken und uns dafür bezahlen lassen, müssen die Leute uns anstellen, stimmt's?«

Eb denkt eingehend darüber nach. »Ja.«

»Das heißt, wir müssen uns, so unerfreulich es auch ist, auf einer bestimmten Ebene mit diesen Leuten abgeben. Und eine Menge anderen Unsinn akzeptieren, wie z.B. Rechtsanwälte, Werbefritzen und Marktanalysten. Und wenn du oder ich versuchten, mit ihnen zu verhandeln, würden wir den Verstand verlieren. Hab ich Recht?«

»Höchstwahrscheinlich schon.«

»Deswegen ist es gut, dass es Leute wie Avi und Beryl gibt, denn sie sind unsere Schnittstelle.« Randy fällt ein Bild aus dem Kalten Krieg ein. Mit ausgestreckten Händen greift er in die Luft. »Wie diese Strahlenschutzkästen, die sie beim Umgang mit Plutonium benutzen. Verstehst du?«

Eberhard nickt. Ein ermutigendes Zeichen.

»Das heißt aber nicht, dass es wie das Programmieren von Computern funktioniert. Sie können das irrationale Wesen der Welt draußen nur filtern und abmildern, das heißt, Avi und Beryl werden vielleicht immer noch Dinge tun, die einem ein bisschen verrückt erscheinen.«

Eb hat einen immer abwesenderen Blick bekommen. »Es wäre interessant, das Ganze als ein Problem der Informationstheorie zu betrachten«, verkündet er. »Wie können Daten zwischen den Knoten eines internen Netzwerks hin und her fließen,« – Randy ist klar, dass Eb damit *Leute in einem kleinen Unternehmen* meint – »für einen Außenstehenden aber gar nicht existieren?«

»Was meinst du mit ›nicht existieren‹?«

»Wie könnte ein Gericht die Vorlage eines Dokuments fordern, wenn es innerhalb seines Bezugsrahmens nie existiert hat?«

»Sprichst du von seiner Verschlüsselung?«

Eb quittiert Randys unbedarfte Bemerkung mit einem leicht gequälten Gesichtsausdruck. »Das machen wir doch schon. Dennoch könnte jemand beweisen, dass ein Dokument von einem bestimmten Umfang zu einer bestimmten Zeit an eine bestimmte Mailbox verschickt wurde.«

»Verkehrsanalyse.«

»Ja. Aber wenn man es nun zuschüttet? Warum könnte ich meine Festplatte nicht mit Zufallsbytes füllen, sodass einzelne Dateien gar nicht mehr erkennbar wären? Ihre Existenz würde im allgemeinen Rauschen untergehen wie ein gestreifter Tiger im hohen Gras. Und wir würden untereinander ständig ein Zufallsrauschen hin und her schicken.«

»Das wäre teuer.«

Eberhard macht eine wegwerfende Handbewegung. »Bandbreite ist billig.«

»Das ist eher Glaubenssache als Fakt«, sagt Randy, »aber für die Zukunft mag das richtig sein.«

»Aber der Rest unseres Lebens liegt in der Zukunft, Randy, und deshalb könnten wir das Programm genauso gut jetzt in Angriff nehmen.«

»Gut«, sagt Randy, »aber könnten wir diese Diskussion später fortsetzen?«

»Natürlich.«

Sie gehen in das Zimmer zurück. Tom, der die meiste Zeit hier verbracht hat, sagt gerade: »Die einsfünfzig langen mit gelblichbraunen Tupfen auf blaugrünem Hintergrund sind harmlos und eignen sich hervorragend als Haustiere. Die einsachtzig langen mit bräunlichgelben Tupfen auf türkisfarbenem Hintergrund töten dich mit einem einzigen Biss innerhalb von zehn Minuten, wenn du nicht in der Zwischenzeit Selbstmord begehst, um dir den unerträglichen Schmerz zu ersparen.«

Das Ganze dient dazu, Randy und Eb zu vermitteln, dass die anderen nicht über geschäftliche Dinge gesprochen haben, während sie beide nicht im Raum waren.

»Okay«, sagt Avi, »es läuft also darauf hinaus, dass die Krypta potentiell sehr viel größer wird, als wir ursprünglich dachten, und das ist eine gute Nachricht. Eins müssen wir uns allerdings vor Augen halten.« Avi kennt Randy schon eine Ewigkeit und weiß, dass das, was jetzt kommt, ihm nicht wirklich zu schaffen machen wird.

Alle Augen richten sich auf Randy, und Beryl nimmt den Faden auf. Sie beansprucht für sich, diejenige zu sein, die sich um die Gefühle der Leute kümmert, da die anderen Mitglieder der Firma dazu ja ganz offensichtlich nicht in der Lage sind, und in ihrem Ton liegt Bedauern. »Die hervorragende Arbeit, die Randy auf den Philippinen geleistet hat, stellt keinen Hauptbestandteil der Geschäftstätigkeit unseres Unternehmens mehr dar.«

»Das akzeptiere ich«, sagt Randy. »He, wenigstens bin ich zum ersten Mal seit zehn Jahren braun geworden!«

Allen scheint ein Stein vom Herzen zu fallen, dass Randy nicht beleidigt ist. Tom kommt wie immer unmittelbar zur Sache: »Können wir aus dem Geschäft mit dem Dentisten aussteigen? Einen klaren Schnitt machen?«

Der Gesprächsrhythmus ist jäh unterbrochen. Es ist wie ein Stromausfall in einer Diskothek.

»Weiß ich nicht«, sagt Avi schließlich. »Wir haben die Verträge durchgesehen. Aber sie sind von den Anwälten des Dentisten aufgesetzt worden.«

»Sind nicht einige seiner Partner Anwälte?« fragt Cantrell.

Avi zuckt ungeduldig die Achseln, als wäre das noch längst nicht alles. »Seine Partner. Seine Investoren. Seine Nachbarn, Freunde, Golfkumpane. Wahrscheinlich ist sein *Klempner* Anwalt.«

»Außerdem ist er dafür bekannt, ein Prozesshansel zu sein«, sagt Randy.

»Das andere potenzielle Problem«, sagt Beryl, »besteht darin, dass wir, wenn wir einen Weg fänden, aus dem Geschäft mit AVCLA auszusteigen, auf den kurzfristigen Kapitalfluss aus dem Philippinen-Netzwerk, mit dem wir fest gerechnet haben, verzichten müssten. Die Konsequenzen dürften unsere schlimmsten Erwartungen übertreffen.«

»Verflucht!«, sagt Randy. »Das habe ich befürchtet.«

»Wie sehen die Konsequenzen denn aus?«, fragt Tom und bringt die Sache damit wie immer auf den Punkt.

»Wir müssten mehr Geld auftreiben, um den Fehlbetrag zu decken«, sagt Avi. »Unseren Aktienbestand.«

»Auf wie viel?« fragt John.

»Unter fünfzig Prozent.«

Diese magische Zahl löst unter den Vorstandsmitgliedern der Epiphyte Corp., die zusammen über fünfzig Prozent der Aktien halten, ein kollektives Stöhnen, Seufzen und Herumrutschen aus. Während sie die Konsequenzen durchdenken, konzentrieren sich ihre vielsagenden Blicke allmählich auf Randy.

Der steht schließlich auf und streckt wie zur Abwehr die Hände von sich. »Okay, okay, okay«, sagt er. »Wohin führt uns das? Im Unternehmensplan wird immer wieder behauptet, dass das Philippinen-Netzwerk an und für sich sinnvoll ist – dass es jederzeit als unabhängiges Geschäft abgekoppelt werden und immer noch Geld einbringen könnte. Soweit wir wissen, gilt das nach wie vor, oder?«

Avi denkt darüber nach, bevor er die sorgfältig formulierte Behauptung äußert: »Es gilt in dem Maße, wie es immer gegolten hat.«

Das ruft bei den anderen Gekicher und einen kurzen sarkastischen Applaus hervor. Cleverer Avi! Wo wären wir bloß ohne ihn?

»Gut«, sagt Randy. »Wenn wir also bei dem Dentisten bleiben – obwohl sein Projekt für uns irrelevant geworden ist –, werden wir hoffentlich so viel Geld verdienen, dass wir keine weiteren Aktien verkaufen müssen. Wir können die Kontrolle über das Unternehmen behalten. Geben wir dagegen unsere Geschäftsbeziehungen zu AVCLA auf, werden die Partner des Dentisten anfangen, uns mit Prozessen zu überziehen – und das buchstäblich ohne irgendwelche Kosten oder irgendein Risiko. Die Schlammschlacht wird vor Gericht in L.A. stattfinden. Wir müssen also dorthin zurückfliegen, als Zeugen auftreten und eidliche Aussagen zu Protokoll geben. Wir geben tonnenweise Geld für Anwälte aus.«

»Und am Ende verlieren wir vielleicht sogar«, sagt Avi.

Alle lachen.

»Also müssen wir dabeibleiben«, folgert Randy. »Wir müssen mit dem Dentisten arbeiten, ob wir wollen oder nicht.«

Niemand sagt etwas.

Nicht dass sie anderer Meinung sind als Randy, ganz im Gegenteil. Es verhält sich nur so, dass Randy mit dieser Philippinen-Geschichte betraut ist und letztlich diese unerfreuliche Situation wird meistern müssen. Randy wird die ganze Wucht dieses Schlages allein auffangen. Besser er übernimmt es freiwillig, als dass man ihn dazu zwingt. Und das tut er jetzt, laut und vor aller Ohren, in Form einer Vorführung. Die weiteren Schauspieler des Ensembles sind Avi, Beryl, Tom, John und Eb. Das Publikum besteht aus den Minderheitsaktionären der Epiphyte Corp., dem Dentisten und verschiedenen noch aus der Liste auszuwählenden Geschworenen. Es ist eine Vorführung, die nie ans Licht kommen wird, außer wenn jemand Klage gegen sie einreicht und sie alle in den Zeugenstand bringt, wo sie das Ganze unter Eid wiedergeben müssen.

John beschließt, noch eins draufzusetzen. »Die AVCLA finanziert die Philippinen auf spekulativer Basis, stimmt's?«

»Korrekt«, sagt Avi mit Nachdruck, direkt an mögliche zukünftige Geschworene gewandt. »Früher verkauften Kabelleger zuerst Leitungskapazität, um an Geld zu kommen. Die AVCLA arbeitet mit ihrem eigenen Kapital. Wenn das Netz fertig ist, wird es ihr komplett gehören und sie wird die Kapazität an den Meistbietenden verkaufen.«

»Es ist nicht alles eigenes Geld der AVCLA – so reich ist sie nun auch nicht«, sagt Beryl. »Sie hat einen ziemlichen Batzen von der NOHGI bekommen.«

»Von wem?«, fragt Eb.

»Niigata Overseas Holding Group Inc.«, antworten drei Leute im Chor.

Eb schaut verwirrt drein.

»Die NOHGI hat die Tiefseekabel von Taiwan nach Luzon gelegt«, erläutert Randy.

»Wie auch immer«, sagt John, »ich meine, dass der Dentist mit der Verkabelung der Philippinen auf spekulativer Basis ein großes Risiko eingegangen ist. Alles, was die Fertigstellung des Systems verzögert, wird ihm ungeheure Probleme bereiten. Es gehört sich für uns, unseren Verpflichtungen nachzukommen.«

An die hypothetischen Geschworenen im Fall Dentist gegen Epiphyte Corp. gewandt, sagt John also: *Wir haben die Bedingungen unseres Vertrages mit der AVCLA genauestens eingehalten.*

Allerdings wird das in den Augen der hypothetischen Geschworenen in dem *anderen* hypothetischen Prozess, Minoritätsaktionäre, nämlich Springboard Group, gegen Epiphyte Corp., nicht unbedingt so gut aussehen. Deshalb fügt Avi hastig hinzu: »Wir haben, wie ich meine, durch eine eingehende Diskussion der verschiedenen Aspekte deutlich gemacht, dass die Erfüllung des Vertrags mit dem Dentisten einen wesentlichen Bestandteil unserer Verpflichtungen gegenüber unseren eigenen Aktionären darstellt. Diese zwei Ziele greifen ineinander.«

Beryl schlägt die Augen zum Himmel und stößt einen tiefen Seufzer der Erleichterung aus.

»Deshalb lasst uns vorwärts gehen und die Philippinen verkabeln«, sagt Randy.

Avi wendet sich in offiziellem Ton an ihn, so als läge seine Hand auch jetzt noch auf einer Gideon-Bibel: »Randy, glaubst du, dass die dir zur Verfügung gestellten Mittel ausreichen, um unsere vertraglichen Pflichten gegenüber dem Dentisten zu erfüllen?«

»Darüber müssen wir uns unterhalten«, entgegnet Randy.

»Kann es bis übermorgen warten?« fragt Avi.

»Natürlich. Warum nicht?«

»Ich muss zur Toilette«, sagt Avi.

Das ist ein Zeichen, das Avi und Randy in der Vergangenheit oft benutzt haben. Avi steht auf und geht zur Toilette. Einen Augenblick später sagt Randy: »Wenn ich's mir recht überlege...« und folgt ihm hinein.

Verblüfft stellt er fest, dass Avi tatsächlich pinkelt. Spontan macht Randy seinen Reißverschluss auf und fängt sofort an, es ihm gleichzutun. Erst mitten drin fällt ihm auf, wie bemerkenswert das ist.

»Was gibt's?«, fragt Randy.

»Heute Morgen bin ich zur Rezeption gegangen, um Geld zu wechseln«, antwortet Avi, »und rate mal, wer da direkt vom Flugplatz ins Hotel stolziert kam?«

»Scheiße«, entfährt es Randy.

»Der Dentist höchstpersönlich.«

»Ohne Yacht?«

»Die Yacht kommt nach.«

»Hatte er irgendjemanden bei sich?«

»Nein, aber später vielleicht schon.«

»Warum ist er hier?«

»Er muss es mitgekriegt haben.«

»Verdammt. Er ist der Allerletzte, dem ich morgen begegnen möchte.«

»Warum? Gibt es ein Problem?«

»Nichts, was ich genau bestimmen könnte«, erwidert Randy. »Nichts Dramatisches.«

»Nichts, wodurch du, wenn es später ans Licht käme, als fahrlässig dastehen würdest?«

»Ich glaube nicht«, sagt Randy. »Es ist nur so, dass diese Philippinenangelegenheit kompliziert ist und wir unbedingt darüber reden müssen.«

»Also, solltest du morgen dem Dentisten über den Weg laufen«, sagt Avi, »sag um Gottes Willen nichts über deine Arbeit. Bleib unverbindlich.«

»Kapiert«, sagt Randy und zieht den Reißverschluss hoch. In Wirklichkeit denkt er: Warum habe ich all die Jahre in akademischen Kreisen zugebracht, wo ich so große Dinger wie die hier hätte machen können?

Was ihn dann auf etwas anderes bringt: »Ach ja. Hab eine merkwürdige E-Mail bekommen.«

Wie aus der Pistole geschossen sagt Avi: »Von Andy?«

»Wie kommst du darauf?«

»Du hast gesagt, sie sei *merkwürdig*. Ist die E-Mail wirklich von ihm?«

»Eigentlich weiß ich nicht, von wem sie ist. Vermutlich nicht von Andy. Sie war auf *andere* Weise merkwürdig.«

»Hast du darauf geantwortet?«

»Nein. Aber zwerg@siblings.net.«

»Wer ist das? Siblings.net ist doch das System, das du für deine Verwaltungsangelegenheiten benutzt hast, oder?«

»Richtig. Ich habe dort immer noch ein paar Privilegien. Hab ein neues Benutzerkonto unter dem Namen Zwerg eröffnet, das man nicht mit mir in Verbindung bringen kann. Hab diesem Typ eine anonyme E-Mail zurückgeschickt und ihm gesagt, ich ginge bis zum Beweis des Gegenteils davon aus, dass er ein alter Feind von mir sei.«

»Oder ein neuer.«

Speerspitze

Auf Besuch bei seinen Großeltern in Dakota folgt der junge Lawrence Pritchard Waterhouse einem Pflug über ein Feld. Die Streichbleche des Pflugs heben die schwarze Erde aus den Furchen und häufen sie zu Graten, die aus der Nähe uneben und klumpig, von fern jedoch mathematisch sauber und gerade aussehen, wie die Rillen einer Schallplatte. Aus dem Kamm einer dieser Erdwellen ragt ein winziger, surfbrettförmiger Gegenstand. Der junge Waterhouse bückt sich und pflückt ihn heraus. Es ist eine sauber aus Feuerstein gemeißelte, indianische Speerspitze.

U-553 ist eine Speerspitze aus schwarzem Stahl, die etwa zehn Meilen nördlich von Qwghlm in die Luft ragt. Die grauen Brecher heben es an und werfen es nieder, doch abgesehen davon bewegt es sich nicht; es ist auf einer unter Wasser liegenden Felsnase aufgelaufen, die den Einheimischen unter dem Namen Cäsars Klippe oder Wikingshippe oder Teutonenhammer bekannt ist.

Auf der Prärie finden sich diese Pfeilspitzen aus Feuerstein in jederlei natürliche Matrix eingebettet: Erde, Sode, der Schlamm eines Flussufers, das Kernholz eines Baums. Waterhouse hat eine Begabung dafür, sie zu finden. Wie kann er über ein Feld gehen, das durch den Rückzug des letzten Gletschers mit unzähligen Steinen durchsetzt ist, und die Pfeilspitzen herauslesen? Wieso kann das menschliche Auge im zerrissenen, turbulenten Kosmos der Natur eine winzige künstliche Form, eine Datennadel in einem Heuhaufen von Rauschen entdecken? Er vermutet, dass es sich um eine plötzliche Kurzschlussverbindung zwischen menschlichen Geistern handelt. Die Pfeilspitzen sind von ihrem menschlichen Ursprung abgelöste, menschliche Produkte, deren organische Bestandteile untergegangen sind und deren mineralische Formen überdauern – Kristalle einer bestimmten Absicht. Nicht die Form, sondern die tödliche Absicht beansprucht die Aufmerksamkeit eines selbstsüchtigen Geistes. Für den jungen Waterhouse, der nach Speerspitzen suchte, hat das funktioniert. Es hat für die Piloten der Flugzeuge funktioniert, die an diesem Morgen U-553 gejagt haben. Es funktioniert für die Lauscher des *Beobachtungsdienstes*, die ihre Ohren darauf trainiert haben zu verstehen, was Churchill und FDR über vermeintlich verwürfelte Telefonverbindungen sagen. Nur bei Krypto funktioniert es nicht besonders gut. Das ist wirklich Pech, außer für die Briten und die Amerikaner, die mathematische Systeme entwickelt haben, mit denen sich Pfeilspitzen aus Kieseln herauslesen lassen.

Cäsars Klippe hat den Bug von U-553 unten aufgeschlitzt und das ganze Boot zugleich hoch und teilweise aus dem Wasser geschoben. Der Schwung hat es beinahe über das Hindernis hinweg gehievt, doch es ist in der Mitte hängen geblieben, gestrandet, eine von den Wellen gepeitschte Wippe. Mittlerweile hat sich der Bug größtenteils mit Wasser gefüllt und so ist es das spitz zulaufende Achterschiff, das über die Wellenkämme ragt. Die Mannschaft ist von Bord gegangen, und das bedeutet nach den Traditionen des Seerechts, dass das Boot zu haben ist. Die Royal Navy beansprucht es für sich. Eine Flotte von Zerstörern patrouilliert in dem Gebiet, damit nicht irgendein Schwester-Unterseeboot durchschlüpft und das Wrack torpediert.

Waterhouse ist in unziemlicher Hast vom Schloss geholt worden. Mittlerweile senkt sich wie ein Bleivorhang die Abenddämmerung herab und nachts jagen Wolfsrudel. Er steht auf der Brücke einer Korvette, eines winzigen Begleitschiffes, das bei jeder Art von Wellengang genau die gleiche Hydrodynamik aufweist wie ein leeres Ölfass. Wenn er unter Deck bleibt, wird er nie zu kotzen aufhören, deshalb steht er, die Füße weit auseinander gestellt und die Knie leicht gebeugt, an Deck, hält sich mit beiden Händen an einem Geländer fest und sieht zu, wie das Wrack näher kommt. Auf dessen Turm ist die Zahl 553 aufgemalt, unter der Karikatur eines Eisbären, der einen Bierkrug hebt.

»Interessant«, sagt er zu Colonel Chattan. »Fünf-fünf-drei ist das Produkt zweier Primzahlen – sieben und neunundsiebzig.«

Chattan bringt ein anerkennendes Lächeln zustande, aber Waterhouse merkt, dass das nichts weiter als eine spektakuläre Zurschaustellung guter Kinderstube ist.

Inzwischen ist endlich auch der Rest von Abteilung 2702 eingetroffen. Nach dem erfolgreichen Abschluss des Havarie-Einsatzes in Norwegen waren die Leute auf dem Weg zu ihrer neuen Operationsbasis auf Qwghlm, als sie Nachricht vom Auflaufen von U-553 bekamen. Sie haben sich hier auf diesem Schiff mit Waterhouse getroffen – und noch nicht einmal Zeit gehabt, sich hinzusetzen, geschweige denn auszupacken. Waterhouse hat ihnen mehrmals versichert, wie sehr es ihnen auf Qwghlm gefallen wird, und jeder andere Gesprächsstoff ist ihm ausgegangen – die Mannschaft der Korvette hat keine Freigabe für Ultra Mega, und alles, worüber Waterhouse mit Chattan und den anderen irgend reden könnte, unterliegt der Geheimhaltung auf Stufe Ultra Mega. So versucht er es tapfer mit Geplauder über Primzahlen.

Einige Männer der Abteilung – der Lieutenant der Marines und die meisten Gemeinen – sind auf Qwghlm abgesetzt worden, um sich in ihrem neuen Quartier einzurichten. Nur Colonel Chattan und ein Unteroffizier namens Sergeant Robert Shaftoe begleiten Waterhouse zu dem Unterseeboot.

Shaftoe ist drahtig, mit den prallen Unterarmen und Händen eines Höhlenmenschen und einem blonden Bürstenschnitt, durch den seine großen blauen Augen noch größer wirken. Er hat eine große Nase, einen großen Adamsapfel, große Aknenarben und dazu noch ein paar Narben um die Augenhöhlen. Die ausgeprägten Züge des kraftvollen Körpers verleihen ihm eine intensive Ausstrahlung; es fällt schwer, nicht dauernd zu ihm hinüberzusehen. Er wirkt wie ein Mann mit starken Emotionen und einer noch stärkeren Disziplin, die sie im Zaum hält. Er starrt seinem jeweiligen Gesprächspartner unverwandt und ohne zu blinzeln in die Augen. Wenn niemand etwas sagt, starrt er zum Horizont und denkt. Wenn er denkt, dreht er unentwegt Däumchen. Jeder andere benutzt seine Finger dazu, sich an irgendetwas festzuhalten, aber Shaftoe ist aufs Deck gepflanzt wie ein fetter Kerl in einer Menschenschlange vor einem Kino. Wie Waterhouse, aber im Gegensatz zu Chattan, hat er schwere Schlechtwetterkleidung an, die sie sich aus den Beständen des Torpedobootes geborgt haben.

Es ist bekannt und allen Anwesenden mitgeteilt worden, dass der Skipper des Unterseebootes – der letzte Mann, der von Bord ging – die Geistesgegenwart besessen hat, die Enigma des Bootes mitzunehmen. Von den noch immer am Himmel kreisenden RAF-Flugzeugen aus wurde beobachtet, wie sich der Skipper in seinem Rettungsfloß in eine kippelige kniende Haltung aufrichtete und die Walzen der Maschine in verschiedene Richtungen in die Steilhänge hügelgroßer Wellen schleuderte. Dann ging die Maschine selbst über Bord.

Die Deutschen wissen, dass man die Maschine niemals wird bergen können. Sie wissen allerdings nicht, dass man nicht einmal danach suchen wird, denn es gibt einen Ort namens Bletchley Park, wo man schon alles über die vierwalzige Enigma der deutschen Kriegsmarine weiß, was es zu wissen gibt. Die Briten werden trotzdem so tun, als suchten sie danach, bloß falls irgendwer zuguckt.

Waterhouse sucht nicht nach Enigma-Maschinen. Er sucht nach verirrten Pfeilspitzen.

Die Korvette nähert sich dem Unterseeboot zunächst frontal, dann besinnt man sich eines Besseren, und sie fährt in weitem Bogen hinten um das Wrack herum und hält dann gegen den Wind darauf zu. Auf diese Weise, vermutet Waterhouse, wird der Wind sie tendenziell vom Riff wegdrücken. Von unten gesehen wirkt das Unterseeboot irgendwie pausbäckig. Der Teil, der sich normalerweise über Wasser befindet, wenn das Boot aufgetaucht fährt, ist neutral grau und schlank wie ein Messer. Der Teil, der sich normalerweise unter Wasser befindet, wenn das Boot nicht gerade einen großen Felsen gerammt hat, ist breit und schwarz. Das Wrack ist von abenteuerlustigen Royal-Navy-Leuten geentert worden, die frecherweise eine weiße Flagge am Turm gehisst haben. Erreicht haben sie es offenbar in einem Walfangboot mit geringem Tiefgang, das mit einem spärlichen Gewirr von Leinen längsseits daran festgemacht ist und durch außen am Dollbord befestigte, abgefahrene Reifen auf Abstand gehalten wird. Die Korvette mit den Angehörigen von Abteilung 2702 an Bord schiebt sich vorsichtig an das Unterseeboot heran; jede rollende Woge lässt die Schiffe beinahe zusammenprallen.

»Wir befinden uns hier eindeutig in einem nichteuklidischen Raum!«, sagt Waterhouse boshaft. Chattan beugt sich zu ihm hin und legt eine Hand ans Ohr. »Und er ist außerdem noch *echtzeitabhängig*, muss also *eindeutig* in vier, nicht in drei Dimensionen angegangen werden!«

»Wie bitte?«

Noch näher und sie laufen selbst auf das Riff auf. Die Matrosen schießen eine richtige Rakete ab, die eine Leine zu dem anderen Boot bringt, und verwenden dann einige Zeit darauf, ein von Schiff zu Schiff führendes Beförderungssystem zu installieren. Waterhouse befürchtet, dass er es wird benutzen müssen. Eigentlich empfindet er eher Verärgerung als Angst, denn er stand unter dem Eindruck, dass man ihn für den Rest des Krieges keiner Gefahr mehr aussetzen wird. Er versucht, Zeit totzuschlagen, indem er die Unterseite des Unterseebootes betrachtet und den Seeleuten zusieht. Sie haben so etwas wie eine Eimerbrigade gebildet, um Bücher und Briefe aus dem Wrack in den Turm und von da in das Walfangboot zu schleppen. Mit seinen überall hervorstehenden Geschützläufen, Sehrohren und Antennen hat der Turm etwas intrikat Spinnenartiges.

Waterhouse und Shaftoe werden tatsächlich mithilfe einer Gondelbahn, die an einem gespannten Kabel läuft, zu U-553 hinübergeschickt. In einer Art urkomischer symbolischer Geste ziehen die Matrosen ihnen zunächst Rettungswesten an, sodass sie, falls sie nicht zerschmettert werden, an Unterkühlung sterben anstatt zu ertrinken.

Als Waterhouse die halbe Strecke hinter sich hat, zieht ein Wellental unter ihm durch und er schaut hinab in den Sog der Höhlung und sieht die Spitze von Cäsars Klippe einen Moment lang frei liegen, bedeckt von einem indigofarbenem Muschelpelz. Man könnte hinuntersteigen und darauf stehen. Dann rauschen Tausende von Tonnen richtig kaltes Wasser in die Höhlung, steigen hoch und klatschen ihn auf den Hintern.

Er blickt zu U-553 auf, von dem viel zu viel über ihm aufragt. Sein grundlegender Eindruck geht dahin, dass es hohl ist, eher Sieb als Kriegsschiff. Der Rumpf ist von Reihen länglicher Schlitze perforiert, die wie auf das Metall tätowierte Stromlinien zu Wirbelmustern angeordnet sind. Es wirkt ungeheuer zerbrechlich. Dann späht er durch die Schlitze – von weiteren Schlitzen im Deck scheint Licht durch das ganze Boot – und nimmt die Silhouette des im Inneren untergebrachten Druckkörpers wahr, der gewölbt ist und sehr viel solider aussieht als die äußere Hülle. Das Boot hat zwei dreiblättrige Schrauben von einem knappen Meter Durchmesser, die da und dort, vom Kontakt mit wer weiß was, zerbeult sind. Im Augenblick ragen sie in die Luft und bei ihrem Anblick empfindet Waterhouse die gleiche abwegige Verlegenheit, die er in Pearl Harbor beim Anblick Gefallener empfunden hat, deren Geschlechtsteile zu sehen waren. Tiefen- und Steuerruder ragen hinter den Schrauben aus dem Rumpf, und achtern davon, in der Nähe der Spitze des Hinterschiffs, befinden sich zwei schlichte, lukenartige Metallplatten, aus denen, wie Waterhouse klar wird, wohl die Torpedos herauskommen.

Er legt die letzten sieben Meter mit entsetzlicher Geschwindigkeit zurück und wird von acht kräftigen Händen aufgefangen, an verschiedenen Stellen festgehalten und an einem halbwegs sicheren Platz abgesetzt: unmittelbar achtern des Turms, gleichsam unter ein Fliegerabwehrgeschütz geschmiegt. Weit vorn, auf dem Achterschiff des Bootes, steht ein T-förmiger Ständer mit Kabeln, die von den Enden des Querbalkens straff bis zur Reling des Turms, ganz in der Nähe, gespannt sind. Dem Beispiel eines Royal-Navy-Offiziers folgend, den man offenbar zu seinem Hüter ernannt hat, klettert Waterhouse aufwärts – d. h. in Richtung Achterschiff –, indem er eines dieser Kabel als Geländer benutzt, und steigt seinem Führer durch eine Luke im Achterdeck ins Innere des Bootes nach. Shaftoe folgt ein paar Augenblicke später.

Es ist der schlimmste Ort, den Waterhouse je zu Gesicht bekommen hat. Wie die Korvette, von der er gerade gekommen ist, hebt sich das Boot sanft mit jeder Welle, doch anders als die Korvette kracht es sodann auf die Felsen und wirft ihn beinahe um. Man kommt sich vor, als wäre man in einer Mülltonne eingesperrt, auf die jemand mit einem Vorschlaghammer eindrischt. U-553 ist ungefähr zur Hälfte mit einem kräftigen Gebräu aus billigem Wein, Dieselkraftstoff, Batteriesäure und reinem Abwasser gefüllt. Wegen der Schräglage des Bootes wird diese Suppe, wenn man Richtung Vorschiff geht, rasch tiefer, wälzt sich jedoch jedes Mal, wenn der Mittelteil auf die Felsen herunterknallt, in einer alles durchnässenden Tsunami nach achtern. Glücklicherweise ist Waterhouse über Übelkeit inzwischen weit hinaus und befindet sich in einer Art Transzendentalzustand, in dem sein Geist sich noch mehr als sonst von seinem Körper abgelöst hat.

Der verantwortliche Offizier wartet, bis der Lärm sich gelegt hat, und sagt dann mit verblüffend ruhiger Stimme: »Gibt es etwas Bestimmtes, was Sie gern inspizieren würden, Sir?«

Waterhouse versucht nach wie vor, eine Ahnung davon zu bekommen, wo er sich eigentlich befindet, indem er seinen Taschenlampenstrahl herumwandern lässt, was ungefähr so ist, als guckte man durch einen Trinkhalm. Er gewinnt keine synoptische Ansicht von seiner Umgebung, nur flüchtige Blicke auf Röhren und Kabel. Schließlich versucht er es damit, dass er den Kopf ruhig hält und den Lampenstrahl in einer gleichsam kritzelnden Bewegung sehr rasch hin und her bewegt. Es ergibt sich ein Bild: Sie befinden sich in einem schmalen Kriechgang, der offenbar von Ingenieuren für Ingenieure konstruiert worden ist und Zugang zu einigen Tausend Kilometern Röhren und Kabel gewähren soll, die durch eine Art Flaschenhals gezwängt worden sind.

»Wir suchen nach den Papieren des Skippers«, sagt Waterhouse. Wieder geht das Boot in den freien Fall über. Er lehnt sich an etwas Schlüpfriges, hält sich die Ohren zu, schließt Augen und Mund und atmet durch die Nase aus, damit nichts von der Suppe in seinen Körper eindringt. Das Ding, gegen das er sich lehnt, ist richtig hart, kalt und gerundet. Es ist fettig. Er leuchtet es mit der Lampe an; es besteht aus Messing. Der Lichtkritzel-Trick erzeugt das Bild einer Art Messingraumschiff, das (wenn er sich nicht irrt) unter einer Koje untergebracht ist. Er ist kurz davor, sich mit der Frage, was das ist, bis auf die Knochen zu blamieren, da erkennt er es als Torpedo.

In der nächsten Stillephase fragt er: »Gibt es so etwas wie eine Privatkabine, wo er vielleicht...«

»Im Vorschiff«, sagt der Offizier. Das Vorschiff ist keine sehr ermutigende Aussicht.

»Scheiße«, sagt Sergeant Shaftoe. Es ist seit einer halben Stunde das erste Wort, das er sagt. Er beginnt vorwärts zu platschen und der britische Offizier muss sich beeilen, um ihn einzuholen. Wieder sackt das Deck unter ihren Füßen weg und sie bleiben stehen und drehen sich um, damit die Abwasserwelle sie in den Rücken trifft.

Sie gehen bergab. Jeder Schritt ist eine offene Schlacht wider Klugheit und vernünftige Einsicht und sie machen eine Menge Schritte. Was Waterhouse als Flaschenhals qualifiziert hat, setzt sich endlos fort – offenbar bis nach vorn zum Bug. Irgendwann stoßen sie auf etwas, das ihnen einen Vorwand liefert, stehen zu bleiben: eine Kabine oder vielleicht (bei zirka eins zwanzig auf eins achtzig) auch nur die Ecke einer Kabine. Es gibt ein Bett, einen kleinen, ausklappbaren Tisch und ein Schränkchen aus richtigem Holz. In Verbindung mit Fotos von Familie und Freunden verleihen sie der Kabine eine gemütliche, häusliche Atmosphäre, die allerdings durch ein gerahmtes Bild von Adolf Hitler an der Wand völlig zunichte gemacht wird. Waterhouse findet das schrecklich geschmacklos, bis ihm wieder einfällt, dass es sich ja um ein deutsches Boot handelt. Das Abwasser schwappt auf mittlerer Fluthöhe schräg durch die Kabine und teilt sie annähernd in zwei Hälften. Überall schwimmen Papiere und anderer Büromüll, beschrieben in der okkulten gotischen Schrift, die Waterhouse mit Rudi assoziiert.

»Nehmen Sie alles mit«, sagt Waterhouse, doch Shaftoe und der Offizier fahren bereits mit den Armen durch das Gebräu und ziehen sie, in triefendes Pappmaché gehüllt, heraus. Sie stopfen alles in einen Leinensack.

Die Koje des Skippers befindet sich am achtern oder hoch gelegenen Ende der Kabine. Shaftoe zieht sie ab, sieht unter dem Kissen und der Matratze nach, findet nichts.

Der ausklappbare Tisch befindet sich an dem ganz unter Wasser stehenden Ende. Waterhouse watet vorsichtig hinüber, darauf bedacht, nicht den Halt zu verlieren. Er stößt mit den Füßen gegen den Schreibtisch, greift in die Brühe, tastet herum, wie es ein Blinder tun würde. Er stößt auf ein paar Schubladen und schafft es, sie komplett herauszuziehen und Shaftoe zu reichen, der den Inhalt in den Sack kippt. Binnen kurzem ist er sich ziemlich sicher, dass nichts mehr im Schreibtisch ist.

Das Boot hebt sich und knallt herunter. Als das Abwasser sich vorwärts wälzt, kommt in der Ecke der Kabine einen Moment lang etwas zum Vorschein, etwas, das am vorderen Schott befestigt ist. Waterhouse watet hinüber, um festzustellen, was es ist.

»Es ist ein Safe!«, sagt er. Er dreht den Skalenring. Er ist schwer. Ein guter Safe. Deutsch. Shaftoe und der britische Offizier sehen einander an.

Ein britischer Seemann erscheint in der offenen Luke. »Sir!«, verkündet er. »In dem Gebiet ist ein zweites Unterseeboot gesichtet worden.«

»Ich hätte furchtbar gern ein Stethoskop«, deutet Waterhouse an. »Gibt's auf dem Ding ein Krankenrevier?«

»Nein«, sagt der britische Offizier. »Bloß einen Kasten mit medizinischer Ausrüstung. Müsste irgendwo herumschwimmen.«

»Sir! Jawohl, Sir!«, sagt Shaftoe und verschwindet aus der Kabine. Als er kurz darauf wieder kommt, hält er ein deutsches Stethoskop hoch über seinen Kopf, damit es nicht schmutzig wird. Er wirft es quer durch die Kabine Waterhouse zu, der es auffängt, sich die Ohrstöpsel in die Ohren steckt und den Höraufsatz durch die Brühe hindurch auf die Vorderseite des Safes setzt.

Er hat das in bescheidenem Umfang schon einmal gemacht, als Übung. Kinder, die von Schlössern besessen sind, werden häufig zu Erwachsenen, die von Krypto besessen sind. Der Geschäftsführer des Lebensmittelladens in Moorhead, Minnesota, pflegte den jungen Waterhouse mit seinem Safe spielen zu lassen. Der knackte, zur großen Überraschung des Geschäftsführers, die Kombination und schrieb für die Schule einen Bericht über das Erlebnis.

Dieser Safe hier ist erheblich besser als der damals. Da Waterhouse den Skalenring ohnehin nicht sehen kann, schließt er die Augen.

Er bekommt vage mit, dass die anderen Burschen auf dem Unterseeboot schon eine ganze Weile wegen irgend etwas herumschreien und Theater machen, als wäre gerade eine sensationelle Meldung eingegangen. Vielleicht ist der Krieg vorbei. Dann wird ihm der Höraufsatz des Stethoskops entwunden. Er schlägt die Augen auf und sieht Sergeant Shaftoe, der sich den Aufsatz wie ein Mikrophon vor den Mund hält. Shaftoe starrt ihn gelassen an und spricht in das Stethoskop: »Sir, Torpedos im Wasser, Sir.« Dann dreht er sich um und lässt Waterhouse allein in der Kabine zurück.

Waterhouse ist die Leiter des Turms halb hinaufgeklettert und blickt zu einem kreisförmigen Ausschnitt gräulich-schwarzen Himmels auf, als plötzlich ein dröhnender Ruck durch das ganze Boot geht. Unter ihm schießt ein Schwall Abwasser hoch und stößt ihn nach oben, speit ihn aufs Oberdeck des Bootes aus, wo seine Kameraden ihn packen und rücksichtsvollerweise verhindern, dass er in den Ozean kugelt.

Die Bewegung von U-553 hat sich verändert. Das Boot bewegt sich jetzt viel mehr, als würde es sich gleich vom Riff losreißen.

Waterhouse braucht eine gewisse Zeit, um sich zu orientieren. Er kommt allmählich zu der Ansicht, dass er das Ganze nicht unbeschadet überstanden hat. Mit seinem linken Arm, demjenigen, auf dem er gelandet ist, stimmt eindeutig etwas nicht.

Starkes Licht streicht über sie hinweg: ein Suchscheinwerfer der britischen Korvette, die sie hergebracht hat. Die britischen Seeleute fluchen. Waterhouse stemmt sich auf seinem gesunden Ellbogen hoch und visiert am Rumpf des Unterseebootes entlang dem Strahl des

Suchscheinwerfers nach, der sich auf ein bizarres Bild richtet. Das Boot ist knapp unterhalb der Wasserlinie aufgesprengt worden, Fetzen seines Rumpfes haben sich von der Wunde zurückgebogen und ragen zackig in die Luft. Der stinkende Inhalt des Rumpfes läuft heraus und färbt den Atlantik schwarz.

»Scheiße!«, sagt Sergeant Shaftoe. Er schüttelt einen kleinen, aber schwer aussehenden Rucksack ab, den er schon die ganze Zeit herumträgt, und öffnet ihn. Seine plötzliche Aktivität erregt die Aufmerksamkeit der Royal-Navy-Leute, die ihm helfen, indem sie ihre Taschenlampen auf seine rastlosen Hände richten.

Waterhouse, der sich zu diesem Zeitpunkt möglicherweise in einer Art Delirium befindet, kann nicht fassen, was er sieht: Shaftoe hat ein Bündel sauberer, bräunlich-gelber Zylinder, fingerdick und gut fünfzehn Zentimeter lang, hervorgeholt. Er nimmt außerdem ein paar Kleinteile heraus, darunter eine Rolle dicke, steife rote Schnur. Er springt so entschlossen auf, dass er beinahe jemanden über den Haufen rennt, dann läuft er zum Turm und verschwindet die Leiter hinunter.

»Herrgott«, sagt ein Offizier, »er will sprengen.« Der Offizier denkt ganz kurze Zeit darüber nach; das Boot bewegt sich auf Furcht erregende Weise mit den Wellen und macht scharrende Geräusche, die womöglich darauf hindeuten, dass es vom Riff rutscht. »Alle Mann von Bord!«, brüllt er.

Die meisten steigen in das Walfangboot. Waterhouse wird wieder in die Gondel-Vorrichtung verfrachtet. Er hat ungefähr die halbe Strecke zum Torpedoboot zurückgelegt, als er einen heftigen Stoß verspürt, aber kaum hört.

Den Rest des Weges über kann er rein gar nichts sehen; noch nach seiner Rückkehr auf das Torpedoboot herrscht reine Verwirrung und jemand namens Enoch Root besteht darauf, mit ihm unter Deck zu gehen und sich mit seinem Kopf und seinem Arm zu beschäftigen. Waterhouse hat bis jetzt nicht gewusst, das sein Kopf Schaden genommen hat, was insofern einleuchtet, als der Kopf der Ort des Wissens ist – wenn er Schaden genommen hat, woher soll man's dann wissen? »Dafür kriegen Sie mindestens ein Purple Heart«, sagt Enoch Root. Er sagt es mit einem deutlichen Mangel an Begeisterung, als ob ihm Purple Hearts völlig schnurz sind, er sich jedoch zu der Vermutung herablässt, das Ganze werde für Waterhouse zu einem großen Erlebnis. »Und Sergeant Shaftoe, dieser Ochse, hat wahrscheinlich auch wieder eine höhere Auszeichnung zu erwarten.«

Morphium

Noch immer sieht Shaftoe das Wort jedes Mal vor sich, wenn er die Augen schließt. Es wäre besser, wenn er auf die zu erledigende Arbeit achtete: Sprengladungen um die Bolzen zu packen, die den Safe mit dem Unterseeboot verbinden.

MORPHIUM. So steht es auf einem vergilbten Papieretikett. Das Etikett ist auf eine kleine Glasflasche geklebt. Das Glas hat die gleiche tief purpurrote Farbe, die man sieht, wenn man von einem starken Licht geblendet worden ist.

Harvey, der Seemann, der sich angeboten hat, ihm zu helfen, leuchtet Shaftoe ständig mit seiner Taschenlampe in die Augen. Das ist unvermeidlich; Shaftoe ist in einer unvergleichlich unbequemen Haltung unter den Safe gezwängt, hantiert mit den Ladungen und versucht mit schmierigen Fingern, denen jede Kraft und Wärme fehlt, die Zünder scharf zu machen. Das wäre gar nicht möglich, wenn das Boot nicht torpediert worden wäre; davor war die Kabine halb voll Abwasser und der Safe war darin eingetaucht. Nun hat sie sich praktischerweise geleert.

Harvey ist nirgendwo eingezwängt. Er wird von den Paroxysmen des Unterseeboots herumgeschleudert, das wie ein gestrandeter Hai stumpfsinnig, aber heftig versucht, sich von dem Riff loszureißen. Der Strahl seiner Taschenlampe streicht Shaftoe immer wieder über die Augen. Shaftoe blinzelt und sieht einen Kosmos von Purpurrot: winzige purpurrote Flaschen mit der Aufschrift MORPHIUM.

»Verflucht noch mal!«, brüllt er.

»Alles in Ordnung, Sergeant?«, fragt Harvey.

Harvey kapiert es nicht. Harvey denkt, Shaftoe flucht über irgendein Problem mit den Sprengkörpern.

Dabei sind die Sprengkörper einfach *klasse*. Mit den *Sprengkörpern* gibt es kein Problem. Das Problem ist Bobby Shaftoes Gehirn.

Er hat *direkt davor* gestanden. Waterhouse hat ihn auf die Suche nach einem Stethoskop geschickt, und Shaftoe ist durch das Unterseeboot gekraxelt, bis er eine Holzkiste gefunden hat. Er hat sie geöffnet und gleich gesehen, dass sie voller medizinischem Kram war. Er hat sie nach dem von Waterhouse gewünschten Gegenstand durchwühlt und da war die Flasche, nicht zu übersehen, direkt vor seiner Nase. Er hat sie sogar mit der Hand gestreift, Herrgott noch mal. Er

hat das Etikett gesehen, als der Strahl seiner Taschenlampe darüber strich.
MORPHIUM.
Aber er hat sie sich nicht geschnappt. Wenn MORPHINE darauf gestanden hätte, hätte er sie sich sofort geschnappt. Aber da stand MORPHIUM. Und erst ungefähr dreißig Sekunden später ging ihm auf, dass das ja ein scheißdeutsches Boot war, und natürlich waren die Wörter allesamt anders und es bestand eine ungefähr 99prozentige Wahrscheinlichkeit, dass MORPHIUM genau dasselbe war wie MORPHINE. Als ihm das aufging, pflanzte er im Durchgang des dunkel gewordenen Unterseeboots fest die Füße auf und stieß einen tiefen, langen, ganz unten aus seinem Bauch kommenden Schrei aus. Wegen des Lärms der Wellen hörte ihn niemand. Dann ging er weiter, tat seine Pflicht und übergab Waterhouse das Stethoskop. Er tat seine Pflicht, weil er ein Marine ist.

Diesen Scheißsafe von der Wand zu sprengen ist nicht seine Pflicht. Es ist bloß so eine Idee, die ihm kam. Sie haben ihn im Gebrauch dieser Sprengkörper ausgebildet; warum das Gelernte nicht in die Praxis umsetzen? Er bläst diesen Safe nicht deshalb von der Wand, weil er ein Marine ist, sondern weil er Bobby Shaftoe ist. Und außerdem liefert ihm das einen prima Vorwand dafür, das Morphium holen zu gehen.

Das Unterseeboot bockt und befördert Harvey der Länge nach aufs Deck. Shaftoe wartet, bis die Bewegung sich legt, dann sucht er wild fuchtelnd Halt und zieht sich unter dem Safe hervor. Sein Gewicht ruht nun größtenteils auf seinen Füßen, aber es wäre nicht richtig zu sagen, er steht. An diesem Ort kann man allenfalls hoffen, dass man etwas schneller sein Gleichgewicht findet, als man auf den Steiß fällt. Harvey hat diesen Wettlauf gerade verloren und Shaftoe ist vorderhand dabei, ihn zu gewinnen.

»Feuer im Loch!«, brüllt Shaftoe. Harvey kommt auf die Beine! Shaftoe hilft ihm mit einem Stoß in den Durchgang hinaus. Harvey wendet sich nach links und geht bergauf Richtung Kommandoturm und Ausgang. Shaftoe wendet sich nach rechts. Er geht bergab. Richtung Bug. Richtung nasses Grab. Der Kiste mit dem Morphium entgegen.

Scheiße, wo ist die Kiste? Als er sie vorhin gefunden hat, dümpelte sie in der Suppe. Vielleicht – schrecklicher Gedanke – hat es sie einfach durch das von dem Torpedo gerissene Loch hinausgeschwemmt. Er durchschreitet ein paar Schotts. Der Winkel des Bootes wird immerzu steiler und schließlich geht Shaftoe rückwärts, als stiege er eine

Leiter hinab, und hält sich an Röhren, elektrischen Kabeln und den Ketten fest, an denen die Kojen des Unterseeboots aufgehängt sind. Dieses Boot ist so verdammt *lang!*

Eine seltsame Methode, Leute umzubringen. Shaftoe weiß nicht recht, ob er alles billigt, was dieses Unterseeboot impliziert. Shaftoe hat an den Ufern des Jangtse chinesische Banditen getötet, indem er ihnen ein Bajonett in die Brust rammte. Einmal, meint er, hat er jemanden durch einen ziemlich kräftigen Schlag auf den Kopf getötet. Auf Guadalcanal hat er Nips getötet, indem er mit verschiedenen Arten von Waffen auf sie schoss, Steinlawinen auf sie niedergehen ließ, große Feuer an Höhleneingängen baute, in die sie sich verkrochen hatten, sich im Dschungel an sie heranschlich und ihnen die Kehle durchschnitt, Mörsergranaten in ihre Stellungen feuerte und einmal sogar einen hochhob und von einer Klippe in die tosende Brandung schleuderte. Natürlich weiß er schon lange, dass es irgendwie altmodisch ist, die Bösen von Angesicht zu Angesicht zu töten, aber es ist nicht so, als hätte er viel darüber *nachgedacht.* Die Demonstration der Vickers-Kanone, die er in Italien miterlebt hat, gab ihm allerdings schon in gewisser Weise zu denken, und nun befindet er sich hier in einer der berühmtesten Tötungsmaschinen des ganzen Krieges und was sieht er? Er sieht Ventile. Oder vielmehr die gusseisernen Räder, mit denen man Ventile öffnet und schließt. Ganze Schotts sind mit eisernen Rädern bestückt, die von ein paar Zentimetern bis zu einem knappen halben Meter Durchmesser reichen und in scheinbar völlig beliebiger und unregelmäßiger Anordnung so dicht darauf sitzen wie Miesmuscheln auf einem Felsen. Sie sind entweder rot oder schwarz gestrichen und von der Benutzung durch Männerhände blank poliert. Und wo es keine Ventile sind, sind es Schalter, riesige Schalter wie aus Frankenstein-Filmen. Es gibt einen großen Drehknopfschalter, halb grün, halb rot, der gute sechzig Zentimeter Durchmesser hat. Und es ist nicht so, als hätte dieses Boot massenhaft Fenster. Es hat überhaupt keine. Bloß ein Periskop, das immer nur einer benutzen kann. Für die Burschen hier läuft der Krieg also darauf hinaus, dass sie in einer luftdichten Trommel voller Scheiße eingesperrt sind und auf Befehl Ventilräder drehen oder Schalter umlegen, und von Zeit zu Zeit kreuzt vielleicht ein Offizier bei ihnen auf und sagt ihnen, dass sie gerade einen Haufen Leute umgebracht haben.

Da ist die Kiste – sie ist auf einer Koje gelandet. Shaftoe zerrt sie näher heran, wuchtet den Deckel hoch. Der Inhalt ist durcheinander geworfen und es ist mehr als eine purpurrote Flasche darin, sodass er einen Moment lang in Panik gerät, weil er meint, er müsse sämtliche Etiketten in dieser unheimlichen germanischen Schrift lesen, doch er findet das MORPHIUM binnen weniger Sekunden, schnappt es sich, steckt es ein.

Er ist auf dem Rückweg Richtung Turm, als von außen ein gewaltiger Brecher gegen das Boot schmettert und ihn umwirft. Er stürzt in Rückwärts-Purzelbäumen ein langes, langes Stück durch die Mitte des Bootes abwärts, ehe er sich wieder fängt. Alles ist schwarz geworden; er hat seine Taschenlampe verloren.

Nun gerät er um ein Haar in Panik. Nicht dass er normalerweise zur Panik neigt, aber er hat schon eine ganze Weile kein Morphium mehr bekommen und in diesem Zustand reagiert sein Körper überempfindlich. Er wird halb geblendet von einem starken blauen Lichtblitz, der losgegangen ist, ehe seine Augen Zeit zum Blinzeln haben. Von weiter unten kommt ein brutzelndes Geräusch. Er bewegt die linke Hand und spürt ein Zupfen am Handgelenk: die Kordel der Taschenlampe, die darum zu binden er die Geistesgegenwart hatte. Die Lampe scharrt und scheppert gegen das Stahlgitter, auf dem er mit ausgestreckten Armen und Beinen liegt, wie ein Heiliger auf dem Feuerrost. Erneut ein blauer Lichtblitz, durchzogen von einem Netz schwarzer Linien und begleitet von einem brutzelnden Geräusch. Shaftoe riecht Elektrizität. Er klopft ein paarmal mit der Taschenlampe gegen das Gitter und sie geht flackernd wieder an.

Das Gitter besteht aus bleistiftdicken Stangen, die ein paar Zentimeter auseinander stehen. Er liegt mit dem Gesicht nach unten darauf und blickt in einen Laderaum, der unter ihm wäre, wenn das Unterseeboot waagrecht läge. Der Laderaum ist ein einziges Chaos, sein vordem ordentlich gestapelter und in Kisten verpackter Inhalt zu einem Eintopf aus zerbrochenem Glas, gesplittertem Holz, Nahrungsmitteln, Sprengkörpern und strategischen Mineralien verrührt und mit Meerwasser vermischt, sodass er mit dem Geschaukel des toten Unterseeboots hin und her schwappt. Genau neben seinem Kopf fällt eine vollkommen gerundete, zitternde Kugel aus Silber durch das Gitter, trudelt durch den Lampenstrahl nach unten und zerplatzt an einem Stück Schutt. Dann eine zweite. Er blickt bergauf und sieht einen Schauer von Silberkügelchen, die über die Flurplatten auf ihn zu hüpfen und kullern: die Quecksilbersäulen zur Druckmessung müssen geplatzt sein. Abermals ein blendender blauer Blitz: ein elektrischer Funke mit einer

Menge Saft dahinter. Wieder blickt Shaftoe durch das Gitter hinab und bemerkt, dass der Laderaum mit riesigen Metallschränken gefüllt ist, aus denen gewaltige Bolzen hervorstehen. Ab und zu überbrückt ein Stück nasser Schutt die Lücke zwischen zwei dieser Bolzen und ein Funke erleuchtet den Raum: Die Schränke sind Batterien, sie ermöglichen es dem Unterseeboot, unter Wasser zu fahren.

Während Sergeant Robert Shaftoe, das Gesicht gegen das kalte Gitter gedrückt, da liegt, ein paar tiefe Atemzüge tut und seine Angst zu überwinden sucht, bringt eine große Welle das Boot so heftig zum Schaukeln, dass er fürchtet, nach hinten zu fallen und bis in den unter Wasser liegenden Bug zu stürzen. Die Brühe im Batterieraum wälzt sich bergab, gewinnt im Herabstürzen Kraft und Geschwindigkeit und trifft mit fürchterlicher Wucht auf das vordere Schott des Laderaums; Shaftoe kann unter dem Anprall Bolzen nachgeben hören. Dabei tritt im Licht von Bobby Shaftoes Taschenlampe der größte Teil des Batterieraums bis hinunter zum Boden zutage. Und in diesem Augenblick sieht er die zersplitterten Kisten dort unten – sehr kleine Kisten, wie man sie etwa für sehr schwere Materialien verwendet. Sie sind aufgebrochen. Durch die Lücken in den Trümmern kann Shaftoe gelbe Ziegelsteine sehen, die einmal ordentlich gestapelt waren und nun überall verstreut sind. Sie sehen genau so aus, wie er sich Goldbarren vorstellen würde. Gegen diese Theorie spricht lediglich, dass es da unten viel zu viele davon gibt, als dass es Goldbarren sein könnten. Es ist wie damals, wenn er in Wisconsin verrottete Baumstümpfe umdrehte und, auf die dunkle Erde gesät, Tausende vor Verheißung schimmernde Insekteneier fand.

Einen Moment lang ist er in Versuchung. Die Masse von Geld da unten entzieht sich jeder Berechnung. Wenn er bloß einen dieser Barren in die Finger bekäme –

Die Sprengkörper müssen explodiert sein, denn Bobby Shaftoe ist gerade taub geworden. Das liefert ihm sein Stichwort, auf dem schnellsten Wege von hier abzuhauen. Er vergisst das mit dem Gold – Morphium ist für einen Tag Beute genug. Halb krabbelnd, halb kletternd gelangt er das Gitter und den Durchgang hinauf zur Kapitänskajüte, aus deren Luke Rauch dringt und deren Schotts von der Druckwelle seltsam gewölbt sind.

Der Safe hat sich losgerissen! Und das Kabel, das er und Harvey daran befestigt haben, ist zwar beschädigt, aber nicht kaputt. An Deck muss jemand daran zerren, denn es ist hartnäckiger- und lästigerweise straff gespannt. Im Augenblick hängt der Safe an gezackten Hindernissen fest. Shaftoe muss ihn loshebeln. Von dem straffen Kabel gezogen, ruckt der Safe vorwärts und aufwärts, bis er erneut an irgendetwas hängen bleibt. Shaftoe folgt dem Safe zur Kabine hinaus und den Durchgang und die Leiter des Turms hinauf, wo er sich schließlich unter begeistertem Hurrageschrei der wartenden Seeleute aus dem Unterseeboot und in den schneidenden Sturm stemmt.

Keine fünf Minuten später verschwindet das Unterseeboot. Shaftoe stellt sich vor, wie es, sich überschlagend, den Hang des Riffs hinab auf einen unterseeischen Canyon zustürzt und dabei wie Feenstaub Goldbarren und Quecksilberkügelchen im Wasser verstreut. Shaftoe ist auf die Korvette zurückgekehrt und alles klopft ihm auf die Schultern und prostet ihm zu. Er will bloß einen ruhigen Winkel finden, wo er die purpurrote Flasche aufmachen kann.

ANZUG

Randy wirkt solide und aufgeweckt: Das liegt nur an seinem Anzug.

Es ist eine Binsenweisheit, dass Hacker schicke Kleidung nicht mögen. Avi hat die Erfahrung gemacht, dass gute Kleidung sogar bequem sein kann – Anzughosen zum Beispiel sind wirklich viel bequemer als Bluejeans. Und er hat genug Zeit mit Hackern verbracht, um zu der Einsicht zu gelangen, dass sie sich im Grunde nicht gegen das *Tragen* von Anzügen, sondern gegen das *Anziehen* derselben wehren. Und dazu gehört nicht nur der Vorgang des Hineinschlüpfens, sondern auch, dass sie sie aussuchen, in Ordnung halten und sich darüber Gedanken machen müssen, ob sie noch in Mode sind – was für Männer, die alle fünf Jahre einmal einen Anzug anziehen, ein besonders schwieriges Problem darstellt.

Deshalb läuft es folgendermaßen: Avi hat auf einem seiner Computer eine Tabelle, in der die Kragenweiten, Schrittlängen und andere lebenswichtige Maße all seiner Mitarbeiter aufgelistet sind. Einige Wochen vor einem wichtigen Meeting faxt er sie einfach an seinen Schneider in Schanghai. Dann kommen die Anzüge in einer klassischen Demonstration des von Toyota eingeführten asiatischen Systems der einsatzsynchronen Lieferung vierundzwanzig Stunden vor der Zeit an, sodass sie automatisch in die Hotelwäscherei weitergeleitet werden können. Als Randy an diesem Morgen aus der Dusche kam, hörte er ein Klopfen an der Zimmertür, riss sie auf und stand vor einem Hausdiener, der ihm einen frisch gereinigten und gebügelten Straßenanzug, komplett mit Hemd und Krawatte, brachte. Er zog alles an (aufmerksamerweise war ein zehnmal weiterkopiertes schlechtes Schaubild des halben Windsorknotens beigelegt). Alles saß perfekt. Jetzt steht er in einem der Korridore des Foote Mansion Hotels, sieht zu, wie die elektrische Anzeige über einem Aufzug abwärts zählt und schaut sich immer wieder verstohlen in einem großen Spiegel an. Randys Kopf, der aus einem Anzug herausragt, ist ein Gag, der zumindest beim Mittagessen einiges Grinsen auslösen wird.

Er denkt über die morgendliche E-Mail nach.

```
An: zwerg@siblings.net
Von: root@eruditorum.org
Betreff: Re: Warum?
Lieber Randy,
ich hoffe, es macht Ihnen nichts aus,
wenn ich Sie mit Randy anspreche, da es,
obwohl Sie eine anonyme Adresse verwenden,
ziemlich offensichtlich ist, dass Sie
es sind. Übrigens ist das eine gute Idee.
Ich gratuliere Ihnen zu Ihrer Vorsicht.
Was die Möglichkeit betrifft, dass ich
»ein alter Feind« von Ihnen bin, er-
schreckt es mich, dass jemand, der so jung
ist, bereits alte Feinde haben kann.
Oder meinen Sie vielleicht einen kürzlich
erworbenen Feind in fortgeschrittenem
Alter? Da fallen mir mehrere Kandidaten
ein. Ich habe aber den Verdacht, dass Sie
Andrew Loeb meinen. Der bin ich nicht.
Das wäre Ihnen klar, wenn Sie in der letz-
ten Zeit seine Website besucht hätten.
Warum bauen Sie die Krypta?
Unterzeichnet,
- ANFANG ORDO SIGNATURBLOCK -
(etc., etc.)
- ENDE ORDO SIGNATURBLOCK -
```

Eigentlich ist es völlig uninteressant, die Zahlen über den Aufzügen zu beobachten und eine Prognose darüber zu wagen, welcher als Erster ankommen wird, aber es ist immer noch interessanter, als einfach nur dazustehen. Einer ist auf der Etage über Randys Zimmer mindestens eine Minute festgehalten worden; er kann sein ärgerliches Brummen hören. In Asien finden viele Geschäftsleute – vor allem unter den Auslandschinesen – nichts dabei, wenn sie einen der Hotelaufzüge rund um die Uhr in Beschlag nehmen, indem sie Handlanger hinein stellen, die in Acht-Stunden-Schichten ihren Daumen auf den TÜR-AUF-Knopf halten, ohne auf den anmaßenden Alarmsummer zu achten. *Ding.* Randy wirbelt auf den Fußballen herum (allein *diese* kleine Übung sollte man mal in Turnschuhen probieren!). Wieder einmal hat er aufs falsche Pferd gesetzt: Sieger ist ein Aufzug, der bei seinem letzten Kontrollblick noch im obersten Stockwerk des Hotels war. Das ist ein besonderer Aufzug, ein Hochgeschwindigkeitsfahrstuhl. Randy geht auf das grüne Licht zu. Die Türen schwingen auf. Randy schaut mitten ins Gesicht von Dr. med. dent. Hubert Kepler (dem Dentisten).

Oder meinen Sie vielleicht einen kürzlich erworbenen Feind in fortgeschrittenem Alter?

»Guten Morgen, Mr. Waterhouse! Wenn Sie so mit offenem Mund dastehen, erinnern Sie mich an einen meiner Patienten.«

»Guten Morgen, Dr. Kepler.« Randy hört seine Worte, als kämen sie vom anderen Ende einer kilometerlangen Papröhre, und wiederholt sie sofort in seinem Kopf, um sicherzugehen, dass er nicht irgendwelche geschützten Firmendaten preisgegeben oder Dr. Kepler irgendeinen Grund geboten hat, einen Prozess anzustrengen.

Die Türen beginnen sich wieder zu schließen und Randy muss sie mit seinem Laptopkoffer aufhalten.

»Vorsicht! Das ist doch bestimmt ein teures Gerät«, sagt der Dentist.

Randy hätte fast geantwortet: *Ich verbrauche Laptops wie ein Transvestit Nylonstrümpfe,* obwohl der Vergleich *wie ein Zahnarzt Watteröllchen* thematisch besser gepasst hätte, doch stattdessen presst er die Lippen zusammen und sagt gar nichts, befindet er sich doch auf gefährlichem Territorium: Er trägt geschützte AVCLA-Daten auf diesem Ding herum, und wenn der Dentist den Eindruck gewinnt, dass Randy leichtsinnig damit umgeht, könnte er einen Schwall von Schadensersatzklagen ausspucken wie Linda Blair ihre Erbsensuppe.

»Es ist, äh, eine angenehme Überraschung, sie in Kinakuta zu sehen«, stammelt Randy.

Dr. Kepler trägt eine Brille, deren Gläser so groß sind wie die Windschutzscheibe eines Cadillac, Modell 1959. Es sind spezielle Zahnarztgläser, blank poliert wie das Mount-Palomar-Spiegelteleskop und mit ultra-reflektierendem Material beschichtet, sodass man darin immer das auf einem Strahl aus gleißendem Licht aufgespießte Spiegelbild seines eigenen aufgerissenen Schlunds sehen kann. Die Augen des Dentisten sind, einer Kindheitserinnerung gleich, nur ganz verschwommen im Hintergrund zu sehen. Es sind schielende graublaue Augen, an den Rändern heruntergezogen, so als wäre er der Welt überdrüssig, mit unheimlichen Pupillen. Um seine faltigen Lippen scheint immer der Hauch eines Lächelns zu spielen. Es ist das Lächeln eines Mannes, der sich fragt, wie er die nächste Beitragszahlung für seine Kunstfehlerversicherung aufbringen soll, während er einem geduldig die Spitze seines Brecheisens aus Chirurgenstahl unter den Rand eines toten Prämolars schiebt, der aber in einer Fachzeitschrift gelesen hat, dass Patienten eher geneigt sind wiederzukommen und weniger geneigt, einen zu verklagen, wenn man sie anlächelt. »Meinen Sie«, sagt er, »wir könnten uns irgendwann später zu einem kurzen Plausch zusammensetzen?«

Bitte ausspucken.

Vom Gong gerettet! Sie sind im Erdgeschoss angekommen. Die Fahrstuhltüren öffnen sich, um den Blick auf den vom Aussterben bedrohten Marmor der Hotelhalle des Foote Mansion freizugeben. Als Hochzeitskuchen verkleidete Hotelpagen gleiten hin und her, als wären sie auf Rollen montiert. Keine zehn Meter entfernt steht Avi, und bei ihm zwei wunderschöne Anzüge, aus denen die Köpfe von Eb und John herausragen. Alle drei Köpfe drehen sich nach ihnen um. Beim Anblick des Dentisten nehmen Eb und John den Gesichtsausdruck zweitklassiger Schauspieler an, deren Figuren soeben von Kleinkalibergeschossen mitten in die Stirn getroffen wurden. Avi dagegen wird steif wie ein Mann, der vor einer Woche auf einen rostigen Nagel getreten ist und gerade die ersten Krämpfe der Tetanusinfektion verspürt hat, die ihm am Ende die Wirbelsäule brechen wird.

»Wir haben einen arbeitsreichen Tag vor uns«, antwortet Randy. »Ich würde sagen ja, falls die Zeit es uns erlaubt.«

»Gut. Ich nehme Sie beim Wort«, sagt Dr. Kepler und tritt aus dem Fahrstuhl. »Guten Morgen, Mr. Halaby. Guten Morgen, Dr. Föhr. Guten Morgen, Mr. Cantrell. Wie erfreulich, dass Sie alle wie echte Gentlemen aussehen.«

Wie erfreulich, dass Sie sich wie einer verhalten.

»Das Vergnügen ist ganz auf unserer Seite«, entgegnet Avi. »Wir werden Sie doch später noch sehen?«

»Ja natürlich«, sagt der Dentist, »Sie werden mich den ganzen Tag sehen.« *Die Behandlung wird sich in die Länge ziehen, fürchte ich.* Er wendet ihnen den Rücken zu und geht ohne weitere Höflichkeiten quer durch die Hotelhalle auf eine Gruppe von Ledersesseln zu, die fast hinter einem Wust seltsamer tropischer Blumen verschwindet. Die Leute in diesen Sesseln sind zum größten Teil jung und alle schick angezogen. Sie nehmen Haltung an, als ihr Boss sich auf sie zu bewegt. Randy zählt drei Frauen und zwei Männer. Einer der Männer ist offensichtlich ein Gorilla, aber von den Frauen – unwillkürlich kommen einem die Begriffe Moiren, Furien, Grazien, Nornen oder Harpyien in den Sinn – heißt es, sie seien ausgebildete Bodyguards und trügen außerdem Waffen.

»Wer sind die denn?«, fragt John Cantrell. »Seine Arzthelferinnen?«

»Lach nicht«, erwidert Avi. »Als er noch praktizierte, hatte er immer ein Team von Frauen, die das Untersuchen und Reinigen für ihn übernahmen. Das hat seine Vorstellung geprägt.«

»Willst du mich auf den Arm nehmen?« fragt Randy.

»Du weißt doch, wie das geht«, sagt Avi. »Wenn du zum Zahnarzt gehst, bekommst du den Mann selbst ja nie zu Gesicht, stimmt's? Jemand anders gibt dir den Termin. Dann ist da immer dieser erlesene Kreis von überaus tüchtigen Frauen, die den Zahnstein wegkratzen, damit der Zahnarzt sich darum nicht kümmern muss, und Röntgenaufnahmen von dir machen. Der Zahnarzt selbst sitzt irgendwo im Hintergrund und schaut sich die Röntgenaufnahmen an – für ihn bist du dieses abstrakte Grautonbild auf einem kleinen Stück Film. Wenn er Löcher sieht, wird er aktiv. Wenn nicht, kommt er rein, wechselt zwei, drei Worte mit dir, und dann gehst du nach Hause.«

»Warum ist er dann da?«, will Eberhard Föhr wissen.

»Das ist es ja!«, antwortet Avi. »Wenn er den Raum betritt, weißt du nie, warum er da ist – um dir ein Loch in den Schädel zu bohren oder nur um dir von seinem Urlaub auf Maui zu erzählen.«

Alle Augen richten sich auf Randy. »Was ist denn in diesem Fahrstuhl passiert?«

»Ich – nichts!«, stößt Randy hervor.

»Habt ihr überhaupt über das Philippinenprojekt gesprochen?«

»Er hat nur gesagt, dass er mit mir darüber sprechen will.«

»Mist, verfluchter«, sagt Avi. »Das heißt, *wir* müssen zuerst darüber sprechen.«

»Das weiß ich«, sagt Randy, »deshalb habe ich ihm gesagt, ich könnte vielleicht mit ihm reden, wenn ich einen Moment Zeit hätte.«

»Na, dann sorgen wir am besten dafür, dass du heute keine einzige freie Minute hast«, sagt Avi. Er denkt einen Moment nach und fährt fort: »Hatte er irgendwann eine Hand in der Hosentasche?«

»Wieso? Rechnest du etwa damit, dass er eine Waffe zieht?«

»Nein«, sagt Avi, »aber irgendjemand hat mir mal erzählt, der Dentist trägt eine Wanze.«

»Du meinst, wie ein Polizeispitzel?«, fragt John ungläubig.

»Ja«, sagt Avi, als wäre das nichts Besonderes. »Er hat die Angewohnheit, einen winzigen Digitalrekorder von der Größe eines Streichholzbriefchens in der Tasche mit sich herumzutragen. Vielleicht mit einem Kabel, das unter seinem Hemd zu einem winzigen Mikrophon führt. Vielleicht auch nicht. Jedenfalls weiß man nie, wann er einen aufnimmt.«

»Ist das nicht illegal oder so was?«, fragt Randy.

»Ich bin kein Jurist«, sagt Avi. »Oder genauer gesagt, kein kinakutanischer Jurist. Aber in einem Zivilprozess würde das sowieso nichts ausmachen – sollte er uns eine Klage anhängen, könnte er jeden beliebigen Beweis ins Verfahren bringen.«

Alle richten sie ihren Blick quer durch die Hotelhalle. Der Dentist steht plattfüßig auf dem Marmor, die Arme vor der Brust verschränkt, das Kinn gesenkt, während er sich die Berichte seiner Helfer anhört.

»Vielleicht hatte er die Hand in der Tasche. Ich weiß es nicht mehr«, sagt Randy. »Es ist auch egal. Wir haben es völlig allgemein gehalten. Und kurz.«

»Er könnte die Aufnahme aber immer noch einer Stimmen-Stress-Analyse unterziehen, um herauszukriegen, ob du gelogen hast«, gibt John zu bedenken. Er genießt die reine, ungezügelte Paranoia dieser Situation. So etwas ist ganz nach seinem Geschmack.

»Keine Bange«, sagt Randy. »Ich habe sie gestört.«

»Gestört? Wie das?«, fragt Eb, dem die Ironie in Randys Stimme entgeht. Er sieht überrascht und interessiert aus. Sein Gesichtsausdruck verrät eindeutig, dass Eb danach lechzt, in ein Gespräch über etwas Geheimnisvolles, Technisches einzusteigen.

»Das war ein Witz«, erklärt Randy. »Falls der Dentist die Aufnahme analysiert, wird er nichts als Stress in meiner Stimme finden.«

Avi und John lachen verständnisvoll, während Eb ganz geknickt ist. »Ach so«, sagt er. »Ich dachte, wir könnten sein Gerät tatsächlich stören, wenn wir das wollten.«

»Ein Tonbandgerät arbeitet nicht mit Funk«, sagt John. »Wie sollten wir es stören?«

»Durch Van-Eck-Phreaking«, antwortet Eb.

In diesem Augenblick kommt Tom Howard mit einer völlig zerlesenen Ausgabe der *South China Morning Post* unter dem Arm aus dem Café und Beryl in voller Kampfmontur, mit Kleid und Make-up, aus einem Fahrstuhl. Die Männer wenden sich schüchtern ab und tun, als bemerkten sie nichts. Darauf folgen Begrüßungen und lockeres Geplauder. Dann schaut Avi auf die Uhr und sagt: »Lasst uns jetzt rüber zum Palast des Sultans gehen«, als schlüge er ihnen vor, eine Portion Pommes bei McDonald's zu holen.

Knacker

Waterhouse muss den Safe im Auge behalten; es juckt Shaftoe, ihn mit Sprengstoff zu knacken und Chattan (der Shaftoes Vorhaben eine deutliche Absage erteilt) hat vor, ihn nach London zu schicken, um ihn von Experten in den Broadway Buildings öffnen zu lassen. Waterhouse möchte nur noch ein einziges Mal selbst versuchen, ihn aufzukriegen, bloß um festzustellen, ob er es kann.

Chattan vertritt die richtige Position. Abteilung 2702 hat einen sehr klar umrissenen, speziellen Auftrag, der ganz sicher nicht das Öffnen von Safes aus Unterseebooten umfasst. Schon gar nicht umfasst er das Entern verlassener Unterseeboote, um Safes oder andere Krypto-Daten zu bergen. Das haben sie nur deshalb getan, weil sie die einzigen Leute mit Ultra-Freigabe in der Gegend waren und die heikle Lage von U-553 Bletchley Park nicht genügend Zeit ließ, eigene Experten zu schicken.

Doch Waterhouses Wunsch, den Safe selbst zu öffnen, hat nichts mit dem Auftrag von Abteilung 2702, seinen persönlichen Aufgaben oder gar dem Gewinnen des Krieges zu tun. Es ist etwas, wozu Waterhouse getrieben wird. Rational zu begründen ist es nicht. Noch während er, von Wellen, Wind und Regen misshandelt, mit gebrochenem Arm und zerbeultem Kopf an der gespannten Leine von U-553 zu dem Torpedoboot schnurrte, ohne vom einen zum nächsten Augenblick zu wissen, ob er es schaffen oder in den Atlantik plumpsen würde, entsann er sich der kaum merklichen Erschütterungen, die die halb erfrorenen Neuronen in seinen Fingerspitzen registrierten, als er an der Skalenscheibe des untergetauchten Safes drehte. Noch während Enoch Root ihn an Bord des Bootes zusammenflickte, entwarf Waterhouse in Gedanken ein primitives Modell davon, wie der Zuhaltungsmechanismus des Safes beschaffen sein könnte, und rief sich das Ding vor sein geistiges Auge. Und noch während der Rest von Abteilung 2702 in die Kojen, Hängematten und Schlafsäcke in der Kapelle von Qwghlm Castle plumpst, schnürt ein geschienter und bandagierter Waterhouse durch die gebohnerten Flure der besseren Ecke dieses Gebäudes und sucht nach zwei gebrauchten Rasierklingen und einem Brocken Kohle.

Die Rasierklingen findet er in einem Abfalleimer, die Kohle klaut er aus dem Wandschrank, in dem Ghnxh den Galvanischen Lucipher aufbewahrt. Er nimmt sie, nebst einem ziegelsteingroßen Kristall harten Leims und einer Lötlampe, in die Kapelle mit, wo alle anderen schon schlafen. Die einfachen Soldaten befinden sich im Schiff, wie es Marines geziemt, die im Grunde eine Seestreitkraft sind. Offiziere befinden sich im Transept: Chattan hat den südlichen Arm für sich allein, im anderen haben Waterhouse, Root und die Lieutenants von SAS bzw. USMC Etagenbetten. Dann hat man einen kleinen Bruchteil des erstaunlichen Planenvorrats von Abteilung 2702 quer ins Ostende gehängt und so den Altarraum abgeteilt, das Allerheiligste, das einst Leib und Blut Christi beherbergte. Nun enthält es einen S-27 Zwischenfrequenz-Empfänger der Firma Hallicrafters mit fünfzehn Röhren und einem VHF-Bereich von 27 bis 143 Megahertz, der AM, FM und CW empfangen kann und mit einem Signalstärkemesser ausgestattet ist, der gut zu gebrauchen wäre, wenn sie wirklich eine Huffduff-Station betreiben, was sie aber nicht tun.

Hinter diesen Planen brennt Licht und einer der Marines schnarcht in einem Stuhl vor dem Altar vor sich hin. Waterhouse weckt ihn und schickt ihn ins Bett. Der Marine schämt sich. Er weiß, dass er hätte wach sein und überzeugend an der Antenne kurbeln müssen.

Der Empfänger selbst ist kaum benutzt worden – sie schalten ihn nur ein, wenn jemand zu Besuch kommt, der nicht in das Geheimnis eingeweiht ist. Er steht so unberührt auf dem Altar, als wäre er soeben von den Hallicrafters-Werken in Chicago, Illinois, gekommen. Sämtlicher Zierrat des Altars (so es denn je welchen gab) ist längst Feuer,

Fäulnis, Plünderung oder den Nagezähnen Nest bauender Skerries zum Opfer gefallen. Übrig geblieben ist ein quaderförmiger Basaltblock, der bis auf ein paar Spuren der Werkzeuge, mit denen er gebrochen und geformt wurde, keine besonderen Merkmale aufweist. Die perfekte Grundlage für das heutige Experiment.

Auf Kosten der Bandscheiben und Bänder in seinem Kreuz wuchtet Waterhouse den Safe hinauf. Er ist röhrenförmig und gleicht einem Segment eines Schiffsgeschützrohrs. Waterhouse stellt ihn auf das hintere Ende, sodass die runde Tür mit dem Skalenring in der Mitte wie ein blindes Auge zur Decke hoch starrt, zumal die radialen Linien des Skalenrings stark den Streifen einer Iris ähneln.

Hinter diesem Skalenring versteckt sich eine Mechanik, die Waterhouse schwer verstimmt und in einen Zustand fiebriger Aktivität versetzt hat. Indem er diesen Skalenring auf irgendeine Weise manipuliert, müsste er die Mechanik in irgendeine Konfiguration fieseln können, in der sich die Tür öffnen lässt. Das ist alles. Dass die Tür zu bleibt, ist empörend. Warum sollte sich der winzige Raum in diesem Safe – keine dreißig Kubikzentimeter – so sehr von dem Raum unterscheiden, durch den sich Waterhouse nach Lust und Laune bewegt? Was zum Teufel ist da drin?

Der Leim sieht aus wie minderwertiger Bernstein, getrübt und blasig, aber trotzdem schön. Waterhouse entzündet die kleine Lötlampe und bewegt die Flamme über ein Ende des Klumpens. Der Leim wird weich, schmilzt und tropft neben dem Skalenring auf die Safetür, wo er eine kleine Pfütze, ungefähr so groß wie ein Silberdollar, bildet.

Waterhouse, der rasch arbeitet, drückt die beiden einschneidigen Rasierklingen so in den Leim, dass sie in einem Abstand von gut zwei Zentimetern parallel zueinander stehen und die Schneiden gefährlicherweise nach oben zeigen. Er hält sie ein paar Augenblicke in dieser Lage fest, während das eiskalte Metall des Safes die Hitze aus dem Leim zieht und ihn wieder hart werden lässt. Er hat zwei Zahnstocher als Abstandshalter verwendet, um sicherzustellen, dass die stumpfen Rücken der Klingen die Safetür nicht berühren; er will keine elektrische Verbindung zwischen ihnen.

Er lötet ein Kabel an jede Rasierklinge und führt die Kabel über den Altar zu dem Empfänger. Dann nimmt er ein kleines Stückchen Kohle und legt es quer über die beiden Klingen, sodass es eine Brücke zwischen ihnen bildet.

Er öffnet die Rückseite des Empfängers und verdrahtet einiges neu.

Das Gerät ist schon weitgehend so eingestellt, wie er es braucht; im Wesentlichen sucht er nach etwas, das elektrische Impulse in Geräusch umwandelt und dieses Geräusch in die Kopfhörer leitet – nichts anderes tut ein Empfänger. Aber der Ursprung des Signals ist nicht mehr ein Funkgerät auf einem Unterseeboot, sondern der Strom, der durch eines von Waterhouses Kabeln in die linke Rasierklinge, über die Kohlenbrücke, in die rechte Rasierklinge und durch das andere Kabel zurückfließt.

Das Ganze so anzuschließen, wie er es haben will, ist aufwändig. Wenn er in eine Sackgasse tappt und nicht weiterkommt, geht er eine Weile zur Antenne hinüber und kurbelt daran herum, damit der Eindruck entsteht, man orte ein Unterseeboot ein. Dann kommt ihm irgendein Gedanke und er macht sich wieder an die Arbeit.

Irgendwann gegen Morgen hört er ein Quieken aus den Kopfhörern: einem Paar Bakelitschalen, verbunden durch eine Vorrichtung, die wie ein primitives chirurgisches Instrument aussieht, und über ein schwarzes und ein rotes Kabel an den Empfänger angeschlossen sind. Waterhouse dreht die Lautstärke herunter und setzt sich die Kopfhörer auf.

Er streckt die Hand aus, legt eine Fingerspitze auf den Safe und hört ein schmerzhaftes Pochen in seinen Ohren. Er streicht mit der Fingerspitze über das kalte Metall und hört ein schabendes Geräusch. Jede Schwingung überträgt sich via Kohlebrücke auf die Rasierklingen, erzeugt und unterbricht die elektrische Verbindung, moduliert den elektrischen Strom. Die Klingen und die Kohle sind ein Mikrophon und das Mikrophon funktioniert – und das beinahe zu gut.

Er nimmt die Hand vom Safe, sitzt eine Weile nur da und lauscht. Er kann das Getrippel von Skerries hören, die sich über die Rationen der Abteilung hermachen. Er kann den Aufprall der Wellen am Ufer, meilenweit entfernt, hören und das dumpfe Geräusch, mit dem die abgefahrenen Reifen des Taxis durch Schlaglöcher in der Straße rumpeln. Sieht so aus, als müssten sie mal wieder ausgewuchtet werden! Er kann das Schurren hören, mit dem Margaret den Küchenboden putzt, ein paar geringfügige Rhythmusstörungen im Herzschlag der Soldaten, das Krachen kalbender Gletscher an der Küste Islands und das sirrende Dröhnen schnell drehender Schrauben sich nähernder Geleitzugschiffe. Lawrence Pritchard Waterhouse ist auf eine Weise an das Universum angeschlossen, die selbst das übersteigt, was Bletchley Park zu bieten hat.

Mittelpunkt dieses speziellen Universums ist der Safe von U-553, und seine Achse verläuft durch die Mitte des Skalenrings, auf dem nun Waterhouses Hand liegt. Damit ihm nicht die Trommelfelle platzen, ehe er irgendetwas anfasst, dreht er die Lautstärke ganz herunter. Der Skalenring ist schwer, lässt sich jedoch leicht drehen, als wäre er auf ein Gaslager montiert. Trotzdem findet da drin eine mechanische Reibung statt, die für Waterhouses zugegebenermaßen eisige Finger nicht wahrnehmbar ist, jedoch wie ein Steinschlag über seine Kopfhörer kommt.

Als die Zuhaltungsfedern sich bewegen, klingt es, als schöbe Waterhouse den Hauptriegel am Höllentor zur Seite. Er braucht ein Weilchen und noch ein paar Fehlstarts, um sich zu orientieren; er weiß nicht, wie viele Zahlen zu der Kombination gehören und in welche Richtung er den Skalenring überhaupt drehen muss. Aber sein Herumprobieren ergibt allmählich ein paar Muster und irgendwann kommt er auf folgende Kombination:

23 rechts – 37 links – 7 rechts – 31 links – 13 rechts und es gibt ein richtig sattes Klicken und er weiß instinktiv, dass er die Kopfhörer abnehmen kann. Er dreht ein kleines Rad, das neben dem Skalenring angebracht ist. Das zieht die Dorne zurück, die die Tür zugehalten haben. Er achtet darauf, sich nicht an den beiden Rasierklingen zu schneiden, zieht die Tür auf und schaut in den Safe.

Das Gefühl von Enttäuschung, das diese Handlung begleitet, hat nichts mit dem Inhalt des Safes zu tun. Er ist enttäuscht, weil er das Problem gelöst hat und in den Grundzustand von Langeweile und leichter Gereiztheit zurückgefallen ist, der ihn stets überkommt, wenn er nicht etwas tut, was getan zu werden verlangt, wie zum Beispiel ein Schloss oder einen Code zu knacken.

Er steckt den Arm bis auf den Boden des Safes und stößt auf einen Metallgegenstand, der ungefähr so groß ist wie ein Hot-Dog-Brötchen. Waterhouse hat gewusst, dass er da sein würde, denn sie haben den Safe hin und her gekippt wie Kinder, die in den Tagen vor Weihnachten eingepackte Geschenke untersuchen, und dabei haben sie etwas mit deutlichem *Tink, tonk, tink, tonk* von einem Ende zum anderen gleiten hören und sich gefragt, was es ist.

Der Gegenstand ist so kalt und zieht ihm so gründlich die Wärme aus der Hand, dass es wehtut, ihn anzufassen. Er schüttelt die Hand, um den Kreislauf anzuregen, dann packt er das Ding, zieht es rasch heraus und wirft es auf den Altar. In einer wippenden Bewegung springt es ein-, zweimal auf und gibt dabei ein durchdringendes Klingen von sich – seit Jahrhunderten das musikähnlichste Geräusch, das die Luft dieser Kapelle hat erzittern lassen. Im Licht der elektrischen Lampen, die sie im Altarraum aufgestellt haben, schimmert es grell. Das Glitzern sticht Waterhouse ins Auge, der seit Wochen auf dem grauen, wolkigen Qwghlm lebt und in Sachen herumläuft und schläft, die schwarz, kaki oder dunkeloliv sind. Das Ding fasziniert ihn schlicht wegen seines Glanzes und seiner Schönheit auf dem Hintergrund des stumpfen, groben Basalts, noch ehe sein Verstand es als einen Barren massives Gold identifiziert.

Er gibt einen prima Briefbeschwerer ab, was sehr praktisch ist, da in der Kapelle starker Zug herrscht und der wichtigere Inhalt des Safes aus dünnen Blättern besteht, die bei der leisesten Brise davonflattern. Die Seiten tragen schwache horizontale und vertikale Linien, sodass jede in ein Gitter aufgeteilt ist, und die Gitter sind mit handgeschriebenen Druckbuchstaben in Fünfergruppen ausgefüllt.

»Sieh an, was haben wir denn da?«, sagt eine ruhige Stimme. Waterhouse blickt auf und schaut in das beunruhigend gelassene und gleichmütige Gesicht von Enoch Root.

»Ganz recht. Verschlüsselte Botschaften«, sagt Waterhouse. »Nicht Enigma.«

»Nein«, sagt Root. »Ich meinte die Wurzel allen Übels hier.« Er versucht den Goldbarren aufzuheben, aber seine Finger gleiten davon ab. Er packt fester zu und hebt ihn vom Altar. Irgendetwas daran sticht ihm ins Auge und er dreht sich um, hält ihn unter eine der elektrischen Lampen und betrachtet ihn stirnrunzelnd und mit der kritischen Intensität eines Diamantenschleifers.

»Es sind Hanzi-Zeichen eingeprägt«, sagt Root.

»Wie bitte?«

»Chinesisch oder Japanisch. Nein, Chinesisch – da ist der Stempel einer Bank in Schanghai. Und da sind ein paar Zahlen – der Feingehalt und die Seriennummer.« Für einen Missionar zeigt er eine unerwartete Vertrautheit mit solchen Dingen.

Bis zu diesem Zeitpunkt hat der Goldbarren für Waterhouse nichts bedeutet – er ist lediglich eine Probe eines chemischen Elements, wie ein Bleigewicht oder ein Kolben Quecksilber. Aber die Tatsache, dass er Informationen liefern könnte, ist ziemlich interessant. Waterhouse muss unbedingt aufstehen und ihn sich ansehen. Root hat recht: Der Barren ist ordentlich mit kleinen asiatischen Schriftzeichen versehen, die mit einem Stempel eingeprägt worden sind. Die winzigen Facetten der Ideogramme glitzern im Licht, Funken, die die Lücke zwischen den beiden Hälften der Achse überspringen.

Root legt den Goldbarren auf den Altar. Er schlendert zu einem Tisch hinüber, wo sie Briefpapier aufbewahren, und nimmt sich ein Blatt Durchschlagpapier und einen frisch gespitzten Bleistift. Er kehrt zum Altar zurück, legt das dünne Blatt auf die Oberseite des Goldbarrens und fährt dann mit schräg gehaltenem Bleistift darauf hin und her, sodass es sich mit Ausnahme der Stellen, unter denen sich die eingeprägten Zahlen und Schriftzeichen befinden, schwarz färbt. Binnen kurzem hat er eine perfekte kleine Frottage, die die Inschrift in allen Einzelheiten zeigt. Er faltet das Blatt zusammen, steckt es ein und legt den Bleistift auf den Tisch zurück.

Waterhouse hat sich längst wieder an die Untersuchung der Blätter aus dem Safe gemacht. Die Zahlen sind alle in derselben Handschrift geschrieben. Da sie aus der Lauge, die durch die Kapitänskajüte des Unterseeboots schwappte, allen möglichen Papierkram herausgefischt haben, kann Waterhouse die Handschrift des Skippers ohne weiteres erkennen; diese Blätter sind von jemand anderem beschrieben worden.

Das Format der Botschaften macht deutlich, dass sie nicht mit einer Enigma-Maschine verschlüsselt wurden. Enigma-Botschaften beginnen stets mit zwei Gruppen von je drei Buchstaben, die dem Empfänger sagen, wie er die Walzen seiner Maschine einzustellen hat. Da diese Gruppen auf sämtlichen Blättern fehlen, muss ein anderes Verschlüsselungssystem benutzt worden sein. Wie jede andere moderne Nation verfügen auch die Deutschen über eine Fülle von Verschlüsselungssystemen, die teils auf Büchern, teils auf Maschinen basieren. Bletchley Park hat die meisten davon geknackt.

Trotzdem sieht das hier nach einer interessanten Übung aus. Nun da der Rest von Abteilung 2702 eingetroffen ist und weitere Stelldicheins mit Margaret unmöglich macht, hat Waterhouse nichts mehr, worauf er sich freuen kann. Der Versuch, den auf diesen Blättern benutzten Code zu knacken, ist genau die richtige Aufgabe, um die gähnende Leere zu füllen, die sich auftat, sobald er die Kombination des Safes geknackt hat. Er klaut sich selbst etwas Papier, setzt sich an den Tisch und beschäftigt sich ein, zwei Stunden lang damit, den Schlüsseltext von den Blättern des Skippers abzuschreiben, wobei er jede Codegruppe doppelt und dreifach überprüft, um sicherzugehen, dass er eine genaue Abschrift erhält.

Einerseits ist das furchtbar öde. Andererseits gibt es ihm die Möglichkeit, den Schlüsseltext auf niedrigster Ebene von Hand durchzugehen, was sich später als nützlich erweisen könnte. Die ungeheure Begabung dafür, Muster im Chaos auszumachen, kann nur zum Tragen kommen, wenn er sich zuerst in das Chaos versenkt. Wenn die Blätter Muster enthalten, so erkennt er sie vorderhand noch nicht, jedenfalls nicht auf rationale Weise. Womöglich aber kann sich nun, da er die Buchstaben vor Augen und unter seinem Bleistift gehabt hat, irgendein subrationaler Teil seines Geistes an die Arbeit machen, der ihm in ein paar Wochen, wenn er sich gerade rasiert oder an der Antenne kurbelt, urplötzlich einen wichtigen Hinweis – oder gar die komplette Lösung – präsentiert.

Er ist sich seit einiger Zeit vage bewusst, dass Chattan und die anderen mittlerweile wach sind. Mannschaftsdienstgrade dürfen nicht in den Altarraum, doch die Offiziere scharen sich um den Goldbarren und bewundern ihn.

»Am Codeknacken, Waterhouse?«, fragt Chattan, der sich die Hände an einem Kaffeebecher wärmt und zum Schreibtisch herübergeschlendert kommt.

»Ich mache nur eine Abschrift«, sagt Waterhouse und fügt dann, weil er nicht ohne eine gewisse Gerissenheit ist, hinzu: »Falls die Originale unterwegs vernichtet werden.«

»Sehr klug«, sagt Chattan nickend. »Sagen Sie, Sie haben doch nicht irgendwo einen zweiten Goldbarren versteckt, oder?«

Waterhouse ist schon lange genug beim Militär, um den Köder nicht zu schlucken. »Das Geräuschmuster, das sich ergab, als wir den Safe hin und her gekippt haben, hat darauf hingedeutet, dass sich nur ein einziger schwerer Gegenstand darin befand, Sir.«

Chattan schmunzelt und nimmt einen Schluck Kaffee. »Es würde mich interessieren, ob Sie diesen Code knacken können, Commander Waterhouse. Ich bin versucht, Geld darauf zu setzen.«

»Ich weiß das zu schätzen, aber es wäre eine lausige Wette, Sir«, erwidert Waterhouse. »Sehr wahrscheinlich hat Bletchley Park diesen Code schon geknackt, was immer er sein mag.«

»Wie kommen Sie darauf?«, fragt Chattan geistesabwesend.

Für einen Mann in Chattans Position ist die Frage so albern, dass sie Waterhouse verwirrt. »Sir, Bletchley Park hat fast alle deutschen militärischen und staatlichen Codes geknackt.«

Chattan verzieht das Gesicht in gespielter Enttäuschung. »Waterhouse! Wie unwissenschaftlich. Sie machen Annahmen.«

Waterhouse denkt zurück und versucht, dahinter zu kommen, was das heißen soll.

»Sie meinen, das ist vielleicht gar kein deutscher Code? Oder kein militärischer oder staatlicher?«

»Ich warne Sie lediglich davor, Annahmen zu machen«, sagt Chattan.

Waterhouse denkt noch darüber nach, als sich ihnen Lieutenant Robson, der befehlshabende Offizier des SAS-Zuges, nähert. »Sir«, sagt er, »den Burschen in London zuliebe wüssten wir gern die Kombination.«

»Die Kombination?«, fragt Waterhouse verständnislos. Ohne Kontext könnte das Wort so gut wie alles bedeuten.

»Jawohl, Sir«, sagt Robson deutlich. »Für den Safe.«

»Ach so!«, sagt Waterhouse. Er ist leicht irritiert darüber, dass man ihm diese Frage stellt. Es erscheint wenig sinnvoll, die Kombination zu notieren, wenn die Ausrüstung, die man braucht, um den Safe aufzukriegen, gleich daneben steht. Es ist viel wichtiger, einen Safeknack-Algorithmus zu finden als eine bestimmte Lösung für ein Safeknack-Problem. »Ich weiß nicht«, sagt er. »Ich hab sie vergessen.«

»Sie haben sie vergessen?«, sagt Chattan. Er sagt es Robson zuliebe, der sich heftig auf die Zunge zu beißen scheint. »Haben Sie sie vielleicht notiert, bevor Sie sie vergessen haben?«

»Nein«, sagt Waterhouse, »aber ich weiß noch, dass sie ausschließlich aus Primzahlen besteht.«

»Na! Das vereinfacht die Sache doch!«, sagt Chattan fröhlich. Robson allerdings scheint nicht besänftigt.

»Und es sind insgesamt fünf Zahlen, was insofern interessant ist, als –«

»Als fünf selbst eine Primzahl ist!«, ergänzt Chattan. Wieder einmal freut sich Waterhouse darüber, dass sein befehlshabender Offizier Anzeichen einer gediegenen und teuren Bildung erkennen lässt.

»Schön«, verkündet Robson zwischen zusammengebissenen Zähnen hindurch. »Ich werde die Empfänger entsprechend informieren.«

DER SULTAN

Der Großwesir von Kinakuta führt sie in die Arbeitsräume seines Chefs, des Sultans, und lässt sie für ein paar Minuten an einem Ende des Konferenztischs allein, für dessen Bau eine ganze Spezies tropischer Harthölzer ausgerottet werden musste. Sofort beginnen die Gründer der Epiphyte Corp. darum zu wetteifern, wer als Erster eine witzige Bemerkung darüber hinausbrüllen kann, in welcher Höhe der Sultan wohl die Kosten für sein Arbeitszimmer absetzt. Sie befinden sich im Neuen Palast, von dem drei Flügel die exotischen Gärten des ehrwürdigen, prächtigen Alten Palastes einfassen. Der Konferenzraum hat eine zehn Meter hohe Decke. Die Wände zum Garten hin sind ganz aus Glas, was einem den Eindruck vermittelt, man schaue in ein Terrarium, in dem das Modell eines Sultanspalastes steht. Randy hatte noch nie viel Ahnung von Architektur, und sein Wortschatz lässt ihn hier jämmerlich im Stich. Das Beste, was er sagen könnte, ist, dass es sich um eine Art Kreuzung zwischen Taj Mahal und Angkor Wat handelt.

Um dorthin zu kommen, mussten sie eine lange Palmenallee hinunterfahren, eine riesige, gewölbte Eingangshalle betreten, einen Metalldetektor passieren und sich filzen lassen, eine Zeit lang Tee schlürfend in einem Vorzimmer sitzen, ihre Schuhe ausziehen, sich von einem Diener im Turban, der einen reich verzierten Krug schwenkte, warmes Rosenwasser über die Hände gießen lassen und dann über ungefähr achthundert Meter polierten Marmor und orientalische Teppiche laufen. Sobald die Tür hinter dem Großwesir zugeschwebt ist, sagt Avi: »Das riecht nach Beschiss.«

»Nach Beschiss?«, sagt Randy spöttisch. »Meinst du etwa, das alles ist nur eine Rückprojektion? Und der Tisch hier aus Resopal?«

»Das ist alles echt«, räumt Avi verdrießlich ein. »Aber wenn jemand eine solche Schau für dich abzieht, tut er das nur, um dich zu beeindrucken.«

»Ich bin beeindruckt«, sagt Randy. »Das gebe ich zu. Ich bin beeindruckt.«

»Das ist nur eine beschönigende Umschreibung für ›Ich bin kurz davor, etwas Schwachsinniges zu tun‹«, sagt Avi.

»Aber was werden wir denn *tun*? Das hier ist doch gar nicht die Art von Meeting, bei der tatsächlich irgendetwas *getan* wird, oder?«

»Wenn du damit meinst, ob wir Verträge unterzeichnen, ob Geld den Besitzer wechselt, nein, dann wird nichts getan. Es wird aber eine ganze Menge passieren.«

Die Tür geht wieder auf und der Großwesir führt eine Gruppe japanischer Männer in den Raum. Avi senkt die Stimme. »Denkt daran, am Ende des Tages sind wir wieder im Hotel, der Sultan ist immer noch hier und das alles ist für uns nichts als eine Erinnerung. Die Tatsache, dass der Sultan einen großen Garten hat, bedeutet rein gar nichts.«

Randy fängt an sich zu ärgern: Was Avi gesagt hat, ist so selbstverständlich, dass es schon an Beleidigung grenzt, es überhaupt zu erwähnen. Ein Teil seines Ärgers rührt allerdings daher, dass Avi ihn durchschaut hat. Avi sagt ihm immer, er solle nicht romantisch sein. Aber wäre es nicht um der Romantik willen, wäre er nicht hier und würde das alles nicht machen.

Was zu der Frage führt: Warum macht *Avi* es eigentlich? Vielleicht hat er ja selbst ein paar sorgfältig geheim gehaltene romantische Illusionen. Vielleicht durchschaut er Randy deswegen so verdammt gut. Vielleicht gilt Avis Warnung ihm selbst genauso wie den anderen Mitgliedern der Epiphyte Corp.

Die neue Gruppe ist im Übrigen nicht japanisch, sondern chinesisch – wahrscheinlich aus Taiwan. Der Großwesir zeigt ihnen die für sie bestimmten Plätze, so weit entfernt, dass sie sich zwar gelegentliche Feuergefechte mit den Leuten von der Epiphyte Corp. liefern, aber nicht ohne Megaphon mit ihnen reden können. Ungefähr eine Minute lang tun sie so, als wären der Garten und der Alte Palast ihnen völlig schnuppe. Dann dreht sich ein gedrungener, kräftig gebauter Mann in den Fünfzigern zur Epiphyte Corp. um und geht, einen Schwarm von Gehilfen im Schlepptau, mit forschen Schritten zu ihnen hinüber. Randy muss an eine Computersimulation denken, die er einmal gesehen hat, in der ein Schwarzes Loch mit lauter Sternen im Gefolge durch eine Galaxie zog. Ganz vage kann er sich an das Gesicht des Mannes erinnern: Es war mehr als einmal in Wirtschaftszeitschriften abgebildet, aber nicht häufig genug, als dass Randy sich seinen Namen gemerkt hätte.

Wenn Randy nicht einfach nur ein Hacker wäre, müsste er jetzt vortreten und sich um die protokollarischen Dinge kümmern. Das wäre der totale Stress für ihn, einfach schrecklich. Doch diesen ganzen Mist hat Gott sei Dank Avi übernommen, der jetzt aufsteht, um auf den Taiwanesen zuzugehen. Die beiden schütteln sich die Hand und tauschen routinemäßig ihre Visitenkarten aus. Der Chinese schaut jedoch geradewegs durch Avi durch und nimmt die anderen Epiphyte-Leute in Augenschein. Randy findet er zu nichts sagend und so lässt er seinen Blick weiter zu Eberhard Föhr wandern. »Wer ist Cantrell?«, fragt er.

John lehnt am Fenster und ist vermutlich gerade mit der Frage beschäftigt, nach welcher parametrischen Gleichung die Blütenblätter an der zweieinhalb Meter hohen Fleisch fressenden Pflanze angeordnet sind. Er dreht sich um und stellt sich vor. »John Cantrell.«

»Harvard Li. Haben Sie meine E-Mail nicht bekommen?«

Harvard Li! Allmählich dämmert es Randy, wer dieser Typ ist. Gründer der Harvard Computer Company, eines mittelgroßen Unternehmens in Taiwan, das Kopien von Markencomputern herstellt.

John grinst. »Ich habe ungefähr zwanzig E-Mails von einer unbekannten Person bekommen, die behauptet, Harvard Li zu sein.«

»Die waren von mir! Ich verstehe nicht, wie Sie sagen können, ich sei eine unbekannte Person.« Harvard Li reagiert ausgesprochen lebhaft, aber nicht wirklich sauer. Er gehört nicht zu den Leuten, bemerkt Randy, die sich vor einem Meeting selbst ermahnen müssen, nicht romantisch zu werden.

»Ich hasse E-Mail«, sagt John.

Harvard Li starrt ihm eine Weile in die Augen. »Wie meinen Sie das?«

»Das Konzept ist gut, die Durchführung schlecht. Die Leute treffen keinerlei Sicherheitsvorkehrungen. Da kommt eine Nachricht mit dem Absender Harvard Li und die Leute glauben, sie sei wirklich von Harvard Li. Diese Nachricht ist aber nur ein Muster magnetisierter Punkte irgendwo auf einer sich drehenden Scheibe. Jeder könnte sie fälschen.«

»Aha. Sie benutzen digitale Signatur-Algorithmen.«

Darüber denkt John eingehend nach. »Ich antworte auf keine E-Mail, die nicht digital signiert ist. Digitale Signatur-Algorithmen stellen eine bestimmte Signiertechnik dar. Es ist eine gute Technik, aber sie könnte besser sein.«

Ungefähr nach der Hälfte von Johns Antwort fängt Harvard Li an, beifällig zu nicken. »Gibt es ein strukturelles Problem? Oder machen Sie sich Sorgen wegen der Schlüssellänge von fünfhundertzwölf Bit? Wäre es mit einem Eintausendvierundzwanzig-Bit-Schlüssel akzeptabel?«

Etwa drei Sätze später schwingt sich die Unterhaltung zwischen Cantrell und Li weit über Randys kryptographische Kenntnisse hinaus und sein Gehirn macht dicht. Harvard Li ist ein Kryptomane! Er hat dieses Zeug höchstpersönlich studiert – nicht nur Untergebene dafür bezahlt, dass sie die Bücher lesen und ihm Notizen schicken, sondern sich höchstpersönlich mit der Mathematik beschäftigt und die Gleichungen durchgerechnet.

Tom Howard grinst breit. Eberhard sieht so belustigt aus, wie er

nur aussehen kann, und Beryl unterdrückt ein Grinsen. Randy versucht verzweifelt, den Witz zu kapieren. Avi bemerkt die Verwirrung in Randys Gesicht, dreht dem Taiwanesen den Rücken zu und reibt Daumen und Zeigefinger aneinander: *Geld.*
Ach, richtig. Es musste damit zu tun haben.

Anfang der Neunziger fertigte Harvard Li ein paar Millionen PC-Klone, auf die er Windows, Word und Excel lud – leider vergaß er irgendwie, Microsoft auch nur einen Scheck auszustellen. Ungefähr ein Jahr später verpasste Microsoft ihm vor Gericht eine Abreibung und bekam Schadenersatz in riesiger Höhe zugesprochen. Harvard meldete Konkurs an: Er habe keinen einzigen Pfennig. Seitdem hat Microsoft versucht zu beweisen, dass er immer noch ein oder zwei Milliarden auf der hohen Kante liegen hat.

Harvard Li hat natürlich angestrengt darüber nachgedacht, wo er Geld deponieren kann, ohne dass jemand wie Microsoft dran kommt. Dafür gibt es viele altehrwürdige Methoden: das Schweizer Nummernkonto, die Briefkastenfirma, das große Immobilienprojekt im tiefsten, finstersten China, Goldbarren in irgendeiner Stahlkammer. Solche Tricks funktionieren vielleicht mit einem durchschnittlichen Staat, aber Microsoft ist zehnmal cleverer, hundertmal aggressiver und an keine bestimmten Regeln gebunden. Randy bekommt schon eine leichte Gänsehaut, wenn er sich Harvard Lis Situation nur vorstellt: Er wird von Microsofts technisch hoch gerüsteten Höllenhunden quer über den Planeten gejagt.

Harvard Li braucht elektronisches Geld. Aber nicht die popelige Art, die Leute verwenden, um übers Internet T-Shirts zu kaufen, ohne ihre Kreditkartennummer anzugeben. Er braucht die echte, knallharte, auf solider Krypto beruhende Art, die in einem Datenhafen im Ausland verankert ist, und er braucht sie dringend. Nichts ist also logischer, als dass er jede Menge E-Mails an John Cantrell schickt.

Tom Howard schiebt sich neben Randy. »Die Frage lautet: Ist es nur Harvard Li oder glaubt er, einen neuen Markt entdeckt zu haben?«

»Wahrscheinlich beides«, vermutet Randy. »Wahrscheinlich kennt er noch ein paar andere Leute, die gerne eine Privatbank hätten.«

»Die Raketen«, sagt Tom.

»Genau.« China hat vor kurzem mit Raketengeschossen auf Taiwan geballert, ungefähr so wie ein Wildwest-Rowdy, der dem Guten zwischen die Füße schießt, um ihn zum Tanzen zu bringen. »In Taipei haben sie die Banken eingerannt.«

»Auf eine bestimmte Art«, sagt Tom, »sind diese Typen tausendmal schlauer als wir, weil sie nie eine zuverlässige Währung hatten.« Er und Randy schauen zu John Cantrell hinüber, der die Arme vor der Brust verschränkt hat und gerade einen ausführlichen Vortrag über die eulersche Phi-Funktion hält, während Harvard Li hoch konzentriert nickt und sein *Nerdjutant* hektisch Notizen auf einen genormten Schreibblock mit gelbem Linienpapier kritzelt. Avi steht ein ganzes Stück von ihnen entfernt und starrt auf den Alten Palast, während in seinem Kopf die Weiterungen dieser Angelegenheit wie die Pflanzen in einem tropischen Garten erblühen und wuchernd aneinander hochranken.

Andere Delegationen marschieren hinter dem Großwesir in den Raum und stecken ihre Gebiete an der Küstenlinie des Konferenztisches ab. Der Dentist kommt mit seinen Nornen oder Furien oder Arzthelferinnen oder was immer sie sind herein. Dann eine Gruppe Weißer, die ihrem Akzent nach aus Australien oder Neuseeland stammen. Alle anderen sind Asiaten. Manche von ihnen unterhalten sich untereinander und manche reiben sich das Kinn und beobachten das Gespräch zwischen Harvard Li und John Cantrell. Randy wiederum beobachtet sie: Schlechter-Anzug-Asiaten und Guter-Anzug-Asiaten. Erstere haben angegraute Bürstenhaarschnitte und eine nikotingefärbte Haut und sehen aus wie Killer. Sie tragen schlechte Anzüge, aber nicht, weil sie sich gute nicht leisten könnten, sondern weil es ihnen völlig egal ist. Sie kommen aus China. Die Guter-Anzug-Asiaten haben pflegeintensive Haarschnitte, Brillen aus Paris, eine reine Haut, immer ein Lächeln auf den Lippen. Sie kommen zum größten Teil aus Japan.

»Ich möchte Schlüssel austauschen, hier und jetzt, damit wir per E-Mail verkehren können«, sagt Li und winkt einem Gehilfen, der zur Tischkante huscht und einen Laptop aufklappt. »Irgendwas, irgendwas Ordo«, sagt Li auf kantonesisch. Der Gehilfe betätigt die Maus und klickt.

Cantrell starrt ausdruckslos den Tisch an. Er geht in die Hocke, um ihn von unten anzuschauen. Dann schlendert er hinüber und fährt mit der Hand unter die Kante.

Randy bückt sich und wirft auch einen Blick darunter. Es ist einer von diesen Hightech-Konferenztischen mit eingelassenen Strom- und Datenübertragungsleitungen, sodass Besucher ihre Laptops anschließen können, ohne hässliche Kabel auszulegen und sich um Steckdosenplätze zu streiten. Die Tischplatte muss von Leitungsrohren durchzogen sein. Keine sichtbaren Drähte verbinden sie mit der Welt. Die Leitungen müssen durch hohle Tischbeine in einen hohlen Fußboden führen. John grinst, wendet sich Li zu und schüttelt den Kopf. »Normalerweise wäre ich sofort einverstanden«, sagt er, »aber bei einem Kunden mit Ihren hohen Sicherheitsanforderungen ist das hier nicht der geeignete Ort, um Schlüssel auszutauschen.«

»Ich habe nicht vor, das Telefon zu benutzen«, entgegnet Li. »Wir können sie auf Floppydisks austauschen.«

John klopft auf Holz. »Das kommt aufs Gleiche raus. Lassen Sie einen von Ihren Leuten zum Thema Van-Eck-Phreaking recherchieren. Mit ›ph‹, nicht mit ›f‹«, erklärt er dem Gehilfen, der es aufschreibt. Und da er spürt, dass Li gerne schon mal eine grobe Zusammenfassung davon hätte, fährt er fort: »Sie können den internen Zustand Ihres Computers ablesen, indem sie sich die schwachen Radiowellen anhören, die aus den Chips kommen.«

»Ahhhhh«, sagt Li und wechselt äußerst viel sagende Blicke mit seinen technischen Assistenten, als sei das die Erklärung für etwas, was ihnen heftiges Kopfzerbrechen bereitet hat.

Am gegenüberliegenden Ende des Raums – nicht da, wo die Gäste hereingekommen sind, sondern am anderen Ende – brüllt jemand wild los. Es ist ein Bursche in einem ähnlichen, aber nicht ganz so reich verzierten Aufzug wie dem des Großwesirs. Irgendwann geht er zum Englischen über – mit dem englischen Akzent, mit dem Stewardessen ausländischer Fluglinien sprechen, die ihre Passagiere so oft gebeten haben, die Metallzunge in die Schnalle zu stecken, dass es schließlich in einem einzigen halb verschluckten Gemurmel herauskommt. Kleine Kinakutaner in guten Anzügen beginnen im Gänsemarsch hereinzumarschieren. Sie setzen sich ans Kopfende des Tisches, das breit genug ist für eine Darstellung des Letzten Abendmahls. Dort, wo Jesus sitzen würde, steht ein auffallend großer Sessel. Ein solches Ding würde man bekommen, wenn man zu einem finnischen Designer mit kahlrasiertem Kopf, randloser Brille und einem zweifachen Dr. in Semiotik und Hoch- und Tiefbau ginge, ihm einen Blankoscheck ausstellte und ihn bäte, einen Thron zu entwerfen. Dahinter steht ein Extratisch für Trabanten. Den Hintergrund bildet ein tonnenschweres unbezahlbares Kunstwerk: ein zerfressenes, aus irgendeiner Dschungelruine entferntes Fries.

Alle Gäste streben instinktiv ihren Plätzen rund um den Tisch zu und bleiben dort stehen. Der Großwesir funkelt sie alle der Reihe nach an. Ein kleiner Mann schlüpft herein, starrt mit leerem Blick vor sich auf den Boden und scheint die Anwesenheit der anderen Leute im Raum gar nicht zu bemerken. Sein Haar ist mit Haarspray an den Kopf geklebt, der Eindruck von Korpulenz durch die Kunstfertigkeit eines Schneiders aus der Savile Row stark abgemildert. Er lässt sich behutsam in dem großen Sessel nieder, was wie ein grober Verstoß gegen die Etikette wirkt, bis Randy klar wird, dass er der Sultan ist.

Plötzlich setzen sich alle hin. Randy zieht seinen Sessel zurück und lässt sich hineinfallen. Die lederne Tiefe verschluckt seinen Hintern wie der Fanghandschuh des Catchers den Baseball. Eigentlich würde er gern seinen Laptop aus der Tasche ziehen, aber in diesem Rahmen haben sowohl die Nylontasche als auch der Plastikcomputer den grellen Charme eines Billigprodukts. Außerdem muss er dem schülerhaften Drang, ständig Notizen zu machen, widerstehen. Avi hat ja selbst gesagt, bei diesem Meeting würde nichts passieren; die ganzen wichtigen Dinge würden sich zwischen den Zeilen abspielen. Und dann ist da noch die Sache mit dem Van-Eck-Phreaking, die Cantrell vermutlich nur erwähnt hat, um Harvard Li aus der Fassung zu bringen, die Randy aber auch ein bisschen nervös gemacht hat. Er entscheidet sich für einen Millimeterpapierblock – die Antwort des Ingenieurs auf das genormte gelbe Linienpapier – und einen Einwegkugelschreiber mit feiner Spitze.

Der Sultan spricht ein Oxford-Englisch, dem man anmerkt, dass er noch Spuren von Knoblauch und Paprika zwischen den Zähnen hängen hat. Er redet ungefähr fünfzehn Minuten lang.

Der Raum enthält ein paar Dutzend lebendige menschliche Körper, jeder von ihnen ein großer Sack mit Eingeweiden und Flüssigkeiten, die so stark komprimiert sind, dass es über mehrere Meter heraussprudeln würde, wenn man sie anstäche. Jeder ist um ein Gerüst aus 206 Knochen herumgebaut; diese sind durch bekanntermaßen fehleranfällige Gelenke miteinander verbunden, die, wenn sie sich nicht mehr in ihrem ursprünglichen Zustand befinden, unangenehme Knack-, Knirsch- und Klappergeräusche von sich geben. Diese Konstruktion ist umhüllt von pulsierenden Steaks, aufgebläht von sich rhythmisch zusammenziehenden Luftsäcken und durchbohrt von einem gordischen Gewirr aus Abwasserrohren mit plätschernder Säure und komprimiertem Gas und einem Morast aus widerlichen Enzymen und Lösungsmitteln, produziert von den vielen dunklen, angegangenen Brocken genetisch programmierten Fleisches, die über seine gesamte Länge verteilt sind. Sich auflösende Essensportionen werden durch periodische Krämpfe in diesem glitschigen Labyrinth nach unten befördert, wo sie in gasförmige, flüssige und feste Stoffe zerfallen, die alle regelmäßig in die Außenwelt abgeführt werden müssen, will der Besitzer nicht an seinem eigenen Giftmüll krepieren. Kugelförmige, von Gel umgebene Kameras drehen sich in Kugelgelenken mit Schleimschmierung. Endlose Wimpernfrontreihen wehren eindringende Partikel ab oder verkapseln sie zur späteren Entsorgung in einer klebrigen Masse. In jedem Körper schlägt ein zentral gelagerter Muskel auf einen unaufhörlich zirkulierenden Sturzbach aus unter Druck gesetztem Fleischsaft ein. Und dennoch, trotz alledem gibt keiner dieser Körper zu irgendeinem Zeitpunkt während des Vortrags des Sultans auch nur ein einziges Geräusch von sich. Es ist ein Wunder, das man sich nur durch die Macht des Gehirns über den Körper und die Macht der kulturellen Konditionierung über das Gehirn erklären kann.

Ihr Gastgeber versucht gerade, sich entsprechend sultanisch zu geben: indem er eine Vision und eine Richtung vorgibt, ohne sich vom Treibsand des Managements verschlucken zu lassen. Die grundlegende Vision, so scheint es jedenfalls zunächst, ist die, dass Kinakuta immer eine Kreuzung, ein Treffpunkt der Kulturen war: die ursprünglichen Malaien. Foote und seine Dynastie der Weißen Sultane. Filipinos mit ihren spanischen, amerikanischen und japanischen Gouverneuren im Osten. Muslime im Westen. Angloamerikaner im Süden. Verschiedene südostasiatische Kulturen im Norden. Chinesen natürlich wieder überall. Japaner, immer wenn die Abenteuerlust sie mal wieder gepackt hat, und (nach allem, was man weiß) die jungsteinzeitlichen Eingeborenen, die das Innere der Insel bewohnen.

Von daher biete es sich geradezu an, dass das heutige Kinakuta dicke fette Glasfiberkabel in alle Richtungen verlege, sich in jedes erreichbare größere nationale Telekommunikationsnetz einstöpsle und zu einer Art digitalem Bazar werde.

Alle Gäste bedenken den Scharfblick des Sultans, seine meisterliche Fähigkeit, die alten Bräuche seines Landes mit der modernen Technologie zu verbinden, mit einem dezenten Kopfnicken.

Das sei allerdings nur eine oberflächliche Analogie, räumt der Sultan ein.

Alle nicken etwas heftiger als zuvor: Tatsächlich war nämlich alles, was der Sultan gerade gesagt hat, Blödsinn.

Mehrere Leute machen sich hastig Notizen, damit sie den Faden nicht verlieren.

Denn letztlich, sagt der Sultan, spiele der physische Standort in einer digitalisierten, vernetzten Welt überhaupt keine Rolle mehr. Der Cyberspace kenne keine Grenzen.

Alle nicken heftig, außer John Cantrell und den angegrauten Chinesen.

Doch halt, fährt der Sultan fort, das sei ja nur das wirre Geschwätz von Cyber-Cheerleadern! Was für ein Schwachsinn! Natürlich spielten Standorte und Grenzen eine Rolle! An diesem Punkt wird der Raum verdunkelt, indem das durch die Fensterfront einfallende Licht mittels irgendeines in das Glas eingebauten Mechanismus – Flüssigkristalljalousien oder so etwas – gedämpft wird. Leinwände kommen aus geschickt in der Zimmerdecke verborgenen Schlitzen herab. Diese Ablenkung rettet die Nackenwirbel vieler Gäste, die kurz vor einem Schleudertrauma stehen, da sie die letzte scharfe Wendung des Sultans mit noch heftigerem Nicken bedacht haben. Verflixt und zugenäht, kommt es im Cyberspace nun auf den Standort an oder nicht? Worum geht es hier eigentlich? Das ist doch kein Debattierklub in Oxford! Kommen Sie endlich zur Sache!

Jetzt wirft der Sultan ein paar Grafiken auf die Leinwände: eine Weltkarte in einer dieser politisch korrekten Projektionen, bei denen Amerika und Europa wie eingefrorene Riffs in der Arktis wirken. Ein Muster aus geraden Linien, von denen jede zwei größere Städte miteinander verbindet, wird auf die Karte projiziert. Während der Sultan spricht, wird das Netz immer dichter, bis nicht nur die Landmassen, sondern auch die Ozeane nahezu darunter verschwunden sind.

So, erklärt der Sultan, stelle man sich allgemein das Internet vor: als dezentralisiertes Netz, in dem jeder Ort mit jedem anderen Ort verbunden sei, ohne Engstellen oder, wenn man so wolle, Nadelöhre.

Das sei aber ebenfalls Schwachsinn! Eine neue Grafik erscheint: gleiche Karte, anderes Muster. Hier habe man nun Netze innerhalb von Ländern, manchmal innerhalb von Kontinenten. Zwischen den Ländern allerdings, und insbesondere zwischen den Kontinenten gebe es nur wenige Linien. Das sei überhaupt nicht netzartig.

Randy sieht Cantrell an, der verstohlen nickt.

»Manche Internet-Anhänger sind der Überzeugung, das Netz sei robust, da seine Kommunikationsfäden gleichmäßig über den Erdball verteilt seien. Tatsächlich läuft aber, wie Sie auf dieser Grafik sehen können, fast der gesamte interkontinentale Netzverkehr durch eine kleine Anzahl von Nadelöhren. Und die werden natürlich von den jeweiligen Staaten kontrolliert und überwacht. Daher scheitert jede Art von Internetanwendung, die keiner Einmischung durch irgendeinen Staat unterliegen soll, von vornherein an einem grundlegenden Strukturproblem.«

...keiner Einmischung durch irgendeinen Staat unterliegen. Randy traut seinen Ohren kaum. Wäre der Sultan ein schmuddeliger Hacker, der vor einem Saal voller Krypto-Anarchisten spricht, wäre das etwas anderes. Aber der Sultan *ist* ein Staat, Herrgott noch mal, und in diesem Saal sitzen massenweise visitenkartenbestückte Vertreter des Establishments.

Wie zum Beispiel diese chinesischen Bürstenschnitte! Wer zum Teufel sind die? Es kann keiner Randy erzählen, diese Typen hätten nicht irgendwie mit dem chinesischen Staat zu tun.

»Engstellen sind nur eins der strukturellen Hindernisse für die Schaffung eines freien, souveränen, standortunabhängigen Cyberspace«, fährt der Sultan munter fort.

Souverän!?

»Ein weiteres ist das heterogene Flickwerk von Gesetzen und letztlich auch Rechtssystemen, wo es um die Privatsphäre, die freie Meinungsäußerung und die Telekommunikationspolitik geht.«

Eine andere Karte wird sichtbar. Jedes Land ist nach einem Schema von einschüchternder Komplexität mit einer bestimmten Farbe, einer Schraffur und einem Muster versehen. Einen halbherzigen Erklärungsversuch liefert eine komplizierte Legende darunter. Ein Migräneanfall. Das ist natürlich genau das, worum es geht.

»Die Haltung eines jeden Rechtssystems zur Privatsphäre ist typischerweise das Ergebnis immer neuer Veränderungen, die Gerichte und gesetzgebende Körperschaften über die Jahrhunderte hinweg daran vorgenommen haben«, sagt der Sultan. »Auch bei größtem Wohlwollen lässt sich nur wenig davon mit der modernen Auffassung von Privatsphäre vereinbaren.«

Es wird wieder hell, das Sonnenlicht dringt zunehmend durch die Fenster, die Leinwände verschwinden leise in der Decke und alle sind einigermaßen überrascht zu sehen, dass der Sultan aufgestanden ist. Er geht auf ein großes, (natürlich) reich verziertes und teuer wirkendes Go-Brett zu, das mit einem komplexen Muster aus schwarzen und weißen Steinen bedeckt ist. »Vielleicht kann ich eine Analogie zum Go herstellen – wobei Schach genauso geeignet wäre. Aufgrund unserer Geschichte sind wir Kinakutaner in beiden Spielen bewandert. Zu Beginn des Spiels sind die Steine in einem einfachen, leicht verständlichen Muster angeordnet. Aber das Spiel entwickelt sich. Die Spieler treffen kleine Entscheidungen, Zug um Zug, jede Entscheidung ist für sich genommen ziemlich einfach und die Gründe dafür sind, selbst für einen Neuling, leicht nachvollziehbar. Doch im Laufe vieler solcher Züge entfaltet das Muster eine so große Komplexität, dass nur die klügsten Köpfe – oder die besten Computer – es verstehen können.« Während der Sultan das sagt, schaut er nachdenklich auf das Go-Brett. Dann hebt er den Kopf und beginnt Blickkontakt mit den im Raum Anwesenden aufzunehmen. »Die Analogie ist klar. Unsere Politik in Bezug auf freie Meinungsäußerung, Telekommunikation und Kryptographie hat sich aus einer Reihe einfacher, rationaler Entscheidungen heraus entwickelt. Mittlerweile sind sie jedoch so komplex geworden, dass niemand sie mehr verstehen kann, nicht einmal in einem einzigen Land, von allen Ländern in ihrer Gesamtheit ganz zu schweigen.«

Der Sultan hält inne und geht vor sich hin grübelnd um das Brett herum. Die meisten Gäste haben mittlerweile das servile Nicken und Mitschreiben aufgegeben. Jetzt verhält sich niemand mehr taktisch, alle hören mit echtem Interesse zu und fragen sich, was er wohl als Nächstes sagen wird.

Doch er sagt nichts. Stattdessen legt er einen Arm über das Brett und wischt mit einer plötzlichen, heftigen Bewegung alle Steine weg. Sie regnen auf den Teppich, rutschen über polierten Stein, fallen klappernd auf die Tischplatte.

Mindestens fünfzehn Sekunden lang herrscht Stille. Der Sultan macht ein versteinertes Gesicht. Dann erhellt sich mit einem Mal seine Miene.

»Zeit für einen Neubeginn«, sagt er. »Ein sehr schwieriges Unterfangen in einem großen Land, in dem die Gesetze von gesetzgebenden Versammlungen erlassen und von Richtern ausgelegt werden, für die wiederum frühere Präzedenzfälle richtungweisend sind. Aber das hier ist das Sultanat Kinakuta und ich bin der Sultan und ich sage, dass das Gesetz hier sehr einfach zu sein hat: völlige Informationsfreiheit. Ich verzichte hiermit auf jegliche Einflussnahme des Staates auf den Datenfluss über meine Landesgrenzen hinweg oder innerhalb von ihnen. Unter keinen Umständen wird irgendein Mitglied dieser Regierung im Datenverkehr herumschnüffeln oder seine Macht dazu gebrauchen, diesen Verkehr einzuschränken. Das ist das neue Gesetz von Kinakuta. Machen Sie das Beste daraus, Gentlemen. Ich danke Ihnen.«

Der Sultan dreht sich um und verlässt unter respektvollem Applaus den Raum. Das sind die Grundregeln, Jungs. Jetzt lauft los und spielt! Dr. Mohammed Pragasu, der kinakutanische Informationsminister, erhebt sich nun von seinem Sessel (der natürlich zur Rechten des Sultansthrons steht) und übernimmt das Ruder. Sein Akzent ist fast so amerikanisch wie der des Sultans britisch; sein Studium hat er in Berkeley absolviert und den Doktortitel in Stanford erworben. Randy kennt verschiedene Leute, die während dieser Jahre mit ihm gearbeitet und studiert haben. Ihnen zufolge erschien Pragasu selten in etwas anderem als T-Shirt und Jeans zur Arbeit und sein Appetit auf Bier und Pizza Salami unterschied sich kein bisschen von dem irgendeines Nicht-Muslim. Niemand hatte die blasseste Ahnung, dass er der Cousin zweiten Grades eines Sultans war und ein paar hundert Millionen Dollar Privatvermögen besaß.

Aber das liegt zehn Jahre zurück. In jüngerer Zeit, bei seinen Verhandlungen mit der Epiphyte Corp., war er besser gekleidet und hat ein besseres, aber bewusst legeres Benehmen an den Tag gelegt: nur Vornamen, bitte. Dr. Pragasu möchte gern Prag genannt werden. Bei jedem ihrer Treffen haben sie erst einmal hemmungslos die neuesten Witze ausgetauscht. Dann will Prag alles über seine alten Studienfreunde wissen, von denen die meisten jetzt im Silicon Valley arbeiten. Er erkundigt sich eingehend nach den neuesten, heißesten Hightech-Aktien, schwelgt einen Augenblick in Erinnerungen an die wilden Zeiten damals in Kalifornien und kommt dann zum Geschäft.

Niemand von ihnen hat Prag je so in seinem Element gesehen wie jetzt. Es ist ein bisschen schwierig, das Gesicht nicht zu verziehen – so als hätte sich ein alter Schulkamerad von ihnen einen Anzug geliehen und seinen Ausweis gefälscht und würde jetzt bei einer steifen Geschäftsbesprechung eine Witznummer inszenieren. Aber heute hat Dr. Pragasus Verhalten etwas Feierliches an sich, das beeindruckend, ja fast schon bedrückend wirkt.

Die chinesischen Typen auf der anderen Seite des Tisches sehen aus wie eine maoistische Version des Mount Rushmore; man kann sich überhaupt nicht vorstellen, dass einer von ihnen je im Leben gelächelt hat. Sie bekommen eine Direktübersetzung der Beiträge über Kopfhörer, die durch den geheimnisvollen Tisch mit einem Saal voller eifriger Dolmetscher verbunden sind.

Randys Aufmerksamkeit schweift ab. Prags Vortrag ist langweilig, weil er ein technisches Gebiet abdeckt, auf dem Randy sich bereits fürchterlich gut auskennt, und das auch noch in Form einfacher Vergleiche, damit es selbst nach der Übersetzung ins Mandarin, ins Kantonesische, Japanische oder was auch immer noch Sinn ergibt. Randy lässt seinen Blick um den Tisch wandern.

Da ist eine Delegation von Filipinos. Einer von ihnen, ein dicker Mann Mitte fünfzig, kommt ihm schrecklich bekannt vor. Wie üblich kann Randy sich nicht an seinen Namen erinnern. Dann ist da noch ein anderer Typ, der ziemlich spät allein auftaucht und zu einem einzelnen Sessel ganz am anderen Ende geführt wird: Er könnte ein Filipino mit viel spanischem Blut sein, ist aber wahrscheinlich eher ein Lateinamerikaner oder Südeuropäer oder einfach ein Amerikaner, dessen Vorfahren von dort stammen. Jedenfalls zieht er, kaum dass er sich in seinem Sessel niedergelassen hat, auch schon ein Handy aus der Tasche, gibt eine sehr lange Nummer ein und spricht mit gedämpfter angespannter Stimme hinein. Dabei wirft er ständig verstohlene Blicke über den Tisch, mustert der Reihe nach jede Delegation und blafft dann Kurzbeschreibungen in sein Handy. Es scheint ihn selbst zu überraschen, dass er hier ist. Keiner, der ihn sieht, kann umhin, seine Heimlichtuerei zu bemerken. Keiner, der ihn sieht, kann umhin, über den Grund dafür zu spekulieren. Aber gleichzeitig hat der Mann etwas Missmutiges, Finsteres an sich, was Randy erst auffällt, als dessen schwarze Augen sich auf ihn richten und ihn wie der Doppellauf einer Derringer anstarren. Zu verblüfft und zu naiv, den Kopf abzuwenden, erwidert Randy seinen Blick und dabei geht auf dem Doppelstrahl aus schwarzem Licht, der aus seinen Augen schießt, irgendeine sonderbare Botschaft von dem Handy-Mann auf ihn über.

Randy wird klar, dass er und die anderen von der Epiphyte(2) Corp. unter Diebe gefallen sind.

Hüpfen

Es ist ein heißer, wolkenverhangener Tag in der Bismarck-See, als Goto Dengo den Krieg verliert. Die amerikanischen Bomber fliegen tief und in gleich bleibender Höhe an. Goto Dengo ist zufällig an Deck, weil Freiübungen an der frischen Luft angesetzt sind. Luft zu atmen, die nicht nach Scheiße und Kotze riecht, erzeugt ein Gefühl der Euphorie und Unverletzlichkeit in ihm. Den anderen geht es wohl ebenso, denn er beobachtet die Flugzeuge lange Zeit, ehe er Warnsirenen zu hören beginnt.

Angeblich sind die Soldaten des Kaisers stets von einem Gefühl der Euphorie und der Unverletzlichkeit beseelt, und das liegt an ihrem unbeugsamen Mut. Goto Dengo empfindet nur so, wenn er an Deck ist und saubere Luft atmet, und er schämt sich deswegen. Die anderen Soldaten zweifeln niemals oder zeigen es zumindest nie. Er fragt sich, wo er vom rechten Weg abgekommen ist. Vielleicht während seiner Zeit in Schanghai, wo er von ausländischen Gedanken verdorben wurde. Vielleicht war er auch schon von Anfang an verdorben – der alte Familienfluch.

Die Truppentransporter sind langsam – sie erwecken nicht einmal den Anschein, als wären sie etwas anderes als Kästen voller Luft. Sie verfügen nur über die allererbärmlichste Ausrüstung. Die Zerstörer, die sie eskortieren, signalisieren ›Alle Mann auf Gefechtsstation‹. Goto Dengo steht an der Reling und sieht zu, wie die Mannschaften der Zerstörer auf ihre Positionen hasten. Die Rohre ihrer Waffen spucken schwarzen Rauch und blaues Licht, und erst viel später hört er sie das Feuer eröffnen.

Die amerikanischen Bomber müssen irgendwie in Not sein. Er vermutet, dass ihr Treibstoff zu Ende geht oder sie sich heillos verflogen haben oder von Zeros aus der Deckung der Wolken gejagt worden sind. Was immer der Grund sein mag, er weiß, dass sie nicht vorhaben, den Geleitzug anzugreifen, denn amerikanische Bomber greifen stets so an, dass sie das Ziel in großer Höhe überfliegen und Bomben herabregnen lassen. Die Bomben treffen nie, weil die amerikanischen Zielgeräte so schlecht und die Besatzungen so unfähig sind. Nein, dass amerikanische Flugzeuge hier sind, ist bloß einer jener bizarren Zufälle des Krieges; der Geleitzug fährt seit gestern Morgen im Schutz dichter Wolken.

Die Truppen um Goto Dengo johlen. Was für ein Glück, dass sich diese Amerikaner genau vor die Rohre des Zerstörergeleits verflogen haben. Und für das Dorf Kulu ist es auch ein gutes Omen, denn die Hälfte der jungen Männer dieses Dorfes sind zufällig gerade an Deck, um das Schauspiel zu genießen. Sie sind zusammen aufgewachsen, zusammen zur Schule gegangen, mit zwanzig zusammen gemustert, zusammen eingezogen und zusammen ausgebildet worden. Nun sind sie zusammen auf dem Weg nach Neuguinea. Zusammen sind sie erst vor fünf Minuten an Deck des Transporters befohlen worden. Zusammen werden sie den Anblick genießen, wie sich die amerikanischen Flugzeuge in Flammenräder auflösen.

Mit seinen sechsundzwanzig Jahren ist Goto Dengo hier ein alter Hase – er ist aus Schanghai zurückgekommen, um sie anzuführen und ihnen ein Beispiel zu geben – und er beobachtet ihre Gesichter, diese Gesichter, die er schon seit seiner Kindheit kennt, Gesichter, die nie glücklicher waren als in diesem Augenblick und die in der grauen Welt aus Wolken, Ozean und gestrichenem Stahl wie Kirschblütenblätter schimmern.

Frisches Vergnügen malt sich auf ihnen. Er folgt ihrem Blick. Einer der Bomberpiloten hat offensichtlich beschlossen, seine Ladung zu verringern, indem er eine Bombe geradewegs in den Ozean wirft. Die Jungen von Kulu stimmen einen höhnischen Sprechchor an. Nachdem das amerikanische Flugzeug eine halbe Tonne nutzlosen Sprengstoff losgeworden ist, zieht es steil nach oben, ein Neutrum, nur noch für Zielübungen zu gebrauchen. Die Jungen von Kulu bedenken den Piloten mit verächtlichem Geschrei. Ein japanischer Pilot hätte allerwenigstens sein Flugzeug in den Zerstörer krachen lassen.

Goto Dengo beobachtet aus irgendeinem Grund die Bombe anstatt das Flugzeug. Sie trudelt nicht aus dem Bauch des Flugzeugs, sondern beschreibt, wie ein Lufttorpedo, eine saubere, flache Parabel über den Wellen. Er hält einen Moment lang den Atem an, weil er fürchtet, sie wird gar nicht ins Meer fallen, sondern über das Wasser sausen, bis sie den Zerstörer trifft, der ihr genau im Weg steht. Doch wieder lächelt das Kriegsglück den Streitkräften des Kaisers; die Bombe verliert ihren Kampf mit der Schwerkraft und platscht ins Wasser. Goto Dengo wendet den Blick ab.

Dann sieht er wieder hin, folgt einem Phantom am Rande seines Gesichtsfelds. Die Schaumflügel, die die Bombe aufgeworfen hat, sind noch nicht ganz zusammengefallen, doch hinter ihnen flitzt ein schwarzes Teilchen davon – vielleicht eine zweite, vom selben Flugzeug abgeworfene Bombe. Diesmal beobachtet Goto Dengo sie genau. Sie scheint aufzusteigen, anstatt zu fallen – vielleicht ein Spiegelbild. Nein, nein, er täuscht sich, nun verliert sie langsam an Höhe, pflügt ins Wasser und wirft ebenfalls ein Schaumflügelpaar auf.

Und dann steigt die Bombe wieder aus dem Wasser. Goto Dengo, ein Student des Maschinenbaus, ruft die Gesetze der Physik an, das Ding zu packen und dafür zu sorgen, dass es fällt und untergeht, denn genau das müssten große, dumme Metallstücke eigentlich tun. Schließlich fällt es tatsächlich – und steigt gleich wieder auf. Es hüpft übers Wasser wie die flachen Steine, die die Jungen von Kulu über den Fischteich beim Dorf schnellen ließen. Zutiefst fasziniert sieht Goto Dengo zu, wie die Bombe noch mehrere Male aufhüpft. Wieder hat das Kriegsglück für ein bizarres Schauspiel gesorgt, und das scheinbar aus keinem anderen Grund als dem, ihn zu unterhalten. Er kostet es aus, als wäre es eine Zigarette, die man ganz unten in seiner Tasche entdeckt. Hüpf, hüpf, hüpf.

Genau in die Flanke eines der Zerstörer des Geleits. Ein Geschützturm fliegt senkrecht in die Luft und überschlägt sich dabei immer wieder. Als er gerade seinen Scheitelpunkt erreicht, wird er vollständig von einem Flammengeysir eingehüllt, der aus dem Maschinenraum des Schiffes schießt.

Die Jungen von Kulu setzen ihren Sprechchor fort, weigern sich zu akzeptieren, was sie mit eigenen Augen sehen. Am Rand von Goto Dengos Gesichtsfeld blitzt etwas auf; er schaut hin und sieht einen zweiten Zerstörer wie einen trockenen Zweig in zwei Teile zerbrechen, während seine Munitionsdepots in die Luft fliegen. Überall hüpfen nun winzige schwarze Gegenstände über den Ozean, wie Flöhe auf den zerknüllten Laken eines Schanghaier Bordells. Der Sprechchor verstummt. Stumm sieht alles zu.

Die Amerikaner haben mitten im Krieg eine neue Bombentaktik erfunden und fehlerlos umgesetzt. Sein Verstand taumelt wie ein Betrunkener auf dem Gang eines schwankenden Eisenbahnwaggons. Sie haben erkannt, dass sie etwas falsch gemacht haben, sie haben ihren Fehler eingestanden, sie sind auf einen neuen Gedanken gekommen. Dieser neue Gedanke wurde akzeptiert und hat sich bis an die Spitze der Befehlskette durchgesetzt. Und nun benutzen sie ihn, um ihre Feinde zu töten.

Kein Krieger mit irgendeinem Ehrbegriff wäre so memmenhaft gewesen. So *prinzipienlos*. Welch ein Gesichtsverlust es für die Offiziere gewesen sein muss, die ihre Männer dazu ausgebildet hatten, aus großer Höhe zu bombardieren. Was ist aus ihnen geworden? Sie müssen sich alle umgebracht haben oder vielleicht auch im Gefängnis gelandet sein.

Die amerikanischen Marines in Schanghai waren auch keine richtigen Krieger. Änderten ständig ihr Verhalten. Wie Shaftoe. Shaftoe hat sich auf der Straße mit japanischen Soldaten angelegt und den

Kürzeren gezogen. Nachdem er den Kürzeren gezogen hatte, hat er beschlossen, eine neue Taktik zu lernen – von Goto Dengo. »Die Amerikaner sind keine Krieger«, sagten alle ständig. »Geschäftsleute vielleicht. Krieger nicht.«

Die Soldaten unter Deck johlen und stimmen Sprechchöre an! Sie haben nicht die leiseste Ahnung, was wirklich vor sich geht. Einen kurzen Moment lang reißt Goto Dengo den Blick von der See voller explodierender und sinkender Zerstörer los. Er orientiert sich an einem Spind voller Rettungswesten.

Die Flugzeuge scheinen mittlerweile alle verschwunden zu sein. Er sucht den Geleitzug ab und findet keinen einzigen Zerstörer in funktionstüchtigem Zustand.

»Zieht die Rettungswesten an!«, brüllt er. Keiner der Männer scheint ihn zu hören und so hält er auf den Spind zu. »He! Zieht die Rettungswesten an.« Er nimmt eine heraus und hält sie hoch, falls sie ihn nicht hören können.

Sie können ihn durchaus hören. Sie sehen ihn an, als wäre das, was er da tut, entsetzlicher als alles, was sie in den letzten fünf Minuten mit angesehen haben. Wozu sollen Rettungswesten gut sein?

»Nur für alle Fälle!«, brüllt er. »Damit wir noch einen Tag für den Kaiser kämpfen können.« Dies Letztere sagt er mit schwacher Stimme.

Einer der Männer, ein Junge, der in ihrer beider Kindheit ein paar Türen weiter gewohnt hat, tritt vor ihn, reißt ihm die Rettungsweste aus den Händen und wirft sie ins Meer. Er mustert Goto Dengo verächtlich von Kopf bis Fuß, dreht sich dann um und geht weg.

Ein anderer brüllt und deutet mit dem Finger: Die zweite Welle von Flugzeugen kommt heran. Goto Dengo tritt an die Reling, um bei seinen Kameraden zu stehen, doch sie rücken von ihm ab. Ohne auf Widerstand zu treffen, greifen die amerikanischen Flugzeuge an, schwenken ab und lassen abermals nichts als hüpfende Bomben zurück.

Goto Dengo sieht ein paar Hüpfer lang zu, wie eine Bombe genau auf ihn zukommt, bis er die auf ihre Nase gepinselte Mitteilung lesen kann: BÜCK DICH, TOJO!

»Hier entlang!«, brüllt er. Er kehrt der Bombe den Rücken und geht übers Deck zu dem Spind voller Rettungswesten zurück. Diesmal folgen ihm ein paar von den Männern. Diejenigen, die ihm nicht folgen – vielleicht fünf Prozent der Bevölkerung des Dorfes Kulu – werden ins Meer katapultiert, als die Bombe unter ihren Füßen explodiert. Das Holzdeck wölbt sich aufwärts. Einer der Jungen von Kulu fällt, als sich ein über ein Meter langer Splitter senkrecht nach oben durch seine Eingeweide bohrt. Goto Dengo und vielleicht ein Dutzend andere schaffen es auf allen vieren zu dem Spind und greifen sich Rettungswesten.

Er täte das nicht, wenn er den Krieg im tiefsten Innern nicht schon verloren hätte. Ein Krieger würde standhalten und sterben. Seine Leute folgen ihm nur, weil er es ihnen gesagt hat.

Zwei weitere Bomben explodieren, während sie sich die Rettungswesten überstreifen und sich zur Reling zurückkämpfen. Die meisten Männer unter Deck sind mittlerweile wohl tot. Goto Dengo schafft es beinahe nicht zur Reling, weil sie sich jäh in die Luft erhebt. Er macht schließlich einen Klimmzug daran und schwingt ein Bein über das Geländer, das nun beinahe waagrecht liegt. Das Schiff kentert! Noch vier andere bekommen die Reling zu fassen, der Rest rutscht hilflos das Deck hinab und verschwindet in einem Loch voller Rauch. Goto Dengo ignoriert, was seine Augen ihm sagen, und versucht, auf sein inneres Ohr zu hören. Er steht jetzt auf der Seite des Schiffsrumpfes und sieht, als er zum Achterschiff blickt, eine der Schrauben sich sinnlos in der Luft drehen. Er beginnt, bergauf zu rennen. Die vier anderen folgen ihm. Ein amerikanisches Jagdflugzeug kommt heran. Dass sie unter Beschuss stehen, geht ihm erst auf, als er sich umdreht und sieht, dass die Geschosse einen Mann praktisch mittendurch geschnitten und einem zweiten das Knie zerrissen haben, sodass Unterschenkel und Fuß nur noch an ein paar Knorpelfetzen baumeln. Goto Dengo lädt sich den Mann wie einen Sack Reis auf die Schultern und macht kehrt, um weiter bergauf zu laufen, muss jedoch feststellen, dass es kein Bergauf mehr gibt, auf dem man laufen könnte.

Er und die beiden anderen stehen nun auf dem höchsten Punkt des Schiffes, einem Stahlbuckel, der kaum mannshoch aus dem Wasser ragt. Auf der Suche nach einem Fluchtort dreht er sich einmal, dann noch einmal um und sieht nichts als Wasser um sich herum. Das Wasser blubbert und zischt wütend, während Luft und Rauch aus dem Inneren des havarierten Rumpfes schießen. Meer rauscht auf sie zu. Goto Dengo schaut hinab auf den Stahlknubbel, der ihn trägt, und wird gewahr, dass er noch immer, nur einen Moment noch, vollkommen trocken ist. Dann strömt die Bismarck-See von allen Seiten gleichzeitig auf seinen Füßen zusammen und beginnt an seinen Beinen hinaufzusteigen. Gleich darauf sackt die Stahlplatte weg, die eben noch so verlässlich gegen seine Stiefelsohlen drückte. Das Gewicht des

Verwundeten auf seiner Schulter stößt ihn senkrecht ins Meer hinab. Dieselöl gerät ihm in die Nebenhöhlen und er windet sich unter dem Verwundeten hervor und kommt schreiend an die Oberfläche. Seine Nase und sämtliche Hohlräume seines Schädels sind mit Öl gefüllt. Er schluckt etwas davon und verfällt in Krämpfe, als sein Körper es gleichzeitig aus jeder Öffnung auszuwerfen versucht: er niest, kotzt, würgt es aus seinen Lungen. Als er sich mit einer Hand ins Gesicht greift, spürt er, wie dick das Öl seine Haut überzieht, und weiß, dass er auf keinen Fall die Augen öffnen darf. Er versucht sich das Öl mit dem Ärmel vom Gesicht zu wischen, aber der Stoff ist damit durchtränkt.

Er muss untertauchen und sich sauber wischen, aber das Öl in seinen Kleidern hält ihn oben. Seine Lungen sind mittlerweile frei und er holt keuchend Luft. Sie riecht nach Öl, aber sie ist zumindest atembar. Doch nun sind die flüchtigen Bestandteile des Öls in seinen Kreislauf gelangt und er spürt, wie sie sich feuergleich in seinem Körper ausbreiten. Es fühlt sich an, als würde ihm ein heißer Spatel zwischen Kopfhaut und Schädel getrieben. Die anderen Männer heulen wie Tiere und ihm wird bewusst, dass er das auch tut. Einige der chinesischen Arbeiter in Schanghai pflegten Benzindämpfe einzuatmen, um sich zu berauschen, und gaben dabei genau solche Laute von sich.

Einer der Männer in seiner Nähe schreit. Er hört ein Geräusch näher kommen, als würde ein Laken zerrissen, um daraus Bandagen zu machen. Strahlende Hitze schlägt ihm wie eine Bratpfanne ins Gesicht, kurz bevor er taucht und sich mit den Beinen abwärts stößt. Die Bewegung entblößt einen Streifen Fleisch an seiner Wade, zwischen Stiefel und Hosenbein, der in dem Moment, in dem er aus dem Wasser schaut, gebraten wird.

Er schwimmt blind durch einen Ozean von Dieselöl. Dann ändern sich Temperatur und Viskosität der Flüssigkeit, die ihm übers Gesicht strömt. Plötzlich beginnt ihn die Rettungsweste nach oben zu ziehen; er muss jetzt in Wasser sein. Er schwimmt ein paar Beinstöße weiter und beginnt sich die Augen zu wischen. Der Druck auf seinen Ohren verrät ihm, dass er nicht so tief ist, vielleicht zwei Meter unter der Wasseroberfläche. Schließlich riskiert er es, die Augen aufzumachen. Geisterhaftes, flackerndes Licht illuminiert seine Hände, lässt sie hellgrün schimmern; die Sonne muss herausgekommen sein. Er dreht sich auf den Rücken. Über ihm ist ein See von waberndem Feuer.

Er reißt sich die Rettungsweste über den Kopf vom Leib und lässt sie los. Sie schießt senkrecht nach oben und durchstößt, wie ein Komet brennend, die Oberfläche. Seine öldurchtränkten Kleider ziehen ihn erbarmungslos aufwärts, deshalb reißt er sich das Hemd ab und lässt es der Oberfläche entgegentrudeln. Seine Stiefel ziehen abwärts, seine ölige Hose drückt nach oben und er erreicht eine Art Gleichgewicht.

Er ist in den Minen großgeworden.

Kulu liegt in der Nähe der Nordküste von Hokkaido, am Ufer eines Süßwassersees, in dem Flüsse aus den Hügeln im Landesinnern zusammenströmen und ihre Wasser miteinander vermischen, ehe sie sich in das Ochotskische Meer ergießen. Die Hügel erheben sich steil an einem Ende des Sees und türmen sich über einem kalten Silberbach, der aus einem nur von Affen und Dämonen bewohnten Wald herabstürzt. In diesem Teil des Sees gibt es kleine Inseln. Wenn man sich in diese Inseln oder in die Hügel hineingräbt, stößt man auf Kupferadern, zuweilen auch auf Zink, Blei und sogar Silber. Das tun die Männer von Kulu seit vielen Generationen. Ihr Denkmal ist ein die Hügel durchziehendes Labyrinth von Schächten, das nicht gerade Linien folgt, sondern den ergiebigsten Adern nachspürt.

Manchmal senken sich die Schächte unter Seehöhe. Als die Minen noch in Betrieb waren, hat man diese Schächte ausgepumpt, doch nun, da sie erschöpft sind, hat man das Wasser in die Waagerechte zurückkehren lassen, und es hat Schachtsümpfe gebildet. Manche Höhlen und Schächte in den Hügeln können nur von Jungen erreicht werden, die tapfer genug sind, in das kalte schwarze Wasser zu springen und zehn, zwanzig, dreißig Meter weit durch die Dunkelheit zu tauchen.

Als Junge ist Goto Dengo an allen diesen Orten gewesen. Er hat sogar ein paar davon entdeckt. Groß, dick und heiter, war er ein ziemlich guter Schwimmer. Er war nicht der beste Schwimmer, auch nicht der Beste im Atemanhalten. Er war noch nicht einmal der Mutigste (die Mutigsten haben keine Rettungswesten angelegt und sind wie Krieger in den Tod gegangen).

Er hat sich an die Stellen gewagt, die die anderen mieden, weil er als einziger von allen Jungen von Kulu keine Angst vor den Dämonen hatte. Als er noch ein Kind war, ist sein Vater, ein Bergbauingenieur, mit ihm zu den Stellen in den Bergen gewandert, wo angeblich Dämonen hausten. Sie pflegten unter den Sternen zu schlafen und beim Aufwachen waren ihre Decken reifbedeckt und ihr Essen zuweilen von Bären gestohlen. Auf Dämonen aber sind sie nie gestoßen.

Die anderen Jungen glaubten, in einigen der unter Wasser liegenden Schächte hausten Dämonen und das erkläre, warum manche Jungen, die dorthin schwammen, nicht zurückkehrten. Aber Goto Dengo fürchtete die Dämonen nicht, sondern er fürchtete, wenn er dorthin schwamm, nur Kälte, Dunkelheit und Wasser. Die auch zum Fürchten waren.

Jetzt muss er nur so tun, als wäre das Feuer eine Steindecke. Er schwimmt ein Stück weiter. Aber er hat vor dem Tauchen nicht richtig eingeatmet und ist nun einer Panik nahe. Er schaut nach oben und sieht, dass das Wasser nur noch stellenweise brennt.

Er ist, wie ihm klar wird, ziemlich tief und er kann in Hosen und Stiefeln nicht gut schwimmen. Er nestelt an seinen Schnürsenkeln, aber sie sind zu Doppelknoten gebunden. Er zieht ein Messer aus seinem Gürtel und durchschneidet die Schnürsenkel, schleudert die Stiefel von sich, schält sich auch aus Hose und Unterhose. Nackt zwingt er sich, noch zehn Sekunden Ruhe zu bewahren, zieht die Knie an die Brust und umfasst sie mit den Armen. Der natürliche Auftrieb seines Körpers macht sich geltend. Er weiß, dass er nun wohl langsam der Oberfläche entgegentreibt, wie eine Blase. Das Licht wird heller. Er muss nur warten. Er lässt das Messer los, das ihn nur langsamer macht.

Sein Rücken fühlt sich kalt an. Er schnellt aus der Fötushaltung, stößt den Kopf nach oben in die Luft, holt keuchend Atem. Ein Fleck brennendes Öl ist ihm so nahe, dass er ihn fast berühren kann, und das Öl tröpfelt über die Oberfläche des Ozeans, als wäre der ein fester Körper. Fast unsichtbare blaue Flammen dringen daraus hervor, werden dann gelb und sondern schwarzen, sich kräuselnden Rauch ab. Rückwärts schwimmend bringt er sich vor einer ausgreifenden Feuerranke in Sicherheit.

Eine silbern schimmernde Erscheinung streicht so dicht über ihn hinweg, dass er die Wärme ihres Auspuffs spüren und die englischen Warnaufschriften auf ihrem Bauch lesen kann. Die Mündungen ihrer Bordkanonen blitzen und schleudern rote Striche.

Sie beschießen die Überlebenden. Manche versuchen zu tauchen, aber das Öl in ihren Uniformen befördert sie gleich wieder an die Oberfläche, sodass ihre Beine nutzlos in der Luft strampeln. Goto Dengo vergewissert sich zunächst, dass er nicht in der Nähe von brennendem Öl ist, dann tritt er Wasser, dreht sich dabei wie eine Radarantenne langsam im Kreis und hält nach Flugzeugen Ausschau. Im Tiefflug nähert sich eine P-38, die ihn aufs Korn nimmt. Er holt tief Atem und taucht. Es ist schön ruhig unter Wasser und die Kugeln, die auf die Oberfläche treffen, klingen wie das Surren einer großen Nähmaschine. Er sieht um sich herum ein paar Kugeln ins Wasser zischen, das hinter ihnen zu Bläschenspuren zusammenschlägt und sie nach ein, zwei Metern fast zum Stehen bringt, worauf sie sich nach unten drehen und wie Bomben herabsinken. Er schwimmt einer nach und pflückt sie sich. Sie ist noch heiß von ihrem Flug. Er würde sie als Erinnerungsstück behalten, aber seine Taschen sind mit seinen Kleidern verschwunden und er braucht seine Hände. Er starrt das im Unterwasserlicht grünlich-silberne Geschoss, das frisch aus irgendeiner Fabrik in Amerika kommt, einen Moment lang an.

Wie ist diese Kugel aus Amerika in meine Hand geraten?

Wir haben verloren. Der Krieg ist vorbei.

Ich muss nach Hause und es allen sagen.

Ich muss wie mein Vater sein, ein vernunftbestimmter Mann, der den von Aberglauben verkrüppelten Menschen zu Hause erklärt, wie es in der Welt zugeht.

Er lässt die Kugel wieder los und sieht zu, wie sie dem Meeresgrund entgegensinkt, wohin auch die Schiffe und alle jungen Männer von Kulu unterwegs sind.

KOPFBILDER

He, der Markt ist noch nicht reif.

Die fachlichen Ausführungen haben noch nicht richtig begonnen – Randy sitzt noch immer in dem großen Konferenzraum des Sultans und das Treffen kommt jetzt erst so langsam in Schwung.

Die ersten Fans werden natürlich nicht die normalen Kunden sein.

Tom Howard hat das Wort ergriffen, um seine Arbeit zu erklären. Randy hat nicht viel zu tun, und so versetzt er sich in das Gespräch am vergangenen Abend im »Bomb and Grapnel« zurück.

Es ist wie der Wilde Westen – am Anfang eher gesetzlos, nach ein paar Jahren beruhigt es sich dann und wir haben ein zweites Fresno.

Die meisten Delegationen haben angeheuerte Revolverhelden mitgebracht: Ingenieure und Sicherheitsexperten, die eine Prämie bekommen, wenn sie in Toms System einen Fehler finden. Einer nach dem anderen stehen diese Männer auf, um ihren Schuss abzugeben.

In zehn Jahren werden Witwen und Zeitungsjungen ihre Geldangelegenheiten im Cyberspace regeln.

Grandios ist nicht das Wort, das man normalerweise benutzen würde, um Tom Howard zu beschreiben; er ist stämmig und bärbeißig, ohne jegliche gesellschaftliche Umgangsformen, wofür er sich keineswegs entschuldigt. Die meiste Zeit sitzt er mit einem Ausdruck sphinxhafter Langeweile im Gesicht schweigend da, was einen leicht vergessen lässt, wie gut er ist.

Doch während dieser einen halben Stunde in Tom Howards Leben ist es von entscheidender Bedeutung, dass er grandios ist. Er wird hier mit den Sieben Samurai – den hochkarätigsten promovierten *Nerds* und den schrecklichsten Sicherheitsfritzen, die Asien aufbieten kann – die Klingen kreuzen. Einer nach dem anderen nähern sie sich ihm und er schlägt ihnen die Köpfe ab, die er wie Kanonenkugeln auf dem Tisch stapelt. Zuweilen muss er kurz innehalten und eine Minute nachdenken, bevor er zum tödlichen Hieb ansetzt. Einmal muss er Eberhard Föhr bitten, auf seinem Laptop ein paar Berechnungen durchzuführen. Hin und wieder muss er auf John Cantrells Sachkenntnis in der Kryptographie zurückgreifen oder Randy mit einem fragenden Blick um ein Nicken oder Kopfschütteln bitten. Doch am Ende bringt er die Zwischenrufer zum Schweigen. Beryl trägt während der ganzen Geschichte ein nicht sehr überzeugendes Lächeln auf den Lippen. Avi krallt sich nur an seinen Armlehnen fest, wobei die Farbe seiner Knöchel von blau über weiß zu pink und erst während der letzten fünf Minuten, als klar ist, dass die Samurai den ungeordneten Rückzug antreten, wieder zu einem normalen gesunden Glanz wechselt. Randy würde am liebsten mit einem sechsschüssigen Revolver die Decke löchern und aus Leibeskräften »Juhuuuu!« schreien.

Stattdessen hört er zu, nur für den Fall, dass sich Tom auf dem unwegsamen Pfad durch das Mysterium des plesiosynchronen Protokolls im Dornengestrüpp verheddert, aus dem nur Randy ihn herausziehen kann. Das gibt ihm noch etwas Zeit, die Gesichter der anderen Leute im Raum zu studieren. Aber das Treffen dauert nun schon einige Stunden und sie sind ihm alle so vertraut wie Geschwister.

Tom wischt sein Schwert am Hosenbein ab und lässt seinen dicken Hintern geräuschvoll in den Ledersessel plumpsen. Diener huschen herein und bringen Tee, Kaffee und kleine Leckereien. Dr. Pragasu steht auf und stellt John Cantrell vor.

Mannomann! Bis jetzt dreht sich die gesamte Tagesordnung nur um Epiphyte Corp. Was soll das werden?

Dr. Pragasu, der eine freundschaftliche Beziehung zu diesen kalifornischen Hackern entwickelt hat, verkuppelt sie mit seinen Kontakten aus dem Bigbusiness. Das soll das werden.

Aus geschäftlicher Sicht ist das sehr interessant. Aber Randy findet ihn ein bisschen seltsam und bedrohlich, diesen Informationsfluss in eine Richtung. Wenn sie nach Hause gehen, wird diese Ansammlung zwielichtiger Gestalten alles über die Epiphyte Corp. wissen, aber Epiphyte wird nach wie vor im Dunkeln tappen. Und genau so wollen sie es zweifellos haben.

Zufällig schaut Randy zu dem Dentisten hinüber. Dr. Hubert Kepler sitzt auf derselben Seite des Tisches wie er, sodass es für Randy schwierig ist, seinen Gesichtsausdruck zu erkennen. Jedenfalls ist klar, dass er nicht John Cantrell zuhört. Er hat eine Hand auf den Mund gelegt und starrt ins Leere. Seine Walküren schieben sich wie freche Cheerleader hektisch gegenseitig Nachrichten zu.

Kepler ist genauso überrascht wie Randy. Er wirkt nicht wie jemand, der Überraschungen besonders schätzt.

Was kann Randy hier und jetzt zur Steigerung des Shareholder Value tun? Intrigen sind nicht seine Stärke; das überlässt er lieber Avi. Stattdessen klinkt er sich innerlich aus dem Meeting aus, klappt seinen Laptop auf und fängt an zu hacken.

Hacken ist allerdings ein viel zu glanzvoller Begriff dafür. Bei der Epiphyte Corp. hat jeder einen Laptop mit einer winzigen eingebauten Videokamera, so dass sie Fernkonferenzen mit Bild- und Tonübertragung durchführen können. Darauf hat Avi bestanden. Die Kamera ist nahezu unsichtbar: nur eine Öffnung von wenigen Millimetern im Durchmesser, die oben in die Mitte des Bildschirmrahmens eingelassen ist. Sie hat keine Linse als solche – es ist eine Kamera im ältesten Sinn. In einer Wand ist das Loch und in der anderen eine Silikon-Netzhaut.

Randy hat den Quellcode – das Originalprogramm – für die Videokonferenzsoftware. Es ist ziemlich clever in seiner Nutzung der Bandbreite. Es schaut sich die durch die Lochkamera hereinkommenden Frames (einzelne unbewegte Bilder) an und stellt fest, dass sie sich nur minimal unterscheiden, obwohl jedes Frame über eine sehr große Datensumme verfügt. Etwas völlig anderes wäre es, wenn Bild 1 ein sprechender Kopf wäre und Bild 2, um den Bruchteil einer Sekunde später, die Postkartenansicht eines Strandes auf Hawaii, Bild 3 das

Schema einer Printplatte und Bild 4 die Nahaufnahme eines Libellenkopfes. Tatsächlich ist aber jedes Frame ein sprechender Kopf – der Kopf ein und derselben Person mit geringen Veränderungen in Haltung und Ausdruck. Die Software kann wertvolle Bandbreite sparen, indem sie jedes neue Frame auf mathematischem Weg von dem vorherigen subtrahiert (da für den Computer ja jedes Bild nur eine lange Zahl darstellt) und anschließend lediglich die Differenz überträgt.

Das alles bedeutet, dass diese Software eine Menge eingebauter Fähigkeiten besitzt, um ein Bild mit einem anderen zu vergleichen und das Ausmaß des Unterschieds von einem zum nächsten zu ermessen. Randy muss das Zeug nicht schreiben. Er braucht sich nur mit den vorgegebenen Prozeduren vertraut zu machen und ihre Namen und Anwendungsweisen zu lernen, was ein etwa fünfzehnminütiges Herumklicken erfordert.

Dann schreibt er ein kleines Programm namens Kopfbild, das ungefähr alle fünf Sekunden einen Schnappschuss von der Lochkamera übernimmt, es mit dem vorhergehenden vergleicht und, falls der Unterschied groß genug ist, in einer Datei speichert. Eine verschlüsselte Datei mit einem sinnlosen Zufallsnamen. Kopfbild öffnet keine Fenster und produziert keine eigene Datenausgabe, sodass die einzige Möglichkeit zu erkennen, ob es läuft, darin besteht, den UNIX-Befehl

ps

zu tippen und die Returntaste zu drücken. Darauf wird das System eine lange Liste laufender Vorgänge ausspucken und irgendwo in dieser Liste wird auch Kopfbild auftauchen.

Nur für den Fall, dass jemand auf diese Idee käme, gibt Randy dem Programm einen falschen Namen: VirusScanner. Nachdem er es gestartet hat, geht er dessen Verzeichnis durch und stellt fest, dass es soeben eine Bilddatei gespeichert hat: ein Kopfbild von Randy. Solange er mehr oder minder still sitzt, wird es keine weiteren Kopfbilder speichern; das auf die entgegengesetzte Wand der Camera obscura fallende Lichtmuster, das Randys Gesicht darstellt, wird sich nicht wesentlich verändern.

In der Welt der Technologie ist ein Meeting ohne Demo nicht vollständig. Cantrell und Föhr haben einen Prototyp des elektronischen Cash-Systems entwickelt, einfach um die Benutzeroberfläche und die eingebauten Sicherheitsmerkmale zu demonstrieren. »In einem Jahr werden Sie, statt auf die Bank zu gehen und mit einem Menschen zu sprechen, einfach von irgendeinem Ort auf der Welt aus dieses kleine Programm starten«, sagt Cantrell, »und mit der Krypta kommunizieren.« Er wird rot, als dieses Wort über die Dolmetscher und in die Ohren der anderen sickert. »So nennen wir das System, das Tom Howard zusammengefügt hat.«

Ganz Herr der Lage, steht Avi auf. »*Mi fu*«, sagt er, direkt an die Chinesen gewandt, »ist eine bessere Übersetzung.«

Die Chinesen wirken erleichtert und ein paar von ihnen lächeln sogar, als sie Avi Mandarin sprechen hören. Avi hält ein Blatt Papier mit chinesischen Schriftzeichen hoch*:

秘 符

In dem schmerzlichen Bewusstsein, dass er soeben einer Kugel entgangen ist, fährt John Cantrell mit belegter Stimme fort. »Wir dachten, Sie würden die Software vielleicht gerne in Aktion sehen. Ich werde sie Ihnen jetzt auf dem Bildschirm vorführen, und während der Mittagspause können sie gerne herkommen und sie selbst ausprobieren.«

Randy fährt das Programm hoch. Ein Kabel seines Laptops steckt in einer Videobuchse an der Unterseite des Tisches, sodass die Multimedia-Heinis des Sultans das, was er sieht, auf eine große Leinwand am Ende des Raums projizieren können. Im Vordergrund läuft die Cash-Demonstration, aber sein Kopfbild-Programm läuft im Hintergrund weiter. Randy schiebt den Computer zu John hinüber, der durch die Demo führt (jetzt müsste ein Kopfbild von John Cantrell auf der Festplatte gespeichert sein).

»Ich kann den besten Geheimcode schreiben, aber er nützt mir nichts, solange ich kein gutes System zur Überprüfung der Benutzeridentität habe«, beginnt John, der langsam wieder an Sicherheit gewinnt. »Woher weiß der Computer, dass Sie Sie sind? Kennwörter sind zu leicht zu erraten, zu stehlen oder zu vergessen. Der Computer muss etwas von Ihnen wissen, was so einzigartig an Ihnen ist wie

---

* Das erste, mi, bedeutet »geheim« und das zweite, fú, hat zwei Bedeutungen, nämlich »Symbol« oder »Zeichen« und »taoistische Magie«.

Ihr Fingerabdruck. Im Grunde muss er einen Teil Ihres Körpers wie die Blutgefäße Ihrer Netzhaut oder den unverwechselbaren Klang Ihrer Stimme aufnehmen und mit zuvor gespeicherten, ihm bekannten Werten vergleichen. Diese Technologie nennt man Biometrik. Epiphyte Corp. hat einen der weltweit führenden Biometrikspezialisten in ihren Reihen: Dr. Eberhard Föhr, Urheber eines Handschriftenerkennungssystems, das als das beste der Welt gilt.« Doch mit dieser Lobrede hält John sich nicht lange auf. Eb und alle anderen im Raum scheint sie eher zu langweilen – Ebs Lebenslauf ist allen bekannt.

»Hier und heute arbeiten wir mit Spracherkennung, aber der Code ist vollkommen modular, sodass wir ohne weiteres zu irgendeinem anderen System, etwa der Handgeometrieerkennung, übergehen könnten. Das bleibt dem Kunden überlassen.«

John lässt die Demo weiterlaufen, und im Gegensatz zu den meisten anderen funktioniert sie tatsächlich, ohne abzustürzen. Er versucht sogar, sie auszutricksen, indem er mit einem ziemlich guten tragbaren Digitalrekorder seine eigene Stimme aufnimmt und dann abspielt. Aber das Programm lässt sich nicht in die Irre führen. Das macht sogar Eindruck auf die Chinesen, die bis zu diesem Zeitpunkt wie der Inhalt von Madame Tussauds Müllcontainer nach einer Ausstellung über die Kulturrevolution ausgesehen haben.

Nicht alle machen es ihm so schwer. Harvard Li ist ein begeisterter Cantrell-Fan und das philippinische Schwergewicht sieht aus, als würde es lieber heute als morgen seine Geldreserven in der Krypta deponieren.

Mittagspause! Die Türen schwingen auf und geben den Blick frei auf einen Speisesaal mit einem Büffet entlang der hinteren Wand, auf dem es nach Curry, Knoblauch, Cayennepfeffer und Bergamotte duftet. Der Dentist besteht darauf, am selben Tisch Platz zu nehmen wie Epiphyte Corp., sagt aber nicht viel – sitzt bloß da mit einem furchtbar cholerischen Ausdruck im Gesicht, starrt vor sich hin und kaut und denkt. Als Avi ihn schließlich fragt, was er denkt, sagt Kepler ruhig: »Es war informativ.«

Wie epileptisch zucken die Drei Grazien zusammen. »Informativ« ist im Lexikon des Dentisten offenbar ein ausgesprochen schlimmes Wort. Es bedeutet, dass Kepler bei diesem Meeting manches gelernt hat, was wiederum heißt, das er vorher noch nicht absolut alles wusste, und das kommt auf seiner Werteskala sicher einem unverzeihlichen Mangel an Intelligenz gleich.

Es herrscht quälende Stille. Dann sagt Kepler: »Aber nicht uninteressant.«

Tiefe Seufzer der Erleichterung umfächeln die blendend weißen, plaquefreien Zähne der Hygienikerinnen. Randy versucht, sich vorzustellen, was schlimmer ist: dass Kepler glaubt, man habe ihm Sand in die Augen gestreut, oder dass er hier schon wieder eine neue Gelegenheit wittert. Was ist unheimlicher, die Paranoia oder die Habgier des Dentisten? Das werden sie schon noch herausfinden. Randy mit seinem dämlichen, romantischen Instinkt für Schmeicheleien hätte fast gesagt: »*Für uns war es auch informativ!*«, hält sich aber zurück, als er merkt, dass Avi nichts dergleichen gesagt hat. Eine solche Bemerkung würde den Shareholder Value nicht steigern. Am besten hielten sie ihre Karten gut zusammen und ließen Kepler darüber im Unklaren, ob Epiphyte Corp. die tatsächliche Tagesordnung gekannt hatte oder nicht.

Randy hat seinen Platz aus taktischen Gründen so gewählt, dass er direkt durch die Tür in den Konferenzraum schauen und ein Auge auf seinen Laptop haben kann. Die Mitglieder der verschiedenen Delegationen entschuldigen sich einer nach dem anderen, gehen hinüber und lassen die Demo laufen; dabei sprechen sie ihre eigene Stimme auf den Speicher des Computers und lassen sie von ihm erkennen. Einige dieser Idioten tippen sogar Befehle auf Randys Tastatur, vermutlich den ps-Befehl, diese Schnüffler. Obwohl Randy das Ganze so eingerichtet hat, dass man nicht allzu viel daran herumpfuschen kann, ärgert es ihn zutiefst, die Fingerspitzen dieser Fremden munter auf *seine* Tastatur einhämmern zu sehen.

Die ganze Nachmittagssitzung über, in der es ausschließlich um die Kommunikationsverbindungen zwischen Kinakuta und dem Rest der Welt geht, nagt es an ihm. Eigentlich müsste Randy aufpassen, denn das hat auch massive Auswirkungen auf das Philippinen-Projekt. Stattdessen brütet er über seiner von fremder Berührung verseuchten Tastatur, und dann darüber, dass er darüber brütet, was deutlich macht, wie wenig er für das Geschäftsleben geeignet ist. Technisch gesehen gehört die Tastatur Epiphyte – nicht einmal ihm selbst –, und wenn es den Shareholder Value steigert, dass finstere fernöstliche *Nerds* in seinen Dateien herumstochern, sollte er sie frohen Herzens gewähren lassen.

Sie schließen die Sitzung. Epiphyte und die Japaner essen zusammen zu Abend, aber Randy ist gelangweilt und abgelenkt. Gegen einundzwanzig Uhr verabschiedet er sich schließlich und geht auf sein

Zimmer. Im Kopf verfasst er eine Antwort an root@eruditorum.org, sinngemäß etwa *weil es einen Wahnsinnsmarkt für so etwas zu geben scheint, und es besser ist, ich fülle diese Lücke, als jemand, der durch und durch böse ist.* Doch noch bevor er seinen Laptop hochfahren kann, klopft, in einen weißen Morgenmantel gehüllt und nach Wodka und Hotelseife riechend, der Dentist an Randys Tür und kommt unaufgefordert herein. Er dringt in Randys (nein, das Aktionärs-) Badezimmer ein und nimmt sich ein Glas Wasser. Er steht am Aktionärsfenster und blickt, bevor er zu sprechen beginnt, ein paar Minuten düster auf den japanischen Friedhof hinunter.

»Ist Ihnen klar, wer diese Leute waren?«, fragt er. Unterzöge man seine Stimme einer biometrischen Analyse, würde sie Zweifel, Verwirrung, vielleicht eine Spur Belustigung widerspiegeln.

Vielleicht täuscht er das aber auch nur vor, um Randy aus der Reserve zu locken. Vielleicht ist *er* root@eruditorum.org.

»Ja«, lügt Randy.

Als Randy nach dem Meeting von dem Kopfbildprogramm erzählte, lobte Avi ihn für seine Verschlagenheit, druckte die Bilder in seinem Hotelzimmer aus und schickte sie per Federal Express an einen Privatdetektiv in Hongkong.

Kepler dreht sich um und wirft Randy einen forschenden Blick zu. »Entweder war ich schlecht über euch Typen informiert«, sagt er, »oder ihr habt euch völlig übernommen.«

Wäre dies Randys erster Vorstoß in die Welt des Business, würde er sich hier und jetzt in die Hose machen. Wäre es der zweite, würde er kündigen und morgen nach Kalifornien zurückfliegen. Da es aber der dritte ist, gelingt es ihm, die Fassung zu bewahren. Das Licht befindet sich hinter ihm, sodass Kepler vielleicht vorübergehend geblendet ist und sein Gesicht nicht richtig sehen kann. Randy nimmt einen Schluck Wasser, atmet tief durch und fragt: »Wie wird sich unsere Beziehung angesichts der Ereignisse des heutigen Tages künftig gestalten?«

»Mittlerweile geht es nicht mehr darum, den Philippinen billige Fernleitungen zur Verfügung zu stellen – wenn es darum überhaupt jemals gegangen ist!«, sagt Kepler finster. »Der Datenfluss durch das Philippinen-Netz bekommt jetzt eine ganz andere Bedeutung. Es ist eine großartige Gelegenheit. Gleichzeitig konkurrieren wir mit ziemlich großen Nummern: diesen Australiern und der Gruppe aus Singapur. *Können* wir mit ihnen konkurrieren, Randy?«

Es ist eine einfache, direkte Frage, eine der gefährlichsten Art. »Wir würden das Geld unserer Aktionäre nicht aufs Spiel setzen, wenn wir nicht davon überzeugt wären.«

»Die Antwort war vorhersagbar«, schnaubt Kepler. »Sollen wir uns hier vernünftig unterhalten, Randy, oder sollen wir unsere PR-Leute herbitten und Pressemitteilungen austauschen?«

Während eines früheren Vorstoßes in die Geschäftswelt hätte Randy an diesem Punkt klein beigegeben. Stattdessen sagt er: »Ich bin nicht darauf vorbereitet, hier und jetzt ein vernünftiges Gespräch mit Ihnen zu führen.«

»Früher oder später werden wir eins führen müssen«, sagt der Dentist. *Irgendwann müssen die Weisheitszähne raus.*

»Natürlich.«

»Ich sage Ihnen, worüber Sie in der Zwischenzeit nachdenken sollten«, sagt Kepler und macht Anstalten zu gehen. »Was haben wir in Sachen Telekommunikationsmöglichkeiten anzubieten, womit wir gegen die Australier und die Singapur-Jungs anstinken können? In punkto Preis können wir sie nämlich nicht schlagen.«

Da dies Randys dritter Vorstoß in die Welt des Business ist, verkneift er sich die Antwort: Redundanz. »Diese Frage beschäftigt sicher jeden von uns«, sagt er stattdessen.

»Ein Pressesprecher hätte es nicht besser formulieren können«, sagt Kepler mit hängenden Schultern. Er tritt auf den Korridor, dreht sich um und sagt: »Bis morgen in der Krypta.« Dann zwinkert er ihm zu. »Oder der Gruft oder dem Füllhorn ewigen Wohlstands oder was immer das chinesische Wort dafür ist.« Nachdem er Randy mit diesem überraschenden Anflug von Menschlichkeit aus der Fassung gebracht hat, lässt er ihn stehen und geht.

Yamamoto

Tojo und seine Claque von Dummköpfen der kaiserlichen Armee haben praktisch zu ihm gesagt: Warum ziehst du nicht los und sicherst uns den Pazifischen Ozean, wir brauchen nämlich eine günstige Schifffahrtsstraße von, na, sagen wir, fünfzehntausend Kilometern Breite, um unseren kleinen Plan zur Eroberung von Südamerika, Alaska und ganz Nordamerika westlich der Rockies durchzuführen.

Wir räumen in der Zwischenzeit in China auf. Bitte kümmere dich so schnell wie möglich darum.

Zu diesem Zeitpunkt beherrschten sie das Land. Sie hatten jeden ermordet, der ihnen im Weg stand, sie fanden beim Kaiser Gehör und es war schwierig, ihnen beizubringen, dass ihr Plan einen Scheißdreck taugte und dass die Amerikaner einfach nur stocksauer werden und sie vernichten würden. Und so dachte Admiral Isoroku Yamamoto, ein getreuer Diener seines Kaisers, ein wenig über das Problem nach, skizzierte einen kleinen Plan, schickte ein, zwei Schiffe auf eine kleine Spritztour über den halben Erdball und radierte Pearl Harbor von der Landkarte. Er wählte genau den richtigen Zeitpunkt dafür, kurz nach der formellen Kriegserklärung. Es war gar nicht übel. Er machte seine Arbeit.

Später kam einer seiner Adjutanten in sein Büro gekrochen – in jener Übelkeit erregenden, memmenhaften Haltung, die Lakaien einnehmen, wenn sie im Begriff stehen, einen so richtig unglücklich zu machen – und sagte ihm, in der Botschaft in Washington sei etwas schief gegangen und die Diplomaten seien erst dazu gekommen, die Kriegserklärung zuzustellen, als die amerikanische Pazifikflotte schon längst auf dem Meeresboden lag.

Für diese Armleuchter von der Armee ist das gar nichts – bloß ein Druckfehler, passiert ständig. Isoroku Yamamoto hat es aufgegeben, ihnen begreiflich machen zu wollen, dass die Amerikaner auf eine Weise nachtragend sind, die für Japaner, die lernen, ihren Stolz hinunterzuschlucken, ehe sie lernen, feste Nahrung zu schlucken, unvorstellbar ist. Selbst wenn er Tojo und seine Bande verkommener, ignoranter Halsabschneider dazu brächte zu begreifen, wie sauer die Amerikaner sind, würden sie bloß darüber lachen. Was wollen sie denn tun? Uns eine Torte ins Gesicht werfen wie die Three Stooges? Ha, ha, ha! Reich mir den Sake und bring mir noch eine Trostfrau!

Isoroku Yamamoto hat während seiner Jahre in den Staaten viel Zeit damit verbracht, mit Yankees Poker zu spielen, und er hat dabei wie ein Schlot geraucht, um den Geruch ihres entsetzlichen Rasierwassers zu überdecken. Die Yankees sind natürlich lächerlich primitiv und unkultiviert; um das festzustellen, bedarf es keiner scharfen Beobachtungsgabe. Yamamoto dagegen hat als Nebenwirkung des Erlebnisses, von Yankees am Pokertisch nach Strich und Faden ausgenommen zu werden, eine echte Einsicht gewonnen: Ihm ist klar geworden, dass diese massigen, sommersprossigen Flegel fürchterlich gerissen sein können. Primitiv und blöde wäre okay – ja sogar vollkommen verständlich.

Aber primitiv und schlau ist unerträglich. Genau das macht diese rothaarigen Affenmenschen besonders widerwärtig. Yamamoto versucht immer noch, seinen Partnern bei dem großen japanischen Vorhaben, alles zwischen Karatschi und Denver zu erobern, diese Vorstellung in die Köpfe zu hämmern. Wenn sie es doch nur endlich begreifen würden! Von den Marineleuten sind viele in der Welt herumgekommen und haben es selbst gesehen, aber diese Typen von der Armee haben damit Karriere gemacht, dass sie Chinesen niedermähten und ihre Frauen vergewaltigten, und sie glauben ehrlich, dass die Amerikaner genauso sind, nur größer und übel riechender. *Kommt schon, Jungs,* sagt Yamamoto ihnen immer wieder, *die Welt ist nicht nur ein großes Nanking.* Aber sie kapieren es nicht. Wenn Yamamoto etwas zu sagen hätte, würde er eine Regel aufstellen: Jeder Armeeoffizier müsste wenigstens ein Mal mit dem Aufspießen neolithischer Wilder im Dschungel Pause machen, auf einem Schiff in den weiten Pazifik fahren und eine Zeit lang mit einer amerikanischen Sondereinheit 16-Zoll-Granaten tauschen. Dann würden sie vielleicht begreifen, dass sie sich hier wirklich etwas eingebrockt haben.

Darüber denkt Yamamoto kurz vor Sonnenaufgang nach, als er in Rabaul in seinen Mitsubishi-G4M-Bomber steigt und die Scheide seines Schwertes gegen den Rahmen der schmalen Tür schlägt. Die Yankees nennen diesen Flugzeugtyp »Betty«, eine Verweiblichung, die ihn maßlos ärgert. Andererseits benennen die Yankees auch ihre eigenen Flugzeuge nach Frauen und malen sogar nackte Frauen auf ihre geheiligten Kriegswerkzeuge! Wenn die Amerikaner Samuraischwerter hätten, würden sie die Klingen wahrscheinlich mit Nagellack verzieren.

Weil es sich bei dem Flugzeug um einen Bomber handelt, sind Pilot und Kopilot in ein Cockpit über der Hauptröhre des Rumpfes gezwängt. Die Nase des Flugzeugs ist somit eine abgeplattete Kuppel aus gebogenen Streben, die den Meridianen und Parallelen eines Globus gleichen und deren Zwischenräume mit robusten Glasscheiben ausgefüllt sind. Das Flugzeug ist so abgestellt, dass es in Ostrichtung zeigt und die Glasnase von streifigem Dämmerlicht, den unwirklichen Farben sich entzündender Chemikalien in einem Labor, erstrahlt. Da in Japan nichts zufällig geschieht, muss er annehmen, dass es sich um eine bewusste, der Stärkung der Moral dienende Ehrbezeigung gegenüber der aufgehenden Sonne handelt. Er begibt sich nach vorne in die Vollsichtkanzel und schnallt sich auf einem Platz an, wo er hinaussehen kann, während seine Betty und die von Admiral Ugaki starten.

In der einen Richtung liegt Simpson's Harbor, einer der besten Ankerplätze im Pazifik, ein asymmetrisches U, von einem ordentlichen Straßengitter eingefasst und von einem britischen Kricketplatz gründlich verschandelt! In der anderen Richtung, jenseits des Kammes, ist die Bismarck-See. Irgendwo da unten liegen, in die zerbeulten Rümpfe ihrer Transporter eingepökelt, die Leichen von ein paar tausend japanischen Soldaten. Ein paar Tausend sind auf Rettungsflößen entkommen, aber ihre sämtlichen Waffen und Ausrüstungsgegenstände liegen auf dem Meeresgrund, deshalb sind die Männer jetzt bloß noch unnütze Esser.

So geht das nun schon seit fast einem Jahr, seit Midway, als die Amerikaner partout nicht auf Yamamotos sorgfältig geplante Finten und Listen Richtung Alaska hereinfielen, sondern seiner Invasionsstreitmacht ganz zufällig alle ihre noch verbliebenen Flugzeugträger genau in den Weg stellten. Scheiße. Scheiße. Scheiße. Scheiße. Scheiße. Scheiße. Scheiße. Yamamoto kaut durch seinen Handschuh hindurch an seinem Daumennagel.

Und nun versenken diese tolpatschigen, stinkenden Bauernlümmel jeden Truppentransporter, den die Armee nach Neuguinea schickt. Doppelt Scheiße! Ihre Aufklärungsflugzeuge sind überall – tauchen stets zur richtigen Zeit am richtigen Ort auf – und blasen mit dem sägenden Näseln großmäuliger Konföderierter zum Halali auf die geheimen Geleitzüge des Kaisers. Die Berge aller dieser gottverlassenen Inseln wimmeln von ihren Küstenbeobachtern, und das trotz der Bemühungen der Armee, sie aufzuspüren und zur Strecke zu bringen. Alle ihre Bewegungen sind bekannt.

Die beiden Flugzeuge fliegen südostwärts über die Spitze von New Ireland und hinaus auf die Salomonensee. Vor ihnen breiten sich die Salomoneninseln, verschwommene Jadebuckel, die sich aus einem dampfenden Ozean zweitausend Meter unter ihnen erheben. Zwei kleine Buckel, dann ein viel größerer, das heutige Ziel: Bougainville.

Man muss Flagge zeigen, solche Inspektionstouren unternehmen, den Fronttruppen einen Eindruck von Ruhm vermitteln, die Moral heben. Yamamoto weiß mit seiner Zeit offen gestanden Besseres anzufangen und versucht deshalb, möglichst viele dieser obligatorischen Dienstreisen in einem Tag unterzubringen. Vor einer Woche hat er seine Seefestung bei Truk verlassen und ist nach Rabaul geflogen, um seine neueste Großoperation zu beaufsichtigen: eine Welle massiver Luftangriffe auf amerikanische Stützpunkte von Neuguinea bis Guadalcanal.

Die Luftangriffe waren angeblich erfolgreich; jedenfalls in gewisser Weise. Die überlebenden Piloten haben riesige Zahlen von versenkten Schiffen gemeldet, ganze Geschwader von amerikanischen Flugzeugen, die auf ihren matschigen Pisten vernichtet worden seien. Yamamoto weiß sehr wohl, dass diese Berichte sich als heillos übertrieben herausstellen werden. Mehr als die Hälfte seiner Flugzeuge sind gar nicht zurückgekommen – die Amerikaner und ihre fast ebenso abstoßenden Vettern, die Australier, waren auf sie vorbereitet. Aber die Armee und die Marine sind gleichermaßen voll von ehrgeizigen Männern, die alles in ihrer Macht Stehende tun, um dem Kaiser gute Nachrichten zukommen zu lassen, selbst wenn sie nicht genau der Wahrheit entsprechen. Yamamoto hat ein persönliches Glückwunschtelegramm von keinem anderen als dem Souverän höchstpersönlich erhalten. Nun ist es seine Aufgabe, zu seinen diversen Außenposten zu fliegen, aus seiner Betty zu springen, das heilige Telegramm durch die Luft zu schwenken und die Segenswünsche des Kaisers zu übermitteln.

Yamamotos Füße schmerzen teuflisch. Wie jeder andere im Umkreis von tausend Meilen leidet er unter einer Tropenkrankheit, in diesem Falle Beriberi. Es ist die Geißel der Japaner, zumal ihrer Marine, weil sie zu viel polierten Reis und nicht genügend Fisch und Gemüse essen. Seine langen Nerven sind von Milchsäure zerfressen, weshalb seine Hände zittern. Sein schwaches Herz kann nicht genügend Flüssigkeit durch seine Extremitäten pumpen, weshalb seine Füße anschwellen. Er muss mehrmals am Tag die Schuhe wechseln, doch hier hat er keinen Platz dazu. Er wird nicht nur von der Krümmung der Vollsichtkanzel, sondern auch von seinem Schwert behindert.

Sie nähern sich dem Luftwaffenstützpunkt der Kaiserlichen Marine in Bougainville genau nach Zeitplan, um 9 Uhr 35. Ein Schatten streicht über sie hinweg und Yamamoto blickt auf und sieht die Silhouette eines Begleitflugzeuges, in völlig falscher Position und gefährlich nahe. Wer ist dieser Idiot? Dann schnellen jäh die grüne Insel und der blaue Ozean in sein Blickfeld, als der Pilot die Betty im Vollgassturzflug herabstoßen lässt. Mit einem Dröhnen, das den Motorenlärm der Betty übertönt, saust ein zweites Flugzeug über sie hinweg, und obwohl nichts weiter als ein schwarzes Aufblitzen zu sehen ist, registriert er die merkwürdige, gabelschwänzige Silhouette. Es war eine

P-38 Lightning und davon hat die japanische Luftwaffe keine geflogen, als Admiral Yamamoto das letzte Mal nachkontrolliert hat.

Über Funk ist die Stimme von Admiral Ugaki aus der anderen Betty, gleich hinter Yamamoto, zu hören: Er befiehlt Yamamotos Piloten, Formation zu halten. Yamamoto kann vor sich nichts als die den Strand von Bougainville überspülende Brandung und die Wand von Bäumen sehen, die scheinbar immer höher wird, je tiefer das Flugzeug geht – der tropische Baldachin ist nun sogar über ihnen. Er ist Marine-, kein Luftwaffenoffizier, aber selbst er weiß, dass man Probleme hat, wenn man bei einem Luftkampf keine Flugzeuge vor sich sieht. Von hinten zischen rote Striche vorbei, und die Betty beginnt heftig zu schüttern. Dann erfüllt gelbes Licht seine beiden Augenwinkel: Die Motoren brennen. Der Pilot hält nun genau auf den Dschungel zu; entweder das Flugzeug ist außer Kontrolle oder der Pilot ist schon tot oder es handelt sich um ein von atavistischer Verzweiflung diktiertes Manöver: schnell, schnell zwischen die Bäume!

Sie fliegen im Geradeausflug in den Dschungel hinein und Yamamoto ist verblüfft darüber, wie weit sie kommen, ehe sie etwas Großes rammen. Dann wird das Flugzeug von Mahagonistämmen zerknüppelt wie ein verletzter Spatz, auf den Baseballschläger einhämmern, und er weiß, dass es vorbei ist. Die Vollsichtkanzel um ihn herum zerschellt, die Meridiane und Parallelen knicken und brechen, was nicht ganz so schlimm ist, wie es sich anhört, da sich der Flugzeugrumpf plötzlich mit Flammen füllt. Als sich sein Sitz aus der geborstenen Kanzel losreißt und in die Luft schießt, packt er sein Schwert, weil er noch im letzten Augenblick seines Lebens nicht gewillt ist, Schande über sich zu bringen, indem er seine heilige, vom Kaiser gesegnete Waffe fallen lässt. Seine Kleidung und sein Haar brennen, als er, die Klinge seiner Ahnen umklammernd, wie ein Meteor durch den Dschungel stürzt.

Ihm geht etwas auf: Die Amerikaner müssen das Unmögliche fertig gebracht und sämtliche japanischen Codes geknackt haben. Das erklärt Midway, es erklärt die Bismarck-See, Hollandia, alles. Besonders erklärt es, warum Yamamoto – der eigentlich in einem dunstigen Garten grünen Tee schlürfen und sich in Kalligraphie üben müsste – nun brennt und mit hundert Meilen pro Stunde auf einem Stuhl durch den Dschungel saust, dicht gefolgt von Tonnen von brennendem Schrott. Er muss das unbedingt weitergeben! Die Codes müssen allesamt geändert werden! Das denkt er, als er mit dem Kopf voran gegen einen dreißig Meter hohen *Octomelis sumatrana* kracht.

Antaeus

Als Lawrence Pritchard Waterhouse am Fährhafen von Utter Maurby zum ersten Mal seit mehreren Monaten wieder einen Fuß auf das gekrönte Eiland setzt, sieht er zu seiner Verblüffung überall Andeutungen von Frühling. Die Einheimischen haben Blumenkästen auf der Pier aufgestellt und in allen blüht eine Art präkambrischer Zierkohl. Die Pflanze erzielt nicht gerade einen heiteren Effekt, sondern sorgt vielmehr für eine unheimlich druidische Atmosphäre, als betrachte Waterhouse den äußersten nordwestlichen Rand irgendeines Kulturraums, von dem ein scharfsinniger Anthropologe auf die Existenz richtiger Bäume und Wiesen mehrere hundert Kilometer weiter südlich schließen könnte. Vorderhand tun es auch Flechten – sie haben sich der vorherrschenden Stimmung angepasst und gräulich rot und gräulich grün verfärbt.

Er und sein Seesack haben ihre alte Kameradschaft erneuert, rangeln sich zum Terminal hinüber und balgen sich um einen Platz in der beunruhigend altmodischen, aus zwei Waggons bestehenden Bummelbahn nach Manchester. Bis zur Abfahrt bleibt sie noch zwei Stunden stehen und erzeugt Dampf, was ihm reichlich Zeit für eine Bestandsaufnahme lässt.

Er hat sich mit einigen informationstheoretischen Problemen beschäftigt, die auf die jüngste Neigung* der englischen und amerikanischen Marine zurückgehen, den Boden des Atlantiks mit zerbombten und torpedierten Milchkühen zu übersäen. Diese dicken deutschen Unterseeboote schippern, mit Treibstoff, Nahrungsmitteln und Munition beladen, im Atlantik herum, benutzen kaum Funk, halten sich abseits der Seewege und dienen als versteckte, schwimmende Nachschubbasen, sodass die Unterseeboote nicht ständig den ganzen Weg zum europäischen Festland zurückfahren müssen, um nachzutanken und neue Munition zu fassen. Dass viele davon versenkt werden, ist für die Geleitzüge günstig, muss Leuten wie Rudolf von Hacklheber jedoch auffällig unwahrscheinlich vorkommen.

Normalerweise schicken die Alliierten bloß der Form halber vorher ein Suchflugzeug los, um den Eindruck zu erwecken, sie seien zufällig auf die Milchkuh gestoßen. Doch die Deutschen sind, von eini-

---

* Seit die vierwalzige Enigma geknackt worden ist.

gen ihrer blinden Flecken auf politischem Gebiet einmal abgesehen, helle Burschen, die wohl nicht ewig auf diese List hereinfallen werden. Wenn die Alliierten weiterhin deren Milchkühe in den Grund bohren wollen, müssen sie sich eine plausible Erklärung dafür einfallen lassen, dass sie immer genau wissen, wo die Milchkühe sind.

Waterhouse hat sich fast den ganzen letzten Winter und Frühling hindurch Erklärungen einfallen lassen, so rasch er konnte, und er hat es ehrlich gesagt satt. Wenn es richtig gemacht werden soll, muss es ein Mathematiker machen, aber es ist streng genommen keine Mathematik. Gott sei Dank hat er die Geistesgegenwart besessen, die Krypto-Arbeitsblätter abzuschreiben, die er im Safe des Unterseeboots entdeckt hat. So hat er wenigstens etwas, wofür es sich zu leben lohnt.

In gewissem Sinne verschwendet er seine Zeit; die Originale sind längst nach Bletchley gegangen, wo sie wahrscheinlich binnen Stunden entschlüsselt wurden. Aber er versteht das auch nicht als Beitrag zur Kriegsanstrengung, sondern er versucht bloß, seinen Verstand in Schuss zu halten und vielleicht der nächsten Ausgabe des *Cryptonomicon* ein paar Seiten hinzuzufügen. Wenn er in Bletchley, seinem heutigen Ziel, ankommt, wird er herumfragen und herauskriegen müssen, was diese Mitteilungen eigentlich besagten.

Normalerweise ist er über solche Schummelei erhaben. Aber die Mitteilungen von U-553 stellen ihn vor ein Rätsel. Sie sind nicht auf einer Enigma-Maschine hergestellt worden, aber sie sind mindestens ebenso schwer zu entschlüsseln. Er weiß noch nicht einmal, mit welcher Art von Code er es zu tun hat. Normalerweise versucht man zunächst, aufgrund bestimmter Muster im Schlüsseltext dahinter zu kommen, ob es sich beispielsweise um ein Substitutions- oder ein Transpositionssystem handelt, und es dann etwa als aperiodischen Transpositionscode zu bestimmen, bei dem Verschlüsselungseinheiten von konstanter Länge Klartextgruppen von variabler Länge verschlüsseln oder umgekehrt. Sobald man den Algorithmus bestimmt hat, weiß man, wie man es anstellen muss, den Code zu knacken.

Waterhouse ist noch nicht einmal so weit gekommen. Er hat mittlerweile den starken Verdacht, dass die Mitteilungen mithilfe eines Einmalblocks erzeugt worden sind. Wenn das der Fall ist, wird nicht einmal Bletchley Park sie knacken können, es sei denn, man hat sich dort irgendwie eine Abschrift des Blocks beschafft. Er hofft fast, dass man ihm dort sagt, das sei der Fall, damit er aufhören kann, mit dem Kopf gegen diese spezielle Wand zu laufen.

In gewisser Weise würde das aber mehr Fragen aufwerfen als beantworten. Angeblich sind die Deutschen doch der Ansicht, dass der vierwalzigen Enigma der deutschen Kriegsmarine, der Triton, durch Kryptoanalyse nicht beizukommen ist. Warum hat der Skipper von U-553 dann sein eigenes Privatsystem für bestimmte Mitteilungen benutzt?

Die Lokomotive fängt an zu zischen und zu fauchen wie das House of Lords, während aus dem Terminal Bewohner von Inner Qwghlm kommen und ihre Plätze im Zug einnehmen. Ein alter Mann, der Zeitungen vom vergangenen Tag, Zigaretten und Süßigkeiten verkauft, kommt durch den Waggon und Waterhouse kauft von allem etwas. Der Zug ruckt gerade an, als Waterhouses Auge auf die Schlagzeile der Zeitung fällt: YAMAMOTOS FLUGZEUG ÜBER DEM PAZIFIK ABGESCHOSSEN – ARCHITEKT VON PEARL HARBOR GILT ALS TOT.

»Bis demnächst dann, Malaria«, murmelt Waterhouse vor sich hin. Und noch ehe er weiterliest, legt er die Zeitung hin und macht sein Päckchen Zigaretten auf. Dafür wird er viele Zigaretten brauchen.

Einen Tag und eine ganze Menge Teer und Nikotin später steigt Waterhouse aus dem Zug und geht zur Vordertür von Bletchley Depot hinaus in einen blendenden Frühlingstag. Die Blumen vor dem Bahnhof blühen, es weht eine warme südliche Brise und Waterhouse kann es fast nicht ertragen, die Straße zu überqueren und irgendeine fensterlose Baracke im Bauch von Bletchley Park zu betreten. Er tut es trotzdem und wird davon unterrichtet, dass er im Augenblick keine Pflichten hat.

Nachdem er in anderen Angelegenheiten ein paar andere Baracken aufgesucht hat, wendet er sich nach Norden, geht zu Fuß drei Meilen bis in den Weiler Shenley Brook End und betritt das Crown Inn, wo die Eigentümerin, Mrs. Ramshaw, seit dreieinhalb Jahren ein ordentliches Geschäft damit macht, sich um verirrte, heimatlose Cambridge-Mathematiker zu kümmern.

Über zwei, drei Stühle gefläzt, sitzt Dr. Alan Mathison Turing an einem Fenstertisch, in einer auf den ersten Blick sehr unbequemen Haltung, die nach Waterhouses Überzeugung jedoch ungemein praktisch ist. Auf dem Nachbartisch steht ein voller Krug mit etwas Rötlich-Braunem; Alan ist zu beschäftigt, um es zu trinken. Der Rauch seiner Zigarette bringt ein durchs Fenster dringendes Sonnenlichtprisma zum Vorschein, dessen Mitte ein mächtiges Buch einnimmt. Alan hält das Buch mit einer Hand. Den Handteller der anderen hat er sich gegen die Stirn gedrückt, als könnte er mittels einer Art Direktübertragung die Daten vom Buch ins Gehirn befördern. Die Finger krümmen sich in die Luft und zwischen ihnen ragt eine Zigarette hervor, deren Aschekegel gefährlich über seinem dunklen Haar schwebt. Seine Augen sind starr, überfliegen nicht die Seite, und ihr Brennpunkt liegt irgendwo in weiter Ferne.

»Konstruieren wir mal wieder eine Maschine, Dr. Turing?«

Die Augen beginnen sich schließlich zu bewegen, drehen sich dem Stimmengeräusch des Besuchers zu. »Lawrence«, sagt Alan ruhig, als er die Stimme erkennt. Dann, noch einmal, mit Wärme: »Lawrence!« So energisch wie nur je rappelt er sich auf und tritt vor, um Lawrence die Hand zu geben. »Schön, dich zu sehen!«

»Ganz meinerseits, Alan«, sagt Waterhouse. »Willkommen zu Hause.« Wie immer ist er angenehm überrascht von Alans Begeisterung, der Intensität und Reinheit seiner Reaktionen auf alles.

Und er ist gerührt von Alans offener, aufrichtiger Zuneigung zu ihm. Alan hat sie nicht so ohne weiteres und leichthin geschenkt, doch als er beschloss, sich mit Waterhouse anzufreunden, hat er es auf eine Weise getan, die von amerikanischen oder heterosexuellen Vorstellungen von männlichem Verhalten frei ist. »Bist du den ganzen Weg von Bletchley zu Fuß gegangen? Mrs. Ramshaw, eine Erfrischung!«

»Mann, es sind doch nur drei Meilen«, sagt Waterhouse.

»Bitte setz dich zu mir«, sagt Alan. Dann hält er inne, runzelt die Stirn und sieht ihn fragend an. »Wie hast du eigentlich erraten, dass ich wieder dabei bin, eine Maschine zu konstruieren? Bloß eine Vermutung aufgrund früherer Beobachtungen?«

»Deine Lektüre«, sagt Waterhouse und deutet auf Alans Buch: *RCA Radio Tube Manual*.

Alan bekommt einen wilden Blick. »Das Ding ist seit einiger Zeit mein ständiger Begleiter«, sagt er. »Du musst dich unbedingt über diese Röhren informieren, Lawrence. Sonst ist deine Bildung unvollständig. Nicht zu fassen, wie viele Jahre ich mit *Zahnrädern* verschwendet habe! Gott!«

»Deine Zeta-Funktions-Maschine? Ich fand sie schön«, sagt Lawrence.

»Das gilt für viele Dinge, die ins Museum gehören«, sagt Alan.

»Das ist sechs Jahre her. Du hast mit der damals verfügbaren Technik arbeiten müssen«, sagt Lawrence.

»Aber Lawrence! Du überraschst mich! Wenn es mit *verfügbarer* Technik *zehn* Jahre dauert, die Maschine herzustellen, und mit einer *neuen* Technik nur *fünf*, und wenn es nur *zwei* Jahre dauert, die neue Technik zu *erfinden*, dann schafft man es in *sieben* Jahren, indem man zuerst die neue Technik erfindet.«

»Touché.«

»Das da ist die neue Technik«, sagt Alan und hält das *RCA Radio Tube Manual* hoch wie Moses, der eine Gesetzestafel schwingt. »Wenn ich nur die Geistesgegenwart gehabt hätte, diese Röhren zu verwenden, hätte ich die Zeta Funktions-Maschine viel eher bauen können, und andere noch dazu.«

»Was für eine Maschine konstruierst du denn gerade?«, fragt Lawrence.

»Ich spiele seit einiger Zeit Schach mit einem Burschen namens Donald Michie – einem Altphilologen«, sagt Alan. »Ich bin darin eine Niete. Aber der Mensch hat schon immer Werkzeuge konstruiert, um seine Fähigkeiten zu erweitern – warum also nicht eine Maschine, die mir Schach spielen hilft?«

»Bekommt Donald Michie auch eine?«

»Der kann sich selbst eine konstruieren!«, sagt Alan indigniert.

Lawrence wirft einen eingehenden Blick in die Runde. Sie sind die einzigen Gäste und er bringt es einfach nicht über sich zu glauben, dass Mrs. Ramshaw eine Spionin ist. »Ich dachte, es hätte vielleicht etwas zu tun mit –«, sagt er mit einer Kopfbewegung in Richtung Bletchley Park.

»Die bauen dort – und ich habe ihnen dabei geholfen – eine Maschine namens Colossus.«

»Ich habe mir schon gedacht, dass du daran beteiligt bist.«

»Sie entsteht aus alten Ideen – Ideen, über die wir schon vor Jahren in New Jersey geredet haben«, sagt Alan. Sein Ton ist forsch und wegwerfend, sein Gesicht düster. Mit einer Hand drückt er das *RCA Radio Tube Manual* an sich, mit der anderen kritzelt er in ein Notizbuch. Eigentlich, denkt Waterhouse, ist das *RCA Radio Tube Manual* eher eine Fessel, die Alan behindert. Wenn er wie ein richtiger Mathematiker einfach mit reinen Ideen arbeitete, würde er Lichtgeschwindigkeit erreichen. Aber Alan hat sich nun einmal von der Inkarnation reiner Ideen in der physischen Welt begeistern lassen. Die dem Universum zugrunde liegende Mathematik gleicht dem zum Fenster hereinströmenden Licht. Alan gibt sich nicht mit der bloßen Erkenntnis zufrieden, dass es hereinströmt. Er bläst Rauch in die Luft, um das Licht sichtbar zu machen. Er sitzt auf Wiesen, betrachtet Kiefernzapfen und Blumen, spürt den mathematischen Mustern in ihrer Struktur nach und träumt von Elektronenwinden, die über die glühenden Fäden und Gitter von Röhren streichen und in ihren Stößen und Wirbeln etwas von dem einfangen, was in seinem Gehirn vor sich geht. Turing ist weder ein Sterblicher noch ein Gott. Er ist Antaeus. Dass er eine Brücke zwischen der mathematischen und der physischen Welt schlägt, ist zugleich seine Stärke und seine Schwäche.

»Warum bist du so gedrückt?«, fragt Alan. »Woran arbeitest du in letzter Zeit?«

»Derselbe Kram in anderem Kontext«, sagt Waterhouse. Mit diesen fünf Worten vermittelt er vollständig, was er für die Kriegsanstrengung getan hat. »Zum Glück bin ich auf etwas gestoßen, was wirklich ziemlich interessant ist.«

Alan scheint von dieser Mitteilung erfreut und fasziniert, als sei die Welt schon seit ungefähr zehn Jahren vollkommen frei von interessanten Dingen und Waterhouse sei auf einen seltenen Fund gestoßen. »Erzähl mir davon«, drängt er.

»Es ist ein kryptoanalytisches Problem«, sagt Waterhouse. »Nicht Enigma.« Er erzählt die Geschichte der Meldungen von U-553. »Als ich heute Morgen nach Bletchley Park gekommen bin«, schließt er, »habe ich herumgefragt. Sie haben gesagt, sie rennen sich schon genauso lange wie ich die Köpfe an dem Problem ein, ohne jeden Erfolg.«

Plötzlich macht Alan ein enttäuschtes und gelangweiltes Gesicht. »Es muss ein Einmalblock sein«, sagt er. Seine Stimme klingt vorwurfsvoll.

»Das kann nicht sein. Der Schlüsseltext ist nicht ohne Muster«, sagt Waterhouse.

»Ah«, macht Alan und wird wieder munter.

»Ich habe mit den üblichen *Cryptonomicon*-Techniken nach Mustern gesucht. Nichts Eindeutiges gefunden – bloß ein paar Spuren. Schließlich habe ich in meiner Frustration beschlossen, ganz voraussetzungslos an die Sache heranzugehen, und versucht, wie Alan Turing zu denken. Deine Methode sieht typischerweise so aus, dass du ein Problem auf Zahlen reduzierst und dann die volle Kraft der mathematischen Analyse darauf anwendest. Also habe ich die Mitteilungen zunächst in Zahlen umgewandelt. Normalerweise wäre das ein willkürlicher Vorgang. Man wandelt jeden Buchstaben in eine Zahl um, normalerweise zwischen eins und fünfundzwanzig, und denkt sich dann eine Art willkürlichen Algorithmus aus, um diese Reihe von kleinen Zahlen in eine große Zahl umzuwandeln. Aber diese Meldung ist anders – sie verwendet zweiunddreißig Zeichen – eine Zweierpotenz – und das heißt, jedes Zeichen ist als eindeutige fünfstellige binäre Zahl darstellbar.«

»Wie beim Baudot-Code«, sagt Alan.* Er zeigt wieder vorsichtiges Interesse.

»Also habe ich jeden Buchstaben in eine Zahl zwischen eins und zweiunddreißig umgewandelt und dabei Baudot-Code verwendet. So habe ich eine lange Reihe kleiner Zahlen erhalten. Aber ich wollte irgendeine Methode, sämtliche Zahlen der Reihe in eine große Zahl umzuwandeln, bloß um festzustellen, ob sie irgendwelche interessanten Muster enthielte. Und das war kinderleicht! Wenn der erste Buchstabe R lautet und seine Baudot-Entsprechung 01011 ist, und der zweite ist F und seine Entsprechung 10111, dann kann ich die beiden einfach zu einer zehnstelligen binären Zahl, nämlich 0101110111, verbinden. Und dann nehme ich die Entsprechung des nächsten Buchstabens, hänge sie hinten an und erhalte eine fünfzehnstellige Zahl. Und so weiter. Die Buchstaben sind zu Fünfergruppen zusammengefasst – das macht fünfundzwanzig binäre Ziffern pro Gruppe. Bei sechs Gruppen pro Zeile ergeben sich für jede Zeile hundertfünfzig binäre Ziffern. Und zwanzig Zeilen pro Seite machen dreitausend binäre Ziffern. Somit kann man sich jede Seite der Mitteilung nicht als Reihe von sechshundert Buchstaben, sondern als verschlüsselte Darstellung einer einzigen Zahl in der Größenordnung von ungefähr zwei in der dreitausendsten Potenz denken, was ungefähr zehn in der neunhundertsten Potenz entspricht.«

»Also gut«, sagt Alan, »ich gebe zu, dass die Benutzung eines Alpha-

---

* Baudot-Code findet bei Fernschreibern Verwendung. Jedem der 32 Zeichen des Fernschreiber-Alphabets wird eine eindeutige Zahl zugewiesen. Diese Zahl lässt sich als fünfstellige binäre Zahl, d. h. fünf Einsen oder Nullen bzw. (noch praktischer) fünf Löcher oder Nicht-Löcher in einem Papierstreifen, darstellen. Solche Zahlen lassen sich außerdem als elektrische Spannungsmuster darstellen, über Kabel und Radiowellen senden und am anderen Ende ausdrucken. In letzter Zeit verwenden die Deutschen verschlüsselte Baudot-Code-Meldungen zur Kommunikation zwischen hochrangigen Befehlsstellen, z.B. zwischen Berlin und den Hauptquartieren der verschiedenen Heeresgruppen. In Bletchley Park nennt man diese Kategorie von Verschlüsselungsmethoden Fish, und Colossus wird eigens dafür gebaut, sie zu knacken.

bets mit zweiunddreißig Buchstaben auf eine binäre Verschlüsselungsmethode hindeutet. Und ich gebe zu, dass die binäre Verschlüsselungsmethode sich für ein Verfahren eignet, bei dem einzelne Gruppen von fünf binären Ziffern zu größeren Zahlen zusammengefasst werden, und dass man das auch so weit treiben kann, sämtliche Daten einer ganzen Seite auf diese Weise zusammenzufassen, sodass eine extrem große Zahl entsteht. Aber was ist damit gewonnen?«

»Das weiß ich nicht«, gesteht Waterhouse. »Ich habe nur so eine Ahnung, dass wir es hier mit einer neuen Verschlüsselungsmethode zu tun haben, die auf einem rein mathematischen Algorithmus beruht. Sonst hätte es keinen Sinn, das Alphabet mit zweiunddreißig Buchstaben zu benutzen! Wenn man so darüber nachdenkt, Alan, sind zweiunddreißig Buchstaben schön und gut – und für ein Fernschreiber-Alphabet sogar wesentlich, weil man Sonderzeichen wie Zeilenvorschub und Wagenrücklauf braucht.«

»Du hast Recht«, sagt Alan, »es ist äußerst seltsam, bei einer Methode, bei der man offensichtlich mit Bleistift und Papier arbeitet, zweiunddreißig Buchstaben zu verwenden.«

»Ich bin es tausendmal durchgegangen«, sagt Waterhouse, »und die einzige Erklärung, die ich mir denken kann, ist, dass sie ihre Mitteilungen in große binäre Zahlen umwandeln und sie mit anderen großen binären Zahlen – höchstwahrscheinlich Einmalblöcken – kombinieren, um den Schlüsseltext zu produzieren.«

»In diesem Falle ist dein Projekt zum Scheitern verurteilt«, sagt Alan, »weil man einen Einmalblock nicht knacken kann.«

»Das gilt nur«, sagt Waterhouse, »wenn der Einmalblock wirklich zufällig ist. Wenn man die dreitausendstellige Zahl so erzeugt, dass man dreitausendmal eine Münze wirft und eine Eins für Kopf und eine Null für Zahl schreibt, dann wäre sie wirklich zufällig und nicht zu knacken. Aber ich glaube nicht, dass das hier der Fall ist.«

»Wieso nicht? Du glaubst, es gibt Muster in diesen Einmalblöcken?«

»Vielleicht. Bloß Spuren davon.«

»Wie kommst du dann darauf, dass sie etwas anderes als zufällig sind?«

»Es ergibt sonst keinen Sinn, eine neue Methode zu entwickeln«, sagt Waterhouse. »Alle Welt benutzt seit ewigen Zeiten Einmalblöcke. Es gibt dafür bewährte Verfahren. Es gibt keinen Grund dafür, ausgerechnet jetzt, mitten im Krieg, zu diesem neuen, äußerst merkwürdigen System überzuwechseln.«

»Welche Gründe stecken also deiner Meinung nach hinter dieser neuen Methode?«, fragt Alan, dem die Sache sichtlich großen Spaß macht.

»Das Problem mit Einmalblöcken ist, dass man von jedem Block zwei Kopien machen und sie zum Absender und zum Empfänger befördern muss. Nimm nur mal an, du sitzt in Berlin und willst jemandem im Fernen Osten eine Nachricht schicken! Dieses Unterseeboot, das wir gefunden haben, hatte Ladung – Gold und anderen Kram – aus Japan an Bord! Kannst du dir vorstellen, wie umständlich das für die Achse sein muss?«

»Ahh«, sagt Alan. Nun begreift er. Aber Waterhouse beendet die Erklärung trotzdem:

»Angenommen, du kämst auf einen mathematischen Algorithmus zur Erzeugung sehr großer Zahlen, die zufällig wären oder zumindest zufällig wirkten.«

»Pseudozufällig.«

»Ja. Den Algorithmus müsstest du natürlich geheim halten. Aber wenn du ihn – den Algorithmus nämlich – den vorgesehenen Empfängern in aller Welt zukommen lassen könntest, dann könnten sie die Berechnung von diesem Tag an selbst durchführen und den Einmalblock für den jeweiligen Tag bestimmen.«

Ein Schatten geht über Alans ansonsten strahlendes Gesicht. »Aber die Deutschen haben schon überall Enigma-Maschinen«, sagt er. »Warum sollten sie sich die Mühe machen, eine neue Methode zu erfinden?«

»Vielleicht«, sagt Waterhouse, »vielleicht gibt es ein paar Deutsche, die nicht wollen, dass die gesamte deutsche Kriegsmarine ihre Mitteilungen entschlüsseln kann.«

»Ah«, sagt Alan. Das scheint seinen letzten Einwand zu beseitigen. Plötzlich ist er voller Entschlossenheit. »Zeig mir die Mitteilungen!«

Waterhouse öffnet seine Aktentasche, die von seinen Fahrten zwischen Qwghlm und dem Festland Salzflecken und -streifen aufweist, und nimmt zwei braune Umschläge heraus. »Das sind die Abschriften, die ich gemacht habe, ehe ich die Originale nach Bletchley Park geschickt habe«, sagt er und klopft dabei auf den einen. »Sie sind viel leserlicher als die Originale« – er klopft auf den anderen Umschlag –, »die sie mir heute Morgen freundlicherweise geliehen haben, damit ich sie noch einmal studieren kann.«

»Zeig mir die Originale!«, sagt Alan. Waterhouse lässt den zweiten, mit STRENG-GEHEIM-Stempeln übersäten Umschlag über den Tisch gleiten.

Alan öffnet den Umschlag so hastig, dass er ihn zerreißt, und zerrt die Blätter heraus. Er legt sie auf dem Tisch aus. Vor reinstem Erstaunen klappt ihm die Kinnlade herunter.

Einen Moment lang lässt sich Waterhouse täuschen. Alans Gesichtsausdruck macht ihn glauben, sein Freund habe die Mitteilungen dank irgendeines olympischen Genieblitzes in einem einzigen Augenblick durch bloßes Anschauen entschlüsselt.

Aber das ist es keineswegs. Wie vom Donner gerührt sagt Alan schließlich: »Ich erkenne diese Handschrift.«

»So?«, sagt Waterhouse.

»Ja. Ich habe sie schon tausendmal gesehen. Diese Seiten sind von unserem alten Radelkumpan geschrieben worden. Rudolf von Hacklheber. Rudi hat diese Seiten geschrieben.«

Waterhouse verbringt einen Großteil der nächsten Woche damit, zu Konferenzen in den Broadway Buildings nach London zu pendeln. Jedes Mal, wenn zu einer solchen Konferenz zivile Autoritäten erwartet werden – besonders Zivilisten mit teuer klingendem Akzent –, taucht auch Colonel Chattan auf und versteht es auf schrecklich gut gelaunte, indirekte Weise, Waterhouse klarzumachen, er möge die Klappe halten, sofern nicht irgendwer eine mathematische Frage stellt. Waterhouse ist nicht gekränkt. Es ist ihm sogar lieber so, weil er sich dann auf die Arbeit an wichtigen Dingen konzentrieren kann. Während der letzten Konferenz in den Broadway Buildings hat er ein Theorem bewiesen.

Waterhouse braucht ungefähr drei Tage, um dahinter zu kommen, dass die Konferenzen an sich sinnlos sind – nach seiner Einschätzung gibt es kein vorstellbares Ziel, welches durch das, was sie hier diskutieren, gefördert werden könnte. Er macht sogar ein paar Versuche, mit Hilfe der formalen Logik zu beweisen, dass es sich so verhält, aber auf diesem Gebiet ist er schwach und er weiß nicht genug von den zugrunde liegenden Axiomen, um zu einem Q.E.D. zu gelangen.

Allerdings hat er bis Ende der Woche herausgefunden, dass diese Konferenzen bloß eine Konsequenz der Ermordung Yamamotos sind. Winston Spencer Churchill hat einen Narren an Bletchley Park und allen seinen Werken gefressen und misst der Geheimhaltung der dortigen Aktivitäten höchste Priorität bei, doch dass Yamamotos Flugzeug abgefangen wurde, hat ein Riesenloch in den Schleier der Täuschung gerissen. Die Amerikaner, die für diesen gewaltigen Schnitzer verantwortlich sind, versuchen nun, sich abzusichern, indem sie verbreiten, Spione unter den Inselbewohnern hätten von Yamamotos Flug Wind bekommen und die Nachricht über Funk nach Guadalcanal gemeldet, von wo dann die tödlichen P-38 losgeschickt worden seien. Aber da die P-38 an der äußersten Grenze ihrer Reichweite operiert haben und genau zum richtigen Zeitpunkt gestartet sein müssen, um es zurück nach Guadalcanal zu schaffen, müssten die Japaner, um darauf hereinzufallen, völlig vernagelt sein. Winston Churchill ist schwer vergrätzt und diese Konferenzen stellen einen längeren bürokratischen Wutanfall dar, der darauf abzielt, einen sinnvollen, dauerhaften Politikwechsel herbeizuführen.

Jeden Abend nach den Konferenzen nimmt Waterhouse die U-Bahn nach Euston und den Zug nach Bletchley, wo er bis spät in die Nacht an Rudis Zahlen arbeitet. Alan arbeitet tagsüber daran, sodass sich die beiden, mit vereinten Kräften, praktisch rund um die Uhr damit befassen.

Nicht alle Rätsel sind mathematischer Natur. Warum, zum Beispiel, lassen die Deutschen Rudi riesenlange Zahlen von Hand abschreiben? Falls die Buchstaben tatsächlich große Zahlen darstellen, würde das darauf hindeuten, dass man Dr. Rudolf von Hackleber eine Beschäftigung als einfacher Verschlüssler zugewiesen hat. Das wäre zwar nicht die dümmste Maßnahme, die je von einer Bürokratie getroffen wurde, ist aber eher unwahrscheinlich. Außerdem lassen die paar Informationen, die man aus Deutschland hat beschaffen können, darauf schließen, dass man Rudi eine sehr wichtige Aufgabe übertragen hat – wichtig genug, um sie äußerst geheim zu halten.

Alan vertritt die Hypothese, dass Waterhouse von einer zwar verständlichen, aber völlig falschen Annahme ausgeht. Die Zahlen sind *kein* Schlüsseltext. Sie sind vielmehr Einmalblöcke, mit denen der Skipper bestimmte Meldungen hat verschlüsseln sollen, die zu vertraulich waren, um über den regulären Enigma-Kanal hinauszugehen. Diese Einmalblöcke sind aus irgendeinem Grund von Rudi persönlich erstellt worden.

Normalerweise ist das Erstellen von Einmalblöcken eine ebenso niedrige Arbeit wie das Verschlüsseln von Meldungen – eine Arbeit für kleine Angestellte, die Kartenspiele oder Bingomaschinen benutzen, um aufs Geratewohl Buchstaben auszuwählen. Doch Alan und Waterhouse gehen mittlerweile von der Annahme aus, dass diese Verschlüsselungsmethode eine radikale Neuerfindung – vermutlich eine Neuerfindung von Rudi – ist, bei der die Blöcke nicht aufs Geratewohl, sondern mit Hilfe eines mathematischen Algorithmus erzeugt werden.

Mit anderen Worten, es gibt irgendeinen Rechenvorgang, irgendeine Gleichung, die Rudi sich ausgedacht hat. Man gibt ihr einen Wert – wahrscheinlich das Datum, möglicherweise auch noch irgendeine andere Information wie etwa einen willkürlichen Schlüsselbegriff oder eine willkürliche Zahl. Man führt die einzelnen Schritte der Berechnung durch und das Ergebnis ist eine Zahl, ungefähr neunhundert Stellen oder dreitausend binäre Ziffern lang, die einem sechshundert Buchstaben liefert (genug, um ein Blatt Papier zu beschreiben), wenn man sie mit Hilfe des Baudot-Codes umwandelt. Die neunhundertstellige Dezimalzahl, die dreitausendstellige binäre Zahl und die sechshundert Buchstaben sind allesamt dieselbe abstrakte, reine Zahl, auf je verschiedene Weise verschlüsselt.

Unterdessen führt das Gegenüber, wahrscheinlich auf der anderen Seite der Welt, die gleiche Berechnung durch und erhält den gleichen Einmalblock. Wenn man ihm eine Meldung schickt, die mit dem Einmalblock des jeweiligen Tages verschlüsselt ist, kann er sie entschlüsseln.

Wenn Turing und Waterhouse dahinter kommen, wie die Berechnung funktioniert, können sie alle ebenfalls diese Meldungen lesen.

PHREAKEN

Der Dentist ist gegangen, die Tür verriegelt, der Telefonstecker herausgezogen. Randall Lawrence Waterhouse liegt nackt auf den gestärkten, aufgeschlagenen Laken seines King-size-Betts. Sein Kopf lehnt so an einem Kissen, dass er durch das V seiner Füße die Nachrichtensendung des BBC World Service mitbekommt. Ein Zehn-Dollar-Bier aus der Minibar steht in Reichweite. In Amerika ist es jetzt sechs Uhr und deshalb muss er sich, statt ein Profi-Basketballspiel anzuschauen, wohl mit diesen stark auf Ereignisse in Südasien ausgerichteten BBC-Nachrichten begnügen. Einem langen, sehr nüchternen Bericht über eine Heuschreckenplage an der indisch-pakistanischen Grenze folgt ein anderer über einen Taifun, der kurz davor ist,

Hongkong zu erreichen. Der König von Thailand bestellt einige seiner korrupteren Regierungsbeamten ein, damit sie sich buchstäblich vor ihm in den Staub werfen. Asiatische Nachrichtensendungen haben immer so etwas Skurriles an sich, obwohl alles todernst daherkommt, ohne ein Wimpernzucken oder ein Augenzwinkern. Jetzt sieht er gerade einen Bericht über eine Nervenkrankheit, die Leute in Neuguinea nach dem Genuss menschlicher Gehirne befällt. Die ganz elementare Kannibalengeschichte. Kein Wunder, dass so viele Amerikaner geschäftlich hierher kommen und nie wieder so richtig nach Hause zurückkehren – es ist, als beträte man die Seiten eines Hefts aus der *Classics-Comics*-Reihe.

Es klopft an der Tür. Randy steht auf und zieht seinen flauschigen weißen Hotelbademantel an. Er späht durch den Spion, halb in der Erwartung, draußen einen Pygmäen mit einem Blasrohr stehen zu sehen, obwohl eine verführerische orientalische Kurtisane auch nicht zu verachten gewesen wäre. Doch es ist nur Cantrell. Randy öffnet die Tür. In einer munteren »Bin ja schon ruhig«-Geste nimmt Cantrell gleich die Hände hoch. »Keine Bange«, sagt er, »ich bin nicht da, um über Geschäftliches zu reden.

»In diesem Fall werde ich die Bierflasche hier nicht auf deinem Kopf zerschlagen«, sagt Randy. Cantrell muss dasselbe Gefühl haben wie Randy, nämlich dass an diesem Tag so viele verrückte Sachen passiert sind, dass der einzige Weg, damit klarzukommen, darin besteht, gar nicht darüber zu sprechen. Den größten Teil seiner Arbeit leistet das Gehirn, während sein Besitzer scheinbar an etwas anderes denkt; das heißt, manchmal muss man *bewusst* etwas anderes finden, über das man nachdenkt und spricht.

»Komm in mein Zimmer«, sagt Cantrell. »Pekka ist hier.«

»Der Finne, der in die Luft geflogen ist?«

»Genau der.«

»Warum ist er hier?«

»Weil er keinen Grund hat, nicht hier zu sein. Nachdem er in die Luft geflogen ist, hat er die Lebensweise eines Technomaden angenommen.«

»Es ist also nur ein Zufall, oder –«

»Nein«, sagt Cantrell. »Er hilft mir, eine Wette zu gewinnen.«

»Was für eine Wette?«

»Vor ein paar Wochen habe ich Tom Howard vom Van-Eck-Phreaking erzählt. Darauf meinte er, das höre sich alles nach Schwachsinn an. Er hat mit mir um zehn Anteile an Epiphyte gewettet, dass ich es außerhalb eines Labors nicht zum Funktionieren bringen würde.«

»Ist Pekka gut in solchen Sachen?«

Statt die Frage zu bejahen, setzt Cantrell eine ernste Miene auf und sagt: »Pekka schreibt gerade ein ganzes Kapitel darüber für das *Cryptonomicon*. Er glaubt, dass wir uns nur dann wehren können, wenn wir die Technologien, die gegen uns verwendet werden könnten, beherrschen.«

Das klingt fast wie ein Ruf zu den Waffen. Randy wäre eine ziemliche Flasche, wenn er sich jetzt in sein Bett verdrücken würde; also geht er ins Zimmer zurück und steigt in seine Hose, die, teleskopartig zusammengesunken, dort steht, wo er sie nach seiner Rückkehr aus dem Palast des Sultans hat fallen lassen. *Der Palast des Sultans!* Jetzt zeigen sie im Fernsehen einen Bericht über Piraten, die im Südchinesischen Meer kreuzen und Schiffsbesatzungen zwingen, über die Planke zu gehen. »Dieser ganze Kontinent kommt mir vor wie Disneyland ohne die Sicherheitsvorkehrungen«, bemerkt Randy. »Bin ich der Einzige, der das grotesk findet?«

Cantrell grinst, sagt aber: »Wenn wir anfangen, über Groteskes zu reden, enden wir doch damit, dass wir über den heutigen Tag sprechen.«

»Da hast du Recht«, sagt Randy. »Lass uns gehen.«

Bevor Pekka rund ums Silicon Valley als der Finne, der in die Luft geflogen ist, bekannt wurde, hieß er nur der Cello-Typ, weil er eine nahezu autistische Zuneigung zu seinem Cello hegte, es überallhin mitnahm und immer versuchte, es über seinem Sitz im Gepäcknetz zu verstauen. Nicht zufällig lag ihm, der Spezialist für Funkübertragung war, das Analoge aus früheren Zeiten mehr.

Als die Paket-Funkübertragung als Alternative zum Verschicken von Daten über Leitungen an Bedeutung gewann, zog Pekka nach Menlo Park und trat in ein neu gegründetes Unternehmen ein. Seine Firma kaufte ihre Ausrüstung in Secondhand-Computerläden, und Pekka ergatterte schließlich einen hübschen, für die anpassungsfähigen Augen eines Vierundzwanzigjährigen genau richtigen hochauflösenden Neunzehn-Zoll-Mehrfrequenz-Bildschirm. Den schloss er an eine leicht abgenutzte Pentium-Box mit einem Riesenhauptspeicher an.

Darauf installierte er Finux, ein freies UNIX-Betriebssystem, das Finnen geschaffen und über das Netz weltweit vertrieben hatten, gleichsam um dem Rest der Welt zuzurufen: »Da könnt ihr mal sehen, wie unheimlich wir sind!« Natürlich war Finux unglaublich leistungsfähig und flexibel und ermöglichte es einem, die Videoschaltung des Geräts bis zum n-ten Grad zu kontrollieren und, wenn man sich für solche Dinge interessierte, viele verschiedene Zeilenabtastfrequenzen und Pixeltakte einzustellen. Pekka interessierte sich sogar sehr dafür und richtete wie viele Finux-Fuzzis sein Gerät so ein, dass es, je nach seiner Wahl, eine Menge winzig kleiner Pixels (die viel Information transportierten, aber in den Augen wehtaten) oder eine geringere Anzahl größerer Pixels (die er meistens benutzte, wenn er schon vierundzwanzig Stunden am Stück gehackt und der Tonus seiner Augenmuskulatur nachgelassen hatte) oder eine Einstellung dazwischen anzeigte. Wechselte er von einer Einstellung zu einer anderen, wurde der Bildschirm eine Sekunde lang schwarz und von innen kam ein hörbares Knacken, wenn die mitschwingenden Kristalle auf einen anderen Frequenzbereich umschalteten.

Eines Morgens um drei Uhr leitete Pekka diesen Vorgang ein, und unmittelbar nachdem der Bildschirm schwarz geworden war und das Knacken von sich gegeben hatte, explodierte er mitten in sein Gesicht. Die Vorderseite der Bildröhre bestand aus schwerem Glas (das musste sie auch, um dem inneren Vakuum standzuhalten), das zersplitterte und Pekka ins Gesicht, gegen den Hals und den Oberkörper flog. Genau die Phosphorteilchen, die kurz zuvor unter dem wobbelnden Elektronenstrahl geleuchtet und Informationen in Pekkas Augen übermittelt hatten, waren jetzt physisch in sein Fleisch eingebohrt. Ein großes Stück Glas erwischte eins seiner Augen und drang fast bis in sein Gehirn. Ein anderes durchstach ihm den Kehlkopf, ein weiteres zischte seitlich an seinem Kopf vorbei und riss ihm ein sauberes Dreieck aus dem linken Ohr.

Pekka war mit anderen Worten das erste Opfer des Digibombers. Er wäre fast an Ort und Stelle verblutet und seine Mit-Eutropianer schlichen tagelang mit Freonbehältern um sein Krankenhausbett herum, um sofort aktiv werden zu können, falls er sterben sollte. Aber das tat er nicht, und er bekam sogar noch mehr Presse, weil seine junge Firma ihn nicht krankenversichert hatte. Nach vielen Artikeln in den Lokalzeitungen, in denen man sich händeringend fragte, warum dieser arme Unschuldige aus dem Land des verstaatlichten Gesundheitswesens nicht die Geistesgegenwart besessen hatte, eine Krankenversicherung abzuschließen, spendeten irgendwelche Hightech-Typen Geld, um seine Arzt- und Krankenhausrechnungen zu bezahlen und ihn mit einem Sprechcomputer wie dem von Stephen Hawking auszustatten.

Und jetzt ist Pekka hier, sitzt in Cantrells Hotelzimmer. Sein Cello steht in der Ecke, um den Steg herum staubig vom Kolophonium. Vor sich hat er eine weiße Wand, an die er mit Isolierband in präzisen Schleifen und Windungen ein Bündel Drähte geklebt hat. Diese führen zu ein paar selbst gebastelten Schalttafeln, die ihrerseits mit seinem Laptop verbunden sind.

»Hallo Randy, herzlichen Glückwunsch zu eurem Erfolg«, sagt eine computererzeugte Stimme, kaum dass die Tür sich hinter Randy und Cantrell geschlossen hat. Das ist eine kleine Begrüßung, die Pekka offensichtlich in Erwartung seines Kommens im Voraus eingegeben hat. Von alledem findet Randy nur die Tatsache merkwürdig, dass Pekka zu glauben scheint, Epiphyte hätte bereits irgendeinen Erfolg zu verbuchen.

»Wie läuft's?«, fragt Cantrell.

Pekka tippt eine Antwort ein. Dann legt er eine Hand gewölbt an sein verstümmeltes Ohr, während er mit der anderen seinem Sprachgenerator das Einsatzzeichen gibt: »Er duscht.« Tatsächlich kann man jetzt die Rohre in der Wand zischen hören. »Sein Laptop strahlt.«

»Ach so«, sagt Randy, »Tom Howards Zimmer ist gleich nebenan?«

»Hinter dieser Wand«, antwortet Cantrell. »Ich habe es eigens so verlangt, damit ich diese Wette gewinnen kann. Sein Zimmer ist ein Spiegelbild von diesem hier, das heißt sein Computer ist nur ein paar Zentimeter entfernt, gleich hinter dieser Wand. Perfekte Bedingungen zum Van-Eck-Phreaken.«

»Pekka, bekommst du jetzt gerade Signale von seinem Computer?«, fragt Randy.

Pekka nickt, tippt und gibt zurück: »Ich mache die Abstimmung. Die Eichung.« Das Eingabegerät für seinen Sprachcomputer ist ein einhändig zu bedienendes Symbolbrett, das an seinem Oberschenkel festgeschnallt ist. Er legt die rechte Hand darauf und macht schwingende, tastende Bewegungen. Augenblicke später kommt die Sprachausgabe: »Ich brauche Cantrell.«

»Entschuldige mich«, sagt Cantrell und stellt sich neben Pekka. Mit einer vagen Ahnung von dem, was sie da tun, schaut Randy ihnen ein bisschen über die Schulter.

Wenn man ein weißes Blatt Papier auf einen alten Grabstein legt und mit einer Bleistiftspitze darüber fährt, bekommt man einen waagerechten, an manchen Stellen dunklen, an anderen blassen, nicht sehr bedeutungsvollen Strich. Bewegt man den Stift nun um die Breite dieses Strichs nach unten und fährt erneut über das Blatt, entsteht langsam ein Bild. Dieses sich Strich für Strich nach unten Arbeiten würde ein *Nerd* Rasterverfahren oder einfach Abtasten nennen. Bei einem herkömmlichen Monitor – einer Kathodenstrahlröhre – tastet der Elektronenstrahl physikalisch etwa sechzig bis achtzig Mal pro Sekunde das Glas ab. Bei einem Laptop-Bildschirm wie dem von Randy gibt es kein physikalisches Abtasten; die einzelnen Pixels werden direkt ein- oder ausgeschaltet. Dennoch findet ein Rasterverfahren statt; was abgetastet und auf dem Bildschirm sichtbar gemacht wird, ist ein Bereich im Speicher des Computers, den man Bildwiederholspeicher nennt. Dessen Inhalte müssen sechzig bis achtzig Mal pro Sekunde auf den Bildschirm geworfen werden, sonst gibt es (1) ein Flimmern auf dem Monitor oder (2) die Bilder bewegen sich ruckartig.

Der Computer kommuniziert nicht mit einem, indem er unmittelbar den Bildschirm steuert, sondern durch die Manipulation der in diesem Speicher vorhandenen Bits, wobei er sich darauf verlassen kann, dass die anderen Subsysteme in der Maschine die stumpfsinnige Arbeit des Weiterleitens der Information an den tatsächlichen physischen Bildschirm übernehmen. Sechzig bis achtzig Mal pro Sekunde, dann sagt das Videosystem: Stopp! Zeit, den Bildschirm wieder aufzufrischen, und geht an den Anfang des Bildwiederholspeichers – der, wie gesagt, nichts als ein bestimmter Speicherbereich ist – und liest die ersten paar Bytes, die angeben, welche Farbe das Pixel in der linken oberen Bildschirmecke haben soll. Diese Information gelangt durch die Leitung an die Einheit, die den Bildschirm letztlich auffrischt, sei es ein abtastender Elektronenstrahl oder irgendein laptopartiges System, das die Pixels direkt steuert. Dann werden die nächsten paar Bytes gelesen, die natürlich das Pixel gleich rechts von diesem ersten bestimmen, und immer so weiter bis zum rechten Bildschirmrand. Damit ist der erste Strich des Grabsteinrubbelbilds gezogen.

Jenseits des rechten Bildschirmrands gibt es keine Pixel mehr. Es versteht sich, dass die nächsten Bytes, die im Speicher gelesen werden, das Pixel ganz links außen in der zweiten Rasterzeile von oben betreffen. Falls es sich um einen Kathodenröhrenbildschirm handelt, entsteht hier ein kleines Timingproblem, denn der Elektronenstrahl befindet sich jetzt am rechten Bildschirmrand, soll aber am linken ein Pixel erzeugen.

Er muss also zurücklaufen. Das dauert eine gewisse Zeit – nicht lange, aber viel länger als das Zeitintervall zwischen der Erzeugung zweier unmittelbar nebeneinander liegender Bildpunkte. Diese Pause nennt man *Horizontalrücklaufintervall*. Sie kehrt am Ende jeder Zeile wieder, bis die Abtastung beim letzten Pixel in der rechten unteren Ecke des Bildschirms angelangt und ein kompletter Grabsteinrubbelvorgang beendet ist. Doch dann kommt der Moment, wo alles von vorne beginnt, und der Elektronenstrahl (wenn es einen gibt) muss über die ganze Diagonale hinweg zum äußersten Pixel links oben zurückspringen. Auch das dauert eine Weile und heißt *Vertikalrücklaufintervall*.

All das rührt von physikalischen Beschränkungen her, denen die in einer Kathodenstrahlröhre durch den Raum schwingenden Elektronenstrahlen unterworfen sind, ist aber bei einem Laptopbildschirm wie dem, den Tom Howard ein paar Zentimeter von Pekka entfernt auf der anderen Seite der Wand aufgestellt hat, praktisch zu vernachlässigen. Allerdings folgt auch bei dieser Art Monitor das Bildsteuerungstiming dem Muster der Kathodenstrahlröhre. (Das liegt einfach daran, dass die alte Technologie allgemein von allen verstanden wird, die sie verstehen müssen, dass sie gut funktioniert und dass alle neuen Technologien im Bereich der Elektronik und Software so entwickelt und getestet worden sind, dass sie in diesem Rahmen funktionieren – und warum sollte man den Erfolg aufs Spiel setzen, vor allem wenn die Gewinnspannen so winzig klein sind, dass man sie nur mit Hilfe quantenmechanischer Verfahren entdecken kann, und jeglicher Mangel an Kompatibilität mit alter Hard- und Software die entsprechende Firma schnurstracks in den Orkus befördert.)

Auf Toms Laptop ist jede Sekunde in fünfundsiebzig identische Segmente unterteilt, in deren Verlauf jeweils ein komplettes Grabsteinrubbeln, gefolgt von einem Vertikalrücklaufintervall stattfindet. Wie Randy aus der Unterhaltung zwischen Pekka und Cantrell schließen kann, haben sie bei der Analyse der durch die Wand kommenden Signale bereits herausgefunden, dass Tom Howard die Anzeige seines Monitors auf 768 Zeilen und 1024 Pixel pro Zeile eingestellt hat. Für jedes Pixel werden im Bildwiederholspeicher vier Byte abgelesen und durch die Leitung zum Bildschirm geschickt. (Tom benutzt auf seinem Monitor die größtmögliche Farbauflösung, was bedeutet, dass jeweils ein Byte gebraucht wird, um die Intensität von blau, grün und rot darzustellen, und ein weiteres im Grunde übrig bleibt, aber trotzdem beibehalten wird, weil Computer Zweierpotenzen mögen und heutzutage so lächerlich schnell und leistungsfähig sind, dass, obwohl dies alles in einem für menschliche Begriffe geradezu aggressiven Tempo abläuft, die zusätzlichen Bytes gar keinen Unterschied machen.) Jedes Byte besteht aus acht Binärziffern oder Bits, sodass 1024 Mal pro Zeile vier mal acht gleich zweiunddreißig Bits im Bildwiederholspeicher abgelesen werden.

Ohne Toms Wissen steht sein Computer zufällig gleich neben einer Antenne. Die Drähte, die Pekka an die Wand geklebt hat, können die elektromagnetischen Wellen lesen, die der Computerschaltkreis ständig aussendet.

Tom hat seinen Laptop als Computer, nicht als Radio gekauft, und deshalb mag es seltsam erscheinen, dass er überhaupt etwas ausstrahlt. Das alles ist ein Nebenprodukt der Tatsache, dass Computer binäre Wesen sind, das heißt, jegliche Kommunikation zwischen einzelnen Chips oder Subsystemen, die innerhalb der Maschine stattfindet – alles, was durch die flachen Drahtbänder und die kleinen Metallspuren an den Leiterplatten fließt –, besteht aus Übergängen von null zu eins und wieder zurück. Bits werden im Computer durch Hin- und Herschalten der Spannung im Draht zwischen null und fünf Volt dargestellt. In Computerlehrbüchern werden diese Übergänge graphisch immer so dargestellt, als wären sie vollkommen rechtwinklige Wellen, das heißt, bei V = 0 verläuft die hier für eine binäre Null stehende Linie ganz flach und gerade, dann bildet sie einen perfekten rechten Winkel und springt zu V = 5 hoch, beschreibt dort einen weiteren perfekten rechten Winkel und bleibt bei fünf Volt, bis es Zeit ist, wieder zur Null zurückzukehren, und so weiter.

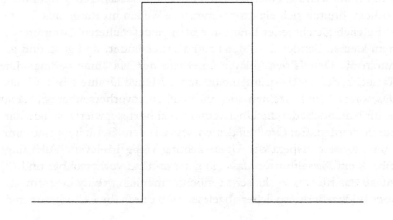

Das ist das Platonsche Ideal dessen, wie Computerschaltkreise funktionieren sollten, aber Ingenieure müssen in der schmutzigen analogen Welt echte Schaltkreise bauen. Die Metall- und Siliconstücke können das in den Lehrbüchern beschriebene Verhalten nicht zeigen. Schaltungen können tatsächlich urplötzlich von null auf fünf springen, aber wenn man sie auf einem Oszilloskop überwacht, kann man sehen, dass die Welle nicht vollkommen rechtwinklig ist. Stattdessen bekommt man etwas, was ungefähr so aussieht:

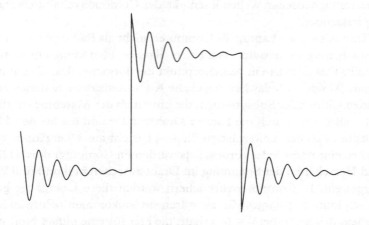

Das Entstehen dieser kleinen Wellen nennt man Klingeln; die Übergänge zwischen Binärziffern treffen den Schaltkreis wie ein Klöppel, der an eine Glocke schlägt. Die Spannung steigt schlagartig, aber danach oszilliert sie um den neuen Wert ein Weilchen nach oben und unten. Immer wenn in einem solchen Leiter eine oszillierende Spannung vorliegt, breiten sich elektromagnetische Wellen im Raum aus.

Folglich gleicht jeder Draht in einem eingeschalteten Computer einem kleinen Sender. Die Signale, die er aussendet, sind ganz und gar durch die Details der Abläufe innerhalb der Maschine bedingt. Die Tatsache, dass es da drinnen eine ganze Menge Drähte gibt und dass das, was sich im Einzelnen dort tut, ziemlich unvorhersehbar ist, macht es für jemanden, der die Übertragungen abhört, schwierig, schlau daraus zu werden. Ein Großteil dessen, was aus dem Gerät herauskommt, ist unter dem Aspekt der Überwachung völlig irrelevant. Allerdings gibt es ein Signalmuster, dass (1) ganz und gar vorhersehbar und (2) genau das ist, was Pekka sehen möchte, nämlich der Byte-Strom, der vom Bildwiederholspeicher abgelesen und durch die Leitung zur Bildschirmhardware geschickt wird. Aus dem ganzen Zufallsrauschen, das aus der Maschine kommt, ist das Ticken der Horizontal- und Vertikalrücklaufintervalle so deutlich herauszuhören wie der Rhythmus einer Trommel aus den zahllosen Geräuschen des Dschungels. Jetzt, wo Pekka sich auf diesen Rhythmus eingeschossen hat, müsste er in der Lage sein, die Strahlung, die von dem Leitungsdraht zwischen Bildwiederholspeicher und Monitorhardware ausgeht, aufzunehmen und in eine Sequenz aus Einsen und Nullen zurückzuübersetzen, die auf ihrem eigenen Bildschirm ausgegeben werden können. Dank der Überwachungsmethode, die man Van-Eck-Phreaken nennt, werden sie genau das sehen können, was Tom Howard sieht.

Das alles weiß Randy. Wenn es jedoch um Einzelheiten geht, sind Cantrell und Pekka ihm um Längen voraus, so dass er nach ein paar Minuten spürt, wie sein Interesse nachlässt. Er setzt sich auf Cantrells Bett, den einzigen Platz, wo man sich überhaupt noch hinsetzen *kann*, und entdeckt auf dem Nachttisch einen kleinen Palmtop. Der läuft bereits, über einen Telefondraht mit der Welt verbunden. Randy hat von diesem Gerät gehört. Es soll wohl ein erster Versuch hin zu einem Netzcomputer sein; deshalb lädt es einen Web-Browser, sobald es eingeschaltet ist. Der Web-Browser *ist* dann die Schnittstelle.

»Kann ich surfen?«, fragt Randy, und Cantrell sagt, ohne sich umzudrehen: »Ja«. Randy besucht eine der großen Suchmaschinen, was einen Moment dauert, da die Maschine erst eine Verbindung zum Netz aufbauen muss. Dann fängt er an, nach Web-Dokumenten zu suchen, die die Begriffe ((Andy ODER Andrew) Loeb) UND »Schwarmbewusstsein« enthalten. Wie gewöhnlich erhält er als Suchergebnis Abertausende von Dokumenten. Randy fällt es jedoch nicht schwer, sich die Passenden herauszupicken.

```
Warum RUUG 9E03 ein wohl angesehenes Mit-
glied der kalifornischen Anwaltskammer ist
RUUG 11A4 hat die Tatsache, dass RUUG 9E03
(soweit er/sie von der atomisierten Ge-
sellschaft als Einzelorganismus aufgefasst
wird) Anwalt ist, mit gemischten Gefühlen
zur Kenntnis genommen. Diese gemischten
Gefühle von RUUG 11A4 sind ganz normal und
natürlich. Ein Teil von RUUG 11A4 verab-
scheut Anwälte und das Rechtssystem allge-
```

mein als Symptome des Endstadiums der unheilbar kranken atomisierten Gesellschaft. Ein anderer Teil sieht ein, dass Krankheit die Gesundheit des Mem-Pools verbessern kann, wenn sie einen Organismus tötet, der alt und nicht mehr fähig ist, seinen **Memotyp** weiterzuverbreiten. Damit es keine Missverständnisse gibt: Das Rechtssystem in seiner gegenwärtigen Form ist das denkbar schlechteste, mit dem eine Gesellschaft ihre Streitfälle lösen kann. Es ist erschreckend teuer, sowohl in finanzieller Hinsicht als auch mit Blick auf die intellektuelle Begabung, die verloren geht, wenn man darin Karriere machen will. Ein Teil von **RUUG 11A4** spürt aber auch, dass den Zielen von **RUUG 11A4** möglicherweise sogar gedient ist, wenn man die toxischsten Merkmale des Rechtssystems gegen das verrottete Staatswesen der atomisierten Gesellschaft wendet und damit ihren Niedergang beschleunigt.

Randy klickt auf RUUG 9E03 und bekommt:

RUUG 9E03 ist die RUUG, die RUUG 11A4 mit dem willkürlich gewählten, als ganze Zahl betrachteten Bit-Muster 9E03 (in **hexadezimaler Schreibweise**) bezeichnet. Für mehr Informationen über das System der Bit-Muster-Designatoren, die **RUUG 11A4** an die Stelle der allmählich veraltenden Nomenklaturen der »natürlichen Sprachen« setzt, klicken Sie **hier**. Falls Sie möchten, dass der Designator **RUUG 9E03**, während Sie diese Website durchblättern, automatisch durch einen herkömmlichen Designator (Namen) ersetzt wird, klicken Sie **hier**.

Klick.

> Von jetzt an wird der Ausdruck **RUUG 9E03** durch den Ausdruck **Andrew Loeb** ersetzt. Warnung: Wir betrachten eine solche Bezeichnung als im Grunde ungültig und raten von ihrem Gebrauch ab, haben jedoch Erst-Besuchern dieser Website, die es nicht gewohnt sind, in **RUUGs** zu denken, diese Möglichkeit als Service eingeräumt.

Klick.

> Sie haben auf **Andrew Loeb** geklickt, einen Designator, den die atomisierte Gesellschaft dem **Memom RUUG 9E03** zugewiesen hat…

Klick.

> …ein **Memom** ist die Menge aller Meme, die die physikalische Realität einer RUUG auf Kohlenstoffbasis definieren. Meme können in zwei große Kategorien eingeteilt werden: genetische und semantische Meme. Genetische Meme sind einfach Gene (DNS) und werden durch normale biologische Reproduktion weiterverbreitet. Semantische Meme sind Ideen (Ideologien, Religionen, Moden, etc.) und werden durch Kommunikationsvorgänge weitergegeben.

Klick.

> Der genetische Teil des **Memoms Andrew Loeb** stimmt zu neunundneunzig Prozent mit dem vom **Humangenomprojekt** erstellten Datensatz überein. Das ist jedoch nicht als Billigung des Konzepts der Artenbildung (bei

der das zusammenhängende Ganze von Lebensformen auf Kohlenstoffbasis willkürlich in paradigmatische Arten gegliedert werden kann oder sollte) im Allgemeinen oder der Theorie, dass es eine Spezies namens »Homo sapiens« gibt, im Besonderen aufzufassen. Der semantische Teil des **Memoms Andrew Loeb** ist notgedrungen immer noch mit vielen primitiven viralen Memen verseucht, doch werden diese langsam und stetig durch neue, *ab initio* durch rationale Prozesse erzeugte Meme ersetzt.

Klick.

RUUG steht für Relativ Unabhängige Unter-Gesamtheit. Damit kann jede Einheit benannt werden, die zwar (wie die Zellen eines Körpers) eine deutliche, sie von der übrigen Welt trennende Grenze zu besitzen scheint, die aber (wie die Zellen eines Körpers) in einem tieferen Sinne unauflösbar mit einem größeren Ganzen verbunden ist. So sind zum Beispiel die traditionell als »Menschen« bekannten biologischen Einheiten nichts anderes als Relativ Unabhängige Unter-Gesamtheiten des sozialen Organismus, in den sie eingebettet sind. Eine unter dem Namen **Andrew Loeb**, jetzt **RUUG 9E03**, geschriebene Dissertation zeigt auf, dass selbst in den Zonen von **RUUG 0577** mit gemäßigtem Klima und reichlich vorhandenen Wasser- und Nahrungsmittelressourcen das Leben eines Organismus wie des nach alten Mem-Systemen als »Homo sapiens« bezeichneten hauptsächlich darauf ausgerichtet wäre, andere RUUGs zu essen. Diese enge Sichtweise würde die Bildung fortschrittlicher semantischer Mem-Systeme

(d. h. der Zivilisation im herkömmlichen
Sinn des Wortes) hemmen. RUUGs diesen Typs
können nur dann auf höheren Ebenen funktionieren, wenn sie in eine umfassendere
Gesellschaft, deren logischer evolutionärer Endpunkt ein **Schwarmbewusstsein** ist,
eingebettet sind.

Klick.

Unter Schwarmbewusstsein versteht man
einen sozialen Zusammenschluss von **RUUGs**,
die in der Lage sind, semantische Meme zu
verarbeiten (zu »denken«) und eine Grund-
struktur aus Kohlenstoff oder aus Silizium
besitzen. **RUUGs**, die sich einem Schwarmbewusstsein anschließen, geben ihre unab-
hängigen Identitäten (die ohnehin reine
Illusion sind), auf. Aus praktischen Gründen werden den Bestandteilen des Schwarmbewusstseins **Bit-Muster-Designatoren** zugewiesen.

Klick.

Ein Bit-Muster-Designator ist eine Zu-
fallsreihe von Bits, die man zur eindeutigen Identifizierung einer **RUUG** benutzt.
So wurde beispielsweise dem gemeinhin als
Erde (Terra, Gaia) bezeichneten Organismus der Designator 0577 zugewiesen. Diese
Website wird von 11A4, einem Schwarmbewusstsein, unterhalten. **RUUG 11A4** weist
Designatoren mittels eines Pseudozufalls-
zahlengenerators zu. Darin unterscheidet
es sich von der Praxis jenes soi-disant
»Schwarmbewusstseins«, das sich East
Bay Area Schwarmbewusstseinsprojekt
nennt, aber (im System von RUUG 11A4) den

Designator RUUG E772 trägt. Dieses
»Schwarmbewusstsein« ergab sich aus der
Teilung von »Schwarmbewusstsein Eins«
(im System von RUUG 11A4 als RUUG 4032 bezeichnet) in mehrere kleinere »Schwarm-
bewusstseine« (das East Bay Area Schwarmbewusstseinsprojekt, das San Francisco
Schwarmbewusstsein, Schwarmbewusstsein 1A,
das Neue San Francisco Schwarmbewusstsein
und das Universelle Schwarmbewusstsein)
als Folge eines unüberbrückbaren Wider-
spruchs zwischen einigen unterschiedlichen
semantischen Memen, die um den Platz in
den Köpfen kämpften. Eins dieser semantischen Meme verlangte, dass Bit-Muster-
Designatoren in numerischer Reihenfolge
zugewiesen werden sollten, wonach (zum
Beispiel) Schwarmbewusstsein eins die Bezeichnung RUUG 0001 bekommen würde und so
weiter. Einem anderen Mem zufolge sollten
die Nummern nach der Wichtigkeit geordnet
werden, wonach (zum Beispiel) die gemeinhin als Planet Erde bekannte RUUG mit
RUUG 0001 bezeichnet würde. Ein weiteres
semantisches Mem stimmte zwar grundsätzlich damit überein, wollte die Zählung
aber nicht bei 0001, sondern bei 0000 beginnen lassen. Sowohl im 0000- als auch
im 0001-Lager herrschte Uneinigkeit darüber, welcher RUUG die erste Zahl zugewiesen werden sollte: Die einen behaupteten, die Erde sei die erste und wichtigste
RUUG, andere meinten, dieses oder jenes
größere System (das Sonnensystem, das
Universum, Gott) sei in gewissem Sinne
umfassender und von grundlegenderer Bedeutung.

Das Gerät hat einen E-Mail-Anschluss. Randy benutzt ihn.

```
An: root@eruditorum.org
Von: zwerg@siblings.net
Betreff: Re(2) Warum?
Habe Website gesehen. Bin bereit anzuneh-
men, dass Sie nicht RUUG 9E03 sind. Habe
den Verdacht, dass Sie der Dentist sind,
der nach einem ehrlichen Meinungsaustausch
lechzt. Anonyme digital unterzeichnete E-
Mails sind das einzig sichere Medium dafür.
Wenn Sie wollen, dass ich Sie nicht für
den Dentisten halte, liefern Sie mir eine
plausible Erklärung für Ihre Frage, warum
wir die Krypta bauen.
Mit freundlichem Gruß
- ANFANG ORDO SIGNATUR BLOCK -
(etc.)
- ENDE ORDO SIGNATUR BLOCK
```

»Wir haben Bits gekriegt«, sagt Cantrell. »Bist du gerade mitten in etwas drin?«

»Nichts, wo ich nicht gerne sofort rausginge«, antwortet Randy, während er den Palmtop hinlegt. Er erhebt sich vom Bett und stellt sich hinter Pekka. Auf dem Bildschirm von Pekkas Computer sind zahlreiche Fenster zu sehen, von denen das größte und vorderste den Bildschirm eines anderen Computers zeigt. Dieser wiederum enthält diverse andere Fenster und Symbole: ein Desktop. Zufällig ist es eine Windows NT-Benutzeroberfläche, was bemerkenswert und (in Randys Augen) sonderbar ist, weil Pekkas Computer nicht mit Windows NT, sondern mit Finux läuft. Auf diesem Windows NT Desktop fährt ein Cursor herum, zieht Menüs herunter und klickt Symbole an. Doch Pekkas Hand bewegt sich nicht. Der Cursor saust zu einem Microsoft Word Symbol, das die Farbe wechselt und sich zu einem großen Fenster öffnet.

```
Dieses Exemplar von Microsoft Word ist li-
zenziert für THOMAS HOWARD.
```

»Du hast's geschafft!« sagt Randy.

»Wir sehen, was Tom sieht«, sagt Pekka.

Ein neues Dokument-Fenster öffnet sich und Wörter beginnen sich darüber zu ergießen.

Vermerk für mich selbst: Bin gespannt, ob »Briefe an Penthouse« das abdruckt! Ich nehme nicht an, dass Jungakademiker beiderlei Geschlechts wegen ihres großen Talents im Ficken unter Sex-Kennern sonderlich gefragt sind. Alles muss verbalisiert werden. Jemand, der meint, Vögeln sei ein sexueller Diskurs, wird es im Bett einfach nie zu was bringen.
Ich habe es mit Seidenstrümpfen. Es müssen hauchdünne schwarze sein, am besten mit einer Naht hinten. Mit dreizehn habe ich sogar in einem Lebensmittelgeschäft eine schwarze Strumpfhose geklaut, nur um damit zu spielen. Als ich mit diesen »L'eggs« im Rucksack aus dem Laden kam, schlug mein Herz wie wild, aber die Erregung des Verbrechens selbst war nichts gegen den Moment, als ich die Packung aufmachte, sie herauszog und an meinen flaumigen Halbwüchsigenwangen rieb. Ich habe sogar versucht, sie anzuziehen, aber das sah einfach grotesk aus - vor allem mit meinen haarigen Beinen - und löste absolut nichts bei mir aus. Ich wollte sie gar nicht selbst tragen. Ich wollte, dass jemand anders sie trägt. An diesem Tag habe ich vier Mal masturbiert.
Wenn ich darüber nachdachte, bekam ich es mit der Angst zu tun. Ich war ein intelligenter Junge. Von intelligenten Jungen erwartet man ein rationales Verhalten. Deshalb fand ich, als ich aufs College ging, eine rationale Erklärung dafür. Auf dem College selbst trugen die wenigsten Frauen hauchzarte schwarze Seidenstrümpfe,

aber manchmal bin ich in die Stadt gegangen, habe mir die gut gekleideten Büroangestellten, die in ihren Mittagspausen bummeln gingen, angeschaut und wissenschaftliche Beobachtungen über ihre Beine angestellt. Mir fiel auf, dass der Strumpf dort, wo er sich über einem breiteren Teil des Beins wie zum Beispiel der Wade ausdehnte, blasser wurde, genau wie ein farbiger Ballon, der blasser wird, wenn man ihn aufbläst. Umgekehrt war er an schmaleren Stellen wie dem Knöchel dunkler. Das ließ die Wade wohlgeformter und den Knöchel schlanker erscheinen. Die Beine insgesamt wirkten gesünder, was unmittelbar über der Stelle, wo die Beine zusammenkamen, eine höhere DNS-Klasse vermuten ließ. Q.E.D. Mein Faible für schwarze Seidenstrümpfe war eine äußerst rationale Anpassungsleistung. Es zeigte nur, wie intelligent ich war, wie rational noch die irrationalsten Teile meines Gehirns waren. Der Sex besaß keine Macht über mich, da hatte ich nichts zu befürchten. Das war eine typische Studentendenkweise, aber heute pflegen die meisten gebildeten Leute ihre typisch studentischen Meinungen bis weit in die dreißig hinein beizubehalten, und so hatte auch ich lange damit zu tun. Meine Frau Virginia hatte sicher eine in ihren Augen ebenso einleuchtende rationale Erklärung für ihre eigenen sexuellen Bedürfnisse – von denen ich erst Jahre später erfahren sollte. So überrascht es auch nicht, dass unser voreheliches Sexualleben mittelmäßig war. Natürlich gab das keiner von uns zu. Wenn ich es zugegeben hätte, hätte ich zugeben müssen, dass es deshalb mittelmäßig war, weil Virginia nicht gerne Seidenstrümpfe trug, und damals war ich zu sehr darum bemüht, ein sensibler New-Age-Typ zu sein, als dass ich eine solche Ketzerei hätte zulassen können. Ich liebte Virginia um ihres Verstandes willen. Wie konnte ich so oberflächlich, so unsensibel, so pervers sein, sie zu verschmähen, nur weil sie keine hauchdünnen Nylonschläuche über ihre Beine ziehen mochte? Als pummeliger Nerd war ich froh, dass ich sie hatte.

Als wir fünf Jahre verheiratet waren, besuchte ich als Vorstandsvorsitzender einer kleinen neuen Hightechfirma die Comdex. Ich war nicht mehr ganz so pummelig und nicht mehr ganz so nerdhaft wie vorher. Dort lernte ich eine junge Frau aus der Marketingabteilung einer großen Software-Vertriebskette kennen. Sie trug hauchdünne schwarze Strümpfe. Am Ende fanden wir uns vögelnd in meinem Hotelzimmer wieder. Es war der beste Sex, den ich je hatte. Verwirrt und beschämt fuhr ich nach Hause. Danach war mein Sexualleben mit Virginia ziemlich erbärmlich. In den darauf folgenden Jahren hatten wir vielleicht ein Dutzend Mal Sex.

Virginias Großmutter starb und wir fuhren zur Beerdigung hoch in den Norden des Staates New York. Virginia musste ein Kleid tragen, also ihre Beine rasieren und Nylonstrümpfe anziehen – etwas, was sie seit unserer Hochzeit nur bei einer Hand voll Gelegenheiten getan hatte. Ich kippte fast aus den Latschen, als ich sie sah, hatte während der Beerdigung mit einer gewaltigen kratzenden Erektion zu kämpfen und zerbrach mir den Kopf darüber, wie ich wohl mit ihr allein sein könnte.

Nun hatte Granny bis vor wenigen Monaten, als sie hinfiel, sich die Hüfte brach und in ein Pflegeheim kam, allein in einem großen alten Haus auf einem Hügel gewohnt. Alle ihre Kinder, Enkel und Urenkel kamen zum Begräbnis zusammen, und dieses Haus wurde der zentrale Versammlungsort. Es war ein hübsches Haus voll guter alter Möbel, nur war Granny gegen Ende ihrer Tage so etwas wie eine zwanghafte Buschschwanz- ratte geworden, die überall haufenweise Zeitungen und gesammelte Briefe bunkerte. Am Ende mussten wir mehrere Lastwagen- ladungen Müll abtransportieren.
In manch anderer Hinsicht war Granny ziem- lich gut organisiert gewesen und hatte ei- nen sehr präzisen Letzten Willen und ein detailliertes Testament hinterlassen. Je- der ihrer Nachkommen wusste ganz genau, welche Möbel, welche Teile des Geschirrs, welche Teppiche und Raritäten er mit nach Hause nehmen würde. Ihr Besitz war beacht- lich, ihre Nachkommenschaft aber auch, sodass der Kuchen in ziemlich dünne Schei- ben geschnitten werden musste. Virginia bekam einen schwarzen Geschirrschrank aus Walnussholz, der in einem unbenutzten Schlafzimmer abgestellt war. Wir gingen hoch, um einen Blick darauf zu werfen, und dort vögelte ich sie schließlich. Ich stand, um die Knöchel die heruntergelas- sene dünne, schwarze Anzughose, während sie, die Beine um mich geschlungen, auf diesem Geschirrschrank saß und ihre mit Nylonstrümpfen überzogenen Fersen in meine Pobacken grub. Das war mit Abstand der bes- te Fick, den wir je hatten. Zum Glück wa- ren unten eine Menge Leute mit Essen, Trinken und Reden beschäftigt, sonst hät-

ten sie Virginias Stöhnen und Schreien gehört.
Schließlich gestand ich ihr die Sache mit den Nylonstrümpfen. Das tat gut. Ich hatte viel über die Entwicklung des Gehirns gelesen und meine Strumpfmacke endlich akzeptiert. Wie es scheint, verfestigen sich in einem bestimmten Alter, irgendwann zwischen dem zweiten und fünften Lebensjahr, die Strukturen unseres Gehirns. Der Teil, der für den Sex zuständig ist, nimmt ein bestimmtes Muster an, das man dann für den Rest seines Lebens mit sich herumträgt. Alle Schwulen, mit denen ich je darüber gesprochen habe, haben mir erzählt, dass sie bereits Jahre, bevor sie zum ersten Mal auch nur an Sex dachten, wussten, dass sie schwul oder zumindest anders waren, und alle sind übereinstimmend der Meinung, dass Schwulsein sich bei aller Anstrengung nicht in Normalsein verwandeln lässt.
In diesem Alter entstehen zwischen dem Teil des Gehirns, der die Sexualität steuert, und anderen, scheinbar irrelevanten Bereichen oft Querverdrahtungen. Dann entwickeln Leute einen Hang zu sexueller Dominanz oder Unterwerfung und viele entdecken in dieser Zeit ganz spezielle Neigungen – sagen wir zu Gummi, Federn oder Schuhen. Manche haben das Pech, von Kindern sexuell erregt zu werden, und diese Typen sind im Prinzip verloren – es gibt keine andere Möglichkeit, als sie zu kastrieren oder wegzusperren. Keine Therapie kann eine solche Veranlagung aus dem Gehirn löschen, wenn sie sich erst einmal dort eingebrannt hat.
Alles in allem hatte ich also mit meiner Neigung zu schwarzen Nylonstrümpfen gar

keine so schlechte sexuelle Karte gezogen. Während unserer Heimreise setzte ich Virginia das alles auseinander. Und war überrascht, wie ruhig sie es hinnahm. Dabei war ich einfach zu blöd zu merken, dass sie darüber nachdachte, wie das alles zu ihr passte.
Nach unserer Rückkehr zog sie mutig los, kaufte Strümpfe und versuchte, sie gelegentlich zu tragen. Das war nicht einfach. Nylonstrümpfe sind mit einem ganzen Lebensstil verbunden. Mit Jeans und Turnschuhen sehen sie dämlich aus. Eine Frau in Nylonstrümpfen muss ein Kleid oder einen Rock tragen, aber nicht einfach einen blauen Jeansrock, sondern etwas Hübscheres, Formelleres. Dazu muss sie genau die Art Schuhe anziehen, die Virginia nicht besaß und nicht gerne trug. Nylonstrümpfe passen im Grunde nicht zu einer Frau, die mit dem Fahrrad zur Arbeit fährt. Ja, eigentlich passten sie nicht einmal zu unserem Haus. Im Laufe unserer bescheidenen Jungakademikerjahre hatten sich bei uns jede Menge Möbel angesammelt, die aus Goodwill-Geschäften stammten oder von mir aus kleinen Latten zusammengezimmert worden waren. Wie sich herausstellte, starrten diese Möbel von winzigen Splittern, die man in Jeans gar nicht bemerkte, die Nylonstrümpfen jedoch im Handumdrehen den Garaus machten. Wenn wir andererseits zu unserem Hochzeitstag eine Reise nach London machten, dort in schwarzen Taxis umherfuhren, in einem schönen Hotel wohnten und in guten Restaurants aßen, bewegten wir uns eine ganze Woche lang in einer Welt, die durch und durch auf Nylonstrümpfe eingestellt war. Daran konnten

wir sehen, wie radikal wir unsere Lebensumstände würden ändern müssen, damit sie sich routinemäßig so anziehen konnte.
In einer Aufwallung guter Absichten wurde also viel Geld in Strümpfe gesteckt.
Es fand auch ein paar Mal guter Sex statt, allerdings schien es mir mehr Spaß zu machen als Virginia. Sie erreichte nie mehr dieselbe schockierende, animalische Intensität wie nach der Beerdigung in Grannys Haus. Durch Verschleiß reduzierte sich ihr Strumpfvorrat sehr schnell, reine Bequemlichkeit hinderte sie daran, ihn zu erneuern, und nach Ablauf eines Jahres waren wir wieder da, wo wir angefangen hatten.
Dennoch änderte sich manches. Durch den Verkauf einiger Aktien verdiente ich eine Menge Geld und wir kauften uns ein Haus oben in den Bergen. Wir bestellten eine Umzugsfirma, die unser ganzes Studentenmobiliar einlud und in dieses Haus brachte, wo es noch viel schäbiger aussah. Virginias neue Arbeit zwang sie dazu, ihre Wege im Auto zurückzulegen. Unsere alte Rostlaube erschien mir nicht mehr sicher genug, und so kaufte ich ihr einen hübschen kleinen Lexus mit Ledersitzen und Wollteppich, alles schön glatt. Bald kamen Kinder und ich tauschte meinen alten »Beater«-Pickup gegen einen Minivan.
Trotz allem brachte ich es nicht über mich, Geld für Möbel auszugeben, bis mein Rücken anfing, mir Probleme zu machen und ich feststellte, dass es an der durchhängenden, zwanzig Jahre alten Goodwill-Matratze lag, auf der Virginia und ich schliefen. Wir mussten ein neues Bett kaufen. Da es um meinen Rücken ging, zog ich los und kümmerte mich um den Kauf.

Eher würde ich Zigaretten auf meiner Zunge ausdrücken, als freiwillig einkaufen gehen. Schon die Vorstellung, alle großen Möbelgeschäfte der Umgebung abzuklappern und Betten zu vergleichen, machte mich völlig fertig. Ich wollte in einen einzigen Laden gehen, dort ein Bett kaufen, und damit sollte die Sache erledigt sein. Andererseits wollte ich kein beschissenes Bett, von dem ich nach einem Jahr schon genug hätte, oder eine billige Matratze, die mir in fünf Jahren wieder Rückenschmerzen bereiten würde.

Also fuhr ich schnurstracks runter zu unserer Gomer Bolstrood Home Gallery. Ich hatte Leute über Gomer-Bolstrood-Möbel reden hören. Insbesondere Frauen schienen mit gedämpfter, andächtiger Stimme davon zu sprechen. Ihre Fabrik, sagte man, hätten sie in irgendeiner Stadt oben in Neuengland, ihrem Stammsitz seit dreihundert Jahren. Es hieß, Walnuss- und Eichenspäne von Gomer Bolstroods Stirnhobel seien als Zunder unter den Scheiterhaufen verurteilter Hexen verwendet worden. Gomer Bolstrood war die Antwort auf eine Frage, über die ich seit Grannys Beerdigung nachgegrübelt hatte, nämlich: Woher kommen diese ganzen hochwertigen Oma-Möbel? In jeder Familie besuchen die jungen Leute zu Thanksgiving oder anderen Pflichtterminen ihre Oma, betrachten mit gierigem Blick die hübschen antiken Möbel und fragen sich, welche Stücke sie wohl mit nach Hause nehmen werden, wenn die alte Dame einmal ins Gras beißt. Manche verlieren auch die Geduld und besorgen sich das Zeug bei Nachlassverkäufen oder in Antiquitätengeschäften.

Wenn aber der Nachschub an alten, hochwertigen Möbeln von Familienerbstückqualität begrenzt ist, wo werden dann die Grannys der Zukunft herkommen? Ich malte mir aus, wie in fünfzig Jahren Virginias und meine Nachkommen sich allesamt um diese eine schwarze Walnusskommode zankten, während sie bei Ryder Lastwagen mieteten, um den Rest unserer Sachen schnurstracks auf den Müll zu befördern. Da die Bevölkerung wächst und der Bestand an alten Möbeln konstant bleibt, ist eine solche Situation unausweichlich. Es muss eine Quelle für neue Möbel mit Omaqualität geben, sonst werden die Amerikaner von morgen am Ende alle auf Vinyl-Sitzsäcken hocken, aus denen kleine Schaumstoffperlen sich über den Fußboden ausbreiten.
Die Antwort lautet Gomer Bolstrood, und der Preis ist hoch. Jeder Gomer-Bolstrood-Stuhl und -Tisch müsste eigentlich wie ein Schmuckstück in einer kleinen mit Filz ausgekleideten Kiste geliefert werden.
Aber damals war ich reich und ungeduldig. Also fuhr ich zu Gomer Bolstrood und stürmte durch die Eingangstür, wurde aber sofort von einer Empfangsdame angehalten. In meinen Jeans und den weißen Tennisschuhen kam ich mir schäbig vor. Sie hatte sicher schon eine Menge Hightech-Millionäre durch diese Tür kommen sehen und nahm es ziemlich gelassen. Bevor ich es recht begriffen hatte, war eine Frau mittleren Alters aus dem hinteren Teil des Geschäfts gekommen und stellte sich als meine persönliche Designberaterin vor. Sie hieß Margret. »Wo sind die Betten?«, fragte ich. Sie wurde förmlich und klärte mich darüber auf, dass man hier nicht wie in

bestimmten Läden in einen Bettenraum gehen
könne, wo die Betten wie Schweinsfüße in
einer Metzgereiauslage nebeneinander aufgereiht stünden. Eine Gomer Bolstrood Home
Design Gallery bestehe aus verschiedenen
geschmackvoll eingerichteten Räumen, von
denen manche eben auch Schlafzimmer seien
und Betten enthielten. Nachdem wir das
geklärt hatten, zeigte Margret mir die
Schlafzimmer. Während sie mich von einem
Zimmer zum nächsten führte, konnte ich
nicht anders, ich musste einfach bemerken,
dass sie schwarze Nylonstrümpfe mit Nähten
– vollkommen geraden Nähten – hinten trug.
Meine erotischen Gefühle für Margret waren
mir peinlich. Eine Zeitlang musste ich den
Impuls unterdrücken, zu sagen: »Verkaufen
Sie mir einfach das größte, teuerste Bett,
das Sie haben.« Margret zeigte mir Betten
in verschiedenen Stilrichtungen, deren Namen mir nichts sagten. Manche sahen modern
aus und manche altmodisch. Ich zeigte auf
ein sehr breites, hohes Himmelbett, das
nach Granny-Möbeln aussah, und sagte: »Ich
werde so eins nehmen.«
Die Lieferzeit betrug drei Monate, in denen das Bett in Neuengland von Handwer-
kern, die für dasselbe Gehalt wie Klempner
oder Psychotherapeuten arbeiteten, hand-
geschnitzt wurde. Dann traf es bei uns ein
und wurde von Technikern aufgeschlagen,
die in ihren weißen Overalls aussahen wie
die Typen in Fabrikationsstätten für Halb-
leiterchips. Virginia kam von der Arbeit
nach Hause. Sie trug einen Jeansrock,
dicke Wollsocken und Birkenstocks. Die
Kinder waren noch in der Schule. Wir
hatten Sex auf dem Bett. Ich habe meine
Sache ganz gut gemacht, denke ich. Letzt-

lich konnte ich meine Erektion nicht aufrechterhalten und fand mich mit dem Kopf zwischen ihren leicht behaarten Oberschenkeln wieder. Obwohl meine Ohren durch ihre Quadriceps verschlossen waren, konnte ich sie stöhnen und schreien hören. Kurz bevor es zu Ende war, wurde sie von erotischen Zuckungen gepackt und hätte mir fast den Hals gebrochen. Ihr Höhepunkt muss zwei oder drei volle Minuten gedauert haben. Genau in diesem Augenblick fand ich mich damit ab, dass Virginia nur dann zum Orgasmus kommen konnte, wenn sie sich ganz dicht bei – oder am besten auf – einem Möbel in Erbstückqualität befand, das ihr selbst gehörte.

Das Fenster mit dem Bild von Tom Howards Desktop darin verschwindet. Pekka hat es mit einem Klick dem Vergessen anheim gegeben.

»Ich hab's nicht mehr ausgehalten«, sagt er mit seiner ausdruckslosen Computerstimme.

»Ich prophezeie eine *ménage à trois* – Tom, seine Frau und Margret, die es nach Geschäftsschluss auf einem Bett im Möbelgeschäft treiben«, sagt Cantrell grübelnd.

»Ist es Tom selbst? Oder eine von ihm geschaffene fiktive Gestalt?« fragt Pekka.

»Heißt das, du gewinnst die Wette?«, will Randy wissen.

»Ja, aber wie soll ich kassieren?«, sagt Cantrell.

Treibgut

Ein braunes Miasma, das nach Öl und Gegrilltem riecht, hat sich über die Bismarck-See gelegt. Aus diesem stinkenden Nebel kommen, die fetten Rümpfe weit aus dem Wasser ragend, amerikanische Torpedoboote angerast, die mit ihren riesigen Motoren weiße Narben in die See zirkeln, während sie sich ihre Ziele vornehmen: die wenigen noch verbliebenen Schiffe von Goto Dengos Truppenkonvoi, deren Decks nun mit einem dunklen Gewirr von Soldaten überzogen sind, wie alte Felsen mit Moos. Von komprimiertem Gas aus Rohren auf den Bootsdecks getrieben, schnellen die Torpedos wie Armbrustbolzen in die Luft. Sie klatschen aufs Wasser, gehen auf eine günstige Tiefe, in der es immer ruhig ist, und ziehen Blasenspuren übers Meer, die genau auf die Schiffe zuhalten. Die Massen auf den Schiffsdecks verflüssigen sich und quellen über die Ränder. Goto Dengo wendet sich ab und hört die Explosionen, ohne sie jedoch zu sehen. Die wenigsten japanischen Soldaten können schwimmen.

Später kommen die Flugzeuge zurück und beschießen sie erneut. Schwimmer, die die Fähigkeit und Verstand genug besitzen unterzutauchen, sind unverletzlich. Wer es nicht tut, ist sehr bald tot. Die Flugzeuge fliegen weg. Goto Dengo zieht einer zerschmetterten Leiche die Rettungsweste aus. Er hat den schlimmsten Sonnenbrand seines Lebens, obwohl es erst früher Nachmittag ist, und so klaut er auch ein Uniformhemd und bindet es sich wie einen Turban um den Kopf.

Diejenigen, die noch leben und schwimmen können, versuchen, sich einander anzunähern. Sie befinden sich in einer komplizierten Enge zwischen Neuguinea und New Britain und die hier hindurchschießenden Strömungen ziehen sie fortwährend auseinander. Manche treiben langsam davon und rufen dabei immer wieder nach ihren Kameraden. Goto Dengo landet an den Rändern eines sich auflösenden Archipels von ungefähr hundert Schwimmern. Viele klammern sich an Rettungswesten oder Holzteilen fest, um nicht abzusaufen. Da die Wellen erheblich höher gehen, als ihre Köpfe reichen, können sie nicht sehr weit sehen.

Vor Sonnenuntergang hebt sich der Dunst für eine Stunde. Goto Dengo kann den Sonnenstand eindeutig bestimmen und so zum ersten Mal an diesem Tag Westen von Osten, Norden von Süden unterscheiden. Und was noch besser ist, er kann über dem südlichen Horizont Berggipfel aufragen sehen, die mit blauweißen Gletschern überzuckert sind.

»Ich schwimme nach Neuguinea«, ruft er und beginnt sofort damit. Mit den anderen darüber zu diskutieren hat keinen Sinn. Wer dazu neigt, ihm zu folgen, tut es: insgesamt vielleicht ein Dutzend. Es ist genau der richtige Zeitpunkt – die See ist wie durch ein Wunder ruhig geworden. Goto Dengo geht zu langsamen, unanstrengenden Seitenschwimmzügen über. Die meisten anderen bewegen sich mit improvisiertem Hundepaddeln fort. Wenn sie überhaupt vorwärtskommen, dann ganz unmerklich. Als die Sterne herauskommen, schwimmt er auf dem Rücken weiter und ortet den Polarstern. Solange er davon wegschwimmt, ist es physikalisch unmöglich, dass er Neuguinea verfehlt.

Dunkelheit bricht herein. Die Sterne und der Halbmond spenden trübes Licht. Die Männer verständigen sich durch Zurufe und versuchen, dicht beieinander zu bleiben. Einige verschwinden; man kann sie hören, aber nicht sehen, und die in der Hauptgruppe können nichts tun als ihrem schwächer werdenden Flehen zu lauschen.

Es muss gegen Mitternacht sein, als die Haie kommen. Das erste Opfer ist ein Mann, der sich die Stirn an einem Lukenrahmen aufgeschlagen hat, als er aus einem sinkenden Schiff kraxelte, und seither blutet, sodass sich ein dünner rosa Faden übers Meer zieht, der die Haie geradewegs zu ihnen führt. Die Haie wissen noch nicht, womit sie es zu tun haben, und so töten sie ihn langsam, quälen ihn mit kleinen Bissen zu Tode. Als sich herausstellt, dass er leichte Beute ist, verfallen sie in eine Art wütende Raserei, die umso unheimlicher ist, als sie sich unter der dunklen Wasseroberfläche abspielt. Männerstimmen brechen mitten im Schrei ab, wenn ihre Besitzer nach unten gerissen werden. Manchmal durchstößt plötzlich ein Bein oder ein Kopf die Oberfläche. Das Wasser, das Goto Dengo in den Mund klatscht, beginnt nach Eisen zu schmecken.

Der Angriff dauert mehrere Stunden. Wie es scheint, haben der Lärm und der Geruch rivalisierende Haifischrudel angelockt, denn manchmal tritt eine Pause ein, der neues Wüten folgt. Eine abgetrennte Schwanzflosse stößt Goto Dengo gegen das Gesicht; er hält sich daran fest. Die Haie fressen seine Kameraden; warum nicht Vergeltung üben? Die Restaurants von Tokio verlangen viel Geld für Haifisch-Sashimi. Die Haut der Schwanzflosse ist zäh, doch aus dem zerrissenen Rand baumeln Muskelstücke. Er vergräbt das Gesicht in dem Fleisch und tut sich daran gütlich.

Als Goto Dengo ein Kind war, hatte sein Vater einen Filzhut mit einer englischen Aufschrift auf dem elfenbeinfarbenen Schweißband, eine Bruyèrepfeife und Tabak, den er per Post aus Amerika bezog. Er pflegte auf einem Felsen oben in den Bergen zu sitzen, sich den Hut tief herunterzuziehen, um die kahle Stelle auf seinem Schädel vor der kalten Luft zu schützen, seine Pfeife zu rauchen und sich einfach die Welt zu begucken.

»Was machst du da?«, fragte Goto Dengo ihn dann.
»Ich beobachte«, sagte Vater.
»Aber wie lange kann man ein und dasselbe beobachten?«
»Für immer. Sieh mal da drüben hin.« Vater benutzte den Stiel seiner Pfeife zum Zeigen. Aus dem Mundstück kräuselte sich weißer Rauch, wie ein Seidenfaden, der von einem Kokon abgewickelt wird. »Das dunkle Felsenband dort ist mineralhaltig. Da könnten wir Kupfer herausholen, wahrscheinlich auch Zink und Blei. Wir würden eine Zahnradbahn talaufwärts führen, bis zu der flachen Stelle da, dann würden wir parallel zum Streb einen schrägen Schacht abteufen...«
Dann beteiligte sich Goto Dengo an dem Spiel und entschied, wo die Arbeiter wohnen würden, wo die Schule für ihre Kinder gebaut und wo der Sportplatz liegen würde. Am Ende hatten sie das ganze Tal mit einer imaginären Stadt bevölkert.

Goto Dengo hat in dieser Nacht reichlich Zeit, Beobachtungen anzustellen. Er beobachtet, dass abgetrennte Körperteile fast nie angegriffen werden. Die Männer, die am heftigsten zappeln, erwischt es immer als Erste. Also versucht er, wenn die Haie kommen, sich auf dem Rücken treiben zu lassen und keinen Muskel zu rühren, auch wenn ihn die gezackten Enden eines Brustkorbs ins Gesicht stupsen.

Der Morgen graut, ein- oder zweihundert Stunden nach dem vorangegangenen Sonnenuntergang. Goto Dengo ist noch nie die ganze Nacht auf gewesen und findet es entsetzlich, etwas so Großes wie die Sonne auf der einen Seite des Planeten untergehen und auf der gegenüberliegenden wieder heraufkommen zu sehen. Er ist ein Virus, ein Keim, der auf der Oberfläche unfassbar riesiger Körper in heftiger Bewegung lebt. Und erstaunlicherweise ist er immer noch nicht allein: Noch drei andere haben die Nacht der Haie überlebt. Sie nähern sich einander und drehen sich dann den eisbedeckten Bergen von Neuguinea zu, die im Morgendämmer lachsfarben schimmern.

»Sie sind nicht näher gekommen«, sagt einer der Männer.

»Sie liegen tief im Innern«, sagt Goto Dengo. »Wir schwimmen nicht zu den Bergen – nur bis zum Strand – viel näher. Also los, bevor wir an Austrocknung sterben!« Und er wirft sich in kräftigen Seitenschwimmzügen vorwärts.

Einer der anderen, ein Junge, der mit Okinawa-Akzent spricht, ist ein ausgezeichneter Schwimmer. Er und Goto Dengo könnten die anderen beiden mühelos hinter sich lassen. Den größten Teil des Tages versuchen sie trotzdem, mit ihnen zusammenzubleiben. Die Wellen werden höher, sodass es auch guten Schwimmern schwer fällt, vorwärts zu kommen.

Einer der langsameren Schwimmer hat schon lange, bevor sein Schiff unter ihm abgesoffen ist, mit Durchfall zu kämpfen gehabt und war vermutlich von vornherein stark ausgetrocknet. Gegen Mittag, als die Sonne wie ein Flammenwerfer senkrecht auf sie herunterbrennt, verfällt er in Krämpfe, bekommt Wasser in die Lungen und verschwindet.

Der andere langsame Schwimmer stammt aus Tokio. Er ist in viel besserer körperlicher Verfassung – er kann einfach nicht schwimmen. »Am besten lernst du's hier und jetzt«, sagt Goto Dengo. Er und der Junge aus Okinawa verbringen ungefähr eine Stunde damit, ihm das Seiten- und das Rückenschwimmen beizubringen, dann schwimmen sie weiter Richtung Süden.

Bei Sonnenuntergang ertappt Goto Dengo den Jungen aus Okinawa dabei, wie er einen Mund voll Meerwasser nach dem anderen hinunterschluckt. Das Zusehen ist eine Qual, hauptsächlich weil er es selbst schon die ganze Zeit tun will. »Nicht! Dir wird übel davon!«, sagt er. Seine Stimme ist schwach. Die Anstrengung, seine Lungen zu füllen, gegen den unaufhörlichen Druck des Wassers seinen Brustkorb zu dehnen, richtet ihn zugrunde; jeder Muskel seines Oberkörpers ist steif und empfindlich.

Bis Goto Dengo den Jungen aus Okinawa erreicht, hat dieser schon zu würgen begonnen. Mit Hilfe des Jungen aus Tokio steckt er ihm die Finger in den Hals und bringt ihn dazu, alles zu erbrechen.

Es geht ihm trotzdem sehr schlecht und er kann bis tief in die Nacht nichts weiter tun als sich unter wirrem Gemurmel auf dem Rücken treiben zu lassen. Doch als ihn Goto Dengo gerade aufgeben will, kommt er wieder zu klarem Verstand und fragt: »Wo ist der Polarstern?«

»Heute nacht ist es bewölkt«, sagt Goto Dengo. »Aber in den Wolken ist ein heller Fleck, das könnte der Mond sein.«

Aufgrund der Position dieses hellen Flecks raten sie die Position von Neuguinea und schwimmen weiter. Ihre Arme und Beine gleichen Lehmsäcken und sie halluzinieren alle.

Die Sonne scheint aufzugehen. Sie befinden sich in einem Dampfnebel, der in pfirsichfarbenem Licht strahlt, als sauste er durch einen fernen Teil der Galaxie.

»Ich rieche etwas Verfaultes«, sagt einer von ihnen. Goto Dengo kann nicht sagen, wer.

»Wundbrand?«, vermutet der andere.

Goto Dengo füllt sich die Nase mit Luft, ein Vorgang, der ungefähr die Hälfte seiner noch vorhandenen Energiereserven aufbraucht. »Das ist kein verfaultes Fleisch«, sagt er. »Das ist Vegetation.«

Keiner von ihnen kann mehr schwimmen. Wenn sie es könnten, wüssten sie nicht, wohin, denn der Nebel schimmert gleichmäßig. Und wenn sie sich für eine Richtung entschieden, würde es keine Rolle spielen, denn die Strömung treibt sie, wohin sie will.

Goto Dengo schläft eine Zeit lang, vielleicht schläft er aber auch nicht.

Irgendetwas stößt gegen sein Bein. Gott sei Dank, die Haie sind gekommen, um ihnen den Rest zu geben.

Die Wellen sind aggressiv geworden. Wieder spürt er einen Stoß. Das verbrannte Fleisch an seinem Bein schreit. Es ist etwas sehr Hartes, Raues und Scharfes.

Genau vor ihm steht etwas aus dem Wasser, etwas Hubbeliges, Weißes. Der obere Teil einer Koralle.

Hinter ihnen bricht sich eine Welle, hebt sie hoch, schleudert sie nach vorn über die Koralle und häutet sie dabei fast. Goto Dengo bricht sich einen Finger und schätzt sich glücklich. Der nächste Brecher rasiert ihm den letzten Rest Haut ab und schleudert ihn in eine Lagune. Etwas zwingt seine Füße aufwärts und tunkt ihn, weil sein Körper zu diesem Zeitpunkt bloß noch ein schlaffer Sack Scheiße ist, mit dem Kopf voran ins Wasser. Sein Gesicht trifft auf ein Bett von scharfem Korallensand. Dann stecken auch seine Hände darin. Seine Gliedmaßen haben alle Fähigkeiten bis auf das Schwimmen eingebüßt, deshalb braucht er eine Weile, um sie auf dem Boden aufzupflanzen und den Kopf aus dem Wasser zu heben. Dann beginnt er auf allen vieren zu kriechen. Der Geruch nach verfaulter Vegetation ist jetzt übermächtig, als hätte man die Nahrungsmittelvorräte einer ganzen Division eine Woche lang in der Sonne liegen lassen.

Er findet ein Stück Sand, das nicht mit Wasser bedeckt ist, dreht sich herum und setzt sich darauf. Der Junge aus Okinawa ist direkt hinter ihm, ebenfalls auf allen vieren, und der Junge aus Tokio hat sich tatsächlich hochgerappelt und watet an Land, wobei ihn die herankommenden Wellen dahin und dorthin stoßen. Er lacht.

Der Junge aus Okinawa plumpst neben Goto Dengo in den Sand und versucht nicht einmal, sich aufzusetzen.

Eine Welle stößt den Jungen aus Tokio um. Lachend plumpst er in die Brandung und streckt eine Hand aus, um seinen Sturz abzufangen.

Er hört zu lachen auf und zuckt heftig zurück. Etwas baumelt an seinem Unterarm: eine sich windende Schlange. Mit einer peitschenden Bewegung schleudert er sie von sich und sie fliegt ein Stück weiter weg ins Wasser.

Verschreckt und ernüchtert platscht er das letzte halbe Dutzend Schritte den Strand hinauf und schlägt dann der Länge nach hin. Bis Goto Dengo ihn erreicht, ist er mausetot.

Eine Zeit lang, die schwer abzuschätzen ist, sammelt Goto Dengo Kräfte. Mag sein, dass er im Sitzen eingeschlafen ist. Der Junge aus Okinawa liegt noch immer im Sand und deliriert. Goto Dengo kommt schließlich auf die Beine und wankt davon, um Trinkwasser zu suchen.

Sie befinden sich nicht auf einem richtigen Strand, sondern lediglich auf einer Sandbank, etwa zehn Meter lang und drei Meter breit, aus der oben irgendein hohes, grasartiges Zeug sprießt. Auf ihrer anderen Seite liegt eine brackige Lagune, die zwischen Ufern nicht aus Erde, sondern aus ineinander verfilzter, lebendiger Materie mäandert. Dieses Gewirr ist offensichtlich zu dick, als dass man es durchdringen könnte. Und so watet Goto Dengo ungeachtet dessen, was dem Jungen aus Tokio gerade passiert ist, in die Lagune und hofft, dass sie landeinwärts zu einem Süßwasserbach führt.

Er wandert schätzungsweise eine Stunde lang, aber die Lagune führt ihn nur wieder ans Meeresufer zurück. Er gibt es auf und trinkt das Wasser, in dem er watet, in der Hoffnung, dass es nicht ganz so salzig ist. Das führt zu heftigem Erbrechen, dennoch geht es ihm danach irgendwie etwas besser. Wieder watet er in den Sumpf, versucht, das Geräusch der Brandung hinter sich zu lassen, und stößt nach ungefähr einer Stunde auf einen Bach, der tatsächlich Süßwasser führt. Nachdem er sich daraus satt getrunken hat, fühlt er sich kräftig genug, zurückzumarschieren und den Jungen aus Okinawa, falls nötig, hierher zu tragen.

Am Nachmittag gelangt er zum Strand zurück und muss feststellen, dass der Junge aus Okinawa verschwunden ist. Doch der Sand ist von Fußabdrücken zerwühlt. Da er trocken ist, sind die Fußabdrücke zu undeutlich, um sie lesen zu können. Sie müssen auf eine Patrouille gestoßen sein! Bestimmt haben ihre Kameraden von dem Angriff auf den Konvoi erfahren und kämmen nun die Strände nach Überlebenden ab. Nicht weit weg im Dschungel muss es ein Biwak geben!

Goto Dengo folgt der Spur in den Dschungel. Nachdem er ungefähr eine Meile zurückgelegt hat, überquert der Pfad eine kleine, schlammige Lichtung, wo er die Fußabdrücke deutlich zu sehen bekommt: Sie stammen von nackten Füßen mit riesigen, grotesk gespreizten Zehen. Fußabdrücke von Menschen, die nie im Leben Schuhe getragen haben.

Vorsichtig bewegt er sich noch ein paar hundert Meter weiter. Nun kann er Stimmen hören. Die Armee hat ihm alles über die Taktik der Dschungelinfiltration beigebracht, und wie man mitten in der Nacht durch die feindlichen Linien schleicht, ohne ein Geräusch zu machen. Allerdings sind sie, als sie das in Japan geübt haben, nicht die ganze Zeit bei lebendigem Leibe von Ameisen und Moskitos gefressen worden. Aber das spielt jetzt kaum eine Rolle für ihn. Eine Stunde geduldige Arbeit bringt ihn zu einem günstigen Beobachtungspunkt, von wo aus er auf eine ebene Lichtung blicken kann, über die sich ein Bach mit stehendem Wasser schlängelt. Mehrere lange, dunkle Hütten mit Dächern aus buschigen Palmwedeln stehen auf Baumstumpfstelzen über dem Matsch.

Ehe er den Jungen aus Okinawa sucht, muss Goto Dengo etwas zu essen besorgen. Mitten auf der Lichtung dampft auf einem offenen Feuer ein Topf mit weißem Brei, aber um ihn kümmern sich mehrere kräftig aussehende Frauen, nackt bis auf ein kurzes Gefranse aus faserigem Zeug, das sie sich um die Taille gebunden haben und das kaum ihre Genitalien bedeckt.

Auch aus einigen der Langhäuser steigt Rauch auf. Aber um in eines hineinzukommen, müsste er die schwere, schräge Leiter hinaufklettern und sich dann durch eine dem Anschein nach ziemlich kleine Türöffnung zwängen. Ein Kind, das mit einem Stock innen an der Türöffnung stünde, könnte jeden Eindringling am Hereinkommen hindern. Vor manchen Türöffnungen hängen aus Stoffstücken zusammengeflickte Säcke (also haben sie zumindest Textilien), die mit großen runden Klumpen gefüllt sind: möglicherweise Kokosnüsse oder irgendein haltbar gemachtes Nahrungsmittel, das man hoch gehängt hat, um es vor den Ameisen zu schützen.

Mitten auf der Lichtung haben sich etwa siebzig Leute um etwas Interessantes geschart. Gelegentlich, wenn sie sich bewegen, bekommt Goto Dengo flüchtig einen Mann, möglicherweise einen Japaner, zu sehen, der, die Hände auf dem Rücken, am Fuße einer Palme sitzt. Sein Gesicht ist blutbeschmiert und er bewegt sich nicht. Die ihn umstehen, sind größtenteils Männer und fast alle tragen Speere. Auch sie haben sich das Gefranse aus haarigem Zeug, das die Geschlechtsteile verbirgt, um die Taille geschlungen, und einige der Größeren und Älteren sind mit um die Arme gebundenen Stoffstreifen geschmückt. Manche haben sich mit hellem Lehm Muster auf die Haut gemalt. Sie haben sich verschiedene, teils ziemlich große Gegenstände seitlich durch die Nasenscheidewand getrieben.

Der blutbeschmierte Mann hat offenbar die allgemeine Aufmerksamkeit auf sich gezogen und Goto Dengo schätzt, dass dies seine einzige Chance sein wird, etwas zu essen zu stehlen. Er entscheidet sich für das Langhaus, das von der Stelle, wo sich die Dorfbewohner versammelt haben, am weitesten entfernt liegt, klettert die Leiter hinauf und langt nach dem prallen Sack, der am Eingang hängt. Aber der Stoff ist sehr alt und von der Feuchtigkeit des Sumpfes, vielleicht auch von den Angriffen Hunderter von Fliegen, die ihn umsummen, mürbe geworden, sodass Goto Dengos Finger, als er danach greift, geradewegs hindurchgehen. Ein langer Streifen reißt davon ab und der Inhalt kullert ihm auf die Füße. Die Stücke sind dunkel und irgendwie haarig, wie Kokosnüsse, aber ihre Form ist komplizierter, und er weiß intuitiv, dass etwas nicht stimmt, noch ehe er sie als Menschenschädel erkennt. Vielleicht ein halbes Dutzend. Kopf- und Gesichtshaut haften noch daran. Ein paar sind dunkelhäutig mit buschigem Haar, wie die Eingeborenen, andere sehen eindeutig japanisch aus.

Einige Zeit später ist er wieder imstande, zusammenhängend zu denken. Ihm geht auf, dass er nicht weiß, wie lange er, in voller Sicht der Dorfbewohner, hier oben gestanden und die Schädel angestarrt hat. Er schaut sich nach den Eingeborenen um, aber die allgemeine Aufmerksamkeit konzentriert sich noch immer auf den Verletzten, der am Fuß des Baumes sitzt.

Von seinem Beobachtungspunkt aus kann Goto Dengo erkennen, dass es sich tatsächlich um den Jungen aus Okinawa handelt und dass man ihm die Arme hinter dem Baum zusammengebunden hat. Ein Junge von vielleicht zwölf Jahren steht vor ihm, in der Hand einen Speer. Er tritt zaghaft vor und stößt ihn plötzlich dem Jungen aus Okinawa in den Leib; der fährt hoch und wirft sich hin und her. Davon offenbar erschreckt, springt der Junge zurück. Ein älterer Mann, den Kopf mit einer Kette aus Muschelschalen geschmückt, tritt halb hinter, halb neben den Jungen, zeigt ihm, wie er den Speer halten muss, führt ihn wieder nach vorn. Mit vereinten Kräften rammen sie dem Jungen aus Okinawa den Speer genau ins Herz.

Goto Dengo fällt von dem Haus herunter.

Die Männer geraten in große Begeisterung, heben sich den Jungen auf die Schultern und tragen ihn unter Gebrüll, Luftsprüngen, Verrenkungen und trotzigem Geschüttel ihrer Speere auf der Lichtung herum. Bis auf die kleinsten Kinder folgen ihnen alle. Goto Dengo, von dem Sturz auf den schlammigen Boden geprellt, aber nicht ernsthaft verletzt, robbt in den Dschungel und sucht sich ein Versteck. Die Frauen des Dorfes gehen mit Töpfen und Messern zur Leiche des Jungen aus Okinawa hinüber und beginnen sie mit dem bemerkenswerten Geschick eines Sushi-Kochs, der einen Thunfisch zerlegt, zu zerschneiden.

Eine konzentriert sich ausschließlich auf den Kopf. Plötzlich springt sie in die Luft, beginnt über die Lichtung zu tanzen und schwenkt dabei etwas Helles, Glitzerndes. »*Ulab! Ulab! Ulab!*«, kreischt sie ekstatisch. Ein paar Frauen und Kinder heften sich an ihre Fersen und versuchen zu erkennen, was sie da in der Hand hält. Schließlich bleibt sie stehen und hält die Hand in einen der seltenen Sonnenstrahlen, die durch die Bäume dringen. Auf ihrem Handteller liegt ein Goldzahn.

»*Ulab!*«, sagen die Frauen und die Kinder. Eines der Kinder versucht, ihn ihr wegzuschnappen, und sie versetzt ihm einen Schlag, von dem es sich auf den Hintern setzt. Dann kommt einer der großen, Speer tragenden Männer angelaufen und sie übergibt ihm ihre Beute.

Nun scharen sich mehrere Männer um den Fund, um ihn zu bestaunen.

Die Frauen machen sich wieder über den Jungen aus Okinawa her, und bald schmoren seine Körperteile in Töpfen über einem offenen Feuer.

Schuhwichse

Männer, die glauben, durch Reden etwas zu *erreichen*, reden anders als Männer, die glauben, Reden sei *Zeitverschwendung*. Bobby Shaftoe hat seine praktischen Kenntnisse – wie man ein Auto repariert, ein Stück Wild aufbricht, einen Pass mit Effet wirft, mit einer Dame spricht, einen Nip umbringt – größtenteils von letzterem Typus erworben. Irgendetwas durch Reden erledigen zu wollen ist für diesen Typus genauso, als versuchte man, mit einem Schraubenzieher einen Nagel einzuschlagen. Manchmal kann man sehen, wie sich selbst dann Verzweiflung über das Gesicht eines solchen Mannes legt, wenn er sich selbst reden hört.

Männer des anderen Typs – selbstbewusste und eloquente Männer, die das Reden als Werkzeug für ihre Arbeit benutzen – sind nicht zwangsläufig intelligenter oder gar gebildeter. Um dahinter zu kommen, hat Shaftoe lange gebraucht.

Jedenfalls war im Denken von Bobby Shaftoe alles wohl geordnet, bis er zwei der Männer von Abteilung 2702 kennen lernte: Enoch Root und Lawrence Pritchard Waterhouse. Er kann nicht genau benennen, was ihn an den beiden stört. In den Wochen, die sie miteinander auf Qwghlm verbracht haben, hat er sie oft aufeinander einquasseln hören und ist allmählich zu der Vermutung gelangt, es könnte noch eine dritte Kategorie von Mann geben, die so selten ist, dass Shaftoe bis jetzt noch kein Exemplar davon kennen gelernt hat.

Offiziere werden nicht zu freundschaftlichem Umgang mit Mannschaften und Unteroffizieren ermutigt, und das hat es Shaftoe erschwert, der Frage weiter nachzugehen. Manchmal aber werfen die Umstände sämtliche Dienstgrade kunterbunt durcheinander. Ein erstklassiges Beispiel dafür wäre dieser Trampdampfer aus Trinidad.

Wo kriegen die das Zeug bloß her?, fragt sich Shaftoe. Hat die US-Regierung irgendwo in einer Marinewerft einen Haufen Trampdampfer aus Trinidad vor Anker liegen, bloß falls mal einer gebraucht wird?

Wohl nicht. Bei diesem Pott hier deutet alles auf einen erst kürzlich und sehr überstürzt erfolgten Besitzerwechsel hin. Er ist eine Fundgrube vergilbter, zerfledderter, multiethnischer Pornographie, teils hundsnormal, teils so exotisch, dass Shaftoe sie zunächst fälschlich für medizinische Literatur gehalten hat. Auf der Brücke und in bestimmten Kabinen liegt eine Menge herrenloser Papierkram herum, den Shaftoe größtenteils nur aus dem Augenwinkel sieht, da diese Bereiche in aller Regel den Offizieren vorbehalten sind. Die Pützen sind noch immer mit den gekräuselten schwarzen Schamhaaren ihrer Vorgänger übersät und die Vorratsschränke sind spärlich mit karibischen Nahrungsmitteln bestückt, von denen viele zügig verderben. Der Laderaum enthält unzählige Ballen eines groben, braunen, faserigen Materials – vermutlich Rohmaterial für Rettungswesten oder Kleiebrötchen.

Es ist ihnen ziemlich egal, denn die Männer von Abteilung 2702 haben sich im hohen Norden den Arsch abgefroren, seit sie vor ein paar Monaten aus Italien abgehauen sind, und nun laufen sie ohne Hemd herum. Ein kleiner Flug, mehr hat's nicht gebraucht, und sie waren auf den milden Azoren. Ruhe und Erholung gab es dort nicht – vom Flugplatz aus kamen sie geradewegs auf den Dampfer aus Trinidad, mitten in der Nacht, auf einem Lkw mit Verdeck zusammengekauert. Doch schon die warme Luft, die unter das Verdeck strömte, kam ihnen vor wie eine exotische Massage in einem tropischen Puff. Und sobald sie nicht mehr in Sichtweite des Hafens waren, durften sie an Deck, um sich zu sonnen.

Das verschafft Bobby Shaftoe Gelegenheit, ein paar Gespräche mit Enoch Root anzuknüpfen, teils aus Jux und Tollerei, teils weil er die Geschichte von wegen einer dritten Kategorie von Männern klären möchte. Er macht nur langsam Fortschritte.

»Ich mag das Wort ›morphiumabhängig‹ nicht, weil es schreckliche Konnotationen hat«, sagt Root eines Tages, als sie sich auf dem Achterdeck sonnen. »Anstatt Ihnen ein Etikett aufzupappen, würde ich Sie lieber als ›morphiumsüchtig‹ bezeichnen. Das leitet sich von dem Wort ›suchen‹ her. Man könnte einen Morphiumsüchtigen somit als Morphiumsucher oder Morphiumsuchenden auffassen. ›Sucher‹ ist mir lieber, weil es bedeutet, dass Sie die Neigung haben, Morphium zu suchen.«

»Scheiße, wovon reden Sie eigentlich?«, fragt Shaftoe.

»Na ja, angenommen, Sie haben einen Tank mit einem Loch drin. Das heißt, der Tank ist leck. Er ist immer leck – auch wenn im Augenblick nichts drin ist. *Lecken* aber tut er nur, wenn er etwas enthält. Ebenso bedeutet ›morphiumsüchtig‹, dass Sie immer die Tendenz haben, nach Morphium zu suchen, auch wenn Sie im Augenblick nicht danach suchen. Aber beide, ›süchtig‹ und ›suchend‹, sind mir lieber als ›abhängig‹, weil sie nähere Bestimmungen von Bobby Shaftoe sind, anstatt ihn auszulöschen.«

»Und was soll das Ganze?«, fragt Shaftoe. Er fragt, weil er damit rechnet, dass Root ihm gleich einen Befehl gibt, denn darauf läuft es bei Männern der redseligen Art normalerweise hinaus, nachdem sie eine Weile gequasselt haben. Aber es scheint kein Befehl zu kommen, weil das bei Root nicht auf dem Programm steht. Root hatte einfach nur Lust, über Worte zu reden. Die SAS-Jungs bezeichnen derlei Betätigung als Wichserei.

Mit diesem Waterhouse hat Shaftoe während ihres Aufenthalts auf Qwghlm wenig unmittelbaren Kontakt gehabt, aber ihm ist aufgefallen, dass Männer, die gerade mit Waterhouse geredet haben, im Weggehen gewöhnlich den Kopf schütteln – und zwar nicht langsam, als verneinten sie etwas, sondern mit den heftig zuckenden Bewegungen eines Hundes, dem eine Pferdebremse ins Mittelohr geraten ist. Waterhouse gibt niemals direkte Befehle, deshalb wissen Männer der ersten Kategorie nicht, was sie von ihm halten sollen. Aber Männern der zweiten Kategorie geht es offensichtlich nicht besser; Typen wie er reden normalerweise, als hätten sie ein Programm im Kopf und hakten im Reden kleine Kästchen ab, doch Waterhouses Gespräch hat keine bestimmte Richtung. Für ihn ist das Reden keine Methode, um einem einen Haufen Zeug mitzuteilen, das er schon ausklamüsert hat, sondern eine Möglichkeit, sich im Reden einen Haufen neuen Scheiß auszudenken. Und er scheint immer zu hoffen, dass man dabei mitmacht. Was kein Aas jemals tut, außer Enoch Root.

Als sie einen Tag auf See sind, kommt der Kapitän (Commander Eden – dasselbe arme Schwein, das den Job bekam, mit seinem vorherigen Schiff Norwegen zu rammen) aus seiner Kabine gewankt, wobei er jede Reling oder sonstige Festhaltemöglichkeit in Reichweite seines Gefuchtels ausnutzt. Er verkündet lallend, dass von jetzt an jeder, der an Deck gehe, laut Befehl von ganz oben einen schwarzen Rollkragenpullover, schwarze Handschuhe und eine schwarze Skimaske *unter* seiner sonstigen Kleidung zu tragen habe. Die betreffenden Artikel würden dementsprechend an die Männer ausgegeben. Shaftoe bringt den Skipper richtig auf die Palme, indem er ihn dreimal fragt, ob er auch sicher sei, dass er den Wortlaut des Befehls korrekt wiedergegeben habe. Dass Shaftoe von den Mannschaften so geschätzt wird, liegt unter anderem daran, dass er es versteht, derartige Fragen zu stellen, ohne direkt die Regeln der militärischen Etikette zu verletzen. Dem Skipper ist zugute zu halten, dass er nicht einfach seinen Dienstgrad heraushängen lässt und Shaftoe anschnauzt. Er nimmt ihn mit in seine Kabine und zeigt ihm ein kakifarben eingebundenes Army-Handbuch mit dem in schwarzen Buchstaben aufgedruckten Titel:

TAKTISCHE NEGER-IMITATION
BAND III: NEGER DER KARIBIK

Es ist selbst nach den Maßstäben von Abteilung 2702 ein ziemlich interessanter Befehl. Auch Commander Edens Betrunkenheit ist irgendwie beunruhigend – nicht die Tatsache, dass er betrunken ist, sondern der spezielle *Typ* von Betrunkenheit – die Betrunkenheit etwa eines Bürgerkriegssoldaten, der weiß, dass ihm der Feldarzt mit einer Handsäge den Oberschenkel amputieren wird.

Nachdem Shaftoe die Ausgabe der Rollkragenpullover, Handschuhe und Skimasken an die Männer beaufsichtigt und ihnen gesagt hat, sie sollen sich abregen und die Übung mit den Rettungsbooten noch einmal wiederholen, findet er Root in der Kabine, die als Krankenrevier dient. Weil er es an der Zeit findet, eines jener Gespräche mit offenem Ende zu führen, in denen man versucht, einen Haufen Scheiß auszuklamüsern, ist Root sein Mann.

»Ich weiß, Sie erwarten, dass ich Sie um Morphium bitte, aber das hab ich nicht vor«, sagt Shaftoe. »Ich will bloß reden.«

»Aha«, sagt Root. »Soll ich dann meinen Priesterhut aufsetzen?«

»Ich bin Protestant, verdammte Scheiße. Ich kann selber mit Gott reden, wann immer ich Gott verdammt noch mal Lust dazu habe.«

Shaftoes Ausbruch von Feindseligkeit verblüfft und verwirrt Root. »Tja, worüber wollen Sie reden, Sergeant?«

»Über diesen Einsatz.«

»Ach so. Ich weiß nichts über diesen Einsatz.«

»Gut, dann versuchen wir auszuklamüsern, worum's dabei geht«, sagt Shaftoe.

»Ich dachte, Sie sollen einfach Befehle befolgen«, sagt Root.

»Ich befolge sie ja auch.«

»Das weiß ich.«

»Aber bis es so weit ist, habe ich einen Haufen Zeit totzuschlagen, und die kann ich genauso gut dazu nutzen auszuklamüsern, was eigentlich los ist. Also, der Skipper sagt, wir sollen das Zeug tragen, wenn wir an Deck sind, wo man uns sehen könnte. Aber wer zum Teufel soll uns denn hier draußen sehen?«

»Ein Aufklärungsflugzeug?«

»Die Deutschen haben keine Aufklärungsflugzeuge, jedenfalls nicht hier draußen.«

»Ein anderes Schiff?«, fragt Root, der sich langsam für das Ratespiel erwärmt, rhetorisch.

»Die sehen wir zur gleichen Zeit, wie sie uns sehen, und dann ist noch immer reichlich Zeit, den Scheiß anzuziehen.«

»Dann muss es ein Unterseeboot sein, worum sich der Skipper Gedanken macht.«

»Bingo«, sagt Shaftoe, »ein Unterseeboot könnte uns nämlich durch sein Sehrohr begucken, und wir würden es gar nicht merken.«

Doch an diesem Tag kommen sie nicht viel weiter in ihrem Bemühen, die tiefer reichende Frage zu beantworten, warum ihre befehlshabenden Offiziere wollen, dass sie in den Augen deutscher Unterseebootkapitäne wie Neger aussehen.

Am nächsten Tag pflanzt sich der Skipper im Brückenhaus auf, wo er offensichtlich vorhat, alles genau im Auge zu behalten. Er wirkt weniger betrunken, aber keineswegs fröhlicher. Er trägt ein buntes, kurzärmeliges Madras-Hemd über einem langärmeligen schwarzen Rollkragenpullover und Sandalen mit geflochtener Sohle über schwarzen Socken. Von Zeit zu Zeit zieht er seine schwarzen Handschuhe und seine Skimaske an und geht hinaus, um mit einem Feldstecher den Horizont abzusuchen.

Das Schiff hält nach Sonnenaufgang ein paar Stunden lang Westkurs, wendet sich dann kurze Zeit nach Norden, fährt dann eine Stunde lang ostwärts, nimmt dann wieder Nordkurs und wendet sich abermals Richtung Westen. Sie folgen einem Suchmuster und Commander Eden freut sich offenbar nicht sonderlich darauf zu finden, was auch immer sie suchen. Shaftoe setzt erneut eine Übung mit den Rettungsbooten an, überprüft sie dann selbst und vergewissert sich, dass sie üppig mit Proviant versehen sind.

Gegen Mittag gibt ein Ausguck Laut. Das Schiff wechselt den Kurs und fährt nun ungefähr Richtung Nordosten. Der Skipper taucht aus dem Brückenhaus auf und überreicht Shaftoe mit einer Miene von begräbnishafter Endgültigkeit eine Kiste Schuhwichse und einen versiegelten Umschlag, der detaillierte Befehle enthält.

Minuten später ziehen sich die Männer von Abteilung 2702 auf Befehl von Sergeant Shaftoe bis auf die Unterhosen aus und beginnen sich mit Schuhwichse einzuschmieren. Sie besitzen bereits schwarze Shinola, die man ihnen ins Haar einzumassieren befiehlt, falls es nicht bereits schwarz ist. Wieder ein Beispiel dafür, wie das Militär den kleinen Mann bescheißt – Shinola gibt's nicht umsonst.

»Sehe ich schon wie ein Neger aus?«, fragt Shaftoe Lieutenant Root.

»Ich bin ein bisschen herumgekommen«, sagt Root, »und für mich sehen Sie nicht wie ein Neger aus. Aber für einen Deutschen, der noch nie einen richtigen Neger gesehen hat und durch ein Sehrohr guckt – was soll's?« Dann: »Ich nehme an, Sie sind dahinter gekommen, worum es hier geht?«

»Ich hab die Scheißbefehle gelesen«, sagt Shaftoe vorsichtig.

Sie steuern auf ein Schiff zu. Im Näherkommen beguckt sich Shaftoe den Kahn mit einem geborgten Kieker und sieht entsetzt, aber eigentlich nicht überrascht, dass es sich nicht um ein Schiff, sondern um zwei nebeneinander liegende Schiffe handelt. Beide weisen die länglichen, fatalen Konturen von Unterseebooten auf, doch eines von ihnen ist dicker und er nimmt an, dass es eine Milchkuh ist.

Unter seinen Füßen spürt er, wie die Maschinen bis auf ein schwaches Tuckern gedrosselt werden. Die plötzliche Stille und der wahrnehmbare Verlust an Fahrt und Leistung sind nicht beruhigend. Ihn überkommt das übliche perverse Gefühl von Hochspannung, Übelkeit und Hyperaktiviät, die das Gefecht jedes Mal zu einem überaus anregenden Erlebnis machen.

Bis dato hat der zerbeulte Dampfer aus Trinidad die Wasser des Atlantiks den ganzen Krieg hindurch ohne Zwischenfälle befahren, ist zwischen afrikanischen und karibischen Häfen hin und her geschippert und hat sich gelegentlich bis zu den Azoren gewagt. Vielleicht ist er ab und zu von einem Unterseeboot auf Feindfahrt gesichtet und für nicht wert befunden worden, dass man einen Torpedo an ihn verschwendet. Heute jedoch hat sich sein Schicksal geändert – und zwar zum Schlechteren. Man ist durch blinden Zufall auf eine Milchkuh – ein Versorgungs-Unterseeboot der Kriegsmarine des Dritten Reiches – gestoßen. Die Mannschaft des Dampfers, lauter schuhlederbraune, normalerweise unbeschwerte Neger, hat sich an der Reling aufgereiht und starrt auf das eigenartige Bild – zwei mitten im Ozean aneinander vertäute Schiffe, die nirgendwohin fahren. Doch im Näherkommen bemerken sie, dass eines der Schiffe ein Mordwerkzeug ist und dass das andere die Kriegsflagge der Deutschen Kriegsmarine führt. Zu spät drosseln sie ihre Maschinen.

Eine Weile herrscht wilde Konfusion – für die niedrigen Schwabbergasten mag das ein interessantes Schauspiel sein, aber die gewitzten Neger auf der Brücke wissen, dass sie in Schwierigkeiten sind – sie haben etwas gesehen, was sie nicht hätten sehen dürfen. Sie drehen nach Süden ab und machen dass sie wegkommen! Eine Stunde lang hetzen sie verzweifelt übers Meer. Aber sie werden unbarmherzig von einem Unterseeboot verfolgt, das wie ein Bowie-Messer durch die Wellen schneidet. Das Unterseeboot hat seine Peitschenantenne ausgefahren, hört die üblichen Frequenzen ab und bekommt deshalb mit, wie auf dem Dampfer aus Trinidad das Funkgerät eingeschaltet und ein SOS-Signal abgesetzt wird. Mit einem kurzen Strom von Kurz und Lang gibt der Funker seine Position – und die der Milchkuh – durch, und er klopft damit sein eigenes Todesurteil.

Verdammte Untermenschen! Sie haben es tatsächlich getan! Nun dauert es keine vierundzwanzig Stunden mehr, bis die Milchkuh von den Alliierten ausfindig gemacht und versenkt wird. Und es besteht durchaus die Möglichkeit, dass im Zuge dessen auch ein paar Unterseeboote zur Strecke gebracht werden. Das ist kein schöner Tod – mehrere Tage lang über den Ozean gejagt und von Beschuss und Bomben zermürbt zu werden. Solche Sachen überzeugen auch den normalen, durchschnittlichen Obertorpedomaat vom Plan des Führers, alle Menschen aufzuspüren, die keine Deutschen sind, und sie umzubringen.

Unterdessen muss sich unser gewöhnlicher Kapitänleutnant fragen: Wie hoch ist eigentlich die Wahrscheinlichkeit, dass ein Trampdampfer aus Trinidad in der Weite des Atlantischen Ozeans ganz zufällig auf uns und unsere Milchkuh stößt?

Wahrscheinlich ließe sich das berechnen, wenn man über die richtigen Daten verfügt:

N_n = Anzahl der Neger pro Quadratkilometer

N_m = Anzahl der Milchkühe

F_A = Fläche des Atlantischen Ozeans

... und so weiter. Aber Moment mal, weder Neger noch Milchkühe sind zufällig verteilt, deshalb wird die Berechnung immens viel komplizierter. Viel zu kompliziert, als dass ein Kapitänleutnant damit zurande käme, zumal wenn er damit beschäftigt ist, für eine dramatische Reduzierung von N_n zu sorgen.

Der Dampfer aus Trinidad wird von einem Schuss vor den Bug aus der Deckskanone des Unterseeboots gestoppt. Die Neger versammeln sich an Deck, aber sie zögern einen Moment lang, die Rettungsboote zu Wasser zu lassen. Vielleicht geben die Deutschen ihnen ja eine Chance.

Typisches, schlampiges, sentimentales Untermenschen-Denken. Die Deutschen haben sie gestoppt, damit sie schön still halten und sich torpedieren lassen. Sobald den Negern das aufgeht, legen sie eine eindrucksvolle Rettungsübung hin. Dass sie überhaupt genügend Rettungsboote für alle haben, ist an sich schon bemerkenswert, aber die ruhige, geübte Geschicklichkeit, mit der sie sie zu Wasser lassen und an Bord gehen, ist geradezu phänomenal. Sie könnte einen deutschen Marineoffizier veranlassen, wenigstens einen Moment lang seine Ansichten über die Unzulänglichkeiten von Farbigen zu revidieren.

Es folgt ein Torpedo-Schuss wie aus dem Lehrbuch! Der Torpedo wird auf eine schöne Tiefe eingestellt, und als er unter dem Schiff hindurchgeht, registriert die Detonations-Schaltung eine Veränderung des Magnetfeldes und zündet die Ladung, die den Schiffskiel zerknackt, dem Kahn das Kreuz bricht und ihn mit unglaublicher Geschwindigkeit auf den Grund schickt. Die nächsten fünf bis zehn Minuten lang schnellen, während das Schiff dem Meeresboden entgegensackt, aus den Laderäumen Ballen irgendeines braunen Zeugs an die Wasseroberfläche. Das verleiht der ganzen Szene ein unerwartet festliches Gepräge.

So mancher Unterseeboot-Skipper wäre zu diesem Zeitpunkt durchaus imstande, die Überlebenden unter Maschinengewehrfeuer zu nehmen, bloß um ein bisschen Dampf abzulassen.

Doch der Kommandant, Kapitänleutnant Günter Bischoff, ist noch kein eingetragenes Mitglied der Nazi-Partei und wird es wahrscheinlich nie werden.

Andererseits steckt Bischoff im Augenblick in einer Zwangsjacke und ist vor lauter Medikamenten halb durchgedreht.

Stellvertretender Kommandant des Unterseebootes ist Oberleutnant zur See Karl Beck. Er *ist* Mitglied der Nationalsozialistischen Partei und wäre unter anderen Umständen vielleicht für eine kleine Strafaktion mit dem Maschinengewehr zu haben, doch im Moment ist er erschöpft und ziemlich heftig erschüttert. Er ist sich sehr intensiv der Tatsache bewusst, dass er nun, da ihre Position weitergemeldet wurde, wahrscheinlich nicht mehr sehr lange zu leben hat.

Also lässt er es sein. Die Neger springen aus den Rettungsbooten, schwimmen zu den Ballen und klammern sich daran fest, sodass nur nur noch ihre Köpfe aus dem Wasser ragen, denn ihnen ist klar, dass es ewig dauern würde, sie alle zur Strecke zu bringen. OL Beck weiß, dass die Liberators und Catalinas bereits in der Luft sind und Kurs auf ihn nehmen, er muss also schleunigst von hier verschwinden. Da er über reichlich Treibstoff verfügt, beschließt er, eine Zeit lang Südkurs zu halten und nach ein, zwei Tagen, wenn die Luft vielleicht ein bisschen reiner sein wird, umzudrehen und wieder nordwärts zu laufen. So ähnlich würde es KL Bischoff machen, wenn er nicht verrückt geworden wäre, und vor dem Alten hat jedermann auf dem Boot unbegrenzten Respekt.

Wie immer, wenn sie nicht gerade konkrete Anstrengungen machen, einen Geleitzug zu versenken, fahren sie über Wasser, damit sie Funkmeldungen absetzen und empfangen können. Beck gibt Oberfunkmaat Huffer eine Meldung, worin er berichtet, was eben geschehen ist, und Huffer gibt sie einem seiner Funkmaate, der sich vor die Enigma von U-691 setzt, die Meldung mit dem Tagesschlüssel verschlüsselt und sie dann ins Funkgerät klopft.

Eine Stunde später bekommen sie Antwort vom Unterseeboot-Kommando in Wilhelmshaven, und als der Funkmaat sie durch die Enigma laufen lässt, erhält er: UEBERLEBENDE OFFIZIERE GEFANGEN NEHMEN.

Es handelt sich um ein klassisches Beispiel militärischer Führungskunst: Wäre der Befehl zeitiger gekommen, hätte er sich leicht befolgen lassen, doch nun, da sie eine Stunde weit weg sind, wird die Sache äußerst schwierig und gefährlich. Der Befehl ergibt keinen Sinn und wird auch nicht näher erläutert.

Angesichts der Zeitdifferenz glaubt Beck, dass er mit einem halbherzigen Versuch davonkommt. Eigentlich müsste er wenden und sich dem Wrack über Wasser nähern, was schneller ginge, aber nahezu selbstmörderisch wäre. Also schließt er statt dessen die Luken und geht im Näherkommen auf Sehrohrtiefe. Das reduziert die Geschwindigkeit des Unterseeboots auf ein Schneckentempo von sieben Knoten, sodass sie ungefähr drei Stunden brauchen, um zu dem Atoll aus vor sich hin dümpelnden braunen Ballen zu kommen, das den Schauplatz markiert.

Und das ist verdammt gut so, denn es ist noch ein Unterseeboot da, das Überlebende auffischt. Ein Unterseeboot der Royal Navy.

Das ist so sonderbar, dass sich Beck davon die Nackenhaare sträuben – und Haare sind dort reichlich vorhanden, weil sich Beck, wie die meisten Unterseeboot-Fahrer, seit Wochen nicht mehr rasiert hat. Allerdings gibt es nichts Sonderbares, dem nicht mit einem gut gezielten Torpedo abzuhelfen wäre. Sekunden später explodiert das Unterseeboot wie eine Bombe; der Torpedo muss seine Munitionsvorräte hochgejagt haben. Die Mannschaft und die meisten geretteten Neger sitzen darin fest und haben keine Chance hinauszukommen, selbst wenn sie die Explosion überlebt haben. Das Unterseeboot sackt so rasch ab, wie das Wrack der Hindenburg auf New Jersey herunterfiel.

»Gott im Himmel«, murmelt Beck, der das alles durch das Sehrohr beobachtet. Er hat sich über den Erfolg gefreut, bis ihm einfiel, dass er genaue Befehle hatte, und dass er jeden umbringt, den er zu Gesicht bekommt, gehörte nicht dazu. Wird überhaupt irgendwer überleben, den er auffischen kann?

Er lässt das Unterseeboot auftauchen und klettert mit seinen Offizieren auf den Turm. Als Erstes suchen sie den Himmel nach Catalinas ab. Da sie keine finden, teilen sie Beobachtungsposten ein und beginnen langsam durch die See von Ballen zu fahren, die sich mittlerweile über mindestens einen Quadratkilometer verteilt haben. Es wird dunkel, sodass sie Suchscheinwerfer einsetzen müssen.

Alles sieht ziemlich düster aus, bis ein Suchscheinwerfer einen Überlebenden erfasst – nur Kopf, Schultern und zwei hochgestreckte Arme, die sich an ein Seil um einen Ballen klammern. Der Überlebende rührt sich weder noch reagiert er, als sie sich nähern, und erst als eine Welle den Ballen umkippt, zeigt sich, dass alles unterhalb des Solarplexus von Haien weggefressen wurde. Von dem Anblick muss selbst diese abgebrühte Mörderbande würgen. In der nun folgenden Stille hören sie leise Stimmen über das ruhige Wasser hallen. Nach kurzer Suche finden sie zwei Männer, offenbar redselige Burschen, die sich einen Ballen teilen.

Als der Suchscheinwerfer sie erfasst, lässt einer der Neger den Ballen los und taucht unter. Der andere starrt einfach nur gelassen und erwartungsvoll ins Licht. Die Augen dieses Negers sind fahl, beinahe farblos, und er hat ein Hautleiden: Er hat sich stellenweise weiß verfärbt.

Als sie näher kommen, spricht der fahläugige Neger sie in perfektem Deutsch an. »Mein Kamerad versucht, sich zu ertränken«, erklärt er.

»Geht das denn überhaupt?«, fragt Kapitänleutnant Beck.

»Ebendiese Frage haben er und ich gerade diskutiert.«

Beck sieht auf seine Armbanduhr. »Offenbar ist es ihm sehr ernst damit«, sagt er.

»Sergeant Shaftoe nimmt seine Pflicht sehr ernst. Das Ganze hat eine gewisse Ironie. Seine Zyanidkapsel hat sich im Salzwasser aufgelöst.«

»Leider finde ich jegliche Ironie mittlerweile nur noch langweilig und deprimierend«, sagt Beck, als ganz in der Nähe ein menschlicher Körper an die Oberfläche kommt. Es ist Shaftoe und er scheint bewusstlos zu sein.

»Sie sind?«, fragt Beck.

»Lieutenant Enoch Root.«

»Ich soll nur Offiziere an Bord nehmen«, sagt Beck mit einem kalten Blick in Richtung des Rückens von Sergeant Shaftoe.

»Sergeant Shaftoe hat außerordentlich umfangreiche Befugnisse«, sagt Lieutenant Root gelassen, »die in mancher Hinsicht über die eines rangniedrigen Offiziers hinausgehen.«

»Nehmt sie beide an Bord. Holt den Sanitätskasten. Belebt den Sergeant wieder«, sagt Beck. »Ich rede später mit Ihnen, Lieutenant Root.« Und dann kehrt er den Gefangenen den Rücken und steuert die nächste Luke an. Er wird sich die nächste Woche nach Kräften bemühen, trotz größter Anstrengungen der englischen und amerikanischen Marine am Leben zu bleiben. Das wird eine ziemlich interessante Herausforderung. Eigentlich müsste er über seine Strategie nachdenken. Aber ihm will das Bild von Sergeant Shaftoes Körper nicht aus dem Sinn. Der verdammte Kopf ist immer noch unter Wasser! Wenn sie ihn nicht demnächst aus dem Ozean fischen würden, würde es ihm gelingen, sich zu ersäufen. Es war also doch möglich. Zumindest für einen bestimmten Menschen.

FEINDSELIGKEITEN

Als die Lieferwagen, Taxis und Limousinen auf den Parkplatz des Informationsministeriums fahren, werden die Mitglieder von Epiphyte Corp. von lächelnden und sich verbeugenden japanischen Jungfrauen begrüßt, die auf dem Kopf und in der Hand leuchtend weiße Goto-Engineering-Helme tragen. Es ist ungefähr acht Uhr morgens und hier oben auf dem Berg ist die Temperatur noch erträglich, wenn es auch feucht ist. Alle laufen, ihre Schutzhelme in der Hand, vor dem Höhlenschlund umher; keiner will seinen als Erster aufsetzen und blöd aussehen. Manche von den jüngeren Japanern albern übermütig mit ihren herum. Dr. Mohammed Pragasu macht die Runde. Er hat einen wirklich gebrauchten und zerbeulten Schutzhelm, den er geistesabwesend um einen Finger dreht, während er von Gruppe zu Gruppe schlendert.

»Hat eigentlich mal jemand Prag gefragt, was hier überhaupt los ist, verdammte Scheiße?«, sagt Eb. Er benutzt selten Flüche, aber wenn, dann klingt es lustig.

Das einzige Mitglied von Epiphyte Corp., dem das nicht wenigstens ein Lächeln entlockt, ist John Cantrell, der seit gestern distanziert und angespannt wirkt. (»Eine Dissertation über mathematische Verfahren in der Kryptographie zu schreiben, ist eine Sache«, sagte er auf der Herfahrt, als irgendjemand ihn fragte, was ihn beschäftigte. »Und Millionen von Dollar, die anderen Leuten gehören, darauf zu setzen, eine ganz andere.«

»Wir müssen eine neue Kategorie einführen«, sagte Randy. »Die anderen bösen Leuten gehören.«

»Apropos –« hob Tom an, doch Avi schnitt ihm das Wort ab, indem er einen bedeutungsvollen, funkelnden Blick auf den Hinterkopf des Fahrers warf.)

```
An: zwerg@siblings.net
Von: root@eruditorum.org
Betreff: Re (3) Warum?
Randy,
Sie bitten mich, mein Interesse an der
Frage, warum Sie die Krypta bauen, zu
rechtfertigen.
Mein Interesse ist ein Kennzeichen meines
Berufs. Das ist in gewisser Weise das,
womit ich meinen Lebensunterhalt verdiene.
Sie gehen weiterhin davon aus, dass ich
jemand bin, den Sie kennen. Heute meinen
Sie, ich sei der Dentist, gestern hielten
Sie mich für Andrew Loeb. Dieses Ratespiel
wird uns beide bald langweilen, deshalb
glauben Sie mir bitte, wenn ich Ihnen
sage, dass wir uns noch nie begegnet sind.
-ANFANG ORDO SIGNATUR BLOCK-
(etc.)
-ENDE ORDO SIGNATUR BLOCK-

An: root@eruditorum.org
Von: zwerg@siblings.net
Betreff: Re (4) Warum?
Verdammt, nachdem Sie gesagt hatten, Sie
verdienten Ihren Lebensunterhalt damit,
wollte ich schon darauf tippen, dass Sie
```

Geb oder sonst jemand aus der Clique meiner Ex-Freundin sind.
Warum verraten Sie mir nicht Ihren Namen?
-ANFANG ORDO SIGNATUR BLOCK-
(etc.)
-ENDE ORDO SIGNATUR BLOCK-

An: zwerg@siblings.net
Von: root@eruditorum.org
Betreff: Re (5) Warum?
Randy,
ich habe Ihnen meinen Namen schon verraten, aber er hat Ihnen nichts gesagt. Oder besser, er hat Ihnen das Falsche gesagt. In der Beziehung sind Namen heikel. Der beste Weg, jemanden kennen zu lernen, ist, sich mit ihm zu unterhalten.
Interessant, dass Sie annehmen, ich sei Akademiker.
-ANFANG ORDO SIGNATUR BLOCK-
(etc.)
-ENDE ORDO SIGNATUR BLOCK-

An: root@eruditorum.org
Von: zwerg@siblings.net
Betreff: Re (6) Warum?
Erwischt!
Ich habe nicht näher beschrieben, wer Geb ist. Und trotzdem haben Sie gewusst, dass er und meine Ex-Freundin Akademiker sind. Falls ich Sie (wie Sie behaupten) nicht kenne, woher wissen Sie dann diese Dinge über mich?
- ANFANG ORDO SIGNATUR BLOCK -
(etc.)
- ENDE ORDO SIGNATUR BLOCK -

Alles dreht sich jetzt zu Prag um, der heute ein Problem mit seiner peripheren Wahrnehmung zu haben scheint. »Prag geht uns aus dem

Weg«, sagt Avi scharf. »Das heißt, wir werden ihn erst zu fassen kriegen, wenn das alles hier vorbei ist.«

Tom macht einen Schritt auf Avi zu und zieht damit den Kreis der Firmenmitglieder enger. »Der Detektiv in Hongkong?«

»Hat über manche was rausgefunden, ist an anderen noch dran«, sagt Avi. »Der korpulente philippinische Gentleman ist praktisch Marcos' Schmiergeldverteiler. Er ist dafür verantwortlich, dass die berühmten Milliarden nicht dem philippinischen Staat in die Hände fallen. Der Taiwanese – nicht Harvard Li, der andere – ist ein Rechtsanwalt, dessen Familie noch aus der Zeit, als Taiwan zum japanischen Kaiserreich gehörte, enge Beziehungen zu Japan hat. Zu verschiedenen Zeiten hat er ein halbes Dutzend Regierungsämter innegehabt, die meisten davon im Finanz- und Handelswesen – jetzt ist er eine Art Schieber, der für hohe taiwanesische Beamte alle möglichen Jobs erledigt.«

»Was ist mit dem unheimlichen Chinesen?«

Avi zieht die Augenbrauen hoch und stößt einen kleinen Seufzer aus, bevor er antwortet. »Das ist ein General der Volksbefreiungsarmee. Entspricht im Rang einem Viersternegeneral. Die letzten fünfzehn Jahre hat er ihre Investmentabteilung geleitet.«

»Investmentabteilung? Die Armee?!«, stößt Cantrell hervor. Er fühlt sich von Minute zu Minute unwohler und wirkt schon leicht angeekelt.

»Die Volksbefreiungsarmee ist ein gigantisches Wirtschaftsunternehmen«, sagt Beryl. »Sie beherrscht das größte Pharmaunternehmen in China. Die größte Hotelkette. Einen großen Teil der Telekommunikationsinfrastruktur. Eisenbahnen. Raffinerien. Und natürlich die Rüstung.«

»Was ist mit Mr. Handy?«, fragt Randy.

»Noch in Arbeit. Mein Mann in Hongkong schickt sein Foto zu einem Kollegen in Panama.«

»Ich glaube, nach dem, was wir in der Hotelhalle gesehen haben, können wir ein paar Vermutungen anstellen«, sagt Beryl.*

---

* Eine halbe Stunde zuvor, als die Epiphyte Corp. sich in der Hotelhalle versammelte, fuhr ein großer schwarzer Mercedes vor, der direkt vom Flughafen kam. Auf Kinakuta landet viermal am Tag eine 747 und aus dem Zeitpunkt, zu dem jemand sich an der Rezeption seines Luxushotels anmeldet, läßt sich ersehen, aus welcher Stadt er gekommen ist. Diese Typen kamen aus Los Angeles. Drei Latinos: ein wichtigtuerischer Mann mittleren Alters, ein etwas jüngerer Assistent und ein Einfaltspinsel. In der Hotelhalle wurden sie von dem Kerl mit dem Handy, der gestern ganz allein um einiges später hereinkam, erwartet.

```
An: zwerg@siblings.net
Von: root@eruditorum.org
Betreff: Re (7) Warum?
Randy,
Sie fragen, woher ich diese Dinge über Sie
weiß. Es gibt vieles, was ich sagen
könnte, aber die wesentliche Antwort heißt
Überwachung.
- ANFANG ORDO SIGNATUR BLOCK -
(etc.)
- ENDE ORDO SIGNATUR BLOCK -
```

Randy glaubt, dass es keinen besseren Zeitpunkt für diese Frage gibt. Und da er Avi schon länger kennt als irgendjemand sonst, ist er der Einzige, der es sich erlauben kann, sie zu stellen. »Wollen wir wirklich mit diesen Leuten zu tun haben?« fragt er. »Ist die Epiphyte Corp. dazu da? Sind wir dazu da?«

Avi stößt einen tiefen Seufzer aus und denkt eine Weile darüber nach. Beryl schaut ihn forschend an; Eb und John und Tom mustern ihre Schuhspitzen oder halten in den drei Etagen des Regenwaldes nach exotischen Vögeln Ausschau, während sie angespannt zuhören.

»Früher, zur Goldgräberzeit, hatte jede Goldgräberstadt in Kalifornien ihren *Nerd* mit der Waage«, sagt Avi. »Den Prüfer. Er hockte den ganzen Tag in einem Büro. Schaurig aussehende Proleten kamen mit Tabaksbeuteln voller Goldstaub herein. Der *Nerd* wog ihn, prüfte ihn auf Reinheit, sagte ihnen, was das Zeug wert war. Im Grunde war die Waage des Prüfers die Wechselstelle – der Ort, wo dieses Mineral, dieser Bodenstaub zu Geld wurde, das in jeder Bank und auf jedem Markt der Welt von San Francisco über London bis Peking als solches anerkannt wurde. Aufgrund seiner speziellen Kenntnisse konnte der *Nerd* Staub mit seinem Gütesiegel versehen und ihn damit zu Geld machen. Genau wie wir die Macht haben, Pits in Geld zu verwandeln.

Nun waren viele der Leute, mit denen dieser *Nerd* zu tun hatte, unglaublich miese Typen. Spelunkenhänger. Ausgebrochene Häftlinge aus aller Welt. Psychotische Revolverhelden. Leute, die sich Sklaven hielten und Indianer massakrierten. Ich wette, dass der *Nerd* den ersten Tag, die erste Woche, den ersten Monat oder das erste Jahr, nachdem er in die Goldgräberstadt gekommen war und seinen Laden aufgemacht hatte, Todesängste ausstand. Vermutlich hatte er auch moralische Bedenken – vielleicht sehr berechtigte«, fügt Avi mit einem Seitenblick auf Randy hinzu. »Manch einer von diesen *Nerds* der Pionierzeit hat sicher aufgegeben und ist wieder gen Osten gezogen. Aber wisst ihr was? Innerhalb einer überraschend kurzen Zeit wurde alles hübsch zivilisiert, in den Städten schossen Kirchen, Schulen und Universitäten aus dem Boden, die wüsten Burschen, die als Erste gekommen waren, wurden alle integriert, rausgeschmissen oder ins Gefängnis geworfen und nach den *Nerds* mit den Waagen wurden Boulevards und Opernhäuser benannt. Ist die Analogie jetzt klar?«

»Die Analogie ist klar«, sagt Tom Howard. Ihn beunruhigt das am wenigsten von allen, Avi möglicherweise ausgenommen. Allerdings besteht sein Hobby auch im Sammeln und Benutzen seltener automatischer Schusswaffen.

Niemand sonst wird einen Ton sagen; es ist Randys Aufgabe, sich quer zu stellen. »Äh, wie viele von diesen Prüfern sind denn auf der Straße erschossen worden, nachdem sie irgendeinem psychotischen Goldgräber ans Knie gepinkelt hatten?«, fragt er.

»Darüber habe ich keine genauen Zahlen«, antwortet Avi.

»Also ich bin nicht so ganz davon überzeugt, dass ich das hier brauche«, sagt Randy.

»Diese Frage muss jeder von uns für sich entscheiden«, sagt Avi.

»Und dann stimmen wir als Gesellschaft darüber ab, ob wir drin bleiben oder aussteigen – stimmt's?«, sagt Randy.

Avi und Beryl werfen sich bedeutungsvolle Blicke zu.

»Auszusteigen wäre zu diesem Zeitpunkt – äh, schwierig«, sagt Beryl. Und fügt mit einem Blick in Randys Gesicht eilig hinzu: »Nicht für Einzelne, die vielleicht aus Epiphyte aussteigen möchten. Das ist einfach. Gar kein Problem. Aber für Epiphyte wäre ein Ausstieg aus, äh...«

»Dieser Situation«, bietet Cantrell an.

»Diesem Dilemma«, sagt Randy.

Eb murmelt ein Wort auf Deutsch.

»Dieser Gelegenheit«, kontert Avi.

»... so gut wie unmöglich«, sagt Beryl.

»Seht mal«, sagt Avi, »ich möchte nicht, dass irgendjemand sich gezwungen fühlt, trotz moralischer Bedenken in einer bestimmten Situation auszuharren.«

»Oder die sofortige Hinrichtung im Schnellverfahren befürchten muss«, springt Randy ihm bei.

»Genau. Nun haben wir alle wahnsinnig viel Arbeit in dieses Ding gesteckt, und diese Arbeit dürfte einen Wert haben. Um ganz offen und ehrlich zu sein, will ich noch einmal wiederholen, was bereits in der Satzung steht, dass nämlich jeder aussteigen kann; wir würden eure Aktien dann zurückkaufen. Nach dem, was in den letzten paar Tagen hier passiert ist, bin ich zuversichtlich, dass wir dafür genug Geld aufbringen könnten. Für euch würde dabei wenigstens so viel herausspringen, wie wenn ihr zu Hause geblieben und einer regulären Angestelltentätigkeit nachgegangen wärt.«

Jüngere, weniger erfahrene Hightech-Unternehmer hätten dafür nur bissigen Spott übrig gehabt. In dieser Truppe dagegen ist jeder schon von der Tatsache beeindruckt, dass Avi eine Firma aufbauen und so lange am Leben erhalten kann, dass sie die Arbeit wert ist, die sie hineingesteckt haben.

Der schwarze Mercedes fährt vor. Dr. Mohammed Pragasu geht mit großen Schritten auf ihn zu, begrüßt die Südamerikaner in einem durchaus passablen Spanisch und stellt einige Leute einander vor. Die verstreuten Grüppchen von Geschäftsleuten kommen langsam näher heran und versammeln sich vor dem Eingang der Höhle. Prag zählt die Köpfe, um die Anwesenheit festzustellen. Jemand fehlt.

Ihr Handy an den Kopf geklemmt, bahnt sich eine der Gehilfinnen des Dentisten in lavendelfarbenen Pumps einen Weg zu Prag. Randy setzt sich von den Epiphyte-Leuten ab und geht auf Kollisionskurs; er gelangt rechtzeitig in Prags Nähe, um mitzubekommen, wie die Frau zu ihm sagt: »Dr. Kepler wird später zu uns stoßen – irgendein wichtiges Geschäft in Kalifornien. Er lässt sich entschuldigen.«

Dr. Pragasu nickt munter, vermeidet es irgendwie, Randy, der jetzt so nah ist, dass er Prag die Zähne putzen könnte, in die Augen zu sehen, und dreht sich um, während er sich den Schutzhelm auf sein glänzendes Haar drückt. »Alles folgt mir bitte«, verkündet er, »die Tour beginnt.«

Es ist eine langweilige Tour, selbst für die, die noch nie hier gewesen sind. Immer wenn Prag sie an eine andere Stelle führt, schauen alle sich um und versuchen, sich zurechtzufinden; für zehn oder fünfzehn Sekunden verebbt die Unterhaltung, kommt dann aber wieder in Gang. Die hochrangigen Manager starren mit leerem Blick die Wände aus behauenem Stein an und murmeln einander etwas zu, während ihre technischen Berater sich um die Ingenieure von Goto scharen und ihnen akademische Fragen stellen.

Sämtliche Bauingenieure arbeiten für Goto und sind natürlich Japaner. Dann ist da noch einer, der abseits steht. »Wer ist der pummelige Blonde da?«, fragt Randy Tom Howard.

»Ein deutscher Hoch- und Tiefbauingenieur, der in Leiharbeit bei Goto ist. Er scheint auf militärische Belange spezialisiert zu sein.«

»*Gibt* es denn militärische Belange?«

»Irgendwann, als das Projekt ungefähr zur Hälfte fertig war, beschloss Prag plötzlich, dass er das ganze Ding bombensicher haben wollte.«

»Aha. Meint er damit zufällig *die* Bombe?«

»Ich glaube, dazu will er gerade etwas sagen«, sagt Tom und führt Randy näher heran.

Jemand hat den deutschen Ingenieur soeben gefragt, ob der Ort atombombensicher sei.

»Schutz vor Atombombenangriffen ist nicht das Problem«, sagt er wegwerfend. »Der ist leicht zu erreichen – er erfordert lediglich, dass das Bauwerk einem kurzen Überdruck von so vielen Megapascal standhalten kann. Sehen Sie, die Hälfte von Saddams Bunkern waren technisch gesehen atombombensicher. Das hilft allerdings nicht gegen den Einschlag gelenkter Präzisionsbomben – wie die Amerikaner bewiesen haben. Und es ist viel wahrscheinlicher, dass dieses Gebäude auf solche Weise angegriffen wird, als dass eine Atombombe darauf fällt – wir erwarten nicht, dass der Sultan in einen Atomkrieg verwickelt wird.«

Das ist das Witzigste, was bislang an diesem Tag gesagt wurde, und erntet Gelächter.

»Zum Glück«, fährt der Deutsche fort, »ist das Felsgestein über uns wesentlich widerstandsfähiger als Stahlbeton. Wir kennen keine in die Erde eindringende Bombe, die ihn durchbrechen könnte.«

»Was ist mit dem Forschungs- und Entwicklungsprojekt, das die Amerikaner an der libyschen Anlage durchgeführt haben?« fragt Randy.

»Ach, Sie sprechen von der Gasfabrik in Libyen, die unter einem Berg versteckt war«, erwidert der Deutsche ein wenig nervös und Randy nickt.

»Der Fels in Libyen ist so spröde«, sagt der Deutsche, »dass man ihn mit einem Hammer zerschlagen kann. Hier haben wir es mit einem anderen Felsgestein in vielen Schichten zu tun.«

Randy wechselt einen Blick mit Avi, der aussieht, als würde er jeden Moment eine weitere Belobigung für Verschlagenheit aussprechen. Während Randy noch grinst, spürt er den Blick eines anderen auf sich. Er dreht sich um und schaut Prag, dessen Miene unergründlich ist, seine Stinkwut aber nicht ganz verbirgt, direkt in die Augen. Viele Leute in diesem Teil der Welt würden unter dem vernichtenden Blick von Dr. Mohammed Pragasu zu Kreuze kriechen, aber Randy sieht nur seinen alten Freund, den Pizza essenden Hacker.

Und so starrt Randy einfach zurück in Prags schwarze Augen und grinst.

Prag erwartet, dass der andere wegschaut. *Du hast meinen Deutschen ausgetrickst, du Arschloch – dafür wirst du sterben!* Aber er hält selbst nicht durch. Er bricht den Blickkontakt ab, dreht sich um und hebt eine Hand an den Mund, als wolle er sich über seinen Spitzbart streichen. In Kalifornien ist der Ironievirus genauso verbreitet wie Herpes, und wenn man erst einmal damit infiziert ist, setzt er sich für immer im Gehirn fest. Ein Mann wie Prag kann nach Hause zurückkehren, seine Nikes in die Ecke schmeißen und fünfmal am Tag gen Mekka beten, den wird er nie wieder los.

Die Tour dauert ein paar Stunden. Als sie ans Tageslicht kommen, ist die Temperatur auf das Doppelte gestiegen. Kaum haben sie das Funkloch der Höhle verlassen, gehen zwei Dutzend Handys und Piepser los. Avi führt ein kurzes, abgehacktes Gespräch mit jemandem, beendet die Verbindung und treibt die Epiphyte Corp. zu ihrem Auto. »Kleine Änderung unserer Pläne«, sagt er. »Wir müssen uns für ein kurzes Meeting absetzen.« Dem Fahrer raunt er einen unbekannten Namen zu.

Zwanzig Minuten später marschieren sie, eingezwängt zwischen zwei Busladungen älterer Trauernder, hintereinander her auf den japanischen Friedhof.

»Interessanter Ort für ein Meeting«, sagt Eberhard Föhr.

»In Anbetracht der Leute, mit denen wir es zu tun haben, müssen wir davon ausgehen, dass unsere Zimmer, das Auto und das Hotelrestaurant verwanzt sind«, faucht Avi. Eine Minute lang sagt niemand etwas, während Avi sie einen Kiesweg entlang zu einem abgeschiedenen Winkel des Gartens führt.

Schließlich befinden sie sich in einer von zwei hohen Steinmauern gebildeten Ecke. Bambussträucher schirmen sie vom Rest des Gartens ab und rascheln angenehm in der Meeresbrise, die ihre erhitzten Gesichter jedoch kaum zu kühlen vermag. Beryl fächelt sich mit einer Straßenkarte von Kinakuta Luft zu.

»Hab gerade einen Anruf von Annie-in-San-Francisco bekommen«, sagt er.

Annie-in-San-Francisco ist ihre Anwältin.

»Dort ist es jetzt gerade, äh… neunzehn Uhr. Wie es scheint, ist unmittelbar vor Feierabend direkt vom Flugzeug aus LA ein Kurier in ihr Büro gekommen und hat ihr einen Brief vom Büro des Dentisten übergeben.«

»Er verklagt uns wegen irgendwas«, sagt Beryl.

»Er ist kurz davor, uns zu verklagen.«

»Weswegen?«, ruft Tom Howard.

Avi seufzt. »Im Grunde genommen ist das irrelevant, Tom. Wenn Kepler meint, es läge in seinem Interesse, uns aus taktischen Erwägungen zu verklagen, wird er einen Vorwand finden. Wir dürfen nicht vergessen, dass es hier nicht um legitime rechtliche Interessen, sondern nur um taktische Überlegungen geht.«

»Vertragsbruch, stimmt's?« sagt Randy.

Alle Blicke richten sich auf ihn. »Weißt du etwas, was wir auch wissen sollten?«, fragt John Cantrell.

»Nur eine wohl begründete Vermutung«, sagt Randy und schüttelt den Kopf. »Unser Vertrag mit ihm sieht vor, dass wir ihn über jegliche Veränderung der Rahmenbedingungen, die das Geschäftsklima grundlegend verändern könnte, zu informieren haben.«

»Das ist eine schrecklich vage Formulierung«, sagt Beryl vorwurfsvoll.

»Ich gebe sie hier sinngemäß wieder.«

»Randy hat Recht«, sagt Avi. »Der Tenor des Briefes lautet, dass wir dem Dentisten hätten sagen müssen, was in Kinakuta läuft.«

»Das haben wir doch gar nicht gewusst«, sagt Eb.

»Spielt keine Rolle – vergiss nicht, es ist eine taktische Klage.«

»Was will er denn?«

»Uns erschrecken«, sagt Avi. »Uns nervös machen. Morgen oder übermorgen bringt er vielleicht einen anderen Anwalt ins Spiel, um auf Schmusekurs zu gehen – und uns irgendein Angebot zu machen.«

»Was für ein Angebot?«, fragt Tom.

»Das wissen wir natürlich nicht«, sagt Avi, »aber ich vermute, dass Kepler ein Stück von uns haben will. Er will einen Teil der Firma besitzen.«

Es dämmert auf allen Gesichtern außer auf Avis, der seine nahezu unveränderliche Maske nüchterner Beherrschtheit beibehält. »Es gibt also schlechte, gute und wiederum schlechte Nachrichten. Schlechte Nachricht Nummer eins: Annes Anruf. Gute Nachricht: Aufgrund dessen, was sich hier in den letzten zwei Tagen ereignet hat, ist die Epiphyte Corp. für Kepler plötzlich so begehrenswert, dass er bereit ist, sich ohne Rücksicht auf Verluste einen Teil unserer Aktien einzuverleiben.«

»Wie lautet die zweite schlechte Nachricht?«, fragt Randy.

»Das ist sehr einfach.« Avi wendet sich einen Moment lang von ihnen ab, geht ein paar Schritte weg, bis eine Steinbank ihm den Weg versperrt, und dreht sich wieder zu ihnen um. »Heute Morgen habe ich euch gesagt, Epiphyte sei jetzt so viel wert, dass wir einzelne Leute mit einer anständigen Summe auszahlen können. Das habt ihr wahrscheinlich als etwas Positives interpretiert. In gewisser Weise war es das auch. In der Geschäftswelt ist ein kleines, wertvolles Unternehmen wie ein leuchtender, herrlicher Vogel, der in einem Dschungel auf einem Ast sitzt und ein fröhliches Lied trällert, das noch kilometerweit zu hören ist. Es zieht Pythons an.« Avi hält einen Augenblick inne. »Normalerweise ist die Gnadenfrist länger. Man erreicht einen gewissen Wert, hat aber dann etwas Zeit – Wochen oder Monate –, um eine Verteidigungsposition aufzubauen, bevor die Python es schafft, den Baumstamm hochzukriechen. Diesmal sind wir zufällig wertvoll geworden, während wir praktisch oben auf der Python hockten. Jetzt sind wir nicht mehr wertvoll.«

»Was soll das heißen?«, sagt Eb. »Wir sind noch genauso wertvoll wie heute Morgen.«

»Ein kleines Unternehmen, das von dem Dentisten auf einen Batzen Geld verklagt wird, ist ganz bestimmt *nicht* wertvoll. Vermutlich besitzt es einen ernormen *negativen* Wert. Die einzige Möglichkeit, ihm wieder zu einem positiven Wert zu verhelfen, besteht darin, den Prozess abzuwenden. Kepler hat nämlich alle Trümpfe in der Hand. Nach Toms unglaublicher Präsentation gestern waren wahrscheinlich alle anderen Burschen in dem Konferenzraum genauso scharf auf ein Stück von uns wie Kepler. Aber Kepler hatte einen Vorteil: Er war bereits mit uns im Geschäft. Was ihm einen Vorwand für eine Klage geliefert hat.

Ich hoffe, ihr habt unseren Vormittag in der Sonne genossen, obwohl wir ihn in einem Keller verbracht haben«, schließt Avi. Er richtet den Blick auf Randy und senkt bedauernd die Stimme: »Und wenn einer von euch mit dem Gedanken gespielt hat, sich ausbezahlen zu lassen, möge ihm das eine Lehre sein: Nehmt euch ein Bespiel an dem Dentisten. Entscheidet und handelt schnell.«

Funkspiel

Colonel Chattans Adjutant rüttelt ihn wach. Als Erstes fällt Waterhouse auf, dass der Mann schnell und regelmäßig atmet, wie Alan, wenn er von einem Querfeldeinlauf kommt. »Colonel Chattan bittet Sie, umgehend ins Herrenhaus zu kommen.«

Waterhouse ist in dem großen, behelfsmäßigen Lager untergebracht, das fünf Gehminuten vom Herrenhaus von Bletchley Park entfernt liegt. Zügig ausschreitend, knöpft er sich im Gehen das Hemd zu und legt die Strecke in vier zurück. Dann, wenige Meter vor seinem Ziel, wird er beinahe von einem Rudel von Rolls-Royces überfahren, die so leise und dunkel wie Unterseeboote durch die Nacht gleiten. Einer kommt ihm so nahe, dass er die Hitze des Motors spüren kann; die warmen Auspuffgase wehen ihm durchs Hosenbein und kondensieren auf seiner Haut.

Den Rolls-Royces entsteigen die alten Säcke von den Broadway Buildings und gehen Waterhouse ins Herrenhaus voran. In der Bibliothek scharen sich die Männer unterwürfig um ein Telefon, das häufig klingelt und, wenn man den Hörer abnimmt, ferne, blecherne, brüllende Laute von sich gibt, die man durchs ganze Zimmer hören, aber nicht verstehen kann. Waterhouse schätzt, dass die Rolls-Royces mit einer Durchschnittsgeschwindigkeit von ungefähr fünfzehntausend Stundenkilometern von London hierher gekommen sein müssen.

Junge Uniformierte mit angeklatschten Haaren requirieren lange Tische aus anderen Räumen und schaffen sie so hastig in die Bibliothek, dass sie Farbsplitter von den Türrahmen abstoßen. Waterhouse nimmt auf einem willkürlich gewählten Stuhl an einem willkürlich gewählten Tisch Platz. Ein weiterer Adjutant schiebt einen Karren mit Drahtkörben herein, in denen sich Aktenhefter stapeln, die noch qualmen, so rasch hat man sie aus den unendlichen Archiven von Bletchley Park herausgerissen. Wenn es sich um eine reguläre Konferenz handeln würde, wären zuvor vielleicht Mimeographien angefertigt und verteilt worden. Aber das hier ist die reine Panik und Waterhouse weiß instinktiv, dass er gut daran täte, sein frühes Eintreffen auszunutzen, wenn er irgendetwas erfahren will. Und so geht er zu dem Karren hinüber und schnappt sich den untersten Aktenhefter, da er annimmt, dass man den wichtigsten als Erstes herausgezogen hat. Der Hefter trägt die Aufschrift U-691.

Die ersten paar Seiten sind bloß ein Formular: ein Unterseeboot-Datenblatt, das aus vielen Rubriken besteht. Die Hälfte davon ist leer. Die andere Hälfte ist zu verschiedenen Zeiten, in verschiedenen Handschriften, mit verschiedenen Schreibwerkzeugen, vielen Radierstellen, Durchstreichungen und Anmerkungen sich absichernder Analytiker ausgefüllt worden.

Dann folgt ein Logbuch, das in chronologischer Reihenfolge sämtliche bekannten Unternehmungen von U-691 aufführt. Der erste Eintrag ist sein Stapellauf am 19. September 1940 in Wilhelmshaven, gefolgt von einer langen Liste der Schiffe, die es ermordet hat. Es gibt eine merkwürdige Eintragung, die ein paar Monate zurückliegt: AUSGERÜSTET MIT VERSUCHSGERÄT (SCHNORCHEL?). Seither ist U-691 wie verrückt hin und her gerast und hat in der Chesapeake Bay, vor Maracaibo, den Zufahrten zum Panamakanal und an vielen anderen Orten, die Waterhouse bisher nur als Winterkurorte für reiche Leute gekannt hat, Schiffe versenkt.

Zwei weitere Menschen betreten den Raum und setzen sich: Colonel Chattan und ein junger Mann in einem ramponierten Smoking, der (einem Gerücht zufolge, das die Runde im Raum macht) Schlagzeuger eines Symphonieorchesters sein soll. Letzterer hat sich erkennbar bemüht, sich Lippenstift vom Gesicht zu wischen, aber in den Falten seines linken Ohrs einiges übersehen. Das sind die Härten des Krieges.

Noch ein Adjutant kommt mit einem Drahtkorb voller Klartext-Zettel von ULTRA-Funksprüchen hereingeeilt. Das sieht nach sehr viel heißerem Zeug aus; Waterhouse legt den Aktenhefter zurück und beginnt, die Zettel durchzublättern.

Jeder beginnt mit einem Datenblock, der die Abhörstation, die ihn aufgefangen hat, die Uhrzeit, die Frequenz und andere Einzelheiten nennt. Der Zettelstapel gibt ein auf die vergangenen Wochen verteiltes Gespräch wieder, das über zwei Sender geführt wurde.

Der eine steht in einem Berliner Stadtteil namens Charlottenburg auf dem Dach eines Hotels am Steinplatz: dem vorläufigen Standort des Unterseeboot-Kommandos, das kürzlich von Paris dorthin verlegt worden ist. Die meisten der dort abgesetzten Funksprüche sind von Großadmiral Dönitz unterzeichnet. Waterhouse weiß, dass Dönitz vor kurzem Oberbefehlshaber der deutschen Kriegsmarine geworden ist, sich jedoch dafür entschieden hat, seinen vorherigen Titel des Befehlshabers der Unterseeboote beizubehalten. Dönitz hat eine Schwäche für Unterseeboote und die Männer, die damit fahren.

Der andere Sender gehört niemand anderem als U-691. Die dort abgesetzten Funksprüche sind vom Skipper, Kapitänleutnant Günter Bischoff, unterzeichnet.

Bischoff: Wieder ein Handelsschiff versenkt. Dieser neumodische Radar-Scheiß ist überall.

Dönitz: Verstanden. Gut gemacht.

Bischoff: Wieder einen Tanker erledigt. Die Schweine wissen offenbar genau, wo ich bin. Gott sei Dank gibt's den Schnorchel.

Dönitz: Verstanden. Wie üblich ausgezeichnete Arbeit.

Bischoff: Wieder ein Handelsschiff versenkt. Flugzeuge haben schon auf mich gewartet. Eines davon abgeschossen; es ist auf mir gelandet und in Flammen aufgegangen, dabei sind drei meiner Männer verbrannt. Seid ihr sicher, dass dieses Enigma-Ding wirklich funktioniert?

Dönitz: Ausgezeichnete Arbeit, Bischoff! Das gibt wieder einen Orden! Machen Sie sich keine Sorgen wegen Enigma, die ist fantastisch.

Bischoff: Ich habe einen Geleitzug angegriffen und drei Handelsschiffe, einen Tanker und einen Zerstörer versenkt.

Dönitz: Hervorragend! Noch ein Orden für Sie!

Bischoff: Habe nur aus Jux kehrtgemacht und den Rest des Geleitzuges erledigt. Dann ist ein weiterer Zerstörer aufgetaucht und hat drei Tage lang Wasserbomben nach uns geworfen. Wir sind alle halb tot, durchgeweicht von unseren eigenen Ausscheidungen wie Ratten, die in eine Latrine gefallen sind und langsam ersaufen. Vom Einatmen unseres eigenen Kohlendioxids sind unsere Hirne brandig.

Dönitz: Sie sind ein Held des Reiches und der Führer persönlich wurde von Ihrem brillanten Erfolg unterrichtet! Hätten Sie etwas dagegen, Südkurs zu nehmen und den Geleitzug auf der und der Position anzugreifen? P.S. Bitte fassen Sie sich kurz.

Bischoff: Eigentlich könnte ich Urlaub gebrauchen, aber gut, was soll's.

Bischoff (eine Woche später): Habe ungefähr die Hälfte dieses Geleitzuges für Sie absaufen lassen. Musste auftauchen und einen besonders penetranten Zerstörer mit der Bordkanone angreifen. Das war so absolut selbstmörderisch, dass sie nicht damit gerechnet haben. Infolgedessen haben wir sie in Stücke geschossen. Höchste Zeit für einen schönen Urlaub.

Dönitz: Sie sind jetzt offiziell der größte Unterseeboot-Kommandant aller Zeiten. Kehren Sie zu wohlverdienter Ruhe und Erholung nach Lorient zurück.

Bischoff: Eigentlich hatte ich an einen Urlaub in der Karibik gedacht. Lorient ist zu dieser Jahreszeit kalt und öde.

Dönitz: Wir haben seit zwei Tagen nichts von Ihnen gehört. Bitte berichten Sie.

Bischoff: Haben einen hübschen abgelegenen Hafen mit weißem Sandstrand gefunden. Möchte genaue Position lieber nicht angeben, da ich Sicherheit von Enigma nicht mehr traue. Prima Angelgewässer. Werde langsam braun. Fühle mich etwas besser. Mannschaft ist überaus dankbar.

Dönitz: Günter, ich lasse Ihnen vieles durchgehen, aber selbst der Oberbefehlshaber muss sich seinen Vorgesetzten gegenüber verantworten. Bitte lassen Sie diesen Unsinn und kehren Sie nach Hause zurück.

U-691: Hier ist Oberleutnant zur See Karl Beck, stellvertretender Kommandant von U-691. Muss Sie zu meinem Bedauern davon unterrichten, dass KL Bischoff erkrankt ist. Erbitte Befehle. P.S. Er weiß nicht, dass ich diesen Funkspruch absetze.

Dönitz: Übernehmen Sie Kommando. Kehren Sie nicht nach Lorient, sondern nach Wilhelmshaven zurück. Kümmern Sie sich um Günter.

Beck: KL Bischoff weigert sich, Kommando abzugeben.

Dönitz: Sedieren Sie ihn und schaffen Sie ihn hierher zurück, er wird nicht bestraft.

Beck: Danke Ihnen in meinem und im Namen der Mannschaft. Wir sind unterwegs, aber knapp an Treibstoff.

Dönitz: Treffen Sie sich mit U-413 [eine Milchkuh] auf der und der Position.

Noch mehr Menschen betreten den Raum: ein verhutzelter Rabbi; Dr. Alan Mathison Turing; ein massiger Mann in einem Tweedanzug in Fischgrätmuster, den Waterhouse vage als Oxford-Dozenten in Erinnerung hat; und ein paar von den Marineaufklärern, die ständig in Baracke 4 herumlungern. Chattan eröffnet die Sitzung und stellt einen der jüngeren Männer vor, der aufsteht und einen Lagebericht gibt.

»U-691, ein Unterseeboot vom Typ IXD/42, nominell unter dem Befehl von Kapitänleutnant Günter Bischoff, nun aber unter dem Befehl seines Stellvertreters, Oberleutnant zur See Karl Beck, hat um 20 Uhr Greenwich-Zeit einen Enigma-Funkspruch an das Unterseeboot-Kommando abgesetzt. Darin heißt es, U-691 habe drei Stunden nach Versenkung eines Handelsschiffes aus Trinidad ein Unterseeboot der Royal Navy, das Überlebende aufgefischt habe, torpediert und versenkt. Beck hat zwei unserer Leute gefangengenommen: Marine Sergeant Robert Shaftoe, ein Amerikaner, und Lieutenant Enoch Root, ANZAC.«

»Wie viel wissen diese Männer?« erkundigt sich der Dozent, der eine herzbewegend offensichtliche Anstrengung macht, nüchtern zu werden.

Chattan beantwortet die Frage ausweichend: »Wenn Root und Shaftoe alles preisgäben, was sie wissen, könnten die Deutschen zu dem Schluss kommen, dass wir uns nach Kräften bemühen, die Existenz einer äußerst wertvollen und ergiebigen Nachrichtenquelle zu kaschieren.«

»Teufel auch«, murmelt der Dozent.

Ein extrem hoch gewachsener, schlaksiger, blonder Zivilist, Kreuzworträtsel-Redakteur einer der Londoner Zeitungen und derzeit an Bletchley Park ausgeliehen, kommt ins Zimmer geeilt und entschuldigt sich für sein Zuspätkommen. Nun sind mehr als die Hälfte der Leute auf der Ultra-Mega-Liste hier versammelt.

Der junge Marine-Auswerter fährt fort. »Um 21 Uhr 10 hat Wilhelmshaven mit einem Funkspruch geantwortet, der OL Beck anwies, die Gefangenen unverzüglich zu verhören. Um 1 Uhr 50 hat Beck geantwortet, die Gefangenen gehörten seiner Ansicht nach irgendeiner Spezialeinheit der Marineaufklärung an.«

Während er spricht, werden Klartext-Durchschläge der neuen Funksprüche an sämtlichen Tischen herumgereicht. Der Kreuzworträtsel-Redakteur studiert seine Blätter mit schwer gefurchter Stirn. »Vielleicht haben Sie das ja schon vor meiner Ankunft behandelt – falls es so ist, bitte ich um Entschuldigung«, sagt er. »Aber was hat eigentlich das Handelsschiff aus Trinidad mit der ganzen Sache zu tun?«

Chattan bringt Waterhouse mit einem Blick zum Schweigen und antwortet: »Das sage ich Ihnen nicht.« Die Runde quittiert es mit anerkennendem Gelächter, als hätte er gerade auf einer Dinnerparty ein Bonmot zum Besten gegeben. »Aber wenn Admiral Dönitz ebendiese Funksprüche liest, ist er bestimmt genauso verwirrt wie Sie. Wir hätten gern, dass das so bleibt.«

»Faktum 1: Er weiß, dass ein Handelsschiff versenkt wurde«, meldet sich Turing und zählt die einzelnen Punkte an den Fingern ab.

»Faktum 2: Er weiß, dass wenige Stunden später ein Unterseeboot der Royal Navy zur Stelle war und ebenfalls versenkt wurde. Faktum 3: Er weiß, dass zwei unserer Leute aus dem Wasser gefischt wurden und dass sie vermutlich mit der Nachrichtenbeschaffung zu tun haben, was nach meinem Dafürhalten eine sehr grobe Kategorisierung ist. Aber er kann aufgrund dieser äußerst knappen Funksprüche nicht unbedingt irgendwelche Schlüsse im Hinblick darauf ziehen, von welchem Schiff – dem Handelsschiff oder dem Unterseeboot – die beiden Männer gekommen sind.«

»Aber das ist doch offensichtlich, oder?«, sagt Kreuzworträtsel. »Sie sind von dem Unterseeboot gekommen.«

Chattan antwortet nur mit einem breiten Grinsen.

»Oh!«, sagt Kreuzworträtsel. Überall in der Runde heben sich Augenbrauen.

»In dem Maße, wie Beck weiterhin Funksprüche an Admiral Dönitz absetzt, erhöht sich die Wahrscheinlichkeit, dass Dönitz etwas erfährt, von dem wir nicht wollen, dass er es weiß«, sagt Chattan. »Und diese Wahrscheinlichkeit wird praktisch zur Gewissheit, wenn U-691 unversehrt Wilhelmshaven erreicht.«

»Einspruch!«, blafft der Rabbi. Alles ist völlig verblüfft und es tritt längeres Schweigen ein, während der Mann sich mit zitternden Händen an der Tischkante festklammert und unsicher auf die Beine kommt. »Wichtig ist nicht, ob Beck Funksprüche absetzt! Sondern ob Dönitz diese Funksprüche *glaubt!*«

»Hört, hört! Sehr scharfsinnig!«, sagt Turing.

»Ganz recht! Danke für diese Klarstellung, Herr Kahn«, sagt Chattan.

»Verzeihen Sie bitte«, sagt der Dozent, »aber warum um alles in der Welt soll er sie denn nicht glauben?«

Das ruft längeres Schweigen hervor. Der Dozent hat ein schlagendes Argument vorgebracht und damit alle auf den kalten, harten Boden der Wirklichkeit zurückgebracht. Der Rabbi beginnt, etwas zu murmeln, was ziemlich abwehrend klingt, wird jedoch von einer Donnerstimme von der Tür her unterbrochen, die auf Deutsch »FUNKSPIEL!« brüllt.

Alles dreht sich zu dem Menschen hin, der gerade zur Tür hereingekommen ist: ein gut erhaltener Mann in den Fünfzigern mit vorzeitig weiß gewordenem Haar, einer ungeheuer dicken Brille, die seine Augen vergrößert, und einer regelrechten Schneewehe von Schuppen, die seinen marineblauen Blazer bedecken.

»Guten Morgen, Elmer!«, sagt Chattan mit der gezwungenen Fröhlichkeit eines Psychiaters, der eine geschlossene Abteilung betritt. Elmer kommt ins Zimmer und wendet sich den Versammelten zu. »FUNKSPIEL!«, brüllt er abermals mit unangemessen lauter Stimme und Waterhouse fragt sich, ob der Mann betrunken oder taub oder beides ist. Elmer kehrt ihnen den Rücken zu und starrt eine Zeit lang auf ein Bücherregal, dann dreht er sich mit erstauntem Blick wieder zu ihnen um. »Ich hab eigentlich damit gerechnet, dass da eine Tafel ist«, sagt er mit Texarkana-Akzent. »Was ist denn das für ein Klassenzimmer?« Das ruft nervöses Gelächter in der Runde hervor, während jeder dahinter zu kommen versucht, ob Elmer trockenen Humor zum Besten gibt oder völlig verrückt ist.

»Das bedeutet ›radio game‹«, übersetzt Rabbi Kahn.

»Danke, Sir!«, erwidert Elmer rasch und mit verärgert klingender Stimme. »Funkspiel. Die Deutschen spielen es schon den ganzen Krieg über. Jetzt sind wir an der Reihe.«

Noch vor wenigen Momenten fand Waterhouse die ganze Szene ungemein britisch, fühlte sich sehr fern von zu Hause und wünschte, es wären ein, zwei Amerikaner anwesend. Nun, da dieser Wunsch in Erfüllung gegangen ist, möchte er bloß noch auf allen vieren aus dem Herrenhaus kriechen.

»Wie spielt man denn dieses Spiel, Mr., äh...«, fragt Kreuzworträtsel.

»Sie können Elmer zu mir sagen!«, brüllt Elmer. Alles fährt vor ihm zurück.

»Elmer!«, sagt Waterhouse, »würden Sie bitte aufhören, so zu brüllen?«

Elmer dreht sich in Waterhouses Richtung und blinzelt zweimal. »Das Spiel ist ganz einfach«, sagt er in normalerem Gesprächston. Dann gerät er wieder in Begeisterung und seine Stimme beginnt anzuschwellen. »Man braucht bloß ein Funkgerät und ein paar Spieler mit guten Ohren und geschickten Händen!« Nun orgelt er. Er macht eine Handbewegung zu einer Ecke hin, wo ein weiblicher Albino mit Kopfhörern und der Schlagzeuger mit den Lippenstiftspuren am Ohr beieinander sitzen. »Möchten Sie das mit den Händen erklären, Mr. Shales?«

Der Schlagzeuger steht auf. »Jeder Funker hat einen unverwechselbaren Eingabestil – wir nennen das seine Hand. Mit ein wenig Übung können unsere Y-Service-Leute verschiedene deutsche Funker an ihrer jeweiligen Hand identifizieren – wir erkennen beispielsweise, wenn einer zu einer anderen Einheit versetzt worden ist.« Er macht eine Kopfbewegung zu dem weiblichen Albino hin. »Miss Lord hat zahlreiche Funksprüche von U-691 abgefangen und ist mit der Hand des betreffenden Funkers vertraut. Außerdem verfügen wir mittlerweile über eine Aufzeichnung des jüngsten Funkspruchs von U-691, die sie und ich eingehend studiert haben.« Der Schlagzeuger holt tief Atem und nimmt seinen ganzen Mut zusammen, ehe er sagt: »Wir sind zuversichtlich, dass ich die Hand von U-691 nachahmen kann.«

Turing schaltet sich ein. »Und da wir Enigma geknackt haben, können wir jede beliebige Mitteilung verfassen und sie genauso verschlüsseln, wie es U-691 tun würde.«

»Ausgezeichnet. Ausgezeichnet!«, sagt einer der Burschen von den Broadway Buildings.

»Wir können nicht verhindern, dass U-691 seine eigenen regulären Funksprüche absetzt«, mahnt Chattan, »es sei denn, wir versenken es. Und darum bemühen wir uns nach Kräften. Aber wir können beträchtliche Verwirrung stiften. Rabbi?«

Erneut erhebt sich der Rabbi und zieht die allgemeine Aufmerksamkeit auf sich, da jeder darauf wartet, dass er umfällt. Aber er tut es nicht. »Ich habe eine Mitteilung in deutschem Marinejargon verfasst. Ins Englische übersetzt lautet sie ungefähr: ›Verhör der Gefangenen geht schleppend vonstatten, erbitte Erlaubnis zum Einsatz von Folter‹, und dann folgen mehrere X hintereinander und diesen angehängt die Worte: WARNUNG U-691 IST VON BRITISCHEM KOMMANDOTRUPP EINGENOMMEN WORDEN.«

Scharfes Atemeinziehen in der Runde.

»Gehört zeitgenössischer deutscher Marinejargon zum regulären Curriculum eines Talmud-Studiums?«, fragt der Dozent.

»Mr. Kahn analysiert seit anderthalb Jahren entschlüsselte Marine-Funksprüche in Baracke 4«, sagt Chattan. »Er beherrscht das Kauderwelsch aus dem Effeff.« Er fährt fort: »Wir haben Mr. Kahns Mitteilung mit dem Enigma-Schlüssel von heute verschlüsselt und sie Mr. Shales gegeben, der geübt hat.«

Miss Lord erhebt sich wie ein Kind, das in einer viktorianischen Schule seine Lektion aufsagt, und verkündet: »Nach meiner Überzeugung ist Mr. Shales' Wiedergabe von der von U-691 nicht zu unterscheiden.«

Aller Augen richten sich auf Chattan, der sich den alten Säcken aus den Broadway Buildings zuwendet, die noch immer am Telefon stehen und alles an jemanden weitergeben, vor dem sie sich sichtlich fürchten.

»Haben die Jerrys denn kein Huffduff?«, fragt der Dozent, als bohre er nach einer Unzulänglichkeit in der Dissertation eines Studenten.

»Ihr Huffduff-Netz ist nicht annähernd so gut ausgebaut wie unseres«, antwortet einer der jungen Auswerter. »Es ist äußerst unwahrscheinlich, dass sie sich die Mühe machen würden, ein Funksignal zu triangulieren, das allem Anschein nach von einem ihrer eigenen Unterseeboote stammt, also werden sie vermutlich nicht dahinter kommen, dass der Funkspruch in Buckinghamshire und nicht im Atlantik abgesetzt wurde.«

»Allerdings haben wir Ihren Einwand vorweggenommen«, sagt Chattan, »und dafür gesorgt, dass mehrere unserer eigenen Schiffe sowie verschiedene Flugzeuge und Bodeneinheiten den Äther mit Funksendungen überschwemmen werden. Das Huffduff-Netz der Deutschen wird zum Zeitpunkt unserer gefälschten U-691-Sendung alle Hände voll zu tun haben.«

»Sehr gut«, murmelt der Dozent.

Alles verharrt in gottesdiensthaftem Schweigen, während der Dienstälteste des Broadway-Buildings-Kontingents sein Gespräch mit Der Person Am Anderen Ende abschließt. Nachdem er den Hörer aufgelegt hat, intoniert er feierlich: »Sie werden angewiesen fortzufahren.«

Chattan nickt einigen der jüngeren Männer zu, die durch den Raum flitzen, Telefonhörer abnehmen und mit ruhiger, klinischer Stimme über Kricketergebnisse reden. Chattan sieht auf seine Uhr. »Es wird ein paar Minuten dauern, bis sich der Huffduff-Nebelschleier aufgebaut hat. Miss Lord, würden Sie uns bitte verständigen, wenn der Funkverkehr einen angemessenen Grad von Hektik erreicht hat?«

Miss Lord macht einen kleinen Knicks und setzt sich an ihr Funkgerät.

»FUNKSPIEL!«, brüllt Elmer und jagt damit allen einen Heidenschreck ein. »Wir haben schon ein paar andere Funksprüche abgesetzt. Den Anschein erweckt, als handelte es sich um Royal-Navy-Funkverkehr. Einen Code benutzt, den die Krauts erst vor ein paar Wochen geknackt haben. Die Funksprüche haben mit einer Operation – und zwar einer fiktiven Operation – zu tun, bei der angeblich ein deutsches Unterseeboot von einem unserer Kommandotrupps geentert und erobert wurde.«

Aus dem inzwischen wieder abgenommenen Telefonhörer dringt ein ganzer Schwall blechernen Gebrülls. Der Gentleman, der das

Pech hat, ihn in der Hand zu halten, übersetzt das Ganze in wahrscheinlich höflicheres Englisch: »Und wenn Mr. Shales' Darbietung die Funker in Charlottenburg nicht überzeugt? Und wenn es ihnen nicht gelingt, Mr. Elmers falsche Funksprüche zu entschlüsseln?«

Chattan nimmt sich dieser Einwände an. Er tritt vor eine Landkarte, die man an der Schmalseite des Raums auf eine Staffelei gestellt hat. Die Karte zeigt einen Streifen Zentralatlantik, im Osten begrenzt von Frankreich und Spanien. »Die letzte gemeldete Position von U-691 war hier«, sagt er und deutet auf eine Nadel, die in der unteren linken Ecke der Karte steckt. »Sie ist mit ihren Gefangenen nach Wilhelmshaven zurückbeordert worden. Sie wird diesen Weg nehmen«, sagt er und deutet auf ein Stück rotes Garn, das in nord-nordöstlicher Richtung gespannt ist, »vorausgesetzt, sie meidet die Straße von Dover.«*

»Hier ist zufällig noch eine Milchkuh«, fährt Chattan fort und deutet auf eine andere Nadel. »Eines unserer eigenen Unterseeboote müsste imstande sein, sie binnen vierundzwanzig Stunden zu erreichen, worauf es sich ihr auf Sehrohrtiefe nähern und sie mit Torpedos angreifen wird. Die Chancen, dass die Milchkuh sofort zerstört werden wird, stehen ausgezeichnet. Wenn sie überhaupt noch Zeit hat, einen Funkspruch abzusetzen, wird sie lediglich melden, dass sie von einem Unterseeboot angegriffen wird. Sobald wir diese Milchkuh zerstört haben, werden wir erneut auf die Fertigkeiten von Mr. Shales zurückgreifen, der eine falsche Meldung senden wird, die den Anschein erweckt, sie käme von der Milchkuh, und die besagt, man werde von niemand anderem als U-691 angegriffen.«

»Ausgezeichnet!«, verkündet jemand.

»Bis Sonnenaufgang morgen früh«, schließt Chattan, »werden wir eine unserer allerbesten Unterseeboot-Jagd-Einheiten vor Ort haben. Ein leichter Flugzeugträger mit mehreren Jagdflugzeugen wird Tag und Nacht den Ozean durchkämmen und bei der Jagd auf U-691 Radar, visuelle Aufklärung, Huffduff und Leigh-Lampen einsetzen. Die Chancen, dass sie lange vor ihrer Annäherung an den Kontinent aufgespürt und versenkt wird, stehen ausgezeichnet. Und sollte sie diese gewaltige Barriere dennoch überwinden können, wird sie feststellen,

---

* Das ist trockener Humor, der auch von allen Anwesenden so aufgefasst wird; zu diesem Zeitpunkt des Krieges könnte ein Unterseeboot ebenso wenig durch den Ärmelkanal laufen, wie es den Mississippi hinauffahren, in Dubuque ein paar Kähne versenken und heil davonkommen könnte.

dass die deutsche Kriegsmarine nicht weniger erpicht darauf ist, sie zur Strecke zu bringen. Jede Information, die sie bis dahin an Admiral Dönitz senden kann, wird mit größtem Misstrauen betrachtet werden.«

»Der Plan besteht also, kurz gesagt, darin«, sagt Waterhouse, »jegliche Information von U-691 zu diskreditieren und das Boot sodann mit sämtlichen Insassen zu zerstören, ehe es Deutschland erreichen kann.«

»Ja«, sagt Chattan, »und Ersteres wird durch die Tatsache, dass der Skipper von U-691 bereits als geistig labil bekannt ist, gewaltig vereinfacht.«

»Es ist somit wahrscheinlich, dass unsere Jungs, Shaftoe und Root, nicht überleben werden«, sagt Waterhouse langsam.

Es tritt ein langes, eisiges Schweigen ein, als hätte Waterhouse eine Teegesellschaft gestört, indem er mit der Achselhöhle Furzgeräusche machte.

Chattan antwortet mit präziser, vor Ironie triefender Stimme, die anzeigt, dass er stocksauer ist. »Es besteht die Möglichkeit, dass U-691 beim Angriff unserer Kräfte zum Auftauchen gezwungen wird und sich ergibt.«

Waterhouse studiert die Maserung der Tischplatte. Sein Gesicht ist heiß und seine Brust brennt.

Miss Lord erhebt sich und sagt etwas. Mehrere bedeutende Köpfe wenden sich Mr. Shales zu. Der fummelt ein paar Augenblicke lang an den Reglern eines Funkgeräts herum, legt die verschlüsselte Nachricht vor sich hin und holt tief Atem, als bereite er sich auf ein Solo vor. Schließlich streckt er eine Hand aus, legt sie leicht auf die Taste und beginnt die Nachricht zu klopfen, wobei er sich hin und her wiegt und den Kopf hierhin und dahin neigt. Miss Lord lauscht mit geschlossenen Augen und höchster Konzentration.

Mr. Shales hört auf. »Fertig«, verkündet er mit leiser Stimme und einem nervösen Blick auf Miss Lord, die lächelt. Dann durchrauscht höflicher Applaus die Bibliothek, als hätten die Anwesenden soeben ein Cembalo-Konzert gehört. Lawrence Pritchard Waterhouse behält die gefalteten Hände im Schoß. Er hat gerade das Todesurteil für Enoch Root und Bobby Shaftoe vernommen.

HEAP

An: root@eruditorum.org
Von: zwerg@siblings.net
Betreff: Re (8) Warum?
Lassen Sie mich zusammenfassen, was ich bis jetzt weiß: Sie sagen, die Frage nach dem »Warum?« zu stellen trage zu Ihrem Lebensunterhalt bei; Sie sind kein Akademiker; und Sie sind im Überwachungsgeschäft. Darauf kann ich mir beim besten Willen keinen Reim machen.
- ANFANG ORDO SIGNATURBLOCK -
(etc.)
- ENDE ORDO SIGNATURBLOCK -

An: zwerg@siblings.net
Von: root@eruditorum.org
Betreff: Re (9) Warum?
Randy,
ich habe nie behauptet, selbst im Überwachungsgeschäft zu sein. Aber ich kenne Leute, die drin sind. Früher öffentlicher, jetzt privater Sektor. Wir halten Kontakt. Nachrichtendienst und so. Mittlerweile beschränkt sich mein Engagement darauf, als eine Art Hobby mit neuen Kryptosystemen herumzuspielen.
Um nun aber wieder auf das zurückzukommen, was ich als roten Faden unseres Dialogs bezeichnen würde: Sie haben vermutet, ich sei Akademiker. War das ehrlich gemeint oder nur der Versuch, mir ein »Erwischt!« aufzustempeln?
Der Grund für meine Frage ist, dass ich in Wirklichkeit zum geistlichen Stand gehöre; deshalb betrachte ich es natürlich als meinen Job, »Warum?« zu fragen. Ich hatte

gedacht, das sei ziemlich offensichtlich
für Sie. Allerdings hätte ich bedenken
sollen, dass Sie kein kirchlich gesinnter
Mensch sind. Das war mein Fehler.
Heute ist es üblich, Kleriker nur mit der
Durchführung von Beerdigungen und Trauungen in Verbindung zu bringen. Sogar Leute,
die routinemäßig in die Kirche (oder Synagoge oder was immer) gehen, schlafen die
Predigten über. Das liegt daran, dass die
Kunst der schönen und wirkungsvollen Rede
nicht mehr gefragt ist und die Predigten
aus diesem Grund oft nicht sehr interessant sind.
Es gab jedoch Zeiten, da existierten akademische Orte wie Oxford und Cambridge
eigentlich nur, um Geistliche auszubilden,
deren Job nicht bloß in der Durchführung
von Beerdigungen und Trauungen bestand,
sondern auch darin, mehrmals in der Woche
einer großen Anzahl von Menschen Denkanstöße zu geben. Sie waren gewissermaßen
die Ladengeschäfte des Philosophentums.
Ich denke, das ist immer noch die höchste
Berufung des Priesters - zumindest aber
der interessanteste Teil seines Berufs -;
daher kann ich nicht umhin zu bemerken,
dass meine Frage an Sie noch immer nicht
beantwortet ist.
- ANFANG ORDO SIGNATURBLOCK -
(etc.)
- ENDE ORDO SIGNATURBLOCK -

»Was ist das Schlimmste, was je passiert ist, Randy?«

Wenn man mit Avi zusammen ist, fällt die Beantwortung dieser Frage nie schwer. »Der Holocaust«, erwidert Randy pflichtgemäß.

Selbst wenn er Avi nicht kennen würde, lieferte die Umgebung ihm einen Hinweis. Die übrigen Angehörigen der Epiphyte Corp. sind ins Foote Mansion zurückgegangen, um sich auf den Waffengang gegen den Dentisten vorzubereiten. Randy und Avi sitzen auf einer Bank aus schwarzem Obsidian, die in Kinakuta-Stadt auf ein Massengrab mit Tausenden von Japanern gepflanzt wurde, und schauen zu, wie die Reisebusse an- und abfahren.

Avi zieht einen kleinen GPS-Empfänger aus seinem Aktenkoffer, schaltet ihn ein und stellt ihn auf einen Findling vor ihnen, wo er den freien Himmel über sich hat. »Genau! Und was ist das höchste und wertvollste Ziel, dem wir die uns zugeteilte Lebenszeit widmen können?«

»Äh... den Shareholder Value zu erhöhen?«

»Sehr witzig.« Avi ist sauer. Er kehrt sein Innerstes nach außen, und das tut er selten. Außerdem ist er gerade dabei, die Stätte einer anderen Massenvernichtung zu katalogisieren und seinem Archiv hinzuzufügen. Es ist klar, dass er sich dazu ein bisschen mehr feierlichen Ernst gewünscht hätte. »Vor ein paar Wochen war ich in Mexiko«, fährt Avi fort.

»Auf der Suche nach einem Ort, an dem die Spanier einen Haufen Azteken getötet haben?«, fragt Randy.

»Das ist *genau* das, wogegen ich kämpfe«, sagt Avi in noch gereizterem Ton. »Nein, ich habe *nicht* nach einem Ort gesucht, wo ein Haufen Azteken ermordet worden sind. Die Azteken können mich nämlich am Arsch lecken, Randy! Sprich mir nach: Die Azteken können mich am Arsch lecken.«

»Die Azteken können mich am Arsch lecken«, sagt Randy fröhlich, womit er den erstaunten Blick eines näher kommenden japanischen Reiseleiters auf sich zieht.

»Um es gleich vorweg zu sagen, ich war hunderte von Meilen von Mexico City, der früheren Aztekenhauptstadt, entfernt. Ich befand mich am Rand des Territoriums, das die Azteken beherrschten.« Avi angelt sich den GPS-Empfänger von dem Findling und fängt an, ihm über sein Tastenfeld den Speicherbefehl für die Länge und Breite zu geben. »Ich habe eine Nahuatl-Stadt gesucht«, fährt Avi fort, »die Hunderte von Jahren, bevor die Spanier überhaupt aufgetaucht sind, von den Azteken überfallen worden ist. Weißt du, was diese Scheißazteken gemacht haben, Randy?«

Randy benutzt seine Hände, um sich wie mit einem Gummiwischer den Schweiß aus dem Gesicht zu ziehen. »Etwas Unaussprechliches?«

»Ich hasse das Wort ›unaussprechlich‹. Wir *müssen* darüber sprechen.«

»Dann sprich.«

»Die Azteken nahmen fünfundzwanzigtausend Nahuatl gefangen, brachten sie nach Tenochtitlan und töteten sie alle innerhalb weniger Tage.«

»Warum?«

»Eine Art Fest. Super Bowl-Wochenende oder so was. Keine Ahnung. Worum es mir geht, ist, dass sie solche Sauereien andauernd gemacht haben. Wenn ich aber *heute* über holocaustartige Vorfälle in Mexiko spreche, Randy, servierst du mir diesen Mist über die gemeinen, niederträchtigen Spanier! Warum? Weil die Geschichte verzerrt worden ist, deswegen.«

»Erzähl mir nicht, du willst dich auf die Seite der Spanier schlagen?«

»Als Nachfahre von Menschen, die durch die Inquisition aus Spanien vertrieben wurden, mache ich mir keine Illusionen über sie«, sagt Avi, »aber die Spanier waren in ihren schlimmsten Tagen noch Millionen Mal besser als die Azteken. Ich meine, es sagt doch etwas über die Schlechtigkeit der *Azteken* aus, wenn nach dem Auftauchen und dem Raubzug der *Spanier* dort alles sogar viel *besser* wurde.«

»Avi?«

»Ja?«

»Wir sitzen hier im Sultanat Kinakuta und versuchen, einen Datenhafen zu bauen und uns gleichzeitig gegen einen zum Spezialisten für feindliche Übernahmen gewordenen Kieferchirurgen zu wehren. Ich habe dringende Verpflichtungen auf den Philippinen. Warum diskutieren wir hier über die Azteken?«

»Weil ich dir ein paar aufmunternde Worte sagen will«, erwidert Avi. »Du langweilst dich, und zwar auf gefährliche Weise. Die Sache mit dem Pinoygramm war eine Zeit lang ein Hit, aber jetzt, wo alles läuft, gibt es technologisch nichts Neues mehr.«

»Richtig.«

»Aber die Krypta ist der Hit schlechthin. Tom und John und Eb sind völlig aus dem Häuschen und sämtliche Heimlichen Bewunderer weltweit schütten mich mit Bewerbungen zu. Die Krypta ist genau das, woran du im Moment am liebsten arbeiten würdest.«

»Wieder richtig.«

»Aber auch wenn du an der Krypta arbeitetest, würden philosophische Fragen an dir nagen – Fragen hinsichtlich der Art von Leuten, die du jetzt bei uns auftauchen siehst, die vielleicht unsere ersten Kunden sind.«

»Ich kann nicht leugnen, dass ich philosophische Fragen habe«, sagt Randy. Plötzlich ist ihm eine neue Hypothese gekommen: In Wirklichkeit ist *Avi* root@eruditorum.org.

»Stattdessen verlegst du Kabel auf den Philippinen. Das ist eine Aufgabe, die – aufgrund von Veränderungen, die uns gestern erst klar geworden sind – für unser Firmenziel im Grunde irrelevant ist. Es ist aber eine vertragliche Verpflichtung, die wir noch haben, und wenn wir jemand weniger Wichtigen als dich damit betrauen, kann der Dentist selbst den schwachsinnigsten kalifornischen Geschworenen mit ihren Tofuhirnen beweisen, dass wir uns drücken.«

»Na, danke, dass du mir so plastisch vor Augen führst, warum ich unglücklich sein sollte«, sagt Randy nachsichtig.

»Deshalb«, fährt Avi fort, »sollst du wissen, dass du hier nicht unbedingt nur Nummernschilder machst. Und dass die Krypta kein moralisch verwerfliches Unterfangen ist. Ganz im Gegenteil, du spielst eine große Rolle bei der wichtigsten Sache der Welt.«

Randy sagt: »Du hast mich vorhin gefragt, was das höchste und wertvollste Ziel ist, dem wir unser Leben widmen können. Und die nahe liegende Antwort lautet: ›weitere Holocausts zu verhindern‹.«

Avi lacht finster. »Ich bin froh, dass sie auch für *dich* nahe liegend ist, mein Freund. Ich hatte schon langsam das Gefühl, der Einzige zu sein.«

»Was? Jetzt mach aber mal halblang, Avi. Die Leute gedenken doch andauernd des Holocausts.«

»Des Holocausts zu gedenken ist *absolut* nicht, ich wiederhole: *absolut nicht* dasselbe, wie wenn man sich aktiv für die Verhinderung weiterer Massenvernichtungen einsetzt. Die meisten Teilnehmer an den Gedenkfeiern sind nichts als Jammerer. Sie meinen, wenn nur jeder die Holocausts der Vergangenheit verurteilt, wird sich die menschliche Natur auf wundersame Weise verwandeln und in Zukunft wird niemand mehr eine Neigung zum Völkermord verspüren.«

»Ich nehme an, du teilst diese Ansicht nicht, Avi?«

»Schau dir doch Bosnien an!«, spottet Avi. »Die menschliche Natur verändert sich nicht, Randy. Bildung ist ein hoffnungsloses Unterfangen. Die gebildetsten Menschen der Welt können sich so« – dabei schnippt er mit den Fingern – »in Azteken oder Nazis verwandeln.«

»Welche Hoffnung bleibt uns dann?«

»Statt um die Bildung und Erziehung der potentiellen *Täter* von Massenvernichtungen geht es uns um die Bildung und Erziehung der potentiellen *Opfer*. Wenigstens *sie* werden ein bisschen *aufmerken*.«

»Erziehung in welcher Weise?«

Avi schließt die Augen und schüttelt den Kopf. »Darüber könnte ich stundenlang reden, Randy – ich habe einen ganzen Lehrplan aufgestellt.«

»Gut, damit beschäftigen wir uns später.«

»Auf jeden Fall später. Jetzt ist erst einmal die Krypta das Allerwichtigste. Ich kann all meine Gedanken nehmen und in ein einziges Informationspaket packen, aber fast jeder Staat der Welt würde dessen Verteilung an alle seine Bürger verhindern. Wir müssen die Krypta unbedingt bauen, damit HEAP weltweit frei zugänglich ist.«

»HEAP?«

»Das Holocaust-Erziehungs- und Abwehrpaket.«

»Ach du lieber Himmel!«

»Das ist der eigentliche Sinn dessen, woran du arbeitest«, sagt Avi, »und deshalb bitte ich dich eindringlich, nicht den Mut zu verlieren. Immer wenn das Nummernschildermachen auf den Philippinen anfängt, dich zu langweilen, denk an HEAP. Denk daran, was diese Nahuatl-Dorfbewohner mit den verdammten Azteken hätten machen können, wenn sie ein Holocaust-Abwehr-Handbuch – einen Leitfaden der taktischen Guerillakriegsführung – gehabt hätten.«

Randy sitzt eine Weile da und grübelt. »Wir müssen gehen und Wasser kaufen«, sagt er schließlich. »Vom bloßen Hier-Sitzen habe ich ein paar Liter Schweiß verloren.«

»Wir können zum Hotel zurückgehen«, entgegnet Avi, »ich bin im Grunde fertig.«

»Du bist fertig. Ich habe noch nicht einmal angefangen«, sagt Randy.

»Womit angefangen?«

»Dir zu erzählen, warum ich mich auf den Philippinen ganz bestimmt nicht langweilen werde.«

Avi zwinkert ihm zu. »Hast du ein Mädchen kennen gelernt?«

»Nein!«, erwidert Randy gereizt und meint natürlich *ja*. »Komm, lass uns gehen.«

Sie gehen in einen nahe gelegenen 24-Jam-Supermarkt und kaufen bläuliche Plastikwasserflaschen, so groß wie Hohlblocksteine. Dann schlendern sie durch die Straßen, die voll gestopft sind mit Essenskarren, von denen ein unerträglich würziger Duft ausgeht, und schlürfen dabei ihr Wasser.

»Vor ein paar Tagen habe ich eine E-Mail von Doug Shaftoe bekommen«, sagt Randy. »Von seinem Boot, per Satellitentelefon.«

»In Klartext?«

»Ja. Ich bearbeite ihn die ganze Zeit, dass er sich Ordo besorgen und seine E-Mails verschlüsseln soll, aber er will nicht.«

»Das ist wirklich unprofessionell«, brummt Avi. »Er müsste unbedingt paranoider sein.«

»Er ist so paranoid, dass er nicht einmal Ordo vertraut.«

Avis finstere Miene entspannt sich. »Ach so. Dann ist ja gut.«

»Seine E-Mail enthielt einen blöden Witz über Imelda Marcos.«

»Du hast mich zu diesem Spaziergang mitgenommen, um mir einen Witz zu erzählen?«

»Nein, nein, nein«, sagt Randy. »Der Witz war ein vorher vereinbartes Zeichen. Doug hatte mir gesagt, er würde mir eine E-Mail mit einem Imelda-Witz schicken, falls etwas Bestimmtes passierte.«

»Falls was passierte?«

Randy trinkt einen großen Schluck Wasser, holt tief Luft und sammelt sich. »Vor über einem Jahr habe ich mich bei der Riesenparty, die der Dentist an Bord der *Rui Faleiro* gab, mit Doug Shaftoe unterhalten. Er wollte, dass wir seine Firma, die Semper Marine Services, bei allen künftigen Kabelverlegearbeiten mit der Erstellung der Gutachten beauftragen. Im Gegenzug bot er an, uns an jedem gesunkenen Schatz, den er während der Arbeit an einem solchen Gutachten findet, zu beteiligen.«

Avi bleibt wie vom Blitz getroffen stehen und hält die Wasserflasche aus Angst, er könnte sie fallen lassen, mit beiden Händen fest. »Gesunkener Schatz, so à la ›Jo-ho-ho, und 'ne Buddel voll Rum‹? Dukaten? Solches Zeug?«

»Dublonen. Aber dieselbe Grundidee«, sagt Randy. »Die Shaftoes sind Schatzsucher. Doug ist besessen von dem Gedanken, dass auf den philippinischen Inseln und um sie herum Unmengen von Schätzen liegen.«

»Woher? Von den spanischen Galeonen?«

»Nein. Das heißt, *doch*, schon. Aber darauf hat Doug es nicht abgesehen.« Er und Avi setzen sich wieder in Bewegung. »Das meiste davon ist entweder viel älter – Keramik von gesunkenen chinesischen Dschunken – oder viel jünger – japanisches Kriegsgold.«

Wie Randy erwartet hat, macht die Erwähnung von japanischem Kriegsgold gewaltig Eindruck auf Avi. Randy fährt fort. »Es heißt, die Japaner hätten eine Menge Gold in der Gegend zurückgelassen. Angeblich hat Marcos einen Riesenbatzen in irgendeinem Tunnel wiedergefunden – daher hat er sein ganzes Geld. Die meisten Leute glauben, Marcos habe so etwa fünf, sechs Milliarden Dollar besessen, aber auf den Philippinen sind viele Leute der Meinung, er habe ungefähr sechzig Milliarden gefunden.«

»Sechzig Milliarden!« Avi richtet sich kerzengerade auf. »Unmöglich.«

»Du kannst den Gerüchten Glauben schenken oder nicht, das ist mir egal«, sagt Randy. »Da es aber so aussieht, als würde einer von Marcos' Schmiergeldverteilern zu den Gründungsmitgliedern der künftigen Krypta-Gesellschaft gehören, solltest du diese Dinge vielleicht doch wissen.«

»Sprich weiter«, sagt Avi, plötzlich ganz erpicht auf weitere Informationen.

»Gut. Auf der Suche nach dem legendären japanischen Kriegsgoldschatz haben die Leute also seit dem Krieg die Philippinen kreuz und quer durchforstet, Löcher gebohrt und den Meeresboden umgepflügt. Doug Shaftoe ist einer von diesen Leuten. Das Problem ist nur, dass ein detailliertes Flächenecholot-Gutachten der ganzen Gegend ziemlich teuer ist – man kann nicht einfach hergehen und es auf gut Glück durchführen. Als wir auftauchten, sah er seine Chance gekommen.«

»Verstehe. Sehr schlau«, sagt Avi anerkennend. »Er hat das Flächenecholot-Gutachten gemacht, das wir ohnehin brauchten, um die Kabel verlegen zu können.«

»Wo er schon mal draußen war, vielleicht ein bisschen mehr, als unbedingt nötig gewesen wäre.«

»Stimmt. Jetzt erinnere ich mich an eine wütende Mail von den One–Diligence–Harpyien des Dentisten, von wegen, die Erstellung des Gutachtens kostete zu viel und dauerte zu lang. Sie meinten, wir hätten eine andere Firma beauftragen und dieselben Ergebnisse schneller und billiger bekommen können.«

»Wahrscheinlich hatten sie Recht«, gibt Randy zu. »Jedenfalls wollte Doug einen Deal mit uns machen, der uns zehn Prozent von allem sicherte, was er finden würde. Und mehr, wenn wir die Kosten für die Bergungsarbeiten tragen.«

Mit einem Mal weiten sich Avis Augen und er holt mit offenem Mund tief Luft. »Ach du Scheiße«, entfährt es ihm. »Er wollte das Ganze vor dem Dentisten geheim halten.«

»Genau. Der Dentist würde sich nämlich am Ende alles unter den Nagel reißen. Und aufgrund seiner ganz besonderen häuslichen Situation würden die Bolobolos darüber Bescheid wissen. Diese Typen würden über Leichen gehen, wenn sie Gold in die Finger kriegen könnten.«

»Wow!«, sagt Avi kopfschüttelnd. »Ich will ja nicht wie der klischeehafte Jude erscheinen, den man in manchen Schnulzen sieht. Aber in Momenten wie diesem kann ich nur sagen ›Oy gevalt!‹«

»Ich habe dir aus zwei Gründen bisher nichts von diesem Deal erzählt, Avi. Zum einen ist es ja unser allgemeines Prinzip, nicht ohne Not über Dinge zu reden. Zum anderen hatten wir ohnehin schon beschlossen, Semper Marine Services zu beauftragen – und zwar nur ihrer Fähigkeiten wegen –, sodass Doug Shaftoes Vorschlag irrelevant war.«

Darüber denkt Avi nach. »Korrektur. Er war irrelevant, *solange Doug Shaftoe keinen gesunkenen Schatz gefunden hatte.*«

»Richtig. Und ich habe angenommen, er würde keinen finden.«

»Falsche Annahme.«

»Falsche Annahme«, gibt Randy zu. »Shaftoe hat die Überreste eines alten japanischen Unterseeboots gefunden.«

»Woher weißt du das denn?«

»Wenn er eine chinesische Dschunke gefunden hätte, hätte er mir einen Witz über Ferdinand Marcos geschickt. Bei Zeug aus dem Zweiten Weltkrieg sollte es Imelda sein. Im Falle eines normalen Schiffes Imeldas Schuhe, bei einem Unterseeboot ihre sexuellen Gewohnheiten. Er hat mir einen Witz über Imeldas sexuelle Gewohnheiten geschickt.«

»Hast du denn jemals offiziell auf Doug Shaftoes Vorschlag reagiert?« fragt Avi.

»Nein. Wie ich schon gesagt habe, war er irrelevant, weil wir ihn sowieso beauftragen wollten. Als die Verträge aber allesamt unterzeichnet und wir dabei waren, den Zeitplan für die Gutachten zu erstellen, erzählte er mir von diesem Code mit den Marcos-Witzen. Da wurde mir klar, dass er dachte, wir hätten mit der Vergabe des Auftrags an ihn auch stillschweigend seinen Vorschlag angenommen.«

»Das ist ja eine komische Art, Geschäfte abzuschließen«, sagt Avi naserümpfend. »Man hätte doch meinen sollen, dass er sich deutlicher ausdrückt.«

»Er gehört zu den Leuten, die per Handschlag Geschäfte abschließen. Auf Ehrenwort«, erklärt Randy. »Nachdem er den Vorschlag einmal gemacht hatte, würde er ihn nie mehr zurückziehen.«

»Das Problem mit diesen ehrenwerten Leuten«, sagt Avi, »besteht darin, dass sie von allen anderen erwarten, dass die genauso ehrenwert sind.«

»Das stimmt.«

»Er glaubt also jetzt, dass wir in dem Bemühen, die Existenz dieses versunkenen Schatzes vor dem Dentisten und den Bolobolos geheim zu halten, Komplizen sind«, sagt Avi.

»Wenn wir ihnen nicht sofort reinen Wein einschenken.«

»Was bedeuten würde, dass wir Doug Shaftoe hintergehen«, erwidert Avi.

»Dem Ex-SEAL in den Rücken fallen, der sechs Jahre Kriegsdienst in Vietnam geleistet und auf der ganzen Welt Furcht einflößende Freunde mit guten Beziehungen hat«, fügt Randy hinzu.

»Mensch, Randy! Ich hatte gedacht, ich würde dir mit meinem HEAP einen Schock versetzen.«

»Hast du auch.«

»Und dann kommst du mir mit so was!«

»Das Leben hält eine Menge Überraschungen bereit«, sagt Randy.

Avi denkt einen Moment nach. »Tja, ich vermute, es läuft auf die Frage hinaus, wen wir bei einer Kneipenschlägerei lieber auf unserer Seite haben möchten.«

»Die Antwort kann nur Douglas MacArthur Shaftoe lauten«, entgegnet Randy. »Was allerdings nicht heißt, dass wir die Kneipe lebend verlassen werden.«

Süchtig

Sie haben ihn in den schmalen Zwischenraum zwischen dem geschlitzten Außenrumpf des Unterseeboots und dem Druckkörper weiter innen gestopft, sodass ihn das bitterkalte, schwarze Wasser, das mit dem brutalen Druck eines Feuerwehrschlauchs hindurchströmt, mit malariaartigen Schüttelfrösten martert: Knochen knacken, Gelenke erstarren, Muskeln verkrampfen. Er ist fest zwischen unebenen Flächen aus hartem, rauem Stahl eingezwängt, die ihn auf niemals vorgesehene Weise krümmen und ihm jeden Versuch einer Bewegung heimzahlen. Rankenfußkrebse beginnen auf ihm zu wachsen: ganz ähnlich wie Läuse, nur größer und imstande, sich tiefer ins Fleisch einzubohren. Irgendwie bringt er es trotzdem fertig, nach Atem zu ringen, und er bekommt gerade genug Luft, um am Leben zu bleiben und voll auskosten zu können, wie unangenehm seine Lage ist. Er atmet schon so lange kaltes Meerwasser, dass seine Luftröhre wund ist, und er hat den Verdacht, dass Plankton oder irgendetwas in der Art seine Lungen von innen her zerfrisst. Er hämmert gegen den Druckkörper, aber die Schläge machen kein Geräusch. Er kann die Wärme und Hitze drinnen spüren und käme gern hinein, um beides zu genießen. Schließlich passiert irgendetwas Traumlogisches und er findet eine Luke. Die Strömung schwemmt ihn hinaus, sodass er allein im wässrigen Kosmos schwebt, und das Unterseeboot zischt davon und verlässt ihn. Jetzt ist Shaftoe verloren. Er kann unten nicht von oben unterscheiden. Etwas schlägt ihn auf den Kopf. Er sieht ein paar schwarze, fassartige Gegenstände mit parallelen Kometenschweifen aus Blasen unaufhaltsam durchs Wasser trudeln. Wasserbomben.

Dann wacht Shaftoe auf und weiß, dass das alles nur das Bedürfnis seines Körpers nach Morphium war. Einen Moment lang ist er sicher, dass er wieder in Oakland ist und dass Lieutenant Reagan sich vor ihm aufgebaut hat und sich zu Phase 2 des Interviews anschickt.

»Guten Tag, Sergeant Shaftoe«, sagt Reagan. Aus irgendeinem Grund hat er sich einen kräftigen deutschen Akzent zugelegt. Ein Scherz. Diese Schauspieler! Shaftoe riecht Fleisch und noch anderes, weniger Einladendes. Etwas Schweres, aber nicht besonders Hartes knallt ihm ins Gesicht. Dann zieht es sich zurück. Dann trifft es ihn erneut.

»Ihr Kamerad ist morphiumsüchtig?«, fragt Beck.

Enoch Root ist leicht betroffen; sie sind erst seit acht Stunden an Bord des Bootes. »Wird er schon lästig?«

»Er ist halb bewusstlos«, sagt Beck, »und spricht viel von Riesenechsen – neben anderen Themen.«

»Ach so, das ist ganz normal bei ihm«, sagt Root erleichtert. »Wie kommen Sie darauf, dass er morphiumsüchtig ist?«

»Wegen des Morphiumfläschchens und der Injektionsspritze, die in seiner Tasche waren«, sagt Beck mit jener trockenen teutonischen Ironie, »und der Einstichstellen in seinem Arm.«

Root bemerkt, dass das Unterseeboot einem aus dem Meer herausgebohrten und mit Eisenwaren ausgekleideten Tunnel gleicht. Die Kabine (wenn das kein zu pompöses Wort dafür ist), in der er sich befindet, ist bei weitem der größte offene Raum, den Root bisher gesehen hat, und das heißt, er kann beinahe die Arme ausstrecken, ohne jemanden zu treffen oder unabsichtlich einen Schalter oder ein Ventil zu betätigen. Sie verfügt sogar über etwas Holzschränkchenähnliches und ist durch einen Ledervorhang vom Gang abgeteilt. Als man Root hierher gebracht hat, dachte er zunächst, es handele sich um einen Vorratsschrank. Doch als er sich umschaut, geht ihm allmählich auf, dass es der schönste Platz auf dem ganzen Boot ist: die Kabine des Kapitäns. Das bestätigt sich, als Beck eine Schreibtischschublade aufschließt und eine Flasche Armagnac herausnimmt.

»Frankreich zu erobern hat seine Vorteile«, sagt Beck.

»Ja«, sagt Root. »Wie man ein Land ausplündert, damit kennt ihr euch wirklich aus.«

Lieutenant Reagan ist wieder da und belästigt Bobby Shaftoe mit einem Stethoskop, das anscheinend in einem Bad aus flüssigem Stickstoff aufbewahrt wurde, bis man es benutzen konnte. »Husten, husten, husten!«, sagt er in einem fort. Schließlich nimmt er das Instrument weg.

Irgendetwas stimmt nicht mit Shaftoes Knöcheln. Er versucht, sich auf die Ellbogen aufzustützen, um nachzusehen, und knallt mit dem Gesicht gegen ein glühend heißes Rohr. Als er sich davon erholt hat, späht er vorsichtig an seinem Körper entlang und sieht da unten einen gottverdammten Eisenwarenladen. Die Schweine haben ihn in Fußeisen gelegt!

Er lässt sich wieder zurücksinken und bekommt von einem baumelnden Schinken eine geknallt. Über ihm wölbt sich ein Firmament aus Röhren und Kabeln. Wo hat er das nur schon mal gesehen? Auf dem Teutonenhammer, genau. Nur dass in dem Unterseeboot hier das Licht brennt, dass es nicht zu sinken scheint und dass es voller Deutscher ist. Die Deutschen sind ruhig und entspannt. Keiner von ihnen blutet oder schreit. Verdammt! Das Boot schwankt zur Seite und eine riesige Blutwurst knufft ihn in den Bauch.

Er beginnt sich umzuschauen, versucht sich zu orientieren. Außer aufgehängtem Fleisch ist nicht viel zu sehen. Die Kabine hier ist ein knapp zwei Meter langes Stück Unterseeboot mit einem schmalen Durchgang in der Mitte, gesäumt von Kojen. Das heißt, vielleicht sind es Kojen. Die, die ihm direkt gegenüberliegt, wird von einem schmutzigen Leinwandsack belegt.

Scheiß drauf. Wo ist der Kasten mit den purpurroten Fläschchen?

»Was man mir aus Charlottenburg mitteilt, liest sich sehr amüsant«, sagt Beck zu Root und kommt damit auf die entschlüsselten Funksprüche auf seinem Tisch zu sprechen. »Vielleicht hat das dieser Jude Kafka verfasst.«

»Wieso?«

»Wie es scheint, rechnet man nicht damit, dass wir es jemals lebendig bis nach Hause schaffen.«

»Wie kommen Sie darauf?«, fragt Root und versucht, den Armagnac nicht allzu sehr zu genießen. Wenn er ihn sich unter die Nase hält und einatmet, überdeckt sein Duft beinahe den Gestank nach Urin, Kotze, verdorbenem Essen und Diesel, der auf dem Unterseeboot alles bis hinunter auf die atomare Ebene durchdringt.

»Man drängt auf Informationen über unsere Gefangenen. Man ist sehr interessiert an Ihnen«, sagt Beck.

»Mit anderen Worten«, sagt Root vorsichtig, »man möchte, dass Sie uns jetzt verhören.«

»Genau.«

»Und die Ergebnisse über Funk melden?«

»Ja«, sagt Beck. »Aber eigentlich müsste ich mich darauf konzentrieren, wie ich uns am Leben erhalte – die Sonne wird bald aufgehen und dann bekommen wir wirklich gewaltigen Ärger. Sie werden sich erinnern, dass Ihr Schiff unsere Position durchgegeben hat, bevor ich es versenkt habe. Mittlerweile ist jedes alliierte Flugzeug und Schiff auf der Suche nach uns.«

»Das heißt, wenn ich kooperiere«, sagt Root, »können Sie sich wieder der Aufgabe zuwenden, uns am Leben zu erhalten.«

Beck versucht, ein Lächeln zu unterdrücken. Sein kleines Täuschungsmanöver war von vornherein primitiv und offensichtlich, und Root hat es bereits durchschaut. Was diese ganze Verhörerei angeht, ist Beck, wenn überhaupt, sehr viel unbehaglicher zumute als Root.

»Angenommen, ich sage Ihnen alles, was ich weiß«, sagt Root.

»Wenn Sie das alles an Charlottenburg senden wollen, werden Sie stundenlang funken, und das in aufgetauchtem Zustand. Huffduff wird Sie in ein paar Sekunden ausfindig machen und dann wird sich jeder Zerstörer und Bomber im Umkreis von tausend Meilen auf Sie stürzen.«

»Auf uns«, verbessert ihn Beck.

»Ja. Wenn ich also wirklich am Leben bleiben will, ist es das Beste, ich halte den Mund«, sagt Root.

»Suchen Sie das da?«, fragt der Deutsche mit dem Stethoskop – kein richtiger Arzt (wie Shaftoe erfahren hat), sondern bloß der Bursche, der zufällig für den Sanitätskasten zuständig ist. Jedenfalls hält er das Zeug in der erhobenen Hand. Genau das Zeug.

»Her damit!«, sagt Shaftoe und grabscht schwächlich danach. »Das gehört mir!«

»Nein, es gehört mir«, sagt der Sanitäter. »Ihres ist beim Kommandanten. Wenn Sie kooperativ sind, gebe ich Ihnen vielleicht was von meinem ab.«

»Leck mich am Arsch«, sagt Shaftoe.

»Na schön«, sagt der Sanitäter, »ich lasse es Ihnen da.« Er legt die Spritze voll Morphium auf die Pritsche gegenüber und unterhalb von Shaftoe, sodass Shaftoe sie zwischen zwei Knackwürsten hindurch sehen kann. Aber er kommt nicht dran. Dann geht der Sanitäter.

»Wieso hat Sergeant Shaftoe ein deutsches Morphiumfläschchen und eine deutsche Injektionsspritze bei sich gehabt?«, sagt Beck fragend und gibt sich dabei alle Mühe, einen Plauder- und keinen Verhörton anzuschlagen. Aber die Anstrengung ist zu viel für ihn, und wieder versucht jenes Lächeln die Herrschaft über seine Lippen zu gewinnen. Es ist das Lächeln eines geprügelten Hundes. Root findet das ziemlich beunruhigend, da Beck dafür zuständig ist, sämtliche Insassen des Bootes am Leben zu erhalten.

»Das ist mir neu«, sagt Root.

»Morphium unterliegt strengen Vorschriften«, sagt Beck. »Jede Flasche hat eine Nummer. Wir haben die Nummer auf Sergeant Shaftoes Flasche bereits an Charlottenburg gefunkt und dort wird man bald wissen, wo sie herkommt. Auch wenn man es uns vielleicht nicht sagt.«

»Gute Arbeit. Das müsste die dort eine Zeit lang beschäftigen. Warum führen Sie solange nicht wieder das Schiff?«, schlägt Root vor.

»Im Moment herrscht noch die Ruhe vor dem Sturm«, sagt Beck, »und ich habe nicht so viel zu tun. Also versuche ich, meine Neugier im Hinblick auf Sie zu befriedigen.«

»Wir sind am Arsch, stimmt's?«, sagt eine deutsche Stimme.

»Hä?«, macht Shaftoe.

»Ich habe gesagt, wir sind am Arsch! Ihr habt die Enigma geknackt!«

»Was ist die Enigma?«

»Stellen Sie sich nicht blöd!«, sagt der Deutsche.

Shaftoe verspürt ein Kribbeln im Nacken. Das hört sich genau nach der Art von Äußerung an, die ein Deutscher von sich geben würde, ehe er mit der Folter beginnt.

Shaftoe legt sein Gesicht in den gelassenen, schwerlidrigen, leicht beschränkten Ausdruck, den er stets einsetzt, wenn er einen Offizier ärgern will. So gut es mit an die Koje geketteten Beinen geht, dreht er sich auf die Seite, dem Klang der Stimme zu. Er rechnet damit, einen SS-Offizier mit Adlernase, in schwarzer Uniform mit Reitstiefeln, Totenkopfinsignien und Reitpeitsche zu sehen, dessen in schwarzen Lederhandschuhen steckende Hände vielleicht mit einem Paar Daumenschrauben herumspielen.

Stattdessen sieht er überhaupt niemanden. Scheiße! Schon wieder Halluzinationen!

Dann beginnt sich der schmutzige Leinwandsack in der Koje gegenüber zu bewegen. Shaftoe blinzelt und macht einen Kopf aus, der am einen Ende daraus hervorragt: strohblond, aber mit vorzeitiger Halbglatze, in Kontrast dazu ein schwarzer Bart und katzenhafte, fahlgrüne Augen. Das Leinengewand des Mannes ist nicht direkt ein Sack, sondern ein voluminöser Mantel. Er hat die Arme vor der Brust gekreuzt.

»Was soll's«, murmelt der Deutsche, »ich habe bloß versucht, Konversation zu machen.« Er dreht den Kopf und kratzt sich die Nase, indem er das Gesicht eine Zeit lang an seinem Kissen reibt. »Mir können Sie so viele Geheimnisse verraten, wie Sie wollen«, sagt er. »Ich habe Dönitz nämlich schon mitgeteilt, dass die Enigma Scheiße ist. Und es hat sich überhaupt nichts geändert. Außer dass er mir einen neuen Mantel bestellt hat.« Der Mann wälzt sich herum, sodass er Shaftoe den Rücken zukehrt. Die Ärmel des Kleidungsstücks sind an den Enden zugenäht und hinter seinem Rücken verknotet. »Die ersten ein, zwei Tage ist es bequemer, als man denkt.

Ein Maat zieht den Ledervorhang zur Seite und reicht Beck mit einer entschuldigenden Geste einen Zettel mit einem frisch entschlüsselten Funkspruch. Beck liest ihn, hebt die Augenbrauen und blinzelt müde. Er setzt sich an den Tisch und starrt fünfzehn Sekunden lang die Wand an. Dann greift er nach dem Zettel und liest ihn noch einmal genau.

»Hier steht, ich soll Ihnen keine Fragen mehr stellen.«
»Was!?«
»Unter keinen Umständen«, sagt Beck, »soll ich weitere Informationen aus Ihnen herausholen.«
»Was zum Teufel hat das zu bedeuten?«
»Wahrscheinlich, dass Sie etwas wissen, was ich nicht erfahren darf«, sagt Beck.

Mittlerweile ist es ungefähr zweihundert Jahre her, dass Bobby Shaftoe eine Spur Morphium in seinem Kreislauf gehabt hat. Ohne das Zeug kennt er weder Freude noch Trost.

Die Injektionsspritze schimmert wie ein kalter Stern auf der Koje unter dem verrückten Deutschen in der Zwangsjacke. Es wäre ihm lieber, sie würden ihm die Fingernägel rausreißen oder so was.

Er weiß, dass er zusammenbrechen wird. Er überlegt, wie er zusammenbrechen kann, ohne irgendwelche Marines umzubringen.

»Ich könnte Ihnen die Spritze mit dem Mund reichen«, schlägt der Mann vor, der sich als Bischoff vorgestellt hat.

Shaftoe lässt es sich durch den Kopf gehen. »Und wofür?«

»Sie sagen mir, ob die Enigma entschlüsselt worden ist.«

»Aha.« Shaftoe ist erleichtert; er hat schon befürchtet, Bischoff würde verlangen, dass er ihm einen bläst. »Das ist doch dieses Codemaschinen-Dingsbums, von dem Sie mir erzählt haben?« Er und Bischoff haben reichlich Zeit zum Quatschen gehabt.

»Ja.«

Shaftoe ist verzweifelt. Aber er ist auch überaus gereizt, was ihm nun sehr zustatten kommt. »Ich soll Ihnen abnehmen, dass Sie bloß ein Verrückter sind, der sich für die Enigma interessiert, und kein deutscher Marineoffizier, der sich mit einer Zwangsjacke verkleidet hat, um mich reinzulegen?«

Bischoff ist verärgert. »Ich habe doch schon gesagt, dass ich Dönitz gesagt habe, die Enigma ist Mist! Wenn Sie mir erzählen, dass das Ding Mist ist, macht das folglich überhaupt keinen Unterschied!«

»Ich möchte Sie etwas fragen«, sagt Root.

»Ja?«, sagt Beck und bemüht sich erkennbar, die Augenbrauen zu heben und einen interessierten Eindruck zu machen.

»Was haben Sie Charlottenburg über uns gesagt?«

»Name, Rang, Stammrollennummer, Umstände der Gefangennahme.«

»Aber das haben Sie denen gestern gesagt?«

»Richtig.«

»Und was haben Sie ihnen seither gesagt?«

»Nichts. Außer der Seriennummer auf der Morphiumflasche.«

»Und wie lange, nachdem Sie ihnen das gesagt hatten, kam der Befehl, keine Informationen mehr aus uns herauszuholen?«

»Ungefähr eine Dreiviertelstunde später«, sagt Beck. »Ja, sicher, ich würde Sie sehr gern fragen, wo die Flasche herkommt. Aber es verstößt gegen meine Befehle.«

»Ich würde vielleicht in Erwägung ziehen, Ihre Frage nach Enigma zu beantworten«, sagt Shaftoe, »wenn Sie mir sagen, ob diese Rohrbombe Gold mit sich führt.«

Bischoffs Stirn furcht sich; er hat Übersetzungsprobleme. »Meinen Sie *Geld*?«

»Nein. Gold. Das teure gelbe Metall.«

»Ein bisschen vielleicht«, sagt Bischoff.

»Kein Kleingeld«, sagt Shaftoe. »Zig Tonnen.«

»Nein. Unterseeboote führen nicht tonnenweise Gold mit sich«, sagt Bischoff kategorisch.

»Wirklich schade, dass Sie das gesagt haben, Bischoff. Ich dachte nämlich, Sie und ich wären gerade dabei, uns richtig gut zu verstehen. Und da gehen Sie hin und lügen mich an – Sie Arschloch!«

Zu Shaftoes Überraschung und wachsender Gereiztheit findet Bischoff es rasend komisch, als Arschloch bezeichnet zu werden. »Warum zum Teufel soll ich Sie anlügen? Herrgott noch mal, Shaftoe! Seit Ihr Scheißkerle Enigma geknackt habt und alles, was sich bewegt, mit Radar ausrüstet, ist praktisch jedes Unterseeboot versenkt worden, das in See gegangen ist! Warum sollte die Kriegsmarine tonnenweise Gold auf ein Schiff laden, von dem sie weiß, dass es zum Untergang verurteilt ist?«

»Fragen Sie das doch die Kerle, die U-553 damit beladen haben.«

»Ha! Da sieht man, was Sie für eine Scheiße reden!«, sagt Bischoff. »U-553 ist vor einem Jahr bei einem Angriff auf einen Geleitzug versenkt worden.«

»Von wegen. Ich war erst vor ein paar Monaten an Bord«, sagt Shaftoe, »und zwar vor Qwghlm. Es war voller Gold.«
»Quatsch«, sagt Bischoff. »Was war auf den Turm gemalt?«
»Ein Eisbär mit einem Bierkrug in der Pfote.«
Langes Schweigen.
»Wollen Sie noch mehr wissen? Ich war in der Kapitänskajüte«, sagt Shaftoe, »und da war ein Foto von ihm mit ein paar anderen Burschen, und wenn ich so drüber nachdenke, hat einer davon ausgesehen wie Sie.«
»Was haben wir gemacht?«
»Ihr habt alle Badehosen angehabt. Und jeder hatte eine Hure auf dem Schoß!«, brüllt Shaftoe. »Falls das nicht eure Frauen waren – wenn ja, tut's mir Leid, dass Ihre Frau eine Hure ist!«
»Oh, ho ho ho ho ho!«, macht Bischoff. Er wälzt sich auf den Rücken, starrt, während er über das Gehörte nachdenkt, eine Zeit lang zu dem Röhrengewirr auf und fährt dann fort. »Ho ho ho ho ho ho!«
»Was ist, hab ich gerade was Geheimes ausgeplaudert? Wenn ja, scheiß ich auf Sie und Ihre Mutter«, sagt Shaftoe.
»Beck!«, schreit Bischoff. »*Achtung!*«
»Was soll das?«, fragt Shaftoe.
»Ich besorge Ihnen Ihr Morphium.«
»Ach so. Danke.«
Eine halbe Stunde später ist der Skipper da. Nach Offiziersmaßstäben ziemlich pünktlich. Er und Bischoff unterhalten sich eine Weile auf Deutsch. Shaftoe hört mehrmals das Wort *Morphium*. Schließlich lässt der Skipper den Sanitäter kommen, der Shaftoe die Nadel in den Arm sticht und etwa die Hälfte des Spritzeninhalts injiziert.
»Haben Sie etwas zu sagen?«, fragt der Skipper Shaftoe. Scheint ein ganz netter Kerl zu sein. Jetzt kommen sie ihm eigentlich alle ziemlich nett vor.
Als Erstes wendet sich Shaftoe an Bischoff. »Sir! Es tut mir Leid, dass ich mich Ihnen gegenüber unflätig ausgedrückt habe, Sir!«
»Schon gut«, erwidert Bischoff, »sie war eine Hure, wie Sie gesagt haben.«
Der Skipper räuspert sich ungeduldig.
»Ja. Ich habe mich gerade gefragt«, sagt Shaftoe, an den Skipper gewandt, »ob Sie Gold auf diesem Unterseeboot haben.«
»Das gelbe Metall?«
»Ja. Barrenweise.«

Der Kommandant ist noch immer verblüfft. Shaftoe empfindet allmählich eine gewisse boshafte Befriedigung. Offiziere zu verarschen ist zwar nicht so gut wie ein mit Opiaten von höchster Reinheit gesättigtes Gehirn, aber nicht zu verachten, wenn man knapp an Stoff ist.

»Ich dachte, alle Unterseeboote hätten welches dabei«, sagt er.

Beck entlässt den Sanitäter. Dann unterhalten sich er und Bischoff eine Zeit lang auf Deutsch über Shaftoe. Mitten in diesem Gespräch schockiert Beck sein Gegenüber mit irgendeiner Mitteilung. Bischoff ist fassungslos und weigert sich eine ganze Weile, es zu glauben, während Beck wiederholt versichert, es stimme. Dann verfällt Bischoff wieder in jene seltsamen Ho-ho-ho-Laute.

»Er darf Ihnen keine Fragen stellen«, sagt Bischoff. »Befehl aus Berlin. Ho, ho! Aber ich schon.«

»Schießen Sie los«, sagt Shaftoe.

»Erzählen Sie uns mehr von dem Gold.«

»Geben Sie mir mehr Morphium.«

Beck lässt erneut den Sanitäter kommen, der Shaftoe den Rest der Spritze verabreicht. Shaftoe hat sich nie besser gefühlt. Was für ein prima Geschäft! Er erzählt den Deutschen *deutsche* Militärgeheimnisse und bekommt dafür Morphium von ihnen.

Bischoff beginnt Shaftoe eingehend zu verhören, während Beck zusieht. Shaftoe erzählt ungefähr dreimal die ganze Geschichte von U-553. Bischoff ist fasziniert, Beck macht ein trauriges und verängstigtes Gesicht.

Als Shaftoe die in die Goldbarren eingeprägten chinesischen Schriftzeichen erwähnt, sind Beck und Bischoff völlig von den Socken. Ihre Gesichter erglühen, als würden sie in einer mondlosen Nacht vom Suchstrahl eines Leigh-Lichts erfasst. Beck beginnt zu schniefen, als hätte er sich erkältet, und Shaftoe begreift zu seiner Überraschung, dass der andere weint. Er weint vor Scham. Aber Bischoff ist noch immer fasziniert und konzentriert.

Dann kommt ein Maat hereingestürzt und reicht Beck einen Funkspruch. Der Maat ist sichtlich entsetzt und hat eine Heidenangst. Er hält den Blick nicht auf Beck, sondern auf Bischoff gerichtet.

Beck reißt sich zusammen und liest den Funkspruch. Bischoff wirft sich halb aus seiner Koje, hakt das Kinn über Becks Schulter und liest mit. Die beiden sehen aus wie ein zweiköpfiges Jahrmarktsmonstrum, das sich seit der Regierungszeit Hoovers nicht mehr gewaschen hat. Sie bleiben mindestens eine Minute lang stumm. Bischoff schweigt, weil sich seine geistigen Rädchen wie das Gyroskop eines Torpedos drehen. Beck schweigt, weil er kurz vor einer Ohnmacht steht. Vor der Kabine kann Shaftoe hören, wie sich die Nachricht, worin auch immer sie bestehen mag, mit Schallgeschwindigkeit im Boot verbreitet. Manche der Männer brüllen vor Wut, manche schluchzen, manche lachen hysterisch. Shaftoe vermutet, dass eine große Schlacht gewonnen oder verloren worden sein muss. Vielleicht ist Hitler ermordet worden. Oder Berlin geplündert.

Beck hat nun sichtlich fürchterliche Angst.

Der Sanitäter kommt herein. Er hat zackige militärische Haltung angenommen – das erste Mal, dass Shaftoe es auf dem Unterseeboot so förmlich zugehen sieht. Er redet Beck kurz auf Deutsch an. Beck nickt unablässig, während der Sanitäter spricht. Dann hilft er ihm, Bischoff die Zwangsjacke abzunehmen.

Bischoff ist ein wenig steif, ein wenig wackelig, aber er berappelt sich schnell. Er ist kleiner als der Durchschnitt, mit kräftigem Knochenbau und schmaler Taille, und als er von der Koje auf den Boden springt, erinnert er Shaftoe an einen Jaguar, der sich von einem Baum herablässt. Dann öffnet er das Schott, das zur Kommandozentrale führt. Auf dem Gang drängelt sich die halbe Mannschaft und beobachtet die Tür, und als die Männer Bischoff sehen, tritt Ekstase in ihre Gesichter und sie brechen in wilden Jubel aus. Bischoff lässt sich von allen die Hand drücken, während er sich wie ein Politiker durch eine Menge von Bewunderern einen Weg zu seiner Station bahnt. Beck schleicht sich zur anderen Luke hinaus und verliert sich zwischen den hämmernden Dieselmotoren.

Shaftoe hat keinen Schimmer, was eigentlich los ist, bis eine Viertelstunde später Root auftaucht. Root hebt den Zettel mit dem Funkspruch vom Boden auf und liest ihn. Sein normalerweise so nervtötendes, gedankenverlorenes Gehabe kommt ihm in solchen Momenten sehr zustatten. »Das ist ein Funkspruch des Oberkommandos der deutschen Kriegsmarine, Tirpitzufer, Berlin, an sämtliche auf See befindlichen Schiffe. Er besagt, dass U-691 – das ist das Boot, auf dem wir hier sind, Bobby – von einem alliierten Kommandotrupp geentert und eingenommen wurde und bereits eine Milchkuh im Atlantik angegriffen und versenkt hat. Nun scheint es auf dem Weg zum europäischen Kontinent zu sein, wo es vermutlich versuchen wird, deutsche Flottenstützpunkte zu infiltrieren und weitere Schiffe zu versenken. Sämtliche deutschen See- und Luftstreitkräfte werden angewiesen, nach U-691 Ausschau zu halten und es ohne Warnung zu zerstören.«

»Scheiße«, sagt Shaftoe.

»Wir sind zur falschen Zeit auf dem falschen Boot«, sagt Root. »Was ist eigentlich mit diesem Bischoff los?«

»Er ist vor einiger Zeit seines Kommandos enthoben worden. Jetzt hat er's wieder.«

»Dieser Wahnsinnige führt das Boot?«

»Er ist der *Kapitän*«, sagt Root.

»Na, und wohin bringt er uns?«

»Ich bin mir nicht sicher, ob er das selber weiß.«

Bischoff geht in seine Kabine und gießt sich selbst ein Glas Armagnac ein. Dann begibt er sich in den Kartenraum, der ihm stets lieber war als seine Kabine. Der Kartenraum ist der einzige zivilisierte Ort auf dem ganzen Boot. Dort gibt es zum Beispiel einen wunderschönen Sextanten in einem Kasten aus poliertem Holz. Sprechrohre aus dem ganzen Boot laufen hier zusammen, und auch wenn niemand direkt in sie hineinspricht, kann er Gesprächsfetzen daraus hören, das ferne Lärmen der Dieselmotoren, das Rascheln, mit dem ein Spiel Karten gemischt wird, das Zischen, mit dem frische Eier auf die Backplatte treffen. Frische Eier! Gott sei Dank haben sie es geschafft, sich mit der Milchkuh zu treffen, bevor sie versenkt wurde.

Er entrollt eine Karte in kleinem Maßstab, die den ganzen Nordostatlantik umfasst und für die Jagd auf Geleitzüge in Quadrate mit Nummern und Buchstaben unterteilt ist. Eigentlich müsste er den südlichen Teil der Karte betrachten, wo sie sich im Augenblick befinden. Aber sein Blick wird immer wieder nordwärts gezogen – zur Inselgruppe von Qwghlm.

Man denke sie sich als Mittelpunkt einer Uhr. Dann liegt Großbritannien bei fünf und sechs Uhr und Irland bei sieben. Norwegen liegt genau im Osten, bei drei Uhr Dänemark knapp südlich von Norwegen, bei vier Uhr, und an der Basis von Dänemark, wo das Land an Deutschland grenzt, liegt Wilhelmshaven. Frankreich, Heimat so vieler Unterseeboote, liegt weit, weit im Süden – vollkommen außerhalb des Bildes.

Ein Unterseeboot, das von der offenen See her einen sicheren Hafen in der Festung Europa ansteuerte, würde einfach die französischen Häfen im Golf von Biscaya – höchstwahrscheinlich Lorient – anlaufen.

Zu den deutschen Nord- und Ostseehäfen zu gelangen wäre eine weit längere, viel kompliziertere und gefährlichere Reise. Das Unterseeboot müsste irgendwie um Großbritannien herumkommen. Im Süden müsste es durch den Ärmelkanal flitzen, der (abgesehen davon, dass er ein von britischem Radar knisterndes Nadelöhr ist) von den Royal-Navy-Spielverderbern in ein Labyrinth aus Blockierschiffen und Minenfeldern verwandelt wurde. Oben im Norden ist viel mehr Platz.

Angenommen, Shaftoes Geschichte entspricht der Wahrheit – und ein Körnchen Wahrheit muss dran sein, denn wo hätte er sonst die Morphiumflasche her? –, dann hätte es eigentlich eine ziemlich einfache Sache für U-553 sein müssen, über die nördliche Route um Großbritannien herumzukommen. Aber Unterseeboote haben fast immer bis zu einem gewissen Grad technische Probleme, zumal nachdem sie eine Weile auf See gewesen sind. Das könnte einen Skipper veranlassen, sich nahe an der Küste zu halten anstatt die offene See zu suchen, wo es keine Hoffnung auf Überleben gäbe, wenn die Maschinen endgültig ausfielen. In den letzten Jahren waren derart betroffene Unterseeboote an den Küsten von Irland und Island aufgegeben worden.

Aber angenommen, ein küstennah fahrendes Unterseeboot in Nöten wäre zufällig genau zu der Zeit am Royal-Navy-Stützpunkt von Qwghlm vorbeigekommen, als ein anderes Unterseeboot dort einen Angriff inszenierte, wie Shaftoe behauptete. Dann hätte das Schleppnetz aus Zerstörern und Flugzeugen, das man ausgeworfen hätte, um die Angreifer zu fangen, ohne weiteres U-553 fangen können, zumal wenn dessen Manövrierfähigkeit von vornherein eingeschränkt gewesen wäre.

An Shaftoes Geschichte ist zweierlei unglaubwürdig. Erstens, dass ein Unterseeboot einen Schatz aus solidem Gold mit sich führen würde. Zweitens, dass ein Unterseeboot deutsche Häfen anstatt einen der französischen Häfen ansteuern würde.

Aber beides zusammen ist plausibler, als es jedes davon für sich genommen wäre. Ein Unterseeboot, das so viel Gold mit sich führt, könnte sehr gute Gründe haben, direkt das Vaterland anzulaufen. Irgendeine hochgestellte Persönlichkeit wollte dieses Gold geheim halten. Und zwar nicht nur vor dem Feind, sondern auch vor anderen Deutschen.

Warum geben die Japaner den Deutschen Gold? Bestimmt geben die Deutschen ihnen etwas dafür, was sie brauchen: strategische Materialien, Pläne für neue Waffen, Berater, irgendetwas in dieser Art.

Er verfasst einen Funkspruch:

Dönitz!
Hier ist Bischoff. Ich habe wieder das Kommando übernommen. Danke für den angenehmen Urlaub. Ich habe mich gut erholt.
Wie unzivilisiert von Ihnen zu befehlen, dass wir versenkt werden sollen. Da muss ein Missverständnis vorliegen. Können wir das nicht von Angesicht zu Angesicht besprechen?
Ein betrunkener Eisbär hat mir ein paar faszinierende Dinge erzählt. Vielleicht werde ich diese Informationen in einer Stunde oder so senden. Da ich der Enigma ohnehin nicht traue, werde ich sie erst gar nicht verschlüsseln.
Hochachtungsvoll
Bischoff

Von Gibraltar her zieht ein Schwarm weißer Vs über ein sonnenerleuchtetes Meer nach Norden. An der Spitze jedes Vs sitzt ein nissenartiges Fleckchen. Die Fleckchen sind Schiffe, die Megatonnen von Kriegsmaterial und Tausende von Soldaten von Nordafrika (wo man ihre Dienste nicht mehr benötigt) nach Großbritannien schaffen. So stellt es sich für die Piloten der Flugzeuge über der Bucht von Biscaya dar. Die Piloten und die Flugzeuge sind allesamt englischer oder amerikanischer Herkunft – mittlerweile beherrschen die Alliierten den Golf von Biscaya und haben ihn in eine Hölle für Unterseeboot-Mannschaften verwandelt.

Die meisten Vs ziehen gerade, parallele Bahnen nordwärts, doch ein paar davon bewegen sich unaufhörlich in Schlangenlinien und Kurven: Das sind Zerstörer, die buchstäblich Kreise um die schwerfälligen Transporter ziehen und dabei Sonarimpulse aussenden. Diese Blechbüchsen werden den Geleitzug schützen; die Piloten der Flugzeuge, die U-691 zu finden versuchen, können daher anderswo suchen.

Die starke Sonne wirft einen tiefen Schatten vor jedes Schiff; die Augen der Ausgucke, die mit auf Stecknadelkopfgröße verkleinerten Pupillen gegen das Gleißen des Meeres anblinzeln, können diesen Schatten ebenso wenig durchdringen, wie sie durch Sperrholz hindurchsehen könnten. Wenn sie es könnten, würden sie vielleicht bemerken, dass einer der großen Transporter in der vorderen Reihe ein seltsames Zusatzgerät hat: ein Rohr, das schräg vor seinem Bug senkrecht aus dem Wasser ragt. Eigentlich handelt es sich um ein Bündel von Rohren – eines, das Luft ansaugt, eines, das Dieselabgase ausspeit, ein drittes, das einen Informationsstrom in Form von prismatisch gebrochenem Licht befördert. Wenn man diesem Datenstrom ein paar Meter unter die Wasseroberfläche folgt, gelangt man in den Sehnerv eines gewissen Kapitänleutnant Günter Bischoff. Dieser Sehnerv wiederum führt zu seinem Gehirn, das höchst aktiv ist.

Im Zeitalter des Sonar war Bischoffs Unterseeboot eine Ratte in einem dunklen, voll gestellten, unendlich großen Keller, die sich vor einem Mann versteckte, der weder Taschenlampe noch Laterne hatte: nur zwei Steine, aus denen ein Funke sprang, wenn man sie gegeneinander schlug. In jenen Tagen hat Bischoff eine Menge Schiffe versenkt.

Eines Tages in der Karibik, als er gerade aufgetaucht fuhr, um Zeit gutzumachen, erschien aus dem Nichts eine Catalina. Sie kam aus einem klaren blauen Himmel, sodass Bischoff reichlich Zeit zum Tauchen hatte. Die Catalina warf ein paar Wasserbomben ab und verschwand wieder; sie musste an der Grenze ihrer Reichweite angelangt sein.

Zwei Tage später zog eine Gewitterfront auf, der Himmel bewölkte sich stark und Bischoff machte den Fehler, sich zu entspannen. Eine andere Catalina fand ihn: Sie flog im Schutz der Wolken an, wartete, bis U-691 einen Streifen sonnenerleuchtetes Wasser durchfuhr, und ging dann in den Sturzflug über, wobei sie ihren eigenen Schatten auf die Brücke des Unterseeboots ausrichtete. Zum Glück hatte Bischoff zwei Ausgucke für den Sonnensektor postiert. Dieser Jargonausdruck umschrieb den Sachverhalt, dass jederzeit zwei stinkende, unrasierte, sonnenverbrannte Männer mit bloßem Oberkörper an Deck standen und sich mit hochgehaltenen Händen die Augen beschirmten. Einer dieser Männer sagte mit fragender Stimme etwas, was Bischoff alarmierte. Dann wurden beide Ausgucke von einer Rakete zerrissen. Fünf weitere von Bischoffs Leuten wurden durch Kanonenfeuer und Raketen verwundet, ehe er das Boot unter die Wasseroberfläche bringen konnte.

Am nächsten Tag hatte die Gewitterfront den Himmel von Horizont zu Horizont mit niedrigen, blaugrauen Wolken überzogen. Weit und breit war kein Land in Sicht. Trotzdem befahl Bischoff seinem Leitenden Ingenieur Holz, das Boot zunächst nur bis auf Sehrohrtiefe aufsteigen zu lassen. Er suchte sorgfältig den Horizont ab. Nachdem er sich überzeugt hatte, dass sie vollkommen allein waren, gab er Befehl zum Auftauchen. Sie warfen die Dieselmotoren an und nahmen Ostkurs. Ihr Einsatz war beendet, ihr Boot beschädigt, es war Zeit, nach Hause zu fahren.

Zwei Stunden später stieß ein Flugboot durch die Wolkenschicht herab und warf ein schlankes schwarzes Ei auf sie ab. Bischoff befand sich gerade auf der Brücke, genoss die frische Luft und besaß die Geistesgegenwart, etwas von Ausweichmanöver ins Sprechrohr zu brüllen. Metzger, der Steuermann, legte das Ruder sofort hart nach Steuerbord. Die Bombe plumpste genau an der Stelle ins Wasser, an der das Deck von U-691 gewesen wäre.

In dieser Art ging es weiter, bis sie weit von jeglichem Land entfernt waren. Als sie es schließlich mit Müh und Not zu ihrem Stützpunkt in Lorient geschafft hatten, erzählte Bischoff seinen Vorgesetzten die ganze Geschichte in einem Ton von abergläubischer Ehrfurcht und sie eröffneten ihm schließlich, dass der Feind eine neue Erfindung mit Namen Radar besitze.

Bischoff beschäftigte sich mit der Sache und las die Geheimdienstberichte: Mittlerweile rüsteten die Alliierten sogar Flugzeuge mit dem Kram aus! Man konnte damit das Sehrohr ausmachen!

Sein Unterseeboot ist nicht länger eine Ratte in einem dunklen Keller. Nun ist es eine flügellose Pferdebremse, die sich im strahlenden Licht der Nachmittagssonne über eine makellos weiße Tischdecke schleppt.

Dönitz versucht immerhin, neue Unterseeboote zu bauen, die ständig getaucht bleiben können. Aber er muss um jede Tonne Stahl und um die Dienste jedes Ingenieurs betteln. In der Zwischenzeit gibt es eine Überbrückungsmaßnahme, den Schnorchel, der bloß Klempnerhandwerk ist: ein Rohr, das aus dem Wasser ragt und es einem ermöglicht, knapp unter der Wasseroberfläche mit Dieselmotoren zu fahren. Selbst der Schnorchel ist auf dem Radarschirm auszumachen, allerdings weniger deutlich. Jedes Mal, wenn U-691 für mehr als eine Stunde auftaucht, ist Holz an Deck und arbeitet an dem Schnorchel, schweißt neue Teile an, montiert alte Teile ab oder umkleidet ihn mit Gummi oder irgendeinem anderen Zeug, von dem er hofft, dass es das Radar absorbiert. Die Techniker, die den Schnorchel vor sechs Monaten in Lorient eingebaut haben, würden ihn mittlerweile nicht mehr wiedererkennen, denn er hat sich weiterentwickelt, wie eine Spitzmaus zum Tiger. Falls Bischoff es fertig bringt, U-691 in einen sicheren Hafen zurückzubringen, können andere von Holz' Neuerungen lernen und die wenigen Unterseeboote, die noch nicht versenkt worden sind, können von dem Experiment profitieren.

Er reißt sich zusammen. So bringen Offiziere sich selbst und ihre

Männer um: Sie verbringen mehr Zeit damit, auf die Vergangenheit zurückzublicken, als für die Zukunft zu planen. Für Bischoff ist es reine Selbstbefriedigung, über das alles nachzudenken. Er muss sich konzentrieren.

Er muss sich keine allzu großen Sorgen darüber machen, von Deutschen versenkt zu werden. Sobald er Dönitz den Funkspruch mit der Drohung, die Information über das Gold zu senden, geschickt hatte, zog dieser seinen allgemeinen Befehl, U-691 zu versenken, zurück. Allerdings besteht die Möglichkeit, dass irgendein Schiff den ersten Befehl erhalten, aber den zweiten nicht mitbekommen hat, er muss also weiter auf sich aufpassen.

Kunststück. Es ist sowieso kaum noch eine deutsche Kriegsmarine übrig, die ihn versenken könnte. Er kann sich stattdessen Sorgen darüber machen, dass er von den Alliierten versenkt wird. Sie werden äußerst gereizt sein, wenn sie dahinter kommen, dass er diesen Geleitzug seit nunmehr zwei Tagen beschattet. Bischoff ist selbst ziemlich gereizt; es ist ein schneller Geleitzug, der sich durch Zickzackfahren schützt, und wenn U-691 nicht in vollkommenem Gleichlauf mit dem Schiff über sich Zickzack fährt, wird es entweder davon zerquetscht oder es gerät aus dessen Schatten und wird bemerkt. Das hat Skipper und Mannschaft einer ziemlichen Belastung ausgesetzt und schwer an den Benzedrinbeständen des Bootes gezehrt. Aber sie haben fünfhundert Meilen zurückgelegt! Bald wird der fatale Golf von Biscaya hinter ihnen und die Bretagne an Steuerbord liegen, und dann hat Bischoff die Wahl: nach rechts in den Ärmelkanal einbiegen, was Selbstmord wäre; Richtung Norden zwischen Britannien und Irland hindurchfahren, was Selbstmord wäre; oder im Westen Irland umfahren, was Selbstmord wäre.

Es gibt natürlich auch noch Frankreich, das Freundesland ist, aber dem Lockruf dieser Sirene muss man entschieden widerstehen. Das Unterseeboot einfach irgendwo an einem gottverlassenen Strand auf Grund zu setzen reicht Bischoff nicht; er will das Ding zu einem richtigen Stützpunkt zurückbringen. Aber die Himmel über richtigen Stützpunkten wimmeln von Catalinas, die mit dem satanischen Licht ihres Radars das Meer erleuchten. Es ist viel gescheiter, sie glauben zu machen, er sei unterwegs nach Frankreich, und dann stattdessen einen deutschen Hafen anzulaufen.

Jedenfalls kam es ihm vor zwei Tagen so vor. Jetzt belasten ihn die Unwägbarkeiten des Plans.

Der Schatten des Schiffes über ihnen wirkt plötzlich viel länger und tiefer. Das bedeutet entweder, dass die Erdumdrehung sich plötzlich ungeheuer beschleunigt und so den Sonnenstand verändert hat oder dass das Schiff auf sie zugeschwenkt ist. »Hart nach Steuerbord«, sagt Bischoff ruhig. Seine Stimme gelangt durch ein Rohr zu dem Mann am Ruder. »Irgendetwas über Funk?«

»Nichts«, sagt der Funkmaat. Das ist eigenartig; wenn die Schiffe Zickzackkurs fahren, koordinieren sie das normalerweise über Funk. Bischoff schwenkt das Sehrohr und beguckt sich den Transporter, der immer noch versucht, sich in sie hineinzubohren. Er überprüft seinen Kurs; der Zossen hat um volle neunzig Grad gedreht!

»Sie haben uns gesehen«, sagt Bischoff. »Wir werden demnächst tauchen.« Doch ehe er die Fähigkeit einbüßt, das Sehrohr einzusetzen, nutzt er es für einen letzten Rundumblick, nur um sich zu bestätigen, dass sein geistiges Lagebild von dem Geleitzug stimmt. Das tut es mehr oder weniger. Sieh an, ein Zerstörer, genau da, wo er ihn vermutet hat. Er hält das Sehrohr ruhig und gibt die Zielwerte durch. Der Torpedomaat wiederholt die Zahlen, während er sie in den Torpedovorhaltrechner eingibt: die allerneueste, voll analoge Technik. Der Rechner müht sich durch einige Berechnungen und stellt die Gyroskope bei zwei Torpedos ein. Bischoff sagt: *Feuer, Feuer, Tauchen.* Das geschieht, und zwar fast genauso schnell. Der hämmernde Chor der Dieselmaschinen, der sie ein paar Tage lang unterschwellig wahnsinnig gemacht hat, weicht verblüffender Stille. Sie laufen jetzt auf Batterien.

Batterien sind, wie das schon immer der Fall war und noch mindestens ein halbes Jahrhundert lang der Fall sein wird, das Hinterletzte. Der Geleitzug scheint vorwärts zu schießen, während die Geschwindigkeit von U-691 auf ein erbärmliches Zuckeln absinkt. Die Zerstörer können jetzt ungefähr fünfmal so schnell fahren wie das Unterseeboot. Diesen Teil der Geschichte hasst Bischoff.

»Der Zerstörer fährt ein Ausweichmanöver«, sagt der Horcher.

»Haben wir noch Zeit gehabt, den Wetterbericht zu kriegen?«, fragt Bischoff.

»Heute Abend Aufzug einer Gewitterfront. Morgen schlechtes Wetter.«

»Mal sehen, ob wir am Leben bleiben können, bis das Gewitter kommt«, sagt Bischoff. »Dann werden wir diesen Eimer voll Scheiße mitten durch den Ärmelkanal jagen, genau in Winston Churchills fetten Arsch, und wenn wir sterben, dann sterben wir wie Männer.«

Ein schrecklicher Lärm pflanzt sich durchs Wasser fort und durchdringt den Rumpf. Die Männer jubeln gedämpft; sie haben gerade wieder ein Schiff versenkt. Hurra!

»Ich glaube, das war der Zerstörer«, sagt der Horcher, als könne er ihr Glück kaum fassen.

»Diese zielansteuernden Torpedos sind richtige Teufelsdinger«, sagt Bischoff, »wenn sie nicht gerade umdrehen und einen selbst ansteuern.«

Ein Zerstörer versenkt, bleiben noch drei. Wenn sie noch einen versenken können, haben sie eine Chance, den restlichen beiden zu entwischen. Drei Zerstörern zu entkommen ist dagegen beinahe unmöglich.

»Was du heute kannst besorgen«, sagt er. »Sehrohrtiefe! Mal sehen, was eigentlich los ist, solange die noch im Dreieck springen.«

Es verhält sich folgendermaßen: Einer der Zerstörer geht gerade unter und ein zweiter eilt ihm zu Hilfe. Die anderen beiden laufen auf die Stelle zu, wo sich U-691 vor ungefähr dreißig Sekunden befunden hat, werden aber dadurch behindert, dass sie sich mitten durch den Geleitzug fädeln müssen. Sie beginnen praktisch sofort, ihre Geschütze abzufeuern. Bischoff schießt einen Torpedofächer auf den Hilfe leistenden Zerstörer ab. Überall um sie herum spritzen nun Wasserfontänen hoch, während die anderen beiden sie mit Granaten eindecken. Erneut lässt Bischoff das Sehrohr um dreihundertsechzig Grad herumwandern und fixiert das Bild des Geleitzuges vor seinem geistigen Auge.

»Tauchen!«, sagt er.

Dann hat er eine bessere Idee. »Kommando zurück! Auftauchen und auf Flankiergeschwindigkeit gehen.«

Jede andere Unterseebootmannschaft würde ihm in diesem Moment die Kehle durchschneiden und sich dann ergeben. Aber diese Burschen zögern nicht einmal; entweder sie lieben ihn wirklich oder sie sind alle zu dem Schluss gekommen, dass sie ohnehin sterben werden.

Es folgen zwanzig Sekunden reines Grauen. U-691 rauscht in Schräglage wie eine Messerschmitt über die Wasseroberfläche, während überall um sie herum Granaten einschlagen. Die aus den Luken quellenden Seeleute wirken in der strahlenden Sonne wie die Insassen eines Gefangenenlagers, während sie auf dem hierhin und dahin kippenden Deck Halt suchen und schleunigst die Karabinerhaken ihrer Sicherheitsleinen an Kabel haken, ehe die Wasserfontänen der explodierenden Granaten sie aus den Schuhen pusten. Sie bemannen die Geschütze.

Dann liegt ein großes Transportschiff zwischen ihnen und den beiden Zerstörern. Jetzt sind sie einen Moment lang sicher. Bischoff steht oben auf dem Turm. Er wendet sich nach achtern und besieht sich den anderen Zerstörer, der wilde Spiralen fährt, um die zielsuchenden Torpedos abzuschütteln.

Als sie hinter dem Schutz des großen Transporters hervorkommen, sieht Bischoff, dass sein geistiges Lagebild von dem Geleitzug mehr oder weniger zutrifft. Er gibt weitere Befehle an Ruder- und Maschinenraum. Ehe die beiden angreifenden Zerstörer die Chance haben, mit ihren Geschützen erneut das Feuer zu eröffnen, hat Bischoff sich zwischen sie und einen Truppentransporter geschoben: einen altersschwachen, hastig mit einer Schicht Tarnfarbe überpinselten Ozeandampfer. Jetzt können sie nicht mehr auf ihn schießen, ohne Hunderte ihrer eigenen Leute hochgehen zu lassen. Aber er kann auf sie schießen. Als Bischoffs Leute den Dampfer über sich sehen und übers Wasser auf die ohnmächtigen Zerstörer schauen, stimmen sie tatsächlich ein Lied an: irgendein Bierzelt-Gegröle, mit dem sie sich selbst beglückwünschen.

U-691 ist wegen der Bedrohung aus der Luft bis an die Zähne bewaffnet und daher ziemlich kopflastig. Bischoffs Mannschaft eröffnet mit sämtlichem kleinen und mittelgroßen Kram das Feuer auf die Zerstörer, um der Bedienungsmannschaft der Deckskanone Gelegenheit zur Zielauffassung zu geben. Auf diese Entfernung besteht die Gefahr, dass die Granate den Rumpf des Zerstörers komplett durchschlägt und, ohne zu detonieren, auf der anderen Seite wieder herauskommt. Man muss Geduld haben, sich Zeit lassen, auf die Maschinen zielen. Bischoffs Mannschaft weiß das.

Ein Schädel spaltendes Krachen ertönt aus dem Rohr der Deckskanone; die Granate schnellt übers Wasser, trifft den näheren der beiden Zerstörer genau in die Kessel. Der Zerstörer explodiert nicht, bleibt jedoch abrupt stehen. Sie feuern noch ein paar Schüsse auf den anderen Zerstörer ab und setzen eines seiner Geschütze und einen seiner Wasserbombenwerfer außer Gefecht. Dann sehen die Ausgucke Flugzeuge auf sie zukommen und es wird Zeit zu tauchen. Zuvor schaut sich Bischoff ein letztes Mal mit dem Sehrohr um und sieht zu seiner Überraschung, dass der Zerstörer, der den Torpedos auszuweichen versuchte, es tatsächlich geschafft hat; offensichtlich haben zwei davon einen Bogen gemacht und stattdessen Transportschiffe getroffen.

Sie gehen geradewegs auf hundertsechzig Meter Tiefe. Acht Stunden lang werfen Zerstörer Wasserbomben auf sie ab. Bischoff macht ein Nickerchen. Als er aufwacht, dröhnt das Wasser um sie herum von Wasserbomben und alles ist in bester Ordnung. Oben müsste es mittlerweile dunkel und stürmisch sein: schlechtes Wetter für Catalinas. Er weicht den Zerstörern aus, indem er (kurz gesagt) raffinierte Sachen macht, die er auf die harte Tour gelernt hat. Das Unterseeboot ist so dünn wie eine Stricknadel, und wenn man es direkt auf den Ausgangspunkt eines Sonarimpulses zu- oder davon wegdreht, ergibt sich fast keine Reflexion. Alles, was man dazu braucht, ist ein klares geistiges Lagebild von der eigenen Position im Hinblick auf die Zerstörer.

Ungefähr eine Stunde später geben die Zerstörer auf und fahren weg. Bischoff geht mit U-691 auf Schnorcheltiefe und nimmt, wie angekündigt, Kurs mitten durch den Ärmelkanal. Außerdem benutzt er das Sehrohr, um sich zu bestätigen, dass das Wetter, ebenfalls wie angekündigt, schauderhaft ist.

Die Schweine haben eine dicke, fette rote Nadel auf der Karte, die seine letzte, von den Zerstörern gemeldete Position angibt. Um diese Nadel herum werden sie im Verlauf der nächsten Stunden Kreise von ständig zunehmendem Durchmesser ziehen, sich ausweitende Rundzonen, die die Gesamtheit aller Punkte im Ozean umfassen, an denen sich U-691, ausgehend von bestimmten Annahmen über dessen Geschwindigkeit, irgend befinden könnte. Dabei nimmt die abzusuchende Fläche in geometrischer Progression zur Erhöhung des Radius zu.

Den Ärmelkanal *in getauchtem Zustand* zu durchfahren wird nicht funktionieren – sie würden gegen eines der Blockierschiffe fahren, das die Briten dort versenkt haben, um Unterseeboote daran zu hindern, ebendas zu tun. Es geht nur an der Oberfläche, und so geht es auch erheblich schneller. Damit stellt sich das Problem der Flugzeuge. Flugzeuge suchen nicht nach dem Boot selbst, das winzig und dunkel ist, sondern nach seinem Kielwasser, das weiß ist und sich bei ruhiger See meilenweit ausbreitet. Heute Nacht wird es hinter U-691 kein Kielwasser geben – d. h. geben wird es schon welches, aber es wird im Zufallsrauschen einer viel höheren Amplitude untergehen. Bischoff kommt zu dem Schluss, dass es im Augenblick wichtiger ist, eine große Strecke zurückzulegen als subtil vorzugehen, und so gibt er Befehl zum Auftauchen und tritt dann auf den Pinn. Er verbrennt damit wie unsinnig Treibstoff, aber U-691 hat eine Reichweite von elftausend Meilen.

Irgendwann gegen Mittag am nächsten Tag passiert U-691, das sich durch einen mörderischen Sturm kämpft, die Straße von Dover und gelangt in die Nordsee. Bestimmt lässt das Boot jeden Radarschirm in Europa aufleuchten, aber Flugzeuge können bei diesem Wetter wenig machen.

»Der Gefangene Shaftoe möchte Sie sprechen«, sagt Beck, der wieder stellvertretender Kommandant geworden ist, als wäre nie etwas gewesen. Der Krieg verleiht den Menschen eine große Ignorierfähigkeit. Bischoff nickt.

Shaftoe betritt die Zentrale, begleitet von Root, der offensichtlich als Übersetzer, geistlicher Berater und/oder ironischer Beobachter dienen wird. »Ich weiß einen Ort, wo wir hinkönnen«, sagt Shaftoe.

Bischoff ist völlig von den Socken. Er hat seit Tagen nicht mehr darüber nachgedacht, wohin sie eigentlich fahren. Die Vorstellung, ein schlüssiges Ziel zu haben, übersteigt beinahe sein Begriffsvermögen.

»Es ist« – Bischoff sucht nach Worten – »*rührend*, dass Sie sich dafür interessieren.«

Shaftoe zuckt die Achseln. »Ich habe gehört, Sie stecken bei Dönitz tief in der Scheiße.«

»Ganz so schlimm ist es nicht mehr«, sagt Bischoff, dem sich die volkstümliche Weisheit dieser amerikanischen Bauernmetapher unmittelbar mitteilt. »Die Tiefe ist noch die gleiche, aber inzwischen habe ich den Kopf oben anstatt unten.«

Shaftoe kichert erfreut. Mittlerweile sind sie alle Kumpel. »Haben Sie Karten von Schweden?«

Bischoff findet das eine verlockende, aber schwachsinnige Idee. Vorübergehend Zuflucht in einem neutralen Land suchen: prima. Wahrscheinlicher ist aber, dass sie das Boot an einem Felsen auf Grund setzen.

»Es gibt da eine Bucht bei einer kleinen Stadt«, sagt Shaftoe. »Wir kennen die Fahrtiefen.«

»Wie das?«

»Weil wir das Scheißding vor ein paar Monaten höchstpersönlich mit einem Stein an einer Schnur vermessen haben.«

»War das, bevor oder nachdem Sie das mysteriöse Unterseeboot voller Gold geentert haben?«, fragt Bischoff.

»Kurz davor.«

»Wäre es sehr anmaßend von mir zu fragen, wie ein amerikanischer Marine Raider und ein ANZAC-Militärgeistlicher dazu kommen, in Schweden, einem neutralen Land, Tiefenmessungen vorzunehmen?«

Shaftoe findet das offenbar überhaupt nicht anmaßend. Das Morphium hat ihn in beste Stimmung versetzt. Er erzählt noch eine Räuberpistole. Diesmal beginnt sie an der Küste Norwegens (wie er dorthin gekommen ist, belässt er absichtlich im Unklaren) und handelt davon, wie er Enoch Root und ungefähr ein Dutzend Männer, darunter einen mit einer schweren Axt-Wunde am Bein (Bischoff hebt die Brauen), auf Skiern quer durch Norwegen nach Schweden geführt und dabei wie nicht gescheit deutsche Verfolger umgebracht hat. Die Geschichte fährt sich dann ein wenig fest, weil es keine Deutschen zum Umbringen mehr gibt, und Shaftoe, der spürt, dass Bischoffs Aufmerksamkeit abschweift, versucht der Erzählung ein paar Spannungsmomente einzuhauchen, indem er das Fortschreiten des Wundbrandes am Bein des Offiziers schildert, der mit der Axt in Konflikt geriet (und, soweit es Bischoff mitbekommt, unter dem Verdacht stand, ein deutscher Spion zu sein). Shaftoe fordert Root immer wieder auf, sich einzuschalten und zu erzählen, wie er, Root, das Bein des Offiziers in mehreren aufeinander folgenden Operationen bis hinauf zur Hüfte amputiert habe. Als das arme Schwein mit dem Wundbrand Bischoff schließlich gerade so richtig ans Herz zu wachsen beginnt, nimmt die Geschichte abermals eine abrupte Wendung: Sie erreichen ein kleines Fischerdorf am Bottnischen Meerbusen. Der Offizier mit dem Wundbrand wird der Obhut des ortsansässigen Arztes übergeben. Shaftoe und seine Kameraden verkriechen sich in den Wäldern und knüpfen eine, wie es sich anhört, diffizile Beziehung zu einem finnischen Schmuggler und seiner geschmeidigen Nichte an. Und nun wird deutlich, dass Shaftoe bei seinem Lieblingsteil der Geschichte, nämlich der jungen Finnin, angelangt ist. Bis zu diesem Punkt war sein Erzählstil denn auch so grob, unverblümt und funktional wie das Innere eines Unterseeboots. Nun aber entspannt er sich, beginnt zu lächeln und wird beinahe poetisch – und zwar in einem Maße, dass einige Angehörige von Bischoffs Mannschaft, die ein klein wenig Englisch sprechen, in Hörweite herumzulungern beginnen. Im Wesentlichen läuft die Geschichte an dieser Stelle völlig aus dem Ruder und scheint, obwohl hochgradig unterhaltsam, nirgendwohin zu führen. Bischoff unterbricht schließlich mit einem: »Und was war mit dem Burschen mit dem kaputten Bein?« Shaftoe runzelt die Stirn und beißt sich auf die Lippe. »Ach ja, richtig«, sagt er schließlich, »der ist gestorben.«

»Der Stein an der Schnur«, souffliert Enoch Root. »Wissen Sie noch? Deswegen haben Sie die Geschichte überhaupt erzählt.«

»Ach ja, richtig«, sagt Shaftoe, »die haben uns mit einem kleinen Unterseeboot abgeholt. So sind wir nach Qwghlm gekommen und haben das Unterseeboot mit dem Gold gesehen. Aber bevor sie in den Hafen reinkonnten, brauchten sie eine Karte. Also sind Lieutenant Root und ich mit einer Schnur und einem Stein in einem Ruderboot rausgeschippert und haben das Ding ausgemessen.«

»Und von dieser Karte haben Sie noch immer eine Kopie bei sich?«, fragt Bischoff skeptisch.

»Nee«, sagt Shaftoe mit einer schnodderigen Gelassenheit, die bei einem weniger charismatischen Mann zum Wahnsinnigwerden wäre. »Aber der Lieutenant hat sie sich gemerkt. Sich Zahlen merken, das kann er richtig gut. Stimmt's, Sir?«

Enoch zuckt bescheiden die Achseln. »Wo ich groß geworden bin, war das Auswendiglernen der Ziffern von pi noch das Unterhaltsamste, was wir hatten.«

Kannibalen

Goto Dengo flüchtet durch den Sumpf. Er ist sich ziemlich sicher, dass er von den Kannibalen gejagt wird, die gerade seinen Freund gekocht haben, mit dem er an Land geschwemmt worden ist. Er klettert an einem Lianengewirr hinauf und versteckt sich mehrere Meter über dem Boden; Männer mit Speeren suchen das Gebiet ab, aber sie finden ihn nicht.

Er verliert das Bewusstsein. Als er wieder zu sich kommt, ist es dunkel und in den Ästen nahebei bewegt sich ein kleines Tier. Er giert so verzweifelt nach Essen, dass er blindlings danach grabscht. Der Körper des Geschöpfs ist so groß wie der einer Hauskatze, aber es hat lange, ledrige Flügel: irgendeine Art von Riesenfledermaus. Sie beißt ihn mehrmals in die Hände, ehe er sie zu Tode quetschen kann. Dann isst er sie roh.

Am nächsten Tag dringt er tiefer in den Sumpf vor, um sich weiter von den Kannibalen abzusetzen. Gegen Mittag stößt er auf einen Bach – den ersten, den er hier zu Gesicht bekommt. Zum größten Teil läuft das Wasser einfach durch Sümpfe aus Neuguinea ab, doch hier ist ein richtiges Flüsschen mit kaltem, frischem Wasser, gerade so schmal, dass er es überspringen kann.

Ein paar Stunden später stößt er auf ein weiteres Dorf, das dem ersten ähnelt, aber nur ungefähr halb so groß ist. Die Anzahl der aufgehängten Köpfe ist viel kleiner. Vielleicht sind die Kopfjäger hier nicht ganz so Furcht erregend wie die erste Gruppe. Auch hier gibt es eine zentrale Feuerstelle, auf der in einem Topf weißes Zeug kocht: In diesem Falle scheint es sich um einen Wok zu handeln, an den sie durch Tauschhandel gekommen sein müssen. Die Dorfbewohner wissen nicht, dass in unmittelbarer Nähe ein hungernder japanischer Soldat lauert, und sind daher nicht sonderlich wachsam. Mit der Abenddämmerung, als die Stechmücken in summenden Wolken aus den Sümpfen kommen, ziehen sie sich allesamt in ihre Langhäuser zurück. Goto Dengo stürmt in die Mitte der Siedlung, schnappt sich den Wok und verschwindet damit. Er zwingt sich dazu, nichts zu essen, bis er weit weg und erneut auf einem Baum versteckt ist, dann schlägt er sich voll. Das Essen ist ein gummiartiges Gel, allem Anschein nach reine Stärke. Selbst für einen Heißhungrigen besitzt es keinerlei Geschmack. Trotzdem leckt er den Wok sauber. Während er das tut, kommt ihm eine Idee.

Am nächsten Morgen, als der Sonnenball aus dem Meer bricht, kniet Goto Dengo im Flussbett, schöpft Sand in den Wok und wirbelt ihn herum, hypnotisiert von dem Mahlstrom aus Schmutz und Schaum, der langsam eine glitzernde Mitte ausbildet.

Einen Tag später steht Goto Dengo in aller Herrgottsfrühe am Rand des Dorfes und brüllt: »*Ulab! Ulab! Ulab!*«, das Wort, mit dem die Leute in dem ersten Dorf Gold bezeichneten.

Die Dorfbewohner winden sich, zunächst verwirrt, durch ihre winzigen Eingangstüren nach draußen, doch als sie sein Gesicht und den an einer Hand baumelnden Wok sehen, bricht Zorn aus ihnen hervor wie die Sonne aus einer Wolke. Ein Mann kommt mit erhobenem Speer über die Lichtung auf ihn zugestürmt. Goto Dengo tänzelt zurück und nimmt halb hinter einer Kokospalme Deckung, wobei er sich den Wok wie einen Schild vor die Brust hält. »*Ulab! Ulab!*«, ruft er erneut. Der Krieger zögert. Goto Dengo streckt die geballte Faust aus, schwingt sie hin und her, bis sie auf einen warmen Sonnenstrahl trifft, und öffnet sie dann leicht. Eine winzige Kaskade glitzernder Flöckchen rieselt daraus hervor, fängt das Sonnenlicht ein und drippelt mit leisem Rauschen auf die unten im Schatten liegenden Blätter.

Das erregt ihre Aufmerksamkeit. Der Mann mit dem Speer bleibt stehen. Irgendjemand hinter ihm sagt etwas von wegen *patah*.

Goto Dengo senkt den Wok, legt ihn sich in die Armbeuge und lässt die ganze Hand voll Goldstaub hineinrieseln. Das Dorf schaut wie gebannt zu. Nun gibt es ein großes Geraune von wegen *patah*. Er tritt, den Wok als Gabe für den Krieger vor sich hin haltend, auf die Lichtung, lässt sie seine Nacktheit und seinen erbärmlichen Zustand sehen. Schließlich sinkt er auf die Knie, beugt ganz langsam den Kopf und stellt dem Krieger den Wok zu Füßen. So, mit gebeugtem Kopf, verharrt er und gibt damit zu erkennen, dass sie ihn jetzt töten können, wenn sie wollen.

Womit sie allerdings auch ihre neu entdeckte Goldquelle verstopfen würden.

Die Sache erfordert eine Diskussion. Sie schnüren ihm die Ellbogen mit Lianen hinter dem Rücken zusammen, legen ihm eine Schlinge um den Hals und binden diese an einen Baum. Sämtliche Kinder des Dorfes stehen um ihn herum und glotzen. Sie haben dunkelviolette Haut und krauses Haar. Fliegen umschwärmen ihre Köpfe.

Der Wok wird in eine Hütte gebracht, die mit mehr Menschenköpfen geschmückt ist als alle anderen. Sämtliche Männer gehen hinein. Es folgt eine hitzige Diskussion.

Eine schlammbeschmierte Frau mit langen, dürren Brüsten bringt Goto Dengo eine halbe Schale Kokosmilch und eine Hand voll weiße, knöchelgroße Larven, die in Blätter gewickelt sind. Ihre Haut ist ein Gewirr einander überlappender Scherpilzflechtennarben und sie trägt eine Halskette, die aus einem Menschenfinger an einem Stück Bindfaden besteht. Die Larven spritzen, als Goto Dengo darauf beißt.

Die Kinder verlassen ihn, um zuzusehen, wie draußen über dem Ozean zwei amerikanische P-38 vorbeifliegen. Von Flugzeugen gelangweilt, geht Goto Dengo in die Hocke und beobachtet die Menagerie von Arthropoden, die auf ihm zusammengeströmt sind in der Hoffnung, sein Blut saugen, einen Bissen von seinem Fleisch nehmen, ihm die Augäpfel aus dem Schädel fressen oder ihn mit ihren Eiern schwängern zu können. Die hockende Stellung ist günstig, weil er etwa alle fünf Sekunden das Gesicht zuerst gegen das eine, dann gegen das andere Knie schlagen muss, um die Insekten aus seinen Augen und Nasenlöchern herauszuhalten. Ein Vogel stürzt aus einem Baum, landet unbeholfen auf Goto Dengos Kopf, pickt ihm etwas aus dem Haar und fliegt davon. Blut schießt ihm aus dem After und sammelt sich als warme Pfütze unter dem Spann seiner Füße. Am Rand der Pfütze sammeln sich Geschöpfe mit vielen Füßen und tun sich daran gütlich. Goto Dengo schiebt sich ein Stück weit weg, überlässt sie ihrem Mahl, gewinnt ein paar Minuten Ruhe.

Die Männer in der Hütte gelangen zu irgendeiner Art von Übereinkunft. Die Spannung lässt nach. Man hört sogar Gelächter. Er fragt sich, was bei diesen Kerlen als komisch gilt.

Der Kerl, der ihn vorhin aufspießen wollte, kommt über die Lichtung, nimmt Goto Dengos Leine und zerrt ihn damit auf die Füße. »*Patah*«, sagt er.

Goto Dengo blickt zum Himmel auf. Es wird allmählich spät, aber der Gedanke, ihnen zu erklären, dass sie sich einfach bis morgen gedulden sollen, behagt ihm überhaupt nicht. Er stolpert über die Lichtung zur Kochstelle und macht eine Kopfbewegung zu einem Topf voller Hirnragout hin. »Wok«, sagt er.

Es funktioniert nicht. Sie denken, dass er Gold für den Wok eintauschen will.

Es folgen zirka achtzehn Stunden voller Missverständnisse und gescheiterter Kommunikationsversuche. Goto Dengo stirbt beinahe; zumindest fühlt er sich, als wäre das ohne weiteres möglich. Jetzt, da er nicht mehr unterwegs ist, holen ihn die vergangenen Tage mit Macht ein. Doch schließlich, am späten Vormittag des nächsten Tages, kommt er dazu, seinen Zauber vorzuführen. Im nahe gelegenen Bach hockend, die Fesseln um seine Ellbogen gelöst, den Wok in den Händen, umringt von skeptischen Dorfvätern, die noch immer die um seinen Hals geschlungene Liane festhalten, beginnt er, Gold zu waschen. Binnen weniger Minuten hat er dem Flussbett ein paar Körnchen von dem Zeug abgewonnen und so das Grundkonzept demonstriert.

Sie wollen es selbst lernen. Damit hat er gerechnet. Er versucht, es einem von ihnen beizubringen, aber es gehört (wie Goto Dengo selbst vor langer Zeit gelernt hat) zu den Dingen, die schwieriger sind, als sie aussehen.

Zurück ins Dorf. In dieser Nacht bekommt er sogar einen Schlafplatz. Sie stopfen ihn in einen langen, schmalen Sack aus geflochtenem Gras, den sie über seinem Kopf zubinden – auf diese Weise verhindern sie, dass sie im Schlaf bei lebendigem Leibe von Insekten gefressen werden. Jetzt erwischt ihn die Malaria. Abwechselnd überschwemmen ihn Frost- und Hitzewellen mit der Gewalt von Rippströmen.

Eine Zeit lang verliert er jedes Zeitgefühl. Später geht ihm auf, dass er schon eine ganze Weile hier sein muss, denn sein gebrochener Zeigefinger ist mittlerweile krumm verwachsen und die Abschürfungen, die er von den Korallen davongetragen hat, sind zu einer Schraffur dünner, paralleler Narben verheilt, wie die Maserung eines Holzstücks. Seine Haut ist mit Schlamm beschmiert und er riecht nach Kokosnussöl und nach dem Rauch, mit dem sie ihre Hütten füllen, um das Ungeziefer zu vertreiben. Sein Leben ist einfach: Wenn die Malaria ihn an den Rand des Todes bringt, sitzt er vor einer gefällten Palme und schnitzelt stundenlang sinnlos daran herum, sodass langsam ein Haufen faseriges weißes Zeug entsteht, aus dem die Frauen Stärke machen. Wenn er sich kräftiger fühlt, schleppt er sich zum Fluss hinüber und wäscht Gold. Als Gegenleistung tun sie ihr Bestes, um zu verhindern, dass Neuguinea ihn umbringt. Er ist so schwach, dass sie nicht einmal mehr einen Aufpasser mitschicken, wenn er weggeht.

Es wäre ein tropisches Idyll, wenn die Malaria, die Insekten, der ständige Durchfall und die daraus resultierenden Hämorrhoiden sowie die Tatsache nicht wären, dass die Leute schmutzig sind, schlecht riechen, einander fressen und Menschenköpfe als Wandschmuck verwenden. Das Einzige, worüber Goto Dengo nachdenkt, wenn er überhaupt denken kann, ist, dass es hier einen Jungen gibt, der so aussieht, als wäre er ungefähr zwölf Jahre alt. Er erinnert sich an den Zwölfjährigen, dessen Initiation darin bestand, dass er Goto Dengos Gefährten einen Speer durchs Herz trieb, und er fragt sich, wer wohl für den Initiationsritus des Jungen hier verwendet werden wird.

Von Zeit zu Zeit hämmern die Dorfältesten eine Zeit lang auf einen ausgehöhlten Baumstamm, um dann herumzustehen und dem entsprechenden Gehämmer aus anderen Dörfern zu lauschen. Eines Tages dauert dieses Gehämmer besonders lang und es hat den Anschein, als freuten sich die Dorfbewohner über das Gehörte. Am nächsten Tag bekommen sie Besuch: vier Männer und ein Kind, die eine völlig andere Sprache sprechen; ihr Wort für Gold ist *gabitisa*. Das Kind, das sie mitgebracht haben, ist ungefähr sechs Jahre alt und offensichtlich zurückgeblieben. Es folgt eine Verhandlung. Ein Teil des Goldes, das Goto Dengo aus dem Bach gewaschen hat, wird gegen das zurückgebliebene Kind eingetauscht. Die vier Besucher verschwinden mit ihrem *gabitisa* im Dschungel. Binnen weniger Stunden hat man das zurückgebliebene Kind an einen Baum gefesselt und der Zwölfjährige hat es erstochen und ist zum Mann geworden. Nach einigem Herumstolzieren und Tanzen halten die älteren Männer den jüngeren fest und ritzen ihm lange, komplizierte Schnitte in die Haut, die sie mit Erde einreiben, damit sie als Schmucknarben abheilen.

Goto Dengo kann nicht viel anderes tun als in dumpfem Erstaunen zusehen. Jedes Mal, wenn er versucht, über die nächsten fünfzehn Minuten hinauszudenken, sich eine Vorgehensweise zurechtzulegen, kommt die Malaria zurück, setzt ihn für ein, zwei Wochen außer Gefecht und bringt sein Gehirn so durcheinander, dass er gezwungen ist, wieder ganz von vorn anzufangen. Trotz alledem schafft er es, ein paar hundert Gramm Goldstaub aus dem Bach zu gewinnen. Von Zeit zu Zeit wird das Dorf von relativ hellhäutigen Händlern aufgesucht, die in Ausleger-Booten die Küste auf und ab fahren und wieder eine ganz andere Sprache sprechen. Diese Händler kommen häufiger, als die Dorfältesten beginnen, den Goldstaub gegen Betelnüsse – die sie kauen, weil sie das in angeregte Stimmung bringt – und gelegentlich gegen eine Flasche Rum einzutauschen.

Eines Tages, als Goto Dengo mit einem Teelöffel Gold im Wok vom Fluss zurückkommt, hört er Stimmen aus dem Dorf – Stimmen, deren Tonfall ihm einmal vertraut war.

Sämtliche Männer des Dorfes, insgesamt ungefähr zwanzig, stehen mit dem Rücken an Kokospalmen, die Arme mit Seilen hinter den Stämmen gefesselt. Mehrere sind tot, ihre herausgequollenen Eingeweide liegen, schon schwarz von Fliegen, am Boden. An denen, die noch nicht tot sind, üben ein paar Dutzend abgezehrte japanische Soldaten wie in Raserei den Einsatz des Bajonetts. Eigentlich müssten die Frauen schreiend drumherum stehen, aber er sieht sie nicht. Sie müssen in den Hütten sein.

Aus einer Hütte kommt mit breitem Lächeln ein Mann in Leutnantsuniform stolziert, der sich mit einem Lappen Blut vom Penis wischt und beinahe über ein totes Kind stolpert.

Goto Dengo lässt den Wok fallen und streckt die Hände in die Luft. »Ich bin Japaner!«, brüllt er, obwohl er in diesem Augenblick eigentlich nur *Ich bin kein Japaner* sagen will.

Die Soldaten sind verblüfft und mehrere von ihnen versuchen, ihre Gewehre in seine Richtung zu schwenken. Aber das japanische Gewehr ist ein fürchterliches Ding, fast so lang, wie der durchschnittliche Soldat groß ist, und zu schwer, um es vernünftig zu handhaben, selbst wenn sein Besitzer bei bester Gesundheit ist. Zum Glück sind alle diese Männer sichtlich halb verhungert und von Malaria und blutigem Ausfluss stark geschwächt, sodass ihr Verstand rascher reagiert als ihr Körper. Der Leutnant bellt »Nicht schießen!«, ehe irgendwer einen Schuss auf Goto Dengo abgeben kann.

Es folgt ein langes Verhör in einer der Hütten. Der Leutnant hat viele Fragen und stellt die meisten mehr als einmal. Wenn er eine Frage zum fünften oder dreizehnten Mal wiederholt, trägt er eine hoheitsvolle Großmut zur Schau, als wolle er Goto Dengo Gelegenheit geben, seine früheren Lügen zurückzunehmen. Goto Dengo versucht, die Schreie der aufgespießten Männer und der vergewaltigten Frauen zu ignorieren, und konzentriert sich darauf, jedes Mal ohne Abweichungen die gleiche Antwort zu geben,

»Sie haben sich diesen Wilden ergeben?«

»Ich war kampfunfähig und hilflos. Sie haben mich in diesem Zustand gefunden.«

»Welche Anstrengungen haben Sie unternommen, um zu fliehen?«

»Ich habe versucht, zu Kräften zu kommen und von ihnen zu lernen, wie man im Dschungel überlebt – was man essen kann.«

»Sechs Monate lang?«

»Wie bitte, Herr Leutnant?« Diese Frage hat er noch nicht gehört.

»Ihr Geleitzug ist vor sechs Monaten versenkt worden.«

»Unmöglich.«

Der Leutnant tritt vor und schlägt ihn ins Gesicht. Goto Dengo spürt nichts, versucht aber dennoch, sich zu ducken, um den Mann nicht zu demütigen.

»Ihr Geleitzug sollte unsere Division verstärken!«, bellt der Leutnant. »Sie wagen es, meine Worte in Zweifel zu ziehen?«

»Ich bitte untertänigst um Entschuldigung, Herr Leutnant!«

»Ihr Ausbleiben hat uns gezwungen, eine Frontbegradigung* vorzunehmen! Wir marschieren über Land, um uns mit unseren Streitkräften bei Wewak zu vereinigen!«

»Sie sind also – die Vorhut der Division?« Goto Dengo hat vielleicht zwei Dutzend Männer, also allenfalls zwei Züge, gesehen.

»Wir sind die Division«, sagt der Leutnant sachlich. »Also noch einmal, Sie haben sich diesen Wilden ergeben?«

———

Als sie am nächsten Morgen abmarschieren, lebt kein Dorfbewohner mehr. Man hat entweder den Einsatz des Bajonetts an ihnen geübt oder sie bei Fluchtversuchen erschossen.

Er ist ein Gefangener. Der Leutnant hat beschlossen, ihn für das

---

* Japanischer Armee-Euphemismus für »Rückzug«.

Verbrechen, sich dem Feind ergeben zu haben, hinzurichten, und war schon dabei, sein Schwert zu ziehen, als einer der Unteroffiziere ihn dazu bewog, noch eine Weile zu warten. Goto Dengo ist, so unmöglich das auch erscheinen mag, in weit besserem körperlichen Zustand als alle anderen und daher als Lasttier zu gebrauchen. Man kann ihn immer noch ordnungsgemäß vor großem Publikum hinrichten, sobald sie einen größeren Vorposten erreichen. Und so marschiert er nun ungefesselt in der Mitte der Gruppe, denn der Dschungel erfüllt den gleichen Zweck wie Ketten und Gitter. Man hat ihm das einzige noch übrig gebliebene leichte Maschinengewehr, das Nambu, aufgeladen, das für jeden anderen zu schwer wäre und einen so starken Rückstoß hat, dass keiner von ihnen es abfeuern kann; wer den Abzug an dem Ding betätigte, würde davon auseinander gerüttelt und das vom Dschungel mürbe Fleisch fiele ihm von den zitternden Knochen.

Nachdem ein paar Tage verstrichen sind, bittet Goto Dengo um die Erlaubnis, die Bedienung des Nambu lernen zu dürfen. Die Antwort des Leutnants besteht darin, ihn zu verprügeln – obwohl er gar nicht die Kraft hat, jemanden richtig zu verprügeln –, also muss ihm Goto Dengo helfen, indem er aufschreit und sich zusammenkrümmt, wenn der Leutnant glaubt, er habe einen wirkungsvollen Schlag gelandet.

Alle paar Tage, wenn die Sonne morgens aufgeht, ist dieser oder jener Soldat stärker mit Ungeziefer behaftet als alle anderen. Das bedeutet, dass er tot ist. Da es ihnen an Schaufeln und der Kraft zum Graben fehlt, lassen sie ihn einfach liegen, wo er liegt, und marschieren weiter. Manchmal verlaufen sie sich, marschieren noch einmal über dasselbe Gelände und finden die Leichen aufgebläht und schwarz wieder; wenn sie verwesendes Menschenfleisch riechen, wissen sie, dass die Anstrengung eines ganzen Tages umsonst war. Im Allgemeinen aber gewinnen sie jetzt an Höhe und es wird kühler. Vor ihnen liegt eine Kette schneebedeckter Gipfel, die ihnen den Weg versperrt und sich geradewegs bis ans Meer hinzieht. Den Karten des Leutnants zufolge müssen sie, um japanisch beherrschtes Gebiet zu erreichen, auf der einen Seite hinauf- und auf der anderen hinunterklettern.

Vögel und Pflanzen sind hier oben anders. Eines Tages, als der Leutnant gerade gegen einen Baum uriniert, erzittert das Laubwerk und ein riesiger Vogel kommt daraus hervorgestürzt. Er ähnelt vage einem Strauß, ist aber gedrungener und bunter. Er hat einen roten Hals und einen kobaltblauen Kopf, aus dem oben, wie die Nase einer Artilleriegranate, ein gewaltiger, helmartiger Knochen hervorsteht. Er stakst direkt zu dem Leutnant hin, versetzt ihm ein paar Tritte, sodass der Leutnant der Länge nach hinschlägt, beugt dann den langen Hals herab, kreischt ihm ins Gesicht und läuft in den Dschungel zurück, wobei er den Schädelknochen wie eine Art Rammbock einsetzt, um eine Schneise durchs Unterholz zu bahnen.

Selbst wenn die Männer nicht halbtot wären, wären sie viel zu verblüfft, um ihre Waffen zu heben und auf das Tier zu schießen. Sie lachen hysterisch. Goto Dengo lacht, bis er weint. Der Vogel muss allerdings ziemlich kräftig zugetreten haben, denn der Leutnant liegt nun schon ziemlich lange da und hält sich den Bauch.

Schließlich gewinnt einer der Unteroffiziere die Fassung wieder und geht zu dem armen Mann hinüber, um ihm zu helfen. Als er näherkommt, dreht er sich plötzlich zum Rest der Gruppe um. Sein Gesicht ist fassungslos.

Aus zwei tiefen Stichwunden im Bauch des Leutnants strömt Blut und sein Körper erschlafft bereits, als sich der Rest der Gruppe um ihn schart. Sie bleiben bei ihm sitzen, bis sie ziemlich sicher sind, dass er tot ist, dann marschieren sie weiter. Am selben Abend zeigt der Unteroffizier Goto Dengo, wie man das leichte Maschinengewehr zerlegt und reinigt.

Sie sind nur noch neunzehn. Aber es scheint, als seien nun alle gestorben, denen es an diesem Ort bestimmt war, denn sie verlieren zwei, drei, fünf, sieben Tage lang keinen Mann mehr, und das trotz oder vielleicht auch wegen der Tatsache, dass sie in die Berge aufsteigen. Das ist eine brutale Strapaze, zumal für den schwer beladenen Goto Dengo. Aber die kalte Luft scheint ihre Dschungelfäule zu beseitigen und die gefräßigen inneren Feuer der Malaria zu ersticken.

Eines Tages machen sie zeitig am Rand eines Schneefeldes Halt und der Unteroffizier befiehlt doppelte Rationen für alle. Über ihnen türmen sich schwarze Steingipfel mit einem eisigen Sattel dazwischen. Sie schlafen aneinander gekauert, was nicht verhindert, dass einige von ihnen mit erfrorenen Zehen erwachen. Sie essen den größten Teil ihrer noch verbliebenen Essensrationen und marschieren dann Richtung Pass.

Der Pass erweist sich als beinahe enttäuschend leicht; der Anstieg ist so sanft, dass sie gar nicht richtig merken, dass sie den Gipfel erreicht haben, bis ihnen auffällt, dass der Schnee unter ihren Füßen abfällt. Sie sind über den Wolken, und die Wolken bedecken die Welt. Das sanfte Gefälle endet jäh am Rand einer Felswand, die mindestens dreihundert Meter fast senkrecht abstürzt – dann taucht sie in die Wolkenschicht ein, sodass ihre eigentliche Höhe nicht festzustellen ist. Sie finden die Andeutung eines Pfades, der das Gefälle quert. Er scheint häufiger abwärts als aufwärts zu führen und so folgen sie ihm. Das ist zunächst neu und aufregend, doch dann wird es genauso brutal eintönig wie jede andere Landschaft, durch die Soldaten je marschiert sind. Während die Stunden verstreichen, wird der Schnee ungleichmäßiger und die Wolken kommen näher. Einer der Männer schläft im Gehen ein, stolpert, stürzt kopfüber den Hang hinunter und geht dabei immer wieder sekundenlang in den freien Fall über. Bis er in der Wolkenschicht verschwindet, ist er schon nicht mehr zu sehen.

Schließlich steigen die achtzehn in klammen Nebel ab. Jeder sieht seinen Vordermann nur, wenn er ganz dicht zu ihm aufschließt, und auch dann nur als grauen, verschwommenen Schemen, wie einen Eisdämon in einem kindlichen Albtraum. Die Landschaft ist zerklüftet und gefährlich geworden und der Führende muss sich praktisch auf allen vieren vorwärts tasten.

Als sie sich um eine vom Nebel schlüpfrige, vorspringende Felsrippe herumarbeiten, schreit der Führende plötzlich: »Feind!«

Einige von den achtzehn lachen sogar, weil sie es für einen Scherz halten.

Goto Dengo hört deutlich jemanden Englisch mit australischem Akzent sprechen. Der Mann sagt: »Schweinehunde.«

Dann bricht ein Lärm los, der stark genug scheint, den Berg mittendurch zu spalten. Goto Dengo hält es zunächst für eine Geröllawine, bis seine Ohren sich darauf eingestellt haben und ihm aufgeht, dass es eine Waffe ist: etwas Großes, Vollautomatisches. Die Australier schießen auf sie.

Sie versuchen, sich zurückzuziehen, können aber immer nur wenige Schritte machen. Unterdessen sausen überall um sie herum dicke Bleigeschosse durch den Nebel, schlagen gegen den Felsen, schleudern ihnen Steinsplitter gegen Hälse und Gesichter. »Das Nambu!«, brüllt jemand. »Das Nambu nach vorn!« Aber Goto Dengo kann erst mit dem Nambu schießen, wenn er einen anständigen Platz zum Stehen findet.

Schließlich gelangt er zu einem Sims, etwa so groß wie ein großes Buch, und nimmt die Waffe von der Schulter. Doch alles, was er sehen kann, ist Nebel.

Ein paar Minuten lang tritt Stille ein. Goto Dengo ruft die Namen seiner Kameraden. Die drei hinter ihm melden sich. Die anderen scheinen auf seine Rufe nicht zu antworten. Schließlich kommt einer den Pfad hinauf zurückgekraxelt. »Die anderen sind alle tot«, sagt er, »du kannst ruhig schießen.«

Und so beginnt er, mit dem Nambu in den Nebel zu schießen. Der Rückstoß wirft ihn beinahe vom Berg und er lernt, die Waffe gegen eine Felsnase zu stemmen. Dann schwenkt er sie hin und her. Er merkt, wenn er den Felsen trifft, weil das ein anderes Geräusch macht, als wenn er Nebel trifft. Er hält auf den Felsen.

Er verschießt mehrere Magazine, ohne irgendwelche Ergebnisse zu erzielen. Dann marschiert er wieder vorwärts.

Der Wind frischt auf, der Nebel verwirbelt und teilt sich einen Moment lang. Goto Dengo sieht einen blutbeschmierten Pfad, der direkt zu einem hoch gewachsenen Australier mit rötlichem Schnurrbart führt, der eine Maschinenpistole trägt. Ihre Blicke treffen sich. Goto Dengo ist in der günstigeren Position und feuert als Erster. Der Mann mit der Maschinenpistole stürzt ab.

Zwei andere Australier, die hinter der Felsrippe versteckt sind, sehen das und beginnen zu fluchen.

Einer von Goto Dengos Kameraden jagt mit aufgepflanztem Bajonett den Pfad hinunter, brüllt »Banzai!« und verschwindet um die Ecke. Man hört den Knall einer Schrotflinte und zwei Männer schreien gleichzeitig. Dann kommt das mittlerweile vertraute Geräusch abstürzender Körper. »Verdammt!«, brüllt der eine Aussie, der noch übrig ist. »Scheißnips.«

Goto Dengo bleibt nur ein ehrenhafter Ausweg. Er folgt seinem Kameraden um die Ecke und eröffnet mit dem Nambu das Feuer, spritzt Blei in den Nebel, bestreicht die Felswand damit. Er hört erst auf, als das Magazin leer ist. Danach passiert gar nichts. Entweder hat sich der Aussie den Pfad hinunter zurückgezogen oder Goto Dengo hat ihn vom Felsen heruntergeschossen.

Bei Einbruch der Nacht sind Goto Dengo und seine drei überlebenden Kameraden wieder unten im Dschungel.

WRACK

An: root@eruditorum.org
Von: randy@epiphyte.com
Betreff: Antwort
Dass Sie ein Philosoph auf Einzelhandelsniveau sind, der nebenbei auch noch Kumpel im Überwachungsgeschäft hat, ist in meinen Augen ein zu großer Zufall, als dass ich es akzeptieren könnte.
Deshalb werde ich Ihnen nicht sagen, warum.
Sollten Sie sich aber deswegen Sorgen machen, kann ich Ihnen versichern, dass wir für den Bau der Krypta unsere Gründe haben. Und es geht nicht nur darum, viel Geld zu verdienen – obwohl es für unsere Aktionäre sehr gut sein wird. Haben Sie gedacht, wir wären bloß ein Haufen Nerds, die da hineingeschliddert sind und jetzt bis über beide Ohren drinstecken? Das sind wir nicht.
PS: Was meinen Sie damit, dass Sie »mit neuen Kryptosystemen herumspielen«? Nennen Sie mir ein Beispiel.

Randall Lawrence Waterhouse
Aktuelle Meatspace-Koordinaten, frisch aus der GPS-Empfängerkarte in meinem Laptop:
8 Grad, 52,33 Minuten nördlicher Breite, 117 Grad, 42,75 Minuten östlicher Länge.
Nächster geographischer Orientierungspunkt: Palawan, Philippinen.

An: randy@epiphyte.com
Von: root@eruditorum .org
Betreff: Antwort
Randy,

danke für Ihre seltsam defensive Mail.
Sehr erfreut, dass Sie einen guten Grund
haben. Habe nichts Anderes erwartet.
Natürlich sollen Sie sich nicht verpflich-
tet fühlen, ihn mir mitzuteilen.
Die Tatsache, dass ich Freunde in der Welt
des elektronischen Geheimdienstwesens
habe, ist nicht der große Zufall, den Sie
darin sehen wollen.
Wodurch sind Sie zu einem der Gründer der
Krypta geworden?
Dadurch, dass Sie gut in Wissenschaft und
Mathematik sind.
Wodurch sind Sie gut in Wissenschaft und
Mathematik geworden?
Dadurch, dass Sie auf den Schultern der-
jenigen standen, die vor Ihnen da waren.
Wer waren diese Leute?
Wir haben sie gemeinhin Naturphilosophen
genannt.
Entsprechend verdanken auch meine Freunde
im Überwachungsgeschäft ihre Fähigkeiten
der praktischen Anwendung der Philosophie.
Sie sind so intelligent, dass sie das
verstehen und denen Ehre zuteil werden
lassen, denen sie gebührt.
PS: Sie haben vergessen, die Deckadresse
»zwerg@siblings.net« zu verwenden. Ich
nehme an, das war Absicht?
PPS: Sie sagen, Sie hätten gerne ein
Beispiel für ein neues Kryptosystem, an
dem ich arbeite. Das hört sich an wie
ein Test. Sie und ich, Randy, wir wissen
beide, dass die Geschichte der Kryptographie übersät ist mit den Trümmern von
Kryptosystemen, die von eingebildeten
Dilettanten erfunden und bald darauf von
cleveren Code-Knackern zerstört wurden.
Vermutlich nehmen Sie an, ich wüsste das

nicht – ich sei nur ein eingebildeter
Dilettant. Gewitzt wie Sie sind, fordern
Sie mich auf, den Kopf aus dem Fenster zu
strecken, damit Sie und Cantrell und seine
gleich gesinnten Freunde ihn abhacken
können. Sie stellen mich auf die Probe –
versuchen, mein Niveau herauszufinden.
Also gut. In ein paar Tagen schicke ich
Ihnen eine weitere Nachricht. Ich hätte
sowieso gerne, dass die Heimlichen Bewunderer mein System mal ausprobieren.

Im Südchinesischen Meer steht America Shaftoe trotz der schweren Brecher mit gespreizten Beinen und der Sonne entgegengestrecktem Körper über der Ruderbank eines schmal gebauten Doppel-Auslegerboots, als wäre sie gyroskopisch stabilisiert. Sie trägt eine ärmellose Taucherweste, die kräftige, tief gebräunte Schultern offenbart, und ihre walnussbraune Haut, auf der Wasserperlen wie Juwelen funkeln, ist mit einer Reihe schwarzer Tätowierungen versehen. Aus einem Schulterholster ragt der Griff eines großen Messers. Die Schneide ist die eines normalen Tauchermessers, aber der Griff ist der eines Kris, einer reich geschmückten traditionellen Waffe auf Palawan. Touristen können sich im Dutyfreeshop am NAIA einen Kris kaufen, aber dieser hier scheint weniger prunkvoll und dafür solider zu sein als die im Touristenladen, und außerdem vom Gebrauch abgenutzt. Um den Hals trägt sie eine goldene Kette, an der eine knotige schwarze Perle baumelt. Einen winzig kleinen Juweliersschraubenzieher zwischen den Zähnen, ist sie eben aus dem Wasser aufgetaucht. Ihr Mund ist zum Atmen geöffnet und gibt den Blick auf schiefe, weiße Zähne ohne Füllungen frei. Für diesen kurzen Augenblick ist sie ganz in ihrem Element, in Anspruch genommen von dem, was sie gerade tut, und völlig unbefangen. In dem Moment glaubt Randy, sie zu verstehen: warum sie die meiste Zeit hier verbringt, warum sie nicht aufs College gegangen ist, warum sie die Familie ihrer Mutter verlassen hat, die sie in Chicago liebevoll großgezogen hatte, um Geschäftspartnerin ihres Vaters zu werden, dieses eigensinnigen Veteranen, der der Familie den Rücken gekehrt hatte, als America neun Jahre alt war.

Dann wendet sie sich der näher kommenden Barkasse zu und erkennt darauf Randy, der sie anstarrt. Sie verdreht die Augen, und wieder legt sich die Maske über ihr Gesicht. Sie sagt etwas zu den Filipinos, die in dem Boot um sie herumhocken, und zwei von ihnen machen sich ans Werk, indem sie wie Kunstturnerinnen auf dem Schwebebalken über die Verbindungsstangen trippeln und sich auf den Schwimmkörper stellen. Mit ihren ausgestreckten Armen als Stoßdämpfer fangen sie die Wucht des Zusammenpralls der Barkasse – die Doug Shaftoe humorvollerweise *Mekong Memory* getauft hat – und des viel längeren, viel schmaleren Auslegerboots auf.

Einer der anderen Filipinos stemmt seinen bloßen Fuß gegen die Oberseite eines tragbaren kleinen Hondagenerators und zieht an der Reißleine, wobei die Sehnen und drahtigen Muskeln an seinen Armen, als wären sie selbst Reißleinen, einen Moment lang vor- und zurückschnellen. Sofort springt der Generator mit einem fast unhörbaren Surren an. Das ist gutes Gerät und eine der wichtigsten Verbesserungen, die Semper Marine als Teil ihres Vertrages mit Epiphyte und FiliTel vorgenommen hat. Jetzt benutzen sie es de facto, um den Dentisten zu betrügen.

»Es liegt einhundertvierundfünfzig Meter unter dieser Boje«, sagt Doug Shaftoe und zeigt auf einen Viereinhalb-Liter-Plastikmilchbehälter, der auf den Wellen schaukelt. »In gewisser Hinsicht hat es Glück gehabt.«

»Glück?« Randy klettert von der Barkasse und verlagert sein Gewicht auf den Ausleger, den er so weit nach unten drückt, dass das warme Wasser ihm bis zu den Knien geht. Mit seitlich ausgestreckten Armen balanciert er wie ein Seiltänzer auf einer der Verbindungsstangen zum Bootsrumpf in der Mitte.

»Glück für uns«, verbessert sich Shaftoe. »Wir befinden uns über der Flanke eines Meeresvulkans. Nicht weit von hier liegt der Palawan-Graben.« Er folgt Randy, aber ohne das ganze Gehampel und Gefuchtel. »Wenn es dort gesunken wäre, läge es jetzt so tief unten, dass schwer dranzukommen wäre, und der Druck da unten hätte es zerquetscht. Bei zweihundert Metern dürfte es eine solche Implosion nicht gegeben haben.« Als er den Bootsrumpf erreicht, vollführt er mit den Händen dramatische Quetschbewegungen.

»Macht uns das was aus?«, fragt Randy. »Gold und Silber implodierten doch nicht.«

»Wenn der Schiffskörper intakt ist, kann man die Sachen viel leichter rausholen«, sagt Doug Shaftoe.

Amy ist unter dem Sonnendach des Auslegerboots verschwunden.

Randy und Doug folgen ihr in dessen Schatten und finden sie im Schneidersitz auf einer Ausrüstungsbox aus Fiberglas, über die sich eine Kruste aus Flughafengepäckaufklebern zieht. Ihr Gesicht steckt im oberen Teil einer schwarzen Gummipyramide, deren Boden der Bildschirm einer Kathodenstrahlröhre mit besonders langer Lebensdauer ist. »Wie läuft's mit den Kabeln?«, murmelt sie. Schon vor Monaten hat sie jeden Versuch aufgegeben, ihre Verachtung für die stumpfsinnige Arbeit des Kabellegens zu verbergen. Heuchelei ist eine schäbige Sache, die wie ein Haus aus Pappmaché mit viel Energie unterhalten werden muss, damit sie nicht in sich zusammenfällt. Ein anderes Beispiel: Vor einiger Zeit hat Randy es aufgegeben, so zu tun, als sei er nicht restlos von Amy Shaftoe fasziniert. Das ist nicht ganz dasselbe wie in sie verliebt zu sein, aber es hat schon einiges damit gemein. Frauen, die rauchen und viel trinken, üben seit jeher eine merkwürdige, morbide Faszination auf ihn aus. Amy tut nichts von beidem, aber mit ihrer völligen Missachtung moderner Hautkrebsvorbeugungsmaßnahmen gehört sie in dieselbe Kategorie: Leute, die so sehr damit beschäftigt sind, ihr Leben zu leben, dass sie sich gar nicht um die Verlängerung ihrer Lebenserwartung kümmern.

Auf jeden Fall möchte er nur zu gerne wissen, was Amys Traum ist. Eine Zeit lang dachte er, es sei die Jagd nach Schätzen im Südchinesischen Meer. Das macht ihr ganz offensichtlich Spaß, aber er ist sich nicht sicher, ob es sie letztlich wirklich befriedigt.

»Hab den Trimm an den Tiefenrudern wieder eingestellt«, erklärt sie. »Ich glaube, mit diesem Verstellgestänge haben die Ingenieure sich keine besondere Mühe gegeben.« Sie zieht den Kopf aus der schwarzen Gummihaube und wirft Randy einen kurzen Seitenblick zu, mit dem sie ihm die Schuld an den Unzulänglichkeiten aller Ingenieure gibt. »Ich hoffe, dass es jetzt funktioniert und wir nicht dauernd im Zickzack-Kurs fahren.«

»Bist du fertig?«, fragt ihr Vater.

»Sobald du es bist«, antwortet sie und pfeffert ihm den Ball damit wieder zu.

Doug geht in die Hocke und watschelt wie eine Ente unter dem niedrigen Sonnendach hervor. Randy folgt ihm, denn er möchte das ROV selbst sehen.

Da liegt es längsseits neben dem Rumpf des Auslegerboots: ein kurzer gelber Torpedo mit einer gläsernen Rundung als Bug, der von einem über das Dollbord gebeugten philippinischen Besatzungsmitglied mit beiden Händen festgehalten wird. An Bug und Heck sind jeweils zwei verkümmerte Flügel angebracht, von denen jeder einen Mini-Propeller in einer Haube trägt. Randy muss unwillkürlich an ein Luftschiff mit außen liegenden Motorgondeln denken.

Doug Shaftoe bemerkt Randys Interesse und hockt sich neben das Unterwasserfahrzeug, um dessen besondere Merkmale zu erläutern. »Es hat einen konstanten Auftrieb und deshalb steckt es, wenn es so neben unserem Boot liegt, in diesem Schaummantel, den ich jetzt abnehmen werde.« Er beginnt, ein paar Bungeeseile mit Schnellverschluss loszumachen, woraufhin Formteile aus Hartschaum sich vom Rahmen des Unterwasserfahrzeugs abschälen. Während das ROV tiefer ins Wasser sinkt, zieht es fast den Helfer über den Bootsrand, und der lässt los, hält aber die Arme ausgestreckt, um zu verhindern, dass es bei jeder Woge ans Boot stößt. »Sie werden bemerken, dass es kein Versorgungskabel gibt«, sagt Doug. »Normalerweise ist das für ein ROV obligatorisch. Das Versorgungskabel braucht man aus drei Gründen.«

Randy grinst, denn er weiß, dass Doug Shaftoe ihm jetzt die drei Gründe aufzählen wird. Bis jetzt hatte er noch nie so richtig mit Leuten vom Militär zu tun, stellt aber fest, dass er erstaunlich gut mit ihnen klarkommt. Was er an ihnen besonders mag, ist ihr zwanghaftes Bedürfnis, ständig allen um sie herum etwas beizubringen. Randy muss nichts über das ROV wissen, und trotzdem wird Doug Shaftoe ihm gleich einen Schnellkurs geben. Randy vermutet, dass es im Krieg sehr nützlich ist, wenn praktische Kenntnisse sich verbreiten.

»Erstens«, sagt Douglas MacArthur Shaftoe, »um das ROV mit Strom zu versorgen. Dieses ROV hat jedoch seine eigene Stromquelle – einen aus der Torpedo-Technologie entlehnten Sauerstoff/Erdgas-Taumelscheibenmotor, ein *Teil unserer Friedensdividende*«, (das ist noch etwas, was Randy an Militärs gefällt – ihr ausgesprochen trockener Humor) »der genug Strom erzeugt, um sämtliche Strahlruder anzutreiben. Zweitens, zur Kommunikation und Steuerung. Dieses Gerät benutzt jedoch blaugrüne Laser, um mit dem von Amy bedienten Steuerpult zu kommunizieren. Drittens, zur Bergung bei einem totalen Systemausfall. Sollte das bei diesem Gerät passieren, ist es angeblich so schlau, einen Ballon aufzublasen und an die Wasseroberfläche zu steigen, wo es ein Stroboskoplicht einschaltet, sodass wir es bergen können.«

»Mannomann«, sagt Randy, »ist so ein Ding nicht unglaublich teuer?«

»Es *ist* unglaublich teuer«, antwortet Douglas MacArthur Shaftoe,

»aber der Typ, der die Herstellerfirma betreibt, ist ein alter Kumpel von mir – wir waren zusammen auf der Marineakademie; er leiht es mir manchmal, wenn ich dringenden Bedarf habe.«

»Weiß Ihr Freund, worin in diesem Fall der dringende Bedarf besteht?«

»Er weiß nichts Genaueres«, entgegnet Doug Shaftoe in leicht beleidigtem Ton, »aber ich nehme an, er ist auch nicht dumm.«

»Klar!«, ruft Amy Shaftoe und klingt dabei ziemlich ungeduldig.

Ihr Vater schaut sich der Reihe nach die Strahlruder genau an. »Klar«, antwortet er. Einen Augenblick später fängt in dem ROV etwas an zu trommeln, aus einer Öffnung an seinem Heck schießt ein sprudelnder Strom und dann beginnen die Strahlruder sich rasch zu drehen. Sie rotieren an den Enden ihrer kurzen Flügel, bis sie, Fontänen in die Luft spritzend, nach unten zeigen, und das ROV sinkt rasch. Die Fontänen werden kleiner und sind schließlich nur noch leichte Kräuselbewegungen im Meer. Durch die unruhige Wasseroberfläche betrachtet, ist das ROV ein gelber Fleck. Er wird kleiner, als der Bug des Fahrzeugs sich nach unten neigt, und verschwindet sehr schnell, als die Strahlruder es senkrecht abtauchen lassen. »Irgendwie bleibt mir immer die Luft weg, wenn ich etwas so Teures ins völlig Ungewisse fahren sehe«, sagt Doug Shaftoe nachdenklich.

Von dem Wasser rund um das Boot geht jetzt ein gruseliges, mattes Licht aus, wie die Strahlung in einem Low-Budget-Horrorfilm. »Donnerwetter! Der Laser?«, fragt Randy.

»In einer kleinen Kuppel am Boden des Gehäuses angebracht«, antwortet Doug. »Dringt mühelos selbst durch trübes Wasser.«

»Was für eine Bandbreite können Sie darauf übertragen?«

»Amy sieht jetzt auf ihrem kleinen Bildschirm ein passables Schwarzweißvideo, wenn es das ist, was Sie wissen wollen. Es ist alles digitalisiert, alles zu Datenpaketen zusammengefügt. Wenn also manche Daten nicht durchkommen, wird das Bild ein bisschen unruhig, aber die einzelnen Elemente sehen wir immer noch.«

»Klasse.«

»Ja, das ist klasse«, stimmt Doug Shaftoe zu. »Gehen wir fernsehen.«

Sie hocken sich unter das Sonnensegel. Doug schaltet einen kleinen tragbaren Sonyfernseher ein, ein robustes, wasserdichtes Gerät in einem gelben Plastikgehäuse, und steckt das Eingabekabel in eine freie Ausgabebuchse an der Rückseite von Amys Ausrüstung. Der Fernseher geht an und sie sehen jetzt einen Teil dessen, was Amy sieht.

Sie genießen nicht den Vorteil der schwarzen Haube, die Amy benutzt, und so verwischt der grelle Sonnenschein alles bis auf eine gerade weiße Linie, die aus der dunklen Bildmitte auftaucht und sich zum Rand hin ausbreitet. Sie bewegt sich.

»Ich folge der Bojenleine nach unten«, erklärt sie. »Ziemlich öde.«

Randys Taschenrechnerarmbanduhr piept zwei Mal. Er schaut auf die Uhr; es ist drei Uhr nachmittags.

»Randy?«, sagt Amy mit samtweicher Stimme.

»Ja?«

»Könnten Sie mir auf diesem Ding die Wurzel aus dreitausendachthundertdreiundzwanzig ausrechnen?«

»Wofür brauchen Sie die?«

»Tun Sie's einfach.«

Randy hält sein Handgelenk hoch, sodass er die Digitalanzeige seiner Uhr sehen kann, nimmt einen Bleistift aus der Tasche und fängt an, mit dem Radiergummiende die kleinen Tasten zu drücken. Er hört ein metallisches, schneidendes Geräusch, achtet aber nicht weiter darauf.

Etwas Kühles, Glattes gleitet an der Unterseite seines Handgelenks entlang. »Halten Sie still«, sagt Amy. Sie beißt sich auf die Lippe und zieht durch. Die Uhr fällt ab und landet mit sauber durchschnittenem Vinylarmband in ihrer linken Hand. In der Rechten hält sie den Kris, dessen Schneide immer noch mit ein paar Haaren von Randys Arm dekoriert ist. »Aha. Einundsechzig Komma acht drei null vier. Ich hätte höher geschätzt.« Sie wirft die Uhr über ihre Schulter ins Südchinesische Meer. »In der Beziehung sind Wurzeln ganz schön knifflig.«

»Amy, du verlierst das Seil!«, ruft ihr Vater ungeduldig, der sich ganz auf den Fernseher konzentriert.

Amy steckt den Kris wieder in sein Futteral, lächelt Randy zuckersüß an und läßt ihr Gesicht wieder in der schwarzen Haube verschwinden. Randy ist für eine Weile sprachlos.

Die Frage, ob sie eine Lesbe ist oder nicht, hört langsam auf, eine rein akademische Frage zu sein. Vor seinem inneren Auge lässt er rasch alle Lesben, die er je kennen gelernt hat, Revue passieren. Normalerweise sind sie Städterinnen von mittlerem geistigen Niveau mit geregelter Arbeitszeit und vernünftigem Haarschnitt. Mit anderen Worten, sie sind genauso wie die meisten anderen Leute, die Randy kennt. Amy ist zu offenkundig exotisch, sie entspricht zu sehr der Vorstellung, die ein geiler Filmregisseur von einer Lesbe hat. Es gibt also vielleicht noch Hoffnung.

»Wenn Sie meine Tochter weiter so anstarren«, sagt Doug Shaftoe, »sollten Sie anfangen, Ihre Tanzstundenkenntnisse aufzupolieren.«

»Starrt er mich an? Ich weiß das nie, wenn mein Gesicht in diesem Ding steckt«, sagt Amy.

»Er war in seine Armbanduhr verliebt. Jetzt hat er kein Objekt mehr für seine Gefühle«, sagt Doug. »Sei also auf der Hut!«

Randy merkt, wenn jemand versucht, ihn aus der Fassung zu bringen. »Was hat Sie an meiner Uhr so gestört? Der Wecker?«

»Das ganze Ding war ziemlich nervtötend«, sagt Amy, »aber der Wecker hat mich wahnsinnig gemacht.«

»Sie hätten etwas sagen sollen. Als echter Technikfreak weiß ich nämlich, wie man so was ausstellt.«

»Warum haben Sie's dann nicht gemacht?«

»Ich wollte die Zeit nicht aus den Augen verlieren.«

»Warum? Haben Sie einen Kuchen im Backofen?«

»Die Due-Diligence-Leute des Dentisten werden hinter mir her sein.«

Doug ändert seine Position und verzieht neugierig das Gesicht. »Das haben Sie schon mal gesagt. Was ist Due Diligence?«

»Das ist so. Alfred hat ein bisschen Geld, das er investieren möchte.«

»Wer ist Alfred?«

»Eine hypothetische Person, deren Name mit A anfängt.«

»Verstehe ich nicht.«

»Wenn Sie in der Krypto-Welt ein kryptographisches Protokoll erklären, benutzen sie hypothetische Menschen. Alice, Bob, Carol, Dave, Evan, Fred, Greg und so weiter.«

»Okay.«

»Alfred investiert sein Geld in eine Firma, die von Barney geleitet wird. Wenn ich sage ›geleitet wird‹, meine ich damit, dass Barney letztlich für das, was die Firma tut, verantwortlich ist. In diesem Fall ist Barney also vielleicht Vorstandsvorsitzender. Er ist von Alfred, Alice, Agnes, Andrew und den anderen Investoren ausgewählt worden, die Firma zu führen. Er und die anderen Vorstandsmitglieder stellen Manager ein – so wie Chuck, der Geschäftsführer ist. Chuck und die anderen Manager stellen Drew ein, der für einen bestimmten Unternehmensbereich zuständig ist. Drew stellt den Ingenieur Edgar ein und so weiter und so fort. Militärisch ausgedrückt gibt es also einen ganzen Befehlsweg, der sich bis zu den Männern in den Schützengräben wie zum Beispiel Edgar erstreckt.«

»Und Barney ist der Mann an der Spitze des Befehlswegs«, sagt Doug.

»Richtig. Wie ein General ist er letzten Endes für alles verantwortlich, was unter ihm passiert. Alfred hat Barney persönlich sein Geld anvertraut. Den gesetzlichen Bestimmungen entsprechend muss Barney dafür Sorge tragen, dass das Geld in verantwortungsvoller Weise ausgegeben wird. Lässt Barney die erforderliche Sorgfalt vermissen, drohen ihm massive juristische Probleme.«

»Aha.«

»Ja. Das lässt Barney wachsam werden. Alfreds Anwälte könnten jeden Moment auftauchen und den Nachweis verlangen, dass er die erforderliche Sorgfalt walten lässt. Barney muss immer auf dem Quivive sein und dafür sorgen, dass er jederzeit abgesichert ist.«

»Alfred ist in diesem Fall der Dentist?«

»Genau. Alice, Agnes und die anderen bilden alle zusammen seinen Investmentclub – die Hälfte der Kieferorthopäden in Orange County.«

»Und Sie sind Edgar, der Ingenieur.«

»Nein, Sie sind Edgar, der Ingenieur. Ich bin ein Manager von Epiphyte. Ich bin eher wie Chuck oder Drew.«

Amy schaltet sich ein. »Aber was kann der Dentist Ihnen denn anhaben? Sie arbeiten doch nicht für ihn.«

»Ich muss Ihnen leider sagen, dass das seit gestern nicht mehr der Fall ist.«

Das lässt Shaftoe aufhorchen.

»Dem Dentisten gehören jetzt zehn Prozent von Epiphyte.«

»Wie ist das passiert? Als ich das letzte Mal etwas darüber gehört habe«, sagt Doug vorwurfsvoll, »hatte dieser Scheißkerl euch gerade eine Klage angehängt.«

»Er hat gegen uns geklagt«, sagt Randy, »weil er rein wollte. Von unseren Aktien stand nichts zum Verkauf und wir hatten auch nicht vor, in absehbarer Zeit zur Publikumsgesellschaft zu werden, sodass ihm, um reinzukommen, eigentlich nichts anderes übrig blieb, als uns mit einer Klage zu erpressen.«

»Sie haben gesagt, das sei keine echte Klage gewesen!«, ruft Amy, die sich als Einzige hier nicht zu schade ist, moralische Entrüstung zu zeigen oder zu verspüren.

»War es auch nicht. Der Prozess hätte uns aber so viel gekostet, dass wir bankrott gegangen wären. Andererseits hat der Dentist, als wir ihm anboten, ihm etwas von unserem Aktienkapital zu verkaufen, die Klage fallen lassen. Dafür bekamen wir etwas von seinem Geld, was ja immer nützlich ist.«

»Nur sind Sie jetzt seinen Due-Diligence-Leuten verpflichtet.«

»Richtig. Jetzt, während wir uns hier unterhalten, sind sie auf dem Kabellegeschiff – sie sind heute Morgen auf einem Leichter hergekommen.«

»Was glauben die denn, was Sie machen?«

»Ich habe Ihnen erzählt, dass das Echolot in der Nähe der Kabeltrasse ein paar frische Ankerspuren angezeigt hätte, die geprüft werden müssten.«

»Ganz routinemäßig.«

»Genau. Due-Diligence-Leute sind einfach zu manipulieren. Man muss sich nur den Anschein größter Sorgfalt geben. Das fressen sie.«

»Wir sind da«, sagt Amy und zieht einen Joystick nach hinten, wobei sie mit dem ganzen Körper mitgeht, um dem Manöver einen gewissen Pep zu verleihen.

Doug und Randy schauen auf den Fernsehbildschirm. Er ist vollkommen dunkel. Ziffern am unteren Bildrand zeigen an, dass der Nickwinkel fünf Grad und der Rollwinkel acht Grad betragen, was bedeutet, dass das ROV nahezu waagerecht liegt. Der Gierwinkel verändert sich rasend schnell, das heißt, das ROV rotiert um seine senkrechte Achse wie ein schleuderndes Auto. »Bei ungefähr fünfzig Grad müsste es ins Bild kommen«, murmelt Amy.

Das Giermoment verlangsamt sich, fällt auf hundert, neunzig, achtzig Grad. Bei etwa siebzig Grad dreht sich vom Rand her etwas ins Bild. Es sieht aus wie ein zerklüfteter, bunter Zuckerhut, der sich vom Meeresboden erhebt. Energisch betätigt Amy mehrmals die Joysticks, worauf die Rotation zu einer ganz langsamen Bewegung verebbt. Der Zuckerhut gleitet in die Bildmitte und bleibt stehen. »Schalte jetzt die Gyroskope ein«, sagt Amy und drückt auf einen Knopf. »Volle Kraft voraus.« Der Zuckerhut wird langsam größer. Das ROV bewegt sich auf ihn zu, wobei sein Kurs durch eingebaute Gyroskope automatisch stabilisiert wird.

»Mach einen weiten Bogen drum herum nach Steuerbord«, sagt Doug. »Ich möchte einen anderen Blickwinkel.« Er konzentriert sich auf einen Videorecorder, der die gewonnenen Bilder aufnehmen soll.

Amy lässt den Joystick in seine neutrale Position zurückgleiten und vollführt dann eine Reihe von Bewegungen, die zur Folge haben, dass die drei einen Moment lang das Bild des Wracks verlieren. Alles, was sie sehen können, sind Korallenformationen, die unter den Kameras des ROV dahinfliegen. Dann dreht Amy das Unterwasserfahrzeug nach links und da ist sie wieder: dieselbe stromlinienförmige Projektilform. Aus diesem Blickwinkel können sie jedoch sehen, dass sie in einem Winkel von fünfundvierzig Grad aus dem Meeresboden herausragt.

»Sieht aus wie die Nase eines Flugzeugs. Eines Bombers«, sagt Randy. »Wie eine B-29.«

Doug schüttelt den Kopf. »Bomber mussten wegen des Druckausgleichs einen runden Querschnitt haben. Das Ding hier hat keinen kreisförmigen Querschnitt. Es ist eher elliptisch.«

»Aber ich sehe keine Reling, keine Geschütze, kein …«

»*Geraffel*, das an einem klassischen deutschen Unterseeboot dranhängen würde. Das hier ist ein moderneres stromlinienförmiges Modell«, sagt Doug. Er ruft einem seiner Crewmitglieder drüben auf der *Glory IV* etwas in Tagalog zu.

»Sieht aus wie mit einer Kruste überzogen«, sagt Randy.

»Es dürfte eine Menge Zeug darauf wachsen«, erwidert Doug, »aber man kann es noch erkennen. Eine Implosion katastrophalen Ausmaßes hat es nicht gegeben.«

Ein Crewmitglied kommt auf dem Auslegerboot angelaufen, in der Hand einen alten Bildband aus der kleinen, aber erlesenen Bibliothek der *Glory IV*: eine bebilderte Geschichte deutscher Unterseeboote. Doug blättert die ersten drei Viertel des Buches durch und hält bei dem Foto eines Unterseeboots inne, das eine erstaunlich vertraute Form hat.

»Das sieht ja aus wie das Yellow Submarine der Beatles«, ruft Randy. Amy zieht den Kopf aus der Haube und schubst ihn weg, um auch einen Blick darauf zu werfen.

»Nur, dass es nicht gelb ist«, sagt Doug. »Das war die neue Generation. Hitler hätte den Krieg gewinnen können, wenn er ein paar Dutzend davon gebaut hätte.« Er blättert ein paar Seiten weiter. Hier sind Fotos von Unterseebooten mit einem ähnlichem Umriss, allerdings viel breiter zu sehen.

Ein Querschnittsdiagramm zeigt eine dünnwandige, elliptische Außenhaut, die eine dickwandige, im Querschnitt absolut kreisförmige Innenhaut umschließt. »Der Kreis ist der Druckkörper. Ist stets bei einem at mit Luft gefüllt, für die Mannschaft. Drumherum eine Außenhaut, glatt und stromlinienförmig, mit Platz für Treibstoff- und Wasserstoffsuperoxidtanks …«

»Es hatte seinen eigenen Sauerstoffträger? Wie eine Rakete?«

»Klar – für die Unterwasserfahrt. Durch jedes Loch in dieser Außenhaut drang Meerwasser ein und schuf einen Ausgleich zum äußeren Druck des Meeres, um zu verhindern, dass das Unterseeboot zusammengedrückt wurde.«

Doug hält das Buch unter den Fernsehschirm und dreht es, während er die Umrisse eines Unterseeboots mit der Form auf dem Bildschirm vergleicht. Letztere ist schrundig und pelzartig mit Korallen und anderem Bewuchs überzogen, aber die Ähnlichkeit ist offensichtlich.

»Ich frage mich, warum es nicht flach auf dem Boden liegt.«

Doug nimmt eine Plastikwasserflasche, die noch fast voll ist, und wirft sie über Bord. Sie schwimmt mit dem Flaschenhals nach unten.

»Warum liegt sie nicht flach auf dem Wasser, Randy?«

»Weil an einem Ende eine Luftblase eingefangen ist«, antwortet Randy verlegen.

»Das Boot wurde am Heck beschädigt. Der Bug hat sich aufgestellt. Es wurde teilweise zusammengedrückt. Meerwasser, das durch die Bruchstelle am Heck eingeströmt ist, hat die ganze Luft in den Bug verdrängt. Die Tiefe beträgt hier einhundertvierundfünfzig Meter, Randy. Das entspricht einem Druck von fünfzehn at. Was sagt uns das boylesche Gesetz?«

»Dass das Volumen der Luft um den Faktor fünfzehn reduziert worden sein muss.«

»Bingo. Plötzlich sind vierzehn Fünfzehntel des Schiffs voll Wasser, und das andere Fünfzehntel ist eine Drucklufttasche, in der ein Überleben für kurze Zeit möglich ist. Der größte Teil der Mannschaft war schon tot, als das Boot rasch sank und hart auf dem Boden aufschlug, wobei sein Rumpf zerbarst und der Bug so aufgerichtet, wie Sie ihn hier sehen, stehen blieb. Wenn es in der Luftblase noch Überlebende gab, sind sie einen langen, langsamen Tod gestorben. Gott sei ihrer Seele gnädig.«

Unter anderen Umständen hätte dieser Verweis auf die Religion ihn verlegen gemacht, aber hier scheint es das einzig Adäquate zu sein, was man dazu sagen kann. Über gläubige Menschen kann man denken, was man will, aber in solchen Situationen haben sie immer etwas zu sagen. Was wäre wohl einem Atheisten dazu eingefallen? *Ja, die Organismen, die dieses Unterseeboot bewohnt haben, müssen über einen längeren Zeitraum ihre höheren Nervenfunktionen verloren und sich schließlich in einzelne Stücke verrotteten Fleisches verwandelt haben. Na und?*

»Arbeite mich jetzt an das heran, was als Turm gilt«, sagt Amy. Dem Buch nach zu urteilen dürfte dieses Unterseeboot nicht den herkömmlichen, hohen, senkrecht auf seinem Rumpf aufsitzenden Turm haben, sondern nur eine flache, stromlinienförmige Wölbung. Amy hat das ROV inzwischen sehr nah an das Unterseeboot heran gelenkt, hält es jetzt an und lässt es gieren. Der Schiffskörper schwenkt ins Bild, ein vielfarbiger Berg mit Korallenbewuchs, den man überhaupt nicht als etwas von Menschenhand Geschaffenes identifizieren kann – bis etwas Dunkles sichtbar wird. Es erweist sich als kreisrundes Loch. Ein Aal windet sich heraus, und während er für einen Moment wütend nach der Kamera schnappt, ist der Bildschirm mit seinen Zähnen und seinem Schlund ausgefüllt. Als er wegschwimmt, können sie einen gewölbten Lukendeckel erkennen, der an seinen Scharnieren neben dem Loch hängt.

»Jemand hat die Luke geöffnet«, sagt Amy.

»Großer Gott«, sagt Douglas MacArthur Shaftoe. »Großer Gott.« Er wendet sich von dem Bildschirm ab, als könnte er das Bild darauf nicht mehr ertragen. Er kriecht unter dem Sonnendach hervor, steht auf und schaut auf das Südchinesische Meer hinaus. »Jemand ist aus diesem Unterseeboot rausgekommen.«

Amy ist immer noch fasziniert und eins mit ihren Joysticks, wie ein Dreizehnjähriger in einer Videothek. Randy reibt sich die sonderbar leere Stelle an seinem Handgelenk und starrt auf den Bildschirm, sieht jetzt aber nichts außer diesem vollkommen runden Loch.

Ungefähr eine Minute später geht er nach draußen zu Doug, der sich feierlich eine Zigarre anzündet. »Das ist ein guter Augenblick zum Rauchen«, murmelt er. »Auch eine?«

»Gerne. Danke.« Randy zieht ein klappbares Multifunktionswerkzeug hervor und schneidet das Ende der Zigarre, einer ziemlich beeindruckend aussehenden kubanischen Kreation, ab. »Warum sagen Sie, das sei ein guter Augenblick zum Rauchen?«

»Damit man es sich einprägt. Es sich merkt.« Doug löst seinen Blick vom Horizont und sieht Randy forschend, ja fast um Verständnis flehend an. »Dies ist einer der wichtigsten Augenblicke in Ihrem Leben. Nichts wird mehr so sein wie vorher. Vielleicht werden wir reich. Vielleicht werden wir umgebracht. Vielleicht erleben wir einfach nur ein Abenteuer oder lernen etwas. Aber wir sind verändert worden. Wir stehen am Feuer des Heraklit, spüren seine Hitze in unseren Gesichtern.« Wie ein Magier zaubert er ein brennendes Streichholz aus seinen gewölbten Handflächen und hält es Randy vors Gesicht, und Randy zieht, während er in die Flamme starrt, kräftig an der Zigarre.

»Dann also auf diesen Moment!«, sagt Randy.

»Und auf jeden, der aus dem Kahn rausgekommen ist«, entgegnet Doug.

Santa Monica

Das Militär der Vereinigten Staaten ist (nach Ansicht von Waterhouse) in erster Linie ein nicht auszulotendes Netz von Schreibkräften und Aktenfüchsen, zweitens ein fantastischer Apparat, um Zeug von einem Teil der Welt in einen anderen zu schaffen, und zuallerletzt eine Kampforganisation. Die vergangenen zwei Wochen hat ihn die zweite Gruppe in Besitz gehabt. Man hat ihn auf einen Luxusdampfer gesetzt, der zu schnell ist, als dass Unterseeboote ihn erwischen könnten – das ist allerdings ein rein akademischer Gesichtspunkt, da sich Dönitz, wie Waterhouse und ein paar andere Leute wissen, in der Schlacht im Atlantik geschlagen gegeben und seine Unterseeboote abgezogen hat, bis er die neue Generation bauen kann, die mit Raketentreibstoff läuft und niemals auftauchen muss. Auf diese Weise ist Waterhouse nach New York gelangt. Von der Penn Station ist er mit der Bahn in den Mittleren Westen gefahren, wo er eine Woche bei seinen Eltern verbracht und ihnen zum zehntausendsten Mal versichert hat, dass er aufgrund dessen, was er weiß, niemals in ein richtiges Gefecht geschickt werden kann.

Dann ging es, erneut mit der Bahn, weiter nach Los Angeles und nun wartet er darauf, in einer allem Anschein nach mörderischen Reihe von Flügen um den halben Erdball nach Brisbane geschafft zu werden. Er ist einer von ungefähr einer Million junger uniformierter Männer und Frauen auf Urlaub, die auf der Suche nach Unterhaltung Los Angeles durchstreifen.

Nun heißt es, Los Angeles sei die Hauptstadt der Unterhaltung, und so dürfte Unterhaltung eigentlich nicht schwer zu finden sein. Man kann denn auch kaum eine Straße weit gehen, ohne einem halben Dutzend Prostituierter zu begegnen oder an der gleichen Zahl von Nachtlokalen, Kinos und Billardhallen vorbeizukommen. Während seines viertägigen Zwischenstopps probiert sie Waterhouse allesamt aus und stellt zu seinem Kummer fest, dass ihn nichts davon mehr unterhält. Nicht einmal die Huren!

Vielleicht spaziert er deshalb am schroffen Nordende der Santa Monica Pier entlang und sucht nach einem Weg hinunter zum Strand, der vollkommen leer ist – das Einzige in Los Angeles, das niemandem Provision oder Tantiemen einbringt. Der Strand lockt, aber er verkauft sich nicht. Die Pflanzen hier, die über den Pazifik wachen, kommen einem vor, als stammten sie von einem anderen Planeten. Nein, sie sehen gar nicht aus wie echte Pflanzen von irgendeinem denkbaren Planeten. Dazu sind sie zu geometrisch und zu vollkommen. Es sind schematische Diagramme für Pflanzen, entworfen von irgendeinem unmöglich modernen Designer mit einem guten Auge für Geometrie, der jedoch niemals in einem Wald gewesen ist und eine richtige Pflanze gesehen hat. Sie wachsen nicht einmal in irgendeiner erkennbar organischen Matrix, sondern sind in den sterilen Ockerstaub eingebettet, der in diesem Teil des Landes als Erde gilt. Waterhouse weiß, dass das nur der Anfang ist, dass es von hier an nur noch sonderbarer werden wird. Er hat von Bobby Shaftoe genug gehört, um zu wissen, dass es auf der anderen Seite des Pazifiks unbeschreiblich seltsam zugeht.

Die Sonne schickt sich an unterzugehen und links von ihm, den Strand entlang, leuchtet die Pier, eine knallbunte Galaxie; die auffälligen Anzüge der Jahrmarktschreier sind schon aus einer Meile Entfernung zu sehen, wie Notsignale. Aber Waterhouse hat es nicht eilig, dorthin zu kommen. Er kann ganze Armeen ignoranter Soldaten, Seeleute, Marines, unterscheidbar an der Farbe ihrer Uniformen, durcheinander quirlen sehen.

Bei seinem letzten Aufenthalt in Kalifornien, vor Pearl Harbor, war er nicht anders als alle diese Burschen auf der Pier – bloß ein bisschen gescheiter, mit einer Begabung für Zahlen und Musik. Doch mittlerweile versteht er den Krieg auf eine Weise, wie sie ihn nie verstehen werden. Er trägt immer noch die gleiche Uniform, aber nur als Verkleidung. Inzwischen ist er davon überzeugt, dass der Krieg, wie diese Burschen ihn verstehen, in jeder Hinsicht ebenso fiktiv ist wie die Kriegsfilme, die am anderen Ende der Stadt, in Hollywood, produziert werden.

Es heißt, Patton und MacArthur seien kühne Generäle; die Welt wartet mit angehaltenem Atem auf ihren nächsten unerschrockenen Vorstoß hinter die feindlichen Linien. Waterhouse weiß, dass Patton und Mac Arthur in erster Linie intelligente Konsumenten von Ultra/Magic sind. Mit seiner Hilfe bekommen sie heraus, wo der Feind seine Kräfte konzentriert hat, umgehen diese dann und schlagen dort zu, wo er am schwächsten ist. Das ist alles.

Es heißt, Montgomery sei solide, besonnen und kenntnisreich. Waterhouse kann mit Monty nichts anfangen; Monty ist ein Schwachkopf; er liest Ultra nicht; er ignoriert es sogar, zum Schaden seiner Männer und der Kriegsanstrengung.

Es heißt, Yamamotos Tod verdanke sich einem glücklichen Zufall: ein paar P-38 ohne besonderen Auftrag seien zufällig auf zwei anonyme japanische Flugzeuge gestoßen und hätten sie abgeschossen. Waterhouse weiß, dass Yamamotos Todesurteil von einem Zeilendrucker der Electrical Till Corporation in einer Dechiffrierfabrik auf Hawaii heruntergehämmert wurde und dass der General das Opfer eines eindeutigen politischen Attentats geworden ist.

Selbst seine Vorstellung von Geographie hat sich verändert. Als er zu Hause war, hat er sich mit seinen Großeltern hingesetzt und sie haben den Globus betrachtet und ihn gedreht, bis sie nur noch Blau sahen, haben Waterhouses Route über den Pazifik, von einem einsamen Vulkan bis zum nächsten gottverlassenen Atoll, verfolgt. Waterhouse weiß, dass diese kleinen Inseln vor dem Krieg nur eine einzige ökonomische Funktion hatten: die Informationsverarbeitung. Die Punkte und Striche, die durch das Unterseekabel fließen, werden nach ein paar tausend Meilen von den Erdströmen verschluckt, wie kleine Wellen von schwerer Brandung. Die europäischen Mächte haben diese Inseln ungefähr zur gleichen Zeit kolonisiert, wie die langen Kabel gelegt worden sind, und Kraftwerke errichtet, wo die ankommenden Punkte und Striche aufgefangen, verstärkt und zur nächsten Inselkette weitergeschickt werden.

Einige dieser Kabel tauchen vermutlich nicht weit von diesem Strand in die Tiefe. Waterhouse steht im Begriff, den Punkten und Strichen über den westlichen Horizont zu folgen, wo die Welt endet.

Er stößt auf eine Rampe, die zum Strand hinabführt, lässt sich von der Schwerkraft auf Meereshöhe hinunterziehen und schaut nach Süden und Westen. Das Wasser liegt friedlich und farblos unter einem dunstigen Himmel, die Horizontlinie ist kaum auszumachen.

Der feine trockene Sand wirft sich unter seinen Füßen zu dicken, kreisförmigen Wellen auf, die um seine Knöchel wogen, sodass er stehen bleiben und seine harten Lederschuhe aufschnüren muss. Im Stoff seiner schwarzen Socken hat sich Sand festgesetzt und er zieht auch sie aus und stopft sie sich in die Taschen. Einen Schuh in jeder Hand, geht er aufs Wasser zu. Er sieht andere, die die Schnürsenkel ihrer Schuhe durch eine Gürtelschlaufe gezogen und zusammengebunden haben, sodass sie die Hände frei haben. Doch daran stört ihn die Asymmetrie, und so trägt er seine Schuhe, als schicke er sich an, in umgekehrter Haltung, mit ins Wasser hängendem Kopf, auf den Händen zu waten.

Die tief stehende Sonne scheint flach über den Sand, streift das Chaos und erzeugt auf dem Kamm jeder winzigen Düne eine messerscharfe Begrenzungslinie. Die Kurven spielen und oszillieren in einem Muster miteinander, das, vermutet Waterhouse, zutiefst faszinierend und bedeutsam ist, für seinen müden Verstand jedoch eine zu große Herausforderung darstellt. Einige Stellen sind von Möwengetrippel eingeebnet worden.

An der Brandungslinie ist der Sand glatt gespült. Die Fußabdrücke eines kleinen Kindes ziehen sich darüberhin, gespreizt wie Gardenienblüten an dünnen Stielen. Der Sand wirkt wie eine geometrische Ebene, bis der Ozean ihn streift. Dann verraten Wasserwirbel kleine Unvollkommenheiten. Diese Wirbel verformen ihrerseits den Sand. Der Ozean ist eine Turing-Maschine, der Sand ihr Band; das Wasser liest die Spuren im Sand; manchmal löscht es sie und manchmal bildet es neue, mit winzigen Strömen, die ihrerseits eine Reaktion auf die Spuren sind. Indem Waterhouse durch die Brandung stapft, höhlt er tiefe Krater in den feuchten Sand, die vom Ozean gelesen werden. Irgendwann löscht sie der Ozean, doch dabei ist sein Zustand ein anderer geworden, das Muster seiner Wirbel hat sich verändert. Waterhouse stellt sich vor, dass sich die Störung irgendwie über den Pazifik fortpflanzen und von irgendeinem supergeheimen japanischen Überwachungsgerät aufgefangen werden könnte, das aus Bambusrohren und Chrysanthemen-Blättern besteht; japanische Lauscher würden erfahren, dass Waterhouse hier entlanggegangen ist. Umgekehrt enthält das um Waterhouses Füße wirbelnde Wasser Informationen über die Konstruktion japanischer Schiffsschrauben und die Aufstellung der japanischen Flotten – wenn er nur den Grips hätte, sie lesen zu können. Das von verschlüsselten Daten trächtige Chaos der Wellen trotzt ihm.

Der Landkrieg ist für Waterhouse vorbei. Nun ist er fort, fort auf dem Meer. Es ist das erste Mal seit seiner Ankunft in Los Angeles, dass er es sich gründlich ansieht. Für ihn sieht es groß aus. Früher, in Pearl, war es bloß eine Leerstelle, ein Nichts. Nun stellt es sich als aktiver Teilnehmer, als Informationsvektor dar. Dort draußen in einem Krieg zu kämpfen könnte einen in eine Art Wahnsinn treiben, einen verrückt machen.

Wie muss das für den General sein? Jahrelang zwischen Vulkanen und fremdartigen Bäumen zu leben, Eichen, Getreidefelder, Schneestürme und Footballspiele zu vergessen? Die schrecklichen Japaner im Dschungel zu bekämpfen, sie aus Höhlen zu brennen und von Klippen ins Meer zu werfen? Ein orientalischer Potentat zu sein – oberster Herrscher über Millionen von Quadratmeilen, Hunderte von Millionen Menschen? Die einzige Verbindung zur realen Welt eine dünne, sich über den Meeresboden ziehende Kupferfaser, ein schwaches Blöken von Morsezeichen in der Nacht? Was für einen Menschen würde das aus einem machen?

Vorposten

Als ihr Unteroffizier von dem Australier mit der Maschinenpistole pulverisiert wurde, hatten Goto Dengo und seine überlebenden Kameraden keine Karte mehr, und während eines Krieges ohne Karte im Dschungel von Neuguinea herumzulaufen ist schlechter als schlecht.

In einem anderen Land hätten sie vielleicht einfach bergab gehen können, bis sie den Ozean erreichen, und dann der Küstenlinie zu ihrem Ziel folgen. Aber ist schon das Marschieren im Landesinneren nahezu unmöglich, so gilt das in noch stärkerem Maße für das Marschieren entlang der Küste, denn die Küste ist eine Aneinanderreihung fauliger, von Kopfjägern wimmelnder Sümpfe.

Am Ende finden sie einfach dadurch einen japanischen Vorposten, dass sie dem Donner der Explosionen folgen. Sie haben keine Karten, dafür hat das Fünfte Amerikanische Luftwaffencorps welche.

In gewisser Weise empfindet Goto Dengo das unaufhörliche Bombardement als beruhigend. Seit der Begegnung mit den Australiern hegt er einen Gedanken, den er nicht zu äußern wagt: dass ihr Ziel, wenn sie es erreichen, vielleicht schon vom Feind überrannt worden ist. Dass er sich eine solche Möglichkeit überhaupt vorstellen kann, beweist zweifelsfrei, dass er nicht mehr zum Soldaten des Kaisers taugt.

Jedenfalls liefern ihnen das Dröhnen der Bombermotoren, die Paukenschläge der Explosionen, die Blitze am nächtlichen Horizont genügend nützliche Hinweise darauf, wo die Japaner sich befinden. Einer von Goto Dengos Kameraden ist ein Bauernjunge aus Kyushu, der offenbar imstande ist, Nahrung, Wasser, Schlaf, Arzneimittel und sämtliche anderen körperlichen Bedürfnisse durch Begeisterung zu kompensieren. Während sie durch den Dschungel vorwärts trotten, hält sich der Junge bei Stimmung, indem er sich den Tag ausmalt, an dem sie so nahe sind, dass sie das Krachen der Fliegerabwehrbatterien hören und die von Granaten aufgerissenen amerikanischen Flugzeuge ins Meer trudeln sehen können.

Dieser Tag kommt nie. Im Näherkommen allerdings können sie den Vorposten mit geschlossenen Augen finden, indem sie einfach dem Gestank des Durchfalls und des verwesenden Fleisches folgen. Als dieser Gestank gerade so nahe ist, dass er übermächtig wird, gibt der begeisterte Junge plötzlich einen sonderbaren Grunzlaut von sich. Goto Dengo dreht sich um und sieht eine merkwürdig kleine, ovale Eintrittswunde mitten in der Stirn des Jungen. Der Junge fällt um und liegt zitternd auf dem Boden.

»Wir sind Japaner!«, sagt Goto Dengo.

Dass Bomben normalerweise immer dann vom Himmel fallen und zwischen ihnen explodieren, wenn die Sonne aufgegangen ist, macht es erforderlich, Unterstände und Schützenlöcher auszuheben. Leider liegen Boden und Grundwasserspiegel auf einer Höhe. Fußabdrücke füllen sich mit Wasser, noch ehe sich der Fuß aus der Umklammerung des Schlamms gelöst hat. Bombenkrater sind klar umrissene, kreisrunde Teiche. Splittergräben sind im Zickzack verlaufende Kanäle. Es gibt keine Radfahrzeuge, keine Lasttiere, kein Vieh, keine Gebäude. Die verkohlten Aluminiumstücke müssen einmal Flugzeugteile gewesen sein. Es gibt ein paar schwere Waffen, aber ihre Rohre sind von Explosionen gesprungen und verzogen und mit kleinen Kratern übersät. Palmen sind gedrungene Stümpfe, gekrönt von ein paar gezackten Splittern, die vom Ort der letzten Explosion wegzeigen. Die rote Schlammfläche ist aufs Geratewohl mit kleinen Grüppchen von Möwen getüpfelt, die an Essbarem zerren. Goto Dengo hat bereits einen Verdacht, was sie da fressen, und findet Bestätigung, als er sich den nackten Fuß an einem Stück eines menschlichen Kieferknochens schneidet. Die schiere Menge von Sprengstoff, die hier detoniert ist, hat jedes Molekül der Luft, des Wassers und der Erde mit dem chemischen Geruch von TNT-Rückstand durchsetzt. Der Geruch erinnert Goto Dengo an zu Hause; das Zeug eignet sich gut dafür, einen Felsen wegzupusten, der zwischen einem selbst und einer Erzmine steht.

Ein Unteroffizier begleitet Goto Dengo und seinen einen überlebenden Kameraden von der äußeren Verteidigungslinie zu einem Zelt, das man im Schlamm aufgeschlagen hat und dessen Schnüre nicht an Pflöcken, sondern an gezackten Stücken von Baumstümpfen oder schweren Splittern kaputter Waffen befestigt sind. Im Innern ist der Schlamm mit den Deckeln von Holzkisten gepflastert. Ein Mann von ungefähr fünfzig sitzt mit bloßem Oberkörper und übereinander geschlagenen Beinen auf einer leeren Munitionskiste. Seine Augenlider sind so schwer und geschwollen, dass man kaum entscheiden kann, ob er wach ist. Er atmet unregelmäßig. Beim Einatmen zieht sich seine Haut in die Zwischenräume zwischen den Rippen zurück, sodass die Illusion entsteht, sein Skelett versuche, aus seinem dem Untergang geweihten Körper auszubrechen. Er hat sich lange nicht mehr rasiert, doch für einen richtigen Bart reicht sein Backenhaar nicht. Er redet leise auf einen Schreiber ein, der in der Hocke auf einer Kiste mit der Aufschrift MANILA sitzt und seine Worte mitschreibt.

Goto Dengo und sein Kamerad stehen vielleicht eine halbe Stunde da und versuchen verzweifelt, ihrer Enttäuschung Herr zu werden. Er hat damit gerechnet, bis dahin schon in einem Lazarettbett zu liegen und Miso-Suppe zu trinken. Aber die Leute hier sind in schlechterer Verfassung als er; er befürchtet, *sie* könnten *ihn* um Hilfe bitten.

Trotzdem tut es gut, eine Plane über dem Kopf zu haben und vor jemandem zu stehen, der Autorität hat und die Dinge in die Hand nimmt. Immer wieder kommen Schreiber mit entschlüsselten Nachrichten ins Zelt, was bedeutet, dass es hier irgendwo eine funktionierende Funkstation und einen Stab mit Codebüchern gibt. Sie sind nicht völlig von der Außenwelt abgeschnitten.

»Was für Fertigkeiten besitzen Sie?«, fragt der Offizier, als Goto Dengo endlich Gelegenheit bekommt, sich vorzustellen.

»Ich bin Ingenieur«, sagt Goto Dengo.

»Aha. Können Sie Brücken bauen? Landepisten?«

Der Offizier gibt sich hier einer kleinen Fantasterei hin; Brücken und Landepisten sind für sie ebensowenig machbar wie intergalaktische Raumschiffe. Sämtliche Zähne sind ihm ausgefallen, sodass er seine Worte mümmelt, und manchmal muss er in einem einzigen Satz zwei-, dreimal innehalten, um Atem zu holen.

»Ich werde dergleichen bauen, wenn mein Kommandant es wünscht, obwohl andere für solche Dinge besser befähigt sind. Mein Spezialgebiet ist der Tiefbau.«

»Unterstände?«

Eine Wespe sticht ihn in den Nacken und er holt scharf Atem. »Ich werde Bunker bauen, wenn mein Kommandant es wünscht. Mein Spezialgebiet sind Tunnel, in Erde oder in Fels, besonders aber in Fels.«

Der Offizier starrt Goto Dengo ein paar Augenblicke lang unverwandt an, dann richtet er den Blick auf seinen Schreiber, der sich leicht verbeugt und es niederschreibt.

»Ihre Fähigkeiten sind hier nutzlos«, sagt der Offizier wegwerfend, als träfe das praktisch auf jeden zu.

»*Taisa!* Ich kann auch mit dem leichten Maschinengewehr umgehen.«

»Das Nambu ist eine schlechte Waffe. Nicht so gut wie das, was die Amerikaner und die Australier haben. Im Dschungelkampf trotzdem gut zu gebrauchen.«

»*Taisa!* Ich werde unseren Posten bis zu meinem letzten Atemzug verteidigen –«

»Leider werden sie uns nicht vom Dschungel aus angreifen. Sie bombardieren uns. Aber mit dem Nambu kann man kein Flugzeug treffen. Wenn sie kommen, werden sie vom Meer her kommen. Und gegen ein Landeunternehmen ist das Nambu nutzlos.«

»*Taisa!* Ich habe sechs Monate lang im Dschungel gelebt.«

»So?« Zum ersten Mal wirkt der Offizier interessiert. »Wovon haben Sie sich ernährt?«

»Von Larven und Fledermäusen, *Taisa!*«

»Besorgen Sie mir welche.«

»Sofort, *Taisa!*«

Er dröselt ein altes Seil auf, um Bindfaden zu bekommen, knüpft den Bindfaden zu Netzen und hängt die Netze in Bäume. Sobald er das erledigt hat, ist sein Leben einfach: Jeden Morgen klettert er auf die Bäume, um Fledermäuse aus den Netzen zu holen. Den Nachmittag bringt er damit zu, mit dem Bajonett Larven aus verrotteten Baumstämmen zu stochern. Die Sonne geht unter und er steht in einem Schützenloch voll stinkender Brühe, bis sie wieder aufgeht. Wenn nahebei Bomben explodieren, versetzt ihn die Erschütterung in einen Schockzustand, der so tief ist, dass der Geist sich völlig vom Körper ablöst; noch mehrere Stunden danach läuft sein Körper herum und tut irgendetwas, ohne dass er es ihm befiehlt. Aller Verbindungen zur physischen Welt entledigt, läuft sein Geist im Kreis, wie ein Motor, der seine Antriebswelle verloren hat, ohne Sinn und Zweck auf Vollgas röhrt und sich dabei verbraucht. Normalerweise taucht er erst wieder aus diesem Zustand auf, wenn ihn jemand anspricht. Dann fallen weitere Bomben.

Eines Nachts bemerkt er, dass er Sand unter den Füßen hat. Seltsam. Die Luft riecht frisch und sauber. Noch nie da gewesen.
Andere marschieren mit ihm auf dem Sand.
Sie werden von zwei schlurfenden Gefreiten und einem Unteroffizier begleitet, der sich unter der Last eines Nambu krümmt. Der Unteroffizier schaut Goto Dengo mit seltsamem Blick ins Gesicht. »Hiroshima«, sagt er.
»Haben Sie etwas zu mir gesagt?«
»Hiroshima.«
»Aber was haben Sie gesagt, bevor Sie Hiroshima gesagt haben?«
»In.«
»In?«
»In Hiroshima.«
»Was haben Sie gesagt, bevor Sie ›in Hiroshima‹ gesagt haben?«
»Tante.«
»Sie haben etwas über Ihre Tante in Hiroshima zu mir gesagt?«
»Ja. Meine Tante auch.«
»Was heißt das, sie auch?«
»Dieselbe Nachricht.«
»Was für eine Nachricht?«
»Die Nachricht, die Sie für mich auswendig gelernt haben. Sie soll sie auch bekommen.«
»Aha«, sagt Goto Dengo.
»Haben Sie die Liste noch im Kopf?«
»Die Liste der Leute, denen ich die Nachricht bestellen soll?«
»Ja. Zählen Sie sie noch einmal auf.«
Nach seinem Akzent zu urteilen, stammt der Unteroffizier, wie die meisten der hier postierten Soldaten, aus Yamaguchi. Er wirkt eher, als käme er vom Land als aus der Stadt. »Äh, Ihre Mutter und Ihr Vater auf dem Bauernhof in Yamaguchi.«
»Ja!«
»Und Ihr Bruder, der – bei der Marine ist?«
»Ja!«
»Und Ihre Schwester, die – «
»Lehrerin in Hiroshima ist, sehr gut!«

»Und dann noch Ihre Tante, die auch in Hiroshima wohnt.«
»Und vergessen Sie meinen Onkel in Kure nicht.«
»Ach so, ja. Verzeihung.«
»Schon gut. Und jetzt sagen Sie mir noch einmal die Nachricht, damit Sie sie auch ganz bestimmt nicht vergessen.«
»Okay«, sagt Goto Dengo und holt tief Atem. Nun kommt er allmählich wieder richtig zu sich. Sie stapfen zum Meer hinunter: er und ein halbes Dutzend andere, allesamt unbewaffnet und in den Händen kleine Bündel, begleitet von dem Unteroffizier und den Gefreiten. Unten, in der sanften Brandung, wartet ein Schlauchboot auf sie.
»Wir sind schon fast da! Sagen Sie mir die Nachricht! Machen Sie schon!«
»Meine geliebte Familie«, beginnt Goto Dengo.
»Sehr gut – perfekt bis jetzt!«, sagt der Unteroffizier.
»Meine Gedanken sind wie immer bei euch«, rät Goto Dengo.
Der Unteroffizier schaut leicht geknickt drein. »So ungefähr – weiter.«
Sie haben das Boot erreicht. Die Mannschaft schiebt es ein paar Schritte in die Brandung hinaus. Goto Dengo schweigt ein paar Augenblicke lang und sieht zu, wie die anderen ins Wasser waten und ins Boot klettern. Dann stößt ihn der Unteroffizier in den Rücken. Goto Dengo wankt in den Ozean hinaus. Noch hat niemand begonnen, ihn anzubrüllen – man streckt ihm sogar die Hand entgegen, zieht ihn hinein. Er fällt auf den Boden des Bootes und rappelt sich in eine kniende Haltung auf, während die Mannschaft losrudert. Sein Blick hält den des Corporals fest, der am Strand steht.
»Das ist die letzte Nachricht, die ihr von mir erhalten werdet, denn mittlerweile habe ich längst auf dem heiligen Boden des Schreins von Yasukuni Ruhe gefunden.«
»Nein! Nein! Ganz falsch!«, schreit der Unteroffizier.
»Ich weiß, dass ihr mich dort besuchen und meiner voll Zuneigung gedenken werdet, so wie ich eurer gedenke.«
Der Unteroffizier platscht in die Brandung, versucht dem Boot nachzusetzen, und die Gefreiten stürzen ihm nach und packen ihn an den Armen. Der Unteroffizier brüllt: »Bald werden wir den Amerikanern eine vernichtende Niederlage beibringen und dann werde ich zusammen mit meinen Kameraden im Triumph durch die Straßen von Hiroshima nach Hause marschieren!« Er rezitiert es wie ein Schuljunge, der seine Lektion aufsagt.
»Ihr sollt wissen, dass ich in einer großartigen Schlacht tapfer ge-

storben bin und mich nicht einen Moment lang vor meiner Pflicht gedrückt habe!«, brüllt Goto Dengo zurück.

»Bitte schickt mir starken Faden, damit ich meine Stiefel flicken kann!«, schreit der Unteroffizier.

»Die Armee hat sich gut um uns gekümmert und wir haben die letzten Monate unseres Lebens in solcher Bequemlichkeit und Sauberkeit zugebracht, dass man kaum glauben möchte, dass wir je die Heimatinseln verlassen haben!«, brüllt Goto Dengo, der weiß, dass er nun über dem Brandungsgeräusch schwer zu verstehen sein muss. »Als es zur letzten Schlacht kam, ging alles ganz rasch, und wir sind in der vollen Blüte unserer Jugend in den Tod gegangen, wie die Kirschblüten, von denen im Erlass des Kaisers, den wir alle über dem Herzen tragen, die Rede ist! Unser Hinscheiden aus dieser Welt ist ein kleiner Preis für den Frieden und den Wohlstand, den wir dem Volk von Neuguinea gebracht haben!«

»Nein, ganz falsch!«, heult der Unteroffizier. Aber seine Kameraden zerren ihn nun den Strand hinauf, zurück zum Dschungel, wo seine Stimme in der ewigen Kakophonie aus Johlen, Kreischen, Zwitschern und unheimlichen Schreien untergeht.

Goto Dengo riecht Diesel und abgestandene Lauge. Er dreht sich um. Die Sterne hinter ihnen werden von etwas Langem, Schwarzem verdeckt, das ungefähr wie ein Unterseeboot geformt ist.

»Deine Nachricht ist viel besser«, murmelt jemand. Es ist ein junger Bursche, der einen Werkzeugkasten trägt: ein Flugzeugmechaniker, der seit einem halben Jahr kein japanisches Flugzeug mehr gesehen hat.

»Ja«, sagt ein anderer – offenbar ebenfalls ein Mechaniker. »Seine Familie wird deine Nachricht viel tröstlicher finden.«

»Danke«, sagt Goto Dengo. »Leider habe ich keine Ahnung, wie der Junge heißt.«

»Dann geh nach Yamaguchi«, sagt der erste Mechaniker, »und such dir aufs Geratewohl irgendein altes Paar aus.«

Meteor

»*Vögeln* tust du jedenfalls nicht wie eine, die so viel im Kopf hat«, sagt Bobby Shaftoe, die Stimme von Ehrfurcht durchdrungen.

In der Ecke glüht der Holzofen, obwohl es erst September ist, Herrgott noch mal, allerdings in Schweden, wo sich Shaftoe seit sechs Monaten aufhält.

Julieta ist dunkel und schlaksig. Sie greift mit einem langen Arm weit übers Bett, tastet auf dem Nachtschränkchen nach einer Zigarette.

»Gibst du mir mal die Rotzfahne da?«, fragt Shaftoe und beäugt dabei ein ordentlich gefaltetes Taschentuch des United States Marine Corps, das neben den Zigaretten liegt. Sein Arm ist zu kurz.

»Wieso?« Wie alle anderen Finnen spricht Julieta prima Englisch.

Shaftoe seufzt entnervt und vergräbt das Gesicht in ihrem schwarzen Haar. Weit unter ihnen rauscht und zischt der Bottnische Meerbusen wie ein schlecht eingestelltes Radio, über das seltsame Informationen hereinkommen.

Julieta stellt gern bedeutende Fragen.

»Ich will bloß nicht, dass es eine große Schweinerei gibt, wenn ich meinen Rückzug ausführe, Ma'am«, sagt er.

Hinter seinem Ohr hört er den Feuerstein von Julietas Feuerzeug ein-, zwei-, dreimal ratschen. Dann schiebt ihr Brustkorb ihn hoch, als ihre Lungen sich mit Rauch füllen.

»Lass dir Zeit«, schnurrt sie, die Stimme gaumig von Kondensat. »Was hast du vor, schwimmen gehen? In Russland einmarschieren?«

Irgendwo da draußen, auf der anderen Seite des Meerbusens, ist Finnland. Dort sind Russen, und Deutsche.

»Siehst du, du musst bloß vom Schwimmengehen reden und schon wird mein Schwanz kleiner«, sagt Shaftoe. »Also wird er auch rauskommen. Zwangsläufig.« Er denkt, dass er das letzte Wort richtig anwendet.

»Und was passiert dann?«, fragt Julieta.

»Dann kriegen wir einen feuchten Fleck.«

»Na und? Das ist doch ganz natürlich. Die Leute schlafen auf feuchten Flecken, seit es Betten gibt.«

»Verdammt noch mal«, sagt Shaftoe und wirft sich heroisch nach dem Semper-Fi-Taschentuch. Julieta bohrt ihre Fingernägel in eine der empfindlichen Stellen, die sie im Zuge ihrer erschöpfenden kartographischen Erfassung seines Körpers lokalisiert hat. Er windet sich erfolglos; alle Finnen sind große Sportler. Er gleitet heraus. Zu spät! Er fegt seine Brieftasche auf den Boden, als er nach dem Taschentuch grabscht, dann wälzt er sich von Julieta und wickelt es um sich, eine Flagge an einem kaputten Mast, die einzige weiße Flagge, die Bobby Shaftoe je hissen wird.

Dann liegt er einfach eine Weile da, lauscht der Brandung und dem Knacken des Holzes im Ofen. Julieta dreht sich von ihm weg und rollt sich auf ihrer Seite zusammen, meidet den feuchten Fleck, obwohl er natürlich ist, und genießt ihre Zigarette, obwohl die es nicht ist.

Julieta riecht wie Kaffee. Shaftoe beschnuppert und riecht gern ihr nach Kaffee duftendes Fleisch.

»Das Wetter ist nicht allzu schlecht. Onkel Otto müsste eigentlich vor heute Abend zurück sein«, sagt sie. Sie betrachtet träge eine Karte von Skandinavien. Schweden hängt wie ein schlaffer, beschnittener Phallus. Darunter die skrotale Wölbung von Finnland. Dessen Ostgrenze, mit Russland, hat keinerlei Ähnlichkeit mehr mit der Realität. Die illusorische Grenze ist mit einem wütenden Kreuz-und-Quer von Bleistiftstrichen überzogen, den Axthieben von Stalins wiederholten Anstrengungen, Skandinavien zu kastrieren, zwanghaft dokumentiert und annotiert von Julietas Onkel, der wie alle Finnen ein erstklassiger Skifahrer, Meisterschütze und unbeugsamer Krieger ist.

Trotzdem verachten sie einander. In Shaftoes Augen liegt das daran, dass die Finnen ihre Verteidigung schließlich an die Deutschen vergeben haben. Die Finnen zeichneten sich durch einen altmodischen, persönlich gehaltenen, en detail arbeitenden Stil des Russen-Umbringens aus, doch als ihnen allmählich die Finnen ausgingen, mussten sie die Deutschen zu Rate ziehen, die zahlreicher sind und das Abschlachten von Russen en gros perfektioniert haben.

Julieta kann über diese einfältige Theorie nur lachen: Die Finnen sind eine Million Mal komplizierter, als Bobby Shaftoe je begreifen wird. Selbst wenn es nie zum Krieg gekommen wäre, gäbe es unendlich viele Gründe für sie, ständig deprimiert zu sein. Es hat noch nicht einmal Sinn, das alles erklären zu wollen. Sie kann ihm lediglich die verschwommensten Einblicke in die Psychologie der Finnen verschaffen, indem sie alle paar Wochen bis zum Umfallen mit ihm vögelt.

Er liegt schon zu lange da. Bald wird der in seiner Harnröhre zurückgebliebene Saft wie Kunstharz aushärten. Diese Gefahr spornt ihn zum Handeln an. Er schlüpft aus dem Bett, zuckt unter der Kälte zusammen, hüpft über kalte Dielen zum Teppich, hastet instinktiv der Wärme des Ofens entgegen.

Julieta dreht sich auf den Rücken, um ihm zuzusehen. Sie betrachtet ihn prüfend. »Stell dich nicht so an«, sagt sie. »Mach mir Kaffee.«

Shaftoe schnappt sich den gusseisernen Kessel der Hütte, der ohne weiteres als Schiffsanker verwendbar wäre, falls sich die Notwendigkeit ergäbe. Er wirft sich eine Decke über die Schultern und läuft nach draußen. Am Rand des Hafendamms bleibt er stehen, weil er weiß, dass der splittrige Landesteg seinen nackten Füssen nicht gut tun wird, und pisst auf den Strand hinunter. Der gelbe Bogen ist von Dampf verschleiert und duftet nach Kaffee. Mit zusammengekniffenen Augen schaut Shaftoe über den Meerbusen und sieht einen Schleppkahn, der eine Ladung Baumstämme die Küste entlangzieht, und ein paar Segel, nicht aber das von Onkel Otto.

Hinter der Hütte gibt es ein Standrohr, das von einer Quelle in den Bergen gespeist wird. Shaftoe füllt den Kessel, schnappt sich ein paar Scheite Feuerholz, eilt wieder nach drinnen und manövriert sich zwischen Stapeln von in Folie verpacktem Kaffee und Kisten mit finnischer Maschinenpistolenmunition hindurch. Er stellt den Kessel auf den eisernen Ofen und legt kräftig Holz nach.

»Du verbrauchst zu viel Holz«, sagt Julieta, »Onkel Otto wird was merken.«

»Ich hacke noch welches«, sagt Shaftoe. »Das ganze Land ist doch voller Holz und sonst nichts.«

»Onkel Otto lässt dich den ganzen Tag Holz hacken, wenn er wütend auf dich wird.«

»Es ist also in Ordnung, wenn ich mit Ottos Nichte schlafe, aber wenn ich ein bisschen Holz verbrenne, um ihr Kaffee zu machen, ist das Grund genug, mich schuften zu lassen?«

»Schuften«, sagt Julieta. »Schufte, die Holz verbrauchen, müssen schuften.«

Ganz Finnland ist (wenn man Otto Glauben schenken will) in eine endlose Nacht existentieller Verzweiflung und selbstmörderischer Depression gestürzt worden. Die üblichen Gegenmittel – Selbstgeißelung mit eingeweichten Birkenzweigen, ätzender Humor, wochenlange Sauftouren – haben sich erschöpft. Das Einzige, was Finnland jetzt noch retten kann, ist Kaffee. Leider war die Regierung so kurzsichtig, Steuern und Zölle ins Astronomische zu erhöhen. Angeblich sollen damit das Umbringen von Russen und die Umsiedelung der Hunderttausende von Finnen finanziert werden, die jedes Mal ihre Zelte abbrechen und umziehen müssen, wenn sich Stalin in einer besoffenen Laune oder Hitler in einem psychotischen Schub mit einem roten Stift über eine Landkarte hermacht. Das wirkt sich schlicht so aus, dass Kaffee schwerer zu bekommen ist. Otto zufolge ist Finnland eine Nation unproduktiver Zombies, außer in Gegenden, die von den

Verteilungsnetzen der Kaffeeschmuggler erschlossen worden sind. Der ganze Begriff von Glück ist Finnen im Allgemeinen fremd; sie haben allerdings das Glück, nur durch den Bottnischen Meerbusen von einem neutralen, einigermaßen wohlhabenden Land getrennt zu sein, das für seinen Kaffee berühmt ist.

Vor diesem Hintergrund bedarf die Existenz einer kleinen finnischen Kolonie in Norrsbruck eigentlich keiner weiteren Erklärung mehr. Das Einzige, was fehlt, sind kräftige Arme, um den Kaffee auf das Boot zu laden und abzuladen, was Otto an Beute mitbringt. Gesucht: ein kräftiger Trottel, der bereit ist, sich inoffiziell in der jeweiligen Währung bezahlen zu lassen, die Otto zufällig gerade herausrückt.

Sergeant Bobby Shaftoe, USMC, schüttet ein paar Bohnen in die Kaffeemühle und fängt an, die Kurbel zu bearbeiten. In der Kaffeekanne darunter sammelt sich ein schwarzes Gieresel. Er hat gelernt, das Zeug auf schwedische Art zu machen und ein Ei hineinzuschlagen, damit sich das Pulver setzt.

Holz hacken, Julieta vögeln, Kaffee mahlen, Julieta vögeln, auf den Strand pinkeln, Julieta vögeln, Onkel Ottos Boot beladen und entladen. Das ist seit einem halben Jahr so ziemlich alles für Bobby Shaftoe. In Schweden hat er das ruhige, graugrüne Auge des Blutsturms gefunden, der über die Welt hinwegfegt.

Das zentrale Geheimnis ist Julieta Kivistik. Sie haben keine Liebesaffäre, sie haben eine Reihe von Liebesaffären. Zu Beginn jeder Affäre reden sie noch nicht einmal miteinander, kennen einander gar nicht. Shaftoe ist bloß ein ziellos herumwandernder Mensch, der für ihren Onkel arbeitet. Am Ende jeder Affäre sind sie miteinander im Bett und vögeln. Dazwischen liegen ein bis drei Wochen taktischer Manöver, Fehlstarts und emsiger, draufgängerischer Flirterei.

Davon abgesehen ist jede Affäre vollkommen anders, wie eine ganz neue Beziehung zwischen zwei ganz anderen Leuten. Das Ganze ist verrückt. Wahrscheinlich weil Julieta verrückt ist – viel verrückter als Bobby Shaftoe. Aber Bobby Shaftoe hat auch keinen Grund, hier und jetzt verrückt zu sein.

Er kocht den Kaffee, schlägt das Ei hinein, gießt ihr einen Becher voll. Das ist reine Höflichkeit: Ihre Affäre ist soeben zu Ende gegangen und die neue hat noch nicht begonnen.

Als er ihr den Becher bringt, sitzt sie im Bett, raucht eine weitere Zigarette und räumt (typisch Frau) seine Brieftasche aus, eine Arbeit, die er nicht mehr gemacht hat, seit – ja, seit er das Ding vor zehn Jahren in

Oconomowoc gebastelt und damit die Voraussetzungen für das Pfadfinderabzeichen für Arbeiten in Leder erfüllt hat. Julieta hat das Futter aus dem Ding herausgezogen und geht es durch, als wäre es ein Taschenbuch. Zum großen Teil ist das Zeug da drin von Meerwasser ruiniert worden. Aber sie betrachtet eingehend einen Schnappschuss von Glory.

»Her damit!«, sagt er und entreißt ihn ihr.

Wenn sie seine Liebhaberin wäre, würde sie versuchen, ihn von sich abzuhalten, es gäbe eine alberne Rangelei und am Ende, vielleicht, wieder Sex. Aber sie ist jetzt eine Fremde und überlässt ihm die Brieftasche.

Sie sieht ihm zu, wie er den Kaffee abstellt, als wäre er Kellner in einem Café.

»Du hast eine Freundin – wo? In Mexiko?«

»Manila«, sagt Bobby Shaftoe, »falls sie überhaupt noch lebt.«

Julieta nickt, bleibt vollkommen gelassen. Sie ist weder eifersüchtig auf Glory noch macht sie sich Sorgen über Glorys Schicksal in den Händen der Nips. Was auf den Philippinen passiert, kann auch nicht schlimmer sein als das, was sie in Finnland erlebt hat. Und warum sollte sie sich überhaupt um die früheren romantischen Verwicklungen des Schauermanns ihres Onkels kümmern, dieses Wie-hieß-er-doch-gleich?

Shaftoe zieht Boxershorts an, eine Wollhose, ein Hemd und einen Pullover. »Ich gehe in die Stadt«, sagt er. »Sag Otto, dass ich zum Entladen wieder da bin.«

Julieta sagt nichts.

Als letzte höfliche Geste bleibt Shaftoe an der Tür stehen, greift hinter einen Kistenstapel, zieht die Suomi-Maschinenpistole* hervor und überprüft sie: sauber, geladen, schussbereit, genau wie vor einer Stunde, als er sie das letzte Mal überprüft hat. Er legt sie an ihren Platz zurück, dreht sich um, hält einen Moment lang Julietas Blick fest. Dann geht er hinaus und zieht die Tür zu. Hinter sich kann er ihre nackten Füße auf dem kalten Boden und das zufriedenstellende Geräusch hören, mit dem die Türriegel vorgeschoben werden.

Er schlüpft in ein Paar hohe Gummistiefel und stapft am Strand entlang Richtung Süden los. Die Stiefel gehören Otto und sind ihm mehrere Nummern zu groß. Er kommt sich darin wie ein kleiner Junge vor, der in Wisconsin durch Pfützen platscht. Genau das müss-

---

* Es versteht sich von selbst, dass die Finnen, was automatische Waffen angeht, ihre ureigene Marke haben müssen.

te ein Junge in seinem Alter eigentlich tun: arbeiten, hart und ehrlich, eine einfache Tätigkeit. Mädchen küssen. In die Stadt gehen, um sich Zigaretten zu kaufen und vielleicht ein Bier zu trinken. Die Vorstellung, in schwer bewaffneten Kampfflugzeugen herumzufliegen und mit modernem Waffensystem Hunderte von ausländischen mordlüsternen Verrückten umzubringen, erscheint ihm mittlerweile antiquiert und unpassend.

Alle paar hundert Meter verlangsamt er seinen Schritt, um ein Stahlfass oder anderen, von den Wellen angetriebenen Kriegsschrott zu betrachten, der halb im Sand vergraben ist und rätselhafte Aufschriften in russischer, finnischer oder deutscher Sprache trägt. Sie erinnern ihn an die japanischen Fässer an jenem Strand in Guadalcanal.

> Mond hebt Meer, aber
> Nicht die Schlafenden am Strand
> Wellen als Schaufeln

Im Krieg geht eine Menge drauf – und zwar nicht nur Zeug, das in Kisten und Fässern gelagert wird. So passiert es zum Beispiel häufig, dass man von Männern verlangt, bereitwillig zu sterben, damit andere am Leben bleiben. Auf Guadalcanal hat Shaftoe gelernt, dass man nie weiß, wann die Umstände einen zum Kandidaten dafür machen. Man kann mit dem klarsten, einfachsten, klügsten jemals ersonnenen Plan, ausgedacht von kampferprobten, in Annapolis ausgebildeten Marine-Corps-Offizieren und basierend auf Tonnen von Geheimdienstmaterial, in die Schlacht gehen. Doch zehn Sekunden, nachdem der erste Abzug betätigt worden ist, passiert überall jede Menge Scheiße und die Leute laufen wie die Wahnsinnigen durcheinander. Der Schlachtplan, der noch vor einer Minute genial war, nimmt sich nun so herzig naiv aus wie die Inschriften in einem Schuljahrbuch. Leute sterben. Manche sterben, weil zufällig eine Granate auf sie niedergeht, doch überraschend oft sterben sie, weil irgendwer den Befehl dazu gibt.

So war es auch mit U-691. Die ganze Geschichte mit dem Dampfer auf Trinidad war irgendwann wahrscheinlich ein brillanter Plan (auf Waterhouses Mist gewachsen, vermutet er). Doch dann ging alles schief und irgendein alliierter Kommandant gab den Befehl, dass Shaftoe und Root, zusammen mit der Besatzung von U-691, sterben mussten.

Er hätte schon am Strand von Guadalcanal, zusammen mit seinen

Kumpels, sterben sollen und hat es nicht getan. Zwischen damals und U-691 war alles nur so etwas wie zusätzlich geschenkte Lebenszeit. Er hat die Möglichkeit gehabt, nach Hause zu gehen und seine Familie zu besuchen, so ähnlich wie Jesus nach der Auferstehung.

Mittlerweile ist Bobby Shaftoe ganz sicher tot. Deshalb geht er auch so langsam den Strand entlang und betrachtet diese Stücke mit so brüderlicher Anteilnahme, denn auch Bobby Shaftoe ist eine in Schweden an den Strand geschwemmte Leiche.

Während er darüber nachdenkt, sieht er die Himmelserscheinung.

Der Himmel gleicht hier einem frisch verzinkten Eimer, den man über die Welt gestülpt hat, um unerwünschtes Sonnenlicht abzuhalten; wenn sich irgendwer eine Meile entfernt eine Zigarette anzündet, glüht sie auf wie eine Nova. Nach diesen Maßstäben sieht die Himmelserscheinung so aus, als fiele eine ganze Galaxie aus dem Weltraum und streifte die Erdoberfläche. Man könnte sie fast für ein Flugzeug halten, nur gibt sie nicht das schnarrende, dröhnende Brummen von sich, das dafür typisch ist. Diesem Ding entfährt ein schrilles Heulen – und ein langer Feuerschweif. Außerdem ist es für ein Flugzeug zu schnell. Es kommt über den Bottnischen Meerbusen herangesaust, quert ein paar Meilen nördlich von Ottos Hütte die Uferlinie und verliert dabei an Höhe und Geschwindigkeit. Doch während es langsamer wird, lodern die Flammen auf und krallen sich nach vorn, am schwarzen Rumpf des Dings entlang, der dem gebogenen, krumpeligen Docht an der Wurzel einer Kerzenflamme ähnelt.

Es verschwindet hinter Bäumen. In dieser Gegend verschwindet alles früher oder später hinter Bäumen. Ein Feuerball bricht aus diesen Bäumen hervor und Bobby Shaftoe sagt: »Eintausendeins, eintausendzwei, eintausenddrei, eintausendvier, eintausendfünf, eintausendsechs, eintausendsieben«, und verstummt, als er die Explosion hört. Dann dreht er sich um und geht, nun etwas rascher, nach Norrsbruck.

LAVENDER ROSE

Randy möchte selbst runtergehen und sich das Unterseeboot ansehen. Das könne er ruhig tun, sagt Doug gelassen, aber dazu müsse er zunächst einen brauchbaren Tauchplan erstellen, und er erinnert ihn daran, dass das Wrack in einhundertvierundfünfzig Metern Tiefe liegt. Randy nickt, als habe er selbstverständlich damit gerechnet, einen Tauchplan erstellen zu müssen.

Am liebsten hätte er, dass alles funktioniert wie das Autofahren, wo man einfach einsteigt und losfährt. Er kennt ein paar Typen, die Flugzeuge fliegen, und kann sich noch lebhaft daran erinnern, wie er sich vorkam, als er erfuhr, dass man sich nicht einfach in ein Flugzeug (nicht einmal ein kleines) setzen und starten kann – man braucht einen Flugplan, und schon für einen *schlechten, falschen* Flugplan, der einen garantiert das Leben kostet, braucht man eine ganze Aktentasche voller Bücher, Tabellen und Spezialrechner, außerdem Wetterberichte, die weit über die gewöhnlichen Wetterberichte für den Normalverbraucher hinausgehen. Nachdem Randy sich erst einmal an diese Vorstellung gewöhnt hatte, räumte er widerwillig ein, dass sie doch sinnvoll war.

Und nun erzählt ihm Doug Shaftoe, dass er einen Plan braucht, bloß um sich ein paar Sauerstoffflaschen auf den Rücken zu schnallen und hundertvierundfünfzig Meter (wenn auch geradewegs nach unten) und zurück zu schwimmen. Also zerrt Randy ein paar Tauchbücher von den an Seilen aufgehängten Regalen der *Glory IV* und versucht, zumindest ansatzweise zu kapieren, wovon Doug eigentlich redet. Randy war noch nie im Leben sporttauchen, aber er kennt das Ganze aus Filmen von Jacques Cousteau und findet es eigentlich nicht weiter kompliziert.

Die ersten drei Bücher, in denen er nachschlägt, enthalten mehr als genug Details, um genau die Niedergeschlagenheit zu erzeugen, die Randy verspürte, als er von *Flugplänen* erfuhr. Bevor Randy die Bücher aufklappt, hat er seinen Drehbleistift und sein Millimeterpapier hervorgeholt, um sich Notizen zu machen; eine halbe Stunde später versucht er immer noch dahinter zu kommen, worum es in den Tabellen eigentlich geht, und Notizen hat er auch noch keine gemacht. Er stellt fest, dass die Tabellen bei einer Tiefe von einhundertdreißig enden und davon ausgehen, dass man bei diesem Wert lediglich fünf bis zehn Minuten unten bleibt. Dabei weiß er, dass Amy und die bunte, ständig wachsende Vielvölkertruppe von Shaftoes Tauchern sich erheblich länger in dieser Tiefe aufhalten und sogar schon Gebrauchsgegenstände aus dem Wrack heraufholen. Da ist zum Beispiel ein Aktenkoffer aus Aluminium, in dem Doug Hinweise darauf zu finden hofft, wer sich auf diesem Unterseeboot befand und was es auf der falschen Seite des Planeten zu suchen hatte.

Randy befürchtet allmählich, dass das gesamte Wrack geplündert sein wird, ehe er auch nur einen Strich auf sein Millimeterpapier gemacht hat. Die Taucher erscheinen, jeden Tag einer oder zwei, in Schnellbooten oder Auslegerkanus aus Palawan. Blonde Surfer, wortkarge Klötze, Zigaretten rauchende Franzosen, Nintendo spielende Asiaten, Bierdosen zerknüllende ehemalige Marineangehörige, Hinterwäldler im Blaumann. Und allesamt haben sie Tauchpläne. Wieso hat Randy keinen Tauchplan?

Er fängt an, einen zu skizzieren, der von einer Tiefe von einhundertdreißig ausgeht, was hundertvierundfünfzig ziemlich nahe kommt. Nachdem er ungefähr eine Stunde daran gearbeitet hat (lange genug, um sich alle möglichen schillernden Details auszumalen), kommt er durch Zufall darauf, dass die Tabelle, die er benutzt, mit *Fuß*, nicht mit *Metern* arbeitet, was bedeutet, dass alle diese Taucher auf eine Tiefe hinuntergehen, die um weit mehr als das Dreifache über dem höchsten Wert liegt, von dem in diesen Tabellen überhaupt die Rede ist.

Randy klappt sämtliche Bücher zu und mustert sie eine Zeit lang gereizt. Es sind schöne neue Bücher mit Farbfotos auf dem Schutzumschlag. Er hat sie vom Regal genommen, weil er (und hier wird es introspektiv) ein Computermensch ist und in der Computerwelt jedes Buch, das seit mehr als zwei Monaten auf dem Markt ist, als hoffnungslos antiquiertes Erinnerungsstück gilt. Bei näherem Hinsehen stellt er fest, dass jedes dieser drei funkelnagelneuen Bücher vom jeweiligen Autor signiert und mit einer langen persönlichen Widmung versehen worden ist: zwei richten sich an Doug, eine an Amy. Die an Amy hat offensichtlich ein Mann verfasst, der bis über beide Ohren in sie verliebt ist. Beim Lesen kommt man sich vor, wie wenn man Tabasco als Feuchtigkeitscreme benutzt.

Randy gelangt zu dem Schluss, dass das alles Tauchbücher für den Normalverbraucher, für trinkfreudige Touristen sind und dass die Verlage außerdem vermutlich Scharen von Anwälten darauf angesetzt haben, sie Wort für Wort durchzugehen, damit es auch ja keine Haftungsprobleme gibt. Demzufolge stellt der Inhalt dieser Bücher wahrscheinlich ungefähr ein Prozent dessen dar, was die Autoren tatsächlich über das Tauchen wissen, und dass sie das nicht einmal *erwähnen*, dafür haben wiederum die Anwälte gesorgt.

Okay, Taucher haben sich also eine große Menge okkultes Wissen angeeignet, was ihre allgemeine Ähnlichkeit mit Hackern, allerdings körperlich fitten Hackern, erklärt.

Doug Shaftoe taucht nicht selbst zu dem Wrack hinunter. Tatsächlich hat er ein überraschtes, fast schon verächtliches Gesicht gemacht, als Randy ihn gefragt hat, ob er nicht hinuntertauchen *wolle*. Stattdessen geht er die Sachen durch, die von den jüngeren Tauchern heraufgeholt werden. Sie haben das Wrack zunächst mit Digitalkameras erfasst und Doug hat auf seinem Laserdrucker Vergrößerungen vom Inneren des Unterseeboots ausgedruckt und die Wände seiner Privatkabine auf der *Glory IV* damit bepflastert.

Nun unterzieht Randy die Tauchbücher einem Sortiervorgang: Er ignoriert alles, was Farbfotos enthält, in den letzten zwanzig Jahren erschienen ist oder auf der Umschlagrückseite Kommentare zitiert, in denen die Worte *fantastisch, hervorragend, benutzerfreundlich* oder, am allerschlimmsten, *leicht verständlich* vorkommen. Er sucht nach alten, dicken Büchern mit zerfleddertem Einband und einem Titel wie TAUCHHANDBUCH in schlichter Blockschrift. Alles, was wütende Randbemerkungen von Doug Shaftoe aufweist, bekommt zusätzliche Punkte.

```
An: randy@epiphyte.com
Von: root@eruditorum.org
Betreff: Pontifex
Randy,
als vorläufigen Arbeitstitel für dieses
Kryptosystem schlage ich »Pontifex« vor.
Es handelt sich um ein Nachkriegssystem.
Ich will damit sagen, dass ich angesichts
dessen, was Turing und Konsorten mit
Enigma gemacht haben, zu dem (mittlerweile
offenkundigen) Schluss gekommen bin, dass
ein modernes System sich keinesfalls
maschinell entschlüsseln lassen darf.
Pontifex benutzt eine aus 54 Elementen
bestehende Permutation als Schlüssel -
ein Schlüssel pro Nachricht, wohlgemerkt!
- und erzeugt mithilfe dieser Permutation
(die wir T nennen wollen) einen Strom von
Schlüsselzeichen, die wie auf einem Einmalblock modulo 26 mit den Klartextzeichen
addiert werden. Der Vorgang, mit dem jedes
Zeichen im Schlüsselstrom erzeugt wird,
```

verändert T auf umkehrbare, jedoch mehr
oder weniger »zufällige« Weise.

Zu diesem Zeitpunkt bringt ein Taucher ein Stück echtes Gold herauf, aber es handelt sich nicht um einen Barren, sondern um ein Stück Goldblech von ungefähr zwanzig Zentimetern Kantenlänge, etwa einen Viertelmillimeter dick, in das wie bei einer Lochkarte ein Muster aus winzigen, säuberlichen Löchern eingestanzt ist. Randy verbeißt sich ein paar Tage lang in die Beschäftigung mit diesem Stück. Er erfährt, dass es aus einer Kiste im Laderaum des Unterseeboots stammt und dass es davon noch Tausende gibt.

Und nun liest er mit einem Mal Sachen von Leuten, vor deren Namen ein Marinedienstgrad, ein Dr.med. oder Dr.phil. steht, und sie verbreiten sich auf Dutzenden von Seiten über die Bildung von Stickstoffbläschen im Knie, um nur ein Beispiel zu nennen. Illustriert mit Fotos von Katzen, die in Druckkammern auf Tischen festgeschnallt sind. Dass Doug Shaftoe nicht auf einhundertvierundfünfzig Meter hinuntertaucht, erfährt Randy, liegt daran, dass bestimmte altersbedingte Veränderungen in den Gelenken die Bläschenbildung während des Dekompressionsvorgangs begünstigen. Er freundet sich mit der Tatsache an, dass der Druck in der Tiefe, in der das Wrack liegt, fünfzehn bis sechzehn at beträgt, was bedeutet, dass sich etwaige Stickstoffbläschen, die beim Auftauchen zufällig in seinem Körper herumblubbern, auf das Fünfzehn- bis Sechzehnfache ihres ursprünglichen Volumens ausdehnen, und das gilt unabhängig davon, ob sich diese Bläschen in seinem Gehirn, seinem Knie, den kleinen Blutgefäßen in seinem Augapfel befinden oder unter seinen Zahnfüllungen eingeschlossen sind. Soweit einem intelligenten Laien möglich, gewinnt er einen Begriff von Tauchmedizin, was nicht viel besagt, da jeder einen anderen Körper hat – weshalb die einzelnen Taucher auch völlig unterschiedliche Pläne brauchen. Randy wird seinen Körperfettanteil ermitteln müssen, ehe er überhaupt damit anfangen kann, sein Millimeterpapier zu beschriften.

Außerdem ist das Ganze pfadabhängig. Bei jedem Tauchgang werden die Körper der Taucher teilweise mit Stickstoff gesättigt und nicht alles davon geht beim Auftauchen wieder heraus – während sie auf der *Glory IV* herumsitzen, Karten spielen, Bier trinken und über ihre GMS-Handys mit ihren Freundinnen sprechen, *geben sie allesamt ständig Gas ab* – aus ihren Körpern dringt Stickstoff in die Atmosphäre und jeder von ihnen weiß mehr oder weniger, wie viel Stickstoff sein

Körper zu jedem beliebigen Zeitpunkt enthält, und hat auf eine fast intuitive Weise verinnerlicht, inwiefern sich diese Information auf jeden denkbaren Tauchplan auswirkt, den er in dem leistungsstarken Tauchplanungs-Supercomputer, wie ihn jeder dieser Typen offenbar in seinem stickstoffgesättigten Gehirn herumträgt, zusammenbastelt.

Einer der Taucher bringt ein Brett von der Kiste herauf, in der das Goldblech gestapelt war. Es ist in sehr schlechtem Zustand und da es Gas abgibt, zischt es immer noch. Zischt auf eine Weise, wie Randy es sich mühelos von seinen Knochen vorstellen kann, falls ihm bei der Aufstellung seines Tauchplans irgendwelche Irrtümer unterlaufen. Auf dem Holz stehen in Schablonenschrift einige kaum noch lesbare Buchstaben: NIZ-ARCH.

Die *Glory IV* verfügt über Kompressoren, mit denen sich die Luft zur Befüllung der Sauerstoffflaschen auf einen irrsinnig hohen Druck verdichten lässt. Randy entwickelt ein Bewusstsein dafür, dass der Druck irrsinnig hoch sein muss, damit die Luft in solchen Tiefen überhaupt aus den Flaschen herauskommt. Die Taucher werden von dem unter Druck stehenden Gas durchströmt; Randy würde es gar nicht wundern, wenn irgendwann einmal einer der Taucher mit etwas zusammenstoßen und zu einem rosa Rauchpilz zerplatzen würde.

```
An: randy@epiphyte.com
Von: cantrell@epiphyte.com
Betreff: Pontifex
R-
Du hast mir eine Nachricht über ein Kryp-
tosystem namens Pontifex geschickt. Hat
das ein Freund von dir erfunden? In seinen
allgemeinen Merkmalen (d. h. eine aus n
Elementen bestehende Permutation, die
einen Schlüsselstrom erzeugt und sich
langsam verändert) ähnelt es einem kommer-
ziellen System namens RC4, das unter Heim-
lichen Bewunderern nicht unumstritten ist
- es scheint sicher zu sein und ist noch
nicht geknackt worden, aber es macht uns
nervös, weil es im Grunde ein Einrotor-
System ist, wenn auch mit einem Rotor, der
sich verändert. Pontifex verändert sich
```

auf sehr viel kompliziertere & asymmetrischere Weise als RC4 und ist deshalb vielleicht sicherer.
Ein paar Dinge an Pontifex sind etwas merkwürdig:
(1) Er spricht davon, »Zeichen« im Schlüsselstrom zu erzeugen, die dann modulo 26 mit Klartextzeichen addiert werden. So haben die Leute vor fünfzig Jahren geredet, als Geheimcodes mit Bleistift und Papier entwickelt wurden. Wir sagen heute, dass wir Bytes erzeugen und sie modulo 256 addieren. Ist dein Freund ziemlich alt?
(2) Er spricht von T als einer aus 54 Elementen bestehenden Permutation. Dagegen ist nichts einzuwenden - aber Pontifex würde mit 64 oder 73 oder 699 Elementen genauso gut funktionieren; es ist also sinnvoller, von einer Permutation von n Elementen zu sprechen, wobei n 54 oder jede andere ganze Zahl sein kann. Ich komme nicht dahinter, wieso er sich für 54 entschieden hat. Möglicherweise, weil es das Doppelte der Buchstabenanzahl des Alphabets ist - aber das erscheint auch nicht besonders sinnvoll.
Schlussfolgerung: Der Autor von Pontifex ist kryptologisch auf der Höhe, wobei einiges darauf hindeutet, dass es sich um einen älteren Spinner handelt. Ich brauche mehr Einzelheiten, um ein Urteil abgeben zu können.
-Cantrell

»Randy?«, sagt Doug Shaftoe und winkt ihn in seine Kabine.

Die Innenseite der Kabinentür ziert ein großes Farbfoto von einer wuchtigen Steintreppe in einer staubigen Kirche. Sie stellen sich davor. »Gibt es eigentlich viele Waterhouses?«, fragt Doug. »Ist das ein *häufiger* Name?«

»Na ja, selten ist er nicht gerade.«

»Gibt es irgendwas in Ihrer Familiengeschichte, was Sie mir mitteilen wollen?«

Randy weiß, dass er als potenzieller Freier Amys einer ständigen, gründlichen Überprüfung unterzogen wird. Die Shaftoes lassen ihm gegenüber die erforderliche Sorgfalt walten. »Was wollen Sie denn hören? Irgendwas Schreckliches? Ich glaube nicht, dass es irgendwas gibt, was ich Ihnen verschweigen müsste.«

Doug starrt ihn eine Zeitlang zerstreut an und wendet sich dann dem mittlerweile offenen Aluminiumkoffer aus dem Unterseeboot zu. Schon allein ihn zu öffnen, vermutet Randy, hat die Erstellung eines detaillierten Plans erforderlich gemacht. Doug hat diverse Stücke daraus auf einer Tischplatte ausgebreitet, um sie zu fotografieren und zu katalogisieren. Douglas MacArthur Shaftoe, ehemaliger Angehöriger einer Marine-Spezialeinheit, ist auf dem Höhepunkt seiner Karriere so etwas wie ein Bibliothekar geworden.

Randy sieht eine Goldrandbrille, einen Füllfederhalter, ein paar verrostete Büroklammern. Anscheinend aber hat der Koffer auch eine Menge durchweichtes Papier enthalten, und dieses Papier hat Doug Shaftoe sorgfältig getrocknet und zu lesen versucht. »Während des Krieges war das meiste Papier Schrott«, sagt er. »Wahrscheinlich hat es sich schon wenige Tage nach dem Untergang in Brei aufgelöst. Das Papier in dem Koffer hier war wenigstens vor Meereslebewesen geschützt, ist aber trotzdem größtenteils hinüber. Allerdings war der Besitzer des Aktenkoffers offenbar so was wie ein Aristokrat. Sehen Sie sich mal die Brille und den Füller an.«

Randy sieht sie sich an. Die Taucher haben in dem Wrack Zähne und Plomben gefunden, jedoch nichts, was als Leiche in Frage kommt. Wie die Trümmerfährte einer explodierten Verkehrsmaschine markieren solche Spuren aus widerstandsfähigen, unbeweglichen Überresten die Stellen, wo Menschen ums Leben gekommen sind.

»Worauf ich hinaus will, ist, dass er auch ein paar Blatt gutes Papier in seinem Aktenkoffer hatte«, fährt Doug fort. »Persönliches Briefpapier. Deshalb vermuten wir, dass er Rudolf von Hacklheber hieß. Sagt Ihnen der Name irgendwas?«

»Nein. Aber ich könnte eine Web-Suche starten...«

»Hab ich schon«, sagt Doug. »Und auch ein paar Treffer gekriegt. In den Dreißigerjahren hat ein Mann, der so hieß, ein paar mathematische Abhandlungen verfasst. Und es gibt in und um Leipzig in

Deutschland ein paar Unternehmen, die den Namen tragen: ein Hotel, ein Theater, eine eingegangene Versicherung. Und das war's auch schon so ziemlich.«

»Na ja, wenn er Mathematiker war, hat er vielleicht mit meinem Großvater zu tun gehabt. Haben Sie deshalb nach meiner Familie gefragt?«

»Sehen Sie sich das mal an«, sagt Doug und schnickt mit dem Fingernagel an eine Glasschale, die eine durchsichtige Flüssigkeit enthält. Darin schwimmt ein Umschlag, entleimt und auseinander gespreizt. Randy beugt sich vor und betrachtet ihn. Irgendetwas steht mit Bleistift auf der Rückseite, aber es lässt sich nicht lesen, weil die Klappen des Umschlags auseinander gefaltet worden sind. »Darf ich?«, fragt er. Doug nickt und reicht ihm ein Paar chirurgische Handschuhe. »Dafür muss ich ja wohl keinen Tauchplan einreichen, oder?«, fragt Randy und streift sich die Handschuhe über.

Doug findet das nicht komisch. »Es hat mehr Tiefe, als Sie denken«, sagt er.

Randy dreht den Umschlag herum, faltet die Klappen nach innen und fügt so die Aufschrift wieder zusammen. Sie lautet:
WATERHOUSE
LAVENDER ROSE.

Brisbane

Durch ein kleines, staubiges Fenster, das ein Kreuz aus Kreppband trägt, schaut Lawrence Pritchard Waterhouse auf die Innenstadt von Brisbane. Voller Leben ist sie nicht gerade. Ein Taxi schleicht die Straße hinunter und biegt in die Einfahrt des nahe gelegenen Canberra Hotel, Wohnstatt vieler Offiziere mittleren Ranges, ein. Das Taxi qualmt und stinkt – es wird von einem Kohlenbrenner im Kofferraum angetrieben. Durchs Fenster ist das Geräusch marschierender Füße zu hören. Es ist nicht das Getrampel von Kampfstiefeln, sondern das Klacken vernünftiger Schuhe, getragen von vernünftigen Frauen: einheimischen Freiwilligen. Waterhouse beugt sich instinktiv näher ans Fenster, um sie genauer zu betrachten, aber er verschwendet seine Zeit. In diesen Uniformen könnte man ein Regiment Pin-up-Girls durch sämtliche Kabinen und Gangways eines im Einsatz befindlichen Schlachtschiffs marschieren lassen, ohne dass es zu einem einzigen Pfiff, anzüglichen Antrag oder Hinterngrapschen käme.

Aus einer Seitenstraße kommt ein Lieferwagen gekrochen, der beim Einfahren in die Hauptstraße beschleunigt und dabei beunruhigende Fehlzündungen von sich gibt. Brisbane macht sich immer noch Sorgen über Angriffe aus der Luft und niemand mag plötzliche laute Geräusche. Der Lastwagen sieht aus, als würde er von einer Amöbe attackiert: Auf seiner Ladefläche bläht sich ein aus gummierter Leinwand bestehender Ballon voller Erdgas.

Waterhouse befindet sich im dritten Stock eines derart nichts sagenden Geschäftsgebäudes, dass die Tatsache, dass es vier Stockwerke hat, noch die interessanteste Beobachtung ist, die man darüber anstellen kann. Das Erdgeschoss beherbergt einen Tabakladen. Der Rest des Gebäudes muss leer gestanden haben, bis Der General – von den Nips nach Strich und Faden verprügelt – aus Corregidor nach Brisbane gekommen ist und die Stadt zur Kapitale des Kriegsschauplatzes Südwestlicher Pazifik gemacht hat. Es muss hier unglaublich viel überschüssigen Büroraum gegeben haben, ehe Der General auftauchte, denn viele Einwohner Brisbanes sind in Erwartung einer Invasion nach Süden geflohen.

Waterhouse hat reichlich Zeit, sich mit Brisbane und Umgebung vertraut zu machen. Er ist seit vier Wochen hier, und man hat ihm nichts zu tun gegeben. Als er noch in England war, konnte man ihn gar nicht oft genug von da nach dort weiterreichen. Worin sein jeweiliger Job auch bestand, er hat ihn in fieberhafter Eile getan – bis er streng geheime Befehle von höchster Priorität erhielt, sich unter Nutzung sämtlicher verfügbarer Transportmittel schleunigst zu seinem nächsten Einsatzort zu begeben.

Dann hat man ihn hierher gebracht. Die Navy hat ihn, in Etappen von einem Insel-Stützpunkt zum nächsten, mit einem Sortiment von Flugbooten und Transportmaschinen über den Pazifik geflogen. Er hat am selben Tag den Äquator und die internationale Datumsgrenze überflogen. Doch als er die Grenze zwischen Nimitz' Pazifischem und dem Südwest-Pazifischen Kriegsschauplatz des Generals erreichte, war es, als wäre er gegen eine Steinmauer gelaufen. Er musste sich den Mund fusselig reden, um an Bord eines Truppentransporters nach Neuseeland und von da nach Freemantle zu kommen. Die Transporter waren geradezu unglaublich höllisch: mit Männern voll gestopfte und von der Sonne aufgeheizte Stahlöfen, in denen niemand an Deck durfte, damit sie nicht von einem japanischen Unterseeboot gesichtet und zum Abschlachten vorgemerkt wurden. Nicht einmal nachts konnten sie ein Lüftchen hereinlassen, denn sämtliche Öffnungen mussten mit Verdunkelungsvorhängen abgedeckt werden. Im Grunde konnte sich Waterhouse nicht beschweren. Einige der Männer waren den ganzen Weg von der Ostküste der Vereinigten Staaten bis hierher so unterwegs gewesen.

Wichtig war, dass er es befehlsgemäß bis Brisbane schaffte und sich beim richtigen Offizier meldete, der ihn anwies, weitere Befehle abzuwarten. Was er bis heute Morgen, als man ihn aufforderte, sich in diesem Büro über dem Tabakladen zu melden, auch getan hat. Nach Waterhouses Erfahrungen beim Militär ist es kein gutes Zeichen, wenn man Befehl bekommt, sich an einem solchen Ort zu melden.

Schließlich wird er zu einem Major der Army vorgelassen, der gleichzeitig mehrere andere Gespräche führt und verschiedene Schreibarbeiten erledigt. Das ist okay; Waterhouse bräuchte kein Kryptoanalytiker zu sein, um die Botschaft, dass er hier nicht erwünscht ist, laut und deutlich mitzukriegen.

»Marshall hat Sie hergeschickt, weil er meint, Der General geht mit Ultra schlampig um«, sagt der Major.

Waterhouse zuckt zusammen, als er das Wort laut ausgesprochen hört, und das in einem Büro, in dem einfache Soldaten und weibliche Freiwillige ein und aus gehen. Es kommt ihm beinahe so vor, als wolle der Major deutlich machen, dass Der General in der Tat ziemlich schlampig mit Ultra umgeht und sich ganz wohl dabei fühlt, danke der Nachfrage.

»Marshall hat Schiss, dass die Nips uns draufkommen und ihre Codes ändern. Daran ist bloß Churchill schuld.« Der Major spricht von General George C. Marshall und Sir Winston Churchill, als handelte es sich um Reservespieler einer zweitklassigen Baseball-Mannschaft. Er hält inne, um sich eine Zigarette anzuzünden. »Ultra ist Churchills Baby. Klar, Winnie ist ganz hin und weg von Ultra. Er meint, wir posaunen sein Geheimnis aus und vermasseln es ihm, weil wir in seinen Augen Idioten sind.« Der Major macht einen tiefen Lungenzug, lehnt sich auf seinem Stuhl zurück und bläst mit Bedacht zwei Rauchringe. Das Ganze ist eine überzeugende Zurschaustellung von Unbekümmertheit. »Deswegen liegt er Marshall andauernd von wegen Verschärfung der Sicherheitsvorkehrungen in den Ohren, und Marshall wirft ihm ab und zu einen Knochen hin, bloß um die Allianz schön im

Lot zu halten.« Zum ersten Mal schaut der Major Waterhouse in die Augen. »Sie sind zufällig der neueste Knochen. Das ist alles.«

Ein langes Schweigen tritt ein, als erwarte man von Waterhouse, dass er etwas sagt. Er räuspert sich. Es ist noch niemand vors Kriegsgericht gekommen, weil er seine Befehle befolgt hat. »Meine Befehle lauten, dass – «

»Auf Ihre Befehle ist geschissen, Captain Waterhouse«, sagt der Major.

Erneut tritt langes Schweigen ein. Der Major wendet sich kurzfristig ein, zwei anderen Aufgaben zu. Dann starrt er ein paar Augenblicke lang zum Fenster hinaus, als wolle er seine Gedanken sammeln. Schließlich sagt er: »Nehmen Sie Folgendes zur Kenntnis. Wir sind keine Idioten. Der General ist kein Idiot. Der General weiß Ultra ebenso sehr zu schätzen wie Winston Churchill. Der General nutzt Ultra genauso wie jeder andere Befehlshaber in diesem Krieg.«

»Ultra nützt nichts mehr, wenn die Japaner davon erfahren.«

»Wie Sie sicher nachvollziehen können, hat Der General keine Zeit, sich persönlich mit Ihnen zu treffen. Sein Stab auch nicht. Sie werden also keine Gelegenheit haben, ihn darüber zu belehren, wie Ultra geheim zu halten ist«, sagt der Major. Er blickt mehrmals auf ein Blatt Papier auf seiner Löschunterlage und spricht nun auch wie jemand, der eine vorbereitete Erklärung abliest. »Seit wir erfahren haben, dass man Sie zu uns schickt, wurde Der General von Zeit zu Zeit darauf aufmerksam gemacht, dass es Sie gibt. In den kurzen Momenten, in denen er nicht mit dringenderen Angelegenheiten befasst war, hat er sich gelegentlich mit markigen Worten über Sie, Ihren Auftrag und die Köpfe, die Sie hierher geschickt haben, geäußert.«

»Zweifelsohne«, sagt Waterhouse.

»Der General ist der Meinung, dass Personen, die nicht mit den Besonderheiten des Südwestpazifischen Kriegsschauplatzes vertraut sind, seine Strategie vielleicht nicht sachkundig beurteilen können«, sagt der Major. »Der General meint, dass die Nips niemals von Ultra erfahren werden. Niemals. Warum? Weil sie unfähig sind zu begreifen, was ihnen passiert ist. Der General hat die Vermutung angestellt, dass er morgen zum Rundfunksender gehen und in einer Rede verkünden könnte, dass wir sämtliche japanischen Codes geknackt haben und alle ihre Funksprüche lesen könnten, und es würde trotzdem nichts passieren. Sinngemäß hat sich der General dahingehend geäußert, dass die Nips niemals glauben werden, wie gründlich wir sie verarscht haben, denn wenn man so übel verarscht wird, ist man selber dran schuld und steht da wie das letzte Arschloch.«

»Ich verstehe«, sagt Waterhouse.

»Aber Der General hat das alles viel ausführlicher und ohne einen einzigen Kraftausdruck gesagt, denn so drückt sich der General nun mal aus.«

»Danke für Ihre Zusammenfassung«, sagt Waterhouse.

»Kennen Sie diese weißen Stirnbänder, die sich die Nips um den Kopf binden? Mit dem Fleischklops und den japanischen Schriftzeichen drauf?«

»Ich habe Bilder davon gesehen.«

»Ich habe sie in der Wirklichkeit gesehen, und zwar bei japanischen Kampfpiloten, die mich und meine Männer aus knapp zwanzig Metern Entfernung mit Maschinengewehren beschossen haben.«

»Ja, richtig! Ich auch. In Pearl Harbor«, sagt Waterhouse. »Das hatte ich ganz vergessen.«

Das ist offenbar die irritierendste Bemerkung, die Waterhouse den ganzen Tag gemacht hat. Der Major braucht einen Moment, um die Fassung wiederzugewinnen. »Dieses Stirnband nennt man *hachimaki*.«

»Aha.«

»Stellen Sie sich Folgendes vor, Waterhouse. Der Kaiser kommt mit seinem Generalstab zusammen. Sämtliche Spitzengenerale und -admirale Japans ziehen in vollem Wichs in den Saal ein und verbeugen sich feierlich vor dem Kaiser. Sie sind gekommen, um über Fortschritte im Krieg zu berichten. Jeder von diesen Generalen und Admiralen hat sich ein nagelneues *hachimaki* um den Kopf gebunden. Diese *hachimakis* sind bedruckt mit Sätzen wie etwa ›Ich bin ein Volltrottel‹ und ›Durch meine persönliche Unfähigkeit sind zweihunderttausend unserer Soldaten ums Leben gekommen‹ und ›Ich habe Nimitz unsere Pläne für Midway auf einem silbernen Tablett serviert‹.«

Nun hält der Major inne und nimmt einen Anruf entgegen, sodass Waterhouse das eben geschilderte Bild eine Zeit lang auskosten kann. Dann legt der Major auf, zündet sich erneut eine Zigarette an und fährt fort. »So sähe es für die Nips aus, zu diesem Zeitpunkt des Krieges zuzugeben, dass wir Ultra haben.«

Erneut Rauchringe. Waterhouse weiß nichts zu sagen. Also fährt der Major fort. »Sehen Sie, wir haben in diesem Krieg die Wasserscheide überschritten. Wir haben Midway gewonnen. Wir haben Nordafrika gewonnen. Stalingrad. Die Schlacht im Atlantik. Alles wird anders, wenn man die Wasserscheide überschreitet. Die Flüsse fließen allesamt in eine andere Richtung. Es ist, als hätte sich sogar die Schwerkraft verändert und wirkte nun zu unseren Gunsten. Wir haben uns dem angepasst. Marshall und Churchill und all die anderen sind noch immer einer überholten Denkweise verhaftet. Sie sind Verteidiger. Aber Der General ist kein Verteidiger. Unter uns gesagt, ist er in Verteidigung geradezu miserabel, was er auf den Philippinen ja auch demonstriert hat. Der General ist ein Eroberer.«

»Tja«, sagt Waterhouse schließlich, »was soll ich Ihrer Ansicht nach denn nun mit mir anfangen, wo ich schon mal in Brisbane bin?«

»Ich bin versucht zu sagen, Sie sollten sich mit all den anderen Ultra-Sicherheitsexperten zusammentun, die Marshall vor Ihnen hierher geschickt hat, und eine Bridge-Gruppe auf die Beine stellen«, sagt der Major.

»Ich mache mir nichts aus Bridge«, sagt Waterhouse höflich.

»Angeblich sind Sie doch so ein erfahrener Codeknacker, richtig?«

»Richtig.«

»Gehen Sie doch einfach ins Central Bureau. Die Nips haben hunderttausend verschiedene Codes und noch haben wir nicht alle geknackt.«

»Das ist nicht mein Auftrag.«

»Um Ihren Scheißauftrag machen Sie sich mal keine Gedanken«, sagt der Major. »Ich werde dafür sorgen, dass Marshall denkt, Sie führen Ihren Auftrag aus, denn wenn er das nicht denkt, wird er ein Riesentheater machen. Bei den höheren Tieren sind Sie also aus dem Schneider.«

»Danke.«

»Sie können Ihren Auftrag als abgeschlossen betrachten«, sagt der Major. »Glückwunsch.«

»Danke.«

»Mein Auftrag besteht darin, den Scheißnips was auf die Hörner zu geben und dieser Auftrag ist noch nicht ganz abgeschlossen, deswegen muss ich mich jetzt um andere Angelegenheiten kümmern«, sagt der Major angelegentlich.

»Mit anderen Worten, ich soll mich entfernen«, sagt Waterhouse.

Dönitz

Einmal, als Bobby Shaftoe acht Jahre alt war, ging er Grandma und Grandpa in Tennessee besuchen. Eines langweiligen Nachmittags begann er, einen Brief zu überfliegen, den die alte Dame auf einem Beistelltisch hatte liegen lassen. Grandma hielt ihm eine Standpauke und erzählte den Vorfall Grandpa, der sein Stichwort aufnahm und ihm vierzig Hiebe verabreichte. Diese und eine Reihe anderer, grob vergleichbarer Kindheitserfahrungen nebst mehreren Jahren im Marine Corps haben ihn zu einem überaus höflichen Menschen gemacht.

Also liest er nicht anderer Leute Post. Das tut man nicht.

Doch nun ist er hier. Der Schauplatz: ein mit Brettern vertäfeltes Zimmer über einem Lokal in Norrsbruck, Schweden. Das Lokal ist eine Art Seemannskneipe, die von Fischern frequentiert wird, und ist daher für Shaftoes Freund und Saufkumpan Kapitänleutnant Günter Bischoff, Kriegsmarine des Dritten Reiches (im Ruhestand), genau das Richtige.

Bischoff kriegt einen Haufen interessante Post und lässt sie überall im Zimmer herumliegen. Teils kommt sie von seiner Familie in Deutschland und enthält Geld. Infolgedessen wird Bischoff im Gegensatz zu Shaftoe auch dann nicht arbeiten müssen, wenn der Krieg weitergeht, und kann noch zehn Jahre in Schweden bleiben und seine Kessel kühlen.

Ein Teil der Post kommt laut Bischoff von der Mannschaft von U-691. Nachdem Bischoff sie alle in einem Stück hierher nach Norrsbruck gebracht hat, traf sein Stellvertreter, Oberleutnant zur See Karl Beck, eine Vereinbarung mit der Kriegsmarine, derzufolge die Mannschaft nach Deutschland zurückkehren durfte, ohne mit Vorwürfen oder Konsequenzen rechnen zu müssen. Bis auf Bischoff gingen sie alle an Bord dessen, was von U-691 noch übrig war, und dampften in Richtung Kiel ab. Nur Tage später begann in Strömen Post einzutreffen. Ausnahmslos jeder Angehörige der Mannschaft schickte Bischoff einen Brief, worin er den Heldenempfang schilderte, den man ihnen bereitet hatte. Dönitz persönlich habe sie an der Pier willkommen geheißen und in beschämender Fülle mit Umarmungen, Küssen, Orden und anderen Gesten guten Willens bedacht. Sie können gar nicht mehr aufhören, davon zu reden, wie sehr sie sich wünschen, der liebe Günter käme wieder nach Hause.

Der liebe Günter bleibt stur; mittlerweile sitzt er schon ein paar Monate lang in seinem kleinen Zimmer. Seine Welt besteht aus Füller, Tinte, Papier, Kerzen, Unmengen von Kaffee, Aquavitflaschen, dem beruhigenden Rauschen der Brandung. Jeder Wellenschlag am Ufer, sagt er, erinnert ihn daran, dass er nun über Wasser ist, wo Menschen hingehören. In Gedanken ist er stets *dort*, dreißig Meter unter der Oberfläche des eisigen Atlantiks, gefangen wie eine Ratte in einem Abflussrohr und unter den Explosionen der Wasserbomben schaudernd. Er hat hundert Jahre so gelebt und jeden Augenblick dieser hundert Jahre damit verbracht, von der Oberfläche zu träumen. Er hat sich zehntausendmal geschworen, dass er, wenn er je in die Welt von Licht und Luft zurückgelangte, jeden Atemzug genießen, in jedem Augenblick schwelgen würde.

Sehr viel mehr tut er auch nicht hier in Norrsbruck. Er hat sein persönliches Journal, und er geht es Seite für Seite durch und trägt, ehe er sie vergisst, sämtliche Einzelheiten ein, die niederzuschreiben er damals keine Zeit hatte. Eines Tages, nach dem Krieg, wird ein Buch daraus werden: eine von einer Million Kriegserinnerungen, die sich in den Bibliotheken von Nowosibirsk über Gander und Sequim bis Batavia breit machen werden.

Nach den ersten Wochen hat die Menge der eingehenden Post schlagartig nachgelassen. Mehrere seiner Männer schreiben ihm noch immer treu und brav. Shaftoe ist daran gewöhnt, ihre Briefe herumliegen zu sehen, wenn er zu Besuch kommt. Die meisten sind auf billigem, gräulichem Papier geschrieben.

Richtungsloses Silberlicht dringt durch Bischoffs Fenster ins Zimmer und beleuchtet etwas, das wie eine rechteckige Pfütze dicker Sahne auf seinem Tisch aussieht. Es handelt sich um irgendein offizielles Hunnen-Briefpapier, dessen Kopf einen Raubvogel mit einem Hakenkreuz in den Krallen zeigt. Der Brief ist von Hand geschrieben, nicht getippt. Als Bischoff sein feuchtes Glas darauf abstellt, zerläuft die Tinte.

Und als Bischoff seine Blase leeren geht, kann Shaftoe den Blick nicht von dem Brief abwenden. Er weiß, dass sich das nicht gehört, aber der Zweite Weltkrieg hat ihm alle möglichen Arten von ungehobeltem Benehmen vermittelt und in Schützengräben scheinen keine zornigen Großväter mit doppelt genommenen Gürteln, ja eigentlich überhaupt keine Konsequenzen für die Bösen zu lauern. Vielleicht wird sich das in ein paar Jahren ändern, falls die Deutschen und die Japaner den Krieg verlieren. Aber diese Abrechnung wird dann so groß und furchtbar ausfallen, dass Shaftoes flüchtiger Blick auf Bischoffs Brief wahrscheinlich unbemerkt bleiben wird.

Der Brief ist in einem Umschlag gekommen. Die erste Zeile der Adresse ist sehr lang. Sie besteht aus »Günter BISCHOFF«, dem ein Rattenschwanz von Rängen und Titeln vorangestellt ist und eine Reihe von Buchstaben folgt. Der Absender ist von Bischoffs Brieföffner zerschlitzt worden, befindet sich jedoch irgendwo in Berlin.

Der Brief ist unterzeichnet mit einem einzigen, gewaltig gespreizten Wort. Shaftoe versucht eine ganze Zeit lang, das Wort zu entziffern; denjenigen, dessen Friedrich Wilhelm das ist. Muss ein Ego haben, das auf einer Höhe mit dem des Generals liegt.

Als Shaftoe dahinter kommt, dass die Unterschrift die von Dönitz ist, wird er ganz kribbelig. Dieser Dönitz ist ein wichtiger Bursche – Shaftoe hat ihn sogar einmal in einer Wochenschau gesehen, wie er einer verschmuddelten Unterseeboot-Mannschaft gratulierte, die gerade von einem Törn zurückgekommen war.

Warum schreibt er Bischoff Liebesbriefe? Shaftoe kann das Zeug genauso wenig lesen, wie er Japanisch lesen könnte. Aber er kann ein paar Zahlen erkennen. Dönitz spricht von Zahlen. Vielleicht versenkte Bruttoregistertonnen oder Verluste an der Ostfront. Vielleicht auch Geld.

»Ach ja!«, sagt Bischoff, der irgendwie wieder im Zimmer aufgetaucht ist, ohne ein Geräusch zu machen. In einem Unterseeboot auf Schleichfahrt lernt man das Leisegehen. »Ich habe eine Hypothese über das Gold entwickelt.«

»Welches Gold?«, fragt Shaftoe. Er weiß es natürlich, aber da er bei einer krassen Ungezogenheit erwischt worden ist, rät ihm sein Instinkt, den Unschuldigen zu spielen.

»Das du unten bei den Batterien von U-553 gesehen hast«, sagt Bischoff. »Allerdings, mein Freund, würde jeder andere sagen, dass du schlicht ein verrückter Ledermann bist.«

»Das richtige Wort lautet Ledernacken.«

»Als Erstes würde man sagen, dass U-553 schon viele Monate, bevor du es angeblich gesehen hast, untergegangen ist. Zweitens würde man sagen, dass ein solches Boot nicht mit Gold beladen worden sein kann. Aber ich glaube, dass du es gesehen hast.«

»Und?«

Bischoff wirft einen Blick auf den Brief von Dönitz und sieht dabei leicht seekrank aus. »Zuerst muss ich dir etwas von der Wehrmacht erzählen, wofür ich mich schäme.«

»Was? Dass sie in Polen und Frankreich einmarschiert ist?«
»Nein.«
»Dass sie in Russland und Norwegen einmarschiert ist?«
»Nein, nicht das.«
»Dass sie England bombardiert hat und –«
»Nein, nein, nein«, sagt Bischoff, der Inbegriff der Nachsicht. »Etwas, wovon du noch nichts weißt.«
»Und zwar?«
»Wie es scheint, hat der Führer, während ich im Atlantik herumgeschlichen bin und meine Pflicht getan habe, ein kleines Motivationsprogramm entwickelt.«
»Was heißt das?«
»Offenbar sind Pflichtgefühl und Loyalität für gewisse hochrangige Offiziere nicht genug. Offenbar führen sie ihre Befehle nicht bestmöglich aus, sofern sie nicht... besondere Auszeichnungen erhalten.«
»Du meinst, so was wie Orden?«
Bischoff lächelt nervös. »Einige Generale an der Ostfront haben Landgüter in Russland bekommen. Sehr, sehr große Landgüter.«
»Aha.«
»Aber nicht jeder lässt sich mit Land bestechen. Manche Leute verlangen eine flüssigere Form der Entschädigung.«
»Alkohol?«
»Nein, ich meine flüssig im finanziellen Sinn. Etwas, das man bei sich tragen kann und das in jedem Puff auf der ganzen Welt akzeptiert wird.«
»Gold«, sagt Shaftoe leise.
»Gold würde reichen«, sagt Bischoff. Er hat Shaftoe schon lange nicht mehr in die Augen gesehen. Er starrt stattdessen zum Fenster hinaus. Seine grünen Augen könnten ein wenig feucht sein. Er holt tieft Atem, blinzelt und hält, als er fortfährt, die bittere Ironie im Zaum. »Seit Stalingrad ist es an der Ostfront nicht gut gelaufen. Sagen wir mal so: Ukrainische Immobilien sind nicht mehr so viel wert wie früher, wenn die Übertragungsurkunde zufällig auf Deutsch geschrieben und in Berlin ausgestellt worden ist.«
»Es wird schwieriger, einen General zu bestechen, indem man ihm einen Brocken russisches Land verspricht«, übersetzt Shaftoe. »Also braucht Hitler eine Menge Gold.«
»Ja. Und die Japaner haben massenhaft Gold – denk daran, dass sie China ausgeplündert haben. Und viele andere Länder. Aber es fehlt

ihnen an bestimmten Dingen. Sie brauchen Wolframit. Quecksilber. Uran.«

»Was ist Uran?«

»Was weiß denn ich? Die Japaner wollen es, wir liefern es. Wir liefern ihnen auch Technologie – Pläne für neue Turbinen. Enigma-Maschinen.« An dieser Stelle bricht Bischoff ab und lacht lange Zeit gequält und dunkel. Dann gewinnt er die Fassung wieder und fährt fort: »Also haben wir ihnen diese Sachen geschickt, und zwar in Unterseebooten.«

»Und die Nips bezahlen euch in Gold.«

»Ja. Es ist eine unter der Oberfläche des Ozeans verborgene Schattenökonomie, bei der über riesige Entfernungen mit kleinen, aber wertvollen Gütern gehandelt wird. Du hast sie flüchtig zu Gesicht bekommen.«

»Du hast gewusst, dass es sie gibt, aber von U-553 hast du nicht gewusst«, hebt Shaftoe hervor.

»Ach, Bobby, im Dritten Reich gehen viele, viele Dinge vor sich, von denen ein kleiner Unterseeboot-Kapitän nichts weiß. Du bist Soldat, du weißt, dass es so ist.«

»Ja«, sagt Shaftoe, der sich der Besonderheiten von Abteilung 2702 entsinnt. Er blickt auf den Brief. »Wieso erzählt dir Dönitz das alles auf einmal?«

»Er erzählt mir überhaupt nichts«, sagt Bischoff vorwurfsvoll. »Ich bin selbst draufgekommen.« Er kaut eine Zeit lang auf seiner Unterlippe. »Dönitz macht mir einen Vorschlag.«

»Ich dachte, du wärst im Ruhestand?«

Bischoff denkt über den Einwand nach. »Ich bringe keine Leute mehr um. Aber neulich habe ich eine kleine Schaluppe durch die Bucht gesegelt.«

»Und?«

»Und deshalb fahre ich doch eigentlich noch immer auf Schiffen zur See.« Bischoff seufzt tief. »Leider gehören sämtliche wirklich interessanten Schiffe den Regierungen großer Länder.«

Bischoff wird ein wenig sonderbar, deshalb entscheidet sich Shaftoe für einen kleinen Themenwechsel. »Hey, wo wir gerade von wirklich interessanten Dingen reden...« Und er erzählt die Geschichte der Himmelserscheinung, die er auf dem Weg hierher gesehen hat.

Bischoff ist von der Geschichte begeistert, denn sie belebt die Gier nach Aufregung wieder, die er seit seiner Ankunft in Norrsbruck in

Salz und Alkohol konserviert hat. »Bist du sicher, dass es künstlich war?«, fragt er.

»Es hat geheult. Es sind Brocken davon abgefallen. Aber ich habe noch nie einen Meteor gesehen, deshalb weiß ich es nicht.«

»Wie weit weg?«

»Aufgeschlagen ist es sieben Kilometer von der Stelle, wo ich gestanden habe. Also zehn Kilometer von hier.«

»Aber zehn Kilometer sind gar nichts für einen Eagle Scout und einen Hitlerjungen!«

»Du warst nicht bei der Hitlerjugend.«

Darüber brütet Bischoff einen Moment nach. »Hitler – so peinlich. Ich habe gehofft, er würde verschwinden, wenn ich ihn ignoriere. Wenn ich in die Hitlerjugend eingetreten wäre, hätten sie mir vielleicht ein Überwasserschiff gegeben.«

»Dann wärst du jetzt tot.«

»Stimmt!« Bischoffs Laune hellt sich deutlich auf. »Zehn Kilometer sind trotzdem nichts. Gehen wir.«

»Es ist schon dunkel.«

»Wir halten einfach auf die Flammen zu.«

»Die werden schon aus sein.«

»Wir folgen der Trümmerspur, wie Hänsel und Gretel.«

»Bei Hänsel und Gretel hat das nicht geklappt. Hast du nicht mal die Geschichte gelesen, verdammt?«

»Sei nicht so defätistisch, Bobby«, sagt Bischoff und fährt in einen derben Seemannspullover. »Du bist doch sonst nicht so. Was ist dir über die Leber gelaufen?«

Glory.

Es ist Oktober und die Tage werden kürzer. Shaftoe und Bischoff, die beide die emotionalen Wellentäler der noch zu entdeckenden Jahreszeitlichen Affektstörung durchlaufen, gleichen zwei Brüdern, die in derselben Treibsandgrube feststecken und einander scharf im Auge behalten.

»Eh? Was ist los, Kumpel?«

»Ich weiß wohl einfach nicht recht, was ich mit mir anfangen soll.«

»Du brauchst ein Abenteuer. Gehen wir!«

»Ich brauche ein Abenteuer genauso dringend, wie Hitler seine hässliche kleine Rotzbremse braucht«, sagt Bobby Shaftoe. Aber er rappelt sich von seinem Stuhl hoch und folgt Bischoff zur Tür hinaus.

Shaftoe und Bischoff stapfen durch den dunklen schwedischen Wald wie zwei verlorene Seelen auf der Suche nach dem Nebeneingang zum Fegefeuer. Sie tragen abwechselnd die Petroleumlaterne, deren effektive Reichweite ungefähr der Länge eines Männerarms entspricht. Manchmal gehen sie eine ganze Stunde lang, ohne zu reden, und jeder ist mit seinem Kampf gegen die selbstmörderische Depression allein. Dann rafft sich einer von ihnen (normalerweise Bischoff) auf und sagt so etwas wie:

»Hab Enoch Root schon eine ganze Weile nicht mehr gesehen. Was treibt er denn so, seit er dich von deiner Morphiumsucht kuriert hat?«

»Keine Ahnung. Bei der Geschichte ist er mir dermaßen auf den Wecker gegangen, dass ich ihn nie mehr sehen wollte. Aber ich glaube, er hat von Otto ein russisches Funkgerät gekriegt und es in den Kirchenkeller mitgenommen, in dem er haust; seither murkst er damit herum.«

»Ja. Jetzt fällt's mir wieder ein. Er war dabei, die Frequenzen zu ändern. Hat er's eigentlich zum Laufen gebracht?«

»Keine Ahnung«, sagt Shaftoe. »Aber wenn auf einmal große Brocken brennendes Zeug vom Himmel fallen, macht man sich schon so seine Gedanken.«

»Ja. Außerdem geht er häufig zur Post«, meint Bischoff. »Ich habe mich dort mal mit ihm unterhalten. Er korrespondiert ausgiebig mit anderen Leuten in der ganzen Welt.«

»Was für Leute?«

»Die Frage habe ich mir auch gestellt.«

Letztlich finden sie das Wrack nur dadurch, dass sie dem Geräusch einer Metallsäge folgen, das zwischen den Kiefern hindurch hallt wie das Kreischen eines außerordentlich dummen und geilen Vogels. Dies ermöglicht es ihnen, in etwa die Richtung zu halten. Die genauen Koordinaten ergeben sich aus einem plötzlich aufflammenden, stroboskopisch blitzenden Licht, einem entsetzlichen Krach und einem nach Pflanzensaft duftenden Schauer von amputiertem Blattwerk. Shaftoe und Bischoff werfen sich in den Dreck und hören zu, wie Pistolenkugeln von Baumstamm zu Baumstamm prallen. Das Geräusch der Metallsäge setzt sich fort, ohne den Rhythmus zu unterbrechen.

Bischoff fängt an, schwedisch zu reden, doch Shaftoe bringt ihn zum Schweigen. »Das war eine Suomi«, sagt er. »He, Julieta! Lass den Scheiß! Es sind bloß ich und Günter.«

Keine Antwort. Dann fällt Shaftoe ein, dass er Julieta erst kürzlich gevögelt hat und sich daher auf seine Manieren besinnen muss. »Verzeihung, Ma'am«, sagt er, »aber ich schließe aus dem Geräusch Ihrer Waffe, dass Sie der finnischen Nation angehören, für die ich grenzenlose Bewunderung hege, und ich wollte Sie wissen lassen, dass ich, der ehemalige Sergeant Robert Shaftoe, und mein Freund, der ehemalige Kapitänleutnant Günter Bischoff, Ihnen nichts tun wollen.«

Julieta orientiert sich am Geräusch seiner Stimme und antwortet mit einem Feuerstoß, der dreißig Zentimeter über Bobby Shaftoes Kopf hinweggeht. »Gehörst du nicht nach Manila?«, fragt sie.

Shaftoe stöhnt und wälzt sich auf den Rücken, als hätte er einen Bauchschuss bekommen.

»Was meint sie damit?«, fragt Günter Bischoff verwirrt. Weil er sieht, dass sein Freund (emotional) außer Gefecht gesetzt worden ist, probiert er es selbst: »Wir sind hier in Schweden, einem friedlichen und neutralen Land! Warum schießen Sie auf uns?«

»Gehen Sie weg!« Julieta muss mit Otto zusammen sein, denn sie hören sie mit ihm reden, ehe sie sagt: »Wir wollen hier keine Angehörigen der amerikanischen Marines und der Wehrmacht. Sie sind hier unerwünscht.«

»Hört sich an, als sägt ihr an etwas herum, was verdammt schwer ist«, entgegnet Shaftoe schließlich. »Wie wollt ihr das eigentlich aus dem Wald hier rauskriegen?«

Das führt zu einem lebhaften Gespräch zwischen Julieta und Otto. »Ihr könnt näher kommen«, sagt Julieta schließlich.

Sie finden die Kivistiks, Julieta und Otto, im Lichtkreis einer Laterne um den abgetrennten, verkohlten Flügel eines Flugzeuges. Die meisten Finnen sind kaum von Schweden zu unterscheiden, doch Otto und Julieta haben beide schwarzes Haar und schwarze Augen und könnten leicht als Türken durchgehen. Auf der Spitze des Flugzeugflügels prangt das schwarzweiße Kreuz der Deutschen Luftwaffe. An dem Flügel ist ein Motor befestigt. Allerdings nicht mehr sehr lange, wenn es nach Otto und seiner Metallsäge geht. Der Motor hat kürzlich gebrannt und ist dann dazu benutzt worden, eine große Menge Kiefern umzumähen. Aber Shaftoe kann trotzdem noch erkennen, dass er so einen Motor noch nie gesehen hat. Es gibt keinen Propeller, sondern eine Vielzahl kleiner Ventilatorblätter.

»Es sieht wie eine Turbine aus«, sagt Bischoff, »aber eher für Luft als für Wasser.«

Otto richtet sich auf, drückt sich theatralisch die Hände ins Kreuz und übergibt die Metallsäge an Shaftoe. Dann reicht er ihm der Vollständigkeit halber noch ein Fläschchen Benzedrin-Tabletten. Shaftoe schluckt ein paar Tabletten, zieht sein Hemd aus, sodass seine hervorragend ausgebildete Muskulatur zum Vorschein kommt, vollführt ein paar vom USMC empfohlene Dehnübungen und macht sich an die Arbeit. Nach ein paar Minuten blickt er nonchalant zu Julieta auf, die ihm, die Maschinenpistole im Arm, mit einem Blick zusieht, der zugleich frostig und glühend ist, wie Alaska bei Affenhitze. Bischoff steht daneben und erfreut sich daran.

Die Morgendämmerung klatscht schon ihre aufgesprungenen und geröteten Finger gegen den erfrorenen Himmel, um den Kreislauf wieder in Gang zu bringen, als die Überreste der Turbine schließlich von dem Flügel abfallen. Von Benzedrin aufgepulvert, hat Shaftoe sechs Stunden lang mit der Metallsäge gearbeitet. Otto hat ihn mehrmals unterbrochen, um das Sägeblatt auszuwechseln, aus seiner Sicht eine größere Investition. Als Nächstes bringen sie den halben Vormittag damit zu, den Motor durch den Wald und ein Bachbett hinunter zum Meer zu schleppen, wo Ottos Boot wartet, und Otto und Julieta transportieren ihre Beute ab. Bobby Shaftoe und Günter Bischoff stapfen zum Ort des Wracks zurück. Sie haben noch nicht offen darüber gesprochen – das wäre unnötig –, aber sie haben vor, den Teil des Flugzeugs zu finden, der die Leiche des Piloten enthält, und dafür zu sorgen, dass er anständig begraben wird.

»Was ist in Manila, Bobby?«, fragt Bischoff.

»Etwas, was ich dank des Morphiums vergessen hatte«, antwortet Shaftoe, »und was mir Enoch Root, dieser Scheißkerl, wieder ins Gedächtnis zurückgerufen hat.«

Keine fünfzehn Minuten später kommen sie zu der Schneise, die das abstürzende Flugzeug in den Wald gerissen hat, und hören das Klagen und Schluchzen eines Mannes, der vor Kummer offenbar völlig außer sich ist. »*Angelo! Angelo! Angelo! Mein Liebster!*«

Sie können den Mann, der da so weint, nicht sehen, aber sie sehen Enoch Root herumstehen und brüten. Er blickt wachsam auf, als sie näher kommen, und zieht eine halbautomatische Pistole aus seiner Lederjacke. Dann erkennt er sie und entspannt sich.

»Scheiße, was geht denn hier vor?«, fragt Shaftoe, der bekanntlich nicht gern um den heißen Brei herumredet. »Ist das etwa ein Scheißdeutscher, mit dem Sie da zusammen sind?«

»Ja, ich bin mit einem Deutschen zusammen«, sagt Root, »genau wie Sie.«

»Und wieso macht Ihr Deutscher so ein Scheißtheater?«

»Rudi weint um seinen toten Schatz«, sagt Root, »der bei dem Versuch, wieder mit ihm zusammenzukommen, gestorben ist.«

»Eine Frau hat das Ding geflogen?«, fragt Shaftoe völlig verblüfft.

Root verdreht die Augen und stößt einen Seufzer aus. »Sie haben vergessen, die Möglichkeit einzuräumen, dass Rudi homosexuell sein könnte.«

Shaftoe braucht lange, um diese weitreichende, sperrige Vorstellung geistig zu bewältigen. Bischoff bleibt, typisch Europäer, offenbar völlig gelassen. Aber er hat trotzdem Fragen. »Enoch, warum sind Sie ... hier?«

»Warum sich, *allgemein gefragt,* mein Geist auf dieser Welt in einem physischen Körper inkarniert hat? Oder warum ich *speziell* hier in einem schwedischen Wald am Wrack eines geheimnisvollen deutschen Raketenflugzeugs stehe, während ein homosexueller Deutscher um die eingeäscherten Überreste seines italienischen Liebsten weint?«

»Die letzte Ölung«, gibt er sich selbst die Antwort. »Angelo war Katholik.« Dann, nach einer Weile, fällt ihm auf, dass Bischoff ihn mit vollkommen unzufriedenem Gesicht anstarrt. »Ach so. Etwas umfassender betrachtet, bin ich hier, weil Mrs. Tenney, die Frau des Vikars, nachlässig geworden ist und vergessen hat, die Augen zuzumachen, wenn sie die Kugeln aus der Bingo-Maschine zieht.«

CRUNCH

Der Verurteilte duscht, rasiert sich, zieht den größten Teil eines Anzugs an und stellt fest, dass er früher als geplant fertig ist. Er schaltet den Fernseher ein, nimmt sich ein San Miguel aus dem Kühlschrank, um seine Nerven zu beruhigen, und geht dann zu dem eingebauten Wandschrank, um die Sachen für seine Henkersmahlzeit herauszuholen. Das Apartment hat nur einen Wandschrank, und wenn dessen Tür offen steht, hat es den Anschein, als wäre er im Stil von *Das Gebinde Amontillado* mit sehr breiten, flachen roten Rechtecken zugemauert, von denen jedes mit dem Bild eines ehrwürdigen Marineoffiziers versehen ist, der einerseits merkwürdig fröhlich dreinschaut, zugleich aber irgendwie quälend traurig wirkt. Die ganze Palette ist vor ein paar Wochen in dem Bemühen, Randys Lebensgeister zu heben, von Avi hergeschickt worden. Soweit Randy weiß, sitzen noch mehr davon auf einem Kai im Hafen von Manila, wo sie von bewaffneten Wachposten und wörterbuchgroßen, jeweils mit einem goldenen Köder bestückten und extrem gespannten Rattenfallen umringt sind.

Randy sucht sich eins der Rechtecke aus der Mauer aus, wodurch eine Lücke in dem Bauwerk entsteht, aber dahinter liegt ein weiteres, identisches, ebenfalls mit einem Bild desselben Marineoffiziers. Es hat den Anschein, als marschierten sie in peppiger Phalanx aus seinem Wandschrank heraus. »Der erste Teil meines kompletten, ausgewogenen Frühstücks«, sagt Randy. Dann schlägt er die Tür vor ihnen zu und geht gemessenen, ganz bewusst ruhigen Schrittes ins Wohnzimmer, wo er, den Blick auf seinen Sechsunddreißig-Zoll-Fernseher geheftet, die meisten Mahlzeiten einnimmt. Er stellt sein San Miguel, eine leere Schüssel und einen außergewöhnlich großen Suppenlöffel ab – so groß, dass er in den meisten europäischen Kulturen als Vorlegelöffel und in den meisten asiatischen als Gerät für den Gartenbau durchgehen würde. Er nimmt sich einen Stapel Papierservietten, nicht die braunen recycelten, die nicht einmal dann Feuchtigkeit aufnehmen, wenn man sie in Wasser eintaucht, sondern die unverhohlen umweltfeindliche, blütenweiße, watteweiche und unglaublich saugfähige Sorte. Er geht in die Küche, macht die Kühlschranktür auf, langt tief nach hinten und stößt auf einen ungeöffneten Verbundkarton H-Milch. Rein technisch gesehen muss H-Milch nicht gekühlt werden, aber für das, was jetzt kommt, ist es von zentraler Bedeutung, dass die Milch sich nur ein paar Mikrograd über dem Gefrierpunkt befindet. Der Kühlschrank in Randys Apartment hat hinten Luftschlitze, durch die die kalte Luft direkt von den Frigen-Kühlschlangen hereingeblasen wird. Randy stellt seine Milchkartons immer unmittelbar vor die Luftschlitze. Nicht zu nah, sonst behindern die Kartons den Luftstrom, aber auch nicht zu weit weg. Die kalte Luft wird sichtbar, wenn sie hereinweht und kondensiert, sodass es ein Leichtes ist, sich vor die geöffnete Kühlschranktür zu setzen und ihre Strömungseigenschaften zu untersuchen, wie ein Ingenieur, der in einem River-Rouge-Windkanal das Versuchsmodell eines Minivans testet. Randys Idealvorstellung ist ein gleichmäßiger, hüllenartiger Luftstrom rund um die ganze Milchpackung, der einen besseren Wärmeaustausch durch die mehrschichtige Plastik- und Aluminiumhaut des Milchkartons gewährleisten würde. Am liebsten hätte er es, wenn die Milch so kalt wäre, dass er, wenn er hineingreift und den Karton packt, fühlte, wie der flexible, quetschbare Behälter zwischen seinen

Fingern fest wird, weil Eiskristalle entstehen, einfach aus dem Nichts herbeigezaubert durch die Bewegung des Zusammenquetschens. Heute ist die Milch annähernd, aber nicht ganz so kalt. Randy geht damit ins Wohnzimmer. Da sie so kalt ist, dass ihm die Finger wehtun, muss er sie in ein Handtuch wickeln. Er schaltet den Videorekorder ein und setzt sich hin. Alles ist bereit.

Es ist einer aus einer Reihe von Videofilmen, die in einer leeren Basketballhalle mit gebohnertem Ahornboden und einer heulenden, unbarmherzigen Lüftungsanlage gedreht wurden. Sie zeigen einen jungen Mann und eine junge Frau, beide attraktiv, schlank und ungefähr so angezogen wie Revueprofis bei den »Ice Capades«, die zu krächzender Musik aus einem an der Freiwurflinie aufgestellten Gettoblaster einfache Gesellschaftstanzschritte vorführen. Es ist auf erbärmliche Weise deutlich, dass das Video von einem Dritten im Bunde gedreht wurde, der sich mit einem billigen Camcorder herumschlägt und an irgendeinem Innenohrdefekt leidet, den er mit anderen teilen möchte. Mit autistischer Entschlossenheit stampfen die Tänzer durch die einfachsten Schrittkombinationen. Der Kameramann fängt jedes Mal mit einer Zweier-Einstellung an und richtet seine Waffe dann wie ein Desperado, der einen Schlappschwanz peinigt, auf ihre Füße und lässt sie tanzen, tanzen, tanzen. An einer Stelle geht der Funkrufempfänger, den der Mann sich an seinen elastischen Hosenbund geklemmt hat, los und die Szene muss abgebrochen werden. Kein Wunder: Er ist einer der begehrtesten Tanzlehrer von Manila. Seine Partnerin wäre das auch, wenn nur mehr Männer in dieser Stadt Interesse an Tanzkursen hätten. Wie die Dinge liegen, muss sie sich mit etwa einem Zehntel dessen, was ihr männlicher Kollege einstreicht, begnügen, und das, indem sie einem Häuflein konfuser oder gehemmter Stoffel Tanzunterricht erteilt.

Randy nimmt die rote Schachtel und klemmt sie sich, die praktische, wiederverschließbare Klappe von sich abgewandt, fest zwischen die Knie. Behutsam schiebt er die Fingerspitzen beider Hände gleichzeitig unter die Lasche, versucht, auf beiden Seiten denselben Druck auszuüben, und achtet dabei besonders auf die Stellen, an denen die Klebemaschine zu viel Leim aufgetragen hat. Für ein paar lange, angespannte Augenblicke passiert rein gar nichts und ein ahnungsloser oder ungeduldiger Beobachter hätte annehmen können, Randy käme überhaupt nicht weiter. Doch dann, als die gesamte Klebstoff-Front nachgibt, klappt mit einem Plopp die ganze Lasche hoch. Randy hasst es, wenn die Schachtel oben eingedrückt oder im schlimmsten Fall sogar aufgerissen wird. Die untere Klappe wird nur durch ein paar kleine Tupfer Klebstoff gehalten und als Randy sie aufzieht, wird ein lichtdurchlässiger, geblähter Beutel sichtbar. Das abwärts gerichtete Licht des in die Decke eingelassenen Halogenstrahlers scheint durch das milchige Material des Beutels hindurch und lässt Gold erkennen – überall das Glitzern von Gold. Randy dreht die Schachtel um neunzig Grad und hält sie so zwischen seinen Knien fest, dass ihre Längsachse zum Fernseher weist; dann packt er den Beutel am oberen Ende und zieht vorsichtig dessen verschweißte Naht auf, die mit einem surrenden Geräusch nachgibt. Das Entfernen der etwas milchigen Plastiksperre bewirkt, dass die einzelnen Cap'n-Crunch-Klümpchen sich unter dem Halogenlicht mit einer quasi übernatürlichen Knusprigkeit und Frische, die Randys Gaumen in freudiger Erwartung erglühen und erzittern lassen, voneinander lösen.

Im Fernsehen sind die Tanzlehrer mit der Vorführung der Grundschritte fertig. Es tut fast weh, mitanzusehen, wie sie die Pflicht absolvieren, denn dabei müssen sie bewusst alles vergessen, was sie über die höhere Kunst des Gesellschaftstanzes wissen, und tanzen wie jemand, der Schläge auf den Kopf bekommen oder ernstere Hirnverletzungen erlitten hat, wodurch nicht nur die für die Feinmotorik zuständigen Gehirnareale zerstört, sondern auch sämtliche Abschnitte auf dem Modul für Ästhetik und Feingefühl leer gefegt wurden. Mit anderen Worten, sie müssen auf dieselbe Art tanzen wie die Anfänger in ihren Kursen oder wie Randy.

Mit einem Geräusch wie von zerbrechenden Glasstäben prasseln die Goldnuggets von Cap'n Crunch auf den Boden der Schüssel. Winzige Stückchen splittern von ihren Kanten ab und schießen über die weiße Porzellanfläche hin. Cornflakes & Co in Weltklassemanier zu essen ist ein Tanz feiner Kompromisse. Die riesige, bis an den Rand mit aufgeweichten, in Milch schwimmenden Zerealien gefüllte Schüssel kennzeichnet den Anfänger. Als Idealfall würde man sich wünschen, dass die knochentrockenen Getreideklümpchen und die eisgekühlte Milch unter minimalem Kontakt in die Mundhöhle eindrängen und die gesamte Reaktion zwischen ihnen erst dort stattfände. Randy hat im Kopf bereits eine Reihe von Entwürfen für einen speziellen Löffel zum Zerealien-Essen gemacht: Am Griff entlang besitzt er ein Rohr und unten eine kleine Pumpe für die Milch, sodass man mit dem Löffel trockene Zerealien aus der Schüssel nehmen und in dem Augenblick, wo man ihn in den Mund führt, mittels Daumendruck auf einen Knopf Milch dazugießen kann. Die nächstbeste Lösung besteht darin, in kleinen Schritten zu arbeiten, immer nur eine kleine Menge Cap'n Crunch in die Schüssel zu geben und alles aufzuessen, bevor es eine Grube voll widerlichen Schleims wird, was im Fall von Cap'n Crunch ungefähr dreißig Sekunden dauert.

An dieser Stelle in dem Videofilm fragt er sich immer, ob er aus Versehen sein Bier auf den Schnellvorlaufknopf gestellt hat oder so was, weil die Tänzer von ihrer fiesen Randy-Parodie direkt zu etwas übergehen, was offenkundig unter höhere Tanzkunst fällt. Randy weiß, dass die Schritte, die sie jetzt machen, rein technisch dieselben sind wie die Grundschritte, die sie vorher gezeigt haben, aber er kann ums Verrecken nicht sagen, welcher jetzt welcher ist, wenn sie erst einmal richtig loslegen. Es gibt keinen erkennbaren Übergang, und das ist genau das, was Randy an Tanzstunden nervt und schon immer genervt hat. Jeder Trottel kann lernen, sich durch die Grundschritte zu schleppen. Das dauert nicht länger als eine halbe Stunde. Wenn aber diese halbe Stunde um ist, erwarten Tanzlehrer immer, dass man abhebt, im Zeitraffertempo eine jener wunderbaren Verwandlungen durchläuft, die es eigentlich nur in Broadwaymusicals gibt, und brillant zu tanzen anfängt. Randy vermutet, dass es Leuten, die in Mathe Nieten sind, ähnlich ergeht: Erst schreibt der Lehrer ein paar einfache Gleichungen an die Tafel und zehn Minuten später leitet er bereits die Geschwindigkeit des Lichts in einem Vakuum ab.

Mit der einen Hand gießt er die Milch ein, während er mit der anderen den Löffel hineinstößt, um ja keine Sekunde des magischen, goldenen Augenblicks zu verpassen, wenn kalte Milch und Cap'n Crunch vereint sind, aber noch nicht begonnen haben, sich gegenseitig in ihrem Wesen zu sabotieren: zwei platonische Ideale, nur durch eine Grenze von der Größe eines Moleküls voneinander getrennt. Dort wo der Milchbach über den Löffelgriff spritzt, beschlägt der polierte Edelstahl durch die Kondensation. Selbstverständlich nimmt Randy Vollmilch, denn was hätte er sonst davon? Alles andere ist nicht von Wasser zu unterscheiden, und im Übrigen glaubt er, dass das Fett in der Vollmilch als eine Art Puffer wirkt, der den Prozess der Schleimwerdung verzögert. Der Riesenlöffel fährt in seinen Mund, noch ehe die Milch in der Schüssel ihren Pegel gefunden hat. Ein paar Tropfen lösen sich vom Boden und bleiben in seinem frisch geduschten Spitzbart hängen (solange Randy das richtige Gleichgewicht zwischen Bärtigkeit und Verwundbarkeit noch nicht gefunden hat, lässt er sich einstweilen einen solchen stehen). Randy setzt den Milchkarton ab, greift nach einer weichen Serviette, führt sie an sein Kinn und hebt mit einer Kneifbewegung die Milchtropfen von seinen Barthaaren ab, statt sie sich in den Bart hinein zu quetschen und zu schmieren. Inzwischen ist seine ganze Aufmerksamkeit auf sein Mundinneres gerichtet, das er natürlich nicht sehen, sich aber dreidimensional vorstellen kann, so als sauste er auf einem Virtual-Reality-Display kreuz und quer hindurch. An dieser Stelle würde ein Anfänger durchknallen und schlicht drauflosmampfen. Einige der Klümpchen würden zwischen seinen Backenzähnen explodieren, aber dann würde sein Kiefer zuschnappen und all die unzertrümmerten Nuggets geradewegs hoch an seinen Gaumen schieben, wo ihr Panzer aus rasiermesserscharfen Traubenzuckerkristallen massive Kollateralschäden verursachen, den Rest der Mahlzeit in eine Art schmerzverhangenen Todesmarsch verwandeln und den Neuling für drei Tage in Novocain-Stummheit versetzen würde. Randy dagegen hat inzwischen eine wahrhaft teuflische Cap'n-Crunch-Essstrategie entwickelt, die im Kern darin besteht, die tödlichen Eigenschaften der Getreideklümpchen gegeneinander auszuspielen. Die Klümpchen selbst haben die Form kleiner Kissen und sind als Anklang an Piratenschatztruhen schwach gemasert. Mit flockenartigen Zerealien würde Randys Strategie niemals funktionieren. Allerdings wären Cap'n Crunchs in Flockenform ohnehin selbstmörderischer Wahnsinn; das Eintauchen in Milch würden sie ungefähr so lange überdauern wie Schneeflocken die Landung in einer Friteuse. Nein, die Zerealien-Entwickler bei General Mills mussten eine Form mit möglichst geringer Oberfläche finden, und als eine Art Kompromiss zwischen der von der euklidschen Geometrie vorgeschriebenen Kugel und den wie auch immer gearteten, an einen versunkenen Schatz erinnernden Formen, vermutlich eine lautstarke Forderung der Zerealien-Ästhetiker, dachten sie sich dieses schwer zu definierende gestreifte Kissengebilde aus. Dabei ist für Randys Zwecke am wichtigsten, dass die einzelnen Cap'n Crunch-Stücke bei großzügiger Betrachtung eine gewisse Ähnlichkeit mit Backenzähnen haben. Die Strategie besteht nun darin, Cap'n-Crunch sich selbst kauen zu lassen, indem die Klümpchen sich in der Mitte der Mundhöhle gegenseitig abschleifen wie Steine in einer Scheuertrommel. Genau wie beim gehobenen Gesellschaftstanz sind verbale Erklärungen (dasselbe gilt für das Vorführen von Videofilmen) hier nur bis zu einem gewissen Grad von Nutzen; dann muss der Körper die Bewegungen einfach lernen.

Bis Randy eine befriedigende Menge Cap'n Crunch (ungefähr ein Drittel einer Siebenhundertfünfzig-Gramm-Packung) gegessen und seine Bierflasche leer getrunken hat, ist er zu der Überzeugung gelangt, dass man ihm mit dieser ganzen Tanzgeschichte einen Streich gespielt hat. Wenn er ins Hotel kommt, werden Amy und Doug Shaftoe ihn mit einem schadenfrohen Grinsen erwarten. Sie werden ihm sagen, dass sie ihn nur auf den Arm genommen haben, und ihn mit in die Bar nehmen, um ihn unter den Tisch zu reden.

Randy zieht die noch fehlenden Teile seines Anzugs an. An diesem Punkt sind Verzögerungstaktiken erlaubt und so wirft er noch einen Blick in seine E-Mail.

```
An: randy@epiphyte.com
Von: root@eruditorum.org
Betreff: Die Pontifex-Transformation, wie
gewünscht
Randy,
Sie haben natürlich Recht - wie die Deut-
schen auf schmerzhafte Weise erfahren
mussten, kann man einem neuen Kryptosystem
erst trauen, wenn es veröffentlicht worden
ist, damit Leute wie Ihre Freunde, die
Heimlichen Bewunderer, den Versuch unter-
nehmen können, es zu knacken. Ich wäre
Ihnen sehr verbunden, wenn Sie das mit
Pontifex machen könnten.
Die Transformation im Kern von Pontifex
weist verschiedene Asymmetrien und Spezi-
alfälle auf, die eine Darstellung in
wenigen sauberen, eleganten mathematischen
Zeilen schwierig machen. Man müsste sie
fast als Pseudo-Code aufschreiben. Aber
warum sollen Sie sich mit Pseudo zufrieden
geben, wenn Sie die echte Fassung haben
können? Im Folgenden finden Sie Pontifex
als Perl-Skript. Die Variable $D enthält
die 54-Elemente-Permutation. Das Unter-
programm e erzeugt den nächsten Schlüssel-
stromwert, während es $D entwickelt.
```

```perl
#!/usr/bin/perl -s
$f=$d?-1:1;$D=pack('C*',33..86);$p=shift;
$p=~y/a-z/A-Z/;$U='$D=~s/(.*)U$/U$1/;
$D=~s/U(.)/$1U/;<;($V=$U)=~s/U/V/g ;
$p=~s/[A-Z]/$k=ord($&)-64,&e/eg;$k=0;
while(<>){y/a-z/A-Z/;y/A-
Z//dc;$o.=$_}$o.='X'
while length ($o)%5&&!$d;
$o=~s/./chr(($f*&e+ord($&)-13)%26+65)/eg;
$o=~s/X*$//if $d;$o=~s/.{5}/$&/g;
print»$o\n«;sub
v{$v=ord(substr($D,$_[0]))-32;
$v>53?53:$v}
sub w{$D=~s/(.{$-[0]})(.*)(.)/$2$1$3/}
sub
e{eval»$U$V$V«;$D=~s/(.*)([UV].*[UV])(.*)/$
3$2$1/;
&w(&v(53));$k?(&w($k)):$c=&v(&v(0)),$c>52?
&e:$c)}
```

Außerdem ist noch eine Nachricht von seinem Anwalt in Kalifornien gekommen, die er ausdruckt und in seine Brusttasche steckt, um sie sich zu Gemüte zu führen, wenn er im Stau steckt. Er fährt im Aufzug nach unten und nimmt ein Taxi zum Manila Hotel. Das (nämlich im Taxi durch Manila zu fahren) wäre, wenn er es heute zum ersten Mal täte, eine der eher denkwürdigen Erfahrungen in seinem Leben; da es aber das millionste Mal ist, fällt ihm nichts Besonderes auf. So sieht er zwei Autos, die unmittelbar unter einem riesigen Straßenschild mit der Aufschrift KEIN SPURWECHSEL zusammengekracht sind, nimmt sie aber gar nicht richtig wahr.

> Lieber Randy,
> das Schlimmste ist vorbei. Charlene und
> (was noch wichtiger ist) ihr Anwalt schei-
> nen endlich akzeptiert zu haben, dass du
> auf den Philippinen nicht auf einem riesi-
> gen Goldhaufen sitzt! Jetzt, wo deine
> imaginären Millionen das Bild nicht mehr
> stören, können wir auseinander klamüsern,

wie wir mit deinem tatsächlichen Vermögen
verfahren, vor allem mit deinem Anteil am
reinen Wert des Hauses. Das wäre viel
komplizierter, wenn Charlene weiterhin
dort wohnen wollte; wie es scheint, hat
sie aber den Yale-Job bekommen, was bedeutet, dass sie ebenso großes Interesse an
der Liquidierung des Hauses hat wie du.
Die Frage wird nun sein, wie der Verkaufs-
erlös zwischen dir und ihr aufgeteilt werden sollte. Sie scheinen (wie nicht anders
zu erwarten) auf dem Standpunkt zu stehen,
dass die gewaltige Wertsteigerung des
Hauses seit dem Kauf eine Folge der Entwicklung auf dem Immobilienmarkt ist –
wen kümmert es schon, dass du eine Viertelmillion für die Abstützung des Funda-
ments, das Austauschen der Leitungen, usw.
usw. hineingesteckt hast.
Ich nehme an, dass du sämtliche Quittun-
gen, Abbuchungen und andere Belege, aus
denen die Höhe deiner Ausgaben für Repara-
tur- und Verschönerungsarbeiten hervor-
geht, aufgehoben hast, denn das entspricht
ganz deinem Naturell. Es wäre mir eine
große Hilfe, wenn ich sie bei meiner
nächsten Verhandlungsrunde mit Charlenes
Anwalt hervorzaubern und damit herumwedeln
könnte. Kannst du sie beibringen? Mir ist
klar, dass das für dich einen ziemlichen
Aufwand bedeutet. Andererseits hast du
den größten Teil deines Reinvermögens in
dieses Haus gesteckt und es steht viel auf
dem Spiel.

Randy steckt das Blatt wieder in seine Brusttasche und fängt an, eine Reise nach Kalifornien zu planen.

Die meisten Anhänger des Gesellschaftstanzes in dieser Stadt gehören der sozialen Schicht an, die sich Autos und Chauffeure leisten kann. Die Autos stehen in einer langen Schlange die ganze Hoteleinfahrt entlang bis hinaus auf die Straße und warten darauf, dass ihre Fahrgäste, deren helle Kleider sogar durch getönte Scheiben zu erkennen sind, aussteigen können. Hoteldiener blasen in ihre Trillerpfeifen, winken mit ihren weißen Handschuhen und lotsen die Autos auf den Parkplatz, wo sie in ein dicht gedrängtes Mosaik eingepasst werden. Manche der Fahrer steigen nicht einmal aus, sondern kurbeln ihre Sitze für ein Nickerchen nach hinten. Andere sammeln sich an einem Ende des Parkplatzes unter einem Baum, um zu rauchen, Witze zu machen und auf benommene Art belustigt den Kopf über die Welt zu schütteln, wie es nur die abgebrühten, vom Zukunftsschock heimgesuchten Menschen in der Dritten Welt tun können.

Da er vor dem, was auf ihn zukommt, so große Angst gehabt hat, sollte man annehmen, Randy würde sich jetzt zurücklehnen und die Verzögerung genießen. Doch wie das Abreißen eines Pflasters von einem behaarten Körperteil ist das eine Sache, die man am besten umgehend hinter sich bringt. Als sie am Ende der Limousinenschlange anhalten, steckt er seinem erstaunten Fahrer Geld zu, macht die Wagentür auf und geht das letzte Stück zum Hotel zu Fuß. Er spürt die Blicke der fein gekleideten und parfümierten Filipinas, die wie Laservisiere an den Gewehren eines Kommandotrupps über seinen kräftigen Rücken fahren.

Seit Randy das Hotel kennt, sind wie zum Schülerball gekleidete alternde Filipinas in seiner Eingangshalle ein- und ausgegangen. Während der ersten Monate, als er sogar dort wohnte, hat er sie kaum bemerkt. Als sie zum ersten Mal auftauchten, nahm er an, im großen Ballsaal fände irgendeine Veranstaltung statt: vielleicht eine Hochzeit, vielleicht auch ein Treffen, bei dem es um eine Sammelklage alternder ehemaliger Teilnehmerinnen an Schönheitswettbewerben gegen die Kunstfaserindustrie ging. So weit kam er ungefähr, ehe er damit aufhörte, unbedingt alles herausfinden zu müssen und so seine mentalen Schaltkreise durchschmoren zu lassen. Für alles Sonderbare, was man auf den Philippinen sieht, eine Erklärung finden zu wollen, kommt dem Versuch gleich, das letzte bisschen Regenwasser aus einem weggeschmissenen Autoreifen herauszubekommen.

Da die Shaftoes nicht an der Tür warten, um ihm zu sagen, es sei alles nur ein Scherz gewesen, strafft Randy die Schultern und marschiert tapfer durch die großzügige Halle, ganz allein, wie ein Infanterist der Südstaatenarmee bei Pickett's Charge, der letzte Mann seines Regiments. Ein Fotograf mit der Pompadourfrisur Ronald Reagans und einem weißen Smoking hat sich an der Tür zu dem großen Ballsaal postiert und macht Fotos von Leuten, die hineingehen, in der Hoffnung, dass sie ihm, wenn sie wieder herauskommen, Abzüge davon abkaufen. Randy wirft ihm einen so grimmigen Blick zu, dass der Finger des Mannes vom Auslöser zurückzuckt. Dann heißt es durch die großen Türen und in den Ballsaal, wo unter herumwirbelnden bunten Lichtern Hunderte von Filipinas mit zumeist viel jüngeren Männern zu den Klängen der Neuauflage eines Carpenter-Songs tanzen, die ein kleines Orchester in der Ecke produziert. Randy blecht ein paar Pesos für ein Ansteckbukett aus Sampaguita-Blumen. Er hält es auf Armeslänge von sich weg, damit er durch seine Düfte nicht in ein diabetisches Koma gestürzt wird, und startet zu einer magellanschen Umseglung der Tanzfläche, die von einem Atoll aus runden Tischen mit weißen Leinentischtüchern, Kerzen und Glasaschenbechern eingefasst wird. An einem dieser Tische sitzt, den Rücken zur Wand, mit einem dünnen Schnurrbart und einem Handy am Kopf ein einzelner Mann, dessen eine Gesichtshälfte durch das unheimliche grüne Licht der Handytastatur fluoroskopisch angestrahlt wird. Aus seiner Faust ragt eine Zigarette.

Grandma Waterhouse bestand darauf, dass der siebenjährige Randy Tanzstunden nahm, denn eines Tages würde es sich als nützlich erweisen. Er erlaubte sich, das anders zu sehen. In den Jahrzehnten seit ihrer Ankunft in Amerika hatte ihr australischer Akzent einen hochmütigen und eher englischen Ton angenommen, oder vielleicht bildete er sich das auch nur ein. Da saß sie, kerzengerade wie immer, auf ihrem geblümten Chintzsofa von Gomer Bolstrood, hinter sich das durch Spitzenvorhänge sichtbare Hügelpanorama der Palouse Range, und trank Tee aus einer weißen Porzellantasse, die dekoriert war mit – waren es lavendelfarbene Rosen? Wenn sie die Tasse zum Trinken schräg hielt, muss der siebenjährige Randy in der Lage gewesen sein, den Namen des Porzellandekors auf der Unterseite zu lesen. Die Information muss irgendwo in seinem Unterbewussten abgelegt sein. Vielleicht könnte ein Hypnotiseur sie hervorholen.

Der siebenjährige Randy hatte allerdings anderes im Kopf, nämlich in allerschärfster Form gegen die Behauptung zu protestieren, die Beherrschung von Tanzschritten könne je von irgendwelchem Nutzen sein. Gleichzeitig wurde er aber auch geprägt. Unwahrscheinliche, ja geradezu absurde Gedanken sammelten sich in seinem Gehirn, unsichtbar und geruchlos wie Kohlenmonoxid: dass Palouse Country eine normale Landschaft war. Dass der Himmel überall so blau war. Dass ein Haus Spitzengardinen, Bleiglasfenster und Zimmer voller Gomer-Bolstrood-Möbel haben musste.

»Ich habe deinen Großvater Lawrence auf einem Tanzabend kennen gelernt, in Brisbane«, verkündete Grandma. Sie versuchte ihm klarzumachen, dass er, Randall Lawrence Waterhouse, ohne die Ausübung des Gesellschaftstanzes gar nicht existieren würde. Randy wusste damals ohnehin noch nicht, woher die Babys kamen, aber auch sonst hätte er das wahrscheinlich nicht verstanden. Randy dachte an seine Körperhaltung, warf sich in Positur und stellte ihr eine Frage: Kam es zu dieser Begegnung in Brisbane, als sie sieben Jahre alt war oder vielleicht ein bisschen später?

Hätte sie in einem Wohnwagen gelebt, hätte Randy als Erwachsener sein Geld vielleicht in einen Immobilienfonds investiert, statt einem *soi-disant* Kunsthandwerker aus San Francisco zehntausend Dollar dafür zu zahlen, dass er ihm wie in Grandmas Haus rund um die Eingangstür Bleiglasfenster einbaut.

Den Shaftoes bereitet er ein ungeheures, lang anhaltendes Vergnügen, indem er schnurstracks an ihrem Tisch vorbeigeht, ohne sie zu erkennen. Sein Blick ist direkt auf Doug Shaftoes Begleiterin gerichtet, eine atemberaubende Filipina, vermutlich in den Vierzigern, die gerade dabei ist, ein überzeugendes Argument vorzubringen. Ohne das Gesicht von Doug und Amy Shaftoe abzuwenden, streckt sie einen langen grazilen Arm aus, greift, als Randy vorbeigeht, nach seinem Handgelenk und reißt ihn zurück wie einen Hund an der Leine. Sie hält ihn fest, während sie ihren Satz zu Ende spricht, und schaut ihn dann mit strahlendem Lächeln an. Pflichtbewusst lächelt Randy zurück, schenkt ihr aber nicht die volle Aufmerksamkeit, die sie anscheinend gewohnt ist, da er eher mit dem Anblick von America Shaftoe im Kleid beschäftigt ist.

Zum Glück hat Amy sich nicht für den Aufzug der Königin des Schülerballs entschieden. Sie trägt ein eng anliegendes schwarzes Kleidungsstück mit langen Ärmeln, die ihre Tätowierungen verbergen, dazu eine schwarze Strumpfhose – keine Strümpfe, wohlgemerkt. Wie ein Quarterback, der einem Runner das Leder übergibt, händigt Randy ihr die Blumen aus. Mit der verzerrten Miene eines verwundeten Soldaten, der auf eine Kugel beißt, nimmt sie sie entgegen. Sieht man von der Ironie ab, hat sie einen Glanz in den Augen, den er bis dahin noch nicht gesehen hat. Vielleicht ist es aber auch nur das Licht des Spiegelsaals, das von Zigarettenrauch induzierten Tränen reflektiert wird. Instinktiv spürt er, dass es richtig war herzukommen. Wie bei allen instinktiven Gefühlen wird die Zeit zeigen, ob es sich dabei um eine erbärmliche Selbsttäuschung handelt. Irgendwie hat er Angst gehabt, sie würde sich nach Hollywoodart in eine strahlende Gottheit verwandeln, was auf Randy etwa denselben Effekt gehabt hätte wie eine Axt auf die Schädelbasis. Tatsache ist, dass sie ziemlich gut aussieht, nur eben genauso deplatziert wie Randy in seinem Anzug.

Er hofft, dass sie das mit dem Tanzen gleich hinter sich bringen können, damit er, Aschenputtel gleich, voller Schmach aus dem Gebäude entfliehen kann, doch sie bitten ihn, Platz zu nehmen. Das Orchester macht eine Pause und die Tänzer kehren an ihre Tische zurück. Doug Shaftoe hat sich mit dem männlichen Selbstvertrauen eines Mannes, der nicht nur Menschen getötet, sondern die schönste Frau im Saal zur Begleiterin hat, bequem auf seinem Stuhl zurückgelehnt. Sie heißt Aurora Taal und lässt mit der beherrschten Belustigung einer Frau, die in Boston, Washington und London gelebt, alles gesehen hat und trotzdem zurückgekommen ist, um in Manila zu leben, ihren makellos geschminkten Blick über die anderen Filipinas gleiten.

»Und, haben Sie noch etwas über diesen Rudolf von Hacklheber rausgekriegt?«, fragt Doug nach ein paar Minuten Smalltalk. Daraus folgt, dass Aurora über das ganze Geheimnis im Bilde sein muss. Vor Wochen erwähnte Doug einmal, dass eine Hand voll Filipinos darüber Bescheid wüssten, was sie machten, und dass man ihnen vertrauen könne.

»Er war Mathematiker. Stammte aus einer wohlhabenden Leipziger Familie. Vor dem Krieg war er in Princeton. Seine Zeit dort überschnitt sich tatsächlich mit der meines Großvaters.«

»Welche Art von Mathematik betrieb er, Randy?«

»Vor dem Krieg beschäftigte er sich mit der Zahlentheorie. Was uns nichts darüber sagt, was er während des Krieges tat. Es wäre nicht weiter verwunderlich, wenn er am Ende im Krypto-Apparat des Dritten Reiches gearbeitet hätte.«

»Was nicht erklären würde, warum er am Ende hier gelandet ist.«

Randy zuckt die Schultern. »Vielleicht war er mit der Konstruktion der neuen Unterseeboot-Generation beschäftigt. Keine Ahnung.«

»Das heißt, das Reich betraute ihn mit irgendeiner geheimen Tätigkeit, die ihn schließlich umbrachte«, sagt Doug. »Darauf wären wir vermutlich auch allein gekommen.«

»Warum haben Sie eigentlich von Krypto gesprochen?«, fragt Amy. Sie besitzt eine Art emotionalen Metalldetektor, der aufkreischt, sobald er in die Nähe versteckter Vermutungen und hastig unterdrückter Impulse kommt.

»Wahrscheinlich habe ich ein Kryptogehirn. Und wenn es nun irgendeine Verbindung zwischen Hacklheber und meinem Großvater gab —«

»War Ihr Großvater ein Krypto-Mensch, Randy?«, fragt Doug.

»Über das, was er im Krieg gemacht hat, hat er nie ein Wort verloren.«

»Klassisch.«

»Aber er hatte so eine Truhe oben auf dem Dachboden. Ein Souvenir aus dem Krieg. Daran musste ich übrigens denken, als ich neulich in einem Keller in Kinakuta eine Truhe mit japanischem Verschlüsselungsmaterial gesehen habe.« Doug und Amy starren ihn an. »Aber vermutlich hat das alles gar nichts zu sagen«, resümiert Randy.

Mit einer Sinatra-Melodie legt das Orchester wieder los. Doug und Aurora lächeln sich an und stehen auf. Amy verdreht die Augen und schaut weg, aber jetzt ist die Stunde der Wahrheit gekommen und Randy kann der Situation nicht mehr ausweichen. Er steht auf und reicht ihr, die zugleich Furcht und Hoffnung in ihm auslöst, die Hand, und sie streckt ihre, ohne hinzuschauen, aus und legt sie hinein.

Randy lässt die Füße schleifen, was kein schöner Tanzstil ist, aber immerhin ausschließt, dass er den Mittelfuß seiner Partnerin malträtiert. Amy beherrscht das Ganze im Grunde nicht besser als er, macht aber eine bessere Figur dabei. Am Ende des ersten Tanzes hat Randy einen Punkt erreicht, an dem sein Gesicht nicht mehr brennt und er ungefähr dreißig Sekunden übersteht, ohne sich für irgendetwas entschuldigen zu müssen, und sechzig, ohne seine Partnerin zu fragen, ob sie wohl ärztliche Behandlung brauchen wird. Dann ist das Stück zu Ende, und die Umstände wollen es, dass er danach mit Aurora Taal tanzt. Das macht ihm weniger Angst, obwohl sie bezaubernd und eine wirklich gute Tänzerin ist; ihre Beziehung ist aber nicht so, dass sie die Möglichkeit grotesken vorerotischen Gefummels zulässt. Außerdem lächelt Aurora viel und sie hat ein wirklich spektakuläres Lächeln, wo Amys Gesicht angespannt und besorgt aussah. Beim nächsten Tanz ist Damenwahl angesagt und Randy versucht immer noch, Blickkontakt mit Amy herzustellen, als er neben sich eine kleine Filipina mittleren Alters bemerkt, die Aurora fragt, ob es ihr schrecklich viel ausmachen würde. Aurora übergibt ihn an die andere Dame wie einen Vertrag über Schweinebauch-Termingeschäfte an der Warenbörse und plötzlich tanzen Randy und die Dame zu den Klängen eines Bee-Gees-Songs aus der Vor-Disco-Zeit den Texas-Twostep.

»Sind Sie denn nun auf den Philippinen schon zu Reichtum gelangt?«, fragt die Dame, deren Namen Randy nicht richtig verstanden hat. Ihrem Verhalten nach zu urteilen, erwartet sie, dass er sie kennt.

»Äh, meine Partner und ich sind dabei, die geschäftlichen Möglichkeiten zu eruieren«, antwortet Randy. »Vielleicht wird der Reichtum folgen.«

»Wie ich höre, kennen Sie sich mit Zahlen aus«, sagt die Dame.

Randy zermartert sich jetzt regelrecht das Hirn. Woher weiß diese Frau, dass er so etwas wie ein Zahlenfreak ist? »Ich kenne mich in *Mathematik* aus«, sagt er schließlich.

»Habe ich das nicht gesagt?«

»Nein, Mathematiker halten sich nämlich von echten Zahlen so gut es geht fern. Wir reden gerne über Zahlen, ohne uns direkt mit ihnen zu konfrontieren – dazu sind ja Computer da.«

Die Dame lässt nicht locker; sie hat ein Drehbuch und daran hält sie sich. »Ich habe ein mathematisches Rätsel für Sie«, sagt die Dame.

»Schießen Sie los.«

»Was ist der Wert der folgenden Information: fünfzehn Grad, siebzehn Minuten, einundvierzig Komma drei zwei Sekunden Nord und hundertzwanzig Grad, siebenundfünfzig Minuten, null Komma fünf fünf Sekunden Ost?«

»Hm ... keine Ahnung. Hört sich an wie Breite und Länge. Nordluzon, stimmt's?«

Die Dame nickt.

»Ich soll Ihnen den Wert dieser Zahlen sagen?«

»Ja.«

»Kommt drauf an, was es dort gibt, vermute ich.«

»Nehme ich auch an«, erwidert die Dame. Und das ist alles, was sie für den Rest des Tanzes sagt. Außer dass sie Randy Komplimente wegen seiner tänzerischen Fähigkeiten macht, was genau so schwer zu interpretieren ist.

Mädchen

Wohnungen sind in Brisbane, das zu einer Goldgräberstadt der Spione – Bletchley Park Down Under – geworden ist, immer schwerer zu finden. Da gibt es das Central Bureau, das seine Zelte auf der Rennbahn von Ascot aufgeschlagen hat, und woanders einen Verein namens Allied Intelligence Bureau. Die Leute, die im Central Bureau arbeiten, sind in aller Regel blässliche Mathematikexperten. Die AIB-Leute dagegen erinnern Waterhouse sehr stark an die Burschen von Abteilung 2702: wachsam, wettergegerbt und wortkarg.

Eine halbe Meile von der Rennbahn entfernt sieht er einen der Letzteren mit einem fünfhundert Pfund schweren Seesack auf dem Rücken leichtfüßig die Treppe einer hübschen Lebkuchen-Pension hinunterhüpfen. Der Mann ist für eine längere Reise angezogen. Eine großmütterliche Frau mit Schürze steht auf der Veranda und winkt ihm mit einem Geschirrtuch nach. Das Ganze gleicht einer Filmszene; man könnte nicht ahnen, dass sich nur ein paar Flugstunden entfernt Menschen wie Fotopapier in einer Entwicklerschale schwärzen, während ihr lebendiges Fleisch von Clostridium-Bakterien in fauliges Gas verwandelt wird.

Waterhouse hält nicht inne, um die Wahrscheinlichkeit dafür abzuschätzen, dass er, der einen Platz zum Wohnen braucht, zufällig genau in dem Moment vorbeikommt, in dem ein Zimmer frei wird. Kryptoanalytiker warten auf glückliche Zufälle und nutzen sie dann aus. Nachdem der abreisende Soldat um die Ecke verschwunden ist, klopft er an die Tür und stellt sich der Frau vor. Mrs. McTeague sagt (soweit Waterhouse aus ihrem Akzent schlau werden kann), dass ihr sein Gesicht sympathisch sei. Sie hört sich deutlich erstaunt an. Wie es scheint, ist die Unwahrscheinlichkeit, dass Waterhouse zufällig auf dieses freie Zimmer gestoßen ist, nichts im Vergleich mit der Unwahrscheinlichkeit, dass Mrs. McTeague sein Gesicht sympathisch findet. Und so stößt Lawrence Pritchard Waterhouse zu einer kleinen Elitegruppe junger Männer (insgesamt vier), deren Gesichter Mrs. McTeague sympathisch findet. Sie schlafen, jeweils zu zweit, in den Zimmern, in denen Mrs. McTeagues Nachkommen von den klügsten und schönsten Kindern, die jemals geboren wurden, zu den prächtigsten Erwachsenen auf Gottes Erde, ausgenommen der König von England, der General und Lord Mountbatten, heranwuchsen.

Waterhouses neuer Zimmergenosse ist im Moment nicht in der Stadt, aber nach einem flüchtigen Blick auf seine persönliche Habe vermutet Waterhouse, dass er in einem schwarzen Kajak von Australien zum Flottenstützpunkt Yokosuka paddelt, wo er sich an Bord eines Schlachtschiffes schleichen und dessen gesamte Mannschaft geräuschlos mit bloßen Händen umbringen wird, um sodann mit einem olympiareifen Kopfsprung in die Bucht zu springen, ein paar Haie auszuknocken, wieder in seinen Kajak zu klettern und auf ein Bier nach Australien zurückzupaddeln.

Am nächsten Morgen, beim Frühstück, lernt er die Burschen vom Zimmer nebenan kennen: einen rothaarigen britischen Marineoffizier, der sämtliche Merkmale eines im Central Bureau Beschäftigten aufweist, und einen Burschen namens Hale, dessen Nationalität sich nicht bestimmen lässt, weil er zu verkatert ist, um etwas zu sagen.

Nachdem er (seiner Übereinkunft mit den Trabanten des Generals zufolge) seinen Auftrag erledigt, eine Wohnung gefunden und seine anderen persönlichen Angelegenheiten geregelt hat, beginnt Waterhouse, um die Rennbahn von Ascot und das angrenzende Bordell herumzulungern, und versucht eine Möglichkeit zu finden, sich nützlich zu machen. Eigentlich würde er lieber den ganzen Tag in seinem Zimmer sitzen und an seinem neuen Projekt, der Konstruktion einer Hochgeschwindigkeits-Turing-Maschine, arbeiten. Aber er hat die Pflicht, zu der Kriegsanstrengung beizutragen. Selbst wenn es nicht so wäre, vermutet er, würde ihn sein neuer Zimmergenosse, wenn er von seinem Einsatz zurückkäme und ihn den ganzen Tag in seinem Zimmer hocken und Diagramme zeichnen sähe, so verdreschen, dass Mrs. McTeague sein Gesicht nicht mehr sympathisch fände.

Central Bureau ist, um es milde auszudrücken, nicht gerade ein Ort, wo ein Fremder einfach hereinschneien, sich gründlich umsehen, sich vorstellen und dann eine Beschäftigung finden kann. Schon das Hereinschneien ist potenziell tödlich. Zum Glück hat Waterhouse Sicherheitsstufe Ultra Mega, die höchste Sicherheitsstufe auf der ganzen Welt.

Leider ist diese Geheimhaltungskategorie ihrerseits so geheim, dass schon ihre bloße Existenz ein Geheimnis ist und er sie demzufolge eigentlich niemandem offenbaren darf – es sei denn, er findet jemanden, der Sicherheitsstufe Ultra Mega hat. In ganz Brisbane gibt es nur ein Dutzend Leute mit dieser Sicherheitsstufe. Acht davon umfassen die Spitze der Befehlshierarchie des Generals, drei arbeiten im Central Bureau und einer ist Waterhouse.

Waterhouse spürt das Nervenzentrum in dem ehemaligen Bordell auf. Überalterte australische Territorial Guards mit flotten asymmetrischen Hüten umstehen das Gebäude, in den Händen Donnerbüchsen. Im Gegensatz zu Mrs. McTeague ist ihnen sein Gesicht nicht sympathisch. Andererseits sind sie an derlei gewöhnt: Kluge Jungs von weither erscheinen am Tor und erzählen lange und letzten Endes langweilige Geschichten darüber, wie das Militär ihre Befehle durcheinander gebracht, sie in das falsche Boot gesetzt, sie an den falschen Ort geschickt, ihnen Tropenkrankheiten angehängt, ihre Habseligkeiten über Bord geworfen und sie ihrem Schicksal überlassen habe. Sie erschießen ihn nicht, aber sie lassen ihn auch nicht herein.

Er lungert ein paar Tage dort herum und geht allen auf die Nerven, bis er schließlich Abraham Sinkov erkennt und von diesem erkannt wird. Sinkov ist ein erstklassiger amerikanischer Kryptoanalytiker; er hat Schoen geholfen, Indigo zu knacken. Er und Waterhouse sind sich ein paar Mal über den Weg gelaufen; zwar sind sie an sich nicht befreundet, aber ihr Verstand arbeitet auf die gleiche Weise. Das macht sie zu Brüdern einer sonderbaren Familie, die nur ein paar hundert über die ganze Welt verstreute Mitglieder hat. In gewisser Weise ist das eine Sicherheitsstufe, die seltener, schwerer zu kriegen und geheimnisvoller ist als Ultra Mega. Sinkov stellt ihm neue Papiere aus und gibt ihm eine Sicherheitsstufe, die sehr hoch ist, aber nicht so hoch, dass er sie nicht offenbaren kann.

Waterhouse kommt in den Genuss einer Führung. Männer in Unterhemden sitzen in Nissenhütten, in denen die rot glühenden Röhren ihrer Funkgeräte eine erstickende Hitze erzeugen. Sie pflücken die japanischen Armeefunksprüche aus der Luft und reichen sie an Legionen junger Australierinnen weiter, die die abgehörten Funksprüche in ETC-Karten stanzen.

Es gibt einen Kader amerikanischer Offiziere, der aus einer kompletten Abteilung der Electrical Till Corporation besteht. Eines Tages, Anfang 1942, haben sie ihre weißen Hemden und blauen Anzüge eingemottet, Army-Uniformen angezogen und sich nach Brisbane eingeschifft. Ihr Anführer ist ein Lieutenant Colonel namens Comstock, der den gesamten Vorgang des Codeknackens vollständig automatisiert hat. Die von den Aussie-Mädels gestanzten Karten kommen, zu Blöcken sortiert, in den Maschinenraum, wo man sie durch die Maschinen laufen lässt. Entschlüsselte Meldungen sausen aus einem Zeilendrucker am anderen Ende heraus und werden in eine andere

Baracke gebracht, wo amerikanische *nisei* und ein paar Weiße, die des Japanischen mächtig sind, sie übersetzen.

Ein Waterhouse ist das Letzte, was diese Leute gebrauchen können. Er versteht allmählich, was der Major neulich zu ihm gesagt hat; sie haben die Wasserscheide überschritten. Die Codes sind geknackt.

Was ihn an Turing erinnert. Seit Alan aus New York zurückgekommen ist, distanziert er sich von Bletchley Park. Er hat sich in eine andere Einrichtung versetzen lassen, eine Funkzentrale namens Hanslope in Nord-Buckinghamshire, einen Ort aus verstärktem Beton, Kabeln und Antennen, an dem eine militärisch-förmlichere Atmosphäre herrscht.

Damals konnte Waterhouse nicht verstehen, warum Alan von Bletchley Park weg wollte. Doch nun weiß er, wie es Alan gegangen sein muss, nachdem sie die Entschlüsselung in einen mechanischen Vorgang verwandelt und Bletchley Park industrialisiert hatten. Er muss der Ansicht gewesen sein, die Schlacht sei gewonnen, und mit ihr der Krieg. Der Rest mochte für Leute wie den General nach glorreichem Siegeszug aussehen, aber für Turing und nun auch für Waterhouse sieht es bloß nach Säuberungsaktion aus. Es ist aufregend, Elektronen zu entdecken und die Gleichungen zu entwickeln, die ihre Bewegungen bestimmen; es ist langweilig, mithilfe dieser Prinzipien elektrische Dosenöffner zu konstruieren. Von jetzt an geht es nur noch um Dosenöffner.

Sinkov besorgt ihm einen Schreibtisch im Bordell und beginnt, ihn mit den Funksprüchen zu füttern, die das Central Bureau nicht hat entschlüsseln können. Es gibt noch immer Dutzende unbedeutenderer japanischer Codes, die noch zu knacken sind. Vielleicht kann Waterhouse, wenn er einen oder zwei davon knackt und den ETC-Maschinen beibringt, sie zu lesen, den Krieg um einen einzigen Tag verkürzen oder ein einziges Leben retten. Das ist eine vornehme Aufgabe, die er bereitwillig übernimmt, aber sie unterscheidet sich ihrem Wesen nach nicht von der eines Rettungsboot-Inspekteurs der Navy oder eines Army-Metzgers, der Leben rettet, indem er seine Messer sauber hält.

Waterhouse knackt diese unbedeutenderen japanischen Codes der Reihe nach. Einmal fliegt er sogar nach Neuguinea, wo Navy-Taucher Codebücher aus einem untergegangenen japanischen Unterseeboot bergen. Er lebt zwei Wochen lang im Dschungel, versucht, nicht zu sterben, kehrt nach Brisbane zurück und führt die geborgenen Codebücher einer sinnvollen, aber langweiligen Verwendung zu. Doch eines Tages wird die Langeweile seiner Arbeit irrelevant.

An diesem Tag kommt er abends in Mrs. McTeagues Pension zurück, geht auf sein Zimmer und findet dort einen stark gebauten Mann vor, der im oberen Bett schnarcht. Eine Menge Kleider und Ausrüstungsgegenstände, die einen schwefligen Gestank verströmen, liegen überall herum.

Der Mann schläft zwei Tage lang, kommt dann eines Morgens verspätet zum Frühstück herunter und starrt aus atabringelben Augen um sich. Er stellt sich als Smith vor. Sein merkwürdig vertrauter Akzent ist dadurch, dass seine Zähne heftig klappern, nicht eben leichter zu verstehen. Es scheint ihn nicht sonderlich zu stören. Er nimmt Platz und krallt sich mit einer Hand, die steif und wund ist, eine Serviette aus irischem Leinen auf den Schoß. Mrs. McTeague macht ein derartiges Getue um ihn, dass sämtliche Männer am Tisch an sich halten müssen, um sie nicht zu schütteln. Sie gießt ihm Tee mit reichlich Milch und Zucker ein. Er nimmt ein paar Schlucke, entschuldigt sich dann und geht auf die Toilette, wo er sich kurz und höflich übergibt. Er kommt zurück, isst aus einem Eierbecher aus feinem Porzellan ein weich gekochtes Ei, läuft grün an, lehnt sich auf seinem Stuhl zurück und schließt für ungefähr zehn Minuten die Augen.

Als Waterhouse an diesem Abend von der Arbeit zurückkommt, tappt er ins Wohnzimmer und stört Mrs. McTeague beim Teetrinken mit einer jungen Dame.

Die junge Dame heißt Mary Smith; sie ist die Cousine von Waterhouses Zimmergenossen, der oben in seinem Etagenbett schlottert und schwitzt.

Um sich vorstellen zu lassen, steht Mary auf, was streng genommen nicht nötig wäre; aber sie kommt aus dem Outback und kann mit geziertem Getue nichts anfangen. Sie ist eine grazile junge Frau in Uniform.

Sie ist die einzige Frau, die Waterhouse je gesehen hat. Genau genommen ist sie der einzige andere Mensch im Universum, und als sie aufsteht, um ihm die Hand zu geben, verdunkelt sich sein peripheres Blickfeld, als habe er an einem Auspuffrohr gesaugt. Schwarze Vorhänge schieben sich vor ein silbernes Panorama und verengen seinen Kosmos auf einen senkrechten Strahl von kohlenbogenhaftem Glanz, eine Lichtsäule, einen auf SIE gerichteten, himmlischen Verfolgerscheinwerfer.

Mrs. McTeague, die weiß, was gespielt wird, bittet ihn, Platz zu nehmen.

Mary ist ein winziges, weißhäutiges, rothaariges Persönchen, das häufig kleine Anfälle von Befangenheit erleidet. Wenn das passiert, wendet sie den Blick von ihm ab und schluckt, und wenn sie schluckt, tritt an ihrem weißen Hals ganz kurz ein bestimmtes Band hervor, das die Höhlung zwischen Schulter und Ohr nachzeichnet. Es macht sowohl auf ihre Verletzlichkeit als auch auf die weiße Haut ihres Halses aufmerksam, die nicht auf fahle, kranke Weise weiß ist, sondern weiß in einem anderen Sinne, den Waterhouse erst seit kurzem überhaupt verstehen kann: Aufgrund seines kurzen Aufenthalts in Neuguinea nämlich, wo alles entweder tot und in Verwesung begriffen oder hell und bedrohlich oder unauffällig und unsichtbar ist, weiß Waterhouse, dass etwas derart Zartes und Durchscheinendes zu verletzlich und verlockend ist, um sich in einer Welt heftig miteinander konkurrierender Zerstörer behaupten zu können, und dass es sich aus seiner inneren Lebenskraft heraus nur einen Moment lang (von Jahren ganz zu schweigen) erhalten kann. Im Südpazifik, wo die Kräfte des Todes so mächtig sind, schüchtert ihn das auf unbestimmbare Weise ein. Ihre Haut, so makellos wie klares Wasser, ist eine verschwenderische Zurschaustellung pulsierender animalischer Kraft. Er will sie mit der Zunge berühren. Die ganze Biegung ihres Halses, vom Schlüsselbein bis zum Ohrläppchen, gäbe eine perfekte Wiege für sein Gesicht ab.

Sie sieht, dass er sie anschaut, und schluckt erneut. Das Band spannt sich, dehnt ganz kurz die lebendige Haut ihres Halses und entspannt sich wieder, sodass nichts als Glätte und Unbewegtheit bleibt. Sie hätte ihm ebenso gut mit einem Stein den Schädel eindrücken und seinen Penis an einem Geländer festknoten können. Es muss sich um einen kalkulierten Effekt handeln. Aber offensichtlich hat sie es noch nie bei jemand anderem gemacht, denn sonst trüge sie einen Goldring an ihrem blassen linken Ringfinger.

Mary Smith beginnt, sich über ihn zu ärgern. Sie führt die Teetasse an die Lippen. Sie hat sich so gedreht, dass das Licht auf ganz neue Weise ihren Hals streift, und diesmal kann er, als sie schluckt, sehen, wie ihr Kehlkopf sich hebt. Dann senkt er sich wieder und landet wie eine Dampframme auf den Resten seines Urteilsvermögens.

Von oben hört man ein Poltern; ihr Cousin hat soeben das Bewusstsein wiedererlangt. »Entschuldigen Sie bitte«, sagt sie, und dann ist sie fort und als Erinnerung bleibt nur Mrs. McTeagues feines Porzellan zurück.

Verschwörung

Dr. Rudolf von Hacklheber ist nicht viel älter als Bobby Shaftoe, aber er zeigt trotz seiner tiefen Niedergeschlagenheit eine Haltung, die sich Männer in Shaftoes Welt, wenn überhaupt, erst in den Vierzigern aneignen. Seine Brille hat winzige, randlose Gläser, die so aussehen, als stammten sie aus dem ausgeschlachteten Zielfernrohr eines Scharfschützen. Dahinter ist eine bunte Vielfalt lebhafter Farben zu sehen: blonde Wimpern, blaue Augen, rote Äderchen, vom Weinen geschwollene und violett verfärbte Lider. Dennoch ist er perfekt rasiert, und das silbrige nordische Licht, das durch die winzigen Fenster von Enoch Roots Kirchenkeller hereinkommt, fängt sich auf eine Weise in den Konturen seines Gesichts, die das interessante Terrain aus groben Poren, vorzeitigen Falten und alten Mensurnarben besonders effektvoll zur Geltung bringt. Er hat versucht, sein Haar mit Brillantine zu bändigen, aber es zeigt sich störrisch und fällt ihm immer wieder in die Stirn. Er trägt ein weißes Hemd und darüber, zum Schutz gegen die Kälte im Keller, einen sehr langen, schweren Mantel. Shaftoe, der vor mehreren Tagen mit ihm nach Norrsbruck zurückgewandert ist, weiß, dass der langbeinige von Hacklheber das Zeug zu einem passablen Sportler hätte. Er weiß aber auch, dass raue Sportarten wie Football nicht in Frage kämen; dieser Kraut wäre eher Fechter, Bergsteiger oder Skifahrer.

Von Hacklhebers Homosexualität hat Shaftoe lediglich überrascht – nicht gestört. Bei einigen China-Marines in Schanghai lungerten sehr viel mehr Chinesenjungen in der Wohnung herum, als sie eigentlich zum Schuheputzen brauchten – und Schanghai ist bei weitem nicht der seltsamste oder entlegenste Ort, an dem sich Marines zwischen den Kriegen häuslich eingerichtet haben. Über die Moral kann man sich außer Dienst Gedanken machen, aber wenn man sich schon ständig über das aufregt und ärgert, was die anderen im Bett treiben, was fängt man dann erst an, wenn man Gelegenheit bekommt, einem Zug Nips mit einem Flammenwerfer heimzuleuchten?

Sie haben die sterblichen Überreste von Angelo, dem Piloten, vor zwei Wochen begraben und erst jetzt sieht sich von Hacklheber imstande zu reden. Er hat sich ein Cottage außerhalb der Stadt gemietet, doch an diesem Tag ist er nach Norrsbruck gekommen, um sich mit Root, Shaftoe und Bischoff zu treffen, zum Teil auch deshalb, weil er davon überzeugt ist, dass es von deutschen Spionen beobachtet wird. Shaftoe erscheint mit einer Flasche finnischem Schnaps, Bischoff bringt einen Laib Brot mit, Root spendiert eine Dose Fisch. Von Hacklheber bringt Informationen mit. Alle bringen Zigaretten mit.

Shaftoe raucht frühzeitig und viel, um den Schimmelgeruch des Kellers zu überdecken, der ihn daran erinnert, wie er mit Enoch Root hier eingesperrt war und sich das Morphium abgewöhnte. Einmal während dieser Zeit musste der Pastor herunterkommen und ihn bitten, eine Zeit lang nicht so zu schreien, weil er oben eine Trauung vornehmen wolle. Shaftoe war gar nicht bewusst gewesen, dass er schrie.

Rudolf von Hacklhebers Englisch ist in mancher Hinsicht besser als das von Shaftoe. Er klingt auf enervierende Weise wie Bobbys Zeichenlehrer auf der Junior High School, Mr. Jaeger. »Vor dem Krieg habe ich unter Dönitz für den Beobachtungsdienst der Kriegsmarine gearbeitet. Wir haben schon vor Ausbruch der Feindseligkeiten einige der wichtigsten Codes der britischen Admiralität geknackt. Ich war für einige Fortschritte auf diesem Gebiet verantwortlich, darunter auch für den Einsatz mechanischer Berechnungsmethoden. Als der Krieg ausbrach, kam es zu einer umfassenden Reorganisation und ich wurde so etwas wie ein Knochen, um den sich mehrere Hunde rauften. Ich wurde ins Referat IVa der Gruppe IV, Analytische Kryptoanalyse, versetzt, das zur Hauptgruppe B, Kryptoanalyse, gehörte, die Generalmajor Erich Fellgiebel, Chef der Wehrmachtsnachrichtenverbindungen, unterstellt war.«

Shaftoe wirft einen Blick in die Runde, aber keiner von den anderen lacht oder grinst auch nur. Sie müssen es überhört haben. »Wie war das noch mal?«, fragt Shaftoe ermunternd, wie ein Mann in einer Bar, der einen schüchternen Freund dazu zu bringen versucht, einen todsicheren Schenkelklopfer zu erzählen.

»Wehrmachtsnachrichtenverbindungen«, sagt von Hacklheber ganz langsam, als spräche er einem kleinen Jungen Kinderreime vor. Er blinzelt Shaftoe einmal, zweimal, dreimal an, beugt sich dann vor und sagt heiter: »Vielleicht sollte ich die Organisation der deutschen Geheimdiensthierarchie erklären, denn das wird Ihnen allen helfen, meine Geschichte besser zu verstehen.«

Es folgt EIN KURZER ABSTECHER IN DIE HÖLLE, PRÄSENTIERT VON PROFESSOR DR. RUDOLF VON HACKLHEBER.

Shaftoe bekommt nur die ersten paar Sätze mit. Ungefähr an der Stelle, wo von Hacklheber ein Blatt aus einem Notizbuch reißt und die Organisationsstruktur des Tausendjährigen Reiches mit »Der

Führer« an der Spitze aufzuzeichnen beginnt, werden Shaftoes Augen glasig, sein Körper erschlafft, er wird taub und es schleudert ihn vom Schlund in den Rachen eines Albtraums, wie das Ende eines halb verdauten, vom Körper eines Süchtigen hochgewürgten frittierten Würstchens im Maisteig. Er hat diese Erfahrung noch nie durchgemacht, aber er weiß intuitiv, dass so der Abstecher in die Hölle aussieht: keine gemütliche Bootsfahrt über den malerischen Styx, kein allmählicher Abstieg in Plutos Höhle, diese fade Touristenfalle, keine Zwischenstopps, um einen Angelschein für den Feuersee zu kaufen.

Shaftoe ist nicht tot (obwohl er's eigentlich sein müsste), deshalb ist das hier nicht die Hölle. Es ist der Hölle allerdings stark nachempfunden. Es gleicht einem Modell in Originalgröße, zusammengeschustert aus Dachpappe und Leinwand, wie die Pseudostädte, in denen sie in der Ausbildung den Häuserkampf übten. Shaftoe wird von einem Übelkeitsgefühl mit Schwindel gepackt, das, wie er weiß, noch das Angenehmste ist, was er hier empfinden wird. »Morphium raubt dem Körper die Fähigkeit, Vergnügen zu empfinden«, sagt die dröhnende Stimme von Enoch Root, seinem ironischen, lästigen Vergil, der sich zum Zwecke dieses Albtraums Stimme und physische Erscheinung von Moe, dem fiesen, dunkelhaarigen Stooge, geborgt hat. »Es kann einige Zeit dauern, bis Sie sich körperlich wieder wohl fühlen.«

Das Organisationsschema dieses Albtraums beginnt, wie das von Hacklhebers, mit ›Der Führer‹, um sich dann jedoch weitläufig und bizarr zu verzweigen. Es gibt einen asiatischen Zweig mit dem General an der Spitze, zu dem unter anderem auch eine Hauptgruppe riesiger, Fleisch fressender Echsen gehört, außerdem ein Referat von Chinesinnen, die fahläugige Babys hochhalten, und mehrere Abteilungen besoffener Nips mit Schwertern. In der Mitte ihres Herrschaftsbereichs liegt die Stadt Manila, wo – in einem Tableau, das Shaftoe wie ein Bild von Bosch vorkäme, wenn er den Kunstunterricht auf der High School nicht regelmäßig damit verbracht hätte, sich hinter der Schule an den Oberschenkeln von Cheerleadern einen abzuleiern – eine hochschwangere Glory Altamira gezwungen wird, syphilitischen japanischen Soldaten einen zu blasen.

Einen Moment lang blendet sich die Stimme von Mr. Jaeger, seinem Zeichenlehrer – dem langweiligsten Menschen, den Shaftoe je gekannt hat, bis vielleicht heute –, mit den Worten ein: »Aber sämtliche Organisationsstrukturen, die ich bis jetzt beschrieben habe, waren mit dem Ausbruch der Feindseligkeiten überholt. Die Hierarchie wurde umgebildet und mehrere Institutionen änderten ihren Namen wie folgt...« Shaftoe hört, wie ein neues Blatt Papier aus dem Notizbuch gerissen wird, doch was er vor sich sieht, ist Mr. Jaeger, der das Konstruktionsbild einer Tischbeinverzapfung zerreißt, für das der junge Bobby Shaftoe eine Woche gebraucht hat. Alles ist umorganisiert worden, General MacArthur steht im Organisationsschema noch immer sehr weit oben und führt an stählernen Leinen ein Paar Riesenechsen spazieren, doch nun ist die Hierarchie besetzt von grinsenden Arabern, die Haschischbrocken hochhalten, von tief gefrorenen Metzgern, toten oder zum Untergang verurteilten Lieutenants und diesem scheißverrückten Typen, Lawrence Pritchard Waterhouse, der eine schwarze Robe mit Kapuze trägt und eine ganze Legion dünnhalsiger Fernmelde-Heinis, ebenfalls in Roben, anführt, die sich bizarr geformte Antennen über die Köpfe halten und durch ein Gestöber von Dollarnoten, gedruckt auf altes, chinesisches Zeitungspapier, waten. Ihre Augen glühen und blinken im Morsecode.

»Was sagen Sie?«, fragt Bobby.

»Bitte hören Sie auf zu schreien«, sagt Enoch Root. »Bloß für ein Weilchen.«

Bobby liegt auf einem Feldbett in einer strohgedeckten Hütte auf Guadalcanal. Schwedische Eingeborene in Lendenschurzen laufen herum und sammeln Nahrung: Von Zeit zu Zeit fliegt draußen im Slot ein Schiff in die Luft und es regnet Fisch-Schrapnelle, die sich neben dem einen oder anderen abgetrennten Menschenarm oder Schädelfragment in den Bäumen verfangen. Die Schweden ignorieren die Menschenteile und bringen nur den Fisch ein, aus dem sie in schwarzen Stahlfässern *lutefisk* machen.

Enoch Root hat eine alte Zigarrenkiste auf dem Schoß. Durch die Ritze entlang dem Deckel schimmert goldenes Licht.

Aber Shaftoe befindet sich nicht mehr in der strohgedeckten Hütte; er befindet sich im Inneren eines kalten, schwarzen Metallphallus, der schon länger unter der Oberfläche des Albtraums sondiert: Bischoffs Unterseeboot. Überall explodieren Wasserbomben und das Boot füllt sich mit Jauche. Etwas trifft ihn seitlich am Kopf: diesmal kein Schinken, sondern ein Menschenbein. Die Wände des Unterseeboots säumen Röhren, die Stimmen weiterleiten: auf Englisch, Deutsch, Arabisch, Japanisch, Chinesisch, doch im Metall eingeschlossen und gedämpft, sodass sie ineinander fließen wie das Geräusch laufenden Wassers. Dann lässt eine in nächster Nähe detonierende Wasserbombe ein Rohr bersten; aus dem gezackten Ende dringt eine deutsche Stimme:

»Das eben Gesagte kann als stark vergröbernde Darstellung der allgemeinen Organisation des Reiches und besonders des Militärs gelten. Die Zuständigkeit für die Kryptoanalyse und die Kryptographie verteilt sich auf eine Vielzahl kleiner Ämter und Dienste, die den diversen Armen dieser Struktur angegliedert sind. Sie werden ständig umorganisiert und neu geordnet, dennoch kann ich Ihnen vielleicht ein leidlich genaues und detailliertes Bild liefern...«

Mit Fesseln aus Gold an eine Koje des Unterseeboots gekettet, spürt Shaftoe, wie sich ihm eine seiner kleinen, versteckten Faustfeuerwaffen ins Kreuz drückt, und er fragt sich, ob es ungezogen wäre, sich in den Mund zu schießen. Er schlägt wild nach dem geborstenen Rohr und es gelingt ihm, es in das steigende Abwasser zu drücken; Blasen kommen heraus und von Hacklhebers Worte sind darin gefangen wie Sprechblasen in einem Comicstrip. Als die Blasen die Oberfläche erreichen und zerplatzen, klingt es wie Schreien.

Root sitzt mit der Zigarrenkiste auf dem Schoß auf der Koje gegenüber. Er hebt die Hand zum V-Zeichen, dann richtet er sie auf Shaftoe und stößt ihm die Finger in die Augen. »Bei Ihrer Unfähigkeit, körperliche Entspannung zu finden, kann ich Ihnen nicht helfen – das ist ein Problem der Körperchemie«, sagt er. »Es wirft interessante theologische Fragen auf. Es erinnert uns daran, dass alle Freuden dieser Welt eine Illusion sind, die unser Körper in unsere Seele projiziert.«

Mittlerweile sind noch viele andere sprechende Rohre geborsten und aus den meisten dringen Schreie; Root muss sich ganz nahe heranbeugen, um in Bobbys Ohr zu brüllen. Shaftoe nutzt das aus, um nach der Zigarrenkiste zu greifen und sie sich zu schnappen, denn sie enthält das Zeug, das er will: nicht Morphium. Etwas Besseres als Morphium. Morphium verhält sich zu dem Zeug in der Zigarrenkiste wie eine Schanghaier Prostituierte zu Glory.

Die Kiste springt auf und blendendes Licht kommt heraus. Shaftoe schlägt die Hände vors Gesicht. Die eingesalzenen und konservierten Körperteile, die an der Decke aufgehängt sind, purzeln in seinen Schoß und beginnen sich zu winden, nach anderen Teilen zu greifen, sich zu lebendigen Körpern zusammenzufügen. Mikulski erwacht wieder zum Leben, zielt mit seiner Vickers auf die Decke des Unterseeboots und schießt einen Notausstieg hinein. Statt schwarzem Wasser strömt goldenes Licht herein.

»Welche Position hatten Sie denn nun bei alledem?«, fragt Root und Shaftoe springt fast vom Stuhl, so sehr verblüfft ihn der Klang einer anderen Stimme als der von Hacklhebers. Angesichts dessen, was beim letzten Mal folgte, als jemand (nämlich Shaftoe) eine Frage stellte, ist das heldenmütig, aber riskant. Angefangen bei Hitler, arbeitet sich von Hacklheber durch die Hierarchie nach unten.

Shaftoe ist das egal: Er befindet sich auf einem Schlauchboot, zusammen mit verschiedenen geretteten Kameraden von Guadalcanal und Abteilung 2702. Sie rudern über eine stille Bucht, die von gigantischen, flammenden Aufhellern am Himmel erleuchtet wird. Hinter den Aufhellern steht ein Mann, der mit deutschem Akzent spricht: »Meine unmittelbaren Vorgesetzten, Wilhelm Fenner aus St. Petersburg, der seit 1922 die gesamte militärische Kryptoanalyse leitete, und sein Stellvertreter, Professor Novopaschenny.«

Für Shaftoe hören sich alle diese Namen gleich an, aber Root fragt: »Ein Russe?«

Nun kommt Shaftoe richtig zu sich und tritt wieder in die Welt ein. Er richtet sich auf und sein Körper fühlt sich steif an, als hätte er sich lange nicht bewegt. Er will sich gerade für sein Benehmen entschuldigen, doch da ihn niemand komisch anschaut, sieht er keinen Grund, die anderen darüber aufzuklären, was er die letzten paar Minuten gemacht hat.

»Professor Novopaschenny war ein zaristischer Astronom, der Fenner von St. Petersburg kannte. Unter den beiden bekam ich umfassende Befugnisse, über die theoretischen Grenzen der Sicherheit zu forschen. Ich habe sowohl Werkzeuge aus der reinen Mathematik als auch mechanische Rechenapparate eigener Konstruktion benutzt. Ich habe mir sowohl unsere als auch die Codes unserer Feinde auf Schwächen angesehen.«

»Und was haben Sie festgestellt?«, fragt Bischoff.

»Ich habe überall Schwächen festgestellt«, sagt von Hacklheber. »Die meisten Codes sind von Dilettanten und Amateuren entwickelt worden, die keinen Begriff von den zugrunde liegenden mathematischen Gegebenheiten hatten. Das Ganze ist wirklich ziemlich erbärmlich.«

»Einschließlich der Enigma?«, fragt Bischoff.

»Reden Sie mir bloß nicht von diesem Scheißdreck«, sagt von Hacklheber. »Damit habe ich praktisch sofort aufgeräumt.«

»Was heißt das, aufgeräumt?«, fragt Root.

»Bewiesen, dass sie nichts taugt«, sagt von Hacklheber.

»Aber die gesamte Wehrmacht benutzt sie nach wie vor«, sagt Bischoff.

Von Hacklheber zuckt die Achseln und betrachtet die glimmende Spitze seiner Zigarette. »Glauben Sie etwa, die werfen alle diese Maschinen weg, nur weil ein Mathematiker ein Papier verfasst?« Er starrt seine Zigarette noch eine Zeit lang an, dann führt er sie an die Lippen, zieht genüsslich daran, hält den Rauch in den Lungen und lässt ihn schließlich langsam über seine Stimmbänder ausströmen, die er zugleich veranlasst, folgende Laute von sich zu geben: »Ich wusste, dass es beim Feind Leute geben musste, die dahinter kommen würden. Turing. Von Neumann. Waterhouse. Ein paar von den Polen. Ich begann, nach Anzeichen dafür Ausschau zu halten, dass sie die Enigma geknackt oder zumindest deren Schwächen erkannt und mit dem Versuch begonnen hatten, sie zu knacken. Ich führte statistische Analysen von Geleitzug-Versenkungen und Unterseeboot-Angriffen durch. Ich fand ein paar Anomalien, ein paar unwahrscheinliche Ereignisse, aber nicht genug, als dass sie ein Muster ergeben hätten. Viele der auffälligsten Anomalien wurden später durch die Entdeckung von Spionagestationen und dergleichen erklärt.

Schlüsse zog ich daraus keine. Wenn sie schlau genug wären, Enigma zu knacken, wären sie mit Sicherheit auch schlau genug, diese Tatsache um jeden Preis vor uns zu verschleiern. Aber es gab Anomalien, die sie nicht vertuschen konnten. Ich spreche von menschlichen Anomalien.«

»Menschliche Anomalien?«, fragt Root. Der Ausdruck ist ein klassischer Root-Köder.

»Ich wusste sehr wohl, dass auf der ganzen Welt nur eine Hand voll Menschen den Scharfsinn besaßen, die Enigma zu knacken und dann die Tatsache, dass sie sie geknackt hatten, vor uns zu verschleiern. Indem ich unsere geheimdienstlichen Quellen dafür einsetzte festzustellen, wo diese Menschen sich aufhielten und was sie taten, konnte ich Schlussfolgerungen ziehen.« Von Hacklheber drückt seine Zigarette aus, setzt sich gerade, kippt einen halben Schnaps und erwärmt sich für seine Aufgabe. »Es ging um Informationen über Menschen – nicht um ein Problem des Fernmeldewesens. Dafür war ein anderer Zweig des Dienstes zuständig –«, und schon verbreitet er sich wieder über die Struktur der deutschen Bürokratie. Entsetzt flieht Shaftoe aus dem Zimmer, läuft hinaus und benutzt das Außenklo. Als er zurückkehrt, kommt von Hacklheber gerade zum Schluss. »Letztlich lief es darauf hinaus, dass man große Mengen roher Daten durchgehen musste – eine langwierige, fade Arbeit.«

Shaftoe zuckt zusammen und fragt sich, wie etwas beschaffen sein müsste, um für diesen Witzbold als langwierig und fade zu gelten.

»Nach einer gewissen Zeit«, fährt von Hacklheber fort, »habe ich über einige unserer Agenten auf den Britischen Inseln erfahren, dass ein Mann, der der ungefähren Beschreibung von Lawrence Pritchard Waterhouse entsprach, auf einem Schloss in Outer Qwghlm stationiert worden war. Ich konnte dafür sorgen, dass eine junge Dame diesen Mann auf die denkbar eingehendste Weise überwachte«, sagt er trocken. »Seine Sicherheitsvorkehrungen waren tadellos und so erfuhren wir unmittelbar nichts. Es ist sogar durchaus wahrscheinlich, dass er wusste, dass die betreffende junge Frau Agentin war, und deshalb zusätzliche Vorsichtsmaßnahmen ergriffen hat. Aber wir haben immerhin erfahren, dass dieser Mann über Einmalblöcke kommunizierte. Er pflegte seine verschlüsselten Mitteilungen telefonisch an einen nahe gelegenen Flottenstützpunkt zu übermitteln, von wo sie an eine Station in Buckinghamshire telegrafiert wurden, die mit Mitteilungen antwortete, die unter Verwendung des gleichen Systems von Einmalblöcken verschlüsselt wurden. Indem wir die Aufzeichnungen unserer verschiedenen Abhörstationen durchgingen, konnten wir einen Stapel Funksprüche sammeln, die diese geheimnisvolle Einheit über einen Zeitraum von Mitte 1942 bis zum heutigen Tag unter Verwendung dieser Serie von Einmalblöcken abgesetzt hat. Interessant war auch die Feststellung, dass diese Einheit an einer Vielzahl von Orten operierte: Malta, Alexandria, Marokko, Norwegen sowie verschiedene Schiffe auf See. Äußerst ungewöhnlich. Mich interessierte diese geheimnisvolle Einheit sehr, also habe ich versucht, ihren speziellen Code zu knacken.«

»Das ist doch unmöglich!«, sagt Bischoff. »Ein Einmalblock ist nicht zu knacken, außer man stiehlt eine Kopie.«

»Theoretisch stimmt das«, sagt von Hacklheber. »In der Praxis stimmt es aber nur, wenn die Buchstaben, die den Einmalblock bilden, vollkommen zufällig ausgewählt sind. Aber wie ich festgestellt habe, gilt das nicht für die Einmalblöcke, die Abteilung 2702 verwendet – das ist die geheimnisvolle Einheit, der Waterhouse, Turing und die beiden Herren hier angehören.«

»Aber wie sind Sie dahinter gekommen?«, fragt Bischoff.

»Ein paar Dinge haben mir geholfen. Es lag reichlich Untersuchungsmaterial vor – viele Funksprüche, mit denen man arbeiten konnte. Es lag Konsistenz vor – die Einmalblöcke wurden stets auf die gleiche Weise erzeugt und zeigten immer die gleichen Muster. Ich habe ein paar wohl begründete Vermutungen angestellt, die sich als richtig erwiesen. Und ich hatte eine Rechenmaschine, die die Arbeit beschleunigt hat.«

»Wohl begründete Vermutungen?«

»Meiner Hypothese nach wurden die Einmalblöcke von einer Person erstellt, die würfelte oder Karten zog, um die Buchstaben zu erzeugen. Ich bezog psychologische Faktoren in meine Überlegungen ein. Wer Englisch spricht, ist an eine bestimmte Häufigkeitsverteilung von Buchstaben gewöhnt. Er rechnet damit, sehr viele E, T und A und nicht so viele Z, Q und X zu Gesicht zu bekommen. Wenn also ein solcher Mensch einen angeblich zufälligen Algorithmus benutzen würde, um die Buchstaben zu erzeugen, wäre er im Unterbewusstsein jedesmal irritiert, wenn ein Z oder ein X auftaucht, und umgekehrt beruhigt vom Erscheinen eines E oder T. Mit der Zeit könnte das die Häufigkeitsverteilung verzerren.«

»Aber Herr Doktor von Hackleber, ich finde es unwahrscheinlich, dass ein solcher Mensch seine eigenen Buchstaben anstelle derer einsetzen würde, die von den Karten, den Würfeln oder was auch immer erzeugt werden.«

»Es ist nicht sehr wahrscheinlich. Aber angenommen, der Algorithmus gäbe dem Betreffenden einen geringen Ermessensspielraum.« Von Hackleber zündet sich eine weitere Zigarette an, gießt sich einen weiteren Schnaps ein. »Ich habe ein Experiment gemacht. Ich habe mir zwanzig Freiwillige besorgt – Frauen mittleren Alters, die ihren Beitrag für das Reich leisten wollten. Ich habe sie Einmalblöcke herstellen lassen, und zwar mithilfe eines Algorithmus, bei dem sie Zettel aus einer Schachtel zogen. Dann habe ich meine Geräte benutzt, um die Ergebnisse statistisch auszuwerten. Sie waren keineswegs zufällig.«

Root sagt: »Die Einmalblöcke für Abteilung 2702 werden von Mrs. Tenney, der Frau eines Vikars, hergestellt. Sie benutzt dazu eine Bingotrommel, einen Käfig, der mit Holzkugeln gefüllt ist, die jeweils mit einem Buchstaben bedruckt sind. Sie soll die Augen schließen, ehe sie in den Käfig greift. Aber angenommen, sie ist nachlässig geworden und schließt sie nicht mehr, wenn sie hineingreift.«

»Oder«, sagt von Hackleber, »angenommen, sie sieht den Käfig an, sieht, wie die Kugeln darin verteilt sind, und schließt erst dann die Augen. Sie wird unbewusst nach dem E greifen und das Z meiden. Oder sie wird, wenn ein bestimmter Buchstabe erst vor kurzem vorgekommen ist, versuchen, ihn möglichst nicht wieder auszuwählen. Selbst wenn sie das Innere des Käfigs nicht sehen kann, wird sie lernen, die verschiedenen Kugeln danach zu unterscheiden, wie sie sich anfühlen – da sie aus Holz sind, wird jede Kugel ein anderes Gewicht, eine andere Maserung haben.«

Bischoff bleibt skeptisch. »Aber es wird trotzdem noch weitgehend zufällig sein!«

»Weitgehend zufällig reicht nicht!«, blafft von Hacklheber. »Ich war davon überzeugt, dass die Einmalblöcke von Abteilung 2702 eine ähnliche Zufallsverteilung haben würden wie die King-James-Bible. Und ich hatte den starken Verdacht, dass die Funksprüche Worte wie Waterhouse, Turing, Enigma, Qwghlm und Malta enthalten würden. Mithilfe meiner Geräte konnte ich einen Teil der Einmalblöcke knacken. Waterhouse hat darauf geachtet, seine Blöcke zu verbrennen, nachdem er sie einmal benutzt hatte, aber andere Angehörige der Abteilung waren nachlässig und haben ein und dieselben Blöcke immer wieder benutzt. Ich habe viele Funksprüche gelesen. Es lag auf der Hand, dass Abteilung 2702 die Aufgabe hatte, die Wehrmacht durch Verschleierung der Tatsache, dass Enigma geknackt worden war, zu täuschen.«

Shaftoe weiß, was eine Enigma ist, wenn auch nur deshalb, weil Bischoff unentwegt davon quasselt. Mit der Erklärung von Hacklheber bekommt plötzlich alles einen Sinn, was Abteilung 2702 jemals getan hat.

»Das Geheimnis ist also enthüllt«, sagt Root. »Ich nehme an, Sie haben Ihre Vorgesetzten von Ihrer Entdeckung unterrichtet?«

»Ich habe sie von überhaupt nichts unterrichtet«, knurrt von Hacklheber. »Denn zu dieser Zeit war ich längst Reichsmarschall Hermann Göring in die Falle gegangen. Ich war seine Schachfigur, sein Sklave geworden und empfand dem Reich gegenüber keinerlei Loyalität mehr.«

Es hatte um vier Uhr morgens an Rudolf von Hacklhebers Tür geklopft, eine Zeit, welche die Gestapo wegen ihrer psychologischen Wirkung ausnutzte. Rudi ist hellwach. Er wäre auch dann hellwach, wenn die Bomber nicht schon die ganze Nacht Berlin unter Beschuss nähmen, denn er hat seit drei Tagen nichts von Angelo gehört oder gesehen. Er wirft sich einen Bademantel über seinen Schlafanzug, schlüpft in Pantoffeln und öffnet die Wohnungstür, vor der, wie vorauszusehen, ein kleiner, vorzeitig verschrumpelter Mann, begleitet von einem Paar klassischer Gestapo-Killer in langen schwarzen Ledermänteln, steht.

»Darf ich eine Bemerkung machen?«, fragt Rudi von Hacklheber.

»Aber gewiss, Herr Professor. Sofern es sich nicht um ein Staatsgeheimnis handelt.«

»In den alten Zeiten – in der Anfangszeit –, als noch kein Mensch wusste, was die Gestapo ist, war dieses Vier-Uhr-Morgens-Spielchen raffiniert. Eine hübsche Art, die Urangst des Menschen vor der Dunkelheit auszunutzen. Aber mittlerweile schreiben wir 1942, fast schon 1943, und jeder hat Angst vor der Gestapo. Jeder. Mehr als vor der Dunkelheit. Warum arbeiten Sie also nicht am Tage? Sie bewegen sich in ausgefahrenen Gleisen.«

Die untere Gesichtshälfte des Verschrumpelten lacht. Die obere bleibt unverändert. »Ich werde Ihren Vorschlag nach oben weitergeben«, sagt er. »Aber wir sind nicht hier, um Ihnen Angst zu machen, Herr Professor. Wir sind wegen der Zugverbindungen zu dieser ungelegenen Zeit gekommen.«

»Darf ich das so verstehen, dass ich mit dem Zug fahre?«

»Sie haben ein paar Minuten Zeit«, sagt der Gestapo-Mann und zieht eine Manschette zurück, sodass eine wuchtige Schweizer Uhr zum Vorschein kommt. Dann kommt er unaufgefordert herein und beginnt, vor Rudis Bücherregal hin und her zu gehen, die Hände hinter dem Rücken verschränkt und den Oberkörper vorgebeugt, um die Titel zu entziffern. Er scheint enttäuscht darüber, dass es sich durchweg um mathematische Texte handelt – kein einziges Exemplar der Unabhängigkeitserklärung zu sehen, obwohl man natürlich nicht weiß, ob sich nicht vielleicht eine Ausgabe der Protokolle der Weisen von Zion zwischen den Seiten einer Mathematikzeitschrift versteckt. Als Rudi, angekleidet, aber noch immer unrasiert, wieder auftaucht, versucht der Mann gerade mit gequältem Gesicht Turings Abhandlung über die Universalmaschine zu lesen. Er sieht aus wie ein niedriger Primat bei dem Versuch, ein Flugzeug zu fliegen.

Eine halbe Stunde später sind sie am Bahnhof. Rudi blickt im Hineingehen zur Abfahrtstafel auf und prägt sich ihren Inhalt ein, um aus der Gleisnummer schließen zu können, ob man ihn in Richtung Leipzig, Königsberg oder Warschau bringt.

Das ist nicht ungeschickt, erweist sich jedoch als vergebliche Mühe, denn die Gestapo-Leute führen ihn zu einem Gleis, das auf der Abfahrtstafel nicht aufgeführt ist. Ein kurzer Zug wartet dort. Er enthält keine Güterwaggons, für Rudi eine Erleichterung, da er meint, er habe in den letzten Jahren verschiedentlich Güterwaggons gesehen, die mit Menschen voll gestopft zu sein schienen. Diese Beobachtungen waren jedes Mal flüchtig und unwirklich und er kommt nicht recht dahinter, ob sie wirklich stattgefunden haben oder ob es sich lediglich um Fragmente von Albträumen handelt, die in der falschen Gedächtnisablage landeten.

Doch alle Waggons dieses Zuges haben Türen, die von Männern in ungewohnten Uniformen bewacht werden, und Fenster, die von innen mit Jalousien oder schweren Vorhängen verhüllt sind. Die Gestapo-Leute führen ihn zu einem Waggon, ohne aus dem Schritt zu fallen, und schon ist er drin, einfach so. Und er ist allein. Niemand überprüft seine Papiere und die Gestapo-Leute bleiben draußen. Die Tür wird hinter ihm geschlossen.

Dr. Rudolf von Hackleheber steht in einem langen, schmalen Waggon, der wie der Empfangsraum eines Luxusbordells eingerichtet ist: persische Läufer auf dem gebohnerten Hartholzboden, schwere, mit rötlichbraunem Samt bezogene Möbel und Vorhänge, so dick, dass sie kugelsicher aussehen. An einem Ende des Waggons macht sich ein Dienstmädchen an einem Tisch zu schaffen, der zum Frühstück gedeckt ist: Brötchen, Fleisch- und Käsescheiben und Kaffee. Rudis Nase verrät ihm, dass es echter Kaffee ist, und der Duft lockt ihn hinüber ans Ende des Waggons. Das Mädchen gießt ihm mit zitternden Händen eine Tasse ein. Sie hat sich Grundierungscreme dick unter die Augen gekleistert, um dunkle Ringe zu kaschieren, und sie hat sich (wie er bemerkt, als sie ihm die Tasse reicht) auch die Handgelenke damit bestrichen.

Rudi genießt den Kaffee, rührt mit einem goldenen Löffel, der das Wappen einer französischen Familie trägt, Sahne hinein. Er schlendert an den Wänden des Waggons entlang und bewundert die dort aufgehängten Kunstwerke: eine Reihe Dürer-Radierungen und, sofern seine Augen ihn nicht trügen, ein paar Seiten aus einem Codex von Leonardo da Vinci.

Wieder geht die Tür auf und ein Mann kommt unbeholfen, wie in den Waggon geschleudert, hereingestolpert und plumpst auf ein Sofa. Als Rudi ihn erkennt, hat sich der Zug bereits in Bewegung gesetzt.

»Angelo!« Rudi stellt seinen Kaffee auf einem Beistelltisch ab und wirft sich in die Arme seines Geliebten.

Angelo erwidert die Umarmung schwächlich. Er stinkt und er zittert heftig. Er trägt ein grobes, schmutziges, pyjamaartiges Kleidungsstück und ist in eine graue Wolldecke gehüllt. Um seine Handgelenke ziehen sich halb verschorfte, in gelbgrün verfärbte Quetschungen eingebettete Schnittwunden.

»Mach dir deswegen keine Sorgen, Rudi«, sagt Angelo und ballt und öffnet die Fäuste, um zu demonstrieren, dass sie noch funktionieren. »Sie waren nicht nett zu mir, aber mit meinen Händen waren sie vorsichtig.«

»Kannst du noch fliegen?«

»Ich kann noch fliegen. Aber das ist nicht der Grund, warum sie mit meinen Händen vorsichtig waren.«

»Wieso dann?«

»Ohne Hände kann man kein Geständnis unterschreiben.«

Rudi und Angelo schauen einander in die Augen. Angelo wirkt traurig, erschöpft, strahlt aber immer noch so etwas wie heitere Würde aus. Wie ein Priester bei der Taufe, der sich anschickt, das Kind entgegenzunehmen, hebt er die Hände. Sein Mund formt stumm die Worte: *Aber fliegen kann ich noch!*

Ein Diener bringt eine Garnitur Kleider. Angelo säubert sich in einem der Waschräume. Rudi versucht, zwischen den Vorhängen hindurchzuspähen, aber man hat schwere Jalousien vor den Fenstern heruntergezogen. Sie frühstücken zusammen, während sich der Zug – vielleicht, um zerstörte Streckenabschnitte zu umfahren – durch die Rangierbahnhöfe Groß-Berlins manövriert und schließlich, im offenen Gelände dahinter, Fahrt aufnimmt.

Durch den Waggon kommt Reichsmarschall Hermann Göring, auf dem Weg in den hinteren Zugteil, wo sich der prunkvollste Wagen befindet. Sein Körper ist ungefähr so massig wie der Rumpf eines Torpedobootes, gehüllt in ein chinesisches Seidengewand von Zirkuszeltgröße, dessen Schärpe auf dem Boden hinter ihm nachschleift wie eine Leine hinter einem Hund. Er hat den dicksten Bauch, den Rudi je bei einem Menschen gesehen hat, und dieser Bauch ist mit goldenem Haar bedeckt, das sich an der Unterseite der Wölbung verdunkelt und schließlich zu einem bräunlichen Dickicht wird, das die Genitalien vollständig verbirgt. Er hat sichtlich nicht damit gerechnet, hier zwei Männer beim Frühstück sitzen zu sehen, scheint Rudis und Angelos Anwesenheit jedoch für eine der kleinen Absonderlichkeiten des Lebens zu halten, die man am besten nicht zur Kenntnis nimmt. Angesichts der Tatsache, dass Göring die Nummer zwei des Dritten

Reiches – der designierte Nachfolger Hitlers – ist, müssten Rudi und Angelo eigentlich aufspringen, Haltung annehmen und ihn mit »Heil Hitler!« grüßen. Aber sie sind wie vom Donner gerührt. Göring wankt durch die Mitte des Waggons und beachtet sie nicht weiter. Auf halbem Weg beginnt er zu reden, aber er redet mit sich selbst und die Worte sind undeutlich. Er reißt die Tür am Ende des Waggons auf und geht weiter in den nächsten Wagen.

Zwei Stunden später kommt, auf dem Weg zu Görings Waggon, ein Arzt in einem weißen Kittel vorbei, der ein mit einem weißen Leinentuch abgedecktes Silbertablett in der Hand trägt. Auf diesem sind, wie Kaviar mit Champagner geschmackvoll angeordnet, ein blaues Fläschchen und eine gläserne Injektionsspritze zu sehen.

Eine halbe Stunde später kommt, einen Stoß Papiere unterm Arm, ein Adjutant in Luftwaffenuniform vorbei, der Rudi und Angelo mit einem schneidigen »Heil Hitler!« bedenkt.

Wieder vergeht eine Stunde, dann werden Rudi und Angelo von einem Diener durch den Zug geleitet. Der Waggon am Ende ist dunkler und gediegener als der überladene Salonwagen, in dem sie gewartet haben. Er ist mit dunkel gemasertem Holz vertäfelt und enthält einen richtigen Schreibtisch – eine protzige, aus einer Tonne bayerischem Eichenholz geschnitzte Monstrosität. Im Augenblick besteht seine einzige Funktion darin, als Unterlage für ein einzelnes Blatt Papier – handgeschrieben und mit einer Unterschrift versehen – zu dienen. Selbst von weitem erkennt Rudi Angelos Handschrift.

Sie müssen an dem Schreibtisch vorbeigehen, um zu Göring zu gelangen, der auf einer gleichermaßen wuchtigen Couch ausgestreckt liegt, unter einem Matisse und flankiert von römischen Büsten auf Marmorsockeln. Er trägt Reithosen aus rotem Leder, Stiefel aus rotem Leder, eine Uniformjacke aus rotem Leder und eine Reitpeitsche aus rotem Leder, in deren Knauf ein dicker Diamant eingelassen ist. Armreifgroße Goldringe mit dicken Rubinpusteln umschließen seine Wurstfinger. Auf seinem Kopf sitzt eine Offiziersmütze aus rotem Leder, über deren Schild ein goldener Totenkopf mit Rubinaugen prangt. Dies alles wird lediglich von ein paar Streifen staubigen Lichts beleuchtet, die durch winzige Spalten zwischen Vorhängen und Jalousien hereingefunden haben; mittlerweile ist die Sonne aufgegangen, doch Görings blaue Augen, vom Morphium zu münzgroßen Scheiben erweitert, können sie nicht ertragen. Er hat die kirschfarbenen Stiefel auf eine Ottomane gelegt; bestimmt hat er Durchblutungsstörungen in den Beinen. Er trinkt Tee aus einer fingerhutgroßen, mit Blattgold überzogenen Teetasse, die irgendwo aus einem Schloss geklaut worden ist. Schweres Eau de Cologne vermag seinen Geruch nicht zu überdecken: schlechte Zähne, Verdauungsprobleme und nekrotisierende Hämorrhoiden.

»Guten Morgen, meine Herren«, sagt er heiter. »Tut mir Leid, dass ich Sie habe warten lassen. Heil Hitler! Möchten Sie Tee?«

Es folgt oberflächliche Konversation. Sie zieht sich in die Länge. Göring ist fasziniert von Angelos Arbeit als Testpilot. Überdies hat er eine Vielzahl absonderlicher, von den bayerischen Illuminaten übernommener Vorstellungen und sucht nach irgendeiner Möglichkeit, sie mit der höheren Mathematik in Einklang zu bringen. Eine Zeit lang befürchtet Rudi, dass man ihm diese Aufgabe aufbürden wird. Aber selbst Göring scheint von dieser Phase des Gesprächs gelangweilt. Ein-, zweimal langt er mit seiner Reitpeitsche nach einem Fenster und teilt leicht einen Vorhang. Das Tageslicht scheint ihm entsetzliche Qualen zu bereiten und er wendet rasch den Blick ab.

Schließlich bremst der Zug ab, schiebt sich durch einige Weichen und kommt sanft zum Stehen. Sie können natürlich nichts sehen. Rudi strengt seine Ohren an und meint, um sie herum geschäftiges Treiben zu hören: das Marschieren vieler Füße, gebrüllte Kommandos. Göring fängt den Blick eines Adjutanten auf und wedelt mit seiner Reitpeitsche Richtung Schreibtisch. Der Adjutant macht einen Satz vorwärts, grapscht das handgeschriebene Dokument und trägt es zum Reichsmarschall, dem er es mit einer kleinen, zackigen Verbeugung präsentiert. Göring liest es rasch durch. Dann blickt er zu Rudi und Angelo auf, gibt tadelnde Geräusche von sich und schüttelt dabei den riesigen Kopf. Diverse Schichten von Hängebacken, Falten und Kehllappen folgen, stets um ein paar Grad phasenverschoben. »Homosexualität«, sagt Göring. »Sie kennen doch die Politik des Führers im Hinblick auf ein solches Verhalten.« Er hebt das Blatt hoch und schüttelt es. »Schämen Sie sich! Sie beide. Ein Testpilot, der Gast in unserem Lande ist, und ein hervorragender Mathematiker, der mit bedeutenden Geheimnissen zu tun hat. Sie müssen doch gewusst haben, dass der Sicherheitsdienst davon Wind bekommt.« Er stößt einen erschöpften Seufzer aus. »Wie biege ich das nur wieder hin?«

Als Göring das sagt, weiß Rudi zum ersten Mal seit dem Klopfen an seiner Tür, dass er an diesem Tag nicht sterben wird. Göring hat etwas anderes im Sinn.

Aber zuerst muss er seinen Opfern gründlich Angst einjagen. »Wissen Sie, was Ihnen passieren könnte? Hmm? Wissen Sie's?«

Weder Rudi noch Angelo gibt Antwort. Solche Fragen erfordern im Grunde auch keine Antwort.

Göring beantwortet sie an ihrer Stelle, indem er mit der Reitpeitsche den Vorhang anhebt. Grelles blaues Licht, vom Schnee reflektiert, strömt in den Wagen. Göring schließt die Augen und wendet das Gesicht ab.

Sie befinden sich in der Mitte eines offenen, von hohen Stacheldrahtzäunen umgebenen Geländes, auf dem lange Reihen dunkler Baracken stehen. In der Mitte bläst ein hoher Schornstein Rauch in den weißen Himmel. SS-Leute in Mänteln und Reitstiefeln gehen umher und pusten sich in die Hände. Nur wenige Meter von ihnen entfernt, auf einem Nebengleis, ist ein Trupp Elendsgestalten in gestreifter Kleidung in und um einen Güterwaggon damit beschäftigt, dessen fahle Fracht zu entladen. Eine Vielzahl nackter menschlicher Leiber sind in dem Güterwaggon zu einer festen, wirren Masse zusammengefroren und die Gefangenen nehmen sie mit Äxten, Handsägen und Stemmeisen auseinander und werfen die Teile auf den Boden. Weil sie steif gefroren sind, fließt kein Blut, sodass die ganze Operation verblüffend sauber verläuft. Die doppelt verglasten Scheiben von Görings Waggon sind derart schalldicht, dass der Aufschlag einer großen Feueraxt auf einen gefrorenen Rumpf nur als fast nicht wahrzunehmendes Pochen hindurchdringt.

Einer der Gefangenen wendet sich ihnen zu, während er einen Oberschenkel zu einer Schubkarre trägt, und riskiert einen direkten Blick auf den Zug des Reichsmarschalls. An die Brust seiner Kluft ist ein rosa Winkel angenäht. Sein Blick versucht, das Fenster zu durchdringen, an dem Vorhang vorbei einen menschlichen Kontakt zu jemandem im Waggon herzustellen. Rudi erstarrt einen Moment lang in panischer Angst, weil er meint, der Gefangene sieht ihn. Dann zieht Göring die Reitpeitsche zurück und der Vorhang fällt. Wenig später setzt sich der Zug wieder in Bewegung.

Rudi sieht seinen Liebsten an. Angelo ist völlig erstarrt, wie eine jener Leichen, und hat die Hände vors Gesicht geschlagen.

Göring macht einen wegwerfenden Schlenker mit der Peitsche. »Raus«, sagt er.

»Was?«, fragen Rudi und Angelo gleichzeitig.

Göring lacht laut und herzlich. »Nein, nein! Ich meine nicht, raus

aus dem Zug. Sie, Angelo, sollen den Wagen verlassen. Ich möchte unter vier Augen mit Herrn Professor Hacklheber reden. Sie können solange im Salonwagen warten.«

Angelo geht hastig. Mit der Peitsche macht Göring einen kurzen Schlenker zu zwei herumstehenden Adjutanten hin und sie gehen ebenfalls hinaus. Göring und Rudi sind miteinander allein.

»Tut mir Leid, dass ich Ihnen diese unerfreulichen Dinge zeigen musste«, sagt Göring. »Aber ich wollte Ihnen einfach deutlich machen, wie wichtig es ist, Geheimnisse zu wahren.«

»Ich kann dem Herrn Reichsmarschall versichern, dass – «

Göring bringt ihn mit einem Schlenker der Reitpeitsche zum Schweigen. »Werden Sie nicht langweilig. Ich weiß, dass Sie jede Menge bedeutender Eide geschworen und sämtliche Belehrungen über Geheimhaltung mitgemacht haben. Ich zweifle nicht an Ihrer Aufrichtigkeit. Aber das sind alles bloß Worte, und das reicht nicht für die Arbeit, die Sie für mich in Angriff nehmen sollen. Um für mich zu arbeiten, müssen Sie sehen, was ich Ihnen gerade gezeigt habe, damit Sie wirklich begreifen, was auf dem Spiel steht.«

Rudi senkt den Blick, holt tief Atem und ringt sich die Worte ab: »Es wäre mir eine große Ehre, für Sie zu arbeiten, Herr Reichsmarschall. Aber da Sie Zugang zu so vielen bedeutenden Museen und Bibliotheken Europas haben, möchte ich Sie als Gelehrter ergebenst um einen kleinen Gefallen bitten.«

In dem Kirchenkeller in Norrsbruck, Schweden, stößt Rudi einen Schrei aus und lässt seine Zigarette fallen, die er, wie eine langsam glimmende Zündschnur, bis an seine Finger hat herunterbrennen lassen, während er diese Geschichte erzählte. Er führt die Hand zum Mund, saugt kurz an einem Finger, entsinnt sich dann seiner Manieren und nimmt sich zusammen. »Göring hatte erstaunlich viel Ahnung von Kryptologie und kannte meine Arbeit über die Enigma. Er traute der Maschine nicht. Er hat mir gesagt, er wolle, dass ich das beste Kryptosystem der Welt erfände, eines, das niemals geknackt werden könne – er wolle (jedenfalls hat er das gesagt) mit Unterseebooten auf See und mit Einrichtungen in Manila und Tokio kommunizieren. Also habe ich ein solches System erfunden.«

»Und Sie haben es abgeliefert«, sagt Bischoff.

»Ja«, sagt Rudi und hier gestattet er sich zum ersten Mal an diesem

Tag ein leises Lächeln. »Und es ist trotz der Tatsache, dass ich es vor Ablieferung an Göring korrumpiert habe, ein recht gutes System.«

»Korrumpiert?«, fragt Root. »Was heißt das?«

»Stellen Sie sich einen neuen Flugzeugmotor vor. Stellen Sie sich vor, er hat sechzehn Zylinder. Er ist leistungsfähiger als jeder andere Motor auf der Welt. Trotzdem kann ein Mechaniker bestimmte Dinge – ganz einfache Dinge – tun, um seine Leistung zu beeinträchtigen. Zum Beispiel die Hälfte der Zündkabel herausziehen. Oder den Zündzeitpunkt verstellen. Das ist eine Analogie zu dem, was ich mit Görings Kryptosystem gemacht habe.«

»Und was ist schief gegangen?«, fragt Shaftoe. »Sind die draufgekommen, dass Sie das Ding korrumpiert haben?«

Rudolf von Hacklheber lacht. »Bestimmt nicht. Dazu wären auf der ganzen Welt vielleicht ein halbes Dutzend Leute in der Lage. Nein, schief gegangen ist, dass ihr, ihr Alliierten, in Sizilien und dann in Italien gelandet seid, und kurz danach wurde Mussolini gestürzt, die Italiener kündigten das Bündnis auf und Angelo geriet, wie alle anderen italienischen Staatsbürger, die zu Hunderttausenden im Reich lebten und arbeiteten, in Verdacht. Als Testpilot wurde er dringend gebraucht, aber seine Lage war prekär. Er meldete sich freiwillig für die gefährlichste Arbeit, die es gab – die Erprobung des neuen Messerschmitt-Prototyps mit Turbotriebwerk. Damit hat er für manche seine Loyalität unter Beweis gestellt.

Vergessen Sie nicht, dass ich zur gleichen Zeit den Funkverkehr von Abteilung 2702 entschlüsselt habe. Die Ergebnisse behielt ich für mich, weil ich dem Dritten Reich gegenüber keine besondere Loyalität mehr empfand. Um Mitte April herum hatte ungeheuer intensiver Funkverkehr stattgefunden, dann herrschte eine Zeit lang völlige Funkstille – als hätte die Abteilung zu bestehen aufgehört. Genau zur gleichen Zeit waren Görings Leute ein paar Tage lang sehr aktiv – sie hatten Angst, dass Bischoff das Geheimnis von U-553 ausposaunen würde.«

»Davon wissen Sie also?«, fragt Bischoff.

»Natürlich. U-553 war Görings Schatzschiff. Seine Existenz sollte geheim bleiben. Als Sie, Sergeant Shaftoe, an Bord von Bischoffs Unterseeboot auftauchten und von der Geschichte redeten, war Göring ein paar Tage lang sehr besorgt. Aber dann beruhigte sich alles wieder und es fand bis zum Frühsommer keinerlei Funkverkehr von Abteilung 2702 statt. Mussolini wurde Ende Juni gestürzt. Damit nahmen die Probleme für mich und Angelo ihren Anfang. Die Wehrmacht wurde bei Kursk von den Russen geschlagen – ein eindeutiger Beweis dafür, dass die Ostfront verloren war, falls es eines solchen Beweises überhaupt noch bedurfte. Seither hat Göring seine Anstrengungen verdoppelt, sein Gold, seine Edelsteine und seine Kunstwerke außer Landes zu schaffen.« Rudi sieht Bischoff an. »Es überrascht mich, ehrlich gesagt, dass er nicht versucht hat, Sie zu rekrutieren.«

»Dönitz hat es versucht«, gibt Bischoff zu.

Rudi nickt; es passt alles zusammen.

»In der ganzen Zeit«, fährt Rudi fort, »habe ich nur einen einzigen abgehörten Funkspruch im Code von Abteilung 2702 bekommen. Meine Maschinen haben mehrere Wochen gebraucht, um ihn zu entschlüsseln. Es war ein Funkspruch von Enoch Root, in dem er meldete, dass er und Sergeant Shaftoe sich in Norrsbruck, Schweden, befänden, und weitere Anweisungen erbat. Ich wusste, dass sich Kapitänleutnant Bischoff ebenfalls in dieser Stadt befand und das weckte mein Interesse. Ich kam zu dem Schluss, dass das ein guter Fluchtort für mich und Angelo wäre.«

»*Wieso!?*«, fragt Shaftoe. »Ausgerechnet –«

»Enoch und ich waren uns nie begegnet. Aber es gab gewisse alte Familienverbindungen«, sagt Rudi, »und gewisse gemeinsame Interessen.«

Bischoff murmelt etwas auf Deutsch.

»Diese Verbindungen ergäben eine ellenlange Geschichte. Ich müsste praktisch ein Buch darüber schreiben«, sagt Rudi gereizt.

Bischoff wirkt nur wenig besänftigt, aber Rudi fährt dennoch fort. »Wir brauchten mehrere Wochen, um Vorbereitungen zu treffen. Ich habe das Leibniz-Archiv verpackt –«

»Moment – das was?«

»Bestimmte Materialien, die ich bei meinen Forschungen benutze. Sie waren über zahlreiche Bibliotheken in ganz Europa verstreut. Göring hat sie für mich zusammentragen lassen – es verschafft Männern wie ihm ein Machtgefühl, ihren Sklaven solche kleinen Gefallen zu erweisen. Letzte Woche bin ich unter dem Vorwand, nach Hannover zu fahren, um meinen Leibniz-Forschungen nachzugehen, von Berlin abgereist. Stattdessen habe ich mich über Kanäle, die ziemlich kompliziert waren, nach Schweden durchgeschlagen –«

»Ach nee! Wie haben Sie denn das Kunststück fertig gebracht?«, fragt Shaftoe.

Rudi sieht Enoch Root an, als erwarte er von ihm, dass er die Frage beantwortet. Root schüttelt fast unmerklich den Kopf.

»Es wäre zu umständlich, das jetzt zu erklären«, sagt Rudi in leicht verärgertem Ton. »Ich habe Enoch ausfindig gemacht. Wir haben Angelo davon benachrichtigt, dass ich hier in Sicherheit bin. Daraufhin hat Angelo versucht, in dem Messerschmitt-Prototyp zu fliehen – mit dem uns allen bekannten Ergebnis.«

Langes Schweigen.

»Und nun sind wir hier!«, sagt Bobby Shaftoe.

»Hier sind wir«, pflichtet Rudolf von Hacklheber bei.

»Was meinen Sie, was wir jetzt machen sollen?«, fragt Shaftoe.

»Ich meine, wir sollten uns konspirativ zusammenschließen«, sagt Rudolf von Hacklheber so lässig, als schlüge er vor, sie sollten für eine Flasche Bourbon zusammenlegen. »Wir sollten uns alle auf getrennten Wegen nach Manila begeben, und sobald wir dort sind, sollten wir einiges, wenn nicht alles, von dem Gold an uns bringen, das die Nazis und die Japaner dort horten.«

»Was wollen Sie denn mit einem Arsch voll Gold?«, fragt Bobby. »Sie sind doch schon reich.«

»Es gibt viele unterstützenswerte karitative Zwecke«, sagt Rudi mit einem angelegentlichen Blick auf Root. Root wendet den Blick ab.

Erneut folgt langes Schweigen.

»Ich kann für sichere Kommunikationsverbindungen sorgen, was das *sine qua non* jeder Verschwörung ist«, sagt Rudolf von Hacklheber. »Wir werden die voll leistungsfähige, nicht korrumpierte Version des Kryptosystems, das ich für Göring erfunden habe, verwenden. Bischoff kann unser Mann im Innern sein, da Dönitz ihn unbedingt haben möchte. Sergeant Shaftoe kann –«

»Sie brauchen gar nichts zu sagen, ich weiß es schon«, sagt Bobby Shaftoe.

Er und Bischoff sehen Root an, der auf seinen Händen sitzt und Rudi anstarrt. Und merkwürdig nervös dreinschaut.

»Enoch der Rote, Ihre Organisation kann uns nach Manila bringen«, sagt von Hacklheber.

Shaftoe schnaubt. »Meinen Sie nicht, dass die Katholische Kirche im Moment genug um die Ohren hat?«

»Ich spreche nicht von der Kirche«, sagt Rudi. »Ich spreche von der *Societas Eruditorum.*«

Root erstarrt.

»Herzlichen Glückwunsch, Rudi!«, sagt Shaftoe. »Sie haben den Padre überrascht. Ich hätte nicht gedacht, dass das möglich ist. Könnten Sie uns jetzt vielleicht sagen, wovon zum Teufel Sie eigentlich reden?«

SCHATZ

Wie der Kunde eines weniger seriösen Kugelfisch-Sushi-Küchenmeisters rührt sich Randy Waterhouse geschlagene neunzig Minuten nach dem Abflug des Jumbo von Ninoy Aquino International Airport nicht von dem ihm zugewiesenen Platz. Seine Hand hat sich um eine Bierdose geschmiegt. Sein Arm ruht auf einer extrabreiten Business-Class-Armlehne wie eine Hachse auf dem Hackklotz eines Fleischers. Er dreht weder den Kopf noch die Augäpfel, nicht einmal, um aus dem Fenster nach Nordluzon hinunterzuschauen. Da draußen ist nichts als Dschungel, der jetzt zwei Arten von Assoziationen in ihm hervorruft. Die eine ist die unheimliche Tarzan/Stanley & Livingstone/»Das Grauen, das Grauen«/»Natives are restless«/Irgendwo-da-draußen-wartet-Charlie-auf-uns-Variante. Die zweite ist die modernere und aufgeklärtere à la Jacques Cousteau vom wimmelnden Lebensraum großartiger, bedrohter Arten und der Lunge des Planeten. Für Randy stimmt keine von beiden mehr so richtig, weshalb er trotz des Zustands winterschlafartiger Erstarrung, in den er verfallen ist, kaum dass sein Hintern das blaue Leder des Sitzes niedergedrückt hat, jedes Mal, wenn ein anderer Passagier bei einem Blick aus dem Fenster das Wort »Dschungel« ausspricht, einen kleinen Stachel der Irritation verspürt. Für ihn ist das jetzt nur noch ein Haufen Bäume, kilometerweit nur Bäume, Hügel rauf, Hügel runter nichts als Bäume. Er kann jetzt ohne weiteres den schockierend offenen und unverblümten Drang von Tropenbewohnern verstehen, mit den größten und breitesten Bulldozern, die sie auftreiben können, durch solches Gelände zu fahren (die einzigen Teile seines Körpers, die sich während der ersten anderthalb Stunden des Fluges bewegen, sind bestimmte Gesichtsmuskeln, die seine Mundwinkel zu einem ironischen Grinsen zurückziehen, wenn er sich vorstellt, was Charlene davon halten würde – es passt einfach zu gut! –: Randy geht auf Geschäftsreise und kommt zurück als jemand, der sich mit Regenwaldabholzern identifiziert). Randy will den Dschungel abholzen, radikal. Thermonukleare Waffen, in entsprechender Höhe gezündet, würden diese Aufgabe im

Grunde schneller erledigen. Er muss eine rationale Erklärung für diesen Drang finden. Das wird er tun, sobald er das Problem der globalen Sauerstoff-Verknappung in den Griff bekommt.

Bis er überhaupt auf den Gedanken kommt, das Bier an die Lippen zu heben, ist es bereits von der Hitze seines Körpers durchdrungen, und seine Hand ist so eisig und steif wie ein ungebackenes Tiefkühlbrötchen. Überhaupt hat sich sein gesamter Körper in eine Art Stoffwechselpause begeben, und auch sein Gehirn läuft nicht gerade auf Hochtouren. Er fühlt sich ungefähr so wie manchmal an dem Tag, bevor ihn eine Ganzkörper-Husten-Schnupfen-Attacke erwischt, eine dieser vernichtenden viralen Tet-Offensiven, die einen alle paar Jahre für ein oder zwei Wochen aus dem Land der Lebenden hinauskatapultieren. Es ist, als wären etwa zwei Drittel seiner Körperreserven an Nährstoffen und Energie für die Herstellung mehrerer Trillionen Viren abgezogen worden. Am Wechselschalter auf dem NAIA hatte Randy hinter einem Chinesen gestanden, der, gerade als er mit seinem Geld weggehen wollte, mit solch titanischer Wucht niesen musste, dass die Druckwelle, die aus seinen entzündeten, flatternden Gesichtsöffnungen rollte, die kugelsichere Glaswand zwischen ihm und den Geldwechselbeamten leicht nach innen wölbte, sodass das Spiegelbild des Chinesen, von Randy, der Eingangshalle des NAIA und der sonnenbeschienenen Kurzparkzone draußen kaum merklich verzerrt wurde. Wie reflektiertes Licht mussten die Viren am Glas abgeprallt sein und Randy eingehüllt haben. Vielleicht ist Randy ja der exklusive Überträger der diesjährigen Version der nach irgendeiner ostasiatischen Stadt benannten Grippe, die jedes Jahr durch die Vereinigten Staaten tourt. Aber vielleicht ist es auch Ebola.

Eigentlich geht es ihm gut. Abgesehen von der Tatsache, dass seine Mitochondrien streiken oder seine Schilddrüse auszusetzen scheint (Sollte sie vor kurzem von Schwarzmarkt-Organhändlern heimlich entfernt worden sein? In Gedanken macht er sich eine Notiz, dass er im nächsten Spiegel nach neuen Narben suchen will.), verspürt er keinerlei virusbedingte Symptome.

So etwas tritt auf, wenn der Stress nachlässt. Seit Wochen ist es das erste Mal, dass er sich entspannt. Nicht ein einziges Mal hat er sich mit einem Bier in eine Bar gesetzt, die Füße auf den Schreibtisch gelegt oder sich einfach wie eine verwesende Leiche vor dem Fernseher hinplumpsen lassen. Jetzt sagt ihm sein Körper, dass die Stunde der Vergeltung gekommen ist. Er schläft nicht; er fühlt sich nicht einmal dösig. Er hat sogar ziemlich gut geschlafen. Aber sein Körper verweigert eine und fast noch eine weitere Stunde lang jegliche Bewegung, und sofern sein Gehirn überhaupt arbeitet, vermag es sich nur im Kreis zu drehen.

Es gibt allerdings etwas, was er tun könnte. Dafür sind Laptops erfunden worden, damit wichtige Geschäftsleute auf langen Flügen nicht einfach die Zeit vertrödeln. Er kann ihn direkt vor sich auf dem Boden stehen sehen. Er weiß, dass er die Hand danach ausstrecken sollte. Aber das würde den Zauber brechen. Er kommt sich vor, als wäre Wasser auf seiner Haut kondensiert und zu einer Schale gefroren, die bei der kleinsten Bewegung irgendeines Körperteils zerspringen würde. Genau so, fällt ihm auf, muss ein Laptop sich fühlen, wenn er in den Stand-by-Modus übergeht.

Dann steht da eine Stewardess, hält ihm eine Speisekarte vors Gesicht und sagt etwas, was ihn durchrüttelt wie ein Elektrostab. Er springt fast von seinem Sitz auf, verschüttet ein paar Tropfen Bier, grapscht nach der Speisekarte. Bevor er in sein Halb-Koma zurückfallen kann, setzt er die Bewegung fort und greift nach seinem Laptop. Der Platz neben ihm ist frei, so dass er sein Abendessen dort hinstellen kann, solange er an seinem Computer arbeitet.

Die Leute um ihn herum schauen CNN – live aus dem CNN Center in Atlanta, nicht irgendeine Aufzeichnung vom Band. Geht man nach der Unmenge pseudotechnischer Daten auf den Karten, die hinten in den Rückenlehnen stecken und von niemand anderem als Randy je gelesen werden, besitzt dieses Flugzeug eine Art Antenne, die, während es den Pazifik überfliegt, den Zugriff auf einen Datenübertragungssatelliten erlaubt. Zudem ist es ein Zweiwegesystem, sodass man sogar E-Mails verschicken kann. Randy beschäftigt sich eine ganze Weile mit den Bedienungshinweisen, studiert die Gebühren, als wäre ihm nicht völlig egal, was das Ganze kostet, steckt das Ding in den Anus seines Laptops. Er klappt den Laptop auf und liest seine E-Mails. Viel ist nicht los, da bei Epiphyte alle wissen, dass er irgendwo unterwegs ist.

Es gibt aber drei Nachrichten von Kia, Epiphytes einziger richtiger Angestellten, der Verwaltungsassistentin für das ganze Unternehmen. Kia arbeitet in einem völlig unpersönlichen, nüchternen Büro im Springboard-Capital-Komplex, einem Gebäude in San Mateo, das jungen Unternehmen eine Bleibe bietet. Offenbar gibt es ein landesweit geltendes Gesetz, dass im Entstehen begriffene Hightech-Unternehmen, anders als große, etablierte Firmen, keine dicklichen fünfzigjährigen Bürokräfte beschäftigen dürfen. Sie müssen topologisch optimierte Zwanzigjährige einstellen, deren Namen wie neue Automodelle klingen. Da die meisten Hacker weiß und männlich sind, sind ihre Firmen, was ethnische Vielfalt anlangt, die reinsten Wüsten; folglich konzentriert sich jegliche Vielfalt auf die ein oder zwei Angestellten, die nicht Hacker sind. In dem Teil eines amtlichen Chancengleichheitsformulars, in dem Randy einfach das Kästchen WEISS ankreuzen würde, müsste Kia mehrere Blätter anhängen, auf denen ihr Familienstammbaum über zehn oder zwölf Generationen hinweg zurückverfolgt würde, bis man auf Vorfahren stieße, die ohne jede Mogelei einer bestimmten ethnischen Gruppe zugeordnet werden könnten, und diese ethnischen Gruppen wären dann schrecklich ausgefallen – nicht etwa Schweden, nein, Lappen, keine Chinesen, sondern Hakka, und keine Spanier, sondern Basken. Stattdessen hat sie auf ihrem Bewerbungsbogen für Epiphyte einfach »andere« angekreuzt und TRANSETHNISCH eingetragen. Tatsächlich ist Kia in so gut wie jedem System der Kategorisierung von Menschen trans-, und wo sie nicht trans- ist, da ist sie post-.

Jedenfalls macht Kia ihre Sache prima (es gehört zum unausgesprochenen Sozialvertrag mit solchen Leuten, dass sie immer hervorragende Arbeit leisten) und hat Randy per E-Mail mitgeteilt, sie habe innerhalb kurzer Zeit vier transpazifische Anrufe von America Shaftoe entgegengenommen, in denen sie nach Randys Verbleib, seinen Plänen, seiner geistigen Verfassung und der Ehrlichkeit seiner Absichten gefragt habe. Kia hat Amy geantwortet, dass Randy auf dem Weg nach Kalifornien ist, und dabei irgendwie durchblicken lassen, falls Amy es nicht selbst herausbekommen hat, dass der Grund für seine Reise KEIN GESCHÄFTLICHER ist. Randy spürt, wie irgendwo über einem neurologischen Alarmknopf eine dünne Glasscheibe zerspringt. Er ist in Schwierigkeiten. Das ist die Rache Gottes dafür, dass er es gewagt hat, ganze neunzig Minuten still dazusitzen und rein gar nichts zu tun. Er benutzt sein Textverarbeitungssystem zum Verfassen einer Nachricht an Amy, in der er ihr erklärt, dass er einigen Papierkram erledigen muss, um die letzten ihn noch umklammernden Ranken seiner toten, mausetoten Beziehung zu Charlene zu durchtrennen (einer Beziehung, die einzugehen eine so beschissene Idee war, dass er deswegen nachts wachliegt und an seinem eigenen Urteilsvermögen und seiner Lebenstauglichkeit zweifelt), und dass er das in Kalifornien tun muss. Die Nachricht schickt er per Fax an Semper Marine in Manila und außerdem an die *Glory IV*, falls Amy draußen auf dem Wasser ist.

Dann tut er etwas, was vermutlich bedeutet, dass er nachweisbar verrückt ist. Er steht auf, geht unter dem Vorwand, auf die Toilette zu müssen, den Gang der Business Class hinauf und wieder hinunter und schaut sich die in seiner Nähe sitzenden Passagiere an, wobei seine besondere Aufmerksamkeit ihrem Gepäck gilt, dem Zeug, das sie in die Fächer über ihren Köpfen gestopft haben, und den Taschen unter den Sitzen vor ihnen. Er hält Ausschau nach irgendetwas, was eine Art Van-Eck-Phreaking-Antenne enthalten könnte. Das ist ein völlig sinnloses Unterfangen, da so gut wie jedes Gepäckstück eine solche Antenne enthalten könnte, ohne dass er es je erfahren würde. Außerdem würde ein richtiger Spion, der in dieses Flugzeug gesetzt worden wäre, um seinen, Randys, Computer zu belauschen, nicht mit einer Riesenantenne dasitzen und auf ein Oszilloskop starren. Diese Kontrolle vorzunehmen ist (genau wie die Prüfung der Gebühren für die Übertragung von Lebenddaten zu dem Satelliten) eine Art leeres Ritual, das ihm das vage Gefühl vermittelt, verantwortungsbereit und wohl doch nicht ganz dumm zu sein.

An seinen Platz zurückgekehrt, lässt er OrdoEmacs hochfahren, ein herrlich paranoides Stück Software, das John Cantrell erfunden hat. In seiner normalen Form ist Emacs das Textverarbeitungssystem des Hackers, ein Texteditor, der für ausgefallene Formatierungswünsche wenig bietet, dafür aber die elementare Aufgabe des Editierens von Klartext sehr gut bewältigt. Der normal kryptographisch paranoide Hacker erstellt unter Emacs Dateien, die er später mit Ordo verschlüsselt. Wenn man aber vergisst, sie zu verschlüsseln, oder der Laptop vorher gestohlen wird oder das Flugzeug abstürzt und man selbst stirbt, der Laptop jedoch von erstaunten, aber verbissenen Absturzermittlungsbeamten gefunden und den Behörden übergeben wird, können die Dateien gelesen werden. Im Grunde ist es sogar möglich, nach dem Überschreiben der Dateien mit neuen Daten auf Abschnitten der Festplatte geisterhafte Spuren alter Bits zu finden.

OrdoEmacs dagegen arbeitet genau wie das normale Emacs, außer dass es alles verschlüsselt, bevor irgendetwas auf Platte geschrieben wird. Zu keinem Zeitpunkt wird von OrdoEmacs Klartext auf einer Platte niedergelegt – in seiner vollen, lesbaren Form erscheint der Text nur in den Pixels auf dem Bildschirm und in dem flüchtigen Arbeitsspeicher des Computers, von wo er verschwindet, sobald der Strom ausgeschaltet wird. Aber nicht nur das, er ist auch mit einem Bildschirmschoner gekoppelt, der die kleine, in den Laptop eingebaute

CCD-Kamera benutzt, um zu kontrollieren, ob man wirklich noch da ist. Sie kann kein Gesicht erkennen, kann aber feststellen, ob ein Wesen von unbestimmter menschlicher Gestalt vor ihr sitzt, und wenn dieses Wesen von unbestimmter menschlicher Gestalt weggeht, und sei es auch nur für den Bruchteil einer Sekunde, wird es zu einem Bildschirmschoner übergehen, der den Bildschirminhalt löscht und die Maschine blockiert, bis man ein Passwort eingibt oder seine Identität durch Spracherkennung biometrisch nachweist.

Randy öffnet eine Dokumentvorlage, die Epiphyte für interne Aktenvermerke benutzt, und beginnt gewisse Fakten darzulegen, die für Avi, Beryl, John, Tom und Eb neu und sicher anregend sein werden.

```
MEINE REISE IN DEN DSCHUNGEL
oder
DIE TROMMELN DER HUKS
oder
SIEH MAL EINER AN
oder
ER HAT MEINE HODEN GEQUETSCHT
oder
DIE SPINNER WERDEN PROFIS
eine Abenteuer- und Entdeckungsreise im
majestätischen Regenwald von Nordluzon
von
Randall Lawrence Waterhouse
Als ich bei einem unbedachten Vorstoß in
die Welt des Gesellschaftstanzes dieser
unbekannten Filipina mittleren Alters auf
die Füße trat, neigte sie sich zu mir und
murmelte ein paar Längen- und Breitengrad-
werte mit einer auffallend großen Anzahl
von Ziffern hinter dem Komma, die eine
maximale Lageabweichung von der Größenord-
nung eines Porzellantellers implizierten.
Gott, war ich neugierig! Die Betreffende
erwähnte diese Zahlen im Rahmen einer
Gesprächseröffnung, eines Gedankenxperi-
ments, bei dem es um den inhärenten
(sprich finanziellen) Wert von Informa-
```

tionen ging, (rein zufällig?) ein Thema,
das für uns, das Management-Team von Epiphyte(2) Corp., von Interesse ist. Konsultation von Luzon-Karten mit großem Maßstab
ergab, dass die betreffenden Längen- und
Breitengrade in einer hügeligen (oder
sagen wir doch gleich bergigen) Gegend
250 km nördlich von Manila liegen. Für
diejenigen unter euch, die nicht mit der
Geschichte des 2. WK vertraut sind: Diese
Gegend lag innerhalb der äußersten Grenze
des Gebiets, das General Yamashita, der
Tiger von Malaya und Eroberer von Singapur, am Ende dieses Krieges beherrschte,
nachdem General MacArthur ihn und seine
ungefähr 105 Soldaten aus dem dicht besiedelten Flachland vertrieben hatte. Und das
ist, wie wir sehen werden, beileibe nicht
nur eine im Grunde unwesentliche historische Anmerkung.
Übermittelte besagte Daten einem gewissen
Douglas MacArthur Shaftoe (um mehr Anekdotisches über denselben zu erfahren, vgl.
meine ausnahmsweise anschaulichen und lesbaren Zwischenberichte über die Echolotuntersuchungen), der behauptete: »Jemand
versucht, Ihnen eine Botschaft zu schicken«, (Anm.: jeder dämliche Gesprächsbeitrag im Folgenden stammt von DMS) und
mit einem Nachdruck, der schon gefährlich
an Aggressivität grenzte, seine Hilfe anbot. DMS ist in einem Maße energisch und
unternehmungslustig, das gewissen Leuten
(z.B. solchen, die unter einer kleinkarierten Angst vor Tod oder Folter leiden)
Unbehagen bereitet (s. meine frühere
Vermutung, dass DMS womöglich mit einem
redundanten Y-Chromosom geboren wurde).
Hauptaufgabe Meiner Wenigkeit bestand

schließlich darin, Quelle wiederholter, offensichtlich lästiger Mahnungen zu Vorsicht und Zurückhaltung sowie anderer Tugenden zu sein, die von DMS als völlig unbedeutend eingestuft werden, während er selbst sein langes Leben (das, da er vor mir geboren wurde, zwangsläufig das Meiner Wenigkeit an Jahren übersteigt), sein Netz enger persönlicher Beziehungen (undurchsichtig, weltumspannend, dem Vernehmen nach mächtig), seinen finanziellen Wohlstand (Vermögensgegenstände, z.B. Edelmetalle, verteilt auf verschiedene Orte, die DMS nicht preisgeben will) und (als Trumpfkarte) die körperliche Vollkommenheit seiner Freundin (sie muss, wenn sie vor die Haustür tritt, einen Schirm aufspannen, damit ihr Gesicht nicht die Piloten der über sie hinwegfliegenden Verkehrsflugzeuge dazu veranlasst, tumb und willenlos auf der Steuerung ihrer Höhenruder zusammenzusinken) als Beweise dafür anführt, dass den von Meiner Wenigkeit geäußerten Gedanken über die mögliche Vermeidung von Tod, Zerstückelung, etc. nicht mehr als nur die allerflüchtigste Beachtung zu schenken sei. Das Einzige, was Meine Wenigkeit in die Waagschale zu werfen hatte, waren ebenso passender- wie ironischerweise Informationen: nämlich die letzten paar Ziffern der Länge und Breite, die DMS vorenthalten wurden, damit er nicht einfach selbst hingeht und nachschaut (Anm.: DMS ist eine durch und durch ehrliche Haut, und es geht nicht darum, dass DMS etwas stehlen oder sich aneignen, sondern dass die Situation außer Kontrolle geraten könnte, vorausgesetzt, sie war überhaupt je unter Kontrolle).

Es wurden Pläne für eine Reise (»Einsatz«
im DMS-Sprachgebrauch) zu besagter Länge
und Breite gemacht. Zusätzliche Batterien
für den GPS-Empfänger wurden gekauft
(s. beiliegende Spesenabrechnung). Vorräte
an Trinkwasser usw. angelegt. Ein Jeepney
wurde gemietet. Konzept des Jeepney hier
unmöglich umfassend darzustellen: ein
Minibus, in der Regel benannt nach einem
Popstar, einer biblischen Figur oder einem
abstrakten theologischen Begriff, dessen
Motor und Rahmen von einer amerikanischen
oder japanischen Autofirma kommt, dessen
Karosserie, Sitze, Polsterung und reiche,
grelle Verzierung jedoch von temperament-
vollen Kunsthandwerkern an Ort und Stelle
gefertigt werden. Jeepneys werden normalerweise außerhalb von Manila in Städten
oder Barangays (halbautonomen Gemeinden),
die sich auf dieselben spezialisiert
haben, gebaut; Design, Materialien, Stil
usw. eines Jeepneys spiegeln seine Herkunft ebenso wider wie ein guter Wein
angeblich Klima, Bodenbeschaffenheit usw.
seiner Lage verrät. Unserer war (ungewöhn-
licherweise) ein gänzlich einfarbiger
Jeepney aus reinem Edelstahl, hergest. in
dem auf die Edelstahlfabrikation speziali-
sierten Barangay San Pablo, mit (im Gegensatz zu normalen Jeepneys) keinerlei bunten Verzierungen - alles entweder
edelstahlfarben oder (wo elektrische Lichter Verwendung fanden) ein reines, grelles
Halogenweiß mit einem leichten Blaustich
als hübsche Ergänzung zur Farbe des Edel-
stahls. Rücksitze waren Edelstahlbänke mit
überraschend ergonomischen Lendenwirbel-
stützen. Name unseres Jeepneys lautete THE
GRACE OF GOD. Leser dieser Mitteilung wer-

den mit Enttäuschung zur Kenntnis nehmen,
dass Bong-Bong Gad (sic!), Designer/Eigentümer/Fahrer /Halter des Vehikels, den
unausweichlichen »there but for THE GRACE
OF GOD go I«-Witz vorwegnahm, indem er ihn
bei Meiner Wenigkeit loswurde, während wir
uns noch die Hand schüttelten (Filipinos
lieben ausgiebiges Händeschütteln, und bei
dem, der dessen Ende einleitet - in der
Regel der Nicht-Filipino - bleibt regelmäßig das dumpfe Gefühl zurück, ein Vollidiot zu sein).
Meine Wenigkeit deutete, in vertraulichem
Tête-à-Tête-Modus mit DMS, den Mangel an
Fenstern im hinteren (Passagier-)Teil von
THE GRACE OF GOD als glaubhaften Beweis dafür, dass hier die Klimaanlage, eine auf
den philippinischen Inseln weit verbreitete
Technologie, fehlte. DMS äußerte Skepsis
bezüglich Charakterstärke Meiner Wenigkeit
und stellte eine Reihe prüfender Fragen
zum Zweck des Nachweises meines Engagements für den Einsatz, meiner treuhänderischen Verantw. für die Epiphyte-Aktionäre,
des Grades meiner körperlichen & geistigen
Vitalität und des allgemeinen Ausmaßes
meiner »Ernsthaft«-igkeit (»ernsthaft« zu
sein ist eine Art allumfassendes Konzept,
das eng mit meiner Lebenstauglichkeit, dem
Privileg, DMS zu kennen, und meinen Verabredungen mit seiner Tochter verbunden ist.
Das gibt mir die Gelegenheit anzusprechen,
was normalerweise niemanden außer mir etwas angehen würde, was aber unter den gegebenen Umständen zu enthüllen moralisch
geboten ist, nämlich dass ich in
die Tochter von DMS verknallt bin und sie
diese Gefühle zwar nicht in vollem Umfang
erwidert, mich aber doch hinreichend unab-

scheulich findet, um gelegentlich mit mir essen zu gehen. Soeben erst ist mir aufgegangen, dass mein Bemühen um eine Bez. m. besagter Frau, einer gewissen America (sic!), in der modernen US-Gesellschaft als SEXUELLE BELÄSTIGUNG eingestuft würde und, falls der gewünschte Höhepunkt erreicht wird, von SEXUELLEM MISSBRAUCH oder VERGEWALTIGUNG aufgrund des »Machtungleichgewichts« zwischen ihr und mir die Rede wäre. Schließlich gehört Meine Wenigkeit zum Management einer Firma, von der Semper Marine einen umfangreichen Auftrag bekommen & im letzten Geschäftsjahr einen Großteil ihrer Einkünfte bezogen hat. Allerdings sei jedem, der erwägt, mich bei der Bundespolizei anzuzeigen, damit sie mich bei meiner Ankunft am SFO festnimmt & meine Missetaten aufdeckt & mich öffentlich an den Pranger stellt & mich zur Teilnahme an Workshops zur Schärfung des Unrechtsbewusstseins zwangsverpflichtet, angeraten, sich zuerst mit den Shaftoes bekannt zu machen & zumindest offen zu bleiben für die Möglichkeit, dass Dads soldatische Tapferkeit, verbunden mit den üblichen krankhaft überfürsorglichen Gefühlen gegenüber seinem weiblichen Spross, in Kombination mit der Angewohnheit der Tochter, eine als Kris bekannte gewaltige Stichwaffe aus Palawan bei sich zu tragen, und der allgemeinen geistigen Schärfe & körperlichen Fitness & Courage der Tochter, die weit über die Meiner Wenigkeit hinausgehen, jedes wahrgenommene Machtungleichgewicht reduziert, vor allem angesichts der Tatsache, dass die meisten unserer Interaktionen in Umgebungen stattfinden, die sich vortrefflich für dezente

Unfälle & anschließende Leichenentsorgung
anbieten. Mit anderen Worten, wenn ich
euch von diesem Liebeskram erzähle, dann
nicht als Geständnis persönlicher Missetaten, sondern zur vollständigen Offenlegung
einer Situation, die mein Urteilsvermögen
gegenüber Semper Marine beeinflussen
und eventuell eine negative Wirkung auf
den Shareholder Value haben könnte beziehungsweise, noch viel einleuchtender, von
Anwälten bestimmter Minderheitsaktionäre,
die unsere Branche wie Guineawürmer befallen, so interpretiert werden könnte,
um dann als Vorwand für eine Klage zu dienen).
Aber zurück zur eigentlichen Frage. Meine
Wenigkeit erklärte ruhig (ahnend, dass
energisch vorgebrachte Behauptungen von DMS
als Defensivhaltung & damit ein De-facto-
Eingeständnis mangelnder »Ernsthaft«-
igkeit empfunden würden), dass (1) eine
mehrtägige Reise in einem offenen, nicht
klimatisierten Fahrzeug durch philippini-
sches Hinterland einem Tag am Strand, verbunden mit Picknick, Spaziergang im Park &
Sonntagsbummel, entspreche und (2) Meine
Wenigkeit sie außerdem, selbst wenn es die
schrecklichste Tortur wäre, angesichts der
überaus hohen und insgesamt ernsthaften
Einsätze aller Beteiligten (einschl. der
Epiphyte-Aktionäre) gerne auf sich nehmen
würde. Rückblickend scheinen (1) und (2)
in so kurzer Abfolge eine Art Absiche-
rungsstrategie von Seiten Meiner Wenigkeit
zu offenbaren, aber DMS ließ sich damals
beruhigen, zog in aller Form seine zuvor
geäußerten Vorwürfe hinsichtlich Charakterstärke etc. zurück und ließ durchblicken, dass er den Gedanken, den Jeepney

zu verwenden, als taktische Meisterleistung seinerseits betrachte, denn dort, wo wir hinführen, würde ein Benz mit Rauchglasscheiben oder ein Fünfzigtausend-Dollar-Land-Rover oder überhaupt jedes Fahrzeug mit Sonderzubehör wie gepolsterten Sitzen, Fenstern mit richtigen Glasscheiben, Stossdämpfern, die nicht aus der Zeit vor dem Kennedy-Attentat stammten, etc. etc. nur unnötige Aufmerksamkeit auf den Einsatz ziehen.
America Shaftoe blieb in Manila, um über Funk mit der Einsatztruppe in Kontakt zu bleiben & (vermute ich mal) Napalmbomber anzufordern, falls wir in Schwierigkeiten geraten sollten. Bong-Bong Gad & sein ca. 12jähriger Sohn/Geschäftspartner Fidel saßen vorne. DMS & Meine Wenigkeit teilten uns das rückwärtige (Passagier-)Abteil mit drei geheimnisvollen, präzise gepackten grünen GI-Seesäcken, ungefähr 100 Litern Trinkwasser in Plastikflaschen & zwei Asiaten in den Dreißigern oder Vierzigern, die während der ersten vier Stunden der Reise, in denen wir lediglich versuchten, vom Zentrum Manilas zu seinem nördlichen Stadtrand zu gelangen, die stereotype Unergründlichkeit, Gleichmütigkeit, Würde etc. etc. an den Tag legten. Nationalität der beiden war zunächst nicht ersichtlich. Viele Filipinos sind von ihrer Rasse her fast reine Chinesen, obwohl ihre Familien schon seit Jahrhunderten hier leben. Vielleicht erklärt das die ausgeprägt asiatischen Gesichtszüge unserer Reisegefährten und (wie ich dann vermuten musste) Geschäftspartner.
Sprichwörtliches Eis brach im Gefolge des Schweinetransporterzwischenfalls, der sich

auf vierspurigem, durch Baustelle auf zwei
Spuren verengten Highway von Manila in
Richtung Norden ereignete. Beiläufige Beobacht. von philippinischen Schweinen
lässt darauf schließen, dass ihre grotesken, pinkfarbenen, revolverblattgroßen
Ohren als Hitzeaustauscher fungieren, so
wie beispielsweise die Zunge beim Hund.
Sie werden in Fahrzeugen transportiert,
die aus einem großen, auf das Untergestell
eines einfachen Lastwagens (im Gegensatz
zu einem Sattelschlepper) montierten Käfig
bestehen. Der Bau solcher Fahrzeuge
scheint die lokalen Ressourcen derart zu
belasten, dass sie nur dann wirtschaftlich
sind, wenn sie grundsätzlich mit der
größtmöglichen Anzahl von Schweinen beladen werden. Hitzebildung ist die Folge.
Die Schweine passen sich an, indem sie
sich zum Käfigrand durchkämpfen & ihre
Ohren/Hitzeaustauscher zur Seite hinaushängen und im Fahrtwind des Lastwagens
flattern lassen.
Der Anblick eines solchen Fahrzeugs, wenn
man sich ihm von hinten nähert, bedarf
keiner weiteren Beschreibung. Leser, die
dem Thema Ausscheidungen ein paar Momente
der Überlegung schenken, muss man auch
nicht mit der Nase auf das stoßen, was aus
einem solchen Fahrzeug fliegt, spritzt,
tropft etc. Der Schweinetransporterzwischenfall war eine witzige Demonstration
angewandter Hydrodynamik, wenngleich, da
ja kein Wasser im Spiel war, »Exkretodynamik« oder »Skatodynamik« vielleicht besser
passen würde. In der Hoffnung, ihn überholen zu können, war THE GRACE OF GOD
bereits einige Kilometer hinter einem
typischen Schweinetransporter hergefahren.

Allein die Menge überschüssiger Körperhitze, die von seiner riesigen Phalanx synchron flatternder pinkfarbener Ohren ausstrahlte, bewirkte, dass mehrere unserer Trinkwasserflaschen sprudelnd zu kochen begannen und platzten. Wegen der Gefahr umherfliegender Ausscheidungen hielt Bong-Bong Gad gebührenden Abstand zu dem Lastwagen, was jedoch das Problem des Überholens in keiner Weise vereinfachte. Die Anspannung wurde greifbar & Bong-Bong Ziel einer ständig zunehmenden Flut von harmlosen Frotzeleien und ungebetenen Ratschlägen an den Fahrer, die aus dem Fahrgastraum kam, insbesondere von DMS, der das fortdauernde unwillkommene Vorhandensein des Schweinelasters auf unserer geplanten Route als persönlichen Affront & somit als eine Herausforderung betrachtete, der es sich mit aller gebotenen Courage, Energie, Selbstsicherheit & anderen derartigen Eigenschaften, über die DMS bekanntlich im Übermaß verfügt, zu stellen galt.
Nach einiger Zeit setzte Bong-Bong zum Überholen an, wobei er mit der einen Hand das Lenkrad drehte und mit der anderen den gleichermaßen wichtigen Aufgaben, den Schalthebel zu betätigen und die Hupe zu drücken, nachkam. Als wir auf der Höhe des Schweinelasters (der sich auf meiner Seite des Jeepneys befand) waren, machte der Lastwagen einen Schlenker zu uns herüber, ungefähr so, als umführe er ein tatsächliches oder imaginäres Hindernis auf der Straße. Die eigentliche Hupe von THE GRACE OF GOD blieb offensichtlich ungehört, wahrscheinlich weil sie mit einer Unmenge von Schweinen, die lauthals ihren Unmut

zum Ausdruck brachten, um denselben Frequenzbereich konkurrieren musste. Mit einem Aplomb, den man sonst nur bei alternden englischen Butlern sieht, griff Bong-Bong mit seiner Hupen-/Gangschaltungshand nach oben, packte eine von der Decke des Fahrerhauses baumelnde glänzende Edelstahlkette, an deren Ende ein Edelstahlkruzifix hing, zog mit einem heftigen Ruck daran und betätigte so das sekundäre, tertiäre und quartäre Hupsignalsystem: ein Trio von tubagroßen Edelstahlhörnern, die auf das Dach von THE GRACE OF GOD montiert waren und zusammen so viel Strom abzogen, dass die Geschwindigkeit unseres Fahrzeugs um (geschätzte) zehn km/h abnahm, während seine Energie in die Produktion von Dezibel floss. Auf einem halb-hyperbolischen Feldstreifen von dreißig Kilometern Länge wurde durch die Schallwelle die Ernte flachgelegt, und Hunderte von Kilometern weiter nördlich überreichte die taiwanesische Regierung, der die kollektiven Ohren immer noch klangen, dem philippinischen Botschafter eine Protestnote. Noch Tage später wurden tote Wale und Delphine an den Stränden von Luzon angeschwemmt, und die Sonarbedienungsmannschaften in vorbeifahrenden Unterseebooten der US-Marine wurden mit blutenden Ohren in den vorzeitigen Ruhestand geschickt.

Durch dieses Geräusch zu Tode erschrocken, leerten die Schweine vermutlich allesamt ihre Därme just in dem Moment, als der Fahrer seinen Schweinelaster mit einem heftigen Schwenk von uns weglenkte. Gewisse Sätze aus dem ersten Jahr Physik über die Erhaltung des Bewegungsimpulses ergaben zwingend, dass ich zwecks Mehrung des Shareholder Value mit dem Inhalt von Schweinedärmen geduscht wurde. Das war offenkundig das Komischste, was die zwei asiatisch aussehenden Herren je gesehen hatten, und machte sie für mehrere Minuten hilflos. Einer der beiden musste sich vor lauter Lachen sogar erbrechen (das erste Mal, dass das Fehlen von Fensterscheiben bei unserem Fahrzeug sich als nützlich erwies). Der andere streckte die Hand aus und stellte sich als ein gewisser Jean Nguyen vor. Damit ist der französische Männername und nicht der englische Frauenname gemeint. Nachdem Jean Nguyen mir seinen Namen gesagt hatte, schaute er mich gespannt an, genau wie DMS, als erwarteten sie, dass ich einen ziemlich offensichtlichen Witz kapierte. Vielleicht zu sehr mit Fragen der Hygiene beschäftigt, kapierte ich ihn nicht, und sie wiesen mich darauf hin, dass, wenn »Jean« wie »John« ausgesprochen wird und »Nguyen« so, wie viele Amerikaner ihn verballhornen, der Name doch wie »John Wayne« klinge, und so sollte ich besagten Jean Nguyen fortan bitteschön auch nennen. Rückblickend scheint es, als hätte ich eine Gelegenheit bekommen, mich auf Jean Nguyens Kosten ein bisschen lustig zu machen und so, zumindest in symbolischer Hinsicht, nach dem Zwischenfall mit der Schweinescheiße die Waage wieder ins Gleichgewicht zu bringen. Meine Unfähigkeit, diese Gelegenheit zu nutzen, hinterließ bei allen ein etwas unbehagliches Gefühl, so als schuldeten sie mir noch etwas. Der andere Herr wurde als Jackie Woo vorgestellt. Er sprach Englisch mit einem leichten indischen Knistern in der Stimme, was mich dazu veranlasste, ihn theoretisch als Eingeborenen der malaiischen Halbinsel mit chinesischen Vorfahren, zum Beispiel aus Singapur oder Penang, einzuordnen.

Der erste Tag unserer Reise führte uns quer über die Ebene von Zentralluzon (Reis und Zuckerrohr) zu der Stadt San Jose am Fuß des südlichsten Ausläufers der Cordillera Central (Bäume und Insekten). Zu diesem Zeitpunkt war es dunkel, und zu meiner Erleichterung waren weder DMS noch Bong-Bong scharf darauf, sich im Dunkeln über gewundene Kordillerenstraßen zu wagen. Wir übernachteten in einem Guesthouse. Da ich viel Zeit auf die detaillierte Beschreibung des Schweinetransporters verwandt habe, will ich an dieser Stelle diverse Einzelheiten über San Jose, seine Einwohner (Angehörige verschiedener taxonomischer Stämme, von denen ich manchen bis zu dieser Nacht noch nie begegnet war), die charakterbildende Art unserer Unterkunft und insbesondere deren kurioses Leitungssystem, das der Phantasie, nicht jedoch dem hydrostatischen Scharfsinn seines anonymen Erbauers zur Ehre gereichte, weglassen. Es war die Art Herberge, die im Reisenden den dringenden Wunsch aufkommen lässt, am nächsten Morgen in aller Herrgottsfrühe Hals über Kopf abzureisen, was wir auch taten.

Nun eine Bemerkung über die physikalischen Eigenschaften des Raumes, wie sie von Menschen, die in Körpern mit beschränkten physikalischen Möglichkeiten gefangen sind, wahrgenommen werden. Mir ist schon vor langer Zeit aufgefallen, dass der Raum an manchen Orten dichter, verwickelter, psychisch irgendwie GRÖSSER zu sein scheint als an anderen. Im vollkommen offenen Brachland im Zentrum von Washington State eine Entfernung von fünf bis sechs Kilometern zurückzulegen ist ein Leichtes und dauert zu Fuß weniger als eine Stunde, und wenn man irgendein Fahrzeug hat, nur ein paar Minuten. Dieselbe Entfernung in Manhattan zurückzulegen, dauert viel länger. Das liegt nicht einfach daran, dass der Raum rein physikalisch gesehen eher voll gestopft ist (wenngleich das sicher zutrifft), sondern dass es so etwas wie einen psychologischen Einfluss gibt, der die Art und Weise, wie man Entfernung wahrnimmt und erlebt, verändert. Man kann nicht so weit sehen, und was man sieht, ist voll mit Leuten, Gebäuden, Waren, Fahrzeugen und anderen Sachen, die einzuordnen, zu verarbeiten das Gehirn eine ganze Weile braucht. Selbst wenn man eine Art Zauberteppich hätte, der an all den physikalischen Hindernissen vorbeiflöge, erschiene einem diese Strecke viel länger und man bräuchte länger, um sie zu überwinden, einfach, weil der Geist sich mit viel mehr Dingen auseinander setzen müsste. Dasselbe gilt für dschungelartiges Gelände im Gegensatz zur freien Ebene. Den physikalischen Raum zu durchqueren ist im Grunde ein fortwährender Kampf gegen Hunderte verschiedener Gegner, von denen jeder für den Reisenden ein Hindernis, eine Gefahr oder beides darstellt. Gleichgültig, welches von beiden in einem bestimmten Gebiet von zehn Quadratmetern Fläche vorherrscht, man ist auf jeden Fall dumm dran, was die Durchquerung dieser zehn Quadratmeter betrifft. Es führen Straßen durch den Dschungel, aber selbst wenn sie

in gutem Zustand sind, erscheinen sie einem wie Engpässe und nicht wie Bewegungsvektoren, und sie sind nie in gutem Zustand... Schlammpfützen, umgestürzte Bäume, riesige Schlaglöcher und dergleichen mehr blockieren sie alle paar hundert Meter. Zudem ist hier derselbe Wahrnehmungsmechanismus am Werk... in keine Richtung kann man weiter als ein paar Meter sehen, und was man sieht, ist eine Vielfalt visueller Inputs, von denen manche, wie zum Beispiel Schmetterlinge (okay, okay), durchaus schön sind. Ich erwähne dies alles, weil ich weiß, dass jeder, der es liest, vermutlich mehrere Karten von Luzon an der Wand oder im Computer hat, die, wenn man sie konsultiert, den Eindruck vermitteln, als hätten wir es hier mit einem unbedeutend kleinen Gebiet zu tun und nur kürzeste Distanzen zu überwinden. Stattdessen müsst ihr versuchen, euch vorzustellen, dass Luzon in Wirklichkeit so groß ist wie, sagen wir, die Vereinigten Staaten westlich des Mississippi. Hinsichtlich der Zeit, die man braucht, um einmal herum zu kommen, ist es mindestens so groß. Wenn ich das erwähne, dann nicht, um euch etwas vorzujammern und euch allen zu zeigen, wie eifrig ich gearbeitet habe, sondern weil ihr, solange ihr nicht die zentrale Bedeutung der wirklich gewaltigen Ausmaße dieses Teils der Welt verstanden habt, nicht imstande sein werdet, die verblüffenden Fakten zu glauben, die ich hier nach und nach enthülle.
Wir fuhren in die Berge. Gegen Mittag stießen wir zum ersten Mal auf eine Straßensperre des Militärs. Vom kartographischen Gesichtspunkt aus war die von San

Jose bis hierher zurückgelegte Entfernung
lächerlich kurz, was aber die kreativ be-
wältigten unvermuteten Auseinandersetzun-
gen, die unter größten Verrenkungen ge-
troffenen Entscheidungen & die Fallgruben
der Verzweiflung, aus denen mithilfe der
emotionalen Fingernägel, herausgeklettert
wurde, betrifft, sollte sie, gemessen an
jedem beliebigen Tag der Lewis & Clark-
Expedition (abgesehen natürlich von außer-
gewöhnlichen Tagen wie dem ihrer ersten
Begegnung mit Ursus horribilis & dem ihrer
heldenhaften Überquerung der Bitterroot
Range auf Strümpfen), als großartige Leistung gewertet werden. Die Straßensperre
war im schlichten philippinischen Stil
errichtet: ein Mann in Militäruniform (von
der US-Armee ausrangiert), der rauchend &
winkend am Straßenrand stand. Wir befanden
uns an einer der wenigen breiteren Stellen, wo hasenherzige Fahrer entgegenkommen-
der Fahrzeuge feige ausweichen konnten.
Vier Armeeangehörige (die später von dem
abzeichenkundigen DMS als First Lieutenant,
Sergeant und zwei Privates eingestuft wurden) hatten es sich auf einem geparkten
Humvee-artigen Fahrzeug mit einer lächerlich langen an der Stoßstange angebundenen
Stabantenne bequem gemacht. Die mit M-16
Schnellfeuergewehren bewaffneten Privates
rappelten sich steif von ihrem Ruheplatz
hoch und bezogen jeweils rechts und links
hinter THE GRACE OF GOD Position, wobei
sie ihre Gewehre mehr oder minder auf den
Boden richteten, so als fürchteten sie en-
tomologische Bedrohungen mehr als unsere
kleine Reisetruppe. Waffe des Sergeants
hielt ich zunächst für L-förmigen Gummi-
knüppel, hergestellt aus Teilen, die aus

dem Sanitärbereich eines Heimwerkermarktes
stammten & schwarz angemalt worden waren,
identifizierte sie bei näherem Hinsehen
jedoch als Maschinenpistole.
Besagter Sergeant näherte sich Bong-Bong
Gads Tür & unterhielt sich mit ihm in
Tagalog. Lieutenant, der nur Faustfeuer-
waffe trug & diese Operationen von einem
schattigen Platz in der Nähe des Humvee
aus überwachte, schien einen eher laxen
als überkorrekten Führungsstil zu praktizieren. Die Kontrolle beschränkte sich
darauf, dass der Sergeant durch die glas-
losen Fenster von TGOG schaute & ein paar
herzliche Worte mit DMS austauschte (Jean
Nguyen & Jackie Woo sprachen offensichtlich noch weniger Tagalog als Meine
Wenigkeit). Dann durften wir weiterfahren,
obwohl mir auffiel, dass der Lieutenant
unverzüglich einen Funkspruch absetzte.
»Der Sergeant sagt, es sind Nette Personen
Anwesend«, erklärte mir Bong-Bong Gad und
benutzte dabei einen neckischen lokalen
Euphemismus für NPA oder New People's
Army, eine angeblich revolutionäre, aber
offensichtlich ziemlich kraftlose Gueril-
la-Organisation, die in direkter Linie von
den Hukbalahaps oder Huks, den Kämpfern,
die im 2. WK den japanischen Besatzern
(allerdings nicht so halbherzig) Widerstand leisteten, abstammte.
Danach legten wir eine Strecke zurück, die
in puncto Angst, Unsicherheit und Zweifel
einem weiteren Lewis-und-Clark-Expediti-
onstag entsprach, einer praktischen, aus
Entfernung, Gefahr, Gewichtsverlust durch
Transpiration, schwacher Schließmuskelkon-
trolle, Heimweh, Erschöpfung & seelischer
Strapaze zusammengesetzten Maßeinheit, die

ich hinfort mit der Abkürzung LUC bezeichnen werde. Nach 1 LUC gelangten wir zu einer weiteren Straßensperre, die der ersten ähnelte, außer dass es hier neben dem Humvee einen Truppentransporter, ein paar Zelte und eine Grubenlatrine gab, deren Geruch & Aussehen auf eine schon lange währende Militärpräsenz in dieser Gegend schließen ließ. Ein unglücklicher Private wurde gezwungen, mit einer Taschenlampe unter THE GRACE OF GOD zu kriechen und das Fahrgestell zu inspizieren. Die drei Seesäcke wurden herausgeholt und ihr Inhalt ausgebreitet. Ich sollte vielleicht erwähnen, dass, nachdem ich in Manila zu dieser Expedition hinzugestoßen war, DMS meinen Sack mit einer mir zu dem Zeitpunkt unangenehmen Neugier durchsucht, mir die Mitnahme bestimmter Dinge (wie Arzneimittel) untersagt und die restlichen Gegenstände in durchsichtige Ziploc-Plastikbeutel umgepackt hatte, die in den Seesäcken verstaut wurden. Der Vorteil dieser hochmodularen Vorgehensweise zeigte sich darin, dass die Inspektion unseres Gepäcks wunderbar schnell vonstatten ging: Die Seesäcke wurden einfach über auf dem Boden ausgebreiteten Planen umgestülpt & ihr Inhalt mittels Sichtprüfung durch die transparenten inneren Beutel hindurch, in manchen Fällen auch mittels Tastprüfung zur Feststellung inhomogener Zusammensetzungen, untersucht. Manche dieser Beutel enthielten Schachteln mit Tabakprodukten amerikanischer Herkunft, die, wie erwartet, nicht in die Seesäcke zurückwanderten. Der größte Teil meines von DMS verlangten Vorrats an Alkaline AA Batterien, der mir für den geplanten Bedarf völlig übertrie-

ben vorgekommen war, verschwand bei dieser Gelegenheit ebenfalls. Wir wurden weitergeschickt und erreichten nach ungefähr 0,5 LUC (hauptsächlich verursacht durch die Notwendigkeit, einen auf der Straße liegenden Baum wegzuräumen) eine Stadt, die, scheinbar aus dem Nichts aufgetaucht, in einem Dschungeltal zu beiden Seiten eines Flusses lag. In dieser Nacht in einem überraschend angenehmen Guesthouse wie ein Toter geschlafen. Am nächsten Morgen aufgewacht & durchs Fenster eine große Ansammlung von Einheimischen beobachtet, die in ihren besten Netzkappen & amerikanischen Baseball-T-Shirts unten auf der Straße herumliefen. Ging Treppe hinunter und stieß im Speiseraum auf DMS, strategisch flankiert von Jean Nguyen & Jackie Woo, die an anderen Tischen in den Ecken des Raumes saßen, unter klimatischen Gesichtspunkten unpassende Jacketts trugen & insgesamt das Bild von mit versteckten Waffen bestückten Unsympathen abgaben, mit denen nicht zu spaßen war.
Nicht darauf erpicht, in dieses Psychodrama verwickelt zu werden, setzte sich Meine Wenigkeit außerhalb aller gedachten Geschossflugbahnen ganz unverfänglich an einen anderen Tisch, nahm vom Inhaber Kaffee an, lehnte lokale Delikatessen ab, verhandelte (s. Spesenabrechnung) über die Miete für Schüssel & Löffel, frühstückte mit Cap'n Crunch & warmer H-Milch aus dem Seesack (Ersterer war in einen Ziploc-Beutel gepackt worden, der, als er ganz voll war, die unverwechselbare Kissenform eines einzelnen Cap'n-Crunch-Bröckchens, nur viel größer, angenommen hatte. Explosive krachende Essgeräusche bewirkten,

dass Meine Wenigkeit sich auffällig und
wie ein typischer Vertreter westlicher
Kultur vorkam. Jean Nguyen & Jackie Woo
hatten sämtliche Erfrischungen außer Tee
abgelehnt, um so das Bild reizbarer Wach-
samkeit & spontaner Gewaltbereitschaft
besser zu vermitteln. DMS aß ein Omelette
von annähernd dem Durchmesser eines Hula-
Hoop-Reifens & führte ein Gespräch nach
dem anderen mit Einheimischen, die vom Eigentümer einzeln durch die Eingangstür des
Gebäudes hereingelassen wurden und DMS
ihren Fall darlegen durften, als wäre er
ein ambulanter Richter. Zwischen zwei
solchen Gesprächen bemerkte DMS meine
Anwesenheit im Raum und forderte mich auf,
mich zu ihm zu setzen. Ich installierte
mein ganzes Cap'n-Crunch-Zubehör an der
Ecke des Tisches, die nicht von dem Omelette in Beschlag genommen wurde & saß
während der nächsten paar Dutzend Gespräche, die in einer Mischung aus Englisch
und Tagalog geführt wurden, neben ihm.
Die Menge auf der Straße schrumpfte in dem
Maße, wie die Leute hereinkamen und anschließend von DMS weggeschickt wurden.
Der Gegenstand dieser Gespräche konnte von
Meiner Wenigkeit nur durch das gelegentliche Aufschnappen englischer Wörter & die
im Wesentlichen intuitive, einer rationalen Erklärung an dieser Stelle nicht
zugängliche Erkennung von Mustern herge-
leitet werden. Die am häufigsten gebrauchten Schlüsselwörter: Japan, die Japaner,
der Krieg, Gold, Schatz, Ausgrabungen,
Yamashita, Massenexekutionen. Der emotionale Tenor dieser Gespräche bestand aus
höflicher, aber extremer Skepsis bei DMS,
der der dringende Wunsch der Einheimischen

gegenüberstand, man möge ihnen doch Glauben schenken. Am Ende glaubte DMS, soweit ich feststellen konnte, keinem von ihnen. Daraufhin wurden sie entweder widerspenstig & mussten (den Blick argwöhnisch auf Jean Nguyen & Jackie Woo gerichtet) des Raumes verwiesen werden oder nahmen eine verletzte & gekränkte Haltung an. Ersteres nahm DMS mit Schmunzeln, Letzteres dagegen mit Abscheu zur Kenntnis. Meine Wenigkeit sinnierte still über die Unangemessenheit ihrer Anwesenheit an diesem Ort & dachte sehnsüchtig an den voraussehbaren Komfort zu Hause, ja sogar in Manila. Nach Beendigung des Frühstücks & der Gespräche verriet DMS als Antwort auf meine Fragen, dass er, als ich dazustieß, bereits zwei Stunden damit zugebracht hatte & dass solche wuselnden Menschenmengen sich aufgrund seiner Reputation als Schatzsucher spontan vor jeder Unterkunft bildeten, die er auf den Philippinen bezog. In San Jose war uns das nur deshalb erspart geblieben, weil er sich dort häufig aufhält und in dieser Region jeden, der von japanischen Kriegsgoldgeschichten Kenntnis hat, befragt, 99,9 % von ihnen als unglaubwürdig entlarvt und die restlichen 0,1% mit gelegentlich lukrativen Ergebnissen überprüft hat.
THE GRACE OF GOD war von Fidel Gad in einer herrlich unbekümmerten Geste des Trotzes gegenüber den Elementen des Dschungels gewaschen und poliert worden. Wir überquerten Fluss. Rassische Unterschiede machten sich in Gesichtern und Physiognomien der Stadtbewohner bemerkbar. Die Philippinen wurden von zahllosen einander überlappenden Wellen prähistorischer Zu-

wanderer, die jeweils mit der vorhergehenden rassisch und sprachlich inkompatibel waren, besiedelt; im Zusammenhang mit dem Phän. der räumlichen Komplexität, auf dem ich, glaube ich, bis zu diesem Punkt zur Genüge herumgeritten bin, ergibt sich hieraus der grundlegende Mischmasch verschiedener ethnischer Gruppen. Die Flussgabelung im Kern dieser Stadt war der Punkt, an dem die inoffiziellen Territorien von drei solchen verschiedenen Kulturen zusammentrafen. Die Verlockung durch helle, ja selbst durch gedämpfte, flackernde Lichter hat in den letzten Generationen Tausende aus den Bergen angezogen und eine Reihe von Barangays gründen lassen. Die Gesprächspartner an diesem Morgen waren solche Zuwanderer aus den Bergen oder deren Söhne oder Enkel, die behaupteten, Informationen aus erster Hand über die Lage von Yamashitas Schätzen zu besitzen oder von verstorbenen Vorfahren darüber gehört zu haben.
Nachdem wir etwa 1,5 LUCs durch den Dschungel zurückgelegt hatten (Straßen, Hänge & Bedingungen, die immer schlechter wurden), stießen wir auf eine weitere Straßensperre des Militärs, errichtet (was ich kaum glauben konnte) an einem Pass über einen Gebirgszug, von wo aus einige Reisterrassen sichtbar wurden, die (was ich noch unglaublicher fand) vor Tausenden von Jahren von den offensichtlich unglaublich zähen Vorfahren der Einheimischen aus einem mehr oder minder senkrechten Südhang herausgehauen worden waren. Hier wurden wir sorgfältig durchsucht. Meine Hoden wurden ausgiebig von einem Sergeant mit Bleistiftschnurrbart

gequetscht, dessen Motive nicht sexueller Natur zu sein schienen, der mir aber gleichzeitig forschend in die Augen schaute, wo er einen Blick der Unterwerfung oder Hoffnungslosigkeit erwartete. Die anderen wurden derselben Behandlung unterzogen, ertrugen sie aber vermutlich stoischer als Meine Wenigkeit. An keinem unserer Hodensäcke wurden irgendwie befestigte gefährliche Waffen gefunden, doch (na so was!) Jean (»John Wayne«) Nguyen und Jackie Woo entpuppten sich als bis an die Zähne bewaffnet, DMS etwas weniger. Das ist die Stelle, an der Meine Wenigkeit erwartete, an einem flachen Grab kniend ins Genick geschossen zu werden, doch ironischerweise waren die Militärs viel mehr an meinem Cap'n-Crunch-Proviant als an den Waffen interessiert, mit denen meine Kameraden herumliefen. In der Zurückgezogenheit eines Zeltes fanden Verhandlungen zwischen DMS und dem für diesen Außenposten verantwortlichen Captain statt. DMS kam mit einer dünneren Brieftasche und einer unbeschränkten Durchfahrtserlaubnis heraus, unter der Bedingung jedoch, dass (1) der gesamte Vorrat an Cap'n Crunch dem Offizierskasino gestiftet und (2) bei unserer Rückkehr eine komplette Aufstellung der Waffen und Munition erstellt und mit den heutigen Funden verglichen würde, um sicherzustellen, dass wir nicht, sollten im Dschungel Nette Personen Anwesend sein, sie mit Waffen versorgten.
Drei Tage einer unerträglich langsamen Reise einschließlich vielleicht zehn weiterer LUCs standen uns bevor. Meiner Landkarte und dem GPS zufolge umfuhren wir eine Ansammlung aktiver Vulkane, von denen

regelmäßig Lahars (Schlammlawinen) herabstürzten, die, wenn sie Fahrspuren im Dschungel – ich nenne sie hier Straßen – verstopfen, bis ans Absurde grenzende logistische Probleme aufwerfen. Wir durchfuhren ganze Städte, die begraben und verlassen dalagen. Kirchtürme stachen in schiefem Winkel aus dem grauen Schlamm hervor, hochgehalten von denselben Fluten, die sie in diese Schieflage gebracht hatten. Schädel von Ziegen, Hunden etc. ragten aus dem Schlamm, der um lebendige Tiere herum wie Beton erstarrt war. Unser Nachtquartier schlugen wir in kleinen Siedlungen auf, nachdem die Einheimischen mit Geschenken wie Penicillin (das die Filipinos wie Aspirin verwenden), Batterien, Wegwerffeuerzeugen & was die Soldaten an den Straßensperren uns sonst noch gelassen hatten, besänftigt worden waren. Wir schliefen unter Moskitonetzen auf Rückbänken, Boden, Dach oder Vordersitzen von THE GRACE OF GOD.
Als mein GPS dann schließlich anzeigte, dass wir nur noch weniger als zehn Kilometer von unserem geheimnisvollen Ziel entfernt waren, wies ein Einheimischer uns an, in einem nahe gelegenen Dorf zu warten. Einen Tag & eine Nacht lang hielten wir uns dort auf, blieben wach und lasen Bücher (DMS hat immer eine kleine Kiste voller Techno-Thriller dabei), bis sich uns im Morgengrauen ein Trio sehr junger, kleiner Männer näherte, von denen einer eine AK-47 trug. Er und seine Genossen stiegen auf das Dach von THE GRACE OF GOD, und wir stießen in einen Dschungelpfad vor, der so schmal war, dass ich ihn nicht einmal als Fußweg ausgemacht hätte. Ein

paar Kilometer tiefer im Dschungel erreichten wir einen Punkt, von dem an wir mehr Zeit damit zubrachten, den Jeepney zu schieben, als in ihm zu fahren. Bald darauf ließen wir Bong-Bong, Fidel und einen unserer Seesäcke zurück, und fortan wechselten wir vier uns damit ab, die beiden anderen zu schleppen. Ich konsultierte das GPS & stellte fest, dass wir uns, obwohl wir uns eine Zeit lang (beunruhigend) von unserem Ziel entfernt hatten, jetzt wieder darauf zu bewegten. Wir waren noch achttausend Meter davon entfernt und kamen mit einer Geschwindigkeit vorwärts, die zwischen fünfhundert und tausend Meter pro Stunde variierte, je nachdem ob wir steil bergauf oder steil bergab stiegen. Es war gegen Mittag. Diejenigen von euch, die auch nur rudimentäre Kenntnisse in Mathematik besitzen, werden geahnt haben, dass wir, als die Sonne unterging, immer noch ein paar tausend Meter weit weg waren. Die drei Filipinos – die uns führten, bewachten, gefangen hielten oder was auch immer – trugen die obligatorischen amerikanischen T-Shirts, die es einem heute so leicht machen, kulturelle Unterschiede zu unterschätzen. Trans-Ethnizität hatten sie allerdings noch nicht erreicht. Während sie in der Stadt Gummilatschen trugen, gingen sie im Dschungel barfuß (ich habe schon Schuhe besessen, die weniger lang gehalten haben als die Hornhaut an ihren Füßen). Sie sprachen eine Sprache, die anscheinend null mit dem Tagalog, das ich kannte, zu tun hatte (»Tagalog« ist der alte Name; die Regierung drängt die Leute, »Pilipino« zu sagen, gleichsam um zum Ausdruck zu bringen, dass es in gewisser

Weise eine gemeinsame Sprache des Archipels sei, was, wie diese Burschen bewiesen, nicht der Fall ist). DMS musste englisch mit ihnen sprechen. Irgendwann gab er einem einen Wegwerf-Plastikkugelschreiber und ihre Gesichter hellten sich eindeutig auf. Darauf mussten wir nach zwei weiteren Kulis für seine Gefährten wühlen. Es war wie Weihnachten. Einige Minuten lang war an Vorankommen nicht zu denken, weil sie über den praktischen Klickmechanismus an den Kulis staunten und irgendetwas in ihre Handflächen kritzelten. Die amerikanischen T-Shirts wurden, mit anderen Worten, nicht so getragen, wie Amerikaner sie tragen, sondern aus derselben Einstellung heraus, aus der die englische Königin den exotischen Kohi-noor-Diamanten an ihrer Krone trug. Nicht zum ersten Mal wurde ich von einem starken Gefühl der Fremdheit übermannt.
Wir schleppten uns durch das unvermeidliche Spätnachmittagsgewitter und gingen in die Nacht hinein weiter. DMS holte Fertiggerichte der US-Armee, die nur ein paar Wochen über dem aufgedruckten Verfallsdatum lagen, aus den Seesäcken hervor. Die Filipinos fanden diese fast genauso aufregend wie die Kugelschreiber und hoben sich die Wegwerf-Aluminiumschalen zum späteren Gebrauch als Dachdeckmaterialien auf. Dann schleppten wir uns weiter. Der Mond kam heraus, was ein kleiner Glücksfall war. Ich fiel ein paar Mal hin und schlug mir den Kopf an Bäumen an, was im Grunde gar nicht schlecht war, weil es mich in einen leichten Schockzustand versetzte, in dem mein Schmerz gelindert und mein Adrenalinspiegel in die Höhe getrieben wurde. An

einer Stelle schienen sich unsere Führer
über den einzuschlagenden Weg nicht ganz
schlüssig zu sein. Ich nahm mit dem GPS
eine Ortung vor (wobei ich die Nachtlicht-
funktion benutzte) und stellte fest, dass
wir nicht mehr als fünfzig Meter vom Ziel
entfernt waren, eine derart kleine Abweichung, dass mein GPS sie schon fast nicht
mehr wahrnehmen konnte. Jedenfalls sagte
es uns in etwa die Richtung, in der wir
weitergehen mussten, und eine Zeit lang
trotteten wir wieder zwischen den Bäumen
hindurch. Die Führer wurden lebhaft und
sehr vergnügt – endlich fanden sie sich
zurecht, sie wussten, wo wir waren. Ich
stieß heftig gegen etwas Schweres, Kaltes
und Unbewegliches, das mir fast das Knie
brach. In Erwartung eines nackten Fels-
brockens streckte ich die Hand nach unten
aus, um es zu berühren, fuhr stattdessen
aber über etwas Glattes, Metallenes. Es
schien ein Stapel kleinerer Gegenstände zu
sein, von der Größe her vielleicht mit
Brotlaiben vergleichbar. »Ist es das, wonach wir suchen?«, fragte ich. DMS schaltete eine batteriebetriebene Laterne an
und schwenkte den Lichtstrahl in meine
Richtung herum.
Im selben Moment war ich geblendet von einem bis zum Oberschenkel reichenden Stapel
Goldbarren von etwa anderthalb Metern Seitenlänge, der nicht markiert und unbewacht
mitten im Dschungel lag.
DMS kam herüber, setzte sich obendrauf und
zündete sich eine Zigarre an. Nach einer
Weile zählten wir die Barren und maßen sie
aus. Im Querschnitt sind sie trapezförmig,
etwa 10 Zentimeter breit, 10 Zentimeter
hoch und ungefähr 40 Zentimeter lang. Auf-

grund dieser Maße konnten wir ihr Gewicht auf jeweils circa 75 Kilogramm schätzen, was einem Troygewicht von 2400 Unzen entspricht. Da Gold normalerweise in Troy-Unzen statt in Kilogramm (!) gewogen wird, wage ich die kühne Vermutung, dass diese Barren genau 2500 Troy-Unzen pro Stück wiegen sollten. Beim derzeitigen Kurs ($ 400 pro Troy-Unze) heißt das, dass jeder Barren eine Million Dollar wert ist. Der Stapel besteht aus 5 Schichten, jede Schicht aus 24 Barren, was einen Gesamtwert des Stapels von $ 120 Millionen ergibt. Sowohl die Schätzung des Gewichts als auch die des Wertes setzen voraus, dass die Barren aus nahezu reinem Gold sind. Ich machte einen Reibedruck vom Stempel eines der Barren, der das Zeichen der Bank von Singapur trägt. Jeder Barren ist mit einer unverwechselbaren Seriennummer gekennzeichnet und ich kopierte so viele davon, wie ich sehen konnte.
Dann machten wir uns auf den Weg zurück nach Manila. Die ganze Zeit versuchte ich, mir die Logistik des Transports auch nur eines einzigen dieser Goldbarren aus dem Dschungel zur nächsten Bank vorzustellen, wo er in etwas Nützliches wie Bargeld verwandelt werden könnte.
Ich möchte an dieser Stelle zu einem Frage-Antwort-Schema übergehen.
F: Ich habe das Gefühl, Randy, dass du jetzt in allen Einzelheiten darlegen wirst, welche Probleme der Transport des Goldes auf dem Landweg mit sich brächte; lass uns lieber gleich zur Sache kommen und über Helikopter reden.
A: Für Helikopter gibt es keinen Platz zum Landen. Gelände ist extrem zerklüftet. Die

nächstgelegene hinreichend flache Stelle ist ungefähr einen Kilometer entfernt. Sie müsste gerodet werden. In Vietnam hat man das mit »Blockbuster«-Bomben erledigt, aber das ist hier sicher keine Option. Es müssen Bäume abgeholzt werden, sodass eine aus der Luft deutlich sichtbare Lücke entstünde.
F: Wen kümmert's denn, ob sie deutlich sichtbar ist? Wer soll sie denn sehen?
A: Wie aus meiner Anekdote hervorgegangen sein dürfte, haben die Leute, die dieses Gold unter Kontrolle haben, Beziehungen nach Manila. Es ist anzunehmen, dass die Gegend regelmäßig von der Philippine Air Force überflogen wird und unter Radarüberwachung steht.
F: Was wäre erforderlich, um die Goldbarren zur nächsten passablen Straße zu schaffen?
A: Sie müssten über die Dschungelpfade, die ich beschrieben habe, getragen werden. Jeder Barren wiegt so viel wie ein erwachsener Mann.
F: Könnte man sie nicht in kleinere Stücke schneiden?
A: DMS schätzt es als unwahrscheinlich ein, dass die gegenwärtigen Besitzer damit einverstanden wären.
F: Besteht irgendeine Chance, das Gold durch die Militärkontrollpunkte zu schmuggeln?
A: Im Fall eines Massentransports selbstverständlich nicht. Insgesamt wiegt das Gold etwa zehn Tonnen und würde einen Lastwagen erfordern, der die meisten Straßen, die wir gesehen haben, nicht passieren könnte. Zehn Tonnen Ware vor den Inspektoren an den Kontrollpunkten zu verbergen, ist nicht möglich.

F: Und wenn man die Barren einzeln herausschmuggelt?
A: Immer noch sehr heikel. Möglicherweise könnte man die Barren an irgendeinem Ort zwischenlagern, sie schmelzen oder zerhacken und irgendwie in der Karosserie eines Jeepneys oder anderen Fahrzeugs verstecken, dieses Fahrzeug nach Manila fahren und das Gold wieder herausholen. Diese Operation müsste man hundert Mal wiederholen. Mit demselben Fahrzeug hundert (oder sogar zweihundert) Mal an einem dieser Kontrollpunkte vorbeizufahren würde den Militärs dort, gelinde gesagt, seltsam vorkommen. Und selbst wenn das möglich wäre, bliebe immer noch das Problem der Bezahlung.
F: Worin besteht das Problem der Bezahlung?
A: Die Leute, die das Gold unter Kontrolle haben, wollen natürlich dafür bezahlt werden. Sie in noch mehr Gold oder Edelsteinen zu bezahlen, wäre absurd. Sie haben keine Bankkonten. Man muss sie in philippinischen Pesos bezahlen. Jeder Schein mit einem Nennwert von über 500 Peso ist in dieser Gegend nicht zu gebrauchen. Ein 500-Peso-Schein ist ungefähr 20 Dollar wert, d. h. man müsste, um die Transaktion durchzuführen, sechs Millionen davon in den Dschungel bringen. Auf der Grundlage einiger elementarer Berechnungen, die ich hier mithilfe eines mechanischen Tastzirkels und dem Inhalt meiner Brieftasche angestellt habe, wäre der Stapel aus 500-Peso-Scheinen (Augenblick, ich schalte meinen Rechner in den Modus »wissenschaftliche Darstellung« um) 25 000 Zoll hoch. Oder, wenn ihr das metrische System bevor-

zugt, so etwa 630 Meter. Würde man die Scheine einen Meter hoch stapeln, bräuchte man sechs- oder siebenhundert solcher Stapel, die, alle eng nebeneinander, eine Fläche von etwa drei Metern Seitenlänge einnehmen würden. Wir sprechen hier also von einem großen Ryder-Kastenwagen voller Geld. Das müsste mitten in den Dschungel gebracht werden, wobei das Einschmelzen und In-einer-Lastwagenkarosserie-Verbergen im Falle von Banknoten natürlich als Möglichkeit ausfällt.
F: Da die Militärs hier das große Hindernis zu sein scheinen, könnte man doch einfach einen Deal mit ihnen machen. Man gibt ihnen einen ordentlichen Anteil am Erlös und dafür lassen sie uns in Ruhe.
A: Fällt flach, weil das Geld an die NPA ginge, und die würde damit Waffen kaufen, um Leute vom Militär umzulegen.
F: Es muss doch einen Weg geben, den Wert dieses Goldes zur Finanzierung irgendeiner Bergungsoperation einzusetzen.
A: Für eine Bank ist das Gold wertlos, solange es nicht geprüft worden ist. Bis dahin ist es nur ein verschwommenes Polaroidbild von einem Stapel gelber Gegenstände vor einem dschungelartigen Hintergrund. Um eine Materialprüfung vornehmen zu können, muss man in den Dschungel gehen, das Gold finden, eine Probe herausbohren und sie sicher in eine große Stadt bringen. Das beweist aber noch gar nichts. Selbst wenn die potentiellen Finanziers glauben, dass die Probe wirklich aus dem Dschungel kommt (und nicht unterwegs gegen eine andere ausgetauscht wurde), wissen sie damit lediglich, dass ein Ende eines einzigen Barrens in dem Stapel reines Gold ist. Im

Grunde ist der volle Gegenwert des Goldes erst dann zu erzielen, wenn der gesamte Stapel herausgeholt und in einen Tresorraum gebracht worden ist, wo er systematisch geprüft werden kann.

F: Könnte man nicht einfach das Gold zu einer einheimischen Bank bringen und es ihr mit einem Riesenverlust verkaufen, sodass die Last des Transports auf anderen Schultern läge?

A: DMS berichtet von einer solchen Transaktion in einer Provinzstadt in Nordluzon, die ein jähes Ende fand, als einheimische Unternehmer buchstäblich eine der Außenmauern der Bank mit Dynamit sprengten, hereinstürzten und sowohl das Gold als auch das Bargeld, mit dem das Gold bezahlt werden sollte, an sich rissen. DMS behauptet, er würde sich lieber in aller Ruhe selbst die Kehle aufschlitzen, als mit irgendetwas, das mehr als einige zehntausend Dollar wert ist, eine Kleinstadtbank zu betreten.

F: Die Situation ist also im Grunde unauflösbar?

A: Im Grunde ist sie unauflösbar.

F: Wozu dann die ganze Übung?

A: Um wieder auf die erste Bemerkung von DMS zurückzukommen, nämlich dass uns jemand eine Botschaft schickt.

F: Wie lautet die Botschaft?

A: Dass es nichts nützt, Geld zu besitzen, solange man es nicht ausgeben kann. Dass gewisse Leute eine Menge Geld haben, das sie liebend gerne ausgeben würden. Und dass diese Leute, wenn wir ihnen durch die Krypta eine Möglichkeit bieten können, es auszugeben, sehr glücklich, im Falle unseres Versagens dagegen sehr unglücklich

sein werden und dass sie, ob glücklich
oder unglücklich, begierig sein werden,
diese Gefühle mit uns, den Aktionären und
dem Managementteam von Epiphyte Corp., zu
teilen.
Und jetzt werde ich das euch allen per
E-Mail schicken und dann die Stewardess
herbeirufen, um sie nach dem Angebot an
alkoholischen Getränken, die ich mehr
als verdient habe, zu fragen. Zum Wohl!
-R

Randall Lawrence Waterhouse
Aktuelle Meatspace-Koordinaten, frisch aus
der GPS-Empfängerkarte in meinem Laptop:
27 Grad, 14,95 Minuten nördlicher Breite,
143 Grad, 17,44 Minuten östlicher Länge.
Nächster geographischer Orientierungspunkt: die Bonin-Inseln.

Rakete

Julieta hat sich bis weit hinter den nördlichen Polarkreis zurückgezogen. Shaftoe hat ihr nachgestellt wie ein zäher Mountie, hat sich auf zerfransten Schneeschuhen über die sexuelle Tundra geschleppt und ist heldenhaft von Eisscholle zu Eisscholle gesprungen. Doch sie bleibt ungefähr so fern und unerreichbar wie der Nordstern. In letzter Zeit verbringt sie mehr Zeit mit Enoch Root als mit ihm – dabei ist Root doch Priester und zum Zölibat verpflichtet. *Oder etwa nicht?!*

Bei den wenigen Malen, wo Bobby Shaftoe sie tatsächlich dazu gebracht hat zu lächeln, hat sie sofort angefangen, schwierige Fragen zu stellen: Hast du mit Glory geschlafen, Bobby? Hast du ein Kondom benutzt? Könnte sie schwanger geworden sein? Kannst du mit absoluter Sicherheit ausschließen, dass du auf den Philippinen ein Kind hast? Wie alt wäre dieses Kind jetzt? Mal sehen, gevögelt hast du sie am Tag des Angriffs auf Pearl Harbor, das Kind wäre also Anfang September 42 auf die Welt gekommen. Dein Kind wäre jetzt vierzehn, fünfzehn Monate alt – und würde vielleicht gerade laufen lernen! Wie süß!

Shaftoe kriegt jedes Mal Zustände, wenn knallharte Frauen wie Julieta in Gesäusel und Babysprache verfallen. Zunächst nimmt er an, es handle sich um eine List, um ihn sich vom Leib zu halten. Diese Schmugglernichte, diese atheistische Partisanenintellektuelle – was liegt ihr an irgendeiner Frau in Manila? Reiß dich zusammen, Weib! Wir befinden uns im Krieg!

Dann fällt ihm eine bessere Erklärung ein: Julieta ist schwanger.

Der Tag beginnt mit dem Dröhnen einer Schiffsirene im Hafen von Norrsbruck. Die Stadt ist ein Gewirr schmucker, breiter Häuser, zusammengedrängt auf einem Felssporn, der in den Bottnischen Meerbusen hineinragt und das Südufer eines schmalen, aber tiefen, von Kaianlagen gesäumten Meeresarms bildet. Unter einem beunruhigenden, wild bewegten, pfirsich- und lachsfarbenen Morgenhimmel erscheint nun die halbe Einwohnerschaft, um mitanzusehen, wie dieser wunderliche Hafen von einem unaufhaltsamen Stahlphallus defloriert wird. Sogar mit Spirochäten ist er behaftet: Einige Dutzend Männer in schwarzen Ausgehuniformen stehen auf dem Ding, so akkurat ausgerichtet wie Pfosten. Als das zwischen den steinernen Hängen hin und her geworfene Dröhnen verklingt, kann man die Spirochäten *singen* hören: Sie grölen ein derbes deutsches Seemannslied, das Bobby Shaftoe zuletzt während eines Angriffs auf einen Geleitzug im Golf von Biscaya gehört hat.

Noch zwei andere Menschen in Norrsbruck werden die Melodie erkennen. Shaftoe sucht Enoch Root in dessen Kirchenkeller, aber er ist nicht da und Bett und Lampe sind kalt. Vielleicht hält der Ortsverein der *Societas Eruditorum* seine Versammlungen vor Morgengrauen ab – vielleicht hat Enoch Root aber auch Unterschlupf in einem anderen Bett gefunden. Den getreuen alten Günter Bischoff dagegen kann man sehen, wie er sich zum Fenster seiner Mansarde mit Meeresblick herausbeugt und, die Ellbogen abgespreizt und sein getreues Zeiss 735 vor dem Gesicht, den Blick über die Konturen des eindringenden Schiffs wandern lässt.

Die Schweden stehen eine Zeit lang mit verschränkten Armen da und betrachten die Erscheinung. Dann treffen sie so etwas wie eine kollektive Entscheidung, dass das Ding nicht existiert, dass hier nichts vorgefallen ist. Sie kehren der Szene den Rücken, tappen mürrisch in ihre Häuser zurück, setzen Kaffeewasser auf. Neutral zu sein ist nicht weniger seltsam, nicht weniger mit schwierigen Kompromissen behaftet, als Krieg zu führen. Im Gegensatz zu den meisten Europäern können sie sicher sein, dass die Deutschen nicht hier sind, um bei ihnen einzumarschieren oder ihre Schiffe zu versenken. Andererseits stellt die Anwesenheit des Schiffes eine Verletzung ihres souveränen Territoriums dar, sodass sie eigentlich mit Mistgabeln und Vorderladern hinrennen und die Hunnen vertreiben müssten. Wiederum andererseits wurde das Boot vermutlich aus Schwedenstahl hergestellt.

Shaftoe erkennt das deutsche Schiff zunächst nicht als Unterseeboot, weil es ganz falsch geformt ist. Ein reguläres Unterseeboot ist geformt wie ein Überwasserschiff, nur länger und schmaler. Das heißt, es hat einen ungefähr V-förmigen Rumpf und ein flaches, mit Geschützen gespicktes Deck, auf dem sich ein riesiger Turm mit jeder Menge Plunder erhebt: Fliegerabwehrkanonen, Antennen, Ständer, Sicherheitsleinen, Gischtabweiser. Die Krauts würden auch Kuckucksuhren dort oben anbringen, wenn dafür Platz wäre. Wenn ein reguläres Unterseeboot durch die Wellen pflügt, speien seine Dieselmaschinen dicken schwarzen Rauch aus.

Das Boot hier ist bloß ein Torpedo, so lang wie ein Football-Feld. Anstelle eines Turms hat es oben einen stromlinienförmigen, kaum bemerkbaren Buckel. Keine Kanonen, keine Antennen, keine Kuckucksuhren; das ganze Ding ist so glatt wie ein Flusskiesel. Und es gibt weder Rauch noch Lärm von sich, sondern verströmt nur ein klein wenig Dampf. Die Dieselmaschinen rumpeln nicht. Das Ding scheint überhaupt keine Dieselmaschinen zu haben. Stattdessen ist ein dünnes Jaulen zu hören, wie das Geräusch, das aus Angelos Messerschmitt kam.

Shaftoe fängt Bischoff ab, als dieser gerade die Wirtshaustreppe herunterkommt, in den Armen einen Seesack von der Größe eines toten Walrosses. Er keucht vor Anstrengung, vielleicht auch Erregung. »Das ist es«, japst er. Er hört sich an, als rede er mit sich selbst, aber er spricht Englisch, also richten sich seine Worte wohl an Shaftoe. »Das ist die Rakete.«

»Rakete?«

»Läuft mit Raketentreibstoff – Wasserstoffperoxid, fünfundachtzig Prozent. Muss nie seine verdammten Batterien aufladen! Macht achtundzwanzig Knoten – und zwar getaucht! Ein prima Boot.« Er säuselt wie Julieta.

»Kann ich dir irgendwas tragen helfen?«

»Spind – oben im Zimmer«, sagt Bischoff.

Shaftoe stampft die schmale Treppe hinauf und findet Bischoffs Zimmer bis auf die Bettfedern geräumt und auf dem Tisch einen Stapel Goldmünzen, der als Briefbeschwerer für einen Dankesbrief an die Besitzer dient. Der schwarze Spind liegt wie ein Kindersarg mitten auf dem Fußboden. Durchs offene Fenster schlägt ein wildes Gebrüll an Shaftoes Ohr.

Dort unten marschiert Bischoff unter der Last seines Seesacks auf die Pier zu und seine Leute auf der Rakete haben ihn gesehen. Auf dem Unterseeboot hat man ein Dingi zu Wasser gelassen, das wie ein Skullboot übers Wasser saust.

Shaftoe hievt sich den Spind auf die Schulter und trottet die Treppe hinunter. Das erinnert ihn ans Einschiffen, etwas, was der Bestimmung von Marines entspricht und was er schon lange nicht mehr getan hat. Nachempfundene Erregung, findet er, ist nicht so gut, wie wenn man es selbst mitmacht.

Durch eine dünne Schneeschicht folgt er Bischoffs Spuren die gepflasterte Straße hinunter auf die Pier. Drei Männer in Schwarz kraxeln aus dem Beiboot die Leiter herauf auf die Pier. Sie grüßen Bischoff, dann umarmen ihn zwei davon. Shaftoe ist so nahe und das lachsfarbene Licht ist so hell, dass er die beiden erkennt: Angehörige von Bischoffs alter Mannschaft. Der dritte ist größer, älter, hagerer, grimmiger, besser gekleidet, höher dekoriert. Alles in allem eher ein Nazi.

Shaftoe kann es nicht fassen. Als er den Spind lüpfte, war das lediglich eine Aufmerksamkeit gegenüber seinem Freund Günter – einem tintenfleckigen Pensionär mit pazifistischen Neigungen. Nun leistet er ganz plötzlich dem Feind Beihilfe! Was würden seine Kameraden bei den Marines von ihm halten, wenn sie das wüssten?

Ach ja, richtig. Fast hätte er's vergessen. Er ist ja an der Verschwörung beteiligt, die er, Bischoff, Rudi von Hacklheber und Enoch Root im Keller dieser Kirche ausgeheckt haben. Er bleibt wie angewurzelt stehen und knallt den Spind mitten auf der Pier auf den Boden. Der Nazi schreckt von dem Geräusch zusammen und hebt seine blauen Augen Richtung Shaftoe, der wild entschlossen ist, dem Blick standzuhalten.

Bischoff bemerkt das. Er wendet sich Shaftoe zu und ruft etwas Fröhliches auf Schwedisch. Shaftoe besitzt die Geistesgegenwart, den Blickkontakt mit dem frostigen Deutschen abzubrechen. Er grinst und antwortet mit einem Nicken. Diese Verschwörungsgeschichte wird ihm gewaltig auf den Wecker gehen, wenn sie darauf hinausläuft, dass man sich vor jeder Keilerei drücken muss.

Mittlerweile sind zwei Seeleute die Leiter heraufgestiegen und kümmern sich um Bischoffs Gepäck. Einer von ihnen marschiert die Pier entlang, um den Spind zu holen. Shaftoe und er erkennen einander im selben Moment. Verdammt! Der Bursche ist überrascht, aber nicht unangenehm überrascht, Shaftoe hier zu sehen. Dann fällt ihm etwas ein, sein Gesicht erstarrt entsetzt und sein Blick huscht zur Seite, zu dem hochgewachsenen Nazi. Scheiße! Shaftoe kehrt der Szene den Rücken und tut so, als schlendere er in die Stadt zurück.

»Jens! Jens!«, ruft Bischoff und fügt dann noch etwas auf Schwedisch hinzu. Er läuft Shaftoe nach. Dieser dreht sich wohlweislich nicht um, bis Bischoff ihm mit einem letzten »Jens!« den Arm um die Schulter legt. Dann sagt er, sotto voce, auf Englisch: »Die Adresse meiner Familie hast du. Wenn ich dich nicht in Manila sehe, wollen wir uns nach dem Krieg miteinander in Verbindung setzen.« Er fängt an, Shaftoe auf den Rücken zu klopfen, zieht ein paar Geldscheine aus der Tasche und drückt sie Shaftoe in die Hand.

»Verdammt noch mal, und ob du mich dort siehst«, sagt Shaftoe. »Wofür ist der Scheiß da?«

»Ich gebe dem netten schwedischen Jungen, der mir das Gepäck getragen hat, ein Trinkgeld«, sagt Bischoff.

Shaftoe nuckelt an seinen Zähnen und zieht ein Gesicht. Er merkt, dass ihm dieser Mantel-und-Degen-Kram überhaupt nicht liegt. Fragen schießen ihm durch den Kopf, darunter *Wieso ist dieser Riesentorpedo voller Raketentreibstoff sicherer als das, worin du früher herumgeschippert bist?*, aber er sagt bloß: »Na, dann viel Glück.«

»Behüt dich Gott, mein Lieber«, antwortet Bischoff. »Das wird dich daran erinnern, nach deiner Post zu sehen.« Dann haut er Shaftoe so kräftig auf die Schulter, dass man den Abdruck noch drei Tage sehen wird, dreht sich um und marschiert Richtung Salzwasser. Shaftoe, der auf Schnee und Bäume zugeht, beneidet ihn. Als er fünfzehn Minuten später das nächste Mal zum Hafen hinsieht, ist das Unterseeboot verschwunden. Plötzlich erscheint ihm die Stadt so kalt, leer und einsam, wie sie wirklich ist.

Seine Post bekommt er poste restante an das Postamt von Norrsbruck geschickt. Als es ein paar Stunden später aufmacht, wartet Shaftoe schon an der Tür und bläst Dampfwölkchen aus seinen Nasenlöchern aus, als würde er von Raketentreibstoff angetrieben. Er bekommt einen Brief von seinen Leuten in Wisconsin und einen großen Umschlag, der am Vortag irgendwo in Norrsbruck, Schweden, aufgegeben wurde und keinen Absender trägt, aber in Günter Bischoffs Handschrift beschriftet ist.

Er ist voll gepackt mit Aufzeichnungen und Dokumenten, die das neue Unterseeboot betreffen, darunter auch ein, zwei Briefe, die der Großadmiral persönlich unterschrieben hat. Shaftoes Deutsch ist etwas besser als vor seiner Unterseeboot-Fahrt, aber das Meiste bleibt ihm dennoch unverständlich. Er hat eine Menge Zahlen vor sich, eine Menge Kram, der nach Technik aussieht.

Es handelt sich um grundlegendes, unschätzbares Material für den Marinenachrichtendienst. Shaftoe packt die Papiere sorgfältig ein, steckt sie sich in den Hosenbund und marschiert den Strand entlang in Richtung Wohnhaus der Kivistiks.

Es ist ein langer, kalter, nasser, mühseliger Marsch. Er hat reichlich Zeit, seine Situation abzuwägen: in einem neutralen Land auf der anderen Seite der Welt festsitzend, weit weg von dort, wo er eigentlich sein möchte. Dem Marine Corps entfremdet. In eine Art Verschwörung verwickelt.

Genau genommen hat er sich nun schon mehrere Monate lang unerlaubt von der Truppe entfernt. Doch wenn er plötzlich in der amerikanischen Botschaft in Stockholm auftaucht und diese Dokumente mitbringt, wird ihm alles verziehen. Sie sind seine Fahrkarte nach Hause. Und »Zuhause« ist ein sehr großes Land, zu dem auch Orte wie Hawaii zählen, das näher bei Manila liegt als Norrsbruck in Schweden.

Ottos Boot ist gerade von Finnland gekommen und schaukelt, an seinem Vogelnest von einem Landungssteg vertäut, auf der Flut. Es ist, wie Shaftoe weiß, noch immer mit dem beladen, was die Finnen im Augenblick gerade gegen Kaffee und Patronen eintauschen. Otto selbst sitzt in der Hütte und trinkt, mit roten Augen und völlig ausgepumpt, natürlich Kaffee.

»Wo ist Julieta?«, fragt Shaftoe. Er macht sich allmählich Sorgen, dass sie wieder nach Finnland gezogen ist oder etwas dergleichen.

Otto wird jedes Mal, wenn er seine Wanne über den Bottnischen Meerbusen fährt, ein bisschen grauer. Heute sieht er besonders grau aus. »Hast du dieses Monstrum gesehen?«, fragt er und schüttelt dann in einer Mischung aus Verwunderung, Entrüstung und Weltmüdigkeit, wie sie nur einem zähen Finnen zu Gebote steht, den Kopf. »Diese deutschen Schweine!«

»Ich dachte, Sie beschützen euch vor den Russen.«

Das entlockt Otto ein längeres Donnergrollen von finsterem, glucksendem Lachen. »*Sdrastwuite, towarischtsch!*«, sagt er schließlich.

»Wie war das?«

»Das heißt auf Russisch ›Guten Tag, Genosse‹«, sagt Otto. »Ich habe es geübt.«

»Du solltest mal lieber den amerikanischen Fahneneid üben«, sagt Shaftoe. »Sobald wir mit den Deutschen fertig sind, denk ich, legen wir einen Zahn zu und treiben die Russkies bis nach Sibirien zurück.«

Abermals Gelächter von Otto, der weiß, was Naivität ist, sie aber dennoch nicht uncharmant findet. »Ich habe die deutsche Flugzeugturbine in Finnland vergraben«, sagt er. »Ich werde sie den Russen oder den Amerikanern verkaufen – je nachdem, wer zuerst da ist.«

»Wo ist Julieta?«, fragt Shaftoe erneut. So viel zum Thema Naivität.

»In der Stadt«, antwortet Otto. »Einkaufen.«

»Du hast also Geld gekriegt.«

Otto sieht seekrank aus. Morgen ist Zahltag.

Dann wird Shaftoe in einen Bus nach Stockholm steigen. Shaftoe setzt sich Otto gegenüber und sie trinken Kaffee und unterhalten sich eine Zeit lang über das Wetter, das Schmuggeln und die jeweiligen Stärken verschiedener kleiner, vollautomatischer Waffen. Eigentlich unterhalten sie sich darüber, ob Shaftoe bezahlt werden und wie viel er bekommen wird.

Am Ende macht Otto ein vorsichtiges Zahlungsversprechen, vorausgesetzt, Julieta gibt auf ihrem »Einkaufsbummel« nicht alles Geld aus, und vorausgesetzt, Shaftoe entlädt das Boot.

Und so verbringt Bobby Shaftoe den Rest des Tages damit, sowjetische Mörser, rostige Kaviardosen, Kisten mit nach Kiefern duftendem finnischem Schnaps, widerliche Wurststringe und Bündel von Fellen aus dem Laderaum von Ottos Boot in die Hütte zu schaffen.

Derweil geht Otto in die Stadt und ist auch lange nach Einbruch der Dunkelheit noch nicht wieder zurückgekommen. Shaftoe legt sich in der Hütte hin, wirft sich ungefähr vier Stunden von einer Seite auf die andere, schläft ungefähr zehn Minuten und wird dann von einem Klopfen an der Tür geweckt.

Er nähert sich der Tür auf allen vieren, holt die Suomi-Maschinenpistole aus ihrem Versteck, robbt dann ans andere Ende der Hütte und verlässt sie leise durch eine Falltür im Boden. Die Felsen darunter sind mit Eis überzogen, doch seine nackten Füße finden so viel Halt, dass er um die Hütte herumkraxeln und denjenigen, der da steht und gegen die Tür hämmert, gründlich in Augenschein nehmen kann.

Es ist Enoch Root höchstpersönlich, von dem man ungefähr eine Woche lang nichts gesehen hat.

»Heda!«, sagt Shaftoe.

»Bobby«, sagt Root im Umdrehen, »Sie haben es wohl schon gehört.«

»Was gehört?«

»Dass wir in Gefahr sind.«

»Nee«, sagt Shaftoe, »ich gehe eigentlich immer so an die Tür.«

Sie betreten die Hütte. Root lehnt es ab, irgendwelche Lichter anzumachen, und sieht ständig zum Fenster hinaus, als erwarte er jemanden. Er riecht schwach nach Julietas Parfüm, ein charakteristisches Duftwässerchen, das Otto fässerweise nach Finnland schmuggelt. Irgendwie überrascht das Shaftoe nicht. Er macht sich daran, Kaffee zu kochen.

»Es hat sich eine äußerst diffizile Situation ergeben«, sagt Root.

»Allerdings.«

Das verblüfft Root und er blickt verständnislos, mit im Mondlicht benommen glänzenden Augen, zu Shaftoe auf. Man kann der klügste Bursche der Welt sein, aber wenn eine Frau ins Spiel kommt, geht's einem genau wie jedem anderen Trottel.

»Sind Sie den ganzen Weg hierher gekommen, um mir zu sagen, dass Sie Julieta vögeln?«

»Aber nein, nein, nein!«, sagt Root. Er hält einen Moment inne, furcht die Stirn. »Das heißt, ja. Und ich wollte es Ihnen auch sagen. Aber das ist nur der erste Teil einer sehr viel komplizierteren Geschichte.« Root steht auf, schiebt die Hände in die Taschen, geht erneut in der Hütte herum und sieht zu den Fenstern hinaus. »Haben Sie noch mehr von diesen finnischen Maschinenpistolen?«

»In der Kiste links von Ihnen«, sagt Shaftoe. »Wieso? Gibt's eine Schießerei?«

»Vielleicht. Nicht zwischen uns beiden! Aber es kommen vielleicht noch andere Besucher.«

»Polizei?«

»Schlimmer.«

»Finnen?« Denn Otto hat Konkurrenten.

»Schlimmer.«

»Wer denn dann?« Denn Schlimmeres kann sich Shaftoe nicht vorstellen.

»Deutsche. Aus Deutschland.«

»Ach du Scheiße!«, ruft Shaftoe entrüstet. »Wie können Sie behaupten, dass die schlimmer sind als Finnen?«

Root wirkt perplex. »Wenn Sie damit sagen wollen, dass die Finnen, für sich genommen, schlimmer sind als Deutsche, gebe ich Ihnen Recht. Aber das Problem mit den Deutschen ist, dass sie dazu neigen, mit Millionen anderer Deutscher in Verbindung zu stehen.«

»Okay«, brummelt Shaftoe.

Root zerrt den Deckel von einer Kiste, nimmt eine Maschinenpistole heraus, überprüft die Kammer, zielt mit dem Lauf auf den Mond und blickt wie durch ein Fernrohr hindurch. »Jedenfalls sind ein paar Deutsche hierher unterwegs, um Sie umzubringen.«

»Wieso?«

»Weil Sie zu viel über bestimmte Dinge wissen.«

»Was für Dinge? Günter und sein neues Unterseeboot?«

»Ja.«

»Und woher wissen Sie das, wenn ich fragen darf? Es hat irgendwas damit zu tun, dass Sie Julieta vögeln, stimmt's?«, fährt Shaftoe fort. Er ist eher angeödet als sauer. Mittlerweile ist dieses ganze Schweden-Ding für ihn abgehakt. Er gehört auf die Philippinen. Und alles, was ihn den Philippinen nicht näher bringt, ärgert ihn einfach nur noch.

»Stimmt.« Root stößt einen Seufzer aus. »Sie hält große Stücke auf Sie, aber nachdem Sie das Bild von Ihrer Freundin gesehen hat –«

»Ach was! Sie oder ich sind ihr scheißegal. Sie will bloß sämtliche Vorteile daraus schlagen, dass sie Finnin ist, und die Nachteile vermeiden.«

»Und was sind die Nachteile?«

»Dass man in Finnland leben muss«, sagt Shaftoe. »Also muss sie jemanden mit einem guten Pass heiraten. Und das heißt heutzutage ein amerikanischer oder britischer Pass. Vielleicht ist Ihnen schon mal aufgefallen, dass sie mit Günter nicht gevögelt hat.«

Root sieht aus, als wäre ihm leicht übel.

»Na ja, vielleicht hat sie ja doch«, sagt Shaftoe mit einem Seufzer. »Scheiße!«

Root hat aus einer anderen Kiste ein Magazin hervorgekramt und auseinander klamüsert, wie es an der Suomi zu befestigen ist. Er sagt: »Sie wissen wahrscheinlich, dass die Schweden eine stillschweigende Übereinkunft mit den Deutschen haben.«

»Was heißt ›stillschweigend‹?«

»Sagen wir einfach, sie haben eine Übereinkunft.«

»Die Schweden sind neutral, lassen sich aber von den Deutschen herumschubsen.«

»Ja. Otto muss sich an beiden Enden seiner Schmuggelroute mit Deutschen auseinander setzen, in Schweden und in Finnland, und wenn er auf dem Wasser ist, muss er sich mit ihrer Marine auseinander setzen.«

»Mir ist durchaus bewusst, dass die Scheißdeutschen sich in ganz Europa breit gemacht haben.«

»Tja, um es kurz zu machen, die hiesigen Deutschen haben Otto dazu bewogen, Sie zu verraten«, sagt Root.

»Ach ja?«

»Ja. Er hat Sie verraten...«

»Okay. Reden Sie weiter, ich höre Ihnen zu«, sagt Shaftoe. Er steigt die Leiter zum Dachboden hoch.

»... aber dann hat er sich's anders überlegt. Man könnte wohl sagen, er hat bereut«, sagt Root.

»Das nenn ich wie ein wahrer Diener des Herrn gesprochen«, murmelt Shaftoe. Er ist jetzt auf dem Dachboden und kriecht auf allen vieren über die Balken. Er hält an und entzündet sein Zippo. Das Licht wird größtenteils von einem dunkelgrünen Klotz verschluckt: einer groben, mit kyrillischen Buchstaben in Schablonenschrift versehenen Holzkiste.

Von unten dringt Roots Stimme herauf: »Er ist zu dem, äh, Ort gekommen, wo Julieta und ich, äh, waren.«

Am Vögeln waren. »Geben Sie mir mal das Brecheisen«, ruft Shaftoe. »Das ist in Ottos Werkzeugkiste, unterm Tisch.«

Kurz darauf schiebt sich das Brecheisen durch die Dachluke wie der Kopf einer aus einem Korb auftauchenden Kobra.

»Otto war hin und her gerissen. Er musste es tun, sonst hätten ihm die Deutschen seinen Lebensunterhalt kaputtmachen können. Aber er respektiert Sie. Er konnte es nicht ertragen. Er musste mit jemandem reden. Also ist er zu uns gekommen und hat Julieta erzählt, was er getan hat. Julieta hat es verstanden.«

»Sie hat es verstanden!?«

»Aber sie war zugleich auch entsetzt.«

»Das ist ja wirklich herzzerreißend.«

»Tja, an dieser Stelle haben die Kivistiks dann den Schnaps herausgeholt und die Situation besprochen. Auf Finnisch.«

»Verstehe«, sagt Shaftoe. Man braucht den Finnen bloß ein grausames, krasses, trostloses moralisches Dilemma und eine Flasche Schnaps vorzusetzen und man kann sie für achtundvierzig Stunden so ziemlich vergessen. »Danke, dass Sie den Mumm gehabt haben, hierher zu kommen.«

»Julieta wird es verstehen.«

»Das hab ich nicht gemeint.«

»Och, ich glaube nicht, dass Otto mir was tun würde.«

»Nein, ich meine —«

»Ach so!«, ruft Root aus. »Nein, das mit Julieta musste ich Ihnen früher oder später sagen —«

»Nein, verdammt, ich meine die Deutschen.«

»Ach so. Na ja, über die habe ich mir eigentlich erst Gedanken gemacht, als ich schon fast hier war. Das war weniger Mut, als vielmehr fehlender Weitblick.«

An Weitblick fehlt es Shaftoe nicht unbedingt. »Nehmen Sie mir das mal ab.« Er reicht ein kurzes, schweres Stahlrohr vom Durchmesser einer Kaffeedose herunter. »Es ist schwer«, fügt er hinzu, als Root in die Knie geht.

»Was ist das?«

»Ein sowjetischer Hundertzwanzig-Millimeter-Mörser«, antwortet Shaftoe.

»Aha.« Root bleibt eine Zeit lang stumm, während er den Mörser auf den Tisch legt. Als er wieder etwas sagt, klingt seine Stimme anders. »Mir war gar nicht klar, dass Otto solches Zeug hat.«

»Das Ding wirkt im Umkreis von gut sechzig Fuß tödlich«, sagt Shaftoe. Er ist dabei, Mörsergranaten aus der Kiste zu zerren und sie neben der Dachluke zu stapeln. »Oder vielleicht sind's auch Meter, das weiß ich nicht mehr.« Die Granaten sehen aus wie dicke Footballeier mit Heckflossen.

»Fuß, Meter ... der Unterschied ist aber schon wichtig«, sagt Root.

»Vielleicht ist es ja auch des Guten zu viel. Aber wir müssen nach Norrsbruck zurück und uns um Julieta kümmern.«

»Was heißt das, uns um sie kümmern?«, fragt Root misstrauisch.

»Sie heiraten.«

»Was?«

»Einer von uns muss sie heiraten, und zwar schnell. Ich weiß ja nicht, wie's Ihnen geht, aber ich mag sie irgendwie, und es wär schade, wenn sie für den Rest ihres Lebens mit vorgehaltener Kanone gezwungen würde, Russenschwänze zu lutschen«, sagt Shaftoe. »Außerdem könnte sie von einem von uns schwanger sein. Von Ihnen, mir oder Günter.«

»Wir, die Verschwörer, haben die Pflicht, uns um unsere Nachkommenschaft zu kümmern«, pflichtet Root bei. »Wir könnten in London einen Treuhandfonds für sie einrichten.«

»Geld dafür müsste reichlich da sein«, stimmt Shaftoe zu. »Aber ich kann sie nicht heiraten, weil ich vielleicht Glory heiraten muss, wenn ich nach Manila komme.«

»Rudi kann es auch nicht«, sagt Root.

»Weil er schwul ist?«

»Nein, Schwule heiraten ständig Frauen«, antwortet Root. »Er kann es nicht, weil er Deutscher ist, und was will sie mit einem deutschen Pass?«

»Ja, das wäre nicht sehr schlau«, pflichtet Shaftoe bei.

»Damit bleibe ich übrig«, sagt Root. »Ich werde sie heiraten und sie wird einen britischen Pass bekommen. Den besten der Welt.«

»Ach nee«, sagt Shaftoe, »und wie passt das damit zusammen, dass Sie angeblich ein zölibatärer Mönch oder Priester oder sonst so'n Scheiß sind?«

Root sagt: »Ich soll zölibatär leben –«

»Aber sie tun's nicht«, erinnert ihn Shaftoe.

»Aber Gottes Vergebung ist unendlich«, kontert Root und bringt damit ein nicht zu widerlegendes Argument an. »Also, wie ich schon sagte, ich soll zölibatär leben – aber das heißt nicht, dass ich nicht heiraten darf. Sofern ich die Ehe nicht vollziehe.«

»Aber wenn Sie sie nicht vollziehen, ist sie ungültig!«

»Aber der einzige Mensch außer mir, der weiß, dass wir sie nicht vollziehen, ist Julieta.«

»Gott wird es wissen«, sagt Shaftoe.

»Gott stellt keine Pässe aus«, sagt Root.

»Und was ist mit der Kirche? Man wird Sie rausschmeißen.«

»Vielleicht verdiene ich es ja, rausgeschmissen zu werden.«

»Nur damit wir uns recht verstehen«, sagt Shaftoe, »als Sie Julieta tatsächlich gevögelt haben, haben Sie gesagt, sie täten's nicht, und konnten deshalb weiter Priester bleiben. Und jetzt haben Sie vor, sie zu heiraten, sie nicht zu vögeln und zu behaupten, sie täten's doch.«

»Falls Sie damit andeuten wollen, dass meine Beziehung zur Kirche äußerst kompliziert ist, Bobby – das ist mir bereits bekannt.«

»Na, dann gehen wir«, sagt Shaftoe.

Shaftoe und Root schleppen den Mörser und eine Kistenladung Granaten zum Strand hinunter, wo sie hinter einer gut einen Meter fünfzig hohen Schutzmauer Deckung nehmen können. Weil man wegen der Brandung jedoch rein gar nichts hören kann, versteckt sich Root zwischen den Bäumen entlang der Straße und überlässt es Shaftoe, mit dem sowjetischen Mörser herumzuspielen.

Wie sich herausstellt, ist gar kein großes Herumgespiele nötig. Ein des Lesens unkundiger Tundra-Bauer mit Frostbeulen an beiden Händen könnte das Ding in zehn Minuten aufstellen und zum Schießen bringen. Wenn es am Abend vorher spät geworden wäre – er zum Beispiel die Erfüllung des letzten Fünfjahresplans mit einem Krug Holzschnaps gefeiert hätte –, vielleicht auch fünfzehn Minuten.

Shaftoe sieht in der Gebrauchsanweisung nach. Dass sie in russischer Sprache verfasst ist, spielt keine Rolle, da sie sich ohnehin an Analphabeten richtet. Es sind eine Reihe von Parabeln darin eingezeichnet, deren eines Ende auf dem Mörser und deren anderes auf explodierenden Deutschen ruht. Man fordere einen sowjetischen Ingenieur auf, ein Paar Schuhe zu entwerfen, und er wird etwas konstruieren, das aussieht wie die Kartons, in denen die Schuhe geliefert werden; man fordere ihn auf, etwas zu bauen, was Deutsche massakriert, und er wird sich in Thomas Edison verwandeln. Shaftoe sucht das Gelände ab, entscheidet sich für einen Zielbereich, klettert dann die Mauer hoch und schreitet die Entfernung ab, wobei er von einem Meter pro Schritt ausgeht.

Er ist wieder unten am Strand und stellt gerade den Winkel des Rohrs ein, als ihn eine unförmige Gestalt erschreckt, die so nahe bei ihm über die Mauer gesprungen kommt, dass sie ihn beinahe umwirft. Root atmet rasch. »Deutsche«, sagt er, »sie kommen von der Hauptstraße her.«

»Woher wollen Sie wissen, dass es Deutsche sind? Vielleicht ist es Otto.«

»Die Motoren hören sich wie Diesel an. Die Hunnen lieben Diesel.«

»Wie viele Motoren?«

»Wahrscheinlich zwei.«

Wie sich herausstellt, liegt Root genau richtig. Aus dem Wald tauchen, wie schlechte Ideen aus dem trüben Verstand eines grünen Leutnants, zwei große schwarze Mercedes auf. Ihre Scheinwerfer sind nicht eingeschaltet. Sie halten an und nach kurzer Pause gehen leise die Türen auf, Deutsche steigen aus und richten sich auf. Einige haben lange schwarze Ledermäntel an. Einige tragen diese prima Maschinenpistolen, die das Markenzeichen der deutschen Infanterie und der Neid der Yanks und Tommies sind, die sich mit urzeitlichen Jagdgewehren abquälen müssen.

Das also ist der Moment. Gleich da drüben sind Nazis und es ist Bobby Shaftoes, und in geringerem Maße auch Enoch Roots, Aufgabe, sie alle umzubringen. Eigentlich nicht bloß eine Aufgabe, sondern ein moralisches Erfordernis, denn sie sind die lebendigen Verkörperungen Satans, die sich auch noch offen zu ihrer Schlechtigkeit und Gemeinheit bekennen. Es ist eine Welt, und eine Lage, an die Shaftoe und eine Menge anderer Leute vollkommen angepasst sind. Er hievt eine Granate aus der Kiste, führt sie in die Mündung des dicken Rohrs ein, lässt sie los und hält sich die Ohren zu.

Der Mörser rumst wie eine Kesselpauke. Die Deutschen schauen zu ihnen herüber. Ein Offiziersmonokel schimmert im Mondlicht. Aus den beiden Autos sind insgesamt acht Deutsche ausgestiegen. Drei davon müssen Kampferfahrung haben, denn sie liegen in einer Mikrosekunde auf dem Bauch. Die in Trenchcoats steckenden Offiziere bleiben stehen, genau wie zwei Halunken in Zivil, die mit ihren Maschinenpistolen sofort das Feuer in die ungefähre Richtung von Shaftoe und Root eröffnen. Das macht zwar viel Lärm, beeindruckt Shaftoe aber nur insofern, als es sich um eine beeindruckende Zurschaustellung von Dummheit handelt. Die Kugeln sausen weit über ihre Köpfe hinweg. Die Mörsergranate explodiert, noch ehe die Geschosse Zeit gehabt haben, den Bottnischen Meerbusen zu durchlöchern.

Shaftoe lugt über die Mauer. Wie von ihm mehr oder weniger erwartet, sind sämtliche Männer, die sich eben noch in der Vertikalen befanden, über den nächststehenden Mercedes drapiert, nachdem ein heransausender Schrapnellvorhang sie von den Beinen gerissen und zur Seite geschleudert hat. Zwei der Überlebenden jedoch – die Kampferfahrenen – robben auf Ottos Hütte zu, deren dicke Balkenwände unter den obwaltenden Umständen äußerst Vertrauen erweckend aussehen. Der dritte Überlebende ballert mit seiner Maschinenpistole herum, hat aber keine Ahnung, wo Shaftoe und Root sich befinden.

Das Gelände ist stark gewölbt, sodass die beiden robbenden Deutschen schwer zu erkennen sind. Shaftoe feuert ohne große Wirkung noch zwei Granaten ab. Er hört, wie die beiden Deutschen die Tür von Ottos Hütte eintreten.

Da es sich um eine Einzimmerhütte handelt, wäre es schön, in diesem Moment mit Handgranaten bewaffnet zu sein. Aber Shaftoe hat keine und will die Bude eigentlich sowieso nicht in die Luft jagen. »Warum machen Sie nicht den einen Deutschen da oben kalt«, sagt er zu Root und schiebt sich dann, immer dicht an der Mauer, falls die Deutschen zum Fenster hinausschauen, den Strand entlang.

Und tatsächlich schlagen die Deutschen, als er schon fast da ist, die Fenster heraus und schießen in Richtung Enoch Root. Shaftoe kriecht unter die Hütte, öffnet die Falltür und taucht mitten im Zimmer auf. Die Deutschen kehren ihm den Rücken zu. Er feuert mit seiner Suomi auf sie, bis sie sich nicht mehr rühren. Dann schleift er sie zur Falltür hinüber und lässt sie auf den Strand hinunterfallen, damit sie nicht den Boden voll bluten. Die nächste Flut wird sie fortschwemmen und mit etwas Glück werden sie in ein paar Wochen ans Vaterland angespült.

Mittlerweile ist es still, wie bei einer einsam gelegenen Hütte am Meer nicht anders zu erwarten. Aber das will nichts heißen. Wachsam arbeitet sich Shaftoe nach oben zwischen die Bäume vor, bewegt sich in Kreisen hinter dem Ort des Geschehens, überschaut von oben das Schlachtfeld. Der eine Deutsche robbt immer noch auf den Ellbogen herum und versucht dahinter zu kommen, was eigentlich los ist. Shaftoe tötet ihn. Dann geht er zum Strand hinunter, wo er Enoch Root findet, der in den Sand blutet. Eine Kugel hat ihn knapp unterhalb des Schlüsselbeins erwischt und es blutet sehr stark, und das sowohl aus der Wunde selbst als auch aus Roots Mund, wenn er ausatmet.

»Ich glaub, ich sterbe gleich«, sagt er.

»Gut«, sagt Shaftoe, »das heißt, dass Sie's wahrscheinlich nicht tun.«

Einer der Mercedes funktioniert noch, obwohl er ein paar Schrapnellöcher und einen platten Reifen hat. Shaftoe bockt ihn auf, wechselt den kaputten Reifen gegen einen intakten von dem anderen Mercedes, schleppt Root zum Wagen und bettet ihn auf den Rücksitz. Dann fährt er schleunigst nach Norrsbruck. Der Mercedes ist wirklich ein prima Wagen und Shaftoe hat Lust, bis nach Finnland damit zu fahren, nach Russland, Sibirien und runter durch China – vielleicht mit einem Zwischenstopp zum Sushi-Essen in Schanghai –, dann weiter runter durch Siam und dann nach Malaya, wo er das Boot irgendeines Meeresvagabunden nach Manila besteigen, Glory suchen und –

Die folgende erotische Träumerei wird von Enoch Roots Stimme abgeschnitten, die durch Blut oder sonst etwas blubbert. »Fahren Sie zur Kirche.«

»Also, Padre, das ist nun wirklich nicht der richtige Zeitpunkt, um mich zum religiösen Fanatiker zu machen. Bleiben Sie schön ruhig.«
»Nein, fahren Sie, jetzt gleich. Bringen Sie mich hin.«
»Was, damit Sie Ihren Frieden mit Gott machen können? Verdammt noch mal, Rev, Sie werden nicht sterben. Ich bringe Sie zum Arzt. Zur Kirche können Sie auch noch später.«

Root driftet in ein Koma ab, in dem er etwas von Zigarren murmelt.

Shaftoe ignoriert dieses Gefasel, düst nach Norrsbruck und weckt den Arzt. Dann geht er Otto und Julieta suchen und bringt die beiden zur Praxis des Arztes. Schließlich begibt er sich zur Kirche und weckt den Geistlichen.

Als sie zur Praxis kommen, streitet Rudolf von Hackleber gerade mit dem Arzt: Rudi (der offenbar im Namen von Enoch spricht, der kaum sprechen kann) möchte, dass die Hochzeit von Enoch und Julieta sofort stattfindet, falls Enoch auf dem Tisch stirbt. Shaftoe ist erschrocken darüber, wie schlecht der Patient mit einem Mal aussieht. Doch eingedenk dessen, was er und Enoch vorhin besprochen haben, ergreift er Rudis Partei und besteht darauf, dass die Eheschließung der Operation vorausgeht.

Otto holt buchstäblich aus seinem Arschloch einen Diamantring hervor – er führt in einem polierten, in sein Rektum geschobenen Metallrohr Wertsachen bei sich – und Shaftoe fungiert als Trauzeuge, der den von Otto noch warmen Ring mit leichtem Unbehagen in der Hand hält. Root ist zu schwach, um ihn Julieta auf den Finger zu stecken, sodass Rudi ihm die Hände führen muss. Eine Krankenschwester fungiert als Brautjungfer. Julieta und Enoch treten in den heiligen Stand der Ehe. Root hält nach jedem Wort der Trauungsformel inne, um Blut in eine Stahlschale zu husten. Shaftoe bekommt einen Kloß in der Kehle und schnieft sogar.

Der Arzt betäubt Root, öffnet ihm die Brust und geht daran, den Schaden zu reparieren. Feldchirurgie ist nicht sein Fach und so macht er ein paar Fehler und versteht es überhaupt hervorragend, das Spannungsniveau hochzuhalten. Irgendeine größere Arterie macht schlapp, sodass Shaftoe und der Geistliche losziehen, sich von der Straße weg ein paar Schweden greifen und sie überreden müssen, Blut zu spenden. Rudi ist nirgendwo zu finden und Shaftoe hat ein paar Minuten lang den Verdacht, dass er aus der Stadt abgehauen ist. Doch dann taucht er plötzlich an Roots Bett auf, in der Hand eine alte kubanische Zigarrenkiste, die über und über mit spanischen Wörtern beschriftet ist.

Als Enoch Root stirbt, sind nur Rudolf von Hackleber, Bobby Shaftoe und der schwedische Arzt im Zimmer anwesend.

Der Arzt sieht auf seine Uhr und geht hinaus.

Rudi schließt Enochs Augen, lässt die Hand auf dem Gesicht des verstorbenen Padre liegen und sieht Shaftoe an. »Sehen Sie zu«, sagt er, »dass der Arzt den Totenschein ausfüllt.«

Im Krieg passiert es ziemlich häufig, dass einem ein Kumpel stirbt und man gleich wieder ins Gefecht gehen und sich die Heulerei für später aufheben muss. »In Ordnung«, sagt Shaftoe und geht hinaus.

Der Arzt sitzt in seinem kleinen Behandlungsraum, dessen Wände mit umlautgespickten Diplomen bepflastert sind, und ist dabei, den Totenschein auszufüllen. In einer Ecke baumelt ein Skelett. Bobby Shaftoe nimmt an der gegenüberliegenden Flanke Grundstellung ein, sodass er und das Skelett den Arzt gewissermaßen anpeilen und ihm dabei zusehen, wie er Datum und Uhrzeit des Hinscheidens von Enoch Root hinkritzelt.

Als der Arzt fertig ist, lehnt er sich in seinem Stuhl zurück und reibt sich die Augen.

»Kann ich Ihnen eine Tasse Kaffee spendieren?«, fragt Bobby Shaftoe.

»Danke«, sagt der Arzt.

Die junge Braut und ihr Onkel fläzen sich verschlafen im Wartezimmer des Arztes. Shaftoe lädt sie ebenfalls zum Kaffee ein. Sie überlassen es Rudi, über den Leichnam ihres verstorbenen Freundes und Mitverschwörers zu wachen, und gehen die Hauptstraße von Norrsbruck hinunter. Die ersten Schweden kommen aus ihren Häusern. Sie sehen haargenau so aus wie Amerikaner des Mittleren Westens und Shaftoe wundert sich jedes Mal darüber, dass sie kein Englisch reden.

Der Arzt schaut kurz bei der Gemeindeverwaltung vorbei, um den Totenschein loszuwerden. Otto und Julieta gehen schon ins Café voraus. Bobby Shaftoe bleibt draußen stehen und starrt die Straße hinauf. Nach ein, zwei Minuten sieht er Rudi den Kopf zur Tür der Arztpraxis herausstecken und erst in die eine, dann in die andere Richtung schauen. Er zieht seinen Kopf einen Moment lang zurück. Dann kommen er und ein zweiter Mann aus der Praxis. Der andere ist in eine Decke gewickelt, die sogar seinen Kopf verhüllt. Sie steigen in den Mercedes, der Mann mit der Decke legt sich auf den Rücksitz und Rudi fährt in Richtung seines Cottage davon.

Bobby Shaftoe geht in das Café und setzt sich zu den Finnen.

»Nachher steig ich in den Mercedes und fahr nach Stockholm, wie wenn der Teufel hinter mir her wäre«, sagt Shaftoe. Die Finnen werden es zwar nicht zu würdigen wissen, aber er hat den Vergleich aus gutem Grund gewählt. Er begreift jetzt, warum er sich seit Guadalcanal als toten Mann sieht. »Na egal. Ich hoffe, ihr habt eine schöne Bootsfahrt.«

»Bootsfahrt?«, fragt Otto unschuldig.

»Ich hab dich an die Deutschen verkauft, genau wie du mich«, lügt Shaftoe.

»Du Schwein!«, legt Julieta los. Aber Bobby schneidet ihr das Wort ab: »Du hast gekriegt, was du wolltest, und noch einiges drüber raus. Einen britischen Pass und« – bei einem Blick zum Fenster hinaus sieht er den Arzt aus der Gemeindeverwaltung kommen – »dazu noch Enochs Hinterbliebenenrente. Und später vielleicht noch mehr. Und was dich angeht, Otto, deine Karriere als Schmuggler ist vorbei. Ich schlage vor, dass du schleunigst von hier abhaust.«

Otto ist noch immer viel zu sehr von den Socken, um empört zu sein, aber die Empörung wird nicht lange auf sich warten lassen. »Und wohin soll ich abhauen!? Hast du dir mal die Mühe gemacht, auf eine Karte zu schauen?«

»Sei gefälligst ein bisschen flexibel«, sagt Shaftoe. »Dir fällt schon was ein, wie du deinen Pott nach England kriegst.«

Man kann über Otto sagen, was man will, aber er mag Herausforderungen. »Ich könnte den Götakanal von Stockholm nach Göteborg nehmen – Deutsche gibt's da nicht – so käme ich fast bis nach Norwegen – aber Norwegen ist voll von Deutschen! Selbst wenn ich's durch den Skagerrak schaffe – soll ich vielleicht die Nordsee überqueren? Im Winter? Im Krieg?«

»Falls es dich beruhigt: Sobald du in England bist, musst du nach Manila weiterfahren.«

»Manila?«

»Da kommt einem England wie ein Klacks vor, was?«

»Glaubst du vielleicht, ich bin ein reicher Yachtbesitzer, der zum Vergnügen um die Welt segelt?«

»Nein, aber Rudolf von Hacklheber ist einer. Er hat Geld, er hat Verbindungen. Und er hat eine gute Yacht in Aussicht, neben der deine Ketsch wie ein altes Ruderboot aussieht«, sagt Shaftoe. »Komm schon, Otto. Hör mit dem Gejammer auf, hol noch ein paar Diamanten aus deinem Arsch und mach voran. Allemal besser, als von den Deutschen zu Tode gefoltert zu werden.« Shaftoe steht auf und klopft Otto ermutigend auf die Schulter, was Otto überhaupt nicht mag. »Bis dann, in Manila.«

Der Arzt kommt zur Tür herein. Bobby Shaftoe klatscht etwas Geld auf den Tisch. Er schaut Julieta in die Augen. »Hab ein ganzes Ende zu fahren«, sagt er, »Glory wartet auf mich.«

Julieta nickt. So ist Shaftoe wenigstens in den Augen einer Finnin kein ganz schlechter Kerl. Er bückt sich, gibt ihr einen innigen, feuchten Kuss, richtet sich auf, nickt dem verblüfften Arzt zu und geht hinaus.

Auf Freiersfüßen

Bislang hat sich Waterhouse mit einer Geschwindigkeit von ungefähr einem pro Woche durch exotische japanische Codesysteme gefressen, doch nachdem er im Salon von Mrs. McTeagues Pension Mary Smith kennen gelernt hat, fällt seine Produktivitätsrate auf nahezu null. Wahrscheinlich wird sie sogar negativ, denn manchmal, wenn er die Morgenzeitung liest, verwirrt sich deren Klartext vor seinen Augen zu Kauderwelsch, dem er keinerlei nützliche Informationen mehr entnehmen kann.

Trotz seiner und Turings Meinungsverschiedenheiten darüber, ob das menschliche Gehirn eine Turing-Maschine ist, muss er zugeben, dass es Turing nicht allzu viele Probleme bereiten würde, eine Reihe von Anweisungen zur Simulation der Gehirnfunktionen von Lawrence Pritchard Waterhouse niederzuschreiben.

Waterhouse strebt nach Glück. Er erlangt es, indem er japanische Codesysteme knackt und Orgel spielt. Da jedoch an Orgeln Mangel herrscht, hängt sein Glücksgrad letzten Endes fast völlig vom Codeknacken ab.

Er kann keine Codes knacken (und demzufolge nicht glücklich sein), sofern sein Verstand nicht klar ist. Angenommen, geistige Klarheit wird bezeichnet durch K_g, welches dergestalt normalisiert oder kalibriert wird, dass stets

$$0 \leq K_g < 1$$

gilt, wobei $K_g=0$ einen völlig umwölkten Verstand und $K_g=1$ gottähnliche Klarheit – einen unerreichbaren Zustand unendlicher Intelligenz – anzeigt. Bezeichnet man die Anzahl der von Waterhouse an einem bestimmten Tag entschlüsselten Funkmeldungen durch $N_{Entschlüsselungen}$, so wird sie ungefähr auf folgende Weise von K_g bestimmt:

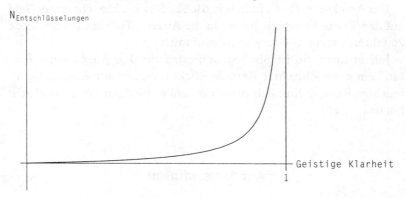

Geistige Klarheit (K_g) wird von einer Vielzahl von Faktoren beeinflusst, deren weitaus wichtigster jedoch die Geilheit ist, die sich durch σ bezeichnen ließe, und zwar aus nahe liegenden anatomischen Gründen, die Waterhouse in diesem Stadium seiner emotionalen Entwicklung amüsant findet.

Geilheit beginnt bei null zum Zeitpunkt $z=z_0$ (der unmittelbar auf die Ejakulation folgt) und nimmt von da an als lineare Funktion der Zeit zu:

$$\sigma \propto (z-z_0)$$

Die einzige Möglichkeit, sie wieder auf null zu bringen, besteht darin, für eine weitere Ejakulation zu sorgen.

Es gibt eine kritische Schwelle σ_k, dergestalt, dass es, wenn $\sigma > \sigma_k$, für Waterhouse unmöglich wird, sich auf irgendetwas zu konzentrieren, oder annäherungsweise

$$K_\sigma \propto n_\infty \lim \frac{1}{(\sigma-\sigma_k)^n}$$

was auf die Feststellung hinausläuft, dass es für Waterhouse, sobald σ über die Schwelle σ_k ansteigt, vollkommen unmöglich wird, japanische Kryptosysteme zu knacken. Das wiederum macht es ihm unmöglich, Glück zu erlangen (es sei denn, es gibt in erreichbarer Nähe eine Orgel, was aber nicht der Fall ist).

Normalerweise dauert es nach erfolgter Ejakulation zwei oder drei Tage, bis σ über σ_k steigt:

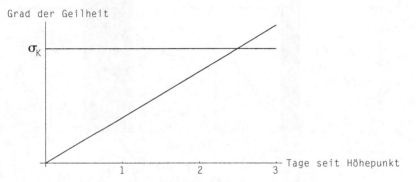

Für die Aufrechterhaltung von Waterhouses geistiger Gesundheit ist es somit von entscheidender Bedeutung, dass er alle zwei bis drei Tage ejakulieren kann. Solange er dazu die Möglichkeit hat, zeigt σ ein klassisches Sägezahn-Wellenmuster, dessen Spitzen optimalerweise bei oder nahe bei σ_k liegen [s. S. 711], wobei die grauen Bereiche Zeiträume darstellen, in denen er für die Kriegsleistungen von keinerlei Nutzen ist.

Soviel zur grundlegenden Theorie. Nun hat er jedoch während seiner Zeit in Pearl Harbor etwas festgestellt, das im Rückblick eigentlich zutiefst beunruhigend hätte sein müssen. Nämlich dass in einem Bordell (sprich durch die Verrichtungen einer wirklichen Frau) herbeigeführte Ejakulationen σ unter den Grad zu drücken schienen, den Waterhouse erreichen konnte, wenn er eine Manuelle Übersteuerung vornahm. Mit anderen Worten, der post-ejakulatorische Geilheitsgrad entsprach nicht immer null, wie die oben dargelegte, naive Theorie fordert, sondern irgendeiner anderen Größe, die davon abhing, ob die Ejakulation selbst- oder fremdinduziert war: $\sigma = \sigma_{selbst}$ nach der Masturbation, aber $\sigma = \sigma_{fremd}$ beim Verlassen eines Bordells, wobei $\sigma_{selbst} > \sigma_{fremd}$, eine Ungleichheit, auf die Waterhouses bemerkenswerte Erfolge beim Knacken bestimmter japanischer Codes in Station Hypo unmittelbar zurückzuführen sind, insofern die vielen günstig gelegenen Bordelle es ihm ermöglichten, zwischen den Ejakulationen längere Fristen verstreichen zu lassen.

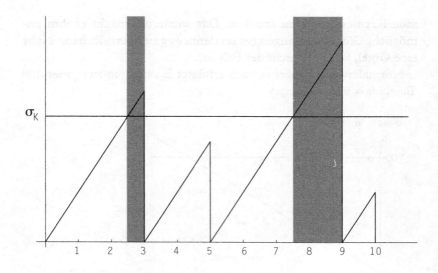

Mai 1942: Vorspiel zu Midway

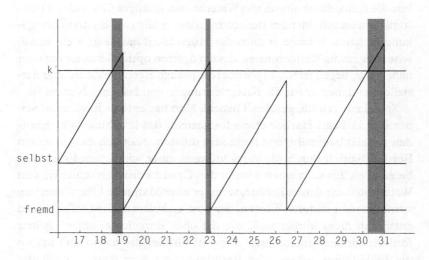

Man beachte den zwölftägigen Zeitraum vom 19. – 30. Mai 1942 [s. oben] mit nur einer einzigen kurzen Unterbrechung der Produktivität – ein Zeitraum, in dem Waterhouse (so könnte man argumentieren) persönlich die Schlacht bei den Midway-Inseln gewonnen hat.

Hätte er darüber nachgedacht, hätte es ihn gestört, denn $\sigma_{selbst} > \sigma_{fremd}$ hat beunruhigende Weiterungen – zumal wenn die Werte dieser Größen in Bezug auf das außerordentlich wichtige σ_k nicht feststehen. Wenn es diese Ungleichheit nicht gäbe, dann könnte Waterhouse als vollkommen selbstgenügsame und unabhängige Einheit funktionieren. Aber $\sigma_{selbst} > \sigma_{fremd}$ impliziert, dass er, was seine geistige Gesundheit und demzufolge sein Glück angeht, auf lange Sicht von anderen Menschen abhängt. Wie lästig!

Vielleicht hat er es vermieden, darüber nachzudenken, eben weil es so beunruhigend ist. In der Woche, nachdem er Mary Smith kennen gelernt hat, wird ihm klar, dass er darüber sehr viel eingehender wird nachdenken müssen.

Dass Mary Smith auf der Bildfläche erschienen ist, hat das ganze Gleichungssystem irgendwie völlig durcheinander gebracht. Nun steigt, wenn er eine Ejakulation gehabt hat, seine geistige Klarheit nicht sprunghaft an, wie es eigentlich der Fall sein müsste. Er denkt gleich wieder an Mary. So viel zum Thema Krieg-Gewinnen!

Er macht sich auf die Suche nach Bordellen, in der Hoffnung, dass das gute, alte, verlässliche σ_{fremd} seine Rettung sein wird. Das ist schwierig. In Pearl Harbor war es einfach und unverfänglich. Aber Mrs. McTeagues Pension liegt in einer Wohngegend, die sich, wenn sie überhaupt Bordelle enthält, immerhin die Mühe macht, sie zu verstecken. Also muss Waterhouse in die Innenstadt fahren, was an einem Ort, wo Fahrzeuge mit Verbrennungsmotor von Grills im Kofferraum angetrieben werden, gar nicht so einfach ist. Außerdem behält ihn Mrs. McTeague im Auge. Sie kennt seine Gewohnheiten. Wenn er anfängt, vier Stunden später von der Arbeit zu kommen oder nach dem Essen auszugehen, wird er Erklärungen abgeben müssen. Und die müssen überzeugend ausfallen, denn Mrs. McTeague hat Mary Smith, wie es scheint, unter einen zitternden, gallertartigen Fittich genommen und ist in der Lage, das süße Mädchen gegen Waterhouse aufzustacheln. Außerdem wird er seine Erklärungen weitgehend öffentlich, das heißt am Abendbrottisch, abgeben müssen, den er mit Marys Cousin teilt (dessen Vorname, wie sich herausstellt, Rod lautet).

Aber Doolittle hatte es fertig gebracht, Tokio zu bombardieren, oder etwa nicht? Waterhouse müsste zumindest imstande sein, sich in ein Bordell zu schleichen. Es braucht eine Woche Vorbereitungen (in der er wegen des steigenden σ-Grades keinerlei sinnvolle Arbeit zuwege bringt), aber er schafft es.

Es hilft ein wenig, aber nur auf der σ-Management-Ebene. Bis vor kurzem war das die einzige Ebene, und so wäre alles in Ordnung gewesen. Doch nun hat (wie Waterhouse dank ausgedehnter Kontemplation in den Stunden, in denen er eigentlich Codes knacken müsste, klar wird) ein neuer Faktor Eingang in das Gleichungssystem gefunden, das sein Verhalten bestimmt; er wird Alan schreiben und ihm sagen müssen, dass der Waterhouse simulierenden Turing-Maschine neue Anweisungen hinzugefügt werden müssen. Dieser neue Faktor ist F_{MSN}, der Faktor der Mary-Smith-Nähe.

In einem schlichteren Universum wäre F_{MSN} orthogonal zu σ, das heißt, die beiden Faktoren wären vollkommen unabhängig voneinander. Wenn es so wäre, könnte Waterhouse sein Sägezahnwellen-Ejakulations-Management-Programm unverändert beibehalten. Zusätzlich würde er für häufige Gespräche mit Mary Smith sorgen müssen, damit F_{MSN} so hoch wie möglich bleibt.

Doch leider ist das Universum nicht einfach! Weit davon entfernt, orthogonal zueinander zu sein, stehen F_{MSN} und σ in enger Beziehung miteinander, und das auf ebenso komplizierte Weise wie die Kondensstreifen von Flugzeugen bei einem Luftkampf. Das alte σ-Management-Schema funktioniert nicht mehr. Und eine platonische Beziehung macht F_{MSN} nur schlimmer, nicht besser. Sein Leben, das aus einer simplen Gruppe im wesentlichen linearer Gleichungen bestanden hat, ist zu einer *Differential*gleichung geworden.

Klar wird ihm das durch den Bordellbesuch. Bei der Navy ist der Besuch eines Bordells ungefähr so umstritten wie das Pinkeln durch die Speigatten auf hoher See – das Schlimmste, was man darüber sagen kann, ist, dass es unter anderen Umständen vielleicht ordinär erscheinen könnte. Und so hat es Waterhouse jahrelang getan, ohne dass es ihn im Geringsten belastet hätte.

Doch während und nach seinem ersten Bordellbesuch nach Mary Smith verabscheut er sich selbst. Er sieht sich nicht mehr mit seinen, sondern mit ihren Augen – und, im weiteren Sinne, denen ihres Cousins Rod, Mrs. McTeagues und der ganzen Gesellschaft anständiger, gottesfürchtiger Leute, denen er bis jetzt nie die geringste Aufmerksamkeit geschenkt hat.

Wie es scheint, ist der Einbruch von F_{MSN} in seine Glücksgleichung bloß der Anfang einer Entwicklung, die Waterhouse einer Vielzahl unbeherrschbarer Faktoren ausliefert und von ihm fordert, dass er sich mit der normalen menschlichen Gesellschaft auseinander setzt. Entsetzlicherweise schickt er sich nun sogar an, eine Tanzveranstaltung zu besuchen.

Die Tanzveranstaltung wird von einer australischen Freiwilligenorganisation ausgerichtet – die Einzelheiten kennt er nicht und sie sind ihm auch egal. Mrs. McTeague ist offenbar der Ansicht, dass die Miete, die sie von ihren Gästen kassiert, sie verpflichtet, diese nicht nur zu beherbergen und zu beköstigen, sondern auch Ehefrauen für sie zu finden, weshalb sie sie bedrängt, unbedingt hinzugehen, und das nach Möglichkeit in Begleitung. Rod bringt sie schließlich dadurch zum Schweigen, dass er verkündet, er werde mit einer größeren Gruppe, darunter auch Mary, seine Cousine vom Lande, hingehen. Rod ist ungefähr zwei Meter vierzig groß und wird daher auf einer überfüllten Tanzfläche leicht auszumachen sein. Mit etwas Glück wird sich die zierliche Mary in seiner Nähe befinden.

Und so geht Waterhouse zu der Tanzveranstaltung und durchstöbert sein Gedächtnis nach Eröffnungssätzen, die er bei Mary anbringen könnte. Er kommt auf mehrere Möglichkeiten:

»Wissen Sie eigentlich, dass die japanische Industrie nur vierzig Bulldozer pro Jahr produzieren kann?« Unmittelbar gefolgt von: »Kein Wunder, dass sie beim Bau ihrer Befestigungen Zwangsarbeiter einsetzen!«

Oder: »Aufgrund konstruktionsbedingter Beschränkungen der Antennenkonfiguration haben japanische Marineradarsysteme hinten einen blinden Fleck – man greift also immer genau von achtern an.«

Oder: »Die weniger wichtigen, niederrangigen Codes der japanischen Armee sind schwerer zu knacken als die wichtigen, hochrangigen! Ist das nicht komisch?«

Oder: »Sie kommen also aus dem Outback... dosen sie eigentlich viele Nahrungsmittel ein? Es interessiert Sie vielleicht, dass ein enger Verwandter des Bakteriums, das dafür sorgt, dass Dosensuppe verdirbt, Gasbrand hervorruft.«

Oder: »Japanische Schlachtschiffe fliegen in letzter Zeit von selbst in die Luft, weil die Granaten in ihren Magazinen mit der Zeit chemisch instabil werden.«

Oder: »Dr. Turing aus Cambridge behauptet, die Seele sei eine Illusion und alles, was uns als Menschen definiere, lasse sich auf eine Reihe mechanischer Operationen reduzieren.«

Und noch viel mehr in derselben Art. Bis jetzt ist ihm noch nichts eingefallen, was sie unter Garantie vom Hocker reißen wird. Er hat, ehrlich gesagt, nicht die leiseste Ahnung, was er eigentlich machen soll. Und so war es immer mit Waterhouse und den Frauen, weshalb er auch nie so richtig eine Freundin gehabt hat.

Aber das hier ist etwas anderes. Das hier ist die nackte Verzweiflung. Was gibt es über die Tanzveranstaltung zu sagen? Großer Saal. Männer in Uniformen, größtenteils flotter, als es ihnen zusteht. Größtenteils flotter als Waterhouse, um ehrlich zu sein. Frauen in schicken Kleidern, mit schicken Frisuren. Lippenstift, Perlen, eine Bigband, weiße Handschuhe, Keilereien, ein bisschen Geknutsche und ein kleines bisschen Gekotze. Waterhouse kommt spät – das Transportproblem, wieder mal. Sämtliches Benzin wird dafür verwendet, riesige Bomber durch die Atmosphäre zu schleudern, damit man Sprengkörper auf die Nips regnen lassen kann. Den Fleischklumpen namens Waterhouse durch Brisbane zu befördern, damit er versuchen kann, eine Jungfer zu deflorieren, steht auf der Prioritätenliste ganz weit unten. Er muss ein ganzes Ende zu Fuß gehen, und das in seinen steifen, glänzenden Lederschuhen, die davon an Glanz einbüßen. Endlich angekommen, ist er sich ziemlich sicher, dass sie nur als Aderpressen zur Verhinderung unstillbarer arterieller Blutungen aus den Verletzungen fungieren, die sie hervorgerufen haben.

Zu vorgerückter Stunde macht er auf der Tanzfläche schließlich Rod ausfindig und verfolgt ihn über mehrere Musikstücke hinweg (Rod hat keinen Mangel an Tanzpartnerinnen) in eine Ecke des Saals, wo sich alle zu kennen und auch ohne Intervention eines Waterhouse prächtig zu amüsieren scheinen.

Doch schließlich erkennt er Mary Smiths Hals, der, durch dreißig Meter dichten Zigarettenrauch von hinten gesehen, genauso unglaublich erotisch aussieht, wie er sich in Mrs. McTeagues Salon von der Seite ausgenommen hat. Sie trägt ein Kleid und eine Perlenkette, welche die Architekur des Halses recht schön zur Geltung bringen. Waterhouse legt die Marschrichtung fest und stapft vorwärts wie ein Marine, der die letzten paar Meter vor einem japanischen Bunker zurücklegt, bei dem er, wie er ganz genau weiß, sterben wird. Bekommt man posthum eine Auszeichnung dafür, dass man bei einer Tanzveranstaltung Feuer fängt und davon verzehrt wird?

Er ist nur noch ein paar Schritte entfernt und trottet noch immer benommen auf jene weiße Säule von einem Hals zu, als die Melodie plötzlich endet und er Marys Stimme und die Stimmen ihrer Freunde hören kann. Sie plaudern fröhlich drauflos. Aber sie sprechen nicht englisch.

Endlich bringt Waterhouse diesen Akzent unter. Und mehr noch, er löst auch ein Rätsel, das mit ein paar Briefen zu tun hat, die ihm im

Hause von Mrs. McTeague vor Augen gekommen sind und an jemanden namens cCmndhd adressiert waren.

Es verhält sich folgendermaßen: Rod und Mary sind Qwghlmianer! Und ihr Familienname ist nicht Smith – er klingt nur ungefähr wie Smith. In Wirklichkeit lautet er cCmndhd. Rod ist irgendwo in Manchester aufgewachsen – zweifellos in irgendeinem qwghlmianischen Ghetto – und Mary entstammt einem Familienzweig, der vor ein paar Generationen in Schwierigkeiten (wahrscheinlich Aufruhr) geraten und in die große Sandwüste deportiert worden ist.

Das soll Turing erst mal erklären! Denn es beweist über jeden Zweifel hinaus, dass es einen Gott gibt und dass Er ein enger Freund und Unterstützer von Lawrence Pritchard Waterhouse ist. Das Problem des Eröffnungssatzes ist gelöst, so sauber wie ein Theorem. Q.E.D., mein Lieber. Waterhouse schreitet selbstbewusst vorwärts und opfert seinen gefräßigen Schuhen einen weiteren Quadratzentimeter Epidermis. Wie er es später rekonstruiert, hat er sich unabsichtlich zwischen Mary cCmndhd und ihren Begleiter geschoben und diesen vielleicht am Ellbogen gestoßen, sodass er seinen Drink verschüttete. Es ist eine jähe Bewegung, die die Gruppe zum Schweigen bringt. Waterhouse macht den Mund auf und sagt: »Gxnn bhldh sqrd m!«

»He, Freund!«, sagte Marys Begleiter. Waterhouse wendet sich dem Geräusch der Stimme zu. Das dümmliche Grinsen, das sich in seinem Gesicht breit gemacht hat, dient als passendes Ziel, das die Faust von Mary Smiths Begleiter treffsicher ansteuert. Die untere Hälfte von Waterhouses Kopf wird taub, sein Mund füllt sich mit einer warmen, nahrhaft schmeckenden Flüssigkeit. Irgendwie schwingt sich der weitläufige Betonboden in die Lüfte, wirbelt herum wie eine hochgeworfene Münze und prallt von der Seite seines Kopfes ab. Alle vier Gliedmaßen Waterhouses scheinen vom Gewicht seines Rumpfes an den Boden gepresst zu werden.

Es kommt zu einer Art Tumult auf jener fernen Ebene in Kopfhöhe der meisten Leute, etwa einen Meter achtzig über dem Boden, wo üblicherweise soziale Interaktion stattfindet. Marys Begleiter wird von einem großen, kräftigen Burschen abgedrängt – Gesichter sind aus diesem Winkel schwer zu erkennen, aber ein guter Kandidat wäre Rod. Rod brüllt etwas auf qwghlmianisch. Eigentlich brüllen alle auf qwghlmianisch – auch die, die englisch sprechen –, weil Waterhouses Spracherkennungszentren von einem schweren Fall von Ganglienscheppern betroffen sind. Am besten, man lässt diesen komplizierten

Kram erst mal beiseite und konzentriert sich auf die grundlegendere Phylogenese: Es wäre zum Beispiel schön, wieder ein Wirbeltier zu sein. Und dann käme einem die Fortbewegung auf vier Beinen sehr zustatten.

Ein munterer Australo-Qwghlmianer in RAAF-Uniform tritt vor, packt Waterhouse an der rechten Vorderflosse und zerrt ihn die evolutionäre Leiter hoch, ohne dass er schon dazu bereit wäre. Er tut Waterhouse nicht so sehr einen Gefallen, sondern bringt vielmehr dessen Gesicht auf eine Höhe, in der es sich besser auf Schäden untersuchen lässt. Er brüllt ihm zu (weil die Musik wieder angefangen hat): »Wo haben Sie denn so reden gelernt?«

Waterhouse weiß gar nicht, wo er anfangen soll; Gott bewahre, dass er diese Leute noch einmal beleidigt. Aber er muss gar nichts sagen. Der RAAF-Bursche verzieht plötzlich angewidert das Gesicht, als hätte er gerade einen zwei Meter langen Bandwurm bemerkt, der aus Waterhouses Rachen zu entkommen versuchte. »Outer Qwghlm?«, fragt er.

Waterhouse nickt. Die verwirrten und empörten Gesichter vor ihm erstarren zu steinernen Masken. Bewohner von Inner Qwghlm! Natürlich! Die Bewohner der inneren Insel werden dauernd beschissen und haben von daher die beste Musik und den unterhaltsamsten Charakter, aber man verfrachtet sie ständig nach Barbados, um Zuckerrohr zu ernten, oder nach Tasmanien, um Schafe zu jagen, oder – nun ja, in den Südwestpazifik, um sich von halb verhungerten, mit scharf gemachten, geballten Ladungen behängten Nips durch den Dschungel hetzen zu lassen.

Der RAAF-Bursche zwingt sich zu einem Lächeln und klopft Waterhouse sanft auf die Schulter. Irgendjemand in seiner Gruppe wird die unangenehme Aufgabe übernehmen müssen, den Diplomaten zu spielen, die Wogen zu glätten, und mit der untrüglichen Nase des Bewohners von Inner Qwghlm für einen Scheißjob hat sich der Junge von der RAAF soeben freiwillig dafür gemeldet. »Bei uns«, erklärt er fröhlich, »ist das, was Sie gerade gesagt haben, kein freundlicher Gruß.«

»Aha«, sagt Waterhouse, »was habe ich denn gesagt?«

»Sie haben gesagt, Sie seien bei der Mühle gewesen, um sich über einen Sack mit einer schwachen Naht zu beschweren, der am Donnerstag aufgeplatzt sei, und dabei habe Ihnen der Besitzer durch seinen Ton zu verstehen gegeben, dass Marys Großtante, eine alte Jungfer, die als junge Frau einen schlechten Ruf gehabt habe, sich eine Pilzinfektion an den Zehennägeln zugezogen habe.«

Es folgt längeres Schweigen. Dann melden sich alle gleichzeitig zu Wort. Schließlich durchdringt eine Frauenstimme die Kakophonie: »Nein, nein!« Waterhouse sieht hin; es ist Mary. »Ich habe ihn so verstanden, dass es im Pub war, dass er sich dort um einen Job als Rattenfänger beworben hat und dass es der Hund meines Nachbarn war, der an Tollwut erkrankt ist.«

»Er war zur Beichte in der Basilika – der Priester – Angina«, ruft jemand von hinten. Dann redet alles gleichzeitig: »Am Hafen – Marys Halbschwester – Lepra – Mittwoch – sich über eine zu laute Party beschwert!«

Ein kräftiger Arm legt sich um Waterhouses Schultern und zieht ihn von alledem weg. Er kann den Kopf nicht drehen, um festzustellen, zu wem die Gliedmaße gehört, weil seine Wirbel sich erneut verschoben haben. Er nimmt an, dass es Rod ist, der seinen armen, benommenen Yankee-Zimmergenossen selbstloserweise unter seine Fittiche nimmt. Rod zückt ein sauberes Taschentuch, hält es Waterhouse an den Mund und nimmt dann die Hand weg. Das Taschentuch bleibt an Waterhouses Lippe kleben, die mittlerweile wie ein Sperrballon geformt ist.

Damit erschöpft sich seine Anständigkeit aber keineswegs. Er besorgt Waterhouse sogar etwas zu trinken und holt ihm einen Stuhl. »Wissen Sie über die Navajos Bescheid?«, fragt Rod.

»Wie?«

»Bei Euren Marines werden Navajos als Funker eingesetzt – sie können sich in ihrer Sprache unterhalten und die Nips haben keine Ahnung, wovon sie reden.«

»Ach so. Ja. Davon hab ich gehört«, sagt Waterhouse.

»Winnie Churchill hat von diesen Navajos gehört. Die Idee hat's ihm angetan. Wollte, dass die Streitkräfte Seiner Majestät das gleiche machen. Navajos haben wir keine. Aber – «

»Ihr habt Qwghlmianer«, sagt Waterhouse.

»Im Moment laufen zwei verschiedene Programme«, sagt Rod. »Die Royal Navy setzt Leute von Outer Qwghlm ein. Army und Air Force welche von Inner.«

»Und wie funktioniert es?«

Rod zuckt die Achseln. »So la la. Qwghlmain ist eine sehr prägnante Sprache. Hat keinerlei Ähnlichkeit mit Englisch oder Keltisch – am ehesten ist es noch mit !Qnd verwandt, das von einem Pygmäenstamm auf Madagaskar und auf den Aleuten gesprochen wird. Egal, je prägnanter desto besser, stimmt's?«

»Unbedingt«, sagt Waterhouse. »Weniger Redundanz – schwieriger, den Code zu knacken.«

»Das Problem ist nur, es ist zwar nicht direkt eine *tote* Sprache, aber es liegt gewissermaßen auf einer Bahre und davor steht ein Priester und schlägt das Kreuz. Verstehen Sie?«

Waterhouse nickt.

»Deswegen hört es jeder ein bisschen anders. So wie eben – die Leute haben Ihren outer-qwghlmianischen Akzent gehört und angenommen, Sie gäben eine Beleidigung von sich. Ich dagegen habe gewusst, dass Sie sagen wollten, Sie glaubten aufgrund eines Gerüchts, das Sie letzten Dienstag auf dem Fleischmarkt gehört hätten, dass Marys Genesung normal verlaufe und sie in einer Woche wieder auf den Beinen sei.«

»Ich habe zu sagen versucht, dass sie wunderschön aussieht«, protestiert Waterhouse.

»Ach so!«, sagt Rod. »Dann hätten Sie ›Gxnn bhldh sqrd m‹ sagen müssen!«

»Aber das habe ich gesagt!«

»Nein, Sie haben den Mittelglottal mit dem vorderen Glottal verwechselt«, sagt Rod.

»Ehrlich«, sagt Waterhouse, »können Sie das an einem knisternden Funkgerät auseinander halten?«

»Nein«, sagt Rod. »Über Funk halten wir uns an das Wesentliche: ›Los jetzt, ihr Säcke, nehmt euch den Bunker vor, sonst bring ich euch um.‹ Solche Sachen.«

Nicht lange danach ist die Band mit ihrem letzten Stück fertig und die Party ist zu Ende. »Tja«, sagt Waterhouse, »würden Sie Mary bitte sagen, was ich wirklich sagen wollte?«

»Ach, das wird bestimmt nicht nötig sein«, sagt Rod zuversichtlich. »Mary ist eine gute Menschenkennerin. Sie weiß bestimmt, was Sie sagen wollten. Qwghlmianer verstehen sich ausgezeichnet auf nonverbale Kommunikation.«

Waterhouse kann sich eben noch bremsen, *Das müsst ihr wohl auch zu sagen*, wofür er wahrscheinlich gleich noch was aufs Maul gekriegt hätte. Rod gibt ihm die Hand und geht. Von seinen Schuhen gemartert, humpelt Waterhouse hinaus.

INRI

Goto Dengo liegt sechs Wochen lang auf einer Pritsche aus geflochtenen Binsen unter dem weißen Kegel eines Moskitonetzes, das sich in den zum Fenster hereinfächelnden Brisen leise regt. Wenn sich ein Taifun ankündigt, klappen die Schwestern Perlmuttläden vor die Fenster, doch meistens bleiben sie Tag und Nacht geöffnet. Draußen hat man eine riesige Treppe in einen grünen Berghang gehauen. Wenn die Sonne scheint, fluoresziert der neue Reis auf diesen Terrassen; grünes Licht lodert in den Raum wie Flammen. Er kann kleine, knorrige Menschen in bunten Kleidern Reis-Sämlinge versetzen und an dem Bewässerungssystem herumbasteln sehen. Die Wand seines Zimmers ist nackt, cremefarbener Gips, überzogen mit sich gabelnden Deltas von Rissen wie die Blutgefäße an der Oberfläche eines Augapfels. Geschmückt wird sie lediglich von einem Kruzifix, das mit wahnsinniger Detailversessenheit aus Napaholz geschnitzt ist. Jesus' Augen sind glatte Kugeln ohne Pupille oder Iris, wie bei römischen Statuen. Er hängt schief am Kreuz, die Arme ausgestreckt, die Bänder wahrscheinlich längst aus ihren Verankerungen gerissen, die krummen, vom Schaft eines römischen Speers gebrochenen Beine nicht mehr imstande, den Körper zu tragen. Je ein schrundiger, rostiger Eisennagel fixiert die Hände, ein dritter reicht für beide Füße. Nach einer Weile bemerkt Goto Dengo, dass der Bildhauer die drei Nägel zu einem perfekten gleichseitigen Dreieck angeordnet hat. Er und Jesus bringen viele Stunden und Tage damit zu, sich durch den weißen Schleier anzustarren, mit dem das Bett verhängt ist; wenn der Stoff sich in den Bergbrisen regt, scheint Jesus sich zu winden. Oben an dem Kruzifix ist eine offene Schriftrolle angebracht; darauf steht I.N.R.I. Goto Dengo rätselt oft daran herum. Ich Nehme Rasch Irgendwas? Innere Nagel-Risse Irreparabel?

Der Schleier teilt sich und in der Lücke steht, im grünen, von den Terrassen herabströmenden Licht strahlend, eine vollkommene junge Frau in strengem, schwarzweißem Habit, in den Händen eine Schüssel dampfendes Wasser. Sie schlägt sein Flügelhemd zurück und beginnt ihn zu waschen. Goto Dengo deutet auf das Kruzifix und fragt danach. Vielleicht hat die Frau ein wenig Japanisch gelernt. Falls sie ihn hört, gibt sie es nicht zu erkennen. Sie ist wahrscheinlich taub oder verrückt oder beides; die Christen sind dafür berüchtigt, wie abgöttisch sie Behinderte lieben. Ihr Blick ist auf Goto Dengos Körper gerichtet, den sie sanft, aber unerbittlich abtupft, immer nur einen briefmarkengroßen Fleck auf einmal. Goto Dengos Verstand spielt ihm immer noch Streiche, und als er an seinem nackten Rumpf entlang blickt, kommt er einen Moment lang völlig durcheinander und meint, er betrachte die ans Kreuz genagelte Jammergestalt Jesu. Seine Rippen stehen hervor und seine Haut ist eine wirre Landkarte aus Narben und Wunden. Er kann unmöglich noch zu irgendetwas gut sein; warum schicken sie ihn nicht nach Japan zurück? Warum haben sie ihn nicht einfach umgebracht? »Sprechen Sie Englisch?«, fragt er und ihre riesigen braunen Augen zucken ganz leicht. Sie ist die schönste Frau, die er je gesehen hat. Für sie muss er etwas Widerwärtiges sein, eine Probe unter einem Glasplättchen in einem Pathologie-Labor. Wenn sie das Zimmer verlässt, wird sie sich wahrscheinlich selbst gründlich waschen und dann alles tun, um die Erinnerung an Goto Dengos Körper aus ihrem reinen, jungfräulichen Verstand zu verbannen.

Er driftet in ein Fieber ab und sieht sich selbst vom Beobachtungspunkt eines Moskitos aus, der versucht, durch das Netz hereinzufinden: ein abgezehrter, geschundener Leib, der wie ein zerklatschtes Insekt ausgespreizt auf einem Holzgestell liegt. Dass er Japaner ist, kann man nur an dem um seinen Kopf gebundenen weißen Stoffstreifen erkennen, aber statt einer aufgemalten Sonne trägt er eine Aufschrift: I.N.R.I.

Ein Mann in einem langen, schwarzen Gewand sitzt bei ihm, in der Hand eine Kette aus roten Korallenperlen, an der ein winziges Kruzifix baumelt. Er hat den großen Kopf und die wuchtige Stirn der seltsamen Menschen, die auf den Reisterrassen arbeiten, aber sein zurücktretender Haaransatz und das nach hinten gebürstete, silbrigbraune Haar sind ebenso wie sein durchdringender Blick sehr europäisch. »Iesus Nazarenus Rex Iudaeorum«, sagt er. »Das ist Latein. Jesus von Nazareth, König der Juden.«

»Juden? Ich dachte, Jesus war Christ«, sagt Goto Dengo.

Der Mann im schwarzen Gewand starrt ihn bloß an. Goto Dengo versucht es noch einmal: »Ich wusste nicht, dass Juden Latein sprechen.«

Eines Tages wird ein Rollstuhl ins Zimmer geschoben; er starrt ihn mit dumpfer Neugier an. Er hat von diesen Gerätschaften gehört – man benutzt sie hinter hohen Mauern, um schändlich unvollkommene Menschen von einem Zimmer ins andere zu transportieren. Plötzlich haben diese winzigen Frauen ihn hochgehoben und hineingesetzt! Eine sagt etwas von frischer Luft, und ehe er sich's versieht, wird er zur Tür hinaus und auf einen Flur geschoben! Sie haben ihn angeschnallt, damit er nicht herunterfällt, und er windet sich unbehaglich im Stuhl und versucht, sein Gesicht zu verbergen. Die Frau schiebt ihn auf eine riesige Veranda mit Blick auf die Berge. Von den Blättern steigt Dunst auf und Vögel kreischen. An der Wand hinter ihm hängt ein großes Bild von I.N.R.I., nackt an einen Pfahl gekettet und aus Hunderten von parallelen Peitschenstriemen blutend. Vor ihm steht ein Centurio mit einer Geißel. Seine Augen wirken seltsam japanisch.

Auf der Veranda sitzen noch drei Japaner. Einer von ihnen redet unverständlich mit sich selbst und pult unentwegt an einer Wunde an seinem Arm, die ununterbrochen in ein Handtuch auf seinem Schoß blutet. Einem anderen hat es Gesicht und Arme verbrannt und er starrt durch ein einzelnes Loch in einer ausdruckslosen Maske aus Narbengewebe auf die Welt hinaus. Den dritten hat man mit vielen weißen Stoffstreifen in seinem Stuhl festgebunden, weil er sich wie ein gestrandeter Fisch unentwegt herumwirft und dabei unverständliche, stöhnende Laute von sich gibt.

Goto Dengo beäugt das Geländer der Veranda und überlegt, ob er die Kraft aufbringt, selbst hinüberzufahren und sich über die Kante zu stürzen. Warum hat man ihn nicht ehrenhaft sterben lassen?

Die Mannschaft des Unterseeboots hat ihn und die anderen Evakuierten mit einer nicht zu deutenden Mischung aus Verehrung und Abscheu behandelt.

Wann hat er sich seinem Volk entfremdet? Es ist lange vor seiner Evakuierung aus Neuguinea geschehen. Der Lieutenant, der ihn vor den Kopfjägern rettete, hat ihn wie einen Verbrecher behandelt und zum Tode verurteilt. Aber er war schon vorher anders. Warum haben ihn die Haie nicht gefressen? Riecht sein Fleisch anders? Er hätte mit seinen Kameraden in der Bismarck-See sterben müssen. Er hat überlebt, teils weil er Glück gehabt hat, teils weil er schwimmen kann.

Warum kann er schwimmen? Teils weil sein Körper sich darauf versteht – teils aber auch, weil sein Vater ihn dazu erzogen hat, nicht an Dämonen zu glauben.

Er lacht laut. Die anderen Männer auf der Veranda drehen sich zu ihm und sehen ihn an.

Er ist dazu erzogen worden, nicht an Dämonen zu glauben, und nun ist er selbst einer.

Schwarzrock lacht Goto Dengo bei seinem nächsten Besuch laut aus. »Ich versuche nicht, Sie zu bekehren«, sagt er. »Bitte erzählen Sie

Ihren Vorgesetzten nichts von Ihrem Verdacht. Man hat uns streng verboten zu missionieren, und es hätte schreckliche Auswirkungen.«

»Sie versuchen nicht, mich mit Worten zu missionieren«, gibt Goto Dengo zu, »sondern indem sie mich einfach hier haben.« Sein Englisch reicht nicht ganz aus.

Schwarzrocks Name ist Pater Ferdinand. Er ist Jesuit oder dergleichen und steckt Goto Dengo mit seinem Englisch mühelos in die Tasche. »Inwiefern stellt es eine Missionierung dar, dass wir Sie lediglich hier haben?« Dann fragt er, bloß um Goto Dengo vollends den Wind aus den Segeln zu nehmen, das Gleiche in halbwegs anständigem Japanisch.

»Ich weiß auch nicht. Die Kunstwerke.«

»Wenn Ihnen unsere Kunstwerke nicht gefallen, dann machen Sie die Augen zu und denken Sie an den Kaiser.«

»Ich kann die Augen nicht ständig geschlossen halten.«

Pater Ferdinand lacht abfällig. »Tatsächlich? Die meisten Ihrer Landsleute haben offenbar keinerlei Schwierigkeiten damit, die Augen von der Wiege bis zur Bahre fest geschlossen zu halten.«

»Warum haben Sie keine fröhlichen Kunstwerke? Ist das ein Krankenhaus oder eine Leichenhalle?«

»La Pasyon ist hier wichtig«, sagt Pater Ferdinand.

»La Pasyon?«

»Das Leiden Christi. Es spricht die Menschen auf den Philippinen sehr stark an. Besonders im Augenblick.«

Goto Dengo hat noch eine weitere Beschwerde vorzubringen, die er aber erst äußern kann, nachdem er sich Pater Ferdinands japanisch-englisches Wörterbuch ausgeliehen und eine Zeit lang damit gearbeitet hat.

»Mal sehen, ob ich das richtig verstanden habe«, sagt Pater Ferdinand. »Sie glauben, dass wir Sie indirekt zum Katholizismus zu bekehren versuchen, wenn wir Sie mit Barmherzigkeit und Würde behandeln.«

»Sie verdrehen mir schon wieder die Worte«, sagt Goto Dengo.

»Sie haben krumme Worte gesprochen und ich habe sie gerade gebogen«, gibt Pater Ferdinand zurück.

»Sie versuchen, mich – zu einem von euch zu machen.«

»Zu einem von uns? Was meinen Sie damit?«

»Zu einem niedrigen Menschen.«

»Warum sollten wir das tun wollen?«

»Weil Sie eine Religion für niedrige Menschen haben. Eine Religion für Verlierer. Wenn Sie mich zu einem niedrigen Menschen machen, werde ich mich dieser Religion anschließen wollen.«

»Und indem wir Sie anständig behandeln, versuchen wir, Sie zu einem niedrigen Menschen zu machen?«

»In Japan würde man einen Kranken nicht so gut behandeln.«

»Das brauchen Sie uns nicht zu erklären«, sagt Pater Ferdinand. »Sie befinden sich mitten in einem Land voller Frauen, die von japanischen Soldaten vergewaltigt worden sind.«

Zeit, das Thema zu wechseln. »Ignoti et quasi occulti – Societas Eruditorum«, sagt Goto Dengo, der die Aufschrift auf einem Medaillon liest, das Pater Ferdinand um den Hals hängen hat. »Noch mehr Latein? Was heißt das?«

»Das ist eine Organisation, der ich angehöre. Eine ökumenische Organisation.«

»Was heißt das?«

»Jeder kann ihr beitreten. Sogar Sie, wenn Sie gesund sind.«

»Ich werde gesund werden«, sagt Goto Dengo. »Kein Mensch wird wissen, dass ich krank war.«

»Außer uns. Ach so, ich verstehe! Sie meinen, kein Japaner wird es wissen. Das stimmt.«

»Aber die anderen hier werden nicht gesund.«

»Das stimmt. Sie haben von allen Patienten hier die beste Prognose.«

»Sie nehmen diese kranken Japaner in Ihren Schoß auf.«

»Ja. Unsere Religion gebietet uns das mehr oder weniger.«

»Es sind jetzt niedrige Menschen. Sie wollen, dass sie sich Ihrer Religion für niedrige Menschen anschließen.«

»Nur insofern, als es für sie gut ist«, sagt Pater Ferdinand. »Schließlich werden sie nicht loslaufen und uns eine neue Kathedrale bauen oder etwas dergleichen.«

Am nächsten Tag wird Goto Dengo für geheilt erklärt. Er fühlt sich keineswegs geheilt, würde aber alles tun, um aus diesem Trott herauszukommen: dass er ein Blickduell nach dem anderen mit dem König der Juden verliert.

Er rechnet damit, dass man ihm einen Seesack aufladen und ihn zum Busbahnhof schicken wird, damit er für sich selbst sorgt, doch stattdessen kommt ihn ein Wagen abholen. Und als wäre das noch nicht genug, bringt ihn das Auto zu einer Landepiste, wo ihn ein leichtes Flugzeug erwartet. Es ist das erste Mal, dass er in einem Flugzeug fliegt, und die Begeisterung belebt ihn stärker als sechs Wochen Krankenhaus. Das

Flugzeug startet zwischen zwei grünen Bergen und nimmt (nach dem Sonnenstand zu urteilen) Südkurs, und zum ersten Mal begreift er, wo er die ganze Zeit gewesen ist: mitten auf Luzon, nördlich von Manila.

Eine halbe Stunde später befindet er sich über der Hauptstadt und die Maschine überquert im Schrägflug den Pasig und dann die Bucht, die mit Militärtransportern voll gestopft ist. Die Corniche wird von einer Postenkette von Kokospalmen bewacht. Von oben gesehen, zappeln ihre gefiederten Blätter in der Meeresbrise wie riesige, auf Dorne aufgespießte Taranteln. Über die Schulter des Piloten hinweg sieht Goto Dengo zwischen den platten Reisfeldern genau südlich der Stadt zwei asphaltierte Landebahnen, die sich in spitzem Winkel kreuzen und so ein schmales X bilden. Das leichte Flugzeug wird von Böen geschüttelt. Es hüpft wie ein zu stark aufgepumpter Fußball die Landebahn entlang, rollt an den meisten Hangars vorbei und bremst schließlich mit beiden Seitenrudern bei einer abseits stehenden Wachbaracke, wo ein Mann auf einem Motorrad mit leerem Seitenwagen wartet. Goto Dengo wird mittels Gesten aus dem Flugzeug und in den Seitenwagen dirigiert; niemand redet mit ihm. Er trägt eine Uniform ohne Rang- oder sonstige Abzeichen.

Auf dem Sitz liegt eine Schutzbrille, die er anlegt, um keine Insekten in die Augen zu bekommen. Er ist ein wenig nervös, weil er keine Papiere und keine Befehle hat. Aber man winkt sie ohne jede Überprüfung vom Luftwaffenstützpunkt auf die Straße hinaus.

Der Motorradfahrer ist ein junger Filipino, der unentwegt breit grinst und so Gefahr läuft, Insekten zwischen seine großen weißen Zähne zu kriegen. Er scheint zu glauben, dass er den besten Job der Welt hat, und vielleicht stimmt das sogar. Er biegt Richtung Süden auf eine Straße ein, die in dieser Gegend wahrscheinlich als großer Highway gilt, und beginnt sich durch den Verkehr zu fädeln. Der besteht hauptsächlich aus Lastkarren, gezogen von Carabaos – großen, ochsenähnlichen Geschöpfen mit eindrucksvollen, halbmondförmig gebogenen Hörnern. Es gibt auch ein paar Automobile und den einen oder anderen Militärlastwagen.

Die ersten paar Stunden ist die Straße gerade und verläuft durch feuchtes Tafelland, in dem Reis angebaut wird. Ab und zu sieht Goto Dengo zu seiner Linken flüchtig ein Gewässer, von dem er nicht recht weiß, ob es sich um einen großen See oder um einen Teil des Ozeans handelt. »Laguna de Bay«, sagt der Fahrer, als er Goto Dengos Blicke bemerkt. »Sehr schön.«

Dann biegen sie vom See weg auf eine Straße ab, die unter sanftem Anstieg in Zuckerrohr-Gebiet führt. Plötzlich erblickt Goto Dengo einen Vulkan: einen symmetrischen Kegel, schwarz von Vegetation und in Dunst gehüllt, als würde er von einem Moskitonetz geschützt. Die hohe Luftdichte macht es unmöglich, Größe und Entfernung abzuschätzen; es könnte ein kleiner Schlackekegel gleich neben der Straße oder ein riesiger Stratovulkan achtzig Kilometer weit weg sein.

Nun tauchen allmählich Bananenbäume, Kokospalmen, Ölpalmen und Dattelpalmen auf, die die Landschaft in eine Art feuchte Savanne verwandeln. Der Fahrer hält bei einem chaotischen Laden an der Straße, um Benzin zu kaufen. Goto Dengo windet seinen durchgeschüttelten Körper aus dem Seitenwagen und setzt sich an einen Tisch unter einem Sonnenschirm. Mit dem sauberen Taschentuch, das er heute morgen in seiner Tasche gefunden hat, wischt er sich eine Schweiß- und Schmutzschicht von der Stirn und bestellt etwas zu trinken. Man bringt ihm ein Glas Eiswasser, ein Schälchen einheimischen Rohzucker und einen Teller mit flipperkugelgroßen Calamansi-Limonellen. Er presst den Limonellensaft ins Wasser, rührt Zucker hinein und trinkt das Ganze gierig.

Der Fahrer setzt sich zu ihm; er hat vom Ladenbesitzer einen Gratisbecher Wasser geschnorrt. Er zeigt die ganze Zeit ein boshaftes Grinsen, wie über einen Witz, den nur er und Goto Dengo kennen. Er hebt ein imaginäres Gewehr vor sein Gesicht und macht eine kratzende Bewegung mit dem Abzugsfinger. »Du Soldat?«

Goto Dengo denkt darüber nach. »Nein«, sagt er. »Ich verdiene es nicht, mich Soldat zu nennen.«

Der Fahrer ist erstaunt. »Nicht Soldat? Ich habe gedacht, du bist Soldat. Was bist du?«

Goto Dengo überlegt, ob er behaupten soll, er sei Dichter. Aber auch diesen Titel verdient er nicht. »Ich bin Gräber«, sagt er schließlich, »ich grabe Löcher.«

»Ahh«, sagt der Fahrer, als ob er versteht. »He, willst du?« Er zieht zwei Zigaretten aus der Tasche.

Goto Dengo muss über die Gerissenheit dieses Schachzugs lachen. »Hier«, ruft er dem Ladenbesitzer zu. »Zigaretten.« Der Fahrer grinst und steckt seine Zigaretten wieder ein.

Der Besitzer kommt an ihren Tisch und reicht Goto Dengo ein Päckchen Lucky Strikes und ein Streichholzbriefchen. »Wie viel?«, fragt Goto Dengo und zückt einen Umschlag mit Geld, den er am

Morgen in seiner Tasche gefunden hat. Er nimmt die Banknoten heraus und betrachtet sie: Jede ist auf Englisch mit den Worten DIE JAPANISCHE REGIERUNG und einem bestimmten Pesobetrag bedruckt. Die Mitte ziert das Bild eines dicken Obelisken, eines Denkmals für Jose P. Rizal, das in der Nähe des Manila Hotel steht.

Der Ladenbesitzer zieht ein Gesicht. »Haben Sie Silber?«

»Silber? Silber-Metall?«

»Ja«, sagt der Fahrer.

»Benutzen das die Leute?«

Der Fahrer nickt.

»Und das hier ist nichts wert?« Goto Dengo hält die nagelneuen, makellosen Geldscheine hoch.

Der Ladenbesitzer nimmt Goto Dengo den Umschlag aus der Hand, zählt ein paar von den Noten mit den höchsten Nennwerten ab, steckt sie ein und geht.

Goto Dengo reißt die Zellophanhülle des Lucky-Strikes-Päckchens auf, klopft es ein paarmal auf den Tisch und klappt den Deckel auf. Zusätzlich zu den Zigaretten steckt noch ein bedrucktes Kärtchen darin. Er kann nur dessen oberen Teil sehen: es zeigt das Bild eines Mannes mit einer Offiziersmütze. Goto Dengo zieht es langsam heraus, und zum Vorschein kommt ein Adler-Abzeichen an der Mütze, eine Pilotenbrille, eine riesige Maiskolbenpfeife, ein Revers mit einer Reihe von vier Sternen und schließlich, in Blockschrift, die Worte ICH KOMME WIEDER.

Der Fahrer macht ein betont unbeteiligtes Gesicht. Goto Dengo zeigt ihm die Karte und hebt die Augenbrauen. »Heißt nichts«, sagt der Fahrer. »Japan sehr stark. Japaner werden für immer hier sein. MacArthur nur gut zum Zigarettenverkaufen.«

Als Goto Dengo das Streichholzbriefchen öffnet, findet er auf der Innenseite das gleiche Bild von MacArthur und die gleichen Worte aufgedruckt.

Nachdem sie fertig geraucht haben, fahren sie weiter. Überall um sie herum verbinden sich nun schwarze Kegel miteinander und die Straße schwingt sich über Hügel hinweg und in Täler hinab. Die Bäume rücken immer dichter zusammen, bis die beiden schließlich durch eine Art kultivierten und bewohnten Dschungel fahren: dicht am Boden Ananas, in der Mitte Kaffee- und Kakaosträucher und oben Bananen und Kokosnüsse. Sie kommen durch ein Dorf nach dem anderen, jedes ein Gewirr verfallener Hütten, geschart um eine große, weiße Kirche, die kompakt und kräftig gebaut ist, um Erdbeben zu überstehen. Sie schlängeln sich um Haufen frischer Kokosnüsse, die am Straßenrand aufgeschichtet sind und in die Fahrbahn hineinragen. Schließlich biegen sie von der Hauptstraße auf eine Piste ab, die sich zwischen den Bäumen hindurchwindet. Die Piste ist von den Reifen von Lastwagen zerfurcht, die viel zu groß dafür sind. Auf dem Boden verstreut liegen frisch abgebrochene Zweige.

Sie kommen durch ein verlassenes Dorf. Streunende Hunde flitzen in und aus Hütten, deren Türen unverriegelt in den Angeln hängen. Unter summenden Wolken schwarzer Fliegen faulen Haufen junger, grüner Kokosnüsse.

Knapp zwei Kilometer weiter weicht der kultivierte dem wilden Dschungel und ein militärischer Kontrollpunkt versperrt die Straße. Das Lächeln im Gesicht des Fahrers erlischt.

Goto Dengo nennt einer der Wachen seinen Namen. Da er nicht weiß, warum er hier ist, kann er nichts weiter sagen. Mittlerweile ist er sich ziemlich sicher, dass das hier ein Gefangenenlager ist und er im Begriff steht, zum Insassen zu werden. Als sich seine Augen an das Licht gewöhnen, kann er eine von Baum zu Baum geführte Stacheldrahtsperre und hinter dieser eine zweite sehen. Ein genauer Blick ins Unterholz verrät ihm, wo sie Unterstände gegraben und Bunker angelegt haben, sodass er im Geiste ein Bild von ihren einander überschneidenden Feuerbereichen gewinnt. Von den Wipfeln hoher Bäume sieht er Seile herabbaumeln, mit denen sich Heckenschützen, falls erforderlich, an Ästen festbinden können. Alles entspricht genau dem Lehrbuch, aber es ist von einer Perfektion, wie man sie nur in Ausbildungslagern und niemals auf einem richtigen Schlachtfeld sieht.

Voller Verblüffung begreift er, dass alle diese Befestigungen Leute draußen und nicht drinnen halten sollen.

Über das Feldtelefon kommt ein Anruf, die Schranke hebt sich und sie werden durchgewunken. Knapp einen Kilometer weiter gelangen sie zu einer Gruppe von Zelten; sie sind auf Plattformen errichtet, bestehend aus den frisch gehauenen Baumstämmen, die beim Roden der Lichtung angefallen sind. An einer schattigen Stelle steht ein Leutnant, der auf sie wartet.

»Leutnant Goto, ich bin Leutnant Mori.«

»Sind Sie erst kürzlich in der Südlichen Ressourcenzone eingetroffen, Leutnant Mori?«

»Ja. Woher wissen Sie das?«

»Sie stehen direkt unter einer Kokospalme.«

Leutnant Mori schaut senkrecht nach oben und sieht hoch über seinem Kopf mehrere wollig-braune Kanonenkugeln über seinem Kopf baumeln. »Ah ja!«, sagt er und bewegt sich ein Stück zur Seite.

»Haben Sie sich auf dem Weg hierher mit dem Fahrer unterhalten?«

»Nur ein paar Worte gewechselt.«

»Worüber haben Sie gesprochen?«

»Zigaretten. Silber.«

»Silber?« Dafür interessiert sich Leutnant Mori sehr und so gibt Goto Dengo das gesamte Gespräch wieder.

»Sie haben ihm gesagt, Sie seien Gräber?«

»So etwas Ähnliches, ja.«

Leutnant Mori tritt einen Schritt zurück, wendet sich einem Soldaten zu, der etwas abseits steht, und nickt. Der Soldat lüpft den Schaft seines Gewehrs vom Boden, dreht die Waffe in horizontale Position und wendet sich dem Fahrer zu. Er legt die Entfernung in ungefähr sechs Schritten zurück, mit denen er auf Sprinttempo beschleunigt, und stößt einen kehligen Schrei aus, als er sein Bajonett in den schlanken Körper des Fahrers treibt. Der Getroffene wird von den Beinen gehoben und fällt dann mit einem leisem Keuchen der Länge nach auf den Rücken. Der Soldat steht mit gespreizten Beinen über ihm und stößt ihm das Bajonett noch mehrmals in den Körper, und bei jedem Stoß macht das durchs Fleisch gleitende Metall ein feuchtes, zischendes Geräusch.

Der Fahrer liegt schließlich reglos am Boden und sein Blut schießt in alle Richtungen.

»Die Indiskretion wird Ihnen nicht zum Vorwurf gemacht«, sagt Leutnant Mori heiter, »weil Sie nicht wussten, worin Ihr neuer Auftrag besteht.«

»Verzeihung?«

»Graben. Sie sind hier, um zu graben, Goto-san.« Er nimmt Haltung an und verbeugt sich tief. »Ich möchte Sie als Erster beglückwünschen. Ihr Auftrag ist sehr wichtig.«

Goto Dengo erwidert die Verbeugung, ohne recht zu wissen, wie tief sie ausfallen muss. »Ich bin also nicht« – er sucht nach Worten. In Schwierigkeiten? Geächtet? Zum Tode verurteilt? »Ich bin hier also kein niedriger Mensch?«

»Sie sind hier ein sehr hoch gestellter Mensch, Goto-san. Bitte kommen Sie mit.« Leutnant Mori deutet auf eines der Zelte.

Im Weggehen hört Goto Dengo den jungen Motorradfahrer etwas murmeln.

»Was hat er gesagt?«, fragt Leutnant Mori.

»Er hat gesagt: ›Vater, in deine Hände befehle ich meinen Geist.‹ Das ist etwas Religiöses«, erklärt Goto Dengo.

KALIFORNIEN

Heutzutage scheinen die Hälfte der Leute, die am SFO, San Francisco International Airport, arbeiten, Filipinos zu sein, was sicherlich hilft, den Schock der Wiedereinreise zu mildern. Wie immer wird Randy von den ausschließlich angloamerikanischen Zollbeamten zu einer sorgfältigen Gepäckkontrolle ausgesucht. Allein reisende Männer, die praktisch kein Gepäck bei sich haben, scheinen amerikanische Zollbeamte zu ärgern. Dabei geht es nicht einmal so sehr darum, dass sie denken, man wäre Drogenhändler, sondern vielmehr darum, dass man auf die denkbar klischeehafteste Weise dem Profil des geradezu krankhaft optimistischen Drogenhändlers entspricht und sie daher praktisch zwingt, einen zu durchsuchen. Verärgert darüber, dass man sie derart zum Handeln gezwungen hat, wollen sie einem eine Lektion erteilen: Reise das nächste Mal gefälligst mit Ehefrau und vier Kindern oder gib ein paar große Koffer auf Rollen auf! Was hast du dir bloß gedacht? Dass Randy aus einem Land kommt, wo auf dem Flughafen an jeder Ecke Plakate mit TOD DEN DROGENHÄNDLERN prangen, so wie hier Schilder mit VORSICHT, FRISCH GEPUTZT, spielt dabei keine Rolle.

Der Gipfel des Kafkaesken ist wie immer der Moment, wo der Zollbeamte fragt, womit er seinen Lebensunterhalt verdient, und er sich eine Antwort ausdenken muss, die nicht nach der hektisch improvisierten Reaktion eines Drogenkuriers mit einem Bauch voller bedenklich anschwellender, mit Heroin voll gestopfter Kondome klingt. »Ich arbeite für einen privaten Telekommunikationsanbieter«, erscheint ihm harmlos genug. »Ach, so was wie eine Telefongesellschaft?«, fragt die Zollbeamtin, als hörte sie so etwas zum ersten Mal. »Der Telefonmarkt steht uns eigentlich nicht offen«, sagt Randy, »deshalb bieten wir andere Kommunikationsdienste an. Hauptsächlich Daten.« – »Heißt das, Sie müssen viel *herumreisen*?«, fragt die Beamtin, während sie die mit blassen Stempeln versehenen letzten Seiten von Randys Pass durchblättert. Sie sucht den Blick eines älteren Beamten, der sich zu ihnen herüberstiehlt. Randy merkt, dass er langsam nervös wird, genau wie es bei dem Drogenkurier der Fall wäre, und kämpft gegen den Drang an, seine feuchten Handflächen an seinen Hosenbeinen abzuwischen, was ihm vermutlich einen Trip durch den Magnettunnel eines Computertomographen, die dreifache Dosis eines Abführmittels mit Pfefferminzgeschmack und mehrere Stunden heftigen Pressens über einer Edelstahl-Beweiserhebungsschüssel einbrocken würde. »Ja, das heißt es«, antwortet Randy.

In dem Bemühen, sich unaufdringlich und zurückhaltend zu geben, was Randy dazu veranlasst, eine Art keuchenden, schmerzerfüllten Lachanfall zu unterdrücken, fängt der ältere Zollbeamte an, eine entsetzliche Zeitschrift der Kommunikationsindustrie, die Randy in Manila zwischen Tür und Angel noch in seine Aktentasche gestopft hat, durchzublättern. Auf der Titelseite prangt wenigstens fünfmal das Wort INTERNET. Randy starrt der Zollbeamtin direkt in die Augen und sagt: »Das Internet«. Auf dem Gesicht der Frau zeichnet sich ein absolut gekünstelter Ausdruck des Begreifens ab und ihr Blick springt bosswärts. Der Boss schiebt, noch immer in einen Artikel über die nächste Generation von Hochgeschwindigkeits-Routern vertieft, die Unterlippe vor und nickt wie jeder andere amerikanische Mann der Neunziger, der spürt, dass es, wie früher bei Dad das Reifenwechseln, heute zum Mannsein dazugehört, sich mit diesem Zeug auszukennen. »Ich habe gehört, dass es da jetzt wirklich aufregend zugeht«, sagt die Frau in einem völlig anderen Ton und fängt an, Randys Zeug auf einen Haufen zu schieben, damit er es wieder einpacken kann. Mit einem Mal ist der Bann gebrochen, Randy ist, nachdem er sich vom Staat fröhlich diesen rituellen Klaps auf den Hintern hat geben lassen, wieder zu einem angesehenen Mitglied der amerikanischen Gesellschaft geworden. Er verspürt einen starken Drang, schnurstracks zum nächsten Waffengeschäft zu fahren und ungefähr zehntausend Dollar auszugeben. Nicht dass er jemanden hätte verletzen wollen; es ist nur so, dass er mittlerweile von Staatsbeamten jeglicher Art eine Gänsehaut bekommt. Vermutlich war er zu viel in Gesellschaft des lächerlich schwer bewaffneten Tom Howard. Erst die Feindseligkeit gegenüber dem Regenwald und jetzt das Verlangen, eine automatische Schusswaffe zu besitzen; wo soll das noch hinführen?

Avi wartet an der Samtschnur auf ihn, eine große, blasse Gestalt, umgeben von Hunderten im Zustand emotionalen Aufruhrs befindlichen Filipinas, die Gladiolenstängel schwenken wie mittelalterliche Wachen ihre Piken. Avi hat die Hände in den Taschen seines bodenlangen Mantels und hält den Kopf in Randys Richtung, seine Aufmerksamkeit ist jedoch irgendwie auf einen Punkt etwa in der Mitte zwischen ihnen gerichtet, während er auf eulenhafte Weise die Stirn runzelt. Es ist dasselbe Stirnrunzeln wie das von Randys Großmutter, wenn sie ein Gewirr von Fäden aus ihrer Kramschublade zog. Avi setzt es auf, wenn er im Grunde genommen ebendies mit einem neuen Komplex von Informationen macht. Er muss Randys E-Mail-Nachricht über das Gold gelesen haben. Da geht Randy auf, dass er eine tolle Gelegenheit verpasst hat, Avi einen Streich zu spielen: Er hätte seine Tasche mit ein paar Bleiklötzen voll packen, sie Avi übergeben und ihn damit komplett vom Hocker hauen sollen. Zu spät. Als Randy auf seine Höhe kommt, macht Avi eine Drehung um die eigene Achse und passt sich Randys Schritt an. Es gibt ein unausgesprochenes Protokoll, das festlegt, wann Randy und Avi sich die Hand schütteln, wann sie sich umarmen und wann sie sich einfach so verhalten, als seien sie nur für ein paar Minuten getrennt gewesen. Sind erst vor kurzem E-Mails ausgetauscht worden, scheint das eine virtuelle Begegnung darzustellen, die jegliches Händeschütteln oder Umarmen überflüssig macht. »Mit dem dämlichen Gesprächsbeitrag hattest du Recht«, ist das Erste, was Avi sagt. »Du verbringst zu viel Zeit mit Shaftoe und siehst die Dinge schon auf seine Art. Das war kein Versuch, dir eine Botschaft zu schicken, jedenfalls nicht so, wie Shaftoe meint.«

»Was ist denn deine Interpretation?«

»Wie würdest du es anstellen, wenn du eine neue Währung einführen wolltest?« fragt Avi.

Randy schnappt oft Gesprächsfetzen von Geschäftsleuten auf, an denen er auf Flughäfen vorbeigeht, und dabei dreht es sich immer darum, wie die große Präsentation gelaufen ist oder wer in der engeren Wahl für den Posten des scheidenden Finanzvorstands ist und ähnliche Banalitäten. Er ist stolz auf das, wie er findet, viel höhere Gesprächsniveau oder zumindest die viel ausgefalleneren Themen seiner Gespräche mit Avi. Sie gehen zusammen um den sanften Bogen des inneren Rings am SFO. Ein Hauch von Sojasoße und Ingwer weht aus einem Restaurant und umnebelt Randys Verstand, sodass er sich einen Moment lang fragt, in welcher Hemisphäre er sich eigentlich befindet.

»Hm, darauf habe ich bisher noch nicht viele Gedanken verwendet«, sagt er. »Ist das jetzt unser Ding? Führen wir demnächst eine neue Währung ein?«

»Na ja, offensichtlich muss *jemand* eine einführen, die wirklich was taugt«, sagt Avi.

»Ist das so ein Wer-zuerst-das-Gesicht-verzieht-Spielchen?« fragt Randy.

»Ja, liest du denn keine Zeitung?« Avi packt Randy am Ellbogen und zieht ihn zum Zeitungsstand hinüber. Mehrere Blätter bringen auf der Titelseite Artikel über den Zusammenbruch südostasiatischer Währungen, aber so ganz neu ist das nicht.

»Ich weiß, dass Währungsschwankungen für Epiphyte von Bedeutung sind«, sagt Randy. »Aber ich finde das so schrecklich langweilig, dass ich am liebsten wegrennen würde.«

»*Sie* findet das nicht langweilig«, entgegnet Avi und reißt mit einem Ruck drei verschiedene Zeitungen heraus, die alle beschlossen haben, dasselbe Funkbild zu bringen: ein entzückendes Thai-Mädchen, das in einer kilometerlangen Schlange vor einer Bank steht und einen einzigen amerikanischen Dollarschein hochhält.

»Ich weiß, für einige unserer Kunden ist es ein großes Ding«, sagt Randy, »nur habe ich es nicht wirklich als geschäftliche Möglichkeit gesehen.«

»Nein; denk mal darüber nach«, sagt Avi. Er zählt ein paar von seinen eigenen Dollarscheinen für die Zeitungen auf die Theke und wendet sich dann einem der Ausgänge zu. Sie betreten einen Tunnel, der zu einer Parkgarage führt. »Der Sultan ist der Auffassung, dass –«

»Hast du etwa einfach so mit dem Sultan rumgehangen?«

»Die meiste Zeit mit Pragasu. Darf ich vielleicht mal ausreden? Wir haben beschlossen, die Krypta zu bauen, stimmt's?«

»Stimmt.«

»Was ist die Krypta? Erinnerst du dich an die Funktion, die wir ihr ursprünglich zugedacht haben?«

»Sichere, anonyme, nicht kontrollierte Datenspeicherung. Ein Datenhafen.«

»Genau. Ein Bit-Schlucker. Und wir haben uns eine Menge Anwendungsmöglichkeiten dafür vorgestellt.«

»Das kann man wohl sagen«, sagt Randy und denkt an die vielen langen Nächte um Küchentische und in Hotelzimmern, in denen sie Fassungen des Unternehmensplans schrieben, die jetzt genauso alt und vergessen sind wie die Originalhandschriften der vier Evangelien.

»Eine davon war das Electronic Banking, die Abwicklung von Bankgeschäften über das Internet. Mensch, damals haben wir sogar vorausgesagt, dass es eine der Hauptanwendungen werden könnte. Aber sobald ein Unternehmensplan mit dem tatsächlichen Markt – der realen Welt – in Berührung kommt, werden plötzlich alle möglichen Dinge klar. Du hast vielleicht ein halbes Dutzend potentieller Märkte für dein Produkt im Auge gehabt, aber kaum öffnest du die Türen, explodiert einer davon und wird augenblicklich so wichtig, dass der gute Geschäftssinn dir befiehlt, die anderen aufzugeben und alle deine Bemühungen auf diesen einen zu konzentrieren.«

»Und das ist mit dem e-banking passiert«, sagt Randy.

»Ja. Während unserer Meetings im Sultanspalast«, erwidert Avi. »Vor diesen Treffen hatten wir uns vorgestellt – na, du weißt ja, was wir uns vorgestellt hatten. Und dann war der Raum gerammelt voll mit diesen Typen, die ausschließlich am e-banking interessiert waren. Das war unser erster Hinweis. Danach das hier!« Er hält seine Zeitungen hoch und schlägt mit dem Handrücken auf das dollarschwenkende Mädchen. »Das ist das Geschäft, in dem wir jetzt drinstecken.«

»Wir sind Bankiers«, sagt Randy. Das wird er sich eine ganze Weile vorsagen müssen, bis er es glaubt, genau wie: »Mit aller Kraft streben wir danach, die Ziele des 23. Parteikongresses hochzuhalten.« *Wir sind Bankiers. Wir sind Bankiers.*

»Früher gaben die Banken ihre eigenen Währungen aus. Im Smithsonian kannst du dir diese alten Scheine noch ansehen. ›Nationalbank Kleinsoundso wird dem Überbringer zehn Schweinebäuche anweisen‹ oder so was. Das musste aufhören, weil der Handel über die Ortsgrenzen hinausging – man musste, wenn man zum Beispiel nach Westen ging, sein Geld mitnehmen können.«

»Aber wenn wir online sind, ist doch die ganze Welt ein einziger Ort«, sagt Randy.

»Stimmt. Deshalb brauchen wir nur noch etwas, was die Währung deckt. Gold wäre gut.«

»*Gold?* Machst du *Witze?* Ist das nicht ein bisschen altmodisch?«

»Das war es, bis all die ungedeckten Währungen in Südostasien den Bach runtergingen.«

»Bis jetzt bin ich noch ziemlich verwirrt, Avi, ehrlich. Anscheinend willst du mir auf Umwegen mitteilen, dass mein kleiner Ausflug in den Dschungel zu dem Gold kein Zufall war. Aber wie können wir dieses Gold zur Deckung unserer Währung verwenden?«

Avi zuckt die Schultern, als wäre das ein so nebensächliches Detail, dass er sich nicht einmal die Mühe gemacht hätte, darüber nachzudenken. »Das ist eine Sache der Vereinbarung.«

»O Gott.«

»Diese Leute, die dir eine Botschaft geschickt haben, wollen mit uns ins Geschäft kommen. Dein Ausflug zu dem Gold im Dschungel diente der Überprüfung ihrer Kreditwürdigkeit.«

Auf ihrem Weg zu der Parkgarage werden sie in dem Tunnel von einem großen Clan von Südostasiaten mit raffinierten Kopfbedeckungen aufgehalten. Vielleicht der gesamte noch verbliebene Genpool einer nahezu ausgestorbenen Minderheitsgruppe aus den Bergen. Ihre Habseligkeiten befinden sich in riesigen Kisten, die mit schimmernder pinkfarbener Synthetikschnur umwickelt sind und sich auf Flughafengepäckwagen türmen.

»Überprüfung ihrer Kreditwürdigkeit.« Randy hasst es immer, wenn er so weit hinter Avi zurückfällt, dass er nur noch wenig überzeugend Sätze nachsprechen kann.

»Du erinnerst dich, dass der Kreditgeber, als du und Charlene dieses Haus kauftet, erst einmal einen Blick darauf werfen musste?«

»Ich habe bar bezahlt.«

»Okay, okay, aber im Allgemeinen wird eine Bank sich ein Haus, bevor sie es hypothekarisch belastet, anschauen. Nicht unbedingt in allen Einzelheiten. Man wird einfach einen Bankangestellten an dem Grundstück vorbeischicken, damit er sich davon überzeugt, dass es das Haus gibt, und zwar genau an der in den Unterlagen genannten Stelle, und so weiter.«

»Das war also der Sinn meiner Reise in den Dschungel?«

»Genau. Einige der potenziellen, äh, an dem Projekt Beteiligten wollten uns einfach klarmachen, dass sie tatsächlich im Besitz des Goldes sind.«

»Da muss ich mich allerdings fragen, was in diesem Fall mit ›Besitz‹ gemeint ist.«

»Ich auch«, sagt Avi. »Darüber habe ich ziemlich lange nachgegrübelt.« Aha, denkt Randy, daher die stirnrunzelnde Miene am Flughafen.

»Ich dachte einfach, sie wollten es verkaufen«, sagt Randy.

»Wieso? Wieso verkaufen?«

»Um es flüssig zu machen. Damit sie Grundstücke kaufen können. Oder fünftausend Paar Schuhe. Oder sonst was.«

Avi verzieht enttäuscht das Gesicht. »Also Randy, als Anspielung auf die Marcos' ist das wirklich völlig daneben. Das Gold, das du gesehen hast, ist Taschengeld im Vergleich zu dem, was Ferdinand Marcos ausgegraben hat. Die Leute, die deinen Ausflug in den Dschungel in die Wege geleitet haben, sind Trabanten von Trabanten von ihm.«

»Tja. Betrachte es als Hilferuf«, sagt Randy. »Zwischen uns scheinen Worte zwar hin- und herzugehen, aber ich verstehe immer weniger.«

Avi macht den Mund auf, um zu antworten, aber in dem Moment lösen die Animisten ihre Autoalarmanlage aus. Unfähig, sie zum Schweigen zu bringen, bilden sie einen Kreis um das Auto und grinsen einander an. Avi und Randy beschleunigen ihren Schritt und entfernen sich ein gutes Stück davon.

Avi bleibt stehen und richtet sich auf, als hätte ihn jemand abrupt zurückgehalten. »Wo wir gerade beim Nichtverstehen sind«, sagt er, »du musst dich mit dieser Frau in Verbindung setzen. Amy Shaftoe.«

»Hat sie sich mit dir in Verbindung gesetzt?«

»Im Verlauf eines zwanzigminütigen Telefongesprächs hat sie enge, ewig währende Bande mit Kia geknüpft«, erwidert Avi.

»Das glaube ich unbesehen.«

»Nicht dass sie sich bei der Gelegenheit kennen gelernt hätten. Es war eher, als hätten sie sich in einem früheren Leben gekannt und nur wieder Kontakt miteinander aufnehmen müssen.«

»Ja. Und?«

»Kia fühlt sich jetzt moralisch verpflichtet, eine Einheitsfront mit America Shaftoe zu bilden.«

»Alles hängt zusammen«, sagt Randy.

»In ihrer Eigenschaft als eine Art emotionale Fürsprecherin oder Anwältin von Amy hat sie mir klargemacht, dass wir, die Epiphyte Corporation, Amy unsere ganze Aufmerksamkeit und Zuwendung schulden.«

»Und was will Amy?«

»Genau das war meine Frage«, erwidert Avi, »und damit handelte ich mir ein fürchterlich schlechtes Gewissen ein. Was immer wir – oder du – Amy schulden, muss auf der Hand liegen, denn schon das Bedürfnis, es in Worte zu fassen, ist... einfach... wirklich...«

»Schäbig. Gefühllos.«

»Ungehobelt. Brutal.«

»Ein ganz und gar durchschaubarer, kindischer Versuch billigster Sorte...«

»... sich der persönlichen Verantwortung für die eigenen ungeheuerlichen Missetaten zu entziehen.«
»Kia hat bestimmt die Augen verdreht, oder? Und irgendwie die Lippen gekräuselt.«
»Sie hat geschnauft, als wollte sie mir gründlichst die Meinung sagen, sich dann aber eines Besseren besonnen.«
»Nicht weil du ihr Chef bist. Sondern weil du es nie verstehen würdest.«
»Das gehört nun mal zu jenen Übeln, die von einer reifen Frau, die weiß, wo's langgeht, akzeptiert und geschluckt werden müssen.«
»Die die raue Wirklichkeit kennt. So ist es«, sagt Randy.
»Eben.«
»Also gut, du kannst Kia sagen, die Forderungen ihrer Mandantin seien der schuldigen Partei zur Kenntnis gebracht worden –«
»Sind sie das?«
»Sag ihr, die Tatsache, dass ihre Klientin Bedürfnisse und Forderungen *hat,* sei mir mit aller Deutlichkeit vermittelt worden und mir sei klar, dass ich jetzt am Zuge bin.«
»Und wir können jetzt erst mal den Zeugenstand verlassen und auf eine Art Détente hoffen, solange eine Antwort in Vorbereitung ist?«
»Bestimmt. Kia kann einstweilen wieder ihren normalen Aufgaben nachgehen.«
»Danke, Randy.«

Avis Range Rover steht im hintersten Teil des Parkhausdachs, umgeben von ungefähr fünfundzwanzig leeren Parkplätzen, die eine Art Sicherheitsgürtel bilden. Als sie diesen etwa zur Hälfte überquert haben, beginnen die Scheinwerfer des Autos zu flackern und Randy hört das vorbereitende Knacken eines Audiosystems, das unter Strom gesetzt wird. »Der Range Rover hat uns auf dem Dopplerradar im Visier«, erklärt Avi hastig.

Der Range Rover spricht mit einer Furcht einflößenden roboterartigen und auf die Dezibel eines Buschbrands hochgekurbelten Stimme. »Sie sind von Cerberus aufgespürt worden! Bitte ändern Sie unverzüglich Ihren Kurs!«

»Ich fasse es nicht, dass du dir eins von diesen Dingern gekauft hast«, sagt Randy.

»Sie sind unbefugt in die Schutzzone von Cerberus eingedrungen! Gehen Sie zurück! Gehen Sie zurück!«, sagt der Range Rover. »Eine bewaffnete Eingreiftruppe steht bereit.«

»Es ist das einzige kryptographisch gesehen fehlerfreie Autoalarmanlagensystem«, erklärt Avi, als wäre die Angelegenheit damit erledigt. Er wühlt eine Schlüsselkette hervor, die an einem schwarzen Polycarbonatstreifen mit denselben Ausmaßen und derselben Anzahl von Knöpfen wie eine TV-Fernbedienung befestigt ist. Er gibt eine lange Folge von Ziffern ein und unterbricht die Stimme genau in dem Augenblick, als sie verkündet, dass Randy und Avi gerade mit einer digitalen Videokamera, die bis fast in den Infrarotbereich hinein empfindlich reagiert, aufgenommen werden.

»Normalerweise macht er das nicht«, sagt Avi. »Ich hatte ihn auf höchste Alarmstufe einstellen lassen.«

»Was könnte denn schlimmstenfalls passieren? Jemand würde dein Auto klauen und die Versicherung würde dir ein neues kaufen?«

»Das wäre mir völlig egal. Das Schlimmste, was passieren könnte, wäre eine Autobombe oder, nicht ganz so schlimm, jemand, der mir eine Wanze ins Auto setzt und alles mithört, was ich sage.«

Avi fährt Randy über die San Andreas Fault zu seinem Haus in Pacifica, wo Randys Auto steht, wenn er verreist ist. Avis Frau Devorah ist zur Schwangerschaftsvorsorge beim Arzt und die Kinder sind alle entweder in der Schule oder werden von ihren beiden robusten israelischen Kindermädchen durch die nähere Umgebung gescheucht. Avis Kindermädchen haben die kriegsgestählten Seelen sowjetischer Fallschirmjäger in den gut entwickelten Körpern achtzehnjähriger Mädchen. Das Haus wurde restlos in den Dienst der Kinderaufzucht gestellt. Das eigentliche Esszimmer ist zu einer Kindermädchen-Kaserne mit aus rohen Brettern zusammengenagelten Etagenbetten umfunktioniert worden, das Wohnzimmer steht voll mit Kinderbettchen und Wickeltischen und jeder Quadratzentimeter des billigen langflorigen Teppichs im Haus ist durchsetzt mit einigen Dutzend Glitzerstaubflocken, alle in verschiedenen festlichen Farben, die, selbst wenn einem etwas daran läge, sie loszuwerden, nur durch unmittelbare mikrochirurgische Extraktion, Flöckchen für Flöckchen, entfernt werden könnten. Avi nötigt Randy zu einem Putenwurstsandwich mit Ketchup auf original Wonderoid-Brot. In Manila ist es noch zu früh, als dass Randy Amy anrufen und wieder gutmachen könnte, was immer er verbrochen hat. Unter ihnen, in Avis Büro im Kellergeschoss, kreischt und raschelt ein Faxgerät wie ein Vogel in einer Kaffeedose. Auf dem Tisch ist eine mit Folie überzogene CIA-Karte von Sierra Leone ausgebreitet, die hier und da zwischen verschiedenen einander überlagernden Schichten von schmutzigen Tellern, Zeitungen, Malbüchern und Entwürfen des Epiphyte(2)-Unternehmensplans hervorlugt. An manchen Stellen kleben Haftnotizen auf der Karte. Auf jeder einzelnen steht in Avis charakteristischer Rapidograph-0,25 mm-Tuschfüller-Schrift ein Breiten- und ein Längengrad, dazu jede Menge bedeutsamer Ziffern und eine Art Zusammenfassung dessen, was an dem Ort passiert ist: »5 Frauen, 2 Männer, 4 Kinder, mit Macheten – Fotos:« und dann Seriennummern von Avis Datenbank.

Auf der Herfahrt war Randy ein bisschen groggy und gereizt wegen des unpassenden Tageslichts, aber nach dem Sandwich versucht sein Stoffwechsel wieder voll da zu sein. Randy hat gelernt, auf diesen geheimnisvollen endokrinologischen Wellen zu reiten. »Muss jetzt langsam los«, sagt er und steht auf.

»Wie war noch mal dein grober Plan?«

»Zuerst fahre ich in den Süden«, antwortet Randy, der in einem Anflug von Aberglauben nicht einmal den Namen des Ortes, wo er früher gewohnt hat, aussprechen will. »Nicht länger als einen Tag, hoffe ich. Dann wird sich der Jetlag wie ein untertauchender Safe auf mich legen und ich werde mich vielleicht für einen Tag irgendwo verkriechen und mir im Fernsehen durch das V meiner Füße Basketball anschauen. Dann werde ich mich gen Norden nach Palouse Country begeben.«

Avi zieht die Augenbrauen hoch. »Nach Hause?«

»Ja.«

»He, bevor ich's vergesse – könntest du, wenn du schon da oben bist, nach Informationen über die Whitmans Ausschau halten?«

»Du meinst die Missionare?«

»Genau die. Sie sind in das Land am Palouse River gekommen, um die Cayuse-Indianer, diese großartigen Reiter, zu bekehren. Sie hatten die besten Absichten, brachten ihnen aber aus Versehen die Masern. Rotteten den ganzen Stamm aus.«

»Fällt das wirklich in den Bereich deiner Obsession? Unabsichtlicher Massenmord?«

»Ungewöhnliche Fälle sind insofern von besonderem Nutzen, als sie uns helfen, die Grenzbereiche zu definieren.«

»Ich werde sehen, was ich über die Whitmans rauskriege.«

»Darf ich fragen«, sagt Avi, »warum du da hoch fährst? Familie besuchen?«

»Meine Großmutter zieht in ein Pflegeheim. Ihre Kinder kommen zusammen, um ihre Möbel und das alles aufzuteilen, was ich ein bisschen makaber finde, aber niemand kann etwas dafür und es muss ja getan werden.«

»Und du wirst dabei mitmachen?«

»Ich werde es, so gut es geht, vermeiden, ich vermute nämlich, dass die Frauen sich ganz schön angiften werden. Noch in ein paar Jahren werden einzelne Familienmitglieder nicht miteinander reden, weil sie Moms Gomer-Bolstrood-Kredenz nicht bekommen haben.«

»Was haben die Angelsachsen nur mit ihren Möbeln? Kannst du mir das erklären?«

»Ich gehe hin, weil wir in der Palawan Passage in einem gesunkenen Nazi-Unterseeboot eine Aktentasche mit einem Stück Papier gefunden haben, auf dem steht: WATERHOUSE – LAVENDER ROSE«.

Jetzt sieht Avi verblüfft aus, was Randy eine gewisse Befriedigung verschafft. Er steht auf, steigt in sein Auto und fährt los in Richtung Süden, die Küste hinunter, den langsamen, schönen Weg.

Orgel

Lawrence Waterhouses Libido wird ungefähr eine Woche lang von den Schmerzen und der Schwellung in seinem Kiefer unterdrückt. Dann drängen sich die Schmerzen und die Schwellung zwischen seinen Beinen in den Vordergrund, er beginnt, seine Erinnerungen an die Tanzveranstaltung zu durchforsten, und fragt sich, ob er bei Mary cCmndhd irgendwelche Fortschritte gemacht hat.

Eines Sonntagmorgens um vier Uhr erwacht er plötzlich, von den Brustwarzen bis zu den Knien mit etwas Klamm-Klebrigem überzogen. Rod schläft Gott sei Dank immer noch tief und fest, sodass er wahrscheinlich nichts mitbekommen hat, falls Waterhouse in seinem Traum gestöhnt oder Namen gerufen hat. Waterhouse versucht, sich ohne großen Lärm zu säubern. Er möchte gar nicht daran denken, wie er Der Person, Die Die Laken Wäscht, deren Zustand erklären soll. »Ich konnte nichts dafür, Mrs. McTeague. Ich habe geträumt, ich komme im Pyjama nach unten, und Mary sitzt in Uniform im Salon und trinkt Tee, und sie dreht sich um und schaut mir in die Augen, und da konnte ich mich einfach nicht mehr beherrschen und aaaa-AAAHHH! HUH! HUH! HUH! HUH! HUH! HUH! HUH! Und dann bin ich aufgewacht und nun sehen Sie sich die Schweinerei an.«

Mrs. McTeague (und andere alte Damen ihresgleichen überall auf der Welt) besorgen nur deshalb die Wäsche, weil das ihre Aufgabe im Rahmen der gewaltigen Ejakulations-Kontroll-Verschwörung ist, die, wie Waterhouse verspätet aufgeht, den gesamten Planeten beherrscht. Zweifellos hat sie unten im Keller, neben ihrer Mangel, ein Klemmbrett, auf dem sie Häufigkeit und Umfang der Ejakulationen ihrer vier Mieter vermerkt. Die Datenblätter werden mit der Post an irgendeine Bletchley Park ähnliche Einrichtung geschickt (Waterhouse vermutet, dass sie als großes Kloster im Norden des Staates New York getarnt ist), wo die aus aller Welt eingehenden Zahlen mit Maschinen der Electrical Till Corporation tabellarisiert und Ausdrucke auf Aktenkarren gestapelt werden, die man in die Büros der Hohepriesterinnen der Verschwörung schiebt, Frauen in kräftig gestärkten weißen Gewändern, bestickt mit dem Emblem der Verschwörung: einem Penis, der in einer Wäschemangel eingeklemmt ist. Die Priesterinnen überprüfen die Daten sorgfältig. Sie vermerken, dass bei Hitler noch immer nichts läuft, und debattieren, ob es ihn ein wenig beruhigen oder ihm nur einen Freibrief zu weiteren Exzessen liefern würde, wenn man ihn zum Schuss kommen ließe. Es wird Monate dauern, bis der Name Lawrence Pritchard Waterhouse an den Anfang der Liste vorgerückt ist, und weitere Monate, bis Befehle nach Brisbane übermittelt worden sind – und selbst dann verurteilen ihn die Befehle vielleicht nur zu einem weiteren Jahr des Wartens auf Mary cCmndhd, in dem sie mit einer Teetasse in seinen Träumen auftaucht.

Mrs. McTeague und andere Angehörige der EKV (wie zum Beispiel Mary cCmndhd und grundsätzlich alle anderen jungen Frauen) nehmen nicht aus religiösen Gründen Anstoß an leichten Mädchen, Prostituierten und Bordellen, sondern weil diese eine Zuflucht bieten, wo Männer Ejakulationen haben können, die in keiner Weise kontrolliert, gemessen oder überwacht werden. Prostituierte sind Überläuferinnen, Kollaborateurinnen.

Das alles geht Waterhouse durch den Kopf, während er zwischen vier und sechs Uhr morgens in seinem feuchten Bett liegt und mit der kristallenen Klarheit, die einem nur zuteil wird, wenn man sich richtig ausgeschlafen hat und dann die Spermaproduktion mehrerer Wochen losgeworden ist, über seinen Platz in der Welt nachdenkt. Er ist an einer Wegscheide angelangt.

Am Vorabend hat Rod, ehe er sich ins Bett legte, seine Schuhe gewienert und erklärt, er müsse am anderen Morgen ganz früh aus den

Federn, um zur Kirche zu gehen. Und was das bedeutet, weiß Waterhouse, denn er hat so manchen Sabbat auf Qwghlm damit verbracht, sich mit rotem Gesicht unter den zornigen Blicken der Einheimischen zu winden, die empört darüber waren, dass er die Huffduff-Geräte am Tag der Ruhe zu betreiben schien. Er hat sie am Sonntagmorgen zu ihrem dreistündigen Gottesdienst in ihre morbide, tausend Jahre alte Kapelle aus schwarzem Stein schlurfen sehen. Er hat ja sogar mehrere Monate lang in einer qwghlmianischen Kapelle *gewohnt*. Ihre Düsternis hat ihn bis ins Mark durchdrungen.

Mit Rod zur Kirche zu gehen hieße vor der EKV zu kapitulieren, ihr Sklave zu werden. Die Alternative ist das Bordell.

Obwohl er in Kirchen aufgewachsen und von Kirchenleuten großgezogen worden ist, hat Waterhouse (wie mittlerweile deutlich sein dürfte) ihre Einstellung zur Sexualität niemals richtig verstanden. Warum waren sie so sehr auf dieses eine Problem fixiert, wo es doch noch andere wie Mord, Krieg, Armut und Seuchen gab?

Nun endlich kapiert er es: Die Kirchen sind bloß eine Filiale der EKV. Und wenn sie sich über Sexualität ereifern, versuchen sie damit nur sicherzustellen, dass alle jungen Leute mit dem Programm der EKV konform gehen.

Was also ist das Endergebnis der Bemühungen der EKV? Waterhouse starrt an die Decke, die allmählich verschwommen sichtbar wird, während im Westen oder im Norden oder wo immer das in der südlichen Hemisphäre der Fall ist, die Sonne aufgeht. Eine rasche Bestandsaufnahme der Welt bringt ihn zu dem Schluss, das die EKV den gesamten Planeten, gute wie böse Staaten gleichermaßen, beherrscht. Dass alle erfolgreichen und geachteten Menschen Sklaven der EKV sind oder sich zumindest so sehr vor ihr fürchten, dass sie so tun, als wären sie es. Nicht-EKV-Mitglieder leben an den Rändern der Gesellschaft wie etwa Prostituierte, oder sind in den Untergrund getrieben worden und müssen ungeheuer viel Zeit und Energie dafür verwenden, eine Fassade aufrechtzuerhalten. Wenn man spurt, gibt es zur Belohnung eine Karriere, eine Familie, Kinder, Wohlstand, Haus, Schmorbraten, saubere Wäsche und den Respekt aller anderen EKV-Sklaven. Man muss Mitgliedsbeiträge in Form einer chronischen, quälenden sexuellen Irritation bezahlen, die nur von einem einzigen Menschen, und nach dessen Belieben und Gutdünken, gelindert werden kann, dem Menschen nämlich, den die EKV für diese Aufgabe bestimmt hat: der Ehefrau. Lehnt man dagegen die EKV und alle ihre Werke ab, so kann man per definitionem keine Familie haben und die Berufsmöglichkeiten beschränken sich auf Zuhälter, Gangster und Z-40 bei der Marine. Dabei ist das Ganze als Verschwörung gar nicht mal so schlecht. Sie bauen Kirchen und Universitäten, erziehen Kinder, stellen Schaukeln in Parks auf. Manchmal veranstalten sie auch einen Krieg und bringen zehn bis zwanzig Millionen Menschen um, aber das ist ein Klacks, verglichen mit Phänomenen wie der Grippe – die die EKV bekämpft, indem sie dauernd alle Welt ermahnt, sich die Hände zu waschen und sich beim Niesen die Hand vor den Mund zu halten.

Der Wecker. Rod wälzt sich aus dem Bett, als wär's ein japanischer Luftangriff. Waterhouse starrt noch ein paar Minuten lang zaudernd an die Decke. Aber er weiß im Grunde schon, wo er hingeht, und es ist sinnlos, noch weiter Zeit zu vergeuden. Er geht zur Kirche, und zwar nicht, weil er Satan und allen seinen Werken widersagt hat, sondern weil er Mary vögeln will. Er zuckt beinahe zusammen, als er (sich selbst gegenüber) diesen schrecklichen Gedanken äußert. Aber das Komische an der Kirche ist, dass sie einen bestimmten Kontext herstellt, innerhalb dessen es vollkommen in Ordnung ist, Mary vögeln zu wollen. Solange er zur Kirche geht, kann er Mary vögeln wollen, so viel er will, und seine gesamte Zeit inner- wie außerhalb der Kirche mit dem Gedanken daran zubringen, Mary zu vögeln. Er kann ihr mitteilen, dass er sie vögeln will, sofern er nur eine indirektere Formulierung dafür findet. Und wenn er durch bestimmte Reifen springt (Reifen aus Gold), kann er Mary sogar realiter vögeln, und das wird absolut zulässig sein – zu keinem Zeitpunkt wird er sich auch nur im geringsten schämen oder schuldig fühlen müssen.

Er wälzt sich aus dem Bett und erschreckt damit Rod, der (weil er irgendeinem Dschungel-Kommandotrupp angehört) leicht zu erschrecken ist. »Ich werde deine Cousine vögeln, bis das Bett zusammenkracht«, sagt Waterhouse.

In Wirklichkeit sagt er: »Ich gehe mit dir zur Kirche.« Aber Waterhouse, der Kryptologe, treibt hier ein wenig Verschlüsselungsarbeit. Er benutzt einen neu erfundenen Code, den nur er selbst kennt. Es wird äußerst gefährlich, wenn der Code je geknackt wird, aber das ist unmöglich, denn es gibt nur ein einziges Exemplar davon, und das befindet sich in Waterhouses Kopf. Turing wäre vielleicht klug genug, den Code trotzdem zu knacken, aber er ist in England und außerdem auf Waterhouses Seite, würde also nie etwas verraten.

Ein paar Minuten später gehen Waterhouse und cCmndhd nach

unten, auf dem Weg zur »Kirche«, was in Waterhouses Geheimcode »Hauptquartier der Mary-Vögel-Kampagne von 1944« bedeutet.

Als sie in die kühle Morgenluft hinaustreten, hören sie Mrs. McTeague in ihr Zimmer eilen, um ihre Betten abzuziehen und ihre Laken zu inspizieren. Waterhouse lächelt bei dem Gedanken, dass er soeben ungeschoren davongekommen ist; die belastenden, vernichtenden Spuren, die auf seiner Bettwäsche zu finden sind, werden aufgewogen durch die Tatsache, dass er früh aufgestanden und zur Kirche gegangen ist.

Er rechnet mit einer Gebetsgruppe, die sich im Keller eines Kurzwarenladens trifft, aber wie sich herausstellt, sind die Bewohner von Inner Qwghlm in Scharen nach Australien verbannt worden. Viele haben sich in Brisbane niedergelassen. Es ist ihnen gelungen, in der Innenstadt eine United Ecclesiastical Church aus beigefarbenem Sandstein zu errichten. Sie würde groß, wuchtig und beinahe opulent wirken, läge sie nicht genau gegenüber der Universal Ecclesiastical Church, die zweimal so groß ist und aus glattem Kalkstein besteht. Outer-Qwghlmianer, gekleidet in strenges Schwarz und Grau, häufig auch in Marineuniformen, schieben sich die breite, von der Zeit geschwärzte Treppe der Universal Ecclesiastical Church hinauf und drehen gelegentlich die Köpfe, um missbilligende Blicke über die Straße zu werfen, auf die Inner-Qwghlmianer, die der Jahreszeit entsprechend gekleidet sind (in Australien ist es Sommer) oder Army-Uniformen tragen. Waterhouse erkennt, dass der eigentliche Anlass ihres Ärgers der Klang der Musik ist, der aus der United Ecclesiastical Church dringt, wann immer deren rot lackiertes Portal geöffnet wird. Der Chor probt und die Orgel spielt. Aber er hört schon von weitem, dass irgendetwas mit dem Instrument nicht stimmt.

Die inner-qwghlmianischen Frauen in ihren pastellfarbenen Kleidern und hellen Hauben wirken beruhigend. Sie sehen nicht so aus, als brächten sie Menschenopfer dar. Waterhouse versucht, leichtfüßig die Treppe hochzuhüpfen, als ob er wirklich hier sein möchte. Dann fällt ihm ein, dass er ja tatsächlich hier sein möchte, weil das alles Teil seines Plans ist, Mary zu vögeln.

Die Kirchgänger sprechen alle qwghlmianisch, begrüßen einander und bedenken Rod, der offenbar sehr beliebt ist, mit Nettigkeiten. Waterhouse hat keine Ahnung, was sie sagen, und findet es tröstlich zu wissen, dass es den meisten genauso geht. Er schlendert in das Mittelschiff der Kirche und starrt nach vorn zum Altar und dem wunderschön singenden Chor dahinter; dort ist auch Mary, bei den Altstimmen, und übt ihre Pfeifen, die von der Samtstola ihres Chorhemdes reizvoll eingerahmt werden. Über und hinter dem Chor breitet eine große, alte Orgel ihre aus angelaufenen Pfeifen bestehenden Schwingen wie ein ausgestopfter, präparierter Adler, der fünfzig Jahre lang auf einem feuchten Dachboden gestanden hat. Sie keucht und zischt asthmatisch und gibt, wenn bestimmte Register gezogen werden, ein bizarres, misstönendes Dröhnen von sich; das passiert, wenn ein Ventil sich verklemmt, worauf ungewollt Pfeifen mittönen. Damit kennt Waterhouse sich aus.

Ungeachtet der erbärmlichen Orgel ist der Chor großartig und steigert sich zu einem bewegenden, sechsstimmigen Höhepunkt, während Waterhouse das Mittelschiff entlangspaziert und sich fragt, ob seine Erektion zu sehen ist. Durch die Buntglasrosette über den Orgelpfeifen dringt ein Lichtstrahl, der Waterhouse mit seinem farbigen Leuchten fesselt. Vielleicht kommt es ihm auch nur so vor, weil es jetzt keine Unklarheiten mehr für ihn gibt.

Waterhouse wird die Kirchenorgel reparieren. Das Projekt wird sich bestimmt auch auf sein eigenes Instrument günstig auswirken, ein Ein-Pfeifen-Instrument, das ebenso dringend der Aufmerksamkeit bedarf.

Es stellt sich heraus, dass die Inner-Qwghlmianer, wie alle ethnischen Gruppen, die über lange Zeit ständig beschissen werden, eine großartige Musik haben. Mehr noch, sie haben sogar Spaß in der Kirche. Der Geistliche hat tatsächlich Sinn für Humor. Das Ganze ist so erträglich, wie es ein Kirchgang überhaupt nur sein kann. Waterhouse gibt kaum Acht, weil er viel zu schauen hat: zuerst auf Mary, dann auf die Orgel (deren Aufbau er zu ergründen versucht), dann wieder eine Zeit lang auf Mary.

Nach dem Gottesdienst ist er empört und gekränkt, als die maßgeblichen Personen sich unwillig zeigen, ihn, einen völlig Fremden und obendrein einen Yankee, Abdeckpaneele abreißen und an der Orgelmechanik herumhantieren zu lassen. Der Geistliche ist ein guter Menschenkenner – für Waterhouses Geschmack ein wenig zu gut. Der Organist (und daher die höchste Autorität in allen Orgelfragen) macht den Eindruck, als wäre er mit der allerersten Ladung Sträflinge hierher verschifft worden, nachdem er am Old Bailey schuldig befunden wurde, zu laut zu reden, überall anzuecken, sich die Schuhe nicht ordentlich zu schnüren und in einem den ungeschriebenen Normen der Gesellschaft derart zuwiderlaufenden Maße Schuppen zu haben, dass es die Würde von König und Empire beleidigt.

Das Ganze führt zu einer unerträglich spannungsvollen und komplizierten Zusammenkunft im Klassenzimmer einer Sonntagsschule beim Amtssitz des Geistlichen, eines Reverend Dr. John Mnrh. Er ist ein korpulenter Bursche mit rotem Gesicht, der es ersichtlich lieber hätte, wenn sein Kopf in einem Ale-Fass steckte, sich jedoch mit alledem abfindet, weil es für seine unsterbliche Seele gut ist.

Im Wesentlichen entwickelt sich diese Zusammenkunft zu einem Forum, auf dem der Organist, Mr. Drkh, sich ausgiebig Luft machen kann: über die Heimtücke der Japaner und wieso die Erfindung der wohltemperierten Stimmung eine schlechte Idee gewesen und alle seither komponierte Musik ein fauler Kompromiss sei; über den lauteren Charakter des Generals, die numerologische Bedeutung der Länge verschiedener Orgelpfeifen und wie sich die exzessive Libido amerikanischer Soldaten durch bestimmte Nahrungsmittelzusätze dämpfen lasse; dass die berückend schönen Tonarten der traditionellen qwghlmianischen Musik besonders schlecht zum System der wohltemperierten Stimmung passten, dass die dubiose deutsche Verwandtschaft des Königs plane, das Empire zu übernehmen und es Hitler in die Hände zu spielen, und vor allem, dass Johann Sebastian Bach ein schlechter Musiker, ein noch schlechterer Komponist, ein böser Mensch, ein Schwerenöter und die Galionsfigur einer weltweiten Verschwörung mit Zentrum in Deutschland gewesen sei, die in den letzten paar hundert Jahren langsam die Weltherrschaft übernommen habe und sich dabei der wohltemperierten Stimmung als einer Art Trägerfrequenz bediene, mittels derer sich ihre Gedanken (die ihren Ursprung bei den bayerischen Illuminaten hätten) in die Köpfe aller einpflanzen ließen, die Musik – besonders die Musik von Bach – hörten. Und dass sich – nebenbei – diese Verschwörung am besten dadurch bekämpfen lasse, dass man tradionelle qwghlmianische Musik höre, die, falls er das nicht hinreichend deutlich gemacht habe, wegen ihrer berückend schönen, aber numerologisch vollkommenen Tonleiter mit der wohltemperierten Stimmung vollkommen unvereinbar sei.

»Ihre Gedanken zur Numerologie sind höchst interessant«, sagt Waterhouse und drängt Mr. Drkh damit von der Straße der Rhetorik ab. »Ich selbst habe bei Dr. Turing und Dr. von Neumann am Institute for Advanced Studies in Princeton studiert.«

Father John ist mit einem Schlag hellwach und Mr. Drkh sieht aus, als hätte er gerade eine Kugel vom Kaliber 50 ins Kreuz gekriegt. Mr. Drkh hat eindeutig eine lange Karriere als merkwürdigster Mensch in jedem denkbaren Zusammenhang hinter sich, doch nun wird er sein blaues Wunder erleben.

Im Allgemeinen versteht sich Waterhouse nicht aufs Improvisieren, aber er ist müde, stocksauer und geil, man befindet sich, verflucht noch mal, im Krieg und manchmal muss man es eben einfach. Er steigt aufs Podium, greift sich ein Stück Kreide und beginnt wie eine Fliegerabwehrkanone Gleichungen an die Tafel zu hämmern. Er benutzt die wohltemperierte Stimmung als Ausgangspunkt, hebt von dort aus in die entlegensten Reiche der avancierten Zahlentheorie ab, schlägt unvermittelt einen Bogen zur qwghlmianischen Modaltonleiter, bloß um die beiden auf Zack zu halten, und stürzt sich dann geradewegs wieder in die Zahlentheorie. Dabei stolpert er sogar über einiges interessante Material, das seiner Ansicht nach in der Literatur noch nicht behandelt worden ist, und so schweift er ein paar Minuten lang von der reinen Quatschmacherei ab, um der Sache nachzugehen, und beweist dabei etwas, von dem er meint, es ließe sich wahrscheinlich bei einer mathematischen Zeitschrift unterbringen, wenn er mal dazu käme, es sauber zusammenzutippen. Das erinnert ihn daran, dass er sich ganz gut auf diesen Kram versteht, wenn er kürzlich ejakuliert hat, und das wiederum bestärkt ihn in seinem Entschluss, endlich mit diesem Mary-Vögel-Problem fertig zu werden.

Schließlich dreht er sich zum ersten Mal, seit er angefangen hat, um. Father John und Mr. Drkh sind beide sprachlos.

»Wenn ich Ihnen das eben demonstrieren dürfte!«, sprudelt Waterhouse hervor und geht aus dem Zimmer, ohne sich die Mühe zu machen zurückzublicken. In die Kirche zurückgekehrt, tritt er an den Spieltisch der Orgel, pustet die Schuppen von den Tasten, betätigt den Hauptschalter. Irgendwo im Gehäuse springen die Elektromotoren an und das Instrument beginnt zu klagen und zu jammern. Egal – das ist alles zu übertönen. Er lässt die Augen über die Reihen der Registerzüge wandern – er weiß schon, worüber die Orgel verfügt, weil er zugehört und dekonstruiert hat. Er beginnt, Züge herauszuziehen.

Waterhouse wird nun demonstrieren, dass Bach, wenn man die richtige Tonart wählt, selbst auf Mr. Drkhs Orgel gut klingen kann. Father John und Mr. Drkh haben gerade ungefähr die Hälfte des Mittelgangs zurückgelegt, als Waterhouse mit der Toccata und Fuge in d-Moll, dieser ollen Kamelle, loslegt, aber er transponiert sie beim Spielen in cis-Moll, weil sie (einer sehr eleganten Berechnung zufolge, die ihm gerade eingefallen ist, als er das Mittelschiff der Kirche entlangrannte) auf diese Weise gut klingen müsste, wenn man sie in Mr. Drkhs verhunzter Stimmung spielt.

Die Transposition ist zunächst ein schwieriges Geschäft und er schlägt ein paar falsche Töne an, doch dann fällt sie ihm leichter und er geht mit ungeheurem Schwung und Selbstvertrauen von der Toccata zur Fuge über. Staubwolken und Mäusedrecksalven schießen aus den Pfeifen, als Waterhouse ganze Reihen einbezieht, die seit Jahrzehnten nicht mehr benutzt worden sind. Viele davon sind große, laute Zungenregister, die schwierig zu stimmen sind. Waterhouse spürt, wie das Gebläse sich müht, diesem noch nie da gewesenen Verlangen nach Kraft zu genügen. Ein strahlender Glanz durchdringt die Empore, während der aus den verstopften Pfeifen geschleuderte Staub die Luft erfüllt und das Licht einfängt, das durch die Rosette dringt. Waterhouse verhaut sich bei einer Pedalphrase, schleudert zornig seine schrecklichen Schuhe von sich und beginnt die Pedale so zu treten, wie er es damals in Virginia getan hat, mit bloßen Füßen, sodass die Kurve der Bassstimme in Linien von Blut aus seinen geplatzten Blasen auf die Holzpedale gezeichnet wird. Das Ding hat ein paar mordsmäßige, zehn Meter lange Zungenregister bei den Pedalen, richtige Erderschütterer, die wahrscheinlich eigens dort angebracht wurden, um die Outer-Qwghlmianer auf der anderen Straßenseite zu ärgern. Keiner der Menschen, die hier zur Kirche gehen, hat diese Register jemals in Aktion treten hören, doch Waterhouse führt sie nun einer sinnvollen Verwendung zu und feuert gewaltige Akkorde ab, wie Salven aus den mächtigen Geschützen des Schlachtschiffes *Iowa*.

Während des gesamten Gottesdienstes, während der Predigt, der Schriftlesung und der Gebete, hat er, wenn er nicht gerade daran dachte, Mary zu vögeln, daran gedacht, wie er diese Orgel reparieren würde. Er hat an die Orgel zurückgedacht, an der er in Virginia gearbeitet hat: wie die Registerzüge die Luft in die verschiedenen Reihen von Pfeifen leiteten und wie die Tasten der Klaviaturen alle mit Luft versorgten Pfeifen aktivierten. Er hat ein genaues Vorstellungsbild von dieser Orgel gewonnen, und während er sich dem Ende der Phrase entgegenhämmert, löst sich seine Schädeldecke, das eingesickerte rote Licht strömt herein und er sieht im Kopf das gesamte Instrument, gleichsam wie im explodierten Aufriss eines Zeichners. Dann verwandelt es sich in eine etwas andere Maschine – eine Orgel, die elektrisch betrieben wird, mit Reihen von Vakuumröhren hier und einem Gitter von Relais dort. Nun weiß er die Antwort auf Turings

Frage, die Frage nämlich, wie man ein Muster aus binären Daten so in den Schaltkreisen einer Denkmaschine begraben kann, dass es sich später wieder exhumieren lässt.

Waterhouse weiß, wie man ein elektrisches Gedächtnis herstellt. Er muss sofort einen Brief an Alan schreiben!

»Verzeihung«, sagt er und läuft aus der Kirche. Auf dem Weg nach draußen streift er eine kleine junge Frau, die mit offenem Mund seine Darbietung verfolgt hat. Als er schon mehrere Straßen weiter ist, wird ihm zweierlei bewusst: dass er barfuß die Straße entlanggeht und dass die junge Frau Mary cCmndhd ist. Er wird später zurückkehren müssen, seine Schuhe holen und vielleicht Mary vögeln. Aber alles der Reihe nach!

ZUHAUSE

Randy öffnet die Augen aus einem Albtraum vom Gleiten. Er saß in seinem Auto, fuhr den Pacific Coast Highway hinunter, als das Steuerrad nicht mehr richtig funktionierte. Das Auto fing an auszubrechen, erst nach links auf das senkrecht hochragende Kliff zu und dann nach rechts, wo die Küste jäh zu Felsen abfiel, die aus klatschenden Wellen aufragten. Große Felsblöcke rollten unbekümmert über den Highway. Er konnte nicht lenken; die einzige Möglichkeit anzuhalten besteht darin, die Augen aufzumachen.

Auf einen Schlafsack gebettet, liegt er auf einem Marmorfußboden, der nicht waagerecht ist, weshalb er auch den Gleit-Traum hatte. Der Konflikt zwischen Auge und Innenohr bewirkt, dass sein Körper sich verkrampft und er mit den Armen fuchtelt, um beide Hände flach auf den Fußboden zu stützen.

In Jeans und barfuß sitzt America Shaftoe im blauen Licht eines Fensters, Haarklemmen zwischen den aufgesprungenen Lippen, und betrachtet ihr Gesicht im gleichschenkligen Dreieck eines Spiegels, dessen skalpellscharfe Kanten die pinkfarbene Haut ihrer Fingerspitzen eindrücken, aber nicht einschneiden. Ein Netz von Bleistegen hängt in dem leeren Fensterrahmen, hier und da stecken noch Rauten von facettiertem Glas in den Zwischenräumen. Randy hebt den Kopf und schaut abwärts, in die Ecke des Zimmers, wo er einen großen Haufen zusammengekehrter Scherben sieht. Er dreht sich auf die andere Seite und schaut zur Tür hinaus über den Flur in das, was früher Charlenes Arbeitszimmer war. Dort teilen sich Robin und Marcus Aurelius Shaftoe jetzt eine Doppelmatratze, neben sich ordentlich auf dem Boden aufgereiht eine Schrotflinte und ein Gewehr, zwei große schwarze Polizeistablampen, eine Bibel und ein Lehrbuch der Infinitesimalrechnung.

Das während seines Albtraums verspürte panische Gefühl, irgendwohin gehen und irgendetwas tun zu müssen, lässt nach. Hier in diesem zerfallenen Haus zu liegen und zu lauschen, wie Amys Bürste durch ihr Haar zischelt und dabei ein elektrostatisches Knistern erzeugt, beschert ihm einen der ruhigeren Momente der letzten Zeit.

»Sind Sie so weit, dass wir aufbrechen können?«, fragt Amy.

Jenseits des Flurs setzt einer der Shaftoe-Jungs sich völlig geräuschlos auf. Der andere schlägt die Augen auf, wirft einen raschen Blick auf Waffen, Lampen und Bibel und entspannt sich wieder.

»Ich hab draußen im Garten ein Feuer angezündet«, sagt Amy, »und Wasser gekocht. Den Herd zu benutzen, erschien mir zu riskant.«

In dieser Nacht haben alle in Kleidern geschlafen. Jetzt brauchen sie nur die Schuhe anzuziehen und aus den Fenstern zu pinkeln. Die Shaftoes bewegen sich schneller im Haus als Randy, aber nicht, weil sie sicherer auf den Beinen wären, sondern weil sie dieses Haus nie in waagerechtem und intaktem Zustand gesehen haben. Randy dagegen hat jahrelang darin gewohnt und sein Verstand ist der Meinung, er kenne sich hier aus. Als sie sich am Abend zuvor hinlegten, war seine größte Befürchtung, er könnte mitten in der Nacht schlaftrunken aufwachen und versuchen, nach unten zu gehen. Früher hatte das Haus eine herrliche Wendeltreppe, die jetzt in sich zusammengesunken unten im Keller liegt. Nachdem sie gestern Abend den U-Haul-Möbelwagen auf den Rasen vor dem Haus gefahren und seine Scheinwerfer direkt durch die Fenster (deren Sprünge und Risse und Schliffflächen das Licht wunderbar reflektierten) ins Innere gerichtet hatten, konnten sie ins Kellergeschoss einsteigen, wo sie eine Aluminium-Ausziehleiter fanden, mit deren Hilfe sie ins obere Stockwerk gelangten. Als sie alle oben waren, zogen sie die Leiter wie eine Zugbrücke hoch, sodass, selbst wenn Plünderer unten hereingekommen wären, die Shaftoe-Jungs sie vom oberen Absatz der ehemaligen Wendeltreppe aus mühelos mit den Gewehren hätten abpflücken können (ein Szenario, das Randy letzte Nacht im Dunkeln noch plausibel erschienen war, ihm jetzt dagegen wie die Träumerei eines Provinzburschen vorkam).

Amy hat ein paar Säulen aus dem Geländer der Veranda in ein

hübsches Feuer im Vorgarten verwandelt. Mit wenigen gezielten Tritten bringt sie geschickt einen verbogenen Kochtopf wieder in seine ursprüngliche Form und kocht Haferschleim. Die Shaftoe-Jungs werfen alles, was noch irgendwie brauchbar aussieht, auf die Ladefläche des U-Haul-Transporters und prüfen den Ölstand in ihrem eigenen frisierten Wagen.

Charlenes gesamtes Zeug ist jetzt in New Haven. In Dr. G. E. B. Kivistiks Haus, um genau zu sein. Er hat ihr großzügig angeboten, bei ihm zu wohnen, solange sie ein Haus sucht; Randy weiß schon jetzt, dass sie dort nicht mehr ausziehen wird. Seine Sachen sind alle entweder in Manila oder bei Avi im Keller und die noch strittigen Gegenstände in einem Container am Stadtrand.

Den größten Teil des vergangenen Abends hat Randy damit verbracht, in der Stadt bei verschiedenen alten Freunden vorbeizufahren, um zu sehen, ob bei ihnen alles in Ordnung ist. Amy hat ihn mit voyeuristischem Interesse auf dieser Reise durch sein früheres Leben begleitet und die Dinge unter gesellschaftlichem Aspekt ins Unermessliche kompliziert. Jedenfalls sind sie nach Einbruch der Dunkelheit zurückgekommen und Randy hat erst jetzt die Möglichkeit, sich den Schaden bei Tageslicht anzuschauen. Wieder und wieder umkreist er das Haus, fast bis zum Kichern amüsiert darüber, wie perfekt zerstört es ist, macht Aufnahmen mit einer Wegwerfkamera, die er sich von Marcus Aurelius Shaftoe ausgeborgt hat, und hält nach Dingen Ausschau, die gegebenenfalls noch Geld wert sein könnten.

Das Steinfundament des Hauses ragt drei Meter aus der Erde heraus. Seine Holzwände waren zwar darauf aufgebaut, aber nicht richtig damit verbunden (früher eine gängige Praxis, die, als Randy sich aus dem Staub machte, auf seiner Liste von Dingen stand, die er vor dem nächsten Erdbeben in Ordnung bringen wollte). Als die Erde am Vortag um vierzehn Uhr sechzehn von einer Seite zur anderen zu schwanken begann, schwankte das Fundament gleich mit, aber das Haus wollte an seinem Platz stehen bleiben. Schließlich rutschte das Fundament einfach unter dem Haus weg, dessen eine Ecke einen Meter tief hinabstürzte. Wahrscheinlich könnte Randy die kinetische Energie, die das Haus während des Falls entwickelte, schätzen und in die entsprechende Menge Dynamit oder die nötigen Schwünge der Abrissbirne umrechnen, aber das wäre völlig hirnrissig, sieht er doch mit eigenen Augen, welche Folgen das Ganze gehabt hat. Nur so viel: Als das Haus auf den Boden krachte, wurde die ganze Struktur aufs Heftigste erschüttert. Die parallelen, vorher hochkant stehenden Deckenbalken in den Böden kippten zur Seite, klappten wie Dominosteine um. Fenster- und Türrahmen wurden im Handumdrehen zu Parallelogrammen, so dass das ganze Glas zerbrach und vor allem die gesamte Bleiverglasung in Stücke ging. Die Wendeltreppe fiel in den Keller. Der Schornstein, dessen Fugen schon vor einer Weile hätten neu vergipst werden müssen, verstreute seine Ziegelsteine über den ganzen Hof. Der größte Teil der Installation wurde zerstört, was bedeutet, dass die Heizung, da im Haus Radiatoren verwendet wurden, der Vergangenheit angehört. Überall fiel der Putz vom Laschendraht, tonnenweise alter Rosshaarputz, der einfach aus den Wänden und Decken herausplatzte und sich mit dem Wasser aus den zerborstenen Leitungen zu einem grauen Schlamm vermischte, der in den tiefer gelegenen Ecken der Räume fest wurde. Die handgemalten italienischen Kacheln, die Charlene für die Bäder ausgesucht hatte, sind zu fünfundsiebzig Prozent zerbrochen. Die Granittheken in der Küche sind jetzt zerfurchte tektonische Gebilde. Ein paar von den größeren Geräten sehen reparabel aus, allerdings war sowieso noch unklar, wem sie gehörten.

»Kann man nur noch abreißen, Sir«, sagt Robin Shaftoe. Er hat sein ganzes Leben in Wohnwagen und Hütten in irgendeiner Stadt in den Bergen Tennessees verbracht, besitzt aber dennoch genügend Sinn für Immobilien, um das zu ahnen.

»Wollten Sie noch irgendetwas aus dem Keller holen, Sir?«, fragt Marcus Aurelius Shaftoe.

Randy lacht. »Da unten steht ein Aktenschrank..., halt, warte!« Er streckt die Hand aus und legt sie auf Marcus' Schulter, um zu verhindern, dass er ins Haus rennt und sich wie Tarzan in das Treppenloch stürzt. »Der Grund, warum ich ihn haben wollte, ist, dass er jede einzelne Quittung für jeden Penny, den ich in dieses Haus gesteckt habe, enthält. Weißt du, als ich es gekauft habe, war es eine Ruine, ungefähr so wie jetzt. Vielleicht nicht ganz so schlimm.«

»Brauchen Sie diese Papiere für Ihre Scheidung?«

Randy bleibt stehen und räuspert sich leicht genervt. Schon fünfmal hat er ihnen erklärt, dass er nicht mit Charlene verheiratet war und es deshalb nicht um Scheidung geht. Aber die Vorstellung, mit einer Frau, mit der man nicht verheiratet ist, zusammenzuleben, ist dem Tennessee-Zweig der Shaftoes so peinlich, dass die Jungen überhaupt nicht damit umgehen können und weiterhin von »Ihrer Ex-Frau« und »Ihrer Scheidung« sprechen.

Robin, der Randys Zögern bemerkt, sagt im breiten, gedehnten Tonfall von Tennessee: »Oder für die Versicherung?«

Randy lacht überraschend herzlich.

»Sie sind doch versichert, Sir, oder?«

»Eine Versicherung gegen Erdbebenschäden ist hier in der Gegend praktisch nicht zu bekommen«, sagt Randy.

Jetzt dämmert es den Shaftoes zum ersten Mal, dass sich Randys Reinvermögen um vierzehn Uhr sechzehn am Vortag innerhalb eines einzigen Augenblicks um etwa dreihunderttausend Dollar reduziert hat. Sie stehlen sich davon und lassen ihn eine Weile allein, während sie selbst Fotos machen, um den Verlust zu dokumentieren.

Amy kommt herüber. »Haferschleim ist fertig«, sagt sie.

»Okay.«

Mit verschränkten Armen steht sie nah bei ihm. In der Stadt herrscht eine unheimliche Ruhe: Es gibt keinen Strom und auf der Straße nur wenige Fahrzeuge. »Tut mir Leid, dass ich Sie von der Straße gefegt habe.«

Randy wirft einen Blick auf seinen Acura: auf die Furche, hoch oben am hinteren linken Kotflügel, wo die Stoßstange von Amys U-Haul-Laster ihn von hinten erwischt hat, und die zusammengedrückte rechte vordere Stoßstange, wo er in einen parkenden Ford Fiesta geschoben worden ist. »Machen Sie sich darüber keine Gedanken.«

»Wenn ich gewusst hätte – Himmel noch mal. Eine Rechnung von der Karosseriewerkstatt ist das Letzte, was Sie jetzt noch gebrauchen können. Ich werde sie bezahlen.«

»Im Ernst. Machen Sie sich keine Sorgen.«

»Na ja...«

»Amy, ich weiß ganz genau, dass mein blödes Auto Ihnen scheißegal ist, da brauchen Sie sich gar nicht anzustrengen.«

»Sie haben Recht. Aber es tut mir Leid, dass ich die Situation falsch eingeschätzt habe.«

»Das ist meine eigene Schuld«, erwidert Randy, »ich hätte Ihnen erklären sollen, warum ich hierher gekommen bin. Aber warum um alles in der Welt haben Sie einen U-Haul-Möbelwagen gemietet?«

»Am SFO hatten sie überhaupt keine normalen Autos mehr. Irgendeine große Konferenz im Moscone Center. Also habe ich Flexibilität gezeigt.«*

---

* Diese Wendung ist eine Parodie auf Douglas MacArthur Shaftoe.

»Wie zum Teufel sind Sie so schnell hergekommen? Ich dachte, mein Flug wäre der letzte von Manila hierher gewesen.«

»Ich bin nur ein paar Minuten nach Ihnen am NAIA angekommen, Randy. Ihr Flugzeug war voll. Da habe ich die nächste Maschine nach Tokio genommen. Ich glaube, meine ist sogar noch vor Ihrer gestartet.«

»Meine hatte schon am Boden Verspätung.«

»In Narita habe ich mir gleich das nächste Flugzeug nach San Francisco geschnappt. Bin ein paar Stunden nach Ihnen gelandet. Deshalb war ich überrascht, dass Sie und ich zur selben Zeit hier in der Stadt ankamen.«

»Ich habe noch bei einem Freund Halt gemacht. Und die landschaftlich schöne Strecke genommen.« Randy schließt einen Moment die Augen und erinnert sich an die losen Findlinge auf dem Pacific Coast Highway, wo die Fahrbahn unter den Reifen seines Acura bebte.

»Als ich Ihr Auto sah, habe ich gespürt, dass Gott mit mir war, oder so was«, sagt Amy. »Oder mit Ihnen.«

»Gott war mit mir? Wie kommen Sie denn darauf?«

»Na, zuallererst muss ich Ihnen wohl sagen, dass ich nicht aus Sorge um Sie von Manila weggeflogen bin, sondern aus einer rasenden Wut und aus dem Verlangen heraus, Ihnen ganz gehörig die Meinung zu geigen.«

»Hab ich mir gedacht.«

»Für mich ist noch nicht einmal klar, dass Sie und ich ein potenzielles Paar sind. Aber Sie haben angefangen, sich mir gegenüber auf eine Weise zu verhalten, die ein gewisses Interesse in dieser Richtung andeutet, und damit haben Sie auch gewisse Verpflichtungen.« Amy hat sich allmählich in Rage geredet und angefangen, im Vorgarten umherzugehen. Die Shaftoe-Jungs beobachten sie argwöhnisch über ihre dampfenden Haferschleimschüsseln hinweg, bereit, in Aktion zu treten und sie niederzuringen, sollte sie außer Kontrolle geraten. »Es war einfach... völlig... inakzeptabel von Ihnen, mir derart etwas vorzugaukeln und sich dann aus dem Staub zu machen und mit Ihrem kalifornischen Schätzchen zu turteln, ohne vorher zu mir zu kommen und gewissen Formalitäten Genüge zu tun, die zwar unangenehm gewesen wären, von denen ich aber gehofft habe, dass Sie Manns genug sein würden, sie durchzustehen. Stimmt's?«

»Stimmt vollkommen. War nie anderer Meinung.«

»Dann können Sie sich vorstellen, wie es für mich ausgesehen hat.«

»Ich glaube schon. Vorausgesetzt allerdings, dass Sie keinerlei Vertrauen in mich haben.«

»Das tut mir Leid, aber ich werde Ihnen sagen, dass ich auf dem Flug hierher angefangen habe zu glauben, dass es gar nicht Ihre Schuld war, dass Charlene Sie irgendwie beeindruckt hatte.«

»Was meinen Sie mit beeindruckt?«

Amy senkt den Blick. »Ich weiß nicht, irgendwie muss sie einen besonderen Einfluss auf Sie ausüben.«

»Das glaube ich nicht.« Randy seufzt.

»Jedenfalls dachte ich, Sie wären vielleicht gerade im Begriff, einen riesengroßen Fehler zu machen. Daher hatte ich, als ich in Tokio ins Flugzeug stieg, nur vor, Sie aufzuspüren ...« Sie holt tief Luft und zählt im Geist bis zehn. »Als ich aber aus diesem Flugzeug ausstieg, war ich *zudem* einfach besessen von der entsetzlichen Vorstellung, wie Sie sich mit dieser Frau, die Ihnen offensichtlich überhaupt nicht gut tut, wieder zusammentun. Und ich habe gespürt, dass das für Sie kein gutes Ende nehmen würde. Und dachte, ich käme zu spät, um noch irgendetwas daran zu ändern. Als ich dann also in die Stadt fuhr, um die Ecke bog und Ihren Acura direkt auf der Spur vor mir sah und Sie mit dem Handy am Ohr –«

»Da habe ich gerade eine Nachricht auf Ihrem Anrufbeantworter in Manila hinterlassen«, sagt Randy. »Mit der Erklärung, dass ich nur hier war, um ein paar Unterlagen zu holen, dass es wenige Minuten zuvor ein Erdbeben gegeben hatte und ich deswegen womöglich etwas länger bleiben müsste.«

»Ich hatte überhaupt keine *Zeit* zum Abhören meiner Nachrichten, denn sie waren *zu spät* auf meine Maschine gesprochen worden, um noch irgendwie *von Nutzen* zu sein«, sagt Amy. »Deshalb musste ich weitermachen, ohne *irgendetwas Genaueres* über diese Ereignisse zu wissen, denn es hatte sich ja niemand die Mühe gemacht, mich ins Bild zu setzen.«

»Also ...«

»Ich fand, dass jetzt kühlere Köpfe gefragt waren.«

»Und deshalb haben Sie mich *von der Straße gefegt?*«

Amy sieht ein bisschen enttäuscht aus. Sie nimmt den Ton einer Montessori-Kindergartenerzieherin an. »Jetzt denken Sie mal über Prioritäten nach. Ich habe doch gesehen, wie Sie gefahren sind.«

»Ich wollte eben auf dem schnellsten Weg sehen, ob ich jetzt völlig mittellos oder nur bankrott bin.«

»Da ich aber *nichts Genaueres* über die Situation wusste, dachte ich, Sie hätten es so eilig gehabt, in die Arme ihrer armen kleinen Charlene zu sinken. Mit anderen Worten, der emotionale Stress des Erdbebens könnte Sie – zu wer weiß was bewegen, beziehungsmäßig.«

Randy presst die Lippen zusammen und holt durch die Nase tief Luft.

»Verglichen damit war mir ein Stückchen Blech nicht so wichtig. Ich weiß natürlich, dass eine Menge *Typen* tatenlos zusehen würden, wie jemand, der ihnen am Herzen liegt, etwas extrem Törichtes und Zerstörerisches tut, nur, damit alle Beteiligten am Ende in unbeschädigten, glänzenden Autos in eine erbärmliche, gefühlsmäßig total kaputte Zukunft fahren können.«

Randy kann nur noch die Augen verdrehen. »Ja dann«, sagt er, »tut es mir Leid, dass ich Sie angeschnauzt habe, als ich aus dem Auto ausgestiegen bin.«

»Ach ja? Warum denn das? Sie *sollten* aber stinksauer sein, wenn ein Lastwagenfahrer sie von der Straße befördert.«

»Ich wusste nicht, dass Sie es waren. Ich habe Sie in diesem Zusammenhang nicht erkannt. Mir wäre nie in den Sinn gekommen, dass Sie das mit den Flugzeugen tun würden.«

Amy lacht auf eine dämliche, schadenfrohe Art, die hier nicht passend erscheint. Randy beschleicht ein eigenartiges Gefühl leichter Irritation. Sie schaut ihn wissend an. »Ich wette, Charlene haben Sie nie angeschnauzt.«

»Stimmt«, erwidert Randy.

»Tatsächlich? In all den Jahren?«

»Wenn wir Probleme hatten, haben wir sie ausdiskutiert.«

Amy schnaubt verächtlich. »Ich wette, Sie hatten superlangweiligen –« Sie verstummt.

»Langweiligen was?«

»Ach nichts.«

»Ich meine, in einer guten Beziehung muss man Methoden haben, um alle Probleme, die aufkommen können, zu lösen«, sagt Randy vernünftig.

»Und ich wette, Ihr Auto zu rammen gehört für Sie nicht dazu.«

»Dazu fallen mir verschiedene Probleme ein.«

»Und die Methoden, ihre Probleme mit Charlene zu lösen, waren sehr kultiviert. Nie wurde die Stimme erhoben. Nie ein böses Wort geäußert.«

»Nie ein Auto gerammt.«
»Genau. Und das hat funktioniert, oder?«
Randy seufzt.
»Was ist mit diesem Ding, das Charlene über Bärte geschrieben hat?«, fragt Amy.
»Woher wissen Sie denn davon?«
»Hab ich im Internet gefunden. War das ein Beispiel dafür, wie ihr eure Probleme gelöst habt? Indem ihr völlig indirekte akademische Ergüsse veröffentlicht habt, in denen der andere eins übergebraten kriegte?«
»Ich meine, wir sollten jetzt Haferschleim essen.«
»Also entschuldigen Sie sich gefälligst nicht, wenn Sie mich angeschnauzt haben.«
»Dieser Haferschleim wäre jetzt wirklich genau das Richtige.«
»Wenn Sie Gefühle haben und sie zeigen.«
»Zeit, Essen zu fassen!«
»Denn nur darum geht es. Darauf läuft alles hinaus, Randyboy«, sagt sie, während sie sich neben ihn stellt und ihm in einer von ihrem Vater geerbten Geste zwischen die Schulterblätter schlägt. »Mmm, dieser Haferschleim riecht wirklich gut.«

Kurz nach Mittag zieht die Karawane aus der Stadt: Randy führt sie mit seinem kaputten Acura an, neben sich auf dem Beifahrersitz Amy, die ungeachtet der (von Randy angedeuteten) Gefahr, dass sie sich beim Öffnen des Airbags die Beine brechen könnte, ihre nackten, braun gebrannten, durch die Riemen ihrer Hightech-Sandalen mit weißen Streifen versehenen Füße auf das Armaturenbrett gelegt hat. Der aufgemotzte Impala wird von seinem rechtmäßigen Eigentümer und Chefingenieur, Marcus Aurelius Shaftoe, gefahren. Die Nachhut bildet der fast ganz leere U-Haul-Lastwagen mit Robin Shaftoe am Steuer. Randy hat das Gefühl, durch klebrigen Sirup zu waten; das überkommt ihn immer, wenn er vor einem emotional bedeutsamen Übergang in seinem Leben steht. Er schiebt Samuel Barbers *Adagio for Strings* in die Stereoanlage des Acura, fährt ganz langsam die Hauptstraße der Stadt entlang und lässt den Blick über die noch verbliebenen Reste der Cafés, Bars, Pizzabuden und Thairestaurants schweifen, in denen sich viele Jahre lang sein gesellschaftliches Leben abgespielt hat. Diese kleine Zeremonie hätte er vollführen sollen, bevor er vor anderthalb Jahren zum ersten Mal nach Manila abflog. Doch damals floh er wie vom Schauplatz eines Verbrechens oder zumindest einer grotesken persönlichen Verstrickung. Ihm blieben nur ein oder zwei Tage vor seinem Abflug und die verbrachte er zum größten Teil auf dem Boden von Avis Keller, wo er große Teile des Unternehmensplans wegen seines Karpaltunnelsyndroms in einen Mikrokassettenrekorder diktierte, statt sie zu tippen.

Von den meisten Leuten, die er hier kannte, hat er sich nicht einmal richtig verabschiedet. Er hat nicht mit ihnen gesprochen und kaum an sie gedacht, bis er am Vorabend in seinem verknautschten, U-Haul-orange-gestreiften Auto mit dieser fremden, drahtigen, braun gebrannten Frau, die, welche Stärken und Schwächen sie auch haben mochte, nicht Charlene war, vor ihren schiefen, zum Teil rauchenden Häusern vorgefahren war. Alles in allem nicht gerade die Art, wie ein Benimmexperte ein Treffen mit Freunden, zu denen er keinen Kontakt mehr hat, inszeniert hätte. Die abendliche Tour bildet immer noch ein Gewirr aus merkwürdigen, emotionsgeladenen Bildern in seinem Gedächtnis, aber langsam fängt er an, Ordnung hineinzubringen, die Dinge so zu sehen, wie sie waren, und er würde sagen, dass von den Leuten, die er am Tag zuvor getroffen hat – Leuten, mit denen er Einladungen zum Abendessen ausgetauscht, denen er Werkzeug geliehen, deren PCs er gegen ein Sechserpack gutes Bier auf Vordermann gebracht und mit denen er wichtige Filme angeschaut hatte –, dass von diesen Leuten mindestens drei Viertel wirklich nicht das geringste Interesse daran haben, Randy je in ihrem Leben wieder zu sehen, und peinlichst berührt waren von seinem völlig unerwarteten Auftauchen in ihren Vorgärten, wo sie mit gerettetem Wein und Bier improvisierte Partys gaben. Diese Feindseligkeit war ziemlich deutlich geschlechtsgebunden, stellt Randy traurig fest. Viele der Frauen sprachen überhaupt nicht mit ihm oder kamen nur näher, um ihn besser mit eisigem Blick fixieren und seine mutmaßliche neue Freundin leichter taxieren zu können. Das ist völlig logisch, denn bevor Charlene an die Yale University ging, hatte sie den Großteil eines Jahres, um ihre Version der Ereignisse unter die Leute zu bringen. Sie war imstande, den Diskurs zu ihrem Vorteil zu strukturieren, genau wie ein Toter Weißer Mann. Ganz sicher wurde Randy hingestellt als jemand, der sich böswillig aus dem Staub macht, nicht besser als der Ehemann, der Frau und Kinder sitzen lässt – wobei er derjenige gewesen war, der sie hatte heiraten und Kinder mit ihr haben wollen.

Doch da fängt sein Jammer-Warnsignal an zu summen, sodass er innerlich einen Schritt zurücktritt und einen anderen Weg einschlägt.

Er verkörpert (das wird ihm jetzt klar) für viele Frauen so ungefähr den schlimmsten Albtraum dessen, was in ihrem Leben passieren könnte. Und die Männer, die er am Abend zuvor gesehen hat, haben sich alle mehr oder minder dazu hinreißen lassen, die wie auch immer geartete Haltung ihrer Frauen zu unterstützen. Manche von ihnen sahen es offensichtlich wirklich ähnlich. Andere beäugten ihn mit unverhohlener Neugier. Seltsamerweise waren ausgerechnet die Typen von der Modern Language Association, die doch meinten, dass alles relativ sei und zum Beispiel Polygamie dieselbe Berechtigung habe wie Monogamie, diejenigen, die den strengsten und an den Moralvorstellungen des Alten Testaments ausgerichteten Ton anschlugen. Den freundlichsten und aufrichtigsten Empfang von allen bereiteten ihm Scott, ein Chemieprofessor, und Laura, eine Kinderärztin, die, als sie Randy und Charlene schon viele Jahre kannten, Randy eines Tages ganz im Vertrauen verrieten, dass sie ohne Wissen der gesamten Akademikergemeinde ihre drei Kinder jeden Sonntag in die Kirche verfrachteten und sie sogar alle hatten taufen lassen.

Randy hatte sie einmal in ihrem Haus besucht, um Scott dabei zu helfen, eine frisch instand gesetzte Badewanne mit Klauenfüßen die Treppe hinaufzuhieven, und hatte gesehen, dass sie das Wort GOTT auf richtiges Papier geschrieben an die Wände ihres Hauses geklebt hatten – zum Beispiel an die Kühlschranktür und an die Wände der Kinderzimmer, wo normalerweise Kunstwerke der Kinder ihren Platz haben. Kleine Arbeiten, die sie zum Zeitvertreib während der Sonntagsschule gemacht hatten – aus Malbüchern ausgerissene Seiten, die einen etwas multikulturelleren Jesus zeigten als den, mit dem Randy aufgewachsen war (z.B. mit lockigem Haar), wie er mit kleinen biblischen Kindern sprach oder im Heiligen Land verirrtes Vieh auf den rechten Weg brachte. Der Anblick dieses Zeugs überall im Haus, vermischt mit normalem (das heißt weltlichem) Kram aus dem Malunterricht in der Grundschule, Batman-Postern und Ähnlichem, machte Randy schrecklich verlegen. Es war, als besuchte man angeblich kultivierte Leute und entdeckte plötzlich über ihren hochmodernen italienischen Designermöbeln ein Elvisporträt in Neon auf schwarzem Samt. Zweifelsohne eine Frage der gesellschaftlichen Klasse. Dabei waren Scott und Laura durchaus keine todernsten Zeitgenossen, noch auch hatten sie glasige Augen und Geifer vor dem

Mund. Schließlich hatten sie es geschafft, über Jahre hinweg als angesehene Mitglieder einer ehrbaren akademischen Gesellschaft durchzugehen. Sie waren etwas stiller als andere und nicht bei allem und jedem dabei, aber das war letztlich normal für Leute, die versuchten, drei Kinder großzuziehen, und so kamen sie durch.

Randy und Amy hatten letzte Nacht eine geschlagene Stunde im Gespräch mit Scott und Laura verbracht; sie waren die Einzigen, die sich bemühten, Amy den Eindruck zu vermitteln, dass sie willkommen war. Randy hatte nicht die leiseste Ahnung, was diese Leute über ihn und das, was er getan hatte, dachten, aber er spürte sofort, dass das letztlich *gar nicht der Punkt war*, denn selbst wenn sie dachten, er hätte etwas Schlimmes getan, verfügten sie wenigstens über einen Rahmen, eine Art Verfahrenshandbuch, um mit Missetaten umzugehen. Um es in die Begriffe der UNIX-Systemverwaltung (Randys grundlegende Metapher für fast alles) zu übersetzen: Die postmodernen, politisch korrekten Atheisten glichen Leuten, die ohne jegliche Dokumentation oder Anweisung plötzlich für ein großes, wahnsinnig komplexes Computersystem (nämlich die Gesellschaft) verantwortlich waren und deren einzige Möglichkeit, das Ding am Laufen zu halten, darin bestand, mit einer Art neo-puritanischer Strenge gewisse Regeln zu erfinden und durchzusetzen, denn mit jeglicher Abweichung von dem, was sie als die Norm betrachteten, hatten sie große Schwierigkeiten. Dagegen glichen Leute, die in eine Kirche eingebunden waren, UNIX-Systemverwaltern, die zwar vielleicht nicht alles verstanden, aber doch über eine Dokumentation, ein paar FAQs und Hilfe-Programme und README-Dateien verfügten, die ihnen, wenn die Dinge aus dem Ruder liefen, eine gewisse Anleitung boten. Mit anderen Worten, sie waren in der Lage, Flexibilität zu zeigen.

»Hey! Randy!«, sagt America Shaftoe. »M.A. hupt Sie an.«

»Wieso?«, fragt Randy. Er schaut in den Rückspiegel, sieht dort die Decke des Acura und merkt, dass er tief in seinem Sitz hängt. Er richtet sich auf und entdeckt den Impala.

»Ich glaube, es liegt daran, dass Sie ungefähr zehn Meilen pro Stunde fahren«, erklärt Amy, »und M.A. fährt gerne neunzig.«

»Okay«, erwidert Randy, tritt schlicht und einfach aufs Gaspedal und fährt für immer aus der Stadt hinaus.

Bundok

»Dieser Ort heißt Bundok«, sagt Hauptmann Noda mit Überzeugung zu ihm. »Wir haben ihn sorgfältig ausgewählt.« Die einzigen anderen Anwesenden im Zelt sind Goto Dengo und Leutnant Mori, aber er spricht, als stünde er vor einem auf dem Exerzierplatz angetretenen Bataillon.

Goto Dengo ist schon lange genug auf den Philippinen, um zu verstehen, dass *bundok* in der Sprache der Einheimischen jeden Flecken zerklüfteten Berglandes bezeichnet, aber er vermutet, dass Hauptmann Noda nicht zu der Sorte Mensch gehört, der es zu schätzen wüsste, wenn er von einem Untergebenen belehrt würde. Wenn Hauptmann Noda sagt, dieser Ort heißt Bundok, dann heißt er Bundok, und zwar bis in alle Ewigkeit.

Hauptmann ist kein sonderlich hoher Rang, aber Noda tritt auf, als wäre er General. Irgendwo ist dieser Mann wichtig. Seine Haut ist blass, als hätte er den Winter in Tokio verbracht. Noch faulen ihm die Stiefel nicht von den Füßen.

Auf dem Tisch liegt ein Diplomatenkoffer aus Leder. Noda klappt eine Hälfte davon auf und zieht ein großes Stück gefaltetes weißes Leinen heraus. Die beiden Leutnants helfen ihm beflissen, es auf dem Tisch auszubreiten. Goto Dengo ist verblüfft darüber, wie sich das Leinen anfühlt. Seine Fingerspitzen sind der einzige Körperteil, der jemals Bettlaken dieser Güte berühren wird. Entlang der Webkante ist THE MANILA HOTEL aufgedruckt.

Auf dem Laken ist ein grobes Diagramm skizziert worden. Blauschwarze Füllfederhalter-Striche mit zerlaufenen Flecken, wo die Hand innegehalten hat, verstärken eine ältere Schicht von Graphitkratzern. Jemand schrecklich Wichtiges (wahrscheinlich der Letzte, der auf diesem Laken geschlafen hat) hat sich mit schwarzem Fettstift beteiligt und das Ganze nach seiner Vorstellung umgemodelt, mit dicken, hingeworfenen Strichen und hastigen Anmerkungen, die wie aufgelöste Zöpfe in langem Frauenhaar aussehen. Diese Arbeit wiederum hat ein pingeliger Ingenieur, wahrscheinlich Hauptmann Noda selbst, der mit Tinte und feinem Pinsel arbeitete, höflich annotiert.

Das hohe Tier mit dem Fettstift hat dem ganzen Werk den Titel STANDORT BUNDOK gegeben.

Mit ein paar kleinen, rostigen Splinten, die ein Gefreiter ihnen triumphierend in einer gesprungenen Porzellankaffeetasse bringt, befestigen die Leutnants Mori und Goto das Laken an der Leinwand des Zeltes. Hauptmann Noda sieht gelassen zu und pafft dabei an einer Zigarette. »Vorsicht!«, scherzt er. »MacArthur hat auf diesem Laken geschlafen!«

Leutnant Mori bricht pflichtschuldig in schallendes Gelächter aus. Goto Dengo steht auf Zehenspitzen, hält den oberen Rand des Lakens hoch und mustert die schwachen Bleistiftstriche, die dem ganzen Diagramm zugrunde liegen. Er sieht ein paar kleine Kreuze und nimmt, weil schon zu lange auf den Philippinen, zunächst an, es handele sich um Kirchen. An einer Stelle drängen sich drei zusammen und er stellt sich den Kalvarienberg vor.

Ganz in der Nähe sind Grabarbeiten angedeutet. Er denkt Golgatha: die Schädelstätte.

Verrückt! Er muss Ordnung in seinen Verstand bringen. Leutnant Mori steckt mit leisem Ploppen Splinte durch die Leinwand. Goto Dengo tritt zurück, wendet dem Hauptmann weiter den Rücken zu, schließt die Augen, sucht sich zu orientieren. Er ist Japaner. Er befindet sich in der Südlichen Ressourcenzone des Reiches Nippon. Die kreuzförmigen Markierungen stellen Gipfel dar. Bei den Grabungen handelt es sich um irgendwelche Aushubarbeiten, bei denen ihm eine wichtige Rolle zugedacht ist.

Die blauschwarzen Füllfederhalter-Striche sind Flüsse. Fünf davon ziehen sich vom Dreifachgipfel von Bundok herab. Zwei der nach Süden strömenden Flüsse vereinigen sich zu einem größeren. Parallel zu diesem verläuft ein dritter Strom. Aber der Mann mit dem schwarzen Fettstift hat mit solcher Kraft einen Strich quer über den Strom gezogen, dass man noch immer schwarze Fett-Abschabsel am Laken haften sieht. Der Füllfederhalter ist dazu benutzt worden, von diesem Strich aus genau stromaufwärts eine Ausbauchung zu schraffieren. Offensichtlich will man den Fluss aufstauen und einen Tümpel, Teich oder See entstehen lassen; es ist schwer, sich ein Bild von den Größenverhältnissen zu machen. Die Stelle trägt die Bezeichnung YAMAMOTO-SEE.

Bei genauerem Hinsehen erkennt er, dass der größere Fluss – derjenige, der durch den Zusammenfluss der beiden Nebenflüsse entsteht – ebenfalls gestaut werden soll, allerdings viel weiter südlich. Man hat ihn TOJO-FLUSS getauft. Einen TOJO-SEE freilich gibt es nicht. Wie es scheint, wird die Staumauer den TOJO verbreitern und vertiefen, nicht jedoch in einen richtigen See verwandeln. Daraus schließt Goto Dengo, dass das Tal des Tojo steile Wände haben muss. Das gleiche Grundmuster wiederholt sich überall auf dem Laken. Fettstift will ein komplettes äußeres Sicherheitssystem. Fettstift will eine, und nur eine, Zufahrtsstraße. Fettstift will zwei Areale für Baracken: ein großes und ein kleines. Die Einzelheiten haben unbedeutendere Männer ausgearbeitet, die besser zeichnen können.

»Unterkünfte für Arbeiter«, erklärt Hauptmann Noda und deutet mit seinem Offiziersstöckchen auf das große Areal. »Militärbaracken«, sagt er und deutet auf das kleine Areal. Goto Dengo beugt sich näher heran und sieht, dass das größere Areal von einem unregelmäßigen Vieleck aus Stacheldraht umgeben ist. Genauer gesagt, von zwei Vielecken, eines innerhalb des anderen, dazwischen kahler Raum. Die Scheitelpunkte der Vielecke sind mit den Namen von Waffen beschriftet: Nambu, Nambu, Feldmörser Modell 89.

Eine Straße, ein Weg oder etwas dergleichen führt von dort aus stromaufwärts am Ufer des Tojo entlang, vorbei an der Staumauer, und endet am Ort der geplanten Grabungen.

Goto Dengo sieht genauer hin. Das Areal, das sowohl den Yamamoto-See als auch die Grabungen einschließt, wird von einem ordentlichen Viereck umschlossen, das Hauptmann Nodas Tuschepinsel sauber schraffiert hat und das die Bezeichung »Besondere Sicherheitszone« trägt.

Er fährt zurück, als Hauptmann Noda die Spitze des Stocks in den schmalen Zwischenraum zwischen seiner Nase und dem Bettlaken stößt und ein paar Mal auf die Besondere Sicherheitszone tippt. Ein konzentrisches Gekräusel, wie die Schockwellen einer Dynamitexplosion, huscht über das Laken nach außen. »Dieses Gebiet untersteht Ihrer Verantwortung, Leutnant Goto.« Er bewegt den Stock nach Süden und klopft auf die weiter unten am Tojo gelegene Zone mit den Arbeiterunterkünften und den Baracken. »Diese hier untersteht Leutnant Mori.« Er beschreibt einen Kreis um das gesamte Gebiet, eine weit ausholende Bewegung, die den ganzen äußeren Sicherheitsring und die Zufahrtsstraße einschließt. »Das Ganze untersteht mir. Ich berichte nach Manila. Für ein so großes Gebiet handelt es sich somit um einen sehr kurzen Befehlsweg. Geheimhaltung ist von äußerster Wichtigkeit. Ihr erster und höchster Befehl lautet, um jeden Preis absolute Geheimhaltung zu wahren.«

Die Leutnants Mori und Goto blaffen »Hai!« und verbeugen sich.

An Mori gewandt, fährt Hauptmann Noda fort: »Das Areal mit den Unterkünften wird wie ein Gefangenenlager wirken – für besondere Gefangene. Möglicherweise wird seine Existenz einigen Menschen draußen bekannt sein – die Einheimischen werden auf der Straße Lastwagen hinein- und herausfahren sehen und entsprechende Vermutungen anstellen.« An Goto Dengo gewandt, sagt er: »Die Existenz der Besonderen Sicherheitszone jedoch wird der Außenwelt völlig unbekannt sein. Ihre Arbeit, Leutnant Goto, wird im Schutz des Dschungels vonstatten gehen, der hier außerordentlich dicht ist. Sie wird für feindliche Aufklärungsflugzeuge unsichtbar sein.«

Leutnant Mori fährt zurück, als wäre ihm gerade ein Insekt ins Auge geflogen. Für ihn ist die Vorstellung feindlicher Aufklärungsflugzeuge über Luzon vollkommen bizarr. MacArthur ist weit von den Philippinen entfernt.

Goto Dengo dagegen ist in Neuguinea gewesen. Er weiß, was mit japanischen Armeeeinheiten passiert, die versuchen, sich in den Dschungeln des Südwest-Pazifiks gegen MacArthur zu wehren. Er weiß, dass MacArthur auf dem Weg hierher ist, und offensichtlich weiß das auch Hauptmann Noda. Und, noch wichtiger, auch die Männer in Tokio wissen es, die Noda hierher geschickt haben, um diesen Auftrag auszuführen – worin er auch bestehen mag.

Sie wissen es. Jeder weiß, dass wir dabei sind, den Krieg zu verlieren.

Das heißt, jeder *Wichtige*.

»Leutnant Goto, Sie haben mit Leutnant Mori nicht über Einzelheiten Ihrer Arbeit zu reden, außer insofern, als es um rein logistische Probleme wie Straßenbau, Arbeitspläne und so weiter geht.« Noda richtet diese Worte an beide Männer; falls Goto Dengo geschwätzig wird, so die eindeutige Implikation, soll Mori ihn verpfeifen. »Leutnant Mori, Sie können wegtreten!«

Mori grunzt erneut »Hai!« und macht sich rar.

Leutnant Goto verbeugt sich. »Hauptmann Noda, bitte erlauben Sie mir zu sagen, dass ich mich geehrt fühle, dass man mich auserwählt hat, diese Befestigungen zu bauen.«

Einen Moment lang löst sich der stoische Ausdruck in Nodas Gesicht auf. Er wendet sich von Goto Dengo ab, geht ein paarmal nachdenklich im Zelt hin und her und wendet sich wieder dem anderen zu. »Es geht nicht um eine Befestigung.«

Goto Dengo kippt vor Überraschung praktisch aus den Stiefeln.

Dann denkt er: eine Goldmine! Sie müssen in diesem Tal ein riesiges Goldvorkommen entdeckt haben. Oder Diamanten?

»Sie müssen sich von der Vorstellung freimachen, dass Sie eine Befestigung bauen«, sagt Noda feierlich.

»Eine Mine?«, fragt Goto Dengo. Aber er fragt es ohne rechte Überzeugung. Ihm wird bereits klar, dass es keinen Sinn ergibt. Es wäre abwegig, zu diesem Zeitpunkt des Krieges derart viel Arbeit in den Abbau von Gold oder Diamanten zu investieren. Japan braucht Stahl, Gummi und Öl, keinen Schmuck.

Vielleicht irgendeine neue Superwaffe? Ihm birst schier das Herz vor Erregung. Aber Hauptmann Nodas Blick ist so düster wie die dicke Mündung einer Maschinenpistole.

»Es geht um eine langfristige Lagermöglichkeit für hochwichtige Kriegsmaterialien«, sagt Hauptmann Noda schließlich.

Dann erklärt er in allgemein gehaltenen Begriffen, wie die Einrichtung beschaffen sein soll. Es soll ein Netz sich schneidender Schächte entstehen, die durch hartes Vulkangestein getrieben werden. Angesichts der Arbeit, die man in ihren Bau stecken wird, sind die Abmessungen überraschend klein. Man wird hier nicht viel lagern können: vielleicht so viel Munition, dass ein Regiment eine Woche lang kämpfen kann, vorausgesetzt, es macht minimalen Gebrauch von schweren Waffen und ernährt sich vom Land. Aber diese Nachschubgüter werden fast unvorstellbar gut geschützt sein.

Goto Dengo schläft in dieser Nacht in einer Hängematte, die zwischen zwei Bäumen gespannt und von einem Moskitonetz geschützt ist. Aus dem Dschungel dringt ein fantastischer Lärm.

Hauptmann Nodas Skizzen kamen ihm vertraut vor und er versucht, sie unterzubringen. Gerade als er einschläft, erinnert er sich an Schnittdiagramme der Pyramiden von Ägypten, die sein Vater ihm in einem Bilderbuch gezeigt hat und die den Bau der Pharaonengräber verdeutlichen.

Da kommt ihm ein schrecklicher Gedanke: Er baut ein Grabmal für den Kaiser. Wenn Nippon an MacArthur fällt, wird Hirohito das Ritual des Seppuku vollziehen. Man wird seinen Leichnam aus Japan ausfliegen, nach Bundok bringen und in der Kammer beisetzen, die Goto Dengo baut. Er hat einen Albtraum, in dem er lebendig in einer schwarzen Kammer begraben wird und das graue Bild des kaiserlichen Antlitzes sich schwärzt, während der letzte Ziegelstein auf seinem Mörtelbett festgedrückt wird.

Er sitzt in absoluter Dunkelheit, weiß, dass Hirohito hier bei ihm ist, und hat Angst, sich zu bewegen.

Er ist ein kleiner Junge in einem aufgelassenen Bergwerk, nackt und von eisigem Wasser durchnässt. Seine Taschenlampe ist ausgegangen. Ehe sie flackernd erlosch, war ihm, als sähe er das Gesicht eines Dämons. Nun hört er nur noch das stete Tropfen des Grundwassers in den Sumpf. Er kann hier bleiben und sterben oder er kann erneut in das Wasser tauchen und zurückschwimmen.

Als er aufwacht, regnet es und irgendwo ist die Sonne über den Horizont geklettert. Er wälzt sich aus seiner Hängematte und tritt nackt in den warmen Regen hinaus, um sich zu waschen. Goto Dengo hat eine Aufgabe zu erledigen.

Rechner

Lieutenant Colonel Earl Comstock von der Electrical Till Corporation und der United States Army (in dieser Reihenfolge) bereitet sich auf die heutige Routinebesprechung mit seinem Untergebenen Lawrence Pritchard Waterhouse ganz ähnlich vor wie ein Testpilot, der mit einem heißen Raketentriebwerk unterm Hintern in die Stratosphäre geschossen werden soll. Er geht am Abend vorher zeitig schlafen, steht spät auf, spricht mit seinem Adjutanten und stellt sicher, dass (a) reichlich heißer Kaffee verfügbar sein und (b) Waterhouse nichts davon bekommen wird. Er lässt zwei Drahttongeräte im Zimmer anschließen, falls eines davon kaputtgeht, und holt ein Team aus drei erstklassigen Stenographen mit haufenweise technischem Sachverstand dazu. Zu seiner Abteilung gehören zwei Burschen – zu Friedenszeiten ebenfalls ETC-Angestellte –, die echte Mathe-Kanonen sind, und so holt er sie ebenfalls dazu. Er sagt ihnen ein paar aufmunternde Worte: »Ich erwarte gar nicht, dass ihr versteht, wovon Waterhouse eigentlich redet. Ich werde so schnell ich kann hinter ihm herrennen. Ihr haltet ihn einfach an den Beinen fest und lasst auf gar keinen Fall los, damit ich seinen Rücken möglichst lange im Auge behalten kann.« Comstock ist stolz auf diese Analogie, aber die Mathe-Kanonen wirken verdutzt. Gereizt klärt er sie über die stets heikle Dichotomie von wörtlicher und übertragener Redeweise auf. Bis zu Waterhouses Eintreffen bleiben nur noch zwanzig Minuten; genau nach Plan geht Comstocks Adjutant mit einem Tablett Benzedrin-Tabletten durchs Zimmer. Comstock will mit gutem Beispiel vorangehen und nimmt zwei. »Verdammt, wo bleibt mein Wandtafel-Team?«, fragt er, während das starke Stimulans seinen Puls auf Touren bringt. In dem Moment kommen zwei mit Schwämmen und feuchten Fensterledern ausgerüstete Privates ins Zimmer, gefolgt von einem aus drei Mann bestehenden Foto-Team. Sie stellen zwei auf die Tafel gerichtete Fotoapparate plus zwei Blitzlichtlampen auf und legen einen reichlich bemessenen Vorrat von Filmrollen bereit.

Er sieht auf seine Uhr. Sie liegen fünf Minuten hinter dem Zeitplan. Er schaut zum Fenster hinaus und sieht, dass sein Jeep zurückgekommen ist; Waterhouse muss im Gebäude sein. »Wo ist das Bergungsteam?«, fragt er.

Ein paar Augenblicke später ist Sergeant Graves da. »Sir, wir sind wie befohlen zur Kirche gefahren, haben ihn ausfindig gemacht und, äh –« Er hustet hinter vorgehaltenem Handrücken.

»Und was?«

»Und es sieht ihm mal wieder ähnlich, Sir«, sagt Sergeant Graves sotto voce. »Im Augenblick ist er im Waschraum und macht sich sauber, wenn Sie verstehen, was ich meine.« Er kneift ein Auge zu.

»Ohhhh«, sagt Earl Comstock, der es plötzlich kapiert.

»Schließlich«, sagt Sergeant Graves, »kann man die *eingerosteten Pfeifen* seines Instruments nur dann ordentlich *durchpusten,* wenn man eine *hübsche kleine Assistentin* hat, die dafür sorgt, dass die Arbeit *richtig erledigt* wird.«

Comstock versteift sich. »Sergeant Graves – es ist von entscheidender Bedeutung, dass ich das erfahre – *ist die Arbeit richtig erledigt worden?*«

Graves furcht die Stirn, als bereite ihm gerade diese Frage Qualen. »Aber ja, Sir. Es fiele uns nicht im Traum ein, einen solchen Vorgang zu unterbrechen. Deswegen haben wir uns auch verspätet – bitte um Verzeihung.«

»Nicht doch«, sagt Comstock und klopft Graves herzhaft auf die Schulter. »Genau deswegen räume ich meinen Leuten breiten Ermessensspielraum ein. Ich bin schon seit einiger Zeit der Meinung, dass Waterhouse dringend Entspannung braucht. Er konzentriert sich ein wenig zu sehr auf seine Arbeit. Manchmal weiß ich offen gestanden nicht, ob er etwas ungeheuer Brillantes sagt oder einfach nur faselt. Und ich glaube, Sergeant Graves, Sie haben zu unserer heutigen Zusammenkunft einen entscheidenden, ich wiederhole entscheidenden

Beitrag geleistet, indem Sie die Klugheit besaßen, sich so lange zurückzuhalten, bis Waterhouse seine Angelegenheiten in Ordnung gebracht hatte.« Comstock wird bewusst, dass er sehr schnell atmet und dass sein Herz wie wahnsinnig klopft. Vielleicht hat er's mit dem Benzedrin übertrieben?

Zehn Minuten später schleppt sich Waterhouse auf schlaffen Beinen ins Zimmer, als hätte er aus Versehen sein eigenes Skelett im Bett zurückgelassen. Er schafft es kaum bis zu dem für ihn vorgesehenen Platz und plumpst darauf wie ein Sack Eingeweide, sodass ein paar Stränge des Korbgeflechts aus der Sitzfläche platzen. Er atmet abgerissen durch den Mund und die schweren Lider blinzeln häufig.

»Sieht so aus, als würde das heute ein Routineflug, Männer!«, verkündet Comstock fröhlich. Alle außer Waterhouse kichern. Waterhouse ist seit einer Viertelstunde im Gebäude und Sergeant Graves hat mindestens ebenso lange gebraucht, um ihn hierher zu fahren. Das Ganze ist also mindestens eine halbe Stunde her, doch wenn man ihn so ansieht, könnte man meinen, es wäre erst vor fünf Sekunden geschehen.

»Schenk mal jemand dem Mann eine Tasse Kaffee ein!«, befiehlt Comstock. Jemand tut es. Beim Militär zu sein ist *verblüffend;* man gibt Befehle und es geschieht etwas. Waterhouse trinkt den Kaffee weder, noch rührt er ihn auch nur an, aber immerhin haben seine Augen nun etwas, worauf sie sich richten können. Eine Zeit lang wandern die Augäpfel unter den zerknitterten Lidern herum wie Fliegerabwehrkanonen beim Versuch, einer Stubenfliege zu folgen, dann fixieren sie schließlich den weißen Kaffeebecher. Waterhouse räuspert sich ausgiebig, als schicke er sich an, etwas zu sagen, und im Zimmer wird es still. Es bleibt ungefähr dreißig Sekunden lang still. Dann murmelt Waterhouse etwas, das wie »Kai« klingt.

Die Stenographen notieren es synchron.

»Wie bitte?«, fragt Comstock.

Eine der Mathe-Kanonen sagt: »Möglicherweise spricht er von Coy-Funktionen. Ich meine, ich hätte so was mal gesehen, als ich ein Mathebuch für höhere Semester durchgeblättert habe.«

»Mir war so, als hätte er was von ›Quantum‹ gesagt«, sagt der andere ETC-Mensch.

»Kaffee«, sagt Waterhouse und stößt einen tiefen Seufzer aus.

»Waterhouse«, sagt Comstock, »wie viele Finger halte ich hoch?«

Nun scheint Waterhouse aufzugehen, dass noch andere Leute anwesend sind. Er macht den Mund zu und seine Nasenlöcher blähen sich, als Luft durch sie hindurchzuströmen beginnt. Er versucht, eine seiner Hände zu bewegen, stellt fest, dass er darauf sitzt, und ruckelt schwerfällig hin und her, bis sie freikommt. Er schafft es, die Augen ganz aufzumachen, sodass sich ihm ein wirklich guter, klarer Blick auf den Kaffeebecher bietet. Er gähnt, reckt sich und furzt.

»Das japanische Kryptosystem, das wir Azure nennen, ist dasselbe wie das deutsche System, das wir Pufferfish nennen«, verkündet er. »Beide hängen außerdem irgendwie mit einem anderen, neueren Kryptosystem zusammen, das ich Arethusa getauft habe. Alle drei haben etwas mit Gold zu tun. Wahrscheinlich irgendwelche Goldgewinnungs-Unternehmen. Auf den Philippinen.«

Rums! Die Stenographen treten in Aktion. Der Fotograf feuert seine Blitzlichter ab, obwohl es gar nichts zu fotografieren gibt – bloß Nerven. Comstock wirft ein waches Auge auf seine Drahttongeräte und vergewissert sich, dass die Spulen sich drehen. Es beunruhigt ihn ein wenig, wie rasch Waterhouse auf Touren kommt. Doch Menschenführung bringt unter anderem die Verpflichtung mit sich, die eigenen Ängste zu verbergen und jederzeit Selbstbewusstsein auszustrahlen. Comstock grinst und sagt: »Das hört sich so an, als wären Sie sich furchtbar sicher, Waterhouse! Ob Sie mich wohl dazu bringen könnten, dass ich den gleichen Grad von Überzeugtheit empfinde?«

Waterhouse bedenkt den Kaffeebecher mit einem Stirnrunzeln. »Na ja, es ist alles Mathematik«, sagt er. »Wenn die Mathematik hinhaut, *soll* man sich auch sicher sein. Darum geht es ja gerade bei der Mathematik.«

»Sie haben also eine mathematische Grundlage, auf der Sie diese Behauptung aufstellen?«

»Behauptung*en*«, sagt Waterhouse. »Behauptung Nummer eins ist, dass Pufferfish und Azure verschiedene Namen für dasselbe Kryptosystem sind. Behauptung Nummer zwei ist, dass Pufferfish/Azure ein Vetter von Arethusa ist. Drei: Alle diese Kryptosysteme haben mit Gold zu tun. Vier: Bergbau. Fünf: Philippinen.«

»Vielleicht könnten Sie das eben an die Tafel schreiben, während Sie vortragen«, sagt Comstock nervös.

»Aber gern«, meint Waterhouse. Er steht auf, wendet sich der Tafel zu, erstarrt ein paar Sekunden lang, dreht sich dann wieder um, stürzt sich auf den Kaffeebecher und leert ihn, ehe Comstock oder einer seiner Adjutanten ihn seinem Griff entreißen kann. Ein taktischer Fehler! Dann schreibt Waterhouse seine Behauptungen an die Tafel. Der

Fotograf dokumentiert sie. Die Privates kneten ihre Fensterleder und werfen bange Blicke in Richtung Comstock.

»Haben Sie denn nun so etwas wie einen, äh, mathematischen Beweis für jede dieser Behauptungen?«, fragt Comstock. Mathematik ist nicht sein Fall, Konferenzen leiten dagegen schon, und was Waterhouse gerade an die Tafel geschrieben hat, sieht ihm stark nach den Anfangsgründen einer Tagesordnung aus. Ohne Tagesordnung gleicht er einem Frontschwein, das ohne Karte oder Waffe im Dschungel herumrennt.

»Tja, Sir, das ist eine Möglichkeit, wie man das sehen kann«, sagt Waterhouse nach einigem Nachdenken. »Aber es ist viel eleganter, sie alle als logische Folgerungen aus ein und demselben zugrunde liegenden Theorem zu betrachten.«

»Wollen Sie damit sagen, dass es Ihnen gelungen ist, Azure zu knacken? Denn wenn es so ist, wäre ein Glückwunsch angebracht!«, sagt Comstock.

»Nein. Azure ist noch nicht geknackt. Aber ich kann Informationen daraus gewinnen.«

Das ist der Moment, in dem der Steuerknüppel in Comstocks Hand abbricht. Trotzdem kann er noch glücklos auf der Instrumententafel herumhämmern. »Wären Sie dann wenigstens so freundlich, sie der Reihe nach durchzugehen?«

»Na ja, nehmen wir zum Beispiel nur mal Behauptung vier, nämlich dass Azure/Pufferfish irgendetwas mit Bergbau zu tun hat.« Aus der Hand skizziert Waterhouse eine Karte des südwestpazifischen Kriegsschauplatzes von Burma bis zu den Salomonen, von Japan bis Neuseeland. Nur damit er etwas zu grinsen hat, zieht Comstock eine gedruckte Karte aus seinem Klemmbrett und vergleicht sie mit Waterhouses Version. Sie sind im wesentlichen identisch.

Am Eingang der Manila Bay zeichnet Waterhouse einen Kreis mit dem Buchstaben A darin. »Das ist einer der Sender, der Azure-Funksprüche sendet.«

»Das wissen Sie aufgrund von Huffduff, richtig?«

»Ja.«

»Befindet er sich auf Corregidor?«

»Auf einer der kleineren Inseln in der Nähe von Corregidor.«

Waterhouse zeichnet einen weiteren Kreis mit A in Manila selbst, einen in Tokio, einen in Rabaul, einen in Penang und einen im Indischen Ozean.

»Was ist das?«, fragt Comstock.

»Dort haben wir einen Azure-Funkspruch von einem deutschen Unterseeboot abgehört«, sagt Waterhouse.

»Woher wissen Sie, dass es ein deutsches Unterseeboot war?«

»Die Hand wiedererkannt«, sagt Waterhouse. »Das also ist die räumliche Verteilung der Azure-Sender – ohne Berücksichtigung der Sender in Europa, die Pufferfish-Funksprüche senden und laut Behauptung eins Teil desselben Netzes sind. Wie auch immer, sagen wir, an einem bestimmten Datum wird von Tokio ein Azure-Funkspruch abgesetzt. Wir wissen nicht, was er besagt, weil wir Azure noch nicht geknackt haben. Wir wissen bloß, dass der Funkspruch an diese Orte gelangt ist.« Waterhouse zieht Linien, die von Tokio nach Manila, Rabaul, Penang ausstrahlen. »Jede dieser Städte nun ist ein bedeutender Militärstützpunkt. Infolgedessen geht von jeder ein stetiger Strom von Funkverkehr aus, durch den sie mit sämtlichen japanischen Basen in ihrem Gebiet in Verbindung steht.« Waterhouse zieht kürzere Linien, die von Manila an verschiedene Orte auf den Philippinen, und von Rabaul nach Neuguinea und den Salomonen ausstrahlen.

»Korrektur, Waterhouse«, sagt Comstock. »Neuguinea gehört mittlerweile uns.«

»Aber ich beziehe mich auf einen früheren Zeitraum!«, sagt Waterhouse. »Nämlich auf das Jahr 1943, als es überall entlang der Nordküste von Neuguinea und überall auf den Salomonen japanische Stützpunkt gab. Sagen wir also, dass innerhalb eines kurzen Zeitraums nach dem Azure-Funkspruch aus Tokio eine Reihe von Funksprüchen von Städten wie Rabaul und Manila an kleinere Basen in den betreffenden Gebieten gesendet werden. Einige davon in einer Chiffre, die wir zu knacken gelernt haben. Nun liegt es nahe, davon auszugehen, dass einige dieser Funksprüche eine Folge der in dem Azure-Funkspruch enthaltenen Befehle waren, was immer diese besagten.«

»Aber in diesen Städten werden pro Tag Tausende von Funksprüchen gesendet«, wendet Comstock ein. »Wie kommen Sie darauf, dass Sie die Funksprüche herausfiltern können, die eine Folge der Azure-Befehle sind?«

»Das ist bloß ein primitives Statistikproblem«, sagt Waterhouse. »Angenommen, Tokio hat den Azure-Funkspruch am 15. Oktober 1943 an Rabaul gesendet. Weiter angenommen, ich erfasse sämtliche Funksprüche, die am 14. Oktober von Rabaul gesendet wurden, und kategorisiere sie auf unterschiedliche Weise: an welchen Bestimmungsort sie gesendet wurden, wie lang sie waren und, falls wir sie haben entschlüsseln können, worum es darin ging. Waren es Befehle für Truppenbewegungen? Nachschublieferungen? Änderungen der Taktik oder der Vorschriften? Dann erfasse ich sämtliche Funksprüche, die am 16. Oktober – dem Tag, nachdem der Azure-Funkspruch aus Tokio eingegangen ist – von Rabaul gesendet wurden, und nehme genau die gleiche statistische Analyse mit ihnen vor.«

Waterhouse tritt von der Tafel zurück und wendet sich zu einer blendenden Salve von Blitzlichtern um. »Sehen Sie, es geht nur um den Informationsfluss. Informationen fließen von Tokio nach Rabaul. Wir wissen nicht, was das für Informationen waren. Aber sie werden einen Einfluss darauf haben, was Rabaul hinterher tut. Rabaul wird durch den Eingang dieser Informationen unwiderruflich verändert, und wenn wir das zu beobachtende Verhalten Rabauls vor dieser Veränderung mit dem danach vergleichen, können wir Schlüsse ziehen.«

»Zum Beispiel?«, fragt Comstock argwöhnisch.

Waterhouse zuckt die Achseln. »Die Unterschiede sind sehr gering. Sie heben sich kaum vom allgemeinen Rauschen ab. Im Laufe des Krieges sind von Tokio einunddreißig Azure-Funksprüche ausgegangen, also habe ich entsprechend viele Datengruppen, mit denen ich arbeiten kann. Eine einzelne Datengruppe würde mir, für sich genommen, vielleicht gar nichts sagen. Aber wenn ich alle Datengruppen miteinander kombiniere – und so eine größere Tiefe bekomme –, kann ich Muster erkennen. Und ein Muster, das ich ganz eindeutig erkenne, besteht darin, dass an dem Tag, nachdem ein Azure-Funkspruch nach, sagen wir, Rabaul gegangen war, Rabaul mit sehr viel höherer Wahrscheinlichkeit Funksprüche gesendet hat, die mit Bergbauingenieuren zu tun hatten. Das hat Weiterungen, die sich den ganzen Weg zurückverfolgen lassen, bis sich die Schleife schließt.«

»Bis sich die Schleife schließt?«

»Okay. Betrachten wir das Ganze von der Spitze her. Ein Azure-Funkspruch geht von Tokio nach Rabaul«, sagt Waterhouse und zieht einen dicken Strich über die Tafel, der die beiden Städte miteinander verbindet. »Am nächsten Tag geht ein Funkspruch in einem anderen Kryptosystem – einem, das wir geknackt haben – von Rabaul an ein Unterseeboot, das von einer Basis aus operiert, die hier, auf den Molukken, liegt. Der Funkspruch besagt, dass das Unterseeboot einen Vorposten an der Nordküste von Neuguinea anlaufen und dort vier Leute aufnehmen soll, die namentlich genannt werden. Dank unserer Archive wissen wir, wer diese Männer sind: drei Flugzeugmechaniker und ein Bergbauingenieur. Ein paar Tage später sendet das Unterseeboot von der Bismarck-See aus und meldet, dass es die betreffenden Männer aufgenommen hat. Wieder ein paar Tage später teilen unsere Spione im Hafen von Manila uns mit, dass ebendieses Unterseeboot dort eingetroffen ist. Am selben Tag wird ein weiterer Azure-Funkspruch von Manila nach Tokio gesendet«, endet Waterhouse, während er dem Vieleck eine letzte Linie anfügt, »und die Schleife schließt sich.«

»Aber bei alledem könnte es sich um eine Reihe zufälliger, nicht miteinander zusammenhängender Ereignisse handeln«, sagt eine von Comstocks Mathe-Kanonen, ehe Comstock es sagen kann. »Die Nips brauchen dringend Flugzeugmechaniker. An einem solchen Funkverkehr ist nichts Ungewöhnliches.«

»Aber an den Mustern schon«, sagt Waterhouse. »Wenn ein paar Monate später auf die gleiche Weise wieder ein Unterseeboot losgeschickt wird, um ein paar Bergbauingenieure und Landvermesser aufzunehmen, die in Rabaul festsitzen, und wenn bei seinem Eintreffen in Manila wieder ein Azure-Funkspruch von Manila nach Tokio gesendet wird, dann sieht die Geschichte allmählich sehr verdächtig aus.«

»Ich weiß nicht«, sagt Comstock und schüttelt den Kopf. »Ich bin mir nicht sicher, ob ich das dem Generalstab verkaufen kann. Das Ganze ist doch eher ein Herumgestochere im Nebel.«

»Korrektur, Sir, es *war* ein Herumgestochere im Nebel. Aber mittlerweile hat sich der Nebel gelichtet und wir sehen klar!« Waterhouse stürmt aus dem Zimmer und den Flur entlang zu seinem Labor – das den halben Flügel einnimmt. Nur gut, dass Australien ein großer Kontinent ist, denn Waterhouse wird ihn komplett mit Beschlag belegen, falls man ihn nicht in Schach hält. Fünfzehn Sekunden später ist er mit einem dreißig Zentimeter hohen Stapel ETC-Karten zurück, die er auf den Tisch knallt. »Da steht alles drin.«

Comstock hat noch nie im Leben eine Waffe abgefeuert, aber Kartenloch- und -lesegeräte kennt er, wie ein Frontschwein seine Springfield kennt, und er ist nicht beeindruckt. »Waterhouse, dieser Kartenstapel enthält ungefähr so viele Informationen wie ein Brief nach Hause an Mom. Wollen Sie mir weismachen –«

»Nein, das ist bloß die Zusammenfassung. Das Ergebnis der statistischen Analyse.«

»Warum haben Sie das denn in ETC-Karten gelocht? Warum legen Sie nicht schlicht und einfach einen getippten Bericht vor, so wie jeder andere?«

»Ich habe das nicht gelocht«, sagt Waterhouse. »Das war die Maschine.«

»Das war die Maschine«, wiederholt Comstock ganz langsam.

»Ja. Als sie mit der Durchführung der Analyse fertig war.« Unvermittelt bricht Waterhouse in sein wieherndes Gelächter aus. »Sie haben das doch nicht etwa für die unaufbereiteten Eingabedaten gehalten?«

»Na ja, ich –«

»Die Eingabedaten haben mehrere Zimmer gefüllt. Ich musste fast jeden Funkspruch, den wir während des gesamten Krieges abgehört haben, dieser Analyse unterziehen. Erinnern Sie sich noch an die Lkws, die ich vor ein paar Wochen angefordert habe? Die brauchte ich nur, um die Karten von der Lagerung hin und her zu transportieren.«

»Großer Gott!«, sagt Comstock. Nun erinnert er sich wieder an die Lkws, ihr unaufhörliches Kommen und Gehen, Blechschäden im Fahrzeugpark, die durch sein Fenster dringenden Auspuffgase, die Mannschaften, die schwere, mit Kisten beladene Karren durch die Gänge schoben. Den Leuten über die Zehen fuhren. Die Sekretärinnen verschreckten.

Und dann der Krach. Der Krach, der Krach von Waterhouses gottverfluchter Maschine. Blumentöpfe, die sich von Aktenschränken herunterzitterten, stehende Wellen in Kaffeetassen.

»Moment mal«, sagt einer der ETC-Männer mit der nasalen Skepsis eines Menschen, der gerade gemerkt hat, dass er verscheißert wird. »Ich habe die Lkws gesehen. Ich habe die Karten gesehen. Wollen Sie uns etwa weismachen, Sie hätten jeden einzelnen dieser Funksprüche einer statistischen Analyse unterzogen?«

Waterhouse wirkt leicht in die Defensive gedrängt. »Tja, anders ging es nun mal nicht!«

Nun holt Comstocks Mathe-Kanone zum entscheidenden Schlag aus. »Ich bin Ihrer Meinung, dass eine Analyse dessen, was hierdurch impliziert wird« – er wedelt mit der Hand zu dem Mandala aus sich schneidenden Vielecken auf Waterhouses Karte hin –, »nur dadurch zu leisten ist, dass man diese ganzen Lastwagenladungen alter, entschlüsselter Funksprüche eine nach der anderen durchgeht. Das ist klar. Dagegen haben wir auch keine Einwände.«

»Wogegen haben Sie dann Einwände?«

Die Mathe-Kanone lacht gereizt. »Ich mache mir bloß über die *unangenehme Tatsache* Sorgen, dass es auf der ganzen Welt keine Maschine gibt, die alle diese Daten so schnell verarbeiten kann.«

»Haben Sie denn den Krach nicht gehört?«, fragt Waterhouse.

»Wir haben alle den gottverdammten Krach gehört«, sagt Comstock. »Was hat denn das damit zu tun?«

»Ach so«, sagt Waterhouse und verdreht angesichts seiner eigenen Dummheit die Augen. »Richtig. Tut mir Leid. Vielleicht hätte ich diesen Aspekt zuerst erklären sollen.«

»Welchen Aspekt?«, fragt Comstock.

»Dr. Turing von der Cambridge University hat darauf hingewiesen, dass *bobbadah bobbadah hoe daddy yanga langa furjeezama bing jingle oh yeah*«, sagt Waterhouse, oder etwas in diesem Sinne. Er hält inne, um Luft zu holen, und wendet sich schicksalsschwer der Tafel zu. »Haben Sie etwas dagegen, wenn ich das auswische?« Ein Private mit einem Schwamm springt vor. Comstock lässt sich auf einen Stuhl sinken und umklammert die Armlehnen. Ein Stenograf langt nach einer Benzedrin-Tablette. Ein ETC-Mann nagt an einem Bleistift wie ein Hund an einem Hühnerschlegel. Blitzlichter blitzen. Waterhouse schnappt sich ein frisches Stück Kreide, greift nach oben und drückt die Spitze auf den makellosen Schiefer. Die spröde Kante birst mit einem leisen Ploppen und ein winziger Schauer von Kreidestäubchen rieselt zu Boden und verteilt sich dabei zu einer schmalen, parabelförmigen Wolke. Waterhouse neigt einen Moment lang den Kopf wie ein Priester, der sich anschickt, den Mittelgang hinaufzuschreiten, und holt dann tief Atem.

Fünf Stunden später lässt die Wirkung des Benzedrins nach und Comstock findet sich, über einen Tisch gefläzt, in einem Raum voller abgezehrter, erschöpfter Männer wieder. Waterhouse und die Privates sind mit Kreidestaub bepudert, was ihnen ein unheimliches Aussehen verleiht. Die Stenografen sind von benutzten Blöcken umgeben, hören öfter zu schreiben auf und schlenkern die schlaffen Hände durch die Luft wie weiße Flaggen. Die Drahttongeräte laufen sinnlos weiter, eine Spule ist voll, eine leer. Nur der Fotograf ist noch gut in Form und betätigt jedes Mal sein Blitzlicht, wenn Waterhouse die Tafel voll geschrieben hat.

Alles riecht nach Achselschweiß. Comstock merkt, dass Waterhouse ihn erwartungsvoll ansieht. »Verstehen Sie?«, fragt Waterhouse.

Comstock setzt sich gerade hin und wirft einen flüchtigen Blick auf seinen Schreibblock, auf dem er eine Tagesordnung zu entwerfen hoffte. Er sieht Waterhouses vier Behauptungen, die er sich in den ersten fünf Minuten der Zusammenkunft aufgeschrieben hat, und dann nichts außer einem wirren Feld stachliger Kringel, die die Worte VERGRABEN und AUSGRABEN umrahmen.

Es geziemt sich für Comstock, *irgendetwas* zu sagen.

»Diese Geschichte da, die, äh, die Vergrabeprozedur, das ist das, äh –«

»Das Schlüsselelement!« sagt Waterhouse fröhlich. »Sehen Sie, für Eingabe und Ausgabe sind diese ETC-Karten-Maschinen großartig. Das stellt kein Problem mehr dar. Die logischen Elemente sind ganz einfach. Gebraucht wurde eine Methode, um der Maschine ein Gedächtnis zu geben, damit sie, um in Dr. Turings Terminologie zu bleiben, Daten rasch vergraben und ebenso rasch wieder ausgraben konnte. Also habe ich eine solche Maschine gebaut. Es ist ein elektrisches Gerät, aber die zugrundeliegenden Prinzipien wären jedem Orgelbauer verständlich.«

»Könnte ich sie, äh, sehen?«, fragt Comstock.

»Klar! Sie steht in meinem Labor.«

Sie sich anzusehen ist komplizierter. Zuerst müssen alle auf die Toilette, dann müssen die Kameras und die Blitzlichter ins Labor gebracht und aufgebaut werden. Als schließlich alle hineinmarschiert sind, steht Waterhouse neben einem gigantischen Röhrengestell, aus dem Tausende von Kabeln heraushängen.

»Das ist sie?«, fragt Comstock, als endlich alle davor versammelt sind.

Überall auf dem Boden liegen wie Kugellagerkugeln erbsengroße Quecksilbertropfen verstreut. Die flachen Sohlen von Comstocks Schuhen lassen sie zu kleinen Spritzern zerplatzen, die überallhin kullern.

»Das ist sie.«

»Wie haben Sie sie gleich noch mal genannt?«

»Den RAM«, sagt Waterhouse. »Random Access Memory – Direktzugriffsspeicher. Ich wollte auch ein Bild von einem Rammbock draufmalen – sie wissen schon, diese Dinger, mit denen man im Mittelalter Türen eingeschlagen hat.«

»Ja.«

»Aber ich hatte keine Zeit, und im Bildermalen bin ich sowieso nicht so gut.«

Jedes Rohr hat einen Durchmesser von zehn Zentimetern und ist ungefähr zehn Meter lang. Es muss Hunderte davon geben – Comstock versucht sich an das Anforderungsformular zu erinnern, das er vor Monaten unterschrieben hat – Waterhouse hatte so viel Abflussrohr angefordert, dass man damit einen ganzen gottverfluchten Militärstützpunkt hätte kanalisieren können.

Die Rohre sind waagrecht angeordnet wie eine flach gelegte Reihe Orgelpfeifen. Ins Ende jedes Rohrs ist ein kleiner, aus einem alten Radio ausgebauter Papierlautsprecher gesteckt.

»Der Lautsprecher spielt ein Signal – einen Ton –, der in dem Rohr resoniert und eine stehende Welle erzeugt«, sagt Waterhouse. »Das heißt, in manchen Teilen des Rohrs ist der Luftdruck niedrig und in anderen hoch.« Er geht rückwärts an einem der Rohre entlang und macht dabei hackende Handbewegungen. »Diese U-Röhren hier sind voller Quecksilber.« Er deutet auf eine von mehreren U-förmigen Glasröhren, die in das untere Ende des langen Rohrs eingepasst sind.

»So viel ist mir klar, Waterhouse«, sagt Comstock. »Könnten Sie wohl zum Nächsten weitergehen?«, bittet er, während er über die Schulter des Fotografen hinweg in den Sucher der Kamera späht. »Sie versperren mir die Sicht – schon besser – weiter – weiter« – denn er kann immer noch Waterhouses Schatten sehen –, »so ist es gut. Knipsen!«

Der Fotograf drückt auf den Auslöser. Das Blitzlicht blitzt.

»Wenn der Luftdruck im Rohr hoch ist, schiebt er das Quecksilber ein Stück weit hinunter. Wenn er niedrig ist, saugt er das Quecksilber hinauf. Ich habe einen elektrischen Kontakt in jede U-Röhre eingebaut – einfach zwei Kabel mit einem Abstand dazwischen. Wenn diese Kabel trocken liegen (zum Beispiel, weil niedriger Lufdruck im Rohr das Quecksilber von ihnen wegdrückt), fließt kein Strom. Wenn sie aber in das Quecksilber eingetaucht werden (weil der niedrige Luftdruck im Rohr das Quecksilber zu ihnen hinsaugt, sodass es sie bedeckt), dann fließt ein Strom, weil Quecksilber Elektrizität leitet! Die U-Röhre erzeugt also eine Reihe binärer Zahlen, die gleichsam ein Bild der stehenden Welle sind – ein Graph der Teiltöne, die den Ton ausmachen, der auf dem Lautsprecher gespielt wird. Diesen Vektor wiederum geben wir in den Oszillatorkreis ein, der den Lautsprecher antreibt, sodass der Vektor von binären Zahlen sich fortwährend selbst erneuert, bis die Maschine beschließt, ihm ein neues Muster von binären Zahlen einzuschreiben.«

»Ach so, dann können die ETC-Geräte dieses Ding tatsächlich steuern?«, fragt Comstock.

Wieder dieses Lachen. »Aber das ist doch der Witz dabei. Hier vergraben die Logik-Schaltungen die Daten und graben sie wieder aus!«, sagt Waterhouse. »Ich zeige es Ihnen!« Und ehe Comstock ihm befehlen kann, das sein zu lassen, hat Waterhouse einem Corporal zugenickt, der am anderen Ende des Raums steht und Ohrenschützer trägt, wie sie normalerweise nur an die Bedienungsmannschaften der allergrößten Geschütze ausgegeben werden. Der Corporal nickt und betätigt einen Schalter. Waterhouse schlägt sich die Hände auf die Ohren und grinst, wobei er für Comstocks Geschmack ein bisschen zu viel Zahnfleisch zeigt. Dann bleibt die Zeit stehen oder so etwas Ähnliches, während sämtliche Rohre mit Variationen desselben tiefen C zum Leben erwachen.

Comstock hat alle Mühe, nicht auf die Knie zu fallen; natürlich hält er sich die Ohren zu, aber der Klang kommt eigentlich nicht durch die Ohren herein, sondern dringt ihm direkt in den Körper, wie Röntgenstrahlen. Heiße Lautzungen wühlen ihm durch die Eingeweide, die Schwingung schüttelt ihm Schweißperlen von der Kopfhaut, seine Eier hüpfen herum wie mexikanische Springbohnen. Die Quecksilber-Halbmonde in sämtlichen U-Röhren bewegen sich auf und ab, öffnen und schließen die Kontakte, dies allerdings systematisch: Es ist kein ungestümes Herumschwappen, sondern eine kohärente Abfolge diskreter, kontrollierter Bewegungen, bestimmt von irgendeinem Programm.

Comstock würde seine Handfeuerwaffe ziehen und Waterhouse eine Kugel durch den Kopf jagen, aber dazu müsste er eine Hand vom Ohr nehmen. Schließlich hört es auf.

»Die Maschine hat soeben die ersten hundert Zahlen der Fibonacci-Folge berechnet«, sagt Waterhouse.

»So wie ich es verstehe, ist dieser RAM bloß der Teil, wo Sie die Daten vergraben und ausgraben«, sagt Comstock, bemüht, die höhere Harmonie seiner Stimme zu meistern und so zu klingen und sich zu verhalten, als sähe er derlei tagtäglich. »Wenn Sie dem ganzen Apparat einen Namen geben müssten, wie würden Sie ihn dann nennen?«

»Hmmm«, sagt Waterhouse. »Na ja, seine Aufgabe besteht im Grunde darin, mathematische Berechnungen durchzuführen – wie ein Rechner.«

Comstock schnaubt. »Ein Rechner ist ein Mensch.«

»Na ja... die Maschine hier benutzt für ihre Berechnungen binäre Zahlen. Ich denke, man könnte sie als digitalen Rechner bezeichnen.«

Comstock schreibt es in Blockschrift auf seinen Notizblock: DIGITALER RECHNER.

»Geht das in Ihren Bericht ein?«, fragt Waterhouse fröhlich.

Bericht?, platzt Comstock um ein Haar heraus. *Das ist mein Bericht!*

Dann kommt ihm eine nebelhafte Erinnerung. Irgendetwas von wegen Azure. Irgendetwas von wegen Goldminen. »Ja, richtig«, murmelt er. *Ja, richtig, wir haben ja Krieg.* Er denkt darüber nach. »Nein. Jetzt, wo Sie's sagen, ist es nicht mal eine Fußnote.« Er wirft einen angelegentlichen Blick auf sein Paar handverlesener Mathe-Kanonen, die den RAM anglotzen wie zwei provinzielle jüdische Schafscherer, die zum ersten Mal die Bundeslade zu Gesicht bekommen. »Die Fotos werden wir wahrscheinlich nur fürs Archiv aufheben. Sie wissen ja, wie das Militär sich mit seinen Archiven anstellt.«

Waterhouse bricht erneut in sein grässliches Gelächter aus.

»Haben Sie sonst noch etwas zu berichten, ehe wir die Besprechung beenden?«, fragt Comstock in dem verzweifelten Bemühen, ihn zum Schweigen zu bringen.

»Na ja, aufgrund dieser Arbeit sind mir ein paar neue Ideen zur Informationstheorie gekommen, die Sie vielleicht interessant finden –«

»Schreiben Sie sie zusammen. Schicken Sie sie mir.«

»Da ist noch etwas. Ich weiß nicht, ob das hier wirklich von Belang ist, aber –«

»Was denn, Waterhouse?«

»Na ja, äh... es sieht so aus, als wäre ich verlobt!«

KARAWANE

Randy hat alles, was er besaß, verloren, aber eine Entourage gewonnen. Amy hat beschlossen, dass sie, solange sie sich zufällig auf dieser Seite des Pazifiks befindet, genauso gut mit ihm in den Norden gehen könnte. Das freut ihn. Die Shaftoe-Jungs, Robin und Marcus Aurelius, betrachten sich als mit eingeladen – wie so vieles, was in anderen Familien erst lange diskutiert werden müsste, ist das offenbar selbstverständlich.

Das bedeutet jedoch zwingend, dass sie die ungefähr tausendsechshundert Kilometer nach Whitman, Washington, *fahren*, denn die Shaftoe-Jungs gehören nun mal nicht zu denen, die es sich leisten können, ihren Schlitten einfach auf dem Park-and-ride-Platz abzustellen, ins Flughafengebäude zu stürmen und Tickets für den nächsten Flug nach Spokane zu verlangen. Marcus Aurelius ist College-Student im zweiten Jahr mit einem ROTC-Stipendium und Robin besucht eine Art Preparatory School der Armee. Aber selbst wenn das nötige Geld in ihren Taschen klimperte, würde es ihrer angeborenen Sparsamkeit zuwiderlaufen, es auch auszugeben. Jedenfalls vermutet Randy das in den ersten Tagen. Angesichts der Tatsache, dass sie ständig Cash Flow im Kopf zu haben scheinen, liegt dieser Schluss nahe. So haben die Jungen zum Beispiel gewaltige Anstrengungen unternommen, den Topf mit dem Haferschleim, den Amy am Morgen nach dem Beben gekocht hat, bis zum letzten Löffel zu leeren, und da sie diesen Magensprenger nicht ganz aufessen konnten, haben sie den Rest sorgfältig in einen Ziploc-Beutel umgefüllt und sich dabei des Langen und Breiten über den horrenden Preis dieser Beutel ausgelassen und Randy gefragt, ob er nicht irgendwo im Keller ein altes Marmeladenglas oder so was habe, das vielleicht unversehrt und für diesen Zweck verwendbar wäre.

Randy hat genügend Zeit gehabt, sich von dieser falschen Vorstellung (nämlich dass sie Flugzeuge aufgrund finanzieller Zwänge meiden) freizumachen und, nachdem sie Amys U-Haul in der Nähe des SFO zurückgelassen und begonnen haben, mit dem Acura und dem frisierten, dröhnenden Impala in der Karawane nordwärts zu ziehen, den wahren Grund aus ihnen herauszulocken. Jedes Mal wenn sie anhalten, wechseln die Autos ihre Insassen, und zwar nach einem System, das niemand Randy verrät, das aber stets dazu führt, dass er sich entweder mit Robin oder Marcus Aurelius im Wagen wiederfindet. Beide sind zu fein, um sich unter einem unbedeutenden Vorwand auszukotzen, und zu höflich, um davon auszugehen, dass Randy sich auch nur im Mindesten dafür interessiert, was sie denken, und vielleicht Randy gegenüber auch zu misstrauisch, um ihn an allem teilhaben zu lassen. Dazu bedarf es zunächst einmal einer Art Bindung. Erst am Tag 2 der Fahrt beginnt das Eis zu brechen, nachdem sie alle auf einem Rastplatz an der Interstate 5 in der Nähe von Redding auf den Autositzen geschlafen haben (jeder der Shaftoe-Jungs teilt ihm einzeln und in ernstem Ton mit, dass die Motel-6-Kette ein einziger ausgemachter Beschiss sei, dass diese Zimmer, wenn sie jemals sechs Dollar pro Nacht gekostet hätten, was noch fraglich sei, es jetzt bestimmt nicht mehr täten, und dass eine Vielzahl unschuldiger junger Reisender von den sirenenhaften Lockrufen dieser betrügerischen Schilder, die sich über den Kreuzungen der Interstate erheben, angezogen worden seien; sie versuchen, klug und unparteiisch darüber zu reden, aber die Art, wie ihre Gesichter rot anlaufen, ihr Blick zur Seite gerichtet ist und ihre Stimmen lauter werden, weckt in Randy den Verdacht, dass er in Wirklichkeit einer kaum verschleierten persönlichen Geschichte aus neuerer Zeit lauscht). Wieder ohne dass jemand etwas sagt, wird als gegeben hingenommen, dass Amy als Frau ihr eigenes Auto zum Schlafen braucht, was Randy zusammen mit Robin und Marcus Aurelius dem frisierten Schlitten zuordnet. Als Gast bekommt Randy den Sitz mit der verstellbaren Rückenlehne, das beste Bett im Haus, und M.A. rollt sich auf dem Rücksitz zusammen, während Robin, der Jüngste, hinter dem Lenkrad schläft. Ungefähr die ersten dreißig Sekunden nachdem die Innenbeleuchtung ausgegangen ist und die Shaftoes ihr laut gesprochenes Abendgebet beendet haben, liegt Randy da, spürt, wie der Impala vom kräftigen Luftzug der vorbeirauschenden Sattelanhänger auf seiner Federung schwankt, und fühlt sich wesentlich befremdeter als damals in der Dschungelstadt in Nordluzon, als er versuchte, in dem Jeep zu schlafen. Dann schlägt er die Augen auf und es ist Morgen und Robin ist draußen und macht einhändig Liegestütze im Staub.

»Wenn wir dort sind«, keucht Robin, als er fertig ist, »meinen Sie, Sie könnten mir dann dieses Video-im-Internet-Ding zeigen, von dem Sie mir erzählt haben?« Bei dieser Frage wird er ganz jungenhaft. Dann wirkt er plötzlich verlegen und fügt hinzu: »Wenn es nicht schrecklich teuer ist oder so.«

»Es ist kostenlos. Ich werde es dir zeigen«, antwortet Randy. »Lasst uns jetzt erst mal frühstücken.« Es versteht sich von selbst, dass McDonald's und Konsorten unverschämt viel mehr für, sagen wir, eine Portion Bratkartoffeln verlangen als man bei (falls man meint, das Geld wüchse auf Bäumen) Safeway oder (falls man auch nur die geringste Achtung vor dem Wert eines Dollars besitzt) auf dem Bauernmarkt an einsamen Autobahnkreuzungen in der finstersten Provinz für die entsprechende Menge roher Kartoffeln bezahlen würde. Deshalb müssen sie zum Frühstücken in eine Kleinstadt fahren (da Lebensmittelgeschäfte in großen Städten wie Redding ja der reinste Nepp sind) und ein richtiges Lebensmittelgeschäft suchen (denn Supermärkte sind ja etc., etc., etc.) und ihr Frühstück in der denkbar ursprünglichsten Form erstehen (stark herabgesetzte Bananen, die weit über dem Verfallsdatum liegen und nicht einmal mehr im Bund zusammenhängen, sondern vom Boden aufgekehrt und in eine lustig bedruckte Papiertüte gesteckt werden, dazu ein markenloser Cheerio-Abklatsch in einer röhrenförmigen Tüte und eine Schachtel namenloses Milchpulver) und es aus einem blechernen Essgeschirr aus Armeerestbeständen essen, das die Shaftoes mit bewundernswerter Gelassenheit aus dem Kofferraum des frisierten Schlittens zaubern, einem eisernen, ölverschmierten Abgrund, voll geknallt mit Gleitschutzketten, verbeulten Munitionskisten und, wenn Randys Augen ihn nicht trügen, zwei Samurai-Schwertern.

Jedenfalls geht das alles recht lässig über die Bühne und nicht so, als versuchten sie Randys Stehvermögen zu testen, und deshalb kann er sich auch nicht vorstellen, dass das als eine wirklich verbindende Erfahrung gilt. Eine verbindende Erfahrung wäre allenfalls, wenn der Impala in der Wüste eine größere Macke bekäme und sie ihn mit Teilen reparieren müssten, die sie auf einem nahe gelegenen, von tollwütigen Hunden und mit Schrotflinten bewaffneten Zigeunern verteidigten Schrottplatz geklaut hätten. Aber Randy hat Unrecht. An Tag 2 tauen die Shaftoes (jedenfalls die männlichen Geschlechts) ein wenig auf.

Es hat den Anschein (und das ist das Destillat aus vielen im Gespräch verbrachten Stunden), dass, wenn man sich als kerngesunder junger männlicher Shaftoe in einem fremden Land aufhält und ein Auto hat, das man mit den zahllosen Ratschlägen und der tatkräftigen Unterstützung seiner weit verzweigten Familie hübsch hergerichtet hat, der Gedanke, es zugunsten irgendeines anderen Beförderungsmittels *abzustellen*, nicht nur eine offenkundige finanzielle Torheit, sondern schlicht und einfach eine Art moralischer Bankrotterklärung darstellt. Aus diesem Grund fahren sie mit dem Auto nach Whitman, Washington. Aber warum (findet einer von ihnen schließlich den Mut zu fragen), warum nehmen sie zwei Autos? In dem Impala ist ausreichend Platz für vier. Randy hat schon die ganze Zeit den Eindruck, dass die Shaftoes von seinem beharrlichen Festhalten an dem überflüssigen und widerlich zerkratzten Acura befremdet sind und nur ihre ungeheure Höflichkeit sie daran hindert klarzustellen, dass es der reine Wahnsinn ist. »Ich gehe nicht davon aus, dass wir nach Whitman noch zusammenbleiben«, sagt Randy (nachdem er ein paar Tage in Gesellschaft dieser Jungen verbracht hat, legt er langsam die Angewohnheit ab, Kurzworte zu verwenden, diese ordinären Abkürzungen der Sprechfaulen und pathologisch Gehetzten). »Wenn wir zwei Autos haben, können wir uns dort trennen.«

»So weit ist die Fahrt nicht, Randall«, sagt Robin, tritt einmal kurz und heftig das Gaspedal des Impala durch und überholt mit einem Schlenker einen Tanklastwagen. Randy hat es geschafft, sie von dem ursprünglichen »Sir« und »Mr. Waterhouse« abzubringen und dazu zu überreden, ihn beim Vornamen zu nennen, wozu sie sich allerdings (wie es scheint) nur unter der Bedingung bereit erklärt haben, dass sie die Langform »Randall« statt »Randy« benutzen können. Gegen anfängliche Versuche, als Kompromisslösung »Randall Lawrence« zu sagen, hat Randy sich heftig gewehrt, so dass es einstweilen bei »Randall« bleibt. »M.A. und ich würden Sie ohne weiteres auch wieder am San Francisco Airport absetzen – oder wo auch immer Sie Ihren Acura abstellen möchten.«

»Wo sonst würde ich ihn wohl abstellen?«, fragt Randy, der den letzten Teil nicht kapiert.

»Na ja, ich meine, wenn Sie sich ein wenig umschauten, könnten Sie sicher einen Platz finden, wo Sie ihn für ein paar Tage gratis abstellen könnten. Unter der Voraussetzung, dass Sie ihn behalten wollen.« Ermunternd fügt er hinzu: »Für diesen Acura würde man trotz der erforderlichen Reparaturen an der Karosserie bestimmt noch einen anständigen Preis erzielen.«

Erst jetzt wird Randy klar, dass die Shaftoes meinen, er sei völlig verarmt, hilflos und in der großen weiten Welt verloren. Ein klassischer Sozialfall. Jetzt erinnert er sich auch, wie er sie einen ganzen Sack McDonald's-Packungen hat auskippen sehen, als sie bei ihm ankamen. Diese ganze Sparsamkeitsorgie ist also nur in Szene gesetzt worden, um jede finanzielle Belastung von Randy fern zu halten.

Robin und M.A. haben ihn sorgfältig beobachtet, über ihn gesprochen, sich Gedanken über ihn gemacht. Zufällig sind sie dabei von ein paar falschen Voraussetzungen ausgegangen und zu falschen Schlussfolgerungen gekommen, haben aber dennoch mehr geistige Differenziertheit bewiesen, als Randy ihnen zugetraut hat. Das nimmt Randy zum Anlass, im Geist noch einmal die Gespräche durchzugehen, die er in den letzten paar Tagen mit ihnen geführt hat, einfach um eine Ahnung davon zu bekommen, was *sonst noch* an interessanten und komplizierten Dingen in ihren Köpfen vorgegangen sein mag. M.A. ist ein ziemlich freimütiger, korrekter Typ, einer von denen, die gute Noten bekommen und sich gut in jede Art von hierarchischer Organisation einfügen. Robin dagegen ist eher so etwas wie ein Joker. Er hat das Zeug sowohl zum völligen Versager als auch zum erfolgreichen Unternehmer, vielleicht auch zu einem, der zwischen den beiden Polen hin- und herpendelt. Im Rückblick wird Randy jetzt bewusst, dass er Robin innerhalb weniger Tage ungeheuer viel über das Internet, elektronisches Geld, digitale Währungen und die neue Weltwirtschaft verraten hat. Randys momentaner Geisteszustand verführt ihn dazu,

Stunden um Stunden ohne Sinn und Ziel zu quasseln. Und Robin hat alles in sich aufgesogen.

Für Randy war es nur ein zielloses Ventilieren. Bis jetzt hat er sich überhaupt keine Gedanken darüber gemacht, welchen Effekt es wohl auf Robin Shaftoes weiteren Lebensweg gehabt hat. Randall Lawrence Waterhouse hasst *Raumschiff Enterprise* und meidet Leute, die es nicht hassen; dennoch hat er so gut wie jede Folge dieser dämlichen Serie gesehen und fühlt sich im Augenblick wie der Föderationswissenschaftler, der sich auf einen primitiven Planeten hinunterbeamt und, ohne weiter darüber nachzudenken, einem opportunistischen, noch nicht erleuchteten Primitivling beibringt, wie man aus allgemein zugänglichen Materialien eine Phaser-Kanone herstellt.

Etwas Geld ist Randy geblieben. Er hat aber nicht die geringste Ahnung, wie er den Jungs diese Tatsache vermitteln kann, ohne irgendeinen schwerwiegenden protokollarischen Fehler zu begehen, weshalb er bei der nächsten Tankpause Amy bittet, es ihnen zu sagen. Zwar ist er (aufgrund seiner nebelhaften Vorstellung vom Rotationsprinzip) der Meinung, er sei jetzt an der Reihe, mit Amy allein im Auto zu sitzen, aber wenn Amy diese Geschichte mit dem Geld einem der Jungs weitergeben soll, wird sie die nächste Etappe mit ihm verbringen müssen, denn das muss auf indirekte Weise geschehen, was eine Weile dauern wird, und diese Indirektheit wiederum erfordert noch einmal eine gewisse Zeit, um das Ganze einsinken zu lassen. Daraus ergibt sich aber, dass drei Stunden später bei der nächsten Tankpause M.A. und Robin zusammen in ein Auto steigen müssen, sodass Robin (der jetzt völlig im Bilde ist und mit einem breiten Grinsen im Gesicht aus dem Impala steigt und Randy freundlich auf die Schulter klopft) die Botschaft an M.A. weitergeben kann, dessen jüngste Vorstöße im Gespräch mit Randy überhaupt keinen Sinn ergaben, bis Randy klar wurde, dass die beiden ihn für einen Bettler hielten und M.A. versuchte, auf Umwegen herauszufinden, ob Randy wohl einen von M.A.s persönlichen Toilettenartikeln brauchte. Jedenfalls steigen Randy und Amy in den Acura und fahren, bemüht, mit dem frisierten Schlitten mitzuhalten, in nördlicher Richtung nach Oregon hinein.

»Wirklich nett, dass ich jetzt mal ein Weilchen mit Ihnen zusammensein kann«, sagt Randy. Dort, wo Amy ihn am Morgen zuvor hingeschlagen hat, während sie behauptete, die eigenen Gefühle zu zeigen sei das, »worauf alles hinausläuft«, tut ihm der Rücken immer noch ein bisschen weh. Deshalb nimmt er sich vor, diejenigen Aspekte seiner Gefühle zum Ausdruck zu bringen, bei denen er am wenigsten Gefahr läuft, in ernsthafte Schwierigkeiten zu geraten.

»Hab gedacht, Sie und ich ha'm bestimmt jede Menge Zeit zum Quatschen«, sagt Amy, die in den letzten paar Tagen wieder ganz den Tonfall ihrer Vorfahren übernommen hat. »Aber ich hab diese beiden Knaben 'ne Ewigkeit nicht mehr gesehen, und Sie kannten sie ja überhaupt nicht.«

»Eine Ewigkeit? Wirklich?«

»Ja.«

»Wie lange?«

»Na ja, als ich Robin das letzte Mal gesehen hab, war er gerade im Kindergarten. Bei M.A. ist es noch nicht so lange her – vermutlich war er da acht oder zehn.«

»Und wie sind Sie noch mal mit ihnen verwandt?«

»Ich glaube, Robin ist mein Cousin zweiten Grades. Und M.A.s Verwandtschaft mit mir könnte ich Ihnen auch erklären, aber da würden Sie anfangen herumzurutschen und laut aufzuseufzen, bevor ich auch nur zur Hälfte durch wäre.«

»Für diese Jungs sind Sie also eine entfernte Verwandte, die sie als ganz kleine Jungs ein oder zwei Mal gesehen haben.«

Amy zuckt die Schultern. »Ja.«

»Und was hat die beiden geritten, hier runterzukommen?«

Amy guckt ihn groß an.

»Ich meine«, sagt Randy, »nach ihrem Verhalten zu urteilen, als sie direkt aus Tennessee mit quietschenden Reifen in meinen Vorgarten gedüst kamen und aus ihrem heißen, mit einer Insektenkruste überzogenen Gefährt stiegen, bestand das oberste Ziel ihrer Mission doch offensichtlich darin sicherzustellen, dass die Blume der Weiblichkeit unter den Shaftoes mit aller ihr gebührenden Achtung, Zurückhaltung, Ehrerbietung und so weiter behandelt wird.«

»So? Das ist aber nicht ganz die Schwingung, die ich mitbekommen habe.«

»Ach *nein*? Wirklich?«

»Nein. Meine Familie hält zusammen, Randy. Nur weil wir uns ein Weilchen nicht gesehen haben, heißt das nicht, dass unsere Verpflichtungen hinfällig geworden sind.«

»Damit ziehen Sie implizit einen Vergleich zu meiner Familie hier, auf die ich nicht so scharf bin und über die wir vielleicht später reden sollten. Aber was immer zu diesen Verpflichtungen gehören mag, ich bin mir *ganz* sicher, dass eine darin besteht, Ihre hypothetische Jungfräulichkeit zu bewahren.«

»Wer sagt denn, dass sie hypothetisch ist?«

»Für die beiden *muss* sie hypothetisch sein, sie haben von Ihrem Leben doch kaum etwas mitbekommen. Das ist alles, was ich damit sagen will.«

»Ich finde, Sie bauschen Ihre Wahrnehmung des sexuellen Aspekts dieser Angelegenheit maßlos auf«, sagt Amy. »Was für einen Typen völlig normal ist und ich denke deshalb auch nicht schlechter von Ihnen.«

»Amy, Amy. Haben Sie das Ganze mal mathematisch betrachtet?«

»Mathematisch?«

»Rechnet man die Fahrt durch den Verkehr von Manila zum NAIA, die Abfertigung und die Zollformalitäten am SFO mit, hat meine Reise von Manila nach San Francisco mich insgesamt etwa achtzehn Stunden gekostet. Sie zwanzig. Dann noch mal vier bis zu meinem Haus. Acht Stunden nach unserer Ankunft sind mitten in der Nacht Robin und Marcus Aurelius aufgetaucht. Wenn wir jetzt davon ausgehen, dass der Nachrichtendienst der Familie Shaftoe mit Lichtgeschwindigkeit funktioniert, bedeutet das, dass diese Jungs etwa zu der Zeit, als Sie in Manila von der *Glory IV* hüpften und in ein Taxi sprangen und die beiden gerade vor ihrem Wohnwagen in Tennessee Körbe warfen, eine Kurzmeldung erhielten, derzufolge eine weibliche Shaftoe sich in einer Art männerbedingten persönlichen Notlage befand.«

»Ich hab von der *Glory* aus eine E-Mail geschickt«, erklärt Amy.

»An wen?«

»Die Shaftoe-Mailingliste.«

»Das darf nicht wahr sein!«, entfährt es Randy und er schlägt sich gegen die Stirn. »Und was stand da drin?«

»Weiß nicht mehr«, erwidert Amy. »Dass ich auf dem Weg nach Kalifornien bin. Hab vielleicht eine indirekte Bemerkung über einen jungen Mann gemacht, mit dem ich reden wollte. War zu der Zeit ziemlich sauer und weiß nicht mehr genau, was ich gesagt hab.«

»Bestimmt haben Sie so was gesagt wie ›Ich fliege nach Kalifornien, wo Randall Lawrence Waterhouse, der AIDS hat, mich gleich bei der Ankunft zum Analverkehr zwingen wird‹.«

»Nein, nichts dergleichen.«

»Ich vermute, jemand hat es zwischen den Zeilen gelesen. Jedenfalls kommt Ma oder Tante Em oder sonst jemand zur Seitentür raus und schüttelt sich das Mehl von der Gingham-Schürze – so stelle ich mir das vor.«

»Das merke ich.«

»Und sie sagt: ›Jungs, eure soundsovielte Cousine vierten Grades, America Shaftoe, hat uns von Onkel Dougs Boot im Chinesischen Meer aus eine E-Mail geschickt, in der steht, dass sie irgendwie mit einem jungen Mann im Clinch liegt und es nicht ausgeschlossen ist, dass sie jemanden zur Unterstützung gebrauchen könnte. In Kalifornien. Würdet ihr einen Schwenk rüber machen und bei ihr vorbeischauen?‹ Und sie legen ihren Basketball weg und sagen: ›Ja, Ma'am, welche Stadt und Adresse?‹, und sie sagt: ›Darum braucht ihr euch nicht zu kümmern, nehmt erst mal die Interstate 40 und fahrt nach Westen, und zwar mit einer Durchschnittsgeschwindigkeit von zwischen hundert und hundertzwanzig Prozent der zulässigen Höchstgeschwindigkeit; ruft mich später von irgendeiner Tankstelle aus per R-Gespräch an, dann werde ich euch die genaueren Zielkoordinaten durchgeben‹, und sie sagen: ›Ja, Ma'am‹, und hinterlassen dreißig Sekunden später eine tiefe Spur in der Einfahrt, als sie mit einem Affenzahn rückwärts aus der Garage fahren, und dreißig Stunden später stehen sie in meinem Vorgarten, leuchten mir mit ihren Fünfundzwanziger D-Cell-Mag Lites in die Augen und stellen eine Menge direkte Fragen. Haben Sie eine Vorstellung, wie lang die Strecke ist?«

»Keine Ahnung.«

»Also, M.A.s Rand-McNally-Straßenatlas zufolge sind es genau zweitausendeinhundert Meilen.«

»Und?«

»Und das bedeutet, dass sie anderthalb Tage lang eine Durchschnittsgeschwindigkeit von siebzig Meilen pro Stunde gefahren sind.«

»Eineinviertel Tage«, sagt Amy.

»Haben Sie eine Ahnung, wie schwierig das ist?«

»Sie treten aufs Gaspedal und halten das Auto in der Spur. Was ist daran schwierig, Randy?«

»Ich behaupte ja nicht, dass es eine intellektuelle Herausforderung ist. Ich sage nur, dass diese Bereitwilligkeit, zum Beispiel in einen leeren McDonald's-Becher zu pinkeln, statt kurz anzuhalten, auf eine Art Drang hindeutet. Ja, sogar eine Leidenschaft. Und als Kerl, der obendrein weiß, wie man sich als Kerl im Alter von M.A. und Robin fühlt, kann ich Ihnen sagen, dass eins der wenigen Dinge, die Ihr Blut dermaßen in Wallung bringen, die Vorstellung ist, dass ein fremder Mann einer Frau, die Sie lieben, ein Unrecht zufügt.«

»Und wenn?«, sagt Amy. »Jetzt finden die beiden jedenfalls, dass Sie in Ordnung sind.«

»Ach ja? Wirklich?«

»Klar. Die Geschichte mit dem finanziellen Desaster macht Sie menschlicher. Zugänglicher. Und entschuldigt eine Menge.«

»Brauche ich denn für irgendetwas eine Entschuldigung?«

»Bei mir nicht.«

»Aber wenn man bedenkt, dass sie mich für einen Vergewaltiger gehalten haben, mildert es gewissermaßen meine Imageprobleme.«

Darauf folgt eine kurze Gesprächspause. Dann legt Amy wieder los.

»Dann erzählen Sie doch mal von Ihrer Familie, Randy.«

»In den nächsten paar Tagen werden Sie sehr viel mehr über meine Familie erfahren, als mir lieb ist. Und ich genauso. Reden wir also lieber über etwas anderes.«

»Okay. Reden wir übers Geschäft.«

»Okay. Sie fangen an.«

»Nächste Woche kommt eine deutsche Fernsehproduzentin zu uns raus, um sich das Unterseeboot anzuschauen. Vielleicht drehen sie einen Dokumentarfilm darüber. Wir hatten schon verschiedene deutsche Pressejournalisten zu Gast.«

»Tatsächlich?«

»In Deutschland hat es großes Aufsehen erregt.«

»Wieso?«

»Weil sich niemand vorstellen kann, wie es da hingekommen ist. So, jetzt sind Sie dran.«

»Wir werden unsere eigene Währung einführen.« Damit verrät Randy firmeninterne Informationen an jemanden, der nicht befugt ist, sie zu hören. Aber er tut es trotzdem, denn wenn er sich Amy so öffnet, sich ihr wehrlos ausliefert, bekommt er einen Steifen.

»Wie stellt ihr das denn an? Muss man dazu nicht ein Staat sein?«

»Nein. Man muss eine Bank sein. Was glauben Sie denn, warum die Dinger Banknoten heißen?« Randy ist sich darüber im Klaren, wie irrsinnig es ist, nur zum Zweck der sexuellen Selbststimulation geheime Geschäftsinformationen zu verraten, aber es liegt in der Natur der Sache, dass ihm das im Moment ziemlich gleichgültig ist.

»Gut, aber trotzdem, normalerweise wird das doch von *Staatlichen* Banken gemacht, oder?

»Nur weil die Leute Staatsbanken in der Regel *respektieren*. In Südostasien haben die Staatsbanken allerdings gerade im Moment ein riesiges Imageproblem. Und das äußert sich direkt im Zusammenbruch der Wechselkurse.

»Und wie macht ihr das dann?«

»Einen großen Haufen Gold besorgen. Scheine ausgeben, auf denen steht: ›Dieser Schein kann gegen diese oder jene Menge Gold eingelöst werden.‹ Mehr braucht es gar nicht.«

»Was stimmt denn mit Dollars, Yen und so was nicht?«

»Die Scheine – Banknoten – sind auf Papier gedruckt. Wir werden elektronische Banknoten ausgeben.«

»Überhaupt kein Papier?«

»Überhaupt kein Papier.«

»Man kann es also nur im Internet ausgeben.«

»Richtig.«

»Was ist, wenn man einen Sack Bananen kaufen will?«

»Sucht man einen Bananenhändler im Internet.«

»Papiergeld scheint doch genauso gut zu sein.«

»Papiergeld lässt sich zurückverfolgen, geht leicht kaputt und hat noch andere Nachteile. Elektronische Banknoten sind schnell und anonym.«

»Wie sieht eine elektronische Banknote aus, Randy?«

»Wie jedes andere digitale Ding: ein Bündel Bits.«

»Ist es dadurch nicht leicht zu fälschen?«

»Nicht, wenn man eine gute Verschlüsselungstechnik hat«, sagt Randy. »Und die haben wir.«

»Wie sind Sie daran gekommen?«

»Indem wir uns mit Fanatikern abgegeben haben.«

»Was für Fanatikern?«

»Fanatikern, die glauben, eine gute Verschlüsselungstechnik zu haben, sei von nahezu apokalyptischer Bedeutung.«

»Was hat sie dazu gebracht, so etwas zu glauben?«

»Indem sie von Leuten wie Yamamoto gelesen haben, die gestorben sind, weil sie eine schlechte Verschlüsselungstechnik hatten, und das dann in die Zukunft projizierten.«

»Sind Sie auch dieser Meinung?« fragt Amy. Das könnte eine jener Fragen sein, die den Wendepunkt in einer Beziehung markieren.

»Nachts um zwei, wenn ich wach in meinem Bett liege, ja«, sagt Randy. »Bei Licht besehen erscheint es mir paranoid.« Er wirft einen raschen Blick zu Amy hinüber, die ihn taxierend anschaut, weil er die Frage noch nicht richtig beantwortet hat. Er muss sich für das eine oder andere entscheiden. »Vorsicht ist die Mutter der Porzellankiste, glaube ich. Eine gute Verschlüsselungstechnik zu haben kann nicht schaden, ist möglicherweise sogar hilfreich.«

»Und kann Ihnen nebenbei eine Menge Geld einbringen«, erinnert Amy ihn.

Randy lacht. »An diesem Punkt geht es nicht mal mehr ums Geldmachen«, sagt er. »Ich möchte nur nicht völlig gedemütigt dastehen.«

Amy lächelt geheimnisvoll.

»Was?«, fragt Randy.

»Als Sie das gesagt haben, haben Sie sich genau wie ein Shaftoe angehört«, sagt Amy.

Danach steuert Randy das Auto ungefähr eine halbe Stunde lang in völligem Schweigen. Er vermutet, dass er Recht hatte: Es *war* ein Wendepunkt in ihrer Beziehung. Das kann er sich jetzt nur noch völlig vermasseln. Deshalb hält er lieber den Mund und fährt.

Der General

Zwei Monate lang schläft er, unter einem Moskitonetz ausgestreckt, an einem Strand auf Neukaledonien, träumt von schlimmeren Orten und feilt an seinem Text.

In Stockholm hat ihn jemand von der britischen Botschaft zu einem bestimmten Café gebracht. Ein Mann, den er in dem Café kennen lernte, hat ihn zu einem Wagen gebracht. Der Wagen hat ihn zu einem See gebracht, wo zufällig gerade ein Schwimmerflugzeug mit laufenden Motoren und ausgeschalteten Lichtern stand. Der Special Air Service hat ihn nach London gebracht. Naval Intelligence hat ihn nach D.C. gebracht, sein Gehirn leer gepumpt und ihn mit einem dicken Stempel in den Papieren, laut dem er nie mehr ins Gefecht geschickt werden durfte, den Marines übergeben; er wusste zu viel, um in Gefangenschaft geraten zu dürfen. Die Marines stellten fest, dass er zu wenig wusste, um als Etappenhengst zu dienen, und stellten ihn vor die Wahl: eine einfache Fahrkarte nach Hause oder Weiterbildung. Er entschied sich für die Fahrkarte nach Hause und machte dann einem naiven Offizier weis, seine Familie sei umgezogen und wohne jetzt in San Francisco.

Die San Francisco Bay konnte man praktisch überqueren, indem man von einem Schiff der Navy zum nächsten hüpfte. Das Ufer war gesäumt von den Piers, Depots, Lazaretten und Gefängnissen der Navy. Sie wurden allesamt von Shaftoes Kameraden bewacht. Shaftoes Tätowierungen waren unter Zivilkleidung verborgen und sein Haarschnitt hatte sich ausgewachsen. Aber er brauchte nur aus Steinwurfweite einem Marine in die Augen zu schauen und dieser erkannte ihn sofort als Kameraden in Not und war bereit, ihm jedes Tor zu öffnen, gegen jede Vorschrift zu verstoßen, wahrscheinlich sogar sein Leben aufs Spiel zu setzen. Shaftoe gelangte so rasch als blinder Passagier auf ein Schiff nach Hawaii, dass er nicht einmal mehr Zeit hatte, sich zu besaufen. In Pearl brauchte er vier Tage, um auf ein Schiff zum Kwajalein-Atoll zu kommen. Dort war er ein legendärer Held. Auf Kwaj war sein Geld nichts wert; er rauchte, aß und trank eine Woche lang, ohne dass man ihn auch nur einen Dime ausgeben ließ, und seine Kameraden verhalfen ihm schließlich zu einem Platz in einem Flugzeug, das ihn ein paar tausend Meilen genau nach Süden, nach Noumea auf Neukaledonien, brachte.

Sie taten es nur sehr widerstrebend. Sie hätten bereitwillig einen Strand mit ihm gestürmt, aber das hier war etwas anderes: Sie schickten ihn in gefährliche Nähe zu SOWESPAC, dem Südwestpazifischen Kriegsschauplatz, der Domäne Des Generals. Noch heute, ein paar Jahre nachdem Der General sie schlecht bewaffnet und schlecht unterstützt auf Guadalcanal ins Gefecht geschickt hatte, verbrachten Marines annähernd fünfzig Prozent ihrer wachen Stunden damit, dass sie darüber redeten, was für ein schlechter Mensch er war. Er sei der heimliche Besitzer von halb Intramuros. Das spanische Gold, das sein Vater als Gouverneur der Philippinen ausgegraben habe, habe ihn zum Milliardär gemacht. Quezon habe ihn für die Zeit nach dem Krieg heimlich zum Diktator des Archipels ernannt. Der General wolle als Präsident kandidieren, und um die Wahlen zu gewinnen, wolle er, bloß damit F.D.R. schlecht dastehe, anfangen, Schlachten zu verlieren, und die Schuld den Marines in die Schuhe schieben. Und wenn das nicht funktioniere, werde er in die Staaten zurückkehren und einen Staatsstreich inszenieren. Der – gegen eine gewaltige gegnerische Übermacht – vom United States Marine Corps zurückgeschlagen werde. Semper Fi!

Jedenfalls schafften seine Kameraden ihn nach Neukaledonien. Noumea ist eine hübsche französische Stadt mit breiten Straßen und Gebäuden mit Blechdächern, die auf einen großen Hafen hinausgehen, der von gewaltigen Nickel- und Chromerzhalden aus den riesigen Minen im Inselinneren gesäumt wird. Die Inselbevölkerung besteht zu ungefähr je einem Drittel aus Freien Franzosen (überall hängen Bilder von de Gaulle), amerikanischen Militärangehörigen und Kannibalen. Es heißt, die Kannibalen hätten seit siebenundzwanzig Jahren keine Weißen mehr gefressen, und so fühlt sich Bobby Shaftoe, wenn er am Strand schläft, fast ebenso sicher wie in Schweden.

Doch als er in Noumea eintraf, stieß er auf ein Hindernis, das undurchlässiger war als jede Backsteinmauer: die imaginäre Linie zwischen dem Pazifischen Kriegsschauplatz (Nimitz' Revier) und SOWESPAC. Brisbane, das Hauptquartier Des Generals, liegt (nach pazifischen Maßstäben) nur einen Katzensprung in ungefähr westliche Richtung entfernt. Wenn er dort hinkommen und seinen Text aufsagen kann, wird alles gut.

In den ersten zwei Wochen am Strand ist er blödsinnig optimistisch. Dann ist er ungefähr einen Monat lang deprimiert und glaubt, dass er nie von hier wegkommt. Schließlich berappelt er sich und fängt wieder an, Flexibilität zu zeigen. An Bord eines Schiffes zu kommen hat nicht geklappt. Aber hier herrscht ungeheuer viel Luftverkehr. Wie es scheint, mag Der General Flugzeuge. Shaftoe fängt an, Fliegern hinterher zu zockeln. Die MPs ignorieren ihn und in einen Unteroffiziersclub der Army kommt er ums Verrecken nicht hinein.

Aber ein Unteroffiziersclub hat ein streng begrenztes Unterhaltungsangebot. Kunden, denen der Sinn nach ausgefalleneren Genüssen steht, müssen die von sturen MPs definierte Sphäre verlassen und in die zivile Ökonomie eintreten. Und wenn geile, gut besoldete amerikanische Flieger in eine je zur Hälfte von Kannibalen und Franzosen bestimmte Kultur geraten, entsteht eine heftig boomende zivile Ökonomie. Shaftoe sucht sich, die Taschen mit Zigarettenpäckchen voll gestopft (die Marines auf Kwaj haben ihn mit einem Lebensvorrat versorgt), einen Beobachtungspunkt vor dem Tor einer Luftwaffenbasis, pflanzt sich dort auf und wartet. In Zweier- und Dreiergruppen kommen Flieger heraus. Shaftoe sucht sich die Sergeants aus, folgt ihnen in Bars und Bordelle, setzt sich so, dass sie ihn sehen, beginnt Kette zu rauchen. Nicht lange, und sie kommen herüber und schnorren Zigaretten von ihm. So kommt man ins Gespräch.

Sobald er diese Übung raushat, lernt er in rasender Eile eine Menge über die Fifth Air Force und gewinnt eine Menge Freunde. Wenige Wochen später zieht er das große Los. Um ein Uhr morgens in einer mondlosen Nacht überklettert er den Zaun des Flugplatzes, robbt ungefähr eine Meile weit den Seitenstreifen einer Startbahn entlang und schafft es gerade noch zu seinem Treffen mit der Crew der Tipsy Tootsie, einer B-24 Liberator mit Flugziel Brisbane. Er sieht sich ziemlich umstandslos in die Glaskuppel am Schwanz des Flugzeugs, die hintere Gefechtskanzel, gestopft. Ihr Zweck besteht natürlich darin, Zeros abzuschießen, die in aller Regel von hinten angreifen. Aber die Crew der Tipsy Tootsie scheint davon auszugehen, dass die Wahrscheinlichkeit, in dieser Gegend auf Zeros zu stoßen, ungefähr so hoch ist, wie sie es über Zentral-Missouri wäre.

Man hat ihn darauf hingewiesen, dass er sich etwas Warmes anziehen soll, aber er hat nichts in dieser Art. Die Tipsy Tootsie hat kaum abgehoben, als ihm sein Fehler klar zu werden beginnt: Die Temperatur fällt wie eine Fünfhundert-Pfund-Bombe. Die Gefechtskanzel zu verlassen ist ihm physisch unmöglich. Selbst wenn er es könnte, hätte das nur seine Festnahme zur Folge; man hat ihn ohne Wissen der Offiziere, die das Flugzeug fliegen, an Bord geschmuggelt. In aller Ruhe beschließt er, seine bereits umfassenden Kenntnisse des Leidens um längere Unterkühlung zu erweitern. Nach ein paar Stunden verliert er entweder das Bewusstsein oder er schläft ein, und das hilft.

Geweckt wird er von rosafarbenem Licht, das gleichzeitig von überallher kommt. Das Flugzeug hat an Höhe verloren, die Temperatur ist gestiegen, sein Körper ist so weit aufgetaut, dass er das Bewusstsein wiedererlangt hat. Nach ein paar Minuten ist er imstande, die Arme zu bewegen. Er greift in den rosafarbenen Schimmer und rubbelt Kondenswasser von der Innenseite der Gefechtskanzel. Er zieht ein Taschentuch hervor, wischt das Ganze sauber und blickt nun geradewegs in den Schlund einer pazifischen Morgendämmerung hinab.

Der Himmel ist von schwarzen Wolken gestreift und gescheckt, die Tintenfischspritzern in einer karibischen Bucht gleichen. Eine Zeit lang ist es, als befände er sich mit Bischoff unter Wasser.

Runzelige Narben verunstalten den Pazifik in Schleifen und Linien und er wird an sein eigenes Fleisch erinnert. Aber die harten, gezackten Stücke arbeiten sich aus dem Narbengewebe heraus wie alte Granatsplitter: Korallenriffe, die aus einer flacher werdenden See auftauchen. Wärmer und wärmer. Er beginnt wieder zu zittern.

Irgendwer hat braunen Staub in den Pazifik gekippt, einen Riesenhaufen davon. Am Rand des Haufens liegt eine Stadt. Die Stadt schlägt einen Bogen um das Flugzeug, kommt näher. Wärmer und wärmer. Es ist Brisbane. Eine Landebahn schnellt empor und er denkt, sie wird ihm, wie der Welt größter Bandschleifer, den Arsch abrasieren. Das Flugzeug bleibt stehen. Er riecht Benzin.

Der Pilot entdeckt ihn, bekommt einen Wutanfall und schickt sich an, die MPs zu rufen.»Ich bin hier, um für Den General zu arbeiten«, murmelt Shaftoe zwischen blau gefrorenen Lippen hindurch. Der Pilot hat große Lust, ihm eine zu langen. Aber nachdem Shaftoe diese Worte geäußert hat, wird alles anders, die wütenden Offiziere halten ein, zwei Schritte mehr Abstand zu ihm, mäßigen ihre Sprache, lassen die Drohungen sein. Dem entnimmt Shaftoe, dass bei Dem General alles anders läuft.

Er erholt sich einen Tag lang in einer billigen Absteige, steht dann auf, rasiert sich, trinkt eine Tasse Kaffee und macht sich auf die Suche nach hohen Tieren.

Zu seinem großen Ärger erfährt er, dass Der General sein Hauptquartier nach Hollandia auf Neuguinea verlegt hat. Aber seine Frau und sein Sohn sowie ein großer Teil seines Stabes wohnen noch im Lennon's Hotel. Shaftoe begibt sich dorthin und analysiert das Verkehrsmuster. Um in die pferdehufförmige Auffahrt einzubiegen, müssen die Autos um eine bestimmte Ecke ein Stückchen weiter kommen. Shaftoe sucht sich in der Nähe dieser Ecke einen guten Platz zum Herumlungern und wartet. Ein Blick durch die Fenster der sich nähernden Wagen, und er kann die Schulterstücke sehen, die Sterne und Adler zählen.

Als er zwei Sterne sieht, beschließt er, nicht länger zu warten. Er trabt die Straße entlang und kommt genau in dem Moment unter der Markise des Hotels an, in dem der Fahrer dem General die Tür aufreißt.

»'zeihung, General, Bobby Shaftoe meldet sich zum Dienst, Sir!« sprudelt er hervor und legt den perfektesten Gruß der Militärgeschichte hin.

»Und wer zum Teufel sind Sie, Bobby Shaftoe?«, fragt der General und würdigt ihn kaum eines Blickes. Er redet wie Bischoff! Der Kerl hat tatsächlich einen deutschen Akzent!

»Ich habe mehr Nips umgebracht als jedes Erdbeben. Ich habe eine Fallschirmspringer-Ausbildung. Ich spreche ein bisschen Japanisch. Ich kann im Dschungel überleben. Ich kenne Manila wie meine Westentasche. Meine Frau und mein Kind sind dort. Und ich weiß nichts mit mir anzufangen. Sir!«

In London oder D.C. wäre er nie so nah herangekommen, und wenn, hätte man auf ihn geschossen oder ihn festgenommen.

Aber das hier ist SOWESPAC, und so sitzt er am nächsten Tag im Morgengrauen in einer B-17 nach Hollandia, gekleidet in Army-Grün ohne Rangabzeichen.

Neuguinea sieht übel aus: ein gangränöser Drache mit einem tückischen, felsigen Rückgrat, das von Eis bedeckt ist. Der bloße Anblick lässt Shaftoe in einer unguten Mischung aus Unterkühlung und beginnender Malaria zittern. Das Ganze gehört jetzt Dem General. Shaftoe erkennt deutlich, dass ein solches Land nur von einem Mann erobert werden konnte, der völlig den Verstand verloren hat. Ein Monat in Stalingrad wäre vierundzwanzig Stunden dort unten vorzuziehen.

Hollandia befindet sich an der Nordküste dieses Ungeheuers und liegt – natürlich – den Philippinen zu. Es ist im ganzen Marine Corps bekannt, dass Der General sich dort einen Palast hat bauen lassen. Irgendwelche unbedarften Idioten glauben tatsächlich das Gerücht, dass es sich lediglich um einen kompletten Nachbau des Taj Mahal in doppeltem Maßstab, errichtet von versklavten Marines, handelt, aber Marines mit Grips wissen, dass es in Wirklichkeit ein viel weitläufigeres Bauwerk ist, errichtet mit Baumaterial, das von Lazarettschiffen der Navy gestohlen wurde, versehen mit Vergnügungspalais und Fickhäusern für seinen Stall voll asiatischer Konkubinen und einer mächtigen Kuppel, die so hoch ist, dass Der General hinaufsteigen und sehen kann, was die Nips mit seinem ausgedehnten Immobilienbesitz in Manila, 1500 Meilen nordwestlich, anstellen.

Bobby Shaftoe sieht durch die Fenster der B-17 nichts dergleichen. Er erblickt flüchtig ein großes, schön aussehendes Haus auf einem Berg über dem Meer. Er nimmt an, dass es sich lediglich um ein Wachhäuschen handelt, dass den gottverlassenen äußeren Rand der Domäne Des Generals markiert. Doch die B-17 kommt praktisch sofort auf einer Landebahn auf. Ein äquatoriales Miasma dringt in die Kabine ein. Man kommt sich vor, als atmete man Cream O'Wheat direkt aus einem blubbernden Bottich. Schon spürt Bobby Shaftoe Stuhldrang. Natürlich gibt es viele Marines, die finden, dass Army-Uniformhosen mit Kackflecken am besten aussehen. Shaftoe muss solche Gedanken aus seinem Kopf verbannen.

Sämtliche Passagiere (Colonels und Höheres) bewegen sich so, als wollten sie nicht in Schweiß geraten, obwohl sie bereits patschnass sind. Shaftoe hat große Lust, ihre fetten Sesselfurzerärsche die Gangway hinunterzutreten – er hat es eilig, nach Manila zu kommen.

Ziemlich bald nimmt ihn ein Jeep voller hoher Tiere auf der hinteren Stoßstange mit. Der Flugplatz ist noch immer von Fliegerabwehrkanonen umgeben und es sieht so aus, als wäre er vor nicht allzu langer Zeit bombardiert und beschossen worden. Es gibt dafür offensichtliche physische Anzeichen wie etwa Granattrichter, aber die meisten Informationen gewinnt Shaftoe aus der Beobachtung der Männer: Ihre Haltung, der Gesichtsausdruck, mit dem sie in den Himmel starren, verraten ihm genau, wie hoch der Bedrohungsgrad ist.

Kein Wunder, denkt er, als er sich an den Anblick des weißen Hauses auf dem Berg erinnert. Wahrscheinlich kann man das Ding bei Mondlicht sehen, Herrgott! Es muss von Tokio aus sichtbar sein! Es lädt ja förmlich dazu ein, unter Beschuss genommen zu werden.

Dann, während der Jeep im ersten Gang den Berg hinaufzockelt, kommt er dahinter: Das Ding ist bloß ein Köder. Der eigentliche Kommandoposten Des Generals muss ein Netz tiefer, unterm Dschungelboden verborgener Tunnels sein, und dort müsste man dann auch nach den asiatischen Konkubinen etc. suchen.

Die Fahrt den Berg hinauf dauert ewig. Shaftoe springt ab und lässt den jaulenden Jeep, und den davor, bald hinter sich. Dann ist er allein und marschiert durch den Dschungel. Er wird einfach den Fahrspuren folgen, bis sie ihn geradewegs zu dem geschickt getarnten Schacht bringen, der in das Hauptquartier Des Generals hinabführt.

Der Fußmarsch lässt ihm reichlich Zeit, ein paar Zigaretten zu rauchen und die ungeminderte Albtraumhaftigkeit des Dschungels von Neuguinea zu genießen, dem gegenüber sich Guadalcanal, das er bislang für den schlimmsten Ort auf Erden hielt, wie eine taufeuchte Wiese voller Häslein und Schmetterlinge ausnimmt. Nichts ist zufriedenstellender als der Gedanke, dass die Nips und die United States Army sich hier ein paar Jahre lang gegenseitig die Fresse poliert haben. Allerdings schade, dass die Aussies da reingezogen werden mussten.

Die Fahrspuren führen ihn geradewegs zu der großen weißen Tontaube von einem Haus oben am Berg. In dem Bemühen, den Eindruck zu erwecken, als wäre das Haus tatsächlich bewohnt, hat man heillos übertrieben. Shaftoe kann Möbel und alles Drum und Dran sehen. Die Wände sind von Geschossspuren schraffiert. Man hat sogar eine Schaufensterpuppe mit einem *Morgenrock aus rosa Seide*, Maiskolbenpfeife und Pilotenbrille auf den Balkon gestellt, die mit einem Fernglas die Bucht absucht. Sosehr es ihm missfällt, irgendetwas, was die Army tut, gutzuheißen, muss Shaftoe über diesen witzigen Einfall unwillkürlich laut lachen. Militärischer Humor vom Feinsten.

Unglaublich, dass sie sich das haben leisten können. Unten stehen ein paar Pressefotografen, die Bilder von der Szene machen.

Mitten auf dem ungepflasterten Parkplatz des Hauses stellt er die Füße weit auseinander und zeigt der Schaufensterpuppe seinen Mittelfinger. He, Arschloch, das ist von den Marines auf Kwajalein! Verdammt, tut das gut!

Die Schaufensterpuppe dreht sich und richtet das Fernglas direkt auf Bobby Shaftoe, der, wie vom Blick eines Basilisken gebannt, in seiner Stinkefinger-Pose erstarrt. Weit unten beginnen Luftschutzsirenen zu jaulen und zu heulen.

Das Fernglas löst sich von der Sonnenbrille. Aus der Pfeife pufft ein Rauchwölkchen. Der General legt einen sarkastischen Gruß hin. Shaftoe denkt daran, den Finger einzuziehen, dann verharrt er so reglos wie ein toter Mahagonibaum.

Der General nimmt die Pfeife aus dem Mund, damit er »Magandang gabi« sagen kann.

»Sie meinen ›magandang umaga‹«, sagt Shaftoe. »*Gabi* heißt *Nacht* und *umaga* heißt *Morgen*.«

Das Dröhnen von Flugzeugmotoren ist jetzt ganz deutlich zu hören. Die Pressefotografen beschließen zusammenzupacken und verschwinden ins Haus.

»Wenn Sie von Manila aus Richtung Norden nach Lingayen fahren und zu der Gabelung bei Tarlac kommen und sich dort rechts halten und durch das Röhricht weiter Richtung Urdaneta fahren, welches Dorf erreichen Sie dann als Erstes?«

»Das ist eine Fangfrage«, sagt Shaftoe. »Nördlich von Tarlac gibt's kein Röhricht, bloß Reisfelder.«

»Hmm. Sehr gut«, sagt Der General brummig. Unten eröffnen die Fliegerabwehrkanonen mit gewaltigem Knattern das Feuer; aus dieser Entfernung hört es sich an, als würde die Nordküste von Neuguinea mit Presslufthämmern ins Meer befördert. Der General ignoriert das Ganze. Wenn er nur *so täte*, als ignoriere er es, würde er zumindest zu den anfliegenden Zeros *hinsehen*, damit er, wenn es zu gefährlich wird, *aufhören* könnte, so zu tun, als ignoriere er sie. Aber er sieht nicht einmal hin. Shaftoe zwingt sich, ebenfalls nicht hinzusehen. Der General stellt ihm auf Spanisch eine ellenlange Frage. Er hat eine wunderschöne Stimme. Er hört sich an, als stünde er in einer schalltoten Kabine in New York oder Hollywood und verläse eine Nachrichtenmeldung über seine eigene Großartigkeit.

»Wenn Sie rauskriegen wollen, ob ich *hablo Español,* lautet die Antwort *un poquito«,* sagt Shaftoe.

Der General legt gereizt die Hand hinters Ohr. Er kann nichts außer den beiden Zeros hören, die mit ungefähr dreihundert Meilen pro Stunde auf ihn und Shaftoe zuhalten und dabei mit dichten Strömen von 12,7-Millimeter-Geschossen tonnenweise Biomasse verflüssigen. Er behält Shaftoe scharf im Auge, während ein Kugelstrom über den Parkplatz harkt und Shaftoes Hosenbeine mit Schlamm bespritzt. Die Geschosslinie knickt plötzlich rechtwinklig nach oben ab, als sie die Hausmauer erreicht, flitzt geradewegs daran hoch, reißt dreißig Zentimeter von der Stelle, wo die Hand Des Generals liegt, ein Stück aus dem Balkongeländer, zertrümmert im Haus einen Haufen Mobiliar, überquert dann das Dach und verschwindet.

Nun, da die Flugzeuge über ihn hinweggeflogen sind, kann Shaftoe ihnen nachschauen, ohne sich darum Gedanken machen zu müssen, dass er Dem General den Eindruck vermittelt, er sei so was wie eine feige Schwuchtel. Die Fleischklopse auf ihren Flügeln verbreitern sich und leuchten auf, als sie scharf – schärfer als jedes amerikanische Flugzeug – in Querlage gehen und zu einem zweiten Versuch zurückkommen.

»Ich habe gesagt –«, beginnt Der General. Doch dann wird die Luft von einer Reihe bizarrer, schwirrender Geräusche zerrissen. Plötzlich stößt es eines der Fenster aus dem Rahmen. Von drinnen hört Shaftoe einen dumpfen Knall und das Geräusch zerbrechenden Geschirrs. Zum ersten Mal legt Der General ein gewisses Bewusstsein dafür an den Tag, dass ein Gefecht im Gange ist. »Lassen Sie meinen Jeep warm laufen, Shaftoe«, sagt er. »Ich hab mit meiner Fliegerabwehr ein Hühnchen zu rupfen.« Dann dreht er sich um, sodass Shaftoe die Rückseite seines pinkfarbenen seidenen Morgenmantels zu sehen bekommt. Sie zeigt, mit schwarzem Garn gestickt, das Bild einer riesigen, drohend aufgerichteten Echse.

Der General dreht sich plötzlich um. »Sind Sie das, der da unten so rumschreit, Shaftoe?«

»Sir, nein, Sir!«

»Ich hab Sie deutlich schreien hören.« MacArthur wendet Shaftoe erneut den Rücken zu, sodass dieser abermals die Echse zu sehen bekommt (bei der es sich, wenn er's recht bedenkt, um eine Art chinesisches Drachenmuster handeln könnte), und geht dann, gereizt vor sich hin murmelnd, ins Haus.

Shaftoe steigt in das genannte Fahrzeug und lässt den Motor an. Der General kommt aus dem Haus und stapft über den Parkplatz, in den Armen eine nicht detonierte Fliegerabwehrgranate. Vom Wind bläht sich der pinkfarbene Morgenmantel um ihn.

Die Zeros kommen zurück, nehmen erneut den Parkplatz unter Beschuss und schneiden dabei einen Lkw praktisch mittendurch. Shaftoe fühlt sich, als wären seine Eingeweide geschmolzen und spritzten gleich aus ihm heraus. Er schließt die Augen, kneift seinen Schließmuskel zusammen und beißt auf die Zähne. Der General setzt sich neben ihn. »Den Berg runter«, befiehlt er. »Fahren Sie auf das Geräusch der Geschütze zu.«

Sie sind kaum auf die Straße gelangt, da hindern die beiden Jeeps, die die hohen Tiere vom Flugplatz heraufbefördert haben, sie an der Weiterfahrt. Sie stehen mit sperrangelweit offenen Türen und noch laufenden Motoren leer auf der Straße. Der General langt zu Shaftoe herüber und drückt auf die Hupe.

Aus den Schatten des Dschungels tauchen, wie ein besonders bizarrer Eingeborenenstamm, Colonels und Brigadegeneräle auf, die ihre Diplomatenkoffer wie Talismane umklammern. Sie grüßen Den General, der sie gereizt ignoriert. »Weg da mit meinen Fahrzeugen!«, tönt er und stößt dabei mit seinem Pfeifenstiel nach ihnen. »Das hier ist die *Straße*. Zum *Parkplatz* geht's *da* lang.«

Die Zeros kommen zu einem dritten Angriff zurück. Shaftoe macht sich (wie vielleicht früher schon der General) klar, dass die Piloten nicht die besten sind; der Krieg ist in seiner Endphase und alle guten Piloten sind tot. Infolgedessen richten sie ihren Anflug nicht genau am Verlauf der Straße aus; ihre Geschossspuren schneiden sie diagonal. Trotzdem bohrt sich eine Kugel durch den Motorblock eines der Jeeps. Heißes Öl und Dampf spritzen heraus.

»Los, schieben Sie das Ding aus dem Weg!«, blafft Der General. Shaftoe beginnt instinktiv aus dem Jeep zu klettern, aber Der General zerrt ihn zurück. »Shaftoe! Sie brauch ich als Fahrer.«

Indem er seinen Pfeifenstiel wie einen Dirigentenstab schwenkt, scheucht Der General seinen Stab auf die Straße zurück und die Offiziere machen sich daran, den kaputten Jeep in den Dschungel zu schieben. Shaftoe begeht den Fehler, durch die Nase einzuatmen und riecht einen kräftigen Hauch Diarrhö – mindestens einer der Offiziere hat sich in die Hose geschissen. Shaftoe bemüht sich noch immer nach Kräften, nicht das Gleiche zu tun, und hätte es vermutlich getan, wenn er den Jeep geschoben hätte. Die Zeros versuchen, sich zu einem neuen Angriff zu formieren, doch mittlerweile sind ein paar amerikanische Kampfflugzeuge am Ort des Geschehens eingetroffen, was die Angelegenheit verkompliziert.

Shaftoe manövriert den Wagen durch eine Lücke zwischen dem verbliebenen Jeep und einem riesigen Baum und jagt dann den Berg hinunter. Der General summt eine Weile vor sich hin, dann fragt er: »Wie heißt Ihre Frau?«

»Gory.«

»Was?!«

»Ich meine Glory.«

»Ah. Gut. Guter Filipina-Name. Filipinas sind die schönsten Frauen der Welt, meinen Sie nicht auch?«

Der erfahrene Weltreisende Bobby Shaftoe legt sein Gesicht in Falten und beginnt, systematisch seine Erfahrungen zu überdenken. Dann geht ihm auf, dass Dem General wahrscheinlich gar nichts an seiner wohlerwogenen Meinung liegt.

Allerdings ist die Frau Des Generals Amerikanerin, sodass die Sache heikel werden könnte. »Ich denke, am schönsten ist immer die Frau, die man liebt«, sagt Shaftoe schließlich.

Der General wirkt leicht sauer. »Natürlich, aber ...«

»Aber wenn sie einem im Grunde scheißegal sind, dann sind die Filipinas die schönsten, Sir!«, sagt Shaftoe.

Der General nickt. »Jetzt zu Ihrem Sohn. Wie heißt er denn?«

Shaftoe schluckt kräftig und überlegt rasch. Er weiß nicht einmal, ob er überhaupt ein Kind hat – das hat er sich ausgedacht, damit sein Text besser klingt –, und selbst wenn, stehen die Chancen, dass es ein Sohn ist, fünfzig zu fünfzig. Aber falls er einen Sohn hat, weiß er bereits, wie der Junge heißen wird. »Er heißt – tja, Sir, er heißt – und ich hoffe, Sie haben nichts dagegen – aber er heißt Douglas.«

Der General grinst erfreut, lacht meckernd und schlägt, um seine Freude zu unterstreichen, kräftig auf die Fliegerabwehrgranate auf seinem Schoß. Shaftoe zuckt zusammen.

Als sie am Flugplatz ankommen, ist dort ein ausgewachsener Luftkampf im Gang. Der Platz ist verlassen, weil alle außer Shaftoe und Dem General sich hinter Sandsäcken verstecken. Der General lässt Shaftoe die ganze Länge des Flugplatzes abfahren und an jeder Geschützstellung anhalten, damit er über den Sandsackwall spähen kann.

»Da ist der Bursche!«, sagt Der General schließlich und deutet mit seinem Offiziersstöckchen auf ein Geschütz auf der anderen Seite der Rollbahn.»Ich hab ihn gerade den Kopf rausstrecken und ins Telefon quasseln sehen.«

Shaftoe jagt den Wagen quer über die Rollbahn. Gut hundert Meter von ihnen entfernt schlägt eine lodernde Zero mit ungefähr halber Schallgeschwindigkeit in die Rollbahn ein und zerplatzt zu einer heulenden Wolke aus brennenden Ersatzteilen, die sich gleitend, schlingernd und hüpfend über die Rollbahn in die ungefähre Richtung des Jeeps wälzt. Shaftoe zögert. Der General schreit ihn an. Weil er dem, was er nicht sieht, auch nicht ausweichen kann, steuert Shaftoe auf das Inferno zu. Er hat derlei schon öfter erlebt und weiß daher, dass als Erstes der Motorblock auf sie zugesaust kommen wird, ein rot glühender Grabstein aus bestem Mitsubishi-Eisen. Da kommt er auch schon, eines seiner Auspuffrohre baumelt noch daran wie ein gebrochener Flügel, er überschlägt sich wild und hackt bei jedem Aufprall riesige Stücke aus der Rollbahn. Shaftoe umfährt ihn weit. Er macht den Rumpf aus und sieht, dass er sich schon festgepflügt hat. Er hält nach den Flügeln Ausschau; sie sind in ein paar große Stücke zerbrochen, die sich rasch verlangsamen, aber die Reifen haben sich vom Fahrgestell gelöst und kommen auf sie zugehüpft, rot brennende Feuerräder. Shaftoe manövriert den Jeep zwischen ihnen hindurch, jagt ihn über einen kleinen Fleck brennenden Öls, biegt dann erneut scharf ab und fährt weiter auf ihr Ziel zu.

Die Explosion der Zero hat alle hinter die Sandsäcke zurückgescheucht. Der General muss aus dem Jeep steigen und über den Wall spähen. Er hält die Fliegerabwehrgranate über seinen Kopf. »Hören Sie, Captain«, sagt er mit seiner perfekten Radiosprecher-Stimme, »das da ist ohne Absender auf meinem Beistelltisch angekommen, aber ich glaube, es stammt von Ihrer Einheit.« Über den Sandsäcken taucht der behelmte Kopf des Captains auf, als dieser Haltung annimmt. Er glotzt die Granate an. »Würden Sie sich bitte darum kümmern und dafür sorgen, dass sie ordnungsgemäß entschärft wird?« Wie eine Wassermelone wirft ihm Der General die Granate seitwärts zu und der Captain hat kaum die Geistesgegenwart, sie aufzufangen. »Weitermachen«, sagt Der General, »mal sehen, ob wir das nächste Mal nicht tatsächlich ein paar Nips abschießen können.« Mit einer wegwerfenden Handbewegung zu dem brennenden Wrack der Zero hin steigt er zu Shaftoe in den Jeep. »In Ordnung, wieder rauf auf den Berg, Shaftoe!«

»Jawohl, Sir!«

»Also, ich weiß, dass Sie mich hassen, weil Sie ein Marine sind.«
Offiziere mögen es, wenn man so tut, als wäre man ihnen gegenüber ehrlich. »Ja, Sir, ich hasse Sie tatsächlich, Sir, aber ich finde, das muss uns nicht daran hindern, zusammen ein paar Nips umzubringen, Sir!«
»Da sind wir einer Meinung. Aber bei dem Auftrag, den ich für Sie vorgesehen habe, Shaftoe, ist das Umbringen von Nips nicht das vorrangige Ziel.«
Das bringt Shaftoe etwas aus dem Gleichgewicht. »Sir, bei allem Respekt glaube ich, dass das Umbringen von Nips meine Stärke ist.«
»Das bezweifle ich nicht. Und für einen Marine ist das eine schöne Fähigkeit. Denn in diesem Krieg ist ein Marine ein erstklassiger Soldat unter dem Kommando von Admirälen, die keinen Schimmer vom Bodenkrieg haben und glauben, eine Insel erobert man so, dass man seine Männer direkt gegen die vorbereiteten Verteidigungsstellungen der Nips wirft.«
Hier hält Der General inne, als wolle er Shaftoe Gelegenheit zum Antworten geben. Aber Shaftoe sagt nichts. Er denkt an die Geschichten, die ihm seine Waffenbrüder auf Kwajalein erzählt haben, die Geschichten von all den Schlachten, die sie genau so, wie es Der General beschreibt, auf kleinen Pazifikinseln geschlagen haben.
»Infolgedessen muss ein Marine sehr gut darin sein, Nips umzubringen, was Sie zweifellos auch sind. Aber jetzt, Shaftoe, sind Sie bei der Army, und bei der Army haben wir bestimmte wunderbare Neuerungen, wie zum Beispiel Strategie und Taktik, mit denen sich vertraut zu machen gewisse Admiräle gut beraten wären. Und deshalb, Shaftoe, besteht Ihr neuer Job nicht einfach darin, Nips umzubringen, sondern Ihren Kopf anzustrengen.«
»Na ja, ich weiß, dass Sie mich wahrscheinlich für ein dummes Frontschwein halten, General, aber eigentlich glaube ich schon, dass ich ein heller Kopf bin.«
»Und genau der soll uns noch eine Weile erhalten bleiben!«, sagt Der General und klopft ihm herzhaft auf den Rücken. »Im Augenblick versuchen wir, eine taktische Situation zu schaffen, die für uns günstig ist. Sobald wir das erreicht haben, lässt sich das eigentliche Töten von Nips mit effektiveren Methoden wie zum Beispiel Bombardements aus der Luft, massenhaftem Verhungernlassen und so weiter besorgen. Es wird nicht nötig sein, dass Sie höchstpersönlich jeden Nip,

der Ihnen über den Weg läuft, die Kehle durchschneiden, so hervorragend Sie dafür auch qualifiziert sein mögen.«

»Danke, General, Sir.«

»Wir haben Millionen von philippinischen Guerilleros und Hunderttausende von Soldaten, um das im Wesentlichen alltägliche Geschäft zu erledigen, lebendige Nips in tote oder wenigstens gefangene zu verwandeln. Aber um deren Aktivitäten zu koordinieren, brauche ich Informationen. Das wird eine Ihrer Aufgaben sein. Allerdings wimmelt das Land schon von meinen Spionen, deshalb wird das ein zweitrangiger Auftrag sein.«

»Und der vorrangige Auftrag, Sir?«

»Diese Filipinos brauchen Führung. Sie brauchen Koordination. Und was sie vielleicht am allerdringendsten brauchen, ist Kampfgeist.«

»Kampfgeist, Sir?«

»Die Filipinos haben reichlich Grund, deprimiert zu sein. Die Nips waren nicht sehr nett zu ihnen. Zwar war ich hier in Neuguinea sehr damit beschäftigt, das Sprungbrett für meine Rückkehr vorzubereiten, aber davon wissen die Filipinos nichts, und viele von ihnen glauben wahrscheinlich, ich hätte sie völlig vergessen. Jetzt ist es an der Zeit, ihnen Bescheid zu sagen, dass ich komme. Dass ich wiederkomme – und zwar bald!«

Shaftoe kichert, weil er meint, Der General mache sich an dieser Stelle über sich selbst lustig – ja, zeige so etwas wie *Ironie* –, doch dann bemerkt er, dass der andere nicht sonderlich amüsiert wirkt. »Anhalten!«, brüllt er.

Shaftoe parkt den Jeep am höchsten Punkt einer Serpentine, von wo sie nach Nordwesten über die äußerste Weite des Philippinischen Meeres blicken können. Mit leicht gewölbter und schräg nach oben geöffneter Hand und einer Geste wie ein Shakespeare-Darsteller auf einem gestellten Foto streckt Der General einen Arm gen Manila aus. »Gehen Sie dorthin, Bobby Shaftoe!«, sagt Der General. »Gehen Sie dorthin und sagen Sie ihnen, dass ich komme.«

Shaftoe kennt sein Stichwort und er kennt seinen Text. »Sir, jawohl, Sir!«

URSPRUNG

Aus der Sicht zugegebenermaßen privilegierter weißer männlicher Technokraten wie Randy Waterhouse und seiner Vorfahren war Palouse Country eine Art bewohnbares Laboratorium für nichtlineare Aerodynamik und Chaostheorie. Es gab dort nicht viel Lebendiges und so konnte man seine Beobachtungen machen, ohne dauernd von Bäumen, Blumen, Fauna und den stur linearen und rationalen Bestrebungen des Menschen gestört zu werden. Die Cascades verstellten den warmen, feuchten, erfrischenden Brisen, die vom Pazifik herwehten, den Weg, sammelten ihre Feuchtigkeit, um Skigebiete für die rosenwangigen Wintersportler aus Seattle mit Schnee zu versorgen, und leiteten das, was noch übrig war, in nördlicher Richtung nach Vancouver und in südlicher nach Portland um. Folglich musste Palouse Country seine Luft en gros vom Yukon River und von British Columbia beziehen. Über die öde, verkrustete Vulkanlandschaft im mittleren Washington wehte sie in einer (wie Randy vermutete) mehr oder minder lamellenförmigen Schicht, die sich, wenn sie auf das sanft gewellte Palouse Country stieß, in ein weitläufiges System verschieden großer Luftmassen verzweigte, die um die kahlen geschwungenen Hügel herumwehten und an den verdorrten Hängen wieder zusammenkamen. Sie setzten sich jedoch nie wieder so zusammen wie vorher. Die Hügel hatten den Faktor der Entropie in das System eingeführt. Wie eine Hand voll kleiner Münzen in einem Schub Brotteig konnte sie gleichsam von hier nach da geknetet, aber nicht mehr entfernt werden. Die Entropie äußerte sich in Form von Strudeln, heftigen Böen und flüchtigen Wirbelbewegungen. All das war deutlich sichtbar, weil die Luft den ganzen Sommer über voller Staub und Rauch und den ganzen Winter über voller tanzender Schneeflocken war.

Whitman hatte Dust Devils (im Winter Snow Devils), so wie das mittelalterliche Kanton wahrscheinlich Ratten hatte. Als er klein war, lief Randy auf seinem Schulweg hinter Dust Devils her. Manche waren so klein, dass man sie fast in der hohlen Hand halten konnte, andere glichen kleinen fünfzehn bis dreißig Meter hohen Tornados, die auf Bergspitzen oder über Einkaufszentren auftauchten und aussahen wie biblische Prophezeiungen, gefiltert durch die Low-Budget Toneffekt-Technologie und das schrecklich buchstabengläubige Auge eines Regisseurs von Filmepen aus den Fünfzigerjahren. Zumindest neu Zugezogenen machten sie eine Heidenangst. Wenn Randy sich in der Schule langweilte, schaute er aus dem Fenster und beobachtete diese Dinger, wie sie sich gegenseitig über den leeren Schulhof jagten. Manchmal glitt ein Dust Devil, der ungefähr so groß war wie ein Auto, über die quadratischen Spielfelder und zwischen den Schaukeln hindurch und landete einen Volltreffer auf dem Klettergerüst, einem altmodischen, ungepolsterten, bei Stürzen Lähmungen hervorrufenden Gestell, das ein Eisenwarenhändler aus dem finstersten Mittelalter zusammengeschustert und in Beton eingelassen hatte, frei nach dem Motto »Gelobt sei, was hart macht« und »Nur der Tüchtigste überlebt«. Wenn der Dust Devil das Klettergerüst einhüllte, schien er innezuhalten. Dann verlor er völlig seine Form und wurde zu einem Staubwölkchen, das, wie alle Dinge, die schwerer als Luft sind, schon anfing zu Boden zu sinken. Doch plötzlich tauchte der Dust Devil auf der anderen Seite des Klettergerüsts wieder auf und zog weiter. Oder vielleicht drehten sich auch zwei Dust Devils spiralförmig in entgegengesetzte Richtungen davon.

Auf dem Weg in die Schule oder nach Hause verbrachte Randy viel Zeit damit, Dust Devils zu jagen oder improvisierte Experimente mit ihnen zu machen, was sogar soweit ging, dass er einmal am Kühlergrill eines quietschenden Buick abprallte, als er einem etwa einkaufswagengroßen Devil bei dem Versuch, in sein Zentrum zu gelangen, auf die Fahrbahn folgte. Er wusste, dass sie einerseits zerbrechlich und andererseits zäh waren. Man konnte auf einem herumtrampeln und manchmal wich er einfach dem Fuß aus oder wirbelte um ihn herum und setzte seinen Weg fort. Ein anderer verschwand spurlos, wenn man zum Beispiel versuchte, ihn mit den Händen zu schnappen – doch dann blickte man auf und sah sechs Meter weiter einen neuen, der genauso aussah und sich von einem wegbewegte. Bei der Vorstellung von Materie, die sich spontan zu völlig unwahrscheinlichen und doch sich selbst erhaltenden und ziemlich stabilen Systemen organisierte, bekam Randy später, als er anfing, sich mit Physik zu beschäftigen, regelrecht Zustände.

In den Gesetzen der Physik war kein Platz für Dust Devils, jedenfalls nicht in der strengen Form, in der sie normalerweise gelehrt wurden. In der vorherrschenden naturwissenschaftlichen Lehre findet eine Art abgekartetes Spiel statt: Der kompetente, aber gelangweilte, unsichere und daher schwerfällige Dozent spricht vor einer Zuhörerschaft, die sich aufteilt in Ingenieurstudenten einerseits, die für den Bau von Brücken, die nicht einstürzen, oder Flugzeugen, die nicht plötzlich bei

950 Stundenkilometern senkrecht vom Himmel fallen, zuständig sein werden und per definitionem feuchte Hände und Rachegelüste bekommen, wenn ihr Lehrer unvermittelt vom Thema abschweift und anfängt, über abenteuerliche und jeglichem Instinkt zuwiderlaufende Phänomene zu schwadronieren, und Physikstudenten andererseits, die einen Gutteil ihres Selbstvertrauens aus dem Wissen beziehen, dass sie klüger und moralisch reiner sind als die Ingenieurstudenten und die per definitionem nichts hören möchten, was nicht irgendeinen Sinn ergibt. Dieses abgekartete Spiel hat zur Folge, dass der Dozent etwas sagt wie etwa: Staub ist schwerer als Luft, deshalb fällt er, bis er am Boden ankommt. Mehr braucht man über Staub nicht zu wissen. Die Ingenieure hören das gern, denn sie mögen es, wenn Probleme mausetot und aufgespießt sind wie Schmetterlinge hinter Glas. Die Physiker hören das gern, denn sie möchten glauben, sie verstünden alles. Niemand stellt knifflige Fragen. Und draußen vor dem Fenster tanzen die Dust Devils weiterhin auf dem Campus herum.

Jetzt, wo Randy zum ersten Mal seit Jahren wieder in Whitman ist und beobachtet, wie (da Winter ist) Ice Devils im Zickzack über die weihnachtlich leer gefegten Straßen sausen, ist er geneigt, sich das Phänomen etwas genauer anzuschauen, was ungefähr so aussieht: Diese kleinen Windhosen, diese Luftwirbel, sind bedingt durch Hügel und Täler, die vermutlich viele Kilometer windwärts liegen. Im Grunde befindet sich Randy, der von außerhalb der Stadt hereingeschneit ist, in einem mobilen Gemütszustand und sieht die Dinge aus der Sicht des Windes – nicht aus der stationären Sicht des kleinen Jungen, der nur selten aus der Stadt herauskam. Aus der Sicht des Windes ist er selbst stationär und die Hügel und Täler sind bewegliche Dinge, die den Horizont verstellen und dann auf ihn, den Wind, zurasen, ihn belästigen und weiterziehen und es ganz und gar ihm überlassen, hinterher mit den Folgen fertig zu werden. Und einige dieser Folgen sind kleine Staub- oder Eistromben. Stünde mehr Zeug im Weg – z. B. ausgedehnte Städte mit ihren Gebäuden oder Wälder voller Blätter und Äste –, wäre das das Ende der Geschichte; der Wind käme völlig aus dem Konzept und würde aufhören, als zusammenhängendes Etwas zu existieren und sämtliche aerodynamischen Abläufe würden sich auf der nicht mehr wahrnehmbaren Ebene von Mikro-Strudeln um Tannennadeln und Autoantennen herum abspielen.

Ein typisches Beispiel dafür ist der Parkplatz vor Waterhouse House, der normalerweise voller Autos und deswegen ein perfekter

Windkiller ist. An der dem Wind abgekehrten Seite eines vollen Parkplatzes wird man nie Dust Devils sehen, nur ein allgemeines Verebben von totem, abgeflautem Wind. Aber es sind Weihnachtsferien und auf diesem Platz, der als Ausweichfootballfeld geeignet wäre und mithin die Größe eines Truppenübungsplatzes hat, stehen nur drei einsame Autos. Der Asphalt hat die graue Farbe eines ausgeschalteten Computerbildschirms. Ein flüchtiger Eishauch wirbelt so frei darüber hinweg wie der Glanz von Benzin auf warmem Wasser, außer wenn er auf die vereisten Särge dieser drei verlassenen Fahrzeuge stößt, die offensichtlich schon seit einigen Wochen auf dem ansonsten leeren Parkplatz stehen, denn die anderen Autos sind allesamt in die Weihnachtsferien gefahren. Jedes Auto verursacht für sich ein System von Strudeln und stehenden Luftsäulen, das sich über mehrere hundert Meter mit dem Wind erstreckt. Und der ist hier ein glitzerndes, schmirgelartiges Etwas, ein immer währendes, Gesichter abraspelndes, Augen reizendes Element im Gewebe des Raum-Zeit-Kontinuums, bewohnt von weiten platinblonden Feuerbögen, die auf die tief stehende Wintersonne ausgerichtet sind. Der Grund dafür ist das kristalline Wasser, das ständig darin schwebt: Eissplitter, die kleiner als Schneeflocken sind – vermutlich einzelne Schneeflockenbeinchen, die abgeschnitten und in die Luft getragen wurden, als der Wind schnalzend und klirrend über die Kämme kanadischer Schneedünen fegte. Einmal in der Luft, bleiben sie auch dort, es sei denn, sie werden wie durch eine Röhre in ein Luftloch gesogen: ins Auge einer Windhose oder in die windstille Randschicht der Parkplatztotenwache bei einem Autoleichnam. Und so sind die Luftstrudel und stehenden Wellen über die Wochen hin sichtbar geworden, wie dreidimensionale Darstellungen ihrer selbst in der virtuellen Realität.

Über dieser Szene erhebt sich Waterhouse House, ein Wohnheimblock, von dem niemand, der prominent genug wäre, dass man ein Wohnheim nach ihm benennt, wollte, dass es nach ihm benannt würde. Aus seinen unter klimatischen Gesichtspunkten unangemessen vielen Panoramafenstern scheint genau das unangenehme grünliche Licht, das vor Algenbewuchs schäumende häusliche Kleinaquarien ausstrahlen. Hausmeister gehen mit Maschinen so groß wie Hot-Dog-Wagen hindurch, kämpfen mit den kilometerlangen Windungen daumendicker orangefarbener Stromkabel und entfernen unter Dampfdruck erbrochenes Bier und künstliche Popcornbutterlipide aus den dünnen grauen Matten, die Randy, als er hier war, weniger als Teppiche denn als Anspielungen auf Teppichstoff oder Teppichvorboten erschienen. Als Randy sein Auto jetzt durch die Haupteinfahrt lenkt, vorbei an dem großen Grabstein mit der Aufschrift WATERHOUSE HOUSE, muss er unwillkürlich durch die Windschutzscheibe und die vorderen Fenster des Wohnheims hindurch direkt auf das riesige Porträt seines Großvaters, Lawrence Pritchard Waterhouse, schauen – einer von etwa einem Dutzend inzwischen zumeist verstorbener Personen, die um den inoffiziellen Titel »Erfinder des digitalen Rechners« wetteifern. Das Porträt ist in der Hohlblockmauer der Eingangshalle festgeschraubt und eingeschlossen hinter einer zentimeterdicken Plexiglasscheibe, die alle paar Jahre ausgetauscht werden muss, da sie vom wiederholten Schrubben und von kleinen mutwilligen Beschädigungen trüb wird. Durch diesen milchigen Katarakt betrachtet, ist Lawrence Pritchard Waterhouse ein grimmig dreinschauender Herr in prächtigem Doktorentalar. Einen Fuß hat er auf irgendetwas hochgestellt, seinen Ellbogen auf das erhöhte Knie gestützt, den Talar hinter den anderen Arm gerafft und die Faust in die Hüfte gestemmt. Das soll wohl eine Art dynamischer »Ich beuge mich in den Wind der Zukunft«-Haltung sein, doch für Randy, der im Alter von fünf Jahren bei der Enthüllung dabei war, geht davon eher eine skeptische Schwingung im Sinne von »Was zum Teufel tun denn all die kleinen Leute da unten?« aus.

Außer den drei toten Autos in ihren Schalen aus hartem, mit Staub vermischtem Eis gibt es auf dem Parkplatz nichts außer etwa zwei Dutzend antiken Möbelstücken und ein paar anderen Schätzen wie einem kompletten Teeservice aus Sterlingsilber und einem vom Zahn der Zeit angenagten Schrankkoffer. Als Randy mit seinem Onkel Red und seiner Tante Nina auf den Parkplatz fährt, bemerkt er, dass die Shaftoe-Jungs ihre Aufgabe erfüllt haben, wofür sie einen Mindestlohn plus fünfundzwanzig Prozent für den ganzen Tag bekommen werden; sie haben nämlich all diese Teile von da, wo Onkel Geoff und Tantchen Anne sie hingestellt hatten, an den Ursprung zurückgeschleppt.

In einer Geste der Kameradschaft und/oder onkelhaften Jovialität hat Onkel Red sehr zum unübersehbaren Verdruss von Tante Nina den Beifahrersitz des Acura für sich in Anspruch genommen und Tante Nina damit auf den Rücksitz verbannt, wo sie sich offensichtlich psychisch isolierter fühlt, als es die Situation zu rechtfertigen scheint. Sie rutscht hin und her und versucht, erst Randys und dann Onkel Reds Blick im Rückspiegel zu fixieren. Randy hat sich darauf verlegt, während der zehnminütigen Fahrt vom Hotel hierher nur auf seine Außenspiegel zu vertrauen, denn wenn er in den Innenrückspiegel schaut, sieht er ständig Tante Ninas erweiterte Pupillen, die wie der Doppellauf eines Gewehrs in seinen Hals zeigen. Durch das Heiz- und Entfrostergebläse entsteht im hinteren Teil eine Zone akustischer Isolation, die Tante Nina zusätzlich zu ihren ohnehin schon massiven Gefühlen einer fast tierischen Wut und Anspannung auch noch launenhaft und offenbar gefährlich gemacht hat.

Randy steuert geradewegs auf den Ursprung zu, den Punkt, in dem die x- und die y-Achse sich kreuzen und der durch einen leichten Pfosten mit seinem ganz eigenen Multiton-System vom Wind abgesetzter Strudel und Luftsäulen markiert ist.

»Sieh mal«, sagt Onkel Red, »wir wollen hier lediglich sicherstellen, dass das Erbe deiner Mutter, falls das überhaupt die korrekte Bezeichnung für die Besitztümer einer Person ist, die nicht tot, sondern nur auf Dauer in ein Pflegeheim umgezogen ist, gleichmäßig unter ihren fünf Sprösslingen verteilt wird. Habe ich Recht?«

Das gilt zwar nicht Randy, aber in dem Bemühen, eine geschlossene Front zu zeigen, nickt er trotzdem. Er hat genau zwei Tage lang mit den Zähnen geknirscht; die Stellen, wo seine Kiefermuskeln in seinem Schädel verankert sind, sind zu Brennpunkten gewaltiger, einen wogenden und pulsierenden Schmerz ausstrahlender Systeme geworden.

»Ich denke, du wirst mir zustimmen, dass eine gleichmäßige Aufteilung alles ist, was wir wollen«, fährt Onkel Red fort. »Stimmt's?«

Nach einer quälend langen Pause nickt Tante Nina. Randy schafft es, im Rückspiegel einen kurzen Blick in ihr Gesicht zu werfen, als sie wieder eine dramatische Seitwärtsbewegung vollführt, und sieht darin einen Ausdruck fast abstoßender Ängstlichkeit, so als könnte dieses Konzept der gleichmäßigen Aufteilung irgendein Jesuitenfallstrick sein.

»Der interessante Teil kommt aber jetzt erst«, sagt Onkel Red, der Leiter des Fachbereichs Mathematik am Okaley College in Macomb, Illinois, ist. »Wie definieren wir ›gleichmäßig‹? Genau darüber haben deine Brüder und Schwäger und Randy und ich gestern bis spät in die Nacht diskutiert. Einen Stapel Banknoten aufzuteilen wäre kein Problem, denn Banknoten haben einen Geldwert, der groß und deutlich auf ihnen draufsteht, und Geldscheine sind austauschbar – niemand entwickelt eine gefühlsmäßige Bindung zu einem speziellen Dollarschein.«

»Deswegen sollten wir einen objektiven Schätzer bestellen–«

»Aber niemand wird mit dem, was der Schätzer sagt, einverstanden sein, Nina, Liebes«, sagt Onkel Red. »Außerdem wird der Schätzer die emotionale Dimension völlig außer Acht lassen, und die spielt hier offensichtlich eine große Rolle, oder jedenfalls scheint es so, wenn man den, äh, sagen wir *melodramatischen* Charakter der, äh, Diskussion bedenkt, falls das Wort Diskussion nicht zu fein ist für das, was manch einer eher als, na ja, einen Frauenringkampf bezeichnen würde, den du und deine Schwestern euch gestern den ganzen Tag über geliefert habt.«

Randy nickt fast unmerklich. Er fährt sein Auto neben die Möbel, die wieder um den Ursprung herumstehen, und parkt es dort. Am Rand des Parkplatzes, nicht weit von der Stelle, wo die y-Achse (die hier den angenommenen emotionalen Wert bezeichnet) auf eine Stützmauer trifft, steht, von innen ganz beschlagen, der Schlitten der Shaftoes.

»Die Frage lässt sich«, sagt Onkel Red, »auf ein mathematisches Problem reduzieren: Wie teilt man eine inhomogene Menge von n Objekten unter m Menschen (beziehungsweise Paaren) auf; anders gesagt, wie untergliedert man die Menge so in m Teilmengen $(T_1, T_2, ..., T_m)$, dass alle Teilmengen einen möglichst gleichen Wert besitzen?«

»So schwierig kommt mir das gar nicht vor«, hebt Tante Nina mit schwacher Stimme an. Sie ist Professorin für qwghlmianische Linguistik.

»Das ist sogar erschreckend schwierig«, sagt Randy. »Es hat große Ähnlichkeit mit dem Rucksackproblem, das so schwer zu lösen ist, dass es als Grundlage für kryptographische Systeme benutzt worden ist.«

»Und dabei wurde noch nicht einmal berücksichtigt, dass jedes einzelne Paar den Wert jedes Einzelnen der n Objekte unterschiedlich einschätzen würde!« ruft Onkel Red aus. Randy hat inzwischen den Motor abgestellt und die Fenster fangen an zu beschlagen. Onkel Red zieht einen Fausthandschuh aus und beginnt, Zahlen auf die angelaufene Windschutzscheibe zu schreiben, als wäre sie eine Tafel. »Für jeden der m Menschen (oder Paare) existiert ein Wert-Vektor W der n Elemente, wobei W_1 der Wert ist, den dieses bestimmte Paar dem Gegenstand Nummer 1 (nach einem willkürlichen Aufzählungsmodus) beimisst und W_2 der Wert, den es Gegenstand Nummer 2 geben würde und so weiter bis zum Gegenstand Nummer n. Diese m-Vektoren bilden zusammengenommen eine Wertmatrix. Nun können wir die

Bedingung einführen, dass jeder Vektor dieselbe Endsumme ergeben muss, das heißt wir können für die ganze Sammlung von Möbeln und anderen Gegenständen einfach einen hypothetischen Wert einsetzen und die Bedingung aufstellen, dass

$$\sum_{i=1}^{n} W_i = \tau$$

wobei τ eine Konstante ist.«

»Aber über den Gesamtwert könnten wir doch auch alle unterschiedlicher Meinung sein!«, wirft Tante Nina mutig ein.

»Das hat mathematisch gesehen keine Bedeutung«, flüstert Randy.

»Es ist nur ein willkürlicher Skalenfaktor!«, sagt Onkel Red mit vernichtender Miene. »Deswegen habe ich ja, obwohl ich anfangs anderer Meinung war, am Ende doch deinem Bruder Tom zugestimmt, dass wir es so machen sollten wie er und die anderen relativistischen Physiker und einfach τ = 1 setzen. Was uns dazu zwingt, mit Brüchen zu hantieren, eine Tatsache, die mir für manche der Damen, unsere anwesende Begleitung natürlich ausgeschlossen, ziemlich verwirrend erschien, die aber zumindest die Willkürlichkeit des Skalenfaktors betont und dazu beiträgt, *diese* Quelle der Verwirrung zu beseitigen.« Onkel Tom spürt in Pasadena für das Jet Propulsion Laboratory Asteroiden auf.

»Da steht die Gomer-Bolstrood-Truhe«, entfährt es Tante Nina, die ein Guckloch in den Beschlag auf ihrem Fenster rubbelt und es dann durch kreisrunde Bewegungen mit dem Ärmel ihres Mantels erweitert, als würde sie sich einen Fluchtweg durch das Sicherheitsglas schaben. »Steht da draußen im Schnee!«

»Das ist kein richtiger Niederschlag«, sagt Onkel Red, »nur verwehter Schnee. Er ist absolut knochentrocken, und wenn du rausgehst und dir die Truhe oder wie immer du sie nennst anschaust, wirst du feststellen, dass der Schnee darauf nicht ansatzweise schmilzt, weil sie seit dem Umzug deiner Mutter ins Pflegeheim in dem U-Stor-It-Lagerhaus gestanden und sich an die Umgebungstemperatur angepasst hat, und die dürfte, das können wir wohl alle bezeugen, weit unter null Grad Celsius liegen.«

Randy legt die Arme gekreuzt auf seinen Unterleib, lehnt den Kopf zurück und schließt die Augen. Die Sehnen in seinem Nacken sind so steif wie gefrorene Knete und lassen sich nur unter Schmerzen dehnen.

»Diese Truhe hat vom Augenblick meiner Geburt an bis ich zum College ging in meinem Schlafzimmer gestanden«, sagt Tante Nina. »Nach einem einigermaßen vernünftigen Begriff von Gerechtigkeit gehört diese Truhe mir.«

»Damit komme ich zu dem Durchbruch, den Randy und Tom und Geoff und ich schließlich gegen zwei Uhr morgens erzielt haben, nämlich dass der angenommene ökonomische Wert jedes einzelnen Gegenstands, so kompliziert er an und für sich schon ist, man betrachte nur das Rucksackproblem, lediglich eine Dimension der Probleme ist, die uns alle in einen emotionalen Zustand höchster Gereiztheit versetzt haben. Die andere Dimension – und hiermit meine ich wirklich eine Dimension im Sinne der euklidischen Geometrie – ist der emotionale Wert jedes Gegenstands. Das heißt, theoretisch könnten wir uns eine Aufteilung des gesamten Mobiliars ausdenken, bei der du, Nina, den gleichen Anteil bekommen würdest wie die anderen. Allerdings könnte eine solche Aufteilung dich, Liebes, sehr, sehr unzufrieden stimmen, weil du diese Truhe nicht bekommen hättest, die, obwohl sie offensichtlich nicht so wertvoll ist wie etwa das große Klavier, für dich einen viel größeren emotionalen Wert besitzt.«

»Ich glaube, man kann nicht ausschließen, dass ich physische Gewalt anwenden würde, um meinen rechtmäßigen Besitzanspruch auf diese Truhe zu verteidigen«, sagt Tante Nina, die plötzlich wieder in eine Art eisiger Ruhe verfällt, mit ausdrucksloser Stimme.

»Das ist aber nicht nötig, Nina, weil wir diese ganze Aufstellung hier so organisiert haben, dass du deine Gefühle zum Ausdruck bringen kannst!«

»Gut. Was mache ich jetzt?«, fragt Tante Nina und stürzt aus dem Auto. Randy und Onkel Red raffen hastig ihre Handschuhe, Fäustlinge und Hüte zusammen und folgen ihr nach draußen. Sie hat sich über die Truhe gebeugt und schaut zu, wie der Eisstaub im turbulenten Luftstrom ihres Körpers über deren dunkle, aber klare, fast leuchtende Oberfläche wirbelt und dabei kleine, Mandelbrot-Fraktalen ähnliche Epi-epi-epi-Strudel erzeugt.

»So wie Geoff und Anne es vor uns getan haben und die anderen es nach uns tun werden, stellen wir jetzt jeden dieser Gegenstände auf eine bestimmte durch ein Koordinatensystem definierte Position in die Parklücken. Die x-Achse verläuft in diese Richtung«, sagt Onkel

Red, der das Gesicht Waterhouse House zuwendet und die Arme im rechten Winkel ausbreitet, »und die y-Achse in diese.« Mit kleinen Schritten dreht er sich um neunzig Grad, sodass eine seiner Hände jetzt auf den Impala der Shaftoes zeigt. »Der jeweils angenommene finanzielle Wert wird in x gemessen. Je weiter es in dieser Richtung steht, umso wertvoller erscheint es dir. Du kannst einem Gegenstand sogar einen negativen x-Wert beimessen, wenn du findest, dass er einen negativen Wert hat – zum Beispiel dieser zu stark gepolsterte Stuhl da hinten, den neu zu polstern womöglich mehr kostet, als er tatsächlich wert ist. Genauso misst man auf der y-Achse den jeweils angenommenen emotionalen Wert. Nun haben wir ja bereits konstatiert, dass die Truhe für dich einen extrem hohen emotionalen Wert besitzt, und ich denke, wir können gleich loslegen und sie ganz ans Ende der Achse neben den Impala stellen.«

»Kann etwas einen negativen emotionalen Wert haben?«, fragt Tante Nina mürrisch und vermutlich rhetorisch.

»Wenn du es so sehr hasst, dass sein bloßer Besitz die emotionalen Vorteile zunichte machen würde, die du mit dem Besitz von so etwas wie der Truhe gewinnen würdest, dann ja«, sagt Onkel Red.

Randy hievt sich die Truhe auf die Schulter und beginnt, in die positive y-Richtung zu gehen. Die Shaftoe-Jungs sind bereit, auf ein Fingerschnippen hin Möbel zu schultern, aber Randy muss hier gewissermaßen ein bisschen Revier markieren, um anzudeuten, dass er selbst durchaus nicht ohne männliche Attribute ist, und so trägt er schließlich mehr Möbelstücke, als er vermutlich müsste. Wieder am Ursprung angekommen, hört er, wie Red und Nina loslegen. »Ich habe ein Problem damit«, sagt Nina. »Was hindert sie daran, einfach alles am äußersten Punkt der y-Achse abzustellen – mit der Behauptung, ihr sei einfach alles gefühlsmäßig schrecklich wichtig?« *Sie* kann in diesem Fall nur Tante Rachel, Toms Frau, bedeuten. Rachel ist eine multiethnische Städterin von der Ostküste, die nicht mit der obligatorischen Waterhouseschen Zurückhaltung gesegnet oder geschlagen ist und deshalb immer als eine Art lebendige Inkarnation der Habgier betrachtet wurde, ein alles einsaugender Schlund, der nie satt wird. Die größte anzunehmende Katastrophe träte ein, wenn Rachel schließlich mit *allem* nach Hause ginge – dem großen Klavier, dem Silber, dem Porzellan und der Gomer-Bolstrood-Esszimmergarnitur. Daher die Notwendigkeit ausgefeilter Regeln und Rituale und eines Systems der Beuteaufteilung, dessen Fairness sich auf mathematischem Wege nachweisen lässt.

»An dieser Stelle kommen τ_e und $\tau_\$$ ins Spiel«, sagt Onkel Red besänftigend.

$$\sum_{i=1}^{n} W_i^e = \tau_e \text{ und } \sum_{i=1}^{n} W_i^\$ = \tau_\$$$

»Alle unsere Entscheidungen werden mathematisch skaliert, so dass sie auf der emotionalen wie auf der finanziellen Skala auf denselben Gesamtwert kommen. Wenn also jemand alles in einer äußeren Ecke anhäuft, wird es nach der Skalierung so sein, als hätte er überhaupt keine Vorlieben zum Ausdruck gebracht.«

Randy nähert sich dem Impala mit seinen beschlagenen Fenstern. An einer der Türen löst sich mit einem knackenden Geräusch das betagte Dichtungsgummi vom Stahl. Robin Shaftoe kommt zum Vorschein, haucht in seine gewölbten Hände und nimmt eine Rührt-euch!-Haltung an, die besagt, dass er bereit ist, jegliche Aufgabe hier draußen in dem kartesischen Koordinatensystem zu übernehmen. Randy hebt den Kopf und schaut über den Impala und die Stützmauer und das vom Eis verstopfte Bewässerungssystem darüber in die Eingangshalle von Waterhouse House, wo Amy Shaftoe die Füße auf einen Kaffeetisch gelegt hat und einige der höchst beklemmenden Bücher über die Cayuse, die Randy für Avi gekauft hat, durchblättert. Sie schaut herunter, lächelt ihn an und kann, so sein Eindruck, nur mit Mühe den Impuls unterdrücken, die Hand zu heben und einen Finger um ihr Ohr zu winden.

»So ist's gut, Randy!« brüllt Onkel Red vom Ursprung her, »jetzt müssen wir noch ein bisschen x zugeben!« Will heißen, die Truhe besitzt durchaus auch ökonomischen Wert. Randy macht eine halbe Kehrtwende und beginnt, die gelben Linien zählend, in den $(+x, +y)$ Quadranten zu gehen. »Gib ihr ungefähr vier Parklücken! So ist es gut!« Randy knallt die Truhe hin, zieht einen Millimeterpapierblock aus seiner Jacke, klappt das erste Blatt, auf dem die (x,y) Streuungsskizze von Onkel Geoff und Tante Anne steht, nach hinten und schreibt die Koordinaten der Truhe auf. Hier in der Gegend trägt der Schall, und er kann hören, wie Tante Nina am Ursprung zu Onkel Red sagt: »Wie viel von unserem τ_e haben wir jetzt gerade auf diese Truhe verwandt?«

»Wenn wir alles andere hier bei y gleich null lassen, hundert Prozent nach der Skalierung«, antwortet Onkel Red. »Ansonsten hängt es davon ab, wie wir diese Sachen in der y-Dimension verteilen.« Was natürlich die richtige Antwort, wenn auch völlig nutzlos ist.

Wenn diese Tage in Whitman für Amy kein Grund sind, in panischer Angst vor Randy zu fliehen, wird es auch keinen anderen geben, und deshalb ist er auf makabre Weise froh, dass sie das hier mitbekommt. Bisher ist es noch nicht richtig um seine Familie gegangen. Randy neigt nicht dazu, über seine Familie zu sprechen, weil er das Gefühl hat, dass es nichts zu berichten gibt: Kleinstadt, gute Erziehung, Bescheidenheit und Selbstachtung in etwa gleichmäßig verteilt, und meistens da, wo sie angebracht sind. Nichts Spektakuläres wie etwa groteske Psychopathologien, sexueller Missbrauch, massive traumatische Schocks oder satanische Sitzungen im Garten hinter dem Haus. Deshalb schweigt Randy normalerweise, wenn andere Leute von ihren Familien erzählen, und hört mit dem Gefühl zu, dass er selbst nichts zu sagen hat. Die Anekdoten aus seiner Familie sind so zahm, so langweilig, dass es schon vermessen wäre, sie zum Besten zu geben, vor allem, wenn vorher jemand ein wirklich schockierendes oder grausiges Familiengeheimnis gelüftet hat.

Wie er aber jetzt so dasteht und die Luftstrudel beobachtet, fängt er an nachzudenken. Die feste Überzeugung mancher Leute, die da lautet: »Ich rauche/bin übergewichtig/bin ein Ekel/bin depressiv, weil meine Mom an Krebs gestorben ist/mein Onkel mir seinen Daumen in den Hintern gesteckt/mein Dad mich mit einem Streichriemen geschlagen hat«, erscheint Randy doch allzu deterministisch; sie scheint eine Art träger oder schwachsinniger Hingabe an eine armselige Teleologie widerzuspiegeln. Im Grunde hat man, wenn jeder aus einem ureigenen Interesse heraus glaubt, dass er alles versteht, oder auch nur, dass die Menschen *im Prinzip in der Lage* sind, alles zu verstehen (entweder weil dieser Glaube ihre Unsicherheit über die unberechenbare Welt dämpft oder ihnen das Gefühl gibt, intelligenter zu sein als andere oder beides) eine Umgebung, in dem benebeltes, reduktionistisches, naives, glattes, oberflächliches Denken kursieren kann wie Schubkarren voll inflationärem Geld auf den Märkten von Jakarta.

Doch dass beispielsweise das ausgediente Auto irgendeines Studenten imstande ist, massenweise sich wiederholende Muster aus fingerhutgroßen Luftsäulen zu erzeugen, die hundert Meter mit dem Wind wirbeln, scheint eher für eine behutsamere Betrachtung der Welt, eine aufgeschlossene Haltung gegenüber der ganzen Absonderlichkeit des Universums und das Eingeständnis der Begrenztheit unserer menschlichen Möglichkeiten zu sprechen. Und wenn man an dem Punkt angelangt ist, kann man argumentieren, dass die Tatsache, dass man in einer Familie aufgewachsen ist, in der es keine gewaltigen, ins Auge stechenden psychologischen Urkräfte gibt und deren Leben statt von ein oder zwei Hämmern (z. B. der aktiven Mitgliedschaft in der Church of Satan) von vielen subtilen, ja sogar vergessenen Einflüssen geprägt ist, sich später, wenn der Wind einen weit fortgetragen hat, auf eine Weise auswirken kann, die nicht ganz uninteressant ist. Randy hofft, hat aber gleichzeitig große Zweifel daran, dass America Shaftoe, die da oben im algenfarbenen Licht Berichte über die unbeabsichtigte Ausrottung der Cayuse liest, es genauso sieht.

Randy gesellt sich wieder zu seiner Tante am Ursprung. Onkel Red hat ihr gerade in etwas gönnerhaftem Ton erklärt, dass sie bei der Verteilung der Gegenstände auf der ökonomischen Skala ganz genau aufpassen müssen, und für diese Mühe ist er mitsamt dem silbernen Teeservice auf einen langen, einsamen Gang die $+x$-Achse entlang geschickt worden. »Warum hätten wir nicht einfach drin bleiben und das alles auf Papier austüfteln können?«, fragt Tante Nina.

»Man war der Meinung, das physische Herumtragen dieser Sachen sei wichtig, weil es den Leuten eine direkte körperliche Entsprechung der von ihnen angesetzten Werte liefert«, sagt Randy. »Außerdem hielt man es für sinnvoll, das ganze Zeug buchstäblich im kalten Tageslicht zu begutachten.« Statt dass zehn oder zwölf gefühlsmäßig angespannte Leute mit Taschenlampen in einem bis zur Decke voll gepackten U-Stor-It-Lagerraum herumklettern und aus der Deckung der Schränke heraus aufeinander schießen.

»Und wenn wir alle unsere Auswahl getroffen haben, was dann? Setzt du dich dann hin und rechnest es mit einem Tabellenkalkulationsprogramm aus oder was?«

»Das ist computertechnisch gesehen viel zu aufwendig, um es auf diesem Weg zu lösen. Vermutlich ist ein Entwicklungsalgorithmus notwendig – eine mathematisch exakte Lösung wird es wahrscheinlich gar nicht geben. Mein Vater kennt einen Forscher in Genf, der an ähnlichen Problemen wie diesem gearbeitet hat, und hat ihm gestern Abend eine E-Mail geschickt. Mit etwas Glück werden wir per FTP geeignete Software bekommen und sie auf dem Tera zum Laufen bringen.«

»Dem Terror?«

»Tera. Wie in Teraflops.«

»Das hilft mir auch nicht weiter. Wenn du schon ›wie in‹ sagst, solltest du mir auch etwas Vertrauteres nennen, etwas, was ich kenne.«

»Das ist einer der zehn schnellsten Computer auf dem Planeten.

Siehst du das rote Backsteingebäude gleich rechts vom Ende der y-Achse«, erklärt Randy und zeigt den Hügel hinunter, »direkt hinter der neuen Turnhalle?«

»Das mit den ganzen Antennen?«

»Ja. Da ist der Tera drin. Er ist von einer Firma in Seattle hergestellt worden.«

»Der muss ja sehr teuer gewesen sein.«

»Mein Dad hat ihn ihnen abgeschwatzt.«

»Ja!« sagt Onkel Red, der gerade aus dem Gebiet der hohen x-Werte zurückkehrt, vergnügt. »Dieser Mann ist ein sagenhafter Spendenakquisiteur.«

»Er muss etwas Überzeugendes an sich haben, wofür mir das Sensorium fehlt; jedenfalls habe ich noch nichts davon bemerkt«, sagt Tante Nina und geht neugierig auf ein par große Kartons zu.

»Nein«, sagt Randy, »es ist eher so, dass er einfach reinmarschiert und so lange auf dem Konferenztisch rumzappelt, bis sie seinetwegen so verlegen sind, dass sie einwilligen, den Scheck zu unterschreiben.«

»Hast du das mal miterlebt?«, fragt Tante Nina skeptisch, während sie eine Kiste mit der Aufschrift EINZELTEILE AUS OBEREM WÄSCHESCHRANK taxiert.

»Davon gehört. Hightech ist eine Kleinstadt«, erwidert Randy.

»Er hat es geschafft, aus der Arbeit seines Vaters großes Kapital zu schlagen«, sagt Onkel Red. »Wenn mein Vater auch nur eine seiner Computererfindungen hätte patentieren lassen, wäre Palouse College größer als Harvard und so weiter.«

Mittlerweile hat Tante Nina die Kiste aufgekriegt. Sie ist fast vollständig mit einer einzigen qwlghmianischen Decke in einem dunkelgräulichbraun auf dunkelbräunlichgrauen Karomuster ausgefüllt. Diese Decke ist zwei bis drei Zentimeter dick und war bei den winterlichen Familienzusammenkünften unter den Waterhouse-Enkeln berüchtigt als eine Art Scherzpreis für den Letzten. Der Geruch von Mottenkugeln, Schimmel und stark eingeölter Wolle lässt Tante Nina die Nase rümpfen, so wie vor ihr bereits Tante Annie. Randy fällt wieder ein, wie er sich mit ungefähr neun Jahren einmal unter dieser Decke schlafen gelegt hatte und um zwei Uhr morgens mit Bronchialspasmen, Überhitzung und vagen Erinnerungen an einen Albtraum, in dem er bei lebendigem Leib begraben wurde, erwachte. Tante Nina schlägt die Klappen der Kiste zu, dreht sich um und schaut in Richtung des Impala. Robin Shaftoe rennt bereits auf sie zu. Da er selbst nicht schlecht in Mathe ist, hat er das ganze Konzept schnell begriffen und weiß aus Erfahrung, dass die Decken-Kiste weit in den (-x,-y) Bereich hinausgeschleppt werden muss.

»Ich glaube, ich habe einfach Angst«, sagt Tante Nina, »dass meine Präferenzen von diesem Supercomputer nicht vermittelt werden. Ich habe versucht klarzumachen, was ich will. Wird der Computer das aber auch verstehen?« Auf eine Weise, die Randy Tantalusqualen bereitet, hält sie bei der KERAMIK-Kiste inne, in die er schrecklich gerne einen Blick werfen würde; andererseits will er jedoch keinen Verdacht erregen. Er ist der Unparteiische und auf Objektivität eingeschworen. »Vergiss das Porzellan«, sagt sie, »etwas für alte Damen.«

Onkel Red kommt herüber und verschwindet hinter einem der ausrangierten Autos, vermutlich um zu pinkeln. Tante Nina fragt: »Was ist denn mit dir, Randy? Als ältester Sohn des ältesten Sohns musst du in dieser Sache doch auch irgendwelche Empfindungen haben.«

»Wenn meine Eltern an der Reihe sind, werden sie mir ganz bestimmt etwas von Grandmas und Grandpas Erbe vermachen«, sagt Randy.

»Oh, sehr vorsichtig. Gut formuliert«, sagt Tante Nina. »Aber für dich als einzigen Enkel, der überhaupt irgendwelche Erinnerungen an seinen Großvater hat, muss es hier doch irgendetwas geben, was du gerne hättest.«

»Es wird sicher ein paar Kleinigkeiten geben, die niemand haben will«, entgegnet Randy. Dann richtet er wie ein nahezu perfekter Trottel – wie ein Organismus, der genetisch darauf ausgelegt ist, einen völlig schwachsinnigen Idioten abzugeben – seinen Blick direkt auf den Schrankkoffer. Und versucht es gleich darauf zu verbergen, sodass es nur noch mehr auffällt. Er vermutet, dass sein weitgehend bartloses Gesicht ein offenes Buch sein muss und wünscht, er hätte sich nie rasiert. Eine Eiskugel trifft ihn mit einem fast hörbaren Plopp auf die Hornhaut des rechten Auges. Die ballistische Wucht blendet ihn und der Temperaturschock verursacht einen Eiskremkopfschmerz. Als er sich so weit erholt hat, dass er wieder sehen kann, geht Tante Nina gerade um den Schrankkoffer herum, indem sie ihn gleichsam spiralförmig in einer immer kleiner werdenden Umlaufbahn umkreist. »Hmm. Was ist denn da drin?« Sie packt den Griff an einem Ende und stellt fest, dass sie ihn kaum vom Boden hochheben kann.

»Alte japanische Kodebücher. Bündel von ETC-Karten.«

»Marcus?«

»Ja, Ma'am!«, sagt Marcus Aurelius Shaftoe, der vom doppelt negativen Quadranten zurückkommt.

»Welcher Winkel liegt ganz genau zwischen der $+x$- und der $+y$-Achse?«, fragt Tante Nina. »Ich würde ja den Unparteiischen hier fragen, hege aber langsam Zweifel an seiner Objektivität.«

M.A. wirft Randy einen kurzen Blick zu und beschließt, dass er diesen letzten Kommentar am besten als harmloses innerfamiliäres Herumalbern interpretiert. »Möchten Sie es in Radianten oder in Grad ausgedrückt haben, Ma'am?«

»Weder noch. Demonstrieren Sie es mir einfach. Nehmen Sie diesen riesigen Schrankkoffer auf Ihre starken Schultern und gehen Sie genau auf der Mitte zwischen der $+x$- und der $+y$- Achse, bis ich Halt sage.«

»Ja, Ma'am.« M.A. hebt den Schrankkoffer hoch und geht los, wobei er sich häufig umsieht, um festzustellen, ob er auch genau in der Mitte ist. Robin schaut dem Ganzen aus sicherer Entfernung interessiert zu.

Onkel Red, der von seiner Pinkelpause zurückkommt, sieht es mit Entsetzen. »Nina! Liebes! Der ist doch die Frachtkosten nach Hause nicht wert! Was um alles in der Welt tust du da?«

»Dafür sorgen, dass ich bekomme, was ich will«, erwidert Nina.

Randy bekommt einen kleinen Teil von dem, was er will, als seine Mutter zwei Stunden später das Siegel an der KERAMIK-Kiste erbricht, um zu prüfen, ob das Porzellan noch in gutem Zustand ist. Zu dem Zeitpunkt stehen Randy und sein Vater neben dem Schrankkoffer. Die Wertfestlegungsarbeit seiner Eltern ist schon ziemlich weit fortgeschritten, so dass feine Möbelstücke jetzt weit verstreut auf dem Parkplatz stehen, ein Bild wie nach einem jener Tornados, die auf wundersame Weise Dinge intakt wieder absetzen, nachdem sie sie fünfzehn Kilometer weit durch die Luft gewirbelt haben. Randy sucht eifrig nach einem Weg, den emotionalen Wert des Schrankkoffers herauszustreichen, ohne seinen Objektivitätsschwur zu brechen. Die Chancen, dass irgendjemand anderes als Nina den Koffer am Ende bekommt, stehen ziemlich schlecht, da sie (zu Reds Entsetzen) fast alles außer ihm und der geliebten Truhe rund um den Ursprung hat stehen lassen. Wenn Dad das Ding aber wenigstens vom Nullpunkt wegbewegen würde – was außer Nina sonst niemand getan hat –, könnte Randy, falls der Tera es ihm morgen früh zuspricht, wenigstens glaubhaft argumentieren, das sei etwas anderes als ein Computerfehler. Doch Dad richtet sich im Wesentlichen nach Mom und will davon gar nichts wissen.

Mom hat sich mit den Zähnen die Handschuhe ausgezogen und schiebt mit magentaroten Händen Schicht um Schicht zerknülltes Zeitungspapier beiseite. »Oh, das Saucenschiffchen!« ruft sie aus, und hebt etwas hoch, was eher wie ein schwerer Kreuzer als wie ein Schiffchen aussieht. Randy stimmt mit Tante Nina überein, dass das Design wahrhaftig nur etwas für alte Damen ist, aber das ist irgendwie tautologisch, da er es nur im Haus seiner Großmutter gesehen hat, die, solange er sie kennt, immer eine alte Dame war. Aus irgendeinem Grund immer noch bemüht, den Unbeteiligten zu spielen, geht Randy, die Hände in den Taschen, zu seiner Mutter hinüber. Mit dieser fast zwanghaften Heimlichtuerei ist er womöglich etwas zu weit gegangen. Die Sauciere hat er vielleicht zwanzig Mal in seinem Leben gesehen, immer bei Familientreffen, und ihr Anblick wirbelt jetzt eine ganze Sandwolke von Gefühlen auf, die sich längst gelegt hatten. Er streckt die Arme aus und Mom legt ihm die Sauciere in seine in Fäustlingen steckenden Hände. Er tut, als bewundere er sie von der Seite, und dreht sie dann auf den Kopf, um die einglasierten Worte auf dem Boden lesen zu können. ROYAL ALBERT – LAVENDER ROSE.

Einen Augenblick lang schwitzt er unter einer senkrecht stehenden Sonne, schwankt hin und her, um auf einem schaukelnden Boot das Gleichgewicht zu halten, riecht das Neopren der Schläuche und Schwimmflossen. Dann ist er wieder in Palouse Country. Er fängt an zu überlegen, wie er das Computerprogramm sabotieren könnte, um sicherzustellen, dass Tante Nina bekommt, was sie will, damit sie ihm gibt, was von Rechts wegen ihm gehört.

Golgatha

Lieutenant Ninomiya trifft ungefähr zwei Wochen nach Goto Dengo in Begleitung mehrerer abgestoßener und zerschrammter Holzkisten in Bundok ein. »Was ist Ihr Spezialgebiet?«, fragt Goto Dengo und anstelle einer Antwort öffnet Lieutenant Ninomiya eine der Kisten, in der ein in sauberes, geöltes Leintuch eingeschlagener Theodolit zum Vorschein kommt. Eine zweite Kiste enthält einen ebenso makellosen

Sextanten. Goto Dengo macht große Augen. Die schimmernde Vollkommenheit der Instrumente ist ein Wunder. Aber noch wunderbarer ist, dass man ihm nur zwölf Tage, nachdem er einen Landvermesser angefordert hat, tatsächlich einen schickt. Ninomiya grinst über den Gesichtsausdruck seines neuen Kollegen, wodurch offenbar wird, dass er sämtliche Vorderzähne eingebüßt hat, bis auf einen, der zufällig zum größten Teil aus Gold besteht.

Bevor irgendeine Ingenieursarbeit stattfinden kann, muss zunächst die gesamte Wildnis ins Reich des Bekannten überführt werden. Detaillierte Karten müssen erstellt, Wasserscheiden erfasst, Erdproben genommen werden. Zwei Wochen lang ist Goto Dengo mit Rohr und Vorschlaghammer herumgelaufen und hat Bodenproben gezogen. Er hat Steine aus den Flussbetten bestimmt, die Fließgeschwindigkeit des Yamamoto und des Tojo überschlagen, Bäume gezählt und katalogisiert. Er ist durch den Dschungel getrottet und hat die ungefähren Grenzen der Besonderen Sicherheitszone mit Fähnchen markiert. Dabei hat er die ganze Zeit befürchtet, er selbst würde das Gelände mit primitiven, improvisierten Mitteln vermessen müssen. Und ganz plötzlich ist Lieutenant Ninomiya mit seinen Instrumenten da.

Die drei Lieutenants – Goto, Mori und Ninomiya – verbringen ein paar Tage damit, das flache, halb offene Land zu vermessen, das den Unterlauf des Tojo säumt. Das Jahr 1944 ist bislang trocken und Mori will seine Baracken nicht auf einem Gelände errichten, das sich nach dem ersten großen Regen in einen Sumpf verwandelt. Das Wohl der Gefangenen kümmert ihn nicht, aber er möchte zumindest sicherstellen, dass sie nicht weggespült werden. Die Beschaffenheit des Geländes ist außerdem wichtig für die Einteilung der einander überschneidenden Feuerzonen, die erforderlich sind, um Aufstände oder Massenfluchtversuche niederzuschlagen. Sie vergattern die wenigen Mannschaften von Bundok zum Sammeln von Bambusstangen, die sie dann in den Boden treiben, um die Lage von Straßen, Baracken, Stacheldrahtzäunen, Wachtürmen und ein paar sorgfältig angelegten Mörserstellungen zu markieren, mit denen die Wachen in der Lage sein werden, die Atmosphäre an jedem beliebigen Punkt des Lagers mit Schrapnellen zu durchsetzen.

Als Lieutenant Goto und Lieutenant Ninomiya durch das steile Tal des Tojo in den Dschungel hinaufsteigen, muss Lieutenant Mori – gemäß Hauptmann Nodas Befehlen – zurückbleiben. Das ist nur gut so, da Mori unten alle Hände voll zu tun hat. Der Hauptmann hat Ninomiya eine Sondererlaubnis zum Betreten der Besonderen Sicherheitsheitszone erteilt.

»Höhen sind bei diesem Projekt von größter Bedeutung«, sagt Goto Dengo dem Vermesser auf dem Weg nach oben. Sie sind mit Vermessungsgeräten und Trinkwasser beladen, aber Ninomiya klettert die steinige Schlucht des halb ausgetrockneten Flusses ebenso gewandt hinauf wie Goto Dengo. »Wir werden zunächst die Höhe des Yamamoto-Sees bestimmen – den es noch nicht gibt – und uns von da aus nach unten arbeiten.«

»Man hat mir außerdem befohlen, die genaue Breite und Länge zu ermitteln«, sagt Ninomiya.

Goto Dengo grinst. »Das ist schwierig – man sieht von nirgendwo die Sonne.«

»Und was ist mit den drei Gipfeln?«

Goto Dengo wendet sich Ninomiya zu, um festzustellen, ob der andere scherzt. Aber der Landvermesser blickt forschend talaufwärts.

»Ihr Einsatzwille ist beispielhaft«, sagt Goto Dengo.

»Im Vergleich mit Rabaul ist das hier ein Paradies.«

»Von dort hat man Sie hierher geschickt?«

»Ja.«

»Wie sind Sie entkommen? Die Stadt ist doch abgeschnitten, oder?«

»Sie ist schon seit einiger Zeit abgeschnitten«, sagt Ninomiya barsch. Dann fügt er hinzu: »Man hat mich mit einem Unterseeboot geholt.« Seine Stimme ist heiser und schwach.

Goto Dengo bleibt eine Zeit lang stumm.

Ninomiya hat sich im Kopf ein System zurechtgelegt, das sie am nächsten Tag, nach einer groben Vermessung der Besonderen Sicherheitszone, in die Tat umsetzen. Frühmorgens hieven sie einen Soldaten mit einer Feldflasche, einer Uhr und einem Spiegel auf einen Baum. An dem Baum ist nichts Besonderes außer einem Bambusstab, der kürzlich daneben in den Boden getrieben wurde und die Aufschrift HAUPTTUNNEL trägt.

Dann steigen Lieutenant Ninomiya und Lieutenant Dengo auf den Gipfel des Berges, wozu sie ungefähr acht Stunden brauchen. Das Ganze ist furchtbar strapaziös und Ninomiya ist ganz erschüttert darüber, dass Goto ihn freiwillig begleitet. »Ich will das Gelände vom Gipfel des Kalvarienbergs aus sehen«, erklärt Goto Dengo. »Nur so werde ich den Einblick gewinnen, den ich brauche, um meine Aufgabe gut zu erfüllen.«

Auf dem Weg nach oben tauschen sie ihre Eindrücke von Neuguinea bzw. Neubritannien aus. Wie es scheint, ist das einzig Gute an der letztgenannten Insel die Siedlung Rabaul, ein ehemaliger britischer Hafen samt Kricketstadion und mittlerweile die einzige Stütze der japanischen Streitkräfte in Südwestasien. »Für einen Landvermesser war es lange Zeit der ideale Ort«, sagt Ninomiya und beschreibt die Befestigungen, die man dort zur Vorbereitung auf MacArthurs Invasion gebaut hat. Er besitzt die Detailbesessenheit eines Zeichners und spricht einmal eine geschlagene Stunde lang ohne Unterbrechung, als er ein bestimmtes System von Bunkern und Unterständen bis hin zur letzten Sprengfalle und Schützenkuhle beschreibt.

Je beschwerlicher der Anstieg wird, desto mehr wetteifern die beiden darin, die Strapaze klein zu reden. Goto Dengo erzählt die Geschichte von der Überquerung der schneebedeckten Bergkette auf Neuguinea.

»Mittlerweile besteigen wir in Neubritannien ständig Vulkane«, sagt Ninomiya beiläufig.

»Wieso?«

»Um Schwefel zu sammeln.«

»Schwefel? Wieso?«

»Um Schießpulver herzustellen.«

Danach bleiben sie eine ganze Weile stumm.

Goto Dengo versucht, das Gespräch wieder in Gang zu bringen. »Das wird ein böses Erwachen für MacArthur, wenn er versucht, Rabaul einzunehmen!«

Ninomiya trottet eine Zeit lang stumm dahin und versucht, an sich zu halten, was ihm aber nicht gelingt. »Sie Schwachkopf«, sagt er, »kapieren Sie denn nicht? MacArthur wird nicht kommen. Das braucht er nicht.«

»Aber Rabaul ist der Eckstein des gesamten Kriegsschauplatzes!«

»Es ist ein Eckstein aus weichem Süßholz in einem Universum von Termiten. Er braucht uns nur noch ein Jahr zu ignorieren, dann werden alle verhungert oder am Typhus krepiert sein.«

Der Dschungel lichtet sich. Die Pflanzen suchen auf einem Hang aus lockerer Vulkanasche Halt und nur die kleineren haben Bestand. Das bringt Goto Dengo auf den Gedanken, ein Gedicht zu schreiben, in dem die kleinen, zähen Japaner sich gegen die großen, schwerfälligen Amerikaner durchsetzen, aber er hat schon lange kein Gedicht mehr geschrieben und vermag die Worte nicht harmonisch zusammenzufügen.

Eines Tages werden die Pflanzen diesen Kegel aus Schlacke und Geröll in Erde verwandeln, aber das wird noch dauern. Nun, da Goto Dengo endlich mehr als ein paar Meter weit sehen kann, begreift er allmählich, wie das Gelände beschaffen ist. Die numerischen Daten, die er und Ninomiya in der vergangenen Woche zusammengetragen haben, verbinden sich in seinem Kopf zu einem soliden Verständnis von Entstehung und Aufbau des Berges.

Der Kalvarienberg ist ein alter Aschekegel. Seinen Anfang genommen hat er als kleiner Riss, aus dem über Tausende von Jahren stückchenweise Asche und Schlacke geschleudert wurden, die in einer Schar parabelförmiger, der Bahn von Geschossen ähnlicher Kurven nach oben und außen flogen; je nach Größe des Fragments und Windrichtung unterschieden sich diese Kurven in Höhe und Durchmesser. Die Fragmente landeten in einem weiten Ring um den Riss. In dem Maße, wie der Ring an Höhe zunahm, verbreiterte er sich naturgemäß zu einem breiten, stumpfen Kegel, der sich oben zu einem zentralen Krater höhlte, auf dessen Grund der spuckende Riss lag.

Der Wind hier kommt in aller Regel fast genau aus südsüdöstlicher Richtung, sodass sich die Asche im Wesentlichen am nordnordwestlichen Rand des Kraters ablagerte. Das ist nach wie vor der höchste Punkt des Aschekegels. Aber der Riss ist vor Äonen erloschen oder hat sich durch seine eigenen Emissionen verstopft, und das ganze Gebilde ist seither stark erodiert. Der Südrand des Kegels besteht lediglich aus einer Kette niedriger Hügel, perforiert vom Lauf des Yamamoto und der beiden Nebenflüsse, die zum Tojo zusammenströmen. Der zentrale Krater ist ein tückisches Dschungelbecken, das so mit Chlorophyll gesättigt ist, dass es aus der Luft schwarz aussieht. Über dem Baldachin schweben Vögel, die von hier oben wie bunte Sterne anmuten.

Der Nordrand erhebt sich noch immer gut fünfhundert Meter über das Dschungelbecken, aber seine ehedem glatte Kante ist von der Erosion in drei deutlich erkennbare Gipfel zerschnitten worden, rote Schlackehaufen, die halb unter einem Gestoppel grüner Vegetation verborgen liegen. Ohne Diskussion halten Ninomiya und Goto Dengo auf den mittleren, den höchsten, zu. Sie erreichen ihn gegen halb drei am Nachmittag und wünschen sofort, sie hätten es nicht getan, denn die Sonne brennt fast senkrecht auf sie herab. Doch hier oben weht eine kühle Brise, und sobald sie sich mit improvisierten Burnussen schützen, ist es auszuhalten. Goto Dengo stellt das Dreibein und den Theodoliten auf, während Ninomiya mit seinem Sextanten die Sonne anpeilt. Er hat eine ziemlich gute deutsche Uhr, die er am Vormittag nach dem Funkspruch aus Manila gestellt hat, und das ermöglicht es ihm, den Längengrad zu ermitteln. Er berechnet ihn auf einem Stück Papier auf seinem Schoß und wiederholt das Ganze dann, um die Zahlen zu überprüfen, die er zugleich laut vorliest. Goto Dengo notiert sie in seinem Notizbuch, falls Ninomiyas Aufzeichnungen verloren gehen.

Um Punkt drei Uhr beginnt der Soldat auf dem Baum, mit dem Spiegel in ihre Richtung zu blinken: ein greller Funke aus einem dunklen Dschungelteppich, der ansonsten keine besonderen Merkmale aufweist. Ninomiya richtet den Theodoliten auf dieses Signal und notiert weitere Zahlen. In Verbindung mit verschiedenen anderen Daten aus Karten, Luftaufnahmen und Ähnlichem müsste er so in der Lage sein, Länge und Breite des Hauptschachts abzuschätzen.

»Ich weiß nicht, wie akkurat das Ganze wird«, sorgt er sich, während sie den Berg hinuntertrotten. »Die Werte für den Berg sind allerdings genau – wie haben Sie ihn doch gleich genannt? Kavallerieberg?«

»So ungefähr.«

»Kavallerie heißt doch berittene Soldaten, richtig?«

»Ja.«

»Aber die Lage des Schachts werde ich erst dann ganz genau bestimmen können, wenn ich bessere Methoden benutzen kann.«

Goto Dengo erwägt, ihm zu sagen, dass das überhaupt nichts ausmache und dass der Ort dazu gedacht sei, unterzugehen und vergessen zu werden. Aber er hält den Mund.

Die Vermessungsarbeiten dauern noch zwei Wochen. Sie ermitteln, wo das Ufer des Yamamoto-Sees sein wird und berechnen dessen Volumen. Es wird eher ein Teich als ein See werden – weniger als hundert Meter Durchmesser –, aber er wird von ungeahnter Tiefe sein und eine Menge Wasser enthalten. Sie berechnen den Winkel des Schachts, der den Seegrund mit dem Hauptnetz von Tunneln verbinden wird. Sie ermitteln, wo sämtliche waagrechten Tunnel aus den Wänden der Schlucht des Tojo-Flusses herauskommen werden, und stecken den Verlauf von Zufahrtswegen und Gleisen ab, die zu diesen Öffnungen führen werden, damit man Schutt abtransportieren und zwecks Lagerung wertvolles Kriegsmaterial heranschaffen kann. Sie überprüfen alles doppelt und dreifach, damit auch ja kein Teil der Anlage aus der Luft sichtbar sein wird.

Unterdessen haben Lieutenant Mori und ein kleiner Arbeitstrupp unten ein paar Pfosten eingeschlagen und Stacheldraht gespannt – gerade genug, um ungefähr hundert Gefangene festzuhalten, die auf zwei Militärlastwagen gepfercht eintreffen. Mit ihrem Einsatz erweitert sich das Lager rasch; nach wenigen Tagen stehen die Militärbaracken und der doppelte Stacheldrahtzaun wird fertig. An Nachschub scheint es ihnen nie zu fehlen. Als würde es an anderen Orten wie Rabaul nicht dringend gebraucht, trifft lastwagenweise Dynamit ein und wird unter Aufsicht von Goto Dengo sorgfältig gelagert. Gefangene tragen es in einen besonderen Schuppen, den man eigens zu diesem Zweck im Schatten des Dschungels errichtet hat. Goto Dengo hat zuvor keinen Kontakt zu den Gefangenen gehabt und bemerkt verblüfft, dass es allesamt Chinesen sind. Und sie sprechen nicht den Dialekt von Kanton oder Formosa, sondern einen, den Goto Dengo häufig gehört hat, als er in Schanghai stationiert war. Die Gefangenen sind Nordchinesen.

Es wird immer seltsamer, dieses Bundok.

Die Filipinos, das weiß er, waren über ihre Einbeziehung in die Großostasiatische Wohlstandssphäre alles andere als glücklich. Sie sind gut bewaffnet und MacArthur hat sie aufgestachelt. Viele Tausende von ihnen sind gefangen genommen worden. Keine Halbtagesfahrt von Bundok entfernt gibt es mehr als genug philippinische Gefangene, um Lieutenant Moris Lager zu füllen und Gotos Projekt auszuführen. Und dennoch haben die maßgeblichen Stellen Hunderte von Chinesen den ganzen Weg von Schanghai hierher transportieren lassen, um diese Arbeit zu verrichten.

Zu solchen Zeiten beginnt er an seinem Verstand zu zweifeln. Er verspürt den Drang, mit Lieutenant Ninomiya über die Sache zu reden. Doch der Landvermesser, sein Freund und Vertrauter, hat sich rar gemacht, seit seine Arbeit abgeschlossen ist. Eines Tages schaut Goto Dengo bei Ninomiyas Zelt vorbei und findet es leer. Hauptmann Noda erklärt, der Landvermesser sei plötzlich abkommandiert worden, um anderswo wichtige Arbeiten zu verrichten.

Ungefähr einen Monat später, als die Straßenbauarbeiten in der Besonderen Sicherheitszone schon weit fortgeschritten sind, schreien einige der chinesischen Arbeiter, die mit Graben beschäftigt sind, plötzlich aufgeregt los. Goto Dengo versteht, was sie sagen.

Sie haben menschliche Überreste freigelegt. Der Dschungel hat sein Werk getan und es ist praktisch nichts außer Knochen übrig, aber der Geruch und die Heerscharen von Ameisen verraten Goto Dengo, dass die Leiche noch nicht sehr alt ist. Von einem der Arbeiter greift er sich eine Schaufel, schippt damit einen Erdklumpen auf und trägt ihn, während ein Ameisengewirr davon herabrieselt, zum Fluss hinüber. Er legt ihn vorsichtig ins fließende Wasser. Die Erde löst sich zu einer braunen Spur im Fluss auf und bald kommt der Schädel zum Vorschein: die Wölbung des Kopfes, die noch nicht ganz leeren Augenhöhlen, das Nasenbein, an dem noch ein paar Knorpelfragmente haften, und schließlich die von alten Abszessen zernarbten Kiefer, in denen fast alle Zähne bis auf einen Goldzahn in der Mitte fehlen. Die Strömung dreht den Schädel langsam um, als berge Lieutenant Ninomiya schamhaft sein Gesicht, und Goto Dengo sieht ein sauber in die Schädelbasis gestanztes Loch.

Er blickt auf. Ein Dutzend Chinesen haben sich am Flussufer um ihn geschart und betrachten ihn gleichmütig.

»Sprecht mit keinem anderen Japaner darüber«, sagt Goto Dengo. Als sie ihn im Dialekt der Schanghaier Prostituierten sprechen hören, sperren sie vor Erstaunen Mund und Nase auf.

Einer der Chinesen ist beinahe kahl. Er sieht aus wie Mitte vierzig, obwohl Gefangene rasch altern, sodass es immer schwer ist, Genaueres zu sagen. Im Gegensatz zu den anderen hat er keine Angst. Er blickt Goto Dengo abschätzend an.

»Du da«, sagt Goto Dengo, »such dir zwei Männer aus und dann folgt mir. Nehmt Schaufeln mit.«

Er führt sie in den Dschungel, an eine Stelle, wo man, wie er weiß, nicht mehr graben wird, und zeigt ihnen, wo sie Lieutenant Ninomiyas neues Grab schaufeln sollen. Der Kahlköpfige ist nicht nur ein guter Anführer, sondern auch ein kräftiger Arbeiter, der das Grab im Nu ausgehoben hat und dann ohne Ekel oder Klage die Überreste dorthin schafft. Wenn er den Zwischenfall in China mitgemacht und so lange als Kriegsgefangener überlebt hat, hat er vermutlich viel Schlimmeres gesehen und getan.

Goto Dengos Beitrag besteht darin, dass er Hauptmann Noda ein paar Stunden lang ablenkt. Sie steigen zum Yamamoto hinauf und inspizieren die Dammarbeiten. Noda geht es darum, den Yamamoto-See so rasch wie möglich anzulegen, ehe MacArthurs Luftwaffe das Gebiet genau kartographiert. Die plötzliche Entstehung eines Sees im Dschungel würde vermutlich nicht unbemerkt bleiben.

Der See liegt in einer von Dschungel bedeckten Senke aus natürlichem Fels, durch deren Mitte der Yamamoto fließt. Gleich neben dem Flussufer arbeiten bereits Männer mit Felsbohrern, die Dynamitladungen platzieren. »Der schräge Schacht wird hier beginnen«, sagt

Goto Dengo zu Hauptmann Noda, »und verläuft dann« – er kehrt dem Fluss den Rücken zu und stößt eine Hand wie eine Klinge Richtung Dschungel – »geradewegs hinunter nach Golgatha.« *Die Schädelstätte.*
»Gargatta?«, fragt Hauptmann Noda.
»Das ist Tagalog«, sagt Goto Dengo mit Bestimmtheit. »Es bedeutet ›verborgene Lichtung‹.«
»Verborgene Lichtung. Das gefällt mir! Sehr gut. Gargatta!«, sagt Hauptmann Noda. »Ihre Arbeit geht sehr gut vonstatten, Lieutenant Goto.«
»Ich bemühe mich lediglich, dem hohen Maßstab zu genügen, den Lieutenant Ninomiya gesetzt hat«, sagt Goto Dengo.
»Er war ein ausgezeichneter Arbeiter«, sagt Noda gelassen.
»Vielleicht kann ich ihm, wenn ich hier fertig bin, folgen – wo immer man ihn hingeschickt hat.«
Noda grinst. »Ihre Arbeit steht noch ganz am Anfang. Aber ich kann Ihnen definitiv sagen, dass Sie wieder mit Ihrem Freund zusammenkommen, wenn Sie fertig sind.«

SEATTLE

Lawrence Pritchard Waterhouses Frau und fünf Kinder sind übereinstimmend der Meinung, dass Dad im Krieg irgendetwas gemacht hat, aber da hört's dann auch schon auf. Jeder von ihnen scheint ein anderes B-Movie aus den Fünfzigern oder eine andere Movietone-Wochenschau aus den Vierzigern im Kopf zu haben, in denen ziemlich unterschiedliche Ereignisse dargestellt werden. Es herrscht noch nicht einmal Einvernehmen darüber, ob er bei der Army oder bei der Navy war, was Randy als ein ziemlich grundsätzlicher Punkt im ganzen Plot erscheint. War er in Europa oder in Asien? Auch da gehen die Meinungen auseinander. Grandma ist auf einer Schaffarm im australischen Busch aufgewachsen. Man hätte daher meinen können, dass sie irgendwann in ihrem Leben jemand war, der mit beiden Beinen fest auf der Erde stand – der Typ Frau, der sich nicht nur daran erinnern würde, welcher Waffengattung ihr verstorbener Mann angehört hatte, sondern auch in der Lage wäre, sein Gewehr vom Dachboden herunterzuholen und mit verbundenen Augen auseinander zu nehmen. Sie hatte jedoch offensichtlich etwa fünfundsiebzig Prozent ihrer Wachstunden in der Kirche (wo sie nicht nur betete, sondern auch zur Schule ging und mehr oder minder ihr ganzes gesellschaftliches Leben abwickelte) oder auf dem Hin- oder Rückweg verbracht, und ihre eigenen Eltern wollten ganz ausdrücklich nicht, dass sie am Ende auf einer Farm lebte, ihren Arm in die Vaginen von Viehzeug rammte und rohe Steaks auf die blauen Augen klatschte, die ihr irgendein Ehemann verpasst hatte. Die Landwirtschaft wäre ja noch eine angemessene Art von Trostpreis für einen oder allerhöchstens zwei ihrer Söhne gewesen, eine Art Rückzug für Sprösslinge, die durch Zufall schwere Kopfverletzungen erlitten hatten oder dem Alkohol verfallen waren. Die wahre Bestimmung der cCmndh-Kinder bestand jedoch in der Wiederherstellung des vergangenen und vergessenen Ruhmes der Familie, die angeblich zur Zeit Shakespeares bedeutende Wollhändler hervorgebracht und schon gute Aussichten gehabt hatte, fortan in Kensington zu leben und sich Smith zu nennen, bevor eine Kombination aus Scrapie, langfristigen Klimaveränderungen, dem abscheulichen Verhalten missgünstiger Outer Qwghlmianer und einer weltweiten Trendverschiebung in der Mode – weg von den seltsam riechenden Dreißig-Pfund-Pullovern, in denen kleine Gliederfüßer wohnten – sie alle in ehrliche Armut und dann in nicht ganz so ehrliche Armut gestürzt und schließlich zu ihrer Deportation nach Australien geführt hatte.

Die Sache ist nämlich die, dass Grandma von ihrer Ma schon von Kindesbeinen an eingeflüstert und eingeimpft bekam, dass sie dereinst irgendwo in der Großstadt leben und Nylonstrümpfe, Lippenstift und Handschuhe tragen würde. Das Experiment war in einem Maße geglückt, dass Mary cCmndh zu jedem Zeitpunkt in ihrem Erwachsenenleben innerhalb von zehn Minuten der Königin von England ein Abendessen hätte zubereiten und servieren können, und zwar makellos, ohne vorher noch einen Blick in den Spiegel werfen, ihre Wohnung aufräumen, Silber putzen oder irgendwelche Etikette pauken zu müssen. Unter ihren männlichen Kindern war immer der Witz kursiert, Mom könnte ohne Begleitung in jede Rockerkneipe der Welt spazieren und nur durch ihr Auftreten und ihre Erscheinung dafür sorgen, dass sämtliche in Gang befindlichen Schlägereien augenblicklich eingestellt, sämtliche schmuddeligen Ellbogen von der Bar genommen, Oberkörper aufgerichtet und deftigen Ausdrücke hinuntergeschluckt würden. Die Rocker würden übereinander her kraxeln, um ihr aus dem Mantel zu helfen, ihr den Stuhl zurückzuziehen, Ma'am zu ihr zu sagen und so weiter. Obwohl diese Rockerkneipenszene nie stattgefunden hatte, war sie fast ein richtiger virtueller oder imaginärer Comedy-Sketch, für die Familie Waterhouse ein berühmter Augenblick im Unterhaltungsprogramm, so wie die Beatles damals bei *Ed Sullivan* oder Belushi mit seiner Samurai-Szene in *Saturday Night Live*. Sie stand oben auf ihren geistigen Videokassettenregalen gleich neben den imaginären Wochenschauen und B-Movies über das, was der Patriarch im Krieg gemacht hatte.

Das Entscheidende dabei war, dass die Fähigkeit, ein Haus auf die Weise, für die Grandma berühmt oder auch berüchtigt war, zu führen, ihre äußere Erscheinung auf dem geschilderten Standard zu halten, jedes Jahr mehrere hundert Weihnachtskarten, jede mit Federhalter in fehlerloser Langschrift geschrieben, zu verschicken und so weiter und so fort, dass all diese Dinge zusammengenommen in ihrem Kopf so viel Platz einnahmen wie, sagen wir, die Mathematik in dem eines theoretischen Physikers.

Und wenn dann irgendetwas Praktisches anstand, war sie vollkommen hilflos und war es vermutlich auch immer gewesen. Bis sie aus Altersgründen nicht mehr fahren konnte, war sie noch mit dem 1965er Lincoln Continental, dem letzten Gefährt, das ihr Mann vor seinem frühen Tod bei der örtlichen Niederlassung von Patterson Lincoln-Mercury gekauft hatte, in Whitman herumgegondelt. Das Ding wog so ungefähr sechstausend Pfund und hatte mehr bewegliche Teile als ein ganzes Silo voller Schweizer Uhren. Immer wenn eins ihrer Kinder zu Besuch kam, schlüpfte jemand heimlich hinaus in die Garage, um den Ölmessstab herauszuziehen, dessen Ende auf wundersame Weise immer mit klarem bernsteinfarbenem 10W40 überzogen war. Schließlich stellte sich heraus, dass ihr verstorbener Gatte die gesamte noch lebende männliche Linie der Familie Patterson – das waren vier Generationen – in sein Krankenzimmer beordert, sie um sein Totenbett versammelt und eine Art nicht näher bezeichneten Pakt mit ihnen geschlossen hatte, der in etwa besagte, dass, falls zu irgendeinem künftigen Zeitpunkt der Reifendruck bei dem Lincoln unter den Normwert sinken oder die Wartung anderweitig zu wünschen übrig lassen sollte, sämtliche Pattersons nicht nur ihre unsterblichen Seelen verwirkt hätten, sondern buchstäblich aus Versammlungen und Toiletten herausgezerrt und wie Marlowes Doktor Faustus auf der Stelle in die Hölle gestoßen würden. Er wusste, dass seine Frau nur eine äußerst vage Vorstellung davon hatte, was ein Reifen war, außer dass ein Mann deswegen von Zeit zu Zeit wie ein Held aus dem Auto springen musste, um ihn zu wechseln, während sie im Auto sitzen blieb und ihn bewunderte. Man hatte den Eindruck, die Welt der physikalischen Objekte sei einzig zu dem Zweck geschaffen worden, den Männern um Grandma herum etwas zu geben, was sie mit ihren Händen tun konnten; allerdings nicht, wie man meinen könnte, aus irgendeinem praktischen Grund, sondern nur, damit Grandma an den emotionalen Knöpfen dieser Männer herumspielen konnte, indem sie darauf reagierte, wie gut oder wie schlecht sie es machten. Was prima funktionierte, solange tatsächlich Männer da waren, aber nicht mehr so gut, nachdem Grandpa gestorben war. Deshalb hatten Guerilla-Mechanikerteams Randys Großmutter seitdem ständig beobachtet und von Zeit zu Zeit ihren Lincoln vom Kirchenparkplatz entführt, um unter dem Siegel der Verschwiegenheit bei Patterson Ölwechsel vorzunehmen. Die Fähigkeit des Lincoln, ein Vierteljahrhundert lang ohne Wartung – ja sogar ohne weitere Tankfüllungen – einwandfrei zu laufen, hatte nur Großmutters Ansichten über die ergötzliche Überflüssigkeit männlicher Beschäftigungen bestätigt.

Letztlich lief es darauf hinaus, dass Grandma, deren Verständnis für das Praktische mit fortgeschrittenem Alter (sofern überhaupt möglich) nur noch abgenommen hatte, nicht der Mensch war, den man um Informationen über das, was ihr verstorbener Mann im Krieg gemacht hatte, angehen würde. Die Nazis zu besiegen gehörte für sie in dieselbe Kategorie wie Reifenwechseln: ein schmutziges Geschäft, das zu beherrschen von Männern verlangt wurde. Und das galt nicht nur für die Männer von einst, die Supermänner ihrer Generation; von Randy wurde genauso verlangt, sich mit diesen Dingen auszukennen. Käme morgen die Achse wieder zustande, würde Grandma von Randy erwarten, dass er am darauf folgenden Tag in voller Montur im Cockpit eines Überschallkampfflugzeugs säße. Und Randy würde sich lieber mit Mach 2 in den Boden bohren als ihre Bemerkung ertragen, er sei dem Job eben nicht gewachsen.

Zum Glück für Randy, der vor kurzem ein besonderes Interesse an Grandpa entwickelt hat, ist ein alter Koffer ausgegraben worden. Ein Ding aus Rattan und Leder, eine schicke Angelegenheit aus den Roaring Twenties, komplett mit ein paar mehr oder minder abgeschabten Hotelaufklebern, die Lawrence Pritchard Waterhouses Wanderung vom Mittelwesten nach Princeton und zurück nachzeichnen – randvoll mit kleinen Schwarzweißfotos. Randys Vater kippt den Inhalt auf eine Tischtennisplatte, die aus unerfindlichen Gründen mitten im

Aufenthaltsraum von Grandmas Altenpflegeheim steht, dessen Insassen mit etwa derselben Wahrscheinlichkeit Tischtennis spielen, wie sie sich die Brustwarzen piercen lassen würden. Die Fotos werden wahllos in mehrere getrennte Stapel aufgeteilt, die dann von Randy, seinem Vater, seinen Tanten und Onkeln sortiert werden. Die meisten sind Fotos von den Waterhouse-Kindern, sodass alle fasziniert sind, bis sie Fotos von sich selbst in verschiedenen Altersstufen gefunden haben. Danach fängt der Fotohaufen an, deprimierend in die Breite zu gehen. Lawrence Pritchard Waterhouse war so etwas wie ein Fotonarr und das müssen seine Kinder jetzt ausbaden.

Randy hat anders gelagerte Motive, und so bleibt er noch lange da und geht die Bilder allein durch. Neunundneunzig von hundert sind Schnappschüsse der Waterhouse-Bälger aus den Fünfzigern. Manche sind auch älter. Er findet ein Foto von Grandpa an einem Ort mit Palmen, in Militäruniform mit einer weißen Offiziersschirmmütze auf dem Kopf. Drei Stunden später stößt er auf ein Bild von einem sehr jungen Grandpa, einem typisch schlaksigen Jugendlichen in Erwachsenenkleidern, der mit zwei anderen Männern, einem grinsenden dunkelhaarigen Burschen, der ihm entfernt bekannt vorkommt, und einem blonden Mann mit Adlernase und randloser Brille vor einem gotischen Bauwerk steht. Alle drei haben Fahrräder; Grandpa hat seins zwischen die gespreizten Beine geklemmt, während die anderen beiden, die das vielleicht nicht so fein finden, ihre am Lenker festhalten. Eine weitere Stunde vergeht und dann findet er Grandpa, wieder mit Palmen im Hintergrund, in einer Kakiuniform.

Am nächsten Morgen setzt er sich neben seine Großmutter, nachdem sie ihr tägliches stundenlanges Aufsteh-Ritual hinter sich gebracht hat. »Großmutter, ich habe diese beiden alten Fotos gefunden.« Er legt sie vor sie auf den Tisch und lässt ihr ein bisschen Zeit, sich in die Situation einzufinden. Grandma wechselt im Gespräch nicht mehr so schnell die Themen und außerdem brauchen diese steifen Alte-Damen-Hornhäute ein Weilchen, um den Fokus zu verlagern.

»Ja, das ist beide Male Lawrence, als er Soldat war.« Grandma hat schon immer ein besonderes Talent gehabt, den Leuten das Offensichtliche auf eine Weise zu sagen, die zwar äußerst höflich ist, den Angesprochenen aber als Blödmann hinstellt, der ihr nur die Zeit stiehlt. Mittlerweile ist sie es sichtlich leid, Fotos zu erläutern, eine ermüdende Aufgabe mit dem eindeutigen Subtext: »Du wirst bald sterben und wir sind neugierig – wer ist die Dame da neben dem Buick?«

»Großmutter«, sagt Randy heiter und versucht, ihr Interesse zu wecken, »auf diesem Foto trägt er eine Navyuniform. Und auf dem hier eine von der Army.«

Grandma Waterhouse zieht die Augenbrauen hoch und schaut ihn mit der gekünstelten Aufmerksamkeit an, die sie an den Tag legen würde, wenn auf einer offiziellen Veranstaltung ein Mann, den sie gerade kennen gelernt hätte, versuchte, ihr Nachhilfeunterricht im Reifenwechseln zu geben.

»Es ist, äh, glaube ich, eher ungewöhnlich«, sagt Randy, »dass ein Mann während ein und desselben Krieges sowohl bei der Army als auch bei der Navy ist. Normalerweise ist er entweder bei der einen oder bei der anderen.«

»Lawrence hatte sowohl eine Army-, als auch eine Navyuniform«, sagt Großmutter im demselben Ton, in dem sie immer sagte, er habe sowohl einen Dünn-, als auch einen Dickdarm, »und er trug immer die, die gerade angemessen war.«

»Ja, natürlich«, sagt Randy.

Der schichtförmige Wind gleitet über den Highway wie ein steifes Laken, dass von einem Bett gerissen wurde, und Randy findet es schwierig, den Acura auf der Fahrbahn zu halten. Der Wind ist nicht stark genug, um das Auto fortzuwehen, aber er verwischt die Straßenränder; alles, was er sehen kann, ist eine weiße, streifige Ebene, die seitlich unter ihm dahingleitet. Sein Auge sagt ihm, er soll hineinfahren, was aber keine gute Idee wäre, denn es würde ihn und Amy geradewegs in die Lavafelder tragen. Er versucht, sich auf einen entfernten Punkt zu konzentrieren: die weiße Raute des Mount Rainier, ein paar Hundert Kilometer westlich.

»Ich weiß nicht mal, wann sie geheiratet haben«, sagt Randy. »Ist das nicht schrecklich?«

»September 1945«, sagt Amy. »Das hab ich aus ihr rausgekitzelt.«

»Wow.«

»Frauengespräche.«

»Ich wusste nicht, dass Sie überhaupt Frauengespräche führen können.«

»Das können wir alle.«

»Haben Sie irgendwas über die Hochzeit erfahren? So was wie –«

»Das Porzellanmuster?«

»Genau.«

»Das war tatsächlich Lavender Rose«, sagt Amy.

»Das passt also. Ich meine, *chronologisch gesehen* passt es. Das Unterseeboot ist im Mai 1945 vor Palawan gesunken – vier Monate vor der Hochzeit. Wie ich meine Großmutter kenne, waren die Hochzeitsvorbereitungen zu diesem Zeitpunkt schon weit fortgeschritten – garantiert hatten sie sich bereits auf ein bestimmtes Porzellan geeinigt.«

»Und Sie meinen, Sie hätten ein Foto von Ihrem Grandpa in Manila um diese Zeit?«

»Das ist mit Sicherheit Manila. Und Manila ist erst im März 1945 befreit worden.«

»Also, was heißt das denn nun? Ihr Grandpa muss zwischen März und Mai Kontakt zu jemandem in dem Unterseeboot gehabt haben.«

»In dem Unterseeboot ist eine Brille gefunden worden.« Randy zieht ein Foto aus seiner Hemdtasche und reicht es Amy hinüber. »Ich wüsste gerne, ob sie zu der von diesem Typ passt, dem großen Blonden.«

»Ich kann mich darum kümmern, wenn ich wieder dort bin. Ist der Mensch links Ihr Großvater?«

»Ja.«

»Wer ist der in der Mitte?«

»Ich glaube, das ist Turing.«

»Turing, wie in *TURING Magazine*?«

»Sie haben die Zeitschrift nach ihm benannt, weil er viel Pionierarbeit mit Computern geleistet hat«, sagt Randy.

»So wie Ihr Grandpa.«

»Genau.«

»Was ist mit diesem Typ, den wir in Seattle treffen? Ist das auch ein Computerfreak? Ach Gott, jetzt gucken Sie, als wollten Sie sagen: ›Amy hat gerade etwas so Dummes von sich gegeben, dass es richtig wehtut!‹ Ist das unter den Männern Ihrer Familie ein gängiger Gesichtsausdruck? Meinen Sie, das ist der Ausdruck, mit dem Ihr Großvater Ihre Großmutter bedacht hat, als sie nach Hause kam und verkündete, sie sei mit dem Lincoln Continental rückwärts gegen einen Hydranten gefahren?«

»Tut mir Leid, wenn ich mich manchmal komisch benehme«, sagt Randy. »Die Familie ist voller Wissenschaftler. Mathematiker. Die am wenigsten Intelligenten von uns werden Ingenieure. Ungefähr das, was ich bin.«

»Entschuldigung, haben Sie gerade gesagt, Sie seien einer der am wenigsten Intelligenten?«

»Am wenigsten festgelegt, vielleicht.«

»Hmmmm.«

»Ich will damit sagen, unsere einzigen Vorzüge sind Präzision und der Versuch, die Dinge mathematisch gesehen richtig hinzukriegen. Jeder muss ja auf irgendeine Art vorankommen, oder? Sonst arbeitet man sein ganzes Leben bei McDonald's, oder noch Schlimmeres. Manche werden reich geboren. Manche werden in eine große Familie wie Ihre geboren. Wir machen unseren Weg, indem wir auf unser Wissen bauen, dass zwei plus zwei gleich vier ist, und daran halten wir auf eine geradezu kauzige Weise fest, die für andere Leute vielleicht manchmal verletzend ist.«

»Verletzend für wen? Leute, die meinen, zwei plus zwei ist gleich fünf?«

»Leute, denen eine feine Lebensart wichtiger ist als der Anspruch, in einem Gespräch nur Dinge zu behaupten, die wirklich wahr sind.«

»Wie zum Beispiel... Leute weiblichen Geschlechts?«

Einen guten Kilometer weit knirscht Randy mit den Zähnen, dann sagt er: »Wenn es überhaupt irgendeine Verallgemeinerung gibt, die sich über die Denkweise von Männern im Gegensatz zu Frauen anstellen lässt, ist es, glaube ich, die, dass Männer wie ein unglaublich dünner Laserstrahl ihre gebündelte Aufmerksamkeit auf ein winzig kleines Objekt richten und an nichts anderes denken können.«

»Während Frauen das nicht können?«

»*Können* tun sie's vermutlich schon. Sie scheinen es aber nur selten zu *wollen*. Was ich hier als weibliche Methode charakterisiere, ist im Grunde normaler und gesünder.«

»Hmmmm.«

»Allerdings sind Sie im Moment ein bisschen paranoid und versteifen sich zu sehr auf das Negative. Es geht gar nicht um die Unzulänglichkeit von Frauen, sondern vielmehr um die der Männer. Unsere sozialen Defizite, der Mangel an Weitblick oder wie immer Sie es nennen wollen, das ist es, was uns befähigt, zwanzig Jahre lang eine einzige Libellenart zu studieren oder hundert Stunden die Woche vor einem Computer zu hocken und Codes zu schreiben. Dieses Verhalten ist nicht das eines ausgeglichenen und gesunden Menschen, aber es kann offensichtlich zu großen Fortschritten auf dem Gebiet der Kunstfasern führen. Oder sonstwo.«

»Aber Sie haben gesagt, Sie selbst wären nicht sehr festgelegt.«
»Im Vergleich zu anderen Männern in meiner Familie stimmt das. Ich weiß ein bisschen was über Astronomie, viel über Computer, ein wenig über kaufmännische Dinge und habe, wenn ich so sagen darf, ein etwas höheres Niveau an sozialer Kompetenz als die anderen. Oder vielleicht ist es nicht einmal *Kompetenz*, sondern nur ein klares Bewusstsein davon, wann ich *nicht* kompetent bin, sodass ich zumindest weiß, wann ich verlegen sein muss.«

Amy lacht. »Darin sind Sie wirklich gut. Man hat den Eindruck, Sie torkeln gleichsam von einem Moment der Verlegenheit in den nächsten.«

Randy wird verlegen.

»Es ist lustig zu beobachten«, sagt Amy aufmunternd. »Das spricht nur für Sie.«

»Ich will damit sagen, dass es mich unterscheidet. Für viele Leute ist das Erschreckendste am echten *Nerd* nicht seine soziale Unzulänglichkeit – *die* hat jeder mal am eigenen Leib erlebt –, sondern die Tatsache, dass ihn das nicht im Geringsten verlegen macht.«

»Das ist aber trotzdem bemitleidenswert.«

»Es war bemitleidenswert, als sie noch in der High School waren«, sagt Randy. »Jetzt ist es etwas anderes. Etwas ganz anderes als bemitleidenswert.«

»Was denn?«

»Ich weiß es nicht. Es gibt kein Wort dafür. Sie werden es sehen.«

Wenn man über die Cascades fährt, erlebt man einen Klimawechsel wie sonst nur nach einer vierstündigen Reise im Flugzeug. Warmer Regen prasselt auf die Windschutzscheibe und löst die Eiskrusten an den Scheibenwischern. Was sich im März und April gewöhnlich nach und nach an Überraschungen einstellt, ist hier knapp und prägnant zusammengefasst. Das Ganze ist etwa so anregend wie ein Striptease-Video im Schnellvorlauf. Die Landschaft wird nass und so grün, dass sie schon fast blau ist, und schießt auf einem Raum von ungefähr anderthalb Kilometern geradewegs aus dem Boden. Die Überholspuren der Interstate 90 sind übersät mit braunen Schneematschhaufen, die von den Ford Broncos der heimkehrenden Wintersportler abgeschmolzen sind. Sattelschlepper rauschen in sich kräuselnden kegelförmigen Schleiern aus Wasser und Fahrtwind an ihnen vorbei. Verblüfft sieht Randy auf halber Höhe an den Hängen neue Bürohäuser, an denen Hightechfirmenlogos prangen. Dann fragt er sich, woher diese Verblüffung kommt. Amy war noch nie hier und sie nimmt die Füße von der Airbag-Abdeckung, setzt sich aufrecht hin, um sich umzuschauen, und sagt laut, sie wünschte, Robin und Marcus Aurelius wären mitgekommen, statt zurück nach Tennessee zu fahren. Randy besinnt sich darauf, auf eine der rechten Spuren hinüberzuwechseln und das Tempo zu drosseln, als sie die letzten dreihundert Höhenmeter hinunter nach Issaquah fahren, und tatsächlich steht die Highway-Polizei da und verpasst Rasern Strafzettel. Diesen Beweis von Scharfsinn findet Amy außerordentlich beeindruckend. Sie sind immer noch kilometerweit vom Stadtkern entfernt in den halb bewaldeten Vororten der East Side, wo die Nummern der Straßen und Avenues noch dreistellig sind, als Randy eine Ausfahrt nimmt und sie eine lange Geschäftsstraße entlang kutschiert, die, wie sich später herausstellt, nur die Peripherie eines großen Einkaufszentrums ist. In seiner Umgebung sind mehrere Trabanteneinkaufszentren aus dem Boden geschossen und haben alte Orientierungspunkte verwischt, sodass Randy mit seiner Navigation ins Schleudern kommt. Überall ist Betrieb, weil die Leute unterwegs sind, um ihre Weihnachtsgeschenke umzutauschen. Nach einigem Umherirren und Fluchen findet Randy das Haupteinkaufszentrum, das verglichen mit den Trabanten ein bisschen heruntergekommen aussieht. Er parkt in der entferntesten Ecke des Parkplatzes und erklärt, dass es logischer ist, es so zu machen und dann fünfzehn Sekunden lang zu laufen, als fünfzehn Minuten lang nach einer näheren Parklücke zu suchen.

Randy und Amy stehen einen Moment lang hinter dem offenen Kofferraum des Acura und schälen sich aus plötzlich überflüssig gewordenen Ost-Washingtoner Isolierschichten. Amy macht sich Sorgen über ihre Cousins und wünscht, sie und Randy hätten ihnen ihre gesamte Kaltwetterausrüstung geschenkt; als man sie zuletzt sichtete, umkreisten sie den Impala wie zwei trägergestützte Kampflugzeuge ihr Mutterschiff kurz vor der Landung und prüften Reifendruck und Flüssigkeitspegel mit einer solchen Intensität und Aufmerksamkeit, dass man den Eindruck gewinnen konnte, sie hätten etwas viel Aufregenderes vor als ihre Hintern in Schalensitze zu setzen und zwei Tage lang gen Westen zu fahren. Sie haben eine ritterliche Art an sich, die die Mädchen bei ihnen zu Hause garantiert umhaut. Amy umarmte sie beide leidenschaftlich, als würde sie sie nie mehr wiedersehen, und sie ließen ihre Umarmungen mit Würde und Geduld über sich ergehen, und dann waren sie weg; dabei widerstanden sie dem Drang, einen heißen Reifen hinzulegen, bis sie ein paar Häuserblocks entfernt waren.

Sie gehen in das Einkaufszentrum. Amy wundert sich immer noch laut darüber, warum sie hier sind, folgt ihm aber. Randy ist erst noch ein bisschen unschlüssig, doch dann steuert er automatisch auf eine gedämpft herüber dringende elektronische Kakophonie – digitalisierte Stimmen, die Krieg prophezeien – zu und taucht in die Lebensmittelabteilung ein. Nachdem er sich teils am Klang, teils am Geruch orientiert hat, erreicht er die Ecke, in der eine Menge männlicher Wesen im Alter von vielleicht zehn bis vierzig Jahren in kleinen Grüppchen zusammensitzen, von denen manche wabbelnde Portionen eines chinesischen Gerichts aus kleinen weißen Schachteln hervorziehen, die meisten jedoch auf etwas fixiert sind, was aus der Ferne wie eine Art Papierkram aussieht. Als Hintergrund spuckt der ultraviolette Schlund einer riesigen Spielepassage digitalisierte und klangtechnisch abgemilderte Detonationen, Zischgeräusche, Düsenknalle und die Fürze einer Gatling-Gun. Die Passage scheint allerdings nichts anderes mehr als ein Orientierungspunkt zu sein, um den herum sich dieser intensive Kult von Zettel-Hobbyisten gebildet hat. Ein drahtiger Teenager in engen schwarzen Jeans und einem schwarzen T-Shirt, der sich eine lange dünne Schachtel wie ein Gewehr umgehängt hat, streicht mit der provozierenden Selbstsicherheit eines illegalen Buchmachers zwischen den Tischen umher. »Die hier ist meine ethnische Volksgruppe«, erklärt Randy als Antwort auf Amys Gesichtsausdruck. »Fantasy-Rollenspiel-Freaks. Das sind Avi und ich vor zehn Jahren.«

»Die sehen aus, als spielen sie Karten.« Amy hat immer noch diesen Ausdruck im Gesicht und rümpft die Nase. »Sonderbare Karten.« Amy platzt neugierig mitten in ein Spiel zwischen vier *Nerds*. Nahezu überall sonst würde das Auftauchen einer Frau mit einer erkennbaren Taille in irgendeiner Weise Aufsehen erregen. Zumindest würden unanständige Blicke an ihrem Körper auf und ab wandern. Diese Typen hier haben jedoch nur eins im Kopf: die Karten in ihren Händen, von denen jede in einer Plastikhülle steckt, damit sie in tadellosem Zustand bleibt, und mit dem Bild eines Trolls oder Zauberers oder eines anderen Blattes vom post-tolkienschen Evolutionsbaum geschmückt und auf der Rückseite mit komplizierten Regeln bedruckt ist. Geistig befinden sich diese Burschen nicht in einem Einkaufszentrum an der East Side von Groß-Seattle, sondern auf einem Gebirgspass, wo sie versuchen, sich gegenseitig mit scharfen Waffen und spirituellem Feuer umzubringen.

Der junge Buchmacher schätzt Randy als potentiellen Kunden ein. Seine Schachtel ist lang genug, um ein paar hundert Karten zu enthalten, und sie sieht schwer aus. Randy würde es nicht wundern, etwas Deprimierendes über diesen jungen Kerl zu erfahren, zum Beispiel, dass er durch das günstige An- und teure Verkaufen von Karten so viel Geld verdient, dass er einen brandneuen Lexus besitzt, den er noch gar nicht fahren darf. Randy fängt seinen Blick auf und fragt: »Chester?«

»Toilette.«

Randy setzt sich hin und beobachtet Amy, die den Freaks bei ihrem Spiel zusieht. Schon in Whitman, draußen auf dem Parkplatz, hatte er gedacht, das wäre jetzt der Abschuss und sie würde sicher Angst bekommen und die Flucht ergreifen. Aber das hier ist potentiell schlimmer. Ein Haufen dicklicher Burschen, die nie an die Luft gehen und sich in ausgetüftelte Spiele hineinsteigern, bei denen nicht existente Personen losziehen und Dinge zu tun vorgeben, die zum größten Teil nicht so interessant sind wie das, was Amy, ihr Vater und verschiedene andere Mitglieder ihrer Familie ständig tun, ohne irgendwelches Aufhebens davon zu machen. Fast ist es, als würde Randy sie ganz bewusst Zumutungen aussetzen und den Punkt herauszufinden versuchen, an dem sie aufgibt und davonläuft. Doch noch haben ihre Lippen nicht begonnen, sich vor Abscheu zu kräuseln. Unbefangen beobachtet sie das Spiel, späht den *Nerds* über die Schultern, verfolgt die Handlung und blinzelt hier und da bei einer zu abstrakten Regel.

»Hey, Randy.«

»Hey, Chester.«

Chester ist also von der Toilette zurück. Er sieht genau so aus wie früher, nur wie die klassische Demonstration der Theorie vom sich ausbreitenden Universum, bei der ein Gesicht oder irgendein anderes Motiv auf einen halb aufgeblasenen Ballon gemalt und der dann weiter aufgeblasen wird. Die Poren haben sich geweitet und die einzelnen Haare sind auseinander gerückt, was den Eindruck drohender Glatzköpfigkeit erweckt. Es hat den Anschein, als hätten selbst seine Augen sich voneinander entfernt und die Farbtupfer in den Iriden sich zu Flecken ausgewachsen. Dick ist er eigentlich nicht – er hat noch dieselbe zerzauste Stämmigkeit wie früher. Da die Menschen ab Anfang zwanzig nicht mehr wachsen, muss das eine Täuschung sein. Ältere Leute scheinen einfach mehr Raum einzunehmen. Oder sehen mehr.

»Wie geht's Avidus?«

»Gierig wie eh und je«, erwidert Randy, geistlos, aber obligatorisch. Chester trägt eine Art Fotografenweste mit einer unnötig großen Anzahl kleiner Taschen, die alle mit Spielkarten voll gestopft sind. Vielleicht wirkt er deshalb so dick. Er trägt ungefähr zwanzig Pfund Karten am Leib. »Ich stelle fest, dass ihr zu kartengestützten Rollenspielen übergegangen seid«, sagt Randy.

»Ja! Das ist viel besser als die alten mit Papier und Bleistift. Und sogar als die computervermittelten Rollenspiele, bei allem Respekt vor der tollen Arbeit, die du und Avi geleistet habt. Woran arbeitet ihr denn jetzt gerade?«

»Etwas, was vielleicht damit zu tun haben könnte«, sagt Randy. »Mir ist gerade klar geworden, dass man, wenn man eine Reihe kryptographischer Protokolle hat, die zur Ausgabe einer fälschungssicheren Währung geeignet sind – und die haben wir seltsamerweise –, diese Protokolle auch auf Kartenspiele übertragen könnte. Jede dieser Karten ist ja wie eine Banknote. Manche sind mehr wert als andere.«

Chester nickt die ganze Zeit, unterbricht Randy aber nicht so ungehobelt, wie ein jüngerer *Nerd* es tun würde. Ein jüngerer *Nerd* ist schnell beleidigt, wenn jemand in seiner Nähe Aussagesätze formuliert, denn daraus hört er die Behauptung heraus, er, der *Nerd*, kenne die mitgeteilte Information noch nicht. Der ältere *Nerd* hingegen besitzt mehr Selbstvertrauen und hat im Übrigen Verständnis dafür, dass Leute oft laut denken müssen. Und sehr hoch entwickelte *Nerds* begreifen darüber hinaus, dass das Formulieren von Aussagesätzen, deren Inhalt allen Anwesenden bereits bekannt ist, zum sozialen Vorgang des Konversation-Treibens gehört und unter keinen Umständen als Aggression betrachtet werden darf. »Das gibt es schon«, sagt Chester, als Randy fertig ist. »Um genau zu sein, die Firma, für die du und Avi in Minneapolis gearbeitet habt, gehört zu den führenden–«

»Ich möchte Ihnen meinen Freund vorstellen, Amy«, unterbricht Randy, obwohl Amy ein gutes Stück entfernt steht und gar nicht hinhört. Aber Randy fürchtet, Chester könnte ihm gleich erzählen, dass die Aktie dieser Firma in Minneapolis jetzt eine Höhe erreicht hat, bei der ihre Marktkapitalisierung die von General Dynamics übersteigt und dass Randy seine Anteile hätte behalten sollen. »Amy, das ist mein Freund Chester«, sagt Randy und führt Chester zwischen den Tischen hindurch. Jetzt blicken einige der Spieler doch interessiert auf – nicht zu Amy, sondern zu Chester, der (so nimmt Randy an) vermutlich eine nur einmal vorkommende Karte in dieser Weste versteckt hat, wie DAS THERMONUKLEARE WAFFENARSENAL DER UNION DER SOZIALISTISCHEN SOWJETREPUBLIKEN oder YHWH. Chester zeigt eine deutliche Verbesserung seines Sozialverhaltens, indem er Amy ohne eine Spur von Unbeholfenheit die Hand schüttelt und in fließendem Übergang in die ziemlich anständige Imitation eines reifen, ausgeglichenen Individuums verfällt, das sich in höflichem Plauderton unterhält. Ehe Randy sich's versieht, hat Chester sie zu sich nach Hause eingeladen.

»Ich habe gehört, es wäre noch nicht fertig«, sagt Randy.

»Du musst den Artikel im *Economist* gelesen haben«, erwidert Chester.

»Richtig.«

»Hättest du den in der *NewYork Times* gelesen, wüsstest du, dass der Artikel im *Economist* nicht der Wahrheit entspricht. Ich wohne jetzt im Haus.«

»Ich freue mich darauf, es zu sehen«, sagt Randy.

»Gemerkt, wie schön meine Straße gepflastert ist?«, fragt Chester eine halbe Stunde später säuerlich. Randy hat seinen verbeulten und verkratzten Acura auf dem Gästeparkplatz von Chesters Haus geparkt und Chester hat seinen 1932er Dusenberg Roadster in die Garage gefahren, zwischen einen Lamborghini und ein anderes Gefährt, das buchstäblich wie ein Flugzeug aussieht, gebaut, um auf Düsenfächern zu schweben.

»Äh, um ehrlich zu sein, nein«, antwortet Randy und versucht, nichts um ihn herum anzustarren. Sogar das Pflaster unter seinen Füßen sieht aus wie ein maßgefertigtes Mosaik im Penrose-Muster. »Ich erinnere mich vage, dass sie breit und flach war und keinerlei Schlaglöcher hatte. Schön gepflastert, sozusagen.«

»Das«, sagt Chester mit einer Kopfbewegung zu seinem Haus hin, »war das erste Haus, auf das die VLÜH angewandt wurde.«

»VLÜH?«

»Die Verordnung über Lächerlich Überdimensionierte Häuser. Ein paar Unzufriedene haben sie durch den Stadtrat geboxt. Du kennst die Typen, Herzchirurgen und Treuhandschaftsschmarotzer, die gerne hübsche große Häuser haben, aber wehe, ein hergelaufener Hacker versucht, ein Haus zu bauen und schickt hin und wieder ein paar Zementlaster durch ihre Straße.«

»Haben sie dich etwa die Straße neu pflastern lassen?«

»Die halbe beschissene Stadt haben sie mich neu pflastern lassen«, sagt Chester. »Ein paar von den Nachbarn haben gemeckert, das Haus sei ein Schandfleck, aber nachdem wir uns erst mal auf dem falschen Fuß erwischt hatten, war es mir dann auch egal.« Tatsächlich hat Chesters Haus mit seinem ganz aus Glas gebauten Dach verdächtige Ähnlichkeit mit einem regionalen Speditionszentrum. Mit einer ausladenden Bewegung zeigt Chester auf ein unregelmäßig mit Rasen bedecktes Stück Schlamm, das zum Lake Washington hin abfällt. »Der Garten ist, wie man unschwer erkennt, noch nicht angelegt. Deshalb sieht er aus wie ein Projekt über Erosion auf einer Forschungsausstellung.«

»Ich wollte gerade sagen, wie die Schlacht an der Somme«, sagt Randy.

»Der Vergleich hinkt, es gibt nämlich keine Schützengräben«, erwidert Chester. Er zeigt immer noch nach unten zum See. »Wenn ihr aber euren Blick in Ufernähe richtet, könnt ihr noch ein paar halb begrabene Eisenbahnschwellen ausmachen. Da haben wir die Gleise verlegt.«

»Gleise?« sagt Amy, das einzige Wort, das sie herausgebracht hat, seit Randy seinen Acura durch die Hauptzufahrt gelenkt hat. Auf dem Weg hierher hat Randy ihr erzählt, dass, wenn er, Randy, den Faktor, um den Chesters Vermögen gegenwärtig das seine übersteigt, mit hunderttausend Dollar multiplizierte und das Geld auf der Bank hätte, er (Randy) nie mehr würde arbeiten müssen. Das erwies sich als eine eher geistreiche denn informative Aussage, sodass Amy nicht auf das gefasst war, was sie hier vorgefunden haben, und ihr Gesicht noch immer von größtem Befremden gezeichnet ist.

»Für die Lokomotive«, sagt Chester. »Da es in der Nähe keine Eisenbahnschienen gibt, haben wir die Lokomotive auf einem Schleppkahn hergebracht und auf einer kurzen Schiene ins Foyer hochgezogen.«

Amy verzieht nur schweigend das Gesicht.

»Amy hat die Artikel nicht gelesen«, erklärt Randy.

»Ach so, tut mir Leid«, sagt Chester, »ich stehe auf veraltete Technologie. Das Haus ist ein Museum für überlebte Technik. Steckt eure Hände in diese Dinger hier.«

Vor der Eingangstür aufgereiht stehen vier hüfthohe, mit dem Augapfel/Pyramiden-Logo von Novus Ordo Seclorum versehene Sockel, auf deren Abdeckungen die schablonenhaft gezeichneten Umrisse einer Hand und in den Rundungen zwischen den Fingern Knöpfe zu sehen sind. Randy legt seine Hand hinein und spürt, wie die Knöpfe durch ihre Führrillen gleiten und dabei die Geometrie seiner Hand ablesen und speichern. »Das Haus weiß jetzt, wer ihr seid«, sagt Chester, während er ihre Namen auf einer robusten wetterfesten Tastatur eintippt, »und ich gebe euch jetzt eine bestimmte Vorzugsdatenkonstellation, die ich nur für persönliche Gäste verwende – jetzt könnt ihr, ob ich zu Hause bin oder nicht, zum Haupttor hereinkommen, euer Auto parken und auf dem Gelände herumlaufen. Und falls ich zu Hause bin, könnt ihr auch das Haus betreten; bin ich allerdings nicht zu Hause, ist es für euch verschlossen. Und ihr könnt euch frei im Haus bewegen, abgesehen von ein paar Büros, in denen ich Firmenunterlagen aufbewahre.«

»Haben Sie Ihre eigene Firma oder so was?«, fragt Amy leise.

»Nein. Nachdem Randy und Avi die Stadt verlassen hatten, habe ich das College geschmissen und mir einen Job bei einer hiesigen Firma geangelt, den ich heute noch habe«, antwortet Chester.

Die Eingangstür, eine durchscheinende Kristallplatte auf einer Schiene, gleitet zur Seite. Randy und Amy folgen Chester in sein Haus. Wie angekündigt steht im Foyer eine Dampflokomotive in Originalgröße.

»Das Haus ist nach Art des Flex-Space gebaut«, sagt Chester.

»Was ist denn das?«, fragt Amy. Sie ist von der Lokomotive völlig angewidert.

»Viele Hightechfirmen fangen im Flex-Space an, das heißt, in einer großen Lagerhalle ohne innere Mauern oder Trennwände – nur mit ein paar Pfeilern zum Abstützen der Decke. Um sie herum kann man Trennwände zur Aufteilung in einzelne Räume ziehen.«

»Wie Toilettenkabinen?«

»Selbes Prinzip, nur gehen hier die Trennwände höher, so dass man sich wie in einem richtigen Raum vorkommt. Natürlich reichen sie nicht bis ganz an die Decke. Sonst wäre nämlich kein Platz mehr für die TWA.«

»Die was?«, fragt Amy. Chester, der sie in das Labyrinth aus Trennwänden führt, antwortet, indem er den Kopf zurücklegt und seinen Blick senkrecht nach oben richtet.

Das Dach des Hauses ist ganz aus Glas gemacht, gestützt durch ein Trägerwerk aus weiß gestrichenen Stahlrohren. Es befindet sich etwa zwölf bis fünfzehn Meter über dem Boden. Die Trennwände sind ungefähr dreieinhalb Meter hoch. In dem Zwischenraum zwischen den Wänden und der Decke ist ein Gitter eingezogen worden, ein Gerüst aus roten Röhren, das fast so groß ist wie das Haus selbst. Tausende, Millionen von Aluminiumstückchen hängen in diesem weit gespannten Gitter, wie zerrissene Federbüschel in einem dreidimensionalen Netz. Es sieht aus wie eine Artilleriegranate von der Länge eines Fußballfeldes, die vor einer Mikrosekunde explodiert und auf der Stelle erstarrt ist; Licht sickert durch die Metallsplitter, tröpfelt an Bündeln zerfetzter Drähte entlang und wird grell von den Krusten geschmolzener und wieder hart gewordener Polster reflektiert. Es ist so riesig und so nah, dass Amy und Randy beim ersten Blick nach oben in der Erwartung, es würde auf sie stürzen, blinzeln müssen. Randy weiß bereits, was es ist. Aber Amy muss es lange betrachten und durch die einzelnen Räume streifen, um es aus verschiedenen Blickwinkeln zu sehen, bevor es in ihrem Kopf Gestalt annimmt und als etwas Vertrautes erkennbar wird: eine 747.

»Die FAA und die NTSB sind erstaunlich unkompliziert damit umgegangen«, sinniert Chester. »Was auch sinnvoll ist. Sie haben das Ding ja in einem Hangar rekonstruiert. Sind alle Teile einzeln durchgegangen, haben rausgefunden, wo sie hingehören, und sie an dieses Gitter gehängt. Sie haben das Ganze untersucht und sämtliche Spuren, die sie finden konnten, gesichert, haben alle menschlichen Überreste ausgespritzt und ordentlich beseitigt, die Trümmer sterilisiert, damit das Team, das die Absturzursache klären soll, nicht befürchten muss, durch die Berührung eines blutbespritzten Flanschs oder so etwas AIDS zu bekommen. Das ist jetzt erledigt. Und sie zahlen eine Art Miete für diesen Hangar. Sie können es nicht wegwerfen, sondern müssen es irgendwo aufheben. Ich brauchte mir für das Haus also lediglich eine amtliche Zulassung als Lagerhaus gemäß Bundesbestimmungen zu besorgen, was ein recht simples juristisches Verfahren war. Und wenn es zu einem Prozess kommt, muss ich die Anwälte reinlassen, um es zu untersuchen. Alles in allem war es aber wirklich kein Problem. Die Boeing-Typen sind begeistert, die sind ständig hier.«

»Für sie ist es wie eine Zuflucht«, vermutet Randy.

»Genau.«

»Dir gefällt diese Rolle.«

»Na klar! Ich habe eine Vorzugsdatenkonstellation eigens für Ingenieure aller Art definiert, die jederzeit herkommen und das Haus als Museum für überlebte Technik betreten können. Das meine ich mit dem Bild des Flex-Space. Für meine Gäste und mich ist es ein Zuhause. Für diese Besucher… da drüben ist gerade einer.« Chester deutet mit einer Armbewegung quer durch den Raum (es ist ein zentraler Raum, der auf einer Seite vielleicht fünfzehn Meter lang ist) auf einen typischen Ingenieur, der eine Hasselblad auf ein gewaltiges Stativ gesetzt hat und sie gerade nach oben auf eine verbogene Fahrgestellstrebe richtet. »... für sie ist es genau wie ein Museum mit Ecken, die sie betreten können, und anderen, bei denen, wenn sie eine bestimmte Linie überschreiten, ein Alarmsignal losgeht und sie in Schwierigkeiten bringt.«

»Gibt es einen Souvenirladen?«, witzelt Amy.

»Der Souvenirladen ist geplant, liegt aber noch in der Schublade – die LÜHV stellt einem alle möglichen Hindernisse in den Weg«, murmelt Chester.

Schließlich landen sie in einem relativ gemütlichen Raum, dessen Glaswände den Blick über den zerwühlten Schlamm hinweg auf den See freigeben. Chester wirft eine Espressomaschine an, die wie das maßstabsgetreue Modell einer Ölraffinerie aussieht und zwei Tassen Milchkaffee produziert. Dieser Raum liegt zufällig unter der noch relativ intakten linken Flügelspitze der TWA-Maschine. Jetzt fällt Randy auf, dass das ganze Flugzeug in einer leichten Schräglage aufgehängt ist, so als nähme es eine kaum merkliche Kursänderung vor, was eigentlich gar nicht passt; ein senkrechter Sturzflug wäre plausibler, allerdings müsste das Haus dafür fünfzig Stockwerke hoch sein. In der Flügelhaut erkennt er ein sich wiederholendes Muster von Rissen, das ein Ausdruck für genau den Algorithmus zu sein scheint, der auch die sich wiederholenden Wirbel in einem Luftstrudel oder die Wirbel in einer Mandelbrot-Menge zu erzeugen scheint. Charlene und seine Freunde haben ihn immer damit aufgezogen, ein Platoniker zu sein, aber wohin er auch geht, überall findet er dieselben wenigen Idealformen gleichsam als Schattenbilder in der physischen Welt wieder. Vielleicht ist er auch nur dumm oder so.

Dem Haus fehlt die Hand einer Frau. Aus Andeutungen, die Chester fallen gelassen hat, schließt Randy, dass die TWA-Maschine sich nicht als der erhoffte Gesprächsaufhänger erwiesen hat. Chester liebäugelt jetzt damit, über manchen der Trennwände des Hauses unechte Decken einzuziehen, damit dort der Eindruck von Zimmern entsteht, was, wie er einräumt, dazu führen könnte, dass »manche Leute« sich darin wohler fühlen und sich vielleicht sogar zu einem »längeren Aufenthalt« entschließen könnten. Er steht also offensichtlich in ersten Verhandlungen mit irgendeinem weiblichen Wesen, und das ist eine gute Nachricht.

»Chester, vor zwei Jahren hast du mir in einer E-Mail von einem Vorhaben berichtet, das du gerade gestartet hattest, nämlich den Bau von Nachbildungen früher Computer. Du wolltest damals Informationen über die Arbeit meines Großvaters.«

»Stimmt«, erwidert Chester. »Willst du das Zeug sehen? Ich habe es auf Sparflamme laufen lassen, aber...«

»Ich habe gerade ein paar von seinen Notizbüchern geerbt«, sagt Randy.

Chesters Augenbrauen gehen hoch. Amy schaut aus dem Fenster; ihr Haar, ihre Haut und ihre Kleidung nehmen von dem Dopplereffekt, der entsteht, als sie sich mit relativistischer Geschwindigkeit aus dem Gespräch ausklinkt, eine deutlich rötliche Färbung an.

»Ich möchte wissen, ob du ein funktionierendes ETC-Karten-Lesegerät hast.«

Chester schnaubt verächtlich. »Das ist alles?«

»Das ist alles.«

»Möchtest du ein 1932er Mark-III-Lesegerät? Oder ein 1938er Mark IV? Oder ein...«

»Macht es irgendeinen Unterschied? Sie lesen doch alle dieselben Karten, oder?«

»Ja, so ziemlich.«

»Ich habe ein paar Karten aus der Zeit um 1945 und hätte sie gerne auf einer Floppy Disk abgespeichert, die ich dann mit nach Hause nehmen kann.«

Chester greift zu einem Handy von der Größe einer Essiggurke und fängt an darauf einzuhacken. »Ich rufe meinen Kartenmann an«, erklärt er. »Pensionierter ETC-Ingenieur. Lebt auf Mercer Island. Kommt ein paar Mal die Woche mit seinem Boot her und bastelt an diesem Zeug rum. Er wird hellauf begeistert sein, dich zu treffen.«

Während Chester mit seinem Kartenmann spricht, schaut Amy Randy mit einem nahezu undurchdringlichen Blick in die Augen. Sie wirkt etwas gedämpft. Erschöpft. Bereit, die Heimreise anzutreten. Gerade die mangelnde Bereitschaft, ihre Gefühle zu zeigen, ist ein deutliches Zeichen dafür. Vor dieser Reise hätte Amy noch behauptet, dass selbst die unmöglichsten Typen ihren Platz auf der Welt haben. Dem würde sie auch jetzt noch zustimmen. Aber Randy hat ihr in den letzten Tagen ein paar praktische Beispiele für diese Regel gezeigt, die sie erst nach einer gewissen Zeit in ihre Sicht der Welt wird einbauen können. Oder, was noch wichtiger ist, in ihre Sicht von Randy. Und tatsächlich fragt sie Chester, kaum dass er aufgelegt hat, ob sie das Handy benutzen kann, um einen Flug zu buchen. Dabei macht sie nur eine ganze flüchtige Augenbewegung nach oben zu der TWA-Maschine. Und nachdem Chester sein Erstaunen darüber, dass heutzutage überhaupt noch jemand mittels Sprachtechnologie irgendwelche Buchungen vornimmt, überwunden hat, nimmt er sie mit zum nächsten Computer (in jedem Raum steht ein voll ausgerüstetes UNIX-Gerät), klinkt sich direkt in die Datenbank der Fluggesellschaften ein und macht sich auf die Suche nach der optimalen Route für ihre Rückreise. Randy geht ans Fenster, starrt hinaus auf die Schaumkronen der kalten Wellen, die an den Schlammstrand schlagen, und kämpft gegen den Drang an, einfach hier in Seattle, einer Stadt, in der er sehr glücklich sein könnte, zu bleiben. Hinter ihm sprechen Chester und Amy immer wieder das Wort »Manila« aus und es klingt in seinen Ohren lächerlich idiotisch und schwer erreichbar. Randy glaubt, dass er geringfügig schlauer ist als Chester und, wenn er nur hier bliebe, noch reicher wäre.

Ein schnelles weißes Boot kommt aus Richtung Mercer Island um die Landspitze gedüst und schwenkt in leichter Schräglage auf ihn zu. Randy stellt seinen kalt gewordenen Kaffee ab, geht nach draußen zu seinem Auto und holt einen bestimmten Schrankkoffer heraus – ein schönes Geschenk von einer hocherfreuten Tante Nina. Es ist voll mit bestimmten alten Schätzen, wie etwa den Physikheften seines Großvaters aus der High School. Randy stellt (zum Beispiel) eine Schachtel mit der Aufschrift HARVARD-WATERHOUSE, DIE HERAUSFORDERUNG DER PRIMFAKTORZERLEGUNG '49-52 beiseite, unter der ein Stapel Backsteine zum Vorschein kommt, die ordentlich in vom Alter golden gewordenes Papier gewickelt sind. Jeder besteht aus einem kleinen Stoß ETC-Karten und trägt die Aufschrift ARETHUSA FUNKSPRÜCHE mit einem Datum von 1944 oder 1945. Über vierzig Jahre waren sie scheintot, auf einem toten Medium gespeichert, und jetzt wird Randy ihnen wieder Leben einhauchen, sie vielleicht ins Internet hinausschicken, ein paar Stränge fossiler DNS, die aus ihren Bernsteinhüllen herausgebrochen und wieder in die Welt entlassen werden.

Vermutlich werden sie es nicht schaffen und sterben, aber wenn sie aufblühen, dürfte sich Randys Leben etwas interessanter gestalten. Nicht dass es jetzt uninteressant wäre, aber es ist leichter, sich neue Schwierigkeiten einzuhandeln, als die alten zu lösen.

Fels

Bundok ist guter Fels; wer immer den Ort ausgesucht hat, muss das gewusst haben. Der Basalt ist so stark, dass Goto Dengo jedes beliebige Tunnelsystem hineinbohren kann, das ihm vorschwebt. Solange er ein paar Grundprinzipien der Ingenieurskunst beachtet, braucht er sich über einstürzende Gänge keine Gedanken zu machen.

Natürlich ist es harte Arbeit, Löcher in solchen Fels zu schneiden. Aber Hauptmann Noda und Lieutenant Mori haben ihn mit einem unbegrenzten Vorrat an chinesischen Arbeitern versorgt. Zuerst übertönt das Knattern ihrer Bohrer die Geräusche des Dschungels. Später, als sie sich in die Erde graben, schwindet es zu einem dumpfen, erstickten Hämmern, sodass nur das summende Dröhnen der Kompressoren bleibt. Selbst nachts arbeiten sie bei trübem Laternenlicht, das den Baldachin über ihnen nicht durchdringen kann. Nicht, dass MacArthur mitten in der Nacht Aufklärungsflugzeuge nach Luzon schickt, aber das Leuchten von Arbeitslampen auf dem Berg würde den Filipinos im Flachland auffallen.

Der schräge Schacht, der den Grund des Yamamoto-Sees mit Golgatha verbindet, ist bei weitem der längste Teil des Komplexes, braucht aber keinen großen Durchmesser: nur eben so viel, dass sich ein einzelner Arbeiter bis zum Ende durchwinden und seinen Bohrer bedienen kann. Ehe der See angelegt wird, lässt Goto Dengo von einem Arbeitstrupp das äußerste obere Ende dieses Schachts graben, der mit einem Neigungswinkel von einigen zwanzig Grad vom Flussufer weg nach unten verläuft. Diese Ausgrabung füllt sich ständig mit Wasser – sie ist effektiv ein Brunnen – und den Abraum zu entfernen ist reiner Mord, weil alles bergauf geschleppt werden muss. Deshalb lässt Goto Dengo die Öffnung mit Steinen und Mörtel verschließen, als der Schacht ungefähr fünf Meter vorgetrieben ist.

Dann lässt er die Latrinen zuschütten und das Gelände um den See von Arbeitern räumen. Nun können sie nur noch die Spuren ihrer Anwesenheit verwischen. Der Sommer, auf Luzon die Regenzeit, ist gekommen und Goto Dengo macht sich Sorgen, dass der Regen die von den Füßen der chinesischen Arbeiter in die Erde getrampelten Furchen finden und in Wasserrinnen verwandeln wird, die sich unmöglich verbergen lassen. Aber das ungewöhnlich trockene Wetter hält an und auf dem kahlen Boden schlagen Pflanzen rasch Wurzeln.

Goto Dengo sieht sich einer Herausforderung gegenüber, die einem Landschaftsgärtner in seiner Heimat völlig vertraut vorkäme: Er muss ein künstliches Gebilde schaffen, das natürlich wirkt. Es muss so aussehen, als wäre nach einem Erdbeben ein Felsblock den Berg heruntergerollt und hätte sich in einer Engstelle des Yamamoto verkeilt. Weiteres Gestein und die Stämme toter Bäume hätten sich daran aufgehäuft und einen Naturdamm gebildet, der den See geschaffen hätte.

Er findet den Felsblock, den er braucht, ungefähr einen Kilometer flussaufwärts mitten im Flussbett. Dynamit würde ihn lediglich zertrümmern, also holt er einen Trupp stämmiger Arbeiter mit Stemmeisen heran und sie bringen ihn ins Rollen. Er rollt ein paar Meter und kommt zum Stehen.

Das ist entmutigend, aber die Arbeiter wissen nun, worum es geht. Ihr Anführer ist Wing – der kahlköpfige Chinese, der Goto Dengo geholfen hat, die Leiche von Lieutenant Ninomiya zu begraben. Er besitzt die bei Kahlköpfigen häufig zu beobachtende geheimnisvolle Körperkraft, und er übt einen geradezu mesmerischen Einfluss auf die anderen Chinesen aus. Irgendwie gelingt es ihm, sie dafür zu begeistern, dass sie den Felsblock bewegen. Natürlich müssen sie ihn bewegen, weil Goto Dengo hat wissen lassen, dass er ihn bewegt haben will, und wenn sie es nicht tun, werden Lieutenant Moris Wachen sie auf der Stelle erschießen. Doch darüber hinaus scheinen sie die Herausforderung willkommen zu heißen. Und in kühlem, fließendem Wasser zu stehen ist allemal besser, als unten in den Schächten von Golgatha zu arbeiten.

Drei Tage später ist der Felsblock an Ort und Stelle. Das Wasser fließt um ihn herum. Weitere Felsblöcke folgen und der Fluss beginnt sich aufzustauen. Da Seen normalerweise keine Bäume entsprießen, lässt Goto die hier vorhandenen von Arbeitern fällen – allerdings nicht mit Äxten. Er zeigt ihnen, wie sie – ähnlich Paläontologen, die ein Skelett ausgraben – nacheinander die Wurzeln freilegen müssen, damit es so aussieht, als wären die Bäume bei einem Wirbelsturm aus dem Boden gerissen worden. Sie werden an die Felsblöcke geschichtet und es folgen kleinere Steine und Kies. Plötzlich beginnt der Wasserspiegel des Yamamoto-Sees zu steigen. Der Damm leckt, aber die Lecks verschlicken, während dahinter noch mehr Kies und Lehm angeschüttet werden. Goto Dengo ist sich nicht zu gut, schwer abzudichtende Löcher mit Blechplatten zu verschließen, solange es nur weit unten geschieht, wo kein Mensch es je sehen wird. Als der See die gewünschte Höhe erreicht hat, deutet nur noch eines darauf hin, dass er künstlichen Ursprungs ist, nämlich zwei Kabel, die sich von unten an sein Ufer heranschlängeln und in Sprengladungen enden, die in den Betonpfropfen auf seinem Grund eingegossen sind.

Golgatha ist in einen Basalt-Höhenzug eingeschnitten, der – wie eine vorspringende Wurzel vom Stamm eines Dschungelbaums – aus dem Fuß des Berges heraustritt, der die Wasserscheide zwischen Yamamoto und Tojo bildet. Wenn man sich somit vom Gipfel des Kalvarienberges aus südwärts bewegte, würde man zunächst das von Leben wimmelnde Becken des erloschenen Kraters durchqueren, um dann über die Reste des Südrandes hinweg auf den sanft abfallenden Hang eines viel größeren Berges zu gelangen, auf dem der Aschekegel des Kalvarienberges bloß eine Verunstaltung, wie eine Warze auf einer Nase, darstellt. Der kleine Yamamoto verläuft im Wesentlichen parallel zum Tojo auf der anderen Seite des Basalt-Höhenzuges, aber er fällt sanfter ab, sodass der Höhenunterschied zum Tojo immer mehr zunimmt, je weiter sich beide den Berg hinunterarbeiten. Am Yamamoto-See beträgt er fünfzig Meter. Indem man den Verbindungstunnel statt genau nach Osten in südöstlicher Richtung unter dem Höhenzug hindurch vortreibt, lassen sich eine Kette von Stromschnellen und ein Wasserfall im Tojo, durch die er fast hundert Meter unter den Seegrund abfällt, umgehen.

Als der General kommt, um die Arbeiten zu inspizieren, kann er zu seinem Erstaunen in demselben Mercedes, der ihn von Manila herbefördert hat, mit Goto Dengo am Tojo entlang bergauf fahren. Mittlerweile haben die Arbeiter einen einspurigen Fahrweg gebaut, der vom Gefangenenlager aus durch das steinige Flussbett nach Golgatha hinaufführt. »Das Glück hat unserem Unternehmen gelächelt und uns einen trockenen Sommer beschert«, erklärt Goto Dengo. »Bei niedrigem Wasserstand gibt das Flussbett einen idealen Fahrweg ab – der Anstieg ist sanft genug für die schweren Lkws, die wir einsetzen werden. Wenn wir fertig sind, werden wir in der Nähe der Baustelle einen niedrigen Damm errichten, der die deutlichsten Spuren unserer Arbeit verbergen wird. Wenn der Fluss auf seine normale Höhe steigt, wird nicht mehr zu erkennen sein, dass hier jemals Menschen waren.«

»Ein guter Gedanke«, räumt der General ein und murmelt dann seinem Adjutanten etwas in der Art zu, dass man sich auf den anderen Baustellen derselben Technik bedienen solle. Der Adjutant nickt, macht »Hai!« und notiert es.

Einen Kilometer tief im Dschungel erheben sich die Flussufer zu senkrechten Felswänden, die sich über dem Wasserspiegel immer höher türmen, bis sie schließlich über den Fluss hinausragen. Der steinerne Kanal höhlt sich zu einer Vertiefung, wo der Fluss sich verbreitert; ein kurzes Stück flussaufwärts liegt der Wasserfall. An dieser Stelle beschreibt die Straße eine Linkskurve genau auf die Felswand zu und ist zu Ende. Alles steigt aus dem Mercedes: Goto Dengo, der General, sein Adjutant und Hauptmann Noda. Der Fluss überspült ihre Füße bis zu den Knöcheln.

Hier hat man ein Mauseloch in den Felsen gebohrt. Es hat einen flachen Boden und eine gewölbte Decke. Ein Sechsjähriger könnte darin aufrecht stehen, aber jeder Größere wird sich bücken müssen. Ein Gleis läuft in die Öffnung hinein. »Der Haupttunnel«, sagt Goto Dengo.

»Das ist er?«

»Die Öffnung ist klein, damit wir sie später tarnen können«, erklärt Hauptmann Noda beflissen, »aber drinnen wird er breiter.«

Der General wirkt verärgert und nickt. Angeführt von Goto Dengo zwängen sich alle vier Männer, einen stetigen Luftstrom im Rücken, hintereinander geduckt in den Tunnel. »Beachten Sie die ausgezeichnete Belüftung«, schwärmt Hauptmann Noda und Goto Dengo grinst stolz.

Nach zehn Metern können sie sich aufrichten. Der Tunnel hat noch immer die gleiche gewölbte Form, doch hier ist er ungefähr einen Meter achtzig hoch und ebenso breit, abgestützt von Bögen aus Stahlbeton, die man in Holzformen auf dem Boden gegossen hat. Das Gleis verliert sich weit vorn in Schwärze. Ein Zug aus drei Grubenwagen steht darauf – Blechkästen, gefüllt mit zertrümmertem Basalt. »Abraum entfernen wir in von Hand gezogenen Grubenwagen«, erklärt Goto Dengo. »Der Tunnel und das Gleis verlaufen vollkommen waagerecht, sodass die Wagen nicht außer Kontrolle geraten können.«

Der General knurrt nur. Offensichtlich hat er keinerlei Achtung vor den Feinheiten der Bergbaukunst.

»Natürlich werden wir dieselben Wagen benutzen, um das, äh, Material in das Gewölbe zu schaffen, wenn es eintrifft«, sagt Hauptmann Noda.

»Wo kommt der Schutt da her?«, will der General wissen. Er ist verärgert darüber, dass zu diesem späten Zeitpunkt noch gegraben wird.

»Aus unserem längsten und schwierigsten Tunnel – dem schrägen Schacht zum Grund des Yamamoto-Sees«, sagt Goto Dengo. »Zum Glück können wir diesen Schacht auch dann noch weiter vorantreiben, wenn schon Material in das Gewölbe geschafft wird. Die ausfahrenden Wagen nehmen Abraum von den Ausschachtungsarbeiten mit, die einfahrenden das Material.«

Er bleibt stehen und steckt den Finger in ein Bohrloch an der Decke. »Wie Sie sehen, sind sämtliche Löcher zur Aufnahme der Sprengladungen vorbereitet. Diese Ladungen werden nicht nur die Decke zum Einsturz bringen, sondern den Felsen drum herum so mürbe machen, dass horizontale Ausschachtungen äußerst schwierig werden.«

Sie gehen weitere fünfzig Meter den Haupttunnel entlang. »Wir befinden uns jetzt mitten in dem Höhenzug«, sagt Goto Dengo, »auf halber Strecke zwischen den beiden Flüssen. Die Erdoberfläche befindet sich hundert Meter senkrecht über uns.« Vor ihnen endet die Reihe von elektrischen Lichtern in Schwärze. Goto Dengo tastet nach einem Wandschalter.

»Das Gewölbe«, sagt er und betätigt den Schalter.

Der Tunnel hat sich unvermittelt zu einer Kammer mit flachem Boden und gewölbter Decke verbreitert, geformt wie eine Nissenhütte und ausgekleidet mit Beton, der sich alle paar Meter zu wuchtigen Rippen vorwölbt. Der Boden des Gewölbes ist ungefähr so groß wie ein Tennisplatz. Die einzige Öffnung ist ein schmaler, senkrechter Schacht, der von der Deckenmitte aufsteigt und gerade so groß ist, dass er einer Leiter und einem menschlichen Körper Platz bieten kann.

Der General verschränkt die Arme und wartet, während der Adjutant mit einem Maßband umhergeht und die Abmessungen überprüft.

»Wir klettern hoch«, sagt Goto Dengo und ersteigt die Leiter in den Schacht, ohne abzuwarten, ob der General zornig wird. Sie führt nur ein paar Meter nach oben, dann befinden sie sich in einem zweiten waagerechten Tunnel mit einem Schmalspurgleis auf dem Boden. Dieser Tunnel ist mit Holzstempeln abgesteift, die man aus dem umliegenden Dschungel gewonnen hat.

»Die Förderstrecke, wo wir Gestein transportieren«, erklärt Goto Dengo, als sich alle am oberen Ende der Leiter eingefunden haben. »Sie haben nach dem Schutt in den Grubenwagen gefragt. Ich möchte Ihnen zeigen, wie er dorthin gekommen ist.« Er führt die Gruppe zwanzig bis dreißig Meter am Gleis entlang, vorbei an einem Zug ramponierter Grubenwagen. »Wir bewegen uns in nordwestlicher Richtung, auf den Yamamoto-See zu.«

Sie erreichen das Ende des Tunnels, wo abermals ein schmaler Schacht die Decke durchstößt. Ein dicker, verstärkter Schlauch verschwindet darin, Pressluft, die durch winzige Löcher entweicht. Von sehr weit weg hört man das Hämmern von Bohrern. »Ich würde nicht empfehlen, dass Sie in den Schacht hinaufschauen, weil von dort, wo wir arbeiten, ab und zu einzelne Steine herunterkullern«, mahnt er. »Aber wenn Sie genau nach oben schauten, würden Sie sehen, dass dieser Schacht ungefähr zehn Meter über uns im Boden eines schmalen, schrägen Schachts endet, der in dieser Richtung« – er deutet nach Nordwesten – »aufwärts zum See und in dieser Richtung« – er dreht sich um hundertachtzig Grad, sodass er wieder Richtung Gewölbe schaut – »abwärts führt.«

»Zur Narrenkammer«, sagt der General genüsslich.

»*Hai!*«, antwortet Goto Dengo. »Während wir den Schacht aufwärts Richtung See vortreiben, harken wir den Abraum mit einer Breithaue, die von einer Winde gezogen wird, abwärts, und wenn er die Öffnung des senkrechten Schachts erreicht, den Sie hier sehen, fällt er in die darunter stehenden Grubenwagen. Von hier können wir ihn in das Hauptgewölbe schütten und von dort zum Ausgang befördern.«

»Was machen Sie mit dem ganzen Schutt?«, fragt der General.

»Einiges davon verteilen wir im Flussbett, als Unterbau für den Fahrweg, auf dem wir hergekommen sind. Einiges wird oben gelagert, um verschiedene Lüftungsschächte wieder zu verfüllen. Und einiges wird zu Sand zerkleinert, für eine Falle, die ich später erklären werde.« Goto Dengo führt sie zurück in Richtung Hauptgewölbe, aber sie gehen an der Leiter vorbei und biegen in einen anderen Tunnel und von diesem wieder in einen anderen ein. Dann werden die Tunnel erneut schmal und beengt wie der am Eingang. »Bitte verzeihen Sie mir, wenn es den Anschein hat, als führte ich Sie in ein dreidimensionales Labyrinth«, sagt Goto Dengo. »Dieser Teil von Golgatha ist absichtlich verwirrend. Wenn es einem Dieb jemals gelingt, von oben in die Narrenkammer einzubrechen, wird er damit rechnen, auf einen Tunnel zu stoßen, durch den das Material hineingebracht wurde. Wir haben ihm einen gebaut, den er finden kann – einen falschen Tunnel, der in Richtung Tojo zu führen scheint. Genauer gesagt, einen ganzen Komplex falscher Tunnel und Schächte, die allesamt mit Dynamit zerstört werden, wenn wir fertig sind. Sich durch so viel mürben Fels hindurchzuarbeiten wird für den Dieb derart schwierig, und nicht zu vergessen gefährlich, dass er sich wahrscheinlich mit dem zufrieden geben wird, was er in der Narrenkammer findet.«

Weil er damit rechnet, dass der General langsam genug hat, hält er immer wieder inne und blickt sich nach ihm um, doch dieser bekommt offensichtlich gerade den zweiten Atem. Hauptmann Noda, der die Nachhut bildet, winkt Goto Dengo ungeduldig weiter.

Das Labyrinth zu passieren dauert seine Zeit, und diese Zeit versucht Goto Dengo wie ein Taschenspieler mit überzeugendem Geplauder zu überbrücken. »Wie Sie sicher verstehen, müssen Schächte und Tunnel so angelegt werden, dass sie den lithostatischen Kräften entgegenwirken.«

»Was?«

»Sie müssen so stark sein, dass sie das Gestein über ihnen tragen. So wie ein Gebäude stark genug sein muss, sein eigenes Dach zu tragen.«

»Natürlich«, sagt der General.

»Wenn Sie zwei parallele Schächte haben, die wie Stockwerke eines Gebäudes übereinander liegen, dann muss der Fels dazwischen – der Boden oder die Decke, je nachdem, wie man es betrachtet – so dick sein, dass er sich selbst trägt. Bei der Anlage, durch die wir im Augenblick marschieren, ist der Fels gerade dick genug. Aber wenn die Sprengladungen gezündet werden, wird das den Fels so zertrümmern, dass eine Wiederherstellung dieser Tunnel physisch unmöglich ist.«

»Ausgezeichnet!«, sagt der General und weist seinen Adjutanten abermals an, sich eine Notiz zu machen – offenbar, damit die anderen Goto Dengos in den anderen Golgathas genauso verfahren können.

An einer Stelle hat man einen Tunnel mit einer aus Geröll und Mörtel bestehenden Mauer verschlossen. Goto Dengo leuchtet sie mit seiner Laterne an, zeigt dem General das Gleis, das unter dem Mauerwerk verschwindet. »Für einen Dieb, der von der Narrenkammer herunterkommt, wird das hier wie der Haupttunnel aussehen«, erklärt er. »Aber wenn er diese Mauer zerstört, stirbt er.«

»Wieso?«

»Weil sich auf der anderen Seite dieser Mauer ein Schacht befindet, der eine Verbindung zu dem Gang vom Yamamoto-See hat. Ein Schlag mit dem Vorschlaghammer, und die Mauer wird von dem Wasserdruck auf der anderen Seite zerplatzen. Dann schießt der Yamamoto-See wie eine *tsunami* aus diesem Loch.«

Darüber können sich der General und sein Adjutant eine ganze Zeit lang nicht beruhigen.

Schließlich trotten sie gebückt einen Tunnel hinab in ein Gewölbe, das halb so groß ist wie das Hauptgewölbe und von einem trübe-bläulichen Oberlicht erleuchtet wird. Goto Dengo schaltet zusätzlich elektrisches Licht an. »Die Narrenkammer«, verkündet er. Er deutet in den senkrechten Schacht an der Decke hinauf.»Unsere Belüftung haben wir dem da zu verdanken.« Der General späht nach oben und sieht hundert Meter über sich einen Kreis strahlend grün-blauen Dschungel, geviertelt von dem sich drehenden Hakenkreuz eines elektrischen Ventilators. »Natürlich wollen wir nicht, dass Diebe die Narrenkammer zu leicht finden, sonst würde sie ja niemanden zum Narren halten. Also haben wir da oben ein paar zusätzliche Besonderheiten eingebaut, um die Sache interessant zu gestalten.«

»Was für Besonderheiten?«, fragt Hauptmann Noda, der sich forsch die Rolle des Stichwortgebers zu eigen macht.

»Wer Golgatha angreift, wird von oben angreifen – um horizontal Zugang zu gewinnen, ist die Entfernung zu groß. Das heißt, man wird sich nach unten bohren müssen, entweder durch massiven Fels oder durch die Schuttsäule, mit der dieser Belüftungsschacht verfüllt werden wird. In beiden Fällen wird man ungefähr auf halber Strecke eine etwa drei bis fünf Meter tiefe Sandschicht entdecken, die sich über das gesamte Areal erstreckt. Ich brauche Sie wohl kaum daran zu erinnern, dass in der Natur keine Sandeinsprengsel in Eruptivgestein vorkommen!«

Goto Dengo beginnt den Belüftungsschacht hinaufzuklettern. Auf halber Strecke zur Oberfläche mündet der Schacht in ein Netz runder, miteinander verbundener Kammern, die man so aus dem Fels herausgehauen hat, dass wuchtige Säulen zum Abstützen der Decken stehen geblieben sind. Die Säulen sind so dick und zahlreich, dass man nicht sehr weit sehen kann, aber als die anderen angelangt sind und Goto Dengo sie von Kammer zu Kammer führt, erfahren sie, dass dieses System von Kammern sich über eine beträchtliche Entfernung erstreckt.

Er führt sie zu einer Stelle, an der ein mit Teer fixierter, eiserner Mannlochdeckel in die Felswand eingelassen ist.»Davon gibt es ein Dutzend«, sagt er. »Jeder führt zu dem vom Yamamoto-See ausgehenden Schacht – deshalb wird Wasser unter hohem Druck dahinter sein. Das Einzige, was sie im Augenblick festhält, ist Teer – der natürlich nicht ausreicht, um dem Druck des Seewassers zu widerstehen. Aber wenn wir diese Kammern mit Sand gefüllt haben, wird der Sand die Mannlochdeckel festhalten. Und wenn ein Dieb einbricht und den Sand entfernt, wird es den Deckel aus der Öffnung sprengen und Millionen von Litern Wasser werden sich in den von ihm gegrabenen Schacht ergießen.«

Von da aus gelangen sie nach einem weiteren Aufstieg durch den

Schacht an die Oberfläche, wo Hauptmann Nodas Leute darauf warten, ihnen den Ventilator aus dem Weg zu räumen, und sein Adjutant Wasserflaschen und eine Kanne grünen Tee bereithält.

Sie nehmen an einem Klapptisch Platz und erfrischen sich. Hauptmann Noda und der General sprechen über Ereignisse in Tokio – offenbar ist der General erst vor ein paar Tagen von dort hierher geflogen. Der Adjutant des Generals nimmt auf seinem Klemmbrett Berechnungen vor.

Schließlich marschieren sie zu Fuß über den Grat des Höhenzuges hinweg, um sich den Yamamoto-See anzuschauen. Der Dschungel ist so dicht, dass sie beinahe hineinfallen müssen, ehe sie ihn sehen können. Der General gibt sich überrascht darüber, dass es sich um ein künstliches Gewässer handelt. Goto Dengo fasst dies als hohes Lob auf. Sie stehen, wie es Leute oft tun, am Wasser und bleiben ein paar Minuten lang stumm. Der General raucht eine Zigarette, blickt mit zusammengekniffenen Augen durch den Rauch hindurch über den See, wendet sich dann dem Adjutanten zu und nickt. Das scheint dem Adjutanten vieles mitzuteilen, denn er wendet sich Hauptmann Noda zu und kommt mit einer Frage: »Wie hoch ist die Gesamtzahl der Arbeiter?«

»Im Augenblick? Fünfhundert.«

»Und bei der Planung der Tunnel wurde von dieser Voraussetzung ausgegangen?«

Hauptmann Noda wirft Goto Dengo einen unbehaglichen Blick zu. »Ich habe Lieutenant Gotos Arbeit überprüft und festgestellt, dass sie dieser Voraussetzung entspricht.«

»Wir haben bislang nirgends eine Arbeit von höherer Qualität gesehen«, fährt der Adjutant fort.

»Danke!«

»Und wir rechnen auch nicht mehr damit«, fügt der General hinzu.

»Infolgedessen kann es sein, dass wir die Menge des hier gelagerten Materials erhöhen möchten.«

»Ich verstehe.«

»Außerdem ... muss möglicherweise der Zeitplan stark beschleunigt werden.«

Hauptmann Noda macht ein verblüfftes Gesicht.

»Er ist mit einer sehr starken Streitmacht auf Leyte gelandet«, sagt der General rundheraus, als wäre schon seit Jahren damit gerechnet worden.

»Auf Leyte!? Aber das ist ganz in der Nähe.«

»Eben.«

»Das ist Wahnsinn«, tobt Noda. »Die Marine wird ihn zerschmettern – genau darauf haben wir all die Jahre gewartet! Auf die Entscheidungsschlacht!«

Der General und sein Adjutant winden sich ein paar endlose Momente lang unbehaglich, scheinbar außerstande, etwas zu sagen. Dann fixiert der General Noda mit einem langen, kalten Blick. »Die Entscheidungsschlacht hat gestern stattgefunden.«

Hauptmann Noda flüstert: »Ich verstehe.« Er sieht auf einmal ungefähr zehn Jahre älter aus, und er ist nicht an einem Punkt seines Lebens, an dem er zehn Jahre erübrigen kann.

»Also. Vielleicht werden wir die Arbeit beschleunigen. Vielleicht werden wir für die Schlussphase der Operation mehr Arbeiter heranziehen«, sagt der Adjutant mit leiser Stimme.

»Wie viele?«

»Die Gesamtzahl kann bis auf tausend steigen.«

Hauptmann Noda versteift sich, blafft ein »*Hai!*« und wendet sich Goto Dengo zu. »Wir werden mehr Belüftungsschächte brauchen.«

»Aber Herr Hauptmann, bei allem schuldigen Respekt, der Komplex ist sehr gut belüftet.«

»Wir werden mehr tiefe, breite Belüftungsschächte brauchen«, sagt Hauptmann Noda. »Genug für weitere fünfhundert Arbeiter.«

»Aha.«

»Fangen Sie sofort mit der Arbeit an.«

DIE MEISTEN ZIGARETTEN

```
An: randy@epiphyte.com
Von: cantrell@epiphyte.com
Betreff: Pontifex-Transformation, vor-
läufiges Urteil
Randy,
ich habe die Pontifex Transformation
gleich, nachdem ich sie von dir bekommen
hatte, an die Mailingliste der Heimlichen
Bewunderer weitergeleitet, sodass sie
```

> jetzt seit ein paar Wochen dort herum-
> schwirrt. Einige sehr kompetente Leute ha-
> ben sie auf Schwachstellen hin analysiert
> und keinen offenkundigen Mangel gefunden.
> Alle sind der Meinung, dass die in dieser
> Transformation enthaltenen konkreten
> Schritte etwas sonderbar sind, und fragen
> sich, wer darauf gekommen ist, und wie -
> aber das ist bei guten Kryptosystemen
> nicht ungewöhnlich.
> Das Urteil lautet also vorläufig, dass
> root@eruditorum.org weiß, was er tut - un-
> beschadet seiner seltsamen Fixierung auf
> die Zahl 54.
> - Cantrell

»Andrew Loeb«, sagt Avi.

Er und Randy machen eine Art Gewaltmarsch am Strand in Pacifica; Randy weiß nicht genau, warum. Immer wieder staunt er über Avis physische Energie. Avi sieht aus, als würde er aufgrund irgendeiner undefinierbaren Krankheit, erfunden als Kunstgriff eines Drehbuchautors, immer weniger. Er ist ziemlich groß, aber gerade das lässt ihn auf noch bedrohlichere Weise ausgezehrt erscheinen. Sein schmaler Körper ist ein zartes Bindeglied zwischen gewaltigen Füßen und einem gewaltigen Kopf; er hat das Profil eines Klumpens Knete, der auseinander gezogen wurde, bis der mittlere Teil nur noch eine Ranke ist. Dennoch kann er am Strand entlangstampfen wie ein Marineinfanterist. Immerhin ist Januar und dem Wetterbericht zufolge befindet sich eine von einem tropischen Sturmtief ausgehende Wand aus Wasserdampf etwa auf halbem Weg zwischen Japan und Neuguinea, bewegt sich rasch über den Pazifik hinweg und dreht genau hier in der Gegend scharf nach links ab. Die Wellen, die nicht allzu weit von ihnen entfernt an den Strand schlagen, sind so hoch, dass Randy den Blick leicht nach oben richten muss, um ihre Schaumkronen zu sehen.

Er hat Avi alles über Chester erzählt, und das hat Avi (meint Randy) als Anknüpfungspunkt benutzt, um in Erinnerungen an die gute alte Zeit in Seattle zu schwelgen. Für Avi ist das eher ungewöhnlich; normalerweise ist eine Unterhaltung mit ihm entweder geschäftlicher oder persönlicher Natur, aber nie beides gleichzeitig. »Ich werde nie vergessen«, sagt Randy, »wie ich auf das Dach von Andrews Haus gestiegen bin, um mit ihm über die Software zu sprechen und dabei noch gedacht habe: ›Mensch, ist das toll‹, und dann zusehen musste, wie er langsam, aber sicher vor meinen Augen durchdrehte. Man hätte fast glauben können, er wäre vom Teufel besessen.«

»Sein Vater hat das ja wohl auch geglaubt«, sagt Avi. »Es war doch sein Vater, oder?«

»Das ist schon so lange her. Ja, ich glaube seine Mutter war diejenige, bei der er damals in dieser Hippie-Kommune lebte, und sein Vater derjenige, der ihn dann mit Gewalt da rausholte – das heißt, er hat diese paramilitärischen Typen aus Nord-Idaho geschickt, um den Job für ihn zu erledigen, und sie haben Andrew buchstäblich in einem Sack entführt – und dann hat er mit allen möglichen Therapiemethoden verdrängte Erinnerungen aus ihm herauskitzeln lassen, um zu beweisen, dass man ihn bei satanistischen Ritualen missbraucht hatte.«

Das lässt Avi aufhorchen. »Meinst du, sein Vater stand auf dem Milizding?«

»Ich habe ihn nur einmal gesehen. Während des Prozesses. Er hat meine eidliche Aussage entgegengenommen. Er war einfach so ein Orange-County-Nobelanwalt aus einer Riesenkanzlei mit einem Haufen Asiaten, Juden und Armeniern. Ich nehme mal an, er benutzte die Aryan Nation-Typen, weil sie fleißig und billig zu haben waren.«

Avi nickt, die Hypothese scheint ihm einzuleuchten. »Also war er wahrscheinlich kein Nazi. Hat er wirklich an Missbrauch durch satanische Riten geglaubt?«

»Das bezweifle ich«, antwortet Randy. »Obwohl es mir, nachdem ich Andrew eine Weile erlebt hatte, völlig plausibel vorkam. Müssen wir eigentlich darüber reden? Ich kriege eine Gänsehaut davon«, sagt Randy. »Das macht mich richtig fertig.«

»Ich habe kürzlich erfahren, was aus Andrew geworden ist«, sagt Avi.

»Ich habe vor einiger Zeit seine Website gesehen.«

»Ich spreche von allerneuesten Entwicklungen.«

»Lass mich raten. Selbstmord?«

»Nein.«

»Serienmörder?«

»Nein.«

»Wegen ständiger Belästigung irgendwelcher Leute im Gefängnis?«

»Er ist weder tot noch im Gefängnis«, antwortet Avi.

»Hmmm. Hat es irgendwas mit seinem Schwarmbewusstein zu tun?«
»Nein. Ist dir klar, dass er Jura studiert hat?«
»Ja. Hat es mit seiner Karriere als Jurist zu tun?«
»Allerdings.«
»Also, wenn Andrew Loeb praktizierender Jurist ist, dann nur in einer absolut langweiligen und gesellschaftlich gesehen wenig konstruktiven Form. Wahrscheinlich hängt er Leuten aus nichtigen Gründen Klagen an.«
»Ausgezeichnet«, sagt Avi. »Langsam wird es wärmer.«
»Gut, sag's mir nicht, lass mich nachdenken«, sagt Randy. »Praktiziert er in Kalifornien?«
»Ja.«
»Aha, dann hab ich's.«
»Tatsächlich?«
»Ja. Andrew Loeb ist bestimmt einer von diesen Burschen, die Klagen von Minderheitsaktionären gegen Hightechfirmen einreichen.«
Avi lächelt mit fest zusammengepressten Lippen und nickt.
»Dafür ist er genau der Richtige«, fährt Randy fort, »der macht das nämlich aus vollster Überzeugung. Und hält sich dabei bestimmt nicht für den letzten Arsch. Er glaubt allen Ernstes, dass er eine Gruppe von Aktionären vertritt, die von der Unternehmensleitung in satanistischen Ritualen missbraucht worden sind. Der arbeitet bestimmt sechsunddreißig Stunden am Stück und wühlt dabei jede Menge Dreck auf. Verdrängte Firmenerinnerungen. Kein Trick ist ihm zu mies, denn er steht ja auf der Seite der Rechtschaffenheit. Schlafen oder essen tut der nur auf ausdrückliche medizinische Anweisung.«
»Du kennst ihn ja offenbar unglaublich gut«, sagt Avi.
»Und ob! Und wen verklagt er im Moment?«
»Uns«, antwortet Avi.
Hier folgt eine fünfminütige Pause im Gespräch, in ihrem Spaziergang und womöglich auch in einigen von Randys neurologischen Abläufen. Seine Farbwahrnehmung gerät völlig aus den Fugen: Alles erscheint in stark ausgebleichten Gelb- und Purpurtönen. Als lägen irgendjemandes feuchtkalte Finger um seinen Hals und reduzierten den Durchfluss in seiner Halsschlagader auf das zum Überleben notwendige Minimum. Als Randy schließlich sein volles Bewusstsein wiedererlangt, richtet er den Blick als Erstes auf seine Schuhe, denn aus irgendeinem Grund ist er überzeugt, dass er bis zu den Knien im

nassen Sand versunken ist. Doch seine Schuhe hinterlassen kaum einen Abdruck in dem stark verdichteten Sand.

Eine große Welle schlägt um zu einer schaumigen Fläche, die den Strand hinaufgleitet und sich um seine Füße herum teilt.

»Gollum«, sagt Randy.

»War das eine Äußerung oder irgendein flüchtiges physiologisches Phänomen?« fragt Avi.

»Gollum. Andrew ist Gollum.«

»Und Gollum verklagt uns gerade.«

»Uns, das heißt, dich und mich?«, fragt Randy. Er braucht ungefähr eine Minute, um diese Worte über die Zunge zu bringen. »Verklagt er uns wegen der Spielefirma?«

Avi lacht.

»Ist durchaus möglich!«, beharrt Randy. »Chester hat mir erzählt, dass die Spielefirma jetzt in etwa die Größe von Microsoft hat.«

»Andrew Loeb hat eine Klage der Minderheitsaktionäre gegen den Vorstand der Epiphyte(2) Corporation eingereicht«, erklärt Avi.

Randys Körper hat jetzt endlich Zeit gehabt, eine vollendete Kampf-oder-Flucht-Haltung einzunehmen – ein Teil seines genetischen Erbes als gewaltiger Fiesling. Das war sicher von Vorteil, als Säbelzahntiger versuchten, sich unter Einsatz ihrer Krallen Zutritt zu den Höhlen seiner Vorfahren zu verschaffen, aber unter diesen Umständen nützt es ihm absolut nichts.

»In wessen Namen?«

»Jetzt mach aber einen Punkt, Randy. So viele Kandidaten gibt's doch da gar nicht.«

»Springboard Capital?«

»Du hast mir selbst erzählt, dass Andrews Vater ein Orange-County-Nobelanwalt ist. Was meinst du wohl, wo so jemand typischerweise sein Geld für die Altersvorsorge anlegt?«

»Ach du Scheiße!«

»Genau. Bob Loeb, Andrews Vater, war schon sehr früh bei AVCLA. Er und der Dentist haben sich ungefähr zwanzig Jahre lang gegenseitig Weihnachtskarten geschickt. Und als sein idiotischer Sohn sein Jurastudium beendet hatte, rief Bob Loeb, der genau wusste, dass niemand sonst einen solchen Spinner wie seinen Sohn einstellen würde, bei Dr. Hubert Kepler an und seitdem arbeitet Andrew für ihn.«

»Scheiße. Scheiße!«, flucht Randy. »Die ganzen Jahre über. Wasser getreten.«

»Wie das?«

»Diese Zeit in Seattle – während des Prozesses – war ein verdammter Albtraum. Am Ende war ich völlig pleite, ohne Haus, ohne irgendetwas außer einer Freundin und UNIX-Kenntnissen.«

»Das ist doch schon was«, sagt Avi. »Normalerweise schließt sich das gegenseitig aus.«

»Halt die Klappe«, sagt Randy. »Ich versuche gerade zu verzweifeln.

»Also ich finde, Verzweiflung ist etwas so grundsätzlich Jämmerliches, dass es schon wieder komisch ist«, sagt Avi. »Aber sprich doch weiter.«

»Jetzt, nach all den Jahren – der ganzen verdammten Arbeit – bin ich wieder genau da, wo ich angefangen habe. Ein Vermögen von Null. Nur dass ich dieses Mal streng genommen nicht mal eine Freundin habe.«

»Also erst mal«, sagt Avi, »finde ich es besser, Amy haben zu wollen als Charlene tatsächlich zu haben.«

»Autsch! Du bist ganz schön grausam.«

»Manchmal ist es besser zu wollen als zu haben.«

»Wie schön für mich«, sagt Randy heiter, »schließlich –«

»Sieh dir Chester an. Möchtest du mit Chester tauschen?«

»Okay, okay.«

»Außerdem hast du eine beträchtliche Menge an Aktien von Epiphyte, die, davon bin ich überzeugt, einiges wert sind.«

»Das hängt alles von dem Prozess ab, oder?« sagt Randy. »Hast du eigentlich irgendwelche Unterlagen gesehen?«

»Natürlich«, antwortet Avi verärgert. »Ich bin Geschäftsführer und Vorstandsvorsitzender der verdammten Firma.«

»Was hat er denn eigentlich zu meckern? Was ist der Vorwand für die Klage?«

»Anscheinend ist der Dentist davon überzeugt, dass Semper Marine im Zuge der Arbeit, die sie für uns gemacht haben, über irgendeinen gewaltigen versunkenen Goldschatz aus dem Krieg gestolpert sind.«

»Weiß er das oder vermutet er es?«

»Na ja«, antwortet Randy, »aus dem, was ich so zwischen den Zeilen lese, schließe ich, dass er es nur vermutet. Warum fragst du?«

»Kümmere dich erst mal nicht darum – ist er denn jetzt auch hinter Semper Marine her?«

»Nein! Das würde die Klage gegen Epiphyte ausschließen.«

»Wie meinst du das?«

»Er behauptet, dass wir, wenn Epiphyte kompetent geführt worden wäre – wenn wir die erforderliche Sorgfalt hätten walten lassen – einen viel umfassenderen Vertrag mit Semper Marine aufgesetzt hätten, als wir es tatsächlich getan haben.«

»Wir haben einen Vertrag mit Semper Marine.«

»Ja«, sagt Avi, »und Andrew Loeb tut so, als wäre er kaum besser als eine Vereinbarung per Handschlag. Er behauptet, wir hätten die Verhandlungen einer erstklassigen großen Anwaltskanzlei mit Fachkenntnissen in See- und Bergungsrecht übergeben sollen, denn eine solche Kanzlei hätte die Möglichkeit in Betracht gezogen, dass die Flächenecholotaufzeichnungen, die Semper Marine für das Kabelprojekt vorgenommen hat, so etwas wie ein gesunkenes Wrack zeigen könnten.«

»Ach du lieber Gott!«

Avi sieht aus, als risse ihm langsam der Geduldsfaden. »Andrew hat als Beweisstücke Kopien echter Verträge vorgelegt, die andere Firmen unter ähnlichen Umständen abgeschlossen haben und die alle eine solche Sprache sprechen. Seiner Argumentation nach ist das praktisch Vertragsstandard, Randy.«

»Das heißt, es zeugt von grober Nachlässigkeit, dass wir es nicht in unseren Vertrag mit Semper aufgenommen haben.«

»So ist es. Nun wird Andrew mit seiner Klage nicht weit kommen, wenn nicht irgendein Schaden entstanden ist. Kannst du dir vorstellen, wie der Schaden in diesem Fall aussieht?«

»Wenn wir einen besseren Vertrag gemacht hätten, fiele ein Teil dessen, was aus dem Unterseeboot geborgen wird, Epiphyte zu. So wie die Dinge stehen, bekommen wir und die Aktionäre nichts. Was einen offensichtlichen Schaden darstellt.«

»Andrew Loeb persönlich hätte es nicht besser formulieren können.«

»Was sollen wir denn ihrer Meinung nach jetzt tun? Es ist ja nicht so, dass die Firma einen Haufen Geld hätte. Wir können sie nicht in bar entschädigen.«

»Ach Randy, darum geht es doch gar nicht. Der Dentist ist bestimmt nicht auf unsere Portokasse angewiesen. Es geht um Kontrolle.«

»Er will einen Mehrheitsanteil an Epiphyte haben.«

»Ja. Was eine gute Sache ist!«

Randy wirft den Kopf zurück und lacht.

»Der Dentist kann jedes Unternehmen bekommen, das er haben will«, sagt Avi, »aber er will Epiphyte. Warum? Weil wir affengeil sind. Wir haben den Krypta-Vertrag. Wir haben die Talente. Die Aussicht, den ersten richtigen Datenhafen der Welt zu betreiben und die erste digitale Währung der Welt zu schaffen, ist wahnsinnig aufregend.«

»Ich kann dir gar nicht sagen, wir aufgeregt ich bin.«

»Du solltest nie vergessen, in was für einer insgesamt starken Position wir sind. Wir sind wie die schärfste Braut der Welt. Und mit seinem ganzen schlechten Benehmen will uns der Dentist nur klarmachen, dass er mit uns ins Bett gehen will.«

»Und uns kontrollieren.«

»Ja. Ich bin sicher, Andrew hat den Auftrag bekommen, für einen Ausgang zu sorgen, bei dem wir der Nachlässigkeit schuldig befunden und zu einer Schadensersatzzahlung verurteilt werden. Bei einem Blick in unsere Bücher wird das Gericht allerdings feststellen, dass der Schaden unsere Zahlungsfähigkeit übersteigt. In diesem Augenblick wird der Dentist sich großzügig bereit erklären, die Schadensersatzzahlung in Form von Epiphyte-Aktien zu akzeptieren.«

»Was alle Welt als ausgleichende Gerechtigkeit empfinden wird, denn das wird es ihm ermöglichen, die Kontrolle zu übernehmen und dafür zu sorgen, dass die Firma kompetent geführt wird.«

Avi nickt.

»Das ist der Grund, warum er nicht gegen Semper Marine vorgeht. Wenn er nämlich bei ihnen etwas holt, macht das seinen Klagegrund gegen uns null und nichtig.«

»Stimmt. Obwohl ihn das nicht daran hindern wird, sie später, wenn er von uns bekommen hat, was er wollte, zu verklagen.«

»Aber... Herrgott noch mal! Das ist doch pervers«, sagt Randy. »Jeder wertvolle Gegenstand, den die Shaftoes aus diesem Wrack raufholen, bringt uns nur noch tiefer in Schwierigkeiten.«

»Jeder Cent, den die Shaftoes verdienen, ist ein Cent, um den wir angeblich die Anteilseigner geschädigt haben.«

»Ich frage mich, ob wir die Shaftoes dazu bringen können, die Bergungsarbeiten vorübergehend einzustellen.«

»Andrew Loeb hat nichts gegen uns in der Hand«, sagt Avi, »solange er nicht beweisen kann, dass der Inhalt des Wracks überhaupt etwas wert ist. Wenn die Shaftoes weiterhin Sachen raufbringen, ist das ein Kinderspiel. Hören sie aber damit auf, muss Andrew den Wert des Wracks auf andere Weise feststellen.«

Randy grinst. »Das dürfte ihm wirklich schwer fallen, Avi. Nicht einmal die Shaftoes selbst wissen, was alles da unten liegt. Andrew hat vermutlich nicht mal die Koordinaten des Wracks.«

»In der Klageschrift sind eine Breite und eine Länge angegeben.«
»Mist! Bis zu welcher Zahl hinter dem Komma?«
»Weiß ich nicht mehr. Übermäßig genau ist sie mir nicht vorgekommen.«
»Wie zum Teufel hat der Dentist überhaupt von dem Wrack erfahren? Doug hat versucht, es geheim zu halten. Und mit so was kennt der sich aus.«

»Du hast mir doch selbst erzählt«, sagt Avi, »dass die Shaftoes eine deutsche Fernsehproduzentin geholt haben. Das hört sich für mich nicht nach Geheimhaltung an.«

»Ist es aber. Sie haben diese Frau nach Manila eingeflogen, sie an Bord der *Glory IV* gebracht. Ihr nur minimales Gepäck erlaubt. Ihre Sachen durchsucht, um sicherzustellen, dass sie keinen GPS-Empfänger hat. Sie ins Südchinesische Meer mit rausgenommen und eine Weile Kreise gedreht, sodass sie nicht einmal mit Gissung arbeiten konnte. Und sie erst dann zu der Stelle gebracht.«

»Ich bin auf der *Glory* gewesen. Da gibt es doch an allen Ecken eine GPS-Ausgabe.«

»Nein, davon hat sie nichts zu sehen gekriegt. So was würde einer wie Doug Shaftoe niemals vermasseln.«

»Na ja«, sagt Avi, »die Deutschen kommen als Ursache dieser undichten Stelle ohnehin kaum in Frage. Erinnerst du dich an die Bolobolos?«

»Das philippinische Syndikat, das sich als Zuhälter für Victoria Vigo, die Frau des Dentisten, betätigte. Vermutlich die Liaison zwischen ihr und Kepler in die Wege geleitet hat. Besitzt deshalb wahrscheinlich immer noch Einfluss auf den Dentisten.«

»Ich würde es anders formulieren. Ich würde sagen, dass sie schon seit langem eine in beide Richtungen funktionierende Beziehung zu dem Dentisten unterhalten. Und ich bin überzeugt, dass sie irgendwie Wind von der Bergungsaktion bekommen haben. Vielleicht hat ein hochrangiger Bolobolo im Hotel der deutschen Fernsehproduzentin etwas mitgekriegt. Vielleicht hat auch ein niederer Bolobolo ein Auge auf die Shaftoes gehabt und die Spezialausrüstung bemerkt, die sie an Bord gebracht haben.«

Randy nickt. »Das könnte sein. Es ist anzunehmen, dass die Bolobolos am NAIA stark präsent sind. Ein Unterwasser-ROV, das per Express an Douglas McArthur Shaftoe geht, fällt denen bestimmt auf. Das könnte ich mir vorstellen.«

»Okay.«

»Damit hätten sie allerdings noch nicht den Längen- und Breitengrad.«

»Ich wette mit dir um die Hälfte meines wertvollen Epiphyte-Anteils, dass sie dafür SPOT benutzt haben.«

»SPOT? Ach ja, irgendwas klingelt da bei mir. Französischer Erderkundungssatellit?«

»Genau. Man kann SPOT zu einem sehr vernünftigen Preis mieten. Und seine Auflösung ist groß genug, um die *Glory IV*, sagen wir, von einem Containerschiff oder einem Tanker zu unterscheiden. Sie brauchten also nichts anderes zu tun als zu warten, bis ihre Spione am Hafen ihnen sagten, dass die *Glory* mitsamt einer Bergungsausrüstung ausgelaufen war, und sie dann mit Hilfe von SPOT orten.«

»Welchen Grad von Präzision, in Längen- und Breitengraden ausgedrückt, hat SPOT zu bieten?«, fragt Randy.

»Das ist eine sehr gute Frage. Ich werde sehen, dass sich damit mal jemand beschäftigt«, sagt Avi.

»Wenn sie sich innerhalb von hundert Metern bewegt, kann Andrew das Wrack finden, indem er einfach ein paar Leute hinschickt. Wenn es wesentlich mehr ist, muss er rausfahren und selbst danach suchen.«

»Oder er erzwingt die Information auf gerichtlichem Weg von uns«, sagt Avi.

»Das möchte ich sehen: Andrew Loeb zieht gegen das philippinische Rechtssystem zu Felde!«

»Du bist nicht auf den Philippinen, mein Lieber.«

Randy schluckt und wieder klingt das Geräusch so ähnlich wie *Gollum*.

»Hast du irgendwelche Informationen über das Wrack auf deinem Laptop?«

»Wenn ja, dann verschlüsselt.«

»Dann wird er einfach unter Strafandrohung deinen Geheimschlüssel verlangen.«

»Und wenn ich den vergessen habe?«

»Dann ist das ein weiterer Beweis für deine Inkompetenz als Manager.«

»Das ist aber immer noch besser als —«

»Und was ist mit E-Mail?« fragt Avi. »Hast du je die Lage des Wracks in einer E-Mail-Nachricht verschickt? Hast du sie je in einer Datei festgehalten?«

»Wahrscheinlich schon. Aber alles verschlüsselt.«

Das scheint die plötzliche Spannung in Avis Gesicht nicht zu lösen.

»Warum fragst du?«, will Randy wissen.

»Weil...«, erwidert Avi und wendet seinen Blick dabei in die ungefähre Richtung der Innenstadt von Los Altos, »...mir ganz plötzlich Tombstone eingefallen ist.«

»Über den alle unsere E-Mails laufen«, sagt Randy.

»Auf dessen Festplatten unsere sämtlichen Dateien gespeichert sind«, fährt Avi fort.

»Der sich im Staat Kalifornien befindet und umgehend beschlagnahmt werden könnte.«

»Nimm an, du hast uns allen über Cc Kopien derselben E-Mail geschickt«, sagt Avi. »Cantrells Software, die auf Tombstone läuft, hat sicher viele Kopien dieser Nachricht erstellt und mit Hilfe der öffentlichen Schlüssel der Empfänger verschlüsselt. Dann hat er sie an die Empfänger verschickt. Von denen die meisten Kopien ihrer alten E-Mails auf Tombstone aufbewahren.«

Randy nickt. »Wenn nun Andrew Tombstone beschlagnahmen lassen könnte, würde er alle diese Kopien finden und darauf bestehen, dass du, Beryl, Tom, John und Eb eure Geheimschlüssel abliefert. Und wenn ihr dann alle behaupten würdet, ihr hättet eure Schlüssel vergessen, würdet ihr offensichtlich das Blaue vom Himmel herunterlügen.«

»Strafe für die ganze Bande wegen Missachtung des Gerichts«, sagt Avi.

»Die meisten Zigaretten«, sagt Randy. Das ist eine Zusammenziehung des Satzes: »Wir könnten im Knast enden, als Gespielin des Kerls mit den meisten Zigaretten«, den Avi im Verlauf ihrer früheren Rechtsstreitigkeiten mit Andrew geprägt hat und seitdem bei so vielen Gelegenheiten wiederholen konnte, dass er am Ende auf diese drei Rumpfwörter reduziert wurde. Ihn jetzt aus seinem eigenen Mund zu hören versetzt Randy ein paar Jahre zurück und erfüllt ihn mit einem Geist trotziger Nostalgie. Obwohl er deutlich mehr Trotz verspüren würde, wenn sie den Fall damals tatsächlich gewonnen hätten.

»Ich überlege mir gerade, ob Andrew von der Existenz von Tombstone wissen kann«, sagt Avi.

Er und Randy machen sich in ihren eigenen Fußspuren auf den Rückweg zu Avis Haus. Randy bemerkt, dass sein Schritt jetzt länger ist. »Warum nicht? Die Due-Diligence-Leute des Dentisten hocken uns doch in der Arschfalte, seit wir ihnen diese Anteile vermacht haben.«

»Höre ich da irgendein Ressentiment heraus, Randy?«

»Überhaupt nicht.«

»Vielleicht missbilligst du meine Entscheidung, den früheren Prozess wegen Vertragsbruchs abzuwenden, indem wir dem Dentisten ein paar Epiphyte-Aktien geben.«

»Das war ein trauriger Tag. Aber es gab keinen anderen Ausweg aus der Situation.«

»Okay.«

»Wenn ich dir das übel nähme, Avi, dann müsstest du mir übel nehmen, dass ich keinen besseren Vertrag mit Semper Marine gemacht habe.«

»Hast du doch! Vereinbarung per Handschlag. Zehn Prozent. Stimmt's?«

»Stimmt. Lass uns über Tombstone reden.«

»Tombstone steht in einem Wandschrank, den Novus Ordo Seclorum Systems an uns untervermietet«, sagt Avi. »Ich kann dir versichern, dass die Due-Diligence-Jungs noch nie bei Ordo gewesen sind.«

»Aber wir müssen doch Miete an Ordo zahlen. Bestimmt haben sie die Schecks gesehen.«

»Ein nichts sagender Betrag. Für Speicherraum.«

»Der Computer ist eine FINUX-Kiste. Ein gestiftetes Stück Schrott, auf dem freie Software läuft. Also kein belastendes Material«, sagt Randy. »Was ist mit der T1-Leitung?«

»Die T1-Leitung muss ihnen bekannt sein«, antwortet Avi. »Die ist sowohl teurer als auch interessanter als die Anmietung von Speicherraum. Und sie erzeugt jede Menge belastendes Material.«

»Wissen sie denn auch, wohin sie führt?«

»Sie brauchen nur zu der Telefongesellschaft zu gehen und sie zu fragen, wo die Leitung endet.«

»Und was hätten sie davon? Die Adresse eines Bürogebäudes in Los Altos«, sagt Randy. »Und in diesem Gebäude gibt es, glaube ich, fünf Büroetagen.«

»Wenn sie aber schlau wären – und ich fürchte, Andrew besitzt diese besondere Art von Intelligenz –, würde ihnen auffallen, dass eine dieser Etagen von Novus Ordo Seclorum Systems Inc. angemietet ist – ein höchst einprägsamer Name, der auch auf diesen Mietschecks erscheint.«

»Und Ordo würde umgehend eine Vorladung ins Haus flattern«, sagt Randy. »Wann hast du eigentlich zum ersten Mal von dieser Klage gehört?«

»Ich habe den Anruf heute Morgen als Allererstes bekommen. Du hast noch geschlafen. Ich kann nicht glauben, dass du den ganzen Weg von Seattle her in einem Rutsch gefahren bist. Das sind ungefähr tausendsechshundert Kilometer.«

»Ich habe versucht, es Amys Cousins gleichzutun.«

»Deiner Beschreibung nach sind das doch *Teenager*.«

»Ich glaube aber nicht, dass Teenager aufgrund ihres Alters so sind, wie sie sind. Sondern weil sie nichts zu verlieren haben. Sie haben jede Menge Zeit zur Verfügung, brennen zugleich aber darauf, dass es in ihrem Leben weitergeht.«

»Und das ist in etwa der Punkt, an dem du jetzt stehst?«

»Das ist genau der Punkt, an dem ich stehe.«

»Und Geilheit noch dazu.«

»Genau. Aber es gibt Methoden, damit umzugehen.«

»Guck mich nicht so an«, sagt Avi. »Ich masturbiere nicht.«

»Nie?«

»Nie. Habe es offiziell aufgegeben. Ihm abgeschworen.«

»Selbst wenn du einen Monat unterwegs bist?«

»Selbst dann.«

»Warum um alles in der Welt tust du das, Avi?«

»Steigert meine Hingabe an Devorah. Macht unseren Sex besser. Liefert mir einen Anreiz, nach Hause zu fahren.«

»Na, das ist ja wirklich rührend«, sagt Randy, »und womöglich sogar eine gute Idee.«

»Dessen bin ich mir ziemlich sicher.«

»Es zeugt aber von einem Masochismus, den ich an diesem Punkt in meinem Leben nicht auf mich nehmen will.«

»Warum? Hast du Angst, es treibt dich in ein...«

»Irrationales Verhalten? Allerdings!«

»Und damit meinst du«, sagt Avi, »dass du dich irgendwie richtig auf Amy einlassen würdest.«

»Ich weiß, dass du *meinst*, du hättest mich soeben rhetorisch voll in die Eier getreten«, sagt Randy, »aber da bist du völlig schief gewickelt. Ich bin jederzeit bereit, mich auf Amy einzulassen. Aber ich bin ja noch nicht mal sicher, dass sie überhaupt heterosexuell ist. Es wäre doch Wahnsinn, meine Ejakulationsfunktionen in die Obhut einer Lesbe zu geben.«

»Ich halte sie für so anständig, dass sie es dir mittlerweile erzählt hätte, wenn sie – ausschließlich – Lesbe wäre«, sagt Avi. »Meiner Einschätzung nach handelt Amy aus dem Bauch heraus, und ihr Bauch sagt ihr, dass du einfach nicht das Maß an Leidenschaft besitzt, das eine Frau wie sie vermutlich gerne sähe, bevor sie sich richtig auf jemanden einlässt.«

»Während ich, wenn ich mit dem Masturbieren aufhörte, ein dermaßen gestörter Typ würde, dass sie mir voll und ganz vertrauen könnte.«

»So ist es. So denken die Frauen«, sagt Avi.

»Hattest du nicht mal eine Regel gegen die Vermischung von geschäftlichen und persönlichen Gesprächen?«

»Das hier ist insofern dem Wesen nach ein geschäftliches Gespräch, als es um deinen Gemütszustand, den gegenwärtigen Grad deiner Verzweiflung und die Frage geht, welche neuen Optionen sich daraus für dich ergeben haben könnten«, sagt Avi.

Fünf Minuten lang marschieren sie, ohne ein Wort zu sprechen.

Dann sagt Randy: »Ich habe das Gefühl, dass wir drauf und dran sind, in ein Gespräch über die Manipulation von Beweismaterial zu geraten.«

»Wie interessant, dass du das zur Sprache bringst. Was hältst du davon?«

»Ich bin dagegen«, sagt Randy. »Aber um Andrew Loeb zuvorzukommen, würde ich alles tun.«

»Die meisten Zigaretten«, deutet Avi an.

»Zunächst einmal müssen wir feststellen, ob es überhaupt notwendig ist«, sagt Randy. »Was soll's, wenn Andrew schon weiß, wo das Wrack liegt?«

»Stimmt. Wenn er aber nur eine vage Vorstellung hat«, sagt Avi, »wird Tombstone möglicherweise sehr wichtig – falls die Information in Tombstone gespeichert ist.«

»Das ist sie mit größter Wahrscheinlichkeit«, sagt Randy. »Wegen meiner GPS-Signatur. Ich weiß, dass ich wenigstens eine E-Mail von der *Glory* geschickt habe, während wir unmittelbar über dem Wrack vor Anker lagen. Die Länge und Breite wird also drin sein.«

»Gut, wenn das der Fall ist, könnte das tatsächlich Folgen haben«, sagt Avi. »Wenn Andrew nämlich die genauen Koordinaten des Wracks bekommt, kann er Taucher runterschicken, damit sie eine Bestandsaufnahme machen und konkrete Zahlen liefern, die er in dem Prozess verwenden kann. Das alles kann sehr schnell gehen. Und wenn diese Zahlen die Hälfte des Wertes von Epiphyte übersteigen, was, offen gestanden, ohne weiteres möglich wäre, könnten wir als Lehrlinge bei dem Dentisten anfangen.«

»Avi, es ist bis obenhin voll mit Goldbarren«, sagt Randy.

»Tatsächlich?«

»Ja. Das hat Amy mir gesagt.«

Jetzt ist es an Avi, eine Weile stehen zu bleiben und Schluckgeräusche von sich zu geben.

»Tut mir Leid, ich hätte es früher erwähnt«, sagt Randy, »aber ich wusste bis jetzt nicht, dass es von Bedeutung ist.«

»Wie hat Amy davon erfahren?«

»Bevor sie vorgestern Abend am Seattle-Tacoma International Airport ins Flugzeug stieg, habe ich ihr geholfen, ihre E-Mail durchzusehen. Ihr Vater hat ihr eine Nachricht geschickt, in der steht, dass eine gewisse Anzahl von intakten Esstellern der Kriegsmarine in dem Unterseeboot gefunden wurden. Das war ein vorher vereinbarter Code für Goldbarren.«

»Du hast gesagt, ›bis obenhin voll mit Goldbarren‹. Könntest du das in eine konkrete Zahl übersetzen, zum Beispiel in Dollar?«

»Wen kümmert denn das, Avi? Wir sind uns doch einig, dass wir erledigt sind, wenn Andrew Loeb diese Entdeckung auch macht.«

»Mannomann!« sagt Avi. »Da dürfte also eine hypothetische Person, die sich nicht scheut, Beweise zu manipulieren, schon ein starkes Motiv haben.«

»Das ist genau der entscheidende Punkt«, stimmt Randy zu.

Sie unterbrechen ihr Gespräch für eine Weile, denn jetzt müssen sie beim Überqueren des Pacific Coast Highways Autos ausweichen, und es besteht eine stillschweigende Übereinkunft zwischen ihnen, dass es ihrer ganzen Aufmerksamkeit bedarf, nicht von vorbeirasenden Autos erfasst zu werden. Am Ende rennen sie unter Ausnutzung einer zufällig entstandenen Lücke im Verkehr, der Richtung Norden fließt, über die letzten zwei Fahrspuren. Auch danach hat keiner von ihnen so richtig Lust, wieder langsam zu gehen, und so rennen sie die ganze Strecke über den Parkplatz des örtlichen Lebensmittelgeschäfts und in das bewaldete Tal mit dem Bachlauf, wo Avis Haus steht. Im Handumdrehen sind sie dort, und Avi deutet gleich vielsagend an die Decke, womit er sagen will, dass sie jetzt besser mit Wanzen im Haus rechnen sollten. Er geht zu seinem blinkenden Anrufbeantworter hinüber und holt das Band mit den eingehenden Nachrichten heraus. Er steckt es in die Tasche und durchmisst mit großen Schritten das

Wohnzimmer des Hauses, unbeeindruckt von den eisigen Blicken eines seiner beiden israelischen Kindermädchen, das es nicht leiden kann, wenn er mit Schuhen im Haus herumläuft. Im Vorbeigehen hebt Avi einen Plastikkasten in fröhlichen Farben vom Boden auf. Er hat einen Griff und abgerundete Ecken, große leuchtende Knöpfe und ein Mikrophon, das an einer geringelten gelben Schnur hinten herunterhängt. Ohne seinen Schritt zu verlangsamen, geht Avi durch die Terrassentür, während das Mikrophon an seiner spiralförmig gewundenen Schnur hinter ihm auf und ab hüpft. Randy folgt ihm nach draußen, über einen Streifen dürres Gras und in ein Zypressenwäldchen. Sie gehen weiter, bis sie in eine kleine Mulde gelangen, die sie vor Blicken von der Straße her schützt. Dort hockt Avi sich hin, nimmt eine Raffi-Kassette aus dem Kinderkassettenrekorder und schiebt stattdessen sein Band mit den eingegangenen Nachrichten hinein, spult es zurück und spielt es ab.

»Hi Avi! Hier spricht Dave. Rufe von Novus Ordo Seclorum Systems an. Ich bin der, äh, Chef hier, du erinnerst dich vielleicht? Ihr habt doch diesen Computer in unserem Schaltschrank stehen. Also, wir haben ein paar, sagen wir, Besucher hier. Anzugtypen. Und die haben gesagt, sie wollen diesen Computer sehen. Und wenn wir ihnen das Ding sofort gäben, wären wir aus dem Schneider. Wenn nicht, würden sie mit einer einstweiligen Verfügung und mit Bullen zurückkommen, alles auf den Kopf stellen und das Ding einfach mitnehmen. Wir stellen uns erst mal dumm. Bitte ruf zurück.«

»Der Anrufbeantworter hat zwei Nachrichten angezeigt«, sagt Avi.

»Hi Avi. Hier ist noch mal Dave. Dumm stellen hat nicht funktioniert, dann haben wir gesagt, sie sollen sich verpissen. Der Oberanzug ist total sauer auf uns. Hat mich rausgerufen. Hatten eine echt angespannte Diskussion im McDonald's gegenüber. Er sagt, ich wär' dumm. Und wenn sie wiederkämen und auf der Suche nach Tombstone alles auf den Kopf stellten, ginge bei Ordo nichts mehr und das würde den Aktionären ordentliche Verluste einbringen. Er meinte, das wäre dann sicher ein Grund für eine Klage der Minderheitsaktionäre gegen mich, die er mit Handkuss übernehmen würde. Hab' ihm noch nicht gesagt, dass Ordo nur fünf Aktionäre hat und dass wir alle hier arbeiten. Der McDonald's-Geschäftsführer meinte, wir würden ein paar Kinder bei ihrem Happy Meal stören, und hat uns gebeten zu gehen. Ich habe schockiert getan und dem Anzugtypen erklärt, ich würde ins Büro zurückgehen, mir Tombstone anschauen und sehen, welche

Auswirkungen es haben würde, ihn zu entfernen. Stattdessen rufe ich dich jetzt an. Hal und Rick und Carrie sind dabei, den gesamten Datenbestand unseres eigenen Systems in einen rechnerfernen Speicher zu laden, damit nichts verloren geht, wenn die Bullen auftauchen und alles rausreißen. Ruf mich bitte zurück. Auf Wiederhören.«

»Mensch«, sagt Randy, »ich komme mir ganz schön beschissen vor, weil wir Dave und seinen Leuten das alles aufbürden.«

»Das wird ihnen eine Riesenpublicity einbringen«, entgegnet Avi. »Ich bin sicher, dass Dave in dem McDonald's bereits ein halbes Dutzend Fernsehteams postiert hat, die bis an den Rand des Wahnsinns Kaffee in sich hineinkippen.«

»Und ... was meinst du, was wir machen sollten?«

»Das einzig Senkrechte ist, dass ich hinfahre«, sagt Avi.

»Wir könnten's doch auch einfach zugeben. Dem Dentisten von der Vereinbarung per Handschlag erzählen.«

»Schreib dir eins hinter die Ohren, Randy: Das Unterseeboot ist dem Dentisten scheißegal. Das Unterseeboot ist dem Dentisten scheißegal.«

»Das Unterseeboot ist dem Dentisten scheißegal«, wiederholt Randy.

»Ich stecke jetzt also die Kassette wieder rein«, sagt Avy, während er das Band aus dem Gerät springen lässt, »und mache mich schleunigst auf den Weg.«

»Und ich werde tun, was mein Gewissen mir befiehlt«, sagt Randy.

»Die meisten Zigaretten«, sagt Avi.

»Ich werde es nicht von hier aus machen«, sagt Randy, »sondern vom Sultanat Kinakuta aus.«

Weihnachten 1944

Goto Dengo hat Lieutenant Mori und dessen Wachtruppen auf Wing hingewiesen und deutlich gemacht, dass sie ihm nicht die Bajonette durch den Körper rennen und die Klingen in den lebenswichtigen Organen herumdrehen dürfen, sofern nicht ein außergewöhnlich guter Grund wie etwa die Unterdrückung eines allgemeinen Aufstandes vorliegt. Dieselben Eigenschaften, durch die Wing für Goto Dengo so wertvoll wird, machen ihn auch zum wahrscheinlichsten Anführer jedes organisierten Ausbruchsversuchs.

Sobald der General und sein Adjutant Bundok verlassen haben, geht Goto Dengo auf die Suche nach Wing, der die Bohrarbeiten an dem diagonalen Schacht zum Yamamoto-See beaufsichtigt. Als einer, der mit gutem Beispiel vorangeht, arbeitet er mit einem Bohrer ganz vorn an der Strebfront, am Ende eines mehrere hundert Meter langen Tunnels, der so schmal ist, dass man ihn nur auf allen vieren passieren kann. Goto Dengo muss sich an dem in Golgatha mündenden Ende des Tunnels einfinden und einen Boten hineinschicken, der, einen rostigen Helm auf dem Kopf, um sich gegen die von der Strebfront herabrieselnden Gesteinstrümmer zu schützen, in den Tunnel kriecht.

Eine Viertelstunde später taucht Wing auf, schwarz von dem Steinstaub, der sich auf seinem schweißbedeckten Körper angesammelt hat, und rot, wo er sich die Haut aufgeschürft oder am Stein zerschrammt hat. Er verwendet ein paar Minuten darauf, methodisch Staub aus seinen Lungen auszuhusten. Ab und zu rollt er wie ein Blasrohrschütze die Zunge, spuckt einen Schleimklumpen gegen die Wand und beobachtet nüchtern, wie dieser am Stein herabtrieft. Die Chinesen haben ein ganzes System medizinischer Vorstellungen, das sich auf Schleim gründet, und die Arbeit unter Tage liefert ihnen viel Gesprächsstoff.

»Die Belüftung nicht gut?«, fragt Goto Dengo. Sein Bordell-Chinesisch hat ihm keine technischen Begriffe wie etwa »Belüftung« vermittelt, sodass ihm Wing das entsprechende Vokabular erst beibringen musste.

Wing zieht ein Gesicht. »Ich will Tunnel fertig machen. Ich will nicht noch Belüftungsschacht bohren. Zeitverschwendung!«

Damit die Arbeiter an der Strebfront nicht ersticken, müssen in Abständen senkrechte Luftschächte von der Oberfläche zu dem diagonalen Schacht niedergebracht werden. Auf sie haben die Arbeiter ebenso viel Mühe verwendet wie auf die Diagonale selbst und dabei gehofft, nie mehr einen bohren zu müssen.

»Wie weit noch?«, fragt Goto Dengo am Ende eines weiteren Hustenanfalls von Wing.

Wing schaut nachdenklich zur Decke auf. Er hat einen genaueren Lageplan von Golgatha im Kopf als dessen Planer. »Fünfzig Meter.«

Der Planer muss unwillkürlich grinsen. »Das ist alles? Ausgezeichnet.«

»Wir sind jetzt schnell«, sagt Wing stolz und einen Moment lang schimmern seine Zähne im Lampenlicht. Dann scheint ihm wieder einzufallen, dass er ein Zwangsarbeiter in einem Todeslager ist, und die Zähne verschwinden. »Wir können noch schneller sein, wenn wir in gerader Linie bohren.«

Wing spielt darauf an, dass die Diagonale zum Yamamoto-See

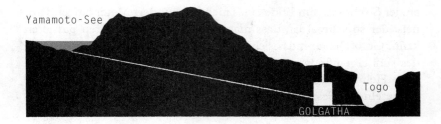

auf den Plänen wie oben dargestellt ist. Aber Goto Dengo hat, ohne die Pläne zu ändern, befohlen, sie wie folgt zu bohren:

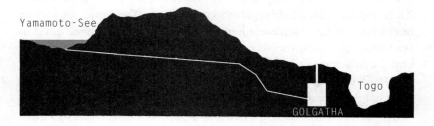

Diese Krümmungen verlängern den Tunnel um ein ganzes Stück. Außerdem häuft sich der Schutt gewöhnlich im flacheren Westteil und muss von Hand weitergeharkt werden. Die einzigen Menschen, die von der Existenz dieser Krümmungen wissen, sind er, Wing und Wings Arbeitstrupp. Der einzige Mensch, der den wahren Grund für ihre Existenz kennt, ist Goto Dengo.

»Bohrt nicht in gerader Linie. Bohrt weiter so, wie ich es gesagt habe.«

»Ja.«

»Außerdem werdet ihr einen neuen Belüftungsschacht brauchen.«

»Noch einen Belüftungsschacht! Nein...«, protestiert Wing.

Die auf den Plänen dargestellten Belüftungsschächte sind mit ihrem ungünstigen Doppelknick schon schlimm genug.

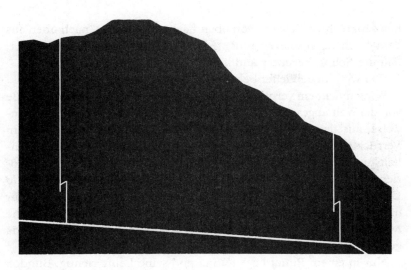

Aber Goto Dengo hat Wing und seinen Trupp mehrmals angewiesen, neue »Belüftungsschächte« in Angriff zu nehmen, ehe er es sich anders überlegte und ihnen befahl, die Arbeit abzubrechen – mit folgendem Ergebnis:

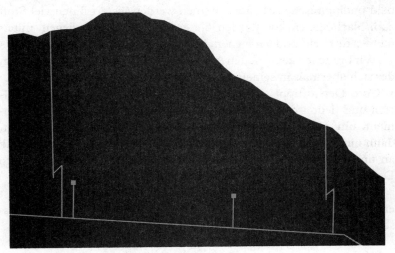

»Diese neuen Belüftungsschächte werden von oben nach unten gegraben werden«, sagt Goto Dengo.

»Nein!«, sagt Wing, noch immer völlig fassungslos. Gotos Anweisung ist insofern völliger Wahnsinn, als man den Schutt, wenn man einen senkrechten Schacht von oben nach unten bohrt, nach oben aus dem Loch heraushieven muss. Macht man es dagegen umgekehrt, fällt der Schutt herunter und lässt sich leicht abtransportieren.

»Du wirst neue Helfer bekommen. Philippinische Arbeiter.«

Wing macht ein verblüfftes Gesicht. Er ist in noch stärkerem Maße von der Welt abgeschnitten als Goto Dengo. Die Indirektheit der Hinweise, aus denen er auf den Kriegsverlauf schließen muss, ist zum Verrücktwerden. Er und seine Arbeiter fügen die wirr verstreuten Anhaltspunkte, die ihnen zur Verfügung stehen, zu komplizierten Theorien zusammen. Diese Theorien liegen alle so weit daneben, dass Goto Dengo laut darüber lachen würde, wenn er nicht Verständnis dafür hätte. Dass MacArthur auf Leyte gelandet und dass die Kaiserliche Marine vernichtet worden ist, haben weder er noch Hauptmann Noda gewusst, bis der General es ihnen gesagt hat.

Nur in einem Punkt liegen Wing und seine Leute richtig: Bundok setzt Arbeitskräfte von außen ein, um die Geheimhaltung zu gewährleisten. Wenn irgendwelchen Chinesen die Flucht gelänge, so fänden sie sich auf einer Insel fern der Heimat wieder, unter Menschen, die ihre Sprache nicht sprechen und sie nicht sonderlich mögen. Dass bald philippinische Arbeiter kommen werden, liefert ihnen viel Stoff zum Nachdenken. Sie werden die ganze Nacht wach liegen, miteinander tuscheln und versuchen, ihre Theorien umzumodeln.

»Wir brauchen keine neuen Arbeiter. Wir sind fast fertig«, sagt Wing, der sich abermals in seinem Stolz gekränkt fühlt.

Goto Dengo tippt sich mit beiden Zeigefingern auf beide Schultern und deutet damit Epauletten an. Wing braucht nur einen Moment, um zu begreifen, dass der andere von dem General spricht, dann nimmt sein Gesicht einen zutiefst verschwörerischen Ausdruck an und er kommt einen halben Schritt näher. »Befehle«, sagt Goto Dengo. »Wir graben jetzt viele Belüftungsschächte.«

Wing war kein Bergarbeiter, als er in Bundok eintraf, doch nun ist er es. Er ist verdutzt. Wozu er auch allen Grund hat. »Belüftungsschächte? Wohin?«

»Nirgendwohin«, sagt Goto Dengo.

Wings Gesicht ist noch immer verständnislos. Er glaubt, Goto Dengos schlechtes Chinesisch verhindere eine Verständigung. Aber Goto Dengo weiß, dass Wing bald dahinter kommen wird, in irgendeiner Nacht in den schlimmen, bangen Momenten, die stets kurz vor dem Einschlafen kommen.

Und dann wird er den Aufstand anführen und Lieutenant Moris Männer werden darauf vorbereitet sein; sie werden mit ihren Mörsern das Feuer eröffnen, sie werden die Minen zur Explosion bringen, sie werden die Maschinengewehre benutzen und ihre sorgfältig angelegten, sich überschneidenden Feuerzonen damit bestreichen. Keiner von ihnen wird überleben.

Goto Dengo will das nicht. Also streckt er die Hand aus und klopft Wing auf die Schulter. »Ich werde dir Anweisungen geben. Wir werden einen speziellen Schacht bauen.« Dann dreht er sich um und geht; er hat Vermessungsarbeiten durchzuführen. Er weiß, Wing wird es sich so rechtzeitig zusammenreimen, dass er sich retten kann.

In längst auseinander gefallenen Marschkolonnen kommen philippinische Gefangene, die sich auf nackten Füßen dahinschleppen und eine feuchte rote Spur auf der Straße hinterlassen. Sie werden von den Stiefeln und Bajonetten japanischer Armeesoldaten angetrieben, die kaum weniger erbärmlich aussehen. Als Goto Dengo sie in das Lager wanken sieht, geht ihm auf, dass sie ununterbrochen auf den Beinen gewesen sein müssen, seit der General vor zwei Tagen den entsprechenden Befehl gegeben hat. Der General hat fünfhundert neue Arbeiter versprochen; tatsächlich gekommen sind etwas weniger als dreihundert, und aus der Tatsache, dass keiner von ihnen auf einer Bahre getragen wird – angesichts ihres durchschnittlichen körperlichen Zustandes eine statistische Unmöglichkeit –, schließt Goto Dengo, dass die anderen zweihundert unterwegs gestolpert oder ohnmächtig geworden sein müssen und an Ort und Stelle exekutiert worden sind.

Bundok ist geradezu unheimlich gut mit Treibstoff und Rationen versorgt, und er sorgt dafür, dass Gefangene und Soldaten gleichermaßen gut zu essen und einen Ruhetag bekommen.

Dann lässt er sie an die Arbeit gehen. Mittlerweile kommandiert Goto Dengo schon lange genug Leute, um ein Auge für die guten zu haben. Unter den Neuankömmlingen gibt es einen zahnlosen Burschen namens Rodolfo, mit Glubschaugen, eisengrauem Haar, einer großen Zyste auf der Wange, zu langen Armen, Händen wie Schauerhaken und Spreizfüßen, die Goto Dengo an die Eingeborenen erinnern, bei denen er auf Neuguinea gelebt hat. Seine Augen haben keine bestimmte Farbe – sie wirken wie aus Scherben anderer Augen zusammengesetzt, ein aus Grau, Blau, Haselnussbraun und Schwarz gesintertes Gefunkel. Dass ihm Zähne fehlen, ist ihm peinlich und er hält sich stets eine seiner ausladenden Greifpranken vor den Mund, wenn er spricht. Jedes Mal, wenn Goto Dengo oder eine andere Autoritätsfigur in ihre Nähe kommt, wenden sämtliche jungen Filipinos die Augen ab und sehen angelegentlich Rodolfo an, der vortritt, sich den Mund zuhält und seinen sonderbaren, beunruhigenden Starrblick auf den Besucher richtet.

»Teil deine Leute in ein halbes Dutzend Trupps ein und gib jedem Trupp einen Namen und einen Truppführer. Sorg dafür, dass jeder den Namen seines Trupps und seines Truppführers kennt«, sagt Goto Dengo ziemlich laut. Bestimmt sprechen wenigstens einige der anderen Filipinos Englisch. Dann beugt er sich näher heran und sagt leise: »Die besten und kräftigsten Männer behältst du für dich selbst.«

Rodolfo blinzelt, versteift sich, tritt zurück, nimmt die Hand vom Mund und grüßt damit zackig. Seine Hand gleicht einer Markise, die einen Schatten über sein ganzes Gesicht und seine Brust wirft. Es wird deutlich, dass er das Grüßen von Amerikanern gelernt hat. Er macht auf dem Absatz kehrt.

»Rodolfo.«

Rodolfo dreht sich wieder um und wirkt dabei so irritiert, dass Goto Dengo sich das Lachen verbeißen muss.

»MacArthur ist auf Leyte.«

Rodolfos Brust bläht sich wie ein Wetterballon und er wird ungefähr zehn Zentimeter größer, doch sein Gesichtsausdruck ändert sich nicht.

Die Neuigkeit geht so schnell durchs Lager wie ein Blitz, der den Boden sucht. Die Taktik zeitigt den gewünschten Effekt, den Filipinos wieder einen Grund zum Weiterleben zu liefern; sie legen plötzlich große Energie und Tatkraft an den Tag. Auf Carabao-Karren ist eine Anzahl schwer mitgenommener Bohrer und Kompressoren eingetroffen, die offensichtlich von anderen, Bundok ähnlichen Baustellen auf Luzon stammen. Die Filipinos, Experten für Verbrennungsmotoren, schlachten einige Kompressoren aus, um andere zu reparieren. Unterdessen werden die Bohrer auf Rodolfos Trupps verteilt, die sie auf den Hügelkamm zwischen den Flüssen schleppen und die neuen »Belüftungsschächte« niederzubringen beginnen, während Wings Chinesen unten letzte Hand an den Golgatha-Komplex legen.

Die Karren, mit denen man die Ausrüstung herangeschafft hat, sind von der japanischen Armee einfach samt Fahrern – hauptsächlich Bauernburschen – auf der Straße angehalten und an Ort und Stelle requiriert worden. Die Bauernburschen dürfen Bundok natürlich nicht wieder verlassen. Die schwächeren Carabaos werden geschlachtet, um Fleisch zu gewinnen, die kräftigeren werden bei der Arbeit an Golgatha eingesetzt und die Fahrer den Arbeitstrupps einverleibt. Einer von ihnen ist ein Junge namens Juan, mit großem, rundem Kopf und deutlich chinesischem Gesichtsschnitt. Wie sich herausstellt, spricht er Englisch, Tagalog und Kantonesisch. Er kann sich mit Wing und den anderen Chinesen in einer Art Pidgin verständigen, oft dergestalt, dass er mit dem Finger chinesische Schriftzeichen auf seine Handfläche malt. Juan ist klein und gesund und besitzt eine Art wacher Behendigkeit, die sich in Goto Dengos Augen bei den kommenden Ereignissen vielleicht als nützlich erweisen wird, und so teilt er ihn dem Spezialtrupp zu.

Das Unterwasser-Röhrensystem im Yamamoto-See muss nachgesehen werden. Goto Dengo lässt Rodolfo herumfragen, ob es unter den Arbeitern jemanden gibt, der als Perlentaucher gearbeitet hat. Er findet rasch einen, einen gelenkigen, hinfällig wirkenden Burschen aus Palawan namens Agustin. Agustin ist von Durchfall geschwächt, scheint in Wassernähe jedoch aufzuleben und taucht nach ein paar Ruhetagen ohne Schwierigkeiten auf den Grund des Yamamoto-Sees. Auch er wird einer von Rodolfos handverlesenen Männern.

Eigentlich gibt es für die Anzahl der vorhandenen Werkzeuge und der zu grabenden Löcher zu viele Filipinos, und so geht die Arbeit zunächst zügig voran, da die Truppführer in raschem Wechsel ausgeruhte Leute einsetzen. Eines Nachts dann, gegen zwei Uhr früh, hallt ein ungewohntes Geräusch durch den Dschungel; es dringt aus dem Flachland herauf, wo der Tojo sich durch Zuckerrohr- und Reisfelder windet.

Es ist das Geräusch von Fahrzeugen. Von massenhaft Fahrzeugen. Da die Japaner schon seit Monaten keinen Treibstoff mehr haben, kommt Goto Dengo als Erstes der Gedanke, dass es MacArthur sein muss.

Er wirft sich eine Uniform über und läuft mit den anderen Offizieren zum Haupttor von Bundok hinunter. Davor steht, mit laufenden Motoren und ausgeschalteten Scheinwerfern, eine Schlange aus Dutzenden von Lkws und einigen Personenwagen. Als er aus dem vordersten Wagen eine japanische Stimme hört, verspürt er Enttäuschung. Dass er von General Douglas MacArthur gerettet werden will, bereitet ihm längst keine Gewissensbisse mehr.

Auf den Lkws sitzen viele Soldaten. Als die Sonne aufgeht, genießt Goto Dengo den neuartigen, merkwürdigen Anblick frischer, gesunder, wohlgenährter Japaner. Sie sind mit leichten und schweren Maschinengewehren bewaffnet. Sie sehen aus, wie japanische Soldaten 1937 aussahen, als sie Nordchina überrollten. An einen Tag erinnert zu werden, an dem keine schreckliche Niederlage drohte und sie nicht im Begriff standen, auf fürchterliche Weise alles zu verlieren, verschafft Goto Dengo ein seltsames Gefühl der Wehmut. Es bildet sich sogar ein Kloß in seiner Kehle und seine Nase beginnt zu laufen.

Dann reißt er sich zusammen, denn ihm wird klar, dass der große Tag endlich gekommen ist. Der Teil von ihm, der nach wie vor ein treuer Soldat des Kaisers ist, hat die Pflicht, dafür zu sorgen, dass das soeben eingetroffene kriegswichtige Material im Gewölbe von Golgatha verstaut wird. Der Teil von ihm, der kein treuer Soldat mehr ist, hat noch viel zu erledigen.

Im Krieg kann man noch so viel planen, vorbereiten und üben – wenn der große Tag dann tatsächlich kommt, findet man trotzdem den eigenen Arsch nicht mehr. Dieser Tag bildet keine Ausnahme. Aber nach ein paar Stunden Chaos ordnet sich alles und die Leute begreifen, was sie zu tun haben. Die schwereren Lkws schaffen es nicht den holprigen Fahrweg hinauf, den Goto Dengo im Bett des Tojo hat anlegen lassen, aber ein paar der kleineren schon, und diese dienen als Pendelfahrzeuge. Und so rollen die großen Lkws, einer nach dem anderen, in einen schwer bewachten und mit einem kräftigen Zaun gesicherten Bereich, der – vor MacArthurs Aufklärungsflugzeugen gut getarnt – schon vor Monaten gebaut wurde. Filipinos machen sich über die Lkws her und laden Kisten davon ab, die klein, aber offensichtlich sehr schwer sind. Unterdessen befördern die kleineren Lkws die Kisten den Tojo hinauf bis vor den Eingang von Golgatha, wo sie auf Handkarren umgeladen und durch den Tunnel in das Hauptgewölbe geschoben werden. Den von oben erteilten Anweisungen entsprechend, achtet Goto Dengo darauf, dass jede zwanzigste Kiste für die Narrenkammer abgezweigt wird.

Das Entladen geht von da an automatisch vonstatten und Goto Dengo verwendet den größten Teil dieser Tage darauf, die Endphase der Bohrarbeiten zu beaufsichtigen. Der Bau der neuen Belüftungsschächte verläuft nach Zeitplan und er braucht sie nur einmal am Tag zu überprüfen. Die Diagonale ist mittlerweile nur noch ein paar Meter vom Boden des Yamamoto-Sees entfernt. Schon sickert Grundwasser durch kleine Ritzen im Boden und tröpfelt die Diagonale hinab nach Golgatha, wo es sich in einem Schachtsumpf sammelt, der in den Tojo abfließt. Noch ein paar Meter und sie werden in das kurze

Tunnelstück durchbrechen, das Wing und seine Männer schon vor vielen Monaten geschaffen haben, indem sie vom späteren Seegrund aus nach unten bohrten.
 Wing selbst ist dieser Tage anderweitig beschäftigt. Er, Rodolfo und ihr Spezialtrupp treffen letzte Vorbereitungen. Rodolfo und seine Leute graben sich vom Hügelkamm aus nach unten und legen allem Anschein nach einen weiteren senkrechten Belüftungsschacht an. Wing und seine Leute sind direkt darunter und befassen sich mit einem komplizierten unterirdischen Rohrleitungsprojekt.
 Goto Dengo hat vollkommen den Überblick darüber verloren, welcher Tag jeweils ist. Ungefähr vier Tage, nachdem die Lkws eingetroffen sind, bekommt er jedoch einen Hinweis. Die Filipinos fangen bei ihrer abendlichen Schale Reis spontan zu singen an. Die Melodie kommt Goto Dengo bekannt vor; in Schanghai hat er ab und zu gehört, wie die amerikanischen Marines sie sangen.

> Wes' Kind ist das,
> Schläft ruhevoll
> Auf seiner Mutter Schoß?

Den ganzen Abend lang singen die Filipinos dieses und andere Lieder, auf Englisch, Spanisch und Lateinisch. Sobald sie ihre Lungen frei gehustet haben, singen sie erstaunlich gut, zuweilen sogar zwei- und dreistimmig. Anfangs juckt es Lieutenant Moris Wachen in den Abzugsfingern, weil sie glauben, es handele sich um ein Signal für einen Massenausbruch. Goto Dengo will sich seine Arbeit nicht durch ein Massaker zunichte machen lassen und erklärt ihnen deshalb, es sei etwas Religiöses, eine friedliche Feier.
 Um Mitternacht an diesem Tag trifft abermals ein Lkw-Konvoi ein und die Arbeiter werden geweckt, um ihn zu entladen. Sie sind fröhlicher Stimmung, singen Weihnachtslieder und machen Scherze über den Weihnachtsmann.
 Das ganze Lager ist bis weit nach Sonnenaufgang damit beschäftigt, Lkws zu entladen. Ohnehin ist Bundok allmählich zum Nachtort geworden, um dem Blick der Aufklärungsflugzeuge zu entgehen. Goto Dengo denkt gerade daran, sich schlafen zu legen, als oberhalb des Lagers, am Tojo, plötzlich eine Salve scharfer, knatternder Geräusche losbricht. Munition ist knapp, kaum jemand feuert noch eine Waffe ab und er erkennt das Geräusch des Nambu kaum wieder.

Dann springt er auf das Trittbrett eines Lkw und befiehlt dem Fahrer, flussaufwärts zu fahren. Das Schießen ist ebenso plötzlich verstummt, wie es angefangen hat. Unter den abgefahrenen Reifen des Lkw hat sich der Fluss trübe rot verfärbt.

Vor dem Eingang zu Golgatha liegen ungefähr zwei Dutzend Leichen im Flussbett. Um sie herum stehen, die Gewehre abgenommen, japanische Soldaten bis zu den Waden im roten Wasser. Ein Feldwebel geht mit einem Bajonett umher und stößt es den Filipinos, die sich noch rühren, in den Bauch.

»Was ist hier los?«, fragt Goto Dengo. Keiner gibt Antwort. Aber es erschießt ihn auch keiner; man lässt ihn selbst dahinter kommen.

Die Arbeiter waren offenbar dabei, einen kleinen Lkw zu entladen, der noch immer am Ende des Fahrweges steht. Unterhalb der Ladeklappe liegt eine Holzkiste, die anscheinend jemand fallen gelassen hat. Ihr schwerer Inhalt hat die Kiste gesprengt und sich über das unebene Gemenge aus Kieseln, gegossenem Beton und Haldenabfällen verteilt, die hier das Flussbett bilden.

Goto Dengo platscht näher heran und wirft einen Blick darauf. Er sieht es ganz deutlich, kann das Wissen aber irgendwie nicht in sich aufnehmen, bis er es mit den Händen spürt. Er bückt sich, schließt die Finger um einen kalten Klotz auf dem Grund des Flusses und lüpft ihn aus dem Wasser. Es ist ein glänzender Barren aus gelbem Metall, unglaublich schwer, mit eingeprägten, englischen Wörtern: BANK OF SINGAPORE.

Hinter ihm ist ein Handgemenge zu hören. Der Feldwebel hält sein Gewehr im Hüftanschlag, während zwei seiner Leute den philippinischen Fahrer aus der Kabine des Lkw zerren, mit dem Goto Dengo gekommen ist. In aller Ruhe – mit einem fast gelangweilten Gesichtsausdruck – ersticht der Feldwebel den Fahrer. Die Männer lassen ihn in das rote Wasser fallen und er verschwindet. »Fröhliche Weihnachten«, witzelt einer der Soldaten. Alles lacht, außer Goto Dengo.

IMPULS

Während Avi durch sein Haus zurückgeht, murmelt er etwas biblisch Klingendes auf Hebräisch, woraufhin seine Kinder in Tränen ausbrechen und seine Kindermädchen sich vom Spielteppich erheben und anfangen, Zeug in Taschen zu stopfen. Devorah kommt aus einem Hinterzimmer, wo sie ihre Morgenübelkeit ein bisschen ausgeschlafen hat. In der Diele umarmen sie und Avi sich liebevoll und Randy kommt sich allmählich vor wie ein Splitter in irgendjemandes Auge. Deshalb geht er schnurstracks auf den nächsten Ausgang zu, setzt sich draußen in sein Auto und fährt los. Er schlängelt sich durch die Berge über der San Andreas Fault zum Skyline Boulevard und fährt dann Richtung Süden. Zehn Minuten später heult Avis Auto mit neunzig oder hundert Sachen auf der Überholspur an ihm vorbei. Randy hat kaum Zeit, den Aufkleber zu lesen: KNAUSER SIND DOOF.

Randy hält Ausschau nach einem absolut anonymen Ort, wo er sich ins Internet einklinken kann. Ein Hotel geht nicht, weil dort über Telefongespräche nach draußen genau buchgeführt wird. Eigentlich müsste er das Interface für die Paket-Funkübertragung an seinem Laptop benutzen, aber selbst dafür bräuchte er einen Platz, um sich hinsetzen und eine Weile ungestört arbeiten zu können. Was ihn auf einen Fast-Food-Laden bringt, von denen es aber in der Einöde der Mid-Peninsula keine gibt. Als er den nördlichen Rand des Valley – Menlo Park und Palo Alto – erreicht, hat er bereits beschlossen, dass ihn alle mal kreuzweise können und er direkt zum Ort des Geschehens fahren wird. Vielleicht kann er sich ja dort nützlich machen. Also nimmt er die Ausfahrt El Monte und fährt ins Geschäftsviertel von Los Altos, ein ziemlich typisches amerikanisches Stadtzentrum aus der Mitte des zwanzigsten Jahrhunderts, das durch Franchiseunternehmen nach und nach ein anderes Gesicht bekommt.

Eine Hauptstraße kreuzt in nicht ganz rechtem Winkel eine kleinere Geschäftsstraße und begrenzt damit zwei (kleinere) spitzwinklige und zwei (größere) stumpfwinklige Grundstücke. Das stumpfwinklige Grundstück auf der einen Seite der Hauptstraße wird von einem zweistöckigen Bürogebäude eingenommen, in dem sich die Ordo-Büros und Tombstone befinden. Auf dem spitzwinkligen Grundstück steht das McDonald's-Restaurant. Auf dem spitzwinkligen Gelände jenseits der Hauptstraße steht merkwürdigerweise ein 24 Jam, der einzige, den Randy je in der westlichen Hemisphäre gesehen hat. Das stumpfwinklige Grundstück ist ein öffentlicher Parkplatz, auf dem man, was völlig aus der Mode gekommen ist, parken kann, um in dem Geschäftsviertel von Schaufenster zu Schaufenster zu bummeln.

Der McDonald's-Parkplatz ist voll und so fährt Randy an das Drive-in-Fenster, wählt *n* aus, wobei *n* eine Zufallszahl zwischen eins und sechs ist, und fragt nach Spar-Menü *n* mit extragroßen Pommes. Nachdem das Essen gesichert ist, steuert Randy seinen Acura mit aufheulendem Motor schnurstracks über die große Straße auf den öffentlichen Parkplatz, gerade rechtzeitig, um zu sehen, wie ein Minivan mit dem Logo eines Fernsehsenders aus San Jose in die letzte freie Parklücke fährt. Da Randy nicht vorhat, sich weit von seinem Auto zu entfernen, stellt er sich einfach vor ein anderes Auto. Doch gerade als er die Handbremse anzieht, bemerkt er darin eine Bewegung, und als er etwas genauer hinsieht, wird ihm klar, dass er einen Mann mit langen Haaren und Bart dabei beobachtet, wie er systematisch Patronen in eine Pumpgun stopft. Der Mann entdeckt Randy in seinem Rückspiegel und dreht sich mit einem überaus höflichen »Entschuldigen Sie, Sir, aber Sie scheinen mich zugeparkt zu haben«-Blick um. Randy erkennt ihn als Mike oder Mark, einen Grafikkartenhacker, der in Gilroy Straußen züchtet (absonderliche Hobbys sind in der Hightech-Welt ein Muss!). Er fährt den Acura ein Stück weiter und stellt sich vor ein Gefährt, das wie ein verlassener Lieferwagen aus *Starsky and Hutch*-Zeiten aussieht.

Mit seinem Laptop und seinem Spar-Menü *n* steigt Randy auf das Dach seines Wagens. Bis vor kurzem hatte er sich nie auf seinen Acura gesetzt, denn sein beachtliches Gewicht hätte das Blech eingedellt. Doch nachdem Amy ihn mit dem Lastwagen gerammt hatte, wurde Randy weniger anal, und jetzt betrachtet er ihn als ein Werkzeug, das er benutzt, bis es nur noch eine Moräne aus verrosteten Scherben ist. Zufällig hat er einen Zwölf-Volt-Adapter für seinen Laptop, den er in seinen Zigarettenanzünder steckt. Endlich kann er sich niederlassen und sich einmal richtig umschauen.

Der Parkplatz des Bürogebäudes von Novus Ordo Seclorum ist voll mit Polizeiwagen, außerdem mit BMWs und Mercedes Benz, von denen Randy annimmt, dass sie Anwälten gehören. Avi hat seinen Range Rover frech auf irgendeinem Beet geparkt, und ein paar Fernsehkamerateams haben auch Stellung bezogen. Vor dem Haupteingang des Gebäudes drängen sich eine Menge Leute auf engstem Raum und schreien sich gegenseitig an. Sie sind umgeben von konzentrischen Ringen aus Polizisten, Reportern und Anwaltsgehilfen – zusammengenommen das, was Tolkien Menschen nennen würde – und ein paar nicht- oder nachmenschlichen Wesen, die mit sonderbaren Physiognomien und undefinierbar magischen Kräften ausgestattet sind: Zwergen (zuverlässig, fleißig, zäh) und Elben (auf vergeistigtere Weise brillant). Randy, ein Zwerg, begreift allmählich, dass sein Großvater womöglich ein Elbe war. Und Avi ist ein Mensch mit einem stark elbenhaften Leuchten. Und irgendwo im Zentrum des Ganzen befindet sich wahrscheinlich Gollum.

Auf dem Bildschirm von Randys Laptop erscheint ein kleines Fenster, das die kitschige, im Stil der Wochenschauen aus den Vierzigerjahren gehaltene Animation eines Funkturms mit Concept-art-Funkwellen im Zickzack zeigt, die von ihm über die ganze Erde ausstrahlen; dabei ist diese alles andere als maßstabsgetreu wiedergegeben: Ihr Durchmesser entspricht ungefähr der Höhe des Funkturms. Dass diese Info-Blitze des Jupiter sichtbar und beweglich sind, ist das optische Zeichen dafür, dass sein Funkadapter seinen Weg in das Paket-Funkübertragungsnetz gefunden hat. Randy öffnet ein Terminalfenster, tippt

```
telnet laundry.org
```

ein und peng!, wenige Sekunden später bekommt er ein Login Prompt. Jetzt schaut Randy sich das animierte Fenster noch einmal an und stellt befriedigt fest, dass die Info-Blitze einer Ansammlung von Fragezeichen Platz gemacht haben. Das bedeutet, dass sein Computer laundry.org als ein Gerät erkannt hat, auf dem das Secure Wide Area Network protocol (S/WAN) – das Gesicherte Fernnetz-Protokoll – läuft, was bedeutet, dass jedes Datenpaket, das zwischen Randys Laptop und laundry.org hin und her geht, verschlüsselt wird. Ein wirklich angenehmer Gedanke, wenn man kurz davor ist, über das Funknetz etwas Illegales zu machen.

Mike oder Mark steigt aus seinem Auto und gibt dabei in einem langen schwarzen Westernmantel eine dramatische Figur ab, ein Eindruck, der allerdings durch das T-Shirt, das er darunter anhat, eher verdorben wird: schwarz mit einem dicken roten Fragezeichen in der Mitte. Er hängt sich den Riemen seiner Schrotflinte über die Schulter, beugt sich in den Kofferraum und holt einen breitkrempigen schwarzen Cowboyhut heraus, den er aufs Autodach legt. Er wirft die Ellbogen hoch, steckt sein langes Haar hinter die Ohren, schaut zum Himmel und klemmt sich dann den Cowboyhut auf den Kopf. Lose um den Hals gebunden trägt er ein schwarzes Tuch mit einem Fragezeichenmuster, das er sich jetzt bis über den Nasenrücken hochzieht, sodass zwischen ihm und dem Cowboyhut nur noch ein Sehschlitz frei bleibt. Liefen nicht einige seiner Freunde wie zum Beispiel John Cantrell des Öfteren in einem solchen Aufzug herum, bekäme Randy es mit der Angst zu tun. Vom sorgfältigen Schwenk eines Kameramanns verfolgt, geht Mike oder Mark mit großen Schritten über den Parkplatz und marschiert über die Straße zu dem 24 Jam hinüber.

Randys Anmeldung bei laundry.org erfolgt über ssh – »secure shell« –, eine Möglichkeit, die Kommunikation zwischen Computern noch weiter zu verschlüsseln. Laundry.org ist ein Anonymisierungsservice; alle über ihn zu einem anderen Computer geleiteten Datenpakete werden zunächst von sämtlichen kennungsrelevanten Informationen befreit, sodass niemand, der eines dieser Pakete abfängt, herausbekommen kann, wo es losgeschickt wurde. Nachdem Randy sich in den Anonymisierdienst eingeklinkt hat, tippt er

```
telnet crypt.kk
```

ein, drückt die Returntaste und schickt dann wirklich und wahrhaftig ein Stoßgebet zum Himmel. Die Krypta durchläuft immer noch ihre Testphase (was ja auch der einzige Grund dafür ist, dass der komplette Speicherinhalt von Tombstone noch nicht zu ihr übertragen wurde).

Auf dem 24 Jam-Gelände hat Mike oder Mark sich zu drei anderen elbenhaft aussehenden Typen in schwarzen Cowboyhüten und Halstüchern gesellt, die Randy aufgrund der Länge und Farbe von Pferdeschwanz und Bart identifizieren kann. Da ist zunächst Stu, ein Berkeley-Doktorand, der irgendwie in Avis HEAP-Projekt verwickelt ist, ferner Phil, der vor ein paar Jahren eine bedeutende Programmiersprache erfunden hat und in seiner Freizeit dem Helikopter-Skifahren huldigt, und Craig, der alles weiß, was man über verschlüsselte Online-Transaktionen mit Kreditkarten wissen kann, und ein Anhänger des traditionellen japanischen Bogenschießens ist. Manche dieser Burschen tragen lange Mäntel und andere nicht. Es gibt viel Symbolik der Heimlichen Bewunderer: T-Shirts mit der Zahl 56, die einen Code für Yamamoto darstellt, oder einfach Bilder von Yamamoto selbst oder dicke fette Fragezeichen. Ihre Unterhaltung strahlt geballte Energie und gute Laune aus – wenn sie auch ein bisschen gezwungen wirkt, da sie alle miteinander für jedermann sichtbar Langwaffen tragen. Einer von ihnen trägt ein Jagdgewehr und jeder der anderen hat ein einfach aussehendes Gewehr umhängen, an dem seitlich ein Bananenmagazin heraussteht. Randy hält es für möglich, ist sich aber nicht sicher, dass es sich dabei um HEAP-Waffen handelt.

Diese Szene hat, was Wunder, die Aufmerksamkeit der Polizisten erregt, die die vier mit Streifenwagen umstellt haben und schussbereit mit Gewehren und Schrotflinten dastehen. Es ist eine Merkwürdigkeit des Gesetzes, dass man zum verdeckten Tragen eines (sagen wir) einschüssigen .22er Derringer vielerorts eine Lizenz braucht, während das offene Tragen eines (sagen wir) großen Jagdgewehrs völlig legal ist. Verdeckt getragene Waffen sind verboten oder unterliegen zumindest strengen Bestimmungen, offen getragene dagegen nicht. Deshalb haben viele Heimliche Bewunderer – gewöhnlich Waffennarren – sich darauf verlegt, ganz auffällig bewaffnet herumzulaufen, um diese Vorschriften öffentlich ad absurdum zu führen. Ihrer Argumentation zufolge gehen verdeckt getragene Waffen sowieso allen am Arsch vorbei, da sie nur zum Schutz vor Angriffen kleiner Gauner dienen, die ja höchst selten vorkommen. In Wahrheit sehe die Verfassung das Recht, Waffen zu tragen, nur vor, damit man sich gegen repressive Regierungen zur Wehr setzen könne, und wenn dieser Fall eintrete, seien Faustfeuerwaffen praktisch nutzlos. Wenn man also (diesen Burschen zufolge) sein Recht, Waffen zu besitzen und zu tragen, geltend machen will, sollte man es offen tun und etwas richtig Großes nehmen.

Ein Haufen Ausschuss rollt über Randys Bildschirm. Es beginnt mit WILLKOMMEN IN DER KRYPTA, dann folgt ein Abschnitt mit Informationen darüber, was für eine großartige Sache die Krypta ist und dass jeder, dem der Schutz der Privatsphäre nicht völlig gleichgültig ist, dort ein Konto haben sollte. Randy klickt den kommerziellen Teil mit einer Taste weg und loggt sich als Randy ein. Dann gibt er den Steuerbefehl

```
telnet tombstone.epiphyte.com
```

ein und bekommt daraufhin zwei erfreuliche Botschaften: Die erste besagt, dass eine Verbindung zu Tombstone hergestellt, und die andere, dass automatisch ein S/WAN-Link aufgebaut wurde. Schließlich bekommt er das

```
tombstone login:
```

was bedeutet, dass es ihm jetzt freisteht, sich in die Maschine auf der anderen Straßenseite einzuloggen. Und damit muss Mr. Randy eine kleine Entscheidung treffen.

Bis jetzt ist er sauber. Die Bits, die aus seinem Laptop kommen, sind verschlüsselt; selbst wenn also jemand das lokale Paket-Funkübertragungsnetz überwacht, weiß er nicht mehr, als dass ein paar verschlüsselte Bits in der Gegend herumfliegen. Keines dieser Bits können sie zu Randys Gerät zurückverfolgen, ohne komplizierte Funkortungsgerätschaften aufzufahren und ihn in aller Öffentlichkeit anzupeilen. Diese verschlüsselten Bits finden schließlich ihren Weg hinauf nach Oakland zu laundry.org, einem Internet-Großrechner, durch den pro Sekunde vermutlich Tausende von Paketen hindurchsausen. Würde jemand die T3-Leitung von laundry.org anzapfen, wozu ein gewaltiger Aufwand an Computern und Fernmeldeeinrichtungen nötig wäre, würde er eine sehr kleine Anzahl verschlüsselter Pakete mit dem Adressaten crypt.kk in Kinakuta entdecken. Diese Pakete wären jedoch vor ihrem Austritt aus laundry.org sämtlicher kennungsrelevanter Daten entkleidet worden, sodass es unmöglich wäre, ihren Ursprung zu bestimmen. Im Übrigen ist crypt.kk auch ein Anonymisierdienst, sodass jemand, der seine unglaublich leistungsfähige T5-Leitung anzapfte (eine Aufgabe von der Größenordnung eines Lauschangriffs auf das gesamte Telekommunikationsnetz eines kleinen Landes), theoretisch ein paar Pakete, die zwischen crypt.kk und Tombstone hin und her gehen, ausfindig machen könnte. Aber auch diese besäßen keinerlei Identifizierungsdaten, was es unmöglich machen würde, sie auch nur bis zu laundry.org, geschweige denn den ganzen Weg bis zu Randys Laptop zurückzuverfolgen.

Damit Randy aber in Tombstone hineinkommen und mit der konkreten Manipulation des Beweismaterials beginnen kann, muss er sich jetzt einloggen. Hätte er es dabei mit einem schlecht gesicherten Großrechner zu tun, wie es sie früher im Internet zuhauf gab, könnte er einfach eine von dessen zahlreichen Sicherheitslücken ausnutzen und sich einen Weg hineinbahnen, so dass er, wenn seine Aktivitäten entdeckt würden, behaupten könnte, das sei nicht er gewesen, sondern irgendein Knacker, der ausgerechnet in dem Moment in die Maschine einbrach, als sie von der Polizei beschlagnahmt wurde. Randy hat jedoch die letzten Jahre seines Lebens damit zugebracht, Geräte wie dieses für Knacker uneinnehmbar zu machen, und deshalb weiß er, dass dieses Unterfangen aussichtslos wäre.

Außerdem hat es keinen Zweck, sich als irgendein alter Benutzer einzuloggen – also ein Gästekonto zu verwenden. Gäste dürfen nicht an Systemdateien herumhantieren. Um hier irgendwelche sinnvollen Beweismanipulationen vornehmen zu können, muss Randy sich als

Superuser anmelden. Der Name des Superuser-Kontos ist dummerweise »randy«, und letztlich kann man sich nur einloggen, wenn man ein Passwort eingibt, das nur Randy kennt. Nachdem er also das Allerneueste an Verschlüsselungstechnologie und transozeanischen Paket-Funkvermittlungseinrichtungen verwendet hat, um seine Identität zu verschleiern, steht Randy nun vor der Notwendigkeit, seinen eigenen Namen in dieses verdammte Gerät einzutippen.

In seinem Kopf blitzt kurz ein kleines Szenario auf, in dem er eine anonyme Sendung an sämtliche laundry.org-Benutzer schickt und ihnen mitteilt, dass das Passwort für das »randy«-Konto bei »tombstone.epiphyte.com« so und so lautet, und sie dringend bittet, diese Information so schnell wie möglich über das ganze Internet zu verbreiten. Noch vor einer Stunde wäre das ein vernünftiger Gedanke gewesen. Jetzt ist es zu spät; jeder einigermaßen intelligente Ermittler würde mittels Abgleichung der Zeitangaben auf den Nachrichten beweisen können, dass das ganze nur zur Tarnung diente. Im Übrigen wird die Zeit knapp. Die Diskussion auf der anderen Straßenseite, auf diese Entfernung nur ein schrilles Stimmengewirr, steuert auf eine Art Höhepunkt zu.

Randy hat in der Zwischenzeit seinen Browser hochgefahren und die Homepage von ordo.net aufgerufen. Das ist normalerweise eine ziemlich langweilige Unternehmenshomepage, aber heute gibt es anstelle der ganzen Werbestreifen und täglichen Pressemeldungen ein Fenster mit einem Live-Farbvideo von dem, was sich vor dem Gebäude abspielt (oder besser, sich vor ein paar Sekunden abgespielt hat; da aber seine Richtfunkstrecke, über die das Video hereinkommt, eine jämmerlich geringe Bandbreite hat, verändert das Video sein Vollbild alle drei Sekunden). Es wird bei Ordo selbst erzeugt, wo sie natürlich eine Kamera aus dem Fenster gerichtet haben und die Bilder jetzt direkt über ihre eigene T3-Leitung raushauen.

Randy hebt gerade rechtzeitig den Blick, um zu sehen, wie der Typ, der den Begriff »virtuelle Realität« erfunden hat, im Gespräch mit dem Herausgeber des TURING *Magazine* den Parkplatz überquert. Nicht weit hinter ihnen folgt Bruce, ein Betriebssystemingenieur, der in seiner Freizeit Volksmusik aus Feuerland aufnimmt und im Internet kostenlos zur Verfügung stellt.

»Bruce!«, ruft Randy.

Bruce zögert und schaut sich in Randys Richtung um. »Randy«, sagt er.

»Warum bist du hier?«

»Es geht das Gerücht von einem Angriff der Feds auf Ordo«, antwortet Bruce.

»Interessant... Irgendwelcher bestimmter Feds?«

»Comstock«, sagt Bruce. Und meint damit Paul Comstock, dem in seiner Eigenschaft als Justizminister der Vereinigten Staaten das FBI untersteht. Randy glaubt dieses Gerücht zwar nicht, sucht aber unwillkürlich die Gegend nach Leuten ab, die in das allgemeine Profil von FBI-Agenten passen. Das FBI hasst und fürchtet starke Kryptographie. Jetzt ruft ein anderer Heimlicher Bewunderer dazwischen: »Ich hab Secret Service gehört!« Was auf gewisse Weise noch unheimlicher ist, denn der Secret Service ist ein Teil des Treasury Department und hat die Aufgabe, Missbrauch von Telekommunikationseinrichtungen zu verbrecherischen Zwecken zu bekämpfen und die nationale Währung zu schützen.

Randy sagt: »Wärst du vielleicht auch offen für die Möglichkeit, dass das Ganze ein Internet-Gerücht ist? Dass in Wirklichkeit gerade ein bestimmter Ausrüstungsgegenstand im Büro von Ordo, der Teil eines Rechtsstreits ist, beschlagnahmt wird?«

»Und warum sind dann diese vielen Polizisten hier?« fragt Bruce.

»Vielleicht haben die maskierten Männer mit ihren Sturmgewehren sie angezogen.«

»Aber warum sind die Heimlichen Bewunderer überhaupt aufgetaucht, wenn es nicht um eine Regierungsrazzia geht?«

»Keine Ahnung. Vielleicht ein besonderes Phänomen spontaner Selbstorganisation – wie der Ursprung des Lebens in der Ursuppe.«

Bruce sagt: »Könnte der Rechtsstreit nicht ebenso gut ein Vorwand sein?«

»Du meinst, eine Art trojanisches Pferd, das Comstock sich zurechtgebastelt hat?«

»Genau.«

»Da ich alle beteiligten Parteien kenne, halte ich das für unwahrscheinlich«, sagt Randy, »aber ich werde darüber nachdenken.«

Der Streit auf dem Ordo-Parkplatz nimmt noch an Lautstärke und Heftigkeit zu. Randy schaut auf das Videofenster, dass dummerweise keine Tonspur hat. Der Wechsel zwischen den Vollbildern vollzieht sich in Form isolierter Blöcke neuer Pixel, die eins nach dem anderen auf die alten geklatscht werden, wie ein großes Werbeplakat, das abschnittweise aufgeklebt wird. Hochauflösendes Fernsehen ist das nicht gerade. Aber Randy erkennt eindeutig Avi, der groß, blass und ruhig dasteht, flankiert von einem Typen, der vermutlich Dave, der Chef von Ordo, und einem anderen, der offensichtlich ein Anwalt ist. Praktisch schon im Eingang des Gebäudes stehen sie zwei Polizisten und niemand Geringerem als Andrew Loeb gegenüber, der sich rasch bewegt und damit ein unüberwindliches Bandbreitenproblem darstellt. Die Internet-Video-Ausrüstung ist intelligent genug, um Teile eines Bildes, die sich nur wenig verändern, nicht durcheinander zu bringen, so dass die aufgepflanzten Polizisten vielleicht zweimal pro Minute aufgefrischt werden, und dann auch nur in ein paar rechteckigen Bildsegmenten. Andrew Loeb dagegen wedelt mit den Armen, hüpft auf und ab, stürzt mehrmals auf Avi zu, tritt wieder zurück, nimmt Anrufe auf seinem Handy entgegen und fuchtelt mit Papieren in der Luft herum. Die Computer haben ihn als einen Haufen Pixel identifiziert, die viel Aufmerksamkeit und Bandbreite benötigen, und so wühlt sich irgendwo ein armer Algorithmus durch die hoch verdichtete Masse aus komprimierten Pixeln, die das Bild von Andrew Loeb ausmachen, und tut sein Bestes, um die meisten sich rasch bewegenden Teile in einzelnen Vollbildern erstarren zu lassen und in Schachbrettquadrate zu zergliedern, die dann als Pakete übers Internet versendet werden können. Diese Pakete kommen so in Randys Computer an, wie das Funknetz sie weiterleitet, das heißt, sporadisch und in der falschen Reihenfolge. So erscheint Andrew Loeb als kubistisches Digital-Video-Artefakt, als geradlinige Amöbe aus größtenteils trenchcoatbeigefarbenen Pixeln. Von Zeit zu Zeit tauchen plötzlich seine Augen oder sein Mund auf, körperlos, inmitten eines Bildblocks, um dort, kristallisiert in einem Augenblick unbändiger Wut, ein paar Sekunden lang zu verharren.

Das fasziniert Randy auf geradezu unheimliche Weise, bis er durch ein dumpfes Geräusch aus seiner Träumerei gerissen wird. Er schaut hinter sich zu dem Lieferwagen, den er zugeparkt hat, um festzustellen, dass er keineswegs verlassen war; er war voll mit Zwergen, die jetzt die hinteren Türen aufgestoßen haben und den Blick auf ein Gewirr von Kabeln und Drähten freigeben. Zwei der Zwerge hieven einen kastenförmigen Apparat auf das Dach des Lieferwagens. Aus ihm führen Kabel in einen anderen kastenartigen Apparat darunter. Der Apparat ist elektrischer Natur – und Geschosse scheint er nicht abfeuern zu können –, sodass Randy beschließt, ihm einstweilen keine besondere Beachtung zu schenken.

Das Stimmengewirr auf der anderen Straßenseite schwillt an. Randy sieht ein paar Polizisten mit einem Sturmbock aus einem Mannschaftswagen aussteigen.

Randy tippt:

```
randy
```

und drückt die Returntaste. Tombstone antwortet:

```
passwort:
```

und Randy tippt es ein. Tombstone teilt ihm mit, dass er eingeloggt ist und Mail hat.

Die Tatsache, dass Randy sich eingeloggt hat, ist jetzt an mehreren Stellen des Plattenlaufwerks vom System aufgezeichnet worden. Er hat, mit anderen Worten, soeben überall auf der Waffe, die die Polizei jeden Moment als Beweisstück konfiszieren wird, dicke fettige Fingerabdrücke hinterlassen. Wenn Tombstone von den Beamten ausgeschaltet und mitgenommen wird, bevor Randy diese Spuren beseitigen kann, werden sie wissen, dass er sich genau in dem Moment eingeloggt hat, als Tombstone beschlagnahmt wurde, und ihn wegen Manipulation von Beweismaterial ins Gefängnis stecken. Er wünscht sich sehnlichst, Douglas MacArthur Shaftoe könnte irgendwie erfahren, was für ein tollkühnes Ding er gerade macht. Andererseits hat Doug vermutlich alle möglichen tollkühnen Dinge gemacht, von denen Randy nie erfahren wird, und Randy achtet ihn sowieso wegen seiner Haltung. Vielleicht kommt man zu solch einer Haltung, indem man immer wieder insgeheim tollkühne Dinge tut, die dann irgendwie an die Oberfläche der eigenen Persönlichkeit dringen.

Mit einem einzigen Steuerbefehl könnte Randy die Festplatte einfach neu formatieren, aber das würde erstens mehrere Minuten in Anspruch nehmen und zweitens die belastenden Bits nicht vollständig löschen, sodass ein hochmotivierter Fachmann sie von der Festplatte abnehmen könnte. Da er weiß, in welchen Dateien sein Log-in gespeichert ist, lässt er diese Dateien über einen Steuerbefehl auf der Festplatte suchen. Dann gibt er einen anderen Steuerbefehl ein, der bewirkt, dass diese Bereiche der Festplatte sieben Mal hintereinander mit Zufallszahlen überschrieben werden.

Die Polizisten knallen gerade den Sturmbock gegen die Seitentür des Gebäudes, als Randys rechter kleiner Finger auf die Eingabetaste knallt und diesen Befehl ausführt. Jetzt ist er mit größter Wahrscheinlichkeit vor einer Beweismanipulationsklage sicher. Allerdings hat er die Manipulation überhaupt noch nicht vorgenommen, was ja der Sinn der ganzen Übung ist. Er muss sämtliche Kopien der E-Mail-Nachricht finden, in der die Lage des Wracks in Form des Längen- und Breitengrades angegeben ist, und sie demselben Mehrfachlöschtrick unterziehen. Wären die verdammten Dinger nicht verschlüsselt, könnte er nach der kritischen Ziffernfolge suchen. Wie die Dinge liegen, wird er jedoch nach Dateien suchen müssen, die innerhalb eines bestimmten Zeitraums entstanden sind, nämlich um den Tag herum, als Randy draußen auf der *Glory* war, die über dem Wrack vor Anker lag. Randy weiß in etwa, welcher Tag das war, und deshalb setzt er, um sicherzugehen, die Grenzen für die Suche so, dass er sämtliche Dateien erhält, die innerhalb von fünf Tagen davor oder danach entstanden sind, und beschränkt sie auf die für E-Mails verwendeten Inhaltsverzeichnisse.

Die Suche dauert ewig, oder vielleicht kommt ihm das nur so vor, weil die Polizisten die Seitentür aus den Angeln geschlagen haben und jetzt im Gebäude sind. Mit einer dramatischen Veränderung lenkt das Video-Fenster Randys Aufmerksamkeit auf sich. Er bekommt eine sich drehende Montage körniger erstarrter Bilder eines Raumes zu sehen; ein Eingang; ein Korridor; ein Empfangsbereich und schließlich eine Barriere. Die Ordo-Leute haben ihre Videokamera vom Fenster heruntergenommen und an ihrem vordersten Schreibtisch postiert, wo sie eine Barriere aus billigen, in Elementbauweise gefertigten Büromöbeln aufnimmt, die an der Glastür zur Rezeption aufgestapelt worden sind. Die Kamera macht einen Schwenk nach oben, um zu zeigen, dass eine der vier gläsernen Türscheiben durch die Wucht des Sturmbocks (nimmt man an) bereits zu Bruch gegangen ist.

Randys Suchbefehl ergibt letztlich eine Liste von ungefähr hundert Dateien. Die vielleicht sechs entscheidenden befinden sich irgendwo in der Liste, aber Randy hat nicht die Zeit, sie durchzugehen und herauszufinden, welche es genau sind. Er lässt von dem System eine Liste der Festplattenbereiche erstellen, auf denen diese Dateien sich befinden, damit er dort später wieder hingehen und einen Super-Löschvorgang starten kann. Nachdem er diese Information erhalten hat, fasst er die Dateien alle unter einem Löschbefehl zusammen. Das ist eine armselige, jämmerliche Art und Weise, Geheimnisse von einer Festplatte zu entfernen, aber Randy fürchtet, die Zeit könnte ihm nicht reichen, um es sorgfältiger zu machen. Der Löschvorgang dauert nur ein paar Augenblicke, dann geht Randy zurück und lässt das System, wie schon zuvor, diese Festplattenbereiche sieben Mal hintereinander mit Zufallszahlen überschreiben. In diesem Moment fliegen die Einzelteile der Barriere quer durch den Vorraum von Ordo und die Polizisten sind drin. Sie haben ihre Waffen gezogen und gegen die Decke gerichtet und sehen nicht besonders glücklich aus.

Eins bleibt noch zu tun. Und das ist auch noch ein ziemlich großes Ding. Die Epiphyte-Leute benutzen Tombstone zu allen möglichen Zwecken, und man kann nicht sagen, ob es darauf nicht noch andere Kopien mit diesem Längen- und Breitengrad gibt. Epiphyte besteht zum größten Teil aus unverbesserlichen Computeranwendern jener Art, die jede Woche kleine Skripte zur Sicherung all ihrer alten E-Mails in einem Archiv schreiben. Also produziert Randy in Windeseile sein eigenes Skript, das einfach Zufallsinformationen auf jeden Abschnitt der gesamten Festplatte schreibt, dann an den Ausgangspunkt zurückkehrt und immer wieder von vorne anfängt, bis in alle Ewigkeit – oder bis die Polizisten den Stecker ziehen. Unmittelbar nachdem er die Eingabetaste gedrückt hat, um diesen Befehl zu Tombstone hinüberzuschicken, hört er aus dem Lieferwagen ein elektrisches Summen, das ihm einen Moment lang die Haare zu Berge stehen lässt. In dem Video-Fenster sieht er einen erstarrten Polizisten. Dann wird sein Bildschirm schwarz.

Randys Blick wandert zu dem alten Lieferwagen. Die Zwerge klatschen begeistert die erhobenen Hände aneinander.

Von der Straße hört man Reifenquietschen und das Geräusch eines Zusammenstoßes bei niedriger Geschwindigkeit. Ungefähr ein Dutzend Autos sind ruhig ausgerollt, und manche, die noch funktionieren, auf andere aufgefahren. Der McDonald's hat sich verdunkelt. Fernsehtechniker fluchen in ihren Sendewagen. Polizeibeamte und Rechtsanwälte schlagen mit ihren Walkie-Talkies und Handys auf ihre Hände.

»Verzeihung«, sagt Randy zu den Zwergen, »aber hätten die Herren mir vielleicht etwas zu sagen?«

»Wir haben gerade das ganze Gebäude abgeschossen«, sagt einer der Zwerge.

»Inwiefern abgeschossen?«

»Mit einem großen elektromagnetischen Impuls draufgehalten. Jeden erreichbaren Chip gebraten.«

»So eine Geschichte von wegen verbrannter Erde also? Nur zu, beschlagnahmt das Gerät, ihr verdammten Feds, das ist jetzt alles wertloser Schrott.«

»Genau.«

»Na, bei den Autos hat es jedenfalls funktioniert«, sagt Randy, »und bei diesem Stück Schrott, das mal mein Computer war, garantiert auch.«

»Keine Bange – auf Plattenlaufwerke wirkt sich das nicht aus«, sagt der Zwerg, »das heißt, deine Dateien sind alle intakt.«

»Ich weiß, ihr erwartet jetzt, dass ich das als gute Nachricht betrachte«, sagt Randy.

Buddha

Ein Auto kommt. Das Motorengeräusch ist aufwändig gedämpft, aber es hört sich nach einem Diesel an. Goto Dengo, der darauf gewartet hat, ist wach, genau wie der Rest des Lagers. Am Tage rührt sich in Bundok niemand mehr, außer den Funkern und den Bedienungsmannschaften der Fliegerabwehrkanonen. Man hat ihnen nicht gesagt, dass MacArthur auf Luzon ist, aber sie alle spüren die Anwesenheit Des Generals. Den ganzen Tag lang rasen die amerikanischen Flugzeuge über den Himmel, glänzend und stolz wie Raumschiffe aus einer fernen Zukunft, die keiner von ihnen je erleben wird, und die Erde dröhnt wie eine Glocke unter den Einschlägen ferner Schiffsgeschütze. Die Lieferungen sind kleiner, aber häufiger geworden: jede Nacht ein, zwei kaputte Lkws, deren hintere Stoßstangen unter erdrückenden Goldlasten praktisch über die Straße schaben.

Lieutenant Mori hat am Haupttor, im Laubwerk versteckt, ein weiteres Maschinengewehr in Stellung gebracht, falls irgendwelche Amerikaner sich in einem Jeep die Straße hinauf verirren. Irgendwo da draußen folgt der Lauf der Waffe dem nun ankommenden Wagen, während er die Straße hinaufholpert. Die Männer kennen jede Senke und jeden Buckel dieser Straße und können, indem sie auf das Scharren der Fahrgestelle auf dem verkrusteten Boden – ein Erkennungsmuster aus metallischen Morsezeichen – lauschen, genau angeben, wo sich die Fahrzeuge jeweils befinden.

Natürlich sind die Scheinwerfer des Wagens ausgeschaltet und die Wachen am Tor wagen es nicht, mit hellen Lampen umherzuleuchten.

Einer von ihnen riskiert es, den Schieber einer Petroleumlaterne zu öffnen und den Strahl auf den Besucher zu richten. Aus der Schwärze springt ein silberner Mercedes-Stern auf einem verchromten Kühlergrill hervor. Der Laternenstrahl liebkost die schwarzen Kotflügel des Wagens, die geschwungenen, silbernen Auspuffrohre, die vom Fleisch junger Kokosnüsse verklebten Trittbretter – der Wagen muss auf dem Weg hier herauf einen Stapel gestreift haben. Im Fenster auf der Fahrerseite ist das Gesicht eines Japaners zu sehen, das so abgezehrt und müde ist, dass es aussieht, als würde der Mann gleich in Tränen ausbrechen. Aber er ist bloß ein Fahrer. Neben ihm sitzt ein Feldwebel mit einer abgesägten Schrotflinte, denn japanische Gewehre sind im Allgemeinen zu lang, um sie auf dem Vordersitz eines Luxuswagens handhaben zu können. Hinter ihnen verbirgt ein zugezogener Vorhang, was oder wer immer sich auf dem Rücksitz befindet.

»Aufmachen!«, verlangt der Wachsoldat und der Fahrer greift hinter seinen Kopf und teilt den Vorhang. Der Laternenstrahl fällt durch die Öffnung und bricht sich an einem fahlen Gesicht. Mehrere Soldaten rufen durcheinander. Erschüttert weicht Goto Dengo zurück, dann sieht er genauer hin.

Der Mann auf dem Rücksitz hat einen sehr großen Kopf. Doch das Seltsame an ihm ist, dass seine Haut von sattgelber Farbe ist – nicht das normale asiatische Gelb – und dass sie schimmert. Er trägt einen sonderbaren, spitzen Hut und auf seinem Gesicht liegt ein gelassenes Lächeln – ein Ausdruck, wie ihn Goto Dengo seit Kriegsbeginn nicht mehr gesehen hat.

Weitere Laternen leuchten auf, der Ring von Soldaten und Offizieren schließt sich enger um den Mercedes. Jemand reißt die Hintertür auf und fährt dann zurück, als hätte er sich die Hand daran verbrannt.

Der Fahrgast ruht im Lotussitz auf dem Polster, das sich unter seinem Gewicht zu einem breiten V zusammengequetscht hat.

Es ist ein Buddha aus massivem Gold, der irgendwo anders in der Großostasiatischen Wohlstandssphäre gestohlen wurde und nun hierher kommt, um in friedvoller Dunkelheit auf dem Schatz von Golgatha zu meditieren.

Wie sich herausstellt, ist er zwar klein genug, um durch den Eingang zu passen, aber zu groß für die kleinen Grubenwagen, und so verbringen die kräftigsten Filipinos die nächsten Stunden damit, ihn zentimeterweise in den Tunnel hineinzuschieben.

Anfangs waren die Lieferungen ordentlich in Kisten verstaut und die Kisten trugen Kennzeichnungen in Schablonenschrift, die den Inhalt als Maschinengewehrmunition, Mörsergranaten oder Ähnliches auswiesen. Die später kommenden Kisten tragen keine Aufschriften mehr. Ab einem bestimmten Zeitpunkt kommt das Gold in Pappkartons und verrotteten Überseekoffern. Sie platzen ständig auf und die Arbeiter sammeln das Gold geduldig ein, tragen es auf den Armen in den Tunnel und werfen es in die Grubenwagen. Die Barren purzeln und schlagen mit einem Scheppern gegen das Blech, das Wolken von Vögeln aus den überhängenden Bäumen aufscheucht. Goto Dengo kann nicht anders, er muss die Barren einfach ansehen. Sie sind von unterschiedlicher Größe und manche sind so schwer, dass es zwei Männer braucht, um sie zu transportieren. Sie tragen die Prägestempel der Zentralbanken einiger Orte, an denen Goto Dengo gewesen ist, und vieler, von denen er nur gehört hat: Singapur, Saigon, Batavia, Manila, Rangun, Hongkong, Schanghai, Kanton. Da gibt es französisches Gold, das offenbar nach Kambodscha, holländisches Gold, das nach Jakarta, und britisches Gold, das nach Singapur geschafft worden ist – und das alles nur, damit es den Deutschen nicht in die Hände fällt.

Doch einige Lieferungen bestehen fast vollständig aus Gold der Bank von Tokio. Einmal kommen davon fünf Lkw-Konvois hintereinander. Goto Dengo, der im Kopf Buch führt, schätzt, dass zwei Drittel der in Golgatha gelagerten Goldmenge unmittelbar aus den zentralen Reserven Japans stammen. Das Metall fühlt sich durchweg kalt an und ist in guten, aber alten Kisten verstaut. Er schließt daraus, dass es schon vor langer Zeit auf die Philippinen verfrachtet wurde und seither, bis zu diesem Moment, in einem Keller in Manila lagerte. Sie müssen es ungefähr zur gleichen Zeit hierher gebracht haben, zu der Goto Dengo damals, Ende 1943, von dem Strand in Neuguinea abgeholt wurde.

So lange wissen sie es schon. So lange wissen sie schon, dass sie den Krieg verlieren werden.

Bis Mitte Januar denkt Goto Dengo schon mit so etwas wie Wehmut an das Weihnachtsmassaker zurück, denn ihm fehlt die Atmosphäre von naiver Unschuld, welche die Tötungen erforderlich machte. Bis zu jenem Morgen war es selbst ihm gelungen, sich einzureden, Golgatha sei ein Waffenversteck, das die Soldaten des Kaisers eines Tages dazu benutzen würden, die glorreiche Wiedereroberung von Luzon zu inszenieren. Er weiß, dass auch die Arbeiter das glaubten. Mittlerweile weiß jeder über das Gold Bescheid und das Lager hat sich verändert. Jeder begreift, dass es keinen Weg hinaus gibt.

Anfang Januar zerfällt die Arbeiterschaft in zwei Typen: diejenigen, die sich damit abgefunden haben, hier zu sterben, und die anderen. Aus der zweiten Gruppe erfolgen verschiedene Fluchtversuche halbherziger und hoffnungsloser Art und die Fliehenden werden von den Wachen erschossen. Die Zeit des Munitionshortens scheint vorbei zu sein, vielleicht sind die Wachen aber auch nur zu krank und hungrig, um von den Wachtürmen herabzusteigen und persönlich alle Leute zu erstechen, die sich zum Getötetwerden einfinden. So erledigt man alles mit Kugeln und die Leichen bleiben liegen, blähen und schwärzen sich. Ihr Gestank durchzieht Bundok.

Goto Dengo allerdings merkt es kaum, weil das Lager von der verrückten, makabren Spannung erfüllt ist, wie sie stets einer Schlacht vorausgeht. Jedenfalls nimmt er das an; Gespanntheit hat Goto Dengo in diesem Krieg schon reichlich erlebt, aber an einer richtigen Schlacht hat er nie teilgenommen. Dasselbe gilt automatisch für die meisten Japaner hier, denn im Wesentlichen sind alle Japaner, die an einer Schlacht teilnehmen, am Ende tot. In dieser Armee ist man entweder ein Greenhorn oder eine Leiche.

Manchmal kommt zusammen mit der Goldlieferung eine Aktentasche. Die Aktentasche ist stets mit einer Handschelle am Handgelenk eines Soldaten angeschlossen, der am ganzen Leib mit Granaten behängt ist, damit er sich und die Tasche pulverisieren kann, falls der Konvoi von Huks angegriffen wird. Die Aktentaschen wandern geradewegs in die Funkstation von Bundok und ihr Inhalt kommt in einen Tresor. Goto Dengo weiß, dass sie Codes enthalten müssen – nicht die üblichen Bücher, sondern irgendwelche Spezialcodes, die jeden Tag geändert werden –, denn jeden Morgen nach Sonnenaufgang vollzieht der Funkoffizier vor dem Sendeschuppen eine Zeremonie, bei der er einen einzelnen Bogen Papier verbrennt und das schrumpelige Ascheblatt dann zwischen den Händen zerreibt.

Über diese Funkstation werden sie den letzten Befehl bekommen. Alles ist bereit und Goto Dengo unternimmt einmal am Tag einen Kontrollgang durch den gesamten Komplex.

Der diagonale Tunnel hat vor ein paar Wochen schließlich das kurze Tunnelstück am Grund des Yamamoto-Sees erreicht. Es war mit Wasser gefüllt, das in den Monaten, seit man den Betonpfropf eingelassen hatte, an diesem vorbeigesickert war; somit liefen, als man die beiden Tunnel endlich miteinander verband, mehrere Tonnen Wasser die Diagonale hinab nach Golgatha. Damit hatte man gerechnet und man hatte sich darauf eingestellt; sämtliches Wasser gelangte in einen Sumpf und lief von dort aus in den Tojo ab. Nun ist es möglich, die Diagonale bis ans Ende hinaufzusteigen und sich den Betonpfropf von unten zu betrachten. Auf der anderen Seite liegt der Yamamoto-See. Goto Dengo geht alle zwei Tage dort hinauf, angeblich um den Pfropf und die darin eingelassenen Sprengladungen zu überprüfen, in Wirklichkeit aber, um zu kontrollieren, welche Fortschritte Wings und Rodolfos Trupps ohne Wissen von Hauptmann Noda machen. Sie bohren größtenteils nach oben, stellen noch mehr von jenen kurzen, senkrechten, blind endenden Schächten her und erweitern die Kammern an deren Ende. Das System (einschließlich der neuen »Belüftungsschächte«, die der General angeordnet und die man knapp östlich der Kammlinie von oben nach unten vorgetrieben hat) sieht mittlerweile so aus:

Im primären Lagerkomplex befindet sich ein kleiner Raum, den Hauptmann Noda die Ruhmeshalle getauft hat. Sehr berühmt sieht er im Augenblick nicht aus. Er ist größtenteils mit einem Gewirr von Kabeln angefüllt, die man aus allen Teilen des Golgatha-Komplexes hierher geführt hat und die von der Decke baumeln oder sich am Boden entlang schlängeln, versehen mit kleinen, handgeschriebenen Anhängern, auf denen Dinge wie SPRENGLADUNGEN HAUPTEINGANG stehen. Es gibt mehrere Kisten mit Blei-Säure-Batterien, um Strom für die Sprengungen zu liefern und um Goto Dengo ein paar Minuten elektrisches Licht zu verschaffen, damit er die Papierschildchen lesen kann. An einem Ende der Ruhmeshalle sind zusätzliche Kisten mit Dynamit und Sprengkapseln gestapelt, falls man bei einigen Tunneln nachhelfen muss, außerdem Rollen roter Zündschnur, falls das elektrische System komplett versagt.

Aber der Sprengbefehl ist noch nicht gekommen, deshalb tut Goto Dengo, was Soldaten tun, während sie auf das Sterben warten. Er schreibt Briefe an seine Familie, die niemals zugestellt oder auch nur aufgegeben werden. Er raucht. Er spielt Karten. Er geht noch einmal, und dann noch einmal, seine Ausrüstung überprüfen. Es vergeht eine Woche ohne Goldlieferungen. Zwanzig Gefangene versuchen gemeinsam zu fliehen. Wer nicht von Minen über den Todesstreifen verspritzt wird, verfängt sich in Stacheldraht und wird von einem Zweiertrupp von Wachen erschossen: Einer zielt mit der Taschenlampe, der andere mit dem Gewehr. Hauptmann Noda verbringt die ganze Nacht – jede Nacht – damit, dass er vor dem Haupttor hin und her geht, um sich dann im Morgengrauen in den Schlaf zu trinken. Die Funker sitzen vor ihrem Gerät, sehen zu, wie die Röhren glimmen und zucken jedes Mal wie Froschbeine unter Stromstößen, wenn auf ihrer Frequenz eine Kette schwacher Pieplaute hereinkommt. Aber der Befehl kommt nicht.

Dann, eines Nachts, kommen die Lkws wieder, genau wie beim ersten Mal. Der Konvoi muss alles umfassen, was vom japanischen Fahrzeugbestand auf Luzon noch übrig ist. Die Fahrzeuge treffen alle auf einmal ein und ihr Dröhnen ist schon eine halbe Stunde, bevor sie das Tor erreichen, zu hören. Als ihre Fracht abgeladen und auf dem Boden gestapelt ist, bleiben die Soldaten, die den Konvoi bewacht haben, in Bundok. Nur die Fahrer dürfen zurück.

Es braucht zwei Tage, um diesen letzten Schatz in die Tunnel zu schaffen. Eines der Pendelfahrzeuge hat endgültig seinen Geist aufgegeben und man hat es ausgeschlachtet, um das andere funktionsfähig zu halten. Es läuft nur noch auf der Hälfte seiner Zylinder und ist so schwach, dass es von Arbeitstrupps das Flussbett hinaufgeschoben und mit Seilen über unebene Stellen gezogen werden muss. Es hat schließlich doch noch zu regnen begonnen und der Tojo steigt.

Das Hauptgewölbe ist beinahe voll, ebenso die Narrenkammer. Die neue Ladung muss untergebracht werden, wo immer sich Platz bietet; sie nehmen sie aus den Kisten und verstauen sie in Ritzen. Die Kisten sind mit doppelköpfigen Adlern und Hakenkreuzen gekennzeichnet und die Goldbarren darin kommen aus Berlin, Wien, Warschau, Prag, Paris, Amsterdam, Riga, Kopenhagen, Budapest, Bukarest, Mailand. Außerdem gibt es Pappkartons, die mit Diamanten gefüllt sind. Einige der Kisten sind noch feucht und riechen nach Meer. Als Goto Dengo das sieht, weiß er, dass ein großes Unterseeboot aus Deutschland gekommen sein muss, gefüllt mit Nazi-Schätzen. Das also erklärt die zweiwöchige Pause: Sie haben auf die Ankunft dieses Unterseeboots gewartet.

Eine Stirnleuchte auf dem Kopf, ist er in den Tunneln zwei Tage lang damit beschäftigt, Edelsteine und Goldbarren in Ritzen zu stopfen. Er verfällt in eine Art Trance, die schließlich von einem dumpfen, durch den Fels hallenden Knall unterbrochen wird.

Artillerie, denkt er. Oder eine Bombe aus einem von MacArthurs Flugzeugen.

Durch den Hauptbelüftungsschacht gelangt er auf den Hügelkamm, wo heller Tag herrscht. Zu seiner tiefen Enttäuschung stellt er fest, dass keine Schlacht im Gange ist. MacArthur wird ihn nicht retten. Leutnant Mori hat fast alle Arbeiter hierher gebracht, die an Seilen das schwere Gerät des Lagers heraufzerren und es in die kürzlich gegrabenen »Belüftungsschächte« werfen. Beide Lastwagen sind da und werden von Männern mit Schneidbrennern und Vorschlaghämmern in Stücke zerlegt, die so klein sind, dass man sie in die Schächte werfen kann. Goto Dengo kommt gerade rechtzeitig, um mitzuerleben, wie der Motorblock des Generators der Funkstation einen Schacht hinunter in Schwärze stürzt. Der Rest der Funkausrüstung folgt ihm unmittelbar.

Irgendwo in der Nähe, hinter den Bäumen verborgen, ist ein heftiges Grunzen wie von schwerer körperlicher Arbeit zu hören. Es ist der tief aus dem Bauch kommende Laut des geübten Nahkämpfers.

»Leutnant Goto!«, sagt Hauptmann Noda. Er ist von Alkohol benebelt. »Sie haben unten Dienst.«

»Was war das für ein Knall?«

Noda winkt ihn zu einer Felsnase hinüber, von der aus sie in das Tal des Tojo hinuntersehen können. Goto Dengo, der aus vielerlei Gründen etwas wackelig ist, erleidet einen kurzen Schwindelanfall und stürzt beinahe ab. Das Problem ist Orientierungslosigkeit: Er erkennt den Fluss nicht wieder. Bis jetzt bestand er immer aus ein paar Rinnsalen, die sich durch ein steiniges Bett schlängelten. Schon ehe sie dort einen Fahrweg anlegten, konnte man, von einem trockenen Stein zum nächsten hüpfend, fast bis zum Wasserfall gelangen.

Nun plötzlich ist der Fluss breit, tief und schlammig. Hier und da ragen die Spitzen einiger größerer Felsbrocken aus dem Wasser.

Ihm fällt etwas ein, was er vor hundert Jahren, in einer früheren Inkarnation, auf einem anderen Planeten gesehen hat: ein Laken aus dem Manila Hotel, auf das eine grobe Karte gezeichnet war. Darauf der Tojo, dargestellt als dicke blaue Tintenspur.

»Wir haben die Steinlawine ausgelöst«, sagt Noda, »wie im Plan vorgesehen.«

Vor langer Zeit hatten sie oberhalb einer Engstelle im Fluss Gestein angehäuft, um damit rasch einen kleinen Damm schaffen zu können. Doch das Auslösen der Sprengladung, die es in den Fluss stürzen ließ, sollte praktisch der letzte Schritt sein, den sie unternahmen, ehe sie sich selbst in der Anlage einschlossen.

»Aber wir sind noch nicht so weit«, sagt Goto Dengo.

Noda lacht. Er scheint ziemlich gehobener Stimmung zu sein. »Sie erzählen mir seit einem Monat, dass Sie so weit sind.«

»Ja«, sagt Goto Dengo langsam und mit belegter Stimme, »Sie haben Recht. Wir sind so weit.«

Noda klopft ihm auf den Rücken. »Sie müssen zum Haupteingang, ehe er überflutet wird.«

»Und meine Leute?«

»Ihre Leute warten dort auf Sie.«

Goto Dengo marschiert in Richtung des Pfades los, der ihn zum Haupteingang hinunterführen wird. Unterwegs kommt er an der Öffnung eines weiteren Belüftungsschachts vorbei. Mehrere Dutzend Arbeiter stehen dort Schlange, die Daumen hinter dem Rücken mit Klavierdraht zusammengebunden, bewacht von Soldaten mit aufgepflanzten Bajonetten. Einer nach dem anderen knien die Gefangenen am Schachtrand nieder. Mit fürchterlichem Grunzen schlägt Lieutenant Mori jedem sein Schwert in den Nacken. Kopf und Körper stürzen nach vorn in den Belüftungsschacht und klatschen ein paar Sekunden später weit unten auf andere Körper. Im Umkreis von drei Metern um die Schachtöffnung ist jedes Blatt und jeder Kiesel klatschnass von hellrotem Blut, genau wie Lieutenant Mori.

»Machen Sie sich deswegen keine Gedanken«, sagt Hauptmann Noda. »Ich werde dafür sorgen, dass die Schächte wie besprochen mit Schutt verfüllt werden. Der Dschungel wird sie längst überwuchert haben, ehe die Amerikaner diesen Ort finden.«

Goto Dengo kehrt den Blick ab und wendet sich zum Gehen.

»Lieutenant Goto!«, sagt eine Stimme. Er dreht sich um. Es ist Lieutenant Mori, der einen Moment innehält, um Atem zu schöpfen. Vor ihm kniet ein Filipino, der auf Lateinisch ein Gebet murmelt und an einem Rosenkranz nestelt, der von seinen gefesselten Händen herabbaumelt.

»Ja, Lieutenant Mori.«

»Laut meinem Dienstplan sind Ihnen sechs Gefangene zugeteilt. Ich brauche sie.«

»Diese sechs Gefangenen sind unten und helfen beim Verstauen der letzten Lieferung.«

»Aber die gesamte Lieferung befindet sich mittlerweile in den Tunneln.«

»Ja, aber sie ist nicht richtig verstaut. Der ganze Zweck der Narrenkammer wird verfehlt, wenn wir überall Gold und Diamanten verstreuen, sodass Diebe tiefer in die Höhlen hineingeführt werden. Ich brauche diese Männer, um die Arbeit fortzusetzen.«

»Sie übernehmen die volle Verantwortung für sie?«

»Ja«, sagt Goto Dengo.

»Wenn es nur sechs sind«, sagt Hauptmann Noda, »müssten Ihre Leute sie eigentlich unter Kontrolle halten können.«

»Ich sehe Sie dann in Yasukuni, Goto Dengo«, sagt Lieutenant Mori.

»Ich freue mich schon darauf«, antwortet Goto Dengo. Er fügt nicht hinzu, dass Yasukuni mittlerweile sehr überfüllt sein muss und sie wahrscheinlich fürchterliche Schwierigkeiten haben werden, einander zu finden.

»Ich beneide Sie. Für uns hier draußen wird das Ende länger und härter sein.« Lieutenant Mori schlägt seine Klinge in den Hinterkopf des Filipinos und schneidet ihm zwischen einem Ave und einem Maria das Wort ab.

»Ihr Heldentum wird nicht unbelohnt bleiben«, sagt Goto Dengo.

Lieutenant Moris Leute erwarten ihn unten, vor dem Mauseloch, das in Golgatha hineinführt: vier handverlesene Soldaten. Jeder trägt das mit tausend Stichen genähte Stirnband und so hat jeder mitten auf der Stirn einen orangefarbenen Ball, der Goto Dengo jedoch nicht an die Aufgehende Sonne, sondern an eine Austrittswunde erinnert. Inzwischen reicht ihnen das Wasser bis zu den Oberschenkeln und der Eingangstunnel ist halb voll. Als Goto Dengo, dicht gefolgt von Hauptmann Noda, eintrifft, begrüßen ihn die Männer mit höflichen Beifallsrufen.

Goto Dengo kauert sich in die Öffnung. Nur noch sein Kopf und seine Schultern schauen aus dem Wasser. Der Tunnel vor ihm ist schwarz. Ihn zu betreten kostet ihn eine gewaltige Willensanstrengung. Aber es ist nicht schlimmer als das, was er damals, auf Hokkaido, in den aufgelassenen Minen getan hat.

Allerdings wurden die aufgelassenen Minen nicht durch Sprengungen hinter ihm verschlossen.

Vorwärts zu gehen ist seine Überlebenschance. Wenn er zögert, wird Hauptmann Noda ihn und alle seine Leute auf der Stelle töten und man wird andere schicken, um die Arbeit zu Ende zu bringen. Noda hat dafür gesorgt, dass auch andere dafür ausgebildet worden sind.

»Auf Wiedersehen in Yasukuni«, sagt er zu Hauptmann Noda und platscht, ohne eine Antwort abzuwarten, vorwärts in die Schwärze.

PONTIFEX

Als Randy die Wartehalle der Air Kinakuta erreicht, hat er bereits vergessen, wie er zum Flughafen gekommen ist. Er kann sich absolut nicht daran erinnern. Hat er ein Taxi genommen? In der Innenstadt von Los Altos kaum anzunehmen. Hat irgendein Hacker ihn mitgenommen? Den Acura kann er nicht gefahren haben, denn dessen Elektronik ist von dem elektromagnetischen Impulsgeber knusprig gebraten worden. Danach hat er die Eigentumsurkunde aus dem Handschuhfach genommen und sie für fünftausend Dollar in bar auf einen Fordhändler drei Häuserblocks entfernt überschrieben.

Ja genau. Der Fordhändler hat ihn zum Flughafen gefahren.

Er hat sich immer gewünscht, irgendwann mal an den Schalter einer exotischen Fluglinie zu gehen und zu sagen:»Geben Sie mir ein Ticket für den nächsten Flug nach X.« Genau das hat er jetzt gerade getan, aber es war überhaupt nicht cool und romantisch, wie er es sich eigentlich erhofft hatte. Irgendwie war es trostlos, anstrengend und teuer. Er musste ein Erste-Klasse-Ticket kaufen, was einen Großteil der fünftausend Dollar verschlang. Aber er hat keine Lust, sich ausgerechnet jetzt, das heißt zu einer Zeit, da sein Reinvermögen eine negative Zahl ist, die nur in einer wissenschaftlichen Schreibweise dargestellt werden kann, den Kopf darüber zu zerbrechen, wie er mit seinem Vermögen hinkommt. Die Wahrscheinlichkeit ist hoch, dass es ihm nicht gelungen ist, Tombstones Festplatte abzuräumen, bevor die Polizisten ihn beschlagnahmt haben, und dass folglich der Dentist mit seiner Klage durchkommen wird.

Auf seinem Weg durch die Abflughalle bleibt er stehen und starrt eine Weile auf eine Reihe von Telefonen. Rasend gerne würde er die Shaftoes von den jüngsten Ereignissen unterrichten. Es wäre gut, wenn sie auf dem schnellsten Weg den Schatz aus dem gesunkenen

Unterseeboot ausräumen könnten und damit dessen Wert reduzieren und den Schaden, den der Dentist Epiphyte zufügen kann, entsprechend begrenzen würden.

Mathematisch gesehen ist das ganz einfach. Der Dentist hat die Möglichkeit, von Epiphyte Schadensersatz zu verlangen, nämlich in Höhe des Betrages x, wobei x das ist, was der Dentist als Minderheitsaktionär an Kapitalgewinn gemacht hätte, wenn Randy so verantwortungsbewusst gewesen wäre, einen besseren Vertrag mit Semper Marine auszuhandeln und schriftlich niederzulegen. Hätte ein solcher Vertrag eine Fifty-fifty-Regelung vorgesehen, entspräche x fünfzig Prozent des Marktwertes des Wracks mal das eine Zehntel von Epiphyte, das dem Dentisten gehört, minus ein paar Prozent, die noch für Steuern und andere Reibungsverluste der realen Welt abgingen. Sollten in dem Wrack zehn Millionen Dollar liegen, beliefe sich x auf ungefähr eine halbe Million.

Um Epiphyte ganz in seine Hand zu bekommen, muss der Dentist weitere vierzig Prozent des Aktienkapitals erwerben. Der Preis für dieses Kapital (wenn es zum Verkauf stünde) wäre einfach 0,4 mal der Gesamtwert von Epiphyte. Nennen wir es y.

Falls $x > y$, gewinnt der Dentist. Denn dann wird der Richter sagen: »Ihr, Epiphyte, schuldet diesem armen geschädigten Minderheitsaktionär \$ x. Wenn ich mir allerdings die prekäre finanzielle Lage des Unternehmens ansehe, stelle ich fest, dass ihr diesen Betrag nie im Leben aufbringen könnt. Deshalb besteht die einzige Möglichkeit, die Schuld zu begleichen, darin, dem Kläger von dem einzigen Vermögenswert, den ihr im Überfluss besitzt, nämlich eurem beschissenen Aktienkapital, etwas zu geben. Und da der Wert des gesamten Unternehmens wirklich und wahrhaftig nahe null ist, werdet ihr ihm fast alles davon geben müssen.«

Wie kann man also $x < y$ machen? Man müsste entweder den Wert des Wracks vermindern, indem man das Gold ausräumt, oder den Wert von Epiphyte steigern, indem man – ja, was eigentlich?

In besseren Zeiten hätten sie vielleicht mit dem Unternehmen an die Börse gehen können. Aber eine Börseneinführung dauert Monate. Und kein Investor wird das Unternehmen anrühren, solange es mit einer Klage des Dentisten belastet ist.

Randy stellt sich bildlich vor, wie er mit einem Radlader durch den Dschungel fährt, diesen Riesenstapel Goldbarren, den er mit Doug gefunden hat, aufschaufelt und schnurstracks zu einer Bank bringt und auf Epiphytes Konto deponiert. Das wär's. Diese Vorstellung lässt ihn, während er tief in der internationalen Flughalle steht, am ganzen Körper vor Erregung zittern.

Links von ihm drängt eine wuselnde Masse aus Frauen und Kindern vorbei und Randy hört vertraute Stimmen. Sein Bewusstsein hat sich wie ein sterbender Tintenfisch um dieses Bild von dem Gold im Dschungel gewunden, sodass er, um für einen Augenblick der Realität ins Auge sehen zu können, gleichsam die Tentakel abziehen, diese Saugnäpfe einen nach dem anderen mit einem Schlürfgeräusch abzupfen muss. Schließlich konzentriert er sich auf die dahinhuschende Gruppe und erkennt sie als Avis Familie: Devorah und ein Haufen Kinder, dazu die zwei Kindermädchen, die in El-Al-Jacken Pässe und Flugtickets an sich drücken. Die Kinder sind klein und immer auf dem Sprung, urplötzlich auszuscheren, die Erwachsenen sind angespannt und nicht geneigt, sie weglaufen zu lassen, sodass die Bewegung der Gruppe durch die Flughalle an einen Sack voller Beagles erinnert, die auf mehr oder minder direktem Weg frisches Fleisch ansteuern. Wahrscheinlich ist Randy für diesen Exodus persönlich verantwortlich und er würde sich eigentlich lieber in der Herrentoilette verkriechen und in einer Kloschüssel verschwinden, aber er muss etwas sagen. Also holt er Devorah ein und verblüfft sie mit dem Angebot, ihr die Tasche mit den Sachen für die Kinder, die sie am Schulterriemen hängen hat, zu tragen. Doch die erweist sich als fürchterlich schwer: mehrere Gallonen Apfelsaft, würde er schätzen, plus eine komplette Asthmaanfall-Notausrüstung und eventuell ein paar solide Goldbarren für den Fall, dass unterwegs die gesamte Zivilisation zusammenbrechen sollte.

»Hm. Äh, auf dem Weg nach Israel?«

»Nach Acapulco fliegt die El Al ja wohl nicht!« Donnerwetter! Devorah ist in Hochform.

»Hat Avi dir irgendeine Erklärung hierfür gegeben?«

»Das fragst du mich? Ich hätte gedacht, du wüsstest selbst Bescheid«, sagt Devorah.

»Es ist sicher alles ein bisschen hektisch zugegangen«, sagt Randy. »Ich weiß aber nicht, ob es gerechtfertigt ist, das Land zu verlassen.«

»Und warum bist du dann am Flughafen und hast ein Air-Kinakuta-Ticket in der Tasche stecken?«

»Ach weißt du... dort gibt es ein paar geschäftliche Dinge zu regeln.«

»Du wirkst echt deprimiert. Hast du ein Problem?«, fragt Devorah.

Randy seufzt. »Kommt drauf an. Und du?«
»Und ich was? Ob ich ein Problem habe? Warum sollte ich?«
»Weil du entwurzelt worden bist und innerhalb von zehn Minuten deine Koffer packen musstest.«
»Wir gehen nach Israel, Randy. Das ist keine Entwurzelung. Das ist eine Neuverwurzelung.« Oder hat sie am Ende »Neuverwurstelung« gesagt? Randy hat es nicht genau gehört.
»Schon, aber trotzdem ist es ja ziemlich mühsam ...«
»Verglichen mit was?«
»Verglichen damit, zu Hause zu bleiben und sein Leben zu leben.«
»Das ist mein Leben, Randy.« An diesem Punkt wirkt Devorah ausgesprochen gereizt. Randy hat den Eindruck, dass sie unglaublich sauer ist, aber unter einer Art emotionaler Vertraulichkeitsvereinbarung steht. Das ist vermutlich besser als die beiden einzigen anderen Alternativen, die Randy einfallen, nämlich 1. sich in hysterischen Beschuldigungen und 2. in himmlischer Gelassenheit zu ergehen. Es ist eine Haltung, die besagt: Ich mache meinen Job, du machst deinen Job, warum lässt du mich nicht einfach in Ruhe? Plötzlich kommt Randy sich vor wie ein Idiot, weil er Devorahs Tasche genommen hat. Sie fragt sich offensichtlich ganz entgeistert, warum zum Teufel Randy sich in diesem entscheidenden Moment wie ein Kofferträger abmüht. Als wären sie und die Kindermädchen nicht in der Lage, eine Tasche durch die Flughalle zu schleppen. Hat sie, Devorah, ihm vielleicht in letzter Zeit angeboten, Randy beim Schreiben eines Codes unter die Arme zu greifen? Und wenn Randy wirklich nichts Besseres zu tun hat, warum ist er dann nicht Manns genug, überall an seinem Körper Granaten festzuschnallen und den Dentisten herzlich zu umarmen?

Randy sagt: »Ich nehme an, du sprichst Avi noch einmal, bevor ihr abfliegt. Kannst du ihm etwas von mir ausrichten?«
»Was denn?«
»Null.«
»Das ist alles?«
»Das ist alles«, sagt Randy.
Vielleicht ist Devorah nicht vertraut mit Randys und Avis Angewohnheit, wertvolle Bandbreite zu sparen, indem sie à la Paul Revere und der Old North Church im Binärcode, immer nur ein Bit auf einmal, miteinander kommunizieren. In diesem Fall bedeutet »Null«, dass es Randy nicht gelungen ist, sämtliche Daten auf Tombstones Festplatte zu löschen.

Die Erste-Klasse-Lounge der Air Kinakuta mit ihren kostenlosen Drinks und ihrem völlig unamerikanischen Servicekonzept lockt. Randy meidet sie, denn er weiß, dass er, wenn er dorthin geht, auf der Stelle ins Koma sinkt und man ihn mit einem Gabelstapler in die 747 würde hieven müssen. Stattdessen spaziert er im Flughafengebäude umher und schlägt sich jedes Mal, wenn ihm wieder bewusst wird, dass sein Laptop dort nicht mehr baumelt, mit einer spastischen Bewegung auf die Hüfte. Er gewöhnt sich nur sehr langsam an die Tatsache, dass der größte Teil seines Laptops in einem Mülleimer bei dem Fordhändler steckt, bei dem er den Acura losgeworden ist. Während er darauf wartete, dass dessen Angestellter mit den fünf Riesen von der Bank zurückkam, benutzte er das Schraubenzieherset an seinem Allzwecktaschenwerkzeug, um das Plattenlaufwerk des Laptops auszubauen, und warf den Rest weg.

In der Abflughalle hängen riesige Fernseher von der Decke, auf denen der Airport Channel läuft, eine Abfolge von Nachrichtenhäppchen, die noch nervtötender und oberflächlicher sind als die normalen Fernsehnachrichten, das Ganze gemischt mit jeder Menge Wettervorhersagen und Börsennotierungen. Randy ist erstaunt, aber nicht wirklich überrascht, in einem längeren Beitrag Heimliche Bewunderer mit ihren schwarzen Hüten zu sehen, wie sie in den Straßen von Los Altos ihr im Second Amendment verbrieftes Recht auf Waffenbesitz ausüben, die Barrikade bei Ordo, wie sie lawinenartig auf die Kamera zustürzt, und die Polizisten, wie sie mit gezogenen Waffen darüber hinwegstürmen. Paul Comstock ist zu sehen – wie er, kraftstrotzend und selbstgefällig, beim Einsteigen in eine Limousine innehält, um etwas zu sagen. Von Fernsehnachrichten heißt es im Allgemeinen, dass das Bild alles sei, und wenn das zutrifft, ist es ein großer Gewinn für die Ordo-Leute, die als Opfer brutaler Verbrecher dastehen. Was Epiphyte nichts bringt, da Ordo nichts anderes als ein Zuschauer ist oder sein sollte. Was eigentlich ein privater Konflikt zwischen dem Dentisten und Epiphyte sein müsste, ist zu einem öffentlichen zwischen Comstock und Ordo geworden, und das macht Randy gereizt und verwirrt.

Er geht los, steigt in sein Flugzeug und fängt an, Kaviar zu essen. Normalerweise nimmt er nichts zu sich, aber Kaviar hat etwas von dem dekadenten »Die Leier schlagen, während Rom brennt« an sich, das Randy jetzt gerade gut tut.

Wie es seine Art als *Nerd* ist, liest Randy sogar die Informationskarten, die zwischen Flugmagazinen und Kotztüten stecken. Eine davon preist die Tatsache an, dass Passagiere der Sultanklasse (wie die Erste-Klasse-Passagiere genannt werden) nicht nur von ihren Sitzen aus nach draußen telefonieren, sondern auch ankommende Gespräche entgegennehmen können. Also wählt Randy die Nummer von Douglas MacArthur Shaftoes GSM-Handy. Es ist eine australische Nummer, aber das Telefon wird überall auf dem Planeten klingeln. Auf den Philippinen ist es jetzt ungefähr sechs Uhr früh, aber Doug ist bestimmt schon wach, und tatsächlich nimmt er beim zweiten Klingeln ab. Am Lärm von Hupen und Dieselmotoren hört Randy, dass er, vermutlich im Fond eines Taxis, im Verkehr von Manila feststeckt.

»Hier ist Randy. Im Flugzeug«, sagt Randy. »Von der Air Kinakuta.«

»Randy! Ich habe Sie gerade im Fernsehen gesehen«, sagt Doug.

Es dauert eine Minute, bis das ankommt; mithilfe einiger Wodkas hat Randy seinen Gaumen von dem Kaviar gereinigt.

»Ja«, fährt Doug fort, »als ich wach wurde, hab ich CNN eingeschaltet und da hab ich Sie kurz beim Tippen auf einem Autodach gesehen. Was ist denn los?«

»Nichts! Überhaupt nichts«, sagt Randy. Er glaubt, dass das ein großer Glücksfall ist. Jetzt, wo Doug ihn auf CNN gesehen hat, wird er wahrscheinlich schon aus reiner Paranoia ausgesprochen drastische Maßnahmen ergreifen. Randy schlürft seinen Wodka und sagt: »Der Service in der Sultanklasse ist echt Spitze! Jedenfalls werden Sie, wenn Sie im Internet nach Ordo suchen, feststellen, dass dieser Unsinn nichts mit uns zu tun hat. Absolut nichts.«

»Das ist merkwürdig, Comstock dementiert nämlich, dass sie gegen Ordo vorgehen«, sagt Doug. Wenn sie von offiziellen Dementis der amerikanischen Regierung sprechen, können Vietnamveteranen wie Doug in gedehntem Ton eine Ironie an den Tag legen, die ungefähr so subtil ist wie ein Autostarthilfekabel an den eigenen Plomben, nur viel lustiger. Der Wodka kommt Randy schon fast zur Nase raus, bevor er ihn unter Kontrolle bekommt. »Sie behaupten, es sei nur eine unbedeutende kleine Zivilklage«, sagt Doug, diesmal im blütenzarten Ton der verwundeten Unschuld.

»Ordos Stellung als Lieferant einer Ware, die der Staat hasst und fürchtet, ist reiner Zufall«, vermutet Randy.

»Das stimmt.«

»Also, ich bin sicher, dass es um nichts anderes geht als unsere Probleme mit dem Dentisten«, sagt Randy.

»Was für Probleme sind das, Randy?«

»Ist mitten in der Nacht Ihrer Zeit passiert. Ich bin sicher, Sie werden heute Morgen ein paar interessante Faxe vorfinden.«

»Vielleicht sollte ich dann also nach diesen Faxen schauen«, sagt Doug Shaftoe.

»Vielleicht klingle ich kurz durch, wenn ich in Kinakuta bin«, sagt Randy.

»Ich wünsche Ihnen einen guten Flug, Randall.«

»Und ich Ihnen einen schönen Tag, Douglas.«

Randy legt den Hörer auf die Gabel in der Armlehne und schickt sich an, in ein wohlverdientes Flugkoma zu sinken. Doch fünf Minuten später klingelt das Telefon. Es ist so verwirrend, in einem Flugzeug sein Telefon klingeln zu hören, dass er einen Moment lang gar nicht weiß, was er damit anfangen soll. Als ihm endlich klar wird, was los ist, muss er erst die Karte mit den Anweisungen lesen, um rauszukriegen, wie man abnimmt.

Als er das Ding schließlich angestellt und am Ohr hat, sagt eine Stimme: »Das nennen Sie raffiniert? Glauben Sie, Sie und Doug Shaftoe sind die einzigen Menschen auf der Welt, die wissen, dass Passagiere der Sultanklasse angerufen werden können?« Randy ist sich sicher, dass er diese Stimme nie zuvor gehört hat. Es ist die Stimme eines alten Mannes. Keine vom Alter erschöpfte oder gebrochene Stimme, sondern eine Stimme, die langsam ausgewaschen worden ist, wie die Stufen einer Kathedrale.

»Hm, wer ist da?«

»Gehe ich recht in der Annahme, dass Mr. Shaftoe an einen öffentlichen Fernsprecher gehen und Sie zurückrufen soll?«

»Wer ist da, bitte?«

»Halten Sie das für sicherer als sein GSM-Handy? Ist es im Grunde nicht.« Vor, in und nach den Sätzen hält der Sprecher oft inne, als hätte er viel Zeit allein verbracht und nun Probleme, wieder in seinen Gesprächsrhythmus zu finden.

»Gut«, sagt Randy, »Sie wissen, wer ich bin und wen ich angerufen habe. Sie überwachen mich also offensichtlich. Für den Dentisten arbeiten Sie nicht, davon gehe ich aus. Dann bleibt nur noch – was? Die Regierung der Vereinigten Staaten? Die NSA, stimmt's?«

Der Mann lacht. »Normalerweise melden die Jungs von Fort Meade sich bei den Leuten, deren Leitungen sie anzapfen, nicht an.« Der Anrufer hat eine unamerikanische, irgendwie eher nordeuropäische Schneidigkeit in der Stimme. »Obwohl die NSA in Ihrem Fall womöglich eine Ausnahme machen würde – als ich dort war, waren sie alle große Bewunderer der Arbeit Ihres Großvaters. Genau genommen gefiel sie ihnen sogar so gut, dass sie sie gestohlen haben.«

»Ein größeres Kompliment gibt's wahrscheinlich nicht.«

»Sie müssten eigentlich Milliardär sein, Randy. Gott sei Dank sind Sie es nicht.«

»Warum sagen Sie das?«

»Weil Sie dann ein hochintelligenter Mann wären, der nie schwierige Entscheidungen treffen – nie seinen Verstand gebrauchen muss. Der Zustand ist viel schlimmer als der eines Schwachsinnigen.«

»Hat Grandpa bei der NSA für Sie gearbeitet?«

»Daran war er nicht interessiert. Sagte, er habe eine höhere Berufung. Und während er immer bessere Computer baute, um das Problem der Harvard-Waterhouseschen Herausforderung der Primfaktorzerlegung zu lösen, schauten meine Freunde bei der NSA ihm zu und lernten.«

»Und Sie auch.«

»Ich? O nein, ich verfüge nur über bescheidene Fähigkeiten mit dem Lötkolben. Ich war dort, um die NSA dabei zu beobachten, wie sie Ihren Großvater beobachtete.«

»Im Auftrag von... wem? Doch nicht etwa – eruditorum.org?«

»Gut gemacht, Randy.«

»Wie soll ich Sie nennen – Root? Pontifex?«

»Pontifex ist ein hübsches Wort.«

»Das stimmt«, sagt Randy. »Ich habe es nachgeschlagen, auf der Suche nach Hinweisen in der Etymologie – es ist ein altes lateinisches Wort und bedeutet ›Priester‹.«

»Die Katholiken nennen den Papst ›Pontifex Maximus‹, auf Englisch kurz ›Pontiff‹«, sagt Pontifex zustimmend, »aber das Wort wurde auch von Heiden für ihre Priester benutzt, und von Juden für ihre Rabbis – es ist rundherum ökumenisch.«

»Die eigentliche Bedeutung des Wortes ist allerdings ›Brückenbauer‹, und damit ist es ein guter Name für ein Verschlüsselungssystem«, sagt Randy.

»Hoffentlich auch für mich«, sagt Pontifex trocken. »Ich freue mich, dass Sie das so sehen, Randy. Viele Leute würden ein Verschlüsselungssystem eher als Mauer denn als Brücke verstehen.«

»Mannomann. Es ist schön, Sie telefonisch kennen zu lernen, Pontifex.«

»Das Vergnügen ist ganz meinerseits.«

»Sie waren in der letzten Zeit so still an der E-Mail-Front.«

»Wollte nicht, dass Sie eine Gänsehaut bekommen. Ich hatte Angst, Sie würden, wenn ich Sie weiter belästigte, denken, ich wollte Sie unbedingt bekehren.«

»Ganz und gar nicht. Übrigens – Leute, die etwas davon verstehen, finden Ihr Kryptosystem seltsam, aber gut.«

»Wenn man es erst einmal verstanden hat, ist es überhaupt nicht seltsam«, sagt Pontifex höflich.

»Sagen Sie, was ist eigentlich der Anlass für diesen Anruf? Offensichtlich überwachen Ihre *Freunde* mich immer noch im Auftrag von – wem genau?«

»Das weiß noch nicht einmal ich«, antwortet Pontifex. »Aber ich weiß, dass Sie versuchen, Arethusa zu knacken.«

Randy kann sich nicht einmal erinnern, je das Wort »Arethusa« ausgesprochen zu haben. So lautete die Aufschrift auf den Hüllen um die Stapel von ETC-Karten, die er durch Chesters Kartenlesegerät hat laufen lassen. Jetzt sieht Randy vor seinem geistigen Auge in Grandpas altem Schrankkoffer eine Schachtel mit der Aufschrift *Harvard-Waterhouse, Die Herausforderung der Primfaktorzerlegung*, die aus den frühen Fünfzigerjahren stammte. Das liefert ihm wenigstens ein Datum, das er Pontifex anheften kann. »Sie waren während der späten Vierziger und frühen Fünfziger Jahre bei der NSA«, sagt Randy. »Sie müssen am Harvest gearbeitet haben.« Harvest war ein legendärer Supercomputer, ein Code-Knacker, der, seiner Zeit um drei Jahrzehnte voraus, von ETC-Ingenieuren gebaut wurde, die bei der NSA unter Vertrag standen.

»Ich habe Ihnen gesagt«, sagt Pontifex, »dass die Arbeit Ihres Großvaters sehr gelegen kam.«

»Chester kennt da einen pensionierten ETC-Ingenieur, der an seinen Kartengeräten arbeitet«, sagt Randy. »Er hat mir geholfen, die Arethusa-Karten zu lesen. Hat die Hüllen gesehen. Das ist ein Freund von Ihnen. Er hat Sie angerufen.«

Pontifex lacht stillvergnügt in sich hinein. »Unter den Mitgliedern unserer kleinen Bande gibt es kaum ein Wort, das so viele Erinnerungen wachruft wie Arethusa. Es hat ihn fast umgehauen, als er es sah. Hat mich über Handy von seinem Boot aus angerufen.«

»Warum? Warum war Arethusa so eine große Sache?«

»Weil wir zehn Jahres unseres Lebens mit dem Versuch zugebracht haben, den verdammten Code zu knacken! Und es nicht geschafft haben!«

»Das muss ja wirklich frustrierend gewesen sein«, sagt Randy, »Sie klingen immer noch sauer.«

»Ich bin sauer auf Comstock.«

»Nicht den –«

»Nicht den Justizminister Paul Comstock. Seinen Vater. Earl Comstock.«

»Was? Den Kerl, den Doug Shaftoe vom Skilift geworfen hat? Der Vietnam-Typ?«

»Nein, nein! Das heißt, ja. Earl Comstock *war* weitgehend für unsere Vietnampolitik verantwortlich. Und Doug Shaftoe wurde wirklich mal für fünfzehn Minuten berühmt, als er ihn 1979, glaube ich, von einem Skilift stieß. Aber dieser ganze Vietnam-Unsinn war nur der Schlussteil seiner wahren Karriere.«

»Und wie sah die aus?«

»Earl Comstock, dem Ihr Großvater während des Zweiten Weltkriegs in Brisbane unterstand, war einer der Gründer der NSA. Und er war von 1949 bis etwa 1960 mein Chef. Er war von Arethusa besessen.«

»Warum?«

»Er war davon überzeugt, dass es eine kommunistische Chiffre war. Und dass wir sie, wenn sie geknackt wäre, ausnutzen könnten, um in ein paar spätere sowjetische Codes reinzukommen, die uns Schwierigkeiten machten. Was lächerlich war. Aber er glaubte es – oder tat so als ob – und so bissen wir uns über Jahre hinweg an Arethusa die Zähne aus. Starke Männer hatten Nervenzusammenbrüche. Brillante Männer kamen zu dem Schluss, dass sie dumm waren. Am Ende erwies es sich als bloßer Scherz.«

»Ein Scherz? Was meinen Sie denn damit?«

»Wir haben diese Funksprüche vorwärts und rückwärts durch Harvest laufen lassen. Die Lichter in Washington und Baltimore verdunkeln sich, haben wir immer gesagt, wenn wir an Arethusa arbeiteten. Ich habe immer noch die Eröffnungssequenzen im Kopf: AADAA FGTAA und so weiter. Diese Doppel-As! Über ihre Bedeutung wurden schon ganze Dissertationen geschrieben. Am Ende sind wir zu dem Schluss gekommen, dass sie einfach Zufallsprodukte waren. Wir erfanden völlig neue Systeme der Kryptoanalyse, um sie anzugreifen – schrieben neue Kapitel im *Cryptonomicon*. Die Daten waren fast ganz zufällig. Muster darin finden zu wollen glich dem Versuch, ein

Buch zu lesen, das verbrannt und dessen Asche mit dem gesamten Zement gemischt worden war, der für den Hoover Dam verbaut wurde. Wir sind nie auf etwas Brauchbares gestoßen.

Nach zehn Jahren oder so haben wir angefangen, neue Mitarbeiter damit zu schikanieren. Zu der Zeit dehnte sich die NSA unglaublich aus, wir stellten die brillantesten mathematischen Wunderkinder der Vereinigten Staaten ein, und wenn einer besonders großspurig tat, setzten wir ihn auf das Arethusaprojekt an, nur um ihm klarzumachen, dass er nicht der Überflieger war, für den er sich hielt. Auf diese Weise haben wir eine Menge Jungs fertig gemacht. Doch dann, um 1959, kam dieser eine – der intelligenteste Bursche, den wir je gesehen hatten – und knackte Arethusa.«

»Also ich nehme an, Sie haben mich nicht angerufen, um mich weiter im Ungewissen zu lassen«, sagt Randy. »Was hat er herausgefunden?«

»Er fand heraus, dass die Arethusa-Funksprüche keineswegs eine verschlüsselte Nachricht darstellten. Sie waren schlicht und einfach das Ergebnis einer bestimmten mathematischen Funktion, einer riemannschen Zetafunktion, für die es viele Anwendungsmöglichkeiten gibt – eine davon ist die als Zufallszahlengenerator in manchen Kryptosystemen. Er bewies, dass sie, wenn man diese Funktion auf eine bestimmte Weise einrichtete und als Eingabegrößen eine bestimmte Zahlenfolge einsetzte, exakt die Sequenz dieser Funksprüche ergab. Mehr war nicht dahinter. Und Comstocks Karriere damit praktisch beendet.«

»Warum?«

»Zum Teil wegen des wahnsinnigen Aufwands an Geld und Arbeitskraft, den er in das Arethusaprojekt gesteckt hatte. Vor allem aber, weil die Eingangszahlenfolge – der Auslöser für den Zufallszahlengenerator – der Name des Chefs war. C-O-M-S-T-O-C-K.«

»Sie machen Witze.«

»Wir hatten den Beweis vor Augen. Unter rein mathematischen Gesichtspunkten war er einwandfrei. Also hatte Comstock entweder die Arethusa-Funksprüche selbst erzeugt und war so dumm gewesen, seinen eigenen Namen als Auslöser zu benutzen – und Sie können mir glauben, der war wirklich so ein Typ – oder jemand anderer hatte ihm einen grandiosen Streich gespielt.«

»Was von beidem glauben Sie?«

»Nun ja, er hat nie verraten, woher er diese Funksprüche letztlich hatte, und deshalb war es schwierig, eine Hypothese aufzustellen. Ich neige eher zu der Streich-Theorie, denn er war einer von den Männern, die bei seinen Untergebenen einen starken Drang auslösen, sie hereinzulegen. Am Ende hatte das aber keine Bedeutung mehr. Im Alter von sechsundvierzig wurde er aus der NSA entlassen. Der typische Fleißarbeiter, Kriegsveteran, Technokrat mit Unbedenklichkeitsbescheinigung auf hohem Niveau und jeder Menge Verbindungen zu hochrangigen Leuten. Auf mehr oder minder direktem Weg ging er von dort zum Kennedy's National Security Counsel und der Rest ist Geschichte.«

»Meine Güte!«, sagt Randy einigermaßen geplättet. »So ein Trottel!«

»Sie sagen es«, sagt Pontifex. »Und nun sein Sohn – na, fangen wir jetzt lieber nicht mit dem an.«

Als Pontifex' Stimme verklingt, fragt Randy: »Und zu welchem Zweck rufen Sie mich jetzt an?«

Pontifex schweigt ein paar Augenblicke, als würde diese Frage ihn selbst beschäftigen. Aber das glaubt Randy nicht. *Jemand versucht, Ihnen eine Botschaft zu schicken.* »Vermutlich bin ich einfach entsetzt über die Vorstellung, es könnten sich noch mehr kluge junge Männer auf Arethusa stürzen. Bevor ich diesen Anruf von einem Boot auf dem Lake Washington bekam, hatte ich gedacht, das Ding wäre tot und begraben.«

»Aber wieso sollte Sie das kümmern?«

»Sie sind bereits um ein Vermögen an Computerpatenten betrogen worden«, antwortet Pontifex. »Das wäre nicht fair.«

»Es ist also Mitleid.«

»Außerdem ist es – wie schon gesagt – die Aufgabe meines Freundes, Sie zu überwachen. Er wird so gut wie jedes Wort hören, das Sie in den nächsten Monaten sprechen, oder zumindest die Niederschriften davon lesen. Und Sie und Cantrell und die anderen ununterbrochen über Arethusa jammern zu hören wäre mehr, als er ertragen könnte. Ein schreckliches Déjà-vu. Unerträglich kafkaesk. Deshalb meine Bitte: Lassen Sie die Finger davon.«

»Danke für den Tipp.«

»Gern geschehen, Randy. Und darf ich Ihnen noch einen Rat geben?«

»Das ist ja die Aufgabe von Pontifex.«

»Erst noch eine Gegenerklärung: Ich war eine Zeit lang in der Versenkung verschwunden. Habe die postmoderne Abneigung gegen jegliches Werturteil nicht übernommen.«

»Gut, ich bin gewappnet.«

»Mein Rat: Bauen Sie die bestmögliche Krypta! Ihre Kunden – jedenfalls einige von ihnen – sind praktisch Ureinwohner. Sie werden Sie entweder reich machen oder umbringen, so als entstammte das Ganze einer Fußnote von Joseph Campbell.«

»Meinen Sie damit die kolumbianischen Drogenbarone?«

»Ja. Ich denke aber auch an gewisse weiße Männer in Anzügen. Es bedarf nur einer Generation, um wieder in die Barbarei zu verfallen.«

»Also, wir bieten allen unseren Kunden – sogar denen, die Knochen durch die Nase tragen – die modernsten Verschlüsselungstechniken.«

»Ausgezeichnet! Und jetzt muss ich mich – so sehr ich es hasse, ein Gespräch in düsterem Ton zu beenden – von Ihnen verabschieden.«

Randy legt auf und fast im selben Moment klingelt das Telefon wieder.

»Was sind Sie denn für einer?«, sagt Doug Shaftoe, »ich rufe Sie im Flugzeug an und bekomme ein Besetztzeichen.«

»Ich muss Ihnen eine witzige Geschichte erzählen«, antwortet Randy, »über einen Typen, dem Sie beim Skilaufen einmal zufällig begegnet sind. Aber das muss leider warten.«

Glory

Mit bloßer Brust, den Körper mit Tarnfarbe beschmiert, in der Hand das Kampfmesser, die 45er Colt in den Bund seiner Kakihose gesteckt, bewegt sich Bobby Shaftoe wie eine Dunstwolke durch den Dschungel. Als er den japanischen Armeelastwagen, der von den faserigen, eng beieinander stehenden Stämmen einiger Dattelpalmen eingerahmt wird, deutlich sehen kann, bleibt er stehen. Eine Schützenlinie von Ameisen krabbelt über die Haut seines in einer Sandale steckenden Fußes. Er ignoriert sie.

Das Ganze sieht sehr nach einer Pinkelpause aus. Zwei japanische Gefreite steigen aus dem Lkw und besprechen sich kurz. Einer von ihnen watet in den Dschungel. Der andere lehnt sich an den Kotflügel des Lkw und zündet sich eine Zigarette an. Ihre glühende Spitze ist ein Widerschein des Sonnenuntergangs hinter ihm. Der im Dschungel lässt die Hose herunter, hockt sich hin und lehnt sich an einen Baumstamm, um zu scheißen.

In diesem Moment sind sie überaus verwundbar. Der Gegensatz

zwischen der Helligkeit des Sonnenuntergangs und der Düsternis des Dschungels macht sie fast blind. Der Scheißende ist hilflos, der Rauchende wirkt erschöpft. Bobby Shaftoe streift seine Sandalen ab. Er tritt hinter dem Lkw aus dem Dschungel auf die Straße hinaus, macht auf von Ameisen zerbissenen Füßen ein paar rasche Schritte vorwärts, duckt sich hinter der Stoßstange des Lkw. Leise gleitet die Waffe aus seiner Tasche. Ohne den Blick von den Füßen des Rauchenden zu wenden – sie sind unter dem Fahrgestell des Lkw zu sehen –, zieht er die Rückseite der Waffe ab und klatscht sie an die Ladeklappe des Lkw. Dann klebt er, bloß um es ihnen ganz deutlich unter die Nase zu reiben, gleich noch eine daneben. Auftrag ausgeführt! Da hast du, Tojo!

Gleich darauf ist er wieder im Dschungel und schaut dem japanischen Lkw nach, der nun zwei rot-weiß-blaue Aufkleber mit der Aufschrift ICH KOMME WIEDER! spazieren fährt. Bobby beglückwünscht sich zu einem weiteren erfolgreichen Einsatz.

Lange nach Einbruch der Dunkelheit erreicht er das Hukbalahap-Lager auf dem Vulkan. Er arbeitet sich zwischen den Sprengfallen des äußeren Sicherheitsrings hindurch und macht, während er sich nähert, viel Lärm, damit die Huk-Wachen nicht im Dunkeln auf ihn schießen. Aber er hätte sich die Mühe sparen können. Die Disziplin ist zusammengebrochen, sie sind alle betrunken und werden immer betrunkener, und zwar wegen einer Meldung, die sie über Funk gehört haben: MacArthur ist wiedergekommen. Der General ist auf Leyte gelandet.

Bobby Shaftoes Reaktion besteht darin, dass er einen Topf starken Kaffee braut und ihn ihrem Funker Pedro einzuflößen beginnt. Während das Koffein seine Zauberwirkung entfaltet, schnappt sich Shaftoe einen Notizblock samt Bleistiftstummel und schreibt zum siebten Mal seine Idee nieder: ES BESTEHT GELEGENHEIT FIL-AMERIKANISCHE ELEMENTE IN CONCEPCION ZU KONTAKTIEREN UND ZU UNTERSTÜTZEN STOP MELDE MICH FREIWILLIG STOP ERWARTE ANWEISUNGEN STOP GEZ SHAFTOE.

Er bringt Pedro dazu, das Ganze zu verschlüsseln und zu senden. Danach kann er nur warten und beten. Diese Scheiße mit den Aufklebern muss aufhören.

Er war tausendmal in Versuchung, zu desertieren und auf eigene Faust nach Concepcion zu gehen. Aber dass er draußen in der Wildnis mit einer Bande Huk-Irregulärer zusammensteckt, heißt noch lange nicht, dass er außer Reichweite der Militärgerichtsbarkeit ist.

Deserteure können immer noch erschossen oder aufgehängt werden, und obwohl er in Schweden selbst einer war, ist Bobby Shaftoe davon überzeugt, dass sie das auch verdienen.

Concepcion liegt unten im Flachland nördlich von Manila. Von den höher gelegenen Stellen der Zambales Mountains aus kann man die Stadt zwischen den grünen Reisfeldern liegen sehen. Dieses Flachland wird nach wie vor völlig von den Nips beherrscht. Doch wenn Der General landet, wird er es – genau wie die Nips bei ihrer Invasion 41 – wahrscheinlich nördlich von hier, im Lingayen Gulf, tun und dann liegt Concepcion genau auf der Mitte seiner Route nach Manila. Er wird dort ein Paar Augen brauchen.

Und tatsächlich kommt ein paar Tage später der Befehl: TREFFEN SIE TARPON PUNKT GRÜN 5 NOVEMBER STOP BEFÖRDERN SIE SENDER NACH CONCEPCION STOP ERWARTEN SIE WEITERE BEFEHLE STOP.

Tarpon ist das Unterseeboot, das ihnen Munition, Sanitätsbedarf, ICH KOMME WIEDER-Aufkleber, kartonweise amerikanische Zigaretten mit ICH KOMME WIEDER-Einlage in jedem Päckchen, ICH KOMME WIEDER-Streichholzbriefchen, ICH KOMME WIEDER-Untersetzer und ICH KOMME WIEDER-Kondome liefert. Die Kondome hat Shaftoe gehortet, weil er weiß, dass sie in einem katholischen Land nicht gut ankommen. Wenn er Glory findet, wird er in ungefähr einer Woche vermutlich eine Tonne davon verbrauchen.

Drei Tage später sind er und ein Trupp Huks zur Stelle, um sich bei »Punkt Grün« – ihr Codename für eine winzige Bucht an der Westküste von Luzon, unterhalb des Mount Pinatubo, nicht allzu weit nördlich der Subic Bay – mit Tarpon zu treffen. Das Unterseeboot, das auf Elektromotoren läuft, um kein Geräusch zu machen, gleitet gegen Mitternacht in die Bucht und die Huks gehen mit Schlauchbooten und Auslegerkanus längsseits und löschen die Ladung. Der Sender ist tatsächlich dabei. Und diesmal sind keine gottverdammten Aufkleber oder Streichholzbriefchen mitgekommen. Die Ladung besteht aus Munition und ein paar Kämpfern: einige fil-amerikanische Angehörige einer Kommandoeinheit, die geradewegs von einer Besprechung mit MacArthurs oberstem Nachrichtenoffizier kommen, und ein paar Amerikaner – MacArthurs Kundschafter.

Im Verlauf der nächsten paar Tage schleppen Shaftoe und ein paar handverlesene Huks den Sender auf einer Seite der Zambales Mountains hinauf und auf der anderen wieder hinunter. Sie bleiben stehen, als die Ausläufer des Gebirges schließlich flachen Reisfeldern Platz machen. Unmittelbar vor ihnen liegt die Hauptverbindung von Norden nach Süden, die Straße von Manila zum Lingayen Gulf.

Nach ein paar Tagen mühsamen Organisierens können sie den Sender auf einen Bauernkarren laden und mit Mist zudecken. Sie spannen ein erbärmliches Carabao davor, das ihnen ein loyaler, aber armer Bauer leiht, und machen sich durch japanisch besetztes Gebiet auf den Weg nach Concepcion.

An dieser Stelle müssen sie sich allerdings trennen, denn der blauäugige Shaftoe darf sich unter keinen Umständen zeigen. Zwei Huks, die sich als Bauernburschen ausgeben, übernehmen den Karren, während sich Shaftoe, der nur nachts unterwegs ist und in Gräben oder in den Häusern vertrauenswürdiger Sympathisanten schläft, querfeldein durchzuschlagen beginnt.

Er braucht anderthalb Wochen, um die fünfzig Kilometer zurückzulegen, aber schließlich erreicht er mit Geduld und Ausdauer die Stadt Concepcion und klopft gegen Mitternacht an die Tür des dortigen Kontaktmannes. Der Kontaktmann ist ein prominenter Bürger – der Direktor der einzigen Bank in der Stadt. Mr. Calagua ist erstaunt darüber, einen Amerikaner an seiner Hintertür stehen zu sehen. Dies verrät Shaftoe, dass etwas schief gegangen sein muss – die Jungs mit dem Sender hätten schon vor einer Woche ankommen müssen. Aber der Direktor sagt ihm, dass niemand aufgetaucht sei – es gebe allerdings ein Gerücht, die Nips hätten kürzlich ein paar Jungen bei dem Versuch, Konterbande in einem Bauernkarren zu schmuggeln, erwischt und an Ort und Stelle exekutiert.

Und so sitzt Shaftoe in Concepcion fest und hat keine Möglichkeit, Befehle zu empfangen oder Nachrichten zu senden. Um die Jungs, die gestorben sind, tut es ihm Leid, aber in gewisser Weise ist die Situation gar nicht schlecht für ihn. Er wollte nur deshalb in Concepcion sein, weil die Familie Altamira von hier stammt. Die Hälfte der einheimischen Bauern ist auf irgendeine Weise mit Glory verwandt.

Shaftoe täuscht einen Einbruch in die Stallungen der Calaguas vor und improvisiert dort ein Nachtlager. Sie würden ihn, wenn er darum bäte, in einem Gästezimmer unterbringen, aber er sagt ihnen, dass die Stallungen sicherer seien – falls er gefasst wird, können die Calaguas sich zumindest auf Ahnungslosigkeit herausreden. Er erholt sich ein, zwei Tage auf einem Strohhaufen, dann versucht er, etwas über die Altamiras in Erfahrung zu bringen. Er kann nicht selbst herumschnüffeln gehen, aber die Calaguas kennen jedermann in der Stadt und haben ein Gespür dafür, wem man trauen kann. Und so gehen Anfragen hinaus und binnen weniger Tage sind Informationen eingegangen.

Mr. Calagua erläutert sie ihm bei zahlreichen Gläsern Bourbon in seinem Arbeitszimmer. Von Schuldgefühlen geplagt, weil sein verehrter Gast auf einem Heuhaufen in einem Nebengebäude schläft, drängt er ihm ständig Bourbon auf, wogegen Bobby Shaftoe nichts einzuwenden hat.

»Einige Informationen sind verlässlich, andere sind – äh – weit hergeholt«, sagt Mr. Calagua. »Hier die verlässlichen. Erstens, Ihre Vermutung war richtig. Als die Japaner Manila besetzt haben, sind viele Angehörige der Familie Altamira in die Gegend hier zurückgekehrt und bei Verwandten untergekommen. Sie hielten das für sicherer.«

»Wollen Sie damit sagen, dass Glory hier ist?«

»Nein«, antwortet Mr. Calagua bekümmert, »sie ist nicht hier. Aber am 13. September 1942 war sie zweifelsohne hier.«

»Woher wissen Sie das?«

»Weil sie an diesem Tag einen Jungen zur Welt gebracht hat – die Geburtsurkunde liegt beim hiesigen Standesamt bei den Akten. Douglas MacArthur Shaftoe.«

»Meine Fresse«, sagt Shaftoe. Er beginnt, im Kopf Daten zu berechnen.

»Viele Altamiras, die hierher geflohen waren, sind mittlerweile in die Stadt zurückgekehrt – angeblich, um Arbeit zu suchen. Aber einige dienen auch als Augen und Ohren für den Widerstand.«

»Ich wusste, dass Sie die richtige Einstellung haben«, sagt Shaftoe.

Mr. Calagua lächelt verhalten. »Manila ist voll von Leuten, die behaupten, sie seien die Augen und Ohren des Widerstands. Augen und Ohren zu sein ist einfach. Fäuste und Füße zu sein ist schwerer. Aber einige von den Altamiras kämpfen auch – sie sind in die Berge gegangen, um sich den Huks anzuschließen.«

»Welche Berge? In den Zambales bin ich keinem von ihnen über den Weg gelaufen.«

»Südlich von Manila und Laguna de Bay gibt es viele Vulkane und dichten Dschungel. Dort kämpfen einige von Glorys Familie.«

»Und dort ist Glory? Und das Kind? Oder sind sie in der Stadt?«

Mr. Calagua ist nervös. »Was ich Ihnen jetzt sage, ist möglicherweise weit hergeholt. Es heißt, Glory sei eine berühmte Heldin im Kampf gegen die Nips.«

»Wollen Sie damit sagen, sie ist tot? Wenn sie tot ist, dann sagen Sie's mir einfach.«

»Nein, ich habe keinerlei Informationen, dass sie tot ist. Aber sie ist eine Heldin. So viel steht fest.«

Am nächsten Tag kommt Bobby Shaftoes Malaria zurück und er liegt ungefähr eine Woche flach. Die Calaguas schaffen ihn umgehend in ihr Haus und holen den ortsansässigen Arzt, damit er nach ihm sieht. Es ist derselbe Arzt, der zwei Jahre zuvor Glory entbunden hat.

Als Bobby Shaftoe sich etwas kräftiger fühlt, macht er sich auf den Weg nach Süden. Er springt auf Züge auf, lässt sich von Lkws mitnehmen oder platscht mitten in der Nacht durch Reisfelder, und er braucht drei Wochen, um den nördlichen Stadtrand von Manila zu erreichen. Er tötet lautlos zwei japanische Soldaten und drei weitere bei einem Feuergefecht an einer Kreuzung. Jedes Mal muss er sich ein paar Tage lang verkriechen, um der Gefangennahme zu entgehen. Aber er gelangt nach Manila.

Ins Herz der Stadt kann er nicht – abgesehen davon, dass es wirklich dumm wäre, würde es ihn nur aufhalten. Stattdessen umgeht er sie und macht sich dabei das immer ausgedehntere Widerstandsnetz zunutze. Er wird um die Außenbezirke von Manila herum von einem Barangay zum nächsten weitergereicht, bis er die Küstenebene zwischen Laguna de Bay und Manila Bay erreicht hat. Ab jetzt gibt es nach Süden hin nur noch ein paar Meilen Reisfelder und danach die vulkanischen Berge, in denen sich die Altamiras als Guerillakämpfer einen Namen machen. Auf dem Weg hierher hat er tausend Gerüchte über sie gehört. Die meisten sind eindeutig falsch – die Leute erzählen ihm, was er offensichtlich hören will. Doch zuweilen hat er auch etwas gehört, was sich wie eine authentische Information über Glory ausnimmt.

Es heißt, sie habe einen gesunden kleinen Sohn, der in der Wohnung im Malate-Viertel von Manila wohne und von der Großfamilie versorgt werde, während seine Mutter im Krieg diene.

Sie bringe ihre Fertigkeiten als Krankenschwester zum Einsatz und fungiere als eine Art Florence Nightingale für die Huks.

Sie arbeite als Kurier für die fil-amerikanischen Streitkräfte und niemand übertreffe sie an Wagemut, wenn es darum gehe, mit geheimen Nachrichten oder anderer Konterbande japanische Kontrollpunkte zu passieren.

Letzteres ergibt für Shaftoe nicht viel Sinn. Was denn nun, Krankenschwester oder Kurier? Vielleicht verwechselt man sie mit jemand anderem. Vielleicht ist sie aber auch beides – vielleicht schmuggelt sie Medikamente durch die Kontrollpunkte.

Je weiter er nach Süden kommt, desto mehr Informationen bekommt er. Es werden immer wieder die gleichen Gerüchte und Anekdoten kolportiert und sie unterscheiden sich nur in unbedeutenden Details. Er läuft einem halben Dutzend Leute über den Weg, die sich absolut sicher sind, dass sich Glory südlich von hier aufhält und als Kurier für eine Brigade Huk-Guerilleros in den Bergen oberhalb von Calamba arbeitet.

Weihnachten verbringt er in einer Fischerhütte am Ufer des großen Sees, Laguna de Bay. Es gibt reichlich Moskitos. Dann erwischt ihn ein weiterer Malariaanfall; zwei Wochen lang wird er von Fieberdelirien gequält und hat bizarre Albträume von Glory.

Schließlich erholt er sich so weit, dass er weiterziehen kann, und lässt sich von einem Boot in die am Ufer gelegene Stadt Calamba mitnehmen. Die schwarzen Vulkane, die dahinter aufragen, sind ihm ein willkommener Anblick. Sie sehen schön kühl aus und erinnern ihn an das Land seiner Vorfahren. Der Familiensage zufolge verdingten sich die ersten Shaftoes, die nach Amerika kamen, als Kontraktarbeiter auf Tabak- und Baumwollfeldern und hoben, während sie sich in der Gluthitze bückten, oft sehnsüchtig den Blick zu jenen kühlen Bergen auf. Sie nutzten die erste Gelegenheit, sich davonzumachen, und zogen bergauf. Die Berge von Luzon locken Shaftoe auf die gleiche Weise – weg vom malariaverseuchten Flachland, hinauf zu Glory. Seine Reise ist fast zu Ende.

Aber in Calamba bleibt er hängen und ist gezwungen, sich in einem Bootshaus zu verkriechen, da sich die japanischen Luftwaffentruppen der Stadt zu irgendeiner Operation sammeln. Die Huks oben in den Bergen haben ihnen schwer zugesetzt, und die Nips sehen allmählich rot.

Der Anführer der örtlichen Huks schickt schließlich einen Emissär, bei dem Shaftoe seine Geschichte loswerden kann. Der Emissär geht und es verstreichen mehrere Tage. Schließlich kommt ein fil-amerikanischer Lieutenant, der zwei gute Nachrichten bringt: Die Amerikaner sind mit starken Kräften im Lingayen Gulf gelandet und Glory lebt und arbeitet nur ein paar Meilen entfernt bei den Huks.

»Helfen Sie mir, aus der Stadt rauszukommen«, fleht Shaftoe. »Bringen Sie mich in einem Boot über den See raus, setzen Sie mich irgendwo auf dem Land ab, von dort schaffe ich es dann schon.«

»Wohin?«, fragt der Lieutenant, der sich dumm stellt.

»Ins Hochland! Um mich den Huks anzuschließen!«

»Das würden Sie nicht überleben. Das Gelände ist vermint. Die Huks sind äußerst wachsam.«

»Aber –«

»Warum gehen Sie nicht in die andere Richtung?«, fragt der Lieutenant. »Gehen Sie nach Manila.«

»Was soll ich da?«

»Ihr Sohn ist dort. Und dort werden Sie gebraucht. Bald wird es in Manila zur großen Schlacht kommen.«

»Okay«, sagt Shaftoe. »Ich gehe nach Manila. Aber zuerst will ich Glory sehen.«

»Ah«, sagt der Lieutenant, als wäre es ihm endlich gedämmert. »Sie sagen, Sie wollen Glory sehen.«

»Ich sage das nicht bloß. Ich will Glory wirklich sehen.«

Der Lieutenant atmet eine Wolke von Zigarettenrauch aus und schüttelt den Kopf. »Nein, das wollen Sie nicht«, sagt er kategorisch.

»Was?«

»Sie wollen Glory nicht sehen.«

»Wie können Sie das sagen? Sie haben Sie wohl nicht mehr alle!«

Das Gesicht des Lieutenants wird steinern. »Na schön«, sagt er, »ich werde nachfragen. Vielleicht kommt Glory sie hier besuchen.«

»Das ist doch verrückt. Es ist viel zu gefährlich.«

Der Lieutenant lacht. »Nein, jetzt verstehen *Sie* nicht«, sagt er. »Sie sind ein Weißer in einer Provinzstadt auf den Philippinen, die von hungernden, übergeschnappten Nips besetzt ist. Sie können sich unmöglich draußen blicken lassen. Unmöglich. Glory dagegen kann sich frei bewegen.«

»Sie haben gesagt, die Nips halten die Leute praktisch an jeder Kreuzung an.«

»Glory werden sie nicht behelligen.«

»Kommt es eigentlich vor, dass die Nips – Sie wissen schon – Frauen belästigen?«

»Ah. Sie machen sich Sorgen, dass Glory vergewaltigt wird.« Wieder nimmt der Lieutenant einen langen Zug von seiner Zigarette. »Ich kann Ihnen versichern, dass das nicht passieren wird.« Des Gesprächs überdrüssig, steht er auf. »Warten Sie hier«, sagt er. »Sammeln Sie Kraft für die Schlacht um Manila.«

Er geht hinaus und Shaftoe bleibt frustrierter denn je zurück.

Zwei Tage später rüttelt der Besitzer des Bootshauses, der sehr wenig Englisch spricht, Shaftoe vor Sonnenaufgang wach. Er bedeutet ihm, in ein kleines Boot zu steigen, und rudert ihn auf den See hinaus, dann eine halbe Meile am Ufer entlang auf eine Sandbank zu. Eben bricht auf der anderen Seite des Sees die Morgendämmerung an und beleuchtet planetengroße Kumuluswolken. Es ist, als würde an einem Himmel, der von den Kondensstreifen amerikanischer Flugzeuge auf Morgenpatrouille in riesige Trapezoide aufgeteilt wird, der Welt größtes Treibstofflager in die Luft gejagt.

Glory kommt auf die Sandbank herausspaziert. Er kann ihr Gesicht nicht sehen, weil sie den Kopf in ein Seidentuch gehüllt hat, aber die Form ihres Körpers würde er überall erkennen. Sie geht am Ufer hin und her, lässt sich vom warmen Wasser des Sees die Füße benetzen. Der Sonnenaufgang hat es ihr offenbar schwer angetan – sie wendet, damit sie ihn genießen kann, Shaftoe weiter den Rücken zu. Wie kokett. Shaftoe wird hart wie ein Ruder. Er klopft sich auf die Gesäßtasche, vergewissert sich, dass er reichlich mit ICH KOMME WIEDER-Kondomen versorgt ist. Das wird knifflig, sich in Anwesenheit des alten Knackers hier mit Glory auf der Sandbank hinzulegen, aber vielleicht kann er dem Burschen ja was dafür geben, dass er eine Stunde lang woanders seinen Rücken trainiert.

Der Alte schaut immer wieder über seine Schulter, um die Entfernung bis zur Sandbank abzuschätzen. Als sie noch ungefähr eine Steinwurfweite davon entfernt sind, richtet er sich auf und legt die Riemen ein. Sie treiben noch ein paar Meter und kommen dann zum Stehen.

»Was machst du denn da?«, fragt Shaftoe. Dann stößt er einen Seufzer aus. »Willst du Geld?« Er reibt Daumen und Zeigefinger aneinander. »Was? Das hier?«

Aber der Alte starrt ihm bloß ins Gesicht, mit einem Ausdruck, wie ihn Shaftoe so hart und steinern auf hundert Schlachtfeldern in der ganzen Welt gesehen hat. Er wartet, bis Shaftoe den Mund hält, dann legt er den Kopf schräg und ruckt ihn nach hinten in Richtung Glory.

Shaftoe blickt zu Glory auf, als sie sich gerade zu ihm umdreht. Mit knüppelähnlichen Händen, die wie bei einer Mumie vollständig mit langen Stoffstreifen umwickelt sind, greift sie nach oben und tatscht sich das Tuch vom Gesicht.

Oder dem, was einmal ein Gesicht war. Nun ist es nur noch die Vorderseite ihres Schädels.

Bobby Shaftoe holt tief Atem und stößt einen Schrei aus, der wahrscheinlich noch in der Innenstadt von Manila zu hören ist.

Der Bootsführer wirft einen bangen Blick zur Stadt hinüber, dann steht er auf und verdeckt Shaftoe die Sicht, während dieser erneut Atem holt. Der Alte hat eines der Ruder in den Händen. Shaftoe hat gerade zu einem neuerlichen Schrei angesetzt, als ihn das Ruder seitlich am Kopf trifft.

DAS HAUPTLAGER

Die Sonne hat entlang der malayischen Halbinsel ein paar hundert Kilometer weiter westlich mit einer langen Gleitspur eine Bruchlandung hingelegt, ist aufgeplatzt und hat dabei ihren thermonuklearen Brennstoff über den halben Horizont verspritzt und eine Wand aus lachs- und magentafarbenen Wolken hochgezogen, die einen tiefen Riss durch die ganze Erdatmosphäre getrieben haben und plötzlich ins All hinausgeschossen sind. Vor diesem Hintergrund ist der Berg, in dem die Krypta liegt, nur ein Stück Holzkohle. Randy ärgert sich über den Sonnenuntergang, denn dadurch ist die Baustelle schwerer zu erkennen. Die Narbe in dem Wolkenwald ist mittlerweile weitgehend verheilt oder zumindest ist irgendein grünes Zeug an die Stelle des nackten, lippenstiftfarbenen Schlamms getreten. Ein paar GOTO ENGINEERING-Container leuchten noch in dem farbverfremdenden Licht der Quecksilberdampflampen am Eingang, aber die meisten von ihnen sind entweder in die Krypta hinein- oder nach Japan zurückgebracht worden. Randy kann die Scheinwerfer eines hausgroßen Goto-Lastwagens erkennen, der sich die Straße hinunterwindet, vermutlich mit Schutt für eins der Landgewinnungsprojekte des Sultans beladen.

Randy, der aufgerichtet im Bug des Flugzeugs sitzt, kann durch sein Fenster vorne hinausschauen und sehen, dass sie auf der neuen, zum Teil auf solchem Füllmaterial erbauten Rollbahn landen. Die Gebäude der Innenstadt bilden zu beiden Seiten des Flugzeugs Streifen aus blaugrünem Licht und in ihrem Inneren sind wie erstarrt kleine schwarze menschliche Gestalten zu sehen: ein Mann mit einem Telefonhörer zwischen Ohr und Schulter und eine Frau im Rock, die einen Stapel Bücher an ihre Brust drückt, aber an etwas ganz anderes denkt. Als der Bug des Flugzeugs sich zur Landung hebt, ist plötzlich nichts mehr zu sehen, nur noch Indigoblau, und dann blickt Randy über die Sulusee in der Dämmerung, wo die mit Drachensegeln betriebenen Fischerboote der *Badjaos*, an denen überall ausgenommene Stachelrochen hängen und frische Haifischschwänze wie Fahnen flattern, von ihrem Tagesfang in den Hafen gleiten. Noch vor nicht allzu langer Zeit war ihm das lächerlich exotisch vorgekommen, doch jetzt fühlt er sich hier heimischer als in Kalifornien.

Für Passagiere der Sultanklasse geht alles so schnell wie im Film, mit nahezu bildsprungartiger Geschwindigkeit. Das Flugzeug landet, eine hübsche Frau reicht einem das Jackett und man steigt aus. Die von asiatischen Fluggesellschaften benutzten Maschinen müssen im Heck eine besondere Rutsche haben, zu der Flugbegleiterinnen an ihrem achtundzwanzigsten Geburtstag in die Stratosphäre hinausgeschleudert werden.

Die Fluggäste der Sultanklasse werden in der Regel erwartet. An diesem Abend ist es John Cantrell, immer noch mit Pferdeschwanz, aber mittlerweile glatt rasiert; am Ende schafft die Hitze jeden. Er ist sogar so weit gegangen, sich im Nacken zu rasieren, ein guter Trick, um zusätzlich noch ein paar Kalorien loszuwerden. Cantrell begrüßt Randy mit einem linkischen Manöver aus Handschlag und gleichzeitiger bodycheckartiger Umarmung mit dem anderen Arm.

»Schön, dich zu sehen, John«, sagt Randy.

»Dich auch, Randy«, sagt John, und beide Männer wenden schüchtern den Blick ab.

»Wer ist wo?«

»Du und ich sind hier am Flughafen. Avi hat sich bis zum Abschluss des Projekts ein Hotelzimmer in San Francisco City genommen.«

»Gut. Ich glaube, allein wäre er in diesem Haus auch nicht sicher gewesen.«

Cantrell sieht aufgebracht aus. »Aus einem bestimmten Grund? Hat es Drohungen gegeben?«

»Nicht dass ich wüsste. Aber man kann nicht über die große Anzahl mehr oder minder unheilvoller Gestalten hinwegsehen, die darin verwickelt sind.«

»Avi ist also sicher. Beryl fliegt von Amsterdam aus nach S. F. zurück – wahrscheinlich ist sie jetzt sogar schon dort.«

»Ich habe gehört, dass sie in Europa war. Warum?«

»Da passieren merkwürdige Sachen auf Regierungsebene. Davon erzähle ich dir später.«

»Wo ist Eb?«

»Eb hat sich schon vor einer Woche mit seinem Team in der Krypta verschanzt und eine unglaubliche D-Day-artige Großoffensive gestartet, um das biometrische Identifizierungssystem zu vervollkommnen. Ihn werden wir nicht stören. Tom ist ständig zwischen seinem Haus und der Krypta hin- und hergependelt und hat die verschiedensten Belastungstests an den internen Netzwerksystemen der Krypta vorgenommen. Die inneren Grenzen des Vertrauens ausgetestet. Dorthin werden wir jetzt gehen.«

»Zu den inneren Grenzen des Vertrauens?«

»Nein! Entschuldige. Zu seinem Haus.« Cantrell schüttelt den Kopf. »Es ist... nun ja. Es ist nicht das Haus, das ich bauen würde.«

»Das möchte ich sehen.«

»Seine Paranoia gerät im Moment ein bisschen außer Kontrolle.«

»Ach, wo wir gerade dabei sind...« Randy hält inne. Er wollte Cantrell gerade von Pontifex erzählen, aber sie sind ganz in der Nähe des *halal* Dunkin' Donuts, und die Leute schauen zu ihnen herüber. Man kann nicht sagen, wer ihnen womöglich zuhört. »Ich erzähl's dir später.«

Cantrell wirkt für einen Augenblick verwirrt, doch dann grinst er durchtrieben. »Sehr witzig.«

»Haben wir ein Auto?«

»Ich habe mir Toms Auto ausgeliehen. Seinen Humvee. Keins von diesen gemütlichen Zivilmodellen. Ein richtiges Militärfahrzeug.«

»Spitze!«, sagt Randy. »Komplett mit großem Maschinengewehr hinten drauf?«

»Er hat sich's überlegt – in Kinakuta hätte er sicher eine Lizenz dafür bekommen können –, aber seine Frau hatte schon genug mit einem echten schweren Maschinengewehr in ihrem Haus.«

»Und du? Wie stehst du zu diesem ganzen Waffenzeug?«

»Wie du weißt, besitze ich welche und kann auch damit umgehen«, sagt Cantrell.

Gerade veranstalten sie einen Spießrutenlauf durch mehrere Duty-Free-Shops, um nicht zu sagen eine ganze Duty-Free-Shop-Meile. Randy kann sich nicht vorstellen, wer letztlich all diese Riesenschnapsflaschen und teuren Gürtel kauft. Was für ein oberflächlich orgiastischer Lebensstil entspricht wohl diesem speziellen Warenangebot?

Während der darüber vergangenen Zeit hat Cantrell offensichtlich beschlossen, dass Randys Waffenfrage eine etwas genauere Antwort verdient. »Aber je mehr ich damit geübt habe, umso ängstlicher bin ich geworden. Oder vielleicht auch deprimiert.«

»Was willst du damit sagen?« Das ist Randy in einem ganz ungewohnten Register, wie er Cantrells Gefühlen psychotherapeutisch auf die Sprünge hilft. Für John Cantrell muss es ein verrückter Tag gewesen sein und er hat sicherlich Gefühle, die man ansprechen muss.

»Eins von diesen Dingern in der Hand zu halten, den Lauf zu reinigen und die Patronen in Magazine zu stecken konfrontiert einen wirklich damit, was für einen verzweifelten allerletzten Ausweg sie im Grund darstellen. Ich meine, wenn wir an dem Punkt angelangt sind, wo wir auf Leute schießen und umgekehrt, dann haben wir alles komplett vermasselt. Im Grunde haben sie also mein Interesse, dafür zu sorgen, dass wir ohne sie auskommen, nur verstärkt.«

»Deswegen auch die Krypta?« fragt Randy.

»Meine Beteiligung an der Krypta ist wohl die direkte Folge einiger sehr schlimmer Träume über Waffen, die ich hatte.«

Es tut unglaublich gut, sich so zu unterhalten, ist aber eine unheilvolle Abkehr von dem normalen rein technischen Inhalt ihrer Gespräche. Sie fragen sich, ob es überhaupt der Mühe wert ist, sich in Gespräche über solche Themen verwickeln zu lassen. Sorglose Sicherheit ist zweifellos einfacher.

»Und was ist mit den Heimlichen Bewunderern, die vor dem Büro von Ordo herumgehangen haben?«, fragt Randy.

»Was ist mit ihnen? Fragst du nach ihrem Geisteszustand?«

»Ja. Genau darüber sprechen wir gerade. Geisteszustände.«

Cantrell zuckt die Schultern. »Ich weiß nicht, wer sie im Einzelnen waren. Ich nehme an, es gab einen oder zwei wirklich üble Fanatiker darunter. Nimmt man sie einmal beiseite, ist vielleicht ein Drittel von ihnen einfach noch zu jung und unreif, um zu verstehen, was da vor sich geht. Für sie war es nichts weiter als ein Jux. Die anderen zwei Drittel hatten wahrscheinlich feuchte Hände.«

»Sie sahen aus, als versuchten sie unter größten Mühen, eine fröhliche Miene zu wahren.«

»Sie waren bestimmt froh, da wegzukommen und sich hinterher in einen kühlen dunklen Raum zu setzen und Bier zu trinken. Wahrscheinlich haben viele von ihnen mir seitdem E-Mails über die Krypta geschickt.«

»Du meinst, als Alternative zu gewaltsamem Widerstand gegen die Regierung der Vereinigten Staaten, vermute und hoffe ich.«

»Klar. Sicher. Ich meine, genau das wird sie doch sein, die Krypta, oder?«

Die Frage klingt in Randys Ohren etwas missmutig. »Ja, das wird sie«, antwortet er. Er fragt sich, warum er sich mit diesen Dingen viel wohler fühlt als John Cantrell, und dann fällt ihm wieder ein, dass er nichts mehr zu verlieren hat.

Randy atmet ein letztes Mal die maschinengekühlte, trockene Luft ein und hält sie zur Erfrischung in seinen Lungen fest, während sie in die Abendhitze hinaustreten. Er hat gelernt, das Klima gelassen zu nehmen; man kann ohnehin nicht dagegen ankämpfen. Eine summende, zum Stillstand gekommene Reihe schwarzer Mercedes-Benz wartet darauf, die Fluggäste der Sultan- und Wesirklasse aufzunehmen. Von den Passagieren der Wallahklasse steigen nur sehr wenige in Kinakuta aus; die meisten von ihnen sind auf der Durchreise nach Indien. Da dies hier ein Ort ist, an dem alles einfach perfekt funktioniert, sitzen Randy und John nach ungefähr zwanzig Sekunden in dem Humvee und fahren weitere zwanzig Sekunden später mit hundertzwanzig Stundenkilometern über einen waagerechten Strahl aus gespenstisch blaugrünem Freeway-Licht.

»Wir gehen davon aus, dass dieser Humvee nicht verwanzt ist«, sagt Cantrell. »Wenn du also mit etwas hinter dem Berg gehalten hast, kannst du jetzt frei sprechen.«

Randy schreibt: *Wir sollten aufhören, von dergleichen Dingen auszugehen* auf einen Notizblock und hebt ihn hoch. Cantrell zieht minimal die Augenbrauen hoch, wirkt aber natürlich nicht sonderlich überrascht – schließlich ist er tagaus tagein mit Leuten zusammen, die versuchen, sich in Sachen Paranoia gegenseitig zu übertrumpfen. Randy schreibt: *Wurden von ehem. hohen Tier der NSA üb'wacht.* Dann fügt er noch hinzu: *Arbeitet vermutl. für 1 o. mehrere Krypta-Kunden.*

Woher weißt du das?, formt Cantrell mit den Lippen.

Randy seufzt und schreibt dann: *Bin von einem Zauberer kontaktiert worden.*

Und solange John damit beschäftigt ist, den Wagen um einen Unfall mit Blechschaden auf der linken Fahrspur herum zu lotsen, fügt er hinzu: *Betrachte es als Due Diligence Marke Unterwelt.*

Cantrell sagt laut: »Tom hat ziemlich sorgfältig darauf geachtet, dass sein Haus wanzenfrei ist. Ich meine, er hat das Ding von Grund auf selbst gebaut oder bauen lassen.« Er lenkt den Wagen in eine Ausfahrt und taucht in den Dschungel ein.

»Gut. Dort können wir reden«, sagt Randy, dann schreibt er: *Denk an die neue US-Botschaft in Moskau – Wanzen vom KGB in den Zement gemischt – musste abgerissen werden.*

Cantrell schnappt sich den Notizblock und schreibt blind auf dem Armaturenbrett, während er den Humvee über eine kurvige Bergstraße in den Wald aus Wolken hinaufmanövriert: *Worüber willst du sprechen, was so geheim ist? Arethusa? Gib mir bitte eine Tagesordnung.*

Randy: *(1) Zivilprozess & ob Epiphyte weiter existieren kann. (2) Dass NSA-Mann und der Zauberer existieren. (3) Vielleicht Arethusa.*

Cantrell grinst und schreibt: *Habe gute Nachricht betr.: Tombstones /.*

»/« ist in diesem Zusammenhang das UNIX-Zeichen für das Root Directory des Dateisystems, was im Fall von Tombstone gleichbedeutend ist mit der Festplatte, die Randy zu löschen versucht hat. Randy zieht skeptisch die Augenbrauen hoch und Cantrell grinst, nickt und fährt sich mit dem Daumen quer über die Kehle.

»Chez Howard« ist ein Betongebäude mit Flachdach, das aus bestimmten Blickwinkeln wie ein sehr großer Abwasserkanal wirkt, der senkrecht in einen schlammigen Erdhügel auf der Spitze eines Vorbergs gesetzt wurde. Ungefähr zehn Minuten, bevor sie tatsächlich ankommen, sehen sie es aus einem dieser Blickwinkel, denn die Straße führt in mehreren Serpentinen über den ausladenden Hang dieses Vorberges, der sich durch das beständige Fließen von Wasser verschachtelt und in Fraktale zergliedert hat. Selbst wenn es hier nicht regnet, sammelt sich die Feuchtigkeit der Brisen vom Südchinesischen Meer auf dem Laub und tröpfelt unablässig von den Spitzen der Blätter herab. Neben dem Regen und den Pflanzen muss hier auch die Erosion eine gewaltige und gefräßige Kraft sein, und Randy fühlt sich angesichts dieser Berge etwas unwohl, denn Berge können in einer solchen Umgebung nur existieren, wenn die darunter wirksamen tektonischen Kräfte die Felsen so schnell nach oben schieben, dass einem, wenn man still stünde, davon die Ohren knacken. Aber da er andererseits gerade ein Haus an ein Erdbeben verloren hat, neigt er natürlich eher zu einer konservativen Sicht.

Cantrell ist jetzt dabei, ein detailliertes Schaubild zu zeichnen, und hat, um es noch besser hinzukriegen, fast bis zum Stillstand abgebremst. Es beginnt mit einem großen Rechteck. Dahinein zeichnet er ein Parallelogramm von derselben Größe, aber etwas nach unten verdreht und mit einem kleinen Kreis in der Mitte einer Kante. Randy wird klar, dass er auf die perspektivische Ansicht eines Türrahmens mit leicht angelehnter Tür schaut, wobei der kleine Kreis den Türgriff darstellt. STAHLRAHMEN schreibt Cantrell, *hohle Metallröhren*. Rasches gewundenes Gekritzel deutet die sie umgebende Wand und den Fußboden darunter an. Dort wo die Türpfosten im Boden versenkt sind, malt Cantrell sorgfältig kleine perspektivische Kreise. *Löcher im Boden*. Dann umkreist er den Türrahmen mit einem durchgehenden Strich, beginnend an einem dieser Kreise, von dort an einer Seite des Türrahmens hinauf, auf die andere Seite und drüben wieder hinunter, durch das andere Loch im Boden und dann horizontal unter der Tür hindurch, zum Schluss wieder durch das erste Loch und damit ist eine Schleife vollendet. Er malt noch ein oder zwei weitere mit derselben Sorgfalt, um dann noch viele einfach hinzukritzeln, bis das ganze Ding von einem undefinierbaren, auseinander gezogenen Tornado umgeben ist. *Viele Windungen feiner Draht*. Zum Schluss zeichnet er zwei Leitungen von der riesigen, türgroßen Spule weg und verbindet sie mit einem Sandwich aus abwechselnd langen und kurzen waagerechten Linien, die Randy als Symbol für eine Batterie identifiziert. Das Schaubild wird vervollständigt durch einen riesigen Pfeil, der mit energischem Strich mitten durch die Tür gezogen wird, wie ein in der Luft schwebender Sturmbock mit der Bezeichnung B für magnetisches Feld. *Tür zum Ordo-Computerraum*.

»Donnerwetter!« sagt Randy. Cantrell hat einen klassischen Elektromagneten aus der Grundschule gezeichnet, so einen wie Klein Randy ihn damals gebaut hat, indem er einen Nagel mit Draht umwickelte und an eine Lampenbatterie hängte. Außer dass dieser um die Außenseite eines Türrahmens gewickelt und, so nimmt Randy an, in der Mauer und im Fußboden versteckt ist, damit niemand von seiner Existenz erfährt, es sei denn, das ganze Gemäuer würde aufgerissen. Magnetische Felder sind die Griffel der modernen Welt, sie sind es, die Bits auf Magnetplatten schreiben oder sie löschen. Die Schreib-/Leseköpfe von Tombstones Plattenlaufwerk sind genau dasselbe, nur viel kleiner. Wenn sie die feinen Federspitzen eines Zeichners sind, dann ist das, womit Cantrell hier gezeichnet hat, ein Feuerwehrschlauch, aus dem Tinte spritzt. Vermutlich hätte dieses Magnetfeld keine Auswirkung auf ein Plattenlaufwerk, das ein paar Meter von ihm entfernt stünde, aber alles, was tatsächlich durch diese Tür getragen wurde, war hinterher völlig leer gefegt. Nach den von außen in das Gebäude gefeuerten elektromagnetischen Impulsen (die jeden Chip in Schussweite zerstört haben) und diesem Türrahmen-Hackerangriff (der jedes Bit von jeder

Platte gelöscht hat) muss die Razzia bei Ordo für denjenigen, der sie organisiert hat – Andrew Loeb oder (wie die Heimlichen Bewunderer meinen) Justizminister Comstocks finstere FBI-Agenten, die Andy nur als Handlanger benutzt haben – eine reine Schrottabfuhraktion gewesen sein. Das Einzige, was intakt durch diese Tür gekommen wäre, ist auf CD-Rom oder anderen nichtmagnetischen Medien gespeicherte Information, und davon gab es in Tombstone keine.

Schließlich erreichen sie die Kuppe des Hügels, die Tom Howard bis aufs Grundgestein in einer Art Mönchstonsur rasiert hat. Nicht weil er Lebendiges hasst, obwohl er vermutlich auch keine besondere Zuneigung dazu hat, sondern um die Erosionskräfte im Zaum zu halten und ein Verteidigungsglacis zu schaffen, auf dem die Bewegungen von schrecklich giftigen Schlangen, eichhörnchengroßen Insekten, opportunistischen niederen und schurkischen höheren Primaten über ein stattliches Aufgebot an Videokameras, die er in ziemlich unauffällige Mauerritzen und -nischen eingebaut hat, zu sehen sind. Aus der Nähe betrachtet ist das Haus erstaunlicherweise gar nicht so nüchtern und festungsartig, wie es zunächst aussah. Es ist nicht nur ein einziger Abwasserkanal, sondern ein ganzes Bündel verschieden dicker und langer, einem Bambusstrauch vergleichbar. Es gibt Fenster in vernünftiger Menge, vor allem an der Nordseite, wo man über den Hang, den John und Randy sich gerade heraufgekämpft haben, bis hinunter auf einen halbmondförmigen Strand sehen kann. Die Fenster sind tief in die Mauern hineingesetzt, teils, um die nahezu senkrecht einfallenden Sonnenstrahlen abzuwehren, und teils, weil jedes von ihnen, in der Mauer verborgen, einen einziehbaren Stahlrollladen besitzt, der davor heruntergelassen werden kann. Das Haus ist in Ordnung, und Randy fragt sich, ob Tom Howard wohl bereit wäre, es dem Dentisten zu übertragen, seine riesige Gomer-Bolstrood-Einrichtung zu verpfänden und mit seiner Familie in ein überfülltes Mietshaus zu ziehen, nur um nicht die Kontrolle über die Epiphyte Corporation zu verlieren. Aber vielleicht wird das ja gar nicht nötig sein.

Zum Knallen von Gewehrfeuer steigen John und Randy aus dem Humvee aus. Künstliches Licht strahlt aus einer sauber in den nahe gelegenen Dschungel gehauenen Schneise nach oben. Feuchtigkeit und Wolken von Insekten machen das Licht hier zu einem nahezu festen und greifbaren Ding. John Cantrell führt Randy über den vollkommen sterilen Parkplatz und in einen getarnten, eingezäunten Tunnel, der in die schwarze Vegetation hineingetrieben wurde. Am Boden liegt eine

Art schwarzes Plastikgitter, durch das verhindert wird, dass die nackte Erde zu einer Leimfalle wird. Sie gehen den Tunnel entlang, bis er sich nach zwanzig oder dreißig Schritten zu einer extrem langen, schmalen Lichtung hin öffnet: der Quelle des Lichts. An ihrem entgegengesetzten Ende steigt der Boden plötzlich zu einer Art Wall an, halb natürlich, denkt Randy, halb durch Füllmaterial verstärkt, das vom Ausschachten der Baugrube stammt. Dort sind zwei große Papierzielscheiben in Form menschlicher Gestalten an einem Ständer befestigt. Am anderen, näheren Ende sind zwei Männer mit auf den Hals heruntergezogenen Ohrenschützern dabei, ein Gewehr zu untersuchen. Einer dieser Männer ist Tom Howard. Randy ist verdutzt, aber eigentlich nicht überrascht von der Tatsache, dass der andere, offensichtlich frisch aus Manila eingeflogen, Douglas MacArthur Shaftoe ist. Das Gewehr sieht genau wie das Modell aus, das einige aus dem Trupp mit den schwarzen Hüten und den Halstüchern vor dem Gesicht tags zuvor in Los Altos getragen haben: ein langes Rohr, aus dem an einer Seite im Bogen ein sichelförmiges Magazin herausragt, und ein sehr einfacher Schaft, der aus ein paar zusammengeschraubten blanken Metallteilen besteht.

Doug ist gerade mitten im Gespräch, und er ist nicht der Typ, der seinen Gedankengang unterbricht und sich vor lauter Freundlichkeit fast umbringt, nur weil Randy vor kurzem den Pazifischen Ozean überquert hat. »Ich habe meinen Vater nicht gekannt«, sagt er, »aber meine philippinischen Onkel haben mir immer Geschichten erzählt, die sie von ihm hatten. Als er auf Guadalcanal war, benutzten sie – die Marines – immer noch ihre Springfields, Modell 03, also eine vier Jahrzehnte alte Waffe – als das M-1-Gewehr in Gebrauch kam. Sie nahmen jeweils eins von beiden Modellen, warfen die Gewehre ins Wasser, rollten sie eine Weile durch den Sand und machten noch Gott weiß was damit – aber nichts, was für einen Marine in einer echten Kampfsituation nicht auch denkbar wäre – und dann versuchten sie, sie zu bedienen, und stellten fest, dass die 03 immer noch funktionierte, das M-1 aber nicht. Deshalb blieben sie bei ihren Springfields. Und ich glaube, dass ein paar Tests in dieser Richtung angebracht wären, wenn Sie meinen, dass Sie wirklich eine Waffe für einen Aufstand konzipieren, wie Sie sagen. Guten Abend, Randy.«

»Wie geht's Ihnen, Doug?«

»Danke, mir geht's gut!« Doug ist einer von denen, die »Wie geht es Ihnen?« immer als eine wörtlich gemeinte Bitte um Information und nicht als eine leere Formalität versteht und immer leicht gerührt erscheint, dass jemand sich die Mühe macht zu fragen. »Mr. Howard hier sagt, dass Sie, als Sie auf diesem Auto saßen und tippten, etwas wirklich Schlaues gemacht haben. Und Gefährliches. Jedenfalls aus juristischer Sicht.«

»Hast du das verfolgt?«, fragt Randy Tom.

»Ich habe beobachtet, wie Datenpakete durch die Krypta gingen, und dich später im Fernsehen gesehen. Da hab ich zwei und zwei zusammengezählt«, antwortet Tom. »Gut gemacht, Randy.« Er wankt vorwärts und schüttelt Randy die Hand. Für Tom Howards Verhältnisse ist das ein fast schon peinlicher Gefühlsausbruch.

»Was ich da gemacht habe, ist vermutlich daneben gegangen«, sagt Randy. »Falls die Daten auf Tombstones Festplatte gelöscht wurden, dann durch die Türrahmenspule, nicht durch das, was ich gemacht habe.«

»Trotzdem verdienen Sie Anerkennung, und die versucht Ihr Freund Ihnen gerade zu geben«, sagt Doug, leicht verärgert über Randys Begriffsstutzigkeit.

»Ich sollte dir einen Drink anbieten und die Möglichkeit, dich frisch zu machen«, sagt Tom mit einem Blick auf sein Haus, »aber auf der anderen Seite hat Doug gesagt, du wärst Sultanklasse geflogen.«

»Lass uns hier draußen reden«, sagt Randy. »Eins könntest du mir allerdings holen.«

»Was denn?«, fragt Tom.

Randy zieht das kleine körperlose Plattenlaufwerk aus der Tasche und hält es mit seinem lose herabbaumelnden Drahtband ins Licht. »Einen Laptop und einen Schraubenzieher.«

»Wird gemacht«, sagt Tom und verschwindet den Tunnel hinunter. Doug fängt in der Zwischenzeit an, die Waffe auseinander zu nehmen, als wollte er einfach seine Hände beschäftigen. Eins nach dem anderen nimmt er die Teile heraus und betrachtet sie neugierig.

»Was halten Sie von dem HEAP-Gewehr?«, fragt Cantrell.

»Ich glaube, es ist nicht ganz so verrückt, wie ich zuerst gedacht habe«, sagt Doug, »aber wenn Ihr Freund Avi meint, dass die Leute in der Lage sein werden, in ihren Kellern gezogene Gewehrläufe herzustellen, um sich gegen ethnische Säuberungen zu schützen, ist er schief gewickelt.«

»Gezogene Läufe sind ein Problem«, sagt Cantrell. »Da führt kein Weg dran vorbei. Sie müssen aufbewahrt und geschmuggelt werden. Aber der Grundgedanke ist, dass jeder, der sich das HEAP herunterlädt und Zugang zu ein paar einfachen Werkzeugmaschinen hat, den Rest der Waffe selbst bauen kann.«

»Ich muss mich mal mit Ihnen hinsetzen und Ihnen alles erklären, was an der Idee sonst noch falsch ist«, sagt Doug.

Randy wechselt das Thema. »Wie geht es Amy?«

Doug hebt den Blick und mustert Randy eindringlich. »Wollen Sie meine ehrliche Meinung hören? Ich glaube, sie ist einsam und braucht dringend einen Freund, der sie zuverlässig unterstützt.«

Nachdem Doug sowohl Randy als auch John zurechtgestutzt hat, ist es auf dem Schießstand für eine Weile ganz still, so, wie Doug es wahrscheinlich mag. Tom kommt zurück, in der einen Hand einen Laptop und in der anderen ein halbes Dutzend mit Schrumpffolie zusammengehaltene blaue Plastikwasserflaschen, von denen bereits eine Spur aus Kondenswasser herabtröpfelt.

»Ich habe eine Tagesordnung«, sagt Cantrell und hält den Notizblock hoch.

»Mannomann, seid ja richtig gut organisiert«, sagt Tom.

»Punkt eins: Zivilprozess & ob Epiphyte weiter existieren kann.«

Randy stellt den Laptop auf denselben Tisch, auf dem Doug an dem HEAP-Gewehr arbeitet, und fängt an Schrauben zu lösen. »Ich nehme an, ihr wisst alle von dem Prozess und habt euch die Folgen bereits selbst ausgerechnet«, sagt er. »Falls der Dentist nachweisen kann, dass Doug das Wrack als Nebenprodukt seiner Arbeit für uns entdeckt hat, und der Wert dieses Wracks verglichen mit unserem Unternehmen hoch genug ist, besitzt der Dentist uns und damit praktisch auch die Krypta.«

»Halt, Moment mal. Die Krypta gehört dem *Sultan*«, sagt Tom. »Wenn der Dentist die Kontrolle über Epiphyte hat, bringt ihm das nicht mehr als einen Auftrag über die Bereitstellung bestimmter technischer Dienste in der Krypta ein.«

Randy spürt, dass aller Augen auf ihm ruhen. Nicht gewillt, diese Meinung zu teilen, dreht er die Schrauben aus dem Computer.

»Außer da ist noch was, was ich nicht verstehe«, sagt Tom.

»Wahrscheinlich werde ich langsam paranoid und glaube schon, dass der Dentist irgendwie mit Kräften in der US-Regierung zusammenarbeitet, die was gegen Privatsphäre und Datenverschlüsselung haben«, sagt Randy.

»Justizminister Comstocks Clique, mit anderen Worten«, sagt Tom.

»Genau. Wofür ich eigentlich nie einen Beweis gesehen habe. Aber im Gefolge der Razzia bei Ordo scheint alle Welt das zu glauben. Wenn das wirklich der Fall wäre und der Dentist am Ende technische Dienstleistungen in der Krypta bereitstellte, dann wäre die Krypta in Gefahr. In dem Fall müssten wir davon ausgehen, dass Comstock einen eigenen Mann drin hätte.«

»Nicht nur Comstock«, sagt Cantrell.

»Gut, die US-Regierung.«

»Nicht nur die US-Regierung«, sagt Cantrell. »Die Black Chamber.«

»Was zum Teufel meinen Sie denn damit?«, fragt Doug.

»Vor ein paar Wochen fand in Brüssel eine Konferenz auf höchster Ebene statt. Hastig organisiert, wie wir glauben. Unter dem Vorsitz von Justizminister Comstock. Vertreter aller G7-Staaten und einiger anderer. Wir wissen, dass Leute von der NSA dort waren. Leute von der Steuerbehörde. Vom Treasury Department – Secret Service. Die entsprechenden Leute aus anderen Ländern. Und eine Menge Mathematiker, von denen man weiß, dass sie von der Regierung hinzugezogen worden waren. Der US-Vizepräsident war auch da. Im Wesentlichen glauben wir, dass sie vorhaben, eine Art internationales Gremium zu bilden, um gegen Datenverschlüsselung und vor allem digitales Geld vorzugehen.«

»Die Internationale Datentransfer-Regulierungsorganisation«, sagt Tom Howard.

»Ist Black Chamber ein Spitzname dafür?«, fragt Doug.

»So nennen die Leute in der Mailingliste der Heimlichen Bewunderer sie inzwischen«, sagt Cantrell.

»Wozu jetzt eine solche Organisation gründen?«, wundert sich Randy.

»Weil die Krypta in die heiße Phase kommt, und das wissen sie«, sagt Cantrell.

»Sie haben eine Heidenangst um ihre Steuereinnahmen, wenn alle Welt Systeme wie die Krypta benutzt«, erklärt Tom Doug.

»Das war die ganze letzte Woche über Thema in der Mailingliste der Heimlichen Bewunderer. Und als dann die Razzia bei Ordo kam, traf sie einen blanken Nerv.«

»Aha«, sagt Randy, »ich habe mich schon gewundert, warum fast gleichzeitig Leute mit Gewehren und noch seltsameren Dingen dort auftauchten.« Jetzt hat er den Laptop aufbekommen und dessen Plattenlaufwerk abgeklemmt.

»Sie sind von der Tagesordnung abgeschweift«, sagt Doug, während er mit einem öligen Lumpen über den Lauf des HEAP-Gewehrs fährt. »Die Frage lautet: Kann der Dentist euch Burschen richtig in die Zange nehmen oder hat er euch nur in der Hand? Und diese Frage dreht sich hauptsächlich um meine Wenigkeit. Stimmt's?«

»Stimmt!«, entgegnet Randy, ein bisschen zu überzeugend – er würde liebend gerne das Thema wechseln. Die ganze Kepler/Epiphyte/Semper Marine-Geschichte ist an sich schon belastend genug, und das Letzte, was er gebrauchen kann, ist, von Leuten umgeben zu sein, die glauben, sie sei nichts weiter als ein Scharmützel in einem Krieg, in dem es um das Schicksal der Freien Welt geht – eine Vorrunde zur Apokalypse. Dass Avi vom Holocaust besessen ist, fand Randy in Ordnung, solange Holocausts Dinge waren, die sich vor langer Zeit oder in weiter Ferne abspielten – persönlich in einen involviert zu sein, ist etwas, was Randy nicht unbedingt braucht. Er hätte in Seattle bleiben sollen. Hat er aber nicht getan. Das Nächstbeste, was er jetzt tun kann, ist, das Gespräch auf so schlichte Dinge wie Goldbarren zu beschränken.

»Um einen Klagegrund zu haben, muss der Dentist beweisen, dass Semper Marine das Wrack während der Echolotuntersuchungen für die Kabelverlegearbeiten gefunden hat. Richtig?«, sagt Doug.

»Richtig«, bestätigt Cantrell, bevor Randy sich einschalten und sagen kann, dass es doch etwas komplizierter ist.

»Ich bin wirklich mein halbes Leben lang in diesem Teil der Welt rumgeschippert und kann jederzeit bezeugen, dass ich das Wrack bei einer früheren Untersuchung gefunden habe. Dieser Scheißkerl kann niemals beweisen, dass ich lüge«, sagt Doug.

»Andrew Loeb – sein Anwalt – ist schlau genug, das zu wissen. Er wird Sie nicht in den Zeugenstand rufen«, sagt Randy, während er sein eigenes Plattenlaufwerk festschraubt.

»Gut, dann hat er also nichts weiter als Indizien. Nämlich die Nähe des Wracks zum Untersuchungskorridor.«

»Richtig. Was eine Verbindung nahe legt«, sagt Cantrell.

»Also, so nah ist es nun auch wieder nicht«, widerspricht Doug. »Ich habe damals einen ziemlich breiten Streifen abgegrast.«

»Da habe ich schlechte Nachrichten«, sagt Randy. »Zunächst mal ist das ein zivilrechtlicher Fall, so dass Indizienbeweise ihm schon genügen, um zu gewinnen. Zweitens habe ich gerade im Flugzeug von Avi gehört, dass Andrew Loeb eine zweite Klage einreicht, wegen Vertragsbruchs.«

»Was für ein verfluchter Vertrag denn?«, fragt Doug.

»Er hat alles, was Sie gerade gesagt haben, vorausgeahnt«, sagt Randy. »Er weiß immer noch nicht, wo das Wrack liegt. Wenn sich aber herausstellt, dass es meilenweit von dem Untersuchungskorridor entfernt ist, wird er behaupten, dass Sie durch die Bearbeitung eines so breiten Streifens im Grunde genommen das Geld des Dentisten aufs Spiel gesetzt haben, um auf Schatzsuche zu gehen, und dass der Dentist damit immer noch Anspruch auf einen Teil der Einnahmen hat.«

»Warum will der Dentist sich denn mit mir anlegen?«, fragt Doug.

»Weil er Sie dann so unter Druck setzen kann, dass Sie schließlich gegen Epiphyte aussagen. Sie müssen das ganze Gold behalten. Sonst wird es zu Schadensersatz, den der Dentist ausnützen wird, um die Kontrolle über Epiphyte zu bekommen.«

»Verdammte Scheiße!«, ruft Doug. »Der kann mich doch am Arsch lecken!«

»Das weiß ich«, sagt Randy, »aber wenn er von dieser Einstellung Wind bekommt, wird er sich einfach eine andere Taktik überlegen und eine neue Klage einreichen.«

Doug hebt an: »Das ist ganz schön defätistisch–«

»Worauf ich hinaus will«, sagt Randy, »ist, dass wir den Dentisten auf seinem eigenen Terrain – das heißt, im Gerichtssaal – genauso wenig schlagen können wie die Vietcong einen offenen Kampf in freiem Gelände gegen die US-Armee gewinnen konnten. Es gibt also ein paar durchaus gute Gründe, das Gold heimlich aus dem Wrack zu holen, bevor der Dentist beweisen kann, dass es da ist.«

Doug sieht empört aus. »Haben Sie jemals versucht, mit einem Goldbarren in der Hand zu schwimmen, Randy?«

»Es muss einen Weg geben. Kleine Unterseeboote oder so was.«

Doug lacht laut auf und beschließt gnädig, die Vorstellung von kleinen Unterseebooten nicht ad absurdum zu führen. »Nehmen wir an, es wäre möglich. Was mache ich dann mit dem Gold? Wenn ich es auf einer Bank deponiere oder für irgendetwas ausgebe, was hindert diesen Andrew Loeb daran, das als Indiz dafür zu verwenden, dass in dem Wrack eine Tonne Geld gelegen hat? Sie sagen damit, dass ich für den Rest meines Lebens auf diesem Geld sitzen muss, um Sie vor dieser Klage zu bewahren.«

»Doug. Sie können Folgendes machen«, sagt Randy. »Sie holen das Gold. Sie laden es in ein Boot. Den Rest können meine Freunde hier Ihnen erklären.« Randy setzt das Gehäuse des Laptops wieder zusammen und fängt an, die kleinen Schrauben in ihre Vertiefungen zurückzufummeln.

Cantrell sagt: »Sie bringen das Boot hierher.«

Und Tom fährt fort: »An den Strand am Fuß dieses Hügels. Dort warte ich mit dem Humvee auf Sie.«

»Und Sie und Tom können es in die Stadt fahren und die Barren in der Stahlkammer der Zentralbank von Kinakuta deponieren«, schließt Cantrell.

Endlich hat jemand etwas gesagt, was sogar Doug Shaftoe aus dem Gleichgewicht gebracht hat. »Und was bekomme ich dafür?«, fragt er argwöhnisch.

»Elektronisches Geld von der Krypta. Anonym. Nicht ausfindig zu machen. Und nicht zu besteuern.«

Doug hat seine Fassung wiedergewonnen und ist zu seinem dröhnenden Lachen zurückgekehrt. »Was kaufe ich mir damit? Bilder von nackten Mädchen im Internet?«

»Nicht mehr lange und man wird sich damit alles kaufen können, was man mit Geld kaufen *kann*«, sagt Tom.

»Darüber müsste ich schon etwas mehr wissen«, sagt Doug. »Aber wir schweifen schon wieder von der Tagesordnung ab. Formulieren wir es vorläufig so: Ihr braucht mich, um das Wrack leer zu räumen, und zwar schnell und unauffällig.«

»Es geht nicht nur darum, was *wir* brauchen. Vielleicht liegt es ja auch in Ihrem eigenen Interesse«, sagt Randy und greift auf der Rückseite des Laptops nach dem Ein-/Ausschalter.

»Punkt zwei: Ein ehemaliges hohes Tier von der NSA überwacht uns – und dann noch was mit einem Zauberer?« sagt John.

»Genau.«

Doug wirft Randy einen seltsamen Blick zu, woraufhin der eine kurze Zusammenfassung seines Systems der Einteilung in Zauberer, Elben, Zwerge und Menschen – und natürlich Gollums vom Stapel lässt, was für Doug, der *Der Herr der Ringe* nicht gelesen hat, praktisch keinen Sinn ergibt. Randy erzählt ihnen weiter von seinem Gespräch über das Flugzeugtelefon mit Pontifex. John Cantrell und Tom Howard zeigen großes Interesse, was Randy nicht anders erwartet hat, aber dass Doug Shaftoe so aufmerksam zuhört, überrascht ihn.

»Randy!« brüllt Doug beinahe. »Haben Sie diesen Burschen nicht irgendwann gefragt, warum der alte Comstock so an den Arethusa-Nachrichten interessiert war?«

»Das ist zufällig der dritte Tagesordnungspunkt«, sagt Cantrell.
»Warum haben Sie ihn nicht im Skilift gefragt?« witzelt Randy.
»Ich habe ihm eine sehr schlüssige Erklärung darüber gegeben, warum ich kurz davor war, die Verbindung zwischen seinem hässlichen und parfümierten körperlichen Ich und seiner auf ewig verdammten Seele zu kappen«, sagt Doug. »Im Ernst! Sie haben die Funksprüche aus den alten Kriegssouvenirs Ihres Großvaters, stimmt's?«
»Stimmt.«
»Und Ihr Großvater Waterhouse, wo hatte der sie her?«
»Nach den Daten zu urteilen muss er in Manila gewesen sein.«
»Was glauben Sie denn, was um die Zeit in Manila passiert sein könnte, was Earl Comstock so verdammt wichtig fand?«
»Ich habe Ihnen doch gesagt, Comstock dachte, es sei ein kommunistischer Code.«
»Aber das ist Scheiße!« erwidert Doug. »Habt ihr denn wirklich nie mit Typen wie Comstock zu tun gehabt? Erkennt ihr Scheiße nicht wenn ihr sie seht? Glaubt ihr nicht, dass es vielleicht ganz sinnvoll wäre, eure intellektuellen Werkzeugkästen um eine neue Fähigkeit zu ergänzen, nämlich, wenn euch eine Tonne feuchte dampfende Scheiße auf den Kopf fällt, sagen zu können: ›Ach du lieber Himmel, das scheint ja Scheiße zu sein‹? Also. Was glauben Sie, ist der wahre Grund, warum Comstock Arethusa knacken wollte?«
»Ich habe keine Ahnung«, sagt Randy.
»Der Grund ist Gold«, sagt Doug.
Randy schnaubt verächtlich. »Sie haben bloß noch Gold im Kopf.«
»Habe ich Sie in den Dschungel rausgebracht und Ihnen was gezeigt oder nicht?«, fragt Doug.
»Haben Sie. Tut mir Leid.«
»Gold ist die einzige Erklärung dafür. Ansonsten waren die Philippinen in den Fünfzigern nämlich nicht wichtig genug, um einen solchen Aufwand bei der NSA zu rechtfertigen.«
»Immerhin war noch ein Aufstand der HUK im Gange«, sagt Tom. »Aber Sie haben Recht. Das Hauptaugenmerk lag – zumindest in dieser Gegend – auf Vietnam.«
»Wissen Sie was?«, schießt Doug zurück. »Während des Vietnamkriegs – Old Comstocks Erfindung – war die amerikanische Militärpräsenz auf den Philippinen gewaltig. Angeblich zu Manöverzwecken ließ dieser Scheißkerl Soldaten und Marines über Luzon kriechen. Ich glaube aber, dass sie etwas suchten. Nämlich das Hauptlager.«

»Wie in Hauptgoldlager?«

»Sie sagen es.«

»Das, was Marcos am Ende gefunden hat?«

»Darüber gehen die Meinungen auseinander«, sagt Doug. »Viele Leute glauben, das Hauptlager sei noch gar nicht entdeckt.«

»Also, in diesen Funksprüchen gibt es keinerlei Information über das Hauptlager oder so was«, sagt Randy. Der Laptop ist jetzt im UNIX-Modus hochgefahren und zeigt eine Flut von Fehlermeldungen, ausgelöst durch seine Unfähigkeit, verschiedene Hardwareteile zu finden, über die Randys Laptop (der im Mülleimer eines Fordhändlers in Los Altos liegt) im Gegensatz zu dem von Tom verfügte. Immerhin arbeitet sein Kern so, dass Randy sich das Datensystem anschauen und sich vergewissern kann, dass es intakt ist. Das Arethusa-Inhaltsverzeichnis ist noch da, und damit seine lange Liste kurzer Dateien, von denen jede den Durchlauf eines anderen Stapels Karten durch Chesters Kartenlesegerät wiedergibt. Randy öffnet die erste und findet mehrere Reihen zufällig erzeugter Großbuchstaben.

»Woher wissen Sie, dass es in diesen Funksprüchen keine Information über das Hauptlager gibt, Randy?« fragt Doug.

»Die NSA konnte diese Funksprüche im Laufe von zehn Jahren nicht entschlüsseln«, antwortet Randy. »Es stellte sich heraus, dass das alles ein Scherz war. Die Ausgabe eines Zufallszahlengenerators.«

Randy springt aus der Datei zurück in das Verzeichnis und tippt

```
grep AADAA *
```

und drückt die Returntaste. Es ist ein Steuerbefehl zur Suche der Anfangsbuchstabengruppe in den ETC-Karten, der berühmten Gruppe, auf die Pontifex angespielt hatte. Die Maschine antwortet fast umgehend mit einer leeren Eingabeaufforderung, was bedeutet, dass die Suche ergebnislos geblieben ist.

»So ein Mist«, sagt Randy.

»Was?«, fragen alle gleichzeitig.

Randy holt tief Luft. »Das sind gar nicht die Nachrichten, die Earl Comstock zehn Jahre lang zu knacken versucht hat.«

Sintflut

Goto Dengo braucht ungefähr eine halbe Minute, um im Entengang den schmalen Eingangsbereich des Tunnels hinaufzuwatscheln. Dabei fährt er unmittelbar über seinem Kopf mit den Fingern einer Hand an der steinernen Decke entlang und spürt die Narben der Bohrer. Hinter sich kann er die vier Leute seines Trupps unter leisem Gemurmel dahinplatschen hören.

Seine Finger gleiten über einen vorspringenden Rand und stoßen in leeren, dunklen Raum; nun befindet er sich im Haupttunnel. Er richtet sich auf und watet vorwärts. Für ihn hat vollkommene Schwärze etwas Behagliches und Beruhigendes – in ihr kann er stets so tun, als wäre er noch ein Junge auf Hokkaido. Er kann sich einreden, die letzten paar Jahre seines Lebens seien gar nicht geschehen.

Tatsächlich aber ist er ein Erwachsener, gefangen in einem Loch auf den Philippinen und umringt von Armeen von Dämonen. Er öffnet die Ventile einer Azetylen-Stirnleuchte und entzündet sie. Mittlerweile ist er imstande, sich auch im Dunkeln in Golgatha zurechtzufinden, seine Leute aber sind es nicht und er lässt sie weit hinter sich. Er stößt sich heftig den Zeh an einem großen Goldbarren, den jemand achtlos auf dem Gleis hat liegen lassen, und flucht.

»Alles in Ordnung, Herr Lieutenant?«, fragt einer seiner Leute, fünfzig Meter hinter ihm.

»Bestens«, sagt Goto Dengo laut und deutlich. »Passt auf, ihr vier, dass ihr euch an dem Barren nicht die Zehen brecht.«

Damit wissen Wing, Rodolfo und ihre Männer, die weiter vorn warten, wie viele japanische Soldaten sie umbringen müssen.

»Wo sind die letzten Arbeiter?«, ruft einer der Soldaten.

»In der Narrenkammer.«

Sie brauchen mehrere Minuten, um ihren Weg durch das Hauptgewölbe zu finden, weil es mit Kostbarkeiten voll gestopft ist. So muss der strahlende Kern einer Galaxie aussehen. Sie klettern den Schacht in der Decke hinauf und gehen weiter in die Ruhmeshalle. Goto Dengo findet die blanken Kabel, die zu der Glühbirne führen und befestigt sie an den Schraubklemmen einer Batterie. Da die Glühbirne die falsche Spannung bekommt, sieht sie aus wie eine in Tinte schwebende Mandarine.

»Schaltet die Stirnleuchten aus«, sagt Goto Dengo, »um Brennstoff zu sparen. Meine lasse ich an, falls es einen Stromausfall gibt.«

Er zupft eine Faust voll Watte aus einer sterilen Schachtel. Sie ist das Sauberste und Weißeste, was er seit Jahren gesehen hat. Er zerzupft sie zu kleineren Bäuschen, wie Pater Ferdinand, wenn er bei der Messe das Brot brach, und verteilt sie an die Soldaten, die sie sich mit rituellem Ernst in die Ohren stopfen. »Verschwenden wir keine Zeit mehr«, ruft er. »Hauptmann Noda wird da draußen bestimmt schon ungeduldig.«

»Herr Lieutenant!«, sagt einer der Männer, nimmt Haltung an und reicht ihm zwei Kabel, die mit SPRENGUNG HAUPTTUNNEL gekennzeichnet sind.

»Nun denn«, sagt Goto Dengo und schraubt die Kabel an den beiden Klemmen eines hölzernen Schaltkastens fest.

Ihm ist, als müsste er etwas Feierliches sagen, aber es fällt ihm nichts ein. Überall im Pazifik sterben Japaner, ohne zuvor noch große Reden halten zu können.

Er beißt die Zähne zusammen, schließt die Augen und dreht den Schaltgriff.

Die Schockwelle kommt als Erstes durch den Boden und schlägt wie eine hochschnellende Planke gegen ihre Fußsohlen. Gleich darauf kommt sie durch die Luft und trifft die Männer wie eine heransausende Steinmauer. Die Watte in den Ohren scheint nichts zu bewirken. Goto Dengo spürt, wie ihm die Augen aus den Höhlen springen. Seine Zähne fühlen sich allesamt so an, als wären sie mit kalten Meißeln am Zahnfleischrand abrasiert worden. Es presst ihm allen Atem aus den Lungen. Zum ersten Mal seit dem Moment seiner Geburt sind sie leer. Wie Neugeborene können er und die anderen Männer sich nur unter panischen Blicken hin und her winden, bis ihre Körper wieder lernen, Atem zu holen.

Einer hat eine Flasche Sake mitgebracht, die zerbrochen ist. Sie reichen den gezackten, unteren Teil der Flasche herum und jeder nimmt einen Schluck von dem, was noch übrig ist. Goto Dengo versucht, sich die Watte aus den Ohren zu nehmen, und stellt fest, dass die Schockwelle sie so tief hineingetrieben hat, dass sie sich nicht mehr herausziehen lässt. Also ruft er lediglich: »Uhrenvergleich.« Alles schaut auf die Uhr. »In zwei Stunden wird Hauptmann Noda den Pfropf auf dem Seegrund sprengen und die Wasserfallen fluten. Bis dahin ist noch einiges zu erledigen. Ihr wisst alle, was ihr zu tun habt – an die Arbeit!«

Alle machen *hai*, drehen sich auf dem Absatz um und gehen ihrer Wege. Es ist das erste Mal, dass Goto Dengo mit Bedacht Menschen in den Tod geschickt hat. Aber sie sind ohnehin allesamt tote Männer, und so weiß er nicht recht, was er empfinden soll.

Wenn er noch an den Kaiser glaubte – noch an den Krieg glaubte –, würde er sich nichts dabei denken. Aber dann würde er auch nicht tun, was zu tun er im Begriff steht.

Es ist wichtig, den Anschein zu wahren, als handele es sich um eine ganz normale Operation, und so steigt er zum Gewölbe hinab, um seine nächste vorgesehene Aufgabe zu erledigen: die Inspektion dessen, was einmal der Hauptschacht war. Das Gewölbe ist mit einem Nebel aus Steinstaub gefüllt, um den sich seine Luftröhre krampft wie eine Faust, die ein Seil packt. Seine Azetylenlampe lässt lediglich den Staub aufglimmen und verschafft ihm eine Sichtweite von vielleicht fünfzehn Zentimetern. Er kann nichts als die Goldbarren unmittelbar vor seinen Augen erkennen, denn sie schimmern trotz eines Staub- und Rauchfilms. Die Schockwelle hat seine zuvor ordentlichen Kisten- und Barrenstapel umgeworfen und den ganzen Schatz in einen schlichten Hügel verwandelt, von dem immer noch Lawinen ausgehen, während er langsam zur Ruhe kommt. Ein 75-Kilogramm-Goldbarren, der wie ein durchgegangener Güterwagen den Goldberg hinabsaust, taucht unvermittelt aus der Staubwolke auf und Goto Dengo springt zur Seite. Von der rissigen Decke rieseln nach wie vor Steinbröckchen herab und scheppern gegen seinen Helm.

Durch einen Wattebausch atmend, kraxelt er vorsichtig über den Haufen, bis er sehen kann, was einmal der Haupttunnel war. Das Dynamit hat die gewünschte Wirkung erzielt: Es hat die Tunneldecke in Milliarden von Splittern zertrümmert. Auf den Boden herabgestürzt, nehmen sie mehr Raum ein als die gleiche Masse in einem Stück. Der Tunnel ist mit Tonnen von losem Gestein gefüllt, und das bis zu dem Eingang am Tojo, wo Hauptmann Nodas Leute im Augenblick damit beschäftigt sind, die winzige Punktionswunde hinter Flussgestein zu verbergen.

Er spürt die kleine Explosion eher, als dass er sie hört, und weiß, dass etwas schief läuft. Im Augenblick dürfte niemand Explosionen auslösen.

Bewegung geht an diesem Ort quälend langsam vonstatten, wie in einem Albtraum, in dem man versucht, einem Dämon zu entfliehen. Um in die Ruhmeshalle zurückzukommen, braucht er so lange, dass es schon fast keinen Sinn mehr hat; was immer geschah, ist vorbei, als er dort anlangt.

Was er sieht, als er dort anlangt, ist eine Gruppe von drei Männern, die auf ihn warten: Wing, Rodolfo und der Filipino namens Bong.

»Die Soldaten?«

»Alle tot«, sagt Rodolfo ohne Umschweife, von der Dummheit der Frage irritiert.

»Und die anderen?«

»Ein Soldat hat eine Granate gezündet. Hat sich selbst und zwei meiner Leute umgebracht«, sagt Wing.

»Ein anderer Soldat hat die Granate gehört und hatte ein Messer gezogen, als Agustin ihn sich vornehmen wollte«, sagt Bong. Er schüttelt bekümmert den Kopf. »Ich glaube, Agustin war nicht bereit, einen Menschen zu töten. Er hat gezögert.«

Goto Dengo starrt Bong fasziniert an. »Und du?«

Einen Moment lang versteht Bong die Frage nicht. Dann dämmert es ihm. »O nein, ich habe nicht gezögert, Lieutenant Goto. Ein japanischer Soldat hat sich einmal auf brutalste Weise an meiner Schwester vergangen.«

Goto Dengo verharrt eine Zeit lang stumm, bis ihm auffällt, dass die anderen Männer ihn allesamt erwartungsvoll ansehen. Dann blickt er auf seine Uhr. Zu seiner Verblüffung sieht er, dass erst eine halbe Stunde vergangen ist, seit er das Dynamit gezündet hat.

»Wir haben noch anderthalb Stunden, bis die Wasserfallen geflutet werden. Wenn wir bis dahin nicht in der Kuppel sind, werden wir abgeschnitten und haben keine Fluchtmöglichkeit mehr«, sagt Goto Dengo.

»Wir gehen dorthin und warten«, schlägt Wing auf Chinesisch vor.

»Nein. Hauptmann Noda wartet draußen auf weitere Explosionen«, sagt Goto Dengo, ebenfalls auf Chinesisch; dann erklärt er, auf Englisch, den Filipinos: »Wir müssen zu bestimmten Zeiten die Sprengladungen zünden, sonst wird Noda-san misstrauisch.«

»Aber wer sie zündet, sitzt für immer in dieser Kammer fest«, sagt Rodolfo mit einer die Ruhmeshalle einschließenden Geste.

»Wir werden sie nicht von hier aus zünden«, sagt Goto Dengo und hebt den Deckel von einer Kiste. Sie enthält mehrere dicke Spulen zweiadriges Telefonkabel. Er reicht die Spulen Rodolfo, Wing und Bong. Sie verstehen sofort und beginnen, die neuen Kabel mit den hier endenden zu verbinden.

Mit Batteriepacks beladen, ziehen sie sich etappenweise durch Golgatha zurück, entrollen im Gehen die Kabel und sprengen hinter sich einen Tunnelabschnitt nach dem anderen. Dabei werden Rodolfo, Wing und Bong endlich gewisse Eigentümlichkeiten des Tunnelsystems klar. Zum ersten Mal geht ihnen in aller Deutlichkeit auf, dass Goto Dengo den gesamten Komplex mit Bedacht so konstruiert hat, dass er zwei völlig entgegengesetzten Zwecken dient. Für einen loyalen japanischen Ingenieur entspricht er genau dem, was man Goto Dengo zu bauen befahl: ein mit Sprengfallen versehenes Gewölbe. Aber für die vier darin eingeschlossenen Männer hat Golgatha noch eine zweite Funktion. Es ist eine Fluchtmaschine. Während ihnen der Zweck bestimmter Räume, Tunnel und anderer Eigentümlichkeiten der Anlage schlagartig klar wird, richten sie sich blinzelnd auf und wenden sich Goto Dengo mit dem gleichen Gesichtsausdruck zu, wie ihn vor Wochen die Soldaten trugen, als sie den Buddha im Mercedes entdeckten.

Ihr Ziel ist die Kuppel, eine Nische, die sie auf Geheiß Goto Dengos in den letzten zwei Monaten aus dem Gestein herausgehauen haben. Fragestellern gegenüber hat er behauptet, es handle sich um ein Wasserreservoir, erbaut, um die vernichtende Wirkung einer der Fallen noch zu steigern. Es ist ein breiter, senkrechter Schacht von vier Metern Durchmesser, der von der Decke eines Nebentunnels ausgeht, ein paar Meter ansteigt und dann blind endet. An den Wänden sind noch Leitern befestigt, über die sie ein Felssims erreichen können, das so breit ist, dass man darauf sitzen kann. Wing und seine Leute haben bereits Feldflaschen und Feldzwiebackschachteln dorthin geschafft.

Bis sie ihre Plätze im oberen Teil der Kuppel erreichen, empfinden die anderen geradezu Ehrfurcht vor Goto Dengo und sind bereit zu tun, was immer er sagt. Er spürt das. Es erfüllt ihn mit unsäglichem Elend.

Sie haben noch fünfzehn Minuten zu warten. Die anderen bringen die Zeit damit zu, dass sie Wasser trinken und Zwieback knabbern. Goto Dengo gibt sich Selbstvorwürfen hin. »Ich bin ein ekelhafter Wurm«, sagt er, »ein Verräter, ein schmutziges Stück Hundescheiße, nicht wert, die Latrinen wahrer Soldaten Nippons zu putzen. Mir ist nichts geblieben – ich bin vollkommen abgeschnitten von dem Volk, das ich verraten habe. Ich gehöre jetzt einer Welt von Menschen an, die Japan hassen – und deshalb mich hassen –, aber zugleich bin ich meinen Landsleuten verhasst. Ich werde hier bleiben und sterben.«

»Du bist am Leben«, sagt Rodolfo. »Du hast uns das Leben gerettet. Und du bist reich.«

»Reich?«

Wing, Rodolfo und Bong sehen einander verdutzt an. »Ja, natürlich!«, sagt Bong.

Goto Dengo schaut immer noch verwirrt drein. In der Annahme, dass er lediglich von den Explosionen taub oder benommen ist, greift Bong in seine Hosentasche, zieht einen selbst genähten Beutel hervor, öffnet ihn behutsam und zeigt gut eine doppelte Hand voll Diamanten vor. Wing und Rodolfo nehmen kaum Notiz davon.

Niedergeschlagen wendet Goto Dengo den Blick ab. Er selbst hat bis auf das Leben dieser Männer nichts Wertvolles gerettet. Aber das ist nicht der Grund für seine Verzweiflung. Er hatte gehofft, dass die Tatsache ihrer Rettung sie läutern würde, sodass sie nicht mehr an den Schatz dächten. Aber vielleicht war das zu viel verlangt.

Ein ferner, dumpfer Knall lüpft sie einen Moment lang leicht von dem Sims. Goto Dengo verspürt ein seltsames Gefühl im Kopf: Der Luftdruck beginnt zu steigen. Die in der Diagonalen eingesperrte Luftsäule wird von einem Wasserkolben, der vom See hereinschießt, zusammengedrückt. Hauptmann Noda hat den Pfropf gesprengt.

Goto Dengo ist so erregt, dass er zu sterben vergisst.

Er ist ein Ingenieur, gefangen in einer seiner eigenen Maschinen. Die Maschine ist so konstruiert worden, dass sie ihn am Leben erhält, und ob sie funktioniert hat, wird er nur erfahren, sofern sie funktioniert. Nachdem er diese Genugtuung erlebt hat, kann er sich jederzeit nach Belieben umbringen.

Er kneift sich die Nase zu, presst die Lippen zusammen und beginnt Luft in seine Eustachischen Röhren zu blasen. Die anderen folgen seinem Beispiel.

Die Fallen von Golgatha sind alle nach dem gleichen Grundprinzip aufgebaut. Sie beziehen ihre tödliche Kraft aus dem Wasserdruck, der sich vom Grund des Yamamoto-Sees auf diese Ebene überträgt. Innerhalb des Komplexes sind an einer Vielzahl von Stellen falsche Mauern errichtet worden, dazu gedacht, von gierigen Dieben durchbrochen zu werden oder von selbst einzustürzen, wenn Diebe den Sand abgraben, der sie hält. Dann wird mit explosiver Gewalt das Wasser einschießen und sie wahrscheinlich zerschmettern, ehe sie eine Chance haben zu ertrinken.

Am unteren Ende, in Golgatha, gabelt sich der Tunnel mehrfach, wie ein Fluss, der sich in mehrere Arme verzweigt. Offizieren auf Inspektion hat Goto Dengo dies so erklärt, dass er es mit dem Röhrensystem eines modernen Hotels verglich: Es speist sich aus einem einzigen Hauptrohr, das von einem fernen Wasserturm unter Druck gesetzt wird, sich jedoch in viele verschiedene Röhren aufteilt, die unter Druck stehendes Wasser zu sämtlichen Hähnen im gesamten Gebäude leiten.

Golgatha siedet, zischt und ächzt, während jedes Rohr seines verzweigten Systems von der Sintflut, die Hauptmann Nodas Dynamitladung ausgelöst hat, unter Druck gesetzt wird. Die an den Rohrenden eingefangenen Luftblasen suchen zu entkommen: Einige entweichen durch Ritzen in den Wänden, andere sprudeln in die Diagonale. Die Oberfläche des Yamamoto-Sees muss wie ein Kessel brodeln und bestimmt steht Hauptmann Noda auf dem Hügel darüber, sieht zu, wie die Luft aus Golgatha entweicht, und grinst zufrieden. Binnen kurzem sind die Tunnelböden von wirbelnden Lagunen schmutzigen Wassers verdeckt und die zurückgelassenen Fässer und Grubenwagen beginnen zu steigen, hüpfen wie Korken und scheppern gegeneinander.

Die in Golgatha eingeschlossene Luft sprudelt jedoch größtenteils nicht durch den Yamamoto-See heraus. Sie strebt größtenteils der Kuppel zu, denn so hat es Goto Dengo geplant. Er weiß, dass es funktioniert, weil es ihm in den Ohren zu knacken beginnt.

Schließlich steigt das Wasser auch in die Kuppel, aber es steigt langsam, weil der Luftdruck hier schon recht hoch ist. Indem es steigt, erhöht es den Druck auf die Luftblase, in der Goto Dengo und die anderen festsitzen. Der Luftdruck steigt stetig, bis er dem Wasserdruck entspricht. Dann ist ein Gleichgewichtszustand erreicht und das Wasser kann nicht weiter steigen. In ihren Körpern stellt sich eine andere Art von Gleichgewichtszustand her, während die komprimierte Luft in ihre Brust einströmt und der Stickstoff in dieser Luft über die Membranen ihrer Lungen in ihren Blutkreislauf übergeht.

»Jetzt warten wir«, sagt Goto Dengo und stellt seine Azetylenlampe aus, sodass sie im Dunkeln sitzen. »Solange wir keine Lampen brennen lassen, reicht die Luft in dieser Kammer aus, um uns mehrere Tage am Leben zu halten. So lange werden Hauptmann Noda und seine Leute mindestens brauchen, um in Bundok aufzuräumen, alle Spuren unserer Arbeit zu beseitigen und sich umzubringen. Also müssen wir warten, sonst werden seine Leute uns umbringen, wenn wir am Ufer des Yamamoto-Sees auftauchen. In der Zwischenzeit möchte ich euch gern über das Thema Caisson-Krankheit, auch bekannt unter dem Namen Taucherkrankheit, aufklären.«

Zwei Tage später zünden sie eine letzte, ziemlich kleine Dynamitladung, die ein Loch in die Wand der Kuppel sprengt, das groß genug ist, einen Menschen durchzulassen. Auf der anderen Seite beginnt die Diagonale zum Yamamoto-See.

Rodolfo hat von allen am meisten Angst, und so schicken sie ihn als Ersten los. Danach kommt Bong, dann Wing. Schließlich lässt Goto Dengo die abgestandene, verbrauchte Luft der Kuppel hinter sich. Binnen weniger Augenblicke haben sie den Weg in den ansteigenden diagonalen Tunnel gefunden. Sie schwimmen in völliger Dunkelheit aufwärts. Alle lassen dabei die Hände über die Tunneldecke gleiten und tasten nach der Öffnung des ersten senkrechten Schachts. Rodolfo soll anhalten, wenn er sie ertastet hat, aber für den Fall, dass er sie verfehlt, müssen auch die anderen aufpassen.

Im Dunkeln stoßen sie aneinander wie lose verkuppelte Waggons eines Zuges, der schütternd zum Stehen kommt. Rodolfo hat angehalten – mit etwas Glück hat er den ersten senkrechten Schacht gefunden. Schließlich bewegt sich Wing vorwärts und Goto Dengo folgt ihm geradewegs den senkrechten Schacht hinauf und in eine Glocke an dessen Ende, wo sich eine Luftblase gefangen hat. Die Glocke ist gerade breit genug, um vier Männern Platz zu bieten. Hier halten sie inne, zu einer Traube von Körpern zusammengedrängt, keuchend, während sie die stickstoff- und kohlendioxidverpestete Luft, von der sie in den vergangenen sechzig Sekunden gelebt haben, aus- und in tiefen Zügen frische einatmen. Goto Dengo spürt, wie es ihm in den Ohren knackt, während der Druck nachlässt.

Sie haben erst einen kleinen Teil der vierhundertfünfzig Meter zurückgelegt, die Golgatha *in horizontaler Richtung* von dem See trennen. Von den hundert Metern *vertikaler Entfernung* jedoch ist bereits die Hälfte geschafft. Das heißt, die Luft, die sie in dieser Kammer atmen, steht nur noch unter halb so hohem Druck wie die in der Kuppel.

Goto Dengo ist kein Taucher und versteht sehr wenig von Tauchmedizin. Aber sein Vater hat mehrfach davon gesprochen, wie man Arbeiter mithilfe von Caissons tief unter Wasser schickt, um bestimmte Dinge zu bauen oder Bodenschätze zu gewinnen. So hat er von der Caisson-Krankheit erfahren und auch die Regel gelernt, derzufolge den meisten Leuten deren Symptome erspart bleiben, sofern sie sich eine Zeit lang bei der Hälfte des ursprünglichen Luftdrucks einer Dekompression unterziehen. Wenn sie eine Weile innehalten und atmen, löst sich der Stickstoff aus ihrem Gewebe. Sobald das geschehen ist, lässt sich der Luftdruck abermals halbieren.

In der Kuppel betrug der Luftdruck neun bis zehn Atmosphären. Hier in der ersten Kammer dürfte er ungefähr bei fünf liegen. Allerdings gibt es hier nicht viel Luft – nur gerade so viel, dass sie fünfzehn bis zwanzig Minuten atmen, Stickstoff aus ihrem Gewebe freisetzen und sich die Lungen mit frischer Luft für die nächste Etappe füllen können.

»Okay«, sagt Goto Dengo, »weiter.« Er tastet im Dunkeln nach Rodolfo und klopft ihm ermutigend auf die Schulter. Rodolfo holt mehrmals tief Atem und macht sich bereit, während Goto Dengo die Zahlen herunterbetet, die sie alle auswendig kennen: »Fünfundzwanzig Züge geradeaus. Dann knickt der Tunnel nach oben ab. Vierzig Züge einen steilen Anstieg hinauf. Wo der Tunnel erneut abknickt, schwimmt ihr genau nach oben in die nächste Luftkammer.«

Rodolfo nickt, bekreuzigt sich, macht dann im Wasser einen Purzelbaum und stößt sich nach unten ab. Es folgt Bong, dann Wing und schließlich Goto Dengo.

Diese Etappe ist sehr lang. Die letzten fünfzehn Meter sind ein senkrechter Anstieg in die Luftkammer. Goto Dengo hatte gehofft, dass der natürliche Auftrieb ihrer Körper ihnen die Sache erleichtern würde, selbst wenn sie schon kurz vor dem Ertrinken wären. Aber während er sich mit heftigen Stößen den Schacht hinaufarbeitet und verzweifelt an den Füßen von Wing schiebt, der über ihm ist und nicht so schnell schwimmt, wie er das gerne hätte, spürt er wachsende Beengung in seinen Lungen. Schließlich begreift er, dass er gegen den Drang ankämpfen muss, den Atem anzuhalten – dass seine Lungen mit Luft gefüllt sind, die unter erheblich höherem Druck steht als das Wasser um ihn herum und dass es ihm den Brustkorb zerreißen wird, wenn er nicht einen Teil dieser Luft entweichen lässt. Also lässt er sie, entgegen seinem Instinkt, die kostbare Luft zu bewahren, aus seinem Mund sprudeln. Er hofft, dass die Blasen an den Gesichtern der Männer über ihm vorbeiströmen und sie auf den gleichen Gedanken bringen werden. Aber kurz, nachdem er ausgeatmet hat, bewegen sie sich alle überhaupt nicht mehr weiter.

Ungefähr zehn Sekunden lang ist Goto Dengo in völliger Dunkelheit in einem mit Wasser gefüllten, senkrechten Loch im Felsen gefangen, dessen Durchmesser nur wenig über dem seines Körpers liegt. Von allem, was er im Krieg erlebt hat, ist dies das Schlimmste. Doch als er gerade aufgibt und sich auf das Sterben gefasst macht, geht es wieder weiter. Sie sind halb tot, als sie die Atemkammer erreichen.

Wenn Goto Dengos Berechnungen richtig waren, müsste der Druck hier nicht mehr als zwei bis drei Atmosphären betragen. Aber allmählich beschleichen ihn Zweifel an diesen Berechnungen. Als er genügend Luft eingeatmet hat, um wieder ganz bei Besinnung zu sein, wird er sich heftiger Schmerzen in den Knien bewusst, und die Laute, die die anderen von sich geben, machen deutlich, dass sie ebenso leiden.

»Diesmal warten wir, solange es geht«, sagt er.

Die nächste Etappe ist kürzer, wird aber durch die Schmerzen in ihren Knien erschwert. Wieder schwimmt Rodolfo als erster los. Doch als Goto Dengo in die nächste Luftkammer aufsteigt, die ungefähr anderthalb Atmosphären über normal liegt, findet er nur Bong und Wing vor.

»Rodolfo hat die Öffnung verpasst«, sagt Bong. »Ich glaube, er ist zu weit geschwommen – den Belüftungsschacht rauf!«

Goto Dengo nickt. Nur ein paar Meter hinter der Stelle, wo sie in diesen Gang abgebogen sind, geht ein Belüftungsschacht ab, der bis an die Oberfläche reicht. Er weist in der Mitte einen scharfen Seitwärtsknick auf, den Goto hat anlegen lassen, damit der diagonale Tunnel – ihr Fluchtweg – nicht blockiert würde, wenn Hauptmann Noda den Schacht mit Schutt füllte (was mittlerweile vermutlich geschehen ist). Wenn Rodolfo diesen Schacht hinaufgeschwommen ist, so ist er in eine Sackgasse geraten, an deren Ende sich keine Luftblase befindet.

Goto Dengo muss den anderen nicht sagen, dass Rodolfo tot ist. Bong bekreuzigt sich und spricht ein Gebet. Sie bleiben eine Zeit lang und nutzen die Luft, die sie sich eigentlich mit Rodolfo teilen müssten. Der Schmerz in Goto Dengos Knien wird heftiger, nimmt nach einer Weile aber nicht mehr weiter zu.

»Von hier aus gibt es nur noch wenig Höhenunterschiede, also ist kaum noch Dekompression nötig. Ab jetzt schwimmen wir hauptsächlich auf Entfernung«, sagt er. Sie haben immer noch mehr als dreihundert Meter in waagrechter Richtung, unterbrochen von vier weiteren Schächten zum Luftholen, zurückzulegen. Der letzte ist zugleich ein regulärer Belüftungsschacht.

Von da an ist es nur noch ein Wechsel zwischen Schwimmen und Ausruhen, Schwimmen und Ausruhen, bis die Tunnelwände schließlich hinter ihnen zurückbleiben und sie sich im Yamamoto-See wiederfinden.

Goto Dengo kommt an die Oberfläche und tut lange Zeit nichts anderes als Wasser zu treten und saubere Luft zu atmen. Es ist Nacht, und zum ersten Mal seit einem Jahr ist es in Bundok still bis auf das Geräusch von Bong, der am Seeufer kniet, sich bekreuzigt und Gebete murmelt, so rasch sich seine Lippen bewegen können.

Wing hat sich schon davongemacht, ohne auch nur Lebewohl zu sagen. Goto Dengo findet das empörend, bis ihm aufgeht, was es bedeutet: Auch ihm steht es frei zu gehen. Für den Rest der Welt ist er tot, aller Verpflichtungen entledigt. Zum ersten Mal in seinem Leben kann er tun, was immer er will.

Er schwimmt an Land, rappelt sich hoch, marschiert los. Seine Knie schmerzen. Er kann nicht fassen, dass er das alles durchgestanden hat und sein einziges Problem schmerzende Knie sind.

VERHAFTUNG

»Kopi«, sagt Randy zu der Stewardess, überlegt dann aber noch einmal, weil ihm eingefallen ist, dass er diesmal Economyklasse fliegt und es vielleicht nicht so einfach ist, eine Toilette zu erreichen. Es ist nur eine kleine 757 der Malaysian Air. Die Stewardess sieht die Unentschlossenheit in seinem Gesicht und zögert. Ihr Gesicht ist eingerahmt von einem grell bunten, nur entfernt islamisch wirkenden Kopftuch, dem geringstmöglichen Zugeständnis an die Sittsamkeit, das er je gesehen hat. »Kopi *nyahkafeina*«, sagt Randy, woraufhin sie ihm strahlend aus der orangefarbenen Kanne eingießt. Nicht, dass sie nicht Englisch sprechen würde, aber Randy fängt gerade an, sich mit dem lokalen Sprachgemisch anzufreunden. Ihm wird bewusst, dass das der erste Schritt in einem langen Prozess ist, der ihn am Ende in einen dieser heiteren, kräftigen, sonnenverbrannten Auslandsamerikaner verwandeln wird, die die Flughafenbars und Shangri-La-Hotels der Anrainerstaaten des Pazifiks bevölkern.

Durch sein Fenster sieht er, parallel zu ihrer Flugrichtung, die lange schmale Insel Palawan. Ein durch dichten Nebel behinderter Pilot könnte praktisch von Kinakuta nach Manila fliegen, indem er sich an den Stränden von Palawan orientierte, aber an einem Tag wie diesem ist das eine rein akademische Überlegung. Die Strände fallen sanft ins durchsichtige Wasser des Südchinesischen Meers ab. Wenn man da unten im Sand sitzt und den Blick auf Augenhöhe über die Wellen schweifen lässt, sieht es wahrscheinlich nach nichts aus, aber von hier oben kann man viele Faden tief direkt durchs Wasser schauen, und so haben alle Inseln und sogar die Korallenriffe Einfassungen, die in Wassernähe mit Dunkel- oder Graubraun beginnen, dann in Gelb und schließlich Swimmingpoolblau übergehen, bevor sie sich im Tiefblau des Ozeans verlieren. Jedes kleine Korallenriff und jede Sandbank sieht aus wie das schillernde Auge auf einer Pfauenfeder.

Nach der Unterhaltung bei Tom Howard am Abend zuvor hat Randy in dessen Gästezimmer übernachtet und den größten Teil des Tages in Kinakuta damit verbracht, einen neuen Laptop, komplett mit neuem Festplattenlaufwerk, zu kaufen und die ganzen Daten von dem Laufwerk, das er in Los Altos gerettet hat, auf das neue zu übertragen und sie dabei zu verschlüsseln. Wenn er bedenkt, dass er diese ganzen absolut langweiligen und nutzlosen Firmenunterlagen nach allerneuesten Methoden verschlüsselt hat, kann er kaum glauben, dass er das Arethusa-Zeug mehrere Tage lang unverschlüsselt auf seinem Festplattenlaufwerk mit sich herumgetragen und sogar mehrere Staatsgrenzen damit überschritten hat. Ganz zu schweigen von den Original-ETC-Lochkarten, die jetzt im Safe in Tom Howards Keller liegen. Natürlich ist dieses Zeug verschlüsselt, aber das wurde 1945 gemacht und hätte nach modernen Maßstäben genauso gut mit einem Dekodierring aus einer Cornflakesschachtel chiffriert worden sein können. Jedenfalls ist das mehr oder minder Randys Hoffnung. Außerdem hat er heute Morgen noch die aktuelle Version des *Cryptonomicon* von dem FTP-Server, auf dem es in San Francisco liegt, heruntergeladen. Randy hat es sich noch nie im Einzelnen angeschaut, hat aber gehört, dass es Code-Beispiele oder wenigstens Algorithmen enthält, die er zur Entschlüsselung von Arethusa verwenden könnte. Mit etwas Glück könnten die neuesten öffentlichen Dekodiertechniken im *Cryptonomicon* der geheimen Technologie, die Pontifex und seine Kollegen bei der NSA vor dreißig Jahren benutzt haben, entsprechen. Bei den Arethusa-Funksprüchen, die sie damals zu entschlüsseln versuchten, haben diese Methoden nicht funktioniert, aber das lag sicher daran, dass es nicht die eigentlichen Meldungen, sondern Zufallszahlen waren. Jetzt, wo Randy das hat, was er für die eigentlichen Meldungen hält, könnte ihm vielleicht gelingen, was Earl Comstock während der Fünfzigerjahre versucht, aber nicht geschafft hat.

Gerade schieben sie sich über den Terminator – nicht den Killer-

Cyborg aus dem Kino, sondern die Linie zwischen Nacht und Tag, durch die unser Planet sich endlos dreht. Wenn Randy den Blick nach Osten wendet, kann er über den Rand der Welt hinaus auf Orte schauen, wo es dämmerig ist und die Wolken nur den rötesten Bruchteil des Sonnenlichts abbekommen, wo sie im Dunkeln kauern und doch von düsterem unterdrücktem Feuer leuchten wie Kohlen in ihren zarten Rüschen aus Asche. Das Flugzeug befindet sich immer noch im Tageslicht und wird beharrlich von rätselhaften regenbogenartigen Strahlen verfolgt, kleinen spektralen Doppelgängern – vermutlich irgendeine neue Überwachungstechnik der NSA. Auf Palawan fließen manche Flüsse blau und ungehindert in den Ozean und manche führen gewaltige Schwaden aus Erosionsmaterial mit sich, das sich fächerartig in den Ozean hinaus ausbreitet und von den Strömungen an den Strand hochgeschwemmt wird. Auf Kinakuta ist die Entwaldung nicht so stark wie hier, aber nur deshalb, weil es dort Öl gibt. Alle diese Länder verbrennen in einem Wahnsinnstempo Ressourcen, um ihre Wirtschaft anzuheizen, wobei sie darauf setzen, dass sie den Sprung in den Hyperraum – vermutlich irgendeine Ökonomie des Wissens – schaffen, bevor ihnen das Zeug zum Verkaufen ausgeht und ihnen dasselbe Schicksal widerfährt wie Haiti.

Randy blättert die einleitenden Abschnitte des *Cryptonomicon* durch, kann sich im Flugzeug aber nie so recht konzentrieren. Die ersten Abschnitte sind Militärhandbüchern aus der Zeit des Zweiten Weltkriegs entnommen. Bis vor zehn Jahren waren sie noch geheim, doch dann fand einer von Cantrells Freunden Exemplare davon mitten in einer Bibliothek in Kentucky und fuhr mit einer Riesenladung Münzen hin, um sie zu fotokopieren. Das brachte die öffentliche zivile Kryptoanlayse auf den Wissensstand, den der Staat in den Vierzigerjahren erreicht hatte. Die Fotokopien wurden eingescannt, von einer OCR-Software analysiert und in das für die Erstellung von Webseiten gebräuchliche HTML-Format gebracht, damit andere Leute Links, Randnotizen, Bemerkungen und Korrekturen einfügen können, ohne am Originaltext herumzubasteln, und das haben sie mit Begeisterung getan – was ja schön und gut ist, aber das Lesen des Ganzen schwierig macht. Der Originaltext ist in einer bewusst kritzeligen, altmodischen Schrift gesetzt, damit man ihn auf Anhieb von den Anmerkungen der Cyberära unterscheiden kann. Die Einführung zum *Cryptonomicon* wurde vermutlich vor Pearl Harbor von einem Typ namens William Friedman geschrieben und steckt voller Aphorismen, die wahrscheinlich dazu gedacht waren, Neulinge unter den Codeknackern davor zu bewahren, sich nach einer harten Woche des Ringens mit den neuesten japanischen Maschinencodes eine Granate an den Kopf zu hauen.

Die Tatsache, dass der naturwissenschaftlich Forschende fünfzig Prozent seiner Zeit mit nichtrationalen Mitteln arbeitet, wird anscheinend nicht hinreichend zur Kenntnis genommen.

Intuition dauert wie ein Blitzstrahl nur eine Sekunde lang. Normalerweise stellt sie sich ein, wenn man sich mit einer schwierigen Entschlüsselung abquält und im Kopf die bereits angestellten fruchtlosen Versuche Revue passieren lässt. Plötzlich bricht das Licht durch und man findet nach wenigen Minuten, was die vergangenen Tage harter Arbeit nicht zu offenbaren vermochten.

Und Randys Lieblingssatz:

Was Glück betrifft, lautet die alte Goldgräberweisheit: »*Gold ist da, wo man es findet.*«

So weit, so gut, aber dann blickt Randy nach mehrmaligem Betätigen der Page-down-Taste auf endlose gestaffelte Raster aus Zufallsbuchstaben (eine Art vordigitale Methode der Codierung), die der Autor nicht in das Dokument eingefügt hätte, wenn sie dem Leser nicht irgendetwas Sinnvolles vermitteln sollten. Randy ist schmerzlich bewusst, dass er, solange er nicht imstande ist, diese Raster zu lesen, nicht einmal einem Kryptoanalyse-Neuling aus dem Zweiten Weltkrieg das Wasser reichen kann. Die verwendeten Nachrichtenbeispiele lauten: FLUGZEUG ÜBER DEM MEER ALS VERMISST GEMELDET und TRUPPEN HABEN SCHWIERIGKEITEN, KONTAKT ZU FÜNFUNDVIERZIGSTER INFANTERIE ZU HALTEN, was Randy ein bisschen melodramatisch findet, bis ihm wieder einfällt, dass das Buch von Leuten geschrieben wurde, die vermutlich gar nicht wussten, was »melodramatisch« bedeutet, die in einer völlig anderen vor-melodramatischen Welt lebten, in der Flugzeuge wirklich über dem Meer verschwanden und die Leute in den Maschinen nie wieder zu ihren Familien zurückkehrten und in der man, wenn man im Gespräch den Begriff Melodramatik auch nur ansprach, wahrscheinlich am Ende bemitleidet, gemieden oder sogar zur Psychoanalyse geschickt wurde.

Randy kommt sich ziemlich erbärmlich vor, wenn er darüber nachdenkt. Er wundert sich über Chester. Ist die zerborstene 747, die an

Chesters Decke hängt, nur ein monumentaler Beweis schlechten Geschmacks oder will er mit diesem Ding eine bestimmte Aussage machen? Könnte es sein, dass der spinnerte Chester in Wirklichkeit so etwas wie ein scharfsinniger Denker ist, der über die Banalität und Oberflächlichkeit seiner Zeit hinausgegangen ist? Genau darüber haben ernst zu nehmende Menschen ausführlich diskutiert, weshalb auch immer wieder an unerwarteten Stellen wissenschaftliche Artikel über Chesters Haus auftauchen. Randy fragt sich, ob er je in seinem Leben eine ernsthafte Erfahrung gemacht hat, die die Zeit wert wäre, die es brauchte, um sie auf eine prägnante, mit STOPs durchsetzte Nachricht in Großbuchstaben zu reduzieren und über ein Kryptosystem laufen zu lassen.

Soeben müssen sie an der Position des Wracks vorbeigeflogen sein. In ein paar Tagen wird Randy umkehren und bis nach Kinakuta zurückfliegen, um dort seinen wenn auch noch so läppischen Beitrag zur Bergung der Goldbarren aus dem Wrack zu leisten. Nach Manila fliegt er nur, um sich dort um eine geschäftliche Angelegenheit zu kümmern; irgendein dringendes Treffen, um das einer der philippinischen Geschäftspartner von Epiphyte ersucht hatte. Die Sache, um derentwillen Randy vor anderthalb Jahren nach Manila kam, läuft mittlerweile fast von allein, und wenn er sich tatsächlich einmal darum kümmern muss, findet er es stinklangweilig.

Ihm wird klar, dass die Anwendung moderner Denkmuster auf *Cryptonomicon* ihn seinem Ziel, die Arethusa-Funksprüche zu entschlüsseln, nicht wesentlich näher bringen wird. Die ursprünglichen Verfasser des *Cryptonomicon* mussten diese verdammten Nachrichten tatsächlich entschlüsseln und lesen, um das Leben ihrer Landsleute zu retten. Die modernen Kommentatoren dagegen haben letztlich kein Interesse daran, anderer Leute Botschaften zu lesen; der einzige Grund, warum sie sich überhaupt damit beschäftigen, besteht darin, dass sie neue Kryptosysteme entwerfen wollen, die weder von der NSA noch von diesem neuen Verein, der IDTRO, geknackt werden können. Der Black Chamber. Kryptographie-Experten trauen einem Kryptosystem erst, wenn sie es angegriffen haben, und angreifen können sie es nur, wenn sie die grundlegenden Methoden der Kryptoanalyse kennen, daher die Nachfrage nach einem Dokument wie dieser modernen kommentierten Fassung des *Cryptonomicon*. Allerdings gehen ihre Angriffe in der Regel nicht weiter als bis zur Demonstration der Schwächen des Systems auf abstrakter Ebene. Sie wollen lediglich in der Lage sein zu sagen, theoretisch könnte dieses System folgendermaßen angegriffen werden, denn unter dem formalen Aspekt der Zahlentheorie gehört es zu der Soundso-Klasse von Problemen, und bei Angriffen auf diese Gruppe von Problemen braucht man soundso viele Prozessorzyklen. Und das alles passt ausgezeichnet zu modernen Denkmustern, bei denen man, um ein Gefühl für die eigene Leistung zu bekommen und Lob von Seiten der Kollegen einzuheimsen, nichts anderes zu tun braucht, als die Fähigkeit unter Beweis zu stellen, neue Fallbeispiele in den richtigen intellektuellen Schubladen abzulegen.

Doch die Kluft zwischen dem Aufzeigen der Verwundbarkeit eines Systems in der Theorie und der tatsächlichen Entschlüsselung von Nachrichten, die in diesem Kryptosystem verfasst sind, ist so weit und so tief wie die Kluft zwischen der Fähigkeit, einen Film zu kritisieren (z. B. indem man ihn einem bestimmten Genre oder einer Bewegung zuordnet) und der Fähigkeit, mit einer Filmkamera und einem Haufen unbelichteter Filme loszuziehen und selbst einen zu drehen. Über diese Dinge wird man im *Cryptonomicon* nur etwas erfahren, wenn man sich bis zu seinen ältesten und tiefsten Schichten hinunterarbeitet. Von denen manche, vermutet Randy, von seinem Großvater geschrieben wurden.

Die Chefstewardess meldet sich über die Sprechanlage und sagt etwas in verschiedenen Sprachen. Bei jedem Übergang zu einer anderen Sprache durchläuft so etwas wie ein Schauer der Verwirrung den gesamten Passagierraum: Zuerst fragen sämtliche Englisch sprechenden Fluggäste einander, was die englische Fassung der Ankündigung wohl bedeuten sollte, und gerade als sie es aufgeben, geht die kantonesische Version zu Ende und die Chinesisch sprechenden Passagiere fragen einander, ob jemand etwas verstanden hat. Auf die malayische Fassung erfolgt gar keine Reaktion, da im Grunde niemand diese Sprache spricht, abgesehen vielleicht von Randy, wenn er einen Kaffee bestellt. Vermutlich hat die Ansage etwas damit zu tun, dass das Flugzeug zum Landen ansetzt. Unter ihnen im Dunkel breitet sich Manila aus, dessen Beleuchtung in großen Teilen immer wieder flackernd erlischt, da verschiedene Abschnitte des Stromnetzes mit ihren jeweiligen Herausforderungen in Bezug auf Erhaltung und Überlast zu kämpfen haben. Im Geist sitzt Randy bereits vor seinem Fernseher und lässt sich eine Schüssel Cap'n Crunch schmecken. Vielleicht kann er sogar irgendwo am NAIA eine Packung eiskalte Milch erstehen, sodass er auf dem Heimweg nicht einmal mehr an einem 24 Jam Halt machen muss.

Die Stewardessen der Malaysian Air bedenken ihn beim Aussteigen sämtlich mit einem breiten Lächeln; wie alle viel herumkommenden, im Ausland lebenden Technokraten wissen, finden die Leute, die im Dienstleistungsgewerbe arbeiten, es hinreißend – oder tun jedenfalls so – wenn man versucht, eine andere – beliebige – Sprache außer Englisch zu sprechen, und behalten einen deswegen im Gedächtnis. Bald ist er im zwar irgendwie, aber nicht richtig klimatisierten Flughafengebäude des guten alten NAIA. Neben seinem Gepäckkarussell hat sich eine Gruppe von Mädchen in identischen Windjacken zusammengefunden, die unter einem Schild mit der Aufschrift TOD DEN DROGENHÄNDLERN wie aufgeregte Hühner schnattern. Es dauert lange, bis das Gepäck kommt – Randy hätte gar keins abfertigen lassen, wenn sich auf seiner Reise nicht eine Menge Bücher und ein paar andere Souvenirs angesammelt hätten – von denen er einige aus den Ruinen seines Hauses gerettet und andere aus dem Schrankkoffer seines Großvaters geerbt hat. Und in Kinakuta hat er eine neue Tauchausrüstung erstanden, die er sehr bald in Gebrauch zu nehmen hofft. Schließlich musste er eine Art großen Seesack auf Rollen kaufen, um das alles zu transportieren. Randy macht es Spaß, die Mädchen zu beobachten, anscheinend irgendeine High School- oder College-Hockeymannschaft auf Reisen. Für sie ist sogar das Warten auf das Anspringen des Gepäckkarussells ein Mordsabenteuer, das sie vor Spannung und Erregung schaudern lässt, etwa wenn das Karussell für ein paar Augenblicke ächzend in Gang kommt, um dann wieder stehen zu bleiben. Doch schließlich springt es richtig an und heraus kommen eine ganze Reihe identischer, farblich auf die Trainingsanzüge der Mädchen abgestimmter Sporttaschen und mittendrin Randys großer Seesack. Er hievt ihn vom Karussell herunter und überprüft die kleinen Zahlenkombinationsschlösser: eins am Reißverschluss für die große Tasche und eins an einer kleineren Tasche am Ende des Seesacks. Obendrauf gibt es noch eine kleine Tasche, die keine für Randy nachvollziehbare Funktion hat; die hat er nicht benutzt und folglich auch nicht verschlossen.

Er zieht den Teleskopgriff des Seesacks aus, stellt ihn auf dessen eingebaute Rollen und strebt der Zollabfertigung zu. Auf dem Weg dorthin gerät er mitten in die Gruppe der Hockeyspielerinnen, die das äußerst prickelnd und komisch finden, während es für ihn eher peinlich ist, bis ihre Ausgelassenheit ihnen selbst allmählich komisch vorkommt. Nur wenige Zollabfertigungsschalter sind geöffnet, und eine

Art Verkehrsregler winkt die Leute hierhin und dorthin; er bugsiert die Mädchen in die grüne Spur und dann Randy, wie könnte es anders sein, in eine rote.

Jenseits des Schalters kann Randy den Bereich sehen, in dem Leute auf ankommende Flugreisende warten. Dort steht eine Frau in einem schönen Kleid. Es ist Amy. Randy bleibt abrupt stehen, um sie besser betrachten zu können. Sie sieht fantastisch aus. Er fragt sich, ob es wohl völlig vermessen ist, zu denken, Amy habe nur deswegen ein Kleid angezogen, weil sie wusste, dass Randy sie gerne darin betrachten würde. Vermessen oder nicht, genau das denkt er, und er ist einem Ohnmachtsanfall nah. Er möchte hier nicht gänzlich die Kontrolle über seinen Verstand verlieren, aber vielleicht hat der Abend ja noch etwas Besseres für ihn auf Lager als in einer Schüssel Cap'n Crunch herumzustochern.

Randy tritt in die Spur. Am liebsten würde er einfach durchstarten, direkt auf Amy zu, aber das wäre nicht ratsam. Es ist okay so. Vorfreude hat noch niemanden umgebracht. Vorfreude kann man sogar genießen. Wie sagte Avi doch gleich? *Begehren ist manchmal besser als besitzen.* Randy ist sich ziemlich sicher, dass Amy zu besitzen keine Enttäuschung wäre, aber zu begehren ist auch nicht schlecht. Er hält seine Laptoptasche vor sich und zieht den großen Seesack hinter sich her, bremst aber langsam ab, damit das Gepäckstück nicht aus seinem eigenen Schwung heraus weiterrollt und ihm die Knie bricht. Da steht der unvermeidliche lange Edelstahltisch und dahinter ein gelangweilter, wie ein Hydrant gebauter Mensch, der zum hunderttausendsten Mal in seinem Leben fragt: »Nationalität? Abflughafen?« Randy gibt ihm seine Papiere und beantwortet die Fragen, während er sich hinunterbeugt, um den Seesack auf die metallene Tischplatte zu hieven. »Können Sie bitte die Schlösser öffnen?« sagt der Zollinspektor. Randy bückt sich, schielt auf die kleinen Messingrädchen und versucht, sie in die richtige Zahlenkombination zu drehen. Während er das tut, hört er, wie der Zollbeamte gleich neben seinem Kopf den Reißverschluss der kleinen leeren Tasche oben auf dem Seesack aufzieht. Er hört ein Rascheln. »Was ist das?« fragt der Inspektor. »Sir? Sir?«

»Ja, was denn?« sagt Randy, während er sich aufrichtet und dem Inspektor in die Augen schaut.

Wie ein Model in einem Werbespot hält der Inspektor einen kleinen Ziploc-Beutel in Kopfhöhe und deutet mit der anderen Hand darauf. Hinter ihm geht eine Tür auf und Leute kommen heraus. Der Ziploc-Beutel ist zum Teil mit Zucker oder so etwas – vielleicht auch Puderzucker – gefüllt und zu einer zigarrenförmigen Nacktschnecke zusammengedreht worden.

»Was ist das, Sir?«, wiederholt der Inspektor.

Randy zuckt die Achseln. »Woher soll ich das wissen? Wo kommt es denn her?«

»Es kommt aus Ihrer Tasche, Sir«, sagt der Inspektor und deutet auf die kleine Tasche.

»Das kann nicht sein. Diese Tasche war leer«, entgegnet Randy.

»Ist das Ihr Seesack, Sir?«, fragt der Inspektor und greift, um ihn sich anzusehen, mit einer Hand nach dem Gepäckkontrollzettel, der am Griff baumelt. Hinter ihm hat sich eine von Randy, der verständlicherweise nur den Inspektor im Auge hat, immer noch verschwommen wahrgenommene Menschentraube gebildet.

»Das will ich doch hoffen – ich habe gerade die Schlösser geöffnet«, sagt Randy. Der Inspektor dreht sich um und gibt den Leuten hinter ihm ein Zeichen, woraufhin sie wie ein Mann vorwärts ins Licht kommen. Sie sind uniformiert und die meisten von ihnen tragen Schusswaffen. Kurz darauf sind einige von ihnen hinter Randy. Genau genommen haben sie ihn eingekreist. Randy schaut zu Amy hinüber, sieht aber nur ein Paar verlassene Schuhe: Sie rennt barfuß auf eine Reihe von Telefonen zu. Vermutlich wird er sie nie wieder im Kleid sehen.

Er fragt sich, ob es unter rein taktischen Gesichtspunkten vielleicht ungeschickt ist, zu einem so frühen Zeitpunkt einen Rechtsanwalt hinzuzuziehen.

Die Schlacht um Manila

Bobby Shaftoe wird vom Geruch nach Rauch geweckt. Es ist nicht der Rauch von Plätzchen, die zu lang im Ofen gewesen sind, von Herbstlaubhaufen, die verbrannt werden, oder von Pfadfinder-Lagerfeuern. Es ist ein Gemisch aus anderen Arten von Rauch, mit denen er in den letzten beiden Jahren ziemlich vertraut geworden ist: Reifen, Treibstoff und Gebäude beispielsweise.

Er stützt sich auf einen Ellbogen und wird gewahr, dass er auf dem Boden eines langen, schmalen Bootes liegt. Genau über seinem Kopf bläht sich ein schmutziges Leinwandsegel in einem tückischen, übel riechenden Wind. Es ist mitten in der Nacht.

Er dreht den Kopf, um gegen die Windrichtung zu schauen. Seinem Kopf gefällt das gar nicht. Rasende Schmerzen versuchen, die Türen seines Verstandes zu zertrümmern. Aber die Schmerzen kommen nicht herein. Er spürt das gedämpfte Dröhnen, mit dem die genagelten Stiefel der Schmerzen gegen seine Eingangstür treten, aber das ist auch schon alles.

Ah! Jemand hat ihm Morphium gegeben. Shaftoe grinst anerkennend. Das Leben ist schön.

Die Welt ist dunkel – eine bleiern schwarze Halbkugel, über die Fläche des Sees gestülpt. Doch am Rand, in einiger Entfernung backbords, zeigt sich eine waagerechte Ritze, durch die gelbes Licht sickert. Das Licht schimmert und funkelt wie Sterne, wenn man sie durch die Hitzewellen über der Motorhaube eines Autos sieht.

Er setzt sich auf, späht hinüber, bekommt ganz allmählich eine Vorstellung von den Größenverhältnissen. Vom Boot aus gesehen, erstreckt sich der zerrissene gelbe Lichtstreifen von acht Uhr ganz um den Bug herum bis ungefähr ein Uhr. Vielleicht irgendein unglaublich merkwürdiges Phänomen in Zusammenhang mit dem Sonnenaufgang.

»Meiniela«, sagt eine Stimme hinter ihm.

»Was?«

»Das ist Manila«, sagt eine andere Stimme, näher bei ihm, die den Namen englisch ausspricht.

»Warum ist es so hell?« Bobby Shaftoe hat seit 1941 keine Stadt mehr nachts erleuchtet gesehen und er hat vergessen, wie das aussieht.

»Die Japaner haben die Stadt in Brand gesteckt.«

»Die Perle des Orients!«, sagt jemand weiter hinten im Boot und man hört wehmütiges Gelächter.

Shaftoe bekommt allmählich einen klareren Kopf. Er reibt sich die Augen und sieht genauer hin. Ein paar Kilometer backbord saust ein Stahlfass voller Treibstoff wie eine Rakete in den Himmel und verschwindet. Nach und nach kann er vor dem Hintergrund der Flammen die knochigen Silhouetten von Palmen am Seeufer ausmachen. Das Boot bewegt sich weiter still über das warme Wasser, winzige Wellen plätschern gegen seinen Rumpf. Shaftoe ist zumute, als wäre er gerade geboren worden, ein neuer Mensch, der in eine neue Welt eintritt.

Jeder andere würde fragen, warum sie auf die brennende Stadt zuhalten, anstatt davor zu fliehen. Aber Shaftoe fragt nicht, so wenig, wie ein Neugeborenes Fragen stellen würde. Das ist die Welt, in die er hineingeboren wurde, und er betrachtet sie mit großen Augen.

Der Mann, der mit ihm gesprochen hat, sitzt neben Shaftoe auf dem Dollbord, ein bleiches, über einem schwarzen Gewand schwebendes Gesicht, im Kragen ein weißer, rechteckiger Schlitz. Das Licht der brennenden Stadt bricht sich als warmer Schimmer in einer Schnur bernsteinfarbener Perlen, an der ein schweres, leise schwingendes Kruzifix hängt. Shaftoe legt sich wieder im Bootsrumpf zurück und starrt eine Weile zu seinem Gegenüber auf.

»Man hat mir Morphium gegeben.«

»Ich habe Ihnen Morphium gegeben. Sie waren schwer zu bändigen.«

»Ich bitte um Entschuldigung, Sir«, sagt Shaftoe vollkommen aufrichtig. Er erinnert sich an die China-Marines, die zu viel Asien abgekriegt hatten, und wie sie sich auf der Fahrt von Schanghai aufgeführt haben.

»Wir konnten keinen Lärm gebrauchen. Die Japaner hätten uns gefunden.«

»Ich verstehe.«

»Glory zu sehen war ein sehr schlimmer Schock für Sie.«

»Seien Sie ehrlich zu mir, Padre«, sagt Bobby Shaftoe. »Mein Junge. Mein Sohn. Hat er auch Lepra?«

Die schwarzen Augen schließen sich und das fahle Gesicht bewegt sich zu einem Nein hin und her. »Glory hat sich kurz nach der Geburt des Kindes angesteckt, als sie in einem Lager in den Bergen arbeitete. In dem Lager ging es nicht sehr sauber zu.«

Shaftoe schnaubt. »Das glaub ich gern!«

Es folgt ein langes, unbehagliches Schweigen. Dann sagt der Padre: »Den anderen Männern habe ich die Beichte schon abgenommen. Möchten Sie jetzt auch beichten?«

»Tun das die Katholiken, wenn es ans Sterben geht?«

»Sie tun es ständig. Aber Sie haben Recht, es ist ratsam, unmittelbar vor dem Tod zu beichten. Es hilft – wie sagt man doch gleich – den Weg zu ebnen. Im Jenseits.«

»Padre, für mich sieht es so aus, als würden wir in ein, zwei Stunden den Strand stürmen. Wenn ich jetzt anfange, Ihnen meine Sünden zu beichten, kommen wir vielleicht gerade mal bis zum Kekse-aus-der-Keksdose-Klauen, als ich acht war.«

Der Padre lacht. Irgendwer reicht Shaftoe eine bereits angezündete Zigarette. Er nimmt einen tiefen Zug.

»Wir hätten gar keine Zeit mehr, uns mit den richtig guten Sachen zu befassen, wie zum Beispiel, dass ich Glory genagelt und eine ganze Menge Nips und Krauts um die Ecke gebracht habe.« Shaftoe denkt einen Moment lang darüber nach und genießt dabei seine Zigarette. »Aber wenn das eine dieser Geschichten ist, wo wir alle ins Gras beißen – und für mich sieht es ganz danach aus –, dann muss ich noch eines erledigen. Fährt das Boot wieder nach Calamba?«

»Wir hoffen, dass der Besitzer ein paar Frauen und Kinder über den See mit zurücknehmen kann.«

»Hat jemand Bleistift und Papier?«

Jemand reicht ihm einen Bleistiftstummel, aber es findet sich kein Papier. Shaftoe durchwühlt seine Taschen und entdeckt nichts als ein Gewirr von ICH KOMME WIEDER-Kondomen. Er nimmt eines, schält sorgfältig die beiden Hälften der Schutzhülle davon ab und wirft den Gummi in den See. Dann streicht er die Schutzhülle auf einer Munitionskiste glatt und beginnt zu schreiben: »Ich, Robert Shaftoe, im Vollbesitz meiner geistigen und körperlichen Kräfte, vermache hiermit alle meine weltlichen Güter einschließlich meines Sterbegeldes meinem leiblichen Sohn Douglas MacArthur Shaftoe.«

Er blickt auf, in die brennende Stadt. Er erwägt einen Zusatz, wie etwa »falls er noch am Leben ist«, aber einen Jammerknochen mag kein Mensch. Also unterschreibt er das blöde Ding einfach. Der Padre setzt als Zeuge seine Unterschrift darunter. Um der Sache noch etwas mehr Glaubwürdigkeit zu verleihen, nimmt Shaftoe seine Hundemarke ab, wickelt das Testament um die Hundemarke und umwickelt das Ganze dann mit deren Kette. Er reicht es nach achtern durch, wo der Bootsmann es einsteckt und fröhlich versichert, er werde sich darum kümmern, wenn er nach Calamba zurückkomme.

Das Boot ist nicht breit, aber sehr lang, und es drängen sich ein Dutzend Huks darin. Alle sind bis an die Zähne mit Material bewaffnet, das offensichtlich vor kurzem von einem amerikanischen Unterseeboot gekommen ist. Aufgrund des Gewichts von Männern und Waffen liegt das Boot so tief im Wasser, dass ab und zu Wellen über die Dollborde klatschen. Shaftoe durchwühlt im Dunkeln Kisten. Er kann rein gar nichts sehen, aber seine Hände machen da unten die Bestandteile einiger Thompson-Maschinenpistolen aus.

»Waffenteile«, erklärt ihm einer der Huks, »verlieren Sie bloß keinen!«

»Von wegen Teile!«, sagt Shaftoe ein paar geschäftige Sekunden später. Er zieht eine komplett zusammengebaute Bleispritze aus der Kiste. Die roten Glutpünktchen eines halben Dutzends ICH KOMME

WIEDER-Zigaretten machen einen Satz nach oben vor die Münder der Huks, als diese für einen kurzen Applaus die Hände freimachen. Jemand reicht ihm ein kuchenförmiges, von 45er Patronen schweres Magazin. »Wisst ihr, die Art von Munition haben sie bloß erfunden, um verrückte Filipino-Ärsche umzupusten.«

»Wissen wir«, sagt einer der Huks.

»Für Nips ist das heillos übertrieben«, fährt Shaftoe fort und setzt die Maschinenpistole und das Magazin zusammen. Die Huks lachen alle gehässig. Einer kommt von achtern nach vorn, sodass das Boot ins Schaukeln gerät. Es ist ein sehr junger, schmächtiger Bursche. Er streckt Bobby Shaftoe die Hand hin. »Onkel Robert, erinnerst du dich noch an mich?«

Mit Onkel Robert angeredet zu werden ist bei weitem nicht das Sonderbarste, was Shaftoe in den letzten paar Jahren passiert ist, deshalb lässt er es auf sich beruhen. Er mustert das Gesicht des Jungen, das von der brennenden Stadt trübe erleuchtet wird. »Du bist einer von den Altamira-Jungs«, rät er.

Der Junge grüßt ihn zackig und grinst.

Da erinnert sich Shaftoe wieder. Vor drei Jahren, die Familienwohnung der Altamiras, und wie er die frisch geschwängerte Glory die Treppe hochtrug, während überall in der Stadt die Luftschutzsirenen heulten. Eine mit Altamiras gefüllte Wohnung. Ein mit Holzschwertern und -gewehren bewaffneter Trupp Jungen, die Bobby Shaftoe ehrfürchtig anstarrten. Wie er sie grüßte und dann Hals über Kopf das Haus verließ.

»Wir haben alle gegen die Japaner gekämpft«, sagt der Junge. Dann macht er ein bekümmertes Gesicht und bekreuzigt sich. »Zwei sind tot.«

»Einige von euch waren verdammt jung.«

»Die Jüngsten sind immer noch in Manila«, sagt der Junge. Stumm starren er und Shaftoe über das Wasser in die Flammen, die inzwischen zu einer Wand verschmolzen sind.

»In der Wohnung? In Malate?«

»Ich denke schon. Ich heiße Fidel.«

»Ist mein Sohn auch dort?«

»Ich denke schon. Vielleicht auch nicht.«

»Wir gehen diese Jungs suchen, Fidel.«

Die halbe Einwohnerschaft Manilas scheint am Ufer oder im Wasser zu stehen und darauf zu warten, dass ein solches Boot auftaucht. Von Norden her rückt MacArthur an und von Süden her nähern sich die japanischen Luftwaffentruppen, sodass die Landenge zwischen der Manila Bay und der Laguna de Bay an beiden Enden von starken militärischen Kräften abgeriegelt wird, die sich im totalen Krieg befinden. An der Seeseite der Landenge ist eine überstürzte Evakuierung nach Art von Dünkirchen im Gange, aber die Anzahl der Boote reicht nicht aus. Einige der Flüchtlinge benehmen sich wie zivilisierte Menschen, andere dagegen versuchen sich vorzudrängen und waten und schwimmen auf die Boote zu. Eine nasse Hand langt aus dem Wasser und hält sich am Dollbord des Bootes fest, bis Shaftoe sie mit dem Schaft seiner Bleispritze zermalmt. Der Schwimmer fällt ins Wasser zurück, umklammert brüllend seine Hand und Shaftoe sagt ihm, dass er hässlich ist.

Es folgt ungefähr eine halbe Stunde weiterer Hässlichkeiten, während das Boot knapp außerhalb der Reichweite der Schwimmer hin und her fährt und der Padre ein Grüppchen von Frauen mit kleinen Kindern zusammenstellt. Sie werden eine nach der anderen ins Boot gezogen, während die Huks einer nach dem anderen aussteigen, und als das Ganze abgeschlossen ist, wendet das Boot und gleitet in die Dunkelheit davon. Shaftoe und die Huks waten an Land, zwischen sich Munitionskisten. Mittlerweile ist Shaftoe am ganzen Leib mit Granaten behängt, die wie die Zitzen einer trächtigen Sau anmuten, und die meisten Huks gehen ganz langsam und steifbeinig, um nicht unter dem Gewicht der Schultergurte zusammenzuklappen, mit denen sie praktisch wie Mumien umwickelt sind. So wanken sie, gegen eine Woge rauchgeschwärzter Flüchtlinge ankämpfend, in die Stadt.

Das Flachland entlang dem Seeufer ist nicht die eigentliche Stadt – es ist ein Vorort aus bescheidenen Gebäuden, die auf traditionelle Weise, nämlich aus geflochtenen Rattan-Elementen und Strohdächern, errichtet sind. Sie brennen wie Zunder und werfen die roten Flammenwände auf, die Shaftoe und die Huks vom Boot aus gesehen haben. Weiter landeinwärts, ein paar Kilometer nach Norden, liegt die eigentliche Stadt mit vielen Gebäuden aus Mauerwerk. Die Japaner haben sie ebenfalls angesteckt, aber sie brennt nur hier und da, in vereinzelten Flammen- und Rauchtürmen.

Shaftoe und sein Trupp haben damit gerechnet, den Strand wie Marines stürmen zu müssen und gleich am Ufer niedergemäht zu werden. Stattdessen marschieren sie gut zwei Kilometer landeinwärts, ehe sie den Feind überhaupt zu Gesicht bekommen.

Shaftoe ist regelrecht froh darüber, ein paar echte Nips zu sehen; er ist schon nervös geworden, weil der fehlende Widerstand die Huks leichtfertig und übermütig gemacht hat. Dann drängen ein halbes Dutzend japanische Luftwaffensoldaten aus einem Laden, den sie offenbar geplündert haben – sie haben allesamt Schnapsflaschen in den Händen – und bleiben auf dem Bürgersteig stehen, um mit Molotow-Cocktails, die sie aus gestohlenen Feuerwasser-Flaschen herstellen, das Haus anzustecken. Shaftoe zieht den Stift einer Granate, wirft sie mit weichem Schwung den Bürgersteig entlang, sieht ihr kurz nach, wie sie darüber kullert, und drückt sich dann in einen Eingang. Als er die Explosion hört und die Windschutzscheibe eines am Straßenrand geparkten Wagens unter dem Einschlag der Splitter zu Bruch gehen sieht, macht er einen Satz auf den Bürgersteig, bereit, mit der Maschinenpistole das Feuer zu eröffnen. Aber das ist nicht nötig. Sämtliche Nips liegen am Boden, zucken nur noch schwächlich im Rinnstein. Shaftoe und die anderen Huks nehmen Deckung, warten darauf, dass weitere japanische Soldaten auftauchen und ihren verwundeten Kameraden helfen, aber es kommt niemand.

Die Huks sind begeistert. Shaftoe steht vor sich hin brütend auf der Straße, während der Padre den toten und sterbenden Japanern die letzte Ölung erteilt. Offenbar ist die Disziplin völlig zusammengebrochen. Die Nips wissen, dass sie in der Falle sitzen. Sie wissen, dass MacArthur im Begriff steht, sie mit der Gewalt eines Rasenmähers, der durch einen Ameisenhaufen pflügt, zu überrollen. Sie sind zur marodierenden Horde geworden. Für Shaftoe wird es leichter sein, gegen Haufen betrunkener, heruntergekommener Plünderer zu kämpfen, aber was sie den Zivilisten weiter nördlich antun, ist nicht abzusehen.

»Scheiße, wir verschwenden unsere Zeit«, sagt Shaftoe, »gehen wir nach Malate und vermeiden wir weitere Gefechte.«

»Sie haben nicht das Kommando über diese Gruppe«, sagt einer der anderen. »Sondern ich.«

»Wer bist du denn?«, fragt Shaftoe und kneift zum Schutz gegen das Licht des brennenden Schnapsladens die Augen zusammen.

Wie sich herausstellt, ist es ein fil-amerikanischer Lieutenant, der sich bislang in keiner Weise nützlich gemacht hat. Shaftoe spürt instinktiv, dass der Kerl kein guter Truppenführer ist. Er holt tief Luft, um aufzuseufzen, und muss stattdessen vom Rauch würgen.

»Sir, jawohl, Sir!«, sagt er und grüßt.

»Ich bin Lieutenant Morales, und wenn Sie weitere Vorschläge haben, dann legen Sie sie mir vor oder behalten Sie sie für sich.«

»Sir, jawohl, Sir!«, sagt Shaftoe. Den Namen des Lieutenants prägt er sich erst gar nicht ein.

Ein paar Stunden lang arbeiten sie sich durch schmale, verstopfte Straßen nordwärts vor. Die Sonne geht auf. Ein kleines Flugzeug fliegt über die Stadt und zieht schlecht gezieltes Feuer von erschöpften, betrunkenen japanischen Truppen auf sich.

»Eine P-51 Mustang!«, ruft Lieutenant Morales aus.

»Das ist eine Piper Cub, verdammte Scheiße!«, sagt Shaftoe. Bis jetzt hat er den Mund gehalten, aber nun kann er einfach nicht anders. »Das ist ein Artilleriebeobachter.«

»Wieso fliegt er dann über Manila?«, fragt Lieutenant Morales selbstgefällig. Er genießt diesen rhetorischen Triumph ungefähr dreißig Sekunden lang. Dann schlagen von Norden her die ersten Artilleriegeschosse ein und jagen diverse Gebäude in die Luft.

In ihr erstes ernsthaftes Gefecht geraten sie ungefähr eine halbe Stunde später, und zwar mit einem Zug japanischer Luftwaffensoldaten: Sie haben sich in einem Bankgebäude in dem V verkrochen, das von zwei sich kreuzenden Boulevards gebildet wird. Lieutenant Morales denkt sich einen überaus komplizierten Plan aus, der vorsieht, dass sie sich in drei kleinere Gruppen aufteilen. Er selbst führt drei Männer nach vorn in die Deckung eines Brunnens, der mitten auf dem Platz steht. Dort werden sie sofort von heftigem Feuer der Japaner festgenagelt. Sie ducken und kauern sich ungefähr eine Viertelstunde lang im Schutz des Brunnens zusammen, dann kommt von Norden her eine Artilleriegranate herangesegelt, ein schwarzes Ei, das in makelloser, parabelförmiger Flugbahn herabgleitet und den Brunnen voll trifft. Wie sich herausstellt, handelt es sich um ein Brisanzgeschoss, das erst explodiert, wenn es etwas trifft – in diesem Falle den Brunnen. Aus einer sicheren Entfernung von ungefähr hundert Metern erteilt der Padre Lieutenant Morales und seinen Männern die letzte Ölung; diese Stelle eignet sich dafür so gut wie jede andere, da von ihren physischen Körpern ohnehin nichts mehr übrig ist.

Bobby Shaftoe wird per Akklamation zum neuen Zugführer gewählt. Er führt die anderen um den Platz herum und umgeht dabei die Kreuzung großräumig. Irgendwo weit im Norden versucht eine der Batterien Des Generals beharrlich, sich auf die Scheißbank einzuschießen, und jagt dabei das halbe Viertel in die Luft. Darüber fliegt eine Piper Cub träge Achten und meldet sich über Funk mit Vorschlägen: »Ganz nah – ein Stückchen nach links – nein, zu weit – jetzt ein bisschen kürzer.«

Shaftoes Gruppe braucht einen ganzen Tag, um anderthalb Kilometer näher an Malate heranzukommen. Sie wären im Nu dort, wenn sie einfach größere Straßen entlangrennen würden, aber das Artilleriefeuer wird immer heftiger, je weiter sie nach Norden kommen. Schlimmer noch, es besteht größtenteils aus Splittergranaten mit Abstandszündern, die explodieren, wenn sie noch mehrere Meter über dem Boden sind, um eine breitere Streuwirkung zu erzielen. Jede Explosion zeichnet das auseinander gespreizte Blattwerk einer verbrannten Kokospalme in die Luft.

Shaftoe sieht keinen Sinn darin, sie alle umzubringen. Also arbeiten sie sich straßenzugweise vorwärts, sprinten einer nach dem anderen von Eingang zu Eingang und suchen sehr sorgfältig die Gebäude ab, falls dort irgendwelche Nips darauf lauern, von den Fenstern aus auf sie zu schießen. Wenn das passiert, müssen sie Deckung nehmen, sich das Gebäude genau ansehen, Vermutungen über dessen Grundriss anstellen, Männer losschicken, um diverse Visierlinien zu überprüfen. Normalerweise ist es eigentlich nicht schwierig, die Nips aus dem Gebäude herauszutreiben, aber es ist zeitraubend.

Gegen Sonnenuntergang suchen sie Unterschlupf in einem halb abgebrannten Wohnhaus und schlafen abwechselnd ein paar Stunden lang. Dann marschieren sie die ganze Nacht hindurch, in der das Artilleriefeuer nachlässt. Bobby Shaftoe bringt den gesamten Rest des Zuges – neun Mann einschließlich des Padre – bis gegen vier Uhr morgens nach Malate. Mit Anbruch der Dämmerung haben sie die Straße erreicht, in der die Altamiras wohnen oder wohnten. Sie kommen gerade rechtzeitig, um mitzuerleben, wie der gesamte Wohnblock von einem Brisanzgeschoss nach dem anderen systematisch in Schutt gelegt wird.

Niemand kommt herausgelaufen; zwischen den Explosionen ist keinerlei Geschrei oder Geheul zu hören. Das Gebäude ist menschenleer.

Sie schlagen die verrammelte Tür einer Drogerie auf der anderen Straßenseite ein und unterhalten sich kurz mit den einzigen überlebenden Bewohnern: einer fünfundsiebzigjährigen Frau und einem sechsjährigen Jungen. Die Japaner seien vor zwei Tagen durch das Viertel gekommen, sagt sie, und nordwärts, Richtung Intramuros, weitergezogen. Sie hätten die Frauen und Kinder aus den Gebäuden herausgetrieben und in eine bestimmte Richtung marschieren lassen. Sie hätten sämtliche Männer und Jungen ab einem bestimmten Alter herausgeholt und sie in eine andere Richtung marschieren lassen. Sie und ihr Enkel hätten sich in einem Schrank versteckt und seien so entkommen.

Shaftoe und sein Trupp treten aus der Drogerie auf die Straße hinaus und lassen den Padre zurück, damit er ein paar himmlische Wege ebnet. Fünfzehn Sekunden später werden zwei Mann von den Splittern einer Granate getötet, die ganz in der Nähe über der Straße detoniert. Der Rest des Trupps gerät im Zurückweichen geradewegs in eine Gruppe marodierender japanischer Nachzügler und es folgt ein vollkommen irrsinniges Feuergefecht auf kürzeste Entfernung. Von ihrer Bewaffnung her sind Shaftoes Leute den Nips weit überlegen, aber die Hälfte davon ist viel zu verblüfft zum Kämpfen. Sie sind an den Dschungel gewöhnt. Einige sind noch nie in der Stadt gewesen, nicht einmal in Friedenszeiten, und stehen einfach mit offenem Mund herum. Shaftoe duckt sich in einen Eingang und veranstaltet mit seiner Bleispritze einen Mordskrach. Die Nips fangen an, mit Granaten um sich zu werfen, als wären es Knallfrösche, und fügen sich selbst damit ebenso viel Schaden zu wie den Huks. Das Gefecht verläuft lächerlich wirr und endet im Grunde erst, als eine weitere Artilleriegranate heranrauscht, mehrere Nips tötet und den Rest so benommen zurücklässt, dass Shaftoe ins Freie heraustreten und sie mit Schüssen aus seiner Colt-Pistole erledigen kann.

Sie schleppen zwei ihrer Verwundeten in die Drogerie und lassen sie dort. Ein Mann ist tot. Damit besteht ihr Zug nur noch aus fünf Kämpfern und einem zunehmend beschäftigten Padre. Das Feuergefecht hat einen neuerlichen Hagel von Splittergranaten ausgelöst, sodass es am vernünftigsten ist, sich einen Keller zu suchen, in dem sie sich für den Rest des Tages verkriechen und etwas schlafen können.

Shaftoe schläft kaum und so nimmt er bei Anbruch der Nacht ein paar Benzedrin-Tabletten, spritzt sich, um die Wirkung etwas zu dämpfen, ein bisschen Morphium und führt seinen Trupp auf die Straße hinaus. Das nächste Viertel in nördlicher Richtung heißt Ermita. Dort liegen viele Hotels. Nach Ermita kommt Rizal Park. Am Nordrand von Rizal Park erheben sich die Mauern von Intramuros. Hinter Intramuros verläuft der Pasig River, an dessen anderem Ufer MacArthur steht. Wenn Shaftoes Sohn und die anderen Altamiras noch am Leben sind, müssen sie sich somit irgendwo auf den paar Kilometern zwischen hier und Fort Santiago, am Südufer des Pasig, befinden.

Kurz nachdem sie nach Ermita übergewechselt sind, stoßen sie auf ein Blutrinnsal, das aus einem Eingang quer über den Bürgersteig in die Gosse läuft. Sie schlagen die Tür des Gebäudes ein und stellen fest, dass das Erdgeschoss mit den Leichen philippinischer Männer – insgesamt mehrere Dutzend – gefüllt ist. Alle sind mit Bajonetten erstochen worden. Einer lebt noch. Shaftoe und die Huks tragen ihn auf den Bürgersteig hinaus und sehen sich nach einem Platz für ihn um, während der Padre die Runde durch das Haus macht und dabei jede Leiche kurz berührt und etwas auf Lateinisch murmelt. Als er wieder herauskommt, ist er von den Knien abwärts blutbeschmiert.

»Irgendwelche Frauen? Kinder?«, fragt ihn Shaftoe. Der Padre schüttelt verneinend den Kopf.

Sie sind nur ein paar Straßen vom Philippine General Hospital entfernt, deshalb tragen sie den Verwundeten in diese Richtung. Als sie um die Ecke biegen, sehen sie, dass die Krankenhausgebäude von MacArthurs Artillerie halb zerstört worden sind und der Boden mit Menschen bedeckt ist, die man auf Laken gelegt hat. Dann wird ihnen bewusst, dass die Männer, die mit Gewehren in den Händen auf dem Gelände umhergehen, japanische Soldaten sind. Sie müssen sich rasch in eine Gasse zurückziehen und setzen den Verwundeten ab. Ein paar Momente später taucht, in wilder Jagd, ein Trio japanischer Soldaten auf. Shaftoe hat genügend Zeit gehabt, die Situation zu durchdenken, und lässt sie ein paar Schritte in die Gasse hereinkommen. Dann töten er und die Huks sie lautlos, mit Messern. Bis man ihnen Verstärkungen nachgeschickt hat, sind Shaftoe und seine Gruppe schon in den Gassen von Ermita verschwunden, die an vielen Stellen rot überströmt sind vom Blut ermordeter philippinischer Männer und Knaben.

GEFANGENSCHAFT

»Jemand versucht, Ihnen eine Botschaft zu schicken«, sagt Rechtsanwalt Alejandro, nur wenige Minuten nach Beginn des ersten Gesprächs mit seinem neuen Mandanten.

Damit hat Randy schon gerechnet. »Warum haben hier alle so eine schrecklich umständliche Art, mir Botschaften zu schicken? Gibt es hier keine E-Mail?«

Die Philippinen sind eins jener Länder, in denen »Rechtsanwalt« wie ein Titel benutzt wird, ähnlich dem »Doktor«. Rechtsanwalt Alejandro hat eine nach hinten gekämmte graue Pompadourfrisur, die unten im Nacken ein bisschen lockig wird, was ihm, wie er vermutlich genau weiß, in gewisser Hinsicht das distinguierte Aussehen eines Staatsmanns aus dem neunzehnten Jahrhundert verleiht. Er raucht viel, was Randy nicht im mindesten stört, denn in den letzten Tagen hat er sich an Orten aufgehalten, wo jeder raucht. Im Gefängnis braucht man sich nicht mal um Zigaretten und Streichhölzer zu kümmern. Einatmen genügt, und schon bekommt man seine Tagesration von ein bis zwei Packungen an leicht vorgewärmtem Teer und Nikotin.

Rechtsanwalt Alejandro beschließt, sich so zu verhalten, als habe Randy diese letzte Bemerkung gar nicht gemacht. Er widmet sich kurz seiner Zigarette. Wenn er möchte, dass sie brennend zwischen seinen Lippen steckt, kann er das bewerkstelligen, ohne sie auch nur mit den Händen zu berühren; plötzlich ist sie einfach da, als hätte er sie, bereits angezündet, im Mund versteckt gehabt. Muss er jedoch im Gespräch eine Zäsur herbeiführen, kann er Auswahl, Vorbereitung und Anzünden einer Zigarette zu einem Ritual ausgestalten, dessen Feierlichkeit schon fast an *Cha No Yu*, die japanische Teezeremonie, heranreicht. Im Gerichtssaal muss es sie schier zum Wahnsinn treiben. Randy geht es schon besser.

»Was, glauben Sie, besagt die Botschaft? Dass sie mich töten können, wenn sie wollen? Das weiß ich sowieso schon. Verdammte Scheiße! Was kostet es in Manila, einen Menschen umbringen zu lassen?«

Rechtsanwalt Alejandro runzelt grimmig die Stirn. Diese Frage hat er in den falschen Hals gekriegt: als Vermutung, er sei jemand, der so etwas wüsste. Angesichts der Tatsache, dass er von Douglas MacArthur Shaftoe persönlich empfohlen wurde, kann man natürlich davon ausgehen, dass er wirklich so jemand ist, aber das offen anzusprechen ist vermutlich nicht sehr fein. »Ihre Fantasie geht mit Ihnen durch«, sagt er. »Sie messen der Sache mit der Todesstrafe viel zu viel Bedeutung bei.« Wie Rechtsanwalt Alejandro vermutlich erwartet hat, macht diese Zurschaustellung von Unbekümmertheit sein Gegenüber so lange sprachlos, dass er, während er mit Zigarette und einem Edelstahlfeuerzeug hantiert, auf dem militärische Symbole prangen, einen weiteren Spruch an den Mann bringen kann. Rechtsanwalt Alejandro hat schon zwei Mal erwähnt, dass er Oberst in der Armee war und jahrelang in den Staaten gelebt hat. »Nach einer Pause von ungefähr zehn Jahren haben wir die Todesstrafe '95 wieder eingeführt.« Die Worte knistern und zischen aus seinem Mund wie Funken von einer Tesla-Spule. Die Filipinos haben eine bessere Aussprache als die Amerikaner, und das wissen sie auch.

Randy und Alejandro befinden sich in einem hohen, schmalen Raum irgendwo zwischen dem Gefängnis und dem Gericht in Makati. Für ein paar Minuten lungerte ein vor lauter Verlegenheit in sich zusammengekauerter Gefängniswärter bei ihnen herum und verließ den Raum erst, als Rechtsanwalt Alejandro zu ihm hinüber ging, in leisem, väterlichem Ton mit ihm sprach und ihm etwas in die Hand drückte. Ein Fenster steht offen und von der zwei Stockwerke unter ihnen liegenden Straße dringt der Lärm von Autohupen herauf. Randy erwartet fast, dass Doug Shaftoe und seine Männer sich vom Dach abseilen, plötzlich in einem glitzernden und prasselnden Schauer von zerbrochenem Fensterglas hereingesaust kommen und Randy entführen, während Rechtsanwalt Alejandro sein ganzes Gewicht gegen den eine halbe Tonne schweren Tisch wirft und die Tür damit blockiert.

Sich solche Szenen auszudenken hilft, die Langeweile des Gefängnisalltags zu durchbrechen, und erklärt wahrscheinlich zu einem großen Teil die Begeisterung von Randys Gefängnisgenossen für Videos, die sie zwar nicht wirklich anschauen können, über die sie sich aber in einer Mischung aus Englisch und Tagalog, die Randy mittlerweile versteht, unentwegt unterhalten. Aufgrund der Videos, oder besser ihres Nichtvorhandensein, hat sich das Phänomen einer medialen Rückwärtsentwicklung eingestellt: ein mündliches Geschichtenerzählen, verwurzelt in Videos, die diese Burschen irgendwann einmal gesehen haben. Eine besonders anrührende Beschreibung zum Beispiel von Stallone in *Rambo III*, wie er seine Bauchschusswunde ausbrennt, indem er eine aufgerissene Gewehrpatrone zündet und Schießpulverflammen darauf richtet, stürzt die Männer ausnahmslos in mehrere Augenblicke ehrfürchtiger Bewunderung. Das ist so etwa die einzige Zeit der Ruhe, die Randy jetzt hat, und folglich hat er begonnen, sich einen neuen Plan zurechtzulegen: Er wird seine kalifornische Herkunft ausschlachten, indem er behauptet, dass er Kung-Fu- und Karate-Filme gesehen hat, die noch nicht als Raubkopien in die Straßen von Manila vorgedrungen sind, und wird sie in so beredten Worten wiedergeben, dass das gesamte Gefängnis für ein paar Minuten zu einem Ort klösterlicher Beschaulichkeit wird, wie das idealisierte Dritte-Welt-Gefängnis, in dem Randy gerne wäre. Randy hat *Papillon*, als er noch ein Kind war, mehrmals von der ersten bis zur letzten Seite gelesen und sich Gefängnisse in der Dritten Welt immer als Orte äußerster, erhabener Isolation vorgestellt: sengende tropische Sonne, die die feuchte, dunstige Luft zum Glühen bringt, wenn sie über die eng nebeneinander ins dicke Mauerwerk gesetzten Eisenstäbe hereinfällt. Verschwitzte Steppenwölfe, die mit nacktem Oberkörper in ihren Zellen auf und ab schnüren und darüber nachgrübeln, an welcher Stelle es schief gelaufen ist. Heimlich auf Zigarettenpapier gekritzelte Gefängnistagebücher.

Dagegen ist das Gefängnis, in dem sie Randy festhalten, eine regelrecht wimmelnde städtische Gesellschaft, von deren Mitgliedern manche im Augenblick einfach nicht fortgehen können. Abgesehen von Randy und einer ständig wechselnden Population Betrunkener sind hier alle ausgesprochen jung, sodass er sich richtig alt fühlt. Wenn er noch einen einzigen durch Videos verdummten Jungen in einem nachgemachten »Hard Rock Cafe«-T-Shirt herumstolzieren und mit Gebärden von amerikanischen Gangsta-Rappers protzen sieht, muss er möglicherweise tatsächlich zum Mörder werden.

Rechtsanwalt Alejandro fragt – und die Frage ist rein rhetorisch: »Warum ›Tod den Drogenschmugglern‹?« Randy hat nicht gefragt, warum, aber Rechtsanwalt Alejandro möchte ihm etwas über das Warum sagen. »Die Amerikaner waren sehr verärgert darüber, dass einige Leute in diesem Teil der Welt nicht aufgehört haben, ihnen die Drogen zu verkaufen, die sie unbedingt haben wollen.«

»Tut mir Leid. Was soll ich da sagen? Wir sind das Hinterletzte. Ich weiß, dass wir das Hinterletzte sind.«

»Und so haben wir als Geste der Freundschaft zwischen unseren Völkern die Todesstrafe eingeführt. Das Gesetz sieht zwei und nur zwei Hinrichtungsmethoden vor«, fährt Rechtsanwalt Alejandro fort, »die Gaskammer und den elektrischen Stuhl. Wie Sie sehen, haben wir den Amerikanern – auf diesem Gebiet wie auf vielen anderen, was teils klug und teils dumm war – den Rang abgelaufen. Nun hatten wir damals nirgendwo auf den Philippinen eine Gaskammer. Es wurde ein Gutachten angefertigt. Pläne wurden erstellt. Haben Sie eine Ahnung, was der Bau einer anständigen Gaskammer alles mit sich bringt?« Jetzt redet Rechtsanwalt Alejandro sich richtig in Fahrt, aber Randy kann sich kaum konzentrieren, bis irgendetwas in Alejandros Ton ihm sagt, dass die Coda naht. »... sagte die Gefängnisverwaltung: ›Wie können Sie von uns erwarten, dass wir diese Erfindung des Raumzeitalters bauen, wenn wir nicht einmal die Mittel haben, Rattengift für unsere überfüllten Gefängnisse zu kaufen?‹ Daran können

Sie sehen, dass sie nur nach mehr Mitteln jammerten. Verstehen Sie?« Rechtsanwalt Alejandro zieht viel sagend die Augenbrauen hoch und saugt die Wangen ein, während er gut zwei oder drei Zentimeter einer Marlboro zu Asche verwandelt. Sein offensichtliches Bedürfnis, die zugrunde liegenden Motive der Gefängnisverwaltung so ausführlich zu erklären, scheint darauf hinzudeuten, dass seine Einschätzung von Randys Intelligenz nicht allzu schmeichelhaft ausfällt, was angesichts der Art, wie er am Flughafen verhaftet wurde, vielleicht auch nur recht und billig ist. »Also blieb nur der elektrische Stuhl übrig. Aber wissen Sie, was mit dem passiert ist?«

»Keine Ahnung«, sagt Randy.

»Er ist verbrannt. Schaltfehler. Damit hatten wir keine Möglichkeit, Leute zu töten.« Plötzlich erinnert sich Rechtsanwalt Alejandro, dessen Miene bisher keine Heiterkeit verraten hat, daran zu lachen. Es ist rein mechanisch, und bis Randy sich aufgerafft hat, eine gewisse höfliche Belustigung an den Tag zu legen, ist es vorbei und Alejandros Miene wieder ernst. »Filipinos sind jedoch höchst anpassungsfähig. Erneut haben wir«, sagt Rechtsanwalt Alejandro, »auf Amerika geschaut. Unseren Freund, unseren Gönner, unseren großen Bruder. Kennen Sie den Ausdruck *Ninong*? Natürlich, ich habe vergessen, dass Sie ja eine ganze Weile hier gelebt haben.« Randy ist immer beeindruckt von dieser Mischung aus Liebe, Hass, Hoffnung, Enttäuschung, Bewunderung und Spott, die die Filipinos Amerika gegenüber zum Ausdruck bringen. Nachdem sie einmal Teil der Vereinigten Staaten waren, können sie Spitzen gegen sie loslassen, die sich normalerweise nur waschechte US-Bürger erlauben dürfen. Dass die Vereinigten Staaten nicht imstande waren, sie nach Pearl Harbor vor den Japanern zu schützen, ist immer noch das Bedeutendste, was ihnen je widerfahren ist. Vermutlich sogar etwas bedeutender als MacArthurs Rückkehr ins Land ein paar Jahre später. Wenn sich da keine Hassliebe entwickelt...

»Auch die Amerikaner«, fährt Rechtsanwalt Alejandro fort, »hatten schwer an den Ausgaben für die Hinrichtung von Menschen und den ständigen Ärger mit ihren elektrischen Stühlen zu tragen. Vielleicht hätten sie sie in Auftrag geben sollen.«

»Wie bitte?«, sagt Randy. Ihm kommt der Gedanke, dass Rechtsanwalt Alejandro vielleicht nur prüft, ob er wach ist.

»In Auftrag geben. An die Japaner. Zu Sony oder Panasonic oder einem dieser Läden gehen und sagen (und nun verfällt er wieder in den perfekten Akzent des amerikanischen Bauerntölpels): ›Die VCRs, die ihr uns verscherbelt habt, sind wirklich klasse – warum baut ihr uns nicht einen elektrischen Stuhl, der auch funktioniert?‹ Und das hätten die auch gemacht – in solchen Dingen sind sie einfach hervorragend – und wenn sie den Amerikanern dann alle elektrischen Stühle, die sie brauchten, verkauft hätten, hätten wir zum Sonderpreis ein paar Exemplare zweiter Wahl gekauft.« Immer wenn Filipinos Amerika in Gegenwart eines Amerikaners miesmachen, versuchen sie in der Regel, einige richtig gehässige Bemerkungen über die Japaner hinterherzuschieben, um alles wieder ins rechte Licht zu rücken.

»Was bringt uns das jetzt?«, fragt Randy.

»Entschuldigen Sie bitte die Abschweifung. Die Amerikaner waren dazu übergegangen, Verurteilte mit der Todesspritze hinzurichten. Und wir haben einmal mehr beschlossen, uns nach ihnen zu richten. Warum haben wir die Leute nicht einfach aufgehängt? Wir haben jede Menge Seil – Seil kommt nämlich von hier, wissen Sie –«

»Ja.«

»– oder erschossen? Wir haben jede Menge Gewehre. Aber nein, der Kongress wollte so modern sein wie Uncle Sam, und deshalb musste es jetzt die Todesspritze sein. Dann haben wir eine Delegation losgeschickt, um zu sehen, wie die Amerikaner Leuten die Todesspritze verabreichen, und wissen Sie, was die bei ihrer Rückkehr berichtet hat?«

»Dass man alle möglichen Spezialgeräte dafür braucht.«

»Dass man alle möglichen Spezialgeräte dafür braucht und außerdem einen besonderen Raum. Dieser Raum ist noch nicht gebaut worden. Wissen Sie, wie viele Häftlinge in unserem Todestrakt sitzen?«

»Keine Ahnung.«

»Mehr als zweihundertfünfzig. Selbst wenn der Raum morgen gebaut würde, könnten die meisten von ihnen nicht hingerichtet werden, da es gesetzwidrig ist, eine Hinrichtung vorzunehmen, wenn seit dem letzten Berufungsverfahren noch kein Jahr vergangen ist.«

»Moment mal! Wozu ein ganzes Jahr warten, wenn man seine letzte Berufungsverhandlung verloren hat?«

Rechtsanwalt Alejandro zuckt die Schultern.

»In Amerika findet die letzte Berufungsverhandlung in der Regel erst statt, wenn der Todeskandidat schon mit der Nadel im Arm auf dem Tisch festgeschnallt ist.«

»Vielleicht warten sie für den Fall, dass sich in diesem Jahr ein Wunder ereignet. Wir sind ein sehr religiöses Volk – sogar unter den Todeskandidaten gibt es einige, die sehr religiös sind. Aber jetzt flehen sie darum, hingerichtet zu werden. Sie können das Warten nicht mehr ertragen!« Rechtsanwalt Alejandro lacht und schlägt mit der flachen Hand auf den Tisch. »Nun, Randy, diese zweihunderfünfzig Leute sind alle arm. Allesamt.« Er macht eine bedeutungsvolle Pause.

»Und wenn schon«, sagt Randy. »Haben Sie übrigens gewusst, dass mein Reinvermögen sich auf weniger als null beläuft?«

»Ja, aber Sie sind reich an Freunden und Beziehungen.« Rechtsanwalt Alejandro fängt an, sich selbst zu filzen. In einer Gedankenblase über seinem Kopf taucht das Bild einer neuen Marlboropackung auf. »Ich habe vor kurzem einen Anruf von einem Ihrer Freunde in Seattle bekommen.«

»Chester?«

»Genau der. Er hat Geld.«

»Das kann man wohl sagen.«

»Chester sucht nach Wegen, seine finanziellen Mittel zu Ihren Gunsten arbeiten zu lassen. Er fühlt sich frustriert und unsicher, denn er verfügt zwar über beachtliche Mittel, weiß aber nicht, wie er sie im Rahmen der philippinischen Rechtsprechung am geschicktesten einsetzen kann.«

»Das ist Chester, wie er leibt und lebt. Könnten Sie ihm womöglich ein paar Tipps zukommen lassen?«

»Ich werde mit ihm sprechen.«

»Eins möchte ich Sie fragen«, sagt Randy. »Mir ist klar, dass geschickt eingesetzte finanzielle Mittel mich freikaufen könnten. Was aber, wenn irgendein reicher Mensch sein Geld dazu verwenden will, mich in den Todestrakt zu schicken?«

Das lässt Rechtsanwalt Alejandro für einen Moment verstummen. »Für einen wohlhabenden Menschen gibt es rationellere Methoden, jemanden umzubringen. Aus den eben genannten Gründen würde ein Möchtegern-Attentäter zunächst außerhalb des philippinischen Hinrichtungsapparates nach Möglichkeiten suchen. Als Ihr Anwalt bin ich deshalb der Überzeugung, dass hier in Wirklichkeit –«

»– jemand versucht, mir eine Botschaft zu schicken.«

»Genau. Sehen Sie, langsam fangen Sie an zu begreifen.«

»Ich frage mich, ob Sie wohl in etwa einschätzen können, wie lange ich hier noch eingesperrt sein werde. Soll ich mich vielleicht eines geringfügigeren Verbrechens schuldig bekennen und dann ein paar Jahre absitzen?«

Rechtsanwalt Alejandro wirkt gekränkt und schnaubt verächtlich. Er lässt sich nicht einmal zu einer Antwort herab.

»Ich hab's ja nicht so gemeint«, sagt Randy. »Aber an welchem Punkt in dem ganzen Verfahren glauben Sie, könnte ich rauskommen? Immerhin haben die es ja abgelehnt, mich gegen Kaution freizulassen.«

»Selbstverständlich! Schließlich werden Sie eines Kapitalverbrechens beschuldigt! Obwohl jeder weiß, dass es ein Witz ist, darf man es nicht am gebührenden Respekt fehlen lassen.«

»Sie haben die mir untergeschobenen Drogen aus meiner Tasche gezogen – und dafür gibt es eine Million Zeugen. Es war doch eine Droge, oder?«

»Malaysisches Heroin. Ganz rein«, schwärmt Rechtsanwalt Alejandro.

»Alle diese Leute können also bezeugen, dass in meinem Gepäck ein Beutel Heroin gefunden wurde. Das dürfte die Aufgabe, mich hier rauszuholen, wohl erschweren.«

»Vermutlich können wir erreichen, dass die Klage abgewiesen wird, bevor der Prozess richtig losgeht, indem wir Mängel in der Beweisführung aufzeigen«, sagt Rechtsanwalt Alejandro. Irgendetwas in seiner Stimme und der Art, wie er aus dem Fenster starrt, deutet darauf hin, dass er gerade zum ersten Mal richtig darüber nachgedacht hat, wie er dieses Problem konkret angehen wird. »Vielleicht wird sich ein Gepäckträger vom NAIA melden und bezeugen, er habe gesehen, wie eine zwielichtige Gestalt die Drogen in Ihren Seesack schmuggelte.«

»Eine zwielichtige Gestalt?«

»Genau das«, sagt Rechtsanwalt Alejandro gereizt, da er Sarkasmus herauszuhören meint.

»Gibt's davon viele hinter den Kulissen des NAIA?«

»Viele brauchen wir gar nicht.«

»Was meinen Sie, wie viel Zeit vergehen wird, bevor dieser Gepäckträger endlich so von seinem Gewissen geplagt wird, dass er sich meldet?«

Rechtsanwalt Alejandro zuckt die Schultern. »Ein paar Wochen vielleicht. Damit alles seine Richtigkeit hat. Wie sind Sie untergebracht?«

»Beschissen. Aber wissen Sie was? Mir ist mittlerweile alles ziemlich egal.«

»Unter den Beamten der Gefängnisverwaltung fürchten manche, Sie könnten, wenn Sie rauskommen, vielleicht Unangenehmes über die Haftbedingungen sagen.«

»Seit wann kümmert sie das denn?«

»In Amerika sind Sie ein bisschen berühmt. Nicht sehr. Aber ein bisschen. Erinnern Sie sich an den amerikanischen Jungen in Singapur, der die Prügelstrafe bekam?«

»Natürlich.«

»Sehr schlechte Publicity für Singapur. Deshalb gibt es in der Gefängnisverwaltung Beamte, die sich ernsthaft mit dem Gedanken tragen, Sie in eine Einzelzelle zu stecken. Sauber. Ruhig.«

Randy setzt eine fragende Miene auf, hebt eine Hand und reibt mit der Geste für Geld Daumen und Zeigefinger aneinander.

»Ist schon geschehen.«

»Chester?«

»Nein. Jemand anders.«

»Avi?«

Rechtsanwalt Alejandro schüttelt den Kopf.

»Die Shaftoes?«

»Ich kann Ihnen die Frage nicht beantworten, weil ich es gar nicht weiß, Randy. Ich war nicht in diese Entscheidung einbezogen. Aber wer immer es getan hat, hat auch Ihrer Bitte nach Möglichkeiten, sich die Zeit zu vertreiben, entsprochen. Haben Sie Bücher verlangt?«

»Ja. Haben Sie welche?«

»Nein. Aber sie lassen das hier zu.« Jetzt macht Rechtsanwalt Alejandro seine Aktentasche auf, greift mit beiden Händen hinein und zieht – Randys neuen Laptop heraus. Er trägt noch den Aufkleber mit der Asservatennummer der Polizei.

»Das gibt's doch nicht!«, sagt Randy.

»Doch! Nehmen Sie ihn!«

»Ist er nicht so was wie ein Beweisstück?«

»Die Polizei braucht ihn nicht mehr. Man hat ihn aufgemacht und innen auf Drogen durchsucht. Hat Fingerabdrücke genommen – sie können das Graphitpulver noch sehen. Ich hoffe, es hat dem empfindlichen Gerät nicht geschadet.«

»Das hoffe ich auch. Und Sie wollen mir jetzt sagen, dass es mir freisteht, das Gerät hier mit in meine neue, saubere, ruhige Einzelzelle zu nehmen?«

»Genau das sage ich.«

»Und ich kann ihn dort benutzen? Ohne Einschränkungen?«

»Man wird Ihnen eine Anschlussmöglichkeit geben. Eine Steckdose«, sagt Rechtsanwalt Alejandro und fügt viel sagend hinzu: »Ich habe sie darum gebeten«, offensichtlich eine zarte Andeutung, dass er jegliches Honorar, das er am Ende bekommen wird, mehr als verdient.

Randy holt richtig tief Luft und denkt dabei: *Das ist ja wirklich unglaublich großzügig – um nicht zu sagen erschreckend –, dass derselbe Staat, der mich verurteilen und hinrichten will, sogar so weit geht, dass er mich auf meinem Computer herumspielen lässt, während ich auf meinen Prozess und meinen Tod warte.* Er atmet aus und sagt: »Gott sei Dank, dann kann ich wenigstens noch ein bisschen Arbeit erledigen.« Rechtsanwalt Alejandro nickt zustimmend.

»Ihre Freundin ist da und möchte Sie sehen«, verkündet er.

»Eigentlich ist sie nicht meine Freundin. Was will sie denn?«, fragt Randy.

»Was soll das heißen: ›Was will sie denn‹? Sie will Sie sehen. Ihnen emotionale Unterstützung geben. Sie wissen lassen, dass Sie nicht ganz allein sind.«

»Mist!«, murmelt Randy. »Ich will keine emotionale Unterstützung. Ich will aus diesem Gefängnis raus, verdammt noch mal!«

»Das fällt in mein Ressort«, erwidert Rechtsanwalt Alejandro stolz.

»Wissen Sie, wie mir das vorkommt? Wie so eine Geschichte nach dem Motto ›Männer sind vom Mars, Frauen von der Venus‹.«

»Diese Wendung habe ich noch nicht gehört, aber ich verstehe unmittelbar, was Sie meinen.«

»Es ist der Untertitel eines dieser amerikanischen Bücher, bei denen es genügt, sich die Titelseite anzuschauen, um zu wissen was drin steht«, sagt Randy.

»Dann werde ich es nicht lesen.«

»Sie und ich sehen nur, dass jemand versucht, mich fertig zu machen, und dass ich hier rauskommen muss. Schlicht und ergreifend. Aber für Amy ist es viel mehr als das – es ist eine Gelegenheit, sich zu unterhalten!«

Rechtsanwalt Alejandro verdreht nur die Augen und macht die universelle Geste für »Frauengequassel«: Daumen und Fingerspitzen, die wie ein körperloser plappernder Kiefer auf und zu klappen.

»Um über tiefe Gefühle und emotionale Bindung zu sprechen«, fährt Randy fort und schließt die Augen.

»Aber so schlecht ist das doch gar nicht«, sagt Rechtsanwalt Alejandro und strahlt dabei vor Unaufrichtigkeit wie ein Spiegelball in einer Disko.

»Mir geht es gut in diesem Gefängnis. Erstaunlich gut«, sagt Randy,

»aber das liegt nur daran, dass ich eine Art Antigefühlswall um mich errichtet habe. Viele Barrieren zwischen mir und meiner Umgebung. Und deswegen macht es mich schier wahnsinnig, dass sie ausgerechnet jetzt implizit von mir verlangt, dass ich meine Deckung herunternehme.«

»Sie weiß, dass Sie schwach sind«, sagt Rechtsanwalt Alejandro und zwinkert ihm zu. »Sie riecht Ihre Verletzlichkeit.«

»Das ist nicht alles, was sie riechen wird. Hat diese neue Zelle eine Dusche?«

»Alles. Vergessen Sie nicht, etwas Schweres auf den Abfluss zu legen, damit in der Nacht keine Ratten heraufklettern.«

»Danke. Ich werde einfach meinen Laptop draufstellen.« Randy lehnt sich auf seinem Stuhl zurück und rutscht mit dem Hintern darauf herum. Es gibt da jetzt ein Problem mit einer Erektion. Für Randy ist es schon mindestens eine Woche her. Drei Nächte im Gefängnis, die Nacht davor in Tom Howards Haus, davor im Flugzeug, davor auf Avis Kellerfußboden ... wahrscheinlich sogar viel länger als eine Woche. Randy muss dringend in diese Einzelzelle, und sei es nur aus dem einen Grund, dass er dann dem, was so schwer auf seine Prostata drückt, freien Lauf lassen und seinen Verstand wieder in ruhigeres Fahrwasser lenken kann. Er betet zu Gott, dass er Amy nur durch eine dicke Glastrennwand zu sehen bekommt.

Rechtsanwalt Alejandro macht die Tür auf und sagt etwas zu dem wartenden Gefängniswärter, der sie einen Flur entlang zu einem anderen Raum bringt. Der ist größer als der andere und verfügt über eine Reihe langer Tische, an denen hier und da in kleinen Trauben philippinische Familien sitzen. Falls diese Tische je als Maßnahmen gegen direkten Körperkontakt gedacht waren, ist das längst in Vergessenheit geraten; um zu verhindern, dass Filipinos einander ihre Zuneigung zeigen, bräuchte man eher so etwas wie die Berliner Mauer. Amy ist hier und geht bereits mit großen Schritten um das Ende eines der Tische herum, während ein paar Wachen ostentativ in die andere Richtung schauen (allerdings schnellen, sobald sie an ihnen vorbeigefegt ist, ihre Blicke zurück, um ihren Hintern zu begutachten). Diesmal kein Kleid. Randy wagt die Voraussage, dass es einige Jahre dauern wird, bis er Amy wieder im Kleid sieht. Beim letzten Mal wurde sein Schwanz steif, sein Herz pochte, er sabberte buchstäblich, und dann legten bewaffnete Männer ihm plötzlich Handschellen an.

Jetzt hat Amy alte, am Knie aufgerissene Jeans, ein Tank-Top und eine schwarze Lederjacke an, um ihre verdeckt getragenen Waffen besser unterbringen zu können. Wie Randy die Shaftoes kennt, hat ihre Verteidigungsbereitschaft wahrscheinlich einen sehr hohen Stand erreicht, nämlich denjenigen unmittelbar vor dem totalen nuklearen Schlagabtausch. Doug Shaftoe duscht vermutlich zur Zeit mit einem SEAL-Messer zwischen den Zähnen. Amy, die normalerweise auf einer verhaltenen Umarmungsvariante mit nur einem, kaum angehobenen Arm steht, wirft jetzt wie ein Schiedsrichter beim Anzeigen eines Touchdowns beide Arme in die Luft, winkelt sie hinter Randys Nacken ab und lässt ihn alles fühlen. Das Fleisch seines Unterleibs kann die Stiche ihrer Blinddarmnarbe zählen. Dass er einen Ständer hat, ist für sie wahrscheinlich ebenso offenkundig wie die Tatsache, dass er stinkt. Genauso gut hätte er einen dieser langen, neonorangefarbenen Fahrradwimpel an seinem Penisschaft festzurren und aus der Hose herauslugen lassen können.

Sie tritt einen Schritt zurück, senkt ihren Blick darauf, schaut ihm dann ganz bewusst in die Augen und sagt: »Wie fühlen Sie sich?«, die obligatorische Frage von Frauen, die hier schwer zu deuten ist – war es nun trocken/ironisch oder einfach hinreißend naiv gemeint?

»Sie fehlen mir«, sagt er, »und ich entschuldige mich dafür, dass mein limbisches System Ihre Geste emotionaler Unterstützung fehlinterpretiert hat.«

Sie nimmt es gelassen, zuckt die Schultern und sagt: »Kein Grund, sich zu entschuldigen. Es ist alles ein Teil von *Ihnen*, Randy. Ich muss Sie doch nicht in Stücken kennen lernen, oder?«

Randy widersteht dem Drang, auf die Uhr zu schauen, was ohnehin sinnlos wäre, da sie konfisziert worden ist. Amy hat soeben mit der Art, wie sie das Thema auf Randys Unfähigkeit, sich emotional zu öffnen, lenkte, eine Art neuen Geschwindigkeitsweltrekord in der Kategorie Männer-/Frauengespräche aufgestellt. Und dass sie es in diesem Rahmen getan hat, zeugt von einer Chuzpe, die er einfach bewundern muss.

»Sie haben mit Rechtsanwalt Alejandro gesprochen«, sagt sie.

»Hm. Ich nehme an, er hat mir alles mitgeteilt, was er mir mitteilen sollte.«

»Viel mehr habe ich auch nicht für Sie«, erwidert sie. Was auf einer rein taktischen Ebene eine Menge bedeutet. Wäre das Wrack von den Lakaien des Dentisten gefunden oder ihre Bergungsarbeit irgendwie unterbrochen worden, würde sie etwas sagen. Dass sie nichts sagt, bedeutet, dass sie wahrscheinlich gerade in diesem Augenblick Gold aus dem Unterseeboot holen.

Gut. Sie ist also vollauf mit der Goldbergungsaktion beschäftigt, zu der sie sicherlich einen entscheidenden Beitrag leistet. Sie hat ihm absolut nichts Besonderes mitzuteilen. Warum aber hat sie dann die lange, abwechselnd öde und gefährliche Reise nach Manila angetreten? Um was genau zu tun? Wenn er doch bloß Gedanken lesen könnte! Sie hat die Arme vor der Brust verschränkt und betrachtet ihn lässig. *Jemand versucht, Ihnen eine Botschaft zu schicken.*

Plötzlich befällt ihn das Gefühl, dass sie ihn genau da hat, wo sie ihn haben will. Vielleicht war sie diejenige, die das Heroin in seine Tasche geschmuggelt hat. Eine reine Machtfrage, nichts anderes.

Ein großes Erinnerungsfragment taucht an die Oberfläche von Randys Bewusstsein wie eine von der polaren Eiskappe abgesprungene Eisscholle. Er und Amy und die Shaftoejungs waren in Kalifornien, unmittelbar nach dem Erdbeben, und durchforsteten den ganzen Schrott im Keller nach ein paar Kartons mit wichtigen Papieren. Randy hörte Amy vor Vergnügen quietschen und fand sie in der Ecke auf ein paar alten Bücherkisten sitzend und im Licht ihrer Taschenlampe ein Taschenbuch lesend. Sie hatte ein gewaltiges Lager mit Liebesromanen entdeckt, von denen Randy keinen einzigen je gesehen hatte. Schmachtfetzen der übelsten Sorte! Randy nahm an, dass die Vorbesitzer des Hauses sie dagelassen hatten, bis er ein paar von ihnen durchblätterte und sich die Erscheinungsdaten ansah: Alle aus den Jahren, als er und Charlene zusammenlebten. Charlene musste sie in einem Tempo von ungefähr einem Buch pro Woche gelesen haben.

»Mein lieber Mann«, sagte Amy und las ihm eine Passage über einen raubeinigen, aber sensiblen aber knallharten aber liebenden aber geilen aber klugen Helden vor, der sich an einer empörten, aber willigen aber sich sträubenden aber nachgiebigen stürmischen Schönen delektiert. »Mein Gott!« Sie pfefferte das Buch in eine Pfütze auf dem Kellerboden.

»Ich fand immer, dass sie mit ihrer Lektüre heimlichtuerisch umging.«

»Na ja, jetzt wissen Sie, was sie wollte«, sagte Amy. »Haben Sie ihr gegeben, was sie wollte, Randy?«

Und das hat Randy seither ständig beschäftigt. Als aber sein Erstaunen darüber, dass diese Schmachtfetzen für Charlene eine Art Sucht gewesen waren, sich gelegt hatte, stellte er fest, dass er es eigentlich gar nicht mal so schlimm fand, obwohl das Lesen solcher Bücher in ihren Kreisen gleichbedeutend war mit dem Tragen langer spitzer

Hüte in den Straßen von Salem Village, Mass., um das Jahr 1692. Sie und Randy hatten sich schrecklich bemüht, eine Beziehung von gleichberechtigten Partnern herzustellen. Sie hatten Geld zu Beziehungsberatern getragen, um die Beziehung zwischen Gleichberechtigten am Leben zu erhalten. Aber Charlene war, ohne ihm je einen Grund dafür zu nennen, immer wütender geworden, und er immer verwirrter. Am Ende war er nicht mehr verwirrt, sondern nur noch gereizt und ihrer überdrüssig. Nachdem Amy diese Bücher im Keller gefunden hatte, entstand in Randys Kopf eine ganz neue und andere Geschichte: Charlenes limbisches System war einfach so gestrickt, dass sie dominante Männer mochte. Natürlich nicht im Sinne von Peitschen und Ketten, sondern in dem Sinn, dass in den meisten Beziehungen einer den aktiven und einer den passiven Part übernimmt, und das geschieht ohne erkennbare Logik, ist aber auch gar nicht schlimm. Letztlich kann der passive Partner genauso viel Macht haben und genauso viel Freiheit.

Intuition dauert wie ein Blitzstrahl nur eine Sekunde lang. Normalerweise stellt sie sich ein, wenn man sich mit einer schwierigen Entschlüsselung abquält und im Kopf die bereits angestellten fruchtlosen Versuche Revue passieren lässt. Plötzlich bricht das Licht durch und man findet nach wenigen Minuten, was die vergangenen Tage harter Arbeit nicht zu offenbaren vermochten.

Randy vermutet stark, dass Amy keine Schmachtfetzen liest. Bei ihr ist es eher umgekehrt. Sie kann es nicht ertragen, sich irgendjemandem auszuliefern. Was es ihr schwer macht, sich in der feinen Gesellschaft zu bewegen; sie wäre nicht glücklich geworden, hätte sie in ihrem letzten Jahr auf der High School zu Hause gesessen und darauf gewartet, dass ein Junge sie zum Schülerball einlädt. Diese Seite ihrer Persönlichkeit bietet jede Menge Anlass zu Missverständnissen, und deshalb ist sie ausgestiegen. Lieber wollte sie, in Gesellschaft ihrer Musik von intelligenten Sängerinnen und Liedermacherinnen, in einem abgelegenen Teil der Welt einsam, sich selbst treu und niemandem Rechenschaft schuldig sein, als in Amerika missverstanden und bedrängt zu werden.

»Ich liebe dich«, sagt er. Amy wendet den Blick ab und stößt einen tiefen Seufzer aus, als wollte sie sagen *Endlich kommen wir ein Stück weiter*. Randy fährt fort: »Seit unserer ersten Begegnung bin ich in dich verknallt.«

Jetzt schaut sie ihn wieder erwartungsvoll an.

»Und dass ich so lange gebraucht habe, bis ich es dir, äh, richtig zeigen oder auf dich zugehen konnte, lag vor allem daran, dass ich nicht sicher war, ob du vielleicht lesbisch bist.«

Amy schnaubt verächtlich und verdreht die Augen.

»... und später einfach an meiner Zurückhaltung. Die dummerweise auch ein Teil von mir ist, genau wie dieser da.« Nur eine Mikrosekunde lang schaut er an sich hinunter.

Voller Verwunderung sieht sie ihn kopfschüttelnd an.

»Die Tatsache, dass der naturwissenschaftlich Forschende fünfzig Prozent seiner Zeit mit nichtrationalen Mitteln arbeitet, wird nicht hinreichend zur Kenntnis genommen«, sagt Randy.

Amy setzt sich auf seiner Seite auf den Tisch, zieht schwungvoll die gestreckten Beine hoch, vollführt auf ihrem Hinterteil eine geschickte halbe Drehung und rutscht auf der anderen Seite wieder hinunter.

»Ich werde über das, was du gesagt hast, nachdenken«, verspricht sie.

»Halt die Ohren steif, Kumpel.«

»Na klar, Amy.«

Amy schenkt ihm über die Schulter hinweg ein kleines Lächeln und geht dann direkt zum Ausgang. Um sich davon zu überzeugen, ob er ihr nachschaut, wendet sie sich auf der Schwelle noch einmal um.

Er tut es. Und sein Gefühl sagt ihm, dass das die richtige Antwort ist.

Blendwerk

Ein paar Trupps japanischer Luftwaffensoldaten, die mit Gewehren und Nambus bewaffnet sind, verfolgen Bobby Shaftoe und sein Grüppchen Huks in Richtung Kaimauer an der Manila Bay. Falls es so weit kommt, dass sie stehen bleiben und die Sache ausschießen müssen, können sie wahrscheinlich eine Menge Nips umbringen, ehe sie selbst überwältigt werden. Aber sie sind hier, um die Altamiras zu finden und ihnen beizustehen, nicht, um den Heldentod zu sterben, und so ziehen sie sich durch Ermita zurück. Eine von MacArthurs kreisenden Piper Cubs macht einen der japanischen Trupps aus, als dieser gerade über die Trümmer eines eingestürzten Gebäudes kraxelt, und fordert Artilleriefeuer an – schon schrauben sich von Norden her Granaten heran wie lange Pässe bei einem Football-Spiel. Shaftoe und die Huks zählen die Sekunden zwischen den Einschlägen, versuchen abzuschätzen, aus wie vielen Rohren auf sie gefeuert wird, und von einer Deckung zur nächsten zu laufen, wenn sie meinen, dass ein paar Sekunden lang keine Granate kommt. Ungefähr die Hälfte der Nips werden durch diesen Geschosshagel getötet oder verwundet, aber Shaftoes Huks kämpfen mittlerweile auf derart kurze Entfernung gegen sie, dass auch zwei von ihnen fallen. Bei dem Versuch, einen von ihnen aus der Gefahrenzone zu schleifen, sieht Shaftoe, als er nach unten blickt, dass er über einen Haufen zerbrochenen weißen Geschirrs stampft, das den Namen eines Hotels trägt – desselben Hotels, in dem er an dem Abend, als der Krieg ausbrach, mit Glory getanzt hat.

Die verwundeten Huks sind noch imstande, sich zu bewegen, und so setzt sich der Rückzeug fort. Shaftoe beruhigt sich ein wenig und denkt mit klarerem Kopf über die Situation nach. Die Huks finden eine gute Verteidigungsposition und halten die Angreifer ein paar Minuten lang auf, während er sich orientiert und einen Plan zurechtlegt. Eine Viertelstunde später räumen die Huks ihre Position und lassen sich, jedenfalls dem Anschein nach, in Panik zurückfallen. Ungefähr die Hälfte des japanischen Trupps stürzt ihnen nach und sieht sich in eine tödliche Falle gelockt, eine Sackgasse, die durch den teilweisen Einsturz eines Gebäudes in ein kleines Sträßchen entstanden ist. Einer der Huks eröffnet mit einer Maschinenpistole das Feuer, während Shaftoe – der, in einem ausgebrannten Auto versteckt, zurückgeblieben ist – die anderen mit Granaten eindeckt, sie so festnagelt und daran hindert, ihren Kameraden zu Hilfe zu kommen, die geräuschvoll abgeschlachtet werden.

Aber diese Nips sind unerbittlich. Unter dem Befehl eines überlebenden Offiziers gruppieren sie sich neu und setzen die Verfolgung fort. Shaftoe, nun auf sich allein gestellt, sieht sich schließlich zwischen den Grundmauern eines Hotels herumgehetzt, eines luxuriösen Schuppens, der sich in der Nähe der amerikanischen Botschaft über der Bucht erhebt. Er stolpert über den Körper einer jungen Frau, die offensichtlich aus einem der Fenster gesprungen, gestürzt oder gestoßen worden ist. Als er sich, um Atem zu schöpfen, hinter ein Gebüsch kauert, schlägt aus den Hotelfenstern ein schrilles Klagen an sein Ohr. Ihm geht auf, dass das Gebäude voller Frauen ist, die allesamt schreien oder schluchzen.

Seine Verfolger scheinen ihn aus den Augen verloren zu haben. Das gilt auch für die Huks. Shaftoe bleibt eine Zeit lang an Ort und Stelle, lauscht all den Frauen, wünscht, er könnte etwas für sie tun. Aber das

Gebäude muss voller japanischer Soldaten sein, sonst würden die Frauen nicht so schreien.

Er lauscht eine Zeit lang angestrengt, versucht die Klagen der Frauen zu ignorieren. Ein halbwüchsiges Mädchen in einem blutigen Nachthemd stürzt aus dem fünften Stock des Hotels und schlägt wie ein Sack Zement auf dem Boden auf. Shaftoe schließt die Augen und lauscht, bis er sich absolut sicher ist, dass er keine Kinder hört.

Die Lage wird nun klarer. Die Männer werden weggetrieben und umgebracht. Die Frauen werden in eine andere Richtung weggetrieben. Junge Frauen ohne Kinder werden in dieses Hotel gebracht. Frauen mit Kindern müssen demzufolge woanders hingebracht worden sein. Aber wohin?

Er hört Maschinenpistolenfeuer auf der anderen Seite des Hotels. Das müssen seine Kumpels sein. Er robbt bis zu einer Ecke des Gebäudes und lauscht abermals, um festzustellen, wo sie stecken – irgendwo in Rizal Park, meint er, doch dann legt MacArthurs Artillerie los, was das Zeug hält, und die Welt beginnt sich unter ihm zu heben wie ein Teppich, der ausgeschüttelt wird, und er kann weder Bleispritzen noch schreiende Frauen noch sonst etwas hören. Nach Osten und Süden zu hat er freie Sicht auf die Teile von Ermita und Malate, aus denen sie gerade gekommen sind, und er sieht dort große Schutttrümmer vom Boden hochschnellen, und Wolken von Staub. Er hat genug vom Krieg gesehen, um zu wissen, was das heißt: Die Amerikaner rücken nun auch von Süden her vor und kämpfen sich auf Intramuros zu. Shaftoe und sein Trupp Huks haben auf eigene Faust operiert, aber es scheint, dass sie unabsichtlich als Vorboten eines Infanterievorstoßes gedient haben.

Von dem Beschuss in Angst versetzt, kommt, vor Betrunkenheit kaum mehr imstande, sich auf den Beinen zu halten, eine Gruppe japanischer Soldaten, von denen sich einige noch die Hosen hochziehen, aus einem Nebeneingang des Hotels gewankt. Angewidert wirft Shaftoe eine Granate auf sie und verschwindet dann umgehend, ohne sich damit aufzuhalten, die Wirkung zu überprüfen. Allmählich macht es keinen Spaß mehr, Nips umzubringen. Man hat nicht mehr das Gefühl, etwas zu leisten. Es ist nur noch ein langweiliger, gefährlicher Job, der niemals zu enden scheint. Wann hören diese dummen Schweine endlich auf? Sie sind dabei, sich vor aller Welt zu blamieren.

Er findet seine Männer in Rizal Park, im Schatten der alten spanischen Mauer von Intramuros, wo sie den Überresten der japanischen

Trupps, die sie hierher verfolgt haben, den Besitz eines Baseball-Feldes streitig machen. Der Zeitpunkt ist zugleich günstig und ungünstig. Ein bisschen früher, und japanische Verstärkungen aus den umliegenden Vierteln hätten das Scharmützel gehört, wären in den Park geströmt und hätten sie ausgelöscht. Ein bisschen später, und die amerikanische Infanterie wäre hier. Doch im Augenblick liegt Rizal Park in der Mitte eines heruntergekommenen städtischen Schlachtfeldes und nichts ergibt irgendeinen Sinn. Sie müssen der Situation ihren Willen aufzwingen, eine Fähigkeit, die Bobby Shaftoe mittlerweile ziemlich gut beherrscht.

Ihr einziger Vorteil besteht darin, dass die Artillerie vorderhand woandershin zielt. Shaftoe kauert sich hinter eine Kokospalme und versucht auszuklamüsern, wie zum Teufel er über ein paar hundert Meter topfebenes, offenes Gelände hinweg dieses Baseball-Feld erreichen soll.

Er kennt das hier; Onkel Jack hat ihn einmal zu einem Baseball-Spiel hierher mitgenommen. Entlang der Seitenlinien erheben sich Holztribünen. Vor jeder befindet sich ein Unterstand mit Spielerbank. Weil Shaftoe weiß, wie Schlachten ablaufen, weiß er, dass der eine Unterstand voller Nips und der andere voller Huks ist und dass sie sich mit ihrem Feuer gegenseitig darin festnageln, genau wie Truppen im Ersten Weltkrieg in ihren einander gegenüberliegenden Schützengräben. Unter den Tribünen liegen ein paar Gebäude, in denen Toiletten und ein Kiosk untergebracht sind. Im Augenblick werden die Huks und die Nips durch diese Gebäude schleichen und versuchen, in eine Position zu kommen, aus der sie in die Unterstände schießen können.

Aus Richtung der linken Tribüne fliegt eine japanische Granate auf ihn zu, die mit einem reißenden Geräusch durch die Wedel einer Palme saust. Shaftoe zieht den Kopf hinter den Stamm einer anderen Palme zurück, damit er die Granate nicht sehen kann. Sie explodiert und fetzt ihm die Kleidung, und einen Gutteil Haut, von einem Arm und einem Bein. Aber sie ist wie alle japanischen Granaten ein minderwertiges Produkt und erbärmlich ineffektiv. Shaftoe dreht sich um und schickt eine Salve 45er Kugeln in die ungefähre Richtung, aus der die Granate gekommen ist; das müsste dem Werfer Stoff zum Nachdenken liefern, während Shaftoe sich orientiert.

Tatsächlich ist das eine blöde Idee, denn ihm geht die Munition aus. Er hat noch ein paar Schuss in seiner Pistole, das ist alles. Außerdem hat er noch eine Granate übrig. Er erwägt, sie in Richtung Baseball-Feld zu werfen, aber sein Wurfarm ist inzwischen in ziemlich schlechtem Zustand.

Außerdem ist das Baseball-Feld einfach zu weit weg, Herrgott noch mal! Nicht mal in erstklassiger Verfassung könnte er eine Granate von hier nach dort werfen.

Vielleicht ist eine der Leichen da draußen im Gras, zwischen hier und dort, in Wirklichkeit gar keine Leiche. Shaftoe robbt auf die Leiber zu und stellt fest, dass es sich ganz eindeutig um Tote handelt.

Er umgeht das Grasgelände in weitem Bogen und beginnt sich hinter dem Schlagmal herum auf die rechte Außenlinie zuzuarbeiten, wo seine Leute sind. Er würde sich liebend gern von hinten an die Nips heranschleichen, aber der Granatenwerfer hat ihm einen ziemlichen Schrecken eingejagt. Wer zum Teufel ist das?

Aus den Unterständen wird nur noch sporadisch geschossen. Man hat ein Patt erreicht und versucht, Munition zu sparen. Shaftoe riskiert, sich in Kauerstellung aufzurichten. Er ist ungefähr drei Schritte gerannt, als er die Tür zur Damentoilette aufschwingen und einen Mann herausstürzen sieht, der Schwung holt wie Bob Feller, wenn er sich anschickt, einen schnellen Ball genau auf die Mitte des Schlagmals zu werfen. Shaftoe feuert einen Schuss aus seiner 45er ab, doch der aberwitzig heftige Rückstoß reißt ihm die Waffe aus der lädierten Hand. Die Granate kommt genau auf ihn zugeflogen. Shaftoe wirft sich zu Boden, grabscht nach seiner 45er. Die Granate prallt von seiner Schulter ab und landet kullernd im Staub, wo sie ein zischendes Geräusch von sich gibt. Aber sie explodiert nicht.

Shaftoe blickt auf. Der Nip wird von der Tür der Damentoilette eingerahmt. Er lässt kläglich die Schultern hängen. Shaftoe erkennt ihn; es gibt nur einen Nip, der eine Granate so werfen könnte. Er bleibt ein paar Augenblicke lang liegen und zählt an den Fingern Silben ab, dann steht er auf, wölbt die Hände um den Mund und brüllt:

> Ananas fliegt rasch –
> Kanonen applaudieren –
> Werfer trifft Schläger!

Goto Dengo und Bobby Shaftoe schließen sich in der Damentoilette ein und teilen sich einen Schluck aus einer Flasche Portwein, die der Japaner in irgendeinem Laden geklaut hat. Sie verbringen ein paar Minuten damit, einander in groben Zügen auf den neuesten Stand zu bringen. Goto Dengo ist schon ziemlich betrunken, was seine Granatenwurf-Darbietung um so eindrucksvoller macht. »Ich stehe bis zu den Kiemen unter Benzedrin«, sagt Shaftoe. »Hält einen in Schwung, aber treffen tut man damit einen Scheißdreck.«

»Das habe ich gemerkt!«, sagt Goto Dengo. Er ist so mager und abgezehrt, dass er eher wie ein hypothetischer kranker Onkel von Goto Dengo aussieht.

Shaftoe tut so, als fühle er sich von der Bemerkung gekränkt, und nimmt Judo-Haltung ein. Goto Dengo lacht unbehaglich und scheucht ihn händewedelnd fort. »Keine Kämpfe mehr«, sagt er. Eine Gewehrkugel schlägt durch die Wand der Damentoilette und bohrt einen Krater in ein Porzellanwaschbecken.

»Wir müssen uns einen Plan ausdenken«, sagt Shaftoe.

»Der Plan: Du lebst weiter, ich sterbe«, sagt Goto Dengo.

»Darauf ist geschissen«, sagt Shaftoe. »He, wisst ihr Schwachköpfe nicht, dass ihr umzingelt seid?«

»Doch«, sagt Goto Dengo müde. »Das wissen wir schon lange.«

»Dann gebt endlich auf, ihr blöden Trottel! Schwenkt eine weiße Flagge und ihr könnt alle nach Hause gehen.«

»Das ist nicht die japanische Art.«

»Scheiße, dann denkt euch eben eine andere Art aus! Zeigt gefälligst ein bisschen Flexibilität!«

»Warum bist du hier?«, fragt Goto Dengo und wechselt damit das Thema. »Was ist dein Auftrag?«

Shaftoe erklärt, dass er nach seinem Sohn sucht. Goto Dengo sagt ihm, wo alle Frauen und Kinder sind: in der Kirche St. Agustin, in Intramuros.

»He«, sagt Shaftoe, »wenn wir uns ergeben, bringt ihr uns um, stimmt's?«

»Ja.«

»Wenn ihr euch ergebt, bringen wir euch nicht um. Versprochen. Großes Pfadfinderehrenwort.«

»Für uns ist leben oder sterben nicht so wichtig«, sagt Goto Dengo.

»He! Erzähl mir mal was, was ich noch nicht weiß, Scheiße noch mal!«, sagt Shaftoe. »Euch ist es ja nicht mal wichtig, Schlachten zu gewinnen. Oder?«

Goto Dengo wendet beschämt den Blick ab.

»Habt ihr eigentlich immer noch nicht kapiert, dass Banzai-Angriffe ABSOLUT NICHTS BRINGEN?«

»Alle Männer, die das erkannt haben, sind bei Banzai-Angriffen getötet worden«, sagt Goto Dengo.

Wie auf Stichwort beginnen die Nips in dem Unterstand auf der linken Spielfeldseite »Banzai!« zu brüllen und stürmen wie ein Mann auf den Platz hinaus. Shaftoe legt das Auge an ein Einschussloch in der Wand und sieht zu, wie sie mit aufgepflanzten Bajonetten über das Innenfeld stolpern. Ihr Anführer stellt sich auf das Wurfmal, als wollte er dort eine Flagge einrammen, und bekommt eine Kugel mitten ins Gesicht. Um ihn herum werden seine Leute von wohl platzierten Gewehrkugeln aus dem Unterstand der Huks auseinander genommen. Der Häuserkampf ist nicht das Metier der Hukbalahaps, aber in aller Ruhe Japaner beim Banzai-Angriff kaltzumachen ist für sie ein alter Hut. Einer der Nips schafft es tatsächlich, bis zur Coach-Box am ersten Mal zu kriechen. Dann reißt es ihm ein paar Pfund Fleisch aus dem Rücken und er liegt still.

Als Shaftoe sich umdreht, sieht er, dass Goto Dengo einen Revolver auf ihn richtet. Er beschließt, das vorläufig zu ignorieren. »Siehst du, was ich meine?«

»Ich habe das schon oft gesehen.«

»Warum bist du dann nicht tot?« Shaftoe stellt die Frage mit aller gebührenden Schnodderigkeit, doch auf Goto Dengo hat sie eine schreckliche Wirkung. Sein Gesicht verzieht sich und er beginnt zu weinen. »Ach du Scheiße. Du hältst mir eine Kanone vor die Nase und fängst gleichzeitig zu flennen an? Unfairer geht's ja wohl nicht! Scheiße, wieso schmeißt du mir nicht noch eine Hand voll Dreck in die Augen, wo du schon dabei bist?«

Goto Dengo drückt sich den Revolver an die Schläfe. Aber das hat Shaftoe längst kommen sehen. Mittlerweile kennt er die Nips gut genug, um es mitzukriegen, wenn sie einem mit Harakiri kommen wollen. Shaftoe stürzt vor, sobald sich der Revolverlauf zu bewegen beginnt. Bis die Mündung sich gegen Goto Dengos Schläfe drückt, hat Shaftoe den Finger in die Einbuchtung zwischen Hammer und Schlagbolzen gesteckt.

Goto Dengo sinkt jämmerlich schluchzend zu Boden. Shaftoe hat große Lust, ihn zu treten. »Lass das gefälligst!«, sagt er. »Scheiße, was ist denn in dich gefahren?«

»Ich bin nach Manila gekommen, um mich reinzuwaschen – um meine verlorene Ehre zurückzugewinnen!«, sagt Goto Dengo. »Hier hätte ich es gekonnt. Ich könnte jetzt tot auf diesem Feld liegen und mein Geist ginge nach Yasukuni. Aber dann – bist du gekommen! Du hast mich um meine Konzentration gebracht!«

»Dann konzentrier dich mal auf Folgendes, du Blödmann!«, sagt Shaftoe. »Mein Sohn ist in einer Kirche drüben auf der anderen Seite dieser Mauer da, zusammen mit einem Haufen anderer hilfloser Frauen und Kinder. Wenn du dich reinwaschen willst, warum hilfst du mir dann nicht, sie lebendig dort rauszuholen?«

Goto Dengo scheint mittlerweile in Trance verfallen zu sein. Sein eben noch weinendes Gesicht ist zur Maske erstarrt. »Ich wünschte, ich könnte glauben, was du glaubst«, sagt er. »Ich bin gestorben, Bobby. Ich war in einem Felsengrab begraben. Wenn ich Christ wäre, könnte ich jetzt wiedergeboren werden und ein neuer Mensch sein. Stattdessen muss ich weiterleben und mein Karma hinnehmen.«

»Ach du Scheiße! Da draußen im Unterstand ist ein Padre. Der kann dich in null Komma nichts zum Christen machen.« Bobby Shaftoe durchquert mit langen Schritten die Toilette und reißt die Tür auf.

Zu seiner Verblüffung sieht er nur ein paar Schritte entfernt einen Mann stehen. Der Mann trägt eine alte, aber saubere Kakiuniform, die außer einem Fünfeck aus Sternen auf dem Kragen keinerlei Rangabzeichen aufweist. Er hat ein Streichholz in den Kopf einer Maiskolbenpfeife gesteckt und pafft vergeblich vor sich hin. Aber es ist, als hätte die brennende Stadt der Luft sämtlichen Sauerstoff entzogen. Angewidert wirft er das Streichholz weg, dann blickt er in das Gesicht von Bobby Shaftoe auf – starrt ihn durch eine Pilotenbrille hindurch an, die seinem hageren Gesicht das Aussehen eines Totenschädels verleiht. Einen Moment lang formt sein Mund ein O. Dann schließen sich seine Kiefer. »Shaftoe... Shaftoe! SHAFTOE!«, sagt er.

Bobby Shaftoe spürt, wie sein Körper Habachtstellung einnimmt. Aus irgendeinem blöden, tief eingewurzelten Reflex heraus würde das sein Körper auch dann tun, wenn er schon seit ein paar Stunden tot wäre. »Sir, jawohl, Sir!«, sagt er müde.

Der General sammelt eine halbe Sekunde lang seine Gedanken, dann sagt er: »Sie hätten in Concepcion sein müssen. Dort waren Sie nicht. Ihre Vorgesetzten wussten nicht, was sie davon halten sollten. Sie haben sich fürchterliche Sorgen um Sie gemacht. Und das Marineministerium war absolut unerträglich, seit man dort mitbekommen hat, dass Sie für mich arbeiten. Man behauptet dort in überheblichstem Ton, Sie kennten wichtige Geheimnisse und hätten niemals der Gefahr der Gefangennahme ausgesetzt werden dürfen. Kurz gesagt, Ihr Status und Ihr Verbleib waren in den vergangenen Wochen Gegenstand heftigster, um nicht zu sagen fieberhafter Spekulationen. Viele vermuteten, Sie seien tot oder, noch schlimmer, in Gefangenschaft geraten. Für mich war das eine höchst unwillkommene Ablenkung, insofern mir Planung und Durchführung der Wiedereroberung der Philippinen wenig Zeit ließen, mich mit derartigen Ärgernissen zu beschäftigen.« Eine Artilleriegranate kommt herangesaust und explodiert auf der Tribüne, sodass überall um sie herum gezackte Bretterstücke von ungefähr Kanupaddelgröße durch die Luft wirbeln. Eines davon bohrt sich wie ein Speer in die Erde zwischen Dem General und Bobby Shaftoe.

Der General nutzt dies, um Atem zu holen, und fährt dann fort, als läse er von einem Manuskript ab. »Und jetzt, wo ich am wenigsten damit rechne, treffe ich Sie hier, viele Meilen von dem Ihnen zugewiesenen Posten entfernt, ohne Uniform, in ramponiertem Zustand und in Begleitung eines japanischen Offiziers, wie Sie die sakrosankte Sphäre einer Damentoilette verletzen! Shaftoe, haben Sie denn keinerlei Sinn für militärische Ehre? Bedeutet Ihnen Anstand überhaupt nichts? Glauben Sie nicht, dass ein Vertreter des Militärs der Vereinigten Staaten mehr Würde an den Tag legen sollte?«

Shaftoes Kniescheiben zucken unkontrollierbar auf und ab. Seine Eingeweide sind geschmolzen und er spürt ein seltsames Blubbern in seinem Rektum. Seine Backenzähne klappern wie ein Fernschreiber. Er spürt Goto Dengo hinter sich und überlegt, was das arme Schwein wohl denken mag.

»Bitte um Verzeihung, Sir, nicht dass ich das Thema wechseln will oder so, aber sind Sie allein hier?«

Der General ruckt das Kinn in Richtung Männertoilette. »Meine Adjutanten sind da drin und erleichtern sich. Sie hatten es sehr eilig damit, deshalb trifft es sich gut, dass wir hierher gefunden haben. Aber keiner von ihnen ist auf den Gedanken gekommen, in die Damentoilette einzudringen«, sagt er streng.

»Dafür möchte ich mich entschuldigen«, sagt Bobby Shaftoe hastig, »und auch für alles andere, was Sie erwähnt haben. Aber ich betrachte mich immer noch als Marine, und Marines suchen nicht nach Ausreden, deshalb versuche ich es auch erst gar nicht.«

»Das genügt mir nicht! Ich verlange eine Erklärung dafür, wo Sie gewesen sind.«

»Ich hab mich in der Welt herumgetrieben«, sagt Bobby Shaftoe, »und bin vom Schicksal in den Arsch gefickt worden.«

Die Tür der Männertoilette geht auf und einer der Adjutanten Des Generals kommt heraus, benommen und auf wackeligen Beinen. Der General ignoriert ihn; mittlerweile schaut er an Shaftoe vorbei.

»Verzeihen Sie meine Manieren, Sir«, sagt Shaftoe und dreht sich zur Seite. »Sir, mein Freund Goto Dengo. Goto-san, sag guten Tag zu General of the Army Douglas MacArthur.«

Goto Dengo steht schon die ganze Zeit wie eine Salzsäule da und ist vollkommen verblüfft, doch nun reißt er sich zusammen und verbeugt sich tief. MacArthur nickt knapp. Sein Adjutant starrt Goto Dengo finster an und hat bereits seine Colt-Pistole gezogen.

»Angenehm«, sagt Der General lässig. »Könnten die Herren mir nun vielleicht freundlicherweise sagen, was sie in der Damentoilette zu schaffen hatten?«

Bobby Shaftoe weiß, wie man eine Chance beim Schopf packt. »Äh, komisch, dass Sie das fragen, Sir«, sagt er leichthin, »aber Goto-san ist gerade erleuchtet worden und hat sich zum Christentum bekehrt.«

Ein paar Nips oben auf der Mauer eröffnen mit einem Maschinengewehr das Feuer auf sie. Die leichten Geschosse peitschen durch die Luft und klatschen in den Boden. General of the Army Douglas MacArthur verharrt lange Zeit reglos, mit gespitzten Lippen. Er schnieft einmal. Dann nimmt er sorgfältig seine Pilotenbrille ab und wischt sich mit dem Ärmel seiner makellosen Uniform die Augen. Er zückt ein ordentlich gefaltetes weißes Taschentuch, schlägt es um seine Nase und schnaubt ein paar Mal hinein. Er faltet es sorgfältig wieder zusammen, steckt es ein, strafft die Schultern, tritt vor Goto Dengo hin und umschlingt ihn in einer ungestüm männlichen Umarmung. Die übrigen Adjutanten Des Generals tauchen *en bloc* aus dem Klo auf und betrachten die Szene mit deutlicher Zurückhaltung und Spannung. Bobby Shaftoe, der am liebsten im Boden versunken wäre, richtet den Blick auf seine Füße, wackelt mit den Zehen und streicht sich an der Stelle, wo ihn ein paar Tage zuvor das Ruder getroffen hat, über den Schorf. Die Bedienungsmannschaft des Maschinengewehrs auf der Mauerkrone wird Mann für Mann von einem Scharfschützen abgeschossen; sie schreien und krümmen sich theatralisch. Die Huks sind aus dem Unterstand gekommen und in dieses kleine Tableau hineingestolpert; sie stehen da wie vom Donner gerührt und haben die Kinnladen ungefähr bis zum Nabel heruntergeklappt.

Schließlich lässt MacArthur den steifen Körper Goto Dengos los, tritt mit großer Geste zurück und präsentiert ihn seinem Stab. »Darf ich vorstellen, Goto-san«, verkündet er. »Sie kennen doch alle den Ausdruck ›nur ein toter Nip ist ein guter Nip‹? Tja, dieser junge Mann hier ist ein Gegenbeispiel, und wie wir in Mathematik gelernt haben, braucht es nur ein Gegenbeispiel, um die Theorie zu widerlegen.«

Sein Stab wahrt vorsichtiges Schweigen.

»Es erscheint mir nur angemessen, dass wir diesen jungen Mann zur Kirche St. Agustin, drüben in Intramuros, bringen, um das Sakrament der Taufe zu vollziehen«, sagt Der General.

Vornüber gekrümmt, weil er jeden Moment damit rechnet, eine Kugel zwischen die Schulterblätter zu bekommen, tritt einer der Adjutanten vor. »Sir, es ist meine Pflicht, Sie daran zu erinnern, dass Intramuros noch vom Feind beherrscht wird.«

»Dann wird es höchste Zeit, dass wir uns bemerkbar machen!«, sagt MacArthur. »Shaftoe wird uns hinführen. Shaftoe und die philippinischen Herren hier.« Der General legt Goto Dengo in einer höchst liebevollen, vertraulichen Geste den Arm um die Schultern und spaziert mit ihm auf das nächstgelegene Tor zu. »Damit Sie's wissen, junger Mann: Wenn ich mein Hauptquartier in Tokio aufschlage – was, so Gott will, binnen einem Jahr der Fall sein wird – will ich Sie am ersten Tag in aller Frühe dort sehen!«

»Jawohl, Sir!«, sagt Goto Dengo. Alles in allem kann er wohl kaum etwas anderes sagen.

Shaftoe holt tief Atem, legt den Kopf in den Nacken und starrt zum rauchverhangenen Himmel auf. »Gott«, sagt er, »normalerweise neige ich den Kopf, wenn ich mit Dir rede, aber ich denke, es ist an der Zeit, dass wir uns mal von Angesicht zu Angesicht unterhalten. Du siehst und weißt alles, deshalb werde ich Dir die Situation nicht erklären. Ich möchte bloß eine Bitte an Dich richten. Ich weiß, im Moment kriegst Du von überallher Bitten von einsamen Soldaten zu hören, aber meine betrifft einen Haufen Frauen und Kinder und außerdem General MacArthur, also kannst Du mich vielleicht vorziehen. Du weißt, was ich will. Also los.«

Von einem seiner Kameraden borgt er sich ein kurzes, gerades Maschinenpistolen-Magazin mit zwanzig Schuss, dann machen sie sich auf nach Intramuros. Die Tore sind sicher bewacht, also laufen Shaftoe und die Huks stattdessen direkt unterhalb des außer Gefecht gesetzten Maschinengewehrnests die schräg abfallende Mauer hinauf. Sie drehen das Gewehr in Richtung Intramuros um und postieren dort einen der verwundeten Huks, um es zu bedienen.

Als Shaftoe das erste Mal auf die Stadt hinunterschaut, fällt er beinahe von der Mauer. Intramuros ist verschwunden. Wenn er nicht wüsste, wo es ist, würde er es nicht wiedererkennen. So gut wie alle Gebäude sind dem Erdboden gleichgemacht worden. Die Kathedrale und die Kirche St. Agustin stehen noch, beide schwer beschädigt. Von den schönen alten spanischen Häusern existieren nur noch wenige, und dies als hastige, freihändige Skizzen ihres früheren Erscheinungsbildes, ohne Dächer, Flügel oder Wände. Aber die meisten Straßenzüge sind nur noch ein Wirrwarr von Mauerwerk und zerschmetterten roten Dachziegeln, aus dem Rauch und Dampf quillt. Überall liegen Leichen, über das Viertel hingesät wie breitwürfig ausgebrachte Timotheus-Samen auf frisch gepflügter Erde. Der Artilleriebeschuss hat weitgehend aufgehört – es gibt nichts mehr zu zerstören –, aber in fast jeder Straße hört man Schüsse aus Faustfeuerwaffen und Maschinengewehren.

Shaftoe kommt zu dem Schluss, dass er eines der Tore wird stürmen müssen. Doch ehe er auch nur einen Plan entwickeln kann, stehen MacArthur und der Rest seiner Gruppe, die hinter ihm den Wall hinaufgekraxelt sind, schon oben bei ihm. Es ist offensichtlich das erste Mal, dass sich der General Intramuros genauer anschauen kann, denn er ist fassungs- und ausnahmsweise auch sprachlos. Lange Zeit steht er mit offenem Mund da und beginnt das Feuer einiger Nips auf sich zu ziehen, die in den Trümmern unten versteckt sind. Das umgedrehte Maschinengewehr bringt sie zum Schweigen.

Sie brauchen mehrere Stunden, um sich die Straße hinauf, und in die Kirche St. Agustin hineinzukämpfen. Ein Haufen Nips hat sich darin verbarrikadiert und es hört sich so an, als hätten sie jeden hungrigen Säugling und zornigen Zweijährigen von Manila bei sich. Die Kirche bildet nur eine Seite eines größeren Komplexes, zu dem auch ein Kloster nebst weiteren Gebäuden gehört. Ein Großteil der Baulichkeiten ist von Artilleriefeuer aufgerissen worden. Die Schätze, die die Mönche im Laufe der letzten fünfhundert Jahre hier angesammelt haben, sind auf die Straße gepurzelt. Wie Granatsplitter über das ganze Viertel geschleudert und mit den aufgespießten Leibern philippinischer Jungen vermischt, finden sich riesige Ölgemälde von der Geißelung Christi, fantastische Holzskulpturen der Römer, wie sie ihm die Nägel durch Handgelenke und Knöchel hämmern, Marmordarstellungen Mariens mit dem toten, geschundenen Christus im Schoß, Bildteppiche vom Schandpfahl und der neunschwänzigen

Katze in Aktion, auf denen Christus aus Hunderten von parallelen Striemen das Blut über den Rücken läuft.

Die Nips, die sich noch in der Kirche befinden, verteidigen deren Haupttore mit der selbstmörderischen Entschlossenheit, die Shaftoe allmählich so öde findet, aber dank der Artillerie Des Generals gibt es mittlerweile neben den Türen noch andere Wege in das Gebäude. So kommt es, dass, noch während eine Kompanie amerikanischer Infanterie einen Frontalangriff auf das Portal inszeniert, Bobby Shaftoe und seine Huks, Goto Dengo, Der General und seine Adjutanten bereits in einer kleinen Kapelle in einem Gebäudeteil knien, der einmal Teil des Klosters war. Der Padre spricht ihnen ein paar stark gekürzte Dankgebete vor und tauft Goto Dengo mit Wasser aus einem Taufstein, wobei Bobby Shaftoe die Rolle des strahlenden Vaters übernimmt und General of the Army Douglas MacArthur als Pate dient. Shaftoe erinnert sich später nur noch an eine einzige Zeile der Zeremonie.

»Widersagst du dem Blendwerk des Bösen und lässt dich nicht von ihm knechten?«, fragt der Padre.

»Jawohl!«, antwortet MacArthur mit ungeheurer Autorität, während Bobby Shaftoe »Na klar doch!« murmelt. Goto Dengo nickt, wird nass und ist ein Christ.

Bobby Shaftoe entschuldigt sich und macht einen Streifzug durch den Gebäudekomplex. Er kommt ihm ebenso groß und verrückt vor wie die Kasbah von Algier mit seinem düsteren und staubigen Innern, das angefüllt ist mit weiteren Darstellungen von La Pasyon, geschaffen von Künstlern, die Auspeitschungen offenbar aus erster Hand kannten und keinen Priester brauchten, der einen Sermon über das Blendwerk des Bösen von sich gab. Um der alten Zeiten willen geht er einmal die große Treppe hinauf und hinunter und erinnert sich dabei an die Nacht, in der Glory ihn hierher geführt hat.

Es gibt einen Hof mit einem Brunnen in der Mitte, gesäumt von einem langen, überdachten Kreuzgang, wo sich die spanischen Mönche im Schatten ergehen, die Blumen betrachten und dem Gesang der Vögel lauschen konnten. Im Moment singen nur die Granaten, die über das Gebäude hinwegsausen. Aber im Kreuzgang laufen kleine Filipino-Kinder um die Wette und im Hof lagern ihre Mütter, Tanten und Großmütter, schöpfen Wasser aus dem Brunnen und kochen über Feuern aus brennenden Stuhlbeinen Reis.

Ein Zweijähriger mit grauen Augen verfolgt mit einer behelfsmäßigen Keule ein paar größere Kinder eine steinerne Arkade entlang.

Seine Haarfarbe ist teils die von Bobby, teils die von Glory, und Bobby Shaftoe kann das Gloryhafte beinahe fluoroskopisch aus seinem Gesicht leuchten sehen. Der Junge hat den gleichen Knochenbau, den Bobby ein paar Tage zuvor auf der Sandbank gesehen hat, doch hier ist er von pummeligem, rosigem Fleisch umhüllt. Das Fleisch allerdings zeigt blaue Flecken und Abschürfungen. Zweifellos ehrenhaft erworben. Bobby geht in die Hocke, schaut dem kleinen Shaftoe in die Augen und fragt sich, wie er ihm je alles erklären soll. Doch der Junge sagt: »Bobby Shaftoe, du hast Wehweh«, lässt seinen Knüttel fallen und tritt näher heran, um die Wunden an Bobbys Arm in Augenschein zu nehmen. Kleine Kinder halten sich nicht damit auf, hallo zu sagen, sondern fangen einfach mit einem zu reden an, und Shaftoe findet das eine gute Methode, mit etwas umzugehen, was ansonsten ziemlich peinlich wäre. Wahrscheinlich haben die Altamiras dem kleinen Douglas M. Shaftoe seit dem Tag seiner Geburt erzählt, dass eines Tages Bobby Shaftoe im Triumph übers Meer kommen würde. Dass er das nun tatsächlich getan hat, ist ebenso unspektakulär und zugleich ebenso wunderbar wie die Tatsache, dass jeden Tag die Sonne aufgeht.

»Wie ich sehe, haben du und deine Leute Flexibilität gezeigt, und das ist gut«, sagt Bobby Shaftoe zu seinem Sohn, aber er erkennt sofort, dass er überhaupt nicht zu dem Kind durchdringt. Er verspürt das Bedürfnis, dem Kind etwas mitzugeben, das hängen bleibt, und dieses Bedürfnis ist stärker, als es das Verlangen nach Morphium oder Sex je war.

Also hebt er den Jungen hoch und trägt ihn durch den Gebäudekomplex, halb eingestürzte Korridore entlang, über sich setzende Schutthaufen hinweg und zwischen toten japanischen Jungen hindurch bis zu jener großen Treppe, zeigt ihm die riesigen Granitblöcke, erzählt ihm, wie sie gelegt wurden, einer auf den anderen, Jahr um Jahr, wenn die Galeone voller Silber aus Acapulco kam. Doug M. Shaftoe hat schon mit Bauklötzen gespielt, sodass ihm das Grundkonzept sofort einleuchtet. Der Vater trägt den Sohn ein paarmal die Treppe auf und ab. Sie stehen an deren Fuß und blicken hinauf. Die Bauklotz-Analogie hat sich tief eingeprägt. Ganz aus eigenem Antrieb hebt Doug M. beide Arme über den Kopf und ruft: »Soooo groß«, und der Laut hallt die Treppe auf und ab. Bobby will dem Jungen erklären, dass *man das so macht,* dass man eins aufs andere schichtet und immer so weitermacht – manchmal geht die Galeone in einem Sturm unter und in dem Jahr bekommt man dann keinen Granitklotz –, aber man bleibt dran und irgendwann hat man dann etwas, das *sooo groß* ist.

Er wünscht, er könnte noch etwas Bedeutsames über Glory sagen, und wie sie sich bemühe, ihre eigene Treppe zu bauen. Wenn er ein Mann des Wortes wäre wie Enoch Root, wäre er vielleicht imstande, es zu erklären. Aber er weiß, dass das weit über den Horizont des Kleinen geht, so wie es über Bobbys Horizont ging, als Glory ihm die Treppe zeigte. Das Einzige, was bei Douglas MacArthur hängen bleiben wird, ist die Erinnerung daran, dass sein Vater ihn hierher gebracht und die Treppe hinauf- und hinuntergetragen hat, und wenn er lange genug lebt und gründlich genug nachdenkt, versteht er es irgendwann vielleicht auch, so wie Bobby. Für den Anfang reicht das.

Unter den Frauen im Hof hat sich herumgesprochen, dass Bobby Shaftoe gekommen ist – besser spät als nie! –, sodass er ohnehin keine Zeit für tiefschürfende Reden hat. Die Altamiras haben einen Auftrag für ihn: Er soll Carlos finden, einen Elfjährigen, der vor ein paar Tagen verschleppt wurde, als die Nips durch Malate fegten. Shaftoe sucht zunächst einmal MacArthur und Goto Dengo und entschuldigt sich. Die beiden sind in ein Gespräch über Goto Dengos Tunnelbau-Fähigkeiten vertieft, und wie sie sich für den Wiederaufbau Japans nutzen ließen, ein Projekt, das Der General in Angriff nehmen will, sobald er damit fertig ist, die Anrainerstaaten des Pazifiks in Schutt und Asche zu legen.

»Sie haben einiges an Sünden abzubüßen, Shaftoe«, sagt Der General, »und mit Hinknien und ein paar Ave Marias beten ist es nicht getan.«

»Das verstehe ich, Sir.«

»Ich habe da eine Kleinigkeit, die erledigt werden muss – genau das, wofür sich ein Marine Raider mit Fallschirmspringer-Ausbildung hervorragend eignen würde.«

»Was wird das Marine-Ministerium davon halten, Sir?«

»Ich habe nicht die Absicht, diesen Badewannen-Strategen zu stecken, dass ich Sie gefunden habe, bevor Sie diesen Auftrag ausgeführt haben. Aber wenn Sie damit fertig sind – ist alles verziehen.«

»Ich bin gleich wieder da«, sagt Shaftoe.

»Wo wollen Sie hin, Shaftoe?«

»Es gibt da noch ein paar Leute, die mir zuerst verzeihen müssen.«

Mit einer neu gebildeten, neu bewaffneten und verstärkten Abteilung Huks bricht er in Richtung Fort Santiago auf. Das alte spanische

Fort ist in den zurückliegenden Stunden von den Amerikanern befreit worden. Sie haben die Türen zu den Kerkern und unterirdischen Höhlen entlang dem Pasig aufgerissen. Den elfjährigen Carlos Altamira zu finden reduziert sich somit auf das Sichten mehrerer tausend Leichen. Fast alle Filipinos, die die Nips hierher getrieben haben, sind tot, entweder bei Massenexekutionen gestorben, in den Kerkern erstickt oder ertrunken, als die Flut den Fluss heraufgekommen ist und die Zellen überschwemmt hat. Bobby Shaftoe weiß eigentlich gar nicht, wie Carlos aussieht, und so kann er lediglich die jung aussehenden Leichen herausgreifen und sie der Familie Altamira zur Ansicht präsentieren. Die Wirkung des Benzedrins, das er vor zwei Tagen genommen hat, hat nachgelassen und er fühlt sich selbst halb tot. Er trottet mit einer Petroleumlaterne durch den spanischen Kerker, richtet das trübe gelbe Licht auf die Gesichter der Toten und murmelt die Worte wie ein Gebet vor sich hin.

»Widersagst du dem Blendwerk des Bösen und lässt dich nicht von ihm knechten?«

WEISHEIT

Als Randy vor ein paar Jahren den ununterbrochenen Druck im Unterkiefer satt hatte, suchte er auf dem nord- und mittelkalifornischen Kieferchirurgenmarkt nach jemandem, der ihm die Weisheitszähne ziehen würde. Seine Krankenversicherung deckte das ab, so dass die Kosten kein Hindernis darstellten. Sein Zahnarzt machte von seiner ganzen unteren Kopfhälfte eine dieser großen CinemaScope-Panorama-Röntgenaufnahmen, bei der sie einem den Mund mit einer halben Rolle High-Speed-Film voll packen, den Kopf in eine Spannvorrichtung klemmen und, während das gesamte Personal der Zahnarztpraxis sich hinter einem Bleischutzschirm zu Boden wirft, die Röntgenkamera um einen herumfahren und durch einen Schlitz Strahlen aussenden lassen, was am Ende eine Aufnahme von einem ziemlich unappetitlich verzerrten Unterkiefer in einer einzigen Ebene ergibt. Bei ihrem Anblick vermied Randy derbere Vergleiche wie »Kopf eines flach auf dem Rücken liegenden Mannes, der mehrmals von einer Dampfwalze überrollt wurde« und versuchte, eine kartographische Projektion darin zu sehen – einfach einen weiteren jener vielen unklugen Versuche der Menschheit, 3-D-Zeug zweidimensional darzustellen. Die Ecken dieser Koordinatenebene bildeten die Weisheitszähne selbst, die sogar einem zahnmedizinischen Laien wie Randy etwas beunruhigend vorkamen, da jeder von ihnen die Größe seines Daumens hatte (obwohl das möglicherweise auch nur eine Verzerrung in der winkeltreuen Abbildung war – wie das allgemein bekannte aufgedunsene Grönland bei Mercator) und sie waren ziemlich weit von allen anderen Zähnen entfernt, was sie (logischerweise) Körperteilen zuzuordnen schien, die nicht im Zuständigkeitsbereich eines Zahnarztes lagen, und sie standen im falschen Winkel – nicht nur ein bisschen schief, sondern nahezu auf dem Kopf und nach hinten gerichtet. Anfangs schrieb er das alles dem Grönlandphänomen zu. Mit seiner Kiefer-Landkarte in der Hand suchte er in ganz Three-Siblings-Land nach einem Kiefernchirurgen. Allmählich schlug es ihm schon auf die Psyche. Diese blöden Zähne! Entstanden durch das Wirken von DNS-Relikten aus dem Zeitalter der Jäger und Sammler. Vorgesehen für das Zermalmen von Baumrinde und Mammutknorpel zu einem leicht verdaulichen Brei. In einem zierlichen Cromagnon-Kopf, der einfach keinen Platz für sie hatte, waren diese Findlingsblöcke aus lebendem Schmelz nun völlig überflüssig. Man denke bloß an das zusätzliche Gewicht, das er die ganze Zeit mit sich herumgeschleppt hatte. Und daran, wie man diesen überaus wertvollen Grund und Boden im Kopf hätte sinnvoll nutzen können. Was würde die vier riesigen mahlzahnförmigen Lücken in seiner Melone füllen, wenn sie erst einmal weg wären? Das war allerdings eine rein akademische Frage, solange er niemanden gefunden hatte, der sie ihm entfernte. Doch ein Kieferchirurg nach dem anderen schickte ihn wieder weg. Sie nahmen die Röntgenaufnahme, steckten sie an ihre Leuchtschirme, schauten sie an und erblassten. Vielleicht lag es auch nur an dem fahlen Licht, das diese Schirme verströmten, aber Randy hätte schwören können, dass sie blass wurden. Nicht eben aufrichtig – als wüchsen Weisheitszähne normalerweise ganz woanders – betonten sie alle, dass Randys Weisheitszähne tief, tief, tief in seinem Kopf verankert seien. Die unteren säßen so weit hinten in seinem Kiefer, dass man praktisch den Kieferknochen entzweibräche, wenn man sie entfernte; und dann würde eine falsche Bewegung einen Knochenmeißel aus Chirurgenstahl in sein Mittelohr treiben. Die oberen säßen so tief in seinem Schädel, dass ihre Wurzeln sich um die Teile seines Gehirns gewunden hätten, die für die Wahrnehmung der Farbe Blau (auf einer Seite) und die Fähigkeit, seine Skepsis gegenüber schlechten Filmen zeitweise außer Kraft zu setzen (auf der anderen) zuständig seien, und zwischen diesen Zähnen und Luft, Licht und Spucke lägen viele Schichten aus Haut, Fleisch, Knorpel, dicken Nervensträngen, das Gehirn versorgenden Arterien, geschwollenen Lymphknoten, Knochenbalken und -trägern, gesundem Knochenmark, das seine Aufgabe bestens erfülle, danke der Nachfrage, ein paar Drüsen, deren Funktionen noch beunruhigend wenig erforscht seien, und vielen anderen Dingen, die aus Randy Randy machten, und alle fielen definitiv in die Kategorie schlafende Hunde.

Kieferchirurgen gruben sich, wie es schien, nicht gerne mehr als ellbogentief in den Kopf eines Patienten hinein. Lange bevor sich der bedauernswerte Randy mit seiner entsetzlichen Röntgenaufnahme in ihre Praxen geschleppt hatte, hatten sie schon in großen Häusern gewohnt und waren in Mercedes-Benz-Limousinen zur Arbeit gefahren, das heißt, sie hatten absolut nichts zu gewinnen, wenn sie auch nur versuchten, diese, nun ja, weniger Weisheitszähne im herkömmlichen Sinne als vielmehr apokalyptischen Vorzeichen aus dem Buch der Offenbarung zu ziehen. Das beste Mittel, diese Zähne zu entfernen, war die Guillotine. Keiner dieser Kieferchirurgen zog die Extraktion auch nur in Betracht, bevor Randy nicht eine Haftungsausschlusserklärung unterschrieben hatte, die zu dick zum Heften war, ein Ding, das fast in ein Ringbuch gehörte und darauf hinauslief, dass eine der normalen Folgen der Prozedur darin bestand, dass der Kopf des Patienten am Ende als Touristenattraktion in einem Ort gleich hinter der mexikanischen Grenze in einem Krug mit Formaldehyd schwamm. Auf diese Art wanderte Randy ein paar Wochen lang von einer Kieferchirurgiepraxis zur anderen, wie ein teratomatöser Ausgestoßener, der ein postnukleares Ödland durchstreift und von den Ziegelbrocken armer ängstlicher Bauern aus einem Dorf nach dem anderen vertrieben wird. Bis er eines Tages in eine Praxis kam und die Zahnarzthelferin am Empfang ihn fast zu erwarten schien und ihn zu einer privaten Unterredung mit dem Kieferchirurgen, der in einem seiner kleinen Behandlungszimmer eifrig damit beschäftigt war, eine Menge Knochenstaub in die Luft zu blasen, nach hinten in einen Untersuchungsraum führte. Die Zahnarzthelferin ließ ihn Platz nehmen, bot ihm Kaffee an, schaltete den Leuchtschirm ein, nahm Randys Röntgenaufnahmen und steckte sie daran fest. Dann trat sie einen Schritt zurück, verschränkte die Arme und schaute die Bilder verwundert an. »So so«, murmelte sie, »das sind also die *berühmten* Weisheitszähne!«

Das war der letzte Kieferchirurg, den Randy für die nächsten paar Jahre aufsuchte. Er hatte noch immer den unaufhörlichen 24-Jam-Druck im Kopf, aber seine Einstellung dazu hatte sich jetzt geändert; statt ihn als eine leicht zu behebende Anomalie seines Gesundheitszustands zu betrachten, sah er ihn jetzt als sein persönliches Kreuz, das er zu tragen hatte, das aber, verglichen mit dem, woran andere Leute zu leiden hatten, wirklich gar nicht so schlimm war. Wie in vielen anderen unerwarteten Situationen kam ihm auch hier seine außerordentliche Erfahrung im Fantasie-Rollenspiel zugute, denn während er sich verschiedene epische Szenarien ausgedacht hatte, war er in das Bewusstsein, wenn nicht sogar in den Körper so mancher Figur geschlüpft, der Gliedmaßen fehlten oder die durch den feurigen Atem eines Drachens oder den Feuerball eines Zauberers zu einem algorithmisch bestimmten Prozentsatz verbrannt war, und es gehörte zu den ethischen Grundsätzen des Spiels, dass man sich richtig in ein Leben mit solchen Behinderungen hineindachte und seine Figur entsprechend spielte. Gemessen daran war das ständige Gefühl, eine automatische Spannvorrichtung im Schädel zu haben, die alle paar Monate den Druck um eine Umdrehung erhöhte, nicht mal der Rede wert. Es verlor sich im somatischen Rauschen.

So lebte Randy einige Jahre, während er und Charlene auf der sozioökonomischen Leiter unmerklich nach oben kletterten und anfingen, sich auf Partys wiederzufinden, zu denen viele Gäste in ihrem Mercedes-Benz kamen. Just auf einer solchen Party hörte Randy zufällig, wie ein Zahnarzt sich in den höchsten Tönen über einen brillanten jungen Kieferchirurgen ausließ, der gerade erst in die Gegend gezogen war. Randy musste sich auf die Zunge beißen, um nicht sofort alle möglichen Fragen darüber zu stellen, was »brillant« in einem kieferchirurgischen Zusammenhang bedeutete – Fragen, die auf reiner Neugier beruhen, die der Zahnarzt aber durchaus in den falschen Hals bekommen könnte. Unter Codierern war ziemlich offensichtlich, wer brillant war und wer nicht, aber wie konnte man einen brillanten Kieferchirurgen von einem lediglich exzellenten unterscheiden? Schon steckte er mitten in der erkenntnistheoretischen Kacke. Jede Vierergruppe Weisheitszähne konnte nur einmal gezogen werden. Man konnte nicht hundert Kieferchirurgen ein und dieselbe Gruppe Weisheitszähne ziehen lassen und die Ergebnisse dann wissenschaftlich vergleichen. Und dennoch besagte das Mienenspiel des Zahnarztes ganz klar, dass dieser spezielle Kieferchirurg, dieser Neue, brillant war. Deshalb machte sich Randy später an den Zahnarzt heran und meinte, er habe vielleicht eine echte Aufgabe für den Typen – er selbst *verkörpere* womöglich eine solche Aufgabe –, die diese unbeschreibliche Qualität kieferchirurgischer Brillanz zum Tragen bringen würde, und ob er wohl den Namen des Mannes erfahren könne.

Ein paar Tage später sprach er mit dem Kieferchirurgen, der tatsächlich jung und auffallend heiter war und mehr mit anderen brillanten Leuten aus Randys Bekanntschaft – zumeist Hackern – als mit anderen Kieferchirurgen gemein hatte. Er fuhr einen Pick-up und hatte aktuelle Ausgaben des *TURING Magazine* in seinem Wartezimmer ausliegen. Er hatte einen Bart und einen Stab von Zahnarzt- und anderen Helferinnen, die alle ständig von seiner Brillanz schwärmten, um ihn herumwuselten, ihn um größere Hindernisse bugsierten und ans Mittagessen erinnerten. Dieser Mann erblasste nicht, als er Randys Mercator-Röntgenogramm auf seinem Leuchtschirm sah. Er hob lediglich das Kinn von der Hand, richtete sich ein wenig auf und sagte mehrere Minuten lang keinen Ton. Von Zeit zu Zeit bewegte er fast unmerklich den Kopf, während er kritische Anmerkungen über die unterschiedlichen Ecken der Koordinatenebene machte und die ausgesprochen groteske Lage jedes einzelnen Weisheitszahns bewunderte – mitsamt seinem paläolithischen Gewicht und seinen langen knorrigen Wurzeln, die sich in bisher auf keiner anatomischen Karte verzeichneten Gegenden des Kopfes verloren.

Als er sich schließlich zu Randy umdrehte, hatte er so etwas wie die Aura eines Priesters, eine Art heiliger Ekstase, das Gefühl, die kosmische Symmetrie habe sich offenbart, so als seien Randys Kiefer und sein brillantes Kieferchirurgengehirn vor fünfzehn Milliarden Jahren vom Architekten des Universums eigens dazu geschnitzt worden, hier und jetzt vor diesem Leuchtschirm aufeinander zu treffen. Er machte keine Bemerkung wie »Randy, ich möchte Ihnen gerne zeigen, wie nah die Wurzeln dieses einen Zahns bei dem Nervenbündel liegen, das Sie von einem Krallenaffen unterscheidet«, oder »Mein Terminplan ist unglaublich voll und ich spiele sowieso mit dem Gedanken, ins Immobiliengeschäft zu wechseln«, oder »Einen Augenblick, ich muss erst meinen Anwalt anrufen«. Er sagte nicht einmal etwas wie »Mann, diese Dinger sitzen vielleicht tief!« Der junge brillante Kieferchirurg sagte nur »Okay«, stand eine Weile unbeholfen da und ging dann unter Zurschaustellung einer sozialen Inkompetenz, die Randys Vertrauen in ihn vollends festigte, aus dem Zimmer. Eine seiner Helferinnen ließ Randy schließlich eine Haftungsausschlusserklärung unterschreiben, die besagte, dass er nichts dagegen habe, wenn der Kieferchirurg beschlösse, Randys ganzen Körper in einen Häcksler zu stopfen, aber das erschien Randy ausnahmsweise wie eine reine Formalität und nicht wie die Eröffnungsrunde einer unvermeidlichen Prozessarie nach Art von Dickens' Bleakhaus.

Und dann war der große Tag gekommen, und Randy genoss ganz bewusst sein Frühstück, da er wusste, dass er angesichts der drohenden Nervenschädigung vielleicht zum letzten Mal in seinem Leben imstande war, Essen zu schmecken oder auch nur zu kauen. Die Helferinnen des Kieferchirurgen bedachten Randy, als er zur Tür ihrer Praxis hereinkam, mit ehrfürchtigen Blicken nach dem Motto *Mein Gott, der ist ja wirklich aufgetaucht!*, um sich dann auf beruhigende Weise ans Werk zu machen. Randy setzte sich in den Stuhl und sie gaben ihm eine Spritze und dann kam der Kieferchirurg herein und fragte ihn, worin, wenn überhaupt, der Unterschied zwischen Windows 95 und Windows NT bestehe. »Das ist eine dieser Unterhaltungen, deren Zweck einzig und allein darin besteht, dass Sie merken, wann ich das Bewusstsein verliere, stimmt's?«, fragte Randy. »In diesem Fall gibt es noch einen weiteren Zweck, nämlich den, dass ich erwäge umzusteigen und gerne Ihre Meinung dazu gehört hätte«, sagte der Kieferchirurg.

»Also«, sagt Randy, »ich habe viel mehr Erfahrung mit UNIX als mit NT, aber nach allem, was ich gesehen habe, scheint NT ein recht ordentliches Betriebssystem und sicher um einiges seriöser als Windows zu sein.« Er hielt inne, um Luft zu holen, und bemerkte, dass plötzlich alles anders war. Der Kieferchirurg und seine Helferinnen waren immer noch da und besetzten auch mehr oder minder dieselben Positionen innerhalb seines Gesichtsfeldes wie vor dem Zeitpunkt, zu dem er diesen Satz formuliert hatte, aber jetzt saß die Brille des Kieferchirurgen schief, die Gläser waren blutverschmiert, sein Gesicht war völlig verschwitzt, seine Maske mit kleinen Bröckchen eines Zeugs gesprenkelt, das ganz danach aussah, als käme es von ziemlich weit unten in Randys Körper, die Luft im Raum war neblig von feinem Knochenstaub und die Zahnarzthelferinnen waren müde und abgespannt und sahen aus, als könnten sie eine Generalüberholung, ein Facelifting und einen Urlaub am Meer gebrauchen. Randys Brust und Schoß waren ebenso wie der Fußboden übersät mit blutigen Watteröllchen und hastig aufgerissenen Verpackungen von medizinischem Material. An der Stelle, wo der junge brillante Kieferchirurg ihn mit dem Rückstoß seines Schädelpresslufthammers permanent an die Kopfstütze gedrückt hatte, tat ihm der Hinterkopf weh. Als er versuchte, seinen Satz zu vollenden (»wenn Sie also bereit sind, den Aufpreis zu zahlen, glaube ich, dass Sie mit einem Wechsel zu NT sehr gut beraten wären«), fiel ihm auf, dass sein Mund mit irgendetwas voll gestopft war, das ihn am Sprechen hinderte. Der Kieferchirurg zog sich die Maske vom Gesicht und fuhr sich durch den schweißtriefenden Bart. Er schaute nicht Randy an, sondern einen Punkt in weiter Ferne. Er stieß einen tiefen, langsamen Seufzer aus. Seine Hände zitterten.

»Was für ein Tag ist heute?«, murmelte Randy durch Watte hindurch.

»Wie bereits erwähnt«, sagte der brillante junge Kieferchirurg, »berechnen wir die Ziehung von Weisheitszähnen je nach Schwierigkeitsgrad anhand einer gleitenden Preisskala.« Er hielt einen Moment inne, während er nach Worten suchte. »In Ihrem Fall werden wir Ihnen leider auf alle vier den Höchstpreis in Rechnung stellen müssen.« Dann stand er auf und schlurfte aus dem Zimmer, gebeugt, dachte Randy, nicht so sehr von der Anstrengung seines Jobs als von dem Wissen, dass niemand ihm je für das, was er soeben geleistet hatte, den Nobelpreis verleihen würde.

Randy ging nach Hause, verbrachte ungefähr eine Woche damit, auf seiner Couch vor dem Fernseher zu liegen, Betäubungsmittel wie Gummibärchen zu schlucken und vor Schmerz laut zu stöhnen, und dann ging es ihm besser. Der Druck in seinem Schädel war weg. Völlig weg. Mittlerweile kann er sich nicht einmal mehr daran erinnern, wie er sich damals angefühlt hat.

Während er jetzt im Polizeiauto zu seiner neuen Gefängniseinzelzelle fährt, muss er noch einmal an die ganze Weisheitszahngeschichte denken, weil sie so viel mit dem gemein hat, was er gerade gefühlsmäßig mit America Shaftoe durchlebt hat. Randy hat ein paar – nicht viele – Freundinnen in seinem Leben gehabt, aber alle waren sie wie Kieferchirurgen, die es einfach nicht bringen. Amy ist die Einzige, die die Fähigkeit und den Mumm besaß, ihn einfach anzusehen, »okay« zu sagen, sich in seinen Schädel zu wühlen und mit der fetten Beute wieder herauszukommen. Bestimmt war es anstrengend für sie. Im Gegenzug wird sie ihm einen hohen Preis abverlangen. Und Randy wird anschließend eine ganze Weile daliegen und vor Schmerz stöhnen. Aber er weiß jetzt schon, dass der innere Druck nachgelassen hat, und er ist froh, so froh, dass sie in sein Leben getreten ist und er endlich die Klugheit und wohl auch den Mut gehabt hat, es zu tun. Für ein paar Stunden vergisst er völlig, dass der philippinische Staat ihn mit dem Tode bedroht.

Aus der Tatsache, dass er in einem Auto sitzt, schließt Randy, dass seine neue Einzelzelle sich in einem anderen Gebäude befindet. Niemand erklärt ihm irgendetwas, schließlich ist er ja ein Häftling. Seit der Festnahme am NAIA war er in einem Gefängnis unten im Süden, einem ziemlich neuen Betonbau am Rand von Makati, aber jetzt bringen sie ihn nach Norden in die älteren Teile von Manila, vermutlich in eine stilvollere, uralte Anlage aus der Vorkriegszeit. In Fort Santiago am Ufer des Pasig gab es Zellen, die in der Gezeitenzone lagen, so dass Häftlinge, die bei Ebbe eingesperrt wurden, bei Flut tot waren. Das ist jetzt eine historische Stätte und Randy weiß, dass sie dort nicht hinfahren.

Tatsächlich liegt das neue Gefängnis in einem großen schaurigen alten Gebäude irgendwo inmitten wichtiger Regierungsinstitutionen, die das tote Loch von Intramuros wie einen Wulst umgeben. Es befindet sich nicht in, aber gleich neben einem größeren Gerichtsgebäude. Eine Weile fahren sie auf schmalen Gassen zwischen diesen großen alten Steinbauten hindurch, legen an einem Wachhaus ihre Papiere vor und warten, bis ein schweres Eisentor zur Seite gerollt wird; dann fahren sie über einen gepflasterten Hof, der schon länger nicht mehr gekehrt worden ist, zeigen wieder Papiere vor und warten darauf, dass ein echtes Fallgitter hochgezogen wird, hinter dem eine Rampe sie unter das Gebäude führt. Hier bleibt das Auto stehen und auf einmal sind sie von uniformierten Männern umringt.

Was jetzt folgt, hat unheimliche Ähnlichkeit mit der Vorfahrt vor dem Haupteingang eines asiatischen Businesshotels, sieht man einmal davon ab, dass die Uniformierten bewaffnet sind und Randy nicht anbieten, ihm den Laptop zu tragen. Um die Taille hat Randy eine Kette, an der vorne Handschellen befestigt sind, und an den Füßen eine Kette, die seinen Schritt verkürzt. Die Fußkette wird in der Mitte von einer anderen Kette, die mit der um die Taille verbunden ist, hochgezogen, damit sie nicht auf dem Boden schleift. Seine Hände haben gerade so viel Bewegungsfreiheit, dass sie den Laptop festhalten und gegen seinen Unterleib pressen können. Er ist nicht irgendein armer Teufel in Ketten, er ist ein digitaler armer Teufel in Ketten, Marleys Geist auf der Superdatenautobahn. Dass man einem Mann in seiner Lage gestattet, seinen Laptop zu behalten, ist auf so groteske Weise unglaubwürdig, dass es ihn sogar an seiner eigenen äußerst zynischen

Einschätzung des Ganzen zweifeln lässt, die da lautet: Jemand – vermutlich derselbe Jemand, der ihm eine Botschaft schickt – hat bereits entdeckt, dass auf seiner Festplatte alles verschlüsselt ist, und versucht nun, ihn mithilfe einer List dazu zu bringen, dass er das Gerät startet und daran arbeitet, damit – ja, damit was? Vielleicht haben sie in seiner Zelle eine Kamera installiert, um ihm über die Schulter zu schauen. Diese Hoffnung kann er jedoch, wenn er sich nicht ganz blöd anstellt, leicht zunichte machen.

Die Wachen führen Randy einen Gang hinunter und an einem Anmeldeposten für Häftlinge vorbei, der ihn aber eigentlich nichts angeht, da er schon in einem anderen Gefängnis die Formulare ausgefüllt und seine persönliche Habe abgegeben hat. Dann fangen die beängstigenden riesenhaften Metalltüren an, und Gänge, die nicht besonders gut riechen, und er hört das für Gefängnisse typische allgemeine Stimmengewirr. Sie bringen ihn jedoch daran vorbei durch weitere Gänge, die älter und weniger benutzt zu sein scheinen, und schließlich durch eine altmodische Gefängnistür aus Eisenstangen in einen lang gestreckten Raum mit einem Steingewölbe; darin befindet sich eine einzige Reihe von vielleicht einem halben Dutzend Zellen und einem Durchgang für die Wachen, der an den Türen der Eisenkäfige entlangführt. Wie die Nachbildung eines Gefängnisses in einem Themenpark. Sie führen ihn ganz ans Ende und stecken ihn in die letzte Zelle. Dort erwarten ihn ein eisernes Bettgestell, eine dünne Baumwollmatratze mit fleckigen, aber sauber gewaschenen Laken und eine Armeewolldecke, die zusammengefaltet obendrauf liegt. Außerdem hat man einen alten hölzernen Aktenschrank und einen Klappstuhl hergebracht und in eine Ecke gestellt, direkt an die Steinmauer, an der dieser lang gestreckte Raum endet. Der Aktenschrank soll Randy natürlich als Schreibtisch dienen. Die Schubladen sind verschlossen. Mithilfe mehrerer Windungen einer schweren Kette und eines Vorhängeschlosses ist der Aktenschrank an diese Stelle fixiert, sodass völlig klar ist, dass Randy den Computer dort, in dieser Ecke der Zelle und nirgendwo sonst, benutzen soll. Wie Rechtsanwalt Alejandro versprochen hat, wurde eine Verlängerungsschnur in eine Wandsteckdose in der Nähe des Zellenblockeingangs gesteckt, den Gang entlanggeführt, außerhalb von Randys Reichweite sicher um ein Rohr geknotet und das Ende hinüber in Richtung Aktenschrank gelegt. Allerdings reicht es nicht ganz bis in Randys Zelle, sodass die einzige Möglichkeit, den Computer anzuschließen, darin besteht, ihn auf diesen Aktenschrank zu stellen, das Anschlusskabel auf der Rückseite einzustecken und das andere Ende durch die Gitterstäbe hindurch einem Wärter zuzuwerfen, der es mit der Verlängerungsschnur verbindet.

Anfangs wirkt das Ganze lediglich wie das lästige Manöver eines dieser Kontrollfanatiker, eine aus schierem sadistischem Vergnügen erfolgende Machtdemonstration. Doch nachdem Randy, von den Ketten befreit und in seiner Zelle eingesperrt, für ein paar Minuten allein gewesen ist und es im Kopf durchspielen konnte, denkt er anders darüber. Normalerweise könnte Randy den Computer natürlich auf dem Aktenschrank stehen lassen, während die Akkus geladen würden, und ihn dann zu seinem Bett hinübertragen und ihn dort benutzen, bis sie wieder leer gelaufen wären. Die Akkus wurden jedoch entfernt, bevor Rechtsanwalt Alejandro ihm das Gerät gab, und in seiner Zelle scheinen auch nirgendwo Akkupacks für den ThinkPad herumzuliegen. Er wird das Gerät also die ganze Zeit angeschlossen lassen müssen, und aufgrund der Art, wie sie den Aktenschrank aufgestellt und die Verlängerungsschnur gelegt haben, ist er durch gewisse unveränderliche Eigenschaften der dreidimensionalen euklidischen Raumzeit gezwungen, die Maschine an einem und nur einem Platz zu verwenden, nämlich genau auf diesem dämlichen Aktenschrank. Das hält er nicht für einen Zufall.

Er setzt sich auf den Aktenschrank und sucht Wand und Decke nach Videokameras für Aufnahmen über die Schulter ab, schaut dabei allerdings nicht besonders genau hin und erwartet im Grunde auch nicht, welche zu finden. Um Text auf einem Bildschirm zu erkennen, müssten es hochauflösende Kameras sein, was gleichbedeutend wäre mit groß und sichtbar; unauffällige Lochkameras würden dafür nicht ausreichen. Große Kameras gibt es hier nicht.

Allmählich ist sich Randy nahezu sicher, dass er, könnte er diesen Aktenschrank aufschließen, elektronische Gerätschaften darin fände. Unmittelbar unter seinem Laptop ist vermutlich eine Antenne angebracht, um von seinem Bildschirm ausgehende Van-Eck-Signale aufzufangen. Darunter dürfte sich eine Vorrichtung befinden, die diese Signale in eine digitale Form übersetzt und die Ergebnisse an eine nahe gelegene Abhörstation, wahrscheinlich gleich hinter einer dieser Mauern, weitergibt. Im Schrankboden liegen vermutlich irgendwelche Batterien, die dafür sorgen, dass das Ganze überhaupt läuft. Er schüttelt den Schrank, so weit die Ketten es erlauben, und findet, dass er in der Tat ziemlich bodenlastig ist, so als stünde in der untersten Schublade eine Autobatterie. Vielleicht bildet er sich das aber auch nur ein. Vielleicht lassen sie ihm seinen Laptop auch, weil sie einfach nette Jungs sind.

So sieht es also aus. So ist die Lage. Das ist der Deal. Alles sehr klar und einfach. Randy startet den Laptop, nur um festzustellen, ob er noch funktioniert. Dann macht er das Bett und legt sich hin, einfach weil es ein tolles Gefühl ist, sich hinzulegen. Es ist das erste Mal seit mindestens einer Woche, dass er so etwas wie eine Privatsphäre hat. Ungeachtet Avis sonderbarer Warnungen vor der Selbstbefriedigung am Strand von Pacifica ist es höchste Zeit, dass Randy sich um etwas kümmert. Er muss sich jetzt stark konzentrieren und eine gewisse Ablenkung überwinden. Sein letztes Gespräch mit Amy noch einmal Revue passieren zu lassen genügt, um ihm eine gute Erektion zu verschaffen. Er greift hinunter in seine Hose und schläft abrupt ein.

Er erwacht von dem klirrenden Geräusch, mit dem sich die Tür des Zellenblocks öffnet. Ein neuer Häftling wird hereingeführt. Randy versucht sich hinzusetzen und stellt fest, dass seine Hand immer noch in seiner Hose steckt, ohne dass sie ihren Auftrag dort erfüllt hat. Widerstrebend zieht er sie heraus und richtet sich auf. Er schwingt die Füße vom Bett auf den Steinfußboden. Jetzt sitzt er mit dem Rücken zu der angrenzenden Zelle, die ein Spiegelbild seiner eigenen ist, das heißt, die Betten und Toiletten der beiden Zellen liegen unmittelbar nebeneinander entlang dem Trenngitter, das beiden gemeinsam ist. Er steht auf, dreht sich um und schaut zu, wie der andere Häftling in die Zelle neben seiner geführt wird. Der Neue ist ein Weißer, vermutlich in den Sechzigern, vielleicht sogar Siebzigern, wenngleich man auch auf Fünfziger oder Achtziger plädieren könnte. Ziemlich vital jedenfalls. Er trägt denselben Gefängnisoverall wie Randy, allerdings mit anderen Accessoires versehen: Anstelle eines Laptops hat er ein Kreuz, das an einem Rosenkranz mit gewaltigen Bernsteinperlen baumelt, und eine Art Medaillon an einer Silberkette, und er presst mehrere Bücher an sich: eine Bibel, etwas Großes in Deutsch und einen aktuellen Bestseller.

Die Wärter behandeln ihn mit äußerstem Respekt; Randy nimmt an, dass der Typ Priester ist. Sie sprechen Tagalog mit ihm, stellen ihm – wie Randy glaubt, eifrig um sein Wohl und Wehe besorgt – Fragen und der Weiße antwortet ihnen in beruhigendem Ton und erzählt sogar einen Witz. Er bittet höflich um etwas; ein Wärter eilt hinaus und kommt bald darauf mit einem Pack Spielkarten zurück. Schließlich verlassen die Wärter, praktisch katzbuckelnd, rückwärts die Zelle und schließen ihn unter fortwährenden Entschuldigungen, die langsam monoton werden, ein. Der Weiße sagt etwas, vergibt ihnen mit einer witzigen Bemerkung. Sie lachen nervös und gehen. Einen Moment steht der Weiße mitten in seiner Zelle und starrt nachdenklich auf den Fußboden; möglicherweise betet er oder so etwas. Dann hört er abrupt damit auf und sieht sich um. Randy lehnt sich an das Trenngitter und streckt seine Hand zwischen den Eisenstäben durch. »Randy Waterhouse«, sagt er.

Der Weiße schleudert seine Bücher aufs Bett, schwebt zu ihm hinüber und schüttelt ihm die Hand. »Enoch Root«, erwidert er. »Sehr erfreut, Sie persönlich kennen zu lernen, Randy.« Seine Stimme ist unverkennbar die von Pontifex – root@eruditorum.org

Randy erstarrt für lange Zeit, wie ein Mann, der soeben gemerkt hat, dass man ihm einen kolossalen Streich gespielt hat, aber nicht weiß, *wie* kolossal er ist und wie er darauf reagieren soll. Enoch Root sieht, dass Randy wie gelähmt ist, und springt geschickt in die Bresche. Er biegt den Pack Karten in einer Hand und lässt ihn in die andere hinüberschnellen; die Schlange aus in der Luft schwebenden Karten hängt, einem Akkordeon gleich, für einen Augenblick einfach zwischen seinen Händen. »Nicht so biegsam wie ETC-Karten, aber erstaunlich nützlich«, sinniert er. »Mit etwas Glück, Randy, können Sie und ich eine Brücke machen – solange Sie ohnehin nur wie ein Brückenpfeiler dastehen.«

»Eine Brücke machen?«, wiederholt Randy, der sich ziemlich blöd fühlt und vermutlich auch anhört.

»Ach, tut mir Leid, mein Englisch ist etwas eingerostet – ich meinte natürlich das Kartenspiel Bridge. Kennen Sie es?«

»Bridge? Nein. Aber ich dachte, dazu bräuchte man vier Spieler.«

»Ich habe mir eine Version ausgedacht, die von *zweien* gespielt wird. Ich hoffe nur, dass dieser Pack komplett ist – für das Spiel sind vierundfünfzig Karten nötig.«

»Vierundfünfzig,« grübelt Randy. »Hat Ihr Spiel etwas mit Pontifex zu tun?«

»Es ist ein und dasselbe.«

»Ich glaube, ich habe die Regeln für Pontifex irgendwo auf meiner Festplatte abgespeichert«, sagt Randy.

»Dann lassen Sie uns spielen«, sagt Enoch Root.

Freier Fall

Shaftoe springt aus dem Flugzeug. Die Luft ist hier oben anregend kalt und der Wind-Kälte-Faktor ist eine Wucht. Zum ersten Mal seit einem Jahr fühlt sich seine Haut nicht widerlich heiß und verschwitzt an.

Etwas reißt kräftig an seinem Rücken: die noch ans Flugzeug angeklinkte, selbsttätige Aufziehleine – Gott bewahre, dass man amerikanische Soldaten mit der Aufgabe betraut, selbst ihre Reißleine zu ziehen. Er sieht die Stabssitzung, auf der das Prinzip der selbsttätigen Aufziehleine ausgebrütet wurde, förmlich vor sich: »Herrgott noch mal, Herr General, das sind bloß einfache Soldaten! Sobald sie aus dem Flugzeug springen, werden sie vermutlich anfangen, von ihrer Liebsten zu träumen, ein paar Schlucke aus ihrem Flachmann nehmen, ein Nickerchen machen, und ehe man sich's versieht, knallen sie mit ein paar hundert Stundenkilometern ungespitzt in den Boden!«

Der Bremsfallschirm flattert nach oben, fängt Luft und weidet dann mit einem einzigen Ruck den Hauptpacksack aus. Es rüttelt und schaukelt ein wenig, während Bobby Shaftoes Körper die ungeordnete Seidenwolke nach unten zieht, dann öffnet sie sich knatternd, und er hängt im Raum und sein dunkler Körper bildet für etwaige japanische Gewehrschützen auf dem Boden ein kleines, perfektes Ziel in der Mitte des gebrochen weißen Baldachins.

Kein Wunder, dass sich die Fallschirmjäger für Götter unter Menschen halten: Sie haben einen herrlichen Blick, einen viel besseren jedenfalls als ein armes Frontschwein von den Marines, das am Strand festsitzt und immer nur hügelaufwärts in Reihen von Bunkern schaut. Unter ihm breitet sich ganz Luzon aus. Über einen Pflanzenteppich hinweg, der so dicht ist wie Filz, kann er zwei- bis dreihundert Meilen nach Norden sehen, bis hin zu den Bergen, in denen sich General Yamashita, der Löwe von Malaya, mit hunderttausend Mann verschanzt hat, von denen jeder Einzelne nichts lieber täte, als sich massenhaft Sprengstoff an den Körper zu schnallen, sich nachts durch die feindlichen Linien zu schleichen, mitten in eine große Konzentration von Amerikanern zu laufen und sich für seinen Kaiser in die Luft zu jagen. Steuerbord von Shaftoe liegt die Manila Bay und selbst aus dieser Entfernung – knapp fünfzig Kilometer – kann er den Dschungel in Ufernähe plötzlich schütter und braun werden sehen, wie ein abgetrenntes Blatt, das von den Rändern her verdorrt – es muss das sein, was von der Stadt Manila noch übrig ist. Die dicke, etwas über dreißig Kilometer lange Landzunge, die sich auf ihn zu erstreckt, ist Bataan. Ein Stück weit vor ihrer Spitze liegt eine Felseninsel, geformt wie eine Kaulquappe mit grünem Kopf und knochigem braunem Schwanz: Corregidor. Aus vielen Öffnungen auf der Insel, die von den Amerikanern weitgehend zurückerobert worden ist, quillt Rauch. Nicht wenige Japaner haben sich lieber in ihren unterirdischen Bunkern in die Luft gesprengt als sich zu ergeben. Diese Heldentat hat irgendwen in der Befehlskette Des Generals auf eine schlaue Idee gebracht.

Ein paar Kilometer von Corregidor entfernt liegt reglos etwas auf dem Wasser, das wie ein absurd gedrungenes, asymmetrisches Schlachtschiff, nur viel größer, aussieht. Es ist von amerikanischen Kanonenbooten und Landungskräften eingekreist. Aus einer Quelle auf seinem Dach weht eine rote Rauchfahne in Windrichtung: eine Rauchbombe, die man vor ein paar Minuten an einem Fallschirm aus Shaftoes Flugzeug abgeworfen hat. Im Herabschweben kann Shaftoe, den der Wind direkt darauf zutreibt, die Körnung des Stahlbetons erkennen, aus dem dieses Wunderwerk besteht. Früher war es ein Trockendock in der Manila Bay. Die Spanier haben dort eine Festung gebaut, die Amerikaner haben eine Kette von Artilleriestellungen obendrauf gesetzt, und als die Nips kamen, verwandelten sie das Ganze in eine solide Festung aus Stahlbeton, mit zehn Meter dicken Wänden und ein paar Geschütztürmen mit 14-Zoll-Zwillingskanonen obendrauf. Diese Kanonen sind längst zum Schweigen gebracht worden; Shaftoe kann lange Risse in den Rohren erkennen, und Krater wie gefrorene Spritzer im Stahl. Obwohl er auf das Dach einer uneinnehmbaren japanischen Festung abspringt, die gerammelt voll ist von schwer bewaffneten Männern auf der verzweifelten Suche nach einer möglichst pittoresken Todesart, ist Shaftoe vollkommen sicher; jedes Mal, wenn ein Nip einen Gewehrlauf oder ein Fernglas zu einer Schießscharte herausstreckt, eröffnen ein halbes Dutzend amerikanischer Fliegerabwehrkanonen auf den umliegenden Schiffen aus nächster Nähe das Feuer auf ihn.

Ein ungeheurer Lärm bricht los, als aus einer kleinen Bucht an der Wasserlinie der Insel ein Motorboot hervorschießt und direkten Kurs auf ein amerikanisches Landungsboot nimmt. Hundert Geschütze eröffnen gleichzeitig das Feuer darauf. Überschallschnelle Metallstücke prasseln um das kleine Boot ins Wasser, eine Tonne nach der anderen. Jedes Stück lässt das Wasser aufspritzen. Sämtliche Spritzer verbinden sich zu einer wild aufschäumenden vulkanischen Eruption weißen Wassers mit dem kleinen Boot als Mittelpunkt. Bobby Shaftoe steckt sich die Finger in die Ohren. Zweitausend Pfund Brisanz-Sprengstoff, die in die Nase des kleinen Boots gestopft sind, detonieren. Die Schockwelle zuckt über die Wasseroberfläche, ein pulvriger weißer Ring, der sich mit übernatürlicher Geschwindigkeit ausdehnt. Sie trifft Bobby Shaftoe wie ein Baseball aufs Nasenbein. Eine Zeit lang unterlässt er es, seinen Fallschirm zu steuern, und vertraut darauf, dass der Wind ihn an die richtige Stelle trägt.

Die Rauchbombe wurde abgeworfen, um die Vorstellung zu beweisen, dass ein Mann an einem Fallschirm tatsächlich imstande ist, auf dem Dach dieser Festung zu landen. Bobby Shaftoe allerdings stellt die endgültige und unwiderlegliche Überprüfung dieser These dar. Im Näherkommen sieht Shaftoe, der nach der Explosion langsam wieder einen klaren Kopf bekommt, dass die Rauchbombe das Dach gar nicht erreicht hat: Ihr kleiner Schirm hat sich in dem Antennengewirr verheddert, das dem Dach der Festung entsprießt.

Scheiße, alle möglichen Antennen! Schon während seiner Zeit in Schanghai hat Shaftoe in der Nähe von Antennen immer ein ungutes Gefühl gehabt. Die Dünnhälse von Station Alpha in ihrem kleinen hölzernen Dachverschlag, aus dem die ganzen Antennen ragten – das waren keine Soldaten, Seeleute oder Marines im gewöhnlichen Sinne. Corregidor starrte von Antennen, ehe die Nips kamen und die Insel einnahmen. Und überall, wo Shaftoe während seiner Zugehörigkeit zu Abteilung 2702 hinkam, gab es Antennen.

Er wird die nächsten Augenblicke damit zubringen, sich sehr eingehend auf diese Antennen zu konzentrieren, und so dreht er einen Moment lang den Kopf zur Seite, um das amerikanische LCM anzupeilen – das Landungsboot, das die Japaner mit ihrem Selbstmordboot zu zerstören hofften. Es befindet sich genau dort, wo es zu sein hat – auf halbem Weg zwischen der Flotte, welche die Festung umzingelt hält, und deren senkrechter, dreizehn Meter hoher Mauer. Auch wenn Shaftoe der Plan nicht schon bekannt wäre, würde er dieses Schiff auf einen Blick als Landungsboot, Motorisiert (Mark 3), erkennen, eine sechzehn Meter lange Schuhschachtel aus Stahl, dazu gedacht, einen mittelgroßen Tank auf einen Strand zu setzen. Es verfügt über zwei Maschinengewehre Kaliber 50, aus denen es pflichtschuldig auf diverse Ziele in der Festungsmauer einhämmert, die Shaftoe nicht sehen kann. Dafür kann er von seinem Beobachtungspunkt in der Luft aus etwas sehen, was wiederum die Japaner nicht sehen können: Das LCM befördert keinen Tank im Sinne eines auf Raupenketten laufenden Fahrzeugs mit einem Geschützturm. Es befördert vielmehr einen Tank im Sinne eines großen Stahlbehälters, an dem Röhren, Schläuche und anderes Zeug befestigt sind.

Die Nips in der Festung schießen auf das sich nähernde Landungsboot, aber das einzige Ziel, das sich ihnen bietet, ist dessen Vordertür, ein Stück Metall, das heruntergeklappt zur Rampe wird, bei deren Konstruktion man unglaublicherweise von der Annahme ausging, zum Untergang verurteilte Nips würden sich ausgiebig bemühen, mit diversen Projektilen Löcher hineinzuschießen. Somit erzielen die Verteidiger keinerlei Wirkung. Fliegerabwehrgeschütze auf anderen Schiffen haben begonnen, wie unsinnig die Festungswände zu beharken, sodass es den Japanern schwer fällt, Köpfe und Gewehrläufe herauszustrecken. Shaftoe sieht Antennenstücke über das Festungsdach schlittern und hüpfen und ab und zu Striche von Leuchtspurgeschossen, und er hofft, dass die Kanoniere auf den Schiffen die Geistesgegenwart besitzen, das Feuer einzustellen, ehe er auf dem Scheißding landet, was in ein paar Sekunden geschehen wird.

Shaftoe wird klar, dass die geistige Vorstellung, die er sich vom Ablauf dieses Einsatzes gemacht hat, als er ihn mit den Offizieren im Landungsboot durchsprach, keinerlei Ähnlichkeit mit der Realität hat. Es ist nur ungefähr das fünftausendste Mal, dass Shaftoe dieses Phänomen im Laufe des Zweiten Weltkrieges erlebt; eigentlich müsste man meinen, dass es ihn nicht mehr überrascht. Die Antennen, die auf den Aufklärungsfotos filigran und unbedeutend aussahen, sind in Wirklichkeit größere technische Bauwerke. Oder waren es zumindest, bis sie von den Schiffsgeschützen, welche die großen Kanonen zum Schweigen brachten, auseinander genommen wurden. Jetzt sind sie nur noch Trümmer von der Sorte, auf der zu landen für einen Fallschirmspringer besonders unangenehm ist. Die Antennen bestanden – und die Trümmer bestehen – aus allem möglichen Kram: Rundhölzer aus philippinischem Mahagoni, stabile Bambussäulen, zusammengeschweißte Stahlsparren. Am häufigsten sind die Stücke, die einem Fallschirmspringer sofort ins Auge stechen: lange, kantig vorragende Metallstangen und kilometerweise Spanndraht, teils so straff, dass er einem herabstürzenden Marine den Kopf abschneiden könnte, teils ganz locker und wirr, mit spitz hervorstehenden Enden.

Es dämmert Shaftoe, dass dieser Bau nicht bloß eine Artilleriestellung ist; er ist eine japanische Nachrichtendienst-Zentrale. »Waterhouse, du elender Scheißkerl!«, brüllt er. Soviel er weiß, ist Waterhouse noch immer in Europa. Doch während er sich schützend die Hände vor die Augen schlägt und in den Albtraum hineinfällt, wird ihm klar, dass Waterhouse irgendetwas damit zu tun haben muss.

Bobby Shaftoe ist gelandet. Er versucht, sich zu bewegen, und die Trümmer bewegen sich mit ihm; er ist eins damit geworden.

Er schlägt vorsichtig die Augen auf. Sein Kopf ist in ein Gewirr von dickem Draht eingewickelt – ein Spanndraht, der unter Zug gerissen ist und sich um ihn geschlungen hat. Zwischen Drahtschlingen hervorspähend, sieht er ein Stück dünnes Rohr aus seinem Oberkörper ragen. Ein zweites hat seinen Oberschenkel und ein drittes seinen Oberarm durchbohrt. Er ist sich ziemlich sicher, dass er sich auch noch das Bein gebrochen hat.

Er bleibt eine Weile liegen und lauscht dem Krachen der Geschütze um ihn herum.

Es gibt einiges zu erledigen. Alles, woran er denken kann, ist der Junge.

Mit der freien Hand tastet er nach der Drahtschere und beginnt sich von dem Gewirr loszuschneiden.

Die Backen der Drahtschere passen knapp um die Metallrohre der Antenne. Er greift hinter sich, findet die Stellen, wo die Rohre sich in seinen Rücken bohren, und schneidet sie – schnipp, schnipp, schnipp – ab. Er schneidet das Rohr ab, das seinen Arm aufgespießt hat. Er beugt sich vor und schneidet das Stück ab, das ihm durchs Bein gedrungen ist. Dann zieht er die Rohre aus seinem Fleisch und lässt sie – plink, plink, plink, plink, plink – auf den Beton fallen. Es folgt viel Blut.

Er versucht erst gar nicht zu gehen. Er schleppt sich einfach über das Betondach der Festung. Die Sonne hat den Beton angewärmt und er fühlt sich gut an. Er kann das Landungsboot nicht sehen, wohl aber die paar Antennen, die oben daraus hervorragen, und weiß daher, dass es mittlerweile in Position ist.

Das Seil müsste da sein. Shaftoe stützt sich auf die Ellbogen und sieht nach. Tatsächlich, da ist es, ein Seil aus Manilafaser (was sonst!), das an einem Enterhaken befestigt ist; ein Zinken des Enterhakens sitzt in einem Granattrichter am Dachrand fest.

Er schafft es schließlich bis dorthin und beginnt, an dem Seil zu ziehen. Er schließt dabei die Augen, versucht aber, nicht einzuschlafen.

Er zieht immer weiter und spürt irgendwann etwas Großes und Dickes zwischen den Händen: den Schlauch.

Fast fertig. Auf dem Rücken liegend, drückt er das Ende des Schlauchs an seine Brust und dreht den Kopf hin und her, bis er die Entlüftungshaube sehen kann, die sie auf den Aufklärungsfotos ausgemacht haben. Früher war sie mal mit einer Blechkappe abgedeckt, aber die ist mittlerweile längst verschwunden und nun ist es nur noch ein Loch im Dach mit ein paar gezackten Metallstücken an den Rändern. Er kriecht hin und steckt das Schlauchende hinein.

Irgendwer auf einem der Schiffe muss ihn wohl beobachten, denn der Schlauch versteift sich wie eine lebendig werdende Schlange und zwischen seinen Händen kann Bobby Shaftoe das Dieselöl hindurchströmen spüren. Fast vierzigtausend Liter von dem Zeug. Geradewegs in die Festung hinein. Er kann die Nips da unten heisere Lieder singen hören. Mittlerweile wird ihnen klar geworden sein, was gleich passieren wird. General MacArthur gibt ihnen genau das, worum sie gebetet haben.

Eigentlich soll sich Bobby Shaftoe zu diesem Zeitpunkt auf das Landungsboot abseilen, aber er weiß, dass es dazu nicht kommen wird. Kein Mensch kommt jetzt mehr an ihn heran, keiner kann ihm helfen. Als kein Dieselöl mehr durch den Schlauch strömt, konzentriert er sich, so gut er noch kann. Tut ein letztes Mal so, als wäre ihm nicht alles egal. Zieht den Sicherungssplint einer Phosphorgranate, lässt den Griff wegfliegen und lustig über das Dach klimpern. Er spürt, wie sie in seiner Hand lebendig wird, spürt das dumpfe, animalische Zischen ihrer inneren Zündschnur. Er lässt sie in den Luftschacht fallen: ein kreisrundes, senkrecht nach unten führendes Rohr, eine schwarze Scheibe auf einem schmutzig grauen Feld, wie die Asche einer japanischen Flagge.

Dann, einem Impuls folgend, stürzt er sich ihr nach.

Semper Fidelis
Dämmerstern auf Nachtscheibe
Fall in die Sonne

METIS

Das Auftauchen von root@eruditorum.org in der Zelle gleich neben Randys ist sozusagen die krönende Wendung in der Handlung dieses Kasperletheaters, das seit der Landung seines Flugzeugs auf dem NAIA für ihn inszeniert worden ist. Er weiß, dass wie bei jedem Puppentheater eine Menge Leute außerhalb seines Wahrnehmungsbereichs versteckt sein müssen und dass diese Leute in hektischer Betriebsamkeit versuchen, das Stück über die Bühne zu bringen. Soweit er weiß, wird soeben ein erklecklicher Teil des philippinischen Bruttosozialprodukts darauf verwendet, diese Illusion für ihn aufrechtzuerhalten.

Auf dem Boden von Randys Zelle wartet ein Teller mit Essen, und auf dem Essen sitzt eine Ratte. Normalerweise reagiert Randy ziemlich heftig auf den Anblick von Ratten; sie sprengen das System von Dämmen, das Kinderstube und Erziehung um den Teil seines Bewusstseins gebaut haben, in dem Dinge wie das kollektive Unbewusste wohnen, und schicken ihn geradewegs ins Land des Hieronymus Bosch. Unter diesen Umständen stört es ihn jedoch nicht mehr, als wenn er eine im Zoo sieht. Die Ratte hat ein erstaunlich ansprechendes wildlederartiges Fell und einen ungefähr bleistiftdicken Schwanz, der offensichtlich einer Bäuerin mit einem Tranchiermesser in die Quere gekommen ist und wie der Antennenstummel eines Handys steif in die Luft ragt. Randy hat Hunger, aber keine Lust, etwas zu essen, worauf eine Ratte ihre Fußspuren hinterlassen hat. Also betrachtet er sie nur.

Sein Körper fühlt sich an, als hätte er lange geschlafen. Er schaltet den Computer ein und tippt den Befehl »Datum«. Die Nägel seiner linken Hand sehen komisch aus, als wären sie alle gequetscht worden. Bei näherem Hinsehen erkennt er auf dem Nagel des Zeigefingers ein mit blauem Kugelschreiber aufgemaltes Kreuz, auf dem Mittelfinger ein Karo, auf dem Ringfinger ein Herz und auf dem kleinen Finger ein Pik. Enoch Root hat ihm gesagt, dass bei Pontifex wie beim Bridge jede Karte in dem Stapel einen Zahlenwert besitzt: Kreuz 1-13, Karo 14-26, Herz 27-39, Pik 40-52. Randy hat sich die Symbole auf die Fingernägel gemalt, damit er sie nicht vergisst.

Jedenfalls sagt ihm »Datum«, dass er offenbar den ganzen Nachmittag und Abend des Vortages, die ganze Nacht und den halben heutigen Tag geschlafen hat. Was diese Ratte da vertilgt, ist also sein Mittagessen.

Randys Computer arbeitet mit Finux; beim Booten präsentiert er ihm einen schwarzen Bildschirm mit dicken, fetten, weißen Buchstaben, die Zeile für Zeile darauf vorrollen, also eine für die Zeit um 1975 typische Benutzeroberfläche. Vermutlich auch die denkbar einfachste Art, Van-Eck-Phreaking zu ermöglichen. Randy tippt »startx«, woraufhin der Bildschirm einen Augenblick schwarz wird und dann eine bestimmte Indigotönung annimmt, die Randy zufällig mag, und beigefarbene Fenster mit viel kleineren, deutlicheren Buchstaben darauf erscheinen. Jetzt läuft also X-Windows oder X, wie Randy und die Leute in seinem Metier es nennen, ein System, das all den grafischen Schrott bietet, den man auf einer Benutzeroberfläche erwartet: Menüs, Schaltflächen, Rollbalken und so weiter. Wie bei allem anderen unter UNIX (wovon Finux eine Variante darstellt), gibt es Unmengen von Optionen, die zu erforschen nur junge, einsame oder besessene Leute die nötige Zeit und Geduld besitzen. Randy ist in verschiedenen Phasen seines Lebens alles davon gewesen und kennt sich mit diesen Optionen bestens aus. So ist zum Beispiel der Hintergrund seines Bildschirms im Augenblick einfarbig indigoblau, könnte aber genauso gut aus einem Bild bestehen. Theoretisch könnte man einen Kinofilm verwenden, sodass sämtliche Fenster und Menüs und so weiter vor, sagen wir, *Citizen Kane* als Endlosschleife umherschweben. Im Grunde kann man jedes Stück Software nehmen und zu seinem Bildschirmhintergrund machen und es wird glücklich vor sich hin schnurren, tun, was immer es tut, und nicht einmal wissen, dass es als Fensterverkleidung dient. Das hat Randy auf ein paar Dinge gebracht, die er unternehmen kann, um diesem Van-Eck-Ding zu begegnen.

In seinem gegenwärtigen Zustand ist dieser Computer genauso anfällig für Van-Eck-Phreaking, wie er es war, ehe Randy X geladen hat. Vorher waren es weiße Buchstaben auf schwarzem Hintergrund, jetzt sind es schwarze auf einem beigefarbenen. Die Buchstaben sind etwas kleiner und befinden sich in Fenstern, aber das macht keinen Unterschied: Die Elektronik in seinem Computer muss, während sie diese Punktmuster auf dem Bildschirm aufzeichnet, nach wie vor die Übergänge zwischen null und eins, das heißt zwischen hoher (weiß oder beige) und minimaler (schwarz) Intensität vollziehen.

Randy weiß im Grunde genommen nicht, was in seinem Leben eigentlich gerade vor sich geht, und das vermutlich schon seit geraumer Zeit, ja sogar schon damals, als er dachte, er *wüsste* es. Seine Arbeitshypothese lautet aber, dass die Leute, die diese ganze Angelegenheit inszeniert haben (Hauptkandidaten: der Dentist und seine Kohorten im Bolobolo-Syndikat), wissen, dass er auf seiner Festplatte ein paar hochinteressante Informationen hat. Woher sollten sie das wissen? Immerhin wusste Pontifex – der Zauberer – Enoch Root – wie immer er sich nennt –, als er Randy im Flugzeug anrief, auch, dass er, Randy, Arethusa hatte, also kann es Gott weiß wer ebenso wissen. Irgendjemand hat die Verhaftung wegen Drogenbesitzes am NAIA gedeichselt, um sich seinen Laptop unter den Nagel zu reißen und eine Kopie des gesamten Festplatteninhalts zu machen. Dabei haben sie festgestellt, dass alles doppelt verschlüsselt war. Das heißt, die Arethusa-Funksprüche sind per se bereits mit einem recht ordentlichen Kryptosystem aus dem Zweiten Weltkrieg verschlüsselt, das heutzutage allerdings jeder zu knacken imstande sein müsste, aber zusätzlich sind sie noch mithilfe eines hochmodernen Systems verschlüsselt, das kein Mensch knacken kann. Wenn sie halbwegs schlau sind, werden sie es erst gar nicht versuchen. Für sie gibt es nur eine Möglichkeit, an diese Informationen zu gelangen: Sie müssen Randy dazu bewegen, sie für sie zu entschlüsseln, was er tun kann, indem er sich seinem Laptop biometrisch zu erkennen gibt (das heißt, mit ihm spricht) oder ein Passwort eingibt, das nur er kennt. Sie hoffen, dass Randy die Arethusa-Dateien entschlüsselt und wie ein Vollidiot ihren Inhalt auf dem Bildschirm darstellt. Sobald das Zeug auf dem Monitor erscheint, ist das Spiel aus. Die Überwachungsfuzzis des Dentisten (oder wer immer dahinter steckt) können die Funksprüche in eine Art kryptoanalytischen Supercomputer eingeben, der sie im Handumdrehen entschlüsseln wird.

Das bedeutet nicht, dass Randy diese Dateien nicht öffnen darf – er darf sie nur nicht auf den Bildschirm holen. Dieser Punkt ist entscheidend. Ordo kann die verschlüsselten Dateien von der Festplatte herunterlesen und in den Arbeitsspeicher des Computers schreiben. Es kann sie entschlüsseln, die Ergebnisse in einem anderen Bereich des Arbeitsspeichers ablegen und die Daten auf immer und ewig dort lassen, was die Van-Eck-Phreaker kein Iota schlauer machen wird. Sobald Randy jedoch den Computer auffordert, ihm diese Information in einem Bildschirmfenster zu zeigen, werden die Arethusa-Funksprüche den Van-Eck-Phreakern gehören; und ganz egal, wer sie sind, sie werden sie schneller geknackt haben, als Randy selbst es könnte.

Das Witzige und Interessante daran ist, dass Randy diese Funksprüche, um mit ihnen zu arbeiten, gar nicht sehen muss. Solange sie sich im Arbeitsspeicher des Computers befinden, kann er sie jeder im ganzen *Cryptonomicon* beschriebenen kryptoanalytischen Methode unterziehen.

Er fängt an, ein paar Zeilen in einer Sprache namens Perl hinzutippen. Perl ist eine Skriptsprache, gut geeignet, um die Funktionen des Computers zu steuern und sich wiederholende Aufgaben zu automatisieren. Eine UNIX-Maschine wie diese arbeitet mit einem Dateisystem, das einige Zehntausend verschiedene Dateien, zumeist in reinem ASCII-Textformat, enthält. Es gibt viele verschiedene Programme, mit denen man diese Dateien öffnen, auf den Bildschirm holen und editieren kann. Randy hat vor, ein Perl-Skript zu schreiben, das durch das Dateisystem streift, wahllos Dateien herausgreift, jede davon in einem Fenster von beliebiger Größe und Lage öffnet, eine Weile darin herumblättert und sie wieder schließt. Lässt man das Skript schnell genug laufen, werden, gleichsam als rechtwinklig geformte Lichteffekte eines ewig andauernden Feuerwerks, ständig irgendwo auf dem Bildschirm Fenster aufgehen. Wird dieses Skript nun anstelle des einfarbigen Indigoblau als Bildschirmhintergrund benutzt, läuft das alles hinter dem einen Fenster, in dem Randy gerade arbeitet. Die Leute, die seine Arbeit überwachen, werden bei dem Versuch, die einzelnen Spuren zu verfolgen, den Verstand verlieren. Vor allem, wenn Randy ein Skript schreibt, das alle paar Sekunden für eine beliebige Veränderung der Größe und Lage des eigentlichen Fensters sorgt.

Die Arethusa-Funksprüche in einem Fenster zu öffnen, wäre wirklich dumm – das wird er nicht tun. Mithilfe dieser Technik kann er jedoch verschleiern, was immer er sonst an Entschlüsselungsarbeit macht. Als er ein paar Zeilen des Perl-Skripts geschrieben hat, wird ihm allerdings klar, dass, wenn er in einem so frühen Stadium seiner Haftzeit eine solche Nummer abzieht, die Leute, die ihn überwachen, gleich wissen werden, dass er ihnen auf die Schliche gekommen ist. Vielleicht ist es besser, wenn er sie noch eine Weile in dem Glauben lässt, er hege keinerlei Verdacht. Deshalb hebt er sich das Perl-Skript auf und beendet erst einmal die Arbeit daran. Wenn er es schubweise schreibt, indem er es nur ein- oder zweimal am Tag öffnet, um ein paar Zeilen zu tippen, und es dann wieder schließt, werden seine Überwacher wahrscheinlich nicht in der Lage sein nachzuvollziehen, was er treibt, selbst wenn sie zufällig Hacker sein sollten. Als besonders fiesen Trick verändert er die X-Windows-Optionen noch so, dass keins der Fenster oben eine Titelleiste hat. Auf diese Weise werden die Überwachungsfuzzis nicht sagen können, an welcher Datei er zu einem gegebenen Zeitpunkt arbeitet, was es ihnen wesentlich erschweren wird, sich aus einer langen Reihe von Beobachtungen ein kohärentes Bild vom Inhalt seines Perl-Skripts zu machen.

Außerdem öffnet er die alte Nachricht von root@eruditorum.org mit der Pontifex-Transformation, ausgedrückt in ein paar Zeilen Perl Code. Die einzelnen Schritte, die, von einem Computer ausgeführt, so schwerfällig wirkten, erscheinen jetzt, wo er sie als Manipulationen eines Spiels Karten konstruiert, klar, um nicht zu sagen einfach.

»Randy.«

»Hmm?« Verblüfft darüber, dass er sich in einem Gefängnis auf den Philippinen befindet, schaut Randy vom Bildschirm auf.

»Das Abendessen ist serviert.«

Es ist Enoch Root, der ihn durch die Gitterstäbe ansieht. Er deutet auf den Boden von Randys Zelle, wo gerade ein neuer Napf mit Essen hereingeschoben worden ist. »Eigentlich ist es schon vor einer Stunde serviert worden – vielleicht möchten Sie sich darüber hermachen, bevor die Ratten kommen.«

»Danke«, sagt Randy. Nachdem er sich davon überzeugt hat, dass alle Fenster auf seinem Bildschirm geschlossen sind, geht er hinüber und nimmt sein Abendessen von dem mit Spritzern alter Rattenscheiße befleckten Fußboden. Es ist Reis und Lechon, ein einfaches, traditionelles Schweinefleischgericht. Enoch Root ist schon lange mit dem Essen fertig – er sitzt auf seinem Bett gleich neben Randy und spielt ein ungewöhnliches Solitaire-Spiel, bei dem er hin und wieder innehält, um einen Buchstaben aufzuschreiben. Randy beobachtet aufmerksam, wie er die Karten handhabt, und ist sich immer sicherer, dass er genau die Folge von Operationen durchführt, über die er gerade etwas in der alten E-Mail gelesen hat.

»Weswegen sind Sie hier drin?«, fragt Randy.

Enoch Root zählt den Stapel Karten fertig, wirft einen raschen Blick auf eine Piksieben, schließt für einen Augenblick die Augen und schreibt ein W auf seine Serviette. Dann sagt er: »Ungebührliches Benehmen. Unbefugtes Betreten. Anstiftung zum Aufruhr. Der ersten beiden bin ich vermutlich schuldig.«

»Erzählen Sie mir davon.«

»Sagen Sie mir erst, weshalb Sie hier sind.«

»Am Flughafen wurde in meiner Tasche Heroin gefunden. Ich

bin angeklagt, der dümmste Drogenschmuggler unter der Sonne zu sein.«

»Ist jemand sauer auf Sie?«

»Das ist eine lange Geschichte«, erwidert Randy, »aber ich glaube, Sie wissen schon, worum es geht.«

»Also mein Fall liegt folgendermaßen: Ich habe in einem Missionskrankenhaus oben in den Bergen gearbeitet.«

»Sind Sie Priester?«

»Nicht mehr. Ich bin Laienbruder.«

»Wo ist Ihr Krankenhaus?«

»Südlich von hier. Draußen in der Wildnis«, sagt Enoch Root. »Dort bauen die Leute Ananas, Kaffee, Kokosnüsse, Bananen und ein paar andere für den Handel bestimmte Feldfrüchte an. Aber ihr Land wird von Schatzsuchern zerpflügt.«

Seltsam, dass Enoch Root plötzlich auf das Thema vergrabene Schätze zu sprechen kommt. Wo er doch so verschlossen gewesen ist. Randy vermutet, dass er die Absicht hatte, sich dumm zu stellen. Er startet einen Versuchsballon: »Soll da unten irgendein Schatz liegen?«

»Die Alten sagen, in den letzten paar Wochen vor MacArthurs Rückkehr seien viele japanische Lastwagen eine bestimmte Straße entlanggefahren. Ab einem gewissen Punkt sei es unmöglich gewesen herauszubekommen, wohin sie fuhren, denn die Straße sei gesperrt worden und man habe Minenfelder gelegt, um die Neugierigen abzuschrecken.«

»Oder zu töten«, sagt Randy.

Darauf geht Enoch Root gar nicht ein. »Diese Straße führt in ein ziemlich ausgedehntes Gebiet, in dem durchaus Gold versteckt worden sein könnte. Aberhunderte von Quadratkilometern. Ein großer Teil davon ist Dschungel. Oder hat eine schwierige Topografie. Unmengen von Vulkanen, von denen manche erloschen sind und andere von Zeit zu Zeit Schlammströme ausspucken. Ein Teil ist jedoch flach genug, um tropische Feldfrüchte anzupflanzen, und dort haben sich in den Jahrzehnten seit dem Krieg Menschen angesiedelt und die Grundzüge eines Wirtschaftssystems aufgebaut.«

»Wem gehört das Land?«

»Sie kennen die Philippinen mittlerweile wirklich gut«, sagt Enoch Root. »Sie kommen sofort zur zentralen Frage.«

»So wie man im Mittleren Westen über das Wetter klagt, fragt man hier, wem das Land gehört«, sinniert Randy.

Enoch Root nickt. »Ich könnte mich eine ganze Weile mit der Beantwortung Ihrer Frage beschäftigen. Die Antwort lautet, dass die Besitzverhältnisse sich unmittelbar nach dem Krieg änderten, dann wieder unter Marcos und noch einmal in den letzten paar Jahren. Das ergibt, wenn Sie so wollen, mehrere Epochen. Erste Epoche: vor dem Krieg. Land im Besitz bestimmter Familien.«

»Natürlich.«

»Natürlich. Zweite Epoche: der Krieg. Ein riesiges Gebiet von den Japanern in Beschlag genommen. Manche von den Familien, die Land besaßen, kamen unter den Besatzern zu Reichtum. Andere fielen in Armut. Dritte Epoche: die Nachkriegszeit. Die arm gewordenen Familien gingen fort. Die zu Reichtum gelangten dehnten ihre Besitztümer aus. So wie die Kirche und der Staat.«

»Wieso?«

»Der Staat verwandelte einen Teil des Landes – den Dschungel – in einen Nationalpark. Und nach den Ausbrüchen errichtete die Kirche die Missionsstation, in der ich arbeite.«

»Ausbrüche?«

»Anfang der Fünfzigerjahre wurden, um die Dinge interessanter zu machen – Sie wissen, auf den Philippinen sind sie nie interessant genug –, die Vulkane wieder aktiv. Ein paar Lahars flossen durch das Gebiet, löschten einige Dörfer aus, leiteten so manchen Fluss um und vertrieben viele Menschen. Um diesen Leuten zu helfen, errichtete die Kirche das Krankenhaus.«

»Ein Krankenhaus nimmt nicht besonders viel Land in Anspruch«, bemerkt Randy.

»Wir haben auch Farmen. Wir versuchen, den Einheimischen zu mehr Selbständigkeit zu verhelfen.« Enoch Roots Verhalten ist zu entnehmen, dass er darüber eigentlich nicht sprechen möchte. »Jedenfalls pendelten die Dinge sich in einem Rahmen ein, der mehr oder weniger bis zur Marcos-Ära fortbestand, als verschiedene Leute gezwungen wurden, Teile ihres Besitzes an Ferdinand und Imelda und verschiedene ihrer Cousins, Neffen, Spießgesellen und Speichellecker zu verkaufen.«

»Sie waren auf der Suche nach japanischem Kriegsgold.«

»Unter den Einheimischen haben manche ein Geschäft daraus gemacht, so zu tun, als erinnerten sie sich, wo das Gold liegt«, sagt Enoch Root. »Als man erst einmal merkte, wie einträglich das war, breitete es sich aus wie ein Virus. Mittlerweile behauptet jeder, verschwommene Erinnerungen an den Krieg zu haben oder an Geschichten, die Vater oder Großvater erzählt haben. Die Schatzsucher der Marcos-Ära legten nicht die vorsichtige Skepsis an den Tag, die man von Menschen mit schärferem Verstand vielleicht erwartet hätte. Viele Löcher wurden gegraben. Gold wurde keins gefunden. Alles beruhigte sich. Im Lauf der letzten paar Jahre traten dann die Chinesen auf den Plan.«

»Filipinos chinesischer Abstammung, oder –«

»Chinesen chinesischer Abstammung«, sagt Enoch Root. »Nordchinesen. Kräftige, die gerne stark gewürzt essen. Nicht die gewohnten zierlichen, Kantonesisch sprechenden Fischesser.«

»Woher kommen diese Leute denn – aus Schanghai?«

Root nickt. »Ihr Unternehmen ist eine dieser post-maoistischen Monstrositäten. Angeführt von einem echten Veteran des Langen Marsches. Einem gerissenen Überlebenden vieler Säuberungsaktionen. Wing mit Namen. Mr. Wing – oder General Wing, wie er sich gerne nennen lässt, wenn ihn die Nostalgie befällt – hat den Übergang zum Kapitalismus recht geschickt bewerkstelligt. Hat während des Großen Sprungs nach vorn mit Sklavenarbeit Wasserkraftwerke gebaut und das ganze zum Machtbereich eines sehr großen Regierungsministeriums ausgedehnt, das inzwischen eine Art Unternehmen geworden ist. Mr. Wing ist imstande, nahezu jedem Haus, jeder Fabrik, sogar jedem Militärstützpunkt in China den Strom abzudrehen, was ihn nach chinesischen Maßstäben zu einem angesehenen, erfahrenen Staatsmann macht.«

»Was will Mr. Wing dort?«

»Land. Land. Und noch mal Land.«

»Was für Land?«

»Land im Dschungel. Seltsamerweise.«

»Vielleicht will er ein Wasserkraftwerk bauen.«

»Ja, und vielleicht sind Sie ein Heroinschmuggler. Hören Sie, Randy, halten Sie mich bitte nicht für unverschämt, wenn ich das sage, aber Sie haben Sauce im Bart.« Enoch Root streckt eine Hand durch die Gitterstäbe und bietet ihm eine Papierserviette an. Randy nimmt sie, hebt sie ans Gesicht und bemerkt, dass die folgenden Buchstaben darauf geschrieben stehen: AGKDW ZRNCQ JIOXW. Randy tut, als tupfe er sich Sauce vom Bart.

»Jetzt ist's passiert«, sagt Enoch Root, »jetzt hab ich Ihnen meinen ganzen Schmierpapiervorrat gegeben.«

»Niemand hat größere Liebe«, sagt Randy. »Und wie ich sehe, haben Sie mir auch Ihr anderes Spiel Karten gegeben – Sie sind zu großzügig.«

»Überhaupt nicht – ich dachte, Sie hätten vielleicht Lust, Solitaire zu spielen, *so wie ich es gerade getan habe.*«

»Von mir aus«, sagt Randy, stellt seine Essensschale beiseite und greift nach dem Spiel.

Die Karte oben auf dem Stapel ist eine Pikacht. Nachdem er sie und ein paar weitere Karten abgenommen hat, stößt er auf einen Joker mit kleinen Sternen in den Ecken; Bemerkungen zufolge, die Enoch bereits fallen gelassen hat, ist das der Joker A. Blitzschnell hat er ihn unter die darunter liegende Karte geschoben, die zufällig ein Kreuzbube ist. Nach ungefähr zwei Dritteln des Stapels findet er einen Joker mit großen Sternen, das ist der Joker B; den schiebt er zwei Karten weiter unten wieder in den Stoß, unter die Kreuzsechs und die Karoneun. Nachdem er den Kartenstapel wieder auf Kante gestoßen hat, geht er ihn erneut durch, steckt jeweils da, wo die Joker liegen, Finger hinein und hat schließlich gut die Hälfte des Stapels – alle Karten zwischen den Jokern und die beiden Joker selbst – zwischen Zeigefingern und Mittelfingern eingeklemmt. Die dünneren Stapel darüber und darunter zieht er heraus und vertauscht sie miteinander. Enoch schaut sich das alles an und scheint einverstanden zu sein.

Jetzt schiebt Randy die unterste Karte heraus, die sich als Kreuzbube erweist. Nach reiflicher Überlegung nimmt er den Buben in die Hand und legt ihn einstweilen auf sein Knie, damit er beim nächsten Schritt nicht durcheinander kommt. Laut den auf seine Fingernägel gemalten Erinnerungshilfen beträgt der numerische Wert dieses Buben lediglich 11. Also zählt er von oben bis zur 11. Karte durch, hebt den darunter liegenden Stapel einmal ab, vertauscht die beiden Hälften miteinander und nimmt schließlich den Kreuzbuben von seinem Knie, um ihn wieder unter den Stapel zu legen.

Die oberste Karte ist jetzt ein Joker. »Welchen Wert hat ein Joker?«, fragt er, und Enoch Root sagt: »Jeweils dreiundfünfzig.« Damit bekommt Randy einen Schritt geschenkt; er weiß, dass er, wenn er von oben zu zählen beginnt und bei 53 anlangt, die letzte Karte vor sich hat. Und die ist zufällig der Kreuzbube, mit einem Wert von 11. Elf ist also die erste Zahl im Schlüsselstrom.

Nun ist der erste Buchstabe in dem Schlüsseltext, den Enoch Root auf seine Papierserviette geschrieben hat, das A. A ist im Alphabet

Buchstabe Nummer eins. Wenn er davon elf subtrahiert, erhält er ein negatives Ergebnis und muss deshalb sechsundzwanzig wieder dazuzählen, was dann die Zahl sechzehn ergibt. Jetzt legt er das Kartenspiel hin, um an den Fingern das Alphabet durchzuzählen, und findet das P als sechzehnten Buchstaben. Damit hat er einen Buchstaben entziffert.

Randy bemerkt: »Wir sind immer noch nicht bis zu Ihrer Verhaftung vorgedrungen.«

»Stimmt! Also das war so«, erwidert Enoch Root. »Mr. Wing hat vor kurzem oben im Dschungel selbst ein paar Löcher gegraben. Eine Menge Lastwagen sind da durchgefahren. Haben die Straßen ruiniert. Streunende Hunde überfahren, die, wie Sie wissen, eine bedeutende Nahrungsquelle für diese Menschen darstellen. Ein Junge ist von einem dieser Laster angefahren worden und liegt seitdem in unserem Krankenhaus. Das Abwasser von Mr. Wings Tätigkeit hat den Fluss, auf den viele Leute für ihre Trinkwasserversorgung angewiesen sind, verunreinigt. Nicht zuletzt sind auch eigentumsrechtliche Fragen offen – manche sind der Meinung, Mr. Wing dringe unberechtigt in Gebiete vor, die eigentlich dem Staat gehören, und damit, in einem ausgesprochen weitgefassten Sinn, dem Volk.«

»Hat er eine Genehmigung dazu?«

»Aha, auch hier zeigt sich Ihre Kenntnis der lokalen Politik. Wie Sie wissen, sieht das normale Verfahren vor, dass örtliche Beamte an Leute, die größere Löcher graben oder sonst wie produktiv oder destruktiv tätig sind, herantreten und verlangen, dass sie sich eine Genehmigung besorgen, was nichts anderes bedeutet, als dass sie Schmiergeld haben wollen oder andernfalls mit Scherereien drohen. Mr. Wings Firma hat sich nicht um eine Genehmigung bemüht.«

»Und, hat es Scherereien gegeben?«

»Ja. Aber Mr. Wing hat sehr gute Beziehungen zu gewissen Filipinos chinesischer Abstammung aufgebaut, die alle hohe Posten in der Regierung haben, sodass die Sache im Sande verlief.«

Beim zweiten Durchgang war das Umstecken der Joker schnell erledigt, da einer der beiden am Anfang oben lag. Diesmal landet der Herzkönig unten und damit auf Randys Knie. Dieser Mistkerl hat einen numerischen Wert von 39, das heißt, Randy muss fast den ganzen Stapel abzählen, um bei der Karte in der neununddreißigsten Position, der Karozehn, anzukommen. Er teilt den Stapel, vertauscht beide Hälften und legt den Herzkönig wieder zuunterst. Oberste

Karte ist jetzt eine Karovier, was einen Wert von siebzehn bedeutet. Nachdem er sich die siebzehn obersten Karten in die Hand gezählt hat, hält er inne und schaut sich die achtzehnte an, eine Herzvier. Das läuft auf einen Wert von 26 + 4 = 30 hinaus. Da hier aber wieder alles modulo 26 ist, war das Addieren von 26 reine Zeitverschwendung, denn jetzt muss er es postwendend wieder abziehen. Das Ergebnis ist vier. Der zweite Buchstabe in Enochs Chiffretext ist G, also der siebte Buchstabe im Alphabet, und wenn er davon vier subtrahiert, erhält er C. Damit lautet der Klartext bis hierher »PC«.

»Ich verstehe, was Sie meinen.«

»Dessen war ich mir sicher, Randy.«

Randy weiß nicht, was er von der Wing-Sache halten soll. Sie erinnert ihn an Doug Shaftoes abenteuerliche Geschichten. Vielleicht sucht Wing die Hauptlagerstätte, und Enoch Root womöglich auch und am Ende ist sie genau das, was der alte Comstock mithilfe der Arethusa-Entschlüsselung zu finden versuchte. Mit anderen Worten, vielleicht befinden sich die Koordinaten der Hauptlagerstätte gerade jetzt auf Randys Festplatte und Root macht sich Sorgen, dass Randy sie jeden Augenblick wie ein Volltrottel aus der Hand geben könnte.

Wie hat er es angestellt, in eine Zelle unmittelbar neben der von Randy zu kommen? Die internen Kommunikationswege der Kirche funktionieren wahrscheinlich bestens. Root konnte schon seit ein paar Tagen darüber im Bilde sein, dass Randy im Knast saß, Zeit genug also, sich einen Plan zurechtzulegen.

»Und wie sind Sie dann hier gelandet?«, fragt Randy.

»Wir haben beschlossen, selbst ein paar Scherereien zu machen.«

»Wir, die Kirche?«

»Was meinen Sie mit Kirche? Wenn Sie mich fragen, ob der Pontifex Maximus und das Kardinalskollegium ihre spitzen, zweizackigen Hüte aufgesetzt, sich in Rom um einen Tisch versammelt und Pläne für richtige Scherereien geschmiedet haben, lautet die Antwort nein. Wenn Sie unter »Kirche«' die Gemeinde bei mir oben in den Bergen verstehen, deren Mitglieder zufällig fast alle gläubige Katholiken sind, dann ja.«

»Die Gemeinde hat also protestiert oder so was, und Sie waren der Rädelsführer.«

»Ich war ein Beispiel.«

»Ein Beispiel?«

»Diesen Menschen kommt es oft gar nicht in den Sinn, sich gegen die herrschende Macht aufzulehnen. Wenn jemand es dann doch tut, finden sie es immer völlig ungewöhnlich und haben einen Mordsspaß dabei. Das war meine Rolle. Ich hatte Mr. Wing eine ganze Zeit lang Scherereien gemacht.«

Randy kann fast erraten, wie die nächsten zwei Buchstaben heißen werden, muss sich aber weiter durch den Algorithmus durcharbeiten, weil sonst das Kartenspiel völlig durcheinander gerät. Er erzeugt eine 49, was modulo 26 23 ergibt und dann eine 47, was modulo 26 21 ergibt, und als er die 23 und die 21 von den nächsten zwei Chiffretextbuchstaben K und J (wieder modulo 26) subtrahiert, erhält er N und I. Damit hat er »PCNI« entziffert. Indem er so weiter macht, Buchstabe für Buchstabe und mit Karten, die in seiner Hand allmählich schweißfeucht werden, bekommt er schließlich PCNICHTBEN heraus, und dann, beim Erzeugen eines der letzten Schlüsselstrombuchstaben, vertut er sich. Jetzt ist das Spiel nicht mehr zu retten, eine Mahnung an ihn, beim nächsten Mal lieber vorsichtiger zu sein. Aber er kann sich denken, dass die Botschaft lauten muss: PC NICHT BENUTZEN. Enoch fürchtet, dass Randy nicht auf das Van-Eck-Phreaking gefasst ist.

»Aha. Es gab eine Demonstration. Haben Sie eine Straße blockiert oder so was?«

»Wir haben Straßen blockiert, uns vor Bulldozer gelegt. Manche haben ein paar Reifen aufgeschlitzt. Die Einheimischen haben ihre Erfindungsgabe spielen lassen, woraufhin das Ganze etwas aus dem Ruder lief. Mr. Wings liebe Freunde in der Regierung nahmen Anstoß daran und riefen die Armee zu Hilfe. Siebzehn Menschen wurden festgenommen. Als Strafmaßnahme wurde eine unangemessen hohe Kaution für sie festgesetzt – wenn diese Leute nicht aus dem Gefängnis kommen, können sie kein Geld verdienen und ihre Familien müssen schrecklich leiden. Ich hätte gegen Kaution freikommen können, habe es aber vorgezogen, als Geste der Solidarität hinter Gittern zu bleiben.«

Das alles kommt Randy wie eine durchaus plausible Tarngeschichte vor. »Ich vermute aber, dass eine Menge Leute in der Regierung entsetzt sind über die Tatsache, dass sie einen Heiligen ins Gefängnis gesteckt haben«, sagt er, »und deshalb haben sie Sie hierher verlegt, in dieses Prestigeobjekt, dieses Luxusgefängnis mit Einzelzellen.«

»Wie gesagt, Ihre Kenntnis der hiesigen Kultur ist frappierend«, sagt

Enoch Root. Er ändert seine Position auf dem Bett, was sein Kruzifix schwerfällig hin und her schwingen lässt. Außerdem hat er ein Medaillon um den Hals hängen, auf dem etwas Erstaunliches geschrieben steht.

»Haben Sie da irgendein okkultes Symbol?«, fragt Randy blinzelnd.

»Wie bitte?«

»Auf Ihrem Medaillon da kann ich das Wort ›Okkult‹ erkennen.«

»Da steht *ignoti et quasi occulti*, was so viel heißt wie ›unbekannt und teilweise verborgen‹ oder Worte desselben Inhalts«, sagt Enoch Root. »Das ist der Wahlspruch einer Gesellschaft, der ich angehöre. Sie müssen wissen, dass das Wort ›okkult‹ an sich nichts mit satanistischen Ritualen und dem Trinken von Blut und diesem ganzen Kram zu tun hat. Es—«

»Ich bin ausgebildeter Astronom«, sagt Randy. »Habe folglich alles über Okkultation gelernt – die Bedeckung eines Gestirns durch ein anderes, wie bei einer Finsternis.«

»Ach so, na dann halte ich lieber den Mund.«

»Im Grunde weiß ich sogar mehr über Okkultation, als Sie vielleicht glauben«, sagt Randy. Es mag zwar so aussehen, als ritte er darauf herum, doch während er das sagt, schaut er Enoch Root direkt in die Augen und wirft einen bedeutungsvollen Seitenblick auf seinen Computer. Root braucht einen Augenblick, um das zu verarbeiten, dann nickt er.

»Wer ist die Dame in der Mitte? Die Jungfrau Maria?« fragt Randy.

Root fingert, ohne hinzuschauen, an dem Medaillon herum und sagt: »Nicht schlecht geraten. Aber falsch. Es ist Athene.«

»Die griechische Göttin?«

»Ja.«

»Wie bringen Sie das mit dem Christentum in Einklang?«

»Woher haben Sie neulich, als ich Sie anrief, gewusst, dass ich es bin?«

»Keine Ahnung. Ich habe Sie einfach erkannt.«

»Mich erkannt? Was soll denn das heißen? Sie haben doch meine *Stimme* nicht erkannt?«

»Beantworten Sie meine Frage nach dem Verhältnis von Athene-Kult und Christentum jetzt auf Umwegen?«

»Finden Sie es nicht höchst bemerkenswert, dass Sie sich auf dem Bildschirm Ihres Computers eine Folge von Buchstaben – eine E-Mail von jemandem, den Sie noch nie gesehen haben – anschauen und später dieselbe Person am Telefon ›erkennen‹? Wie funktioniert das, Randy?«

»Ich habe nicht die blasseste Ahnung. Das Gehirn kann sonderbare –«

»Manche beklagen, E-Mail sei so unpersönlich – Ihr Kontakt mit mir während der E-Mail-Phase unserer Beziehung sei durch Drähte, Bildschirme und Kabel vermittelt worden. Manche würden sagen, das sei nicht so gut wie ein Gespräch von Angesicht zu Angesicht. Unsere Wahrnehmung der Dinge wird aber immer durch Horn- und Netzhäute, Sehnerven und ein paar nervale Mechanismen, die die Information vom Sehnerv zum Gehirn transportieren, vermittelt. Ist denn das Anschauen von Wörtern auf einem Bildschirm so viel schlechter? Ich glaube nicht; dabei ist man sich wenigstens der Verzerrungen bewusst. Wenn man dagegen jemanden vor sich stehen sieht, vergisst man die Verzerrungen und stellt sich vor, man erlebe ihn rein und unvermittelt.«

»Und was ist nun Ihre Erklärung dafür, wie ich Sie erkannt habe?«

»Ich würde behaupten, in Ihrem Bewusstsein gab es ein Muster neuronaler Aktivität, das vor unserem Austausch von E-Mails nicht vorhanden war. Die Root-Repräsentation. Das bin nicht *ich*. *Ich*, das ist dieser große Klumpen aus Kohlenstoff, Sauerstoff und ein paar anderen Stoffen hier auf der Pritsche neben Ihnen. Die Root-Rep dagegen ist das Ding, das Sie, sofern Sie nicht irgendeine schwere Hirnverletzung erleiden, für den Rest Ihres Lebens in Ihrem Gehirn herumtragen und das Ihr Bewusstsein benutzt, um sich eine Vorstellung von mir zu machen. Mit anderen Worten, wenn Sie an mich denken, denken Sie nicht an mich als diesen großen Klumpen Kohlenstoff, sondern Sie denken an die Root-Rep. So kann es sein, dass Sie eines Tages, wenn Sie aus dem Gefängnis entlassen sind, jemanden treffen, der sagt: ›Wissen Sie, ich war mal auf den Philippinen, da habe ich mitten in der Wildnis zufällig so einen alten Knacker getroffen, der anfing, mir was von Root-Reps zu erzählen.‹ Und indem Sie mit diesem Burschen (gewissermaßen) Eindrücke austauschen, werden Sie über jeden berechtigten Zweifel hinweg die Gewissheit erlangen, dass die Root-Rep in ihrem und die in seinem Gehirn von ein und demselben realen Klumpen Kohlenstoff, Sauerstoff und so weiter erzeugt worden ist, nämlich von mir.«

»Und das soll nun etwas mit Athene zu tun haben?«

»Wenn Sie sich die griechischen Götter als reale übernatürliche Geschöpfe vorstellen, die auf dem Olymp lebten, dann nicht. Befinden sie sich in Ihrer Vorstellung jedoch in derselben Kategorie von Wesenheiten wie die Root-Rep, das heißt Mustern neuronaler Aktivität, die das Bewusstsein benutzt, um sich Dinge vorzustellen, die es in der äußeren Welt sieht oder zu sehen glaubt, dann ja. Griechische Götter können plötzlich genauso interessant und bedeutsam sein wie tatsächlich existierende Menschen. Warum? So wie Sie vielleicht eines Tages einem Mann mit einer eigenen Root-Rep begegnen, würden Sie möglicherweise, wenn Sie sich mit einem Menschen aus dem klassischen Griechenland über Zeus unterhalten könnten – nachdem Sie erst einmal Ihre Überlegenheitsgefühle überwunden hätten –, feststellen, dass Sie in Ihrem Bewusstsein über ein paar geistige Abbildungen verfügen, die, obwohl Sie sie nicht Zeus genannt und sich nicht als kräftigen, behaarten, Blitze schleudernden Sohn eines Titanen vorgestellt haben, dennoch als Ergebnis von Interaktionen mit Gebilden in der äußeren Welt erzeugt wurden, die auch zu der Zeus-Repräsentation im Bewusstsein des Griechen geführt haben. An dieser Stelle könnten wir eine Weile über Platons Höhlengleichnis reden – das Metaphernschnitzelwerk – es hobelt und raspelt!«

»In dem«, sagt Randy, »die tatsächlichen Gebilde der realen Welt die dreidimensionalen realen Dinge sind, die die Schatten werfen, dieser griechische Kerl und ich sind die armen angeketteten Teufel, die die Schatten dieser Dinge an den Wänden anschauen, und dann ist es einfach so, dass die Form der Wand vor mir sich von der Form der Wand vor dem Griechen unterscheidet –«

»– sodass ein Schatten, wenn er auf *Ihre* Wand fällt, eine andere Form annimmt, als wenn er auf *seine* fällt, wobei die verschiedenen Wandformen hier, sagen wir, Ihrem modernen, wissenschaftlichen Weltbild gegenüber seinem antiken, heidnischen Weltbild entsprechen.«

»So ist es. Dieser Plato und sein Höhlengleichnis!«

Genau in diesem Moment legt irgendein Witzbold von Gefängniswärter draußen auf dem Gang einen Schalter um und knipst sämtliche Lichter aus. Die einzige Beleuchtung kommt jetzt von dem Bildschirmschoner auf Randys Laptop, der sich bewegende Galaxien zusammenstoßen lässt.

»Wir können wohl mit Fug und Recht behaupten, dass die Wand vor Ihnen, Randy, wesentlich ebener und glatter ist und Ihnen somit einen viel exakteren Schatten liefert als seine Wand, aber es ist klar, dass er dennoch imstande ist, dieselben Schatten zu sehen und vermutlich auch ein paar sinnvolle Schlüsse hinsichtlich der Form der Dinge zu ziehen, die sie geworfen haben.«

»Gut. Die Athene, die Sie mit Ihrem Medaillon verehren, ist kein übernatürliches Geschöpf –«

»– das auf einem Berg in Griechenland lebt und so weiter, sondern genau die Wesenheit, das Muster, die Tendenz oder das was weiß ich, das, nachdem es von den alten Griechen erkannt und durch ihre Wahrnehmungsmechanismen und ihr heidnisches Weltbild gefiltert worden war, die innere geistige Repräsentation erzeugte, die sie Athene tauften. Die Unterscheidung ist ziemlich wichtig, denn Athene, die übernatürliche Mieze mit dem Helm, existiert natürlich nicht, aber ›Athene‹, die äußere Erzeugerin der inneren, von den alten Griechen Athene genannten Repräsentation, *muss* damals existiert haben, denn sonst wäre die innere Repräsentation nicht erzeugt worden, und wenn sie damals existiert hat, stehen die Chancen ausgezeichnet, dass sie auch jetzt existiert, und falls das alles stimmt, besitzen alle Vorstellungen, die die alten Griechen (die zwar in vieler Hinsicht ausgesprochene Arschlöcher, aber auch ungeheuer intelligent waren) von ihr hatten, vermutlich nach wie vor ihre Gültigkeit.«

»Aber warum Athene und nicht Demeter oder irgendjemand anders?«

»Es ist eine Binsenwahrheit, dass man einen Menschen nicht verstehen kann, wenn man nicht etwas über seinen familiären Hintergrund weiß, und deshalb müssen wir hier einen kurzen Abstecher à la Cliff's Notes in die klassische griechische Theogonie machen. Wir beginnen mit dem Chaos, in dem alle Theogonien anfangen und das ich mir gerne als ein Meer aus weißem Rauschen vorstelle – völlig beliebige Breitbandstörgeräusche. Und aus Gründen, die wir letztlich nicht verstehen, schälen sich daraus allmählich bestimmte Gegensätze heraus – Tag, Nacht, Dunkelheit, Licht, Erde, Wasser. Ich persönlich stelle sie mir gerne als Kristalle vor – nicht so wie irgendwelche flippigen Hippies in Kalifornien es tun würden, sondern so wie ein nüchterner Techniker sie sehen würde, nämlich als Resonatoren, die bestimmte im Rauschen des Chaos verborgene Kanäle empfangen. Irgendwann erhält man aus gewissen inzestuösen Paarungen solcher Wesenheiten Titanen. Und es ist durchaus interessant festzustellen, dass die Titanen wirklich die volle Grundausstattung an Göttern bieten – da gibt es Hyperion, den Sonnengott, einen Meeresgott namens

Oceanus, und so weiter. In einem Titanomachie genannten Machtkampf werden sie jedoch alle gestürzt und durch neue Götter wie Apollo und Poseidon ersetzt, die am Ende sozusagen ihre Plätze im Organigramm einnehmen. Was insofern recht interessant ist, als es dem zu entsprechen scheint, was ich über Wesenheiten oder Muster gesagt habe, die über die Zeit hinweg fortbestehen, aus der Sicht verschiedener Menschen jedoch leicht unterschiedlich geformte Schatten werfen. Wie auch immer, jetzt haben wir die Götter des Olymp, wie wir sie uns normalerweise vorstellen: Zeus, Hera und so weiter.

Vorweg ein paar grundlegende Feststellungen über sie: Erstens gingen sie alle mit einer Ausnahme, zu der ich bald kommen werde, aus einer Art sexueller Verbindung hervor, und zwar entweder zwischen Titan/Titanin, Gott/Göttin, Gott/Nymphe oder Gott/Frau und vor allem Zeus und wem oder was Zeus an dem jeweiligen Tag gerade vögelte. Was mich zur zweiten grundlegenden Feststellung bringt, nämlich dass die Götter des Olymp die denkbar erbärmlichste und am wenigsten funktionierende Familie überhaupt sind. Und dennoch hat die buntscheckige Asymmetrie dieses Pantheon etwas an sich, was das Ganze glaubhafter macht. Wie das Periodensystem der Elemente oder der Stammbaum der Elementarteilchen oder einfach irgendeine anatomische Struktur, die man einer Leiche entnehmen könnte, weist sie so viel von einem Muster auf, dass unser Verstand etwas zum Nachdenken hat, aber dennoch eine Unregelmäßigkeit, die auf eine gewisse organische Herkunft hindeutet – da gibt es zum Beispiel einen Sonnengott und eine Mondgöttin, alles klar und symmetrisch, aber dann ist da auch Hera, die keine spezielle Aufgabe hat, außer buchstäblich eine Wahnsinnsgöttin zu sein, und Dionysos, der nicht mal ganz Gott ist – er ist halb Mensch –, es aber schafft, ins Pantheon zu gelangen und neben den Göttern auf dem Olymp zu sitzen, so als ginge man zum Supreme Court und fände dort Bozo den Clown unter den Richtern.

Worauf ich hinauswill, ist, dass Athene in jeder Hinsicht außergewöhnlich war. Es fing schon damit an, dass sie nicht durch sexuelle Fortpflanzung im gewöhnlichen Sinne geschaffen wurde, sondern ausgeformt dem Kopf des Zeus entsprang. Manche Versionen der Geschichte besagen, das sei passiert, nachdem Zeus Metis, von der wir zu gegebener Zeit noch hören werden, gevögelt habe. Dann sei er gewarnt worden, dass Metis später einen Sohn gebären würde, der ihn entthronen würde, und so verspeiste er sie, und später kam die Athene aus seinem Kopf. Ob man nun an die Metis-Geschichte glaubt oder nicht, es steht wohl außer Frage, dass es bei Athenes Geburt etwas sonderbar zuging. Sie war auch insoweit außergewöhnlich, als sie sich nicht in die moralische Verkommenheit des Olymp einreihte; sie war eine Jungfrau.«

»Aha! Ich wusste doch, dass das auf Ihrem Medaillon das Bild einer Jungfrau war.«

»Ja, Randy, Sie haben wirklich ein Auge für Jungfrauen. Hephaistos fickte sie einmal zwischen die Schenkel, kam aber nicht zur Penetration. In der *Odyssee* ist sie ziemlich wichtig, aber es gibt nur sehr wenige Mythen im herkömmlichen Sinne, in denen sie eine Rolle spielt. Die eine Ausnahme bestätigt wirklich die Regel: die Geschichte von Arachne. Arachne war eine großartige Weberin, die arrogant wurde und das Lob selbst einzuheimsen begann, statt ihr Talent den Göttern zuzuschreiben. Arachne ging so weit, dass sie Athene, unter anderem die Göttin der Webkunst, offen zu einem Wettstreit herausforderte.

Dazu muss man wissen, dass die griechischen Mythen typischerweise etwa so gehen: Unschuldiger Hirtenjunge geht seinem Tagwerk nach, ein darüber wegfliegender Gott erspäht ihn und bekommt einen Ständer, stößt herab und fickt ihn dumm und dämlich; während der arme Tropf immer noch ganz benommen umherstolpert, verwandelt die rasend eifersüchtige Frau oder Geliebte des Gottes ihn – das heißt, das *hilflose, unschuldige Opfer* – in, sagen wir, eine unsterbliche Schildkröte, die sie mit starken Krampen auf ein Sperrholzbrett mit einer Schale Schildkrötenfutter knapp außerhalb ihrer Reichweite heftet und für immer in der prallen Sonne lässt, wo sie immer wieder von Wanderameisen ausgeweidet und von Hornissen gestochen wird, oder so was. Wäre Arachne also irgendjemand anderem im Pantheon an den Karren gefahren, wäre sie postwendend nur noch ein rauchendes Loch im Erdboden gewesen.

In diesem Fall jedoch erschien Athene ihr im Gewand einer alten Frau und mahnte sie, die ihr geziemende Bescheidenheit an den Tag zu legen. Arachne schlug ihren Rat aus. Schließlich gab Athene sich zu erkennen und forderte Arachne zu einem Webwettstreit heraus, was, so wird man zugeben müssen, von einem ungewöhnlichen Sinn für Gerechtigkeit zeugte. Und das Interessante daran ist, dass der Wettstreit unentschieden ausging – Arachne war wirklich so gut wie Athene! Das Problem bestand nur darin, dass ihr Webstück die Götter des Olymps mitten beim Hirtenjungenvergewaltigen und Wilddurcheinanderficken zeigte. Dieses Webstück war einfach eine wahrheitsgetreue und genaue Illustration all der *anderen* Mythen, was es zu einer Art Meta-Mythos macht. Athene wurde fuchsteufelswild und schlug mit ihrer Spule auf Arachne ein, was einem als Wutreaktion zunächst lächerlich vorkommen mag, bis man sich vor Augen hält, dass sie während des Kampfes mit den Giganten Enkelados umbrachte, indem sie Sizilien auf ihn schleuderte! Die einzige Wirkung bestand darin, dass Arachne ihre eigene Hybris erkannte, woraufhin sie sich so schämte, dass sie sich erhängte. Athene jedoch erweckte sie in Form einer Spinne wieder zum Leben.

Wie auch immer, in der Grundschule haben Sie sicher gelernt, dass Athene einen Helm und einen Schild mit Namen Aegis trägt und die Göttin des Krieges und der Klugheit ebenso wie des Kunsthandwerks ist – zu dem auch das zuvor erwähnte Weben gehört. Eine seltsame Kombination, gelinde ausgedrückt! Vor allem angesichts der Tatsache, dass eigentlich Ares der Gott des Krieges sein sollte und Hestia die Göttin der häuslichen Tätigkeiten – wozu also die Redundanz? Allerdings ist da vieles bei der Übersetzung vermasselt worden. Die Art von Weisheit, die wir mit alten Knackern wie meiner Wenigkeit verbinden und die ich Ihnen, Randy Waterhouse, hier zu vermitteln suche, hieß bei den Griechen *dike*. Davon war Athene *nicht* die Göttin! Sie war die Göttin von *metis*, was Listigkeit oder Kunstfertigkeit bedeutet und was, wie Sie sich erinnern werden, in einer Version der Geschichte der Name ihrer Mutter war. Interessanterweise gab Metis (die Person, nicht die Eigenschaft) dem jungen Zeus den Zaubertrank, der Kronos dazu brachte, all die Götterbabys, die er verschlungen hatte, zu erbrechen, und so die Voraussetzungen für die ganze Titanomachie schaffte. Damit wird die Verbindung zum Kunsthandwerk klar – Kunsthandwerk ist einfach die praktische Anwendung von *metis*.«

»Mit dem Wort ›Kunsthandwerk‹ verbinde ich das Basteln von hässlichen Gürteln und Aschenbechern in Sommerfreizeiten«, sagt Randy. »Ich meine, wer will denn schon die Göttin des Makramee sein?«

»Das liegt alles an der schlechten Übersetzung. Das Wort, das wir heute dafür benutzen, ist eigentlich *Technologie*.«

»Ach so. Das sieht natürlich schon anders aus.«

»Statt Athene die Göttin des Krieges, der Klugheit und des Makramee zu nennen, sollten wir lieber ›des Krieges und der Technologie‹ sagen. Und hier haben wir erneut das Problem einer Überschneidung mit dem Zuständigkeitsbereich des Ares, der angeblich der Gott des

Krieges ist. Dazu müssen wir wissen, dass Ares ein Riesenarschloch ist. Seine persönlichen Gehilfen sind Furcht und Schrecken und manchmal die Zwietracht. Er liegt ständig im Streit mit Athene, obwohl – oder gerade weil – sie dem Namen nach Gott und Göttin desselben Dings – des Krieges – sind. Herakles, einer von Athenes menschlichen Schützlingen, bringt Ares bei zwei Gelegenheiten physische Verletzungen bei und entreißt ihm einmal sogar seine Waffen! Wie Sie sehen, ist das Faszinierende an Ares seine völlige Inkompetenz. Er wird von ein paar Riesen für dreizehn Monate in Ketten gelegt und in einen Bronzekessel eingesperrt. In der *Ilias* wird er von einem von Odysseus' Zechkumpanen verwundet. Einmal setzt Athene ihn mit einem Felsen außer Gefecht. Wenn er sich nicht gerade im Kampf lächerlich macht, bumst er jedes weibliche menschliche Wesen, das ihm unter die Finger kommt, und – hören Sie gut zu! – seine Söhne sind alle das, was wir heute Serienmörder nennen würden. Mir erscheint es daher ganz offensichtlich, dass Ares ein Kriegsgott nach dem Geschmack von Leuten war, die ständig in Kriege verwickelt waren, und eine sehr klare Vorstellung von der Dummheit und Hässlichkeit des Krieges hatten.

Während Athene dafür bekannt ist, dass sie die Unterstützerin des Odysseus war, desjenigen, das dürfen wir nicht vergessen, der auf die Idee mit dem trojanischen Pferd kommt. Athene begleitet sowohl Odysseus als auch Herakles durch ihre Kämpfe, und obwohl beide hervorragende Krieger sind, gewinnen sie die meisten Schlachten aufgrund von Listigkeit oder (weniger abwertend) *metis*. Und obgleich sie beide recht hemmungslos gewalttätig werden (Odysseus nennt sich gerne selbst den ›Städteverwüster‹), ist klar, dass sie die Art hirnloser, roher Gewalt, die man mit Ares und seinem Nachwuchs assoziiert, ablehnen – Herakles befreit die Welt sogar selbst von einigen der psychopathischen Söhne des Ares. Letztlich bewiesen ist es natürlich nicht – schließlich können wir nicht ins Melderegister von Theben gehen und die Totenscheine dieser Burschen einsehen –, aber wie es scheint, hat Herakles höchstpersönlich mit der zuverlässigen Unterstützung von Athene mindestens die Hälfte der Hannibal Lecter ähnlichen Ares-Sprösslinge umgebracht.

Wenn Athene also auch eine Göttin des Krieges ist, was meinen wir dann damit? Vergessen Sie nicht, dass ihre berühmteste Waffe nicht ihr Schwert ist, sondern ihr mit einem Gorgonenkopf bewehrter Schild Aegis, sodass jeder Angreifer Gefahr läuft, in Stein verwandelt zu werden. Sie wird immer als ruhig und majestätisch beschrieben, Adjektive, von denen keins zu irgendeiner Zeit auf Ares zugetroffen hätte.«

»Ich weiß nicht, Enoch. Der Gegensatz zwischen Angriffs- und Verteidigungskrieg vielleicht?«

»Die Unterscheidung ist zu hoch gegriffen. Erinnern Sie sich, dass ich gesagt habe, Athene sei von Hephaistos zwischen die Schenkel gefickt worden?«

»Das hat eine deutliche innere Repräsentation in meinem Kopf erzeugt.«

»Wie es sich für einen Mythos gehört! Athene/Hephaistos sind insofern eine interessante Paarung, als er ein weiterer Technologie-Gott ist. Metalle, Hüttenkunde und Feuer waren seine Spezialitäten – das altmodische Rust-Belt-Zeug. Kein Wunder also, dass Athene ihm einen Ständer bescherte! Nachdem er auf ihren Schenkel ejakuliert hat, wischt sie es mit einem angewiderten *Igitt!* weg und wirft den Lappen auf den Boden, wo er sich irgendwie mit der Erde verbindet und Erichthonios hervorbringt. Wissen Sie, wer Erichthonios war?«

»Nein.«

»Einer der ersten Könige von Athen. Wissen Sie, was ihn berühmt gemacht hat?«

»Sagen Sie's mir.«

»Er erfand den Wagen – *und führte den Gebrauch von Silber als Währung ein.*«

»O Gott!« Randy klemmt sich den Kopf zwischen die Hände und gibt klagende Laute von sich, aber nur für kurze Zeit.

»In vielen anderen Mythologien kann man Götter finden, die Parallelen zu Athene aufweisen. Die Sumerer hatten Enki, die Nordländer Loki. Loki war zwar ein Erfindergott, hatte psychologisch gesehen jedoch mehr mit Ares gemein; er war nicht nur der Gott der Technologie, sondern auch der Gott des Bösen, das, was bei ihnen dem Teufel am Nächsten kam. Die Indianer hatten Schwindler – äußerst listige Geschöpfe – wie Kojoten und Raben in ihrer Mythologie, aber sie verfügten noch über keine Technologie und brachten die Schwindler deswegen nicht mit den Künsten in Verbindung, um diesen hybriden Technologen-Gott zu erzeugen.«

»Gut«, sagt Randy, »Sie wollen also eindeutig darauf hinaus, dass es ein universelles Muster von Ereignissen geben muss, das, nachdem es durch die Sinnesorgane und Nervenstränge primitiver, abergläubischer Menschen gefiltert wurde, in deren Bewusstsein geistige Repräsentationen entstehen lässt, die sie mit Göttern, Helden etc. gleichsetzen.«

»Ja. Und die können über verschiedene Kulturen hinweg erkannt werden, ebenso wie zwei Personen mit Root-Reps im Kopf mich ›erkennen‹ können, indem sie deren Merkmale vergleichen.«

»Sie wollen mir also weismachen, Enoch, dass diese Götter – die eigentlich keine Götter sind, aber das Wort ist so schön prägnant – alle genau deswegen gewisse Dinge gemein haben, weil die äußere Realität, die sie erzeugt hat, über die Kulturen hinweg übereinstimmend und universell ist.«

»Genau. Und im Fall der Schwindler-Götter besteht das Muster darin, dass listige Menschen in aller Regel Macht erlangen, nicht listige dagegen nicht. Und von diesem Muster sind alle Kulturen fasziniert. Manche von ihnen, darunter viele Indianer, bewundern es im Grunde, verbinden es jedoch nie mit technologischer Entwicklung. Andere wie die Nordländer hassen es und setzen es mit dem Teufel gleich.«

»Daher die sonderbare Hassliebe, die die Amerikaner gegenüber Hackern empfinden.«

»Genau.«

»Hacker beschweren sich immer, dass Journalisten sie als üble Burschen hinstellen. Aber Sie glauben, dass diese Ambivalenz tiefer liegende Gründe hat.«

»In *manchen* Kulturen. Die Wikinger würden – wenn man von ihrer Mythologie ausgeht – Hacker instinktiv hassen. Mit den Griechen sieht es anders aus. Die Griechen mochten ihre Sonderlinge. So kommen wir zu Athene.«

»Das ist okay – aber wie passt das mit der Kriegsgöttin da rein?«

»Seien wir doch ehrlich, Randy, wir haben alle Typen wie Ares kennen gelernt. Das Muster menschlichen Verhaltens, das im Bewusstsein der alten Griechen die als Ares bekannte innere Repräsentation erzeugte, ist auch heute weit verbreitet, und zwar in Form von Terroristen, Serienmördern, Krawallen, Pogromen und aggressiven, größenwahnsinnigen Diktatoren, die sich als militärische Versager entpuppen. Und solche Leute können trotz all ihrer Dummheit und Inkompetenz große Teile der Welt erobern und beherrschen, wenn man ihnen keinen Widerstand entgegensetzt.«

»Sie müssen meinen Freund Avi kennen lernen.«

»Wer wird gegen sie kämpfen, Randy?«

»Ich fürchte, gleich sagen Sie *wir*.«

»Manchmal sind es andere Ares-Jünger, so etwa, als der Iran und der Irak gegeneinander Krieg führten und keiner sich darum scherte, wer gewinnt. Wenn aber Ares-Jünger nicht am Ende die ganze Welt beherrschen sollen, wird irgendjemand mit Gewalt gegen sie vorgehen müssen. Das ist nicht sehr schön, aber es ist eine Tatsache: Die Zivilisation braucht eine Aegis. Und das Einzige, was diese Schweine zu besiegen vermag, ist Intelligenz. Schlauheit. *Metis*.«

»Taktische List, wie bei Odysseus mit dem trojanischen Pferd, oder –«

»Sowohl List als auch technologisches Geschick. Von Zeit zu Zeit werden Schlachten ganz und gar durch den Einsatz neuer Technologien gewonnen – wie den der Langbögen bei Crecy. Solche Schlachten ereignen sich im Lauf der Geschichte meistens nur alle paar Jahrhunderte – beim Auftauchen von Streitwagen, Compoundbögen, Schießpulver, Panzerschiffen und so weiter. Aber irgendetwas passiert, sagen wir mal, um die Zeit herum, als die *Monitor*, die die Nordstaatler für das einzige Panzerschiff der Welt halten, und die *Merrimack*, von der die Südstaatler genau dasselbe annehmen, zufällig aufeinander stoßen und sich für Stunden gegenseitig unter Dauerbeschuss nehmen. Dieses Beispiel zeigt so gut wie kaum ein anderes den Moment, in dem die Militärtechnologie einen spektakulären Sprung macht – das ist die Krümmung der Exponentialkurve. Nun brauchen die im Wesentlichen konservativen Militärapparate der Welt ein paar Jahrzehnte, um wirklich zu begreifen, was passiert ist, aber spätestens als wir mitten im Zweiten Weltkrieg stecken, hat jeder, der nicht total bescheuert ist, begriffen, dass die Seite den Krieg gewinnen wird, die über die beste Technologie verfügt. Raketen, Düsenflugzeuge, Nervengas und kabelgeführte Fernlenkgeschosse gibt es nur bei den Deutschen. Auf Seiten der Alliierten haben wir drei gewaltige Leistungen, die hauptsächlich auf die Arbeit hervorragender Hacker, Computer- und Technologiefreaks zurückzuführen sind: das Entschlüsselungsding, an dessen Ende, wie Sie wissen, der Digitalcomputer stand; das Manhattan Project, dem wir die Atomwaffe zu verdanken haben; und das Radiation Lab, das die moderne Elektronikindustrie begründet hat. Wissen Sie, warum wir den Zweiten Weltkrieg gewonnen haben, Randy?«

»Ich vermute, das haben Sie mir gerade erzählt.«

»Weil wir bessere Sachen gebaut haben als die Deutschen?«

»Haben Sie das nicht selbst gesagt?«
»Aber warum haben wir bessere Sachen gebaut, Randy?«
»Ich glaube, um das zu beantworten, bin ich nicht kompetent genug, Enoch, ich weiß zu wenig über diese Zeit.«
»Nun, die kurze Antwort lautet, dass wir gewonnen haben, weil die Deutschen Ares verehrt haben und wir Athene.«
»Und muss ich nun annehmen, dass Sie oder Ihre Organisation mit alldem etwas zu tun hatten?«
»Jetzt machen Sie aber einen Punkt, Randy! In Verschwörungstheorien sollte das eigentlich nicht abgleiten.«
»Tut mir Leid. Ich bin müde.«
»Ich auch. Gute Nacht.«
Und dann schläft Enoch ein. Einfach so.
Randy nicht.
Ans *Cryptonomicon*!

Randy bereitet einen Bekannter-Schlüsseltext-Angriff vor: die schwerste Variante. Er hat den Schlüsseltext (die Arethusa-Funksprüche) und nichts anderes. Er kennt nicht einmal den Algorithmus, mit dem sie verschlüsselt wurden. In der modernen Kryptoanalyse ist das ungewöhnlich; normalerweise sind die Algorithmen öffentlich bekannt. Das liegt daran, dass Algorithmen, die öffentlich diskutiert und innerhalb der akademischen Fachwelt angegriffen worden sind, in der Regel viel stärker sind als solche, die geheim gehalten wurden. Leute, die auf die Geheimhaltung ihrer Algorithmen vertrauen, sind erledigt, sobald dieses Geheimnis gelüftet wird. Doch Arethusa stammt aus dem Zweiten Weltkrieg, als man in solchen Dingen noch nicht so gewieft war.

Das alles wäre tausendmal einfacher, wenn Randy wenigstens etwas von dem Klartext kennen würde, der in diesen Botschaften verschlüsselt ist. Würde er ihn vollständig kennen, bräuchte er ihn natürlich gar nicht mehr zu entschlüsseln; Arethusa zu knacken wäre in diesem Fall eine rein akademische Übung.

Zwischen den beiden Extremen, den Klartext entweder ganz oder überhaupt nicht zu kennen, gibt es noch einen Zwischenweg. Im *Cryptonomicon* fällt er unter die Rubrik *Schlüsselwörter*. Das sind wohl begründete Vermutungen darüber, welche Wörter oder Ausdrücke in der Nachricht vorkommen. Wenn man zum Beispiel Nachrichten der Deutschen aus dem Zweiten Weltkrieg entschlüsselte, würde man vielleicht vermuten, dass der Klartext den Ausdruck »HEIL HITLER« oder »SIEG HEIL« enthielte. Vielleicht würde man eine zufällig gewählte Sequenz von zehn Buchstaben herausgreifen und sagen: »Nehmen wir an, das stünde für HEIL HITLER. Was würde das, falls es zutrifft, für den Rest des Textes bedeuten?«

Randy erwartet nicht, irgendwelche HEIL HITLERs in den Arethusa-Funksprüchen zu finden, aber es könnte andere voraussagbare Wörter geben. Im Kopf hat er bereits eine Liste von Schlüsselwörtern erstellt: MANILA, bestimmt. WATERHOUSE, vielleicht. Und jetzt denkt er auch an GOLD und SILBERBARREN. Im Fall von MANILA könnte er sich also jede Sechsbuchstabenfolge aus den Funksprüchen aussssuchen und sagen: »Was ist, wenn diese Buchstaben die verschlüsselte Version von MANILA sind?« und von da aus weiterarbeiten. Hätte er es mit einem nur sechs Buchstaben langen Funkspruch zu tun, gäbe es nur ein solches Sechsbuchstabensegment zur Auswahl. Eine sieben Buchstaben lange Nachricht böte ihm zwei Möglichkeiten: Es könnten die ersten sechs oder die letzten sechs Buchstaben sein. Das Fazit daraus lautet, dass bei einem n Buchstaben langen Funkspruch die Zahl der Sechsbuchstabensegmente gleich $(n - 5)$ ist. Im Fall einer 105 Buchstaben langen Nachricht ergeben sich 100 verschiedene mögliche Plätze für das Wort MANILA. Genau genommen einhunderteins: natürlich ist es auch möglich – ja sogar wahrscheinlich – dass MANILA überhaupt nicht darin vorkommt. Aber jede dieser 100 Vermutungen hat ihre eigenen Weiterungen in Bezug auf die anderen Buchstaben in der Nachricht. Wie diese Weiterungen jeweils aussehen, hängt davon ab, welche Annahmen Randy hinsichtlich des zugrunde liegenden Algorithmus macht.

Was das betrifft: Je mehr er darüber nachdenkt, desto sicherer ist er, dass er durchaus einiges hat, womit er arbeiten kann – dank Enoch, der ihn (im Nachhinein betrachtet) mit ein paar nützlichen Hinweisen gefüttert hat, wenn er ihn nicht gerade durch die Gitterstäbe mit der Familiengeschichte der Götter voll stopfte. Enoch hat erwähnt, dass die NSA, als sie mit ihrem Angriff auf das begann, was sich später als die gefälschten Arethusa-Funksprüche herausstellen sollte, davon ausging, dass sie irgendwie mit einem anderen Kryptosystem namens Azure zusammenhingen. Tatsächlich erfährt Randy aus dem *Cryptonomicon*, dass Azure ein sonderbares, von Japanern wie Deutschen verwendetes System war, das mithilfe eines mathematischen Algorithmus jeden Tag einen anderen Einmalblock erzeugte.

Das ist schrecklich vage, hilft Randy aber, eine ganze Menge auszuschließen. Er weiß zum Beispiel, dass Arethusa keine Rotormaschine wie die Enigma ist. Und er weiß, dass, wenn er zwei Nachrichten finden kann, die am selben Tag verschickt wurden, beide vermutlich auf demselben Einmalblock beruhen.

Was für ein mathematischer Algorithmus wurde hier benutzt? Der Inhalt von Großvaters Schrankkoffer liefert Hinweise darauf. Er erinnert sich an das Foto von Großvater mit Turing und von Hacklheber in Princeton, wo alle drei offensichtlich mit Zetafunktionen herumgespielt haben. Außerdem befanden sich in dem Schrankkoffer mehrere Monographien zum selben Thema. Und das *Cryptonomicon* stellt fest, dass Zetafunktionen in der Kryptographie noch heute als Zahlenfolgengeneratoren Verwendung finden – das heißt, als Vorrichtungen zum Ausspucken von Pseudozufallszahlen, was genau einem Einmalblock entspricht. Alles deutet darauf hin, dass Azure und Arethusa Geschwister und beide Ausführungen der Zetafunktion sind.

Was ihm jetzt besonders fehlt, sind Bücher über die Zetafunktion; leider liegen sie nicht gerade in seiner Gefängniszelle herum. Der Inhalt von Großvaters Schrankkoffer wäre ihm da eine riesige Hilfe – aber der lagert zur Zeit in einem Raum in Chesters Haus. Andererseits ist Chester reich und möchte sich gerne nützlich machen.

Randy ruft einen Wärter und verlangt Rechtsanwalt Alejandro zu sehen. Enoch Root wird für ein paar Augenblicke ganz still, um dann sofort wieder in den ungestörten Tiefschlaf eines Mannes zu fallen, der genau da ist, wo er sein will.

Sklaven

Menschen verbreiten alle möglichen Gerüche, bevor sie verbrannt sind, doch danach nur noch einen. Während die Jungs von der Army Waterhouse in die Dunkelheit hinunterführen, schnuppert dieser vorsichtig und hofft, dass ihm dieser Geruch erspart bleibt.

Im Wesentlichen riecht es nach Öl, Diesel, heißem Stahl, dem Schwefelgestank von verbranntem Gummi und explodierter Munition. Diese Gerüche sind überwältigend stark. Er füllt sich die Lungen mit der ätzenden Schärfe, atmet sie aus. Und natürlich nimmt er in diesem Moment einen Hauch von Gegrilltem wahr und weiß, dass diese betonummantelte Insel unter anderem ein Krematorium ist.

Er folgt den Jungs von der Army durch schwarz verschmierte Tunnel, die in eine buntscheckige Matrix aus Beton, Mauerwerk und soliden Fels hineingebohrt sind. Zuerst waren die Höhlen da, von Regen und Wellen ins Gestein gefressen, dann von Spaniern mit Meißeln, Presslufthämmern, Sprengpulver erweitert und nutzbar gemacht. Dann kamen die Amerikaner mit Ziegelsteinen und schließlich die Japaner mit Stahlbeton.

Während sie immer tiefer in das Labyrinth eindringen, passieren sie auch einige Tunnel, die anscheinend wie Lötlampen wirkten: Die Wände sind blank gescheuert worden, als wäre eine Million Jahre lang ein reißender Bach hindurchgeströmt, und der Boden ist mit silbernen Lachen bedeckt, wo Gewehre oder Aktenschränke zu Pfützen geschmolzen sind. Noch immer strahlen die Wände gespeicherte Hitze ab, welche die Hitze des philippinischen Klimas noch verstärkt und sie alle noch mehr ins Schwitzen bringt, falls das überhaupt möglich ist.

Andere Korridore, andere Räume waren in dem Feuerfluss lediglich Nebenarme. Beim Blick durch Türen kann Waterhouse Bücher sehen, die verkohlt, aber nicht verbrannt sind, aus aufgeplatzten Schränken quellendes, geschwärztes Papier –

»Einen Moment«, sagt er. Sein Begleiter dreht sich um und bekommt gerade noch mit, wie Waterhouse durch eine niedrige Tür in einer winzigen Kammer verschwindet, wo ihm etwas aufgefallen ist.

Es handelt sich um ein wuchtiges Holzschränkchen, inzwischen weitgehend in Kohle umgewandelt, sodass es aussieht, als wäre nur noch der Schatten des Schränkchens vorhanden. Irgendwer hat schon eine der Türen aus den Angeln gerissen und schwarzes Konfetti ins Zimmer rieseln lassen. Das Schränkchen war mit Papierzetteln gefüllt, die weitgehend verbrannt sind, doch als Waterhouse die Hand in den Aschehaufen steckt (langsam! Das Ganze ist noch ziemlich heiß), bekommt er ein fast intaktes Bündel in die Finger.

»Was ist das für Geld?«, fragt der Bursche von der Army.

Waterhouse zieht oben aus dem Bündel einen Schein heraus. Die Vorderseite ist mit japanischen Schriftzeichen bedruckt und zeigt eine Gravur von Tojo. Er dreht ihn um. Die Rückseite ist englisch bedruckt: TEN POUNDS.

»Australische Währung«, sagt Waterhouse.

»Sieht mir nicht australisch aus«, sagt der Bursche von der Army mit einem finsteren Blick auf Tojo.

»Wenn die Nips gewonnen hätten...«, sagt Waterhouse und zuckt die Achseln. Er wirft den Stapel Zehn-Pfund-Noten auf den Aschehaufen der Geschichte und nimmt sein Einzelexemplar mit hinaus auf den Flur. Man hat ein Collier aus Glühbirnen an die Decke gehängt. Ihr Licht spiegelt sich in Pfützen, die aussehen, als bestünden sie aus Quecksilber: die Überreste von Waffen, Gürtelschließen, Stahlschränken und Türklinken, in dem Inferno geschmolzen und mittlerweile erstarrt.

Das Kleingedruckte auf der Banknote lautet IMPERIAL RESERVE BANK, MANILA.

»Sir! Alles in Ordnung?«, fragt der Bursche von der Army. Waterhouse wird bewusst, dass er eine Zeit lang nachgedacht hat.

»Weiter«, sagt er und steckt den Schein in die Tasche.

Er hat darüber nachgedacht, ob er etwas von dem Geld mitnehmen darf. Souvenirs mitnehmen darf man, nicht aber plündern. Folglich kann er das Geld mitnehmen, wenn es wertlos ist, nicht aber, wenn es sich um echtes Geld handelt.

Nun würde jemand, der nicht so dazu neigt, alles bis in die n-te Potenz zu überlegen und zu begrübeln, sofort einsehen, dass das Geld wertlos ist, da die Japaner Australien nun einmal nicht erobert haben und niemals erobern werden. Das Geld ist also bloß ein Souvenir, richtig?

Vermutlich ja. Das Geld ist effektiv wertlos. Doch wenn Waterhouse eine echte australische Zehn-Pfund-Note fände und das Kleingedruckte läse, so stünde dort wahrscheinlich auch irgendwo der Vermerk einer Zentralbank.

Zwei Stücke Papier, die beide den Anspruch erheben, zehn Pfund wert zu sein, beide ganz offiziell aussehen, beide den Namen einer Bank tragen. Das eine ein wertloses Souvenir, das andere gesetzliches Zahlungsmittel für sämtliche öffentlichen und privaten Schulden. Wie das?

Es läuft darauf hinaus, dass Leute den Behauptungen auf dem einen Stück Papier trauen, nicht aber denen auf dem anderen. Sie glauben, dass man mit der echten australischen Note zu einer Bank in Melbourne gehen, sie über den Schalter schieben und Silber oder Gold – oder zumindest *irgendetwas* – dafür kriegen kann.

Vertrauen reicht weit, doch wenn man für eine Währung einstehen will, muss man an irgendeinem Punkt den Beweis dafür antreten. Irgendwo muss man tatsächlich einen Haufen Gold im Keller liegen haben. Ungefähr zur Zeit der Evakuierung aus Dünkirchen, als die Briten mit einer unmittelbar bevorstehenden Invasion ihrer Inseln durch die Deutschen rechneten, schafften sie ihre sämtlichen Goldreserven an Bord einiger Schlachtschiffe und Passagierdampfer und beförderten sie schleunigst zu Banken in Toronto und Montreal. So hätten sie ihre Währung auch dann über Wasser halten können, wenn die Deutschen London überrannt hätten.

Doch die Japaner müssen nach denselben Regeln spielen wie alle anderen auch. Ja, sicher, auf irgendeine Weise beugt sich ein unterworfenes Volk, wenn man ihm eine Heidenangst einjagt, aber jemandem ein Messer an die Kehle zu setzen und zu sagen: »Ich will, dass du glaubst, dass dieses Stück Papier zehn Pfund Sterling wert ist«, funktioniert nicht sehr gut. Vielleicht sagt der Betreffende sogar, dass er es glaubt, aber er wird es nicht glauben. Er wird sich nicht entsprechend *verhalten*. Und wenn er sich nicht entsprechend *verhält*, gibt es keine Währung, Arbeiter werden nicht bezahlt (man kann sie versklaven, aber die Sklaventreiber muss man trotzdem bezahlen), die Wirtschaft funktioniert nicht und man kann die natürlichen Ressourcen, derentwegen man das Land überhaupt erst erobert hat, nicht ausbeuten. Grundsätzlich braucht man, wenn man eine Volkswirtschaft betreiben will, eine Währung. Wenn jemand mit einer der dazugehörigen Banknoten in eine Bank geht, muss man imstande sein, ihm Gold dafür zu geben.

Die Japaner sind geradezu besessen davon, alles durchzuplanen. Waterhouse weiß das; er liest nun schon seit ein paar Jahren zwischen zwölf und achtzehn Stunden pro Tag ihre entschlüsselten Funksprüche und weiß, wie sie denken. Er weiß ebenso sicher, wie er weiß, wie man eine D-Dur-Tonleiter spielt, dass die Japaner sich mit dem Problem der Deckung ihrer Währung auseinander gesetzt haben müssen – und zwar nicht nur für Australien, sondern auch für Neuseeland, Neuguinea, die Philippinen, Hongkong, China, Indochina, Korea, die Mandschurei...

Wie viel Gold und Silber bräuchte man, um so viele Menschen davon zu überzeugen, dass das Papiergeld, das man ausgibt, tatsächlich etwas wert ist? Und wo würde man es unterbringen?

Sein Begleiter führt ihn ein paar Stockwerke tiefer und schließlich in einen erstaunlich großen Raum weit unten. Wenn sie sich im Bauch der Insel befinden, so muss es sich hierbei um den Blinddarm oder so etwas handeln. Er ist von unbestimmter Form und die Wände sind an den meisten Stellen glatt und wie gekräuselt, mit Meißelspuren, wo Menschen es für angebracht hielten, den Raum zu erweitern. Das Gestein ist, ebenso wie die Luft, nach wie vor kühl.

In diesem Raum stehen lange Tische und mindestens drei Dutzend leere Stühle – und so atmet Waterhouse zuerst nur in ganz kurzen, flachen Zügen, weil er sich davor fürchtet, tote Menschen zu riechen. Aber das ist nicht der Fall.

Logisch. Sie befinden sich in der Mitte des Felsens. Es führt nur ein Weg in diesen Raum. Unmöglich, dass es hier kräftig durchzieht – kein Lötlampeneffekt – offensichtlich überhaupt keine Brandschäden. Dieser Raum ist verschont geblieben. Die Luft ist so dick wie kalter Bratensaft.

»Hier haben wir vierzig Tote gefunden«, sagt sein Begleiter.

»Woran gestorben?«

»Erstickung.«

»Offiziere?«

»Ein japanischer Hauptmann. Der Rest waren Sklaven.«

Vor Kriegsausbruch war der Begriff »Sklave« für Waterhouse ebenso veraltet wie »Küfer« oder »Kerzenzieher«. Nun, da die Nazis und die Japaner die Praxis wiederbelebt haben, hört er ihn ständig. Der Krieg ist seltsam.

Seit sie die Kammer betreten haben, sind seine Augen damit beschäftigt, sich an das trübe Licht anzupassen. Die ganze Höhle wird von einer einzigen 25-Watt-Birne erleuchtet und die Wände verschlucken fast alles Licht.

Er kann rechteckige Gegenstände auf den Tischen liegen sehen, vor jedem Stuhl einen. Beim Hereinkommen hat er angenommen, dass es sich um Blätter Papier handelt – einige davon sind das auch. Doch als er besser sieht, erkennt er, dass die meisten leere, mit abstrakten Mustern aus runden Punkten gesprenkelte Rahmen sind.

Er tastet nach seiner Taschenlampe und betätigt den Schalter. Das erzeugt im Wesentlichen nur einen verschwommenen gelben Kegel aus öligem Rauch, der dick und träge vor ihm verwirbelt. Im Vortreten wedelt er den Rauch zur Seite und beugt sich über den Tisch.

Es ist ein Abakus, die Kugeln zur Momentaufnahme irgendeiner Berechnung angeordnet. Sechzig Zentimeter daneben liegt noch einer. Dann noch einer.

Er wendet sich dem Burschen von der Army zu. »Wie lautet der Plural von Abakus?«

»Verzeihung, Sir?«

»Sagen wir, auch Abakus?«

»Wie Sie meinen, Sir.«

»Haben Ihre Männer irgendeinen dieser Abakus angefasst?«

Es folgt eine hektische Diskussion. Der Bursche von der Army muss sich mit mehreren Mannschaftsdienstgraden besprechen, Laufburschen losschicken, um Leute zu befragen, und ein paar Telefongespräche führen. Das ist ein gutes Zeichen. Eine Menge Leute würden einfach »Nein, Sir« oder sonst etwas sagen, was Waterhouse in ihren Augen hören wollte, und er würde nie erfahren, ob es auch der Wahrheit entspräche. Der Bursche hier scheint zu begreifen, dass es für Waterhouse wichtig ist, eine ehrliche Antwort zu bekommen.

Die Hände sorgsam auf dem Rücken verschränkt, geht Waterhouse an den Tischreihen entlang und betrachtet die Abakus. Neben den meisten liegt ein Blatt Papier oder ein ganzer Notizblock mit griffbereitem Stift. Sie sind allesamt mit Zahlen beschrieben. An einem Platz nach dem anderen sieht er ein chinesisches Schriftzeichen.

»Hat einer von Ihnen die Leichen dieser Sklaven gesehen?«, fragt er einen der einfachen Soldaten.

»Ja, Sir. Ich habe sie raustragen helfen.«

»Haben sie wie Filipinos ausgesehen?«

»Nein, Sir. Wie richtige Asiaten.«

»Chinesen, Koreaner, so was in der Art?«

»Ja, Sir.«

Ein paar Minuten später kommt die Antwort: Alles schwört Stein und Bein, keinen Abakus angefasst zu haben. Diese Kammer war der letzte Teil der Festung, den die Amerikaner erreichten. Die Leichen der Sklaven fanden sich größtenteils zu einem Haufen bei der Tür aufeinandergetürmt. Die Leiche des japanischen Offiziers lag zuunterst. Die Tür war von innen abgeschlossen. Es ist eine Metalltür, die eine leichte Wölbung nach außen aufweist, da das Feuer oben offensichtlich ungeheuer rasch alle Luft aus dem Raum gesaugt hat.

»Okay«, sagt Waterhouse, »ich gehe nach oben und mache Meldung an Brisbane. Ich werde diesen Raum höchstpersönlich wie ein Archäologe auseinander nehmen. Sorgen Sie dafür, dass nichts angefasst wird. Besonders nicht die Abakus.«

ARETHUSA

Rechtsanwalt Alejandro kommt Randy am nächsten Tag besuchen und sie tauschen Belanglosigkeiten über das Wetter und die Philippine Basketball Association aus, während sie sich über den Tisch hinweg gegenseitig handgeschriebene Zettel zuschieben. Randy gibt seinem Anwalt einen Zettel mit dem Satz »Geben Sie Chester diesen Zettel« und dann einen weiteren, mit dem er Chester bittet, den Schrankkoffer auf eventuelle Papiere zum Thema Zetafunktionen zu durchsuchen und sie ihm, Randy, irgendwie zukommen zu lassen. Rechtsanwalt Alejandro gibt Randy eine in entschuldigendem und zugleich selbstgefälligem Ton gehaltene Notiz mit einer Auflistung seiner jüngsten Bemühungen in Randys Namen, der wahrscheinlich als Ermutigung gedacht ist, den Randy jedoch beunruhigend vage findet. Er hatte zu diesem Zeitpunkt eigentlich mit konkreten Ergebnissen gerechnet. Er liest die Notiz und bedenkt Rechtsanwalt Alejandro mit einem schiefen Blick; dieser zieht ein Gesicht und tippt sich mit dem Finger ans Kinn, eine Geste, die für »der Dentist« steht und die Randy dahingehend interpretiert, dass besagter Milliardär Rechtsanwalt Alejandro bei jeder sich bietenden Gelegenheit Knüppel zwischen die Beine wirft. Randy reicht Rechtsanwalt Alejandro einen weiteren Zettel mit den Worten »Geben Sie diesen Zettel Avi«, und dann noch einen, mit dem er Avi bittet, festzustellen, ob General Wing zu den Kunden der Krypta gehört.

Dann tut sich eine Woche lang nichts. Da es Randy an den Informationen über Zetafunktionen fehlt, die er braucht, kann er in dieser Woche nicht konkret an dem Code arbeiten. Aber er kann Vorarbeiten dazu treffen. Das *Cryptonomicon* enthält zahlreiche Brocken C-Code, mit denen man bestimmte grundlegende kryptoanalytische Operationen durchführen kann, aber vieles davon stammt von Amateuren (schlecht geschrieben) und muss ohnehin in das modernere C++ übersetzt werden. Also tut Randy es. Das *Cryptonomicon* beschreibt außerdem diverse Algorithmen, die wahrscheinlich ganz nützlich sind, und Randy implementiert auch sie in C++. Das ist eine fade Arbeit, aber er hat sonst nichts zu tun, und speziell diese Art von fader Arbeit hat unter anderem den Vorteil, dass sie einen in allen Einzelheiten mit der zugrunde liegenden Mathematik vertraut macht; wenn man die Mathematik nicht versteht, kann man den Code nicht schreiben. Während die Tage verstreichen, verwandelt sich Randys Verstand annäherungsweise in den eines Kryptoanalytikers. Diese Verwandlung zeigt sich an dem allmählichen Zuwachs von Code in seiner Bibliothek für Codeknacker.

Er und Enoch Root gewöhnen sich an, während und nach ihren Mahlzeiten Gespräche miteinander zu führen. Beide scheinen ein recht kompliziertes Innenleben zu haben, das eingehender Pflege bedarf, und so ignorieren sie einander für den Rest des Tages. Anekdote um Anekdote zeichnet Randy die Flugbahn seines Lebens bis zur Gegenwart. Ebenso spricht Enoch vage von irgendwelchen Kriegsereignissen, dann darüber, wie das Leben in England nach dem Krieg und in den Fünfzigerjahren in den USA ausgesehen hat. Anscheinend war er einmal eine Zeit lang katholischer Priester, wurde jedoch aus irgendeinem Grund aus der Kirche ausgestoßen; er sagt nicht, warum, und Randy fragt nicht. Danach wird alles verschwommen. Er erwähnt, dass er während des Vietnamkrieges viel Zeit auf den Philippinen verbracht hat, was zu Randys allgemeiner Hypothese passt: Falls es stimmt, dass der alte Comstock die philippinische Botanik von US-Truppen nach der Hauptlagerstätte hat durchkämmen lassen, dann hat Enoch bestimmt in der Nähe sein wollen, um sich einzumischen oder sie zumindest im Auge zu behalten. Enoch behauptet, er sei auch viel auf Achse gewesen, um Internet-Kram nach China zu bringen, aber in Randys Ohren hört sich das bloß wie eine Tarngeschichte für etwas anderes an.

Es fällt schwer, nicht auf den Gedanken zu kommen, dass Enoch Root und General Wing vielleicht ganz andere Gründe haben, aufeinander sauer zu sein.

»Wenn ich mal eben den *advocatus diaboli* spielen darf, was genau meinen Sie eigentlich, wenn Sie davon reden, die Zivilisation verteidigen zu wollen?«

»Aber Randy, das wissen Sie doch.«

»Ja, aber China ist doch zivilisiert, oder? Und das schon eine ganze Weile.«

»Ja.«

»Also spielen Sie und General Wing ja vielleicht in derselben Mannschaft.«

»Wenn die Chinesen so zivilisiert sind, wie kommt es dann, dass sie nie irgendwas erfinden?«

»Was – Papier, Schießpulver –«

»In den letzten *tausend Jahren*, meine ich.«

»Keine Ahnung. Was glauben Sie denn, Enoch?«

»Es ist das Gleiche wie bei den Deutschen während des Zweiten Weltkriegs.«

»Ich weiß, dass in den Dreißigern sämtliche Geistesgrößen aus Deutschland geflohen sind – Einstein, Born –«

»Und Schrödinger und von Neumann und andere – aber wissen Sie auch, warum sie geflohen sind?«

»Na ja, weil sie die Nazis nicht mochten, natürlich.«

»Aber wissen Sie eigentlich, warum genau die Nazis *sie* nicht mochten?«

»Viele davon waren Juden...«

»Es geht tiefer als bloßer Antisemitismus. Hilbert, Russell, Whitehead, Gödel, sie alle waren an der monumentalen Tat beteiligt, die Mathematik umzustürzen und wieder ganz von vorn anzufangen. Die Nazis dagegen glaubten, die Mathematik sei eine heroische Wissenschaft, deren Zweck darin bestehe, Chaos in Ordnung zu verwandeln – das Gleiche, was der Nationalsozialismus in der Sphäre der Politik leisten sollte.«

»Okay«, sagt Randy, »allerdings haben die Nazis nicht begriffen, dass sie noch heroischer ist als vorher, wenn man sie umstürzt und wieder aufbaut.«

»Eben. Es hat zu einer Renaissance geführt«, sagt Root, »wie im siebzehnten Jahrhundert, als die Puritaner alles in Schutt und Asche legten und dann ganz langsam von null an wieder aufbauten. Immer und immer wieder sehen wir, wie das Muster der Titanomachie sich wiederholt – die alten Götter werden gestürzt, das Chaos kehrt zurück, doch aus dem Chaos schälen sich wieder die gleichen Muster heraus.«

»Okay. Also reden Sie – mal wieder – von der Zivilisation?«

»Immer wieder taucht Ares aus dem Chaos auf. Es wird nie verschwinden. Die athenische Zivilisation verteidigt sich mit *metis*, d. h. Technologie, gegen die Kräfte des Ares. Technologie baut auf Wissenschaft auf. Die Wissenschaft gleicht dem alchemistischen Uroburos, der ständig seinen eigenen Schwanz frisst. Wissenschaft als *Prozess* funktioniert nur dann, wenn junge Wissenschaftler die Freiheit haben, alte Dogmen anzugreifen und zu stürzen, sich an einer fortwährenden Titanomachie zu beteiligen. Die Wissenschaft blüht, wo Kunst und Redefreiheit blühen.«

»Hört sich schwer nach Teleologie an, Enoch. Freie Länder haben die bessere Wissenschaft, daher überlegene militärische Macht, daher die Notwendigkeit, ihre Freiheiten zu verteidigen. Sie proklamieren hier so etwas wie ein Auserwähltheitsprinzip.«

»Na, irgendwer muss es ja tun.«

»Sind wir nicht inzwischen über so etwas hinaus?«

»Ich weiß, Sie sagen das nur, um mich wütend zu machen. Manchmal, Randy, wird Ares ein paar Jahre lang in einem Fass festgekettet, aber er verschwindet nie. Wenn er das nächste Mal auftaucht, wird sich der Konflikt um Bio-, Mikro- und Nanotechnologie drehen. Wer wird gewinnen?«

»Ich weiß nicht.«

»Beunruhigt es Sie nicht ein wenig, dass Sie das nicht wissen?«

»Hören Sie, Enoch, ich bemühe mich nach Kräften – wirklich –, aber ich bin pleite und ich bin in diesem Scheißkäfig hier eingesperrt, ja?«

»Hören Sie doch mit dem Gejammer auf.«

»Und was ist mit Ihnen? Angenommen, Sie gehen auf Ihre Yams-Farm oder sonst was zurück und eines Tages stoßen Sie mit Ihrer Schaufel auf etwas, was klirrt, und graben ganz plötzlich ein paar Kilotonnen Gold aus? Würden Sie das alles in High-Tech-Waffen investieren?«

Root weiß, kaum verwunderlich, auch darauf eine Antwort: Das Gold hätten die Japaner aus ganz Asien zusammengestohlen, in der Absicht, es als Deckung für eine Währung zu verwenden, die zum gesetzlichen Zahlungsmittel der Gemeinsamen Großostasiatischen Wohlstandssphäre habe werden sollen; zwar hätten speziell diese Nips fraglos zu den ausgemachtesten Dummköpfen in der Geschichte des Planeten gehört, doch einige Aspekte ihres Plans seien gar keine so beschissene Idee gewesen. Insofern viele Asiaten noch immer ein armseliges Leben führten, würden sich die Verhältnisse für viele Menschen stark verbessern, wenn sich die Wirtschaft des Kontinents ins einundzwanzigste, oder wenigstens in zwanzigste Jahrhundert katapultieren ließe und dort dann hoffentlich auch ein Weilchen bliebe, anstatt jedes Mal zusammenzubrechen, wenn der jeweils gerade für eine Zentralbank zuständige Diktatorenneffe die Kontrolle über seine Schließmuskeln verliere und eine bedeutende Währung ruiniere. Von daher sei es vielleicht ganz sinnvoll, eine Ladung Gold zur Stabilisierung der Währungssituation zu verwenden, und wenn man bedenke, wem sie gestohlen worden sei, ohnehin das einzig moralisch Vertretbare – man könne nicht einfach hergehen und es ausgeben. In Randys Augen ist diese Antwort angemessen raffiniert und jesuitisch und passt auf unheimliche Weise zu dem, was Avi in die neueste Ausgabe des Unternehmensplans von Epiphyte(2) hineingeschrieben hat.

Nach einer Anstandsfrist von mehreren Tagen stellt Enoch Root die Gegenfrage, was denn Randy mit ein paar Kilotonnen Gold anfangen würde, und Randy erwähnt das Holocaust-Erziehungs- und Abwehrpaket. Wie sich herausstellt, weiß Enoch bereits über HEAP Bescheid, hat über das nagelneue Kommunikationsnetz, das Randy und der Dentist über die Inseln gespannt haben, bereits mehrere Fassungen davon heruntergeladen, findet, dass es genau auf der gleichen Wellenlänge liegt wie seine Gedanken zu Athena, Aegis etc., hat dazu jedoch jede Menge schwieriger Fragen und kritischer Einwände.

Kurz danach kommt Avi selbst zu Besuch und sagt dabei sehr wenig, lässt Randy jedoch wissen, dass General Wing in der Tat Kunde der Krypta ist. Die grauhaarigen Chinesen, die in Kinakuta mit ihnen um den Tisch saßen und deren Gesichter heimlich von der an Randys Laptop versteckten Kamera aufgenommen worden sind, gehören zu seinen wichtigsten Lieutenants. Avi lässt ihn außerdem wissen, dass der juristische Druck nachgelassen hat; der Dentist hat Andrew Loeb plötzlich an die Leine genommen und zahlreiche rechtliche Fristen verstreichen lassen. Dass Avi überhaupt nichts zu dem gesunkenen Unterseeboot sagt, könnte heißen, dass die Bergungsoperation gut läuft oder zumindest läuft.

Randy ist noch immer damit beschäftigt, diese Neuigkeiten zu verarbeiten, als er Besuch von niemand anderem als dem Dentisten persönlich bekommt.

»Ich nehme an, Sie glauben, dass ich Ihnen etwas angehängt habe«, sagt Dr. Hubert Kepler. Er und Randy sind in einem Raum allein miteinander, aber Randy spürt unmittelbar hinter der nächstgelegenen Tür zahlreiche Berater, Leibwächter, Anwälte und Furien oder Harpyien oder was auch immer. Der Dentist wirkt leicht belustigt, aber Randy kommt allmählich dahinter, dass es ihm in Wirklichkeit ganz ernst ist. Die Oberlippe des Dentisten ist dauerhaft gewölbt oder kürzer, als sie sein dürfte, oder beides, mit dem Ergebnis, dass seine gletscherweißen Schneidezähne stets leicht bloßliegen und er, je nachdem wie das Licht auf sein Gesicht fällt, entweder etwas von einem Biber hat oder so aussieht, als versuche er nicht sehr erfolgreich, ein Feixen zu unterdrücken. Selbst ein so sanftmütiger Mensch wie Randy kann ein solches Gesicht nicht ansehen, ohne auf den Gedanken zu kommen, wie viel besser es aussähe, wenn man eine Faust hineinpflanzte. Aus der Vollkommenheit von Hubert Keplers Gebiss lässt sich schließen, dass er eine behütete Kindheit gehabt hat (Full-Time-Bodyguards, sobald die zweiten Zähne herauskamen) oder dass seine Berufswahl sich einem sehr persönlichen Interesse an wiederherstellender Kiefernchirurgie verdankt. »Und ich weiß, dass Sie mir wahrscheinlich nicht glauben werden. Aber ich bin gekommen, um Ihnen zu sagen, dass ich mit dem, was auf dem Flughafen passiert ist, nichts zu tun habe.«

Nun hält der Dentist – keineswegs einer jener Leute, die das Bedürfnis verspüren, Gesprächspausen hektisch zu überbrücken – inne und betrachtet Randy eine Weile. Und so kommt Randy während des nun folgenden längeren Schweigens dahinter, dass der Dentist überhaupt nicht grinst, sondern sein Gesicht sich schlicht und einfach in seinem natürlichen Ruhezustand befindet. Er schaudert ein wenig bei dem Gedanken, wie es wohl sein muss, diesen abwechselnd biberähnlichen und grinsenden Ausdruck niemals ablegen zu können. Dass einen die Liebste im Schlaf betrachtet und das zu sehen bekommt. Allerdings hat Victoria Vigo, wenn man den Geschichten Glauben schenken darf, ihre eigenen Methoden, Vergeltung zu üben, und so muss Hubert Kepler ja vielleicht tatsächlich die Beschimpfungen und Demütigungen hinnehmen, nach denen sein Gesicht zu verlangen scheint. Randy seufzt bei diesem Gedanken leise, denn er spürt darin die plötzlich zutage tretende Spur einer kosmischen Symmetrie.

Kepler hat jedenfalls Recht, wenn er sagt, dass Randy nicht geneigt ist, ihm auch nur ein einziges Wort abzunehmen. Kepler kann nur dadurch Glaubwürdigkeit gewinnen, dass er sich persönlich hier im Gefängnis einfindet und die Worte von Angesicht zu Angesicht äußert: In Anbetracht all dessen, was er in diesem Augenblick zum Spaß oder um des Profits willen oder aus beiden Gründen tun könnte, verleiht seine Anwesenheit dem, was er sagt, eine Menge Gewicht. Es versteht sich, dass der Dentist, wenn er Randy nach Strich und Faden belügen wollte, seine Anwälte vorbeischicken und das von ihnen erledigen lassen oder ihm einfach ein Telegramm schicken könnte. Also sagt er entweder die Wahrheit oder aber er lügt und es liegt ihm sehr viel daran, dass Randy ihm seine Lügen abnimmt. Randy kommt nicht dahinter, warum es dem Dentisten nicht scheißegal sein sollte, ob er, Randy, ihm seine Lügen glaubt oder nicht, und das wiederum legt die Vermutung nahe, dass der andere vielleicht doch die Wahrheit sagt.

»Wer hat mich dann reingelegt?«, fragt Randy, in gewisser Weise rhetorisch. Er war gerade mitten in einer ziemlich coolen Codierungsarbeit in C++, als man ihn aus seiner Zelle zu diesem Überraschungstreffen mit dem Dentisten schleppte, und er wundert sich selbst darüber, wie sehr ihn das Ganze anödet und irritiert. Er ist, mit anderen Worten, in reines Computergefrickel der tierischsten Sorte zurückgefallen, wie er es nur aus seiner Frühzeit als Spiele-Programmierer in Seattle kennt. Die schiere Tiefe und Kompliziertheit der derzeitigen Frickelorgie ließe sich nur schwer jemandem vermitteln. Geistig jongliert er mit einem halben Dutzend brennender Fackeln, Ming-Vasen, lebendigen Welpen und laufenden Kettensägen. In diesem Geisteszustand kümmert es ihn einfach herzlich wenig, dass dieser unglaublich mächtige Milliardär sich sehr viel Umstände gemacht hat, um hierher kommen und unter vier Augen mit ihm reden zu können. Und so ist die eben gestellte Frage nichts weiter als eine flüchtige Geste, deren Subtext besagt: *Ich wünschte, Sie würden gehen, aber minimale Normen gesellschaftlichen Anstands gebieten, dass ich etwas sage.* Der Dentist, in Sachen gesellschaftliches Ungeschick selbst ein alter Hase, reagiert sofort, als wäre er tatsächlich um Informationen gebeten worden. »Ich kann nur annehmen, dass Sie jemandem ins Gehege gekommen sind, der in diesem Land eine Menge Einfluss hat. Wie es scheint, versucht jemand, Ihnen eine –«

»Nein! Still«, sagt Randy. »Sagen Sie's nicht.« Nun sieht ihn Kepler fragend an, deshalb fährt Randy fort. »Die Theorie mit der Nachricht ist nicht haltbar.«

Ein paar Momente lang wirkt Kepler ehrlich verblüfft, dann grinst er tatsächlich leicht. »Also, ein Versuch, Sie aus dem Weg zu räumen, ist es jedenfalls nicht, denn –«

»Offensichtlich«, sagt Randy.

»Ja. Offensichtlich.«

Erneut folgt eine jener langen Gesprächspausen; Kepler wirkt unsicher. Randy macht ein Hohlkreuz und reckt sich. »Der Stuhl in meiner Zelle ist nicht gerade das, was man ergonomisch nennt«, sagt er. Er streckt die Arme vor und wackelt mit den Fingern. »Meine Handwurzeln werden mir wieder Probleme machen. Das spüre ich.«

Er beobachtet Kepler ziemlich genau, während er das sagt, und es besteht kein Zweifel, dass sich nun echte Verblüffung über dessen Gesicht legt. Der Dentist verfügt nur über einen einzigen (bereits beschriebenen) Gesichtsausdruck, doch dieser ist von wechselnder Intensität; je nach den Empfindungen Keplers mal stärker, mal schwächer. Der Gesichtsausdruck des Dentisten beweist, dass er bis jetzt keine Ahnung hatte, dass man Randy einen Computer in seiner Zelle erlaubt hat. In der Dann-wollen-wir-mal-sehen-dass-wir-rauskriegen-was-zum-Teufel-eigentlich-los-ist-Abteilung ist der Computer das wichtigste Instrument und Kepler hat erst jetzt davon erfahren. Und so hat er nun, je nachdem wie sehr ihn das Ganze tatsächlich interessiert, eine Menge Nüsse zu knacken. Er verabschiedet sich denn auch ziemlich bald.

Keine halbe Stunde später taucht ein fünfundzwanzigjähriger Amerikaner mit Pferdeschwanz auf und hat eine kurze Audienz bei Randy. Wie sich herausstellt, arbeitet er für Chester in Seattle, ist gerade in dessen Privatjet über den Atlantik geflogen und vom Flughafen geradewegs hierher gekommen. Er ist völlig aufgekratzt, läuft in total überdrehtem Modus und quasselt unentwegt. Das Wunder seines plötzlichen Fluges über den Ozean im Privatjet eines reichen Typen hat ihn wirklich tief beeindruckt und er braucht offenbar jemanden, mit dem er dieses Gefühl teilen kann. Er hat ein »Care-Paket« mitgebracht, das ein bisschen Junk-Food, ein paar Schundromane, die größte Flasche Pepto-Bismol, die Randy je gesehen hat, einen Discman und einen kubischen Stapel CDs enthält. Über die Sache mit den Batterien kommt der Typ einfach nicht hinweg; man hat ihm gesagt, er solle haufenweise Reservebatterien mitbringen, und das hat er auch getan, und natürlich sind zwischen der Gepäckabfertigung am Flughafen und der Zollkontrolle sämtliche Batterien verschütt gegangen, außer einem Päckchen, das er in der Tasche seiner langen, schlabbrigen Seattle-Grunge-Shorts hatte. Seattle ist voll von solchen Typen, die nach dem Examen eine Münze geworfen haben (Kopf Prag, Zahl Seattle) und einfach mit der Erwartung dort auftauchten, dass sie, weil sie jung und gescheit waren, einen Job finden und Geld machen würden, und die dann entsetzlicherweise genau das taten. Randy ist schleierhaft, wie sich die Welt für einen solchen Typen darstellt. Es kostet ihn einige Mühe, den Kerl loszuwerden, der die weit verbreitete Annahme teilt, dass es Randy, bloß weil er im Knast sitzt, dreckig geht und er nichts Besseres zu tun hat, als sich mit Besuchern auszutauschen.

Als Randy in seine Zelle zurückkommt, setzt er sich mit seinem Discman im Schneidersitz auf seine Pritsche und beginnt die CDs auszulegen wie die Karten bei einer Partie Patience. Die Auswahl ist ziemlich ordentlich: eine Doppel-CD der Brandenburgischen Konzerte, eine Sammlung mit Orgelfugen von Bach (Computer-Frickler stehen auf Bach), ein bisschen Louis Armstrong, ein bisschen Wynton Marsalis und außerdem diverse CDs von Hammerdown Systems, einem in Seattle beheimateten Label, in das Chester einiges investiert hat. Es handelt sich um ein Label der zweiten Generation der dortigen Musikszene; sämtliche Künstler sind junge Leute, die nach dem Examen auf der Suche nach der legendären Musikszene nach Seattle kamen und feststellten, dass es sie gar nicht gab – es gab nur zwei Dutzend Leute, die miteinander im Keller herumsaßen und Gitarre spielten –, sodass sie im Grunde nur die Alternative hatten, in Schmach und Schande nach Hause zurückzukehren oder die Musikszene ihrer Phantasie selbst zu erfinden. Das führte zur Gründung einer Vielzahl kleiner Clubs und Bands, die in keinerlei wie immer gearteter, authentischer Realität verwurzelt waren, sondern lediglich die Träume und Sehnsüchte panglobaler Heranwachsender widerspiegelten, die allesamt auf der gleichen Jagd nach einer Chimäre nach Seattle geströmt waren. Diese Szene der zweiten Welle musste einiges an Beschimpfungen von Seiten derjenigen der ursprünglichen zwei Dutzend Leute einstecken, die noch nicht an einer Überdosis gestorben waren oder Selbstmord begangen hatten. Es kam zu einer Art Gegenreaktion; dann, ungefähr sechsunddreißig Stunden, nachdem die Gegenreaktion ihre höchste Intensität erreicht hatte, kam es zu einer Gegen-Gegenreaktion von Seiten junger Einwanderer, die ihr Recht auf eine einzigartige kulturelle Identität als Menschen geltend machten, die naiverweise nach Seattle gekommen waren und festgestellt hatten, dass es dort kein Dort gab und dass sie es selbst würden schaffen müssen. Angetrieben von dieser Überzeugung, von ihrer jugendlichen libidinösen Energie und von ein paar Kulturjournalisten, die das ganze Szenario hinreißend postmodern fanden, gründeten sie eine ganze Menge Bands der zweiten Generation und sogar ein paar Schallplatten-Labels, von denen Hammerdown Systems das Einzige ist, das nicht binnen sechs Monaten Pleite gegangen oder von einem großen Label mit Sitz in L.A. oder New York geschluckt worden war.

Und so hat Chester beschlossen, Randy mit diesen neuesten Hammerdown-Erzeugnissen zu beglücken, auf die er sehr stolz ist. Eigenartigerweise stammen sie alle von Bands, die gar nicht in Seattle, sondern in kleinen, unerschwinglich hippen College-Städten in North

Carolina und der Upper Peninsula von Michigan beheimatet sind. Doch Randy findet auch eine von einer offensichtlich aus Seattle stammenden Band mit Namen Shekondar. *Offensichtlich,* weil die Rückseite der CD ein verschwommenes Foto von mehreren Band-Mitgliedern ziert, die *latte* aus Halbliter-Tassen mit dem Logo einer Kette von Kaffeebars trinken, die, so viel Randy weiß, noch nicht die Stadtgrenzen von Seattle gesprengt hat, um nach der mittlerweile ermüdend vorhersagbaren Art von Firmen mit Sitz in Seattle weltweit alles zu zermalmen, was sich ihr in den Weg stellt. Nun war Shekondar zufällig der Name einer besonders üblen Unterwelt-Gottheit, die eine wichtige Rolle in einigen der Spiel-Szenarios innehatte, mit denen Randy, Avi, Chester und die anderen sich in der alten Zeit beschäftigten. Randy klappt die CD-Hülle auf und sieht sofort, dass die CD den Goldschimmer einer Master, nicht das Silber einer bloßen Kopie zeigt. Randy schiebt sie in seinen Discman, drückt die Play-Taste und bekommt ein ganz passables Post-Cobain-mortem-Material zu hören, das genetisch so manipuliert worden ist, dass es nichts mit dem gemein hat, was man herkömmlicherweise unter dem Seattle-Sound versteht, und insofern absolut typisch für das Seattle *du jour* ist. Er springt ein paar Aufnahmen vorwärts und reißt sich dann fluchend die Kopfhörer von den Ohren, als der Discman versucht, einen Strom rein digitaler Informationen, der etwas anderes als Musik darstellt, in Klang zu übersetzen. Das fühlt sich ein wenig so an, als würden ihm Nadeln aus Trockeneis in die Trommelfelle gestoßen.

Randy schiebt die goldene Scheibe in das in seinen Laptop eingebaute CD-Laufwerk und sieht sie sich an. Sie enthält tatsächlich ein paar Audio-Spuren, doch der größte Teil ihrer Kapazität wird von Computer-Dateien beansprucht. Es gibt mehrere Inhaltsverzeichnisse oder Ordner, die jeweils nach einem der Dokumente im Schrankkoffer seines Großvaters benannt sind. Innerhalb jedes Directorys findet sich eine lange Liste mit Dateien namens PAGE.001.jpeg, PAGE.002.jpeg und so weiter. Randy beginnt, sie zu öffnen, benutzt dabei dieselbe Net-browser-Software, mit der er auch das *Cryptonomicon* gelesen hat, und stellt fest, dass es allesamt eingescannte Bild-Dateien sind. Offensichtlich hat Chester die Dokumente von einer Schar Lakaien entheften und Seite für Seite durch einen Scanner jagen lassen. Gleichzeitig muss er irgendwelche Graphiker, vermutlich Leute, die er über Hammerdown Systems kannte, beauftragt haben, auf die Schnelle dieses falsche Shekondar-Platten-Cover zusammenzudoktern. Es ist sogar ein Insert dabei, Fotos von Shekondar im Konzert. Im Grunde handelt es sich um eine Parodie der Post-Seattle-Seattle-Szene, die sich perfekt an den über diese kursierenden, falschen Vorstellungen orientiert, wie man sie in der Einbildung eines philippinischen Zollbeamten erwarten darf, der wie alle anderen davon phantasiert, nach Seattle zu ziehen. Der Leadgitarrist sieht ein bisschen so aus wie Chester mit einer Perücke.

Wahrscheinlich ist diese ganze Raffinesse überflüssig. Wahrscheinlich wäre es okay gewesen, wenn Chester die blöden Dokumente mit FedEx direkt ans Gefängnis geschickt hätte. Aber Chester, der in seinem Haus am Lake Washington sitzt, geht von einer Reihe von Annahmen über Manila aus, die ebenso fehlerhaft sind wie das, was die halbe Welt von Seattle glaubt. Zumindest hat Randy etwas zu lachen, ehe er in Zeta-Funktionen eintaucht.

Ein Wort zur Libido: Bei Randy ist es nun schon ungefähr drei Wochen her. Er wollte gerade anfangen, sich mit der Situation auseinander zu setzen, als die Zelle nebenan plötzlich mit einem hochintelligenten und äußerst scharfsichtigen katholischen Ex-Priester belegt wurde, der fünfzehn Zentimeter von ihm entfernt schläft. Seither kommt Masturbation an sich eigentlich nicht mehr in Frage. Insofern Randy überhaupt an einen Gott glaubt, betet er um einen nächtlichen Erguss. Seine Prostata hat mittlerweile die Größe und Konsistenz einer Krocketkugel. Er spürt sie ständig und nennt sie bei sich seinen *Hunk of Burning Love*. Randy hat einmal Probleme mit der Prostata gehabt, als er chronisch zu viel Kaffee trank, und dabei tat ihm zwischen den Brustwarzen und den Knien alles weh. Der Urologe erklärte, die Prostata sei neurologisch mit so gut wie jedem anderen Körperteil verdrahtet, und er brauchte, um Randy davon zu überzeugen, keinerlei rhetorische Fähigkeiten aufzubieten oder detaillierte Argumente anzuführen. Seither glaubt Randy, dass die mitunter geradezu schwachsinnige Fixierung der Männer auf die Kopulation in gewisser Weise diesen neurologischen Schaltplan widerspiegelt; wenn man bereit ist, der Außenwelt sein genetisches Material zugute kommen zu lassen, d. h. wenn die Prostata voll geladen ist, merkt man es sogar in den kleinen Fingern und den Augenlidern.

Und so wäre eigentlich zu erwarten, dass Randy unentwegt an America Shaftoe, das sexuelle Ziel seiner Wahl, denkt, die (um alles nur noch viel schlimmer zu machen) in letzter Zeit wahrscheinlich viel in Neoprenanzügen herumläuft. Und tatsächlich gingen seine Gedanken in dem Moment, in dem man Enoch Root in die Zelle schleifte, auch genau in diese Richtung. Doch seither ist deutlich geworden, dass er in diesem Punkt eiserne geistige Disziplin wahren muss und überhaupt nicht an Amy denken darf. Während er mit all den Kettensägen und Welpen jongliert, balanciert er zugleich auf einer Art intellektuellem Hochseil, an dessen Ende die Entschlüsselung der Arethusa-Funksprüche liegt, und sofern er dieses Ziel fest im Auge behält und einfach immer nur einen Fuß vor den anderen setzt, wird er auch dorthin kommen. Amy-im-Neoprenanzug ist irgendwo unten und bemüht sich fraglos, ihn emotional zu unterstützen, aber ein flüchtiger Blick in ihre Richtung und er ist verloren.

Was er hier liest, ist eine Reihe akademischer Papiere, die auf die Dreißiger- und den Anfang der Vierzigerjahre zurückgehen und von seinem Großvater, der sie nicht allzu subtil auf alles geflöht hat, was sich an der kryptographischen Front verwenden ließe, mit zahlreichen Unterstreichungen versehen worden sind. Dass er nicht allzu subtil vorgegangen ist, erweist sich als Vorteil für Randy, dessen Kenntnisse in reiner Zahlentheorie hier gerade noch ausreichen. Chesters Lakaien mussten nicht nur die Vorder-, sondern auch die Rückseite dieser Blätter scannen, die ursprünglich leer waren, von Großvater jedoch mit zahlreichen Anmerkungen beschrieben wurden. So gibt es beispielsweise ein 1937 von Alan Turing verfasstes Papier, in dem Lawrence Pritchard Waterhouse auf irgendeinen Irrtum oder jedenfalls auf einen Punkt gestoßen ist, mit dem sich Turing nicht eingehend genug befasst hat, sodass er gezwungen war, mehrere Seiten mit Anmerkungen zu füllen. Bei dem bloßen Gedanken, dass er so anmaßend ist, sich an einem solchen Dialog zu beteiligen, gefriert Randy das Blut in den Adern. Als ihm aufgeht, wie weit das Ganze über seinen Horizont geht, schaltet er seinen Computer ab, geht zu Bett und schläft zehn Stunden lang den nutzlosen Schlaf des Deprimierten. Schließlich macht er sich klar, dass der Kram in diesen Papieren größtenteils wahrscheinlich keinen direkten Bezug zu Arethusa hat und dass er sich einfach nur beruhigen und das Material sorgfältig sichten muss.

Zwei Wochen vergehen. Seine Gebete im Hinblick auf den *Hunk of Burning Love* werden erhört und verschaffen ihm zumindest ein paar Tage Erleichterung, sodass er die Vorstellung von Amy Shaftoe, wenn auch nur in sehr nüchterner und leidenschaftsloser Form, an sich heranlassen kann. Ab und zu erscheint Rechtsanwalt Alejandro, um Randy mitzuteilen, dass es nicht sehr gut aussieht. Überraschende

Hindernisse hätten sich ergeben. Sämtliche Leute, die er habe bestechen wollen, seien bereits präventiv von jemand anderem bestochen worden. Für Randy, der meint, alles ausklamüsert zu haben, sind diese Zusammenkünfte öde. Zunächst einmal ist es Wing, und nicht der Dentist, der für das Ganze verantwortlich ist, und deshalb geht Rechtsanwalt Alejandro von fehlerhaften Annahmen aus.

Enoch hat, als er Randy im Flieger anrief, gesagt, sein alter Kumpel von der NSA arbeite für einen Kunden der Krypta. Mittlerweile scheint klar zu sein, dass es sich bei dem Kunden um Wing handelt. Wing glaubt, dass die Arethusa-Funksprüche Informationen über die Hauptlagerstätte enthalten. Er möchte, dass Randy diese Funksprüche entschlüsselt, damit er weiß, wo er graben muss. Daher die ganze Situation mit dem Laptop. Alle Anstrengungen von Rechtsanwalt Alejandro, Randy frei zu bekommen, werden erfolglos bleiben, bis Wing die Informationen hat, die er will – oder das glaubt. Dann wird ganz plötzlich das Eis brechen und Randy wird aufgrund einer Formalie unversehens freikommen. Randy ist sich dessen so sicher, dass er Rechtsanwalt Alejandros Besuche ärgerlich findet. Er würde ihm das alles gern erklären, damit der andere das fruchtlose Unterfangen und seine zunehmend trostlosen und faden Lageberichte sein lassen kann. Aber dann würde Wing, der diese Besprechungen von Anwalt und Mandant vermutlich überwacht, wissen, dass Randy ihm auf die Schliche gekommen ist, und Randy will nicht, dass er das weiß. Also döst er sich durch diese Zusammenkünfte und bemüht sich anschließend, wenn er Enoch Root auf den neuesten Stand bringt, sicherheitshalber auch noch um einen überzeugend verwirrten und deprimierten Ton.

Er gelangt konzeptuell an den Punkt, an dem sich sein Großvater befunden hat, als er begann, die Arethusa-Funksprüche zu knacken. Das heißt, er hat nun eine Theorie darüber, wie Arethusa funktionierte. Er kennt zwar nicht den genauen Algorithmus, aber er weiß, welcher Familie von Algorithmen er angehört, und das engt den Suchraum sehr viel stärker ein, als es zuvor der Fall war. So stark jedenfalls, dass ein moderner Computer ihn erforschen kann. Randy gibt sich einer achtundvierzig Stunden dauernden Hack-Orgie hin. Der Nervenschaden in seinen Handgelenken hat sich so sehr verschlimmert, dass ihm praktisch Funken aus den Fingerspitzen sprühen. Sein Arzt hat ihm gesagt, er dürfe nie mehr an nichtergonomischen Tastaturen arbeiten. Auch seine Augen lassen ihn allmählich im Stich und er muss die Bildschirmfarben umkehren und mit weißen Buchstaben auf schwarzem Hintergrund arbeiten, wobei er die Buchstabengröße in dem Maße erhöht, wie er die Fähigkeit zum Scharfsehen einbüßt. Doch endlich kriegt er etwas hin, von dem er meint, dass es funktionieren wird, und er startet es und lässt es über die Arethusa-Funksprüche laufen, die im Gedächtnis des Computers leben, aber bis jetzt noch nie auf den Bildschirm geholt worden sind. Er schläft ein. Als er aufwacht, informiert ihn der Computer darüber, dass er möglicherweise einen der Funksprüche geknackt hat. In Wirklichkeit sind es drei, die alle am 4. April 1945 abgehört worden sind und demzufolge alle mithilfe desselben Schlüsselstroms verschlüsselt sind.

Im Gegensatz zu menschlichen Codeknackern können Computer kein Englisch lesen, ja es noch nicht einmal erkennen. Sie können mit ungeheurer Geschwindigkeit mögliche Entschlüsselungen eines Funksspruchs ausspucken, aber wenn man ihnen zwei Zeichenfolgen wie

    SCHICKT SOFORT HILFE

und

    XUEBP TOAFF NMQPT

vorsetzt, besitzen sie keine ihnen eigene Fähigkeit, die erste als erfolgreiche Entschlüsselung eines Funkspruchs und die zweite als Misserfolg zu erkennen. Aber sie können eine Häufigkeitszählung der Buchstaben durchführen. Wenn der Computer feststellt, dass E der häufigste Buchstabe ist, T der zweithäufigste und so weiter und so fort, dann ist das ein ziemlich schlüssiger Hinweis darauf, dass der Text in einer natürlichen menschlichen Sprache abgefasst und nicht bloß willkürliches Kauderwelsch ist. Indem er diesen und andere, etwas ausgeklügeltere Tests angewendet hat, ist Randy auf ein Programm gekommen, das eigentlich ziemlich gut imstande sein müsste, einen Erfolg zu erkennen. Und dieses Programm sagt ihm an diesem Morgen, dass der 4. April 1945 geknackt ist. Randy traut sich nicht, die entschlüsselten Funksprüche auf den Bildschirm zu holen, weil er befürchtet, dass sie die Informationen enthalten, nach denen Wing sucht, und so kann er die Funksprüche nicht lesen, so gern er das auch täte. Aber indem er einen Befehl namens grep verwendet, der Textdateien durchsucht, ohne sie zu öffnen, kann er zumindest verifizieren, dass an zwei Stellen das Wort Manila vorkommt.

Aufgrund dieses Durchbruchs kann Randy in mehreren Tagen Arbeit Arethusa komplett entschlüsseln. Er kommt, mit anderen Worten, auf $A(x) = S$, sodass er für jedes beliebige Datum x angeben kann, was S, der Schlüsselstrom für diesen Tag, ist; nur um es zu beweisen, lässt er den Computer den Schlüsselstrom für jeden Tag der Jahre 1944 und 1945 ermitteln, entschlüsselt dann mit deren Hilfe die Arethusa-Funksprüche, die an diesen Tagen abgehört wurden (ohne sie auf den Bildschirm zu holen), führt die Häufigkeitszählung mit ihnen durch und verifiziert, dass es in jedem einzelnen Fall funktioniert hat.

Somit hat er nun sämtliche Funksprüche entschlüsselt. Aber er kann sie nicht lesen, ohne ihren Inhalt an Wing weiterzugeben. Und damit kommt der verdeckte Kanal ins Spiel.

In der Sprache der Kryptologen bezeichnet dieser Begriff einen Trick, mit dessen Hilfe geheime Informationen auf raffinierte Weise in einen Strom anderer Daten eingebettet werden. Normalerweise läuft das etwa darauf hinaus, dass man die unbedeutendsten Teile einer Bilddatei so manipuliert, dass sie einen Text enthalten. Bei seiner Fron hier im Gefängnis hat sich Randy von diesem Prinzip inspirieren lassen. Ja, er hat an der Entschlüsselung von Arethusa gearbeitet und in diesem Zusammenhang mit einer Unzahl von Dateien herumgefummelt und massenhaft Code geschrieben. Die Anzahl der einzelnen Dateien, die er in den vergangenen Wochen gelesen, erstellt und bearbeitet hat, geht wahrscheinlich in die Tausende. Keine davon hat eine Titelleiste über ihrem Fenster gehabt, sodass die Van-Eck-Phreaker, die ihn überwachen, vermutlich schreckliche Mühe damit hatten, zu verfolgen, um welche es sich jeweils handelte. Randy kann eine Datei öffnen, indem er den Titel in ein Fenster tippt und die Return-Taste betätigt, was so rasend schnell geht, dass die Überwacher gar keine Zeit haben, zu lesen oder zu verstehen, was er getippt hat, ehe es verschwindet. Das, denkt er, hat ihm vielleicht einen kleinen Vorsprung verschafft. Im Hintergrund hat er einen verdeckten Kanal laufen gehabt: die Arbeit an ein paar anderen Code-Teilen, die nichts mit dem Knacken von Arethusa zu tun haben.

Die Idee zu einem davon ist ihm gekommen, als er das *Cryptonomicon* durchblätterte und auf einen Anhang stieß, der eine Auflistung der Morsezeichen enthielt. Als Pfadfinder konnte Randy das Morsealphabet und vor ein paar Jahren hat er es erneut gelernt, um eine Funklizenz beantragen zu können; deshalb braucht er nun nicht lange, um sein Gedächtnis aufzufrischen. Und er braucht auch nicht lange, um einen kleinen Code zu schreiben, der die Leertaste seines Computers in eine Morsetaste verwandelt, sodass er mit der Maschine reden kann, indem er mit dem Daumen eine Folge von Morsezeichen klopft. Das könnte womöglich auffallen, wenn Randy nicht die Hälfte der Zeit Textdateien in kleinen Fenstern läse – und in den meisten UNIX-Systemen durchblättert man Textdateien, indem man die Leertaste drückt. Er muss sie lediglich in einem bestimmten Rhythmus betätigen und verlässt sich darauf, dass den Überwachern dieses Detail entgeht. Die Ergebnisse wandern allesamt in einen Puffer, der niemals auf dem Bildschirm dargestellt wird, und werden in Dateien mit völlig sinnlosen Namen ausgelagert. So kann Randy beispielsweise folgenden Rhythmus auf seiner Leertaste klopfen, während er so tut, als läse er eine längere Passage des *Cryptonomicon*:

Lang kurz kurz kurz (Pause) kurz kurz lang (Pause) lang kurz (Pause) lang kurz kurz (Pause) lang lang lang (Pause) lang kurz lang,

was BUNDOK ergeben müsste. Er will die sich daraus ergebende Datei nicht auf dem Bildschirm darstellen, doch später, wenn er sich mitten in einer langen Reihe anderer kryptischer Befehle befindet, kann er folgendes tippen:

```
grep ndo (sinnloser Dateiname) - (anderer
sinnloser Dateiname),
```

und grep wird die erstgenannte Datei auf die Zeichenfolge »ndo« durchsuchen und die Ergebnisse in die zweitgenannte Datei schreiben, die er dann sehr viel später überprüfen kann. Er kann außerdem »grep bun« und »grep dok« eingeben, und wenn die Ergebnisse all dieser Befehle stimmen, kann er ziemlich sicher sein, dass er die Sequenz »Bundok« erfolgreich in die eine Datei kodiert hat. Ebenso kann er »KOORDINATEN« in irgendeine andere Datei, »BREITE« in wieder eine andere und diverse Zahlen in wieder andere kodieren und diese Ein-Wort-Dateien schließlich mithilfe des Befehls »cat« langsam zu größeren Dateien verbinden. Das alles erfordert die gleiche lächerliche Geduld, wie man sie etwa aufbringen muss, wenn man mit einem Teelöffel einen Fluchttunnel aus einem Gefängnis gräbt oder mit einer Nagelfeile Gitterstäbe durchsägt. Aber irgendwann, nachdem er ungefähr einen Monat im Gefängnis verbracht hat, ist er auf einmal imstande, ein Fenster auf dem Bildschirm erscheinen zu lassen, das folgende Mitteilung enthält:

```
KOORDINATEN HAUPTLAGERSTÄTTEN
STANDORT BUNDOK: NÖRDL BREITE VIERZEHN
GRAD ZWEIUNDDREISSIG MINUTEN... ÖSTL
LÄNGE EINS ZWO NULL GRAD SECHSUNDFÜNFZIG
MINUTEN...
STANDORT MAKATI: (etc.)
STANDORT ELDORADO: (etc.)
```

Das alles ist völliger Quatsch, den er sich gerade ausgedacht hat. Die für den Standort Makati angegebenen Koordinaten sind die eines Luxushotels in Manila, das an einer großen Kreuzung liegt, eine Stelle, an der sich früher ein japanischer Luftwaffenstützpunkt befand. Randy hat die Zahlen zufällig im Computer, weil er sie in seinen allerersten Tagen in Manila erfasst hat, als er die GPS-Vermessungsarbeiten für die Aufstellung der Antennen von Epiphyte durchführte. Die für den STANDORT ELDORADO angegebenen Koordinaten bezeichnen schlicht die Lage des Stapels Goldbarren, den er und Doug Shaftoe sich angesehen haben, plus einem kleinen Zufallsfehler-Faktor. Und die für den STANDORT BUNDOK angegebenen sind die wirklichen Koordinaten von Golgatha plus ein paar Zufallsfehler-Faktoren, die dazu führen müssten, dass Wing ungefähr zwanzig Kilometer vom richtigen Standort entfernt ein tiefes Loch in den Boden gräbt.

Woher weiß Randy, dass es einen Standort namens Golgatha gibt und woher kennt er dessen wirkliche Koordinaten? Sein Computer hat es ihm gesagt, und zwar unter Verwendung des Morsealphabets. Computer-Tastaturen haben LED-Anzeigen, die im Wesentlichen nutzlos sind: Eine sagt einem, wenn NUM LOCK eingeschaltet ist, eine ist für CAPS LOCK zuständig und an den Zweck der dritten kann sich Randy nicht einmal mehr erinnern. Und aus keinem anderen Grund als der allgemeinen Überzeugung, dass jeder Aspekt eines Computers der Kontrolle von Hackern unterworfen sein sollte, hat irgendwer irgendwo ein paar Bibliotheksprogramme mit Namen XLEDS geschrieben, die es Programmierern ermöglichen, die Dinger nach Belieben an- und abzuschalten. Und Randy hat seit einem Monat an einem kleinen Programm geschrieben, das sich diese Bibliotheksprogramme zunutze macht, um den Inhalt einer Datei in Morse-Code, durch Blinken mit einer dieser LEDs, auszugeben. Und während zur Tarnung aller möglicher nutzloser Mist über den Bildschirm seines Computers lief, starrte Randy vornübergebeugt in den

verdeckten Kanal dieses blinkenden LED und las den Inhalt der abgehörten Arethusa-Funksprüche. Einer davon lautet:
DIE HAUPTLAGERSTÄTTE TRÄGT DEN CODENAMEN GOLGATHA. KOORDINATEN DES HAUPTTUNNELS LAUTEN WIE FOLGT: NÖRDL BREITE (etc.)

Der Keller

Zu diesem Zeitpunkt der Geschichte (April 1945) lautet das Wort für einen Menschen, der dasitzt und arithmetische Berechnungen durchführt, »Rechner«. Waterhouse hat soeben einen ganzen Raum voller toter Rechner gefunden. Jeder normale Mensch – also jeder andere als Waterhouse und einige seiner sonderbaren Freunde von Bletchley Park, wie zum Beispiel Turing – hätte nach einem einzigen Blick auf diese Rechner angenommen, es handle sich hier um die Buchhaltung und jeder Sklave im Raum rechne für sich allein Zahlen zusammen. Eigentlich *müsste* Waterhouse diesem Gedanken zugänglich bleiben, weil er auf der Hand liegt. Aber er hat von Anfang an seine eigene Hypothese vertreten, die sehr viel interessanter und eigenartiger ist. Sie besagt, dass die Sklaven insgesamt gleichsam als Zahnrädchen einer größeren Rechenmaschine fungierten, wobei jeder einen kleinen Teil einer komplexen Berechnung durchführte: Zahlen von einem Rechner empfing, eine arithmetische Operation vornahm, neue Zahlen produzierte, sie an einen anderen Rechner weitergab.

Central Bureau ist in der Lage, die Identität von fünf der toten Sklaven festzustellen. Sie stammen aus Orten wie Saigon, Singapur, Manila und Java, doch gemeinsam ist ihnen, dass es sich ethnisch gesehen um Chinesen und außerdem um Ladenbesitzer handelte. Offensichtlich hatten die Japaner ein weites Netz nach geübten Abakus-Benutzern ausgeworfen und sie aus der gesamten Gemeinsamen Wohlstandssphäre auf diese Insel in der Manila Bay gebracht.

Waterhouse spürt in den Ruinen von Manila selbst einen Rechner auf, einen gewissen Mr. Gu, dessen kleines Import-Export-Geschäft vom Krieg ruiniert wurde (es ist schwer, ein solches Geschäft zu betreiben, wenn man sich auf einer Insel befindet und jedes Schiff, das die Insel verlässt oder sich ihr nähert, von Amerikanern versenkt wird). Waterhouse zeigt Mr. Gu Fotos von den Abakus, wie sie von den toten Rechnern zurückgelassen worden sind. Mr. Gu sagt ihm, welche Zahlen sich hinter den Positionen der Kugeln verbergen, und erteilt Waterhouse außerdem ein mehrtägiges Tutorium in grundlegenden Abakus-Techniken. Dessen wichtigstes Ergebnis ist nicht so sehr der gekonnte Umgang mit dem Abakus als vielmehr die Erkenntnis, mit welcher Geschwindigkeit und Präzision ein Rechner wie Mr. Gu Berechnungen durchführen kann.

Mittlerweile hat Waterhouse das Problem auf reine Daten reduziert. Etwa die Hälfte davon befindet sich in seinem Gedächtnis, die andere Hälfte ist auf seinem Schreibtisch verstreut. Zu den Daten gehören sämtliche von den Rechnern zurückgelassene Notizzettel. Die Zahlen auf den Notizzetteln den auf den Abakus zurückgebliebenen Zahlen zuzuordnen und so eine Momentaufnahme der Berechnungen zu gewinnen, die in diesem Raum im Gange waren, als die Apokalypse hereinbrach, ist nicht so schwierig – jedenfalls nicht nach den Maßstäben von Schwierigkeit, die in Kriegszeiten gelten und nach denen es beispielsweise als einfach angesehen wird, mehrere tausend Männer und tonnenweise Ausrüstung auf einer fernen Insel zu landen, diese Insel schwer bewaffneten, selbstmörderischen japanischen Truppen abzunehmen und dabei nur ein paar Dutzend Leute zu verlieren.

Ausgehend davon ist es möglich (wenngleich schon schwieriger) zu verallgemeinern und hinter den zugrunde liegenden mathematischen Algorithmus zu kommen, der die Zahlen auf den Abakus erzeugt hat. Waterhouse wird mit der Handschrift einiger Rechner vertraut und gewinnt Anhaltspunkte dafür, dass Notizzettel von einem Rechner zum anderen und von da aus zu wieder einem anderen weitergereicht wurden. Einige Rechner hatten Logarithmentafeln an ihrem Arbeitsplatz, ein wirklich wichtiger Hinweis darauf, was sie taten. Auf diese Weise ist er imstande, eine Karte des Raums zu zeichnen, auf der jeder Arbeitsplatz eines Rechners eine Nummer trägt, und ein Netz von Pfeilen, die den Papier- und Datenfluss verdeutlichen, der die einzelnen Arbeitsplätze miteinander verbindet. Das hilft ihm, sich die gemeinsame Berechnung als Ganzes vorzustellen und nachzuvollziehen, was in dieser unterirdischen Kammer vor sich ging.

Wochenlang geht es nur stückchenweise vorwärts, dann, eines Abends, geht in Lawrence Waterhouses Kopf ein Schalter an und er weiß auf irgendeine vorbewusste Weise, dass er kurz vor einer Lösung steht. Er arbeitet vierundzwanzig Stunden lang. Mittlerweile hat er viele Anhaltspunkte für – und keinen gegen – die Hypothese gefunden, dass es sich bei der Berechnung um eine Variante einer Zeta-Funktion handelt. Er schläft sechs Stunden lang, steht auf und arbeitet weitere dreißig. Inzwischen ist er dahinter gekommen, dass es sich eindeutig um eine Art Zeta-Funktion handelt, und es ist ihm gelungen, mehrere ihrer Konstanten und Terme zu bestimmen. Jetzt hat er es fast. Er schläft zwölf Stunden lang, steht auf, macht einen Gang durch Manila, um einen klaren Kopf zu bekommen, geht wieder an die Arbeit und schuftet sechsunddreißig Stunden am Stück. Das ist der Teil, der Spaß macht, wenn große, aus Fragmenten mühevoll zusammengebosselte Stücke des Puzzles sich plötzlich zusammenfügen und das Ganze einen Sinn ergibt.

Es läuft alles auf eine Gleichung hinaus, die auf einem Blatt Papier steht. Ihr bloßer Anblick ruft ein seltsames Gefühl der Nostalgie in ihm hervor, denn es ist derselbe Typ von Gleichung, mit dem er sich damals in Princeton mit Alan und Rudi beschäftigt hat.

Dann legt er erneut eine Schlafpause ein, weil er für den letzten Schritt hellwach sein muss.

Der letzte Schritt sieht folgendermaßen aus: Er begibt sich in den Keller eines Gebäudes in Manila. Das Gebäude ist von der United States Army in ein Fernmeldehauptquartier umgewandelt worden. Waterhouse ist einer von einem halben Dutzend Leuten auf dem Planeten, die dort Zugang zu einem speziellen Raum haben. Der Raum beansprucht nur etwas mehr als ein Viertel der Gesamtgrundfläche des Kellers und teilt sich diesen mit mehreren anderen Räumen, von denen einige größer sind und einige als Büros für Männer dienen, die einen höheren Rang haben, als ihn Waterhouses Uniform ausweist. Aber in Verbindung mit Waterhouses Zimmer gibt es ein paar Merkwürdigkeiten:

(1) Unmittelbar vor der Tür zu diesem Raum lungern jederzeit nicht weniger als drei United States Marines herum, die Repetierflinten und andere, auf die innerhäusige Fleischzerkleinerung aus nächster Nähe optimierte Waffen tragen.

(2) Eine Menge Stromkabel führen in diesen Raum; er hat seinen eigenen, von der Stromversorgung des übrigen Gebäudes getrennten Sicherungskasten.

(3) Aus dem Raum dringen gedämpfte und dennoch ohrenbetäubende, quasimusikalische Geräusche.

(4) Der Raum wird als der Keller bezeichnet, obwohl er nur einen Teil des Kellers bildet. Geschrieben wird »der KELLER« in Großbuch-

staben. Wenn irgendwer (sagen wir Lieutenant Colonel Earl Comstock) dies verbalisiert, hält er mitten im Satz inne, sodass sich die vorangegangenen Worte gewissermaßen ineinanderschieben wie Autos bei einer Massenkarambolage. Er klammert den »KELLER« mit einem Paar Zäsuren ein, die jeweils eine volle Sekunde dauern. Während der ersten hebt er die Augenbrauen, spitzt zugleich die Lippen und ändert dadurch die gesamten Proportionen seines Gesichts, sodass es sich in der Senkrechten auffallend längt, und seine Augen huschen zur Seite, falls es irgendwelchen japanischen Spionen irgendwie gelungen sein sollte, der jüngsten Apokalypse zu entrinnen und eine Möglichkeit zu finden, an den Rändern seines Gesichtsfeldes zu lauern. Dann sagt er »der« und dann sagt er »KELLER«, wobei er kurz auf den beiden L verharrt und das R deutlich artikuliert. Dann folgt die zweite Zäsur, während der er den Kopf dem Zuhörer entgegenneigt und ihn mit einem ernsten, taxierenden Blick fixiert, der von diesem so etwas wie eine durch Worte oder Gesten erfolgende Bestätigung zu erheischen scheint, dass sich soeben etwas ungeheuer Bedeutsames zwischen ihnen ereignet hat. Und dann fährt er mit dem fort, was er gerade gesagt hat.

Waterhouse nickt den Marines zu, von denen ihm einer die Tür aufreißt. Kurz nachdem man den KELLER eingerichtet hat – damals war noch kaum mehr als ein Haufen Holzkisten und ein Stapel zehn Meter langer Abflussrohre vorhanden und die Elektriker waren noch damit beschäftigt, die Leitungen zu legen –, passierte etwas wirklich Komisches: Lieutenant Colonel Earl Comstock versuchte, den KELLER zu betreten, um ihn zu inspizieren. Doch aufgrund eines bürokratischen Versehens stand sein Name nicht auf der Liste, und so kam es zu einer Meinungsverschiedenheit, die darin kulminierte, dass einer der Marines seine 45er Colt-Pistole zog, den Sicherungshebel umlegte, die Waffe durchlud, den Lauf mitten auf Comstocks Oberschenkel drückte, sich dann in Reminiszenzen über einige spektakuläre Verletzungen mit Oberschenkeltrümmerbruch erging, die er persönlich an Orten wie zum Beispiel Tarawa erlebt habe, und überhaupt alles tat, um Comstock eine Vorstellung davon zu vermitteln, wie sein Leben sowohl kurz- als auch langfristig aussähe, wenn ein großes Stück Blei mitten durch besagten Knochen schlüge. Zur allgemeinen Überraschung freute, ja entzückte diese Begegnung Comstock, der seither nicht mehr aufgehört hat, davon zu reden. Natürlich steht sein Name mittlerweile auf der Liste.

Der KELLER ist mit ETC-Kartenlesegeräten und mehreren Gestellen voller Geräte gefüllt, die keine Firmenlogos tragen, insofern sie von Waterhouse in Brisbane konstruiert und weitgehend auch selbst gebaut worden sind. Wenn alle diese Geräte auf die richtige Weise zusammengeschlossen werden, bilden sie einen Digitalen Rechner. Wie eine Orgel, so ist auch ein Digitaler Rechner nicht so sehr eine Maschine als vielmehr eine Meta-Maschine, die sich durch Änderung ihrer inneren Konfiguration in eine Vielzahl von Maschinen verwandeln lässt. Im Augenblick ist Lawrence Pritchard Waterhouse der einzige Mensch auf der Welt, der den Digitalen Rechner so gut versteht, dass er das auch wirklich tun kann; allerdings ist er dabei, ein paar von Comstocks ETC-Leuten anzulernen. An dem fraglichen Tag verwandelt er den Digitalen Rechner in eine Maschine zur Berechnung der Zeta-Funktion, von der er meint, sie bilde den Kern des Kryptosystems namens Azure oder Pufferfish.

Die Funktion verlangt eine Reihe von Eingaben. Eine davon ist ein Datum. Azure ist ein System zur Erzeugung von Einmalblöcken, die sich jeden Tag ändern, und bestimmte Indizien aus dem Raum mit den toten Abakus-Sklaven deuten für Waterhouse darauf hin, dass sie im Augenblick ihres Todes an dem Einmalblock für den 6. August 1945 arbeiteten, ein Datum, das vier Monate in der Zukunft liegt. Waterhouse schreibt es nach europäischer Art (zuerst den Tag, dann den Monat), d. h. als 06081945, nieder, streicht dann die Anfangsnull und erhält 6081945 – eine reine Menge, eine ganze Zahl, ungetrübt von Dezimalstellen, Rundungsfehlern oder irgendwelchen anderen Kompromissen, wie sie Zahlentheoretiker so sehr verabscheuen. Er verwendet sie als Eingabe für die Zeta-Funktion. Die Zeta-Funktion erfordert noch andere Eingaben, welche die Person, die das Kryptosystem erfunden hat (vermutlich Rudi) frei wählen konnte. Vermutungen, welche Eingaben Rudi verwendet hat, haben in der vergangenen Woche einen Großteil von Waterhouses Denken in Anspruch genommen. Er gibt jedenfalls die Zahlen ein, die er geraten hat, was bedeutet, sie zunächst in binäre Zahlen umzuwandeln und den Einsen und Nullen dann an einer Reihe Kippschalter aus rostfreiem Stahl physische Gestalt zu geben: runter für null, rauf für eins.

Schließlich setzt er sich die Ohrenschützer eines Kanoniers auf und lässt den Digitalen Rechner durch die Berechnung heulen. Im Raum wird es heiß und heißer. Eine Vakuumröhre brennt durch, dann eine zweite. Waterhouse ersetzt sie. Das ist leicht, weil ihm Lieutenant Colonel Comstock einen praktisch unbegrenzten Vorrat zur Verfügung gestellt hat – in Kriegszeiten eine ziemliche Leistung. Die Fäden all der hier angehäuften Röhren glühen rötlich und verbreiten eine deutlich wahrnehmbare Hitze im Raum. Von den Lamellen der ETC-Kartenlesegeräte steigt ein Geruch nach heißem Öl auf. Der Stapel leerer Karten im Eingabemagazin verkürzt sich auf geheimnisvolle Weise, während sie in der Maschine verschwinden. Karten gleiten in den Ausgabekorb. Waterhouse zieht sie heraus und betrachtet sie. Sein Herz schlägt heftig.

Es ist wieder still. Auf den Karten stehen Zahlen, nichts weiter. Es sind nur zufällig genau dieselben Zahlen, die auf bestimmten Abakus unten in der Kammer der Rechensklaven festgehalten waren.

Lawrence Pritchard Waterhouse hat soeben ein weiteres feindliches Kryptosystem zur Strecke gebracht: Azure/Pufferfish kann nun wie ein ausgestopfter Kopf an der Kellerwand aufgehängt werden. Und so spürt er denn auch beim Betrachten dieser Zahlen die gleiche Art von Enttäuschung, die ein Großwildjäger verspüren muss, wenn er irgendeinem legendären Tier durch halb Afrika nachgepirscht ist und es schließlich mit einer Kugel durchs Herz niederstreckt, zu dem Kadaver hingeht und feststellt, dass es doch nur ein großer, unschöner Fleischhaufen ist. Er ist schmutzig und es krabbeln Fliegen darauf herum. Mehr ist nicht dran? Warum hat er dieses Problem nicht schon längst gelöst? Sämtliche früher abgefangenen, mit Azure/Pufferfish verschlüsselten Funksprüche können nun entschlüsselt werden. Er wird sie lesen müssen und sie werden sich als das übliche gefühllose Murmeln riesiger Bürokratien erweisen, die versuchen, die Welt zu erobern. Das alles interessiert ihn offen gestanden nicht mehr. Er will nur einfach schleunigst von hier verschwinden, heiraten, Orgel spielen, seinen Digitalen Rechner programmieren und möglichst jemanden finden, der ihm für das eine oder andere ein Gehalt zahlt. Aber Mary ist in Brisbane und der Krieg ist noch nicht vorbei – die Alliierten sind noch nicht einmal dazu gekommen, in Japan einzumarschieren, Herr des Himmels, und angesichts all der tapferen japanischen Frauen und Kinder, die mit angespitzten Bambusstäben auf Fußballplätzen gedrillt werden, wird es *ewig* dauern, das Land zu erobern – wahrscheinlich wird es so ungefähr 1955 werden, ehe er überhaupt entlassen werden kann. Der Krieg ist noch nicht vorbei, und solange er andauert, wird man ihn hier unten im KELLER brauchen, damit er weiter tut, was er gerade getan hat.

Arethusa. Arethusa hat er noch immer nicht geknackt. Das nenne ich ein Kryptosystem!

Er ist zu müde. Im Augenblick kann er Arethusa bestimmt nicht knacken.

Im Grunde braucht er jemanden, mit dem er reden kann. Nicht über irgendetwas Bestimmtes. Aber es gibt auf dem ganzen Planeten nur ein halbes Dutzend Menschen, mit denen er wirklich reden kann, und von denen ist keiner auf den Philippinen. Zum Glück laufen über den Grund der Ozeane lange Kupferkabel, durch die der geographische Ort irrelevant wird, sofern man nur die richtige Sicherheitsstufe hat. Waterhouse hat sie. Er steht auf, verlässt den KELLER und geht mit seinem Freund Alan plaudern.

AKIHABARA

Während Randys Flugzeug zum Landeanflug auf Narita ansetzt, verhüllt eine tief liegende Wolkenschicht die Landschaft wie ein Seidenschleier. Es muss Nippon sein: Die beiden einzigen Farben sind das Orange der Erdbewegungsmaschinen und das Grün der Erde, die noch nicht bewegt worden ist. Davon abgesehen gehört alles zur Grau-Skala: graue, von weißen Linien in Rechtecke unterteilte Parkplätze, belegt mit schwarzen, weißen oder grauen Autos, das Ganze in silbrigem Dunst verschwimmend, unter einem Himmel von der Farbe einer Flugzeug-Metalllegierung. Nippon ist beruhigend, ein gutes Ziel für einen Menschen, der soeben aus seiner Gefängniszelle geholt, vor einen Richter gezerrt, zusammengestaucht, zum Flughafen gefahren und aus der Philippinischen Republik ausgewiesen wurde.

Die Japaner sehen amerikanischer aus als Amerikaner. Bürgerlicher Wohlstand schleift ab; der Geldfluss rundet und glättet einen Menschen wie Wasser die Kiesel eines Flussbetts. Ziel all dieser Menschen ist offenbar, anschmiegsam und unbedrohlich zu sein. Besonders die jungen Frauen sind unerträglich preziös, aber vielleicht kommt das Randy wegen der unheilvollen neurologischen Verknüpfung zwischen seinem Gehirn und seiner Prostata auch nur so vor. Die alten Leute tragen, anstatt wettergegerbt und Ehrfurcht gebietend auszusehen, in aller Regel Turnschuhe und Baseball-Kappen. Schwarzes Leder, Nieten und Handschellen als Accessoires sind die Kennzeichen der machtlosen Unterschicht, der Leute, die in der Regel im Knast von Manila landen, und nicht der Menschen, die die Welt beherrschen und alles zermalmen, was sich ihnen in den Weg stellt.

»Die Türen schließen sich gleich.« »Der Bus fährt in fünf Minuten ab.« In Japan passiert nichts, ohne dass eine kesse, rauchige Frauenstimme einem die Chance gibt, sich zu wappnen. Man kann getrost sagen, dass das für die Philippinen nicht gilt. Randy überlegt, einen Bus in die Innenstadt von Tokio zu nehmen, bis er zur Besinnung kommt und sich klarmacht, dass er im Kopf die präzisen Koordinaten eines Stollens mit sich herumträgt, der wahrscheinlich nicht weniger als tausend Tonnen Gold enthält. Er winkt ein Taxi heran. Auf dem Weg in die Stadt kommt er an einem Unfall vorbei: Ein Tanklastwagen hat die weiße Linie überfahren und ist auf der Bankette umgekippt. Aber in Japan haben sogar Verkehrsunfälle die feierliche Präzision eines Shinto-Rituals. Polizisten mit weißen Handschuhen regeln den Verkehr, Rettungsarbeiter in Raumanzügen entsteigen makellosen Rettungsfahrzeugen. Das Taxi unterquert die Bucht von Tokio in einem Tunnel, der drei Jahrzehnte zuvor von Goto Engineering gebaut wurde.

Randy landet in einem großen, alten Hotel, wobei »alt« bedeutet, dass der physische Bau in den Fünfzigern entstand, als die Amerikaner mit den Sowjets darum wetteiferten, aus den deprimierendsten industriellen Materialien die brutalistischsten Gebäude des Raumzeitalters zu bauen. So kann man sich denn auch unschwer vorstellen, wie Ike und Mamie in einem fünf Tonnen schweren Lincoln hier vorfahren. Aber der Laden ist öfter entkernt und renoviert worden, als viele Hotels ihre Teppiche dampfreinigen, und deshalb ist alles perfekt. Randy verspürt den starken Drang, wie ein Sack Scheiße im Bett zu liegen, aber er hat es satt, eingesperrt zu sein. Und es gibt viele Leute, mit denen er telefonieren könnte, aber was Telefongespräche angeht, ist er mittlerweile vollkommen paranoid. Er müsste alles, was er sagte, zensieren. Frei und offen zu reden ist ein Vergnügen, sich beim Reden in Acht zu nehmen ist Arbeit, und nach Arbeit ist Randy nicht zumute. Er ruft seine Eltern an, um ihnen zu sagen, dass alles in Ordnung ist, und er ruft Chester an, um sich zu bedanken.

Dann geht er mit seinem Laptop nach unten und setzt sich mitten in die Eingangshalle, die nach Tokioter Maßstäben demonstrativ riesig ist; allein der Wert des Grundstücks unter der Eingangshalle übersteigt wahrscheinlich den von ganz Cape Cod. Hier kann niemand mit einer Van-Eck-Antenne in seine Nähe kommen, und selbst wenn, würde sie von den Computern am Empfang kräftig gestört. Er beginnt, Drinks zu bestellen, wechselt dabei zwischen brutal kaltem, hellem japanischen Bier und heißem Tee und schreibt ein Memo, in dem er mehr oder weniger erklärt, was er im zurückliegenden Monat geleistet hat. Er schreibt es sehr langsam, weil seine Hände mittlerweile vom Karpaltunnel-Syndrom praktisch gelähmt sind und ihm jede Bewegung, die auch nur entfernt dem Tippen ähnelt, starke Schmerzen bereitet. Schließlich schnorrt er vom Empfangschef einen Bleistift und drückt dann mit dessen Radiergummi nacheinander die Tasten. Das Memo beginnt mit dem Wort »karpal«, ein Code, auf den sie sich geeinigt haben, um zu erklären, warum der ihm folgende Text ungewöhnlich knapp ist und keinerlei Großbuchstaben enthält. Er hat es kaum getippt, als sich ihm ein überwältigend niedliches, flatteriges junges Ding in einem Kimono nähert und ihm sagt, im Business Center stehe ein Stab von Stenotypistinnen auf Abruf bereit, die ihm gerne helfen würden, falls er dies wünsche. Randy lehnt ab, so höflich er kann, was wahrscheinlich nicht höflich genug ist. Unter Verbeugungen und kaum hörbaren, abgehackten *Hai*-Lauten zieht sich das Kimono-Girl mit winzigen Trippelschritten zurück. Randy macht sich wieder mit dem Radiergummi an die Arbeit. Er erklärt so kurz und klar wie möglich, was er getan hat und was seiner Meinung nach mit General Wing und Enoch Root los ist. Die Frage, was zum Teufel eigentlich mit dem Dentisten Sache ist, überlässt er der Spekulation.

Dann verschlüsselt er das Ganze und geht auf sein Zimmer, um es als E-Mail abzuschicken. Er kann sich nicht darüber beruhigen, wie sauber sein Quartier ist. Zum ersten Mal seit über einem Monat steigt ihm nicht der warme, feuchte Gestank von Klärgas in die Nase und brennt ihm nicht der Ammoniakgeruch von verdunstendem Urin in den Augen. Irgendwo in Japan steht ein Mann in einem sauberen weißen Overall in einem Raum und spritzt aus einer dicken, an einen Schlauch angeschlossenen Spritze frisch gehackte, mit Kunstharz versetzte Glasfaser auf eine geschwungene Form; von der Form gelöst, ergeben sich Badezimmer wie dieses hier: eine einzige topologische Oberfläche, an höchstens zwei bis drei Stellen von Abflüssen und Düsen durchstoßen. Während Randy sein Memo abschickt, lässt er heißes Wasser in die größte und glatteste Vertiefung in der Badezimmer-Oberfläche einlaufen. Dann zieht er sich aus und klettert hinein. Er nimmt eigentlich niemals Bäder, doch angesichts der Fauligkeit, die sich mittlerweile in seinem Fleisch festgesetzt zu haben scheint, und des pochenden *Hunk of Burning Love* könnte es keinen besseren Zeitpunkt dafür geben.

Die letzten paar Tage waren die schlimmsten. Als Randy mit seinem Projekt fertig war und die getürkten Ergebnisse auf dem Bildschirm darstellte, rechnete er damit, dass die Zellentür umgehend aufspringen würde. Dass er auf die Straßen von Manila hinausspazieren und dass als kleiner Sonderbonus vielleicht sogar Amy auf ihn warten würde. Stattdessen tat sich einen ganzen Tag lang überhaupt nichts und dann kam Rechtsanwalt Alejandro, um ihm zu sagen, dass vielleicht ein Deal möglich sei, dass er jedoch einiges an Arbeit erfordere. Und dann stellte sich heraus, dass der Deal eigentlich ein ziemlich schlechter war: Randy würde nicht im eigentlichen Sinne entlastet werden. Man würde ihn unter der Auflage, nicht wiederzukommen, des Landes verweisen. Rechtsanwalt Alejandro behauptete erst gar nicht, dies sei ein besonders guter Deal, aber irgendetwas an seinem Verhalten machte deutlich, dass es keinen Sinn hatte, sich darüber aufzuregen; die Entscheidung war auf Ebenen getroffen worden, die nicht zugänglich waren.

Um das *Hunk of Burning Love*-Problem könnte er sich nun, da er eine Privatsphäre hat, ohne weiteres kümmern, aber er beschließt zu seinem eigenem Erstaunen, es nicht zu tun. Vielleicht ist das pervers; er ist sich nicht sicher. Die letzten anderthalb Monate totaler Enthaltsamkeit, gelindert nur durch nächtliche Ergüsse in ungefähr vierzehntägigen Abständen, haben ihn eindeutig in einen geistigen Raum befördert, in dem er noch nie gewesen und dem er noch nie nahe gekommen ist, ja, von dem er noch nicht einmal gehört hat. Im Gefängnis musste er eine scharfe geistige Disziplin aufbringen, um nicht von Gedanken an Sex abgelenkt zu werden. Nach einer Weile gelang ihm das beunruhigend gut. Es ist eine höchst unnatürliche Art, an das Geist/Körper-Problem heranzugehen, so ziemlich die Antithese zu jeder von den Sechzigern und Siebzigern eingefärbten Philosophie, die er je von seinen Baby-Boomer-Eltern aufgenommen hat. Es ist genau das, was er mit knallharten Horrortypen assoziiert: Spartanern, Viktorianern und amerikanischen militärischen Helden der Mitte des zwanzigsten Jahrhunderts. Es hat Randy in seiner Art, an das Hacken heranzugehen, selbst in so etwas wie einen knallharten Typen verwandelt und mittlerweile, so vermutet er, auch in einen geistigen Raum befördert, wie er ihn, was Herzensangelegenheiten angeht, so intensiv und leidenschaftlich noch nie erlebt hat. Das wird er allerdings erst dann genau wissen, wenn er Amy gegenübersteht, was allem Anschein nach eine ganze Weile dauern wird, da er gerade aus dem Land hinausgeworfen wurde, in dem sie lebt und arbeitet. Bloß als Experiment, beschließt er, wird er vorläufig die Hände von sich lassen. Wenn es ihn im Vergleich zu seinem pathologisch abgeklärten West-Küsten-Selbst ein wenig angespannt und sprunghaft macht, dann ist das eben so. Das Schöne an Asien ist, dass angespannte, sprunghafte Menschen hier gar nicht weiter auffallen. Schließlich ist noch niemand am Geilsein gestorben.

Also erhebt er sich unbefleckt aus dem Bad und hüllt sich in einen vestalisch weißen Bademantel. Seine Zelle in Manila hatte keinen Spiegel. Ihm war klar, dass er vermutlich abnahm, doch erst als er aus dem Bad steigt und sich im Spiegel betrachtet, geht ihm auf, wie sehr. Zum ersten Mal seit seiner Jugend hat er eine Taille, was den Bademantel zu einem geradezu praktischen Kleidungsstück macht.

Er ist kaum wiederzuerkennen. Vor diesem, seinem dritten Vorstoß ins Geschäftsleben ist er irgendwie davon ausgegangen, dass er, als Mittdreißiger, auseinander klamüsert hat, wer er ist, und dass er so, wie er ist, auch für immer bleiben wird, von einem allmählich verfallenden Körper und einem allmählich wachsenden Netto-Vermögen einmal abgesehen. Er konnte sich nicht vorstellen, dass es möglich war, sich so sehr zu verändern, und nun fragt er sich, wo das hinführen wird. Aber das ist nichts weiter als ein ungewöhnlicher Moment der Selbstreflexion. Er schüttelt ihn ab und wendet sich wieder dem Leben zu.

Die Japaner haben und hatten schon immer ein wunderbares Geschick für graphische Bilder – das wird in ihren *manga* und ihren *anime* deutlich, erreicht seine vollste Ausdrucksblüte jedoch bei Sicherheits-Ideogrammen. Leckende rote Flammen, Gebäude, die entzweibrechen und einstürzen, während sich der gezackte Boden unter ihnen öffnet, die Silhouette eines Fliehenden in einer Tür, eingefangen im stroboskopischen Blitz einer Detonation. Was an schriftlichem Material mit diesen Bildern einhergeht, ist für Randy natürlich nicht zu verstehen, sodass sein rationaler Verstand nichts hat, womit er arbeiten kann; die schrecklichen Ideogramme leuchten grell, fragmentarisch alptraumhafte Bilder, die an Wänden auftauchen und in den Schreibtischschubladen auf seinem Zimmer, wenn er auch nur einen Moment lang nicht Acht gibt. Was er lesen kann, ist nicht gerade beruhigend. Er liegt im Bett, versucht einzuschlafen und vergegenwärtigt sich die Lage der Notfall-Taschenlampe auf seinem Nachtschränkchen und des Paars (viel zu kleiner) Gratis-Pantoffeln, die man ihm aufmerksamerweise hingestellt hat, damit er aus dem brennenden, einstürzenden Hotel sprinten kann, ohne sich die Füße zu *sashimi* zu zerschneiden, wenn der nächste Erdstoß der Stärke 8,0 die Fensterscheiben aus den Rahmen schüttelt. Er starrt zur Decke hoch, die mit Sicherheitseinrichtungen überladen ist, deren LEDs eine schimmernde rote Konstellation bilden, eine kauernde Figur, den alten Griechen als Ganymed, der Anal Empfängliche Becherträger, bekannt und den Japanern als Hideo, der Tapfere Katastrophen-Rettungsarbeiter, der sich vorbeugt und einen Haufen gezackter Betonbrocken auf Matschiges untersucht. Das alles versetzt Randy in einen Zustand frei fließenden Grauens. Um fünf Uhr morgens steht er auf, greift sich aus seiner Minibar zwei Päckchen japanische Snacks, verlässt das Hotel und folgt einer der beiden Notfall-Fluchtrouten, die er sich eingeprägt hat. Er wandert einfach drauflos und denkt, dass es lustig wäre, sich zu verlaufen. Dazu kommt es nach zirka dreißig Sekunden. Er hätte sein GPS mitbringen und Breite und Länge des Hotels markieren sollen.

Breite und Länge von Golgatha werden in dem abgefangenen Arethusa-Funkspruch in Grad, Minuten, Sekunden und Zehntelsekunden Breite und Länge ausgedrückt. Eine Minute entspricht einer nautischen Meile, eine Sekunde ungefähr dreißig Metern. Bei der Sekundenangabe haben die Golgatha-Zahlen eine Stelle hinter dem Komma, was eine Genauigkeit von drei Metern impliziert. GPS-Empfänger bieten eine derartige Genauigkeit. Randy ist sich nicht sicher, was für Sextanten japanische Landmesser während des Krieges vermutlich benutzten. Vor seiner Abreise hat er die Zahlen auf einen Zettel geschrieben, aber er hat die Sekundenangabe abgerundet und das Ganze lediglich in der Form »XX Grad, zwanzigeinhalb Minuten« ausgedrückt, was eine Genauigkeit von mehreren hundert Metern impliziert. Dann hat er drei weitere Standorte in der Nachbarschaft, aber Kilometer davon entfernt, erfunden und sie alle auf eine Liste gesetzt, auf der der richtige Standort die Nummer 2 war. Darüber hat er geschrieben »Wem gehören diese Parzellen?« oder, in der Sprache der Kryptologie, »WEMGE HOERE NDIES EPARZ« etc. und dann einen fast unglaublich langweiligen Abend damit verbracht, die zwei Kartenspiele zu synchronisieren und den gesamten Text mit dem

Solitaire-Algorithmus zu verschlüsseln. Den Schlüsseltext und das nicht benutzte Kartenspiel hat er Enoch Root gegeben, dann hat er den Klartext durch einen Fettrest auf seinem Essensteller gewischt und ihn neben den offenen Abzug gelegt. Binnen einer Stunde war eine Ratte gekommen und hatte ihn gefressen.

Er wandert den ganzen Tag herum. Zuerst findet er es nur öde und deprimierend und meint, dass er es wohl sehr bald aufgeben wird, doch dann erwärmt er sich dafür und lernt, wie man hier isst: Man nähert sich Männern an Straßenecken, die kleine, gebratene Tintenfischbällchen verkaufen, gibt neolithische Grunzgeräusche von sich, bietet Yen an, bis man Essen in den Händen hält, und das isst man dann.

Aufgrund irgendeines Computerfreak-spezifischen Heimfindevermögens findet er Akihabara, das Elektronik-Viertel, zieht eine Zeit lang durch Geschäfte und betrachtet die ganze Gebrauchselektronik, die in einem Jahr in den Staaten zu haben sein wird. Dort befindet er sich noch, als sein GSM-Handy klingelt.

»Hallo?«

»Ich bin's. Ich stehe hinter einer dicken gelben Linie.«

»Welcher Flughafen?«

»Narita.«

»Das hört man gern. Sag deinem Fahrer, er soll dich zum Mr. Donut in Akihabara bringen.«

Randy ist eine Stunde später dort und durchblättert ein telefonbuchgroßes *Manga*-Epos, als Avi hereinkommt. Das unausgesprochene Randy/Avi-Begrüßungsprotokoll schreibt vor, dass sie einander an dieser Stelle umarmen, und so tun sie es, zum nicht geringen Erstaunen ihrer Mit-Donut-Esser, die sich normalerweise mit Verbeugungen begnügen. Das Mr. Donut ist eine dreistöckige Angelegenheit, hineingequetscht in eine schmalbrüstige Immobilie mit annähernd der gleichen Grundfläche wie eine Wendeltreppe, und ziemlich überfüllt mit Leuten, die in ihren ausgezeichneten und höchst leistungsorientierten Schulen Englisch als Pflichtfach hatten. Außerdem hat Randy Zeit und Ort des Treffens vor einer Stunde über Funk durchgegeben. Deshalb reden Randy und Avi, solange sie hier sind, über vergleichsweise harmlose Dinge. Dann machen sie einen kleinen Bummel. Avi kennt sich in dieser Gegend aus. Er führt Randy durch einen Torweg ins Nirwana.

»Im Buddhismus«, erklärt Avi, »bezeichnet das Wort ›Nirwana‹ einen Zustand höchster Glückseligkeit. Das hier ist das Nirwana der *pasocon otaku*. Der Kern, um den sich Akihabara angelagert hat. Hierher kommen sie, um sich das Zeug zu besorgen, das sie brauchen, und hier erreichen sie einen Zustand höchster Glückseligkeit.«

»*Pasocon otaku?*«

»PC-Freaks«, sagt Avi. »Aber wie in so vielen anderen Dingen, treiben es die Japaner bis zu einem Extrem, das wir uns kaum vorstellen können.«

Das Ganze ist genauso angelegt wie ein asiatischer Lebensmittelmarkt: ein Labyrinth schmaler Gänge, die sich zwischen Ständen, kaum größer als Telefonzellen, hindurchwinden, wo Kaufleute ihre Waren zur Ansicht ausgelegt haben. Als Erstes sehen sie einen Kabel-Stand: mindestens hundert Rollen Kabel verschiedener Typen und Stärken in farbenfroher Isolierung. »Wie passend!«, sagt Avi, während er die Auslage bewundert. »Wir müssen über Kabel reden.« Es muss nicht eigens erwähnt werden, dass sich der Ort hervorragend für ein Gespräch eignet: Die Pfade zwischen den Ständen sind so schmal, dass die beiden hintereinander gehen müssen. Niemand kann ihnen folgen oder ihnen nahe kommen, ohne deutlich aufzufallen. Vor ihnen reckt sich drohend eine Phalanx von Lötkolben, die dem betreffenden Stand das Aussehen eines Ladens für Kampfkunst verleihen. Kaffeedosengroße Potentiometer sind zu Pyramiden geschichtet. »Erzähl mir von Kabeln«, sagt Randy.

»Ich muss dir nicht sagen, wie sehr wir auf unterseeische Kabel angewiesen sind«, sagt Avi.

»Heißt ›wir‹ die Krypta oder die Gesellschaft im Allgemeinen?«

»Beides. Selbstverständlich kann die Krypta ohne Kommunikationsverbindungen zur Außenwelt überhaupt nicht funktionieren. Aber das Internet und alles andere ist genauso auf Kabel angewiesen.«

Ein *pasocon otaku* im Trenchcoat mit einer Plastikschüssel als Einkaufskorb beugt sich über eine Auslage von Ringwickelungen aus Kupfer, die so aussehen, als wären sie vom Besitzer von Hand poliert worden. Fingergroße, an einem Gestell über Kopfhöhe befestigte Halogen-Spots betonen ihre geometrische Vollkommenheit.

»Und?«

»Und Kabel sind anfällig.«

Sie schlendern an einem Stand vorbei, der sich auf Bananenstecker, und nebenher auch Krokodilklemmen, spezialisiert hat, die um Pappscheiben zu bunten Rosetten angeordnet sind.

»Früher gehörten diese Kabel Post- und Telefongesellschaften. Die im Grunde einfach staatliche Einrichtungen waren. Daher taten sie auch weitgehend, was der Staat ihnen vorschrieb. Aber die neuen Kabel, die heute verlegt werden, sind im Besitz und unter der Kontrolle von Konzernen, die niemandem außer ihren Investoren verpflichtet sind. Das bringt bestimmte Staaten in eine Lage, die ihnen nicht sonderlich behagt.«

»Okay«, sagt Randy, »sie hatten letztlich die Kontrolle über den Informationsfluss zwischen Ländern, insofern sie die Gesellschaften betrieben, die die Kabel betrieben.«

»Ja.«

»Und jetzt ist das nicht mehr so.«

»Richtig. Es ist vor ihrer Nase zu einer gewaltigen Machtverschiebung gekommen, die sie nicht vorausgesehen haben.« Avi bleibt vor einem Stand stehen, der LEDs in allen möglichen Kaugummifarben verkauft, in winzige Schachteln verpackt wie reife tropische Früchte in Kisten und aus Schaumstoffkegeln ragend wie psychedelische Pilze. Er vollführt, um die Machtverschiebung zu verdeutlichen, ausladende Gesten, doch für Randys zunehmend schräge Wahrnehmung sieht er aus wie jemand, der schwere Goldbarren von einem Stapel auf den anderen umschichtet. Von der anderen Seite des Ganges her starren die toten Augen hunderter Miniatur-Videokameras sie an. Avi fährt fort: »Wir haben uns ja schon oft darüber unterhalten, dass es viele Gründe dafür gibt, warum verschiedene Staaten möglicherweise den Informationsfluss kontrollieren wollen. China möchte vielleicht eine politische Zensur institutionalisieren, während die Vereinigten Staaten elektronische Geldüberweisungen regulieren möchten, damit sie auch weiterhin Steuern erheben können. Früher konnten sie das letztlich dadurch, dass ihnen die Kabel gehörten.«

»Aber jetzt können sie es nicht mehr«, sagt Randy.

»Jetzt können sie es nicht mehr und diese Veränderung ist sehr schnell vonstatten gegangen oder sah für den Staat mit seinem zurückgebliebenen geistigen Stoffwechsel zumindest so aus, und jetzt liegen sie weit hinter der Kurve, haben Schiss, sind sauer und fangen an, um sich zu schlagen.«

»Ach ja?«

»Ja.«

»Auf welche Weise schlagen sie um sich?«

Ein Kippschalter-Händler schnickt einen Lappen über Reihen und

Säulen von Ware aus rostfreiem Stahl. Die Spitze des Lappens durchbricht die Schallgrenze und erzeugt einen winzigen Knall, der ein Stäubchen von der Spitze eines Schalters bläst. Jeder ignoriert die beiden höflich. »Hast du eine Vorstellung, was Ausfallzeiten bei einem dem neuesten Stand der Technik entsprechenden Kabel heutzutage kosten?«

»Na klar«, sagt Randy. »Das können Hunderttausende von Dollars pro Minute sein.«

»Genau. Und ein kaputtes Kabel zu reparieren dauert mindestens zwei Tage. Zwei Tage. Eine einzige Bruchstelle bei einem Kabel kann die Betreiberfirma zehn oder sogar Hunderte von Millionen Dollar an entgangenen Einnahmen kosten.«

»Aber das war doch nie ein großes Problem«, sagt Randy. »Mittlerweile werden die Kabel doch ganz tief verbuddelt. Freiliegen tun sie nur in der Tiefsee.«

»Ja – wo nur jemand mit den marinetechnischen Möglichkeiten eines größeren Staates sie durchtrennen könnte.«

»Ach du Scheiße!«

»Das ist das neue Gleichgewicht der Kräfte, Randy.«

»Du willst mir doch nicht ernsthaft erzählen, dass Staaten damit drohen, die –«

»Die Chinesen haben es schon gemacht. Sie haben ein älteres Kabel durchtrennt – Glasfaser der ersten Generation –, das Korea mit Japan verband. Das Kabel war nicht so wichtig – die Aktion war lediglich ein Warnschuss. Und was gilt für Staaten, die unterseeische Kabel durchtrennen?«

»Dass es wie ein Atomkrieg ist«, sagt Randy. »Leicht anzufangen. Mit verheerenden Folgen. Also macht es niemand.«

»Aber wenn die Chinesen schon einmal ein Kabel durchtrennt haben, dann können andere Staaten, denen daran liegt, den Informationsfluss zu unterbinden, sagen: ›He, die Chinesen haben es auch gemacht und wir müssen zeigen, dass wir mit gleicher Münze zurückzahlen können.‹«

»Kommt das denn tatsächlich vor?«

»Nein, nein, nein!«, sagt Avi. Sie sind vor der größten Auslage von Nadelzangen stehen geblieben, die Randy je gesehen hat. »Es ist alles nur Säbelrasseln. Es zielt nicht so sehr auf andere Staaten als vielmehr auf die Unternehmer, die die neuen Kabel besitzen und betreiben.«

Allmählich dämmert es bei Randy. »Wie zum Beispiel der Dentist.«

»Der Dentist hat mehr Geld in privat finanzierte unterseeische Kabel gesteckt als so ziemlich jeder andere. Er hat eine Minderheitsbeteiligung an dem Kabel, das die Chinesen zwischen Korea und Japan durchtrennt haben. Also sitzt er wie eine Ratte in der Falle. Er hat keine Wahl – überhaupt keine Wahl –, als zu tun, was man von ihm verlangt.«

»Und wer gibt die Befehle?«

»Ich bin mir sicher, dass die Chinesen da ganz dick mit drinstecken. Ihre Verfassung kennt kein inneres Sicherungssystem, deshalb neigen sie eher dazu, etwas zu tun, was derart rüde gegen die internationalen Gepflogenheiten verstößt.«

»Und die Chinesen haben von unbehinderten Informationen natürlich am meisten zu befürchten.«

»Ja. Aber ich bin so zynisch zu vermuten, dass eine ganze Menge anderer Staaten hinter ihnen stehen.«

»Wenn das stimmt«, sagt Randy, »dann ist alles im Arsch. Früher oder später wird ein Kabelschneide-Krieg ausbrechen. Sämtliche Kabel werden durchtrennt. Finito.«

»So läuft das nicht mehr, Randy. Staaten kommen zusammen und verhandeln. Wie in Brüssel kurz nach Weihnachten. Sie treffen Vereinbarungen. Es bricht kein Krieg aus. Jedenfalls normalerweise.«

»Es ist also eine Vereinbarung unter Dach und Fach?«

Avi zuckt die Achseln. »Soweit ich das erkennen kann. Zwischen den Leuten, die eine Marine haben – also den Leuten, die straflos Kabel durchtrennen können –, und denen, die Kabel besitzen und betreiben, ist ein Kräftegleichgewicht ausgehandelt worden. Jede Seite hat Angst vor dem, was die andere ihr antun kann. Also sind sie in aller Freundschaft zu einer Verständigung gekommen. Deren bürokratische Inkarnation ist IDTRO.«

»Und der Dentist ist mit von der Partie?«

»Genau.«

»Also war die Ordo-Belagerung letzten Endes vielleicht gar nicht vom Staat angeordnet.«

»Ich bezweifle stark, dass Comstock sie angeordnet hat«, sagt Avi. »Ich denke, das war der Dentist, der seine Loyalität demonstriert hat.«

»Wie steht es mit der Krypta? Hat der Sultan dieser Verständigung zugestimmt?«

Avi zuckt die Achseln. »Pragasu hält sich ziemlich bedeckt. Ich habe ihm gesagt, was ich dir eben gesagt habe. Ich habe meine Theorie über das, was hier vor sich geht, dargelegt. Er hat ein nachsichtig amüsiertes Gesicht gemacht. Aber er hat mir Anlass zu der Überzeugung gegeben, dass die Krypta nach Plan in Betrieb genommen und laufen wird.«

»Siehst du, und eben das finde ich schwer zu glauben«, sagt Randy. »Die Krypta müsste doch eigentlich ihr schlimmster Albtraum sein.«

»Wessen schlimmster Albtraum?«

»Sämtlicher Staaten, die Steuern eintreiben müssen.«

»Randy, Staaten werden immer Möglichkeiten finden, Steuern einzutreiben. Schlimmstenfalls kann das Finanzamt einfach alles auf Vermögenssteuern umstellen – Immobilien kannst du nicht im Cyberspace verstecken. Aber vergiss nicht, dass die Vereinigten Staaten hier nicht allein sind – die Chinesen stecken auch ganz dick drin.«

»Wing!«, stößt Randy hervor. Er und Avi zucken zusammen und blicken sich um. Die *pasocon otaku* beachten sie nicht weiter. Ein Mann, der Bandkabel in allen Regenbogenfarben verkauft, beäugt sie mit höflicher Neugier und wendet dann den Blick ab. Sie verlassen den Bazar und treten auf den Bürgersteig. Es hat zu regnen begonnen. Ein Dutzend fast identischer junger Frauen in Miniröcken und Stöckelschuhen marschieren in Keilformation mitten auf der Straße entlang, in den Händen Regenschirme mit dem Gesicht einer Videospiel-Figur als Wappen.

»Wing gräbt in Bundok nach Gold«, sagt Randy. »Er denkt, er weiß, wo Golgatha ist. Wenn er es findet, braucht er eine ganz spezielle Art von Bank.«

»Er ist nicht der Einzige auf der Welt, der eine spezielle Bank braucht«, sagt Avi. »Im Lauf der Jahre hat die Schweiz massenhaft Geschäfte mit Staaten oder mit Leuten, die staatliche Verbindungen hatten, gemacht. Warum ist Hitler nicht in die Schweiz einmarschiert? Weil die Nazis ohne die Schweiz nicht ausgekommen wären. Die Krypta füllt also eindeutig eine Lücke.«

»Okay«, sagt Randy, »also wird man die Krypta bestehen lassen.«

»Unbedingt. Die Welt braucht sie«, sagt Avi. »Und wir brauchen sie auch, wenn wir Golgatha ausgraben.«

Plötzlich zeigt Avi einen schelmischen Gesichtsausdruck; er sieht aus, als wäre er auf einen Schlag zehn Jahre jünger geworden. Darüber muss Randy lauthals lachen, das erste Mal seit ein paar Monaten, dass er richtig lacht. Seine Stimmung hat ganz plötzlich eine seismische Verschiebung durchgemacht, die ganze Welt sieht für ihn anders aus.

»Zu wissen, wo es ist, reicht nicht. Enoch sagt, diese Schätze seien tief in Schächten vergraben worden, in hartem Fels. Wir kriegen das Gold also nicht heraus, ohne ein größeres technisches Projekt zu starten.«
»Was glaubst du wohl, warum ich in Tokio bin?«, fragt Avi. »Na los, gehen wir ins Hotel zurück.«

Während Avi eincheckt, holt Randy am Empfang seine Nachrichten und stellt fest, dass ein FedEx-Kuvert auf ihn wartet. Wenn sich unterwegs jemand daran zu schaffen gemacht hat, dann hat der Betreffende es gut verstanden, seine Spuren zu verwischen. Es enthält eine von Hand verschlüsselte Nachricht von Enoch Root, der offenbar irgendeine Methode ausklamüsert hat, aus dem Knast entlassen zu werden, ohne an seinem Gewissen Schaden zu nehmen. Es handelt sich um mehrere Zeilen vermeintlich beliebiger Blockbuchstaben in Fünfergruppen. Randy trägt seit seiner Entlassung aus dem Gefängnis ständig ein Spiel Karten mit sich herum: den vorher vereinbarten Schlüssel, der diese Nachricht entschlüsseln wird. Die Aussicht auf mehrere Stunden Solitaire erscheint in Tokio sehr viel weniger einladend als im Gefängnis – und er weiß, dass es so lange dauern wird, eine Nachricht von dieser Länge zu entschlüsseln. Aber er hat seinen Laptop bereits darauf programmiert, Solitaire nach Enochs Regeln zu spielen; er hat bereits den Schlüssel eingegeben, der in dem Kartenspiel beschlossen ist, das Enoch ihm gegeben hat, und er hat ihn auf einer Diskette abgespeichert, die er, mit einem Gummiband an dem Kartenspiel befestigt, in seiner Tasche hat. Also gehen er und Avi auf Avis Zimmer und machen unterwegs einen kurzen Abstecher, um Randys Laptop zu holen, und während Avi seine Nachrichten durchsieht, gibt Randy den Schlüsseltext ein und lässt ihn entschlüsseln.

»Enochs Nachricht lautet, dass das Land über Golgatha der Kirche gehört«, murmelt Randy, »aber um dorthin zu kommen, müssen wir Land durchqueren, das Wing und irgendwelchen Filipinos gehört.«

Avi scheint ihn nicht zu hören. Er ist auf eine Nachrichten-Notiz fixiert.

»Was ist los?«, fragt Randy.

»Eine kleine Änderung unserer Pläne für heute Abend. Ich hoffe, du hast einen wirklich guten Anzug dabei.«

»Ich habe gar nicht gewusst, dass wir für heute Abend schon was vorhatten.«

»Wir wollten uns mit Goto Furudenendu zusammensetzen«, sagt Avi. »Ich habe mir gedacht, das sind die richtigen Leute, an die man sich wendet, wenn es darum geht, ein großes Loch in den Boden zu graben.«

»Da gebe ich dir Recht«, sagt Randy. »Und inwiefern haben sich unsere Pläne geändert?«

»Der Alte kommt aus seinem Schlupfwinkel in Hokkaido herunter. Er will uns zum Essen einladen.«

»Welcher Alte?«

»Der Gründer der Firma, Goto Furudenendus Vater«, sagt Avi. »Protegé von Douglas MacArthur. Multi-Multi-Multi-Millionär. Golfpartner und Vertrauter von Premierministern. Ein alter Bursche mit Namen Goto Dengo.«

Projekt X

Es ist Anfang April im Jahre 1945. Eine japanische Witwe spürt, wie die Erde ins Wanken gerät, und eilt aus ihrem Papierhaus, weil sie ein Beben befürchtet. Ihr Haus liegt nahe am Meer auf der Insel Kiushu. Sie blickt über den Ozean und sieht am Horizont ein schwarzes Schiff, das aus einer selbst geschaffenen, aufgehenden Sonne herausgedampft kommt: Denn wenn seine Kanonen losgehen, ist das ganze Schiff einen Moment lang in rotes Feuer gehüllt. Sie hofft, dass es die *Yamato* ist, das größte Schlachtschiff der Welt, das vor ein paar Tagen über jenen Horizont davondampfte und nun zur Feier seiner siegreichen Rückkehr seine Kanonen abfeuert. Aber es ist ein amerikanisches Schlachtschiff und es deckt den Hafen, den die *Yamato* vor kurzem verlassen hat, mit Granaten ein, sodass die Eingeweide der Erde sich umdrehen, als wollte sie sich übergeben.

Bis zu diesem Moment war die Japanerin überzeugt, dass die Streitkräfte ihres Landes die Amerikaner, die Briten, die Holländer und die Chinesen auf Schritt und Tritt zerschmetterten. Bei dieser Erscheinung muss es sich um eine Art bizarren Selbstmordangriff handeln. Aber das schwarze Schiff bleibt den ganzen Tag da und schleudert Tonne um Tonne Dynamit in heiligen Boden. Es kommen keine Flugzeuge, um es zu bombardieren, keine Schiffe, um es zu beschießen, nicht einmal ein Unterseeboot, um es zu torpedieren.

In einer empörenden Demonstration schlechten Benehmens ist Patton vorzeitig über den Rhein vorgestoßen, sehr zur Verärgerung von Montgomery, der umständliche Pläne gemacht und Vorbereitungen getroffen hat, dies als Erster zu tun.

Das deutsche Unterseeboot U-234 ist im Nordatlantik und hält Kurs auf das Kap der Guten Hoffnung, im Laderaum zehn Behälter mit insgesamt zwölfhundert Pfund Uranoxid. Das Uran ist für Tokio bestimmt, wo es bei einigen – noch in der Anfangsphase steckenden – Experimenten zur Entwicklung eines neuartigen und extrem starken Sprengkörpers verwendet werden soll.

General Curtis LeMays Luftwaffe hat den Großteil des vergangenen Monats damit verbracht, gefährlich tief über japanische Städte hinwegzufliegen und Brandbomben auf sie herabregnen zu lassen. Ein Viertel von Tokio ist dem Erdboden gleichgemacht worden; 83 000 Menschen sind ums Leben gekommen, und ähnliche Angriffe auf Nagoja, Osaka und Kobe sind dabei noch nicht mit eingerechnet.

In der Nacht nach dem Angriff auf Osaka haben ein paar Marines auf Iwo Jima eine Flagge aufgepflanzt, und sämtliche Zeitungen haben ein Bild davon gebracht.

In den letzten paar Tagen hat die Rote Armee, mittlerweile die Furcht erregendste Streitmacht auf Erden, Wien und die Ölfelder von Ungarn erobert, und die Sowjets haben erklärt, dass sie ihren Nichtangriffspakt mit Japan eher auslaufen lassen als erneuern werden.

Die Landung auf Okinawa hat begonnen. Die Kämpfe sind die bisher verlustreichsten. Der Angriff wird von einer riesigen Flotte unterstützt, gegen die die Japaner alles aufgeboten haben, was sie noch besitzen. Ihre 18-Zoll-Kanonen schussbereit, hat die *Yamato* Kurs auf die Landungskräfte genommen, in den Bunkern nur genügend Treibstoff für eine Strecke. Doch die Kryptoanalytiker der US Navy haben die an das Schiff übermittelten Befehle abgefangen und entschlüsselt, und es wurde mit 2500 Mann an Bord in den Grund gebohrt. Die Japaner haben den ersten ihrer so genannten »Schwebende Chrysanthemen«-Angriffe gegen die Invasionsflotte gestartet: Wolken von Kamikaze-Flugzeugen, menschlichen Bomben, menschlichen Torpedos, mit Sprengstoff vollgepackten Schnellbooten.

Zur Verärgerung und Verblüffung des Deutschen Oberkommandos hat die japanische Regierung in einem Funkspruch darum ersucht, dass die Kriegsmarine, falls sämtliche europäischen Flottenstützpunkte Deutschlands verloren gehen, Befehl bekommt, im Fernen Osten mit den Japanern zusammen weiter zu operieren. Der Funkspruch ist in Indigo verschlüsselt. Dementsprechend wird er von den Alliierten abgefangen und gelesen.

Im Vereinigten Königreich hat Dr. Alan Mathison Turing, der den Krieg für effektiv beendet hält, sein Augenmerk längst vom Problem der Stimmenverschlüsselung ab- und der Schaffung von Denkmaschinen zugewandt. Seit nunmehr zehn Monaten – seit die fertige Colossus Mark II an Bletchley Park geliefert wurde – hat er Gelegenheit, mit einer tatsächlich programmierbaren Rechenmaschine zu arbeiten. Alan hat diese Maschinen erfunden, lange bevor je eine gebaut wurde, und niemals praktische Erfahrungen gebraucht, um über sie nachzudenken, aber seine Erfahrungen mit Colossus Mark II haben ihm geholfen, einige Vorstellungen davon, wie die nächste Maschine konstruiert sein sollte, zu konkretisieren. Er denkt sie sich als Nachkriegs-Maschine, aber das liegt nur daran, dass er in Europa ist und sich nicht so sehr mit dem Problem der Eroberung Japans beschäftigt wie Waterhouse.

»Ich habe an VERGRABEN und AUSGRABEN gearbeitet«, sagt eine Stimme, die aus kleinen Löchern in einem auf Waterhouses Kopf sitzenden Bakelit-Kopfhörer dringt. Die Stimme ist merkwürdig verzerrt und wird fast völlig von weißem Rauschen und einem unerträglichen Summen überlagert.

»Sagst du das bitte noch mal?«, sagt Lawrence und drückt sich die Hörmuscheln an die Ohren.

»VERGRABEN und AUSGRABEN«, sagt die Stimme. »Das sind, äh, Sätze von Anweisungen an die Maschine, bestimmte Algorithmen auszuführen. Es sind Programme.«

»Genau! Tut mir Leid, beim ersten Mal habe ich dich nicht richtig verstanden. Ja, ich habe auch daran gearbeitet«, sagt Waterhouse.

»Die nächste Maschine wird ein Gedächtnis-Speichersystem haben, Lawrence, und zwar in Form von Schallwellen, die sich durch einen mit Quecksilber gefüllten Zylinder fortpflanzen – die Idee haben wir von John Wilkins, dem Gründer der Royal Society, geklaut, der sie schon vor dreihundert Jahren hatte, außer dass er statt Quecksilber Luft verwenden wollte. Ich – Verzeihung, Lawrence, hast du eben gesagt, dass du auch daran gearbeitet hast?«

»Ich habe das gleiche mit Röhren gemacht.«

»Tja, für euch Yanks ist das ja gut und schön«, sagt Alan. »Wenn man unendlich reich ist, könnte man so ein System vermutlich auch aus Dampflokomotiven oder so was machen und tausend Leute beschäftigen, die herumlaufen und Öl auf die quietschenden Stellen spritzen.«

»Das mit dem Quecksilber ist eine gute Idee«, gibt Waterhouse zu. »Sehr raffiniert.«

»Hat VERGRABEN und AUSGRABEN bei dir tatsächlich mit *Röhren* funktioniert?«

»Ja. Mein AUSGRABEN funktioniert jedenfalls besser als damals unsere Schaufel-Expeditionen«, sagt Lawrence. »Hast du deine Silberbarren eigentlich je wiedergefunden?«

»Nein«, sagt Alan zerstreut. »Die sind verloren. Verloren im Rauschen der Welt.«

»Das war übrigens gerade ein Turing-Test, den ich mit dir veranstaltet habe«, sagt Lawrence.

»Wie bitte?«

»Diese verdammte Maschine verzerrt deine Stimme dermaßen, dass ich dich nicht von Winston Churchill unterscheiden kann«, sagt Lawrence. »Ob du es wirklich bist, kann ich also nur dadurch überprüfen, dass ich dich dazu bringe, etwas zu sagen, was nur Alan Turing sagen kann.«

Er hört Alans durchdringendes, schrilles Lachen am anderen Ende der Leitung. Er ist es wirklich.

»Diese Projekt-X-Geschichte ist wirklich entsetzlich«, sagt Alan. »Delilah ist um ein Vielfaches überlegen. Ich wünschte, du könntest es dir selbst ansehen. Oder hören.«

Alan befindet sich irgendwo in London in einem Befehlsbunker. Lawrence befindet sich in der Manila Bay, auf dem Felsen, der Insel Corregidor. Verbunden sind sie durch einen Kupferfaden, der um die ganze Welt herumgeht. Mittlerweile ziehen sich viele solcher Fäden über die Meeresböden der Welt, aber nur ein paar ganz spezielle enden in Räumen wie diesen. Diese Räume befinden sich in Washington, London, Melbourne und nun auch Corregidor.

Durch ein dickes Glasfenster blickt Waterhouse in die Tonkabine, wo sich auf dem genauesten und teuersten Plattenspieler der Welt eine Schallplatte dreht. Bei ihr handelt es sich um die wertvollste jemals produzierte Schallplatte: Sie enthält, jedenfalls der Absicht nach, vollkommen beliebiges weißes Rauschen. Dieses Rauschen wird elektronisch mit dem Klang von Lawrences Stimme kombiniert, ehe es über die Leitung geschickt wird. In London angekommen, wird das Rauschen (das von einer identischen Schallplatte dort abgelesen wird) von

Lawrences Stimme abgezogen und das Ergebnis wird in Alan Turings Kopfhörer geschickt. Das Ganze steht und fällt damit, dass die beiden Schallplatten perfekt synchronisiert sind. Die einzige Möglichkeit, sie zu synchronisieren, besteht darin, zusammen mit dem Stimmensignal jenes unerträgliche Summgeräusch, eine Trägerwelle, mitzusenden. Wenn alles klappt, kann sich der Plattenspieler am anderen Ende an das Summen anklinken und seine Scheibe genau synchron drehen.

Die Schallplatte ist mit anderen Worten ein Einmalblock. Irgendwo in New York, im Innern der Bell Labs, hinter einer verschlossenen und bewachten Tür, produzieren Techniker noch mehr von den Dingern, die allerneuesten Spitzenreiter in weißem Rauschen. Sie pressen ein paar Exemplare, verschicken sie per Kurier an die Projekt-X-Standorte in aller Welt und vernichten dann die Originale.

Alan und Lawrence würden dieses Gespräch überhaupt nicht führen, wenn Alan nicht vor ein paar Jahren nach Greenwich Village gegangen wäre und ein paar Monate bei Bell Labs gearbeitet hätte, während Lawrence sich auf Qwghlm aufhielt. Die Regierung seiner Majestät schickte ihn dorthin, um Projekt X auszuwerten und ihr dann mitzuteilen, ob es wirklich sicher sei. Alan kam zu dem Schluss, dass es das war – dann kam er nach Hause zurück und begann an einem viel besseren mit Namen Delilah zu arbeiten.

Was zum Teufel hat das mit toten chinesischen Abakus-Sklaven zu tun? Für Lawrence, der durch das Fenster auf die sich drehende Scheibe mit weißem Rauschen starrt, könnte die Verbindung nicht eindeutiger sein. Er sagt: »Als ich das letzte Mal mit dir geredet habe, hast du daran gearbeitet, Zufallsrauschen für Delilah zu erzeugen.«

»Ja«, sagt Alan geistesabwesend. Das ist schon lange her und das ganze Projekt ist in seinem Gedächtnis-Speicher-System VERGRABEN worden; es wird ein, zwei Minuten dauern, es wieder AUSZUGRABEN.

»Welche Art von Algorithmen hast du erwogen, um dieses Rauschen zu erzeugen?«

Es folgen weitere fünf Sekunden Schweigen, dann lässt Alan eine Abhandlung über mathematische Funktionen zur Erzeugung von Pseudo-Zufallssequenzen vom Stapel. Alan hat eine gute, britische Boarding-School-Erziehung genossen und seine Äußerungen sind in aller Regel gut strukturiert, mit Gliederung, Zwischenüberschriften, der ganzen Leier:

PSEUDO-ZUFALLSZAHLEN

I. Vorsicht: In Wirklichkeit sind sie natürlich nicht zufällig, sondern sie sehen nur so aus, daher das Pseudo
II. Übersicht über das Problem
   A. Es scheint, als müsste es einfach sein
   B. In Wirklichkeit ist es aber ziemlich schwierig
   C. Konsequenzen eines Fehlschlags: Die Deutschen entschlüsseln unsere geheimen Botschaften, Millionen sterben, die Menschheit wird versklavt, die Welt in ein ewiges Zeitalter der Finsternis gestürzt
   D. Woher man weiß, ob eine Reihe von Zahlen zufällig ist
      1, 2, 3… (Eine Liste verschiedener statistischer Verfahren zur Überprüfung von Zufälligkeit nebst ihren jeweiligen Vor- und Nachteilen)
III. Ein Haufen Zeug, das ich, Alan Turing, ausprobiert habe
   A, B, C… (eine Liste verschiedener mathematischer Funktionen, mit deren Hilfe Alan Zufallszahlen zu erzeugen versuchte; wie sie fast alle kläglich versagten; Alans anfängliche Zuversicht weicht Überraschung, dann Verärgerung, dann Verzweiflung und schließlich vorsichtiger Zuversicht, als er endlich einige Techniken entdeckt, die funktionieren
IV. Schlussfolgerungen
   A. Es ist schwieriger, als es aussieht
   B. Es ist nichts für Unbesonnene
   C. Es geht, wenn man seine fünf Sinne beisammenhält
   D. Rückblickend ein interessantes mathematisches Problem, das weiter erforscht zu werden verdient

Als Alan mit dieser perfekt strukturierten Tour d'horizon durch die Wunderwelt der Pseudo-Zufälligkeit fertig ist, fragt Lawrence: »Und wie steht's mit Zeta-Funktionen?«

»Die habe ich gar nicht erst erwogen«, sagt Alan.

Lawrence klappt die Kinnlade herunter. Er kann sein halb durchsichtiges, über der sich drehenden Schallplatte liegendes Spiegelbild im Fenster sehen und er erkennt, dass er so etwas wie einen leicht empörten Gesichtsausdruck trägt. Die Ergebnisse der Zeta-Funktion müssen etwas auffallend Nicht-Zufälliges haben, etwas derart ins Auge Springendes, dass Alan sie sofort verworfen hat. Aber Lawrence hat dergleichen nie bemerkt. Er weiß, dass Alan klüger ist als er, aber er ist es nicht gewohnt, so schrecklich weit hinter ihm zu liegen.

»Wieso ... wieso nicht?«, stammelt er schließlich.

»Wegen Rudi!«, donnert Alan. »Du und ich und Rudi haben in Princeton alle an dieser verdammten Maschine gearbeitet! Rudi weiß, dass wir beide die Kenntnisse haben, um ein solches Gerät zu bauen. Also ist es das Erste, von dem er annehmen würde, dass wir es benutzen.«

»Ah«, seufzt Lawrence. »Aber davon mal abgesehen, wäre die Zeta-Funktion vielleicht trotzdem eine gute Methode.«

»Vielleicht«, sagt Alan zurückhaltend, »aber ich bin dem nicht weiter nachgegangen. Du denkst doch nicht etwas daran, sie zu benutzen, oder?«

Lawrence erzählt Alan von den Abaki. Selbst durch das Rauschen und das Summen hindurch erkennt er, dass Alan wie vom Donner gerührt ist. Es tritt Schweigen ein, während die Techniker an beiden Enden ihre Schallplatten umdrehen. Als die Verbindung wieder steht, ist Alan noch immer sehr aufgeregt. »Ich muss dir noch einiges erzählen«, sagt Lawrence.

»Ja, nur zu.«

»Du weißt doch, dass die Japaner eine Vielzahl verschiedener Codes benutzen und wir nach wie vor nur einige davon geknackt haben.«

»Ja.«

»Es gibt einen ungeknackten Code, den Central Bureau Arethusa nennt. Er ist unglaublich selten. Es sind überhaupt nur etwas über dreißig Arethusa-Funksprüche abgehört worden.«

»Irgendein Firmencode?«, fragt Alan. Eine plausible Vermutung; jede größere japanische Firma hatte vor dem Krieg ihren eigenen Code und es ist, um nur ein Beispiel zu nennen, viel Mühe darauf verwendet worden, etwa durch Diebstahl der Code-Bücher und auch auf andere Weise den Mitsubishi-Code zu knacken.

»Wir kommen nicht hinter Quelle und Bestimmungsort der Arethusa-Funksprüche«, fährt Lawrence fort, »weil sie von ständig wechselnden Orten aus gesendet werden. Wir können nur mithilfe von Huffduff Vermutungen über ihren Ursprung anstellen. Und Huffduff sagt uns, dass die meisten Arethusa-Funksprüche von Unterseebooten ausgegangen sind. Möglicherweise auch nur von einem einzigen Unterseeboot, das die Route zwischen Europa und Südostasien befährt. Wir haben auch welche von Schweden, von London, Buenos Aires und Manila aus gehabt.«

»Buenos Aires? Schweden?«
»Ja. Und deshalb, Alan, interessiere ich mich für Arethusa.«
»Tja, das kann ich dir nicht verdenken!«
»Das Nachrichtenformat entspricht dem von Azure/Pufferfish.«
»Rudis System?«
»Ja.«
»Das war übrigens gute Arbeit von dir.«
»Danke, Alan. Wie du mittlerweile sicher gehört hast, beruht es auf Zeta-Funktionen. Die du für Delilah gar nicht erst erwogen hast, weil Rudi deiner Ansicht nach daran denken würde. Und das wirft die Frage auf, ob Rudi von vornherein wollte, dass wir Azure/Pufferfish knacken.«
»Ja, das stimmt. Aber warum sollte er das wollen?«
»Keine Ahnung. Die alten Azure/Pufferfish-Funksprüche enthalten vielleicht irgendwelche Hinweise. Ich lasse gerade meinen Digitalen Rechner rückwirkend gültige Einmalblöcke erzeugen, damit ich diese Funksprüche entschlüsseln und lesen kann.«
»Tja, dann lasse ich Colossus das Gleiche tun. Im Moment ist er gerade mit der Arbeit an Fish-Entschlüsselungen beschäftigt. Aber ich glaube nicht, dass Hitler noch viel länger durchhält. Wenn er am Ende ist, kann ich wahrscheinlich nach Bletchley fahren und diese Funksprüche entschlüsseln.«
»Ich arbeite außerdem weiter an Arethusa«, sagt Lawrence. »Ich vermute, dass das alles irgendetwas mit Gold zu tun hat.«
»Warum sagst du das?«, fragt Alan. Doch an dieser Stelle erreicht der Tonarm des Plattenspielers das Ende der spiralförmigen Rille und hebt sich von der Schallplatte. Die Zeit ist um. Bell Labs und die Macht der Alliierten Staaten haben das Netzwerk von Projekt X nicht installiert, damit Mathematiker endlosem Geplauder über obskure Funktionen frönen können.

Land in Sicht

Das Segelschiff *Gertrude* kraucht kurz nach Sonnenaufgang in die kleine Bucht, und Bischoff kann sich nicht helfen, er muss einfach lachen. Ihr Rumpf ist so dicht mit Muscheln überkrustet, dass man ihn (so nimmt er an) vollständig entfernen, die Form aus Muscheln mit einem Mast und Leinwand ausstatten und nach Tahiti segeln könnte. Sie schleppt einen hundert Meter langen, in den Muscheln verhakten Algenstrang hinter sich her, der für eine lange, schlierige Trübung in ihrem Kielwasser sorgt. Ihr Mast ist offensichtlich mindestens einmal abgeknickt. Er ist durch ein primitives, mit Nottakelung versehenes Provisorium ersetzt worden, einen Baumstamm, der sich einiger Aufmerksamkeit von Seiten eines Abziehmessers erfreut hat, an dem jedoch stellenweise immer noch Rinde und, wie Wachsspuren an einer Kerze, lange goldene Safttropfen haften, die ihrerseits streifige Meersalzflecken tragen. Ihre Segel sind fast schwarz vor Dreck und Schimmel und hier und da, wie das Fleisch von Frankensteins Monster, mit dicken schwarzen Stichen grob geflickt.

Die Männer an Bord sind kaum in besserer Verfassung. Sie machen sich erst gar nicht die Mühe, Anker zu werfen – sie lassen die *Gertrude* einfach auf einer Korallenbank am Eingang der Bucht auflaufen und machen Feierabend. Der größte Teil von Bischoffs Mannschaft hat sich an Deck der *V-Million*, des Raketen-Unterseeboots, versammelt und findet das Ganze urkomisch. Doch als die Männer von der *Gertrude* in ein Dingi steigen und auf sie zurudern, besinnen sich Bischoffs Männer auf ihre Manieren, nehmen Habachtstellung ein und grüßen.

Bischoff versucht, sie zu erkennen, während sie näher kommen. Das dauert eine Weile. Es sind insgesamt fünf. Otto hat seinen Spitzbauch eingebüßt und ist viel grauer geworden. Rudi ist ein ganz anderer Mensch: Er hat langes, fließendes Haar, das ihm als Pferdeschwanz den Rücken herabhängt, und einen erstaunlich dichten Wikingerbart, und er scheint irgendwo unterwegs sein linkes Auge eingebüßt zu haben, denn er trägt darüber tatsächlich eine schwarze Klappe!

»Mein Gott«, sagt Bischoff, »Piraten!«

Die anderen drei Männer hat er noch nie gesehen: einen Neger mit Dreadlocks, einen nach Inder aussehenden Burschen mit brauner Haut und einen rothaarigen Europäer.

Rudi sieht zu, wie zehn Meter senkrecht unter ihm ein Zitterrochen seine fleischigen Flügel auf und ab bewegt.

»Die Klarheit des Wassers ist herrlich«, bemerkt er.

»Wenn uns die Catalinas auf den Fersen sind, Rudi, wirst du dich nach der trüben Brühe im Norden zurücksehnen«, sagt Bischoff.

Rudolf von Hacklheber richtet sein eines Auge auf Bischoff und lässt sich eine winzige Spur von Belustigung anmerken. »Erlaubnis, an Bord zu kommen, Herr Kapitän?«, fragt Rudi.

»Mit Vergnügen erteilt«, gibt Bischoff zurück. Das Dingi ist an dem gewölbten Rumpf des Unterseeboots längsseits gegangen und Bischoffs Mannschaft lässt eine Strickleiter zu ihm herab. »Willkommen auf der *V-Million!*«

»Von der V-1 und der V-2 habe ich schon gehört, aber ...«

»Wir hatten keine Ahnung, wie viele andere V-Waffen Hitler womöglich noch erfunden hat, also haben wir uns für eine sehr, sehr große Zahl entschieden«, sagt Bischoff stolz.

»Aber Günter, du weißt doch, wofür das V steht?«

»*Vergeltungswaffe*«, sagt Bischoff. »Du denkst nicht gründlich genug darüber nach, Rudi.«

Otto ist verwirrt, und verwirrt zu sein macht ihn wütend. »Aber *Vergeltung* bedeutet doch Rache, oder?«

»Es kann aber auch bedeuten, sich zu revanchieren, jemanden zu entschädigen, jemanden zu belohnen«, sagt Rudi, »sogar jemanden zu *beglücken*. Mir gefällt das sehr, Günter.«

»Für dich Admiral Bischoff«, gibt Günter zurück.

»Du bist der Befehlshaber der *V-Million* – niemand steht über dir?«

Bischoff schlägt kräftig die Hacken zusammen und streckt den rechten Arm aus. »Heil Dönitz!«, bellt er.

»Was soll denn das nun wieder?«, fragt Otto.

»Habt ihr denn keine Zeitung gelesen? Hitler hat sich gestern umgebracht. In Berlin. Der neue Führer ist mein guter Freund Karl Dönitz.«

»Gehört er etwa auch zu der Verschwörung?«, murrt Otto.

»Ich dachte, mein geschätzter Mentor und Beschützer Hermann Göring würde Hitlers Nachfolger«, sagt Rudi und klingt beinahe geknickt.

»Der ist irgendwo unten im Süden«, sagt Bischoff, »und macht eine Schlankheitskur. Kurz bevor Hitler Zyankali genommen hat, hat er der SS befohlen, das fette Schwein zu verhaften.«

»Nun mal im Ernst, Günter – als du in Schweden an Bord dieses Unterseeboots gegangen bist, hieß es noch anders und es waren auch ein paar Nazis an Bord, oder?«, fragt Rudi.

»Die hatte ich ja ganz vergessen.« Bischoff wölbt die Hände um den Mund und ruft durch die Luke in dem schnittigen, abgerundeten Turm: »Hat jemand unsere Nazis gesehen?«

Die Frage hallt von Seemann zu Seemann durch das ganze Boot: *Nazis? Nazis? Nazis?*, doch irgendwo verwandelt sie sich in

Nein! Nein! Nein! und schallt den Turm hinauf durch die Luke zurück.

Rudi klettert barfuß auf den glatten Rumpf der *V-Million*. »Habt ihr Zitrusfrüchte?« Er lächelt und entblößt tiefrote Krater in seinem Zahnfleisch, wo man eigentlich Zähne hätte erwarten dürfen.

»Hol die Calamansis«, sagt Bischoff zu einem seiner Maate. »Rudi, für dich haben wir die philippinischen Miniatur-Limonen, und zwar haufenweise, mit mehr Vitamin C, als du je verbrauchen kannst.«

»Das bezweifle ich«, sagt Rudi.

Otto sieht Bischoff nur vorwurfsvoll an, denn er macht ihn persönlich dafür verantwortlich, dass er das ganze Jahr 1944 und die ersten vier Monate des Jahres 1945 zwangsweise mit den anderen vier Männern zusammen gewesen ist. Schließlich meldet er sich zu Wort: »Ist dieser Schweinehund Shaftoe auch hier?«

»Dieser Schweinehund Shaftoe ist tot«, sagt Bischoff.

Otto wendet den Blick ab und nickt.

»Ich nehme an, du hast meinen Brief aus Buenos Aires bekommen?«, fragt Rudi von Hacklheber.

»Mr. G. Bishop, poste restante, Manila, Philippinen«, rasselt Bischoff herunter. »Natürlich habe ich ihn bekommen, mein Freund, sonst hätten wir ja nicht gewusst, wo wir euch treffen sollen. Ich habe ihn abgeholt, als ich in der Stadt war, um meine Bekanntschaft mit Enoch Root zu erneuern.«

»Er hat es also geschafft?«

»Er hat es geschafft.«

»Und wie ist Shaftoe ums Leben gekommen?«

»Mit Glanz und Gloria, natürlich«, sagt Bischoff. »Und von Julieta gibt es auch Neuigkeiten: Die Verschwörung hat einen Sohn! Glückwunsch, Otto, du bist Großonkel.«

Das entlockt Otto sogar ein Lächeln, wenngleich ein finsteres und lückenhaftes. »Wie heißt er?«

»Günter Enoch Bobby Kivistik. 3714 Gramm – für ein Kriegsbaby großartig.«

Es folgt allgemeines Händeschütteln. Rudi, stets Mann von Welt, zaubert zur Feier des Tages ein paar honduranische Zigarren hervor. Er und Otto stehen in der Sonne, rauchen und trinken Calamansi-Saft.

»Wir warten schon seit drei Wochen auf euch«, sagt Bischoff. »Was hat euch aufgehalten?«

Otto spuckt etwas aus, was ziemlich übel aussieht. »Tut mir Leid, dass ihr euch drei Wochen lang am Strand habt bräunen müssen, während wir diese Wanne voll Scheiße über den Pazifik gesegelt haben!«

»Wir haben bei der Umsegelung von Kap Horn unseren Mast verloren, außerdem drei Männer, mein linkes Auge, zwei von Ottos Fingern und auch sonst noch so einiges«, sagt Rudi entschuldigend. »Unsere Zigarren sind ein bisschen nass geworden. Das hat unseren Zeitplan über den Haufen geworfen.«

»Egal«, sagt Bischoff. »Das Gold läuft ja nicht weg.«

»Wissen wir denn, wo es ist?«

»Nicht genau. Aber wir haben jemanden aufgetrieben, der es weiß.«

»Wir haben vieles zu besprechen, so viel steht fest«, sagt Rudi, »aber zuerst will ich sterben. Am liebsten in einem weichen Bett.«

»Schön«, sagt Bischoff. »Gibt es noch irgendetwas aus der *Gertrude* auszuladen, bevor wir ihr den Hals durchschneiden und sie von ihren Muscheln auf den Grund befördern lassen?«

»Versenk das blöde Ding bitte gleich«, sagt Otto. »Ich bleibe sogar hier und sehe zu.«

»Zuerst musst du noch fünf Kisten mit der Aufschrift *Eigentum des Reichsmarschalls* ausladen«, sagt Rudi. »Sie sind unten in der Bilge. Wir haben sie als Ballast verwendet.«

Otto macht ein verblüfftes Gesicht, dann kratzt er sich voller Staunen den Bart. »Ich hatte ganz vergessen, dass die da unten sind.« Langsam nimmt die anderthalb Jahre alte Erinnerung vor seinem geistigen Auge Gestalt an. »Es hat einen ganzen Tag gedauert, sie einzuladen. Ich hätte dich umbringen können. Mir tut jetzt noch der Rücken davon weh.«

»Rudi – du hast dich mit Görings Pornographie-Sammlung davongemacht?«, fragt Bischoff.

»Seine Art von Pornographie würde mir nicht gefallen«, antwortet Rudi gelassen. »Es sind Kulturschätze. Beute.«

»Sie werden vom Bilgenwasser ruiniert sein!«

»Es ist alles Gold. Goldfolieplatten mit Löchern drin. Wasserundurchlässig.«

»Rudi, wir sollen Gold aus den Philippinen *exportieren*, nicht *importieren*.«

»Keine Sorge. Eines Tages werde ich es wieder exportieren.«

»Bis dahin haben wir dann Geld, um Schauerleute anzuheuern, damit sich der arme Otto nicht wieder den Rücken verrenken muss.«

»Wir werden keine Schauerleute brauchen«, sagt Rudi. »Wenn ich das, was auf diesen Platten ist, exportiere, dann über Kabel.«

So stehen sie alle dort an Deck der *V-Million* in der tropischen Bucht, sehen zu, wie die Sonne untergeht und die fliegenden Fische springen, und hören aus dem blühenden Dschungel um sie herum Vögel und Insekten schreien und summen. Bischoff versucht sich vorzustellen, von hier nach Los Angeles wären Kabel gespannt und Goldfolieplatten würden daran entlanggleiten. Es funktioniert irgendwie nicht richtig. »Komm unter Deck, Rudi«, sagt er, »wir müssen zusehen, dass du Vitamin C kriegst.«

GOTO-SAMA

Avi erwartet Randy in der Eingangshalle des Hotels. Er trägt eine altmodische Aktentasche, die seine schlanke Gestalt nach einer Seite zieht und ihr die asymptotische Gekrümmtheit eines jungen Baums in stetigem Wind verleiht. Er und Randy nehmen ein Taxi in Irgendeinen Anderen Teil von Tokio – Randy hat nicht einmal ansatzweise erfasst, wie die Stadt angelegt ist –, betreten einen Wolkenkratzer und fahren mit einem Aufzug so weit hinauf, dass es Randy in den Ohren knackt. Als die Türen aufgleiten, steht ein Oberkellner vor ihnen, der sie mit einer Verbeugung begrüßt. Er führt sie in ein Foyer, wo vier Männer warten: zwei jüngere Lakaien, Goto Furudenendu und ein älterer Herr. Randy hat mit einem jener grazilen, durchscheinenden japanischen Senioren gerechnet, doch Goto Dengo ist ein gedrungener Bursche mit weißem Bürstenschnitt, vom Alter etwas gebeugt und eingesunken, was ihn aber nur noch kompakter und stämmiger erscheinen lässt. Auf den ersten Blick wirkt er nicht wie ein Manager, sondern eher wie ein Dorfschmied im Ruhestand oder vielleicht wie ein Feldwebel in der Armee eines Daimio, doch wird dieser Eindruck binnen fünf bis zehn Sekunden von einem guten Anzug, guten Manieren und Randys Kenntnis dessen, um wen es sich handelt, zunichte gemacht. Er ist der Einzige hier, der nicht bis über beide Ohren grinst: Wenn man ein bestimmtes Alter erreicht, wird es einem offenbar nachgesehen, dass man anderen Leuten Tunnel durch den Schädel starrt. Nach Art vieler alter Menschen wirkt er leicht verblüfft darüber, dass sie tatsächlich erschienen sind.

Trotzdem stemmt er sich mithilfe eines großen, knorrigen Stocks in die Höhe und drückt ihnen fest die Hand. Sein Sohn Furudenendu bietet ihm die Hand, um ihm aufzuhelfen, und er schüttelt sie mit einem gespielt entrüsteten Blick ab – dieses Ritual macht einen gut geprobten Eindruck. Es folgt ein kurzer Austausch von Smalltalk, der über Randys Horizont geht. Dann drehen die beiden Lakaien ab wie nicht mehr benötigte Sekundanten eines Boxers, und der Oberkellner führt Randy, Avi und Goto *père et fils* durch ein völlig leeres Restaurant – zwanzig bis dreißig Tische, gedeckt mit weißem Leinen und Kristall – zu einem Ecktisch, wo Kellner in Habachtstellung stehen, um ihnen die Stühle zurückzuziehen. Das Gebäude gehört zur architektonischen Glatte-Wände-aus-solidem-Glas-Schule, sodass die Fenster vom Boden bis zur Decke reichen und durch einen Perlenvorhang aus Regentropfen hindurch einen Blick auf das nächtliche Tokio bieten, das sich über den Horizont hinaus erstreckt. Es werden Speisekarten verteilt, die nur auf Französisch gedruckt sind. Randy und Avi bekommen die Damenkarte, ohne Preise. Goto Dengo bekommt die Weinkarte und brütet gute zehn Minuten lang darüber, ehe er sich widerwillig für einen kalifornischen Weißwein und einen roten Burgunder entscheidet. Unterdessen zieht Furudenendu sie in ein äußerst angenehmes Gespräch über die Krypta.

Randy muss immerzu Tokio auf der einen und das leere Restaurant auf der anderen Seite ansehen. Es ist, als wäre dieser Rahmen eigens gewählt worden, um sie daran zu erinnern, dass es mit der japanischen Wirtschaft seit mehreren Jahren bergab geht – eine Situation, die sich durch die asiatische Währungskrise nur noch verschlimmert hat. Fast rechnet er damit, Manager am Fenster vorbeifallen zu sehen.

Avi wagt es, sich nach verschiedenen Tunneln und anderen ungeheuer weitläufigen Bauprojekten zu erkundigen, die ihm in Tokio aufgefallen seien, und ob Goto Engineering etwas mit ihnen zu tun habe. Das veranlasst den Patriarchen immerhin, kurz von der Weinkarte aufzublicken, doch Anfragen beantwortet der Sohn, der einräumt, dass die Firma in der Tat eine kleine Rolle bei diesen Unternehmungen spiele. Randy vermutet, dass es nicht unbedingt die leichteste Übung der Welt ist, einen engen Freund des verstorbenen General of the Army Douglas MacArthur in höfliches Geplauder zu verwickeln; schließlich ist es nicht so, dass man ihn fragen kann, ob er die letzte Folge von *Raumschiff Enterprise: Noch mehr Raum-Zeit-Anomalien* gesehen hat. Eigentlich können sie sich nur an Furudenendu halten und ihm die Führung überlassen. Goto Dengo räuspert sich mit einem Grollen, als würde der Motor einer größeren Erdbaumaschine anspringen, und empfiehlt das Kobe-Rindfleisch. Der Sommelier kommt mit den Weinen und Goto Dengo verhört ihn eine Zeit lang in einer Mischung aus Japanisch und Französisch, bis ein Schweißfilm die Stirn des anderen bedeckt. Er probiert die Weine sehr sorgfältig. Die Spannung erreicht den Siedepunkt, während er die Flüssigkeit im Mund herumrollen lässt und dabei in die Ferne starrt. Der Sommelier wirkt erleichtert – ja geradezu verblüfft –, als Goto Dengo beide akzeptiert. Der Subtext hier scheint zu besagen, dass es keine ganz unbedeutende Führungsaufgabe ist, Gastgeber eines erstklassigen Dinners zu sein, und dass man Goto Dengo nicht mit Geplauder stören sollte, während er diese Verantwortung wahrnimmt.

An dieser Stelle schaltet sich schließlich Randys Paranoia ein: Kann es sein, dass Goto-sama für diesen einen Abend das ganze Restaurant gemietet hat, nur um ein bisschen ungestört zu sein? Waren die beiden Lakaien bloß Helfer mit ungewöhnlich dicken Brieftaschen oder waren es Sicherheitsleute, die das Lokal auf Überwachungsgeräte abgesucht haben? Auch hier wiederum will man subtextmäßig offenbar sagen, dass sich Randy und Avi über derlei nicht ihre hübschen jungen Köpfchen zerbrechen sollen. Goto Dengo sitzt unter einer Deckenleuchte. Sein Haar steht senkrecht vom Kopf ab, ein borstiges Büschel von Normalvektoren, die wie Halogenlampen strahlen. Er hat eine enorme Anzahl von Narben im Gesicht und an den Händen und Randy geht plötzlich auf, dass er im Krieg gewesen sein muss. Was angesichts seines Alters eigentlich hätte auf der Hand liegen müssen.

Goto Dengo erkundigt sich danach, wie Randy und Avi zu ihrem derzeitigen Beruf gekommen und wie sie Geschäftspartner geworden seien. Das ist eine vernünftige Frage, aber sie zwingt die beiden, das ganze Konzept der Fantasy-Rollenspiele zu erklären. Wenn Randy gewusst hätte, dass es dazu kommen würde, hätte er sich lieber aus dem Fenster gestürzt als Platz zu nehmen. Aber Goto Dengo nimmt es ziemlich gelassen und setzt es sofort in Beziehung zu bestimmten, erst kürzlich eingetretenen Entwicklungen in der japanischen Spiele-Industrie, die den allmählichen Paradigmenwechsel von Spielhallenspielen zu Rollenspielen mit richtiger Handlung vollzogen hätten; bis er fertig ist, kommen sie sich nicht mehr wie leicht gewichtige *Nerds*, sondern wie visionäre Genies vor, die ihrer Zeit zehn Jahre voraus sind. Das verpflichtet Avi (der auf die Ausgewogenheit der Gesprächsanteile achtet) mehr oder weniger, Goto Dengo zu fragen, wie *er* denn zu seinem derzeitigen Beruf gekommen sei. Beide Gotos tun die Frage mit einem Lachen ab, als sei die Geschichte, wie Goto Dengo im Alleingang Nachkriegs-Japan wiederaufgebaut hat, viel zu trivial, um zwei junge, amerikanische, visionäre Dungeons-and-Dragons-Pioniere zu interessieren, doch als Avi ein wenig insistiert, zuckt der Patriarch schließlich die Achseln und sagt etwas des Sinnes, dass sein Vater im Bergbau gewesen sei und er von daher schon immer ein gewisses Faible dafür gehabt habe, Löcher in den Boden zu graben. Sein zunächst minimales Englisch wird mit fortschreitendem Abend immer besser, als staube er nach und nach umfangreiche Speicherbanken und Verarbeitungskapazitäten ab und verwalte sie online, wie Röhrenverstärker.

Das Dinner wird serviert; und so muss jeder erst einmal ein Weilchen essen und sich bei Goto-sama für seine ausgezeichneten Empfehlungen bedanken. Avi wird ein wenig übermütig und fragt den Alten, ob er sie mit ein paar Erinnerungen an Douglas MacArthur erfreuen könne. Der Alte grinst, als wäre ihm ein Geheimnis entlockt worden, und sagt: »Ich habe den General auf den Philippinen kennen gelernt.« Mit der Mühelosigkeit eines Jiu-Jitsu-Griffs hat er das Gespräch auf das Thema gebracht, über das eigentlich alle reden wollen. Randys Puls und Atemfrequenz erhöhen sich um gut fünfundzwanzig Prozent, seine sämtlichen Sinne schärfen sich, fast als hätte es ihm wieder in den Ohren geknackt, und er verliert den Appetit. Auch die anderen scheinen etwas aufrechter zu sitzen und auf ihren Stühlen leicht hin und her zu rutschen. »Haben Sie viel Zeit in diesem Land verbracht?«, fragt Avi.

»O ja. Viel Zeit. Hundert Jahre«, sagt Goto Dengo mit ziemlich frostigem Grinsen. Er hält inne, damit auch jeder Gelegenheit hat, sich richtig unwohl zu fühlen, und fährt dann fort: »Mein Sohn sagt mir, Sie wollen dort ein Grab schaufeln.«

»Ein Loch«, wagt Randy nach einigem Unbehagen zu äußern.

»Entschuldigung. Mein Englisch ist eingerostet«, sagt Goto Dengo nicht allzu überzeugend.

»Was wir vorhaben«, sagt Avi, »wäre nach unseren Maßstäben eine größere Ausschachtungsarbeit. Nach Ihren aber wahrscheinlich nicht.«

Goto Dengo schmunzelt. »Das hängt alles von den Umständen ab.

Genehmigungen. Transportprobleme. Die Krypta war eine große Ausschachtungsarbeit, aber das war einfach, weil der Sultan sie unterstützt hat.«

»Ich muss betonen, dass sich die Arbeit, die wir ins Auge fassen, noch in einer sehr frühen Planungsphase befindet«, sagt Avi. »Deshalb kann ich Ihnen zu meinem Bedauern noch keine genaueren Informationen über die logistischen Probleme geben.«

Goto Dengo sieht aus, als verdrehe er innerlich die Augen. »Ich verstehe«, sagt er mit einer wegwerfenden Handbewegung. »Wir werden heute Abend nicht über solche Dinge reden.«

Das ruft ein richtig verlegenes Schweigen hervor, währenddessen Randy und Avi sich fragen: *Worüber sollen wir denn dann reden, verdammt noch mal?* »Schön«, sagt Avi, wodurch er den Ball kraftlos in Goto Dengos Richtung zurücklobbt.

Furudenendu greift ein. »Auf den Philippinen gibt es viele Leute, die Löcher graben«, erklärt er mit überdeutlichem, wissendem Augenzwinkern.

»Ah!«, sagt Randy. »Einige von den Leuten, die Sie da erwähnen, habe ich kennen gelernt!« Das ruft einen Ausbruch von Heiterkeit in der Runde hervor, die bei aller Angespanntheit dennoch aufrichtig ist.

»Sie verstehen also«, sagt Furudenendu, »dass wir ein Joint Venture sehr eingehend prüfen müssten.« Sogar Randy übersetzt das in: *Eher fallen Ostern und Pfingsten auf einen Tag, als dass wir uns an eurer bekloppten Schatzsuche beteiligen.*

»Ich bitte Sie!«, sagt Randy. »Goto Engineering ist eine ehrbare Firma. Eine erstklassige Adresse. Sie haben Besseres zu tun, als auf Joint Ventures zu spekulieren. Wir würden so etwas niemals vorschlagen. Wir wären in der Lage, im Voraus für Ihre Dienste zu bezahlen.«

»Ah!« Die Gotos sehen einander viel sagend an. »Sie haben also einen neuen Investor?« *Wir wissen, dass ihr pleite seid.*

Avi grinst. »Wir haben neue Mittel.« Das verblüfft die Gotos. »Wenn Sie erlauben«, sagt Avi. Er hievt seine Aktentasche vom Boden auf seinen Schoß, öffnet die Schnallen und greift mit beiden Händen hinein. Dann vollführt er ein Manöver, dass man in einem Fitness-Studio als Hantelübung bezeichnen würde und hebt einen Klotz solides Gold ans Licht.

Die Gesichter von Goto Dengo und Goto Furudenendu verwandeln sich in Stein. Avi hält den Barren ein paar Momente lang hoch, dann senkt er ihn wieder in die Aktentasche.

Irgendwann schiebt Furudenendu seinen Stuhl ein paar Zentimeter zurück und dreht ihn leicht zu seinem Vater hin, wodurch er sich im Grunde genommen aus dem Gespräch verabschiedet. Ohne ein Wort zu sagen, isst Goto Dengo sehr, sehr ausgedehnte fünfzehn bis zwanzig Minuten lang in aller Ruhe sein Essen und trinkt seinen Wein. Schließlich blickt er über den Tisch hinweg Randy an und fragt: »Wo wollen Sie graben?«

»Die Stelle liegt in den Bergen südlich von Laguna de Bay –«

»Ja, das haben Sie schon meinem Sohn gesagt. Aber das ist ein großes Niemandsland. Dort sind schon viele Löcher gegraben worden. Alle nichts wert.«

»Wir haben bessere Informationen.«

»Hat Ihnen irgendein alter Filipino seine Erinnerungen verkauft?«

»Noch besser«, sagt Randy. »Wir haben eine Breite und eine Länge.«

»Von welchem Genauigkeitsgrad?«

»Zehntelsekunden.«

Dies führt erneut zu Schweigen. Furudenendu versucht etwas auf Japanisch zu sagen, doch sein Vater schneidet ihm barsch das Wort ab. Goto Dengo wird mit dem Essen fertig und legt Messer und Gabel über Kreuz auf den Teller. Fünf Sekunden später ist ein Kellner da, um abzuräumen. Goto Dengo sagt etwas zu ihm, was ihn veranlasst, in die Küche zu flüchten. Nun haben sie praktisch die ganze Etage des Wolkenkratzers für sich allein. Goto Dengo sagt etwas zu seinem Sohn, der daraufhin einen Füller und zwei Visitenkarten zückt. Furudenendu reicht den Füller und eine Visitenkarte seinem Vater und die andere Karte Randy. »Machen wir ein kleines Spiel«, sagt Goto Dengo. »Haben Sie einen Stift?«

»Ja«, sagt Randy.

»Ich werde eine Breite und eine Länge hinschreiben«, sagt Goto Dengo, »aber nur die Sekunden. Keine Grade und keine Minuten. Nur die Sekunden. Verstehen Sie?«

»Ja.«

»Die Information ist für sich genommen wertlos. Sind wir uns da einig?«

»Ja.«

»Sie riskieren also nichts, wenn Sie das Gleiche hinschreiben.«

»Richtig.«

»Dann tauschen wir die Karten aus. Einverstanden?«

»Einverstanden.«

»Schön.« Goto Dengo fängt zu schreiben an. Randy zieht einen Stift aus der Tasche und schreibt die Sekunden und Zehntelsekunden hin: Breite 35,2, Länge 59,0. Als er fertig ist, sieht Goto Dengo ihn erwartungsvoll an. Die Seite mit den Zahlen nach unten gedreht, hält Randy ihm seine Karte hin und Goto Dengo tut das Gleiche. Mit der leichten Verbeugung, die hierzulande üblich ist, tauschen sie sie aus. Randy hält Goto-samas Karte in der hohlen Hand und dreht sie ins Licht. Darauf steht:

35,2/59,0

Zehn Minuten lang sagt keiner etwas. Wie fassungslos Randy ist, geht daraus hervor, dass er lange Zeit nicht mitbekommt, dass Goto Dengo genauso fassungslos ist wie er. Avi und Furudenendu sind die einzigen Menschen im Raum, deren Verstand noch funktioniert, und sie blicken einander die ganze Zeit unsicher an, weil keiner von ihnen so recht begreift, was eigentlich los ist.

Schließlich sagt Avi etwas, was Randy nicht hört. Er stößt Randy kräftig an und sagt es noch einmal: »Ich gehe auf die Toilette.«

Randy sieht ihm nach, zählt bis zehn und sagt: »Entschuldigen Sie bitte.« Er folgt Avi in die Herrentoilette: schwarzer, polierter Stein, flauschige weiße Handtücher und mittendrin Avi mit verschränkten Armen. »Er weiß Bescheid«, sagt Randy.

»Das glaube ich einfach nicht.«

Randy zuckt die Achseln. »Was soll ich sagen? Er weiß Bescheid.«

»Wenn er Bescheid weiß, dann weiß jeder Bescheid. Unsere Sicherheitsmaßnahmen haben irgendwo versagt.«

»Es weiß nicht jeder Bescheid«, sagt Randy. »Wenn jeder Bescheid wüsste, wäre da unten der Teufel los, und Enoch hätte uns das gesagt.«

»Woher weiß er es dann?«

»Avi«, sagt Randy, »*er muss derjenige sein, der es vergraben hat.*«

Avi macht ein empörtes Gesicht. »Du willst mich wohl verscheißern?«

»Hast du eine bessere Theorie?«

»Ich dachte, alle, die das Zeug vergraben haben, wären ums Leben gekommen.«

»Man kann wohl zu Recht sagen, dass er überlebt hat. Meinst du nicht auch?«

Zehn Minuten später kehren sie zum Tisch zurück. Goto Dengo hat das Restaurantpersonal wieder hereingelassen und man hat Dessert-Speisekarten gebracht. Sonderbarerweise hat der Alte wieder auf höfliches Geplauder umgeschaltet und Randy merkt allmählich, dass er dahinter zu kommen versucht, woher zum Teufel Randy weiß, was er weiß. Randy erwähnt beiläufig, dass sein Großvater 1945 in Manila Kryptoanalytiker gewesen sei. Goto Dengo seufzt sichtlich vor Erleichterung und wird ein wenig fröhlicher. Es folgt weiteres, völlig belangloses Geplauder, bis der Kaffee serviert worden ist. Dann beugt sich der Patriarch vor, um auf etwas aufmerksam zu machen. »Ehe Sie trinken – schauen Sie bitte hin!«

Randy und Avi schauen in ihre Tassen. Ihr Kaffee ist von einer sonderbar glitzernden Schaumschicht überzogen.

»Das ist Gold«, erklärt Furudenendu. Beide Gotos lachen. »In den Achtzigern, als Japan so viel Geld hatte, war das Mode: Kaffee mit Goldstaub. Mittlerweile ist das nicht mehr Mode. Zu protzig. Aber trinken Sie ruhig.«

Randy und Avi kommen der Aufforderung – ein wenig nervös – nach. Der Goldstaub setzt sich auf ihrer Zunge ab und wird dann hinuntergespült.

»Sagen Sie mir, was Sie davon halten«, fordert Goto Dengo.

»Es ist dumm«, sagt Randy.

»Ja.« Goto Dengo nickt ernst. »Es ist dumm. Also verraten Sie mir eines: Warum wollen Sie noch mehr davon ausgraben?«

»Wir sind Geschäftsleute«, sagt Avi. »Wir machen Geld. Gold ist Geld wert.«

»Gold ist der Leichnam des Werts«, sagt Goto Dengo.

»Das verstehe ich nicht.«

»Wenn Sie es verstehen wollen, dann schauen Sie zum Fenster hinaus!«, sagt der Patriarch und schwenkt seinen Stock in einem Bogen, der halb Tokio umfasst. »Vor fünfzig Jahren stand das alles in Flammen. Jetzt brennen hier Lichter! Verstehen Sie? Die Führer Japans waren dumm. Sie haben alles Gold aus Tokio herausgeschafft und es auf den Philippinen in Löchern im Boden vergraben! Weil sie glaubten, der General würde in Tokio einmarschieren und es stehlen. Aber Den General kümmerte das Gold nicht. Er hat begriffen, dass das eigentliche Gold hier liegt« – er deutet auf seinen Kopf –, »in der Intelligenz der Menschen, und hier« – er streckt die Hände aus –, »in der Arbeit, die sie leisten. Dass wir unser Gold losgeworden sind, war das Beste, was Japan je passiert ist. Es hat uns reich gemacht. Das Gold zu bekommen war das Schlimmste, was den Philippinen passieren konnte. Es hat sie arm gemacht.«

»Dann holen wir es aus den Philippinen heraus«, sagt Avi, »damit sie auch Gelegenheit haben, reich zu werden.«

»Ah! Das hört sich schon vernünftiger an«, sagt Goto Dengo. »Also wollen Sie das Gold herausholen und es im Ozean versenken?«

»Nein«, sagt Avi mit nervösem Kichern.

Goto Dengo hebt die Augenbrauen. »Aha. Sie möchten bei dem Geschäft also reich werden?«

An dieser Stelle passiert etwas bei Avi, was Randy bei ihm nie auch nur ansatzweise gesehen hat: Er wird stinkwütend. Er wirft weder den Tisch um, noch wird er laut. Aber er läuft rot an, seine Schädelmuskeln treten hervor, als er die Zähne zusammenbeißt, und er atmet eine Zeit lang schwer durch die Nase. Beide Gotos scheinen davon recht beeindruckt und so sagt eine ganze Weile niemand etwas, wodurch Avi die Möglichkeit hat, sich wieder zu beruhigen. Es scheint, als brächte er kein Wort heraus, und schließlich zückt er seine Brieftasche und durchwühlt sie, bis er auf eine Schwarzweißfotografie stößt, die er aus dem Klarsichtfach zieht und Goto Dengo reicht. Es ist ein Familienporträt: Vater, Mutter, vier Kinder, ihrer Erscheinung nach Mitteleuropäer aus der Mitte des zwanzigsten Jahrhunderts. »Mein Großonkel«, sagt Avi, »und seine Familie. Warschau 1937. Seine Zähne sind da unten in dem Loch. Sie haben die Zähne meines Großonkels vergraben!«

Goto Dengo blickt Avi in die Augen, und das weder zornig noch Abbitte leistend. Bloß traurig. Und das scheint seine Wirkung auf Avi nicht zu verfehlen, der nachgiebiger wird, schließlich ausatmet und den Blickkontakt abbricht.

»Ich weiß, Sie hatten wahrscheinlich keine Wahl«, sagt Avi. »Aber Sie haben es nun mal getan. Ich habe weder ihn noch einen meiner anderen Verwandten gekannt, die in der Shoah umgekommen sind. Aber ich würde mit Freuden jedes Gramm dieses Goldes im Ozean versenken, wenn ich sie dafür anständig begraben könnte. Und das tue ich auch, wenn das Ihre Bedingung ist. Aber eigentlich hatte ich vor, es so zu verwenden, dass dergleichen nie wieder geschehen kann.«

Goto Dengo denkt eine Zeit lang darüber nach und blickt dabei mit steinernem Gesicht hinaus auf die Lichter von Tokio. Dann hakt er seinen Stock von der Tischkante los, stößt ihn auf den Boden und stemmt sich hoch. Er wendet sich Avi zu, strafft sich und verbeugt sich dann. Es ist die tiefste Verbeugung, die Randy je gesehen hat. Schließlich richtet er sich auf und setzt sich wieder.

Die Spannung hat nachgelassen. Alle sind gelöst, um nicht zu sagen erschöpft.

»General Wing steht dicht davor, Golgatha zu finden«, sagt Randy, nachdem eine angemessene Pause verstrichen ist. »Entweder er oder wir.«

»Dann also wir«, sagt Goto Dengo.

R.I.P.

Die Schüsse aus den Gewehren der Marines hallen über den Friedhof und ihr scharfes Knallen springt wie eine Pachinko-Kugel von Grabstein zu Grabstein. Goto Dengo bückt sich und steckt die Hand in einen Haufen loser Erde. Das fühlt sich gut an. Er schaufelt eine Hand voll von dem Zeug auf. Es rieselt ihm zwischen den Fingern hindurch, krümelt über die Hosenbeine seiner steifen, neuen United-States-Army-Uniform und bleibt in den Aufschlägen hängen. Er tritt an den scharfen Rand des Grabes und bröselt die Erde aus seiner Hand auf den Standard-Sarg, der Bobby Shaftoe enthält. Er bekreuzigt sich, senkt den Blick auf den mit Erde beschmutzten Sargdeckel und hebt dann mit einiger Mühe wieder den Kopf, der sonnenerleuchteten Welt alles Lebenden entgegen. Von ein paar Grashalmen und einigen Mücken abgesehen ist das erste Lebende, was er sieht, ein Paar Füße in Sandalen aus alten Jeep-Reifen und sie gehören einem Weißen, der in ein formloses braunes Gewand mit großer Kapuze gehüllt ist. Aus dem Schatten der Kapuze starrt das übernatürlich sonderbare Gesicht (sonderbar insofern, als er einen roten Bart und graue Haare hat) von Enoch Root – einer Gestalt, die Goto Dengo immer wieder über den Weg läuft, während er in Manila herumläuft und versucht, seine Aufgaben auszuführen. Goto Dengo wird von dem wilden Blick gepackt und gelähmt.

Sie spazieren über den üppig blühenden Friedhof.

»Gibt es etwas, was Sie mir sagen möchten?«, fragt Enoch.

Goto Dengo wendet den Kopf, um Root in die Augen zu schauen. »Man hat mir gesagt, der Beichtstuhl sei ein Ort vollkommener Geheimnisse.«

»Das stimmt«, sagt Enoch.

»Woher wissen Sie es dann?«

»Was weiß ich?«

»Ich glaube, Ihre Kirchenbrüder haben Ihnen etwas gesagt, was Sie nicht wissen sollten.«

»Schlagen Sie sich das aus dem Kopf. Das Beichtgeheimnis ist nicht verletzt worden. Ich habe nicht mit dem Priester gesprochen, der Ihnen Ihre erste Beichte abgenommen hat, und wenn ich es täte, würde er mir nichts sagen.«

»Woher wissen Sie es dann?«, fragt Goto Dengo.

»Ich habe da so meine Methoden. Zum Beispiel weiß ich, dass Sie ein Gräber sind. Ein Mann, der große Löcher im Boden anlegt. Das hat mir unser gemeinsamer Freund Pater Ferdinand gesagt.«

»Ja.«

»Die Japaner haben viel Aufwand getrieben, um Sie hierher zu bringen. Das hätten sie bestimmt nicht getan, wenn das Loch, das Sie graben sollten, nicht wichtig gewesen wäre.«

»Es gibt tausend Gründe, warum sie das getan haben könnten.«

»Ja«, sagt Enoch Root, »aber nur ein paar, die plausibel sind.«

Eine Zeit lang spazieren sie stumm weiter. Roots Füße schleudern bei jedem Schritt den Saum seiner Kutte hoch. »Ich weiß noch mehr«, fährt er fort. »Südlich von hier hat ein Mann Diamanten zu einem Priester gebracht. Der Mann hat gesagt, er habe auf der Straße einen Reisenden überfallen und ihm ein kleines Vermögen in Diamanten abgenommen. Das Opfer sei an seinen Verletzungen gestorben. Als Buße hat der Mörder die Diamanten der Kirche gegeben.«

»War das Opfer Filipino oder Chinese?«, fragt Goto Dengo.

Enoch Root sieht ihn kühl an. »Ein Chinese weiß darüber Bescheid?«

Sie spazieren weiter. Root würde mit Freuden von einem Ende von Luzon bis zum anderen gehen, wenn es denn so lange dauerte, Goto Dengo die Worte zu entlocken.

»Ich habe außerdem Informationen aus Europa«, sagt Root. »Ich weiß, dass die Deutschen riesige Schätze versteckt haben. Es ist allgemein bekannt, dass General Yamashita noch mehr Kriegsgold in den Bergen im Norden vergräbt, während wir uns hier unterhalten.«

»Was wollen Sie von mir?«, fragt Goto Dengo. Es gibt kein einleitendes Feuchtwerden der Augäpfel, sondern die Tränen schießen einfach hervor und laufen ihm übers Gesicht. »Ich bin wegen bestimmter Worte zur Kirche gekommen.«

»Was für Worte?«

»Dies ist Jesus Christus, der hinwegnimmt die Sünden der Welt«, sagt Goto Dengo. »Enoch Root, niemand kennt die Sünden der Welt besser als ich. Ich bin in diesen Sünden geschwommen, darin ertrunken, darin verbrannt, habe in ihnen gewühlt. Ich glich einem Menschen, der durch eine lange, mit schwarzem, kaltem Wasser gefüllte Höhle schwimmt. Im Aufblicken habe ich ein Licht über mir gesehen und bin darauf zugeschwommen. Ich wollte nur an die Oberfläche gelangen, um wieder Luft zu atmen. Ich war zwar noch in die Sünden der Welt eingetaucht, aber ich konnte wenigstens wieder atmen. So sieht es im Augenblick aus.«

Root nickt und wartet ab.

»Ich musste beichten. Was ich gesehen habe – was ich getan habe –, war so schrecklich. Ich musste mich läutern. Und das habe ich bei meiner ersten Beichte getan.« Goto Dengo stößt einen tiefen, zitternden Seufzer aus. »Es war eine sehr, sehr lange Beichte. Aber nun ist sie vorbei. Jesus hat meine Sünden hinweggenommen, jedenfalls hat das der Priester gesagt.«

»Gut. Es freut mich, dass es Ihnen geholfen hat.«

»Und jetzt wollen Sie, dass ich wieder von alledem rede?«

»Es gibt auch noch andere«, sagt Enoch Root. Er bleibt unvermittelt stehen, dreht sich um und nickt. Auf einer kleinen Erhebung jenseits mehrerer tausend weißer Grabsteine zeichnen sich die Gestalten zweier Männer in Zivilkleidung ab. Sie sehen nach Abendländern aus, doch mehr kann Goto Dengo von hier aus nicht erkennen.

»Wer ist das?«

»Männer, die in der Hölle gewesen und zurückgekommen sind, genau wie Sie. Männer, die über das Gold Bescheid wissen.«

»Was wollen sie?«

»Das Gold ausgraben.«

Übelkeit hüllt sich um Goto Dengo wie ein nasses Bettlaken. »Sie müssten einen Tunnel durch tausend frische Leichen bohren. Das Ganze ist ein Grab.«

»Die ganze Welt ist ein Grab«, sagt Enoch Root. »Gräber lassen sich verlegen, Leichen wieder begraben. Anständig.«

»Und dann? Wenn sie das Gold haben?«

»Die Welt blutet. Sie braucht Medikamente und Verbandsmaterial. Das kostet Geld.«

»Aber vor diesem Krieg war das ganze Gold da draußen, an der

Sonne. In der Welt. Und was passiert ist, sehen Sie ja.« Goto Dengo schaudert. »In Gold gespeicherter Reichtum ist tot. Er fault und stinkt. Wahrer Reichtum wird jeden Tag von Menschen geschaffen, die aufstehen und zur Arbeit gehen. Von Schulkindern, die ihre Lektionen lernen, sich weiterbilden. Sagen Sie diesen Männern, wenn sie Reichtum wollen, dann sollen sie nach dem Krieg mit mir nach Japan kommen. Wir werden Geschäfte gründen und Gebäude bauen.«

»Das nenne ich wie ein echter Japaner gesprochen«, sagt Enoch bitter. »Ihr ändert euch nie.«

»Bitte erklären Sie mir, was Sie damit meinen.«

»Was ist mit dem Mann, der nicht aufstehen und arbeiten gehen kann, weil er keine Beine mehr hat? Was mit der Witwe, die keinen Mann zum Arbeiten hat und keine Kinder, die sie unterstützen? Was mit den Kindern, die sich nicht weiterbilden können, weil es ihnen an Büchern und Schulen fehlt?«

»Sie können sie mit Gold überschütten«, sagt Goto Dengo. »Nicht lange, und es wird alles weg sein.«

»Ja. Aber einiges davon wird in Bücher und Verbandsmaterial geflossen sein.«

Darauf weiß Goto Dengo nichts zu entgegnen. Er ist nicht so sehr widerlegt als vielmehr traurig und müde. »Was wollen Sie? Meinen Sie, ich soll das Gold der Kirche geben?«

Enoch Root wirkt leicht perplex, als wäre ihm dieser Gedanke noch gar nicht gekommen. »Das wäre bestimmt kein Fehler, denke ich. Die Kirche hat zweihundert Jahre Erfahrung darin, ihre Mittel zu verwenden, um den Armen zu helfen. Sie war nicht immer vollkommen. Aber sie hat ihren Anteil an Krankenhäusern und Schulen gebaut.«

Goto Dengo schüttelt den Kopf. »Ich bin erst seit ein paar Wochen in Ihrer Kirche und habe schon jetzt viele Zweifel daran. Mir hat sie geholfen. Aber so viel Gold zu geben – ich weiß nicht, ob das ein guter Gedanke ist.«

»Sehen Sie mich nicht so an, als erwarten Sie von mir, dass ich die Mängel der Kirche rechtfertige«, sagt Enoch Root. »Immerhin bin ich aus dem Priesterstand ausgeschlossen worden.«

»Was soll ich denn nun machen?«

»Vielleicht es mit bestimmten Auflagen der Kirche geben.«

»Was für Auflagen?«

»Sie können festlegen, dass es nur dazu verwendet wird, Kindern eine Bildung zu vermitteln, wenn sie wollen.«

»Gebildete Männer haben diesen Friedhof geschaffen«, sagt Goto Dengo.

»Dann machen Sie etwas anderes zur Auflage.«

»Meine Auflage ist, dass das Gold, falls es je ausgegraben werden sollte, so verwendet wird, dass wir keine Kriege wie diesen mehr erleben.«

»Und wie sollen wir das schaffen, Goto Dengo?«

Goto Dengo seufzt. »Sie legen mir eine schwere Last auf die Schultern!«

»Nein. Nicht ich habe Ihnen diese Last auf die Schultern gelegt. Sie war schon immer da.« Erbarmungslos starrt Enoch Root in Goto Dengos gequältes Gesicht. »Jesus nimmt die Sünden der Welt hinweg, aber die Welt bleibt: eine physische Realität, in der wir zu leben gezwungen sind, bis uns der Tod aus ihr herausnimmt. Sie haben gebeichtet und Vergebung erlangt, also ist der größere Teil Ihrer Last durch die Gnade hinweggenommen worden. Aber das Gold ist immer noch da, in einem Loch im Boden. Haben Sie etwa geglaubt, das Gold wäre komplett zu Erde geworden, als Sie Brot und Wein heruntergeschluckt haben? Unter Wandlung verstehen wir etwas anderes.« Enoch Root macht kehrt, geht fort und lässt Goto Dengo in den hellen Gassen der Stadt des Todes allein.

RÜCKKEHR

»Ich komme wieder«, schrieb Randy nach seiner Ankunft in Tokio in seiner ersten E-Mail an Amy. Auf die Philippinen zurückzukehren ist überhaupt keine gute Idee und wahrscheinlich nicht die Art von Unternehmen, die der alte, gesetzte Randy auch nur erwogen hätte. Doch hier sitzt er, an einem Strand im Sultanat Kinakuta, unterhalb von Tom Howards Privatzitadelle, mit Sonnencreme eingeschmiert und bis zu den Kiemen mit Reisetabletten abgefüllt, und bereitet sich auf seine Rückkehr vor. Da er annimmt, dass er anhand seines Ziegenbarts leicht zu identifizieren wäre, hat er ihn abrasiert, und da er weiter annimmt, dass Haare bei dem, was ihm bevorsteht (Dschungel, Knast und Seemannstod sieht er als die drei wahrscheinlichsten Möglichkeiten), überflüssig sind, ist er sich mit einem Rasierer über den Schädel gefahren und hat sie überall bis auf ungefähr drei Millimeter

Länge heruntergeschoren. Das wiederum hat es erforderlich gemacht, einen Hut aufzutreiben, um auf dem Schädel keinen Sonnenbrand zu bekommen, und der einzige Hut in Tom Howards Haus, der Randy passt, ist ein Outback-Deckel, den irgendein cephalomegalischer australischer Bauunternehmer hier zurückgelassen hat, und zwar offensichtlich deshalb, weil sein Duft begonnen hatte, nachtaktive Nagetiere mit einer Neigung zum ziellosen Knabbern anzuziehen.

Auf dem Strand liegt ein Einbaumkanu und eine mehrere Familien umfassende Schar Bajau-Kinder tobt herum, genau wie Kinder an einer Raststätte an der Interstate, die wissen, dass sie in zehn Minuten wieder in den Winnebago einsteigen müssen. Der Hauptrumpf des Bootes ist aus einem einzigen Regenwald-Stamm geschnitzt, mindestens achtzehn Meter lang und an seiner breitesten Stelle noch so schmal, dass Randy in der Mitte sitzen und mit beiden Händen an die Dollborde heranreichen könnte. Den größten Teil des Rumpfes beschattet ein Dach aus Palmwedeln, das Alter und Salzgischt fast völlig graubraun verfärbt haben, doch an einer Stelle wird es von einer alten Frau mit frischem Grün und Plastikschnur geflickt. Zu beiden Seiten ist ein schmaler Bambus-Ausleger durch Bambusstangen mit dem Rumpf verbunden. Es gibt so etwas wie eine Brücke, die weit über den Bug hinausragt, bemalt mit hellroten, grünen und gelben Kringeln, wie kleine Wirbel, die sich im Kielwasser eines Bootes bilden und die Farben eines tropischen Sonnenuntergangs widerspiegeln.

Übrigens geht die Sonne tatsächlich gerade unter und man schickt sich an, die letzte Ladung Gold aus dem Rumpf des Einbaums zu holen. Das Land fällt hier so steil zum Wasser hin ab, dass keine Straße zum Strand führt, was wahrscheinlich nur gut ist, weil sie die Sache so ungestört wie möglich über die Bühne bringen wollen. Aber Tom Howard hat eine Menge Zeug hier anlanden lassen, als er sein Haus baute, und daher schon ein kurzes Stück Schmalspureisenbahn in Betrieb. Das hört sich eindrucksvoller an, als es ist: ein Paar bereitsrostende Doppel-T-Träger, an halb im Sand vergrabene Beton-Schwellen geklammert, verlaufen einen achtzehn Meter langen 45-Grad-Anstieg hinauf zu einem kleinen Plateau, das über eine Privatstraße zugänglich ist. Dort steht eine Winde mit Dieselmotor, mit der man Zeug über die Träger heraufziehen kann. Sie ist mehr als ausreichend für die an diesem Abend anliegende Arbeit, die darin besteht, ein paar hundert Kilo Barrengold – den Rest aus dem versunkenen Unterseeboot – vom Strand herauf und in den Tresor in Howards Haus zu schaffen. Morgen können er und die anderen es dann in aller Ruhe in die Innenstadt von Kinakuta fahren und in Folgen von Bits umwandeln, die große Zahlen mit bemerkenswerten kryptologischen Eigenschaften darstellen.

Die Bajaus zeigen die gleiche hartnäckige Weigerung, exotisch zu sein, wie sie Randy überall auf seinen Reisen angetroffen hat: Der Bursche, der die Show leitet, besteht darauf, er heiße Leon, und die Kinder am Strand verfallen unentwegt in stereotype Nahkampfposen und schreien dazu »hi-yaa!« – ein Attribut der Power Rangers, wie Randy weiß, weil Avis Kinder genau das Gleiche taten, bis ihr Vater jegliche Power-Rangers-Imitation im Haus verbot. Als Leon den ersten Kasten voll Goldbarren von der hohen Brücke des Einbaums fallen lässt, sodass er sich halb in den feinen, feuchten Sand darunter einbohrt, beugt sich Avi darüber und versucht, auf Hebräisch so etwas wie ein feierliches Gebet für die Toten zu sprechen, doch er kommt nur ein halbes Dutzend Phoneme weit, ehe zwei Bajau-Kinder, die ihn als dauerhaft stationäres Objekt einstufen, beschließen, ihn als taktische Deckung zu nutzen, und unter ohrenbetäubendem »Hi-yaaa«-Geschrei zu beiden Seiten von ihm Position beziehen. Avi ist nicht so von sich eingenommen, dass ihm das Komische daran verborgen bliebe, andererseits aber auch nicht so sentimental, dass er nicht erkennbar Lust hätte, die beiden zu erwürgen.

An der Brandungslinie patrouilliert John Wayne mit einer Zigarette und einer Repetierflinte. Douglas MacArthur Shaftoe schätzt die Wahrscheinlichkeit eines Froschmannangriffs als ziemlich gering ein, weil das Gold im Einbaum nur zweieinhalb Millionen Dollar wert ist, ein Betrag, der etwas so Kompliziertes und Teures wie einen Angriff von See her kaum lohnt. John Wayne ist nur für den Fall hier, dass irgendwer den irrigen Eindruck gewinnt, sie hätten es irgendwie geschafft, zehn- bis zwanzigmal so viel Gold in den Einbaum zu packen. Vom hydrodynamischen Standpunkt aus scheint das unwahrscheinlich. Aber Doug sagt, die Intelligenz des Feindes zu überschätzen sei womöglich noch gefährlicher, als sie zu unterschätzen. Er, Tom Howard und Jackie Woo stehen am oberen Ende des Anstiegs und bewachen die Zufahrt mit Schnellfeuergewehren. Tom stolziert regelrecht. In dem kleinen Tableau verwirklichen sich seine sämtlichen Phantasien.

Eine große Plastikkiste fällt mit dumpfem Geräusch in den Sand und platzt auf, sodass ein Wirrwarr von Korallensplittern herausrieselt. Randy schlendert hinüber und sieht zwischen den Korallenkrusten Goldblätter, in die winzige Löcher gestanzt sind. Für ihn sind die Löcher interessanter als das Gold.

Aber jeder reagiert anders darauf. Doug Shaftoe ist in Gegenwart sehr großer Mengen von Gold stets auffällig cool und irgendwie nachdenklich, als hätte er zwar schon immer gewusst, dass es da ist, doch als brächte ihn erst die Berührung damit auf den Gedanken, wo es herkommt und wie es dorthin gelangt ist. Vom Anblick eines einzelnen Barrens kam Goto Dengo beinahe sein Kobe-Rindfleisch hoch. Für Eberhard Föhr, der draußen in der Bucht träge rückenschwimmt, ist es die physische Verkörperung des Geldwerts, was für ihn, und den Rest von Epiphyte, seit jeher im Wesentlichen eine mathematische Abstraktion darstellt – eine praktische Anwendung eines speziellen Unter-Unter-Unterzweiges der Zahlentheorie. Auf ihn übt es somit die gleiche Art von rein intellektueller Faszination aus wie ein Mond-Stein oder ein Dinosaurierzahn. Tom Howard sieht darin die Verkörperung einiger politischer Prinzipien, die fast ebenso rein und von der Realität geschieden sind wie die Zahlentheorie. Dieser Auffassung ist ein gewisser Anflug von persönlicher Rechtfertigung beigemischt. Für Leon, den Meeres-Vagabunden, ist es einfach eine Ladung, die von A nach B befördert werden muss, wofür er mit etwas Nützlicherem entschädigt werden wird. Für Avi ist es eine unauflösliche Mischung aus Heiligem und Satanischem. Randy – und wenn irgendwer das wüsste, wäre es ihm schrecklich peinlich und er würde ohne weiteres eingestehen, dass es kitschig ist – sieht darin das, was einer physischen Verbindung zu seiner Liebsten im Augenblick am Nächsten kommt, insofern sie diese Barren erst vor ein paar Tagen aus dem Wrack des Unterseeboots herausgeholt hat. Und nur in dieser Hinsicht berührt ihn die Sache überhaupt noch. So hat er sich in den paar Tagen seit seinem Entschluss, sich von Leon durch die Sulusee nach Nord-Luzon schmuggeln zu lassen, immer wieder daran erinnern müssen, dass der eigentliche Zweck der Reise darin besteht, Golgatha zu öffnen.

Nachdem das Gold entladen worden ist und Leon ein paar Vorräte übernommen hat, zaubert Tom Howard eine Flasche Single-Malt-Scotch hervor, wodurch Randys Frage, wer eigentlich in all den Duty-free-Läden auf Flughäfen einkauft, endlich eine Antwort findet. Alles versammelt sich am Strand, um anzustoßen. Randy ist ein wenig nervös, als er sich der Runde zugesellt, weil er nicht recht weiß, worauf er einen Toast ausbringen soll, falls ihm diese Aufgabe zufällt. Darauf, dass sie Golgatha ausgraben? Darauf kann er eigentlich nicht trinken. Die geistige Begegnung zwischen Avi und Goto Dengo glich einem über einen Luftspalt springenden Funken – unvermittelt, blendend und ein wenig zum Fürchten – und ihr Angelpunkt war die gemeinsame Auffassung, dass dieses Gold durchweg Blutgeld und dass Golgatha ein Grab ist, das zu entweihen sie im Begriff stehen. Nicht gerade Anlass für einen Toast. Wie wäre es stattdessen mit einem Toast auf ein paar abstrakte, erhabene Prinzipien?

Hier hat Randy erneut ein Problem, etwas, was ihm langsam dämmert, während er unterhalb von Tom Howards Betonhaus am Strand steht: die vollkommene Freiheit, die Tom in Kinakuta gefunden hat, gleicht einer Schnittblume in einer Kristallvase. Sie ist herrlich, aber sie ist tot, und tot ist sie deshalb, weil man sie ihrem Boden entrissen hat. Und was genau ist dieser Boden? Als erste Annäherung könnte man schlicht sagen »Amerika«, aber ein bisschen komplizierter ist die Sache schon; Amerika ist einfach die am schwersten zu ignorierende Konkretion eines kulturellen und philosophischen Systems, das sich auch an anderen Orten findet. Nicht an vielen. Ganz sicher nicht in Kinakuta. Der nächste Vorposten ist eigentlich gar nicht so weit weg: Die Filipinos haben, bei allen Mängeln in puncto Menschenrechte, das ganze Prinzip der westlichen Freiheit derart in sich aufgesogen, dass sie im Vergleich mit anderen asiatischen Ländern, wo sich niemand einen Pfifferling um Menschenrechte schert, zu ökonomischen Nachzüglern geworden sind.

Am Ende erweist sich die Frage als hypothetisch; Douglas MacArthur Shaftoe bringt einen Toast auf eine ruhige Überfahrt aus. Noch vor zwei Jahren hätte Randy das banal und einfältig gefunden. Nun versteht er es als Dougs implizite Anerkennung der moralischen Zwiespältigkeit der Welt und als ziemlich geschickten Präventivschlag gegen weitere aufgeblähte Rhetorik. Randy leert seinen Scotch in einem Schluck und sagt: »Packen wir's an«, und auch das ist von ziemlich atemberaubender Banalität, aber dieses Sich-am-Strand-zu-einem-Kreis-Zusammenschließen macht ihn wirklich nervös; er hat sich verpflichtet, sich an einem Geschäftsunternehmen zu beteiligen, nicht, bei einer Intrige mitzumischen.

Es folgen vier Tage auf dem Einbaum. Der tuckert Tag und Nacht mit stetigen zehn Stundenkilometern dahin und hält sich in seichten Küstengewässern an der Peripherie der Sulusee. Mit dem Wetter haben sie Glück. Sie stoppen zweimal auf Palawan und einmal auf Mindoro, wo sie jeweils Dieselöl übernehmen und um nicht näher spezifizierte Waren handeln. Ladung kommt in den Rumpf, Leute kommen darüber an Deck, das bloß aus ein paar losen, quer über die Dollborde gelegten Planken besteht. Randy fühlt sich so abgrundtief einsam wie seit seinen Teenager-Jahren als kopflastiger Sonderling nicht mehr, aber er ist deswegen nicht traurig. Er schläft viel, schwitzt, trinkt Wasser, liest ein paar Bücher und spielt mit seinem neuen GPS-Empfänger herum. Dessen hervorstechendstes Merkmal ist eine pilzförmige, externe Antenne, die schwache Signale auffangen kann, was sich im Dschungel mit seinen drei Wachstums-Etagen als nützlich erweisen dürfte. Randy hat Breite und Länge von Golgatha in den Speicher eingegeben, sodass er nur ein paar Knöpfe drücken muss, um zu sehen, wie weit es noch weg ist und in welcher Richtung es liegt. Von Tom Howards Strand aus sind es fast genau tausend Kilometer. Als sich der Einbaum schließlich auf einen Schlickstreifen im Süden von Luzon schiebt und Randy in bester MacArthur-Manier an Land platscht, beträgt die Entfernung nur noch vierzig Kilometer. Aber vor ihm ragen zerklüftete Vulkane auf, schwarz und in Dunst gehüllt, und er weiß aus Erfahrung, dass vierzig Kilometer in der Wildnis sehr viel strapaziöser sein werden als die vorangegangenen neunhundertsechzig.

Nicht weit weg, über den Kokospalmen, erhebt sich der Glockenturm einer alten spanischen Kirche, errichtet aus Blöcken von vulkanischem Tuff, die soeben im Funkeln des typisch irren tropischen Sonnenuntergangs zu glühen beginnen. Nachdem sich Randy noch ein paar zusätzliche Flaschen Wasser geschnappt und sich von Leon und seiner Familie verabschiedet hat, marschiert er darauf zu. Im Gehen löscht er die Angaben zur Lage von Golgatha aus seinem GPS, falls es konfisziert oder geklaut wird.

Sein nächster Gedanke sagt etwas über seine Gemütsverfassung aus: dass Nüsse die Genitalien von Bäumen sind, liegt niemals deutlicher auf der Hand, als wenn man ein Büschel strotzender junger Kokosnüsse betrachtet, die in die haarige dunkle Scham einer Palme eingebettet sind. Erstaunlich, dass die spanischen Missionare nicht die ganze Art haben ausrotten lassen. Wie auch immer, bis er bei der Kirche angelangt ist, hat er ein Gefolge kleiner Filipino-Kinder mit nacktem Oberkörper um sich geschart, die es nicht gewohnt sind, aus dem Nichts weiße Männer erscheinen zu sehen. Davon ist Randy nicht gerade begeistert, aber er wäre schon froh, wenn niemand die Polizei ruft.

Vor der Kirche ist, umringt von beeindruckten Dorfbewohnern, ein japanisches Mehrzweck-Sportfahrzeug der anbetungswürdig gestalteten Sorte mit beunruhigend hohem Schwerpunkt geparkt. Randy fragt sich, ob es eigentlich noch auffälliger gegangen wäre. Der um die fünfzig Jahre alte Fahrer lehnt an der vorderen Stoßstange, raucht eine Zigarette und klönt mit ein paar örtlichen Würdenträgern: einem Priester und, Herr des Himmels, einem Cop mit einem verdammten Repetiergewehr. So gut wie alle Anwesenden rauchen Marlboros, die anscheinend als Geste des guten Willens verteilt worden sind. Randy muss sich in philippinische Gemütsverfassung zurückversetzen: Wenn man sich in das Land einschleichen will, inszeniert man nicht irgendeine Nacht-und-Nebel-Aktion, bei der man in einem mattschwarzen Neopren-Anzug auf einen einsamen Strand robbt, sondern man kommt einfach angetanzt und freundet sich mit jedem an, der einen zu Gesicht bekommt. Es ist nämlich nicht so, dass die Leute hier blöd sind; sehen tun sie einen auf jeden Fall.

Randy raucht eine Zigarette. Zum ersten Mal hat er das vor ein paar Monaten getan, als er sich endlich klar machte, dass es sich um eine Sache gesellschaftlicher Formen handelt, dass manche Leute es als Beleidigung auffassen, wenn man eine angebotene Zigarette ablehnt, und dass ein paar Zigaretten ihn ohnehin nicht umbringen werden. Von dem Fahrer und dem Priester abgesehen, spricht keiner von den Leuten hier auch nur ein Wort Englisch, sodass er nur auf diese Weise mit ihnen kommunizieren kann. Und außerdem, warum soll er angesichts all der Veränderungen, die er durchgemacht hat, nicht auch zum Zigarettenraucher werden, wo er gerade dabei ist? Vielleicht schießt er sich nächste Woche Heroin. Für etwas Ekelhaftes und Tödliches sind Zigaretten erstaunlich angenehm.

Der Fahrer heißt Matthew und ist, wie sich herausstellt, im Grunde weniger ein Fahrer als vielmehr ein charismatischer Strippenzieher/Unterhändler, ein Wegebner, ein menschlicher Straßenplanierer. Randy steht einfach untätig herum, während Matthew sie beide auf charmante und urkomische Weise von dieser improvisierten Dorf-Versammlung loseist, eine Aufgabe, die wahrscheinlich nahezu unlösbar wäre, wenn der Priester sich nicht eindeutig zum Komplizen machte. Der Cop wendet sich um Stichworte zum weiteren Vorgehen an den Priester, der ihm unter Blicken und Gesten etwas Kompliziertes erklärt, und auf diese Weise findet Randy irgendwie auf den Beifahrersitz des Mehrzweck-Sportfahrzeugs und Matthew setzt sich hinters

Steuer. Lange nach Sonnenuntergang zuckeln sie auf einer abscheulichen, einspurigen Straße zum Dorf hinaus, verfolgt von Kindern, die nebenher laufen und sich mit einer Hand am Wagen festhalten, wie Secret-Service-Agenten beim Begleitschutz. Das halten sie eine ganze Weile durch, weil die Straße erst nach ein paar Kilometern so gut wird, dass Matthew aus dem ersten Gang hochschalten kann.

In diesem Teil der Welt ist es überhaupt nicht sinnvoll, nachts zu fahren, aber Matthew lag sichtlich nichts daran, in diesem Dorf zu übernachten. Randy hat eine ziemlich gute Vorstellung davon, was ihm bevorsteht: viele Stunden langsamer Fahrt auf gewundenen Straßen, halb versperrt von Haufen frisch geernteter junger Kokosnüsse und blockiert von quer über die Fahrbahn geworfenen Baumstämmen, die als Schwellen zur Geschwindigkeitsbegrenzung dienen, damit Kinder und Hunde nicht überfahren werden. Er lehnt sich im Sitz zurück.

Grelles Licht strömt in den Wagen und er denkt: Straßensperre, Cops, Suchscheinwerfer. Die Straße wird von einer Silhouette verstellt. Am Fenster ist ein Klopfen zu hören. Randy schaut hinüber und sieht, dass der Fahrersitz leer ist und der Schlüssel nicht steckt. Der Wagen ist kühl, steht schon länger. Randy richtet sich auf und reibt sich das Gesicht, teils weil er das Bedürfnis dazu verspürt, teils weil es vermutlich klug ist, seine Hände deutlich zu zeigen. Weiteres, zunehmend ungeduldiges Klopfen an der Scheibe. Die Fenster sind beschlagen und er kann nur Formen erkennen. Das Licht ist rötlich. Er hat ganz unpassenderweise eine Erektion. Er tastet nach der Fensterkurbel, aber der Wagen hat elektrische Fensterheber, die nur funktionieren, wenn der Motor läuft. Randy tastet an der Tür herum, bis er heraushat, wie man sie aufschließt; fast im selben Moment fliegt sie auf und jemand kommt zu ihm herein.

Sie landet schließlich quer über ihm liegend auf seinem Schoß und ihr Kopf ruht an seiner Brust. »Mach die Tür zu«, sagt Amy und Randy gehorcht. Dann dreht und windet sie sich, bis sie ihn von Angesicht zu Angesicht sieht, und das Gravitationszentrum ihres Beckens reibt sich erbarmungslos an dem riesigen Bereich zwischen Bauchnabel und Oberschenkeln, der in den letzten Monaten ein einziges großes Geschlechtsorgan für ihn geworden ist. Sie klemmt seinen Hals zwischen ihren Unterarmen ein und packt die beiden Stangen der Kopfstütze. Er ist wehrlos. Das Naheliegende wäre nun ein Kuss und sie täuscht auch etwas in dieser Richtung an, überlegt es sich dann jedoch anders, da es scheint, als wäre zunächst ein ernsthafter Blickwechsel angezeigt. Also sehen sie einander gut eine Minute lang an. Es ist kein verträumter Blick, den sie da wechseln, keineswegs eine Sache glänzender Augen, sondern eher etwas von der *Wie-sind-wir-da-bloß-reingeraten*-Sorte. Als wäre es beiden wirklich wichtig, dass sie sich bewusst sind, wie ernst das Ganze ist. Gefühlsmäßig, ja, aber auch vom juristischen und, mangels eines besseren Begriffs, militärischen Standpunkt aus. Doch sobald Amy sich überzeugt hat, dass ihr Knabe es tatsächlich kapiert, und zwar an allen drei Fronten, erlaubt sie sich ein leicht ungläubig wirkendes Feixen, das zu einem breiten Grinsen und schließlich zu einem Kichern erblüht, welches sich bei einer Frau mit weniger kräftigen Armen als Giggeln charakterisieren ließe, und dann zieht sie, bloß um sich zum Schweigen zu bringen, kräftig an den Stahlstangen der Kopfstütze, schmiegt ihr Gesicht an Randys, schnuppert und schnobert zehn Herzschläge lang forschend und küsst ihn dann. Es ist ein keuscher Kuss, der lange braucht, um sich zu öffnen, was nicht nur vollkommen zu Amys vorsichtiger, süffisanter Art, an alles heranzugehen, sondern auch zu der einst auf der Fahrt nach Whitman angedeuteten Hypothese passt, dass sie tatsächlich noch Jungfrau ist.

In diesem Augenblick ist Randys Leben im Wesentlichen erfüllt. Er hat, während sich das alles abspielte, schließlich begriffen, dass das zum Fenster hereinscheinende Licht von der Morgendämmerung herrührt, und versucht, den Gedanken zu unterdrücken, *dass es ein guter Tag zum Sterben ist*, denn ihm ist klar, dass er zwar künftig vielleicht viel Geld verdienen, berühmt werden oder sonst etwas anfangen kann, dass aber nichts diesen Moment je übertreffen wird. Auch Amy weiß das und sie lässt den Kuss sehr lange dauern, ehe sie ihn schließlich mit leichtem Luftschnappen abbricht und den Kopf neigt, sodass ihre Stirn auf seinem Brustbein liegt und die Wölbung ihres Kopfes der seines Halses folgt, wie die Küstenlinie Südamerikas der Afrikas. Randy kann ihren Druck auf seinem Unterleib fast nicht mehr ertragen. Er stemmt die Füße gegen den Boden des Mehrzweck-Sportfahrzeugs und windet sich.

Plötzlich bewegt sie sich rasch und entschlossen, packt den Saum des linken Beins seiner schlabberigen Shorts, zerrt ihn bis fast zu seinem Nabel hoch und nimmt seine Boxershorts gleich mit. Randy schießt hervor und zielt auf sie, reckt sich, bei jedem Herzschlag leise schwankend, mit im Dämmerlicht gesundem Schimmer (wie er in aller Bescheidenheit findet) nach oben. Amy hat eine Art leichten Wickelrock an, den sie plötzlich über ihn wirft, was einen flüchtigen Zeltstangeneffekt erzeugt. Aber sie bleibt in Bewegung, greift unter den Rock, um ihre Unterwäsche wegzuziehen, und ehe er richtig glauben kann, dass es passiert, setzt sie sich hart auf ihn, was einen beinahe elektrischen Schlag erzeugt. Dann hört sie auf, sich zu bewegen – eine Herausforderung an ihn.

Randys Zehenknöchel knacken hörbar. Er hebt sich und Amy in die Luft, erlebt eine Art synästhetische Halluzination, ganz ähnlich wie die berühmte »Sprung in den Hyperraum«-Szene aus *Star Wars*. Oder hat sich vielleicht versehentlich der Airbag ausgelöst? Dann spritzt er ungefähr einen halben Liter Samen aus – eine scheinbar endlose Folge von Ejakulationen, und jede ist mit der nächsten nur durch die Glaubensgewissheit verbunden, dass noch eine kommt – und am Ende hört sie auf, wie alles, was sich auf Glaube und Hoffnung gründet, und Randy sitzt vollkommen still, bis seinem Körper bewusst wird, dass er schon eine ganze Weile keine Luft mehr geholt hat. Er füllt sich vollständig die Lungen, dehnt sie, ein fast genau so schönes Gefühl wie der Orgasmus, und schlägt dann die Augen auf – sie schaut verwirrt, aber (Gott sei Dank!) nicht entsetzt oder angewidert auf ihn herab. Er macht es sich wieder in dem Schalensitz bequem, der ihm in einer nicht unangenehmen Geste leichter Zudringlichkeit den Hintern drückt. Das, Amys Oberschenkel und andere wechselseitige Durchdringungen werden ihn noch eine ganze Weile hier festhalten und er hat ein bisschen Angst davor, was Amy sagen wird – sie hat die Auswahl aus einem großen Menü möglicher Antworten auf das Ganze, und fast alle davon gehen auf Randys Kosten. Sie setzt ein Knie auf, stemmt sich hoch, packt den Zipfel seines Hawaiihemdes und wischt sich kurz ab. Dann stößt sie die Wagentür auf, tätschelt ihm zweimal die behaarte Wange, sagt »Rasier dich« und tritt nach links von der Bühne ab. Nun kann Randy erkennen, dass sich der Airbag tatsächlich nicht ausgelöst hat. Und dennoch hat er das gleiche Gefühl einer tief greifenden Lebensveränderung, das man beispielsweise empfindet, wenn man einen Autounfall überlebt.

Er sieht unmöglich aus. Zum Glück liegt seine Tasche auf dem Rücksitz, mit einem Hemd zum Wechseln.

Ein paar Minuten später steigt er schließlich aus dem Wagen aus, dessen Scheiben beschlagen sind, und wirft einen Blick auf seine Umgebung. Er befindet sich in einem Gemeinwesen, das unter ein paar in weiten, unregelmäßigen Abständen verteilten Kokospalmen auf einem schrägen Plateau errichtet ist. Hangabwärts, in grober Südrichtung, ist ein Vegetationsmuster zu sehen, das Randy als Cash-crop-Anpflanzung auf drei Etagen erkennt: unten am Boden Ananas, ungefähr auf Kopfhöhe Kakao und Kaffee und darüber Kokosnüsse und Bananen. Die gelblich-grünen Blätter der Bananenbäume sind besonders einladend und so groß, dass es den Anschein hat, als könnte man sich darauf ausstrecken und sonnenbaden. Nach Norden hin, hangaufwärts, versucht ein Dschungel, einen Berg niederzureißen.

Die Siedlung, in der er sich hier befindet, ist offensichtlich erst in jüngerer Zeit entstanden, von richtigen Landmessern geplant, von gebildeten Menschen entworfen und von jemandem gefördert, der sich nagelneues Wellblech, ABS-Abflussrohre und ein richtiges Stromnetz leisten kann. Mit einer normalen philippinischen Stadt hat sie insofern etwas gemeinsam, als sie um eine Kirche herum gebaut ist. In diesem Falle ist die Kirche klein – Enoch hat sie als Kapelle bezeichnet –, aber dass sie von finnischen Architekturstudenten entworfen wurde, läge für Randy auch dann auf der Hand, wenn Enoch es nicht verraten hätte. Sie hat ein bisschen was von Bucky Fullers »Tensegrity«-Auffassung vorzuweisen – viel freiliegende, unter Spannung stehende Stahlkabel, die von den Enden röhrenförmiger Pfeiler ausstrahlen und alle zusammen ein Dach halten, das nicht aus einer einzelnen Fläche, sondern aus einem System gebogener Scherben besteht. Für Randy, der Gebäude mittlerweile einzig und allein nach dem Kriterium ihrer Erdbebentauglichkeit beurteilt, sieht das Ganze nach einer höchst gelungenen Konstruktion aus. Root hat ihm erzählt, sie sei von den Brüdern eines Missionarsordens und von einheimischen Freiwilligen gebaut worden und das Material habe eine japanische Stiftung beigesteuert, die immer noch Wiedergutmachung für den Krieg leiste.

Aus der Kirche dringt Musik. Randy sieht auf seine Uhr und stellt fest, dass es Sonntagmorgen ist. Er umgeht die Teilnahme an der Messe unter dem Vorwand, sie habe schon begonnen und er wolle nicht stören, und spaziert zu einem einen nahe gelegenen Pavillon – ein Wellblechdach, das einen Betonboden mit ein paar Plastiktischen beschattet –, wo gerade zum Frühstück gedeckt wird. Dabei gibt er Anlass zu einer heftigen Kontroverse unter einer frei laufenden Schar von Hühnern, die seinen Weg kreuzen und offenbar partout nicht dahinter kommen, wie sie ihm ausweichen können; sie haben Angst vor ihm, sind aber zu minderbemittelt, um diese Angst in eine schlüssige Vorgehensweise umsetzen zu können. Mehrere Meilen weit weg kommt vom Meer her ein Hubschrauber angeflogen, der rasch an Höhe verliert, während er einen Landeplatz oben im Dschungel ansteuert. Es ist ein großer, unnötig lauter Lastenhubschrauber mit ungewohnten Konturen und Randy hat den vagen Verdacht, dass er in Russland für chinesische Kunden gebaut wurde und zu Wings Unternehmen gehört.

Er erkennt Jackie Woo, der sich an einem der Tische fläzt und eine Hochglanzzeitschrift liest. Amy ist in der angrenzenden Küche und klönt auf Tagalog mit ein paar Frauen mittleren Alters, die mit den Vorbereitungen für das Essen beschäftigt sind. Hier scheint es ziemlich sicher zu sein, deshalb bleibt Randy im Freien stehen, tippt die Zahlen ein, die nur er und Goto Dengo kennen und nimmt eine GPS-Peilung vor. Dem Gerät zufolge sind sie nicht weiter als 4500 Meter vom Hauptschacht von Golgatha entfernt. Randy überprüft die Richtung und stellt fest, dass er von hier aus gesehen hangaufwärts liegt. Zwar verwischt der Dschungel die darunter liegenden Geländeformen, doch Randy glaubt, dass sich die Anlage im Tal eines nahe gelegenen Flusses befindet.

4500 Meter erscheinen ihm unmöglich nahe, und während er dasteht und versucht, sich zu überzeugen, dass sein Gedächtnis noch funktioniert, springt plötzlich die Kapellentür auf und die dilettantischen Stimmen der Gottesdienstbesucher schallen durch die Siedlung. Enoch Root kommt heraus, bekleidet (zwangsläufig) mit etwas, das Randy als Gewand eines Zauberers bezeichnen würde. Doch im Gehen streift er es ab, sodass vernünftige Kakikleidung zum Vorschein kommt, und reicht es einem jungen philippinischen Messdiener, der damit in die Kapelle zurückeilt. Der Gesang verliert sich, dann kommt Douglas MacArthur Shaftoe aus der Kirche, gefolgt von John Wayne und mehreren Menschen, bei denen es sich um Einheimische zu handeln scheint. Alles strebt dem Pavillon zu. Die Wachheit, die mit der Ankunft an einem neuen Ort einhergeht, hat in Verbindung mit den neurologischen Nachwirkungen jenes ungeheuer gewaltigen und langen Orgasmus Randys Sinne schärfer und seinen Verstand klarer gemacht, als sie es je zuvor waren, und er brennt darauf loszulegen. Aber er kann nicht bestreiten, dass es sinnvoll ist, ordentlich zu frühstücken, und so schüttelt er reihum Hände und setzt sich mit den anderen hin. Es folgt ein kurzes Geplauder darüber, wie seine Reise mit dem Einbaum war.

»Ihre Freunde hätten auch auf diesem Weg ins Land kommen sollen«, sagt Doug Shaftoe und erklärt, dass Avi und die beiden Gotos eigentlich schon am Vortag hätten da sein müssen, aber einige Stunden lang am Flughafen aufgehalten worden seien und schließlich nach Tokio hätten zurückfliegen müssen, während irgendwelche rätselhaften Einreiseprobleme ausgebügelt wurden. »Warum sind sie nicht nach Taipeh oder Hongkong geflogen?«, fragt sich Randy laut, da beide Städte viel näher an Manila liegen. Doug starrt ihn ausdruckslos an und bemerkt, dass beides chinesische Städte seien und ihr vermutlicher Gegner nun General Wing heiße, der in solchen Städten viel Einfluss habe.

Es sind bereits mehrere Rucksäcke vorbereitet worden, die hauptsächlich Wasserflaschen enthalten. Nachdem jeder Gelegenheit gehabt hat, das Frühstück zu verdauen, setzen Douglas MacArthur Shaftoe, Jackie Woo, John Wayne, Enoch Root, America Shaftoe und Randall Lawrence Waterhouse allesamt Rucksäcke auf. Sie marschieren hügelaufwärts los, aus der Siedlung heraus und in eine Übergangszone aus großblättrigen Quellenbäumen und riesigen Bambusbüschen: Zehn Zentimeter dicke Strünke schießen aus Zentralwurzeln bis zu einer Höhe von mindestens zehn Metern nach außen und oben wie erstarrte Granatenexplosionen, die Stangen grün und braun gestreift, wo die kräftigen Blätter sich abschälen. Der Dschungelbaldachin türmt sich höher und höher, ein Effekt, der noch gesteigert wird durch die Tatsache, dass der Wald hangaufwärts liegt und ein phantastisches Pfeifen von sich gibt, wie ein Phaser auf Überlast. Als sie in den Schatten des Baldachins eintreten, kommt zu diesem Pfeifen der Lärm der Grillen. Es klingt, als gäbe es Millionen Grillen und Millionen von den Geschöpfen, die da pfeifen, doch von Zeit zu Zeit verstummt das Geräusch jäh und setzt dann wieder ein, als folgten sie alle derselben Partitur.

Es wimmelt von Pflanzen, die man in Amerika nur in Töpfen sieht, die hier jedoch die Größe von Eichenbäumen erreichen, sodass Randys Verstand sie beispielsweise nicht mehr als die gleiche Art von Diefenbachia wahrnimmt, die Großmutter Waterhouse auf der Ablage in ihrem Badezimmer im Erdgeschoss zu ziehen pflegte. Es gibt eine unglaubliche Vielfalt von Schmetterlingen, denen die windstille Umgebung genau zu entsprechen scheint, und sie gaukeln zwischen riesigen Spinnweben hin und her, die an die Konstruktion von Enoch Roots Kirche erinnern. Aber es ist klar, dass der Wald letztlich von Ameisen beherrscht wird; es ist sogar am sinnvollsten, sich den Dschungel als lebendiges Gewebe von Ameisen mit einem unbedeutenden Befall von Bäumen, Vögeln und Menschen zu denken. Einige sind so klein, dass sie sich zu anderen Ameisen wie diese zu Menschen verhalten; sie gehen ihren Ameisen-Aktivitäten in ein und demselben physischen Raum nach, jedoch ohne einander ins Gehege zu kommen, wie zahlreiche Signale auf verschiedenen Frequenzen, die dasselbe Medium nutzen. Aber es gibt auch eine nicht geringe Anzahl von Ameisen, die andere Ameisen tragen, und Randy nimmt an, dass sie es nicht aus altruistischen Gründen tun.

Wo der Dschungel dicht wächst, ist er unpassierbar, doch es gibt eine ganze Reihe von Stellen, an denen die Bäume ein paar Meter auseinander stehen, das Unterholz nur kniehoch ist und Licht hindurchdringt. Indem sie sich von einer solchen Stelle zur nächsten bewegen, kommen sie langsam in der ungefähren Richtung voran, die Randys GPS anzeigt. Jackie Woo und John Nguyen sind verschwunden und scheinen sich parallel zu ihnen, aber sehr viel leiser zu bewegen. Der Dschungel ist ein hübscher Ort für einen Besuch, aber leben oder auch nur stehen bleiben wollte man hier nicht. So wie die Bettler in Intramuros einen als zweibeinigen Kassenautomaten betrachten, sehen die Insekten einen hier als großen Brocken belebter, aber nicht sonderlich gut verteidigter Nahrung. Die Fähigkeit, sich zu bewegen, wirkt keineswegs abschreckend, sondern dient als nicht zu verfälschende Frischegarantie. Die Zeltstangen des Baldachins sind riesige Bäume – »Octomelis sumatrana«, sagt Enoch Root – mit schmalen, geradezu explosionsartig in alle Richtungen ausgespreizten Pfeilerwurzeln, so dünn und scharf wie in den Boden gerammte Macheten. Einige werden fast völlig von riesigen Philodendren verdeckt, die sich an ihren Stämmen emporwinden.

Sie erklimmen eine breite, sanft gerundete Kammlinie; Randy hatte vergessen, dass sie sich hangaufwärts bewegen. Die Luft wird plötzlich kühler und auf ihrer Haut schlägt sich Feuchtigkeit nieder. Wenn die Pfeifer und die Grillen innehalten, hören die Marschierenden unterhalb von sich das Murmeln eines Flüsschens. Die nächste Stunde bringen sie damit zu, sich langsam hangabwärts darauf zuzuarbeiten. Sie legen insgesamt hundert Meter zurück; bei dieser Geschwindigkeit, denkt Randy, dürften sie, wenn sie rund um die Uhr marschieren, zwei Tage brauchen, um Golgatha zu erreichen. Aber er behält diese Beobachtung für sich. Während des Abstiegs wird er sich allmählich voller Erstaunen der ungeheuren Menge von Biomasse bewusst, die sich über ihnen – oftmals in vierzig bis fünfzig Meter Höhe – befindet. Er kommt sich vor, als stünde er ganz unten in der Nahrungskette.

Sie gelangen in eine sonnige Zone, die folgerichtig von sehr viel dichterem Unterholz überwuchert ist, und sind gezwungen, sich mit den Macheten einen Weg zum Fluss freizuhacken. Enoch Root erklärt, hier habe sich ein kleiner Lahar, der weiter stromaufwärts zwischen den Steilwänden der engen Schlucht des Flusses kanalisiert worden sei, in die Breite ausgedehnt, ein paar Hektar alter Bäume niedergemäht und so den Weg für niedrigere, opportunistische Vegetation freigemacht. Das ist ungefähr zehn Sekunden lang faszinierend, dann heißt es wieder mit der Machete arbeiten. Schließlich erreichen sie das Flussufer, die Haut juckend und grünlich verklebt vom Saft, der Milch und dem Fleisch der Pflanzen, die sie niedergehauen haben, um hierher zu kommen. Das Flussbett ist an dieser Stelle flach und steinig, ohne deutlich abgesetztes Ufer. Sie lassen sich nieder und trinken eine Zeit lang Wasser. »Was soll das Ganze eigentlich?«, fragt Enoch Root plötzlich. »Nicht dass ihr denkt, ich lasse mich von diesen physischen Hindernissen entmutigen, das ist nämlich nicht der Fall. Aber ich frage mich, ob ihr selbst euch über das Ziel dieses Unternehmens im Klaren seid.«

»Das Ganze dient der Erkundung. Nichts weiter«, sagt Randy.

»Aber es hat keinen Sinn, einfach ziellos etwas zu erkunden, es sei denn, man treibt reine Wissenschaft oder ist Historiker. Sie vertreten hier ein Geschäftsunternehmen. Richtig?«

»Ja.«

»Also könnte ich, wenn ich Anteilseigner Ihrer Firma wäre, eine Erklärung dafür verlangen, warum Sie im Augenblick hier an diesem Flussufer sitzen, anstatt das zu machen, was immer Ihre Firma macht.«

»Angenommen, Sie wären ein intelligenter Anteilseigner, würden Sie das wohl tun.«

»Und wie würde Ihre Erklärung lauten, Randy?«

»Na ja –«

»Ich weiß, wohin wir gehen, Randy.« Und Enoch betet eine Reihe von Zahlen herunter.

»Woher wissen Sie das?«, fragt Randy einigermaßen hitzig.

»Ich weiß das schon seit fünfzig Jahren«, sagt Enoch. »Goto Dengo hat es mir gesagt.«

Eine Zeit lang kann Randy nur stumm vor sich hin kochen. Doug Shaftoe lacht. Amy sieht einfach nur besorgt aus. Enoch brütet ein paar Augenblicke lang und sagt schließlich: »Ursprünglich bestand der Plan, das Land hier mit einer kleineren Goldmenge zu kaufen, die ausgegraben und an Bord eines bestimmten Unterseeboots gebracht wurde. Dann wollten wir den geeigneten Moment abwarten und den Rest ausgraben. Aber das Unterseeboot ist gesunken, und mit ihm das Gold. Ich habe mein Wissen viele Jahre lang für mich behalten. Aber dann fingen Leute an, in dieser Gegend hier Land aufzukaufen – Leute, die offensichtlich hofften, die Hauptlagerstätte zu finden. Wenn ich das Geld gehabt hätte, hätte ich das Land selbst gekauft. Aber ich hatte es nicht. Also habe ich dafür gesorgt, dass die Kirche es kauft.«

Doug Shaftoe sagt: »Sie haben Enochs Frage noch nicht beantwortet, Randy: Was nützen Sie Ihren Anteilseignern hier?«

Eine rote Libelle schwebt über einem toten Arm des Flusses und ihre Flügel bewegen sich so schnell, dass das Auge keine Flügel in Bewegung, sondern, Elektronenbahnen gleich, eine Wahrscheinlichkeitsverteilung dessen wahrnimmt, wo die Flügel sein könnten: ein quantenmechanischer Effekt, der vielleicht erklärt, warum sich das Insekt anscheinend von einem Ort zum anderen teleportieren kann, indem es von einem Punkt verschwindet und ein paar Meter weiter wieder auftaucht, scheinbar ohne sich durch den Raum dazwischen zu bewegen. Im Dschungel gibt es wirklich einen Haufen Zeug in leuchtenden Farben. In der Natur, vermutet Randy, muss etwas, das so leuchtend gefärbt ist, ein ernst zu nehmender evolutionärer Fiesling sein.

»Wir haben das Gold, das Sie aus dem Unterseeboot geborgen haben, in elektronisches Geld verwandelt, richtig?«, sagt Randy.

»Das behaupten Sie. Ausgegeben habe ich von diesem elektronischen Geld allerdings noch nichts«, sagt Doug.

»Das Gleiche wollen wir auch für die Kirche tun – oder für Wing – oder wer immer letztlich in den Besitz dieses Goldes gelangt. Wir wollen es in der Krypta deponieren und als elektronische Währung nutzbar machen.«

Amy fragt: »Ist dir eigentlich klar, dass man, um das Gold von hier wegzuschaffen, Land durchqueren muss, das von Wing kontrolliert wird?«

»Wer sagt, dass wir es wegschaffen müssen?«

Eine Zeit lang herrscht Schweigen oder was in einem Dschungel als Schweigen gilt.

»Sie haben Recht«, sagt Doug Shaftoe. »Wenn nur die Hälfte der Geschichten stimmt, dann liegt es hier sicherer als in jedem Tresorraum.«

»Die Geschichten stimmen alle – und es gibt noch mehr«, sagt Randy. »Der Mann, der Golgatha entworfen und gebaut hat, ist Goto Dengo.«

»Scheiße!«

»Er hat uns Pläne davon gezeichnet. Und die allgemeinere Frage der lokalen und nationalen Sicherheit stellt hier kein Problem dar«, fügt Randy hinzu. »Natürlich war der Staat hier manchmal instabil. Aber jeder Angreifer, der physisch von dem Gold Besitz ergreifen will, muss sich durch diesen Dschungel hier kämpfen, wo sich ihm zehn Millionen schwer bewaffnete Filipinos in den Weg stellen.«

»Jeder weiß, was die Huks gegen die Nips ausgerichtet haben«, sagt Doug, heftig nickend. »Oder auch der Vietcong gegen uns. Keiner wäre so blöd, es zu versuchen.«

»Zumal wenn wir Ihnen die Verantwortung dafür übertragen, Doug.«

Amy hat den größten Teil des Gesprächs hindurch vor sich hin geträumt, doch bei dieser Bemerkung wendet sie sich ihrem Vater zu und grinst ihn an.

»Einverstanden«, sagt Doug.

Randy wird sich allmählich bewusst, dass sich die meisten Vögel und Insekten, die hier leben, so rasch bewegen, dass man den Kopf gar nicht schnell genug drehen kann, um sie genau in den Blick zu bekommen. Sie existieren nur als peripher wahrgenommene, flitzende Bewegungen. Einzige Ausnahme scheint eine Spezies von Mücke zu bilden, die sich in eine spezielle ökologische Nische hineinentwickelt hat, in der es darum geht, mit knapp unter Schallgeschwindigkeit liegendem Tempo in das linke Auge von Menschen zu sausen. Randy hat vier Treffer ins linke und keinen ins rechte abgekriegt. Eben bekommt er wieder einen, und während er sich noch davon erholt, zuckt die Erde unter ihnen. In seinen psychischen Auswirkungen gleicht das Phänomen ein wenig einem Erdbeben: ein Gefühl der Ungläubigkeit und dann des Verratenwerdens angesichts der Tatsache, dass der feste Boden die Kühnheit besitzt, sich zu bewegen. Aber bis die Empfindung über die Wirbelsäule ins Gehirn gelangt, ist alles schon wieder vorbei. Der Fluss fließt nach wie vor, und die Libelle jagt noch immer.

»Das hat sich genau wie eine Sprengstoffexplosion angefühlt«, sagt

Doug Shaftoe, »aber ich habe nichts gehört. Hat irgendeiner was gehört?«

Keiner hat etwas gehört.

»Das bedeutet«, fährt Doug fort, »dass irgendjemand tief im Boden Sprengungen auslöst.«

Sie beginnen, sich flussaufwärts vorzuarbeiten. Randys GPS zeigt an, dass Golgatha weniger als zweitausend Meter entfernt liegt. Der Fluss bildet langsam richtige Ufer aus, die stetig höher und steiler werden. John Wayne erklettert das linke und Jackie Woo das rechte Ufer, damit das höhere Gelände zu beiden Seiten gedeckt oder zumindest erkundet wird. Sie treten wieder in den Schatten des Baldachins ein. Der Boden hier besteht aus einer Art sedimentärem Felsen, in den stellenweise Granitbrocken eingelagert sind, wie gemischte Nüsse in halb geschmolzener Schokolade. Wahrscheinlich ist es nichts weiter als ein Grind aus erstarrter Asche und Sediment auf einem Monolithen aus hartem Fels. Die im Flussbett Marschierenden kommen nur noch sehr langsam voran. Mal befinden sie sich im Wasser und kämpfen gegen eine starke Strömung an, dann wieder suchen sie sich von Fels zu Fels einen Weg oder weichen auf bröckelnde Gesimse aus härterem Gestein aus, die hier und da von den Ufern vorspringen. Alle paar Minuten blickt Doug auf und stellt Blickkontakt zu Jackie Woo und John Wayne her – die sich wohl mit Herausforderungen ganz eigener Art herumschlagen, da sie manchmal hinter die Hauptgruppe zurückfallen. Die Bäume scheinen nur noch höher zu werden, während sich die Gruppe in die Berge vorarbeitet, und mittlerweile wird ihre Höhe noch dadurch betont, dass sie auf einem Ufer wurzeln, das sich zwei, fünf, zehn und dann zwanzig und dreißig Meter über den Fluss erhebt. Nun ragt das Ufer sogar über die Marschierenden hinaus: Die Schlucht ist eine weitgehend im Boden versenkte Röhre, die sich nur durch einen schmalen Schlitz nach oben zum Himmel hin öffnet. Aber es ist fast Mittag, die Sonne scheint nahezu senkrecht darauf herab und beleuchtet alles, was von den Höhen hier heruntergelangt. Die Leiche eines gemordeten Insekts schwebt vom oberen Baldachin herab wie die erste Schneeflocke des Winters. Wasser, das von den Rändern des überhängenden Ufers herabsickert, bildet einen Tropfenvorhang und jeder Tropfen glitzert wie ein Diamant und macht es fast unmöglich, die dunkle Höhle dahinter zu erkennen. Zwischen den fallenden Tropfen gaukeln gelbe Schmetterlinge, ohne je getroffen zu werden.

Sie kommen um eine sanfte Biegung des Flusses und stehen unvermittelt vor einem ungefähr zwanzig Meter hohen Wasserfall. Am Fuße des Wasserfalls liegt ein stiller, relativ flacher Teich, der den Grund einer breiten, von den konkaven, überhängenden Ufern gebildeten melonenförmigen Höhlung füllt. Die senkrecht stehende Sonne leuchtet geradewegs auf die weiße Gischtwolke am Fuß des Wasserfalls herab, die ihren Schimmer in blendender Helle zurückwirft und so eine Art natürlicher Lichtquelle bildet, welche das ganze Höhleninnere erleuchtet. Die vom Grundwasser schwitzenden, tropfenden und triefenden Wände glänzen in ihrem Schein. Die Unterseiten der Farne und großblättrigen Pflanzen – Epiphyten –, die ohne erkennbaren Halt den Wänden entsprießen, flackern und schillern in dem unheimlich bläulichen schaumigen Glühen.

Die Wände der Höhlung sind größtenteils hinter Vegetation verborgen: zarte, herabwallende Moosschleier, die auf dem Fels wachsen, Ranken, die von den Zweigen der Bäume hundert Meter über ihnen herabhängen und halb in die Schlucht herabbaumeln, wo sie sich in vorspringenden Baumwurzeln verheddert und ein natürliches Spalier für ein feineres Netzwerk von Kriechpflanzen gebildet haben, das seinerseits Kette und Schuss eines verfilzten, von Grundwasser gesättigten Moosteppichs ist. Die Schlucht wimmelt von Schmetterlingen, die in Farben von radioaktiver Reinheit strahlen, und näher am Wasser finden sich Schlankjungfern, meist mit schwarzen und grünlichblauen Leibern, die in der Sonne blitzen – ihre Flügel lassen an den Unterseiten eine Ahnung von Lachs- und Korallenrot erkennen, während sie sich umeinander drehen. Hauptsächlich aber ist die Luft gefüllt vom unaufhörlichen, langsamen Fortgang alles dessen, was nicht überlebt hat und durch die Luftsäule ins Wasser hinabgelangt, das es fortschwemmt: tote Blätter und die Exoskelette von Insekten, ausgesogen und entleibt in einem stummen Kampf, der sich hundert Meter über ihnen abspielt.

Randy hat nach wie vor ein Auge auf die Anzeige des GPS, das es schwer hat, hier unten in dieser Schlucht Satellitensignale aufzufangen. Doch schließlich werden ein paar Zahlen angezeigt. Er lässt das Gerät die Entfernung von seinem Standort bis Golgatha berechnen und die Antwort erscheint sofort: eine lange Reihe von Nullen, an deren rechtem Ende sich ein paar unbedeutende Ziffern verlieren.

Randy sagt: »Das ist es.« Aber seine Worte werden weitgehend von einer heftigen Explosion am Ufer hoch über ihnen übertönt. Ein paar Sekunden später beginnt ein Mann zu schreien.

»Keiner rührt sich«, sagt Doug Shaftoe, »wir sind in einem Minenfeld.«

Schlüsselwörter

Auf einem grasigen Hügel kauert ein Mann hinter einem Grabstein, späht durch ein Fernrohr, das auf ein Dreibein montiert ist, und verfolgt damit den stetigen Gang einer mit Robe und Kapuze bekleideten Gestalt über das Gras.

FUNERAL – BEERDIGUNG. Das ist das Schlüsselwort, das den Burschen das Genick gebrochen hat.

Der Japaner in der amerikanischen Uniform, den Enoch Root da stehen lässt, muss dieser Goto Dengo sein. Mittlerweile hat Lawrence Pritchard Waterhouse den Namen in so viele ETC-Karten eingestanzt gesehen, dass er die oben auf die Karte gedruckten Buchstaben gar nicht mehr lesen muss: Einen »Goto Dengo« erkennt er auf Armeslänge, indem er schlicht das Muster der ausgestanzten Rechtecke betrachtet. Das Gleiche gilt für einige Dutzend andere japanische Bergbauingenieure und Landvermesser, die 43 und 44 – auf von Tokio ausgehende Azure/Pufferfish-Funksprüche hin – nach Luzon gebracht wurden. Doch soviel Waterhouse weiß, sind alle anderen tot. Entweder das oder sie haben sich mit Yamashita nach Norden zurückgezogen. Nur einer von ihnen ist noch am Leben und wohlauf und wohnt in dem, was von Manila noch übrig ist: Goto Dengo. Waterhouse hatte eigentlich vor, ihn an die Army Intelligence zu verpfeifen, aber nun, da der nicht unterzukriegende Nip zum persönlichen Protegé des Generals geworden ist, scheint ihm das keine so gute Idee mehr.

Root marschiert in Richtung der beiden geheimnisvollen Weißen, die zu Bobby Shaftoes Beerdigung erschienen sind. Waterhouse betrachtet sie durch das Fernrohr, aber eine mittelmäßige Optik in Verbindung mit den vom Gras aufsteigenden Hitzewellen kompliziert das Ganze. Einer von ihnen kommt ihm sonderbar bekannt vor. Sonderbar deshalb, weil Waterhouse nicht so viele bärtige Männer mit langem, zurückgestrichenem blonden Haar und schwarzer Augenklappe kennt.

Seinem Gehirn entspringt voll ausgebildet, ohne Ankündigung, eine Idee. So kommen ihm seine besten Ideen. Ideen, die er geduldig aus winzigen Samen kultiviert, keimen entweder nicht oder entwickeln sich zu Monstrositäten. Gute Ideen sind einfach ganz plötzlich da, wie Engel in der Bibel. Man kann sie nicht ignorieren, bloß weil sie lächerlich sind. Waterhouse unterdrückt ein Kichern und versucht, nicht allzu sehr in Begeisterung zu geraten. Der langweilige, fade, bürokratische Teil seines Verstandes fühlt sich gereizt und verlangt wenigstens ein paar Anhaltspunkte.

Die werden rasch geliefert. Waterhouse weiß – und hat es Earl Comstock bewiesen –, dass seltsame Informationen im Umlauf sind, verstohlene Morsezeichen einer kleinen Zahl schwacher, auf Luzon und den umliegenden Gewässern verstreuter Sender, die sich zum Verschlüsseln des Arethusa-Systems bedienen. Lawrence und Alan wissen seit nunmehr zwei Jahren, dass Rudi dieses System erfunden hat, und aufgrund der Entschlüsselungen, welche die digitalen Rechner in Bletchley Park und Manila ausspucken, wissen sie mittlerweile noch mehr. Sie wissen, dass Rudi sich Ende 1943 aus dem Staub gemacht hat und wahrscheinlich nach Schweden gegangen ist. Sie wissen, dass ein gewisser Günter Bischoff, Kommandant des Unterseebootes, das Shaftoe und Root aus dem Wasser gefischt hat, ebenfalls in Schweden gelandet ist und dass Dönitz ihn überredet hat, die Goldtransporte zu übernehmen, die U-553 besorgt hatte, bis es vor Qwghlm auf Grund lief. Die Jungs von der Marineaufklärung sind von Bischoff fasziniert und so ist er bereits Gegenstand zahlreicher Recherchen gewesen. Waterhouse hat Fotos von ihm aus seiner Studentenzeit gesehen. Der kleinere der beiden Männer, die er im Augenblick betrachtet, könnte ohne weiteres derselbe Bursche in etwas reiferem Alter sein. Und der größere, der mit der Augenklappe, könnte eindeutig Rudi von Hacklheber persönlich sein.

Es handelt sich somit um eine Verschwörung.

Sie haben sichere Nachrichtenverbindungen. Wenn Rudi der Architekt von Arethusa ist, dann wird es – von seltenen Fehlleistungen wie der Geschichte mit FUNERAL einmal abgesehen – im Prinzip nicht zu knacken sein.

Sie haben ein Unterseeboot. Es lässt sich nicht finden oder versenken, weil es eines von Hitlers neuen, mit Raketentreibstoff betriebenen Babys ist und weil Günter Bischoff, der größte Unterseeboot-Kommandant der Geschichte, es befehligt.

Sie haben, auf irgendeiner Ebene, die Unterstützung der sonderbaren Bruderschaft, der Root angehört, der *Ignoti et quasi occulti*-Jungs. Und nun versuchen sie, Goto Dengo anzuwerben. Den Mann, der, so darf man getrost annehmen, das Gold vergraben hat.

Vor drei Tagen haben die Abhörer in Waterhouses Abteilung einen kurzen, hektischen Austausch von Funksprüchen zwischen einem irgendwo in Manila versteckten und einem mobilen Sender im Südchinesischen Meer aufgefangen. Catalinas wurden zu Letzerem dirigiert und fingen zunächst schwächer werdende Radarechos auf, fanden jedoch nichts, als sie an der fraglichen Stelle eintrafen. Ein Team reisender Codeknacker stürzte sich auf die Funksprüche und versuchte, ihnen mit brutaler Gewalt beizukommen. Lawrence Pritchard Waterhouse, der alte Hase, machte einen Spaziergang am Ufer der Manila Bay. In der Bucht erhob sich plötzlich eine Brise. Er blieb stehen, um sich das Gesicht kühlen zu lassen. Eine Kokosnuss fiel von einem Baum und knallte drei Meter von ihm entfernt auf den Boden. Waterhouse machte auf dem Absatz kehrt und ging ins Büro zurück.

Kurz bevor der hektische Austausch von Arethusa-Funksprüchen begann, saß Waterhouse in seinem Büro und hörte Armed Forces Radio. Der Sender meldete, dass drei Tage später, zu der und der Zeit, auf dem großen neuen Friedhof in Makati die Beerdigung des Helden Bobby Shaftoe stattfinden werde.

Mit den frisch abgefangenen Arethusa-Funksprüchen setzte er sich an seinen Schreibtisch und machte sich an die Arbeit, wobei er FUNERAL als Schlüsselwort benutzte: Wenn diese Gruppe von sieben Buchstaben sich mit FUNERAL entschlüsseln lässt, was ergibt sich dann für den Rest des Funkspruchs? Kauderwelsch? Okay, wie steht's mit *dieser* Gruppe von sieben Buchstaben?

Selbst mit diesem Geschenk, das ihm da in den Schoß gefallen war, brauchte er zweieinhalb Tage ununterbrochener Arbeit, um die Funksprüche zu entschlüsseln. Der erste, von Manila aus gesendete, lautete: BEERDIGUNG UNSERES FREUNDES SAMSTAG ZEHN DREISSIG US MILITÄRFRIEDHOF MAKATI.

Die Antwort des Unterseeboots: WERDE DA SEIN SCHLAGE VOR GD ZU INFORMIEREN.

Erneut richtet er das Fernrohr auf Goto Dengo. Der japanische Ingenieur hat den Kopf gesenkt und die Augen fest geschlossen. Vielleicht beben seine Schultern, vielleicht wirkt es aber auch nur aufgrund der Hitzewellen so.

Doch dann strafft sich Goto Dengo und macht einen Schritt in Richtung der Verschwörer. Er bleibt stehen. Dann macht er noch einen Schritt. Dann noch einen. Wie durch ein Wunder wird seine Haltung immer gerader. Es scheint ihm mit jedem Schritt besser zu gehen. Er geht immer schneller, bis er fast läuft.

Lawrence Pritchard Waterhouse ist schwerlich ein Gedankenleser, aber er kann sich leicht ausmalen, was Goto Dengo gerade denkt: Ich habe eine Last auf den Schultern und sie erdrückt mich. Und nun werde ich diese Last an jemand anderen weiterreichen. Verflucht! Bischoff und Rudi von Hacklheber gehen ihm mit enthusiastisch ausgestreckter rechter Hand entgegen. Bischoff, Rudi, Enoch und Goto Dengo schließen sich zu einem Grüppchen zusammen, und das praktisch auf Bobby Shaftoes Grab.

Es ist eine Schande. Waterhouse hat Bobby Shaftoe gekannt und hätte gern im Stehen an seiner Beerdigung teilgenommen, anstatt hier so herumzuschleichen. Aber Enoch Root und Rudi würden ihn erkennen. Waterhouse ist ihr Feind.

Ist er das tatsächlich? In einem Jahrzehnt voller Hitlers und Stalins fällt es schwer, sich über eine Verschwörung Sorgen zu machen, an der anscheinend ein Priester beteiligt ist und die ihre ganze Existenz aufs Spiel setzt, damit ihre Angehörigen an der Beerdigung eines Mitverschwörers teilnehmen können. Waterhouse dreht sich auf dem Grab irgendeines Toten auf den Rücken und grübelt darüber nach. Wenn Mary hier wäre, würde er ihr das Dilemma vorlegen und sie würde ihm sagen, was er tun soll. Aber Mary ist in Brisbane und sucht Brautjungfernkleider und Porzellanmuster aus.

———

Als er das nächste Mal einen dieser Männer sieht, ist es einen Monat später und er befindet sich auf einer Lichtung im Dschungel, ein paar Stunden südlich von Manila. Waterhouse kommt als Erster dorthin und verbringt eine verschwitzte Nacht unter einem Moskitonetz. Am Morgen trifft, vom Nachtmarsch vergrätzt, ungefähr die Hälfte von Bischoffs Unterseeboot-Besatzung ein. Wie von Waterhouse erwartet, haben sie einen ziemlichen Bammel vor einem Überfall des hiesigen Huk-Kommandanten, der unter dem Namen Krokodil bekannt ist, und stellen daher ein paar Wachen im Dschungel auf. Deshalb hat sich Waterhouse auch die Mühe gemacht, vor ihnen hier zu sein: damit er sich nicht durch ihre Wachpostenkette schleichen muss.

Die Deutschen, die nicht Wache stehen, machen sich mit Schaufeln an die Arbeit und graben neben einem großen Stück rotem Bimsstein, das ungefähr wie der afrikanische Kontinent geformt ist, ein Loch in den Boden. Waterhouse hockt keine sieben Meter davon entfernt und überlegt, wie er sich bemerkbar machen kann, ohne von einem nervösen Weißen niedergeschossen zu werden.

Er kommt fast so dicht heran, dass er Rudi auf die Schulter klopfen kann. Dann rutscht er auf einem schlüpfrigen Stein aus. Rudi hört ihn, dreht sich um und sieht nichts als einen Schwaden Unterholz, der von Waterhouse' stürzendem Körper niedergerissen wird.

»Bist du das, Lawrence?«

Waterhouse steht vorsichtig auf und hält seine Hände so, dass sie deutlich zu sehen sind. »Sehr gut! Woher hast du das gewusst?«

»Frag nicht so blöd. Es gibt nicht so viele Leute, die uns hätten finden können.«

Sie geben sich die Hand. Dann überlegen sie es sich anders und umarmen sich. Rudi gibt ihm eine Zigarette. Die deutschen Seeleute schauen ungläubig zu. Es sind auch noch andere da: ein Schwarzer, ein Inder und ein ergrauter, finsterer Bursche, der so aussieht, als wolle er Waterhouse auf der Stelle umbringen.

»Sie müssen der berühmte Otto sein!«, ruft Waterhouse aus. Aber Otto scheint nicht sehr erpicht darauf, zu diesem Zeitpunkt seines Lebens neue Freund- oder auch nur Bekanntschaften zu schließen, und wendet sich verdrießlich ab. »Wo ist Bischoff?«, fragt Waterhouse.

»Kümmert sich um das Unterseeboot. Kitzlige Sache, in diesen seichten Gewässern herumzuschleichen. Wie hast du uns gefunden, Lawrence?« Er beantwortet sich die Frage selbst, ehe Waterhouse es tun kann. »Natürlich indem du den langen Funkspruch entschlüsselt hast.«

»Ja.«

»Aber wie hast du das geschafft? Habe ich etwas übersehen? Gibt es eine Hintertür?«

»Nein. Es war nicht einfach. Ich habe vor einer Weile einen eurer Funksprüche geknackt.«

»Den mit der Beerdigung?«

»Ja.« Waterhouse lacht.

»Ich hätte Enoch dafür umbringen können, dass er einen Funkspruch mit einem derart nahe liegenden Schlüsselwort absetzt.« Rudi zuckt die Achseln. »Krypto-Sicherheit ist selbst intelligenten Männern – oder *gerade* intelligenten Männern – schwer zu vermitteln.«

»Vielleicht wollte er ja, dass ich den Funkspruch entschlüssele«, sagt Waterhouse sinnierend.

»Möglich«, gibt Rudi zu. »Vielleicht wollte er auch, dass ich den Einmalblock von Abteilung 2702 knacke, damit ich mich ihm anschließe.«

»Er geht vermutlich davon aus, dass man automatisch auf seiner Seite steht, wenn man so schlau ist, dass man schwierige Codes knacken kann«, sagt Waterhouse.

»Ich weiß nicht recht… das ist doch naiv.«

»Es ist Glaubenssache«, sagt Waterhouse.

»Wie hast du Arethusa geknackt? Das interessiert mich natürlich.«

»Weil Azure/Pufferfish jeden Tag einen anderen Schlüssel verwendet, bin ich davon ausgegangen, dass es bei Arethusa genauso ist.«

»Ich nenne sie anders. Aber gut, sprich weiter.«

»Der Unterschied besteht darin, dass der Tagesschlüssel für Azure/Pufferfish schlicht das numerische Datum ist. Sehr einfach auszunutzen, sobald man dahinter gestiegen ist.«

»Ja. Das war auch meine Absicht«, sagt Rudi. Er zündet sich erneut eine Zigarette an, die er mit großem Genuss raucht.

»Beim Tagesschlüssel von Arethusa dagegen tappe ich noch völlig im Dunkeln. Vielleicht eine Pseudo-Zufallsfunktion des Datums, vielleicht Zufallszahlen, die du einem Einmalblock entnimmst. Jedenfalls ist er nicht vorhersagbar und deshalb ist Arethusa schwieriger zu knacken.«

»Aber den langen Funkspruch hast du geknackt. Würdest du mir bitte erklären, wie?«

»Tja, euer Treffen auf dem Friedhof war kurz. Ich nehme an, ihr habt ziemlich schnell von dort verschwinden müssen.«

»Es erschien nicht klug, sich dort länger aufzuhalten.«

»Du bist also mit Bischoff weggegangen – zurück zum Unterseeboot, wie ich angenommen habe. Goto Dengo ist auf seinen Posten im Hauptquartier Des Generals zurückgekehrt. Ich wusste, dass er euch auf dem Friedhof nichts Wesentliches hatte erzählen können. Das würde später kommen müssen, und zwar in Form eines mit Arethusa verschlüsselten Funkspruchs. Auf Arethusa kannst du mit Recht stolz sein.«

»Danke«, sagt Rudi knapp.

»Aber der Nachteil von Arethusa, wie übrigens auch von Azure/Pufferfish, ist, dass es sehr viel Rechenarbeit erfordert. Das macht nichts, solange man zufällig eine Rechenmaschine oder einen Raum voller geübter Abakus-Rechner hat. Ich nehme an, ihr habt an Bord des Unterseeboots eine Maschine?«

»Allerdings«, sagt Rudi bescheiden, »aber nichts Besonderes. Es muss immer noch viel von Hand berechnet werden.«

»Aber Enoch Root in Manila und Goto Dengo konnten so etwas nicht haben. Also mussten sie den Funkspruch von Hand verschlüsseln – und sämtliche Berechnungen auf Notizpapier durchführen. Enoch kannte bereits den *Algorithmus* und konnte ihn an Goto Dengo weitergeben, aber ihr musstet euch noch auf einen *Schlüssel* zur Eingabe in den Algorithmus einigen. Der einzige Zeitpunkt, zu dem ihr euch für einen Schlüssel entscheiden konntet, war der Moment, in dem ihr alle auf dem Friedhof beieinander gestanden habt. Und während eures Gespräches dort habe ich gesehen, wie du auf Shaftoes Grabstein gezeigt hast. Also habe ich angenommen, dass ihr das als Schlüssel verwendet – vielleicht seinen Namen, vielleicht Geburts- und Todesdatum, vielleicht seine Personenkennzahl. Wie sich herausstellte, war es die Personenkennzahl.«

»Aber den Algorithmus hast du doch trotzdem nicht gekannt.«

»Richtig, aber ich hatte so eine Vorstellung, dass er mit dem Azure/Pufferfish-Algorithmus zusammenhängt, der seinerseits mit den Zeta-Funktionen zusammenhängt, die wir in Princeton studiert haben. Also habe ich mich einfach hingesetzt und mir gesagt: Wenn Rudi auf dieser Grundlage das perfekte Kryptosystem bauen wollte, und wenn Azure/Pufferfish eine vereinfachte Version dieses Kryptosystems ist, was ist dann Arethusa? Das ließ mir eine Hand voll Möglichkeiten.«

»Und aus dieser Hand voll hast du die richtige herauspflücken können.«

»Nein«, sagt Waterhouse, »es war zu schwierig. Also bin ich in die Kirche gegangen, wo Enoch arbeitet, und habe seinen Papierkorb durchwühlt. Nichts. Ich bin in Goto Dengos Büro gegangen und habe das Gleiche getan. Nichts. Beide haben schon während des Verschlüsselns ihr Notizpapier verbrannt.«

Rudis Gesicht entspannt sich plötzlich. »Ah, gut. Ich hatte schon befürchtet, sie hätten sich unheimlich dumm angestellt.«

»Überhaupt nicht. Und weißt du, was ich dann getan habe?«

»Was denn, Lawrence?«

»Ich habe ein Gespräch mit Goto Dengo geführt.«

»Ja. Das hat er uns erzählt.«

»Ich habe ihm von meiner Arbeit an Azure/Pufferfish erzählt, aber verschwiegen, dass ich es geknackt hatte. Ich habe ihn dazu gebracht, auf ganz allgemeine Weise über das zu reden, was er im vergangenen Jahr auf Luzon gemacht hat. Er hat mir dieselbe Geschichte aufgetischt, bei der er die ganze Zeit geblieben ist, nämlich dass er irgendwo irgendwelche unbedeutenden Befestigungen gebaut habe und nach seiner Flucht aus diesem Gebiet mehrere Tage lang im Dschungel umhergeirrt sei, bis er in der Nähe von San Pablo herausgekommen sei und sich irgendwelchen Air-Force-Truppen auf dem Marsch nach Norden, Richtung Manila, angeschlossen habe.

»Gut, dass Sie da rausgekommen sind«, habe ich zu ihm gesagt, »denn seither durchstreift der Hukbalahap-Führer, der sich das Krokodil nennt, den Dschungel – er ist davon überzeugt, dass ihr Japaner dort ein Vermögen in Gold vergraben habt.«

Sobald das Wort »Krokodil« aus Waterhouses Mund kommt, verzieht Rudi angewidert das Gesicht und wendet sich ab.

»Als dann letzte Woche endlich der lange Funkspruch abgesetzt wurde, und zwar von dem Sender, den Enoch auf dem Glockenturm der Kirche versteckt hat, hatte ich zwei Anhaltspunkte. Erstens habe ich vermutet, dass der Schlüssel eine Zahl von Bobby Shaftoes Grabstein war. Zweitens war ich überzeugt, dass die Worte ›Hukbalahap‹, ›Krokodil‹ und wahrscheinlich ›Gold‹ oder ›Schatz‹ irgendwo in dem Funkspruch vorkommen würden. Außerdem habe ich nach nahe liegenden Kandidaten wie ›Breite‹ und ›Länge‹ Ausschau gehalten. Bei so viel Ausgangsmaterial war es nicht sonderlich schwer, den Funkspruch zu knacken.«

Rudi von Hacklheber stößt einen tiefen Seufzer aus. »Nun denn. Du hast gewonnen«, sagt er. »Wo ist die Kavallerie?«

»Kavallerie oder Calvariae?«, scherzt Waterhouse.

Rudi lächelt nachsichtig. »Wo Calvariae ist, weiß ich. Nicht weit von Golgatha.«

»Warum glaubst du, dass die Kavallerie kommt?«

»Ich weiß, dass sie kommt«, sagt Rudi. »Deine Bemühungen, den langen Funkspruch zu knacken, müssen einen ganzen Raum voller Rechner erfordert haben. Sie werden reden. Bestimmt ist das Geheimnis schon heraus.« Rudi drückt seine halb gerauchte Zigarette aus, als wäre er im Begriff zu gehen. »Man hat dich also geschickt, um uns ein Angebot zu machen – wir ergeben uns auf zivilisierte Weise und werden dafür gut behandelt. So was in der Art.«

»Ganz im Gegenteil, Rudi. Außer mir weiß niemand Bescheid. Ich habe allerdings einen versiegelten Umschlag in meinem Schreibtisch zurückgelassen, der geöffnet wird, falls ich auf dieser kleinen Wanderung in den Dschungel auf rätselhafte Weise ums Leben kommen sollte. Dieser Otto hat einen Furcht erregenden Ruf.«

»Ich glaube dir nicht. Es ist unmöglich«, sagt Rudi.

»Ausgerechnet du. Ja, begreifst du denn nicht? Ich habe eine Maschine, Rudi! Die Maschine nimmt mir die Arbeit ab. Ich brauche keinen Raum voller Rechner – jedenfalls keiner menschlichen. Und sobald ich die entschlüsselte Nachricht gelesen hatte, habe ich sämtliche Karten verbrannt. Also bin ich der Einzige, der Bescheid weiß.«

»Ah!«, sagt Rudi, tritt zurück und blickt zum Himmel auf, während er diese neuen Tatsachen verarbeitet. »Dann bist du also hierher gekommen, um dich uns anzuschließen? Otto wird deswegen Theater machen, aber du bist durchaus willkommen.«

Lawrence Pritchard Waterhouse muss tatsächlich darüber nachdenken. Das überrascht ihn ein wenig.

»Der größte Teil wird auf die eine oder andere Weise Kriegsopfern zugute kommen«, sagt Rudi, »aber wenn wir nur ein Zehntelprozent als Provision nehmen und es unter der gesamten Mannschaft des Unterseeboots aufteilen, werden wir alle zu den reichsten Menschen der Welt zählen.«

Waterhouse versucht sich vorzustellen, er sei einer der reichsten Menschen der Welt. Es passt irgendwie nicht.

»Ich habe einen Briefwechsel mit einem College in Washington State geführt«, sagt er. »Ich bin über meine Verlobte an die Leute gekommen.«

»Verlobte? Glückwunsch.«

»Sie ist Australierin qwghlmianischer Herkunft. Wie es scheint, gibt es auch in den Palouse Hills, wo Washington, Oregon und Idaho zusammentreffen, eine Kolonie von Qwghlmianern. Größtenteils Schafhirten. Aber es gibt dort eben auch dieses kleine College und es braucht einen Mathematik-Professor. Ich könnte in wenigen Jahren Leiter der Abteilung sein.« Da steht Waterhouse im philippinischen Dschungel, raucht seine Zigarette und stellt es sich vor. Nichts hört sich exotischer an. »Es hört sich nach einem schönen Leben an!«, ruft er aus, als hätte er zum ersten Mal an derlei gedacht. »Für mich hört es sich ganz prima an.«

Die Palouse Hills scheinen in weiter Ferne zu liegen. Er brennt darauf, endlich damit anzufangen, die Entfernung zu verkleinern.

»Das tut es allerdings«, sagt Rudi von Hacklheber.

»Du klingst nicht sehr überzeugend, Rudi. Ich weiß, für dich wäre es nicht das Richtige. Aber für mich ist es etwas Besonderes.«

»Willst du damit sagen, du machst nicht mit?«

»Ich sage dir Folgendes. Du hast gesagt, der größte Teil des Geldes würde für wohltätige Zwecke verwendet. Eine Stiftung kann das College immer gebrauchen. Wie wäre es, wenn du mir an diesem College einen Lehrstuhl stiftest, falls euer Plan funktioniert? Das ist eigentlich alles, was ich will.«

»Abgemacht«, sagt Rudi, »Und für Alan stifte ich auch einen, und zwar in Cambridge, und ich richte euch beiden Laboratorien voller elektrischer Rechner ein.« Rudis Blick schweift zurück zu dem Loch im Boden, wo die Deutschen – die den Großteil ihrer Wachen zurückgezogen haben – stetig vorankommen. »Weißt du, das hier ist nichts weiter als eines der Außenverstecke. Investitionskapital, um die Arbeit an Golgatha zu finanzieren.«

»Ja. Genau wie die Nips es geplant haben.«

»Wir werden es sehr bald ausgegraben haben. Jetzt, wo wir uns um das Krokodil keine Gedanken mehr machen müssen, wird es noch schneller gehen«, sagt Rudi und lacht. Es ist ein aufrichtiges, echtes Lachen, das erste Mal, dass Waterhouse ihn je seine Reserve hat aufgeben sehen. »Dann werden wir untertauchen, bis der Krieg vorbei ist. Vielleicht bleibt bis dahin noch genug übrig, um dir und deiner qwghlmianischen Braut ein schönes Hochzeitsgeschenk zu kaufen.«

»Unser Porzellanmuster ist Lavender Rose von Royal Albert«, sagt Waterhouse.

Rudi zieht einen Briefumschlag aus seiner Tasche und schreibt es sich auf. »Es war sehr nett von dir, hierher zu kommen und hallo zu sagen«, murmelt er um seine Zigarette herum.

»Diese Fahrradausflüge in New Jersey kommen mir vor, als hätten sie auf einem anderen Planeten stattgefunden«, sagt Waterhouse kopfschüttelnd.

»Haben sie auch«, sagt Rudi. »Und wenn Douglas MacArthur in Tokio einmarschiert, wird es wieder ein anderer Planet sein. Bis dann, Lawrence.«

»Bis dann, Rudi. Behüt dich Gott.«

Sie umarmen sich noch einmal. Waterhouse tritt zurück und sieht eine Zeit lang zu, wie die Schaufeln sich in die rote Erde fressen, dann kehrt er allem Geld der Welt den Rücken und marschiert los.

»Lawrence!«, ruft Rudi.

»Ja?«

»Vergiss nicht, den versiegelten Umschlag zu vernichten, den du in deinem Büro zurückgelassen hast.«

Waterhouse lacht. »Mann, das war doch gelogen. Falls irgendwer mich umbringen wollte.«

»Mir fällt ein Stein vom Herzen.«

»Du weißt doch, dass die Leute ständig sagen ›Ich kann ein Geheimnis für mich behalten‹ und dann regelmäßig Unrecht haben, oder?«

»Ja.«

»Tja«, sagt Waterhouse, »ich kann's.«

CAYUSE

Geräuschlos durchläuft eine zweite Schockwelle den Boden und erzeugt in dem ihre Knie umschwappenden Wasser ein Wellenmuster und Wellenspiegelungen.

»Von jetzt an geht alles eine Weile ganz langsam vor sich. Gewöhnt euch dran«, sagt Doug Shaftoe. »Jeder braucht eine Sonde – ein langes Messer oder eine Gerte. Ein Stock tut's auch.«

Doug hat, weil er nun mal der Typ ist, ein großes Messer und Amy hat ihren Kris. Randy nimmt den leicht gewichtigen Aluminiumrahmen seines Rucksacks auseinander, um ein paar Röhren zu gewinnen; das dauert eine Weile, aber nun geht ja, wie Doug schon sagte, alles ganz langsam vor sich. Randy wirft eine der Röhren Enoch Root zu, der den eigentlich schlecht gezielten Gegenstand aus der Luft pflückt. Nun, da jeder entsprechend ausgerüstet ist, hält Doug Shaftoe ihnen ein Kolloquium darüber, wie man sich mit einer Sonde durch ein Minenfeld bewegt. Wie jede andere Lektion, die Randy jemals in sich aufgenommen hat, ist auch diese einigermaßen interessant, aber nur so lange, bis Doug auf den wesentlichen Punkt zu sprechen kommt: Man kann eine Mine von der Seite anstupsen und sie wird nicht explodieren; nur senkrecht von oben darf man sie nicht anstupsen. »Das Wasser ist ungünstig, weil wir nur schwer erkennen können, was wir eigentlich tun«, sagt er. Tatsächlich hat das Wasser, wahrscheinlich von darin schwebenden vulkanischen Ascheteilchen, ein milchiges Aussehen; man kann dreißig Zentimeter tief klar sehen, weitere dreißig Zentimeter verschwommen und darunter bestenfalls unbestimmte, grünliche Formen. Alles trägt einen einheitlichen Schlicküberzug. »Andererseits ist es günstig, denn wenn eine Mine von etwas anderem als dem Fuß ausgelöst wird, absorbiert das Wasser einen Teil der Explosion, indem es blitzartig verdampft. Also: Taktisch gesehen besteht unser Problem darin, dass wir durch einen Hinterhalt von oben links gefährdet sind. Den armen alten Jackie Woo hat's erwischt und er kann diese Flanke nicht mehr schützen. Ihr könnt darauf wetten, dass John Wayne rechts alles abdeckt, so gut es geht. Da das linke Ufer am ungeschütztesten ist, werden wir uns jetzt dorthin begeben und versuchen, die Deckung des Überhangs zu erreichen. Wir sollten nicht alle an einem Punkt zusammenkommen; wir verteilen uns, damit, falls einer von uns eine Mine auslöst, nicht noch jemand getroffen wird.«

Jeder von ihnen sucht sich ein Ziel am Westufer aus und sagt den anderen, was es ist, damit sie nicht am selben Punkt zusammenkommen; dann beginnt alles, sich mit der Sonde darauf zuzutasten. Randy widersteht mit Mühe der Versuchung aufzublicken. Nach ungefähr einer Viertelstunde sagt er: »Ich weiß, was es mit den Explosionen auf sich hat. Wings Leute treiben einen Tunnel auf Golgatha vor. Sie werden das Gold durch einen unterirdischen Gang wegschaffen. Es wird so aussehen, als graben sie es auf ihrem eigenen Grund und Boden aus. Aber in Wirklichkeit holen sie es von hier.«

Amy grinst. »Sie rauben die Bank aus.«

Randy nickt, leicht verärgert darüber, dass sie es nicht ernster nimmt.

»Wahrscheinlich war Wing zu sehr mit dem Langen Marsch und dem Großen Sprung nach vorn beschäftigt, um die Immobilie hier zu kaufen, als sie zu haben war«, sagt Enoch.

Ein paar Minuten später fragt Doug Shaftoe: »Wie viel liegt Ihnen eigentlich dran, Randy?«

»Was meinen Sie damit?«

»Wären Sie bereit zu sterben, um zu verhindern, dass Wing das Gold bekommt?«

»Wahrscheinlich nicht.«

»Wären Sie bereit zu töten?«

»Na ja«, sagt Randy, ein wenig bestürzt, »ich habe gesagt, ich wäre nicht bereit zu sterben. Also –«

»Verschonen Sie mich bloß mit diesem Scheiß von wegen goldene Regel«, sagt Doug. »Wenn jemand mitten in der Nacht in Ihr Haus einbricht und Ihre Familie bedroht und Sie haben eine Schrotflinte in der Hand, benutzen Sie sie dann?«

Randy blickt unwillkürlich zu Amy hin. Denn hier geht es nicht nur um eine ethische Rätselfrage. Es handelt sich auch um einen Test, mit dem festgestellt werden soll, ob Randy sich als Ehemann von Dougs Tochter und Vater von dessen Enkeln eignet. »Na, das will ich doch hoffen«, sagt Randy. Amy tut so, als höre sie nicht zu.

Das Wasser um sie herum spritzt plötzlich klatschend auf. Alles zuckt zusammen. Dann wird ihnen klar, dass jemand von oben eine Hand voll kleiner Kiesel heruntergeworfen hat. Sie blicken zum Rand des Überhangs auf und sehen eine winzige, hin und her gehende Bewegung: Jackie Woo, der oben auf dem Ufer steht und ihnen zuwinkt.

»Meine Augen lassen nach«, sagt Doug. »Sieht er für euch unverletzt aus?«

»Ja!«, sagt Amy. Sie strahlt – ihre Zähne schimmern in der Sonne perlweiß – und winkt zurück.

Jackie grinst. In der einen Hand hat er eine lange, schlammbeschmierte Gerte: seine Minensonde. In der anderen hat er einen schmutzigen Behälter, ungefähr so groß wie eine Tontaube. Er hält ihn hoch und schwenkt ihn durch die Luft. »Japanische Mine!«, ruft er fröhlich.

»Dann leg sie gefälligst hin, du Arschloch!«, brüllt Doug. »Nach so vielen Jahren ist sie bestimmt furchtbar instabil.« Dann nimmt sein Gesicht einen Ausdruck ungläubiger Verwirrung an. »Wer zum Teufel hat dann die andere Mine ausgelöst, wenn du es nicht warst? Irgendwer hat da oben geschrien.«

»Ich habe ihn nicht gefunden«, sagt Jackie Woo. »Er hat zu schreien aufgehört.«

»Meinst du, er ist tot?«

»Nein.«

»Hast du noch andere Stimmen gehört?«

»Nein.«

»Mein Gott«, sagt Doug, »jemand hat uns den ganzen Weg über beschattet.« Er dreht sich um und blickt zum gegenüberliegenden Ufer auf, wo John Wayne sich mittlerweile bis an die Kante vorgetastet hat und den ganzen Wortwechsel mitbekommt. Es folgt ein Austausch von Handzeichen zwischen ihnen (sie haben Walkie-Talkies dabei, aber Doug verschmäht sie als Krücken für Leichtgewichte und Schmalspurhelden). John Wayne legt sich auf den Bauch, holt ein Fernglas mit Objektiv-Linsen so groß wie Untertassen hervor und beginnt, Jackie Woos Seite abzusuchen.

Die Gruppe im Flussbett tastet sich eine Zeit lang schweigend weiter. Keiner von ihnen wird so recht schlau aus den Vorgängen, daher ist es gut, dass die Minensuche Hände und Verstand beschäftigt. Randys Sonde trifft auf etwas Elastisches, das ein paar Zentimeter tief in Schlick und Kies vergraben ist. Er zuckt so heftig zusammen, dass er sich beinahe auf den Hintern setzt, und braucht ein, zwei Minuten, um seine Fassung wiederzugewinnen. Der Schlick verleiht allem das konturlose, aber suggestive Aussehen eines mit einem Laken zugedeckten Leichnams. Der Versuch, die Formen zu identifizieren, ermüdet seinen Verstand. Er schiebt etwas Kies zur Seite und lässt die Hand leicht über den Gegenstand gleiten. Durch das Wasser torkeln tote Blätter, die ihn an den Unterarmen kitzeln. »Ich hab hier einen alten Reifen«, sagt er. »Groß. Lastwagengröße. Und glatt wie ein Ei.«

Von Zeit zu Zeit stößt ein bunter Vogel aus dem Schatten des überhängenden Dschungels herab und blitzt in der Sonne auf, was ihnen regelmäßig einen Heidenschiss einjagt. Die Sonne ist brutal. Randy war, als das Ganze anfing, nur ein paar Meter vom Uferschatten entfernt, und mittlerweile ist er sich ziemlich sicher, dass ihn ein Sonnenstich umwerfen wird, ehe er dorthin gelangt.

Irgendwann fängt Enoch Root an, auf Lateinisch vor sich hin zu murmeln. Randy schaut zu ihm hinüber und sieht, dass er einen tropfenden, schlammbeschmierten Menschenschädel hochhält.

Ein schillernder hellblauer Vogel mit gelbem, aus einem schwarz- und orangefarbenen Kopf ragendem Krummschnabel schießt aus dem Dschungel, landet auf einem nahe gelegenen Felsen und sieht ihn mit schräg gehaltenem Kopf an. Erneut bebt die Erde; Randy zuckt zusammen und aus seinen Augenbrauen fällt ein Perlenvorhang von Schweiß.

»Unter den Steinen und dem Schlamm ist Stahlbeton«, sagt Doug. »Ich kann die Anschlusseisen raussstehen sehen.«

Erneut kommt ein Vogel oder sonst etwas aus dem Schatten geflitzt und saust mit ungeheurer Geschwindigkeit fast senkrecht auf das Wasser herab. Amy gibt ein seltsames Ächzen von sich. Randy dreht sich gerade zu ihr um, als oben ein ungeheurer, hämmernder Lärm losbricht. Er blickt auf und sieht ein Flammenbüschel aus dem geschlitzten Mündungsfeuerdämpfer von John Waynes Sturmgewehr zucken. Anscheinend schießt er genau über den Fluss. Auch Jackie Woo gibt ein paar Schüsse ab. Randy, der sich in Hockstellung befindet, verliert von all der Kopfdreherei das Gleichgewicht und muss sich mit einer Hand abstützen, die glücklicherweise nicht auf einer Mine landet. Er schaut zu Amy hinüber; nur ihr Kopf und ihre Schultern ragen aus dem Wasser und sie starrt ins Leere, mit einem Ausdruck in den Augen, der Randy überhaupt nicht gefällt. Er richtet sich auf und macht einen Schritt auf sie zu.

»Randy, lassen Sie das«, sagt Doug Shaftoe. Doug hat bereits den Schatten erreicht und ist nur noch wenige Schritte von dem Pflanzenvorhang entfernt, der über das Flussufer herabhängt.

Nicht weit von Amys Gesicht entfernt schwimmt ein Stück Treibgut an der Wasseroberfläche, aber die Strömung bewegt es nicht weiter. Es bewegt sich, wenn Amy sich bewegt. Randy macht erneut einen Schritt auf sie zu und setzt den Fuß auf einen großen, mit Schlick überzogenen Felsbrocken, dessen Oberseite er durch das milchige Wasser ausmachen kann. Auf diesen Brocken hockt er sich wie ein Vogel und konzentriert sich dann wieder auf Amy, die ungefähr fünf Meter von ihm entfernt ist. John Wayne feuert eine Serie von Einzelschüssen ab. Randy erkennt, dass das Stück Treibgut aus Federn besteht, die am hinteren Ende eines dünnen Stabes befestigt sind.

»Amy ist von einem Pfeil getroffen worden«, sagt Randy.

»Na prima«, knurrt Doug.

»Amy, wo sind Sie getroffen worden?«, fragt Enoch Root.

Amy kann offenbar noch immer nicht reden. Indem sie nur das linke Bein belastet, steht sie unbeholfen auf und dabei hebt sich auch der Pfeil aus dem Wasser und es stellt sich heraus, dass er genau in der Mitte ihres rechten Oberschenkels steckt. Die Wunde ist zunächst sauber gewaschen, doch dann quillt um den Pfeilschaft herum Blut hervor und läuft in sich verzweigenden Rinnsalen an ihrem Bein hinunter.

Doug ist in einem hektischen Austausch von Handsignalen mit den Männern oben begriffen. »Wisst ihr was?«, flüstert er. »Das ist eine dieser klassischen Geschichten, wo du eigentlich nur bei einem schlichten Aufklärungseinsatz bist und dich auf einmal mitten in der Schlacht wiederfindest.«

Amy packt den Schaft des Pfeils mit beiden Händen und versucht ihn abzubrechen, aber das Holz ist grün und lässt sich nicht sauber knicken. »Ich habe mein Messer irgendwo fallen lassen«, sagt sie. Ihre Stimme klingt ruhig und das kostet sie einige Anstrengung. »Ich glaube, solange der Schmerz nicht schlimmer wird, kann ich es eine Weile aushalten«, sagt sie. »Aber schön finde ich es wirklich nicht.«

In der Nähe von Amy, ungefähr zwei Meter von ihm selbst entfernt, kann Randy knapp unter der Oberfläche einen weiteren schlicküberzogenen Felsbrocken erkennen. Er fasst sich ein Herz und springt darauf zu. Aber der Brocken kippt unter dem Aufprall seines Fußes, sodass er der Länge nach in das Flussbett schlägt. Als er sich aufsetzt und den Felsbrocken genauer betrachtet, erweist sich dieser als flacher, zylindrischer Gegenstand, der ungefähr den gleichen Durchmesser wie ein großer Teller hat und mehrere Zentimeter dick ist.

»Randy, was Sie da vor sich haben, ist eine japanische Panzermine«, sagt Doug. »Aufgrund ihres Alters ist sie höchst instabil und sie enthält genügend Sprengstoff, um praktisch jeden in unserer kleinen Gruppe hier zu köpfen. Wenn Sie also ein Weilchen aufhören könnten, sich wie ein komplettes Arschloch aufzuführen, würden wir das alle sehr zu schätzen wissen.«

Amy streckt ihm einen Handteller entgegen. »Du brauchst mir hier nichts zu beweisen«, sagt sie. »Wenn du mir eine Liebeserklärung machen willst, dann schick mir verdammt noch mal eine Valentinskarte.«

»Ich liebe dich«, sagt Randy. »Ich will, dass es dir gut geht. Ich will, dass du mich heiratest.«

»Nein, wie romantisch«, sagt Amy sarkastisch und fängt dann zu weinen an.

»Herr des Himmels«, sagt Doug Shaftoe. »Könnt ihr das nicht später machen? Reißt euch gefälligst zusammen! Wer diesen Pfeil abgeschossen hat, ist längst weg. Die Huks sind Guerillakämpfer. Die wissen, wie man sich rar macht.«

»Er ist nicht von einem Huk abgeschossen worden«, sagt Randy. »Huks haben Gewehre. Das weiß ja sogar ich.«

»Wer hat ihn dann abgeschossen?«, fragt Amy, die sich alle Mühe gibt, ihre Fassung wiederzugewinnen.

»Es sieht aus wie ein Cayuse-Pfeil«, sagt Randy.

»Cayuse? Sie glauben, er ist von einem Cayuse abgeschossen worden?«, fragt Doug. Randy bewundert, dass Doug zwar skeptisch ist, sich dem Gedanken aber nicht grundsätzlich verschließt.

»Nein«, sagt Randy und macht einen weiteren Schritt auf Amy zu, sodass er breitbeinig über der Panzermine steht. »Die Cayuse sind ausgestorben. Masern. Der Pfeil ist also von einem Weißen hergestellt worden, der sich mit den Jagdgewohnheiten nordwestlicher Indianerstämme auskennt. Was wissen wir noch über ihn? Dass er sich wirklich gut darauf versteht, im Dschungel herumzuschleichen. Und dass er so komplett verrückt ist, dass er sogar noch nach einer Verletzung durch eine Landmine im Unterholz herumrobbt und auf Leute schießt.« Im Reden sondiert Randy das Flussbett und nun macht er einen weiteren Schritt. Nur noch knapp zwei Meter bis zu Amy. »Aber nicht auf irgendwen – er hat auf Amy geschossen. Warum? Weil er uns beobachtet hat. Als wir Pause gemacht haben, hat er Amy neben mir sitzen und den Kopf an meine Schulter legen sehen. Er weiß, wenn er mir wehtun will, dann am besten dadurch, dass er auf Amy schießt.«

»Warum will er Ihnen wehtun?«, fragt Enoch.

»Weil er böse ist.«

Enoch wirkt ungeheuer beeindruckt.

»Und wer zum Teufel ist er?«, zischt Amy. Sie ist jetzt gereizt, was er für ein gutes Zeichen hält.

»Er heißt Andrew Loeb«, sagt Randy. »Und Jackie Woo und John Wayne werden ihn niemals finden.«

»Jackie und John sind aber sehr gut«, wendet Doug ein.

Noch ein Schritt. Nun kann er Amy fast schon mit ausgestreckter Hand berühren. »Das ist das Problem«, sagt Randy. »Sie sind viel zu schlau, um in einem Minenfeld herumzulaufen, ohne jeden Schritt abzusichern. Aber Andrew Loeb ist das scheißegal. Andrew ist total durchgedreht, Doug. Er wird da oben nach Lust und Laune herumrennen. Oder kriechen oder hüpfen oder was auch immer. Ich wette, dass Andy, dem es völlig egal ist, ob er lebt oder stirbt, sich auch noch mit einem abgerissenen Fuß schneller durch ein Minenfeld bewegen kann als Jackie, dem das nicht egal ist.«

Schließlich ist Randy da. Er kauert sich vor Amy, die sich vorbeugt, die Hände auf seine Schultern legt und ihr Gewicht auf ihn verlagert, was sich gut anfühlt. Das Ende ihres Pferdeschwanzes benetzt seinen Nacken mit warmem Flusswasser. Der Pfeil ragt ihm praktisch ins Gesicht. Randy holt sein Mehrzweckwerkzeug hervor, verwandelt es in eine Säge und sägt den Schaft des Pfeils durch, während Amy ihn mit einer Faust festhält. Dann spreizt Amy die Hand, holt tief Atem, brüllt Randy ins Ohr und schlägt auf das hintere Ende des Schafts. Er verschwindet in ihrem Bein. Sie sinkt auf Randys Rücken zusammen und schluchzt. Randy greift um ihr Bein herum, ritzt sich an der Schneide der Pfeilspitze die Hand, packt den Schaft und zieht ihn heraus.

»Ich sehe keine Anzeichen für eine Schlagaderblutung«, sagt Enoch Root, der von hinten einen guten Blick auf sie hat.

Randy steht auf und hebt Amy, die wie ein Sack Reis über seiner Schulter liegt, in die Höhe. Dass Amys Körper ihn nun vor weiteren Angriffen mit Pfeil und Bogen schützt, ist ihm peinlich. Aber sie gibt deutlich zu erkennen, dass sie keine Lust zum Gehen hat.

Der Schatten ist nur ein paar Schritte entfernt: Schatten und Schutz vor Angriffen von oben. »Eine Landmine reißt einem doch bloß ein Bein oder einen Fuß ab, stimmt's?«, fragt Randy. »Wenn ich auf eine trete, passiert Amy nichts.«

»Diese Idee gehört nicht zu Ihren besten, Randy!«, ruft Doug fast verächtlich. »Beruhigen Sie sich und lassen Sie sich Zeit.«

»Ich will nur wissen, welche Optionen ich habe«, sagt Randy. »Ich kann nicht nach Minen stochern und sie gleichzeitig tragen.«

»Dann werde ich mich zu ihnen rüberarbeiten«, sagt Enoch Root. »Ach, was soll's!« Enoch steht auf und geht einfach mit einem halben Dutzend Schritten zu ihnen hinüber.

»Scheißamateure!«, bellt Doug. Enoch Root ignoriert ihn, kauert sich vor Randys Füße und beginnt zu sondieren.

Doug steigt aus dem Fluss auf ein paar Felsbrocken, die entlang dem Ufer verstreut sind. »Ich werde hier die Wand hochklettern«, sagt er, »und oben Jackie verstärken. Zusammen *finden* wir diesen Loeb.« Es ist klar, dass »finden« an dieser Stelle ein Euphemismus für eine wahrscheinlich lange Liste unerfreulicher Operationen ist. Das Ufer besteht aus weichem, erodiertem Gestein, aus dem an vielen Stellen harter vulkanischer Fels vorspringt, und indem Doug von Vorsprung zu Vorsprung kraxelt, hat er sich in der Zeit, die Enoch Root braucht, um eine sichere Stelle zu finden, an der sie die Füße aufsetzen können, schon halb das Ufer hinaufgehangelt. Höchst ungern wäre Randy der Bursche, der gerade einen Pfeil in Doug Shaftoes Tochter geschossen hat. Der Überhang hält Doug einen Moment lang auf; doch dann traversiert er ein kurzes Stück und erreicht so ein Gewirr von Baumwurzeln, das fast so gut ist wie eine Leiter nach oben.

»Sie zittert«, verkündet Randy. »Amy zittert.«

»Sie steht unter Schock. Legen Sie ihr den Kopf tief und die Beine hoch«, sagt Enoch. Randy legt Amy zurecht und verliert das blutbeschmierte Bein beinahe aus dem Griff.

Eines der Themen, über das sich Goto Dengo bei ihrem Essen in Tokio ausließ, war die japanische Sitte, Bäche in Gärten durch Versetzung von Steinen gewissermaßen zu stimmen. Das Geräusch eines Baches wird erzeugt von Mustern im Fluss des Wassers und diese Muster kodieren das Vorhandensein von Steinen im Bachbett. Randy sah darin einen Anklang an das Wind-Phänomen in Palouse und sagte das auch, und Goto Dengo hielt die Bemerkung entweder für schrecklich tiefsinnig oder er war nur höflich. Jedenfalls verändert sich ein paar Minuten später das Geräusch des sie umfließenden Wassers und so blickt Randy natürlich flussaufwärts, wo er ungefähr vier Meter von ihnen entfernt einen Mann im Wasser stehen sieht. Der kahl rasierte Kopf des Mannes ist sonnenverbrannt und so rot wie eine Dreier-Billardkugel. Er trägt, was einmal ein durchaus anständiger Straßenanzug war, nun aber praktisch eins mit dem Dschungel geworden ist: Das Kleidungsstück ist mit rotem Schlamm getränkt, der es so schwer gemacht hat, dass es sich völlig außer Form zieht, während sein Träger sich schwankend in stehende Haltung aufrichtet. Er hat eine riesenlange, dem Stab eines Zauberers gleichende Stange. Er hat sie ins Flussbett gestemmt und zieht sich Hand über Hand daran hoch. Als er ganz aufrecht steht, sieht Randy, dass sein rechtes Bein knapp unter dem Knie endet, obwohl noch ein paar Zentimeter von Schien- und Wadenbein hervorstehen. Die Knochen sind versengt und gesplittert. Aus Stöcken und einer Hundert-Dollar-Seidenkrawatte, die Randy schon in den Auslagen von Duty-free-Shops auf Flughäfen gesehen zu haben meint, hat sich Andrew Loeb eine Aderpresse gebastelt. Sie hat den Blutfluss aus seinem Beinstumpf auf ein Maß gedrosselt, das etwa dem vergleichbar ist, was man beim Aufbrühen aus einem Mr. Coffee herauskommen sieht. Sobald sich Andy vollständig aufgerichtet hat, lächelt er strahlend und beginnt, sich auf Randy, Amy und Enoch zuzubewegen, indem er auf seinem unverletzten Bein hüpft und sich auf den Stab stützt, um nicht hinzufallen. In der freien Hand hält er ein riesiges Messer: Bowie-Größe, aber mit sämtlichen Extra-Dornen, Sägeblättern, Blutrinnen und anderen Merkmalen, die zu einem wirklich erstklassigen Kampf- und Survival-Messer gehören.

Weder Enoch noch Amy sehen Andrew. In diesem Augenblick kommt Randy schlagartig die Einsicht, die Doug ihm vorhin hat vermitteln wollen, nämlich dass die Fähigkeit, jemanden zu töten, im Grunde eine Frage der Einstellung und nicht der physischen Mittel ist; ein Serienmörder mit ein paar Metern Wäscheleine ist bei weitem gefährlicher als ein Cheerleader mit einer Panzerfaust. Randy ist sich mit einmal sicher, dass er die Einstellung jetzt hat. Die Mittel allerdings hat er nicht.

Und damit ist das Problem auch schon auf den Punkt gebracht. Die Bösen haben in aller Regel die Mittel.

Andy schaut ihm genau in die Augen und lächelt ihn an, exakt das gleiche Lächeln, das man im Gesicht eines alten Bekannten sehen würde, dem man zufällig gerade im Menschengewühl eines Flughafens begegnet. Im Näherkommen bewegt er das Messer in seiner Hand, um den richtigen Griff für die Art von Angriff zu finden, den er gleich führen wird. Es ist dieses Detail, das Randy endlich aus seiner Trance reißt und ihn veranlasst, Amy von seinen Schultern gleiten und hinter sich ins Wasser fallen zu lassen. Andrew Loeb macht einen weiteren Schritt vorwärts und setzt seinen Stab auf, der plötzlich wie eine Rakete in die Luft saust und einen dampfenden Krater im Wasser hinterlässt, der sich natürlich sofort schließt. Nun steht Andy, der wie durch ein Wunder das Gleichgewicht gehalten hat, wie ein Storch da. Er beugt das eine verbleibende Knie und macht einen und noch einen Hüpfer auf Randy zu. Dann ist er tot und fällt nach hinten und Randy ist taub, aber vielleicht passiert das Ganze auch in anderer Reihenfolge. Enoch Root hat sich in eine Rauchsäule mit einem bellenden, spuckenden weißen Feuer in der Mitte verwandelt. Andrew Loeb ist zu einem roten, kometenförmigen Hindernis im Wasser geworden, markiert durch einen einzelnen, aus dem Wasser ragenden Arm, einer immer noch unheimlich weißen Manschette, einem Manschettenknopf in Form einer kleinen Honigbiene und einer dürren Faust, die das riesige Messer umklammert hält.

Randy dreht sich um und sieht Amy an. Sie hat sich auf einen Arm aufgestützt. In der Hand des anderen hält sie einen praktischen, handlichen Revolver, mit dem sie auf die Stelle zielt, an der Andrew Loeb hingefallen ist.

In Randys Augenwinkel bewegt sich etwas. Er dreht rasch den Kopf. Wie eine Geistererscheinung treibt eine zusammenhängende Rauchwolke von Enoch aus über die Wasseroberfläche und weht in diesem Moment in die Sonne, sodass sie jäh aufschimmert. Enoch steht einfach nur da, in der Hand eine riesengroße, alte 45er, und bewegt die Lippen im wechselnden Rhythmus einer toten Sprache.

Andrews Finger lösen sich, das Messer fällt und der Arm erschlafft, ohne jedoch zu verschwinden. Ein Insekt landet auf seinem Daumen und fängt an, ihn zu fressen.

Black Chamber

»Tja«, sagt Waterhouse, »wie man Geheimnisse wahrt, davon verstehe ich was.«

»Das weiß ich sehr wohl«, sagt Colonel Earl Comstock. »Und das ist eine schöne Fähigkeit. Genau deshalb wollen wir Sie ja auch haben. Nach dem Krieg.«

Eine Bomber-Formation überfliegt das Gebäude und erschüttert die leidgeprüften Mauern mit einem Dröhnen, das den beiden bis in die Stirnhöhle dringt. Sie nutzen die Gelegenheit, um ihre wuchtigen Buffalo-Porzellantassen von den wuchtigen Buffalo-Porzellanuntertassen hochzuhieven und schwachen, grünlichen Army-Kaffee zu schlürfen.

»Lassen Sie sich von so was nicht irreführen«, brüllt Comstock über den Lärm hinweg und blickt zu den Bombern auf, die majestätisch nach Norden abschwenken, um dem unglaublich zähen Tiger von Malaya die Hölle heiß zu machen. »Leute, die sich auskennen, glauben, dass die Nips auf dem letzten Loch pfeifen. Es ist keineswegs verfrüht, darüber nachzudenken, was Sie nach dem Krieg anfangen wollen.«

»Das habe ich Ihnen doch gesagt, Sir. Ich will heiraten und –«

»Ja, an irgendeinem kleinen College im Westen Mathematik unterrichten.« Comstock nimmt einen Schluck Kaffee und zieht eine Grimasse. Die Grimasse ist so eng mit dem Schluck verbunden wie der Rückstoß mit der Betätigung des Abzugs. »Hört sich ganz wunderbar an, Waterhouse, doch, wirklich. Ja, es gibt alle möglichen Phantasien, die sich großartig anhören, während wir hier am Rand dessen sitzen, was einmal Manila war, Benzindämpfe atmen und Moskitos klatschen. Ich habe hundert Männer – hauptsächlich Mannschaften – vom Rasenmähen schwärmen hören. Das ist alles, wovon diese Burschen reden können, vom Rasenmähen. Aber wenn sie wieder nach Hause kommen, werden sie dann den Rasen mähen wollen?«

»Nein.«

»Richtig. Die reden nur so daher, weil Rasenmähen sich prima anhört, wenn man in einem Schützenloch sitzt und sich Läuse von den Eiern pflückt.«

Einer der Vorteile des Militärdienstes besteht darin, dass man sich daran gewöhnt, von lauten, polternden Männern derbe Sachen gesagt zu kriegen. Waterhouse schüttelt das einfach von sich ab. »Möglich, dass es mir dann auch zuwider ist«, räumt er ein.

An dieser Stelle dreht Comstock ein paar Dezibel leiser und rückt näher. »Es geht nicht nur um Sie«, sagt er. »Ihre Frau ist vielleicht auch nicht unbedingt verrückt danach.«

»O doch, sie liebt das offene Land. Macht sich überhaupt nichts aus Städten.«

»Sie würden gar nicht in der Stadt leben müssen. Bei dem Gehalt, von dem wir hier reden, Waterhouse« – Comstock hält um des Effektes willen inne, trinkt, grimassiert und senkt die Stimme um einen weiteren Ton – »könnten Sie sich einen schönen kleinen Ford oder Chevy kaufen.« Er schweigt kurz, um das wirken zu lassen. »Mit einem Acht-Zylinder-Motor, der richtig Leistung bringt! Sie könnten zehn, zwanzig Meilen außerhalb wohnen und jeden Morgen mit *einer Meile pro Minute* reinfahren!«

»Zehn oder zwanzig Meilen außerhalb von wo? Ich weiß ja noch nicht mal, ob ich in New York für Electrical Till arbeiten würde oder in Fort Meade für diese, äh, dieses neue Ding –«

»Wir überlegen, ob wir es National Security Agency nennen sollen«, sagt Comstock. »Aber natürlich ist auch dieser Name geheim.«

»Ich verstehe.«

»Zwischen den Kriegen gab es mal was Ähnliches mit Namen Black Chamber. Klingt ganz hübsch. Allerdings ein bisschen altmodisch.«

»Das wurde aufgelöst.«

»Ja. Außenminister Stimson hat es abgeschafft, er hat gesagt: ›Ein Gentleman liest nicht anderer Leute Post.‹« Darüber muss Comstock laut lachen. Er lacht ausgiebig. »Ah, die Welt hat sich verändert, nicht wahr, Waterhouse? Wo wären wir heute, wenn wir Hitlers und Tojos Post nicht gelesen hätten?«

»Wir säßen ganz schön in der Patsche«, gibt Waterhouse zu.

»Sie kennen Bletchley Park. Sie kennen Central Bureau in Brisbane.

Diese Einrichtungen sind nichts anderes als Fabriken. Zum Post-Lesen in industriellem Maßstab.« Comstocks Augen fangen ob dieses Gedankens zu glitzern an und er starrt nun durch die Wände des Gebäudes wie Superman mit seinem Röntgenblick. »So sieht die Zukunft aus, Lawrence. Der Krieg hat sich von Grund auf verändert. Hitler ist dahin. Das Dritte Reich ist Geschichte. Japan wird bald fallen. Aber das schafft nur die Voraussetzungen für den Kampf mit dem Kommunismus. Um ein Bletchley Park zu bauen, das groß genug für diese Aufgabe ist – Teufel auch, da müssten wir ja den ganzen Staat Utah übernehmen oder so was. Vorausgesetzt, wir würden es auf die altmodische Weise machen, mit Frauen, die vor Typex-Maschinen sitzen.«

Jetzt kapiert Waterhouse zum ersten Mal. »Der digitale Rechner«, sagt er.

»Der digitale Rechner«, wiederholt Comstock. Er trinkt und zieht eine Grimasse. »Ein paar Zimmer mit diesen Geräten würden einen ganzen Hektar Frauen vor Typex-Maschinen ersetzen.« Ein unverschämtes, verschwörerisches Grinsen legt sich über Comstocks Gesicht und er beugt sich vor. Ein Schweißtropfen löst sich von seinem Kinn und fällt in Waterhouses Kaffee. »Außerdem würden sie eine Menge von dem Zeug ersetzen, das Electrical Till herstellt. Sie sehen also, dass hier eine Interessenidentität besteht.« Comstock setzt die Tasse ab. Vielleicht ist er endlich davon überzeugt, dass sich unter dem schlechten Kaffee keine Tiefenschicht von gutem verbirgt; vielleicht ist Kaffee auch etwas Frivoles im Vergleich mit der Bedeutung dessen, was er hier gleich preisgeben wird. »Ich stehe in ständiger Verbindung mit meinen Vorgesetzten bei Electrical Till und dort besteht ernsthaftes Interesse an dieser Geschichte mit dem digitalen Rechner. *Ernsthaftes* Interesse. Man hat bereits die Maschinerie für ein Geschäft anlaufen lassen – und das, Waterhouse, erzähle ich Ihnen nur, weil Sie, wie wir festgestellt haben, gut darin sind, Geheimnisse zu wahren.«

»Ich verstehe, Sir.«

»Ein Geschäft, das Electrical Till, den weltweit größten Hersteller von Büromaschinen, mit der Regierung der Vereinigten Staaten zusammenbrächte, mit dem Ziel, in Fort Meade, Maryland, einen Geräteraum von gigantischen Ausmaßen zu bauen, und das alles unter der Ägide der neuen Black Chamber: der National Security Agency. Es handelt sich um eine Einrichtung, die das Bletchley Park unseres bevorstehenden Krieges gegen die kommunistische Bedrohung – einer inneren wie äußeren Bedrohung – sein wird.«

»Und Sie hätten gern, dass ich dabei irgendwie mitwirke?«

Comstock blinzelt. Er weicht zurück. Er ist plötzlich kühl und distanziert. »Um ganz offen zu sein, Waterhouse, die Sache wird mit Ihnen oder ohne Sie über die Bühne gehen.«

Waterhouse schmunzelt. »Das habe ich mir schon gedacht.«

»Ich ebne Ihnen sozusagen nur den Weg. Weil ich Ihre Fähigkeiten respektiere und weil ich aufgrund unserer gemeinsamen Arbeit eine gewisse, wie soll ich sagen, väterliche Zuneigung für Sie empfinde. Ich hoffe, Sie haben nichts dagegen, wenn ich das sage.«

»Keineswegs.«

»Na denn! Und wo wir gerade davon reden« – Comstock steht auf, tritt hinter seinen furchtbar aufgeräumten Schreibtisch und nimmt ein einzelnes Blatt Schreibmaschinenpapier von der Löschunterlage. »Wie geht es mit Arethusa voran?«

»Ich archiviere nach wie vor die abgehörten Funksprüche, wie sie hereinkommen. Ich habe das System nach wie vor nicht geknackt.«

»Ich habe interessante Neuigkeiten über Arethusa.«

»Ach ja?«

»Ja. Etwas, wovon Sie noch nichts wissen.« Comstock überfliegt das Blatt. »Nach der Einnahme von Berlin haben wir sämtliche Krypto-Fachleute Hitlers eingesammelt und fünfunddreißig von ihnen nach London geflogen. Unsere Jungs dort haben sie eingehend befragt. Hat sehr viele Lücken auf unserer Seite geschlossen. Was wissen Sie über diesen Rudolf von Hacklheber?«

Jede Spur von Feuchtigkeit hat sich aus Waterhouses Mund verflüchtigt. Er trinkt und zieht keine Grimasse. »Hab ihn in Princeton flüchtig gekannt. Dr. Turing und ich meinten, in Azure/Pufferfish seine Arbeit zu erkennen.«

»Sie hatten Recht«, sagt Comstock und raschelt mit dem Papier. »Aber haben Sie auch gewusst, dass er höchstwahrscheinlich Kommunist ist?«

»Von seinen politischen Ansichten hatte ich keine Kenntnis.«

»Tja, zunächst mal ist er ein Homo und Hitler konnte Homos nicht leiden, das könnte ihn also ohne weiteres den Roten in die Arme getrieben haben. Außerdem hat er in der Hauptgruppe B unter ein paar Russen gearbeitet. Angeblich waren das Zaristen und Hitler-Anhänger, aber man weiß ja nie. Jedenfalls ist er offenbar mitten im Krieg, irgendwann Ende 43, nach Schweden geflüchtet. Ist das nicht komisch?«

»Wieso ist das komisch?«

»Wenn man das nötige Kleingeld hat, um aus Deutschland zu flüchten, warum dann nicht nach England gehen und für die gute Sache kämpfen? Nein, er ist an die Ostküste von Schweden gegangen, genau gegenüber«, sagt Comstock gewichtig, »von Finnland. Das an die Sowjetunion grenzt.« Er klatscht das Blatt auf seinen Schreibtisch. »Scheint mir ziemlich eindeutig.«

»Also...«

»Und jetzt schwirren hier diese verdammten Arethusa-Funksprüche herum. Einige gehen von hier in Manila aus! Einige kommen von einem geheimnisvollen Unterseeboot. Offensichtlich kein japanisches Unterseeboot. Das Ganze sieht sehr nach irgendeiner Art von Spionagering aus. Meinen Sie nicht auch?«

Waterhouse zuckt die Achseln. »Auswertung ist nicht mein Geschäft.«

»Aber meins«, sagt Comstock, »und ich sage, es ist Spionage. Wahrscheinlich vom Kreml gesteuert. Warum? Weil sie ein Kryptosystem verwenden, das Ihnen zufolge auf Azure/Pufferfish basiert, das von dem kommunistischen Homo Rudolf von Hacklheber erfunden wurde. Ich unterstelle, dass von Hacklheber nur gerade so lang in Schweden geblieben ist, dass er eine Mütze Schlaf abgekriegt hat und vielleicht irgendeinen netten blonden Jungen pimpern konnte, und dann ist er direkt nach Finnland rübergeflitzt und von dort in die wartenden Arme von Lawrenti Berija.«

»Na, so was!«, sagt Waterhouse, »was meinen Sie, was wir machen sollen?«

»Ich habe dieser Arethusa-Geschichte wieder Priorität eingeräumt. Wir sind faul und selbstgefällig geworden. Unsere Huffduff-Leute haben mehrmals beobachtet, dass Arethusa-Funksprüche von diesem größeren Gebiet ausgehen.« Comstock hebt den Zeigefinger vor eine Karte von Luzon. Dann hält er inne, weil ihm aufgeht, dass das Ganze mehr Würde besäße, wenn er einen Zeigestock benutzte. Er bückt sich und greift nach einem langen Zeigestock. Dann geht ihm auf, dass er zu nahe an der Karte steht und ein paar Schritte zurücktreten muss, um die Spitze des Zeigestocks auf den Teil der Karte richten zu können, den sein Zeigefinger eben noch berührt hat. Endlich positioniert, umkringelt er energisch die Küstenregion südlich von Manila, entlang der Enge, die Luzon von Mindoro trennt. »Südlich von den ganzen Vulkanen hier, entlang der Küste. Hier ist dieses Unterseeboot herumgeschlichen. Wir haben die Schweine noch nicht richtig anpeilen können, weil alle unsere Huffduff-Stationen hier oben, weit im Norden, gewesen sind.« Der Zeigestock stößt zu einem Blitzangriff auf die Cordillera Central nach oben, wo Yamashita untergetaucht ist. »Aber das wird jetzt anders.« Der Zeigestock stößt rachsüchtig herab. »Ich habe mehrere Huffduff-Einheiten in dieses Gebiet und ans Nordende von Mindoro beordert. Wenn dieses Unterseeboot das nächste Mal einen Arethusa-Funkspruch sendet, werden binnen fünfzehn Minuten Catalinas zur Stelle sein.«

»Tja«, meint Waterhouse, »vielleicht sollte ich mich dann mal daranmachen, diesen verdammten Code zu knacken.«

»Wenn Sie das hinbekämen, Waterhouse, wäre das hervorragend. Es wäre ein Sieg in unserem ersten kryptologischen Gefecht mit den Kommunisten. Es wäre ein glänzender Start für unsere Beziehung zu Electrical Till und zur NSA. Wir könnten Ihre Braut mit einem hübschen Haus im Pferdeland, einem Gasofen und einem Hoover ausstatten, sodass sie die Palouse Hills glatt vergäße.«

»Klingt wirklich verdammt verlockend«, sagt Waterhouse. »Ich kann mich kaum noch zurückhalten!« Und damit ist er zur Tür hinaus.

In einem steinernen Raum in einer halb verfallenen Kirche blickt Enoch Root zu einem kaputten Fenster hinaus und zieht ein Gesicht. »Ich bin kein Mathematiker«, sagt er. »Ich habe nur die Berechnungen durchgeführt, um die mich Dengo gebeten hat. Sie werden ihn bitten müssen, den Funkspruch zu verschlüsseln.«

»Suchen Sie sich einen anderen Platz für Ihren Sender«, sagt Waterhouse, »und halten Sie sich bereit, ihn kurzfristig zu benutzen.«

Goto Dengo sitzt genau am angekündigten Ort, nämlich auf der Tribüne oberhalb des dritten Mals. Der Platz ist instand gesetzt worden, aber im Augenblick spielt niemand darauf. Er und Waterhouse haben das Stadion für sich allein, abgesehen von ein paar armen philippinischen Kleinbauern, die der Krieg im Norden nach Manila getrieben hat und die hier nach heruntergefallenem Popcorn stöbern.

»Was Sie da verlangen, ist sehr gefährlich«, sagt er.

»Es wird absolut geheim bleiben«, sagt Waterhouse.

»Versetzen Sie sich in die Zukunft«, sagt Goto Dengo. »Eines Tages werden diese digitalen Rechner, von denen Sie sprechen, den Arethusa-Code knacken. Oder etwa nicht?«

»Doch. Aber das wird noch viele Jahre dauern.«

»Sagen wir zehn Jahre. Sagen wir zwanzig Jahre. Der Code ist geknackt. Dann wird man zurückgehen, sämtliche alten Arethusa-Funksprüche finden – auch den, den Sie an Ihre Freunde senden wollen – und sie lesen. Und dann?«

»Ja. Das stimmt.«

»Und dann wird man den Funkspruch sehen, in dem es heißt: ›Achtung, Achtung. Comstock hat eine Falle gestellt, die Huffduff-Stationen warten auf euch, sendet nicht.‹ Dann wird man wissen, dass es in Comstocks Büro einen Spion gegeben hat. Und man wird mit Bestimmtheit wissen, dass Sie das waren.«

»Sie haben Recht. Sie haben Recht. Daran hatte ich nicht gedacht«, sagt Waterhouse. Dann geht ihm noch etwas anderes auf. »Über Sie wird man dann allerdings auch Bescheid wissen.«

Goto Dengo erbleicht. »Bitte. Ich bin so müde.«

»In einem Arethusa-Funkspruch war von einer Person namens GD die Rede.«

Goto Dengo stützt den Kopf in die Hände und verharrt lange Zeit vollkommen reglos. Er muss es gar nicht laut aussprechen. Er und Waterhouse stellen sich beide das Gleiche vor: Zwanzig Jahre in der Zukunft stürmt japanische Polizei in das Büro des wohlhabenden Geschäftsmannes Goto Dengo und nimmt ihn als kommunistischen Spion fest.

»Nur wenn man die alten Funksprüche entschlüsselt«, sagt Waterhouse.

»Aber das wird man. Sie haben gesagt, man wird sie entschlüsseln.«

»Nur wenn man sie hat.«

»Aber man hat sie doch.«

»Sie sind in meinem Büro.

Goto Dengo ist bestürzt, entsetzt. »Sie denken doch nicht etwa daran, die Funksprüche zu stehlen?«

»Doch, genau daran denke ich.«

»Aber das wird man bemerken.«

»Nein! Ich werde sie durch andere ersetzen.«

Die Stimme von Alan Mathison Turing überbrüllt das Summen des Synchronisationstons von Project X. Die mit Geräusch gefüllte Langspielplatte dreht sich auf dem Plattenteller. »Du willst das Neueste in puncto Zufallszahlen?«

»Ja. Irgendeine mathematische Funktion, die mir nahezu vollkommene Zufälligkeit liefert. Ich weiß, dass du daran gearbeitet hast.«

»Aber ja«, sagt Turing. »Ich kann mit einem viel höheren Grad von Zufälligkeit aufwarten, als ihn diese idiotischen Schallplatten produzieren, die wir da anglotzen.«

»Und wie geht das?«

»Ich denke da an eine Zeta-Funktion, die einfach zu verstehen, aber extrem öde zu berechnen ist. Ich hoffe, du hast reichlich Röhren.«

»Da mach dir mal keine Gedanken, Alan.«

»Hast du einen Stift?«

»Natürlich.«

»Na denn«, sagt Turing und beginnt, die Symbole der Funktion zu diktieren.

Im Keller ist es erstickend heiß, weil Waterhouse ihn mit einem Mitarbeiter teilt, der Tausende von Watt Körperhitze erzeugt. Der Mitarbeiter isst und scheißt ETC-Karten. Was er dazwischen tut, ist Waterhouses Angelegenheit.

Mit nacktem Oberkörper, das Unterhemd wie einen Turban um den Kopf gewunden, damit kein Schweiß in das Getriebe gerät und Kurzschlüsse hervorruft, sitzt er ungefähr vierundzwanzig Stunden lang dort, betätigt Schalter auf der Vorderseite des digitalen Rechners, ändert Steckverbindungen auf der Rückseite, wechselt ausgebrannte Röhren und Glühbirnen aus, untersucht fehlerhafte Schaltkreise mit einem Oszilloskop. Damit der Rechner Alans Zufallszahlen-Funktion ausführen kann, muss Waterhouse nebenher sogar eine neue Schaltplatte entwerfen und zusammenlöten. Dabei arbeiten, wie er weiß, Goto Dengo und Enoch Root die ganze Zeit irgendwo in Manila mit Notizpapier und Bleistift daran, den letzten Arethusa-Funkspruch zu verschlüsseln.

Er muss sich nicht fragen, ob sie ihn schon gesendet haben. Das wird man ihm sagen.

Und tatsächlich kommt gegen fünf Uhr abends mit triumphierendem Gesicht ein Lieutenant von der Abhörabteilung herein.

»Haben Sie einen Arethusa-Funkspruch?«

»Sogar zwei«, sagt der Lieutenant und hält zwei separate Blätter mit Buchstabengittern hoch. »Eine Überschneidung!«

»Eine Überschneidung?«

»Zuerst hat ein Sender unten im Süden losgelegt.«

»An Land oder –«

»Auf See – vor dem Nordost-Ende von Palawan. Sie haben das hier gesendet.« Er schwenkt eines der Blätter. »Dann hat praktisch sofort ein Sender in Manila angefangen und das hier gesendet.« Er schwenkt das andere Blatt.

»Weiß Colonel Comstock schon Bescheid?«

»Aber ja, Sir! Er wollte gerade Feierabend machen, als die Funksprüche hereinkamen. Seither telefoniert er mit seinen Huffduff-Leuten, mit der Air Force, mit Gott und der Welt. Er glaubt, wir haben die Mistkerle!«

»Könnten Sie mir einen Gefallen tun, ehe Sie sich vor lauter Feiern nicht mehr bremsen können?«

»Ja, Sir!«

»Was haben Sie eigentlich mit den Originalblättern der archivierten Artehusa-Funksprüche gemacht?«

»Die sind bei den Akten, Sir. Wollen Sie sie sehen?«

»Ja. Und zwar alle. Ich muss sie mit den Versionen auf den ETC-Karten vergleichen. Wenn Arethusa so funktioniert, wie ich glaube, dann könnte schon ein einziger, falsch transkribierter Buchstabe meine sämtlichen Berechnungen über den Haufen werfen.«

»Ich gehe sie holen, Sir! Ich gehe ja sowieso nicht heim.«

»Nicht?«

»Aber nein, Sir! Ich will hier abwarten, wie die Sache mit dem verflixten Unterseeboot ausgeht.«

Waterhouse geht zum Herd und nimmt einen Stapel heißer, leerer ETC-Karten heraus. Er hat gelernt, dass er die Karten heiß halten muss, damit sie die tropische Feuchtigkeit nicht aufsaugen und den Mechanismus blockieren; deshalb hat er, ehe er den digitalen Rechner in diesen Raum geschafft hat, darauf bestanden, dass eine ganze Reihe von Herden installiert wird.

Er legt die heißen Karten in das Magazin eines Kartenlochgeräts, setzt sich an die Tastatur und klemmt das erste Blatt vor sich fest. Er beginnt die Buchstaben einzugeben, einen nach dem anderen. Es ist ein kurzer Funkspruch; er passt auf drei Karten. Dann gibt er den zweiten Funkspruch ein.

Der Lieutenant kommt mit einer Pappschachtel herein. »Sämtliche Arethusa-Originale, Sir.«

»Danke, Lieutenant.«

Der Lieutenant blickt ihm über die Schulter. »Kann ich Ihnen beim Transkribieren der Funksprüche helfen, Sir?«

»Nein. Am besten können Sie mir dadurch helfen, dass Sie meinen Wasserkrug nachfüllen und mich dann für den Rest der Nacht zufrieden lassen. Was diese Arethusa-Geschichte angeht, habe ich einen Fimmel.«

»Jawohl, Sir!«, sagt der Lieutenant, den die Tatsache, dass das geheimnisvolle Unterseeboot sich in ebendiesem Moment auf der Flucht vor Catalina-Bombern befindet, unerträglich fröhlich stimmt.

Waterhouse beendet die Eingabe des zweiten Funkspruchs, obwohl er schon weiß, wie er lautete, wenn er entschlüsselt würde: »FALLE WIEDERHOLE FALLE NICHT SENDEN STOP HUFFDUFF EINHEITEN IN DER NÄHE.«

Er nimmt die Karten aus dem Ausgabekorb des Lochkartengeräts und legt sie ordentlich in die Schachtel mit den Karten, die sämtliche vorangegangenen Arethusa-Funksprüche enthalten. Dann steckt er den gesamten Inhalt der Schachtel – einen knapp dreißig Zentimeter dicken Stapel Funksprüche – in seine Aktentasche.

Er löst die beiden frisch abgefangenen Funksprüche vom Klemmbrett des Lochgeräts und legt sie auf den Stapel älterer Funksprüche. Der Kartenstapel in seiner Aktentasche und der Stapel Blätter in seiner Hand enthalten genau dieselben Informationen. Sie sind die einzigen Exemplare auf der Welt. Er durchblättert sie rasch, um sich zu vergewissern, dass sie sämtliche kritischen Funksprüche enthalten – wie zum Beispiel den langen Funkspruch, der die Lage von Golgatha angibt, und den, der Goto Dengos Initialen nennt. Er legt den Stapel Blätter auf einen der Herde.

Er legt einen dreißig Zentimeter dicken Stapel heißer, leerer Karten in das Eingabemagazin des Kartenlochgeräts. Er verbindet das Steuerkabel des Lochgeräts mit dem digitalen Rechner, damit der Rechner das Gerät steuern kann.

Dann startet er das Programm, das er geschrieben hat – das Programm, das gemäß Turings Funktion Zufallszahlen erzeugt. Lichter blitzen und das Lesegerät surrt, während das Programm in den Direktzugriffsspeicher des Rechners geladen wird. Dann hält es inne und wartet auf eine Eingabe: Die Funktion braucht einen Auslöser.

Einen Strom von Bits, der sie in Gang setzt. Jeder beliebige Auslöser tut es. Waterhouse denkt einen Moment darüber nach und tippt dann COMSTOCK ein.

Das Lochgerät setzt sich rumpelnd in Gang. Der Stapel leerer Karten beginnt sich zu verkürzen. Gelochte Karten gleiten in den Ausgabekorb. Als der Vorgang abgeschlossen ist, zieht Waterhouse eine von ihnen heraus, hält sie ans Licht und betrachtet das aus der Pappe herausgestanzte Muster aus winzigen, rechteckigen Löchern. Eine Konstellation von Türen.

»Es wird wie jeder andere verschlüsselte Funkspruch aussehen«, hat er Goto Dengo auf der Tribüne erklärt, »aber die, äh, die Krypto-Jungs« (fast hätte er die NSA gesagt) »können sie durch ihre Rechner laufen lassen, bis sie schwarz werden, ohne den Code jemals zu knacken – weil es keinen Code *gibt*.«

Er legt den Stapel frisch gelochter Karten in die Schachtel mit der Aufschrift ARETHUSA-FUNKSPRÜCHE und legt diese an ihren Platz auf dem Regal zurück.

Schließlich geht er, bevor er den Raum verlässt, zu dem Herd hinüber und schiebt den Stapel Blätter mit der Ecke dicht an eine Anzeigelampe. Das Papier fängt nur widerwillig Feuer, deshalb hilft er mit einem kurzen Klicken seines Zippo-Feuerzeugs nach. Er tritt zurück und sieht eine Zeit lang zu, wie der Stapel brennt, bis er sicher ist, dass all die seltsamen Informationen auf den Blättern vernichtet sind.

Dann geht er auf der Suche nach einem Feuerlöscher auf den Gang hinaus. Oben kann er Comstocks Jungs, um das Funkgerät geschart, wie Jagdhunde bellen hören.

Passage

Als er sich von den Flurplatten hochgerappelt hat und seine Ohren nicht mehr klingen, sagt Bischoff: »Runter auf fünfundsiebzig Meter.«

Der Tiefenmesser zeigt zwanzig an. Irgendwo, vielleicht hundert Meter über ihnen, stellt die Besatzung eines kreisenden Bombers ihre Wasserbomben auf eine Explosionstiefe von zwanzig Metern ein, deshalb hält man sich in der nächsten Zeit lieber nicht bei zwanzig Metern auf.

Die Anzeige des Tiefenmessers rührt sich allerdings nicht und Bischoff muss den Befehl wiederholen. Anscheinend sind alle im Boot taub.

Entweder das oder die *V-Million* hat einen Schaden an ihren Tiefenrudern davongetragen. Bischoff drückt den Schädel gegen ein Schott und kann, obwohl seine Ohren nicht mehr allzu gut funktionieren, das Jaulen der Turbinen hören. Wenigstens haben sie Saft. Sie können sich bewegen.

Aber Catalinas können sich schneller bewegen.

Man kann über die alten, rumpelnden Diesel- Unterseeboot sagen, was man will, aber sie hatten wenigstens Geschütze. Man konnte auftauchen, an Deck, in Sonne und Luft, gehen und sich zur Wehr setzen. Bei der *V-Million*, dieser schwimmenden Rakete, dagegen ist die einzige Waffe die Heimlichkeit. In der Ostsee prima. Aber das hier ist die Mindoro Strait, ein Ozean aus Fensterglas. Genauso gut könnte die *V-Million* an Klavierdrähten in der Luft aufgehängt sein, eingefangen von Suchscheinwerfern.

Nun bewegt sich die Nadel des Tiefenmessers und geht auf fünfundzwanzig Meter hinunter. Die Flurplatten unter Bischoffs Füßen zucken, als das Boot von der Explosion einer weiteren Wasserbombe erbebt. Aber die Art des Zuckens verrät ihm, dass sie zu hoch explodiert ist, um ernsthaften Schaden anzurichten. Aus reiner Gewohnheit wirft er einen Blick auf den Geschwindigkeitsmesser und vermerkt die Geschwindigkeit zusammen mit der Uhrzeit: 1746. Die Sonne sinkt nun immer tiefer und ihr Licht wird von den Wellenkämmen reflektiert, sodass die Piloten der Catalinas durch einen Schleier von strahlendem Rauschen herabspähen müssen. Noch eine Stunde und die *V-Million* wird vollkommen unsichtbar sein. Dann wird, wenn Bischoff Kurs und Geschwindigkeit sorgfältig vermerkt hat, eine Koppelung ihnen annähernd verraten, wo sie sich befinden, sodass sie nachts durch die Palawan Passage laufen oder Westkurs durch das Südchinesische Meer nehmen können, wenn ihnen das vernünftig erscheint. Eigentlich aber hofft er, eine schöne Piratenbucht an der Nordküste von Borneo zu finden, ein nettes Orang-Utan-Weibchen zu heiraten und eine kleine Familie zu gründen.

Die Anzeige des Tiefenmessers trägt eine Beschriftung in jenen altmodischen, gotischen Buchstaben, die es den Nazis so angetan hatten. Messer bedeutet nicht nur Messgerät, sondern auch Schneidewerkzeug. *Das Messer sitzt mir an der Kehle.* Ich habe den Untergang vor Augen. Wenn einem das Messer an der Kehle sitzt, will man nicht, dass es sich so bewegt, wie sich die Nadel des Tiefenmessers im Moment bewegt. Jedes Weiterrücken auf dem Tiefenmesser ist ein weiterer Meter Wasser zwischen Bischoff und der Sonne und der Luft.

»Messerschmitt, das wäre was für mich«, murmelt Bischoff. Ein Mann, der mit einem Hammer auf Messer einschlägt, aber auch ein schönes Ding, das fliegt.

»Du wirst wieder Licht sehen und frische Luft atmen, Günter«, sagt Rudolf von Hackelheber, ein ziviler Mathematiker, der während eines Kampfes auf Leben und Tod eigentlich nichts auf der Brücke eines Unterseebootes verloren hat. Aber er hat auch anderswo nichts verloren, und so ist er eben hier.

Und was er da gesagt hat, ist nett, eine schöne Art, seine Unterstützung für Günter zu zeigen. Aber ob das Leben der Unterseeboot-Besatzung gerettet und dessen Goldfracht in Sicherheit gebracht wird, hängt nun von Günters psychischer Stabilität und besonders von seinem Selbstvertrauen ab. Manchmal muss man, wenn man morgen noch leben und atmen will, heute in die schwarzen Tiefen tauchen, und das ist eine Glaubenssache – Glaube an das Unterseeboot und an die Besatzung –, neben der die religiösen Epiphanien der Heiligen ein Nichts sind.

Darum ist Rudis Versprechen bald vergessen – zumindest von Bischoff vergessen. Bischoff bezieht *Kraft* daraus, dass er es gehört hat, wie auch aus ähnlichen Äußerungen, die Angehörige seiner Mannschaft ihm gegenüber machen, aus ihrem Grinsen, ihren hochgereckten Daumen und ihrem Schulterklopfen, aus ihrem Schneid und ihrer Initiative, aus dem Geschick, mit dem sie geborstene Röhren und überbeanspruchte Maschinen reparieren. Kraft gibt ihm Glauben, und der Glaube macht ihn zu einem guten Unterseeboot-Kapitän. Mancher würde sagen, zum besten, der je gelebt hat. Aber Bischoff kennt viele andere, die besser waren als er und deren Leichen in Fäusten aus implodiertem Metall auf dem Grund des Nordatlantiks stecken.

Es verhält sich folgendermaßen: Die Sonne ist untergegangen, wie sie das, auch wenn man sich in einem unter Angriff stehenden Unterseeboot befindet, verlässlich jeden Tag tut. Das Unterseeboot hat eine Bahn durch die Palawan Passage gezogen, nachdem es mehrere Stunden lang mit der vollkommen unsinnigen Geschwindigkeit von neunundzwanzig Knoten dahingesaust ist – viermal so schnell, wie Unterseeboote vermeintlich fahren können.

Die Amerikaner werden einen kleinen Kreis um die Stelle im Ozean gezogen haben, an der das geheimnisvolle Unterseeboote zuletzt gesichtet wurde; aber die Geschwindigkeit der *V-Million* ist viermal so hoch, wie sie glauben. Der eigentliche Kreis ist viermal so umfangreich wie der, den sie gezogen haben. Die Yanks werden dort, wo sich das Unterseeboot befindet, nicht mit seinem Auftauchen rechnen.

Aber auftauchen muss es, denn die *V-Million* ist nicht darauf ausgelegt, ewig mit neunundzwanzig Knoten zu fahren; sie verbraucht, wenn ihre beiden Sechstausend-PS-Turbinen mit voller Kraft laufen, in geradezu aberwitzigem Tempo Treibstoff und Wasserstoffperoxid. Treibstoff haben sie noch reichlich. Aber gegen Mitternacht wird das Wasserstoffperoxid zu Ende gehen. Das Boot verfügt über ein paar jämmerliche Batterien und Elektromotoren, die gerade ausreichen, um es an die Oberfläche zu bringen. Aber dann muss es eine Weile Luft schnappen und seine Dieselmotoren laufen lassen.

Und so bekommen die *V-Million* und einige ihrer Besatzungsmitglieder Gelegenheit, etwas frische Luft zu genießen. Bischoff nicht, weil er sich gerade mit neuen Komplikationen beschäftigt, die im Maschinenraum aufgetreten sind. Das rettet ihm wahrscheinlich das Leben, denn dass sie unter Beschuss stehen, merkt er erst, als er die Kanonengeschosse gegen die Außenhülle trommeln hört.

Dann ist es die gleiche alte Übung, das Alarmtauchen, das so aufregend war, als er es in jungen Jahren in der Ostsee geübt hat, und das ihm mittlerweile so langweilig geworden ist. Im Aufblicken sieht er durch eine Luke flüchtig einen einzelnen Stern am Himmel, ehe ihm ein von oben herabstürzender, verstümmelter Seemann die Sicht versperrt.

Nur fünf Minuten später erhält die *V-Million* einen Wasserbombentreffer am Achterschiff, der ein Loch in Außenhülle und Druckkörper reißt. Der Boden unter Bischoffs Füßen stellt sich schräg und in seinen Ohren beginnt es zu knacken. Auf einem Unterseeboot ist beides ein schlechtes Zeichen. Er kann Luken zuschlagen hören, während die Mannschaft versucht, das Vordringen des Wassers zum Bug hin aufzuhalten; jede Luke besiegelt das Schicksal dessen, der sich zufällig gerade achtern davon aufhält. Doch sie sind ohnehin alle tot, das ist jetzt nur noch eine Frage der Zeit. Die Luken sind nicht darauf ausgelegt, fünf, sechs, sieben, acht, neun, zehn Atmosphären Druck auszuhalten. Sie geben nach, der Druck schießt nach oben, während die Luftblase im vorderen Teil der *V-Million* plötzlich ihr Volumen halbiert, es dann noch einmal und noch einmal halbiert. Bischoff nimmt jede Druckwelle als plötzliche zermalmende Umklammerung seines Oberkörpers wahr, die ihm alle Luft aus den Lungen presst.

Weil der Bug, wie die Nadel eines Messgeräts, geradewegs nach oben zeigt, gibt es keinen Boden mehr, auf dem man stehen könnte, sodass sie sich jedes Mal, wenn ein Schott nachgibt und der Wasserspiegel zum Bug hin nach oben schießt, plötzlich mit zusammengedrückten und geleerten Lungen untergetaucht sehen und nach oben schwimmen müssen, um die Luftblase wiederzufinden.

Doch schließlich bohrt sich das ramponierte Achterschiff des Bootes in den Meeresgrund und die *V-Million* kommt zur Ruhe, die vorderste Kabine dreht sich um die beiden Männer und von überallher ist das gewaltige malmende Geräusch zu hören, mit dem der absackende Rumpf des Bootes ein Korallenriff zerstört. Und dann ist es vorbei. Günter Bischoff und Rudolf von Hackleber befinden sich zusammen in einer sicheren, gemütlichen Blase von komprimierter Luft, sämtlicher Luft, die sich in der *V-Million* befand, nun jedoch auf ein Volumen von der Größe eines Autos reduziert ist. Es ist dunkel.

Bischoff hört, wie Rudi die Verschlüsse seines Aluminium-Aktenkoffers öffnet.

»Zünde bloß kein Streichholz an«, sagt er. »Die Luft ist komprimiert, sie würde brennen wie eine Fackel.«

»Das wäre ja *schrecklich*«, sagt Rudi und knipst stattdessen eine Taschenlampe an. Das Licht leuchtet auf, trübt sich sofort und verdunkelt sich bis auf einen winzigen roten Funken: die glühenden Überreste des Fadens in der Birne.

»Die Birne ist implodiert«, erklärt Bischoff. »Aber ich habe dich wenigstens kurz gesehen, mit diesem dämlichen Grinsen im Gesicht.«

»Du hast auch schon besser ausgeschaut«, sagt Rudi. Bischoff hört, wie er den Aktenkoffer schließt und die Verschlüsse zuschnappen lässt. »Meinst du, mein Aktenkoffer wird für immer hier schwimmen?«

»Irgendwann wird der Druckkörper über uns durchrosten. Die verbrauchte Luft wird in einer dünnen Linie von Bläschen entweichen, die sich im Aufsteigen an die Oberfläche zu wirbelnden Nebeln erweitern. Der Wasserspiegel wird steigen und deinen Aktenkoffer gegen die vordere Wölbung des Druckkörpers, oder was davon übrig ist, pressen und er wird sich mit Wasser füllen. Aber in einer Ecke deines Aktenkoffers wird vielleicht trotzdem noch eine kleine Luftblase übrig bleiben.«

»Ich habe daran gedacht, einen kurzen Brief darin zu hinterlassen.«

»Wenn du das tust, dann adressierst du ihn am besten an die Regierung der Vereinigten Staaten.«

»Marineministerium, oder was meinst du?«

»Spionageministerium. Wie heißt das doch gleich? OSS.«

»Warum sagst du das?«

»Sie haben gewusst, wo wir sind, Rudi. Die Catalinas haben schon auf uns gewartet.«

»Vielleicht haben sie uns mit Radar gefunden.«

»Radar habe ich mit einberechnet. Die Flugzeuge waren noch schneller da. Weißt du, was das bedeutet?«

»Sag's mir.«

»Es bedeutet, dass die, die uns gejagt haben, wussten, wie schnell die *V-Million* fahren kann.«

»Aha... deshalb also denkst du an Spione.«

»Ich habe Bobby die Pläne gegeben, Rudi.«

»Die Pläne für die *V-Million?*«

»Ja... damit er sich bei den Amerikanern einen Pardon kaufen kann.«

»Tja, rückblickend hättest du das vielleicht besser unterlassen. Aber ich mache dir deswegen keinen Vorwurf, Günter. Es war eine großherzige Geste.«

»Jetzt werden sie herunterkommen und uns finden.«

»Wenn wir schon tot sind, meinst du.«

»Ja. Der ganze Plan ist ruiniert. Was soll's, solange sie gedauert hat, war's jedenfalls eine schöne Verschwörung. Vielleicht zeigt ja Enoch Root eine gewisse Flexibilität.«

»Glaubst du wirklich, dass Spione hier herunterkommen werden, um dieses Wrack zu durchsuchen?«

»Wer weiß? Wieso machst du dir deswegen überhaupt Gedanken?«

»Ich habe die Koordinaten von Golgatha hier in meinem Aktenkoffer«, sagt Rudi. »Aber ich weiß mit Sicherheit, dass sie nirgendwo sonst auf der *V-Million* schriftlich niedergelegt sind.«

»Das weißt du, weil du derjenige bist, der den Funkspruch entschlüsselt hat.«

»Ja. Vielleicht sollte ich den Funkspruch jetzt verbrennen.«

»Das würde uns umbringen«, sagt Bischoff, »aber wenigstens würden wir dann mit ein bisschen Wärme und Licht abtreten.«

»Du wirst in ein paar Stunden an einem Sandstrand liegen und dich sonnen, Günter«, sagt Rudi.

»Hör auf damit!«

»Ich habe ein Versprechen gegeben und ich habe vor, es zu halten.«

Im Wasser entsteht eine Bewegung, das gedämpfte Platschen eines strampelnden Fußes, der unter die Wasseroberfläche gezogen wird.

»Rudi? Rudi?«, sagt Bischoff. Aber er ist allein in einer schwarzen Kuppel voller Stille.

Etwas später packt eine Hand seinen Knöchel.

Rudi klettert wie auf einer Leiter an seinem Körper hoch, stößt den Kopf aus dem Wasser und heult nach Luft. Aber die Luft hier ist gut, denn ein einziger tiefer Atemzug enthält sechzehn mal so viel Sauerstoff wie sonst. Er erholt sich rasch. Bischoff hält ihn fest, während er zur Ruhe kommt.

»Die Luke ist offen«, sagt Rudi. »Ich habe Licht durchkommen sehen. Die Sonne ist aufgegangen, Günter!«

»Dann los!«

»Du gehst. Ich bleibe hier und verbrenne den Funkspruch.« Rudi öffnet erneut seinen Aktenkoffer, tastet sich durch Papiere, nimmt etwas heraus, schließt den Aktenkoffer wieder.

Bischoff kann sich nicht rühren.

»In dreißig Sekunden zünde ich das Streichholz an«, sagt Rudi.

Bischoff wirft sich in Richtung von Rudis Stimme und schlingt im Dunkeln die Arme um ihn.

»Ich finde die anderen«, sagt er. »Ich sage ihnen, dass uns irgendein verdammter amerikanischer Spion auf der Spur ist. Und wir werden zuerst an das Gold herankommen und dafür sorgen, dass es ihnen nicht in die Hände fällt.«

»Geh!«, schreit Rudi. »Ich will, dass jetzt alles schnell geht.«

Bischoff küsst ihn einmal auf beide Wangen und taucht dann.

Vor ihm ist ein schwaches, blaugrünes Licht, das aus keiner bestimmten Richtung kommt.

Rudi ist zur Luke geschwommen, hat sie geöffnet und ist zurückgekommen, und er war, als er zurückkehrte, halb tot. Bischoff muss die Luke finden und dann bis an die Oberfläche schwimmen. Er weiß, dass das unmöglich ist.

Doch dann durchflutet ein helleres, wärmeres Leuchten das Innere der *V-Million*. Bischoff blickt zurück und nach oben und er sieht das vordere Ende des Druckkörpers in eine Kuppel von orangefarbenem Licht verwandelt und in ihrer Mitte die Silhouette eines Mannes, von der, wie die Meridiane eines Globus, sternförmig Linien von Nieten und Schweißnähten ausgehen. Es ist heller als der Tag. Er dreht sich um und schwimmt mühelos den Gang entlang in die Zentrale, wo er die Luke findet: ein zyanblaues Lichtrund.

Ein Rettungsring ist gegen den Wandteil gedrückt, der jetzt die Decke bildet. Er packt ihn, zerrt ihn in die Mitte der Kabine herunter, stößt ihn dann vor sich durch die Luke und schiebt sich selbst hinterher.

Überall um ihn herum sind Korallen und sie sind wunderschön. Er würde gern bleiben und sie betrachten, aber auf ihn warten oben wichtige Aufgaben. Er hält den Rettungsring fest und sieht, obwohl er keine Eigenbewegung spürt, die Korallen unter sich zurückfallen. Ein großes graues Ding, das sprudelt und leckt, liegt darauf und es wird kleiner und kleiner, wie eine Rakete, die in den Himmel fliegt.

Er blickt in das Wasser auf, das ihm über das Gesicht strömt. Er hat die Arme über den Kopf gestreckt, hält den Rand des Rettungsrings fest und sieht durch ihn einen Kreis Sonnenlicht, der heller und röter wird, je höher er steigt.

Seine Knie beginnen zu schmerzen.

LIQUIDITÄT

Der Rest kommt Randall Lawrence Waterhouse schon historisch vor. Er weiß, dass man sich streng genommen noch in der Gegenwart befindet und alles Wichtige Zukunft ist. Das für ihn Wichtige allerdings ist vorbei und geregelt. Er würde sein Leben gern fortsetzen, nun da er eines hat.

Sie tragen Amy zu der Missionssiedlung und der dortige Arzt behandelt ihr Bein, aber sie können sie nicht nach Manila ins Krankenhaus bringen, weil Wing den Ort durch eine Blockade eingeschlossen hat. Das müsste eigentlich bedrohlich erscheinen, erscheint ihnen aber nur dumm und ärgerlich, nachdem sie ein Weilchen Zeit gehabt haben, sich daran zu gewöhnen. Die für die Blockade Verantwortlichen sind chinesische Geronto-Apparatschiks, unterstützt von ein paar stiefelleckenden Spezis bei den lokalen Behörden, und keiner von ihnen hat auch nur die leiseste Ahnung von verschlüsselter Spread-Spectrum-Datenpaket-Übermittlung, durch die Leute wie Doug und Randy mühelos mit der Außenwelt kommunizieren und genau erklären können, was eigentlich vor sich geht. Randys Blutgruppe stimmt mit der von Amy überein, und so lässt er sich vom Arzt beinahe trocken zapfen. Anscheinend halbiert der Blutmangel seinen IQ für ein bis zwei Tage, doch er hat, als er Douglas MacArthur Shaftoe die Einkaufsliste mit Leuten und Gerät zusammenstellen sieht, die sie brauchen, um Golgatha auszugraben, trotzdem noch genug Geistesgegenwart, um zu sagen: Streichen Sie den ganzen Kram. Vergessen Sie die Lkws, die Presslufthämmer und das Dynamit, die Frontstapler, Bagger und Tunnelbohrmaschinen und geben Sie mir einfach einen Bohrer, ein paar Pumpen und ein paar tausend Liter Dieselöl. Doug kapiert sofort – wie auch anders, denn praktisch war er es ja, der Randy die Idee eingegeben hat, indem er ihm alte Kriegslegenden von seinem Vater erzählte. Sie haben keinerlei Schwierigkeiten, Avi und Goto Dengo die Einkaufsliste zu übermitteln.

Wing schließt sie eine Woche lang in der Siedlung ein; die unterirdischen Explosionen erschüttern weiterhin den Boden; Amys Bein infiziert sich und der Arzt steht kurz davor, es ihr abzunehmen, um ihr das Leben zu retten. Enoch verbringt einige Zeit allein mit ihr, und ihrem Bein geht es plötzlich sehr viel besser. Er erklärt, er habe ein Mittel der einheimischen Volksheilkunde angewendet, aber Amy ist kein Wort darüber zu entlocken.

Unterdessen schlagen die anderen die Zeit tot, indem sie um Golgatha herum Minen räumen und versuchen, die Explosionen zu lokalisieren. Nach allgemeinem Urteil muss Wing immer noch nahezu einen Kilometer Tunnel durch harten Fels bohren, um Zugang zu Golgatha zu bekommen, und er schafft pro Tag nur ein paar Dutzend Meter.

Dass in der Außenwelt der Teufel los ist, merken sie daran, dass unentwegt Medien- und Militärhubschrauber die Siedlung überfliegen. Eines Tages landet dort ein Helikopter von Goto Engineering. Er bringt eine Earth-imaging-Sonarausrüstung und, noch wichtiger, Antibiotika mit, die einen fast magischen Effekt auf die Dschungelbazillen in Amys Bein haben, die noch nicht einmal Penicillin, geschweige denn dieses hochmoderne Zeug kennen, neben dem sich Penicillin wie Hühnerbrühe mit Nudeln ausnimmt. Amys Fieber sinkt binnen weniger Stunden und binnen eines Tages kann sie schon wieder herumhumpeln. Die Straße wird wieder geöffnet und damit besteht ihr Problem darin, Leute draußen zu halten – sie ist von Medienleuten, Gelegenheits-Goldsuchern und *Nerds* verstopft. Alle glauben anscheinend, sie seien Zeugen einer Art radikaler gesellschaftlicher Wende, als wäre die globale Gesellschaft derart verkorkst, dass man sie nur noch dichtmachen und neu booten könne.

Randy sieht Leute mit Transparenten, auf denen sein Name steht, und versucht, nicht darüber nachzudenken, was das heißt. Die Lastwagen mit der ganzen Ausrüstung schaffen es nur mit Mühe durch diesen Verkehrstau, aber sie schaffen es und was folgt, ist eine weitere wirklich frustrierende und langweilige Woche, in der sie den ganzen Kram durch den Dschungel schleppen. Randy steckt die meiste Zeit mit der Bedienungsmannschaft des Earth-imaging-Sonar zusammen; sie haben ein supercooles Gerät, mit dem Goto Engineering CAT-Abtastbilder des Bodens erstellt, in dem man graben will. Als die schwere Ausrüstung schließlich an Ort und Stelle ist, verfügt Randy über eine komplette Darstellung von Golgatha mit einer Auflösung von ungefähr einem Meter; er könnte, wenn er auf so etwas stünde, in der virtuellen Realität durch die Anlage sausen. Wie die Dinge liegen, muss er lediglich entscheiden, wo er seine drei Löcher bohrt: zwei von oben in das Hauptgewölbe und eines, das in leicht ansteigendem Winkel vom Flussufer ausgeht und an der Stelle endet, die er für den niedrigsten Sumpf in der Hauptkammer hält. Den Ableitungskanal.

Aus der Außenwelt trifft jemand ein, der Randy davon überzeugt, dass er die Titelseiten von *TIME* und *Newsweek* ziert. Randy hält das nicht für eine gute Nachricht. Er hat eine ganz bestimmte Vorstellung davon, worin sein neues Leben besteht, nämlich hauptsächlich darin, mit Amy verheiratet zu sein und sich um seine eigenen Angelegenheiten zu kümmern, bis er an Altersschwäche stirbt. Dass es sein Leben bestimmen würde, auf dem Titelblatt von Nachrichtenmagazinen abgebildet zu sein und seinen Namen auf Transparenten zu sehen, die Leute im Dschungel hochhalten, war nicht in seine Berechnungen eingegangen. Nun würde er sich am liebsten im Dschungel verkriechen.

Die Pumpen sind gewaltige Apparate, so groß wie ein Haus; das müssen sie auch sein, um gegen den Staudruck anzukommen, den man erzeugen will. Goto Dengos junge Ingenieure kümmern sich darum, dass sie an die zwei senkrechten Löcher angeschlossen werden: Eine liefert Druckluft, die andere unter Hochdruck stehendes Dieselöl. Doug Shaftoe würde sich gern daran beteiligen, aber er weiß, dass es ihn technisch überfordert, und außerdem hat er andere Aufgaben: die Sicherung des Verteidigungsrings gegen Goldsucher und etwaige Finsterlinge, die Wing schicken könnte, um ihre Arbeit zu stören und zu sabotieren. Aber Doug hat einen Rundruf gestartet und eine Menge seiner hochinteressanten und weit gereisten Freunde aus aller Welt sind in Golgatha zusammengeströmt, kampieren in Schützenlöchern im Dschungel und bewachen einen Verteidigungsring, der mit Stolperdrähten und anderem Kram gesichert ist, von dem Randy am liebsten gar nichts wissen will. Doug sagt ihm einfach, er solle sich von dort fern halten, und das tut er. Aber Randy spürt Dougs Interesse an dem zentralen Projekt und deshalb lässt er ihn, als der große Tag kommt, den Schalter betätigen.

Davor wird ausgiebig gebetet: Avi hat einen Rabbiner aus Israel herangeholt, Enoch Root hat den Erzbischof von Manila hinzugezogen, Goto Dengo hat einige Shinto-Priester eingeflogen und diverse südostasiatische Länder beteiligen sich ebenfalls an der Zeremonie. Alle beten oder singen zum Gedenken an ihre Toten, obwohl die Gebete von den Hubschraubern über ihnen praktisch restlos übertönt werden. Viele Leute wollen, dass Golgatha in Ruhe gelassen wird, und Randy findet, dass sie im Grunde Recht haben. Aber er hat ein Abtastbild von Wings Tunnel, diesem unterirdischen Lufttentakel, der nach dem Schatz greift, herstellen und dreidimensionale Karten des ganzen Komplexes an die Medien verteilen lassen und er hat – wie er findet, einigermaßen überzeugende – Argumente dafür geliefert, warum es besser ist, etwas Konstruktives zu unternehmen, als das Ganze von Leuten wie Wing abräumen zu lassen. Mancher hat sich auf seine Seite gestellt und mancher nicht, aber aus der zweiten Gruppe ziert niemand das Titelblatt von *TIME* oder *Newsweek*.

Doug Shaftoe ist der Letzte, der das Wort ergreift. Er nimmt seine Baseball-Mütze ab, hält sie sich aufs Herz und sagt mit tränenüberströmtem Gesicht etwas über seinen Vater, an den er sich kaum erinnere. Er spricht von der Schlacht um Manila: wie er seinen Vater zum ersten Mal in der Ruine der Kirche San Agustin gesehen habe und wie sein Vater ihn dort die Treppe hinauf- und hinuntergetragen habe, ehe er fortgegangen sei, um ein Höllenfeuer über den Japanern zu entfesseln. Er spricht von Vergebung und bestimmten anderen Abstraktionen, und die Worte werden von den Hubschraubern am Himmel zerhackt und verzerrt, was sie in Randys Augen nur um so eindrucksvoller macht, denn sie handeln im Grunde von einem Haufen Erinnerungen, die schon in Dougs Gedächtnis zerhackt und verzerrt sind. Doug gelangt schließlich irgendwie zu einem Schluss, der in seinem Herzen und seinem Verstand sehr klar, aber schlecht formuliert ist, und legt dann den Schalter um.

Die Pumpen brauchen ein paar Minuten, um Golgatha mit einer unter Druck stehenden, hochbrennbaren Mischung aus Luft und Dieselöl zu füllen, dann legt Doug einen zweiten Schalter um, der unten eine kleine Detonation auslöst. Dann bebt und donnert die Welt, ehe sie sich zu einer Art unterdrücktem, pochendem Heulen herabdämpft. Ein weiß glühender Flammenstrahl schießt aus dem Ableitungskanal, bohrt sich nahe der Stelle, an der Andrew Loeb seine letzte Ruhe fand, in den Fluss und schleudert eine Dampfwolke hoch, die sämtliche Hubschrauber zwingt, Höhe zu gewinnen. Randy, der spürt, dass er hier zum letzen Mal ungestört sein wird, kriecht unter den Schutz dieser Dampfwolke und setzt sich ans Flussufer, um zuzusehen. Nach einer halben Stunde gesellt sich dem heißen Gasstrahl ein hell leuchtendes Rinnsal zu, das gleich nach dem Austreten, von einer Trübung aus heftig kochendem Wasser umwabert, auf den Grund des Flusses sinkt. Lange Zeit ist außer Dampf nicht viel zu sehen; doch nachdem Golgatha ein, zwei Stunden gebrannt hat, sieht man im seichten Wasser einen sich den Talgrund hinabwälzenden und auch den einzelnen Felsbrocken, auf dem Randy hockt, umschließenden strahlenden, zähen Fluss von Gold.

ANHANG:

Der »Solitaire«-Verschlüsselungsalgorithmus

Bruce Schneier

In Neal Stephensons Roman *Cryptonomicon* beschreibt Enoch Root Randy Waterhouse ein Kryptosystem mit der Codebezeichnung »Pontifex« und verrät ihm später, dass die einzelnen Schritte des Algorithmus dazu gedacht sind, mithilfe eines Kartenspiels ausgeführt zu werden. Im weiteren Verlauf der Handlung tauschen die beiden Männer mehrere nach diesem System verschlüsselte Botschaften aus. Das System heißt »Solitaire« (die in dem Roman verwendete Codebezeichnung »Pontifex« soll zunächst davon ablenken, dass es auf einem Kartenspiel basiert) und ich habe es entwickelt, um es Agenten zu ermöglichen, sicher zu kommunizieren, ohne auf elektronische Geräte angewiesen zu sein oder verräterisches Werkzeug mit sich herumtragen zu müssen. Ein Agent könnte in eine Situation geraten, in der er einfach keinen Zugang zu einem Computer hat oder womöglich Verdacht erregt, wenn er Werkzeuge zur geheimen Nachrichtenübermittlung bei sich hat. Was aber gibt es Harmloseres als ein Spiel Karten?

Seine Sicherheit gewinnt Solitaire durch die Zufälligkeit, die ein Stapel gemischter Karten an sich hat. Durch die Manipulation dieses Stapels kann jemand, der eine geheime Nachricht verschicken will, eine »zufällige« Buchstabenfolge erzeugen, die er dann mit seiner Nachricht kombiniert. Solitaire kann zwar auch auf einem Computer simuliert werden, ist aber für die Ausführung von Hand gedacht.

Solitaire mag ein einfaches System sein; von der Sicherheit her ist es jedoch für Hightech-Standards ausgelegt. Ich habe Solitaire so entworfen, dass es sogar gegen bestausgestattete militärische Gegner mit den größten Computern und den gewieftesten Kryptoanalytikern gewappnet ist. Natürlich gibt es keine Garantie dafür, dass nicht irgendjemand einen cleveren Angriff auf Solitaire startet (siehe Updates auf meiner Homepage), aber der Algorithmus ist auf jeden Fall besser als sämtliche Papier-und-Bleistift-Codes, die ich bisher gesehen habe.

Allerdings braucht das Verfahren seine Zeit. Es kann einen ganzen Abend dauern, bis man eine Nachricht von mittlerer Länge ver- oder entschlüsselt hat. In seinem Buch *Kahn on Codes* beschreibt David Kahn einen realen Papier-und-Bleistift-Code, den ein sowjetischer Spion benutzt. Mit dem sowjetischen Algorithmus braucht man zum Entschlüsseln einer Nachricht etwa genau so lang wie mit Solitaire.

Verschlüsseln mit Solitaire
Solitaire ist eine Stromchiffrierung im Ausgabe-Rückkopplungs-Modus, auch »Schlüsselgenerator« genannt (die amerikanischen Militärs benutzen die Abkürzung KG für *key-generator*). Der Grundgedanke besteht darin, dass Solitaire einen auch als »Schlüsselstrom« bezeichneten Strom von Zahlen zwischen 1 und 26 erzeugt. Zum Verschlüsseln erzeugt man dieselbe Anzahl von Schlüsselstrombuchstaben, wie der Klartext Buchstaben enthält. Dann addiert man sie modulo 26 nacheinander zu den Buchstaben des Klartextes und stellt so den Chiffretext her. Zum Entschlüsseln erzeugt man denselben Schlüsselstrom und subtrahiert ihn modulo 26 vom Chiffretext, um den Klartext wiederherzustellen.

Die erste in Stephensons Roman erwähnte Solitaire-Nachricht, »PC NICHT BENUTZEN«, wird zum Beispiel folgendermaßen verschlüsselt:

1. Man teilt den Klartext in Gruppen zu jeweils fünf Buchstaben auf. (Diese Fünfbuchstabengruppen haben nichts Magisches an sich; sie entsprechen einfach einer Tradition.) Mögliche Leerstellen der letzten Gruppe werden mit X aufgefüllt. Heißt also die Nachricht »PC NICHT BENUTZEN«, so lautet der Klartext:
   P C N I C   H T B E N   U T Z E N
2. Mithilfe von Solitaire erzeugt man fünfzehn Schlüsselstrombuchstaben. (Einzelheiten siehe unten.) Nehmen wir an, sie heißen:
   K D W K T   R X L X C   O O O S I
3. Nun wandelt man die Buchstaben der Klartextnachricht in Zahlen um: $A = 1$, $B = 2$, etc.:
   16 3 14 9 3   8 20 2 5 14   21 20 26 5 14
4. Mit den Schlüsselstrombuchstaben verfährt man ebenso:
   11 4 23 11 20   18 24 12 24 3   15 15 15 19 9
5. Jetzt addiert man den Klartextzahlenstrom modulo 26 zu den Schlüsselstromzahlen. (Das bedeutet, wenn eine Summe größer als

26 ist, muss man davon 26 subtrahieren.) Zum Beispiel 1 + 1 = 2, 26 + 1 = 27 und 27 − 26 = 1..., also 26 + 1 = 1.

 1 7 11 20 23 26 18 14 3 17 10 9 15 24 23

 6. Nun werden die Zahlen wieder in Buchstaben umgewandelt:

  A G K T W Z R N C Q J I O X W

Wenn man die Methode richtig gut beherrscht, kann man lernen, Buchstaben wie die von Schritt 1 und 2 im Kopf zu addieren. Man muss es nur üben. Sich $A + A = B$ zu merken, ist nicht weiter schwer, $T + Q = K$ dagegen schon eher.

Entschlüsseln mit Solitaire

Das Grundprinzip besteht darin, dass der Empfänger denselben Schlüsselstrom erzeugt und dann die Schlüsselstrombuchstaben von den Chiffretextbuchstaben subtrahiert.

 1. Dazu nimmt man die Chiffretextnachricht und teilt sie in Fünfbuchstabengruppen (jetzt müsste sie diese Form bereits haben).

  A G K T W Z R N C Q J I O X W

 2. Mithilfe von Solitaire erzeugt man fünfzehn Schlüsselstrombuchstaben. Wenn der Empfänger denselben Schlüssel benutzt wie der Sender, sind die Schlüsselstrombuchstaben auch dieselben:

  K D W K T R X L X C O O O S I

 3. Nun wandelt man die Buchstaben der Chiffretextnachricht in Zahlen um:

 1 7 11 20 23 26 18 14 3 17 10 9 15 24 23

 4. Die Schlüsselstrombuchstaben werden entsprechend umgewandelt:

 11 4 23 11 20 18 24 12 24 3 15 15 15 19 9

 5. Jetzt subtrahiert man modulo 26 die Schlüsselstromzahlen von den Chiffretextzahlen. Beispiel: 22 − 1 = 21, 1 − 22 = 5. (Das ist nicht schwer. Wenn die erste Zahl kleiner ist als die zweite, addiert man vor der Subtraktion 26 zu der ersten Zahl. Aus 1 − 22 wird also 27 − 22 = 5.)

  16 3 14 9 3 8 20 2 5 14 21 20 26 5 14

 6. Zum Schluss werden die Zahlen wieder in Buchstaben umgewandelt:

  P C N I C H T B E N U T Z E N

Beim Entschlüsseln verfährt man genau wie beim Verschlüsseln, nur muss man den Schlüsselstrom von der Chiffretextnachricht subtrahieren.

Die Erzeugung der Schlüsselstrombuchstaben

Das ist das Herz von Solitaire. Die oben beschriebene Ver- und Entschlüsselung funktioniert mit jeder Stromchiffrierung im Ausgabe-Rückkopplungs-Modus. In diesem Abschnitt geht es nun um die spezielle Funktionsweise von Solitaire.

Bei Solitaire erzeugt man den Schlüsselstrom mithilfe eines Kartenspiels. Ein Spiel mit 54 Karten (man darf die Joker nicht vergessen) kann man sich als eine 54 Elemente umfassende Permutation vorstellen. Es gibt 54! oder ungefähr $2{,}31 \times 10^{71}$ verschiedene Möglichkeiten, ein solches Kartenspiel anzuordnen. Und was noch besser ist, ein Kartenspiel besteht (ohne die Joker) aus 52 Karten und das Alphabet aus 26 Buchstaben. Einen solchen Zufall darf man einfach nicht ignorieren!

Um für Solitaire brauchbar zu sein, muss ein Kartenspiel alle 52 Karten und zwei Joker enthalten. Die Joker müssen sich irgendwie voneinander unterscheiden. (Das ist so üblich. Bei dem Spiel, das ich während des Schreibens benutze, tragen die Joker Sterne: der eine einen kleinen und der andere einen großen.) Den einen bezeichnet man als Joker A und den andern als Joker B. In der Regel ist auf beiden Jokern ein und dasselbe grafische Element in unterschiedlicher Größe zu sehen. Nennen wir den mit dem größeren Element Joker »B«. Wenn einem das leichter fällt, kann man auch groß »A« und »B« auf die beiden Joker schreiben; allerdings muss man dann für den Fall, dass die Geheimpolizei einen schnappt, eine gute Erklärung parat haben.

Zur Vorbereitung nimmt man den Kartenstapel mit der Bildseite nach oben zur Hand. Dann ordnet man die Karten in der Ausgangskonfiguration, dem eigentlichen Schlüssel, an. (Über den Schlüssel selbst spreche ich später, das ist etwas anderes als der Schlüsselstrom.) Jetzt kann man anfangen, eine Reihe von Schlüsselstrombuchstaben zu erzeugen.

Und das geht so:

1. Man sucht Joker A und schiebt ihn unter die darunter liegende Karte (vertauscht ihn also mit dieser). Ist der Joker die letzte Karte im Stapel, legt man ihn unter die oberste Karte.

2. Man sucht Joker B und schiebt ihn zwei Karten weiter unten wieder in den Stapel. Ist Joker B die letzte Karte, kommt er unter der zweiten von oben wieder in den Stoß. Ist er die vorletzte Karte, schiebt man ihn gleich unter die oberste. (Im Grunde muss man sich den

Kartenstapel als Schleife vorstellen, dann ergibt sich alles Weitere von selbst.)

Diese beiden Schritte müssen unbedingt in genau dieser Reihenfolge durchgeführt werden. Es ist verlockend, nachlässig zu werden und die Joker jeweils dann zu bewegen, wenn man sie findet. Das funktioniert aber nur, wenn sie nicht sehr nah beieinander liegen.

Sieht der Stoß also vor Schritt 1 so aus:

3 A B 8 9

sollte er nach Schritt 2 so aussehen:

3 A 8 B 9

Wenn man unsicher ist, sollte man immer Joker A vor Joker B bewegen. Und besonders aufpassen, wenn die Joker zuunterst im Stapel liegen.

3. Man führt einen dreifachen Abhebevorgang durch, das heißt, man vertauscht die Karten über dem ersten Joker mit denen unter dem zweiten. Lagen die Karten anfangs in dieser Reihenfolge:

2 4 6 B 4 8 7 1 A 3 9

sind sie nach dem dreifachen Abhebevorgang so angeordnet:

3 9 B 4 8 7 1 A 2 4 6

In diesem Fall ist der »erste« beziehungsweise »zweite« Joker derjenige, der am nächsten beziehungsweise weitesten von der obersten Karte entfernt liegt. Die Bezeichnungen »A« und »B« kommen bei diesem Schritt nicht zum Tragen.

Es ist wichtig, dass die Joker selbst und die Karten dazwischen nicht bewegt werden; die anderen Karten bewegen sich um sie herum. Das kann man leicht in der Hand machen. Ergibt es sich, dass einer der drei Abschnitte keine Karten enthält (entweder weil die Joker übereinander liegen oder einer die oberste oder unterste Karte ist), verfährt man mit ihm trotzdem wie mit einem normalen Abschnitt.

4. Jetzt führt man einen kombinierten Zähl- und Abhebevorgang durch. Dazu schaut man sich die unterste Karte an und ordnet ihr eine Zahl zwischen 1 und 53 zu. (Dabei verfährt man nach der Farbfolge aus dem Bridge: Kreuz, Karo, Herz und Pik. Handelt es sich um eine Kreuzkarte, gilt ihr eigener Wert. Ist es Karo, gilt ihr eigener Wert plus 13. Bei einer Herzkarte gilt der Wert plus 26. Ist es eine Pikkarte, gilt ihr eigener Wert plus 39. Jeder Joker zählt 53.) Um diesen Wert zählt man die Karten von oben nach unten durch. (Normalerweise zähle ich immer wieder von 1 bis 13; das ist einfacher, als jedes Mal hohe Zahlen durchzuzählen.) Nach der Karte, bis zu der man gezählt

hat, hebt man ab, wobei die unterste Karte zuunterst liegen bleibt. Sah der Stoß vorher so aus:

   7 . . . *Karten* . . . 4 5 . . . *Karten* . . . 8 9

und die neunte Karte war die 4, führt das Abheben zu folgender Anordnung:

   5 . . . *Karten* . . . 8 7 . . . *Karten* . . . 4 9

Die letzte Karte bleibt in ihrer Position liegen, um den Schritt umkehrbar zu machen. Das ist wichtig für die mathematische Analyse seiner Sicherheit.

5. Jetzt sucht man die erste Ausgabekarte. Dazu schaut man sich die oberste Karte an und wandelt sie in der zuvor beschriebenen Weise in eine Zahl zwischen 1 und 53 um. So viele Karten zählt man, beginnend mit der obersten, ab. Die Karte unter derjenigen, bis zu der man gezählt hat, schreibt man auf ein Stück Papier. (Falls man einen Joker erwischt hat, schreibt man nichts auf und fängt wieder bei Schritt 1 an.) Das ist die erste Ausgabekarte. Man beachte, dass dieser Schritt den Zustand des Kartenspiels nicht verändert.

6. Diese Karte wandelt man in eine Zahl um. Wie zuvor richtet man sich auch hier nach der Farbfolge aus dem Bridge, nämlich von der niedrigsten zur höchsten Farbe Kreuz, Karo, Herz und Pik. Folglich gelten für Kreuzass bis Kreuzkönig die Zahlenwerte 1 bis 13, für Karoass bis Karokönig 14 bis 26, für Herzass bis Herzkönig wieder 1 bis 13 und für Pikass bis Pikkönig 14 bis 26.

Das ist Solitaire. Damit kann man so viele Schlüsselstromzahlen erzeugen, wie man braucht.

Ich weiß, dass es in Kartenspielen regionale Unterschiede gibt. Im Großen und Ganzen kommt es nicht darauf an, welche Farbfolge man wählt oder wie man die Karten in Zahlen umwandelt. Worauf es ankommt, ist, dass Sender und Empfänger sich auf die Regeln einigen. Tun sie das nicht, können sie nicht miteinander kommunizieren.

Das Kartenspiel zum Schlüssel machen

Solitaire ist nur so gut wie der Schlüssel. Die einfachste Art, es zu knacken, besteht also darin herauszufinden, welchen Schlüssel Sender und Empfänger benutzen. Hat man keinen guten Schlüssel, kann man alles andere vergessen. Im Folgenden sind ein paar Möglichkeiten zum Austauschen von Schlüsseln dargestellt.

1. Man mischt das Kartenspiel. Ein Zufallsschlüssel ist der beste. Einer der beiden Kommunikationspartner kann einen Stapel beliebig mischen und dann einen anderen Satz Karten in derselben Reihenfolge anordnen. Den einen bekommt der Sender und den anderen der Empfänger. Da die meisten Leute das Mischen nicht besonders gut beherrschen, sollte man die Karten mindestens zehnmal mischen und statt eines nagelneuen Spiels möglichst ein bereits benutztes verwenden. Es ist von Vorteil, ein weiteres Kartenspiel in der Schlüsselanordnung bereitzuhalten, da man sonst, falls man einen Fehler macht, nicht mehr in der Lage ist, die Nachricht zu entschlüsseln. Im Übrigen darf man nie vergessen, dass der Schlüssel gefährdet ist, solange es ihn gibt; die Geheimpolizei könnte das Kartenspiel finden und die Reihenfolge der Karten aufschreiben.

2. Man verwendet die Reihenfolge einer ausgeteilten Partie Bridge. Die Beschreibung einer Bridgerunde mit dem Blatt der vier Spieler, wie man sie in einer Zeitung oder einem Bridgebuch finden könnte, bildet ungefähr einen 95-Bit-Schlüssel. Wenn die Kommunikationspartner sich darauf einigen können, in welche Anordnung des Kartenspiels sie diese Beschreibung umwandeln und wie sie dabei die Joker setzen (vielleicht nach den ersten beiden Karten, die in der Diskussion des Spiels erwähnt werden), kann das funktionieren. Man muss sich allerdings immer bewusst sein, dass die Geheimpolizei womöglich die Bridge-Ecke findet und daraus die Reihenfolge der Karten ableitet. Man kann versuchen, eine dauerhaft gültige Abmachung darüber zu treffen, welche Bridge-Ecke man verwenden will, zum Beispiel »Nimm die Bridge-Ecke deiner Lokalzeitung von dem Tag, an dem du die Nachricht verschlüsselst« oder so ähnlich. Oder man durchsucht die Website der *New York Times* nach bestimmten Schlüsselwörtern und benutzt die Bridge-Ecke der Ausgabe, in der der Artikel mit genau diesen Wörtern erschienen ist. Wird die Liste der Schlüsselwörter gefunden oder abgefangen, wird man sie für eine Passphrase halten. Man sollte auf jeden Fall eine eigene Vereinbarung treffen, denn auch die Geheimpolizei liest Neal Stephensons Bücher.

3. Man ordnet das Kartenspiel anhand einer Passphrase. Bei dieser Methode dient der Solitaire-Algorithmus dazu, das Kartenspiel in eine Startanordnung zu bringen. Sender und Empfänger haben dieselbe Passphrase (zum Beispiel GEHEIMSCHLÜSSEL). Am Anfang liegen die Karten in einer bestimmten Reihenfolge, von der niedrigsten zur höchsten in der Farbfolge des Bridge. Nun beginnt man mit

den einzelnen Solitaire-Schritten. Anstelle von Schritt 5 führt man einen weiteren kombinierten Zähl- und Abhebevorgang durch, der auf dem ersten Buchstaben der Passphrase (in unserem Beispiel 7) beruht. (Man darf nicht vergessen, die oberste Karte unmittelbar über der untersten wieder in den Stapel zu stecken.) Das macht man für jeden Buchstaben einmal. Mithilfe von zwei weiteren Buchstaben bestimmt man die Lage der Joker. Dabei muss man allerdings bedenken, dass beispielsweise im Standardenglisch die Zufälligkeit jedes Buchstabens nur etwa 1,4 Bit beträgt. Daher sollte man zur Sicherheit eine Passphrase mit wenigstens 80 Buchstaben wählen; ich empfehle sogar mindestens 120 Buchstaben. (Tut mir Leid, aber mit einem kürzeren Schlüssel erreicht man keine wirkliche Sicherheit.)

Ausgabebeispiele
Im Folgenden sind beispielhaft einige Daten genannt, anhand deren man seine Solitaire-Fertigkeiten üben kann:

Beispiel 1: Man beginnt mit einem nicht als Schlüssel angeordneten Kartenspiel in der Reihenfolge Kreuzass bis Kreuzkönig, Karoass bis Karokönig, Herzass bis Herzkönig, Pikass bis Pikkönig, Joker A, Joker B (das kann man sich als 1–52, A, B vorstellen). Die ersten zehn Ausgabezahlen sind:
    4 49 10 (53) 24 8 51 44 6 4 33
Die 53 wird natürlich übersprungen. Ich habe sie hier nur zur Verdeutlichung eingefügt. Lautet der Klartext:
    A A A A A   A A A A A
dann heißt der Chiffretext:
    E X K Y I   Z S G E H

Beispiel 2: Benutzt man die Methode 3 mit dem Schlüssel »FOO« zur Schlüsselanordnung, lauten die ersten fünfzehn Ausgabezahlen:
    8 19 7 25 20 (53) 9 8 22 32 43 5 26 17
    (53) 38 48
Besteht der Klartext aus lauter Ass, lautet der Chiffretext:
    I T H Z U   J I W G R   F A R M W

Beispiel 3: Benutzt man die Methode 3 mit dem Schlüssel »CRYPTONOMICON«, lautet die Nachricht »SOLITAIRE« als Chiffretext:
    K I R A K   S F J A N

Natürlich sollte man längere Schlüssel verwenden. Diese Beispiele sind nur zum Ausprobieren gedacht. Auf der unten genannten Website gibt es noch mehr; außerdem kann man sich mithilfe des PERL-Skripts aus dem Buch eigene Beispiele ausdenken.

Sicherheit durch Verschleierung

Solitaire ist von seiner Struktur her sicher, selbst wenn der Gegner weiß, wie der Algorithmus funktioniert. Ich bin davon ausgegangen, dass *Cryptonomicon* ein Bestseller wird und dass man es überall wird bekommen können. Ich nehme an, dass die NSA und alle anderen den Algorithmus studieren und Ausschau danach halten werden. Ich gehe davon aus, dass im Schlüssel das ganze Geheimnis liegt.

Deshalb ist es auch so wichtig, den Schlüssel geheim zu halten. Bewahrt man ein Kartenspiel an einem sicheren Ort auf, sollte man davon ausgehen, dass der Gegner zumindest den Verdacht hegen wird, dass man mit Solitaire arbeitet. Hat man in seinem Banksafe eine Zeitungsseite mit der Bridge-Ecke liegen, muss man damit rechnen, dass man bei dem einen oder anderen Argwohn erregt. Ist irgendeine Gruppe dafür bekannt, dass sie diesen Algorithmus verwendet, muss man darauf gefasst sein, dass die Geheimpolizei eine Datenbank mit Bridge-Ecken anlegt, die sie zu Angriffsversuchen nutzt. Solitaire ist aber selbst dann stark, wenn der Gegner weiß, dass man es verwendet, und ein einfaches Kartenspiel ist immer noch unverfänglicher als ein Verschlüsselungsprogramm, das auf dem Laptop läuft; den gesunden Menschenverstand kann der Algorithmus allerdings nicht ersetzen.

Benutzungshinweise

Das oberste Gebot jeglicher Stromchiffrierung im Ausgabe-Rückkopplungs-Modus lautet, dass man niemals zwei verschiedene Nachrichten mit demselben Schlüssel chiffrieren darf. Ich wiederhole: ZWEI VERSCHIEDENE NACHRICHTEN DÜRFEN NIE MIT DEMSELBEN SCHLÜSSEL CHIFFRIERT WERDEN. Tut man es doch, setzt man die Sicherheit des Systems aufs Spiel. Und zwar aus folgendem Grund: Nehmen wir an, man hat zwei Chiffretextströme, $A + K$ und $B + K$, und man subtrahiert den einen vom anderen, dann erhält man $(A + K) - (B + K) = A + K - B - K = A - B$. Das sind zwei miteinander kombinierte Klartextströme, die im Handumdrehen geknackt sind. Eins ist sonnenklar: Wir selbst sind vielleicht nicht in der

Lage, A und B aus der Gleichung A – B wiederherzustellen, ein professioneller Kryptoanalytiker dagegen schon. Deshalb noch einmal die Mahnung: Zwei verschiedene Nachrichten dürfen nie mit demselben Schlüssel chiffriert werden.

Fasse dich kurz, heißt die Devise. Dieser Algorithmus ist für kurze Nachrichten von ein paar tausend Buchstaben gedacht. Hat man einen Roman mit 100 000 Wörtern zu verschlüsseln, sollte man lieber einen Computer-Algorithmus verwenden. Es ist von Vorteil, Steno, Abkürzungen und Slang in die Nachrichten einzubauen. Für Geschwätzigkeit ist hier kein Platz.

Um maximale Sicherheit zu erreichen, sollte man versuchen, alles im Kopf zu machen. Wenn die Geheimpolizei bereits dabei ist, die Haustür aufzubrechen, sollte man in aller Ruhe das Kartenspiel mischen. (Man darf es allerdings nicht einfach in die Luft werfen; es ist erstaunlich, wie viel von der ursprünglichen Reihenfolge dabei erhalten bleibt!) Falls man ein zweites Kartenspiel in Schlüsselanordnung hat, darf man nicht vergessen, auch das zu mischen.

Sicherheitsanalyse

Sie ist sehr umfangreich, aber viel zu kompliziert, um sie hier wiederzugeben. Mehr dazu unter
http://www.counterpane.com

Weiterführende Literatur

Mein eigenes Buch *Angewandte Kryptographie*, Addison-Wesley 1999, empfehle ich als solide Grundlage. Dann sollte man David Kahn, *The Codebreakers*, Scribner 1996, lesen. Daneben gibt es verschiedene Bücher über Computerkryptographie und ein paar weitere über manuelle Kryptographie. Man kann auch unter http://www.counterpane.com/crypto-gram oder durch Zusenden einer Blanko-E-Mail an subscribe@chaparraltree.com kostenlos meinen Newsletter abonnieren. Es macht Spaß, sich damit zu beschäftigen. Viel Glück!

» SPIEL DES JAHRES 1994 «

Wer behält im Großstadtdschungel von Manhattan
einen kühlen Kopf, wenn es darum geht, die Skyline
von sechs Metropolen neu zu gestalten?
Eine imposante Kulisse aufzubauen ist allerdings nur die eine Seite.
Denn wichtig ist es auch, dick im Geschäft zu sein
und die punkteträchtigsten Wolkenkratzer zu erobern.

HANS IM GLÜCK VERLAG, MÜNCHEN